Joseph von Eichendorff

Ausgewählte Werke
Band 5

Joseph von Eichendorff

Ausgewählte Werke

Band 5

Herausgegeben
und mit einem Nachwort von
Hans A. Neunzig

nymphenburger

Umschlaggestaltung: Cooperation, München,
unter Verwendung von Gemälden von Caspar David Friedrich
(Archiv für Kunst und Geschichte, Berlin)
Satz: Fotosatz Völkl, Germering
Druck und Bindung: Wiener Verlag, Himberg
Printed in Austria
ISBN 3-485-00554-1

INHALT

Geschichte der poetischen Literatur Deutschlands

Einleitung

Die deutsche Nation ist die gründlichste, innerlichste, folglich auch beschaulichste unter den europäischen Nationen, mehr ein Volk der Gedanken als der Tat. Wenn aber die Tat nichts ist ohne den zeugenden Gedanken und nur erst durch den Gedanken ihre welthistorische Bedeutung erhält, so dürfen wir wohl sagen, daß diese beschauliche Nation dennoch eigentlich die Weltgeschichte gemacht hat. Dieser Hang, die Dinge in ihrer ganzen Tiefe zu nehmen, scheint von jeher der eigentümliche Beruf der germanischen Stämme zu sein. An ihrem tiefen Freiheitsgefühl ist das römische Weltreich, in welchem die andern mehr oder minder aufgingen, einst zusammengebrochen. Die germanischen Völker waren es, die das Christentum, da es unter den Byzantinern kränkelnd zu Hofe ging, zuerst in seiner vollen Würde erkannten und ihm seine weltgeschichtliche Wirksamkeit gaben. In den Kreuzzügen waren allerdings die Franzosen und Engländer weit voraus, aber die Deutschen, als sie endlich dem allgemeinen Zuge folgten, bewahrten diesen Kämpfen, die bei jenen immer politischer wurden, am getreuesten ihren ursprünglichen religiösen Charakter. Die Minnehöfe blühten in Deutschland weniger, aber ihre Minne war ernster und keuscher als an den welschen Minnehöfen. So hat diese Nation später sich ihre eigentliche ideale Waffe, die Buchdruckerkunst, selbst erdacht, sie hat das Pulver erfunden, womit dann die Franzosen ihre schönsten Burgen sprengten, sie hat endlich die Reformation erzeugt und das neue Weltkind in ihrem eigenen Herzblut ausgebadet. Die Idee ist ihr Schwert, die Literatur ihr Schlachtfeld.

Ideen lassen sich aber nicht in Provinzen einfangen und

begrenzen, sie sind ein Gemeingut der Menschheit und greifen über die einzelnen Nationen hinaus. Daher hat das deutsche Volk auch, auf Unkosten seines Patriotismus und Nationalgefühls, einen beständigen Zug nach dem Weltbürgertum verspürt. Sehr begreiflich; wir wollen die *ganze* Wahrheit und finden sie natürlicherweise weder bei uns noch bei unseren Stammesverwandten genügend ausgeprägt, wir greifen daher, wo irgend ein Lichtblick aufleuchtet, in die Vergangenheit, in die Fremde, und lassen diese ebenso bald wieder fallen, wenn wir uns getäuscht oder noch immer nicht vollkommen befriediget sehen. Darüber gehen freilich oft ganze Generationen in täppischer und lächerlicher Nachäfferei zugrunde, wie die Geschichte unserer Poesie, die bald mit der römischen Toga, bald in rasselndem Ritterharnisch, dann wieder in arkadischer Schäfertracht oder mit Haarbeutel und Stahldegen einherschritt, hinreichend nachweist. Aber wer frägt bei Eroberungszügen und Weltschlachten nach dem verlorenen Pulverfutter? Aus jeder dieser Invasionen ins Ausland und in die verschiedensten Zeiten ist uns doch immer irgendeine Beute geblieben, und so haben wir ohne Zweifel in Kunst und Wissenschaft nach und nach einen weitschichtigen Besitz und eine universelle Umschau erfochten, wie keines der mitlebenden Völker. Wir sind die geistigen Erben fast aller gebildeten Nationen.

Jener Grundzug des deutschen Charakters, die Beschaulichkeit und der Ernst, der uns alles zu durchforschen und zu prüfen nötiget, bedingt indes gleichzeitig auch den Trieb, aus der allgemeinen Rundschau immer wieder in uns selbst heimzukehren, das Errungene innerlich zu verarbeiten und die eigene besondere Natur möglichst eigentümlich auszuprägen. Und diese einsiedlerisch individualisierende Eigentümlichkeit führt, wie bei den einzelnen Stämmen, so auch in den geistig bevorzugten Persönlichkeiten, notwendig zu der größten *Mannigfaltigkeit.* In Frankreich hat die dynastische Politik den freien Adel zu Hofe gezähmt und die Physiognomie der Provinzen verwischt, in England die Reformation fast alles uniformiert. In Deutschland dagegen geht jene Sonderbündlerei durch die ganze Geschichte. Vom Uranfang an sitzen die alten Sassen ein, jeder für sich auf seinem Hofe ohne Städte, im Mittelalter gruppieren sich zahllose Kleinstaaten, wie Planeten mit eigenem Licht und Kreislauf, um die Zentralsonne des Kaisers. Welcher Reichtum der verschiedensten Bildungen vom kaiserlichen Hoflager durch die vielen kleinen Residenzen bis zur einfachen Ritterburg hinab; dann das bunte Leben der Reichsstädte und endlich die noch fortdauernde Mischung von Katholisch und Protestantisch! Es ist natürlich, diese Mannigfaltigkeit mußte auch in unserer Literatur, namentlich in der Poesie, sich abspiegeln, und nicht nur in dem sehr verschiedenen Klange des Volksliedes in Pommern, Tirol, Westfalen oder Österreich, sondern auch bei den Heroen unserer Literatur. Oder wo wäre bei uns jene stereotype Familienähnlichkeit der einzelnen Dichter, wie wir sie bei den französischen Klassikern finden? Man denke z. B. an Lessing und Klopstock, an Goethe und Schiller! Jeder zieht, unbekümmert um den andern, mit seiner scharfen Eigentümlichkeit aus, um sich eine neue Welt zu erobern. Da gibt es denn freilich auch tüchtige Wunden und Scharten, und es fehlt niemals an dem Troß gemeiner Landsknechte, die nicht für die beste Sache, sondern um den besten Lohn an Geld oder Weltlob mitfechten wollen und alles möglichst verwirren. Wir streifen sonach allerdings fast beständig an die Grenzen der Anarchie. Aber im großen ganzen ist es doch immerhin ein frischer Wellenschlag, wenn auch die siebente Welle sich immer wieder rückwärts überstürzt; ein unausgesetzter herzhafter Kampf, der uns einerseits vor Stagnation und anderseits vor dem Geistesdespotismus einer Pariser Hauptstadt bewahrt, denn welcher Tyrann wäre mächtig genug, so viele absonderlich formierte Köpfe und Querköpfe unter einen Hut zu bringen? Nirgends hat daher, etwa Spanien ausgenommen, das volkstümliche Element so dauernd und tapfer

mit der Kunstdichtung der Gelehrten, die Gelehrtenpoesie dann ihrerseits wieder mit der Kirche, die Romantik mit dem unpoetischen Verstande gerungen wie in Deutschland, wo der ganze Boden mit den Trümmern der wechselnden Niederlagen bedeckt ist und die Geister der Erschlagenen und die versprengten Troßbuben noch beständig mitten unter den Siegern umherirren, die bald selbst wieder die Besiegten sein werden.
Bei dieser Universalität und individuellen Mannigfaltigkeit unserer Literatur ist es denn nicht zu verwundern, wenn dieselbe im Verlauf der Jahrhunderte jetzt endlich zu einer Masse herangewachsen ist, die sich kaum mehr bewältigen läßt. Es ist wie im Meere, auf dem die konträrsten Winde sich so ungestüm kreuzen, daß man schon einigermaßen des Steuers mächtig sein muß, um nicht schmählich unterzugehen oder von den regelmäßig streichenden Passatwinden und Strömungen verjährter Vorurteile nach ganz verkehrter Richtung verschlagen zu werden. Nur wenige aber haben in dieser industrieseligen Zeit, wo nur Kauffahrer vom Butter- zum Käsemarkt zu segeln pflegen, Lust und Gelegenheit, sich in dem Pilotenhandwerk auf solchem Geisterschiffe einzuüben. Und doch verlangt jeder Gebildete billigerweise wenigstens einige Kenntnis dieses wichtigen Zweiges der Nationalgeschichte. Das Material ist allerdings mit lobenswertem Fleiße bereits hinreichend zusammengetragen, aber großenteils noch ungeordnet oder, was noch schlimmer, nach jenem windigen Passatsystem willkürlich, oft geradezu falsch registriert. Es scheint uns daher jetzt vorzugsweise auf eine bloße Orientierung, d. h. darauf anzukommen, aus der Masse die hervorragendsten Momente, die dem Ganzen Farbe und Gestalt geben, hervorzuheben und auf diese Weise aus jenem Material ein klares organisches Bild möglichst herauszuarbeiten. Nur von den einsamen Höhen gewinnt man einen freien Blick über die labyrinthische Landschaft, in welcher man unten sonst den Wald vor Bäumen nicht sieht.

Indem wir jedoch aus dem ungeheuren Vorrat hier vorweg die Poesie ausscheiden, haben wir gleichwohl dadurch nur wenig gewonnen. Denn diese Beschränkung ist eigentlich nur eine scheinbare. Wir haben schon oben bemerkt, daß das Leben der Deutschen am entschiedensten durch die Literatur und ihre Literatur wiederum vorzugsweise durch die Poesie vertreten wird. Unsere Poesie aber ist kein bloßer Luxus, keine isolierte Kunstfertigkeit zum Nutzen und Vergnügen des müßigen Publikums; sie hat, mehr als bei andern, ihre innere Notwendigkeit in dem allgemeinen Organismus der Nationalbildung. Sie ist daher so mannigfaltig wie diese Bildung selbst, und ihr Einzelnes wird nur aus dem Ganzen verständlich. Ein Blick in die Vergangenheit läßt diesen beständigen Parallelismus zwischen der Poesie und den übrigen Zweigen der Literatur deutlich erkennen.

Ziehen wir, wie billig, zunächst die *Philosophie* in Betracht, so sehen wir zwei aus den Trümmern des Altertums hervorgegangene Hauptströme das ganze Mittelalter durchziehen, die Philosophie des Aristoteles und die des Plato. Die Aristotelische suchte die Fülle der Erscheinungen und Erfahrungen zu begreifen und zu ordnen, sie war mehr ein Schematismus der Wissenschaften als eine Wissenschaft. Die Platonische dagegen ging, nicht ohne christliche Ahnungen, tiefer auf den Urquell aller Wissenschaft, auf eine allen Erscheinungen zugrunde liegende göttliche Weltseele. Jene entsprach mehr dem Verstande, diese mehr der Phantasie und dem Gefühl; beide zusammen umfaßten also so ziemlich das ganze intellektuelle Gebiet der menschlichen Natur. Beide aber waren im Mittelalter teils durch orientalische Umdeutungen, teils durch das Bestreben, sie mit dem Christentum und der durch dasselbe veränderten Weltansicht zu vermitteln, mannigfach alteriert, verstümmelt und fast sagenhaft geworden. – Später, nachdem die Welt gealtert, gewann indes der Verstand allmählich immer mehr die Oberhand, und es entstand namentlich in Deutschland eine Art mathematischer Philosophie. *Leibniz* zeichnete mit seinem System *angeborener* Ideen einen abstrakten Grundriß des Verstandes, dessen Linien und Konturen von dem bei solcher Prädestination vorweg gebundenen inneren Walten des Geistes nicht belebt werden konnte, während er ebenso mechanisch auch in Raum und Zeit nur die Ordnung der nebeneinander bestehenden oder aufeinander folgenden Dinge erkannte. *Wolff* führte diese Lehre in die Schule ein, wodurch sie bald in ein totes Formelwesen ausartete und die Lichtblicke ohne weitere Folge blieben, womit Leibniz, den Herder einen Dichter in Philosophie und Mathematik nennt, in seiner fragmentarisch-divinatorischen Natur beständig über sein eigenes System hinauslangt. – Kein Wunder daher, daß durch diese Bresche nun in Deutschland die Philosophie des Auslandes immer siegreicher eindrang. In Frankreich hatte es Descartes unternommen, die Entstehung der Welt, wie ein sich selbst fabrizierendes Uhrwerk, aus hypothetischen Wirbeln zu erklären und das Dasein Gottes streng mathematisch aus der menschlichen Vernunft zu erweisen, also gewissermaßen den Schöpfer zum Geschöpf des Erschaffenen zu machen. Vergebens suchte der Engländer Locke mit der Philosophie der Sinnlichkeit noch den Glauben an eine Gottheit zu vereinigen; der einmal emanzipierte Menschengeist, da dergleichen Palliative nicht genügen konnten, stürmte von Zweifel zu Zweifel bis zum nackten Atheismus fort, den Voltaire und Diderot für die Gebildeten salonmäßig zu bekleiden bemüht waren. Diese flache Freidenkerei scheuchte *Lessing* mitten unter seinen kritischen und theatralischen Jugendarbeiten zu einem verzweifelten Kampfe auf Tod oder Leben auf. Mit fast verwegener Kühnheit stellte er die Sache auf die äußerste Spitze aller ihrer Konsequenzen, von wo sich plötzlich der unverschleierte Blick in den gähnenden Abgrund auftut, um die Welt zur endlichen Wahl und Entscheidung zu nötigen, entweder über die Kluft, wenn sie's vermöchte, hinwegzusetzen oder resolut umzukehren. Aber die Welt tat we-

der das eine noch das andere, akzeptierte jene Konsequenzen als eine neue, willkommene Eroberung und jubelte nur um desto selbstgefälliger am Rande des Abgrundes fort, ohne ihn zu merken.
In diesem Heidenlärm des eingebildeten Fortschritts erscheint *Kant* gewissermaßen als ein Reaktionär, indem er die übermütig gewordene Vernunft lediglich auf das Gebiet der Erfahrung zurückweist und jenseits dieses Gebiets ihr die Fähigkeit zur Erkenntnis der übersinnlichen Welt abspricht. Es ist weder unseres Berufs noch der Ort hier, näher zu erörtern, wie Kant dennoch einen sogenannten Vernunftglauben statuiert und also mit seinem eignen System in Widerspruch gerät. Wir wollen, unserer eigentlichen Aufgabe gemäß, hier nur erwähnen, daß er von der tieferen Bedeutung der Poesie kaum eine Ahnung hatte, da er dieselbe im Grunde für ein bloßes Zerstreuungsmittel hielt und sie daher auf das Prokrustesbett seiner rigoristischen Begriffsmoral strecken wollte, weshalb denn auch in einer Zeit, wo schon Klopstock, Goethe und Herder blühten, Pope und Haller seine Lieblingsdichter waren. – Aber sehr bald wurden die Schranken, in die Kant die Vernunft eingehegt, von *Fichte* gewaltsam wieder durchbrochen. Fichte wollte jenseits des Kantschen bedingten Wissens eine unbedingte Denkfreiheit geltend machen, er unternahm es wirklich, über den Abgrund, den Lessing aufgetan, hinwegzusetzen, das Prinzip des Protestantismus in seiner ganzen Strenge als souveränes Ich über die Welt auf die letzten unwirtbaren Gipfel des Idealismus emporzuheben, und es ist jedenfalls ein denkwürdiger Anblick, mit welcher athletischen Kraft er mit dieser an sich unmöglichen Aufgabe gerungen. Dieses Extrem konnte indes keinen Bestand haben. *Schelling* suchte daher, wie schon die Bezeichnung seiner Lehre als „Naturphilosophie" andeutet, das die Natur und Geschichte verschmähende, unbedingte Wissen mit dem bedingten der äußern Wahrnehmung zu vermitteln und den geheimnisvollen Goldgrund, den Schimmer Gottes, der alle Er-

scheinungen durchleuchtet, in wesentlich Platonischer Anschauung nachzuweisen.

Zu allen diesen philosophischen Evolutionen nun stand unsere Poesie beständig in einem wahlverwandtschaftlichen Verhältnis, entweder auf ihren besondern Wegen nachfolgend oder als Divination, Ahnung, Aperçu, gleichsam prophetisch ankündigend. So sehen wir sie schon im Mittelalter in jene zwei Hauptstrahlen der vom Altertum ererbten Philosophie sich spalten. Der Geist des Aristoteles zeigt sich in einer oft ganz trockenen scholastischen Richtung, die, wo sie namentlich dogmatische Gegenstände berührt, nicht selten sogar ans Sophistische streift; er zeigt sich in der haarspaltenden Kasuistik des überkünstlichen Minnegesangs und scheint in der dialektischen Verstandespoesie des berühmten Wartburgkriegs die Hauptrolle gespielt zu haben. Bei weitem gewaltiger und tiefer dagegen geht die andere, Platonische Anschauungsweise durch die größern und bedeutenderen Dichtungen des Mittelalters in der mystisch-allegorischen Symbolik, womit damals Geschichte und Sage z. B. in den Gedichten von König Artus' Tafelrunde und dem Heiligen Gral aufgefaßt wurden. – Als sodann die mathematische Philosophie aufkam, ward auch sofort der freie Dichterwald zu einem wunderlichen französischen Garten mit geometrisch abgezirkelten Bäumen, Alleen und Scherbenbeeten verschnitten, wo die Musen in Reifröken die ungezogene Natur bewachten, ja unter dem spärlichen Blumenflor sogar einzelne Gedichte vermittelst künstlicher Gruppierung von kurzen und langen Versen allerlei allegorische Figuren, als: Palmbäume, Tempel usw., abbilden sollten. – Der Herrschaft von Descartes und Locke aber, die durch das Medium des Materialismus notwendig zu einer epikureischen Auflösung führte und die wir daher als die Philosophie der Sinnlichkeit bezeichneten, entsprach ebenso eine *Poesie* der Sinnlichkeit. Jene Philosophie ist zwar glücklicherweise in Deutschland niemals allgemein geworden; dennoch tauchen auch bei uns

vereinzelte Symptome derselben auf, in einem völlig dissoluten, atheistischen und sittenlosen „Seelenpriapismus", einem Naturdienst, welcher Wollust und Andacht als Schwesterkinder poetisch feiert. Wir erinnern hier nur an Mauvillons Freundeskreis, der fanatisch gegen alle und jede Religion gerichtet war; an Unzer, an Heinses Jugendschriften, an den Freiherrn von der Goltz und dessen Gedichte in Grécourts Geschmacke.
Bald darauf übte die Kantsche Philosophie einen unverkennbar deprimierenden Einfluß auf die deutsche Dichtung. Es konnte auch füglich nicht anders sein. Indem diese Lehre die Poeten an der Schwelle des Allerheiligsten von der Erkenntnis Gottes und der überirdischen Dinge zurückwies, verwandelte sie notwendig die Religion in bloße Moral, welche, so isoliert vom Glauben und dem lebendigen Zusammenhange mit den göttlichen Dingen, zu einem abstrakten Tugend-Stoizismus erstarrte. Und diese abstrakte Moral sehen wir denn bei Kosegarten idyllisch schwärmen, in Tiedges Urania vornehm vom Katheder dozieren und mit Schillers Marquis Posa die Bretter betreten, um endlich in zahllosen pragmatisch-psychologischen Romanen und bürgerlichen Schauspielen ziemlich seicht wieder zu verlaufen. Es ist daher ebenso natürlich als charakteristisch, daß, mit Ausnahme von Schiller, alle bedeutenden Dichter jener Zeit, Herder, Goethe und Jean Paul, entschiedene, zum Teil erbitterte Gegner Kants waren, und Schiller selbst wurde durch seine fast leidenschaftliche Teilnahme für Kant ohne Zweifel in seiner poetischen Produktion mehr aufgehalten als gefördert. – Inzwischen hatte schon früher eine ungestüme, philosophisch exaltierte Jugend voraneilend die extreme Lehre poetisch angekündigt, welche sodann von Fichte wissenschaftlich formuliert werden sollte. Wir meinen die Sturm- und Drangperiode der Originalgenies und Starkgeister in den achtziger Jahren des vorigen Jahrhunderts: das leibhaftige absolute Ich, das in seinen Gedichten, Romanen und Schauspielen die ganze Vergangenheit aus-

strich und die Weltgeschichte von vorn anfangend aus eigner Machtvollkommenheit sich selber Moral, Sitte und Religion machen wollte. – Der Naturphilosophie endlich entsprach unsere neuere Romantik. Gleich jener Philosophie hat die Romantik aus dem beschränkten Erfahrungsgebiete Kants sowie von der stofflosen Luftspiegelung der Fichteschen Ichheit, kühner wie beide, wieder zu der innern Wahrnehmung des Übersinnlichen und der in der äußeren Welt waltenden ewigen Naturkraft sich zurückgewendet, sie ist aber auch sehr häufig der naheliegenden Gefahr dieser Philosophie, dem Irrtum einer phantasierenden Naturvergötterung, nicht entgangen. Novalis versuchte es, auf diesem Wege durch eine tiefsinnige Symbolik alles Lebens eine Weltwissenschaft poetisch darzustellen, während Werner in seinen frühesten Dramen in pantheistischer Leere abirrte. Am innigsten unter den Dichtern schließt sich wohl Goethe, ohne es zu wissen und zu wollen, der naturphilosophischen Anschauung an, indem er überall unbefangen und unmittelbar in das Leben greift und uns daher in den klar durchsichtigen äußeren Erscheinungen mehr oder minder die verborgene Weltseele enthüllt, wenngleich er uns nirgends bis zu dem letzten wahren und eigentlichen Grund der Dinge blicken läßt. – Welchen Einfluß die Hegelsche Philosophie auf die Poesie ausübt, läßt sich jetzt noch kaum bestimmen, da sie ihren Kreislauf noch immer nicht abgeschlossen hat. Auffallen jedoch muß es, daß ihr die moderne Poesie des Hochmuts und des Hasses auf der Ferse gefolgt ist.

Gleich wie wir also eine philosophische Poesie besitzen, so haben wir auch eine *philologische Poesie.* Die Reformation hatte zum Behuf ihrer biblischen Kritik und Exegese die Philologie auf einmal aus der natürlichen bescheidenen Stellung verrückt, die sie im Mittelalter fortdauernd eingenommen. Die Philologie war das *verzogene* Kind der protestantischen Theologie und hat sich daher sehr bald völlig emanzipiert und aus einem bloßen Mittel höherer Bildung zum Zweck dieser Bildung gemacht. Sie ist ohne

Zweifel der unentbehrliche Schlüssel zu den geistigen Schätzen des Altertums; aber ebenso gewiß ist es doch ein seltsamer Irrtum, den Schlüssel als die Hauptsache, als den Schatz selbst, zu nehmen. Und das geschah in der Tat. Auf den protestantischen Schulen wurde nun namentlich auch die Poesie eine bloße Hülfswissenschaft der Philologie. Homer, Pindar, Sophokles und Virgil hatten nur gedichtet, um der Nachwelt die Regeln der alten Grammatik anschaulich zu machen, oder höchstens um den gelehrten Scharfsinn an neuen Konjekturen und Lesarten zu üben; die Schüler sollen lateinisch und griechisch dichten, ja antik denken und glauben lernen. Diese servile Nachahmung der Alten – welche, wie die damaligen Römer, alles für barbarisch erklärt, was nicht römisch oder griechisch ist – hat aber die moderne Barbarei herbeigeführt: die stupide Verachtung unseres Mittelalters und seiner großen Dichterwerke. Eine solche totale Rückwendung zum klassischen Altertum wird überall schulmäßig als notwendig und überaus heilsam gepriesen. Wir können beides, auf die Gefahr hin, verketzert zu werden, keineswegs so unbedingt zugeben. Notwendig allerdings war es nur für die Protestanten, weil sie mit dem Mittelalter gebrochen hatten und also gleichsam von vorn wieder anfangen und einen neuen Anknüpfungspunkt erst suchen mußten. Aber natürlicher und heilsamer wäre es gewesen, an den *nationalen* Bildungsgang anzuknüpfen, der durch den Dreißigjährigen Krieg zwar gestört, aber durchaus nicht vernichtet war. Dies taten in Spanien Lope de Vega, in England Shakespeare, und als *dort* die neuern Poeten, *hier* Ben Jonson sich zu den Alten wandten, folgte hier und dort der Verfall der Poesie.

Und was war denn faktisch die hochgepriesene Wirkung für Deutschland? Zunächst jene lächerliche gelehrte Hofpoesie, die an die Stelle der vertriebenen Heiligen die heidnischen Götter mit Haarbeutel und Stahldegen setzte und ihren alleruntertänigsten Pegasus vor den Triumphwagen krähwinkliger Heroen und Mäzenaten spannte. Sodann das grobe Mißverständnis der Aristotelischen Poetik, das uns langehin zu ziemlich possierlichen Affen der französischen Bühnenregelmäßigkeit machte. Später dann wieder die sogenannte Poesie der Grazien, eine salondüftelnde Lebensweisheit und liederliche Leichtfertigkeit, welche wir füglich entbehren konnten. Und endlich durch die Gräkomanen eine Verrenkung und Verzerrung der Sprache, die mit Klopstocks Oden und Bardieten beginnt und bei Voß eine schreckenerregende Virtuosität erreicht; ja man kann in diesem Betracht gewissermaßen auch Platen noch zu den philologischen Dichtern rechnen.

Wir sind weit entfernt, die sonnenklare altklassische Schönheit und ihren wohltätigen Einfluß, namentlich in formaler Hinsicht, zu verkennen. Das gründlichere Studium des Altertums hat ohne Zweifel zur Bildung unserer Sprache, da sie eben in inneren und äußeren Kämpfen beispiellos verwildert war, wesentlich beigetragen und uns in einer engen philisterhaften Zeit den kräftigenden Blick auf eine größere, heroische Zeit wieder eröffnet. Aber ebenso entschieden müssen wir die Abgötterei anklagen, die mit dem Griechentum, als dem einzig Würdigen, getrieben wurde und uns ganz übersehen ließ, daß unsere eigene Sprache früher einen Wohllaut, eine Anmut und dichterische Kraft besaß, die der Entwickelung und Sorgfalt nicht weniger fähig und wert waren, sowie daß das Mittelalter uns noch häufigere und größere Vorbilder von Heldenmut, Freiheit und Tugend darbietet, deren moralische Gewalt über die jugendlichen Gemüter um so wirksamer sein mußte, da sie uns innerlich verwandt und verständlicher sind als die der alten Welt. Und so hat denn diese Altertümelei in der Tat großenteils den nationalen Quietismus verschuldet, der um Hekuba weint und für Glück und Unglück des deutschen Vaterlandes kein rechtes Herz hat. Das Große der alten Welt ist das Reinmenschliche, das allen Völkern gemein ist, bei jedem Volke aber sich naturgemäß anders gestalten muß, um wirklich lebendig zu werden. Jedenfalls hat sonach durch jenes Sichversehen in das griechische Wesen unsere ganze Poesie etwas Fremdes, Gelehrtes und Irreligiöses erhalten, das sie unpopulär und zu einem bloßen Steckenpferde der sogenannten Gebildeten machte. Auch haben unsere größten Dichter, wie Goethe, Schiller und Tieck, jederzeit ein gut Teil Mittelalter sich reserviert, und namentlich Goethes bedeutendste Werke: Götz, Tasso und Faust, sind grade diejenigen, auf die das Altertum am wenigsten influiert hat. Auch die wandelbaren Prinzipien der Erziehungslehre sind bei uns durch eine sehr mannigfaltige *pädagogische* Poesie vertreten. Der steifen Anstandsschule der guten alten Zeit, wo die Kinder nur frisiert und gepudert vor ihren Eltern erscheinen durften, entspricht genau die gleichzeitige mathematische Zopfpoesie, die das ganze Leben als eine feierliche Menuett mit geometrisch abgemeßnen Touren und symmetrischen Bücklingen auffaßte. Bald darauf folgte plötzlich Basedows Natursturm, eine Art Urwälderei und natürlicher Moral; jeder sollte, wie Kraut und Rüben, bloß aus einem angebornen Naturell herauswachsen und zu allgemeiner Nützlichkeit praktisch dressiert und verbraucht werden. Goethe hat diese Wirtschaft, wir wissen nicht recht, ob im Ernste oder ironisch, jedenfalls aber sehr treffend in der pädagogischen Provinz seiner Wanderjahre geschildert. Als poetisches Gegenbild aber erschienen nun sogleich zahllose rührende Romane von unübertrefflichen Wilden, es kam das Weib, wie es sein sollte, der Jüngling, der Gatte, die Köchin, wie sie sein sollten; ja selbst Ifflands Schauspiele gehören recht eigentlich hierher. Später jedoch hatten die Pädagogen sich ein Eldorado erdacht, zu dessen Eroberung die Jugend zurechtgemacht werden sollte. Sie sollte schlechterdings dereinst Kirche und Staat reformieren und hierzu frühzeitig heroisch gestimmt und gestählt werden; es wurde daher selbst das freie Spiel der Kinder als Turnkunst in ein spartanisches System gebracht und von der Kirche und Religion nur der Haß gegen das katholische Mittelalter beibehalten. Auch die geharnischten Jungen akzeptierten natürlicherweise das ihnen prädestinierte Heldentum *vor* der Tat; so entstand die Altklugheit, aus der Altklugheit der Dünkel und aus diesem die neueste politische Poesie, die grade die Unreifsten beschäftigt und begeistert hat und im Grunde auch nur eine versifizierte Turnübung war; so wie denn überhaupt diese ganze, beständig wechselnde, pädagogische Poesie nur eine psychologische Experimentalpoesie ist und sein kann. – Neuerdings endlich scheint wieder eine ganz materielle Richtung vorzuwalten, eine allgemeine Realschule zur Erzielung einer industriellen Reichsritterschaft, wo der erfinderische Eigennutz die Heldenrolle übernommen hat und die Geldaristokratie, anstatt des alten Adels, in den dampfenden und klappernden Fabriken über ihre Leibeigenen ziemlich barbarisch verfügt. Hiermit aber hat die Poesie, als eine brotlose Kunst, gar nichts zu schaffen, gegen welche sich daher auch eine auffallende Gleichgültigkeit und Verachtung überall bemerkbar macht.

Vorstehende Skizze, die leicht noch ins Unendliche fortgeführt werden könnte, mag hinreichen, um die oben erwähnte große Mannigfaltigkeit unsrer poetischen Literatur anzudeuten. Sie zeigt aber auch, daß auf diesem vergleichenden Wege, anstatt eines geschlossenen Gesamtbildes dieser Literatur, vielmehr eben nur ihr Zerfall in sehr verschiedene verwandtschaftliche Gruppen klarzumachen ist. Es gibt bekanntlich mehrere Gesichtspunkte, unter welchen der Wert und die Gestaltung einer Literatur überhaupt sich auffassen läßt.
Der unfruchtbarste derselben ist wohl der ästhetische, die Beurteilung nämlich nach einer allgemeinen Theorie der Kunst. Eine poetische Zeit denkt nicht an ihre Schönheit, weil sie dieselbe von selbst besitzt, gleich wie ein Gesunder seine Gesundheit nicht merkt. Erst wenn die Schönheit abhanden gekommen, wird die verlorene absichtlich gesucht oder philosophisch konstruiert, und so entsteht die Ästhetik. Wir hatten allerdings zu jeder Zeit auch eine

ästhetische, d. h. nach den eben gangbaren Schönheitsregeln *gemachte* Poesie. Aber jeder *wahre* Dichter hat, meist ohne es zu wissen, seine eigene Ästhetik. Jene allgemeinen Theorien sind begreiflicherweise einem beständigen Wechsel unterworfen und zu subjektiv, um als Norm zu gelten, und es wäre ebenso ungerecht als unhistorisch, irgendeine entferntere Periode der Poesie nach der gegenwärtig eben beliebten Theorie abschätzen zu wollen. Man denke hier z. B. nur an die unübersteigliche Kluft zwischen Gottscheds und Lessings Lehre, oder in neuerer Zeit auch zwischen Jean Paul und Solger, von denen jeder in gewissem Sinne recht hat oder doch recht zu haben glaubte.

Ein anderes Verfahren ist das chronologisch-geographische, das wohl auch historisch genannt zu werden pflegt, indem hier die Literatur nach ein für allemal geschichtlich bestimmten Zeitabschnitten, die aber durch ganz *andere* Ereignisse bedingt sind, zurechtgelegt und innerhalb dieser Abschnitte wieder in eine sächsische, östreichische, schwäbische, niederrheinische usw. eingeteilt und durch Jahreszahlen möglichst genau begrenzt wird. Das gibt allerdings einen bequemen Schematismus für die Schule, allein die dadurch bezweckte Ordnung ist durchaus nur illusorisch. Das poetische Element geht wie ein Frühlingshauch durch die Luft über die Kalenderjahre und provinziellen Marken hinweg und hat seine eigenen imaginären Provinzen; die mühsam gezogenen Grenzen und Abschnitte greifen prophetisch, ergänzend oder verwirrend beständig ineinander, ja oft staut die leichtbewegliche Luftströmung weit zurück, um dann plötzlich wieder Jahrhunderte zu überspringen. Es herrscht also hier ein anderes geheimnisvolleres Gesetz als in der politischen Historie.

Tiefer schon greift der *nationale* Gesichtspunkt, die Würdigung nämlich einer Literatur nach ihrer Übereinstimmung mit dem Geiste der Nation, welcher sie angehört. Wir haben oben den deutschen Nationalgeist als einen vorzugsweise nach innen gewandten bezeichnet und als natürliche Folge davon die freie Ausbildung individueller Eigentümlichkeiten erkannt, woraus wieder die auffallende Mannigfaltigkeit unserer Literatur sich selbst erklärt. Und in *diesem* Sinne dürfen wir allerdings, wenn wir von weltlichen Interessen und untergeordneten Parteizwekken absehen, die deutsche Literatur unbedenklich eine nationale nennen. Die italienische Poesie ging schon sehr früh auf die Denkart und Kunstformen ihrer klassischen Vorzeit zurück, die aber, bei der seitdem durch das Christentum völlig veränderten Weltlage, nicht mehr wahrhaft national sein konnte; während in der englischen der Einfluß der heterogensten, einander oft gradezu widersprechenden Völkerelemente, mit einem Wort: die geistige Komposition eines Mischvolkes sich häufig fühlbar macht und bis heut noch nicht vollkommen beendigt und geschlossen scheint. Unter allen ist ohne Zweifel die spanische Poesie die nationalste; aber sie ist es auf eine ganz andere Weise als die unsere. In Spanien ist es die Freude und begeisterte Verherrlichung einer durch Jahrhunderte erkämpften Errungenschaft von Religion, Ehre und Ritterlichkeit, welche ihr prächtiges, aber durchaus einförmiges Zauberlicht über alle Dichtungen und Dichter wirft, die sich daher nur durch die größere oder geringere Kunstvollendung voneinander unterscheiden. In Deutschland dagegen ist eben das Ringen selbst, der sich beständig erneuernde Kampf um jenes Eldorado, und, da jeder einsam für sich kämpft, die totale Verschiedenheit das Charakteristische und Nationale. Betrachten wir aber diesen Kampf genauer, so erkennen wir, daß derselbe, wie wir auch schon aus dem oben angedeuteten Zusammenhange der Dichtkunst mit der Philosophie ersehen, in seinem Grundzuge unausgesetzt grade den *höchsten* Gütern des Lebens, der Erkenntnis Gottes und der überirdischen Dinge gilt. Der durchgreifende Gesichtspunkt zur Beurteilung der deutschen Literatur, der hiernach zugleich auch den nationalen mit umfaßt, wird also nur der *religiöse* sein können.

Es geht durch alle Völker und Zeiten ein unabweisbares Gefühl von der Ungenüge des irdischen Daseins und daher das tiefe Bedürfnis, dasselbe an ein Höheres über diesem Leben, das Diesseits an ein Jenseits anzuknüpfen, Vergangenheit und Gegenwart beständig mit der geheimnisvollen Zukunft zu vermitteln. Und dieses Streben, durch welches alle Perfektibilität und der wahre Fortschritt des Menschengeschlechts bedingt wird, ist eben das Wesen der Religion. Wo aber dieses religiöse Gefühl wahrhaft lebendig ist, wird es sich nicht mit müßiger Sehnsucht begnügen, sondern in allen bedeutenderen Erscheinungen des Lebens sich abspiegeln; am entschiedensten in der Poesie, deren Aufgabe, wenngleich auf anderem Gebiet und mit anderen Mitteln, offenbar mit jenem Grundwesen der Religion zusammenfällt, also in ihrem Kern selbst religiös ist.
Und so ist denn auch in der Tat, genau genommen, die Geschichte der poetischen Literatur, dem Kreislaufe des Blutes vom und zum Herzen vergleichbar, eigentlich nichts anderes als das beständig pulsierende Entfernen und wieder Zurückkehren zu jenem religiösen Zentrum. Alle Revolutionen der Poesie sind durch die Religion gemacht worden. Schon im Altertum und namentlich bei dessen poetischstem Volke, den Griechen, ging die Poesie, da der alte Götterglaube, auf dem sie ruhte, verloschen war und philosophisch umgedeutet wurde, von ihrer ursprünglichen strengen Größe zu skeptisch vermittelnder Weltlichkeit, von Äschylus zu Euripides über. Das Christentum sodann, die ganze Weltansicht verwandelnd und wunderbar vertiefend, schuf aus der anarchischen Verwirrung, welche dieser Geisterkatastrophe unmittelbar folgte, an die Stelle der alten Verherrlichung des Endlichen die romantische Poesie des Unendlichen. Späterhin war es abermals der auf demselben Gebiet durch die sogenannte Reformation herbeigeführte Umschwung, welcher unsere Poesie in eine völlig veränderte Bahn mit sich fortriß; und noch in neuester Zeit entstand aus der re-

ligiösen Reaktion gegen den Unglauben einer flachen Aufklärung die moderne Romantik, die noch bis heut nicht ganz verklungen ist.

Und das kann auch nicht anders sein. Denn was ist denn überhaupt die Poesie? Doch gewiß nicht bloße Schilderung oder Nachahmung der Gegenwart und Wirklichkeit. Ein solches Übermalen der Natur verwischt vielmehr ihre geheimnisvollen Züge, gleich wie ja auch ein Landschaftsbild nur dadurch zum Kunstwerke wird, daß es die Hieroglyphenschrift, gleichsam das Lied ohne Worte, und den Geisterblick fühlbar macht, womit die verborgene Schönheit jeder bestimmten Gegend zu uns reden möchte. Auch die noch so getreue Darstellung der *Vergangenheit* gibt an sich noch keine Poesie, wenn der historische Stoff nicht durch überirdische Schlaglichter belebt und gewissermaßen erst wunderbar gemacht wird; und jedenfalls wird sie stets an Genialität der wirklichen Geschichte weit nachstehen müssen, die der göttliche Meister nach ganz anderen ungeheueren Dimensionen und Grundrissen dichtet, wofür wir hienieden keinen Maßstab haben. Aber ebensowenig darf die Poesie auch anderseits eine unmittelbare Darstellung der übersinnlichen Welt unternehmen wollen; denn diese entzieht sich, wie der Abgrund des gestirnten Himmels in unbestimmte Lichtnebel zerfließend, in ihrer unermeßlichen Ferne und Höhe beständig der Kunst und ihren irdischen Organen; wie denn an dieser Aufgabe auch wirklich die größten Dichter, Milton, Klopstock u. a. gescheitert sind. Die Poesie ist demnach vielmehr nur die indirekte, d. h. sinnliche Darstellung des Ewigen und immer und überall Bedeutenden, welches auch jederzeit das Schöne ist, das verhüllt das Irdische durchschimmert. Dieses Ewige, Bedeutende ist aber eben die Religion und das künstlerische Organ dafür das in der Menschenbrust unverwüstliche religiöse Gefühl.

Auch das hat die Poesie mit der Religion gemein, daß sie wie diese den *ganzen* Menschen, Gefühl, Phantasie und

Verstand gleichmäßig in Anspruch nimmt. Denn das Gefühl ist hier nur die Wünschelrute, die wunderbar verschärfte Empfindung für die lebendigen Quellen, welche die geheimnisvolle Tiefe durchranken; die Phantasie ist die Zauberformel, um die erkannten Elementargeister heraufzubeschwören, während der vermittelnde und ordnende Verstand sie erst in die Formen der wirklichen Erscheinung festzubannen vermag. Ein so harmonisches Zusammenwirken finden wir bei allen großen Dichtern, bei Dante, Calderon, Shakespeare und Goethe, wie sehr auch sonst ihre Wege auseinandergehen. Der Unterschied besteht nur in dem Mehr oder Minder jener drei Grundkräfte. Wo aber dieser Dreiklang gestört und eine dieser Kräfte alleinherrschend wird, entsteht die Dissonanz, die Krankheit, die Karikatur. So entsteht die sentimentale, die phantastische und die Verstandespoesie, die eben bloße Symptome der Krankheit sind.

Es geht, wie durch die physische Welt, so auch durch das Reich der Geister, eine geheimnisvolle Zentripetal- und Zentrifugalkraft, ein beständiger Kampf zwischen himmlischer Ahnung und irdischer Schwere, welcher in dem großen Ringe, der die Geister wie die Planeten umfaßt, je nach den engeren oder weiteren Kreisen, die sie um den ewigen Mittelpunkt beschreiben, Licht oder Schatten, belebende Wärme oder erstarrende Kälte, sehr verschieden verteilt. Aber das, was in dem Sonnensystem als unvermeidliches Naturgesetz erscheint, ist im Geisterreich ein Akt der Freiheit, die Notwendigkeit dort wird hier durch freie Wahl zur Tugend oder Sünde, je nachdem die natürliche Harmonie bewahrt oder willkürlich gebrochen wird. Wir scheuen uns daher nicht, diesen höchsten Maßstab allen Lebens auch an die bedeutendste Manifestation des Geisterreichs, an die Literatur, anzulegen. Und diesen großen Weltgang, namentlich in den einzelnen Zweigen und Evolutionen unserer Poesie, näher nachzuweisen, ist eben die Aufgabe, die wir nachstehend zu lösen versuchen wollen, auf die Gefahr hin, daß dann vielleicht manches

Hochgepriesene klein, manches Geringgeachtete groß erscheinen dürfte.
Schließlich nur noch die Bemerkung, daß wir in dem Abschnitt von der neueren Romantik den Inhalt unserer früheren Schrift über denselben Gegenstand mit wenigen Zusätzen wieder aufgenommen haben, weil dieses Werkchen im Buchhandel vergriffen ist, weil unsere dort ausgesprochenen Ansichten und Überzeugungen seitdem unverändert geblieben sind, und weil es hiernach jedenfalls eine ebenso unnütze als unerträgliche Arbeit wäre, *dasselbe* mit anderen Worten sagen zu wollen.

I

Das alte nationale Heidentum

Es geht in der alten Geschichte eine noch nicht ganz überwundene Fabel um, die Meinung nämlich, daß die Deutschen, als sie in die Weltgeschichte eintraten, noch Wilde waren, die, etwa wie die Irokesen, Botokuden und andere Menschenfresser, in ihren Urwäldern in Erdhöhlen hausten und ihren Gesang dem Zwitschern der Vögel oder dem Geheul der Wölfe ablernten. Eine Tradition, die von den Künstlern bis in die neueste Zeit fortgepflanzt wurde, indem sie in den illustrierten Geschichtshandbüchern unsere Vorfahren als leibhaftige Bärenhäuter darzustellen pflegen. Und allerdings scheinen auch vielfache Nachrichten von damaligen Schriftstellern diese Ansicht zu bestätigen. Da ist meistenteils von nichts anderem als von undurchdringlichen Sümpfen, Auerochsen und Barbaren die Rede, und noch Julian, der Apostat, berichtet, daß ihm die Volkslieder der Deutschen am Rhein wie das Gekrächz schreiender Raubvögel geklungen.
Allein einmal ist es schon an sich eine historische Unmöglichkeit, daß solche Wilde dem Stoße der römischen Zivilisation dauernd widerstehen, ja endlich gar die in allen

Kriegskünsten weit überlegene Macht der Römer brechen konnten. Die Roheit ist niemals eine Weltkraft; die Geschichte aller Zeiten lehrt das grade Gegenteil. Die Kelten in Gallien und Spanien mußten damals in der römischen Bildung aufgehen oder sich vor ihr in die unzugänglichsten Gebirge flüchten, und noch neuerdings hat die europäische Zivilisation die wilden Ureinwohner Amerikas fast spurlos vernichtet. Sodann darf man auch nicht vergessen, daß wir jene alte Zeit nur im römischen Spiegel erblicken, der aber damals schon zu künstlich geschliffen war, um so ganz fremde Zustände rein und einfach zu reflektieren; abgesehen davon, daß überdies die Römer eigentlich nur die Grenzvölker kannten, die, beständig im Feldlager und gerüstet gegen ihren Erbfeind, notwendig ein wilderes und ungeregelteres Aussehn haben mußten als das unberührte Wesen im Innern und Norden Deutschlands.

Demungeachtet waren die Römer ein viel zu praktisches und welterfahrenes Volk, um nicht das Großartige des deutschen Wesens zu empfinden und über den totalen Gegensatz zu erstaunen, in welchem dasselbe zu der übrigen alten Welt gestanden. Und wir können dieses Erstaunen nur teilen, wenn wir aus den wenigen bis auf uns gekommenen Zügen jener Zeit in der Tat schon die Physiognomie und sittliche Grundlage des Rittertums erkennen, das nachher, als es durch das Christentum erst seine Weihe und rechte Bedeutung erhalten, ganz Europa regenerieren sollte.

Es ist zunächst der erfrischende Hauch eines unverwüstlichen *Freiheitsgefühles,* das uns aus jener schönen Waldeinsamkeit entgegenweht. Zwar bestand eine Gliederung jedes Stammes in Adel, Freie und Dienstmannen unter einem erblichen Fürsten oder Könige. Aber wie der wahrhaft Freie überall die Freiheit ehrt, so waren auch die Dienstmannen weder Leibeigene noch Sklaven im römischen Sinne; der Adel hatte größtenteils nur Ehrenrechte, und die Gewalt des Fürsten war sehr beschränkt, da ihm das wirksamste und gefährlichste Organ derselben, das Recht des Blutbanns und des Heerbanns fehlte. Denn der Krieg wurde vom versammelten Volk und Adel beschlossen und bei dessen Ausbruch jedesmal ein besonderer Heerführer (Herzog) erwählt, und ebenso durften Todesurteile nur von einem gleichfalls von Volk und Adel gewählten Priester der Nation gesprochen und festgesetzt werden. Überdies hatte jeder Freie das Recht, in den allgemeinen Volksversammlungen bewaffnet zu beraten. Jeder also fühlte sich als ein lebendiges Glied des Ganzen, und die ganze Nation war ein zu Schutz und Kampf bereites Heer von Wehrmannen (Germanen), die jederzeit den Tod unbedenklich einer schimpflichen Gefangenschaft vorzogen.

Damit jedoch diese höchste persönliche Freiheit nicht in Willkür auseinanderfallend sich selbst vernichte, vereinigten sich, namentlich in Zeiten der Gefahr, mehrere Stämme zu einem nationalen Völkerbunde, dessen Verletzung, als das *einzige* Kapitalverbrechen, mit dem Tode, sowie Feigherzigkeit im Kriege mit der Acht bestraft wurde. Innerhalb dieser größeren Kreise aber bildeten sich jederzeit wieder eigentümliche Waffenfreundschaften, indem einzelne Kampflustige einem durch Macht oder Heldenruhm hervorragenden Führer als freie Gehülfen sich anschlossen und von ihm dann mit erobertem Lande beteilt zu werden pflegten. Nur muß man sich hüten, dabei etwa an die späteren Karikaturen dieser Zustände, an Condottieri und Landsknechte zu denken, die nur dem wechselnden Glück und höherem Solde folgten. Hier handelte es sich nicht um materielle Interessen, sondern um ein persönlich moralisches Band, das keine irdische Macht zu lösen vermochte, um eine Waffenbrüderschaft auf Sieg oder Tod; und es war eine unauslöschliche Schande ebenso für das Gefolge, den Waffenherrn zu überleben, wie für diesen, seine Edeldiener jemals zu verlassen. Wir erblicken also hier schon die ersten Lineamente der nachherigen Lehensverfassung, oder vielmehr deren eigentliche Bedeutung

und sittlichen Grund: die Tugend aufopfernder *Treue*, die bei uns sprichwörtlich geworden und einen wesentlichen Charakterzug des deutschen Mittelalters bildet. Wie in den Einrichtungen des Lebens daher spiegelt auch schon in unseren ältesten Heldengedichten diese unerschütterliche Treue sich ab und führt, namentlich im Nibelungenliede, die tragische Katastrophe herbei, indem der grimme Hagen aus Treue gegen seine Königin Brunhild den Siegfried erschlägt und dann mit seinen Herren unbedenklich nach dem Hunnenlande in den sicher vorausgesehenen Tod geht; während dagegen die Burgunderkönige lieber Leben und Land lassen, als ihre Freiheit durch die verlangte Auslieferung des getreuen Hagen zu erkaufen.
Wir erwähnten schon oben, daß der Vorrang des Adels mehr sittlicher als materieller Art war. Er scheint, außer dem Recht des ersten Vorschlages auf den Bundesversammlungen, vorzüglich in dem stets höher geachteten Kriegsdienst zu Pferde bestanden zu haben. Vor allem aber in der historischen Erinnerung an die Taten der Vorfahren, in einem traditionellen Heldenruhm des Geschlechts, den zu behaupten und zu vermehren der Stolz der Nachkommen war. Ebenso wurde in Kriegszeiten der Herzog, wie Tacitus ausdrücklich sagt, nicht nach Geburt, sondern nach Verdienst gewählt. Endlich war auch jeder Freie in persönlichen Dingen selbständig auf sein eigen Schwert gewiesen; er hatte das Recht der Selbsthülfe gegen jeden einzelnen Beleidiger, ja, in äußersten Fällen sogar die Pflicht der Blutrache. Und so entwickelte sich schon so frühe ein anderes charakteristisches Element des Rittertums: der wunderbare Geist der *Ehre*, jene erhabene Gesinnung, die, wie ein weltliches Gewissen über alle materiellen Rücksichten hinausgehend, die rohe Kraft bändiget und im Bunde mit der Religion die Nationen groß macht.
Am folgenreichsten aber vielleicht für alle künftigen Zeiten hat sich wohl die hohe Stellung erwiesen, welche die Frauen bei den Germanen einnahmen, während sie bei

den andern alten Völkern zu dumpfer Sklaverei herabgewürdigt oder höchstens, wie in Rom und Griechenland, als pikanter Zeitvertreib und Zierat des souveränen Männerlebens geduldet wurden. Bei den Germanen dagegen war die Strenge und Innigkeit der nach freier Wahl und Neigung geschlossenen Ehen ein Gegenstand allgemeiner Verwunderung der Römer, und wir sehen die Frauen überall an Kampf, Not und Freude der Männer tröstend, hülfereich und erfrischend teilnehmen. Daher bestand, wenigstens bei den adligen Geschlechtern, die Morgengabe der Frau in Schlachtroß, Schild und Waffe. Denn die Frauen folgten dem *Heere* in den Krieg, die Verwundeten pflegend und nicht selten durch ihren beseelenden Mut die wankende Schlacht wendend, oder, wenn alles verloren schien, sich selbst einem freiwilligen Tode weihend. So ergänzten sich fortdauernd beide Geschlechter, Kraft und Milde. Und nur aus solcher wechselseitigen Achtung konnte die Macht *geistiger Liebe* hervorgehen, deren Glanz das ritterliche Mittelalter so wunderbar beleuchtet und die das Christentum als ebenbürtig anerkannt hat.

Man sagt, der allgemeine Schönheitssinn der Griechen sei vorzüglich durch den täglichen Anblick der Tempel und Kunstwerke auf allen öffentlichen Plätzen geweckt und genährt worden. Mit noch größerem Rechte darf man behaupten, daß die ernste und strenge Schönheit unserer Heimat einen ähnlichen Zauber auf ihre Bewohner ausgeübt hat; dieses von Gebirgen, kräftigen Strömen und grünen Tälern durchzogene Land mit seinen Felsentrümmern und geheimnisvollem Quellenrauschen, wo, nach der Beschreibung des älteren Plinius, „tausendjährige Eichen mit gegeneinander strebenden, ineinander verschlungenen Wurzeln und Ästen, hohe Schwibbögen, Gänge und Gestalten bilden, sonderbar ähnlich den kühnen Gebäuden der Menschenkunst, nur größer, lebendiger und freier, wie zu einem Riesentempel der Natur erhoben". Daher bauten die germanischen Völker nur wenige Städte, sondern wählten ihren Wohnsitz, ohne Rücksicht auf gemeines Bedürfnis, am liebsten auf freien Höhen oder in einsamen Tälern. Daher das tiefe *Naturgefühl,* das in Deutschland alle Wandelungen der Jahrhunderte überlebt hat, und noch bis heut, wie ein erfrischender Waldeshauch, auch unsere Poesie, wenn wir etwa den wesentlich germanischen Shakespeare ausnehmen, von der Poesie aller anderen Nationen unterscheidet.

Wenden wir uns nun nach diesem kurzen Überblick des innern Lebens jener Zeit, die, wie wir gesehen, poetische Elemente genug aufzuweisen hat, zu ihrer Poesie selbst, so müssen wir uns abermals lediglich auf das Zeugnis der Römer verlassen. Diese römischen Nachrichten aber sind verworren, lückenhaft und durchaus unzureichend. Wir haben schon oben gelegentlich Julians verwerfendes Urteil über den deutschen Kriegsgesang vernommen; andere urteilen nicht günstiger und klagen besonders über die vermeintliche Härte und Ungeschlachtheit der germanischen Sprache. Nur Tacitus, dessen Tiefsinn und unbeugsame Wahrheitsliebe freilich alle andern überwiegt, spricht auch hier mit besonnener Anerkennung des deutschen Wesens. Er gedenkt ihrer begeisternden Schlachtgesänge, Götter- und Heldenlieder und rügt die vornehme Beschränktheit der Griechen, die nur das Ihrige kannten und schätzten und der Lieder von Hermanns Heldentaten nicht achteten, die noch damals durch alle deutschen Gauen erklungen.
Diese Rüge aber und der scheinbare Widerspruch jener alten Nachrichten erklärt sich einfach daraus, daß die Griechen und Römer dazumal nur eine bereits überfeinerte Kunstdichtung, die Deutschen nur eine Volkspoesie besaßen, welche zu allen Zeiten einander unverständlich und daher auch stets gegeneinander ungerecht sind. Eine eigentliche Volkspoesie in so umfassendem Sinne haben überhaupt die andern alten Völker niemals gehabt. Bei den Griechen durchzogen besondere, mehr oder minder

geschulte Sänger das Land, und in ihrem Homer sind die alten Volkssagen bereits in eine sehr fühlbare Kunstdichtung verschmolzen, gleichwie auch unsere vaterländischen Sagen später in unserem Nibelungenepos zusammengefaßt und zu ihrer jetzigen Gestalt verarbeitet wurden, als die Heldenlieder, die es enthält, nicht mehr lebendig von Mund zu Munde gingen. Bei den ältesten Römern dagegen gehörte die Poesie ganz und gar dem Gottesdienste an, und Vates war mit Dichter, Priester oder Seher, Carmen für Dichtung und jederlei gottesdienstliche Formel gleichbedeutend. Ebenso befand sich bei den Kelten, deren Gebräuche und Einrichtungen bisher mißverständlich den germanischen Völkern angefabelt worden, die Poesie ausschließlich in den Händen einer besonderen Künstlerklasse, der Barden, die nur das poetische Organ ihres Druidenordens war. Die Deutschen aber hatten weder Druiden noch Barden, d. h. weder eine erbliche Priesterkaste noch eine von den Priestern abhängige Dichterzunft. Ihre Dichterschule war das Leben und ihre Poesie die Freude und Seele dieses Lebens. Die Helden waren selbst die Dichter, sie taten, wie sie sangen, und sangen, was sie taten, allen gleich verständlich, weil in allen wesentlichen Lebensansichten noch ein gemeinsamer Geist die ganze Nation verband, die nicht in Herren und Sklaven, wie bei andern gleichzeitigen Völkern, und noch nicht wie bei uns in Gebildete und Pöbel zerfallen war. Daher sehen wir hier Fürsten und Mannen an der fröhlichen Sangeskunst gleichmäßig teilnehmen; der Held Horant betritt singend die Hallen der soeben von ihm eroberten Burg, Regner Lodbrog haucht im Gesange sein Leben aus, selbst der schon christliche König Alfred geht als Sänger verkleidet in das feindliche Dänenlager, und der Spielmann Volker im Nibelungenliede schwingt mit gleicher Gewalt den Fidelbogen wie das Schwert. Daher kreiste an den Königshöfen und in ihren Volksversammlungen die Harfe von Hand zu Hand, während die Zuhörer in den Gesang mit einstimmten, gleichsam wie der Chor der alten Tragödie in die besungene Handlung lebendig hineinrankend. Es war der Hauch nationaler Heldenerinnerungen, der durch die Wipfel dieses uralten Dichterwaldes in wunderbaren Liedern ging, von deren mächtigem Einfluß auf das ganze Leben die Römer voll Erstaunen erzählen.

Wollen wir uns aber das eigentliche Grundwesen dieser Volkspoesie klarmachen, so müssen wir auch hier auf die religiösen Quellen zurückgehen, die ihr ihre Eigentümlichkeit gegeben. Die Religion der alten Germanen war allerdings, wie die aller Urvölker, ein Naturglaube; sie verehrten die Sonne, das Feuer und Wasser. Was uns aber dabei zunächst auffällt, ist die Einfachheit ihres Gottesdienstes, der weder Götzenbilder, noch irgend weitläufige Zeremonien kannte; ihr Tempel war der Wald mit seinen grünen Bogen und schlanken Säulenhallen. Vor allem aber ist es das *Übersinnliche* dieser Götterlehre, die sie von den andern Religionen des Altertums unterscheidet. Die Römer, und noch mehr die Griechen, zogen ihre Götter zur Erde in den Kreis der menschlichen Leidenschaften herab. Ihr Olymp, wenn wir durch den überreichen Fabelschmuck auf den eigentlichen Kern sehen und diesen als die sittliche Grundlage des Volksglaubens nehmen müssen, erscheint doch nur als ein fast kindischer Religionsversuch; ein lustiges Herrenhaus genialer Dynasten, die, weil sie sich selbst durchaus nicht zu regieren wissen, ein gar wunderliches Weltregiment führen. Wie unendlich größer, tiefer und wahrer als dieser Zeus oder Jupiter, der mit sultanischer Laune heut die Europa entführt und morgen wegen derselben Galanterie den Paris andonnert, ist die altgermanische Idee der ewigen Gerechtigkeit, des „Allvaters“ Wodan, des höchsten Richters und Rächers des Unrechts. Weder König noch Volk hatten das Recht des Blutbanns, die seltenen Todesurteile wurden nur in Wodans Namen gesprochen und verkündigt. Und mit dieser Vorstellung hing wesentlich auch ihr fester Unsterblichkeitsglaube zusammen. Das Jenseits der Grie-

chen war nur ein ungewisses nebelhaftes Schattenspiel des irdischen Daseins, die Walhalla der Germanen dagegen eine freudige Zuversicht, die in Schlacht oder Gefangenschaft heldenmütige Todesverachtung erzeugte.
Am unmittelbarsten aber blickt der Geist dieser Götterlehre uns aus der *Edda* an, seltsam fremd und doch befreundet. In diesem mythologischen Götter- und Heldengedicht, das von Deutschland ausgegangen und in der spätern skandinavischen Auffassung bis auf uns gekommen ist, waltet ein tragischer Tiefsinn, in welchem wir, da ein Einfluß des Christentums darauf historisch sich nicht nachweisen läßt, bereits eine Ahnung der göttlichen Wahrheit kaum verkennen können. Unter dem Baum des Lebens, der heiligen Esche Yggdrasill, die ihre Wurzeln durch alle Tiefen und ihre Zweige über das Weltall ausbreitet, kämpfen die Asen und Lichthelden mit den alten Naturkräften und Riesen der Finsternis. Aber alle diese Helden sind dem Untergange geweiht, der sich durch den Tod Balders, des schönsten unter ihnen, wehmütig ankündigt. Denn die Dämmerung der Götternacht bricht unaufhaltsam herein, und noch einmal siegt die alte Finsternis und der furchtbare böse Loke, bis endlich die neue Götterwelt in himmlischer Verklärung emporsteigt.
Erblichen sind diese Göttergestalten vor dem neuen Morgenrot, verklungen alle Heldenlieder dieser Zeit, nur zwei erst vor kurzem in Merseburg wieder aufgefundene Zaubersprüche gemahnen uns noch wie rätselhafte Trümmer einer versunkenen Welt. Aber eine dunkle Erinnerung an die verschlossenen Heroen und Sagen ist im Volke geblieben und mit ihr jener wundervolle Naturklang und tragische Geist der Edda, der mythische Kampf mit den Riesen und Ungeheuern der Finsternis, und der großartige Untergang der alten Heldengeschlechter, der das Grundthema aller spätern Volksepen und mittelalterlichen Rittergedichte bildet.

II
Kampf und Übergang

Die alte Welt war allmählich eine Lüge geworden; Götter, an die niemand mehr glaubte, Staatseinrichtungen für Tugenden, die man nicht mehr verstand oder verlachte, und dabei noch immer die fortgeerbte römische Prätention einer Weltherrschaft, die doch nur von den sogenannten Barbaren noch gehalten wurde. Der Schutt der Jahrhunderte, auf dem nur üppige Giftblumen wucherten, mußte hinweggeräumt, das ganze trügerisch morsche Prachtgerüst erst gebrochen werden, damit es das neue Leben nicht weiter hindere. Und dies eben war die welthistorische Bedeutung der Völkerwanderung, jener rätselhaften Völkerströme, die erfrischend von Norden und Osten über den todmüden Süden hereinbrachen; und eben deshalb ist das einzige Wandervolk, welches diese Mission nicht begriffen und dem Lichte des neuen Lebens sich störrig verschlossen hatte, das wilde Heer der Hunnen, nachdem es die untergeordnete Aufgabe des bloßen Niederwerfens erfüllt, auch spurlos von dem großen Schauplatze wieder verschwunden.

Das deutsche Volk ist irgendwo mit Recht der Riese Christophorus genannt worden, der das Christkind durch die Fluten einer wildempörten Zeit getragen. Denn allerdings hatten die südlichen Nationen schon lange vor den Deutschen sich zum Christentum bekannt; allein im byzantinischen Kaisertum war dasselbe in eine zweideutige, den weltlichen Staatsinteressen dienstbare Hofsache umgeschlagen, und in Rom hatte teils das ungeheure Gemisch der verschiedensten Nationalitäten und Religionen, teils die Anstrengung der Gelehrten, die alte Mythologie durch den Neuplatonismus philosophisch umzudeuten und wieder zu beleben, einen vielfach störenden und zersetzenden Einfluß ausgeübt. Man darf daher wohl behaupten, daß erst die jugendfrische und tiefere Auffassung

der germanischen Völker das Christentum in Europa wirklich einheimisch gemacht hat.
Indem aber das Christentum den Blick von den geheimnisvollen Naturkräften zu dem Urgrund alles Kreatürlichen, von der Sinnenwelt zum Übersinnlichen wandte, mußte es notwendig überall eine totale Umwandlung der Lebensansicht und Gesamtbildung und somit auch ihres poetischen Ausdrucks herbeiführen. Dies konnte jedoch grade bei einem so treu und ernst gestimmten Volke, wie das deutsche, nicht plötzlich und nicht ohne bedeutende Kämpfe geschehen. So rang im nordöstlichen Deutschland das nationale Heidentum noch lange und hartnäckig mit Karl dem Großen und endete nur mit der völligen Unterjochung der Sachsen. Ebenso entzündete sich in England ein ähnlicher Kampf zwischen den eingewanderten heidnischen Angelsachsen und dem christlichen Keltenkönig Artus, den nachher die christliche Ritterdichtung sagenhaft verklärt hat. Und da nun die alte Odinslehre vom deutschen Boden vertrieben war, flüchtete sie zu den gotischen Stämmen in Schweden, wo sie noch lange die bedeutsame Gestalt bewahrte, wie sie uns in der isländischen Edda erhalten worden.
Bei dieser Nachbarschaft von Heiden und Christen und dem nationalen Verkehr derselben konnte es nicht fehlen, daß nun hier zunächst eine Art von Kriegszustand permanent wurde. Nicht nur mußten die gewaltsam bekehrten Sachsen ihre alten Götter ausdrücklich abschwören, auch die alten Heldenlieder, mit denen die heidnischen Traditionen fortwährend noch herüberklangen, wurden von den geistlichen Behörden als Teufelswerk verboten, woraus denn ihr gänzliches Verschwinden einigermaßen erklärlich wird. Ja, selbst die uralte Form dieser Lieder, die Alliteration oder der sogenannte Stabreim, der, wie eine poetische Runenschrift, die bedeutsamsten Worte jedes Verses durch gleiche Anfangsbuchstaben betonte, ward jetzt mit Mißtrauen betrachtet und allmählich außer Gebrauch gesetzt. – Wir können vom poetischen und histori-

schen Standpunkt aus allerdings nur bedauern, daß diese alten Heldengesänge auf diese Weise verlorengegangen, aber wir dürfen auch nicht vergessen, daß das, was uns jetzt nur noch als ein schönes und harmloses Spiel der Phantasie erscheint, damals als wirklicher Volksglaube galt und also überwunden werden mußte.

Auch noch eine andere Folge des Christentums griff wenigstens mittelbar in die germanische Geistesentwickelung ein. Die Deutschen hatten nämlich das Christentum von den Römern und mit ihm die lateinische Sprache empfangen, die überdies, da sie bereits eine Weltsprache, auch zur Verbreitung der neuen Weltreligion am geeignetsten war. Die Sprachen der andern sogenannten romanischen Völker waren schon früher allmählich der übermächtigen römischen gewichen, oder sie hatten sich vielmehr, jede in ihrer Art, lateinisch regeneriert. Die deutsche Sprache aber war noch zu kerngesund, um nicht, mit Ausscheidung des fremden Elements, ihre Selbständigkeit und Eigentümlichkeit zu behaupten. Und so erhielten wir schon damals eigentlich zweierlei Sprachen, eine gelehrte und eine Volkssprache, ein Dualismus, den unsere Literatur noch bis jetzt nicht ganz beseitigt hat.

Unter den eingewanderten Völkern ragten ohne Zweifel die Goten an hohem Sinn und Bildung über alle anderen hervor. Weit entfernt daher, die alte Kultur zu zerstören, wie Attila mit seinen Hunnen tat, suchten sie vielmehr alles Große und noch Lebensfähige, das sie vorfanden, auf ihre Weise sich anzueignen. So wissen wir durch gleichzeitige Schriftsteller, daß der Gotenkönig Adolf seinen Ruhm darin suchte, die Herrlichkeit der Römer durch die Kraft der Goten wiederherzustellen und noch zu vergrößern, und daß es schon damals Römer gab, die lieber unter den Deutschen in Freiheit, obwohl dürftig leben mochten als wie ehemals in steter Angst vor den Erpressungen der alten Regierung. Ihr großer König Theodorich sorgte gleichmäßig für die Erhaltung der römischen wie der gotischen Sprache und Bildung, beide, eine durch die andre wechsel-

seitig ergänzend und neubelebend; und an seinem Hofe wurden die ersten christlichen Heldenlieder gesungen.
Sie sind zwar sämtlich verloren, so wie die Lieder, welche später Karl der Große sammeln ließ, aber dennoch können wir auf diesen Spuren den Strom der deutschen Poesie aus dem alten Sagenwalde bis tief in das Mittelalter hinein verfolgen. Denn jene Gotenlieder, die von lateinischen Schriftstellern als Volksgeschichte in Prosa aufgelöst worden, feierten vorzüglich den Ruhm und die Taten des Heldengeschlechts der Amelungen, später auch Attila, Odoaker und Theodorich selbst in ihren Kreis mit aufnehmend; sie wurzelten also noch in den Nationalerinnerungen der ältesten Vorzeit. Eben diese Lieder aber waren es, wie wir anzunehmen berechtigt sind, welche die erwähnte Sammlung Karls des Großen bildeten, aus welcher dann wiederum vieles und vielleicht das Bedeutendste im Nibelungenliede und Heldenbuche nachgeklungen hat. Und so geben denn auch wirklich die Nibelungen, selbst in ihrer jetzigen kunstmäßigen Gestalt, noch ein lebensvolles Bild jenes allmählichen Überganges vom Heidnischen zum Christlichen. Hier sehen wir noch die starren Zacken des alten Urgebirges drohend hereinragen, aber schon wunderbar beglänzt von dem Morgenrot des Christentums, bei dessen Widerscheinen gleichwohl in den nur erst ungewiß beleuchteten Abgründen noch die alten Ungeheuer und Drachen sich widerwillig ringeln, unzähmbare Kraft, Rache, und alle die entsetzliche Naturgewalt menschlicher Leidenschaften, bis zuletzt die furchtbare alte Heldenwelt, wie im Zorne, vor dem milderen neuen Lichte tragisch zusammenbricht.
Erhalten hat sich von den *Goten* nur ein einziges schriftliches Denkmal, das aber von dem majestätischen Klange, dem Reichtum, Wohllaut und strengem Bau ihrer Sprache ein überraschendes Zeugnis gibt. Es ist dies die vom gotischen Bischof Ulfila verfaßte Übersetzung der vier Evangelien. Die im 16. Jahrhundert aufgefundene und später in Prag aufbewahrte Handschrift wurde am Schluß des Drei-

ßigjährigen Krieges von den Schweden entführt und befindet sich gegenwärtig in Upsala; während erst im Jahre 1818 durch den Kardinal Mai auch noch die Briefe des Apostels Paulus in Ulfilas Übersetzung im lombardischen Kloster Bobbio entdeckt worden sind. Von Dichtungen aber besitzen wir aus der ältesten Zeit überhaupt, d. i. aus dem 8. oder 9. Jahrhundert, nur noch drei in ihrer damaligen Gestalt: das Hildebrandlied, den Walter von Aquitanien und den Beowulf.

Das *Hildebrandlied* bekundet auf eine merkwürdige Weise den vorhin behaupteten Zusammenhang der uralten und spätern Sagenwelt, indem es den Inhalt des, also schon damals alten, Nibelungenliedes zum Hintergrunde hat. Denn Hildebrand ist der Waffenmeister Dietrichs von Bern (des Gotenkönigs Theodorich), mit dem er nach der furchtbaren Schlußkatastrophe der Nibelungen vom Hofe Etzels (des Hunnenkönigs Attila) in seine Heimat zurückkehrt. Hier hatte er vor dreißig Jahren seinen Sohn Hadubrand verlassen, der nun selbst seitdem zum Helden herangewachsen ist und dem Vater, den er nicht kennt, den Eingang verwehrt. Vergebens erzählt dieser ihm seine Geschichte, der mißtrauische und trotzige Sohn ist nicht zu überzeugen. Da ruft Hildebrand: „Weh, waltender Gott, jetzt kommt das Wehgeschick! Sechzig Sommer und Winter bin ich außer Landes gewallet, und nun soll mich mein Kind mit dem Schwerte hauen oder ich zum Mörder an ihm werden!“ Aber es wäre unerhörte Feigheit, den Sohn vom Kampfe abzuhalten, nach dem ihm so gelüstet. Und so kämpfen sie miteinander auf Tod und Leben. – Man sieht, das ist noch wesentlich heidnische Tugend. Und dieselbe wildfremde Urgebirgsluft weht uns auch aus den beiden andern oben erwähnten Dichtungen an: wie dort *Walter von Aquitanien*, dem man die aus dem Hunnenlande entführte Braut und Schätze rauben will, in einem Engpasse der Vogesen mit zwölf Helden, und unter ihnen auch mit dem schrecklichen Hagen von Troni, kämpfen muß, wie sie einander Auge, Fuß und Hand ab-

hauen und dann beim Friedensmahle über das Grauenvolle heiter scherzen; während in dem angelsächsischen *Beowulf* dieser heldenhafte Jütenkönig mit dem Seeungeheuer Grendel und dessen Mutter ficht, und dann in einem mörderischen Kampfe mit einem Drachen seinen Tod findet. Außerdem blieben zwei große Sagenstoffe, die ein Jahrtausend überdauert haben. Der heidnische *Siegfried*, der mit seinem Schwert Balmung den goldhütenden Drachen Fafnir erschlägt, die Walküre Brunhild aus der Flammenburg erlöst und durch Verrat umkommt, erscheint demnächst von neuem als Christ im ersten Teile des Nibelungenliedes und macht später als der hörnerne Siegfried durch die Volksbücher die Runde, um uns endlich in Fouqués Sigurd dem Schlangentöter noch einmal zu begrüßen. Und dieselbe poetische Lebenskraft hat der berühmte *Fuchs Reinhart* bewahrt, von seiner ersten Ausfahrt im fünften Jahrhundert, als Reginhart mit den Franken über den Rhein, bis zu Goethes Hexametern vom Reineke Fuchs.
Der durch das Christentum erfolgte Umschwung aber übte einen doppelten Einfluß auf die Poesie aus. Während nämlich, wie wir schon oben angedeutet, mit dem erlöschenden Glauben an die heidnische Mythologie auch die in diesem Glauben wurzelnden Heldenlieder immer mehr verklangen, suchte man zugleich dem wachsenden christlichen Volksbewußtsein poetischen Ausdruck zu geben und die alte weltliche Poesie durch eine geistliche zu ersetzen. So entstand im 9. Jahrhundert das sogenannte Wessobrunner Gebet, das nur noch im Fragment vorhandene Gedicht Muspilli und die unter dem Namen Heliand (Heiland) bekannte altsächsiche Evangelienharmonie. Aber alle diese Gedichte, wiewohl durchaus christlichen Inhalts, können in ihrer ganzen Physiognomie die heidnische Abkunft noch keineswegs verleugnen. Es ist noch immer der Klang der alten Heldenlieder, aus denen sie hervorgegangen, die Form ist noch immer die alliterierende, ja Muspilli sogar noch die heidnische Benennung des Weltendes, von dem dieses Fragment handelt. Im Heliand

aber erscheint Christus noch ganz wie ein Heldenfürst der alten Epen, der mit seinem Gefolge eine beglückende Volksfahrt hält und in den Versammlungen der Völkerstämme mit seinen Getreuen tagt. – Näher schon und an den äußersten Grenzen der alten und neueren Welt steht dagegen die oberdeutsche Evangelienharmonie des Benediktinermönches Otfried aus den dreißiger Jahren des neunten Jahrhunderts, indem hier bereits das volksmäßig Epische mehr in den Hintergrund und an die Stelle der Alliteration zum erstenmal der Reim getreten ist.
Allein abgesehen davon, daß zu allen Zeiten das Göttliche an sich undarstellbar ist, so war auch das christliche Leben noch nicht erstarkt genug, um die neue Weltansicht poetisch zu bewältigen. Es entstand daher vom 10. Jahrhundert ab eine momentane Stockung der poetischen Produktion, die sich erst innerlich sammeln und orientieren sollte. Man hatte noch Dringenderes zu tun, nämlich das Christentum erst mit den Sitten, Lebensgewohnheiten und Staatseinrichtungen zu vermitteln.

III

Die christliche Poesie

Die alten Mythologien waren, bis auf einige vorgreifende Ahnungen und Lichtblicke, wesentlich auf das Diesseits beschränkt, ihre Götter waren potenzierte Menschen oder Naturkräfte. Daher ist auch die alte Poesie, als der Reflex dieser religiösen Anschauungen, im Homer wie in den altdeutschen Heldenliedern, sinnlich, klar und rein menschlich. Als aber das Christentum das irdische Dasein in geheimnisvollen Rapport mit dem Jenseits gesetzt und jene zerstreuten Ahnungen als vorzugsweise berechtigt in *einen* leuchtenden Brennpunkt zusammengefaßt hatte, so entstand auch sofort eine entsprechende Poesie des Unendlichen, die das Irdische nur als Vorbereitung und

Symbol des Ewigen darzustellen suchte. Diese *christliche* Poesie ist daher übersinnlich, wunderbar, mystisch, symbolisch; und das ist eben der unterscheidende Charakter des Romantischen.
Die sogenannte klassische Poesie der Alten verhält sich zu der romantischen ungefähr wie die Plastik zur Malerei. Dort die Schönheit der menschlichen Gestalt versteinert und das tote Auge; hier das rätselhafte Spiel des Lichts in wunderbaren Farben und das lebendige Auge, durch das man in die geheimnisvollen Abgründe der Seele schaut. Wahrheit ist in der alten wie in der romantischen Poesie, aber dort die sinnliche, endliche, hier eine übersinnliche, überirdische Wahrheit. Daher macht die praktische Sicherheit, heitere Genüge und abgeschlossene Vollendung jener alten Poesie überall den befriedigenden Eindruck eines in ihrem beschränkten und klar umschriebenen Kreise fertigen Ganzen, wie denn auch wirklich seit den Griechen weder in der Plastik noch in der antiken Dichtung, trotz aller Vorliebe und Anstrengung, etwas Besseres oder auch nur Neues erfunden worden ist. Das eigentliche Wesen aller romantischen Kunst dagegen ist das tiefe Gefühl der Wehmut über die Unzulänglichkeit und Vergänglichkeit der irdischen Schönheit und daher eine stets unbefriedigte ahnungsreiche Sehnsucht und unendliche Perfektibilität. Ihr ernster Geist ist, wie schon oft bemerkt, am deutlichsten in der sogenannten gotischen Baukunst ausgeprägt, wo die Gedanken mit allem irdischen Blütenschmuck aus der Tiefe sehnsüchtig zum Kreuze emporpfeilern in kühnen Bogen und Münstern, die fast niemals fertig geworden.
Derselbe Geist hat auch das Rittertum geschaffen, auf dem die christliche Poesie des Mittelalters ruht. In gleichem Sinne, wie einst Schlegel die altdeutsche Baukunst eine versteinerte Musik genannt, könnte man das Rittertum die Musik des Heldenlebens nennen, die starre Memnonssäule heidnischer Jugend, die, vom Morgenrot des Christentums berührt, melodischen Klang gab. Der alt-

germanische Heldensinn hatte sich vor der wachsenden Zivilisation auf die natürlichen Felsenburgen Skandinaviens zurückgezogen und nachdem er dort in der Einsamkeit der freien Gebirge sich neu gestählt, seinen bewaffneten Weltgang angetreten. Als geborene Seekönige umschifften die kühnen Normannen alle Küsten von Norwegen und Island bis nach Italien und Sizilien, überall die schönsten Provinzen Europas sich erobernd, weniger aus Bedürfnis als aus romantischer Lust an Kampf, Gefahr und Abenteuer. Hier nahmen sie indes sehr bald mit aller Herzensfreudigkeit der Jugend das Christentum auf, und das Christentum vergeistigte ihnen dafür das ganze Heldenleben. Denn das altheidnische Heldenleben beruhte im Grund doch nur auf materiellem Egoismus, auf der Freiheit und Verherrlichung der menschlichen Leidenschaften, der unbedingten Selbsthülfe, der Geschlechtsliebe und der Rache, die jederzeit blutdürstig ist; ein Zustand, der lediglich durch das Riesenhafte der Naturgewalt groß wird und erschüttert, wie Sturm, Gewitter oder Meeresbrandung. Das alles aber verwandelte nun das Christentum, ohne es abzuschwächen, indem es das Heldenleben nur anders motivierte, vorzüglich durch die tiefere Bedeutung, die es der Liebe und der Ehre gab. Die irdische Liebe verklärte sich in dem Bilde der heiligen Jungfrau, deren Himmelsglanz auf die irdischen Frauen zurückstrahlte und den ritterlichen Frauendienst durchaus mystisch gemacht hat. Ebenso wurde die Ehre eine moralische Macht, indem die Kraft und Tapferkeit nicht mehr um materiellen Gewinn oder Weltlob, sondern opferfreudig auf dem Felsen der Armut nur um Gottes willen kämpfen sollte; und Roland, obgleich bei Roncesvalles besiegt und getötet, ward dennoch als Sieger gefeiert, weil er für den Glauben gefallen. Es war eine allgemeine Idealisierung des gesamten Lebens, das sich kühn ein höheres Ziel gesteckt hatte.

So ging das Rittertum, dessen eigentliches Symbol das Kreuzesschwert ist, vorzüglich von Frankreich über ganz

Europa aus, aber nicht von den Franzosen, sondern von den in Frankreich angesiedelten Normannen. Jene höhere Weihe des Rittertums aber in seinen allgemeinen großen Umrissen manifestierte sich in zwei welthistorischen Erscheinungen, in den Kreuzzügen und in den geistlichen Ritterorden, und am glänzendsten und dauerndsten in Spanien, wo in dem beständigen Kampfe gegen die Mauren eigentlich die ganze Nation ein einziger geistlicher Ritterorden war. Und dieser wesentlich tragische Doppelgeist des Rittertums, die gewaltige Naturkraft und die freiwillige Demütigung vor einem Höheren, mit einem Wort: das durch das Christentum verklärte Heldenleben ist denn auch der eigentliche Gegenstand der Poesie des Mittelalters, die fortan jeden weltlichen Kampf mehr oder minder zum Kreuzzuge gestaltet.

Alle Poesie nimmt ihren Ursprung aus der Sage. In der Sage aber sind die produktiven Seelenkräfte eines Volkes, Verstand, Phantasie und Gefühl, alle Blüte künftiger Bildung, wie ein Märchen, noch ungetrennt in einer gemeinsamen Knospe, wunderbar verhüllt und abgeschlossen. Die Sage wird, wie ein Naturprodukt, nicht erfunden, sie ist nur der innerliche Reflex der Erlebnisse eines Volkes, ihre Lapidarschrift sind die Taten dieses Volkes, welches sie poetisch nachträumt. Die Sage ist also ganz objektiv und führt daher einerseits zur Geschichte, die noch halb erdichtet, und andrerseits zum Epos, das noch halb historisch ist. Und gleich wie in der Sage auch die Götter- und die Heldenwelt noch nicht voneinander geschieden sind, so wiederholt sich derselbe Organismus auch im Epos; und in dem ältesten nordischen Heldengedichte, in der Edda, erscheint Odin zugleich als Gott, König, Held und Seher.

Das Epos ist sonach überall die früheste Dichtungsart oder vielmehr die poetisch verklärte Sage selbst. In der altdeutschen Heldenzeit unterscheidet man aber vorzüglich drei verschiedene Sagenströme, die im nationalen Epos ausmünden. In dem ersten und ältesten dieser Ströme ver-

nehmen wir noch deutlich den gewaltigen Wogenschlag der Völkerwanderung, auf ihm kommen noch Heiden und Christen, der mythische Siegfried, die fränkischen, gotischen und burgundischen Helden Dietrich von Bern und die Wölfinge, Gunther, Gernot, Gieselher, Hagen und Volker, der Hunne Etzel, die normännischen Seekönige sowie die langobardischen Recken Rother, Ortnit, Hugdietrich und Wolfdietrich waffenbrüderlich dahergefahren. Exklusiv christlich dagegen und schon in entschiedenem Kampfe mit dem Heidentum begriffen zeigt sich der zweite Sagenkreis, welcher die Geschichten von Karl dem Großen, seinen Paladinen und deren Heldenfahrten gegen die Mauren umfaßt. In dem dritten Fabelkreise endlich, vom König Artus, von seiner Tafelrunde und dem heiligen Gral, ist das Heidentum schon fast überwunden, auf dessen Trümmern nun das neue christliche Rittertum aufgebaut wird; und der Inhalt dieses merkwürdigen Sagenkreises ist es insbesondere, der mit dem Tiefsinn und der strengen Kühnheit seiner Grundzüge überall an den wunderbaren Geist der altdeutschen Baukunst erinnert.
Aus dem *ersten,* umfassendsten Sagenkreise treten vorzüglich zwei leuchtende Gestalten, und zwar zunächst erst einzeln in das Gebiet des Heldenliedes heraus, gleichwie beim wachsenden Morgenrot die höchsten Gebirgsgipfel aus der alten Nacht. Der eine ist der „hürnin" *Siegfried,* wie er, von dem verräterischen Schmiede in den Wald nach Kohlen geschickt, dort Riesen und Drachen erlegt, die schöne Kriemhild aus dem Drachenstein befreit und den verborgenen Schatz des Königs Nibelung erhebt. Der andere, *Dietrich von Bern* (Verona), kämpft in „Ekkens Ausfahrt" mit dem Riesen Ecke, der in weiten Sprüngen wie ein Leopard durch den dichten Wald hinsetzt, daß sein Helm wie eine Glocke klingt und das Wild und Waldgevögel überall erschrocken auffährt und ihm verwundert nachschaut; und als Dietrich dann in dem endlich Überwundenen den starken Riesenhelden erkannt, gräbt er selbst ihm ein ehrlich Grab, dem Toten „Gnad dir Gott, lie-

ber Ecke" nachrufend. Ebenso ficht Dietrich im „Laurin" gegen den durch einen Zauberring geschützten Zwergkönig Laurin, der in Tirol in einem schönen Rosengarten die aus Steiermark von ihm entführte Jungfrau Similde bewacht, und zuletzt, nachdem in einem furchtbaren Kampfe sein ganzes unterirdisches Zwergvolk erschlagen, in Verona die christliche Taufe empfangen oder nach einer andern Erzählung als Gaukler sein Brot verdienen muß. Der eigentliche Hauptinhalt dieses ganzen Fabelkreises aber ist zusammengefaßt in dem *Nibelungen-Epos,* das in seiner frühesten, verlorengegangenen Gestalt wahrscheinlich zu den von Karl dem Großen gesammelten Heldenliedern gehörte. Und an diesem wunderbaren Gedicht läßt sich auch der allmähliche Übergang vom Heidnischen zum Christentum, wenngleich nirgends ausdrücklich und absichtlich ausgesprochen, selbst in seiner gegenwärtigen Fassung noch deutlich erkennen. Dieselben Gestalten nämlich, die wir in den vorhin erwähnten zerstreuten Heldenliedern wie einzelne Felsenkuppen hervorragen sahen, Siegfried, Dietrich von Bern, Kriemhild und Brunhilde, finden wir auch im Nibelungenliede wieder, welches jenen altheidnischen Heimatsboden, auf dem es ruht, noch überall stillschweigend als wohlbekannt voraussetzt. Die Verteidigung und Verherrlichung des Christentums ist noch nicht die ausschließliche Aufgabe des Heldenlebens, die christlichen Helden verkehren noch als getreue Waffengenossen am Hofe des heidnischen Königs Etzel, „der jedem nach seinen Taten lohnt". Aber die Physiognomie der Helden, der Gegend und Kämpfe, die ganze unsichtbare Atmosphäre, ist bereits wesentlich eine andere geworden. So hat der Dietrich der alten Sage noch durchaus etwas Elementarisches, z. B. in dem grausenhaften Kampfe mit Ecke, oder wenn er, vom Zwergkönig Laurin in einer unterirdischen Höhle gefangen, durch seinen zornigen Feueratem Fels und Bande sprengt und endlich im Tode von Geistern in eine unbekannte Wüste entführt wird. Vollkommen mythisch, ja siderisch, erscheint dort auch der ursprüngliche sagenhafte Siegfried als leuchtender Frühlingsgott, der auf prächtiger, aber kurzer Heldenfahrt alle schlummernden oder gebundenen Kräfte von den Ungeheuern und finstern Mächten der alten Nacht befreit; und seine furchtbar schöne Erdenbraut Brunhilde als eine von einem Flammenwalle eingeschlossene Walküre.

Man fühlt schon bei oberflächlicher Vergleichung, das ist derselbe Abgrund, den auch das Nibelungenlied vor uns auftut und aus dem besonders der grimme Hagen noch als starre Felsenzacke hervorragt; nur daß hier schon einzelne Streiflichter des Christentums wie Blitze einer Gewitternacht, alles anders, fast gespensterhaft beleuchten. Die wilde Blutgier, womit z. B. der hürnin Siegfried in seinem Kampfe mit dem Riesen dessen klaffende Wunden mit den Händen auseinanderreißt, ist hier schon an die furchtbare Tugend einer unerschütterlichen Treue geknüpft in dem finstern Hagen, der den Siegfried und seine liebsten Waffengenossen erschlägt, bloß weil er Brunhildens Dienstmann ist. Der schöne Siegfried selbst tritt aus seiner Götterdämmerung, die Walküre Brunhild aus den Lohen ihres Feuerwalles in die menschliche Heldenwelt hervor. Mit einem Wort: die Drachen, Lindwürmer und alle Schrecken der alten Naturgewalten verwandeln sich hier in das Dämonische in der Menschenbrust; aber alles, Tugend, Haß, Eifersucht und Rache, ist noch ungeheuer und riesenhaft, und deutet, wie mit blutigem Finger, auf seinen Ursprung zurück. Und eben an dieser noch ungebändigten Naturkraft, dem hereinbrechenden Christentum gegenüber, geht in der erschütternden Schlußkatastrophe, die vom Anfang an wie ein langsam steigendes Gewitter drohend über allen hängt, das ganze Heldengeschlecht unter, gleichsam der Zusammensturz der alten Heidenwelt. Es ist ein wahrhaftes Weltdrama, die großartigste Tragödie, welche die deutsche, ja die europäische Literatur überhaupt aufzuweisen hat.

Zugleich zeigt dieses Gedicht am deutlichsten den volksmäßigen Gang der alten Poesie. Es ist organisch aus einer allmählichen Gruppierung der einzelnen Heldenlieder, wie sie damals noch von Mund zu Mund gingen und von denen neuerdings Lachmann zwanzig entdeckt und bekanntgemacht hat, wie ein Strom aus seinen Waldquellen entstanden und wahrscheinlich erst zu Anfang des 13. Jahrhunderts von einem unbekannten Meister in seine gegenwärtige Fassung gebracht worden. Leider ist dasselbe auch in dieser Fassung, ohne philologische Vorbereitung, noch immer eine Art Runenschrift und daher dem größeren Publikum unzugänglich. Simrock hat in seiner noch unübertroffenen Übersetzung die schwierige Aufgabe gelöst, das große Freskobild, wo es im Verlauf der Jahrhunderte nachgedunkelt, für unser verwöhntes Auge wahrhaft künstlerisch zu restaurieren, ohne die eigentümlich nationalen Grundzüge zu verwischen.

Bei weitem näher schon steht unserer christlichen Anschauungsweise das Lied von *Gudrun*, welches Kaiser Maximilian I. in einer Abschrift auf Schloß Ambras der Nachwelt aufbewahrt hat. Was im Nibelungenliede kaum nebenher erst angedeutet ist, wird hier zur Hauptsache. Das christliche Element, das wir dort nur in einzelnen Morgenblitzen erkannten, hat hier bereits über Freud und Leid seinen milden Glanz verbreitet; vor allem durch die ganz veränderte Auffassung des Frauencharakters, der hier die wildschöne Waffenpracht abgelegt hat und zum erstenmal in rührender Demut strahlt. Gudrun ist mit dem Könige Herwig verlobt, wird aber von dem Normannenkönig Hartmut entführt und in der Fremde, weil sie in unwandelbarer Treue dem Räuber ihre Hand verweigert, von dessen Mutter Gerlinde als Magd gehalten und schimpflich mißhandelt. Demungeachtet sucht sie, als sie dann endlich durch ihren Verlobten mit Hülfe ihres Bruders wieder befreit wird, großmütig die Ermordung der bösen Gerlinde auf alle Weise zu verhindern; und ihr Bruder Ortwin, obgleich er sie unbewacht am Meeresstrande gefunden und sofort auf seinem Schiffe zurückführen könnte, sagt ritterlich: „Was mir im Sturm des Kriegs ist abgenommen worden, das will ich heimlich nicht entwenden, und eh ich heimlich stehle, was ich mit Waffenkampf erringen muß, eher mögen, hätte ich hundert Schwestern, sie hier alle sterben!" – Der wunderbare Gesang, womit im Eingange um Gudruns Mutter geworben wird, so wie Gudruns Heimweh am Seegestade des Normannenlandes, gibt fühlbar dem Ganzen schon einen durchaus romantischen Klang; und wenn das Nibelungenlied in eiserner Konsequenz mit den Schrecken der Rache schließt, endigt hier alles in Versöhnung und Frieden. Zu diesem ersten großen Sagenkreise – wenn wir, wie billig, nicht die dabei beteiligten Volksstämme, sondern Stoff und Geist allein in Betracht ziehen – müssen endlich auch noch König Rother, die Rabenschlacht (Ravennaschlacht), eine versuchte Nachahmung des Nibelungenliedes, sowie Ortnit, Hug- und Wolfdietrich und der Rosengarten, auf den wir weiterhin noch einmal zurückkommen, gerechnet werden. Die drei letzteren Gedichte, nebst dem schon oben erwähnten Laurin, bilden das sogenannte *Heldenbuch,* wo die Recken bereits allmählich von ihren Bergen in die Studierstube herabsteigen und zu Buch gebracht werden. Hier ist nicht mehr das Abenteuer um des Helden willen, sondern der Held um der willkürlichen Abenteuer willen, und immer ferner und verworrener schon verklingt das alte Heldenlied, um endlich in vielfachen Umarbeitungen bis zum Bänkelsängertone herabzusinken.

Der *zweite,* Karolingische, Sagenkreis führt uns bereits völlig aus dem streng Volksmäßigen zur Kunstdichtung und auf das eigentlich romantische Gebiet. Wir haben schon oben angegeben, was wir und unsere Zeitgenossen allgemein unter romantisch verstehen, müssen uns aber, um Verwirrung und Mißverständnisse zu vermeiden, hier zunächst gegen eine gelehrte Neuerung verwahren, wonach nur das ursprünglich *Romanische* romantisch genannt werden soll. Es kann uns im Grunde ziemlich gleichgültig sein, woher wir das Romantische überkommen haben; es ist jedenfalls ein ganz eigentümlicher, vom klassischen Altertum wie von der nordisch-heidnischen Weltanschauung verschiedener Geist, der vorzüglich in Deutschland Aufnahme und Vertiefung erhalten hat und also wesentlich deutsch ist. Romanisch kann diese Erscheinung, trotz der verführerischen Klangähnlichkeit, schon darum nicht genannt werden, weil grade die romanischen Franzosen und Italiener sich am wenigsten dabei beteiligt haben, dieselbe vielmehr durch germanische Völker, durch die Goten in Italien und Spanien und durch die Normannen in Frankreich, ins Leben gerufen worden ist. Christlich wäre ohne Zweifel die angemessenste Bezeichnung dafür, wenn sie nicht zu allgemein wäre, indem wir, zumal in der neueren Zeit, eine Menge christlicher, ja geistlicher Gedichte besitzen, die nichts weniger als romantisch sind. Wir sehen daher, der Name romantisch mag nun alt oder von den Schlegels erfunden sein, überall keinen vernünftigen Grund, von einer Bezeichnung abzuweichen, die einmal ins Volksbewußtsein gedrungen und deren angebliche Unklarheit und Nebelhaftigkeit hier am wenigsten störend ist, da ja das Romantische selbst, nach allen Seiten ins Unendliche auslaufend, sich nirgends in feste und bestimmte Begriffsgrenzen einhegen läßt.

Die schon in grauer Vorzeit schlummernden Keime jenes romantischen Geistes aber sind vorzüglich durch die Kreuzzüge geweckt und lebendig geworden; ja, diese zweite Völkerwanderung, nicht nach den Goldgruben Kaliforniens, sondern zur Eroberung des Himmelreichs, diese ungeheuere Geistesbewegung, die wie Flut und Ebbe von unsichtbaren Himmelskräften allein regiert wird, ist schon an sich ein durchaus romantisches Weltereignis. Das ganze irdische Leben scheint plötzlich höher gerückt, andere Heldengestalten, die nur dem König aller Könige dienen mögen, schreiten mit Schwert und Fahne voran, und eine neue Welt, von der die Abendländer schon längst sehnsüchtig geträumt, steigt mit ihren Palmen, Elfen, Sagen und Geschichten märchenhaft auf. Es ist das idealisierte Abenteuer, das kühn an den Himmel geknüpfte Heldentum, der belebende Frühlingssturm des jungen Christentums, kurz: eine Zeit, die wir heutzutage als unbegreifliche Dummheit und Phantasterei in die beliebte Rumpelkammer des dickfinsteren Mittelalters werfen und deren Helden wir unbedenklich ins Irren- oder Arbeitshaus zu heilsamer Kur und Besserung verweisen würden. Wir haben gewiß von unserem Standpunkt ebenso recht als jene Zeit von dem ihrigen, es handelt sich dabei eben nur darum, welches der wahrere und höhere Standpunkt sei.

Die Kreuzzüge sind es denn auch, die auf die Dichtungen des Karolingischen Sagenkreises wesentlich influiert haben. Das Charakteristische derselben ist der Kampf für das Christentum, und dieser Kampf, obgleich im fernen Westen gegen Mauren geführt, hat durchaus die Physiognomie und Färbung der Kreuzzüge. Alles hat hier bereits ein allegorisch geistliches Gewand angelegt: Karl der Große, als der Mittelpunkt des christlichen Völkervereins, fast regungslos in majestätischer Götterruhe über dem Ganzen waltend, und um den Allgewaltigen seine zwölf Paladine gleich den zwölf Aposteln gruppiert; ja selbst Judas, wie wir sogleich sehen werden, fehlt nicht.

Am schärfsten ist diese veränderte Anschauungsweise in dem herrlichen, aber fast einzigen würdigen Repräsentanten dieses Fabelkreises, in dem *Rolandsliede,* ausgeprägt. Und an diesem Gedicht erkennen wir zugleich am besten, wie das an sich Unscheinbare und Unbedeutende einzig und allein durch die erhöhete Auffassung und Gesinnung gehoben wurde. Der Gegenstand ist eine historisch beglaubigte Niederlage, die Karls Heer durch einen Überfall der Ungläubigen im Jahre 778 in den Pyrenäen erlitten und wobei ein Held Hruodlandus geblieben sein soll. Aber durch welche übermächtigen Schlaglichter, die alles wunderbar beleuchten, wird dieser einfache Vorgang hier in ein wahrhaft tragisches Weltereignis verwandelt! Karl der Große ist mit seinen zwölf Heldenfürsten gegen die Heiden in Spanien gezogen. Da beschließt in dem hartbedrängten Saragossa der Heidenkönig Marsilie, sich scheinbar der Taufe zu unterwerfen, um den Kaiser zum Abzug zu bestimmen und die harmlos Abziehenden dann zu vernichten, und zu diesem Zwecke wird eine Gesandtschaft zu Karl nach Corderes abgeordnet. Prächtig ist die Schilderung des rüstigen Heldenlebens in Karls Heereslager sowie des Kaisers selbst. „Seine Augen leuchten wie der Morgenstern, so daß man ihn von ferne kannte und niemand fragen durfte, wer der Kaiser sei; niemand war ihm gleich, mit vollen Augen konnten die Gesandten ihn nicht anschauen, der leuchtende Glanz seines Antlitzes blendete sie wie die Sonne um Mittag; den Feinden war er schrecklich, den Armen heimlich, im Volkskrieg siegselig, dem Verbrecher gnädig, Gott ergeben, ein rechter Richter, der die Rechte alle kannte und sie allem Volk lehrte, wie er sie von den Engeln gelernt hatte; und mit dem Schwerte endlich war er Gottes Knecht."

Die zwölf Fürsten des Kaisers wittern Marsilies Arglist, aber der verräterische Judas, Genelun, lauert auf eine Gelegenheit, seinen Stiefsohn Roland, den er tödlich haßt, im Einverständnis mit dem Heidenkönig zu verderben. Auf seinen Rat wird Roland mit der Hälfte Spaniens belehnt und bei seinem Einzuge mit den Seinigen in dem Tale Ronceval von einem zahllosen Heidenheer überfallen. Und diese Katastrophe ist der eigentliche Brennpunkt, der hier über das Ganze, sowie über die tiefere Bedeutung der Kreuzzüge überhaupt, sein eigentümliches Licht wirft. Von allen Seiten rettungslos umzingelt, kämpfen die christlichen Streiter gegen die stündlich wachsende Übermacht bis zum letzten Atemzuge mit ungebrochener Freudigkeit, denn sie streiten für das Gottesreich, zu dem, wie beim jüngsten Gericht, die Heldenseelen der Erschlagenen glorreich emporsteigen; und Roland, da endlich alles verloren, gibt sterbend sein Schwert Durendarte, nachdem er es vergeblich zu zertrümmern gesucht, in die

Hand seines unsichtbaren Führers Jesus Christus zurück, damit es nicht durch weltlichen Kampf entweiht werde. Obgleich irdisch besiegt, ist er dennoch der Sieger in höherem Sinne, es ist das ritterliche Märtyrertum, das er errungen. Und in diesem Sinne wurde das Rolandslied häufig bei den Normannen als Schlachtlied gesungen, um den Mut durch ein erhabenes Vorbild zu beseelen.

Das Rolandslied ist allerdings deutschen Urprungs, es gehört zu den Liedern, die, nach dem neuen Aufschwung, den das Rittertum durch die Kreuzzüge erhalten, im Frankenlande das Andenken Karls des Großen feierten und um das Jahr 1095 vom Bischof Turpin in einer lateinischen poetischen Chronik gesammelt, späterhin aber teilweise in französischer Sprache aufgezeichnet wurden, und aus einer dieser letzteren Aufzeichnungen ist das Rolandslied vom Pfaffen Konrad übertragen. Eine spätere, vielfach verstümmelnde Bearbeitung durch den Österreicher Stricker ist kaum der Rede wert.

Aus dem Karolingischen Sagen- und Liederkreise haben wir auch noch die Haimonskinder und den Wilhelm von Oranse. Allein das Gedicht von den vier Haimonskindern, das die weltliche Seite dieser Sage, Karls Kampf mit seinen Vasallen, behandelt, hat gar keinen deutschen Bearbeiter gefunden, sondern nur eine schlechte Übersetzung aus dem Niederländischen erlitten. Wolfram von Eschenbachs Wilhelm von Oranse dagegen, meisterhaft in der Form, steht nur in mittelbarem Bezug auf die Karlssagen und ist ein unvollendetes Bruchstück geblieben. Sonst enthält es alle die großen Grundzüge des Rolandsliedes, die nach dem Himmelreich strebende Ritterschaft und den Preis dessen, der „um Gott sich in Not läßt finden, denn ihm sind die himmlischen Sänger hold, deren Ton so hell erklingt“, und auch das bedeutendere Verständnis des weiblichen Gemüts, das wir oben als ein charakteristisches Symptom der neuen christlichen Poesie bezeichneten, findet hier in den Frauengestalten der Alyze und Arabele eine glänzende Vertretung.

Auch dieser Sagenkreis aber ging, und zwar früher und rascher als die anderen, seinem Verfall entgegen. Die Kreuzzüge, die ihn hervorgerufen, haben ihn auch verdorben. Alle fremdartigen Zaubereien, Märchen und Fabeln des Orients zogen in die einfachen Geschichten von Karl dem Großen überwältigend ein und verwandelten sie allmählich in einen rein phantastischen Boden für jede willkürliche Erfindung.

Wir sahen bisher das christliche Bewußtsein, allmählich wachsend, alle bedeutenderen Dichtungen jener Zeit durchdringen. Diese religiöse Weltansicht aber kulminiert endlich in den epischen Gedichten, welche aus dem *dritten* Fabelkreise vom heiligen Gral und Artus und seiner Tafelrunde hervorgegangen.
Es ist für unsere Betrachtung ziemlich gleichgültig, ob diese Sage, wie Gervinus meint, eine bloß willkürliche Dichtererfindung oder, nach Vilmar, orientalischen Ursprungs sei. In der christlichen Auffassung, die wenigstens in der Poesie Jahrhunderte lang Geltung hatte, war der heilige Gral eine aus köstlichem Stein gearbeitete und im Besitz Josephs von Arimathia befindliche Schüssel, in welcher nicht nur beim letzten Abendmahle Christi Leib seinen Jüngern dargereicht, sondern auch am Kreuze das Blut des sterbenden Erlösers aufgefangen worden, und das daher große Wunderkräfte besaß, alljährlich am Karfreitage durch die heilige Hostie erneut, welche eine leuchtend weiße Taube vom Himmel brachte und in den von schwebenden Engeln oder reinen Jungfrauen getragenen Gral niederlegte. Der Gral wurde in einem waldumkränzten runden Tempel aufbewahrt, an dessen Wunderpracht und sinnreicher Konstruktion alle Glut dichterischer Phantasie sich wahrhaft erschöpft hat. Hüter aber, oder König des Grals zu sein, war der höchste Ruhm des Rittertums, denn nur ein tapferes, keusches, aller Welteitelkeit entsagendes Gemüt konnte zu dieser Ehre gelangen.

Der andere Teil dieser Sage dagegen ist notorisch britischen Ursprungs. Der fabelhafte christlich-keltische König Artus, unablässig gegen das aus Sachsen eindringende Heidentum kämpfend, hält prächtig Hof zu Kaarlleon in Wales inmitten seiner Heldengenossen, von denen die zwölf hervorragendsten um seine Tafelrunde sitzen. Die Fahrten dieser Helden, deren vorzüglichster Schauplatz der noch heut diesen Namen führende Wald von Brezilian in der Bretagne ist, sind der Gegenstand vieler britischen Erzählungen, welche, wie wir aus der neuerdings aufgefundenen Geschichte vom Peredur ersehen, nur das durchaus rohe und unkünstlerische Material sinnloser Abenteuer enthalten. Immerhin aber lag es ziemlich nah, jenen Kampf der Blüte britischer Ritterschaft um das Christentum mit dem höchsten Ziel alles Rittertums, mit dem Ringen nach dem heiligen Gral, in Verbindung zu setzen.
Dies tat der größte Dichter seiner Zeit und des Mittelalters überhaupt, *Wolfram von Eschenbach,* in seinem Parzival, indem er kühn jenes äußerliche Heldenleben abenteuernder Ritterschaft nur als den irdischen Gegensatz eines inneren geistigen Heldentums auffaßte. Der Grundklang dieses merkwürdigen Gedichts ist das tiefe Gefühl von der Unzulänglichkeit alles Weltruhmes, daher die Sehnsucht nach etwas Höherem und der Versuch, das Rittertum unmittelbar an das Ewige zu knüpfen. Parzival nämlich, dessen Seelengeschichte der eigentliche Gegenstand ist, wird in tiefer Abgeschiedenheit erzogen, aber von dem Glanze fröhlicher Ritter, die in blitzendem Waffenschmuck am Saum seines Waldes vorüberziehen, unwillkürlich in die Welt verlockt. Mit der Unbefangenheit jugendlichen Ungestüms stürzt er sich nun in die rauschende Flut des Weltlebens, König Artus will den tapferen Jüngling an seine Tafelrunde aufnehmen, sein ernstgestimmtes Gemüt aber strebt höher, er sucht den Gral. Ja seine einsame Wanderschaft führt ihn, scheinbar zufällig, eines Abends wirklich zu dem Tempel des heiligen Grals, dessen nächt-

liche Pracht sich wahrhaft geisterhaft vor dem Erstaunten auftut. Aber, noch immer in irdischen Banden verstrickt, unterläßt er es mit dumpfer Gleichgültigkeit, dort nach dem ihm angetragenen Heile zu *fragen,* und als er am anderen Morgen erwacht, stehen die Hallen lautlos und öde, und er muß traurig wieder weiterziehn. So in lauer Halbheit vergeblich mit der Welt ringend, deren Lust und Glanz ihn doch nirgend zu befriedigen vermag, wendet sich nun Parzival verzweifelt und trotzig von Gott ab und stürmt in wüster Hast von Zweifel zu Zweifel, von Abenteuer zu Abenteuer fort. Da tritt ihm ein grauer Ritter mahnend entgegen und geleitet ihn zu dem Einsiedler Trevrizent, der den Verirrten belehrt, daß nur eine gänzliche innere Umkehr den Gral gewinnen könne. Jetzt ringt Parzival das hochmütig-verzagte Weltkind in sich gewaltig nieder, seine innere Reinigung auch äußerlich durch Kämpfe für die Sache Gottes mit dem Schwert bewährend, und zieht endlich siegreich als König in die Gralsburg ein.

Man sieht, es ist die ewig alte und neue Geschichte des inneren Menschenlebens, wie es zu allen Zeien in erhabenen und starken Seelen sich kämpfend offenbart. Das Ganze aber mit seinem streng architektonischen Bau ist wie ein Münster, der von der breiten Grundlage irdischen Treibens zwischen sehnsüchtig emporrankenden Reben- und Blumengewinden allmählich in die feierliche Einsamkeit der höheren Luftschicht aufsteigt, wo über dem vertosenden Leben der Tiefe nur noch steinerne Heiligenbilder mahnend stehen, bis zuletzt alles sonnentrunken im Kreuze gipfelt. Der Tiefsinn und symbolische Gedankenzug erinnert häufig an Dante, noch mehr aber, trotz der ganz verschiedenen äußerlichen Form, an die Autos von Calderon, indem hier wie dort das durchgehends Allegorische in wirklichen Gestalten persönlich und lebendig wird.

Außer dem Parvizal besitzen wir von Wolfram von Eschenbach leider nur noch zwei unvollendet gebliebene epische Fragmente: den Willehalm (Wilhelm von Oranse) und den Titurel. Auch das erstere, das jedoch zu der Gral- und Artussage in gar keiner Beziehung steht, bekundet wieder den gedankenvollen Ernst des Dichters in dem unverwandten Streben der Ritterschaft nach dem Himmel sowie in der tief wahren Charakterzeichnung der schönen Heidin Arabele, welche Vater, Gatten und Kinder verläßt, um Christin zu werden, dann aber vor der Schlacht um Schonung der Heiden fleht und den Christen zürnt, weil sie wähnten, sie habe nur aus menschlicher Liebe ihren Göttern entsagt, „sie hätte auch dort Liebe gelassen und holde Kinder bei einem Gatten, an dem sie keine Untat gefunden; um Gottes Huld trüge sie jede Schuld und einen Teil auch um den Marquis (Willehalm)". – Der Titurel dagegen knüpft unmittelbar an die Gralsage an. Es ist die Geschichte des alten Gralkönigs Titurel, besonders hervorleuchtend durch die noch unübertroffene Schilderung des wunderbaren Liebespaares Tschionatulander und Sigune. Hier tönt aller Nachtigallenlaut der zartesten Jugendliebe in Sigune, von welcher Tieck so schön und wahr sagt: „Gestorben, wie man sagt, sind längst Isalde und Sigune, ja, du lächelst über mich, denn sie haben wohl nie gelebt, aber das Menschengeschlecht lebt fort, und jeder Frühling und jede Liebe zündet von neuem das himmlische Feuer, und darum werden die heiligsten Tränen in allen Zeiten dem Schönsten nachgesandt, das sich nur scheinbar uns entzogen hat und aus Kinderaugen, von Jungfrauenlippen, aus Blumen und Quellen uns immer wieder mit geheimnisvollem Erinnern anblitzt und anlächelt, und darum sind auch jene Dichtergebilde belebt und unsterblich."

Es ist indes überall dafür gesorgt, daß die Bäume nicht in den Himmel wachsen. Der Tiefsinn und die kräftige Darstellung Wolframs sind immer nur die Gabe seltener Geister und können nicht leicht zu allgemeinem Verständnis der Menge gelangen, welche das Behagen bloßer Unterhaltung, einen mäßigen Spaziergang durch ihre Küchengärten den unbequemen Höhen und großen Aussichten vorzuziehen pflegt. Und so sehen wir denn auch innerhalb dieses Sagenkreises dem Parzival eine ganze Reihe größtenteils unbedeutender Dichtungen gegenüberliegen. Wir übergehen hier die bloßen Nachahmer, den Albrecht von Scharfenberg, welcher das Wolframsche Bruchstück von Titurel zu einer langweiligen Geschichte der Tempelritterschaft des Grals in die Breite geschlagen, sowie den unbekannten Dichter des Lohengrin, wo, bei mancher Schönheit im einzelnen, Parzivals Sohn Lohengrin mit gleicher Langweiligkeit bedacht ist und nicht die geringste Familienähnlichkeit mit seinem Vater bewährt. Beide Gedichte jedoch, der sogenannte jüngere Titurel und Lohengrin, galten lange für Wolframs Werke, dessen Name sie frech usurpiert hatten, zum Beweise, wie berühmt und dennoch unerkannt in seinem eigentlichen Geiste Wolfram gewesen. – Aber selbst bei anderen, welche die Sage selbständiger behandeln, zeigt sich der große Abstand. Der bedeutendste unter ihnen ist ohne Zweifel Hartmann von der Aue. Aber in seinen beiden Gedichten, in Erek und Enite sowie in Iwein, hat er von der Gralssage nur den weltlichen Teil derselben, Königs Artus' Hofhaltung, die Wolfram als bloßen Gegensatz aufgegriffen, herauszufinden vermocht. Anstatt Wolframs einsamen Berggipfeln, seinen großen Intentionen und Weltsymbolen haben wir hier nur die sprachgewandte Liebenswürdigkeit eines frommen, friedlich gestimmten Gemüts, anstatt der himmelstürmenden Kühnheit des Rittertums nur dessen passive Tugenden: Mäßigung, Milde, Zucht und feine gesellschaftliche Sitte, die wir loben müssen, ohne davon ergriffen zu werden.

Man sieht wohl, Hartmanns Rittermoral war leichter nachzumachen als der Parzival, König Artus' Tafelrunde allgemein faßlicher als die Gralsburg. Und so wurden denn auch in der Tat nach Wolframs Zeiten fast alle Helden dieser Tafelrunde poetisch, oder vielmehr unpoetisch genug, einzeln verarbeitet, teils als Nachahmung Hartmanns, wie der Wigalois des Wirnt von Grafenberg, teils bloß roh und stoffartig allen Abenteuerwust der alten britischen Erzählungen zusammenfegend, wie im Lanzelot vom See von Ulrich von Zatzikhofen, im Wigamur und Gauriel von Muntabel.

Wo irgend der religiöse Glaube wahrhaft lebendig das Innerste eines Volkes durchdrungen, wird er sich nicht mit der kirchlichen Devotion begnügen, sondern, wie die Seele den Leib, zugleich die ganze Physiognomie der Lebenseinrichtungen bestimmen und vor allem seine Liebe, Sehnsucht, Furcht und Hoffnungen auch in der Poesie, die ja überall der Spiegel des nationalen Seelenlebens ist, künstlerisch darzustellen streben. Wir sahen im Parzival das Rittertum mitten aus dem wilden Gestein der vorchristlichen Sage, durch die es seine Wurzeln getrieben, plötzlich wie eine Eiche emporpfeilern und mit Ästen und Zweigen geheimnisvoll rauschend in den Himmel greifen. Es ist der ernste Geist der neuen Zeit, den Wolfram, wie kein anderer vor und nach ihm, erkannt und hieroglyphisch anzudeuten gewagt hat. Das alte, rauhe, noch halbheidnische Heldentum der übermütigen Kraft, der Habgier, des Hasses und der Rache verwandelt sich in einen Heroismus der Selbstbezwingung, Entsagung und himmlischen Minne. Derselbe Geist, der sich in dem Klosterleben zeigt, welchem grade die kräftigsten Gemüter zu strenger Buße oder in lebendiger Erkenntnis der Armseligkeit des Irdischen sich zuwandten, der die geistlichen Ritterorden geschaffen und in dem idealen Kampfe der Kreuzzüge ganze Nationen gleichsam zu *einem* großen Ritterorden vereinte, erscheint nun auch in der Poesie als *Legende.*

Unter der großen Menge legendarischer Dichtungen jener Zeit kann man füglich, nach Inhalt undn Zeitfolge, mehrere einzelne Gruppen unterscheiden, die sich aber freilich, da *allen* die unwandelbare Überzeugung von der bergeversetzenden Wunderkraft des rechten Glaubens zum Grunde liegt, nicht kompendienartig und haarscharf voneinander abgrenzen lassen. Den Anfang machen die apokryphischen Geschichten von der Jugend Christi und der heiligen Jungfrau. Dann, organisch aus diesen sich fortbildend, folgen die Gedichte von den einzelnen Heiligen und Märtyrern; und endlich, in immer weiteren Kreisen auslaufend, die das Kirchliche mit dem Weltlichen vermittelnden geistlichen Erzählungen. Es wird hier genügen, bei jeder Gruppe nur die bedeutendsten Werke zu nennen und wenigstens einige davon mit kurzen Worten näher zu bezeichnen, um Gedanken und Darstellungsweise anschaulicher zu machen.

Die apokryphischen Geschichten stehen dem eigentlichen Mittelpunkt aller dieser Gruppen, dem Evangelium, noch am nächsten. Sie bilden miniaturartig gleichsam die bunt ausgemalten Initialien zu den Evangelien und sind in ihrer innigen Beschränkung kirchliche Idyllen, die Evangelien, wo sie die frühesten Lebensjahre Christi und seiner heiligen Mutter kaum andeuten, mit frommer Erfindung oder nach uralten christlichen Sagen liebevoll ergänzend. Solche lieblich-umhegte, einfach-herzliche Idyllen, in denen Frühlingsgrün und Himmelsbläue ineinander spielen, sind: „Die heilige Familie“ von dem Kartäusermönch Bruder Philipp, und insbesondere „Die Kindheit unseres Herrn“ von Konrad von Fußesbrunnen, beide aus dem 13. Jahrhundert. – Noch älter ist die von dem Tegernseer Mönch, dem Pfaffen Wernher, im Jahre 1173 gedichtete Legende von dem ersten Jugendleben der heiligen Jungfrau, mit deren Geburt „wird gelöschet der Zorn über die Unwürdigkeit zu Gott zu gelangen, und die fleischliche Gier, da wird auch der Mensch geladen zu Gottes Tische, zu dem lebendigen Brot, das die Seele nimmt aus der Not; der Mensch ward Engels Genoß; Gott die Welt da segnete und Heil vom Himmel regnete, da Gott leuchtete überall usw.“ – Hierher gehört endlich auch „die goldene Schmiede“ Konrads von Würzburg, und es ist ein wahrer Jubel, mit anzusehen, wie da der wackere Meister in seiner einsamen Werkstatt unermüdlich schmelzt und fügt und schmiedet und hämmert, daß wunderbare Funken überall umhersprühen, um mit Gold, Smaragden, Karfunkel und allem köstlichsten Edelgestein, das die Erde birgt, seine hohe „Himmelskaiserin“ Maria würdig auszuschmücken; denn „wenn auch seine Rede auf zu Berge flöge wie ein edler Adler, über ihr Lob hinaus vermöchten die Schwingen seiner Worte ihn nicht zu tragen, und wenn man ausrechnet das Gestirn, und der Sonnen Staub und allen Sand und alles Laub vollkömmlich hat gezählet, dann erst wird ihr Preis recht gesungen!“

Aus diesem friedlichen Stilleben treten die eigentlichen *Heiligen*-Legenden bereits immer weiter in die Welt und ihren verworrenen Kampf heraus. Zu den ältesten Legenden dieser Gruppe gehört – außer der nach ihrer frühesten Abfassung von Karl Simrock übersetzten vom „ungenäheten Rocke Christi“ – die noch in einem Bruchstücke aus dem 9. Jahrhundert vorhandene, späterhin aber von dem bereits erwähnten Dichter Hartmann von der Aue meisterhaft bearbeitete Legende vom „heiligen Georg vom Stein“ sowie die wunderliche Sage „vom Pilatus“, in welcher der römische Statthalter dieses Namens mit einem deutschen grimmen Königssohne Pontus identifiziert wird, der sich nach Christi Tod wegen seines ungerechten Urteilsspruches selbst um das Leben bringt, dessen Leichnam sodann erst in die Tiber, später in die Rhone geworfen wird, aber immer wieder herausgeholt werden muß, weil er als ein böser Geist überall große Überschwemmungen verursacht, bis man ihn endlich in den See am Pilatusberge in der Schweiz versenkt, wo er liegt bis an den Jüngsten Tag, aber die bösen Wetter in den Bergen erzeugt und den See zornig aufwühlt, so oft man einen Stein hineinwirft. – In der Legende vom heiligen „Alexius“ des vorhin genannten Konrad von Würzburg entsagt Alexius, der Sohn eines reichen römischen Bürgers, am Abend seines Hochzeittages der Welt und ihren Freuden, gibt den goldenen Ring seiner Braut Adriatica zurück und zieht in

ärmlicher Kleidung hinaus. Nach mancherlei strengen Bußübungen und Pilgerfahrten wird er zuletzt in einem Meersturm nach Rom verschlagen. Hier findet er in dem Palast seines Vaters unter der Treppe als Bettler eine Lagerstatt, von allen unerkannt, so bleich waren Antlitz und Locken durch die freiwillige Not geworden. Die Diener verhöhnen den vermeintlichen Bettler, der Vater fragt ihn nach seinem Sohne, die treue Adriatica nach ihrem Gemahl. Dort stirbt er bald darauf, nachdem er seinen Lebenslauf auf ein Pergament niedergeschrieben und dieses fest in seine Hand geschlossen hatte; im Augenblick seines Todes aber fangen alle Glocken Roms von selbst zu läuten an, und es verbreitet sich die Kunde, daß unter der Treppe des Palastes der Heilige verschieden. Nun versuchen erst der Vater, dann die beiden Kaiser Arkadius und Honorius, und endlich selbst der Papst vergeblich, das Pergament aus der erstarrten Hand des Toten zu ziehen, sie öffnet sich nur der stillweinenden Adriatica. Wunderlieblich endlich ist in der Legende von der heiligen „Elisabeth" das zarte Bild der Heiligen gleichsam von einem milden Glorienschein umgeben: wie sie während der Messe mit innerlichen Augen das göttliche Wunder schaut, dann in ihrer Gefährtin Isentrut Schoße einschlummert und im Schlafe bald lächelt und bald weint, in ihrer Sterbestunde aber unsichtbar himmlischer Gesang ertönt.
Das Wesentliche der *geistlichen Erzählungen,* die wir oben als die dritte legendarische Gruppe unterschieden, ist, wie bereits erwähnt, die versuchte Vermittlung oder wohl auch willkürliche Vermischung des Weltlichen mit dem Göttlichen, indem sie entweder Novelle und Profanhistorie unmittelbar an das Kirchliche anknüpfen oder ihre Geschichten, auch ohne solchen kirchlichen Boden, nur durch großartige Züge christlicher Tugenden beseelen. So ist z. B. in dem aus dem 13. Jahrhunderte herrührenden Gedichte „Heraklius" eine ziemlich zweideutige Liebesgeschichte, welche übrigens die Grundlage unserer heutigen Theater-Griseldis bildet, mit dem Feste der

Kreuzeserhöhung lediglich dadurch in Verbindung gesetzt, daß Heraklius zuletzt Kaiser wird und als solcher von den Persern das von ihnen geraubte heilige Kreuz wieder erobert. – Das vortreffliche sogenannte „Annolied" (um 1170) enthält, neben dem Lebenslaufe des Erzbischofs Anno von Köln, zugleich auch eine bedeutend konfuse Profangeschichte, insbesondere des Julius Cäsar, der mit seinen „guten Helden aus dem deutschen Lande" den Pompejus in die Flucht jagt. – Hiermit nahe verwandt sind die beiden beinah gleichzeitigen großen Reimchroniken: die sogenannte „Kaiserchronik" und die etwas spätere „Weltchronik" des Rudolf von Ems. Die erstere verbindet, im guten alten Stil, die Legende fast aller Heiligen ebenfalls mit einer verworrenen Profanhistorie, während in der Weltchronik die Geschichte des Alten Testaments bis auf Salomo, zugleich aber die Geschichte der heidnischen Völker sehr anmutig erzählt wird, so daß also hier das Göttliche und Weltliche schon immer weiter auseinanderfällt oder doch, fast unvermittelt, nebeneinander her läuft.

Geistlicher, obgleich ohne eigentlich kirchlichen Hintergrund, ist die andere, oben erwähnte Art christlicher Erzählungen, wie der arme Heinrich und der gute Gerhard. Im „armen Heinrich" von Hartmann von der Aue (aus den letzten Jahren des 12. Jahrhunderts) ist es die rührende Gestalt eines armen, kindlichfrommen Mädchens, die freiwillig in den Tod gehen will, um einen reichen Herrn vom Aussatz zu retten, der nach damaliger Sage nur durch das Blut einer reinen Jungfrau geheilt werden konnte. Der Kranke trägt sein Unglück nicht mit Geduld, sondern ingrimmig und unter ungestümen Verwünschungen, wird aber durch die christliche Liebe und Aufopferung der Jungfrau so erschüttert, daß er sich zu Geduld und Gottergebung wendet, sonach auch ohne Blutvergießen geheilt wird und dem frommen Mädchen endlich seine Hand reicht. – Im „guten Gerhard" des Rudolf von Ems dagegen wird Kaiser Otto der Rote, der sich selbstgefällig seiner guten Werke gegen Gott rühmt, durch das Beispiel anspruchloser Bescheidenheit eines Kölner Kaufmanns zu Demut und Buße bekehrt. – Allenfalls könnte zu diesem ganzen Kreise, wenigstens als letzter Ausläufer, auch noch die Erzählung von „Herzog Ernst“ insofern gerechnet werden, als der Held zur Sühne eines verübten Mordes einen Zug nach Jerusalem unternimmt und in diesem Gedichte dieselbe Verwirrung von historischen Personen und Zeiten sich wiederholt, die wir vorhin im Annoliede und in den Reimchroniken bemerkt haben. Außerdem aber bringt dieser abenteuerliche Ritterpilger auch noch alle phantastischen Fabeln und Wunder des Orients, wie sie in den Kreuzzügen umliefen, aus Jerusalem mit nach Hause. Denn er hat auf seiner Irrfahrt das „Schnabelvieh“ der Kraniche, die eine indische Jungfrau entführt hatten, geschlagen, für den König der einäugigen Arimaspen gegen die Völker der Plattfüße und Langohren gekämpft, am Magnetberg des Labbermeeres Schiffbruch gelitten und von dort, in ein Seehundsfell eingenäht, sich durch einen Greifen forttragen lassen. Man sicht, er ist der Übergang und erste Hauptanführer nach dem Lande der ungeheuerlichen Reise- und Lügenpoesie, die in ihrer Übertreibung später ins Komische umschlug und deren wir weiterhin noch besonders erwähnen werden.

Was insbesondere jene Reimchroniken wohlmeinend, aber ungeschickt und unkünstlerisch und daher vergeblich erstrebten, eine Vermittelung des Kirchlichen mit dem Weltlichen, ist in den alten Gedichten, welche speziell *antike* Geschichten und Sagen zum Gegenstande haben, wirklich erreicht worden. Es sind vorzüglich dreierlei Stoffe, die sie behandeln: die wunderbaren Taten und Heereszüge Alexanders des Großen, die Geschichte des Aeneas und der Trojanische Krieg. Alle diese Gedichte haben das miteinander gemein, daß sie nicht aus den klassischen Originalen, Homer oder Virgil, sondern aus mannigfach abgeleiteten Quellen und Volkssagen schöpfen, und daß alle ihre griechischen und römischen Helden in Kostüm, Physiognomie und Reden durchaus deutsch sind. Aber ganz abgesehen von diesen Äußerlichkeiten, welch ein *innrer* Abstand dieser Gedichte von unserer modernen Auffassung des Altertums! Während in unseren heutigen Nachbildungen das Christentum, gleichsam verlegen, geblendet und beschämt, in der heidnischen Schönheit bis zur Abgötterei aufzugehen pflegt, schreitet *dort* der Glaube noch geharnischt und unangefochten mitten durch die schöne Fremde, die verlockenden Fernen als eine neue Provinz sich erobernd. Die alten Helden und Halbgötter müssen sich der Feuertaufe unterwerfen, und das Charakteristische jener Gedichte ist eben die Christianisierung des Antiken, eine freie Übersetzung ins Christliche.

Am leuchtendsten tritt dieser Charakter grade in dem schönsten und bedeutendsten dieser Gedichte, in dem „Alexander" des Pfaffen Lamprecht hervor. Hier haben wir, anstatt der antiken Ruhe und Selbstgenüge, das überall durchtönende Gefühl von der Vergänglichkeit aller irdischen Größe und Schönheit und daher die Wehmut, das immer weiter und höher strebende Sehnen und zuletzt die Demut, die der Kraft so wohl ansteht; mit einem Wort: alle eigentümlichen Züge eines christlichen Ritters ohne Furcht und Tadel. Wie morgenkühl und taufrisch ist da in dem Brief, in welchem Alexander seinem Lehrer Aristoteles die ihm zugestoßenen Abenteuer beschreibt, der Wunderwald geschildert, wo beim Rauschen der Wipfel zwischen rieselnden Quellen und Vogelsang hohe duftige Blumen stehen, deren halbaufgeschlossenen Knospen wunderschöne Mädchen entsteigen und ihren lieblichen Gesang mit dem der Waldvögel vermischen. Aber der Sommer gehet dahin: „die Blumen all verdarben, die schönen Mägdlein starben, ihr Laub die Bäume ließen, die Brunnen all ihr Fließen, die Vögelein ihr Singen – die Freuden all zergingen." Man würde indes sehr irren, wenn man glaubte, daß durch solche zarte Wehmut etwa der Kraft irgend Eintrag geschieht. Vielmehr tut Alexan-

der schon als Knabe, „wenn ihm etwas übel wider seinen Sinn fuhr, wie der Wolf tut, wenn er über seinem Raub steht“, und ficht in den späteren Kämpfen „mit grimmigem Mut, wie der zornige Bär tut, wenn ihn die Hunde bestehen, die er mit den Klauen mag fangen, an denen rächet er seinen Zorn“. Und es ist ebenso groß als wahr, wenn der Held sodann, auf die Frage, warum er als ein Sterblicher die Welt so in Bewegung setze und nicht Mäßigung lerne, den zagen Warnern zur Antwort gibt: „Uns ist von der höchsten Gewalt eingepflanzt, zu üben, welche Kraft wir erhalten haben; das Meer ist dem Winde gegeben, es aufzuwühlen.“ – Als aber Alexander nun bis an das Ende der Welt gekommen, erfaßt ihn auf dem höchsten Gipfel irdischer Macht der menschliche Schwindel; er will auch das Paradies haben und Zins von den englischen Chören. „Hie muget ir tumpheit horen!“ ruft da der Dichter aus. Aber der Held pocht vergeblich an das Himmelstor, die Scharen der Engel beachten es nicht, und der Alte am Tore warnt ihn vor Gierigkeit, denn die Gierigkeit sei der unersättliche Schlund der Hölle. So, von der himmlischen Warnung wunderbar getroffen, kehrt Alexander um und wendet sich fortan von Kampf und Habsucht zur Demut. „Da ward ihm vergeben“, – von der ganzen eroberten Welt aber blieb ihm nichts übrig, als „Erde sieben Schuhe lang, wie dem allerärmsten Mann“.
Gedankenarm dagegen und im Grunde nur eine neutralisierende Abschwächung der antiken Größe sind die anderen bis auf uns gekommenen Gedichte dieser Gattung. Demungeachtet zählen sie noch immer zu dieser Reihe, durch eine traditionelle Erbschaft christlicher Gesinnung und ritterlicher Ehrenhaftigkeit. In der „Eneit“ (einer Bearbeitung von Virgils Aeneide) von Heinrich von Veldeke entschädigt wenigstens einigermaßen die Unschuld und Reinheit der irdischen Liebe in den eingeflochteten Episoden; und Herbort von Fritzlar erklärt in seinem „liet von troje“ gleich vornweg, daß er nie einen Mann loben werde, der untreu sei, und ob sich auch alle anderen Tugenden

in ihm vereinten. Außerdem aber zeichnet sich die Eneit und insbesondere der „trojanische Krieg“ von Konrad von Würzburg durch eine Sprach- und Reimgewandtheit und eine Anmut der Formen aus, die gewissermaßen den Übergang zur höfischen Kunstdichtung, vom alten Epos zum Minnegesange bildet.

Die Lyrik ist von aller Poesie die subjektiveste, sie geht nicht auf die gewordene Tat, wie das Epos, und nicht auf die werdende Tat, wie das Drama, sondern auf den eigentlichen tieferen Grund von beiden: auf den inneren Menschen; sie hat es mit der Stimmung und nicht mit der äußeren Manifestation dieser Stimmung zu tun. Wie das Epos die Poesie der Vergangenheit, der Sage und traditionellen Heroengeschichte, so ist die Lyrik, da sie an die Individuen gewiesen, wesentlich die Poesie der Gegenwart und folglich unruhig und wandelbar wie diese; von den Wellen der Zeit erweckt und getragen, gleichsam eine unsichtbare geheimnisvolle Äolsharfe, die von den wechselnden Lüften gespielt wird und einer wunderbaren unendlichen Modulation fähig ist. Sie ist daher auch ihrer Natur nach musikalisch und singbar, und ihr eigentliches Organ ist das Lied.

Aus dieser ihrer Eigentümlichkeit aber läßt sich die Geschichte der Lyrik leicht erklären und in wenige Hauptzüge zusammenfassen.

Sie kann nämlich hiernach nirgend den Anfang einer Nationalpoesie bilden, wo vielmehr das Epos liegt. Denn die poetische Wahrnehmung des äußerlich Gegebenen, es sei nun Mythe oder historische Tatsache, geht naturgemäß überall der subjektiven Verarbeitung dieses Gegebenen voraus, und es bedarf schon einer weiter fortgeschrittenen Zivilisation, um das Innerliche künstlerisch zu verklären. Auch sind in der Tat die ersten lyrischen Versuche aller Völker, wie namentlich die Schlachtlieder der alten Deutschen, eben nur epische Fragmente und Erinnerungen an die sagenhafte Heldenzeit.

Sodann hat die Lyrik diesen idealen Zug nach dem Inneren mit dem Wesen des Christentums gemein. Daher tritt sie überall erst durch das Christentum selbständig und vorwaltend auf, während sie bei den Alten stets nur noch episodisch an das Epos oder Drama, wie eine blütenreiche Liane am Hauptstamm, angelehnt erscheint.

Als Poesie der Gegenwart mußte ferner die Lyrik immer mehr aus der klösterlichen Beschaulichkeit in das wirkliche Leben hervortreten, von der Geistlichkeit zu den Laien übergehen und grade in der reichsten Gegenwart, in der ungeheuren Bewegung und Anregung der Kreuzzüge, ihre eigentliche Blütenzeit feiern. Aber diese Poesie war eben darum nicht mehr eine halbhistorische, von Geschlecht zu Geschlecht sich forterbende Tradition, sondern individuell und persönlich geworden. Und so fiel sie denn auch sehr bald den Rittern anheim als dem Stande, der das äußere Leben am entschiedensten bestimmte und führte. Daher kommen nun die fahrenden Sänger und Harfner allmählich in Verachtung, wir sehen fast nur adelige Dichter; ja Kaiser, Könige und Fürsten, wie Konrad IV., Heinrich VI., Friedrich II., Wenzel II. von Böhmen, Heinrich der Löwe, verschmähen es nicht, sich den zahllosen Sängern anzureihen. Da jedoch die Ritter an Bildung noch hoch über dem anderen Volke standen, so nahm bei ihnen die Poesie einen fast exklusiven höfischen Kunstcharakter an; und so entstand der *Minnegesang*.

Eben durch ihre subjektive Natur aber ist die Lyrik auch bei den verschiedenen Nationen, die ja in der Weltgeschichte mehr oder minder gesonderte Volksindividualitäten darstellen, verschiedener und bezeichnet jeden besonderen Volkscharakter schärfer als andere Zweige der Poesie. Ja, wir möchten sie in diesem Betracht vorzugsweise eine *deutsche* Kunst nennen, wegen der größeren Innigkeit, die an der Glätte des Liedes romanischer Völker nirgend recht haften will und doch der eigentliche Grundklang aller Lyrik ist. Diese Innigkeit ist allerdings, wie jedes Talent, ursprünglich eine freie Gabe Gottes, steht aber fortwährend in so lebendiger Wechselbeziehung mit der Geschichte der Nation, daß sich hier Ursache und Wirkung schwer voneinander sondern lassen. Schon das erste Auftreten der germanischen Völker mitten zwischen den vom Morgenrot des Christentums wunderbar beleuchteten Trümmern der alten Welt mußte ihrer an sich ernsten Sinnesart eine tiefere, gedankenvollere Richtung geben. Ebenso wirkten weiterhin auch die Kreuzzüge hier anders ein als bei den anderen Nationalitäten. Denn die romanischen Völker – die Spanier in der Heimat, die Franzosen im Orient – streiften gleichsam im Fluge die Blüten der ersten Begeisterung, ja die letzteren gründeten im Siegesjubel neue Königreiche, die freilich ebenso rasch wieder verschwanden, als die entstanden waren. Die späteren Kreuzzüge der Deutschen dagegen waren unglücklich und endigten tragisch mit dem Tode eines großen Kaisers. Daher drängten hier die gewaltigen Ereignisse zur Entsagung, zur Wehmut über die Vergänglichkeit aller menschlichen Größe, vom äußeren Ruhmesglanz zum Streben nach *innerer* Weihe.

Es ist hiernach schwer begreiflich, wie in neuerer Zeit von namhaften Literarhistorikern die fröhliche Kunst der Troubadours und Provenzalen so hoch über das deutsche Minnelied erhoben werden konnte. Offenbar hat hierbei der politische Historiker dem poetischen Urteil vorgegriffen. Allerdings glänzten die Troubadours an prächtigen Minnehöfen und bildeten selbst an den Höfen der Könige durch Lob und Tadel eine politische Macht, während die meisten deutschen Dichter in der einsamen Freiheit ihrer Berge und Burgen sangen. Allein Politik und Königshöfe sind nie und nirgend die rechte Schule der Poesie, und so mußte auch hier das, was den deutschen Sängern äußerlich fehlte, innerlich ihrem Liede zugute kommen. Der Minnegesang der Troubadours mag daher immerhin reicher, künstlicher, beweglicher und mannigfaltiger sein; der deutsche dagegen ist bei weitem intensiver, keuscher, inniger, natürlicher und gedankenvoller. Wir finden bei den Troubadours im Grunde schon alle Eigenschaften, die uns bei den heutigen Franzosen, je nach der individuellen Ansicht, anwidern oder blenden: Nationaleitelkeit, maßlose Ruhmredigkeit, Frivolität, dialektische Virtuosität und sehr viel Politik. Da aber die Lyrik eben die Geschichte der Seele ist, so entscheidet hier nicht die noch so reich auf der Oberfläche glänzende Äußerlichkeit, sondern einzig die *Tiefe*, und diese ist ohne Zweifel auf deutscher Seite.

Der deutsche Minnegesang ist bereits öfters und treffend mit der Frühlingszeit verglichen worden, die mit ihren Blumen und Vogelsang im Schimmer der ersten Jugendliebe wie eine zauberische Feeninsel unversehens auftaucht. Auch nannten die Sänger sich selbst gern Nachtigallen, und schon Gottfried von Straßburg, dessen wir weiter unten noch besonders erwähnen werden, erkannte freudig an, „daß diese Nachtigallen ihres Amtes wohl pflegten und lobwürdig ihre süße Sommerweise mit lauter Stimme sangen, das Herz mit Wonne füllten und der Welt hohen Mut gaben, die alles Reizes entblößt und sich selbst lästig wäre, wenn nicht der liebe Vogelgesang dem Menschen, dem ja nach Liebe sein Herz stand, die Freude und Wonne und die mancherlei Lust ins Gedächtnis riefe, die edle Herzen beseligt; daß es freundlichen Mut und innigliche Gedanken weckt, wenn der süße Gesang der Welt ihre Freuden zu sagen beginnt“. – Dieser Minnegesang aber war eben nur der Widerklang und poetische Ausdruck des damaligen Lebens, seinen Gegenstand bildeten fast ausschließlich dieselben geistigen Elemente, die auch das Rittertum in seiner schönsten Blüte umfaßte: Gottesdienst, unverbrüchliche Treue im Herren- und Frauendienst und endlich dieser Frauendienst selbst.

Außer mehreren Liedern, die von Kaiser und Reich und Lehensmannen handeln, besitzen wir nämlich aus jener Zeit auch viele eigentlich geistliche Lieder von den göttlichen Dingen, unter denen sich besonders die des Minnesängers Spervogel durch ungesuchte Erhabenheit auszeichnen. Ja, eine der musikalischsten Liederformen, die *Leiche*, ist aus der sogenannten Sequenz des Kirchengesanges entstanden; während späterhin die weltlichen Tage- oder Wächterlieder, wo der Wächter von der Zinne den kommenden Tag verkündet und die Liebenden an das Scheiden mahnt, gleichfalls geistlich umgedeutet wurden. Den bei weitem überwiegenden Stoff des Minnegesanges aber bildete, wie schon der Name andeutet, der *Frauendienst*. Dieser scheint uns indes keineswegs, wie andere wollen, aus dem mit der zunehmenden Zivilisation wachsenden Bedürfnis der durch Erwerb immer mehr belästigten Männer nach häuslichem Trost und Erholung entstanden zu sein. Ja, unsere sogenannte Häuslichkeit, die sich mit dem Stilleben ihrer Krautgärten begnügt, ist grade ein rechtes Gegenspiel jenes phantastischen Kultus, wo der Rittersänger von Land zu Land schweifend und toastierend, die Dame, die er feiert, oft nicht einmal von Angesicht gesehen hat. Wie hätte auch sonst grade späterhin, als die Sorge des Mannes für Haus und Hof doch offenbar immer lästiger geworden, der fromme, freudige Glaube aber gesunken war, jene Verehrung beinah in rohe Verachtung der Frauen umschlagen und der alte Frauendienst allmählich ganz in Verfall geraten können? Der Frauendienst, in seiner ersten ungetrübten Blüte, wuchs vielmehr lediglich aus der christlichen und also idealeren Auffassung der irdischen Schönheit – die Natur mit ihren Bergen, Wäldern und Vogelsang mit eingeschlossen – und aus dem daraus folgenden Gefühle der unsichtbaren Gewalt, welche die Unschuld und Reinheit dieser Schönheit, die im Weibe ihre höchste Blüte hat, über das zerfahrene Treiben und die verworrenen Leidenschaften des Mannes ausübt. Es ist, wie Gervinus richtig bemerkt, mehr die Verehrung des weiblichen Geschlechts als einzelner Frauen. Daher sehen wir diese Verehrung überall kühn an das höchste Ideal geistiger Schönheit, an die Verherrlichung der Jungfrau Maria geknüpft, als des himmlischen Symbols weiblicher Milde und Reinheit, das seinen überirdischen Glanz verklärend auf alle irdischen Frauen herniederstrahlte. Vergeblich suchen wir in allen anderen Sprachen einen Ausdruck für unsere deutsche *Minne*, für jene höhere Liebe, „die alle Enge und Weite umspannt; die auf Erden und im Himmel thront, die überall, nur in der Hölle nicht, gegenwärtig ist".

Wir bemerkten schon vorhin, daß die Lyrik, als die spezifisch subjektive Poesie, sich von den Massen auf die Individuen zurückzog und natürlicherweise, namentlich im Minnegesange, eine kunstreichere Form annahm. Doch darf man sich hier die Kluft noch keineswegs so bedeutend denken, wie sie etwa in neuerer Zeit die sogenannten Gebildeten vom sogenannten Volke scheidet. Der Adel teilte noch immer das tiefe Naturgefühl des Volkes und stand im Wissen nur wenig über demselben; Wolfram von Eschenbach selbst konnte weder lesen noch schreiben. Daher sind diese ritterlichen Minnelieder noch ganz frei von aller gelehrten Prätention und Pedanterie, und wurden nicht, wie die späteren Kunstgedichte, deklamiert, „gesagt", oder gar aufgeschrieben, sondern stets, wie das Volkslied, gesungen; und wer nicht selbst singen konnte, hielt sich sein „Singerlein", einen Knaben oder Jüngling, der die Weise der Geliebten vorsingen mußte. Und welch ein überreicher Frühling mußte das sein, der so plötzlich ganz Deutschland von einem Ende zum andern durchklungen, da wir, ungeachtet so vieles verlorengegangen, dennoch Lieder von hundertsechzig Minnesängern besitzen. Gleichwie aber die Nachtigallen sich gern und dankbar in schattenreichen Gärten niederlassen, wo ihnen liebreicher Schutz und Pflege geboten wird, so gruppierten sich auch dieser Sänger sehr bald um die kleineren deutschen Höfe, unter denen besonders der des thüringischen Landgrafen Hermann und die babenbergischen Herzoge von Österreich durch ihre Kunstliebe und ungemessene Gastfreiheit gegen die Dichter sich unsterblich gemacht haben. Wie rein aber die Saiten dieser Sänger gestimmt sein mußten, zeigt schon der Umstand, daß damals die

heilige Elisabeth an der Seite ihres Gemahls zu Eisenach Hof hielt, wo sie von den Flügeln dieses melodischen Gesanges zur göttlichen Minne emporgehoben ward und schwerlich einen störenden Mißklang geduldet hätte.
Ein Denkmal jener poetisch bewegten Zeit ist uns in dem Wettgesang übriggeblieben, der von einem späteren Dichter unter dem Namen des *Sängerkrieges auf der Wartburg* in ein Ganzes zusammengefaßt worden. Dieser Wartburgkrieg ist zwar, wenigstens in seinen hier angeführten Nebenumständen, offenbar nur sagenhaft, beruht aber, wie alle Sage, ohne Zweifel ursprünglich auf historischem Boden. Es scheint in der Tat um das Jahr 1207 ein solches poetisches Turnier auf der Wartburg stattgefunden zu haben, bei welchem Wolfram von Eschenbach, Walther von der Vogelweide, Heinrich von Ofterdingen, ja sogar ein entschieden mythischer Sänger, der Ungar Klingsor, aus dem Stegreif mitgefochten haben sollen. Manches in dem Gedichte mag vielleicht aus diesem Kampfspiel noch wörtlich übernommen sein, das Ganze, wie es uns hier dargestellt wird, mit seinen rätselhaften Spitzfindigkeiten, macht jedoch einen fast wehmütigen Eindruck, als Nachklang einer großen untergegangenen Dichterzeit, die der neuere Sänger nicht mehr verstanden hat.
Zu den frühesten Minnesängern gehören, außer dem schon erwähnten Spervogel, der von Kürenberg, Walram von Gresten, Dietmar von Aist und der im Kreuzheere vor Philomelium heldenmütig gefallene Friedrich von Hausen. Auch die eigentlich erzählenden Dichter: Gottfried von Straßburg, Heinrich von Veldeke, Hartmann von der Aue und Wolfram von Eschenbach mit seinen schönen Tage- und Wächterliedern, reihten sich diesem Frühlingschore an.
Der ausgezeichnetste unter ihnen aber ist *Walther von der Vogelweide,* dessen Gedichte von Simrock trefflich übersetzt und von Lachmann und Uhland vielfach besprochen und erläutert worden sind. Manche neuere protestantische Schriftsteller, wieder einmal die heutige Weltansicht

um eine Handvoll Jahrhunderte zurückdatierend, haben ihn vergnüglich zu den Ihrigen zählen wollen. Auch hat er allerdings in seinen Gedichten oft an Papst und Geistlichkeit scharf genug gerügt, was zu rügen war, denn „sie bannten, die sie wollten, und nicht den, den sie sollten; da störte man das Gotteshaus". Aber man übersieht eben hierbei, oder will vielmehr nicht sehen, daß er überall nur das damalige *politische* Treiben des römischen Hofes rügt um des Heils der Kirche willen, welcher er getreulich anhing, und ohne Zweifel gegen den neuen Protestantismus mit großer Entrüstung protestiert haben würde.

Walther steht schon darum an der Spitze jener Sänger, weil er, fern von aller konventionellen Spielerei, am entschiedensten und männlichsten die dreierlei Elemente umfaßt, die wir oben als das Charakteristische des Minnegesanges bezeichnet haben. Kein anderer sang so rein, so süß und wahr wie Walther von der ewigen Schönheit der Frauen, „wenn lieblich lacht in Lieb ihr süßer roter Mund und Pfeil' aus spielenden Augen schießen in Mannes Herzens Grund". Dieser liebliche Frauendienst aber ruht bei ihm, wie ein Heiligenbild auf Goldgrund, auf einem tiefen religiösen Gefühle. „Da dacht ich mir viel ange (angstvoll), wie man zu Welt hier sollte leben: und keinen Rat ich konnte geben, wie man drei Dinge erwürbe, der keines nicht verdürbe. Die zwei sind Ehre und fahrendes Gut, das oft einander Schaden tut, das dritte ist Gottes Hulde, der zweien Übergulde; die wollt ich gern in *einen* Schrein. Ja leider, das kann nimmer sein, daß Gut und weltlich Ehre und Gottes Hulde mehre zusammen in ein Herze kommen. Stieg und Wege sind ihnen benommen, Untreue ist in der Saße (Hinterhalt), Gewalt führt auf der Straße, Friede und Recht sind sehre wund. Die *drei* zusammen haben kein sicheres Geleite, nur *zwei,* die werden ehe gesund." – Ebenso ernst wahrt er in Lied und Tat den Herrendienst, indem er mit unwandelbarer Treue in Glück und Not zu seinen rechtmäßigen Kaisern hält. – Wie wahr und ergreifend endlich ist bei ihm die Wehmut und Klage

über die Vergänglichkeit der irdischen Dinge: „O weh, wohin geschwunden sind alle meine Jahr! hat mir mein Leben geträumt oder ist es wahr? Was ich je wähnte, daß es wäre, ist das icht (etwas)? Darnach hab ich geschlafen und ich weiß es nicht. Nun bin ich aufgewacht, und mir ist unbekannt, was einst vertraut mir war wie meine andre Hand. Leut und Lande, da ich von Kindheit bin erzogen, die sind mir fremd geworden, als wär es all erlogen. Die mir Gespielen waren, die sind träge und alt, und öde liegt das Feld, verhauen ist der Wald – nur daß das Wasser fließet, so wie es weiland floß –, wie ich gedenke manchen wonniglichen Tag, der mir zerronnen ist, wie in das Meer ein Schlag: Immer mehr o weh!"
Und mit dieser Klage wollen wir von jenem lieblichen Reich der Liederträume Abschied nehmen. Der Frühling ist längst verrauscht, und ein scharfer trockener Herbstwind streift über das verwandelte Land. Aber wem erwecken solche ferne Klänge, wie das Alphorn dem Schweizer, nicht noch heut ein wunderbares Heimweh nach seiner stillen harmlosen Jugendzeit, deren Erinnerung in jedem gesunden Herzen unvergänglich ist.

Die Poesie hat, wie jedes geistige Leben, ihren notwendigen Entwickelungsprozeß, der sich, weil er der natürliche ist, bei allen Völkern wiederholt. Die erste jugendlich frische, fast noch kindliche Anschauung der Welt erzeugt das Epos. Diese Anschauung, je lebendiger sie ist, weckt indes sehr bald ein nach den verschiedenen Individualitäten verschiedenes Interesse und Mitgefühl an dem großen Sagenstoff; die Poesie wird eine mehr innerliche und wesentlich lyrisch. Eine solche bloß experimentale und vorbereitende Trennung der beiden ursprünglichen Grundelemente aller Poesie kann aber nirgend von Dauer sein und strebt unablässig nach Wiederversöhnung. Und diese Vermittelung ist eben das Wesen des *Dramas,* wo das lyrisch Subjektive, ohne sich selbst aufzugeben, in der darzustellenden Handlung wiederum objektiv wird. Man be-

greift hiernach leicht, daß schon das bloße Bedürfnis solcher Vermittelung einen höheren Grad, wir möchten nicht sagen, menschlicher Bildung, sondern künstlerischer Ausbildung und Reife voraussetzt als jene Vorbereitungszeit. Daher erscheint auch das Drama, gewissermaßen Epos und Lyrik in ein Ganzes zusammenfassend, überall zuletzt. Daher hat das Mittelalter eigentlich noch gar kein Drama; wohl aber schlummern in diesem großen Völkerfrühlinge schon alle verhüllten Keime dazu, welche bei den Völkern des Abendlandes das Christentum allmählich ins Leben rief, nachdem die Alten ihren künstlerischen Zyklus geschlossen hatten, und das klassische Drama in der allgemeinen Fäulnis längst in sich selbst zerfallen war.
Das Drama ist überall, bei den Alten wie bei den neueren Völkern, *religiösen* Ursprungs und aus dem natürlichen Bedürfnis hervorgegangen, den religiösen Kultus durch Wechselgesänge zu feiern, zu beleben und zu erläutern. Das Drama ist ferner, seiner Natur nach, in seinen ersten Anfängen durchaus tragisch, die versuchte Darstellung des Konfliktes zwischen Subjektivem und Objektivem, des unvergänglichen Kampfes der in der Menschenbrust begründeten Sehnsucht und Forderung des Ewigen und Unendlichen gegen die begrenzenden Schranken des Endlichen. Wo aber, auch vom bloß künstlerischen Standpunkt betrachtet, fände wohl die Poesie in der ganzen Weltgeschichte einen so tief tragischen Stoff als im christlichen Glauben? Was waren den Alten ihre wetterwendischen Götter mit ihren menschlichen Launen und Tükken, ihr Ajax und Hektor gegen die einzige Heldengestalt Christi, wie Er, in jenem ungeheueren Kampfe des Unendlichen mit dem Irdischen allen voranschreitend, zuletzt verkannt, verraten und von allen verlassen in furchtbarer Einsamkeit durch alle Grauen und Schrecken des Todes geht, um das arme Menschengeschlecht aus seiner uralten Knechtschaft zu befreien!
Und so ist denn diese große Welttragödie auch wirklich

der Ausgangspunkt und erste Gegenstand unseres Dramas; ja die Kirche selbst vermittelte den Übergang. Es ist bekannt und von anderen bereits hinreichend nachgewiesen, wie dramatisch bald im Anfange der christliche Gottesdienst sich gestaltete. Die ganze christliche Weltansicht von Erschaffung der Welt bis zu Christus war durch korrespondierende Wechselgesänge und mimisch-plastische Darstellungen schon in der zwölfstündigen Urliturgie angedeutet, deren tiefe Symbolik, in ihre Hauptzüge zusammengedrängt, uns noch bis heute in dem heiligen Meßopfer aufbewahrt ist. Fast ebenso alt war die Sitte, während der Passionszeit die Leidensgeschichte Christi in der Kirche aus den Evangelien vorzulesen, wobei die Reden Christi von dem Priester, dagegen die Reden der Apostel, des Herodes, des Pilatus, der Hohenpriester und des jüdischen Volkes von verschiedenen Personen vorgetragen wurden. Es ist aber natürlich, daß man hierbei in den Text der Evangelien, teils zur Erläuterung, teils zur Verstärkung des Eindrucks, sehr bald Versifikation, kirchliche Traditionen, ja sogar Rezitative und einzelne Gesangstükke mit einwob, während schon im 12. Jahrhundert ein Kostüm der Vortragenden und höchstwahrscheinlich auch eine Art von Aktion hinzukam. Auch diese Anfänge aber nahmen in nächster Folge denselben Gang, den wir oben bei der Legende bemerkten. Erst war Christus, seine Geburt, sein Wandel, sein Leiden und sein Sieg der einzige Gegenstand und alles streng an die Evangelien angeschlossen; später aber wurden allmählich auch einzelne Momente und Gestalten des großen Weltdramas, wie die Jungfrau Maria, die Heiligen und Märtyrer, zum Gegenstande eigener Darstellungen gemacht. So entstanden die ersten christlichen Dramen, die *Mysterien;* und aus ihnen – da die Aufgabe, das Übersinnliche darzustellen, nur annähernd und sinnbildlich gelöst werden kann – die wesentlich allegorischen *Moralitäten,* wo Feld und Wald, die einzelnen Seelenkräfte, die biblischen Gedanken, ja der Gedanke selbst, neben historischen Personen, wie eine wunderbare Hieroglyphenschrift, redend und handelnd auftraten. Und so lebenskräftig und unversehrt war damals noch der Glaube, daß es keineswegs zu Ärgernis und Störung, sondern durch den Gegensatz vielmehr nur zur Verstärkung des Eindrucks gereichte, als nach und nach auch derbe Scherze und komische Zwischenspiele eingeschoben wurden, in denen besonders ein Marktschreier, der an die zum Grabe wallenden Frauen Salben und Spezereien verkauft, und der um die falschen Silberlinge schachernde Judas die Lieblingsrollen übernehmen mußten. Die Spur dieser geistlichen Dramen läßt sich mit Sicherheit bis in das 4. Jahrhundert verfolgen, aus welchem ein aus dem Griechischen übersetztes Passionsspiel, angeblich von dem Kirchenvater Gregor von Nazianz, bis auf uns gekommen ist. Auch aus dem 9. Jahrhundert, wo sie wahrscheinlich unter Karls des Großen geistreicher Mitwirkung allgemeiner wurden und wobei besonders der Abt Angilbert tätig war, besitzen wir noch ein lateinisches Drama in Versen über die Geburt Christi, und aus dem 10. die sechs legendarischen Moralitäten der Benediktinernonne Roswitha (Helene von Rostow im Kloster Gandersheim am Harz). Im 12. Jahrhundert aber sehen wir schon in den meisten großen Städten eigene Brüderschaften zur Aufführung von Passionsspielen sich vereinigen; so in Rom die der Gonfaloni, die der Batutti in Treviso, und 1404 die Confrèrie de la Passion in Paris. Während also Mysterium und Moralität hiernach im Süden und Westen Europas, sowie in England, schon einen Zyklus stehender Vorstellungen bildeten, der sich den Festen des Kirchenjahres anschloß, scheinen sie in Deutschland erst im 14. Jahrhundert sich allgemein verbreitet zu haben. Wenigstens erhalten wir wunderlicherweise durch Eulenspiegel die früheste Andeutung davon, welche aber zugleich beweist, wie bald das geistliche Schauspiel hier national geworden, indem dort von einer solchen Vorstellung auf einem *Dorfe* die Rede ist. Die erste Aufführung dagegen, von der wir *bestimmte* Kunde haben, ist ein Spiel

von den klugen und törichten Jungfrauen, welches 1322 die Predigermönche in Eisenach gaben und das den Markgrafen Friedrich von Meißen so gewaltig ergriff, daß er in tiefem Hinbrüten vom Schlage gerührt wurde.
Dem gottesdienstlichen Ursprunge und Charakter entsprach auch die ganze äußere Erscheinung dieses Schauspiels. Gleich den Liturgien, aus denen sie hervorgegangen, bestanden sie in lateinischen Rezitativen, erst später wurden zur Erklärung und Erweiterung des Bibeltextes gereimte Verse in der *Landessprache* eingeschoben und gesprochen. Die Schauspieler waren Geistliche, der Schauplatz die Kirchen oder, wenn diese nicht Raum genug boten, die Kirch- und Klosterhöfe. Die Bühne selbst aber hatte gewöhnlich drei Stockwerke übereinander, von denen das obere und untere Himmel und Hölle, das mittlere die Erde vorstellte. Das gesamte Personal stand oder saß im Halbkreise auf der Bühne in der jedesmaligen Tracht der Zeit, nur Gott Vater, die Engel und Apostel in priesterlichen Gewändern, Christus als Bischof. Alle intonierten vor Beginn des Schauspiels das: veni sancte spiritus, worauf der „expositor ludi", als Heiliger oder wohl auch als der „alte Heidenmann" Virgilius, mit den nötigen Aufklärungen über Zeit, Ort und Gegenstand das Spiel eröffnete und überhaupt die Stelle des Prologs und Chorführers vertrat, während die andern, wenn die Reihe an sie kam, aus jenem Halbkreise vortraten und dann wieder dahin zurückkehrten, die Chorknaben aber die geistlichen Zwischengesänge ausführten. Die Vorstellung, meist an den Nachmittagen, dauerte oft mehrere Tage (Tagewerke) und bedurfte besonders in der späteren Zeit eines sehr zahlreichen Personals; ja ein im Jahre 1498 zu Frankfurt gegebenes Passionsspiel hat nicht weniger als zweihundertfünfundsechzig Personen. Wie volksmäßig aber diese Stücke geworden, bezeugt schon der Umstand, daß sie, gleich dem alten Epos, nicht aufgeschrieben wurden, sondern als Nationalgut traditionell von Geschlecht zu Geschlecht sich forterbten. Daher sind auch, außer einigen

Oster- und Heiligenspielen, grade von den gangbarsten, den Passionsspielen, bis jetzt nur drei vollständige Texte aufgefunden, während wir von anderen lediglich einige sogenannte Spielbücher besitzen, welche bloß im allgemeinen den Gang des Stückes und die Anfänge und Stichworte der Reden angeben.
So waren denn also auch auf diesem Gebiet schon früher die Fundamente zu einem kühnen Münsterbau gelegt, der alle mannigfaltigen Erscheinungen des Lebens symbolisch erfassen und sehnsüchtig bis zum Kreuze emporranken sollte. Allein der Bau blieb unvollendet, wie die meisten Münster. Nur in dem tiefernsten Spanien, das bis in die neuere Zeit für seinen Glauben ritterlich gefochten, hat das Mysterium in Calderons Autos seine künstlerische Vollendung und Verklärung erlebt. Warum es aber in Deutschland sich nicht ebenso naturgemäß fortentwikkeln konnte, sondern mit seinem ersten, fast rästelhaften Rohbau abschloß, werden wir weiterhin Gelegenheit genug finden, näher nachzuweisen.

IV
Weltliche Richtung

Wir verließen oben bei Wolfram von Eschenbach das Epos auf einer Höhe, wie sie in aller Literatur nur selten erreicht wird. Sein Parzival ist durchaus eine tiefsinnige Symbolik der christlichen Lebensansicht. Allein wir stoßen in diesem Gedicht zugleich auch häufig auf eine geharnischte Entrüstung des Dichters, auf bitteren Spott und herbe Ironie, die schon auf bedenkliche Symptome der Zeit und auf einen scharfen Gegensatz des Dichtergemüts mit der Wirklichkeit hindeutet. Zwar hat der ernste Ton, den Wolfram angeschlagen, als der bei weitem noch volksmäßigste, lange und unter allen damaligen Dichtweisen am dauerndsten nachgeklungen; zahllose Fortsetzer

und Nachahmer quälten sich ab, ihn fortzuspinnen, und was allgemein gelten wollte, suchte unter Wolframs Schild, ja womöglich unter seinem Namen sich in der Welt einzuführen. Aber es ist seit dem Sündenfalle in der menschlichen Natur ein furchtbarer Zwiespalt, dessen Wiederversöhnung eben die große Aufgabe des Christentums ist. Es geht durch die ganze Geschichte, neben der unabweisbaren Sehnsucht nach Erlösung, eine Opposition des menschlichen Trotzes und Hochmuts, ein uralter, mehr oder minder verhüllter Protestantismus, der selbst und aus eigener Kraft und Machtvollkommenheit das Erlösungswerk zu übernehmen sich vermißt. Er versucht sich in den verzweifelten Anstrengungen der Waldenser und floriert in dem welthistorischen Kampfe der Hohenstaufen mit der Kirche. Es ist natürlich, dieser Geist mußte auch in der Poesie sich abspiegeln, und der mit Wolfram gleichzeitige *Gottfried von Straßburg* ist der Führer und Meister dieser antikirchlichen Kunst.
In seinem berühmten Gedichte *Tristan und Isolde* kehrt er gradezu den Parzival um, mit offenbar feindseliger Absichtlichkeit geschäftig, den hehren Bau, den Wolfram aufgeführt, zu untergraben und niederzureißen, um über dem Schutte zwischen prächtigen Giftblumen für die irdische Genußseligkeit der emanzipierten menschlichen Natur einen bequem gemütlichen Lustgarten anzulegen. Wir sind weit davon entfernt, die Poesie mit unzeitigem Rigorismus einzig nach der kurzen moralischen Elle messen zu wollen; allein hier handelt es sich nicht mehr um Moral, sondern um Vernichtung von Religion, Tugend, Ehre und allem, was das Leben groß und edel macht. Hier wird zum erstenmal das, in allen späteren Romanen bis zum Ekel wiederholte, Dogma von der unbedingten Geschlechtsliebe verkündigt, welcher alles andere untertänig weichen und die ganze Welt nur zu würdigem Aufputz und Zierat dienen soll. Ja, der Dichter sagt: „Das Weib, das *aus dieser Art schlägt und die gerne Lob und Ehre bewahrt*, sei ein Mann an Gesinnung und nur mit Namen ein Weib.“ Und

wahrlich, die Heldin Isolde ist nicht aus dieser Art geschlagen und wird daher auch als ein Muster der Weiblichkeit aufgestellt. Der Stoff des Gedichtes ist durchaus gemein: die Verführungsgeschichte einer verheirateten Frau, die gern Lob und Ehre und Seele ihrer ehebrecherischen Liebesbrunst opfert; ein artiger, sich vor den Damen niedlich machender Fant, wie wir ihm wohl allezeit unter den eleganten Pariser Pflastertretern begegnen, der sich in seiner liebenswürdigen Flatterhaftigkeit zuletzt noch gar in eine *zweite* Isolde verliebt; und endlich ein schwacher Ehemann, der nicht bloß gefoppt, sondern auf das schändlichste verraten und betrogen wird und welcher am Ende noch alle Schuld allein tragen soll, weil er sich unterstanden hat, sein tolles Weib zu hüten und in ihren sauberen Kunststücken zu stören. Überhaupt aber muß man dem Dichter nachrühmen, daß er mit wahrhaft dämonischer Konsequenz alles jenem Dogma von der alleinseligmachenden Geschlechtsliebe beugt und unterordnet und auf diese Weise in moralischer Beziehung eine vollkommen verkehrte Welt zutage bringt. Da wird verräterische List und Betrug als Kardinaltugend belobt, das gewissenlose Beharren bei der Sünde heißt Treue, und die Treue der Hofleute, die es mit dem betrogenen Ehemanne gut und ehrlich meinen, wird als Untreue gebrandmarkt; ja der freigeisterische Dichter scheut sich nicht, mit der Heiligkeit des Eides und des Gebetes frevelhaften Spott zu treiben. Isolde hat nämlich, um die ihr zuerkannte Feuerprobe des Gottesgerichts für sich unschädlich zu machen, eine List erfunden, „die ihr in Not und Gebet und Fasten der gnädige Christ eingegeben". Nun schwört sie, in „göttlicher Andacht" betend, keck den falschen Eid und faßt dann unversehrt das glühende Eisen an – „da ward es offenbar, daß der viel tugendhafte Christ viel schlaffer wie ein Ärmel ist, er ist allen Herzen bereit, zum Guten und zum Betrug, sei es Ernst, sei es Spiel, er ist ja, so wie man will". – Und eine solche gleißende und funkelnde Kette von Abscheulichkeiten wird nicht etwa mit verhüllter Iro-

nie vor uns aufgerollt, sondern unbefangen und scheinbar harmlos, als ob sich das alles eben so ganz von selbst verstünde. Wie schade um so viel Schönheit, die hier an das absolut Häßliche verschwendet ist, um diese scharfe und tief wahre Charakteristik des Lasters, um so viel bewundernswerte Gewandtheit und Anmut, die, wie ein lieblicher Strom, alles in ihre melodischen Zauberwirbel hinabzieht! Es ist in dem Ganzen allerdings eine *indirekte* tiefmoralische Lehre verborgen; aber wer mag sie in diesem betäubenden Duft der Giftblumen erkennen und herausfinden, ohne sich vielleicht tödlich zu verwunden? Auch lag eine solche verhüllte ernste Mahnung schwerlich in der Absicht des Dichters, der vielmehr ausdrücklich erklärt, daß sein alleiniges Ziel die Darstellung des vollen Reizes und Genusses der irdischen Liebe sei, „eines so seligen Dinges, daß niemand ohne ihre Lehre weder Tugend noch Ehre habe". Wir bezweifeln daher, daß er, wie manche gutmütig vermuten, wenn er das zuletzt abgebrochene Gedicht wirklich vollendet hätte, zum Schluß noch den Teufel als Vogelscheuche oder als Pfropfen auf seine schäumende Champagnerflasche gesetzt haben würde. Der weltliche Meister Gottfried wußte gewiß recht gut, daß der Teufel in solchem Handel nur dann seine unfreiwillige Schuldigkeit tut, wenn er mit seinen Schaudern und Schrecken insgeheim schon die ganze Geschichte durchschritten und notgedrungen mitten im Taumel der trunkenen Weltlust die grauenhaften Abgründe und den ganzen geheimnisvoll lauernden Hintergrund der Geisterwelt auf Augenblicke aufgedeckt hat, wie etwa in der Mozartschen Geistermusik zum Don Juan.
Es ist hiernach begreiflich, daß Gottfried, welcher der Schwäche der Menge schmeichelte und sie gleichsam in den poetischen Adelstand erhob, faßlicher und beliebter war als Wolfram, der sie streng und unbequem zum inneren Kampfe mit sich selbst herausforderte. Daher hinterließ Wolfram zwar viele Nachahmer, die ihn nicht verstanden und plump zu überbieten suchten, aber keine

Dichterschule wie Gottfried, weil wohl höhere Formengewandtheit, nicht aber Adel der Gesinnung und der gedankenvolle Tiefsinn des Genies sich lernen und einschulen lassen. Das Verhältnis beider war ungefähr ebenso wie in neuerer Zeit zwischen Klopstock und Wieland. Gottfrieds unvollendeter Tristan fand nicht nur zwei ziemlich ungeschickte Fortsetzer in Ulrich von Türheim und Heinrich von Freiberg; auch sein Geist verbreitete sich wie ein heimlich zehrendes Fieber in den verschiedensten Krankheitssymptomen über mehrere Dichtergenerationen, aus denen Rudolf von Ems und Konrad von Würzburg als die bedeutendsten hervorragen.

Das Charakteristische der Gottfriedschen Schule aber ist eben die laxe weltmännische Lebensansicht des Meisters, die mit Sage und Heldentum nichts mehr anzufangen weiß, daher am liebsten nach gewöhnlichen, ja gemeinen Stoffen greift und, um das Kleine groß zu machen, allen Nachdruck fast ausschließlich auf eine geleckte Form der Darstellung legt. Die Dichter, da sie nichts Bedeutendes aus der Geisterwelt zu offenbaren haben, dichten nicht mehr aus *innerem* Bedürfnis, sie wollen geständlich nicht belehren oder erheben, sondern nur angenehm unterhalten. Kein Wunder daher, daß die Besseren unter ihnen allmählich ein Überdruß und Verzagen an der Würdigkeit ihrer Kunst überkommt und häufig in laute Klagen ausbricht.

So ist Heinrich von dem Türlin in seinem Gedicht von der (Abentiure) *Krone* schamlos bemüht, die schlanken Gottfriedschen Umrisse der sinnlichen Liebe ganz ins Nackte und Feiste herauszuarbeiten, und in der *Heidin* (angeblich von Rüdiger von Hindihofen) bildet das alles schon den Kern und Zweck des Ganzen, bis nach und nach der trübe Strom, allen Schlamm aufwühlend, in farbigen Schiller der Fäulnis ausläuft. – Nichts von alledem enthält *Flore und Blancheflur* von Konrad Flecke, die unschuldige, einfache Geschichte von der Jugendliebe zweier Kinder; dafür drängt sich hier die breite Gemütlichkeit, Schwäche und Weichlichkeit Gottfrieds, die dieser im Tristan noch liebenswürdig zu machen verstand, unangenehm in den Vordergrund. Die artigen Kinder wissen schon in ihrem fünften Jahre den ganzen Katechismus der Liebe auswendig, sie dichten und sprechen nur von Minne, Blumen und Vögelein, und der Knabe, da sie dann getrennt werden, fällt in Ohnmacht, während das Mädchen sich mit ihrem Griffel erstechen will; Szenen, die fast schon an die spätere Liebeskarikatur Siegwarts erinnern. – Dagegen hat *Konrad von Würzburg* vorzüglich und mit großem Glück und Geschick die formale Seite Gottfrieds erfaßt; seine meisterhaft gereimten Erzählungen gehen fast in lauter Duft und Blumen auf, während in seinem „Schwanritter" der abenteuerliche Stoff mit seinen noch etwas altfränkisch eckigen Gliedern überall das neue, knappe und elegante Kleid aus den Nähten zu reißen droht. – *Rudolf von Ems* endlich ist allerdings nichts weniger als frivol, folgt aber getreulich der von Gottfried eingeschlagenen Bahn von den Gipfeln des Lebens ins platte Land. Sein „Wilhelm von Orleans" handelt, unter Beseitigung alles Wunderbaren, von den gewöhnlichsten und prosaischsten Verhältnissen der Gegenwart, von Haus und Hof, guter Wirtschaft und anderen nützlichen Dingen; und der trockene, aber wackergesinnte Dichter hat sonach ganz recht, wenn er zuletzt selbst darüber stutzig wird und die lügenhaften Mären bereut, die er früher im lieben Wahn auf Ehre und Ruhm mit sündhaftem Munde gedichtet.

Man sieht, wir sind hier unversehens bereits in eine ganz andere Luftschicht geraten, das Rittertum steigt allgemach von seinen Felsenburgen zu den Meierhöfen der Niederungen herab, um fein ordentlich Junkertum zu treiben. Diese Unterhaltungsdichter bilden schon sichtbar den Übergang zu unserem modernen Roman, während die aufgelösten Elemente des alten Epos, einzeln und mannigfach zerstreut, sich vor dem abtrünnigen Adel in die sogenannten *Volksbücher* flüchten. Es scheint daher der geeignete Ort, diesen auch in seiner Unförmlichkeit

noch höchst interessanten Ausgang hier etwas näher ins Auge zu fassen.
Unter diesen Volksbüchern machen sich nun zunächst verschiedene Gruppen bemerklich, in denen sich jene Elemente, die in den älteren Gedichten mehr oder minder ein organisches Ganze bilden, einzeln abgelagert haben. So ist von dem noch halbheidnischen Urgebirge der Nibelungen fast nur eine einzige Felsenzacke, die wilde Kraft des hörnernen Siegfrieds übriggeblieben, wie er seinen Vater Sieghard verläßt, im Walde den Drachen tötet, mit dessen Fett er sich bestreicht, daß von dem erstarrenden Drachenblute sich ihm der ganze Leib, nur zwischen den Achseln nicht, mit einer Horndecke überzieht; und wie er dann des Königs Gilibaldus Tochter, die ein Drache entführt hatte, errettet, sie zur Ehe nimmt und endlich vom grimmen Hagenwald an der Quelle erschlagen und in der Folge von seiner Gattin gerächt wird: alles in bloßen schmucklosen, aber sicheren und kräftigen Umrissen. – Auch aus dem karolingischen Sagenkreise wird nur der weltliche Teil im Kaiser Octavian und vorzüglich in der Historie von den vier Haimonskindern repräsentiert: der furchtbare Vasallentrotz gegen den gleich eisernen Kaiser Karl neben rührender Treue; der gutmütige, ehrliche Held Reinhold mit seinen ungeheueren Leidenschaften, mit seiner Klinge Florenberg und dem Heldenrosse Bayard, daneben seine drei tapferen Brüder und sein Vetter, der schlaue Nekromante Malagys; gleichsam nur ein verfärbtes Abbild des wilden, man möchte sagen, mit Blut geschriebenen Gedichts von den älteren Haimonskindern oder Reinhold von Montalban. – Das unmittelbar Kirchliche und Legendarische dagegen erscheint hier nicht mehr in seiner großen symbolischen Auffassung, sondern nur in einzelnen Gestalten, in der Geschichte der seligen Euphemia, der heiligen Pfalzgräfin Genoveva und vor allen in unseres Herren Jesu Christi Kinderbuch (Beschreibung der Kindheit Jesu, der Flucht nach Ägypten usw.), einer wunderlieblichen „Idylle in der Religion“, wie es Görres

nennt, welche zwar zunächst dem Leben Marias und Christus' vom Kartäusermönch Philippus (im 13. Jahrhundert) nachgebildet ist, aber ursprünglich zu den alten apokryphischen Schriften gehört, die schon Papst Gelasius I. im Jahre 495 von den echten heiligen Büchern schied. – Die *Wunderwelt* der alten Dichtungen aber wird hier durch eine besonders reichhaltige Gruppe vertreten. In der Reise des engelländischen Ritters Johannis de Montevilla sind fast alle Wunderdinge, die Alexander der Große auf seinem sagenhaften Zuge angetroffen, mit eingeflochten: das Paradies im fernen Indien auf dem Berge von Adamanten, der bis zum Monde reicht; das Höllental, über welchem der Teufel in Gestalt eines grauenvollen Hauptes schwebt; das dunkle Land, aus dem beständig Menschenstimmen tönen, der goldene Baum mit den künstlichen Vögeln, der Vogel Phönix, die Amazonen usw. Hierher gehört auch der einer Erzählung in den „Gesta Romanorum" entlehnte Fortunatus mit seinem Säckel und Wünschhütlein, sowie die aus dem gleichnamigen Gedichte Heinrichs von Veldeke in Prosa aufgelöste Historie vom Herzog in Bayern und Österreich, der von seinem Vater, dem Kaiser Otto, aus seinem Lande verjagt wird, nach Jerusalem wallfahrtet, Schiffbruch am Magnetberge leidet, auf einem Floß durch den Karfunkelberg fährt und in Indien für die Pygmäen gegen das Volk der Kraniche ficht. Dagegen haben aus der in den Kreuzzügen eroberten orientalischen Feenwelt die Erd-, Luft- und Feuergeister, wie eine leichte Luftspiegelung, die jeder Hauch phantastisch wandelt, sich im „Schloß der afrikanischen Höhle Xaxa" angesiedelt. Diese Feenwelt wird aber in ihrer neuen Heimat durch ein tiefes religiöses Gefühl gehoben, von dem liebevollen Bestreben nämlich, gleichsam aus Schmerz und Mitleid mit ihrer heidnischen Schönheit, dieselbe menschlich und christlich und somit der ewigen Seligkeit teilhaftig zu machen. Ein Zug, der namentlich der bekannten Historie von der schönen Melusine einen so eigentümlich rührenden Reiz verleiht: wie sie, von irdischer Liebe bezwungen, sich treu und fromm zu den Menschen gesellt und dennoch, durch menschlichen Vorwitz verscheucht und einem geheimnisvollen Naturgesetz folgend, zuletzt von Gatten und Kindern scheiden und unter herzzerreißender Wehklage wieder in das Feenreich zurückkehren muß. Das schöne Thema wiederholt sich noch in manchen anderen Volkssagen, z. B. vom Donauweibchen. Jenes Volksbuch selbst aber ist aus einem altfranzösischen, schon im 14. Jahrhundert von Jean d'Arras verfaßten und 1500 in Paris gedruckten Gedicht, dieses aber wiederum aus einer uralten Familiensage entstanden, wonach die Melusina noch oft in Witwenkleidern erscheint und jeden Samstag um die Vesperzeit sich badet, halb als schönes Weib und halb als Schlange, oder auch, wie die spätere weiße Frau, sich am Fenster des Turmes zeigt, einen furchtbaren scharfen Schrei ausstoßend, wenn ihre Nachkommen oder dem Lande ein großes Unglück bevorsteht. – Die einfältige fromme Schönheit der alten Minne endlich nimmt rührend Abschied von uns in der Magelone.

Es ist bekannt, daß diese fragmentarische, nur noch in einzeln abgerissenen Klängen nachhallende Poesie auch größtenteils formlos des Schmucks der Verse entbehrt. So macht sie den fast wehmütigen Eindruck von Trümmern einer untergegangenen Welt, die in der Waldeinsamkeit längt vergessen sind, die aber der ursprüngliche Boden, als wollte er nicht von ihnen scheiden, mit Efeu und wilden Blumen mannigfach umschlungen und überrankt hat. Das Volk träumt hier zum letzten Male von der alten Herrlichkeit, von der das Rauschen der Wipfel, die Waldvögel und Quellen den einsamen Hirten und Jägern noch immer Wunderdinge erzählen.

Diese Volkspoesie hat aber auch ihre Kehrseite. Die gleichzeitige Strömung des Urprotestantismus, die, wie wir gesehen, die oberen Regionen der Gesellschaft durchdrang und erkältete, mußte natürlicherweise in ihrem Fortgange auch die unteren Volksschichten berühren und um so reißender und geräuschvoller werden, je tiefer sie hinabkam. Es war hier allerdings im Anfange nur noch die frische, kecke Lust an der Negation und Neuerung, die sich ebenso natürlich zuerst gegen das Positivste und Konservativste im Leben, gegen die Kirche, kehrte. Wir sehen daher nur einige alte Gesellen, die wohl schon früher ziemlich unschuldig rumorten, plötzlich als entschiedene Lieblinge in der Volksgunst hervortreten. So: Morolf (den das Volk in *Marcolph* umtaufte), dann *der Pfaffe Amis*, und *der Pfaff vom Kalenberg.* In „Frag und Antwort König Salomonis und Marcolphi" zieht der Bauernwitz zunächst erst gegen die geistliche Schulweisheit zu Felde. König Salomon setzt vom Throne mit salbungsvoller Feierlichkeit alle seine weisen Sprüche dem Marcolph und seinem Weibe auseinander, welche dann sogleich jeden Spruch in ihrem Volksidiom parodisch verarbeiten. Über Geist und Ton dieses ergötzlichen Dialogs mag das plastische Signalement des tölpischen Gesellen vielleicht die kürzeste und getreueste Auskunft geben. „Und die Person Marcolphi war kurz, dick und grob, und hat ein groß Haupt und eine breite Stirn, rot gerunzelte haarige Ohren, hängende Wangen, groß fließente Augen, der untere Lebs als ein Kalbslebs, ein stinkenden Bart, als ein Bock, plochent Händ, kurze Finger und dicke Füß, ein spitze hagerte Nasen und groß Lebsen, ein eselich Angesicht, Haar als ein Igel usw." Man sieht, das Volk war in seiner Lustigkeit noch weit entfernt, seinen eigenen Anwalt zu verschonen. – Bedenklicher schon verhält es sich mit den beiden Pfaffen: Amis und vom Kalenberg. Nicht darum, weil hier derber Scherz und Schwank neben dem Heiligen und Kirchlichen ihr keckes Spiel treiben; denn wir sahen dieselbe Erscheinung auch in den dramatischen Mysterien, wo der unbefangene und seiner selbst noch sichere Glaube nicht den geringsten Anstoß daran nahm. Aber unangenehm auffallen muß es, daß hier alle erdenklichen Schelmenstreiche und Lächerlichkeiten mit einer gewissen Schadenfreude grade den Priestern, wie eine

Narrenjacke, angehängt werden; ja, wenn wir genauer zusehen, finden wir hier bereits die rohen Fundamente gelegt zum künftigen Aufklärungspalais. Es erinnert wenigstens schon sehr lebhaft an Tartüff, an die spätere Jesuitenriecherei und alle die wohlfeile Weltweisheit, womit seitdem der Unglaube sich zu rechtfertigen und zu beschönigen sucht, wenn z. B. der Pfaffe Amis eine reiche und alberne Gutsbesitzerin, da ihr Mann eben nicht zu Hause ist, durch Scheinheiligkeit um ein Stück feiner Leinwand betrügt und dann bei dreißig Lichtern, die er um sich stellt, herrlich die Mette und eine Messe dazu singt und solchen Ablaß erteilt, daß der, welcher nach dem Ablaß auch den stärksten Appetit hatte, daran Genüge gehabt hätte: alle Sünden, die getan waren und noch getan werden sollten und wollten durch das ganze Leben, die wurden von dem Pfaffen alle vergeben.

Andere alte Stoffe dagegen verwandelten in dem neuen Klima allmählich ihre angeborene Physiognomie. Auch das uralte Tier-Epos beruhte ursprünglich auf dem eigentümlich deutschen Naturgefühl, auf der poetischen Anschauung des geheimnisvollen Geisteslebens der Tierwelt, dessen Darstellung der einzige Sinn und Zweck war. Jetzt aber sehen wir den alten einfachen Reinhart im *Reineke Fuchs* polemisch in Satire umschlagen, nicht in eine gewöhnliche Satire einzelner Personen oder Geschichten, sondern der mittelalterlichen Historie überhaupt. Es ist, wie wir schon anderswo bemerkt haben, die Opposition des sich emanzipierenden Verstandes gegen den Geist des *Rittertums*, des Realen gegen das Ideale, des klugen Fuchses gegen den alt und matt gewordenen Löwen. – Noch kecker und unumwundener verfährt *Till Eulenspiegel* in dieser geistigen Revolution. Er hat aus den Schwänken und Schelmenstreichen der Amis, Kalenberg und aller Volksnarren sich ein schweinsledern kugelfestes Wams zusammengeflickt, an dem, wie bei seinem Vetter Marcolph, jederlei Tugend und Weisheit, die Tapferkeit an der List, höhere Bildung am hausbackenen Verstand, Ge-

lehrsamkeit am Bauernwitz, abprallt und stumpf wird. Hier ist das Rittertum bereits zum Don Quichotte geworden, und Till ist sein Sancho Pansa.
Ebenso wenden sich nun die vielen Schelmenromane und lügenhaften Reisehistorien gegen das Wunderbare der alten Geschichte. In den Schelmenromanen müssen bereits Verschlagenheit und Zufall bei der Leitung des Ganzen die Stelle der göttlichen Vorsehung übernehmen; während in jener Reiseliteratur das Wunderbare des alten Abenteuers so übertrieben aufgeblasen wird, daß es an seiner eignen Ungeheuerlichkeit lächerlich zerplatzt. In dem ergötzlichen Guerillakriege der letzteren Gruppe hat sich besonders der „edle *Finkenritter* mit dem tapfern Monsieur Hans Guck in die Welt“ einen Namen gemacht, indem er noch vor seiner Geburt die Welt durchwandert, seinem eigenen Kopfe, den ihm der Wind abgewehet, nachläuft usw. Ihm folgt der zwischen Schelm und Prahlhans schwankende *Schelmuffsky,* der mit seinem „Bruder Graf“ herumtiostiert, bettelhaft den Kavalier spielt, mit der „Frau Großmoguln“ einen Ehrentanz aufführt, dann unversehens ins Lebbermeer gerät und uns endlich noch spät im Münchhausen einen Urenkel hinterlassen hat.
Ein anderes wichtiges Moment dieser Volkspoesie aber, die Sage vom *Faust,* ist, wenngleich einzelne zufällige Züge derselben an den mittelalterlichen Zauberer Virgilius erinnern, doch in seinem Grundwesen neueren Ursprungs und kann daher erst weiter unten in Betracht gezogen werden.

Dem sinkenden religiösen Glauben sank das Rittertum, das ihn verteidigen sollte, dem sinkenden Rittertume der Minnegesang nach, der durchaus vom Rittertum lebte und dessen eigentliche Blüte war. Denn wenn die Poesie überhaupt mit den religiösen und sittlichen Zuständen der Nation innig zusammenhängt, so muß für deren Temperaturwechsel grade die *Lyrik,* als die subjektivste Dichtungsart und Darstellung der Gegenwart, am empfindlichsten sein und, sobald dort die Nation an ihrem Innersten ungewiß und irre wird, hier auch zuerst die Verwirrung eintreten. Um aber in jener Zeit diese Verwirrung vollkommen zu machen, spielt auch noch eine mißverständliche Verwechselung und Vermischung des Neuplatonismus und des wahren Plato mit hinein und erzeugt in der Poesie eine Art heidnisch-christlicher Mythologie, wo, wie in einem nebelhaften Traume, die Heiligen der Legende und die Götter des Olymps einander brüderlich begegnen. Daher sehen wir denn in dieser schwankenden Übergangsperiode auch die Lyrik in alle möglichen Richtungen und Gegensätze ausfahren, Didaktisches, Rhetorik, Mystisches und Schwank bunt ineinander wirrend, so daß eine genauere Grenze kaum mehr zu erkennen ist. Schon in *Ulrich von Lichtensteins* „Frauendienst" (1255), wo Lyrisches und Episches konfus durcheinanderläuft: welche widerliche Verzerrung der Minne, welch ein durchaus unsittliches Verhältnis, das ihr zum Grunde liegt! Der verheiratete Sänger wirbt auf Tod und Leben um die Gunst einer gleichfalls verheirateten Dame, weil es Mode ist, und die Dame, obgleich beständig höhnend, duldet es, weil es Mode ist. Er trinkt ihr Waschwasser, schneidet sich ihr zuliebe seine Doppellefze und einen krumm gewordenen Finger ab, und sie bewahrt gerührt den ihr verehrten Finger und betrachtet ihn alle Tage. Er tiostiert ihr zu Ehren als Venus durch neunundzwanzig Tage, besucht sie, als Aussätziger verkleidet, und will, da die Dame denn doch noch klüger ist als der tolle Phantast, sich zuletzt noch gar ersäufen. – Man sieht, hier ist die Minne und der Frauendienst bereits rein konventionell geworden, die Dichter glauben und fühlen selbst nicht mehr, was sie singen, alles wird gemacht und affektiert, und das ist überall der Tod der Lyrik. Kein Wunder daher, daß nun der Minnegesang sehr bald ins Parodische und später immer mehr in sein gerades Gegenteil, in das Materielle, Grobsinnliche und Obszöne umschlägt. Ganz den Eindruck wenigstens einer absichtslosen und unbe-

wußten Parodie macht es, wenn jetzt *Nithart* die Szene von den Ritterhöfen in die Dorfschenke und die Minne unter die Knechte und Mägde verpflanzt, dabei aber, da er selbst noch zu den adeligen Sängern gehört, an die übermütig gewordenen bäurischen Knollfinken rechts und links tüchtige Kopfstöße austeilt. Noch tiefer hinab führen dann der *Tanhuser* und *Hadloub*, wo der Minnegesang, mit Ausnahme einiger herzhaften Tanzweisen, in lauter Zech- und Schmausliedern austönt.
Aber wer hinkt, greift nach der Krücke; wo die Moral zu Ende geht, fängt das Moralisieren an. Und so folgt auch hier auf die invaliden Minnesänger die Gruppe der *gnomischen* Dichter, eine Erscheinung, die sich auch bei einzelnen Dichterindividuen wiederholt, wie z. B. bei Goethe, dessen wunderbares Lied zuletzt ebenfalls in Gnomologie ausgeht. Man könnte diesen Übergang die *altgewordene* Lyrik nennen: grämlich, superklug, grübelnd und lehrhaft in epigrammatischen Spitzen und Sprüchen, weil der innere Lebenshauch zu langatmigen Liedern nicht mehr ausreicht. Bei der versiegenden Produktionskraft lehnen sich nun jene Dichter begreiflicherweise immer mehr an die großen Vorgänger, und zwar vorzüglich an das Realistische Walthers von der Vogelweide, aber ohne dessen herzlichen Klang, und an den Ernst des Wolfram von Eschenbach, aber ohne dessen Tiefsinn; beides jedoch keineswegs entschieden getrennt, sondern wiederum verworren ineinanderlaufend, was oft die seltsamste Mischung von Dogma, Moral, Schwank und ritterlicher Konvenienz gibt. Hierher gehören u. a. Reimar von Zweter, der bei aller Frömmigkeit gleichwohl gegen Papst und Kirche polemisiert, der ältere Meißner, Wernher und Marner. Am schärfsten aber wird die Walthersche Richtung durch den heiteren *Regenbogen* sowie die Wolframsche durch den mystischen *Frauenlob* bezeichnet. Die letzten Rittersänger, wie Hugo von Montfort und Oswald von Wolkenstein, schlagen schon einfache volkstümliche Klänge an, während bürgerliche Dichter noch überkünst-

lich in den alten Minnegesang hineinpfuschen, z. B. Muskatblüt, der noch wirkliche Minnelieder hat, noch an den Herrenhöfen sang und die abenteuerlichsten Marienlieder dichtete. Ja, diese allgemeine Unruhe und Ratlosigkeit zeigt sich selbst in der rastlosen phantastischen Reisewut dieser Epigonen, die nicht mehr singend von Schloß zu Schlosse, sondern, wie mit Siebenmeilenstiefeln, von Weltteil zu Weltteil schweifen. So erblicken wir den Hugo von Montfort bald als Troßbube mit den deutschen Rittern in Preußen, bald in Rußland, Norwegen, England und Schottland, dann als Koch und Ruderknecht auf dem Schwarzen Meer, als Pilger in Jerusalem, als Sänger und Possenspieler am Hofe des maurischen Königs von Granada und in Paris, wo ihm die Königin von Frankreich einen kostbaren Diamanten in seinen weißen Bart einband.
Weil aber jetzt der rechte Mittelpunkt, aus welchem allein bisher der Umkreis des irdischen Daseins bis zu seinen fernsten Stadien so scharf und klar beleuchtet worden, nach und nach abhanden gekommen war, so vermochte auch die am Gleichgültigen ermattende poetische Produktionskraft nicht mehr, die Erscheinungen des Lebens unmittelbar zu individualisieren, und nahm daher zu dem abstrakten Abbild desselben ihre Zuflucht. Und so sehen wir nun die *Allegorie* in das Lied einziehn und es bald gänzlich überwältigen. Eine der beliebtesten Allegorien war die Darstellung des Liebenden als Jäger, wie z. B. in der *Jagd des Hadamar von Laber*, wo das Herz des Jägers als rastlos umherspürender Hund und der Merker als Wolf erscheint, der den Hund zu zerreißen droht. Im *Spiegel* wird die Treue von ihrer Kaiserin Frau Abenteuer ausgesandt, um Liebestreue zu finden. In dem *Gedicht von der Liebe und dem Pfennig* streitet die Liebe gegen den Weltbeherrscher Pfennig, der am Ende die Liebe ins Wasser stößt. Die Minne selbst tritt nun als bloße allegorische Figur auf und wird – nachdem sie bei der allmählichen Herabstimmung sinnlich geworden, ganz konsequent – erst zur heidnischen Frau Venus, wie in der *Moh-*

rin, und endlich gar zur Teufelin, wie in dem Gedicht vom *treuen Eckart*. Ja, in dem vom Kaiser Maximilian 1517 entworfenen und von seinem Geheimschreiber Melchior Pfinzing ausgeführten *Theuerdank* werden nicht mehr die Minne, Gedanken und Gefühle, sondern die gewöhnlichsten Jagd-, Krieges- und Brautfahrten pomphaft allegorisiert; ein Werk, das nicht seine Poesie, sondern seine vornehme Herkunft und prachtvolle Ausstattung berühmt gemacht.

Diese Entartung des Minnegesanges aber war nicht geeignet, die Lyrik in der Höhe und allgemeinen Achtung zu erhalten, die sie so lange behauptet hatte. Das Dichten hörte auf, eine freie ritterliche Kunst zu sein, und wurde ein besonderes Metier, das Lied war nicht mehr singbar, der Dichter nicht mehr ein Sänger, sondern ein „Sprecher". Sehr natürlich daher, daß diese Poeten, wie sie so häufig klagen, nun als Bänkelsänger an den Höfen „hinausgeworfen" wurden und sich immer mehr zu den Städten wandten, von deren realistischem Zunftgeist die wachsende Opposition gegen das Rittertum ausging.

Im Epos geht das Subjektive im Objekt, in der Lyrik das Objekt in der subjektiven Empfindung auf. *Dort* verschwindet der Dichter, die Ereignisse sprechen, wie in der Geschichte, für sich selbst; *hier* wird der Dichter zum alleinigen Sprecher, indem er uns den Nachhall gibt, den das Ereignis in seinem Herzen geweckt. Das *Drama* dagegen ist, wie wir schon oben angedeutet, die Durchdringung und Wiederversöhnung beider getrennten Elemente; eine Vereinigung, die jederzeit erst spät und nur dann mit Erfolg versucht wird, wenn beide Elemente selbständig ausgebildet und stark genug geworden, um sich aneinander messen zu können. Das Objekt ist hier entweder die Sage und historische Vergangenheit oder die unmittelbare Gegenwart oder der Konflikt der letzteren mit der jedem Zeitalter eigentümlichen idealen Gedankenwelt, wonach das Drama sich in Lustspiel, Schauspiel oder Tragödie verteilt. In allen diesen Verzweigungen aber wird Auffassung und Darstellung notwendig den subjektiven Farbenton des Dichters annehmen und, da der Dichter, er stelle sich, wie er wolle, selbst in seinen Idealen, immerdar ein Kind seiner Zeit bleibt, zugleich in dem jedesmaligen besonderen Schliff des Zeitgeistes sich abspiegeln. Daher gibt das Drama, wo es sich wahrhaftig volksmäßig ausgebildet hat, unter allen Dichtungsarten die schärfste Signatur der wechselnden Bildung, Gesinnung und Sitte einer Nation; daher erscheinen dieselben dramatischen Gegenstände verschieden in den verschiedenen Zeiten und Völkern, und die Jungfrau von Orleans, die bei Shakespeare eine Hexe ist, fährt bei Schiller visionär auf romantischem Gewölke gen Himmel.

Hiernach sehen wir denn auch unser Drama, obgleich es niemals zu nationaler Entwickelung gelangt ist, genau dieselben Bildungsphasen des Zeitgeistes durchmachen, die wir vorhin auch beim Epos und bei der Lyrik bemerkt haben. Auf das christliche Dogma gestellt, geht in den ursprünglichen Mysterien und Moralitäten noch alles Subjektive in den religiösen Geheimnissen auf, noch scheu und unbeholfen mit dem übermächtigen Stoffe ringend. Zwar werden schon früh komödienhafte Zwischenspiele mit eingeschoben, anfänglich jedoch nur in gewissenhaftem Dienst der Kirche, um die biblischen Texte volksmäßig zu paraphrasieren und durch den Kontrast noch mehr zu heben. Bei der wachsenden Verweltlichung des Lebens aber verweltlicht auch das Zwischenspiel immer mehr; einheimische und fremde Volksnarren, wie der Bott Jan Posset, Pickelhäring, Stockfisch und der französische Jean Potage, laufen immer bunter, lauter und kecker dazwischen, so daß endlich die Kirche zögernd und ungern sich gedrungen sah, dieser Profanation durch Verbote entgegenzutreten. Allein zu offenbarem Nachteile beider. Denn jetzt vereinsamte das Mysterium, da das mit der Welt vermittelnde Zwischenspiel wegfiel, und das Zwischenspiel, leichtsinning und trotzig, sagte sich von seiner ursprünglichen Bedeutung völlig los, ging aus der Kirche

in die Schenke und verwilderte dort zum possenhaften Fastnachtsspiele; das Mysterium wurde langweilig und das Fastnachtsspiel gemein.
Aber die Scheidung von ursprünglichen Verwandten geschieht nirgends, ohne einen nachhaltigen moralischen Stachel im Innern zurückzulassen. Auch das exkommunizierte Zwischenspiel vergalt den geistlichen Bann mit heimlichem Groll. Dieser Groll war zwar anfangs noch keineswegs unmittelbar gegen den Glauben und die Kirche, um so schlagfertiger aber gegen alles Höhere im äußeren Leben gerichtet, das sich im Mittelalter auf der Grundlage der Kirche aufgebaut hatte. Und so sehen wir denn in dieser Übergangsperiode auch beim Drama dieselbe Erscheinung wie bei dem Epischen und Lyrischen: eine vorerst noch kaum sich selbst bewußte und daher harmlos lustige und ergötzliche Negation des Rittertums, seiner Tugenden, seiner Tapferkeit, seiner Minne und seiner Übertreibungen; nur daß hier die Stelle des Eulenspiegels und seiner Gesellen durch den *Hanswurst* vertreten wird, dessen Charakter weder polemisch noch satirisch, sondern durchaus parodisch ist.

Mit dem Wesen der Poesie mußte sich notwendig auch die Form nach und nach verwandeln, die ja selbst hier ein Teil des Wesens ist. In der allgemeinen Herabstimmung entstand aus dem singbaren Liede das gesprochene Gedicht, und aus der Rhetorik des gesprochenen: die *poetische Prosa,* ein zwitterhaftes Mittelding, das man auch wohl prosaische Poesie nennen könnte. Die Phantasie, welche alles Gewöhnliche und Wirkliche in eine höhere Region emporzuheben strebt und daher auch in ihrem Ausdruck luftig und ungewöhnlich ist, hatte wegen zunehmender Altersschwäche ihre Herrschaft allmählich an den Verstand abgetreten, dessen massiver Boden eben die praktische Wirklichkeit ist. Die Sprache der Phantasie aber ist die geheimnisvolle Musik des Verses, die Sprache des Verstandes die Prosa.

Schon früher hatten die *Reimchroniken* hart und mühsam die schwerfälligen Fundamente zu der Übergangsbrücke gelegt, welche dann von den *Volksbüchern,* die wir in anderer Beziehung schon oben erwähnt, anmutig überbaut und vollendet wurde, indem sie die alten Gedichte für das neue Bedürfnis in Prosa auflösten. Wir müssen hier noch immer die unzerstörbare Gewalt des Inhalts bewundern, können aber nur bedauern, daß die schöne Form zertrümmert ward. Wie aber auf diesem tonlosen Wege die poetische Prosa zuletzt unvermeidlich bei der völlig prosaischen Poesie anlangen mußte, bezeugt am deutlichsten der *Weißkunig,* ein gleich dem Theuerdank vom Kaiser Maximilian I. entworfenes Geschichtswerk, das mit allegorischer Dichterprätention die Regierung dieses Kaisers sowie Kaiser Friedrichs III. verschnörkelt und hölzern schildert.
Den letzten und nicht geringsten Stoß nach der Prosa hin gab endlich auch die Erfindung der Buchdruckerkunst, indem nun gar an die Stelle des lebendigen Worts der Buchstabe, an die Stelle des persönlichen mimischen Sprechers der einsame Leser trat. Das gedruckte Buch hat, wie der Rechenknecht für das Gedächtnis, für den Geist überhaupt etwas Mumienhaftes, Stationäres und Abgemachtes, worauf sich zu jeder Zeit bequem ausruhen läßt, während die lebendige Tradition, solange sie wirklich lebendig, notwendig in einer beständigen Fortbildung begriffen ist. Durch den Druck ist aber in der Tat die ganze Literatur ein *Buch* geworden, in welchem jeder nach Belieben blättern mag und daraus ein allgemeiner Dilettantismus der Produzenten wie der Konsumenten entstanden. Ehedem dichtete der Sänger für eine gewisse *ideale* Totalität seiner Nation, oder auch für einen bestimmten Kreis spruchfähiger Freunde und Gönner, und war in beiden Fällen des Verständnisses und geistigen Widerhalls gewiß; ganz abgesehen davon, daß bei der Kostbarkeit und zeitraubenden Mühe einer Vervielfältigung der Gedichte in der Regel *nur* das Beste sich erhalten und vererben konn-

te. Jetzt dagegen bringt jeder Phantast – das Volk sagt treffend: „er lügt wie gedruckt" – seine wohlfeile Weisheit auf den großen Plundermarkt, wo Perlen und Kraut und Rüben durcheinanderliegen und ein jeder nach seines Herzens Gelüsten aufs Geratewohl zugreifen kann. Eine erstaunliche Konfusion, die noch bis heute fortzuwachsen scheint; die Köchin liest beim Messerabwischen ihre „Jungfrau von Orleans", die Dame ihre „Mimili". Eine maßlose Konkurrenz mag für alles Fabrikwesen ganz dienlich sein; *hier* führt sie selbst zur Fabrikation. Der arme Poet, wenn er wenigstens auf ein Dezennium unsterblich werden will, muß unausgesetzt seine Rivalen in der Gunst der chaotischen Menge durch immer neue Knalleffekte auszustechen suchen; und so erzeugt sich fortwährend ein ekelhaft zärtliches Verhältnis und Liebäugeln zwischen Dichterpöbel und Lesepöbel. Nun ist allerdings die Poesie nie und nirgends ausschließlich Sache der Aristokraten, der Gelehrten oder sonst einer Kaste, und wo sie es eine Zeitlang wirklich war, ist sie auch jedesmal schmählich zugrunde gegangen. Aber ebenso verderblich ist jene kommunistische Rebellion gegen die hohe Aristokratie, den Geburtsadel des Genies, der nun einmal auf diesem Gebiet von Gottes Gnaden souverän ist. Denn selbst das freie Volkslied wird nicht von der wüsten Menge, sondern von einzelnen berufenen Hirten und Jägern auf einsamer Alp oder vom Liebenden oder jauchzenden Tänzer und Zecher in glücklicher Stunde weniger erfunden, als vielmehr nur der durchs ganze Volk gehende Klang von Freud und Leid gefunden; und nur in diesem Sinne ist es wahr, daß das Volk dichte.

Die wahre Poesie ist indes glücklicherweise, wenngleich in der äußerlichen Form verwundbar, doch in ihrem Grundwesen unverwüstlich. Mitten in diesem weltlichen Getümmel flüchtete sie sich daher unerwartet aus dem Buche wieder zum lebendigen Worte, indem sie in ihrem neuen Prosa-Gewande noch einmal zu ihrer ursprünglichen Heimat, zur Kirche, zurückkehrte. Es ist nicht bloß der große Inhalt, sondern auch die wunderbare Poesie der Darstellung, welche die *Predigten* des Franziskaners *Berthold* von Regensburg so gewaltig machte, daß ihm Tausende folgten, wenn er von Bergen, an einsamen Feldkapellen oder im Walde zum Volke redete. In den Predigten *Susos,* wie in den Betrachtungen des *Thomas von Kempen,* steigt die uralte Minne noch einmal in ihrer reinsten Flamme schlank und klar zum Himmel auf. Dieselbe Kraft poetischer Weihe hat in den Predigten *Johann Taulers* und *Geilers von Kaisersberg* – obgleich der letztere, um populär zu sein, mit seinen seltsamen Vergleichungen schon öfters wieder ins Weltliche abschweift und gewissermaßen der Vorläufer Abrahams a Santa Clara ist – einen Blick in den Abgrund der göttlichen Geheimnisse eröffnet, von dem die *scholastische* Theologie nichts ahnte.

Diese große Männer bewähren am leuchtendsten den ewigen Bund von Religion und Poesie. Wie sehr irren daher diejenigen, welche aus Verstandeshochmut oder vielleicht noch häufiger aus schwächlicher Scheu und Zaghaftigkeit jenen Bund als eine sündhafte Profanation verleugnen möchten, weil sie in ihrer Gemütstrockenheit in der Poesie nur eitel Schmuck und Spiel zu erkennen imstande sind. Die Religion aber nimmt – es kann nicht oft genug wiederholt werden – den *ganzen* Menschen, mithin auch Gefühl und Phantasie in Anspruch, welches eben die Grundelemente der Poesie sind. Warum denn also dem Menschen grade für seinen höchsten Flug die ihm von Gott verliehenen Schwingen brechen? Alle Religion ist, weil unergründlich, wesentlich zugleich auch mystisch; die Mystik aber kann nicht unmittelbar in Begriffen, sie kann nur in Anschauungen, also nur symbolisch und bildlich zu uns reden; und es wäre daher töricht, ja frevelhaft, der Kirche das Bild und der Wahrheit der Religion ihre Schönheit rauben zu wollen.

V
Die Poesie der Reformation

Alle Poesie ist nur der Ausdruck, gleichsam der seelische Leib der inneren Geschichte der Nation; die innere Geschichte der Nation aber ist ihre Religion; es kann daher die Literatur eines Volkes nur gewürdigt und verstanden werden im Zusammenhange mit dem jedesmaligen religiösen Standpunkt derselben. So erscheint auch die deutsche Poesie der neueren Zeit von der sogenannten Reformation und deren verschiedenen Entwickelungen und Verwickelungen wesentlich bedingt. Die Reformation aber hat *einen* durch alle ihre Verwandlungen hindurchgehenden Faden: sie hat die revolutionäre Emanzipation der Subjektivität zu ihrem Prinzip erhoben, indem sie die Forschung über die kirchliche Autorität, das Individuum über das Dogma gesetzt, und seitdem sind alle literarischen Bewegungen des nördlichen Deutschlands mehr oder minder kühne Demonstrationen nach dieser Richtung hin gewesen.

Es geht durch unsere ganze Literaturgeschichte ein alter, Recht und Unrecht seltsam verwirrender Streit, der noch bis heut nicht beigelegt ist. Wenn man die einen anhört, sollte man in der Tat meinen, die deutsche Poesie sei erst von der Reformation erfunden worden, während die anderen ihr allein den gänzlichen Verfall aller Kunst zuschreiben. Die Wahrheit liegt jedoch hier, wie fast überall in solchen Fällen, zwischen den beiden Extremen. Der Protestantismus der menschlichen Natur ist bei weitem älter als die Reformation; er hatte, wie wir oben gesehen, schon längst die beiden Pfeiler der alten Poesie, die Kirche und das auf ihr aufgebaute Rittertum, heimlich zerfressen und gelockert. Die Reformation hat diesen Protestantismus nur vollendet und zum allgemeinen Volksbewußtsein gebracht und ihm dadurch allerdings eine unberechenbare Kraft verliehen. Und eben darin liegt die Größe und welthistorische Bedeutung dieser geistigen Revolution, daß sie in der allgemeinen Verwirrung die ungewissen Zustände klarmachte und jeden nach seiner Farbe keck auf seine rechte Seite wies; denn jede heimlich zehrende Krankheit kann nur, nachdem sie offen erkannt worden, durch eine entscheidende Krise geheilt werden.

Die Krise aber ist noch nicht die Heilung selbst, sie ist nur die Möglichkeit der Heilung und steigert vielmehr für den Augenblick das Übel auf Tod oder Leben; der Ausgang steht allein in Gottes Hand. Und so sehen wir denn auch die Reformation auf die Poesie, von der hier natürlicherweise allein die Rede sein kann, zunächst einen fast tödlichen Einfluß ausüben und zwar durch zwei ihrer Hauptmomente: durch den Umschwung des religiösen Glaubens und durch die scharfe Scheidung der berauschten und mit sich selbst höchstzufriedenen Gegenwart von der großen Vergangenheit des Volks.

Der Glaube nämlich, da ihm der rechte Inhalt genommen war, wurde nun allmählich auf die knappe Diät der bloßen Moral gesetzt, bei der eine gesunde Poesie nicht wohl bestehen kann. – Indem aber ferner die Reformation mit der neuen Weltansicht die ganze Weltgeschichte gleichsam von neuem anfangen wollte, zerriß sie zugleich auch willkürlich und gewaltsam den goldenen Faden der Tradition, die im Verlauf der Jahrhunderte die wechselnden Geschlechter verbunden. Es war natürlich, daß dieselbe, da sie hiernach ganz folgerecht das Mittelalter ignorieren oder als katholische dicke Finsternis überspringen mußte, in ihrer plötzlichen Isolierung und Verarmung nun, wie in der Religion auf ein vermeintliches Urchristentum, auch in der Poesie auf einen völlig neutralen Boden, auf das griechische und römische Altertum zurückgriff, und anstatt der Kirchenheiligen die alten Heroen und Götter, an die Stelle der Legende die heidnische Mythologie setzte. Hierzu bedurfte sie jedoch vor allem andern der Philologie, die sich auch schon von anderer Seite wegen der nunmehrigen Übersetzungen und Auslegungen der Bibel unentbehrlich gemacht hatte und daher jetzt zu einer monströsen Wichtigkeit gelangte. Dies bedingte aber, wie sich von selbst versteht, Vorstudien, die das Volk nicht machen konnte und wollte, und so entstand die *Gelehrtenpoesie,* welche zunächst fast nur lateinisch redete. Nun wissen wir zwar sehr wohl, daß auch schon die mittelalterliche Poesie das klassische Altertum kannte und mannigfach benutzte, aber bloß, um es zu christianisieren. Ebenso wissen wir, daß der vornehme Minnegesang dem Volke großenteils fremd geblieben; aber er hing, wenn auch nicht im Tone, doch in seinem innersten Kern und Wesen noch überall mit dem Glauben, den Vorstellungen und Traditionen des Volkes lebendig zusammen, und diese adeligen Dichter waren am wenigsten in der Lage, sich als Gelehrte zu überheben, da ihre Hauptführer, wie z. B. Wolfram von Eschenbach und Ulrich von Lichtenstein, bekanntlich nicht einmal lesen und schreiben konnten. Jetzt dagegen wurde auf einmal eine noch bis heut nicht überbrückte Kluft zwischen Volk und Dichtern gerissen und mitten in Deutschland ein heidnischer Parnaß künstlich aufgetürmt, von dem die gelehrten Poeten mit derselben Verachtung auf das Volk herabblickten als das Volk zu ihnen hinauf, wo es nicht vielmehr völlig gleichgültig daran vorüberging. Wenn aber dennoch in späterer Zeit die deutsche Poesie allerdings einen sehr merkwürdigen und glänzenden Aufschwung nahm, so geschah dies nicht durch die neue Glaubenslehre, sondern in Folge einer Philosophie, die mit Katholisch und Evangelisch und mit dem Christentum überhaupt nichts mehr zu schaffen hat; und ist diese Philosophie wirklich nur durch die Reformation veranlaßt und möglich geworden, wie ihre Verteidiger von ihr rühmen, so ist dies wenigstens ein Verdienst, um das wir sie nicht beneiden möchten.

Jenes Isolieren und Verpflanzen der Poesie aus dem alten nationalen Boden in ein ganz fremdes Klima mußte nun zunächst das *Epos,* das nur von der Vergangenheit lebt, am empfindlichsten treffen. Daher verklangen nun die alten

Volksgesänge, und die einzelnen Erinnerungen, die sich noch in die Volksbücher und fliegenden Blätter herübergerettet hatten, wurden von den Gebildeten als mittelalterliches Unkraut verspottet und voll Entrüstung ausgejätet, damit es ihre Versailler Schnörkelgärten nicht überwuchere. Die Nibelungen und Parzival waren gänzlich vergessen und mußten später erst gleichsam wieder neu entdeckt werden. Der Schweizer *Bodmer* war es, der sie, gleich versteinertem Riesengebein, aus dem allgemeinen Schutt hervorholte, ohne jedoch sich selbst noch darin zurechtfinden oder bei den Zeitgenossen irgendeine Teilnahme dafür erwecken zu können. Erst der neueren Romantik war das bedeutende Verdienst vorbehalten, diese alte Heldenwelt wieder ebenbürtig und national zu machen.
Aber auch das Kunstepos ruhte jetzt und hätte recht klug daran getan, diese ganze Zeit zu verschlafen. Aber das tat es nicht; es schwieg nur so lange, bis die Gelehrten ihr Surrogat-Schaugerüste mühselig zusammengezimmert hatten. Der Reichsfreiherr Christoph Otto *von Schönaich* faßte sich endlich ein Herz und trat kühn mit seinem Cheruskerhelden *Hermann* hervor, der sich mit Allongeperücke und obligatem Galanteriedegen gar wunderlich ausnimmt. Der Stoff ist gewiß groß und der Patriotismus nicht gering; der Dichter aber verhält sich dabei eben wie ein damaliger Gardelieutenant zu einem Helden. Auch dieser Hermann war billigerweise längst begraben und vergessen, als er, zu gerechtem Erstaunen der verwandelten Welt, wie ein spukhafter Revenant, im Jahre 1805 noch einmal auf der Leipziger Messe erschien. – Der *Nimrod* eines gewissen Heldendichters *Naumann* ist nur noch als literarisches Kuriosum bemerkenswert. Leider müssen wir aber hier auch den alten wackeren *Bodmer* nennen, der, mit ebensoviel poetischem Sinn als Dichterungeschick, in seiner *Noachide* bis in die vorsündflutliche Zeit zurückgriff, für deren Nebelferne sich niemand lebhaft interessieren mochte; die schwerfällige Arche blieb schmählich auf dem Sande sitzen.

Da ging unerwartet mitten in dieser falbgrauen Nacht ein Dichtergestirn auf, das wir füglich als den Morgenstern der neueren Poesie begrüßen können. *Klopstock* versetzte 1748 durch die drei ersten Gesänge seiner *Messiade* die Mitwelt in eine seitdem nie wieder vorgekommene Bewegung und Bewunderung. Klopstock war überhaupt ein durchaus aufregender Geist und hatte das Ritterliche der alten Heldendichter. Wie diese verbrachte er seine Jugendzeit in freier Luft mit kräftigenden Körperübungen, er war ein gewandter Reiter und Schwimmer und der berühmteste Meister im Schlittschuhlaufen; und wenn Wolfram von Eschenbach und die andern persönlich in Palästina mitfochten, so hat Klopstock ebenso tapfer auf der mehr innerlich gewordenen Walstatt für das Kreuz gestritten. Man muß sich nur die damaligen Zustände vergegenwärtigen, um seine hohe Bedeutung und seinen Mut gehörig zu würdigen. Auf der einen Seite standen die Orthodoxen, für jeden Andersdenkenden heimlich den Scheiterhaufen rüstend; und ihnen gegenüber die ebenso intoleranten Freigeister, die sich um Voltaires windige Fahne scharten. Kein Wunder daher, daß Klopstock bei seiner ersten wie aus den Wolken gefallenen Erscheinung von Gottsched und seinem hölzernen Gefolge auf das gemeinste verhöhnt und verlästert wurde, während ihn namentlich die ernstere und begabtere Jugend stürmisch als ihren Schutzheiligen ausrief, so daß er selbst zwischen den beständigen Weihrauchwolken sich mit einer gewissen priesterlichen Feierlichkeit bewegte.
Einen Teil dieses großen Interesses hatte indes seine Messiade auch dem Umstande zu verdanken, daß sie in ihren Vorzügen wie in ihren Mängeln unverkennbar ein echtes Produkt der Reformation ist, welche damals in der deutschen Literatur fast ausschließlich den Ton angab. Die Reformation hatte, wie schon oft bemerkt worden, die geoffenbarte Wahrheit mehr oder minder von deren individueller Auffassung und der Empfindung jedes einzelnen abhängig gemacht. Und dieses tiefe religiöse Gefühl, womit

die Messiade den Buchstabenglauben der Orthodoxen gewaltig aus seiner Erstarrung geweckt und von neuem belebt hat, ist eben die unvergängliche Schönheit dieses Gedichts. Aber eben darum ist auch, dem Sinn und Wesen des Epos gänzlich zuwider, hier alles Objektive in dem subjektiven Gefühl des Dichters aufgegangen. Nicht die gewaltige überirdische Welt redet hier durch den Dichter, sondern der Dichter spricht in den Worten Gottes, in den Gesängen der Engel wie in den Flüchen der verdammten Dämonen. Ja, einer seiner Teufel ist gradezu sentimental und hat sich durch seine Liebenswürdigkeit besonders die Teilnahme der gerührten Frauen gewonnen, die für seine Begnadigung zärtlich besorgt waren. Überall hat hiernach das Lyrische, Elegische und Rührende die plastische Erzählung überwältigt, und es ist in diesem Betracht bezeichnend, daß Klopstock bekanntlich als Schüler der Schulpforte durch einen *Traum* zu der Messiade inspiriert wurde und daß eben die ersten Gesänge derselben, die er noch als Jüngling gedichtet, auch die gelungensten sind.
Außer jener Souveränetätserklärung des subjektiven Dafürhaltens und Gefühls in religiösen Dingen hat indes die Reformation mit ihrer geistigen Bilderstürmerei auch den Himmel so ziemlich verödet und die frommen Traditionen und Heiligen der vergangenen Jahrhunderte in der finsteren Rumpelkammer des Mittelalters beigesetzt. Und auch diese Richtung der neuen Glaubenslehre macht sich in der Messiade empfindlich fühlbar. Wie viele erhabene Gestalten und Momente hätte die altkirchliche Tradition, selbst für seine Neigung zum Pathetischen und Rührenden, hier dem Dichter dargeboten! Klopstock verschmähte sie, weil er sie nicht kannte oder aus protestantischer Scheu vor katholischem Aberglauben, da freilich Sinn und Bedürfnis dafür längst verloren waren. Daher in seinem Gedicht die auffallende Armut an Handlung und lebendiger Anschauung; Gott und Menschen und Engel und Teufel machen eben nichts als lange rhetorische Debatten über das, was und warum sie es tun wollen. Da ist keine kühne

Symbolik der göttlichen Geheimnisse, wie etwa bei Dante, sondern nur mehr oder minder willkürlich ideale, farb- und gestaltlos verschwimmende christliche Mythologie, welche nicht selten an die feierlich vorüberziehenden Schatten erinnert, womit Ossian die alte Helden- und Sagenwelt vernebelt.
Der besondere Nachdruck endlich, den die Reformation auf das Studium des Altertums gelegt, hat auch der Messiade wunderlicherweise eine gelehrte antike Färbung gegeben. Wir verkennen nicht einen Augenblick das unberechenbare Verdienst, das sich Klopstock durch seine ernste und geistvolle Behandlung der alten Metrik um die Reinigung und Veredelung der damals teils verwilderten, teils künstlich verdrehten Sprache erworben hat. Aber wir müssen durchaus in Abrede stellen, daß grade *hier* das Griechentum die natürliche oder auch nur entfernt angemessene Form der Darstellung war. Der Reim, den Klopstock *überall* verbannen wollte, ist keine leere Spielerei oder willkürliche Erfindung, er ist die geheimnisvolle Melodie zum Text, die Musik der Gedanken. Es ist überhaupt eine bloße Einbildung der Gelehrten, daß dieser Streckvers von Hexameter, der ja selbst bei den alten Römern nie volkstümlich wurde, jemals wirklich deutsch geworden. Es bleibt immerhin ein erzwungener fremder Klang darin, ein leiser Anhauch gelehrter Stubenluft, der grade in dem Innerlichsten am empfindlichsten stört und verletzt. Oder wer möchte wohl im herzlichen Gebet zu Gott, oder auch nur mit seiner Geliebten, in Hexametern sprechen?
Allen diesen reformatorischen Eigentümlichkeiten der Messiade aber ist es vorzüglich zuzuschreiben, daß dieses großartig gedachte, hochgestimmte und durchaus christliche Gedicht niemals wirklich und lebendig ins *Volk* gegangen; und dieser halb mißlungene Versuch eines mächtigen Dichtergeistes zeigt eben nur, daß die Richtung, welche die Reformation in die Poesie gebracht, jedenfalls am allerwenigsten für das Epos geeignet war.

Diese Richtung drängte vielmehr notwendig vom Epos zum modernen *Roman;* und zwar durch die Wichtigkeit, die sie der Subjektivität eingeräumt, sowie durch die Herrschaft, die sie demzufolge dem Verstande zuteilen mußte. Beides aber widersprach der Natur des Epos. Das Epos ist der Mensch in der Welt, der Roman die Welt im Menschen. Dort verschwindet das Subjektive in dem großen Strom des Weltganges, der, weil er im Zweck und Ursprung unerforschlich, nur durch die Phantasie gleichsam divinatorisch aufzufassen ist. Im Roman dagegen ist nicht das Faktische, nicht die plastische Gewalt der Handlungen, sondern deren Motiv der eigentliche Gegenstand der Darstellung. Die pragmatische Motivierung aber, diese Naturgeschichte des inneren Menschen, ist wesentlich Sache des Verstandes, und der Verstand, da es ihm weniger um die Schönheit als um Deutlichkeit und Klarheit zu tun ist, wählt sich überall die freieste Form des Ausdrucks: die Prosa. Der Roman ist daher die Poesie des Verstandes in ungebundener Rede.
Hiernach können jedoch die sogenannten Ritter- und Volksromane, obgleich sie die alten Heldengedichte auch bereits in Prosa aufgelöst hatten, noch keineswegs zu den eigentlichen Romanen gezählt werden. Sie adoptierten die Prosa nicht aus innerem Bedürfnis, sondern aus leidiger Not, weil die Lesewelt für den Vers schon zu flügellahm geworden war. In ihnen ist noch gewaltiger Stoff, und nichts als Stoff. Die Phantasie, wenngleich schon bedeutend abgeschwächt, hat noch immer die Alleinherrschaft, ihre Helden stürmen noch immer von Tat zu Tat, von Abenteuer zu Abenteuer, während der spätere Romanheld sich passiv in sich selbst zurückzieht, retardierend, reflektierend, exponierend und räsonierend, eine Art von Maulheld, der nicht die Ereignisse macht, sondern von den Ereignissen gemacht wird. Es handelt sich hier nicht mehr um ein großes objektives Weltbild, sondern um ein subjektives Seelengemälde.
Von diesem seinen Ziele ist indes der Roman *der* Periode,

in welche wir hier eingetreten sind, noch weit entfernt. Der regierende Verstand stand soeben noch in der derbsten Blüte seiner Lümmeljahre, er hatte die Poesie, wie andere unnütze Dinge, prüfend in ihre Elemente zerlegt, und nun wollten die auseinandergefallenen Glieder nicht wieder zusammenpassen. Da schloß er aus Abscheu vor der gemeinen Volksphantasie, die, ihn beständig in seinem mühsamsten Kalkül störend, dazwischenfuhr, ein Schutz- und Trutzbündnis mit der ebenbürtigen Gelehrsamkeit. Und so erzeugten die beiden, wie bei der ersten Erdformation der Urwelt, jene mißgeschaffenen Ungeheuer von Romanen, wahre Mammuts und Mastodone, deren ungestalte Riesenleiber Gras und Blumen des Parnasses zertrampelten und sich Holz und Rinde ungeschlacht zum Fraße brachen.

Dies begab sich aber, bei der deutschen Gelehrtengründlichkeit, nicht ohne vorherigen Anlauf weitläufiger Vorstudien. Der unfruchtbare Verstand, da er sich der erfinderischen Phantasie vornehm entschlagen hatte, mußte nun erst beim Auslande in die Schule gehen und sich anfangs mit bloßen Übersetzungen begnügen. Unter diesem aus der Fremde herbeigeholten Sukkurs zeichnet sich besonders der berühmte *Amadis von Gallien* aus, ein Held zweifelhafter, wahrscheinlich ursprünglich portugiesischer Herkunft, der aber zunächst über Frankreich zu uns gekommen. Er tiostiert noch frisch und keck genug durch ganz Europa, gleichsam zum letzten Scheidegruß des alten Rittertums, hat sich indes auf seiner Fahrt doch schon manches Neue abgesehen. Unter seiner Pickelhaube macht sich bereits ein leiser Ansatz zum künftigen Haarbeutel bemerkbar; ja, seine funkelnde Pickelhaube selbst gemahnt uns nicht selten an Don Quichottes Barbierbekken, das bekanntlich Mambrins Helm vorstellen soll.

Endlich aber faßten sich denn doch die Gelehrten ein Herz und brachen massenhaft und unter nicht geringem Lärm mit ihren *Liebes- und Heldengeschichten* aus den Studierstuben in die erstaunte Welt hervor. Alle diese

Helden- oder *Wundergeschichten*, wie sie gleichfalls genannt werden, lassen sich trotz der Feindschaft und Gehässigkeit, womit sie zum Teil selbst untereinander hadern und streiten, dennoch an einigen allen gemeinschaftlichen Familienzügen leicht als *eine* Sippschaft erkennen. Was uns zunächst fast schreckhaft an ihnen auffällt, ist ihre monströse Unförmlichkeit, eine elementarische Konfusion aller möglichen und unmöglichen Dichtungsarten, die hier chaotisch nebeneinander liegen und kaum noch den Versuch machen, sich zu einem organischen Ganzen zu gestalten. Da sind mitten in die episch sein sollende prosaische Erzählung lange Reimereien, einzelne Lieder, zierliche Schäferspiele, ja ganze Dramen eingeschoben, und zwischendurch, um die Verwirrung vollkommen zu machen, laufen noch sogenannte „Nebengeschichten", die mit der Hauptsache gar nichts zu schaffen haben und einen am Ende völlig unentwirrbaren Knäuel von Verwicklungen bilden. Kein Wunder daher, daß fast jeder dieser Romane mehrere Foliobände füllt, wie denn z. B. die „Aramena" des Herzogs Ulrich von Braunschweig nicht weniger als 6822 Seiten enthält.
Noch widerlicher aber berührt uns die allgemeine Herabstimmung des Lebens, die sich hier kundgibt. Die frische, kühne, wildfreie Waldeinsamkeit erscheint jetzt als ein französischer Lustgarten mit verschnittenen Bäumen, bunten Scherbenbeeten und geradlinigen Alleen; die ungezogenen Gebirgsquellen sind eingefangen, um unten als Fontänen artige Kunststücke zu machen, die Berg- und Waldgeister haben sich in bleiche stumme Statuen heidnischer Götter und Allegorien, die ganze Natur in einen großen Konversationssaal verwandelt. Aus den Rittern aber sind schnöde Kavaliere und Kammerherren, aus den alten Heldentaten und Abenteuern adelige Spazierfahrten und Hoffeste geworden. So wird von Jos. Ulr. König in seinem „August im Lager" eine ordinäre Heerschau allen Ernstes als hochwichtiger Heroismus gefeiert, wo unter anderen Allegorien auch die Eintracht erscheint, „das sil-

berhelle Haar hinterwärts von einem Band umwunden und unausreißlich fest in einen Zopf gebunden".
Hiernach ist denn auch die Liebe, da sie, wie beim Verfall des Minnegesanges, rein konventionell geworden, hier nur noch als eine einmal hergebrachte Arabeske und Einrahmung des eigentlichen Textes verwendet; und *was* für eine Liebe! In der „Asiatischen Banise" von Zigler z. B. haranguiert eine liebende Prinzessin, mit einem Dolche in der Hand, den sie verschmähenden königlichen Liebhaber folgendermaßen: „So schaue demnach, unbarmherziger Tyranne, wie dieses verspritzte Blut auf ewig um Rache wider dich schreien und dein unempfindliches Herze Tag und Nacht vor den Göttern verklagen soll. Rühme dich nicht, diamantene Seele! daß dich deine Prinzessin bis in den Tod geliebet und um dieser Liebe willen ihre Brust durchbohret habe, denn dieser Stich wird mir durchs Herze, dir aber durch die Seele dringen, mir kurze Schmerzen und dir ewige Qual verschaffen: weil dich mein blutiger Geist auch bis ans Ende der Welt verfolgen, stündlich vor deinen Augen schweben und dir deine Grausamkeit vorrücken soll!" In solcher konvulsivischen Erhitzung suchte jetzt die Liebe, weil nicht mehr empfunden und durchaus unwahr, sich überall selbst zu überbieten; einem Furchtsamen vergleichbar, der seinen defekten Mut durch furchtbares Bramarbasieren zu verdecken und zu ersetzen meint. – Außer dieser gemeinsamen Physiognomie aber hat diese Literatur noch *einen* ganz allgemeinen Grundtypus: Das ist ihre unerhörte Langweiligkeit. Wie verbreitet übrigens dieselbe gewesen, mag man schon daraus abnehmen, daß der Magister Schwab in Leipzig noch zu Gottscheds Zeiten allein aus dem 17. Jahrhundert über anderthalbtausend solcher deutscher Romane besaß. Es ist bei so immenser Fabrikation daher natürlich, daß sie, trotz aller Familienähnlichkeit, sich mehr oder minder in die Arbeit teilen mußten; und so wollen wir denn versuchen, sie nach ihrer speziellen Hantierung wenigstens in einige Hauptgruppen zu sondern.

Die bei weitem zahlreichste Klasse ist die der eigentlich Gelehrten, denen es lediglich um eine breite Schaustellung ihrer Gelehrsamkeit zu tun ist, wo alle erdenklichen Artikel des Wissens, nur leider eben die Poesie nicht, unter der Firma irgendeines gleichgültigen Liebespaares mit großer Prätention und Selbstschätzung an die lernbegierige Lesewelt ausgeboten werden. Man könnte ihre Romane poetische, gewissermaßen toll gewordene Realenzyklopädien nennen. Zierlicher nennt sie Birken in seiner Vorrede zur Aramena: „Gärten, in denen auf den Geschichtsstämmen die Früchte der Staats- und Tugendlehre mitten unter Blumenbeeten angenehmer Gedichte herfürwachsen und zeitigen"; und Lohenstein sagt: „die Weisheit und ernste Wissenschaft müssen der Grund, jenes (das Dichten) der Ausputz sein, wenn ein gelehrter Mann einer korinthischen Säule gleichen soll." – Solcher korinthischen Säulen aber gab es hier vorzüglich drei: Zesen, Zigler und Lohenstein selbst.

Philipp von Zesen benutzt in seiner „Assenat" beiläufig die magere Geschichte des Patriarchen Joseph, um uns in kurzhüpfenden Sätzen und langatmigen Anmerkungen über das Staatsregiment und den Hofprunk Ägyptens aufzuklären. Er verwahrt sich daher auch ausdrücklich gegen jeden Verdacht etwaiger Erfindung und nennt selbstzufrieden seinen Roman eine *Staats*- und Liebesgeschichte. Dabei hat er eine solche Freude darüber, etwas Originaldeutsches zu schreiben, „worin auch eine liebliche Ernsthaftigkeit gemischet wäre", daß er in der Hitze seines puristischen Patriotismus flink alle Fremdwörter verdeutscht und dadurch eine wunderliche Abenteuerlichkeit der Sprache zutage fördert, die in der Tat höchst ergötzlich und jetzt wohl nur noch das einzige Genießbare an dem dickleibigen Buche ist. – *Heinrich Anselm von Zigler und Kliphausen* (1663–1697) dagegen hat sich insbesondere auf das Ethnographische gelegt. In seiner berühmten „asiatischen Banise, oder blutiges, doch mutiges Pegu, in historischer und mit dem Mantel einer Helden-

und Liebesgeschichte bedeckten Wahrheit beruhend" schildert er uns die Sitten und Gebräuche eines barbarischen Volks und beginnt den Roman fürchterlich genug mit: „Blitz, Donner und Hagel, als die rächenden Werkzeuge des Himmels, zerschmettere die Pracht deiner mit Gold bedeckten Türme, und die Rache der Götter verzehre alle Besitzer der Stadt, welche den Untergang des königlichen Hauses befördert oder solchen nicht nach äußerstem Vermögen auch mit Daransetzung ihres Blutes gebührend verhindert haben. Wollten die Götter, es könnten meine Augen zu donnerschwangeren Wolken und diese meine Tränen zu grausamen Sündfluten werden: ich wollte mit tausend Keilen als ein Feuerwerk rechtmäßigen Zornes nach dem Herzen des vermaledeiten Bluthundes werfen und dessen gewiß nicht verfehlen; ja es sollte alsobald dieser Tyrann samt seinem götter- und menschenverhaßten Anhange überschwemmt und hingerissen werden, daß nichts als ein verächtliches Andenken überbliebe!" – Doch *Daniel Caspar von Lohenstein* überbot sie alle, indem er in seinem „großmütigen Feldherrn Arminius nebst seiner durchlauchtigen Thusnelda" (1689) endlich alles, was damals die Gelehrten wußten oder zu wissen sich einbildeten, Geographie, Völker- und Länderkunde, Astrologie und Geschichte unausreißlich fest in einen ungeheueren Zopf zusammengebunden, der für jeden Kopf paßte und daher auch in der Tat eine geraume Zeit lang in die Mode kam.

Eine zweite, der vorigen nah verwandte Gruppe bilden die *Rätselromane,* riesenhafte Geschichtsscharaden, deren politische Nüsse, je härter sie zu knacken, nur um so willkommener und angesehener waren. Sie sind ganz besonders bezeichnend für ihre Zeit. Das invalide Rittertum hatte sich bei den Höfen in Pension gegeben, welche nun ihrerseits das Rittertum vorstellen sollten, und die Höfe, da ihnen der auf das Christentum gebaute Staatsorganismus abhanden gekommen, hatten dafür ihre Sache auf eine Kabinettsweisheit gestellt, die nicht durch die Treue, sondern durch die Überlistung und Schwäche der andern stark werden wollte; ein überkünstliches Gewebe von Halblügen, Schlauheiten und Täuschungen, das sie prächtig: ratio status nannten. Und eben dies ist der Gegenstand dieser Rätselromane. Sie handeln mit unendlicher Wichtigtuerei von den geheimen Hofintrigen, und wie der ratio status reden sie von dem und jenem und meinen etwas ganz anderes. So erzählt uns *Dietrich von dem Werder* in seiner „Diana" (1644) eine Menge Liebeshistorien von Dinanderfo, Lodafo, Lastevin usw., und versteht darunter die Geschichte des Dreißigjährigen Krieges und seiner Helden; weshalb denn damals rühmend gesagt wurde, daß man diesen Roman „zum ersten Male der Fabel wegen, das erste- bis drittemal der Reden und Sachen und das viertemal der politischen Weisheit und verdeckten Geschichte wegen lesen müsse". – Der Meister dieses Versteckspiels aber war der *Herzog Anton Ulrich von Braunschweig.* Sämtliche Prinzessinnen seines Romanes „Der durchlauchtigen Syrerin Aramena Liebesgeschichte" sind Allegorien von Ländern, Künsten und Ereignissen seiner Zeit; und in seiner „Octavia" bildet die Erzählung der römischen Geschichte von Claudius bis Vespasian nur den Rahmen für achtundvierzig Episoden, worin ebenso viele Begebenheiten und Zustände der damaligen Höfe rätselhaft angedeutet werden. Diese verhüllten Hofrätsel sind nicht mehr zu lösen, denn jene Zustände sind, wie das Buch, längst vergessen. Dauernder aber ist das Andenken des Verfassers selbst, der ein tätiges und segenreiches Regentenleben mit seiner Rückkehr zur Kirche würdig beschloß.

Das alte Heldengedicht, oder wenn man es so nennen will: der Ritterroman, beruhte, wie wir oben gesehen, wesentlich auf der Kirche, ihrer Verherrlichung und Verteidigung. Nachdem aber die Reformation die alte Kirche erschüttert und in eine bloße praktische Erbauungsanstalt eingerichtet hatte, sind auch in der Poesie sofort an die Stelle der Mystiker die *Moralisten* eingerückt. Unter ih-

nen hat besonders der braunschweigische Superintendent Andreas Heinrich *Buchholz* sich hervorgetan. Seine beiden Romane: „Herkules und Herkuladisla" sowie: „des christlich deutschen Großfürsten Herkules und der böhmischen königlichen Fräulein Walisca Wundergeschichte" (1659), in welchem letzteren die Bekehrung zum Christentum geschildert wird, haben dreierlei höchst löbliche Zwecke. Der wohlgesinnte Superintendent will nämlich zeigen, „daß die Deutschen nicht lauter wilde Säue und Bären sind"; er will ferner die beliebten Ungeheuerlichkeiten des Amadis, „die Amadisschützen", aus dem Felde schlagen; und endlich dartun, wie die Gottesfurcht der eigentliche Mittelpunkt aller Tapferkeit und Liebe sei. Allein es ist ihm schlecht geglückt. Seine deutschen Großfürsten sind immer noch ganz waidliche Bären geblieben; auf seinem Feldzuge gegen Amadis ficht er gegen die altritterlichen Wunder mit ebenso ungeheuerlichen Wunderlichkeiten: Entführungen, Weltschlachten, Errettungen usw.; und die Gottesfurcht seiner Helden hat, trotz der zahllos eingemischten geistlichen Lieder und Gebete, etwas so trocken Schulmeisterliches, daß man an ihre Frömmigkeit sowie an ihre Tapferkeit oder Liebe nicht im mindesten glauben kann.
Einigermaßen glücklicher waren die *Naturalisten* in ihrem Kampfe gegen den vornehm künstlichen und bombastischen Schwulst des Arminius Lohenstein und seiner Genossen und Nachfolger, indem sie einfach der betrunkenen Anspannung eine nüchterne Abspannung entgegensetzten. Es scheint auf den ersten Blick nichts leichter, als das an sich Verkehrte über den Haufen zu werfen, wenn man die zähe Macht der Gewohnheit und der Gelehrtenprätention, welche jederzeit der Menge imponiert, nicht mit in Anschlag bringt. Jedenfalls aber ist dabei mit dem bloßen Gegensatze wenig geholfen; man muß entweder das Nichtsnutzige unwiderstehlich totlachen oder, was freilich wirksamer und schwieriger ist, Besseres bieten. Beides war indes hier keineswegs der Fall. *Christian Weise*

(1642–1708) sucht ganz ernst und ehrbar „die Sachen also vorzubringen, wie sie naturell und ungezwungen sind", und lenkt daher in seinen Romanen (die drei klügsten Leute; die drei ärgsten Erznarren; der politische Näscher) von der modischen Verstiegenheit kopfüber ins Wirkliche, Gewöhnliche, ja Gemeine hinab, so daß Leibniz mit vollem Recht von ihm sagt: „daß er etwas schmutzig zu reden kein Bedenken trage." Mit solcherlei Natürlichkeit war aber der Poesie ebensowenig gedient als mit der Unnatur Lohensteins. Und ebenso „naturell" und unwirksam ist auch die Religionsansicht, womit er überall das Gemeine würdig auszustatten sich bemüht. Einen Vorschmack davon gibt schon der ganz praktische Zweck, den er in seinen „notwendigen Gedanken der grünenden Jugend" der Poesie setzt, indem er dort sagt: „sofern ein junger Mensch zu etwas Rechtschaffenes will angewiesen werden, *daß er hernach mit Ehren sich in der Welt kann sehen lassen,* der muß etliche Nebenstunden mit Versschreiben zubringen." Dieser gar nicht jugendlich grünende Gedanke ins *Religiöse* übersetzt, will eben nichts anderes sagen, als: kümmere dich nicht sonderlich um alles Höhere, sondern sei nur hübsch artig und fromm, damit es dir wohlgehe auf Erden; denn die Vernunft lehrt: „Nichts ist gut, was nicht einen guten Ausgang hat." Ein Grundsatz, den uns Weises Romane in dem Charakter des sogenannten Curiosus eindringlichst predigen, und der von seinen zahllosen Nachahmern, z. B. in Riemers politischem Stockfisch, politischem Maulaffen usw., des breiteren ausgeführt wird. Also bildet sich schon damals die knollige Wurzel jener selbstsüchtigen Genußreligion und praktischen Lebensphilosophie, welche späterhin zur Weltherrschaft gelangen sollte.

Zu den Naturalisten, wenngleich in einem etwas umfassenderen Sinne, muß auch noch eine andere sehr zahlreiche Gruppe, die der Robinsonaden, Schäfer- und Schelmenromane, gerechnet werden. Der Faden der Tradition konnte unmöglich in der Religion abgerissen werden, oh-

ne zugleich auch in dem ganzen darauf basierten Leben eine störende Lücke zu hinterlassen. Um sie auszufüllen, versuchte man daher, unter Beseitigung aller Überlieferung und Erbschaft der vergangenen Jahrhunderte, ein völlig neues Dasein willkürlich zu improvisieren, und griff, wie im Glauben auf ein vermeintliches Urchristentum, hier auf einen sogenannten Naturzustand der Menschheit zurück. Allerdings war das damalige hochfrisierte Leben unpoetisch und närrisch genug. Der sogenannte *galante Roman*, z. B. v. Winklers „Edelmann", August v. Bohses „hoher Personen unterschiedliche Liebesgeschichten" und „Liebeskabinett für Damen" und vor allen: „Der im Irrgarten der Liebe herumtaumelnde Kavalier" geben uns ein getreues Bild dieser zum Teil schon durch die Büchertitel angedeuteten Seltsamkeiten. Man mußte sich also wohl endlich aus dem konventionellen Zwange in die Freiheit hinaussehnen, und wäre es auch nur die momentane Täuschung einer Maskenfreiheit gewesen. Und eine solche Maskerade der vornehmen Sozietät war in der Tat der aus jenem Gefühl und Bedürfnis entstandene *Schäferroman:* eine imaginäre Welt, wo der galante Kavalier aus Langerweile zur Abwechslung einmal unter die Hirten flöten ging; es war eben nur ein *anders* gewickelter Zopf, eine Unnatur gegen die andre.
Gründlicher gingen in dieser Richtung die *Robinsonaden* zu Werke, indem sie nicht bloß das Kostüm wechselten, sondern wirklich ein Leben ohne Herkommen, Kultur und Gesetz herzustellen suchten. Ihr Urahn, der schon 1721 ins Deutsche übersetzte Robinson Crusoe des Engländers Daniel Defoe, tat es lediglich aus Not, sein einsames Naturleben ist daher noch vollkommen berechtigt und oft von rührender Schönheit. Seine zahllosen Nachkommen dagegen, der deutsche, italienische, sächsische, fränkische, westfälische, schlesische, geistliche, medizinische, moralische, unsichtbare Robinson usw., haben in ihrer abgeschmackten Abenteuerlichkeit schon etwas durchaus Willkürliches und die Prätention, aus der Not

eine Tugend machen zu wollen. Eine ganze Kolonie von Robinsonen finden wir endlich auf der „Insel Felsenburg“, einem zu seiner Zeit sehr beliebten Romane von Schnabel, wo Seefahrer der verschiedensten Nationalitäten und Physiognomien unter ihrem „Altvater“ auf eigene Hand einen Staat ohne Staat und eine Religion ohne Kirche gründen. Aber es gelingt nicht sonderlich; das Ganze kränkelt an weiter Gewissensfreiheit, gelegentliche Seeräubereien und Entführungen sind ihre Heldentaten, und das bißchen Frömmigkeit hat eine protestantisch abgeblaßte Färbung, die oft schon an den späteren Pietismus erinnert.
Man sieht, von diesen schiffbrüchigen Abenteurern bedarf es nur noch einer kleinen Schwenkung zu den eigentlichen Schelmen. Man könnte jene Robinsonaden, da sie doch mehr oder minder einen angeblich besseren Naturzustand anstreben, immerhin noch die Idealisten, die *Schelmenromane* dagegen Realisten nennen, indem die letzteren die alte Aventüre geradezu in die gemeine Wirklichkeit verpflanzen. Sie wollen nicht, wie die Robinsonaden, reformieren und anstatt der überlieferten langweiligen und unnatürlichen Sozietät etwas vermeintlich Höheres geben; sie setzen vielmehr keck die offenbare Anarchie entgegen und sind daher mit Zivilisation, Ehre, Sitte, Staat und Kirche in einem fortwährenden Krieg auf Tod und Leben begriffen. Sie repräsentieren auf eine bitterwahre, aber oft höchst ergötzliche Weise das gefallene, entadelte Rittertum, die aus dem Stegreif lebende Raubritterschaft der niederen Volksschicht. Ihr eigentümlicher Reiz liegt in dem poetischen Hauche, welcher die Freiheit selbst in ihrem extremen Mißbrauch noch begleitet.
Es ist begreiflich, diese allgemeine Herabstimmung mußte edlere Gemüter mit Zorn und Schmerz erfüllen und somit eine bisher größtenteils noch schlummernde Seelenkraft, den *Humor,* gewaltsam herausfordern. Gervinus nennt den Humor eine Krankheit des Geistes und Gemütes, die das Unerträgliche sich erträglich zu machen suche, wo einem Individuum oder Volke die Fähigkeit oder Mög-

lichkeit gebricht, gesund und resolut im Glauben und in der Poesie zu leben. Und in der Tat, grade dies war jetzt der Fall, die durch die Reformation hervorgerufenen schwankenden Zustände waren die Krankheit, deren poetisches Symptom die Humoristik ist. Denn der Humor ist eben nichts anderes als der Konflikt der höheren menschlichen Anlage mit der jämmerlichen Gegenwart und Wirklichkeit, gleich wie Stein und Stahl in ihrem Zusammenstoße Funken geben, die oft das Nächste und Gewöhnlichste unerwartet scharf und seltsam beleuchten. Er hat daher in seinem Grundwesen etwas durchaus Tragisches, von dem er sich nur dadurch unterscheidet, daß er gegen das Unerträgliche nicht unmittelbar ankämpft, vielmehr von dem buntverworrenen Lebensteppich mit kekkem Wurfe nur die fadenscheinige Kehrseite aufdeckt und so den falschen Glanz durch sich selbst vernichtet; sein Organ ist nicht das Pathos, sondern die Ironie und der Witz. Und eben dieser individuelle Tiefblick, der stets vom Besonderen auf das Allgemeine, von der zufälligen Erscheinung auf deren verhüllten Urgrund dringt und mit seinen raschen Streiflichtern häufig das Abgebrochene und Sprunghafte der Lyrik annimmt, unterscheidet den Humor auch von der ganz äußerlichen Parodie und Satire. Oder wer möchte wohl Cervantes' Don Quichotte, diese große Tragödie des Rittertums, oder die Witzgefechte der weisen Narren Shakespeares Satire nennen? – Wir finden zwar, unter ähnlichen Verhältnissen und aus demselben Gefühle des Konflikts, schon in Wolfram von Eschenbachs Parzival einige humoristische Züge; aber erst unmittelbar nach der Reformation blitzen die blanken Geschosse, bei Sebastian Brant, Fischart u. a., immer dichter und deutlicher auf, bis endlich dieser oppositionelle Geist, mit dem fortwährend wachsenden Gegensatze von Ideal und Wirklichkeit, in künstlerischem Selbstbewußtsein und Schattierungen den eigentlichen Inhalt unseres modernen Romanes bildet.

Und diese Wahrnehmung führt uns hier auf den einzigen

wahrhaftigen und großartigen Roman jener Zeit; auf den „abenteuerlichen *Simplicissimus*“ von *Hans Jakob Christoffel von Grimmelshausen,* oder German Schleifheim von Sulsfort, auch Samuel Greifensonn von Hirschfeld, wie er sich abwechselnd anagrammatisch in seinen Werken genannt hat. Dieser im Jahre 1669 erschienene Roman hätte, der Zeitfolge nach, allerdings schon früher erwähnt werden sollen, ja, er gehört überhaupt nur insofern dem gegenwärtigen Abschnitte an, als er, wenngleich nicht als ein Werk der Reformation, doch nur in Folge der Reformation und in genauem Zusammenhange mit derselben ins Leben treten konnte. Wir stellen ihn aber absichtlich an den *Schluß* dieser Romanenschau, weil er fast alle vorbezeichneten Gruppen humoristisch in sich umfaßt und eben durch diese Humoristik die eigentliche Brücke vom Mittelalter zum modernen Romane darstellt.

Wie im Don Quichotte ist es auch hier das scheidende Rittertum, das furchtbare Epos des Dreißigjährigen Krieges, das in seinen geistigen Hauptmomenten, gleichsam als ein vom anbrechenden Morgen überraschtes verspätetes Gespenst, an uns vorübergeht; hier wie dort, nicht elegisch klagend, sondern in der scharfen Beleuchtung einer alles durchdringenden humoristischen Weltansicht. Gleich zum Anfang weht uns, wie ein Abschiedsgruß der alten Zeit, der Waldeshauch des Spessart an; aber mitten aus dieser mit tiefem Naturgefühl geschilderten Waldidylle streckt uns auch schon überall die Verwilderung der bäuerischen Knollfinken ihre tölpelhaften Bärentatzen entgegen. Ein wahrer Triumph des überlegenen Witzes ist es, wie Simplex nun, aus jener Waldeinsamkeit in die Welt gestoßen, als Page des Kommandanten von Hanau in verstellter Narrheit die Verbildung der Vornehmen narrt, die *ihn* zu narren meint; oder wie er später, durch unverhoffte Glücksfälle reich geworden, selbst gar possierlich den galanten Freiherrn spielt, dessen Wappen ein Kopf mit Hasenohren und Schellen ist. Die politische und religiöse Weisheit jener Zeit wird durch einen wirklichen Narren vertreten, der sich für Jupiter hält, ein deutsches Weltreich ohne Fürsten und Abgaben, eine geläuterte Universalreligion ohne Kirche gründen und alle, die dawider glauben, mit Schwefel und Pech martyrisieren will. Dem Einsiedlertum, das damals häufig nur noch als ein löbliches Handwerk betrieben wurde, ist bei aller schuldigen Ehrfurcht überall etwas langbärtig „Antiquitätisches" beigegeben; und von der Konfusion der sich kreuzenden Religionsparteien sagt Simplex: „Zu welchem Teil soll ich mich dann tun, wann ja eins das andere ausschreiet, es sei kein gut Haar an ihm. Sollte mir wohl jemand raten, hineinzuplumpen wie die Fliegen in einen heißen Brei? Es muß unumgänglich eine Religion recht haben und die andern beide unrecht; sollte ich mich nun zu einer ohne reiflichen Vorbedacht bekennen, so könnte ich eben so bald eine unrechte als die rechte erwischen, so mich hernach in Ewigkeit reuen würde." Aber er wählte doch und wurde katholisch. Und so kommt denn der ehrliche Simplex, nachdem er durch alle Wandelungen der wilden Zeit frisch und keck sich hindurchgeschlagen, zu der Überzeugung, daß im Leben nichts beständig als die Unbeständigkeit, und kehrt endlich selbst als Einsiedler in die Waldesstille wieder zurück, von der er ausgegangen.

Aus dem reichen Personal des Simplicissimus hob Grimmelshausen späterhin noch einzelne Gestalten selbständig hervor und verarbeitete sie zu besonderen höchst ergötzlichen Novellen, in denen gelegentlich die Treuherzigkeit des Simplex selbst ironisiert wird. So den „seltsamen Springinsfeld, einen weiland frischen, wohlversuchten und tapferen Soldaten und nachmalen ausgemergelten, abgelebten, doch dabei sehr verschlagenen Landstörzer und Bettler", ferner „die Erzbetrügerin und Landstörzerin Courage, wie sie anfangs eine Rittmeisterin, hernach eine Hauptmännin, ferner eine Lieutenantin, bald eine Marketenderin, Musketiererin und letztlich eine Zigeunerin abgeben"; und endlich in seinem „wunderbarlichen Simplicianischen Vogelnest", einen Vagabonden, welcher durch ein Vogelnest sich unsichtbar macht und aus diesem Versteck, gleich dem Studenten im „hinkenden Teufel", die Sünden und Torheiten seiner Zeit belauert. Leider wollte indes der Dichter anderweit der Welt zeigen, daß er nicht bloß volkstümlich, sondern auch gelehrt sein könne wie andere. Er hat daher auch noch einige Romane im damaligen vornehmen Modetone geschrieben: „Proximus und Lympida", „Dietwald und Amelinde", und „der keusche Joseph samt seinem Diener Musai"; und das alles hat er allerdings ebenso gut wie die Gelehrten, d. h. sehr schlecht und langweilig gemacht.

Wir verließen oben das *Drama* in seinem eben begonnenen Übergange vom Geistlichen zum Weltlichen. Es ist schon bemerkt worden, daß das Drama, da es unmittelbar das Leben darzustellen sucht, auch überall am genauesten den jedesmaligen Phasen der wechselnden Bildung sich anschließt. Und so mußte dasselbe denn wohl auch von dem allgemeinen Umschwunge der Reformation unter allen Dichtungsarten grade am empfindlichsten getroffen werden. Die nächste Folge war, daß das schon früher immer mehr verweltlichte sogenannte Zwischenspiel der geistlichen Darstellungen sich jetzt, als selbständige Komödie, gänzlich von dem Mysterium lossagte. So aus seinem ursprünglichen Zusammenhange und Bedeutung herausgerissen, suchte es nun eine Zeitlang ungewiß und schwankend einen neuen zeitgemäßen Inhalt. Es lag nahe, auf die reiche nationale Volks- und Heldensage zurückzugreifen. Allein diese, wie sie vom Mittelalter aufgefaßt und überliefert worden, stand damals noch in zu lebendigem Bezug zu der alten Kirche und dem Wunderglauben, um der veränderten Gesinnung zuzusagen. Die Vergangenheit war ihr verleidet, die Zukunft aber mit ihren Idealen, Wünschen und Hoffnungen noch ein völlig gestaltloses Chaos; so warf sich denn die emanzipierte Komödie ausschließlich auf die Gegenwart und wurde zum bloßen Schwank- und *Fastnachtsspiele*.

Das Fastnachtsspiel aber folgte rasch und ungestüm allen verworrenen Affekten dieser Gegenwart, teils brutal verwildernd, wie jene Zeit überhaupt, teils in wütendem Haß gegen die alte Kirche gerichtet. Zwei Nürnberger Hänse: der Wappenmaler *Hans Rosenplüt* und der Barbier *Hans Folz*, taten sich besonders als Ritter dieser Brettermuse hervor, und es ist fast unglaublich, welcher Wust von Roheit und Unfläterei da plötzlich von siegestrunkenen Magistern, Rektoren und Kantoren in plumpen Knittelversen zusammengereimt wurde. Neubauer in seinem „Pammachius" läßt den Papst sich gegen die dreifache Krone dem Teufel verschreiben, während Christus die Wahrheit und den Apostel Paulus an die Elbe zu Luther in die Lehre schickt, um gegen Rom und die *Jesuwider* zu kämpfen. In Nikolaus Manuels „sterbender Beicht" ist die Beichte, aus Ärger darüber, daß die Messe in Deutschland verklagt worden, an der *schweinenden Sucht* und *Etica* erkrankt, und da der Doktor nach dem heiligen Öl schreit, hat der Küster seine Schuhe damit gesalbt usw.

Aus diesem Pöbelgetümmel ragt der Nürnberger Schuster *Hans Sachs* (1494–1576) hoch und einsam hervor, mehr durch seinen vornehmen Charakter im besten Sinne als durch seine poetischen Leistungen. In seinen zahllosen Werken und Werkchen (er hinterließ, fast wie der Spanier Lope de Vega, weit über tausend Stück) spiegelt, echt dramatisch, sich der ganze geistige Inhalt seiner verhängnisvollen Zeit: die neue Opposition gegen die alte Kirche, der allmähliche Übergang der religiösen Bewegung ins Politische und endlich die Richtung auf die Wirklichkeit und das alltägliche Privatleben.

Er debütierte 1523 mit seiner berühmten „Wittenberger Nachtigall" und 1527 mit einer Schrift gegen das Papsttum (Eine wunderliche Weissagung von dem Babstumb usw.), welche ihm wegen der darin enthaltenen Beleidigungen gegen Kaiser und Papst eine ernstliche Rüge des Rates von Nürnberg zuzog, mit dem Befehl, „daß er seines Handwerks und Schuhmachens warte und sich enthalte, einig

Büchlein oder Reimen hinfüro ausgehen zu lassen". Hans Sachs wußte jedoch besser als der Rat, was seines Amtes sei; er fuhr unbeirrt fort, zu schreiben und gegen die Kirche zu polemisieren. Aber das grobe und lügenhafte Parteigezänk widerte seine edlere Natur an; seine religiöse Polemik ist überall würdig, gemäßigt und gerecht, soweit das letztere damals überhaupt irgend möglich war. Ja, es erging ihm in dieser ungeheuren Verwirrung fast wie dem ehrlichen Simplicissimus; er fühlt sich, wie er selbst sagt, „beständig von dreierlei Partei umtrieben: erstlich von den Maulchristen, darnach von den Romanisten und von den Religiosen, sind *eines* Tuchs drei Hosen, die er nicht ziehen kann."

Späterhin aber sehen wir ihn ebenso rüstig dem allgemeinen Zuge des Zeitgeistes von der Religion zur Politik folgen. Und hier vor allem, namentlich in seinen Kampfgesprächen, zeigt sich sein geistig vornehmes Wesen über den wüsten Lärm der Parteien erhaben und als ein wahres Gegenbild des unruhigen, fanatisch revolutionierenden Hutten, indem er es wagt, die ethische Seite der Politik herauszugreifen und die Rettung Deutschlands einzig auf Bürgertugend und ehrlichen Gemeinsinn zu stellen.

Zuletzt endlich zieht er in seinen eigentlichen Fastnachtsspielen sich gänzlich in das Privatleben, auf Kirchweihen, Jahrmärkte, Bierstuben, unter Bauern und Handwerker zurück. Aber das Gemeine, weit entfernt, ihn zu sich hinabzuziehen, wird vielmehr von ihm an sein sittliches und künstlerisches Richtmaß heraufgehoben. Ein ironischer Duft und unschuldiger Mutwille schwebt über dem derbplastischen Treiben: man fühlt, hier ist er bequem zu Hause und durchaus liebenswürdig. – Außerdem zwar führte ihn sein gesunder poetischer Instinkt auch im Drama noch häufig zu edleren und höheren Stoffen. Er hat viele Schauspiele nicht nur aus dem Alten und Neuen Testament, sondern auch aus der Geschichte, aus gleichzeitigen Novellen und aus den Romanen und Volksbüchern von Siegfried, Magelone, Artus, Tristan usw. Allein diesen „ernsten Historien“ war, wie wir schon oben bemerkt, die ganze Anschauungsweise dieser Zeit und folglich auch ihr getreuester Sohn Hans Sachs nicht mehr gewachsen. In seinen biblischen Dramen ist die Religion in bloße Moral und Allegorie, in seinen historischen Stücken das Heldentum ins Spießbürgerliche umgeschlagen; und überall begegnet uns mehr oder minder das hölzern Eintönige und Handwerksmäßige einer sauber und praktisch wohleingerichteten Fabrik. Überhaupt aber war das Talent und Verdienst dieses Dichters mehr negativ als wirklich produktiv. Er ist nämlich, was alles freilich für die damalige Zeit nicht hoch genug angeschlagen werden kann, nirgend gemein; er hat niemals die breite Bahn zum stolzen Gelehrtenparnaß versucht, sondern stets herzlich zum Volke gehalten; er hat endlich die schon halbvergessenen dramatischen Elemente zwar nicht erfunden, aber wiedergefunden und treulich gesammelt und gerettet; seine ganze dramatische Arbeit ist nur eine Studie und Vorbereitungsschule für das wirkliche Schauspiel. Und in dieser Beziehung hat er die größte Ähnlichkeit mit der dramatischen Dichterschule in England *vor* Shakespeare, nur daß diese ein junges Weltreich, Hans Sachs eine eng ummauerte Reichsstadt vor Augen hatte. Auch diesem Übelstande sollte indes bald und ganz unerwartet abgeholfen werden. Die sogenannten *englischen Komödianten* – von denen man nicht einmal mit Gewißheit weiß, ob sie Deutsche oder Engländer waren und ob sie deutsch oder englisch spielten – durchzogen unter ungeheuerem Beifallsjubel wie ein funkensprühendes Meteor ganz Deutschland vom Rhein bis zur Weichsel, mit neuen Stoffen, Formen und Kunstgestalten den dramatischen Horizont plötzlich nach allen Seiten hin ins Unermeßliche erweiternd. Der Eindruck mußte um so gewaltiger sein, da es die erste Bande Schauspieler von Profession und also dem bisherigen blöden und ungeschickten Dilettantismus der Handwerker bei weitem überlegen war. Die alte reichsbürgerli-

che Ehrbarkeit ist eben nicht ihr Metier, Mord und Brand das Hauptthema ihres wilden, bluttriefenden Schauspieles. Jedenfalls aber brachten sie aus England, wo die volkstümliche Komödie schon früher sich zu gestalten angefangen, mächtig anregend das ganze rohe Material des Wunderbaues mit herüber, den bald darauf Shakespeare hervorgezaubert hat.
In Deutschland fehlte leider der kühne Baumeister; es blieb alles bloßes Material. Vorzüglich zwei Dichter traten hier die wüste Erbschaft an, um sie unordentlich zu verwirtschaften. Der Prokurator und Notar *Jakob Ayrer*, abermals in Nürnberg, hatte sich aus dem englischen Nachlaß ganz besonders die Grausamkeit erwählt und ging, fast wie ein Trunkner, mit lauter Schauder, Blut und Schrecken dem schaugierigen Publikum verzweifelt zu Leibe. In dreißig Zeilen schneidet in seinem Servius Tullius zuerst Lucius Tarquin seiner Gattin den Hals ab und läßt sie verzappeln und vergiftet Tullia ihren Gatten. Im Kaiser Otto werden dem Conscentius Nase und Ohren abgeschnitten, dem Papst Johann die Augen ausgestochen, einer, der um die Kaiserin buhlt, wird verbrannt, einer, der sie verschmäht, hingerichtet, und der Kaiser mit ein Paar Handschuhen vergiftet; und im Mohamet schlägt der Sultan gleich anfangs seinem Bruder den Kopf ab und wundert sich, daß seine Mutter um eine Handvoll Bluts dabei weinen mag usw. Diese kleine Probe, womit Gervinus den Vorhang lüpft, mag hinreichen, von dem unerhörten Grobianismus einen ungefähren Begriff zu geben.
Nicht so blutdürstig erweist sich der im Jahre 1613 verstorbene *Herzog Heinrich Julius von Braunschweig*, welchem wir schon oben beim Romane begegneten, in seinen zahlreichen Tragödien und Komödien, die er meist unter der Chiffre hibaldeha (d. i. Henricus Jul. Brunsvicensis a Luneburg. dux edidit hunc actum) hinterlassen hat. Seine dramatischen Schwänke vom Gastgeber, vom verlorenen Sohn u. a., sowie vor allem seine Komödie vom Vincentius Ladislaus Sacrapa von Mantua, bekunden ihn als

einen begabteren Dichter, der wohl imstande gewesen, den aus dieser Verwirrung sich hervorarbeitenden höheren Geist zu erkennen. Überhaupt war noch keinesweges alle Hoffnung verloren. Die Anregung, die von den englischen Komödianten ausgegangen, hatte die bereits schwankende Richtung des Dramas zum Volkstümlichen, wie es schien für immer, entschieden und befestiget; ja der verständige Herzog Heinrich suchte durch die Einrichtung eines Hoftheaters in Braunschweig die Volkskomödie mit der höheren Bildung zu vermitteln und somit zum wahrhaften Nationalschauspiele zu machen, was sie in Spanien schon war. Aber zu spät! Die furchtbare Katastrophe, nach welcher alle politisch religiösen Leidenschaften schon lange hinarbeiteten, brach herein: Der Dreißigjährige Krieg vernichtete das deutsche Theater von Grund aus.

Dies wäre indes am Ende noch der geringste Schade gewesen; denn an der bisherigen Bühne war, wie wir gesehen, eben nicht sonderlich viel verloren, und ein *ehrlicher* Krieg stählt und kräftiget überall das Volk, das sich sonach sehr bald ein besseres Theater wieder aufgebaut hätte. Allein dieser Krieg war kein ehrlicher und hatte für Deutschland, ganz abgesehen von der materiellen Zerstörung und Verarmung, zwei eigentümlich verderbliche Folgen. Einmal nämlich war das ganze vorgeschobene Motiv des Krieges im Grunde nur eine große Lüge; die Fürsten, mit wenigen ehrenhaften Ausnahmen, kämpften nicht mehr für den Glauben, sondern um Klostergüter, Abteien und fette Bistümer, und oktroyierten leichtfertig, je nach dem wechselnden Bedürfnis, ihren Untertanen bald diese, bald jene Religion, fast wie jener Weltnarr im Simplizissimus mit Schwefel und Pech martyrisierend, wer dawider glaubte. Das alles aber hatten ihnen die armen Untertanen sehr bald abgesehen; das ganze deutsche Volk ging unter die Landsknechte, die nun, gleichviel ob unter katholischen oder protestantischen Fahnen, ebenfalls nicht für die bessere Lehre, sondern um den besseren

Sold einander die Hälse brachen und martyrisierten. So entstand nach und nach eine allgemeine religiöse Gleichgültigkeit und Indifferenz. – Sodann aber wurde dieser Krieg von Fremden auf deutschem Boden geführt, und Deutschland, von dieser nachhaltigen, schwedischfranzösischen Invasion innerlich zersetzt und aufgelöst, gewöhnte sich, in schmählichem Selbstvergessen lediglich nach der Fremde auszusehen. Und so entstand die Sprachmengerei und plumpe Nachäffung, die uns so lange lächerlich gemacht.

Beide Nationalkalamitäten konnten natürlicherweise auch auf die deutsche Poesie nicht ohne Einfluß bleiben. In unserer Poesie ist fortan das religiöse Element so gut wie ausgestrichen; an die Stelle des Glaubens tritt der Aberglaube an das Ausländische. Am meisten aber mußte das Theater darunter leiden. Das Theater braucht jederzeit einen gewissen Wohlstand, behäbige Geselligkeit und äußeren Apparat; das Drama ist der Luxus der Poesie, und an Luxus konnte das bankerotte Deutschland jetzt am wenigsten denken. Als daher nun die Deutschen ihre plötzlich von den Brettern auf das wirkliche Schlachtfeld verpflanzte grausame Tragödie verblutend zu Ende gespielt hatten, war alle dramatische Tradition fast bis auf die Erinnerung erloschen, und was davon noch übriggeblieben, war wüst und verwildert, wie das Volk und seine Sprache. Das Schauspiel mußte, gleichsam stammelnd, ganz von vorn wieder anfangen und knüpfte instinktartig noch einmal an die Kirche an. Der Nürnberger Johann Klaj trug nach beendigtem Gottesdienst rezitativisch, ohne Dialog und nur zuweilen von Chören unterbrochen, Szenen aus Christi Leben vor. Aber damit war diesem Geschlechte wenig gedient; die Kirche war vernichtet und das Volk noch vom Blutdampf berauscht. Aus der halbverschütteten Wurzel schoß wüstes Gestrüppe üppig hervor; alles Unkraut der ehemaligen Komödie: schamlose Zoten, handgreifliche Späße, Prügeleien und Burzelbäume mit gelegentlichem Feuerwerk und anderem Schaugepränge; das alles filzte sich überwuchernd zu dem sogenannten „Mordspektakel" zusammen, eine neue Ausgeburt des Krieges. Der grobianische Gesell und Gumpelmann betrat die Bühne, daß die Bretter krachten; der Hanswurst hatte alle Helden überlebt.

Da erbosten sich, wie billig, die Gelehrten über diese Pöbelwirtschaft und spitzten voll Verachtung die Federn, um die Sache aus ihren griechischen und lateinischen Kompendien gründlich zurechtzumachen. Wir übergehen hier, als gar nicht zur Poesie gehörig, die Flut von *Schulkomödien* biblischen, historischen und antiquarischen Inhalts, welche von protestantischen Pastoren, Rektoren und Kantoren abgefaßt und von Studenten, meist in lateinischer Sprache, pflichtschuldigst gespielt wurden. Das wesentlich noch immer geistliche Schauspiel war also aus der Kirche in die akademischen Hörsäle, Rathäuser und Schützenhöfe verlegt, und an die Stelle der leitenden Geistlichen traten die Professoren. Ihre Stücke sind indes eben nur dramatische Schulexerzitien und von der erwachsenen Nachkommenschaft längst in den großen Makulaturkorb der Literatur geworfen. In Frankreich dagegen war zu dieser Zeit die weltberühmte Aristotelische Tragödienfabrik bereits im schönsten Flor und Gange, und von dorther holte man sich daher fortan die richtige Schablone.

Schon *Opitz*, der überhaupt mehr Ausländisches als Eigentümliches hat, mehr reproduzierte als erfand, lenkte auf diese Bahn hin, durch seine Übersetzungen von Sophokles' Antigone, von Senecas Trojanerinnen sowie des italienischen Schäferspieles Daphne. Durch das letztere vorzüglich verschuldete er den nachfolgenden Schwarm von *Schäfereien*, wo Hirten mit Haarbeutel und Hirtinnen im Reifrock, mit den Schäferromanen an Unnatur wetteifernd, galante Diskurse miteinander führen und in der Tat etwas frappant Schafmäßiges haben. Mit diesem vornehmen Idyll nahe verwandt sind die sogenannten *Wirtschaften*, dialogisierte Bonmots und allegorische Wit-

ze, eine Art halbimprovisierte Maskeraden, die an den Höfen von fürstlichen Personen und Kavalieren aufgeführt wurden und in denen selbst Leibniz einmal bei einer Hoffestivität zu Charlottenburg die Rolle eines marktschreierischen Quacksalbers gespielt haben soll.
Das alles waren indes nur dilettantische Versuche. Den eigentlichen Übergang vom Volke zu den Gelehrten eröffnet erst der Schlesier *Andreas Gryphius* (1616–1664). Er selbst steht noch ungewiß und zweifelhaft in der Mitte zwischen beiden. Seine Lustspiele haben durchaus noch den alten volkstümlichen Klang, ja, sein Scherzspiel im schlesischen Volksdialekte, „die geliebte Dornrose", ist eine Fastnachtsposse im allerbesten Sinn; und doch zieht er in seinem „Peter Squenz" gegen die bettelhafte Volkskomödie der Handwerker und im „Horribilicribrifax" gegen ihre grobianischen Gumpelmänner und Prahlhänse schlagend zu Felde. Umgekehrt wendet er sich in demselben Lustspiele mit ebenso scharfem Hohne in seinem karikierten Sempronius gegen die anmaßende Schulweisheit der Gelehrten, während er selbst doch in seinen Tragödien sich den Seneca zum Muster gewählt und sogar den antiken Chor eingeführt hat. In diesen Trauerspielen aber ist eigentlich der Dichter selbst die tragischste Person, wie er unablässig in finsterem Groll und Schmerz mit dem ungeheuren Unglück des Vaterlands, mit der verwilderten Sprache und den Mißgeschicken seines eigenen Lebens männlich ringt, überall das Hohe ahnend, wofür er doch nirgend den rechten Ausdruck finden kann und daher häufig auf die ausschweifendste Ungeheuerlichkeit der Rede verfällt und in steter unruhiger Hast nach den entgegengesetztesten, antiken, romantischen und modern politischen Stoffen um sich greift. Er hat einen Leo Armenius und einen Karl Stuart, einen Papinianus und eine christliche Märtyrerin Catharina von Georgien; und spricht von „rosenweißen Wangen" und von „schwefelichter Brunst der donnerharten Flamme".
Seine zahlreichen Nachahmer hatten seinen Ernst und

Schmerz vergessen und nur seine Extravaganzen sich gemerkt. Unter ihnen aber hat der Breslauer *Lohenstein* (1635–1683), ein guter Jurist und schlechter Dichter, wie in seinem Romane Arminius, so auch in seinen Trauerspielen wiederum den Kernschuß getan, indem er den hinterbliebenen Redeschwulst sich zum speziellen Ziele ausersehen und die vom Lebenssturm wirr durchwühlten Locken des Gryphius, als ein meisterhafter Sprachverkünstler, in eine förmliche Staats- und Allongeperücke aufkräuselte und auftürmte. Zugleich zeigt Lohenstein am deutlichsten, wie diese Gelehrten von der Geschmacklosigkeit, brutalen Roheit und Sittenlosigkeit der Pöbelkomödie, die sie zu bekämpfen meinten, nur *formell* unterschieden waren, ja dieselbe wo möglich noch überboten. So z. B. jubelt in seiner „Agrippina“ die Buhlerin Poppäa auf der Leiche der auf des Sohnes Geheiß ermordeten Agrippina. In der „Epicharis“ trinken zwar in den ersten Akten nur die Verschworenen unter greulichen Flüchen einander Blut zu, und mehrere Personen werden bloß gefoltert; dagegen geht es im vierten Akte um so wütender, und zwar auf der Bühne, ans Köpfen, Zungenausreißen und Aderzerschneiden, während die Atilla nackt bis zur Ohnmacht gepeitscht wird. Überall bilden Mord, Wollust, Notzucht und Blutschande das Hauptthema des Dichters; sehr begreiflich daher, daß die römische Kaiserzeit und die Barbarei des türkischen Hofes der eigentliche Schauplatz seiner Tragödie, Nero sein Lieblingsheld ist. Dazu kommt noch, wie in den damaligen Romanen der schwerwuchtende Ballast von „Realien“, antiquarischer, geographischer und historischer Kuriositäten, um sich über das gemeine Volk erhaben zu zeigen. Wahrlich, der wenigstens doch natürliche Büffellaut der Pöbelkomödie ist noch unschuldiger und erträglicher, als dieser prätentiöse Kannibalismus. Der Abgott seiner gelehrten Zeitgenossen aber, ja unsterblich, wurde Lohenstein vorzüglich durch seinen abenteuerlich forcierten Wortschwall. Und in diesem Fache hat er in der Tat so Unerhörtes geleistet, daß man es selber nachlesen muß, um es zu glauben. So heißt es z. B. in seiner Tragödie Agrippina:

„*Megära:* Erzmörder! Wie die blut'ge Striemen,
Die meine Schlangenrute schlägt,
Orestens schwarzen Nacken blümen,
Weil er die Mutter hat erlegt,
Sie soll auch dich (Nero) mit zehnmal ärgern Schmerzen
Die Peitsche röten, Glut und Schwefel schwärzen.
Tisiphone: Kommt Schwestern, helft mir Ruten binden,
Kommt, leiht mir euer nattricht Haar,
Helft Harz vom Phlegeton anzünden,
Reicht Schwefel, Pech und Zunder dar.
Entblößet ihn, braucht Fackel, Flamm' und Rute,
Bis sich der Brand lösch' in des Mörders Blute."

Und sein Drama Ibrahim Bassa wird durch folgenden Monolog der Asia eröffnet:

„Wehe! weh! mir Asien! ach! weh!
Weh mir! ach! wo ich mich vermaledeien,
Wo ich bei dieser Schwermutssee,
Bei so viel Ach selbst mein betränt Gesicht verspeien,
Wo ich mich selbst mit Heulen und Zeter-Rufen
Durch strengen Urteilsspruch verdammen kann!
So nimm dies lechzend Ach, bestürzter Abgrund an!
Bestürzter Abgrund! O die Glieder triefen
Voll Angstschweiß! Ach des Achs! Der laue Brunn
Der dürren Adern schwellt den Jäscht der Purpur-Flut!
Mein Blutschaum schreibt mein Elend in den Sand!"

Dieser pomphafte Parademarsch aber war denn doch zu lächerlich steif und pedantisch, um nicht endlich einen Gegenstoß hervorzurufen. Der Führer der Revolte ist derselbe *Christian Weise* (1642–1708), den wir schon oben beim Roman in gleichem Kampfe angetroffen, ein wackerer Mann von gesunder Einsicht und den besten Intentionen. Auch hier wollte er, wie Lope de Vega in seiner berühmten arte nueva de hacer comedias, nach Aristoteles, antiker Form und allem Regelzwang nicht fragen, sondern „bei seiner Freiheit bleiben, an *der* Einfalt seine Lust behalten, die der Natur am nächsten komme, und jede Person nach ihrem Naturell reden lassen". Und mit dieser einfachen Beschwörungsformel trat er aller Karikatur der Gelehrten, der komischen wie der tragischen, ihren bebänderten Schäfern und breitmäuligen Helden, herzhaft entgegen und florierte hiernach natürlicherweise zumeist im Lustspiel und in der Posse, machte aber auch im Trauerspiel wie Shakespeare, das Komische geltend. Er hatte gewiß überall vollkommen recht, nur leider nicht die erforderliche Kraft, sein gutes Recht gebührlich durchzusetzen. Denn das bloß „Naturelle", worauf er zurückging, hat noch nirgend die Unnatur bezwungen; und zudem war dieses Naturelle grade damals in Deutschland unglücklicherweise nicht mehr poetisch, was es zu Lopes Zeiten in Spanien allerdings noch gewesen. Weise geriet daher in seinen Komödien, die durchaus nur „eine akkurate Vorstellung einer Begebenheit" sein sollten, unwillkürlich immer mehr in das andere Extrem, von den sublimen Helden unter gemeine Wäscherinnen, Bauern und Handwerksburschen, aus dem Tempel in die Schenke, und verbannte unnützerweise den Vers, wovor sich Lope wohl gehütet hatte.

Inzwischen hatte, wie wir gesehen, Klaj durch seine Deklamation die modernen Kantaten und Oratorien eingeleitet, die Schäfereien mit ihren eingestreuten Arien und Rezitativen waren, seitdem Peri Opitzens Daphne komponiert, fast schon wirkliche Singspiele geworden, die Tragödien in lauter Schall und Knall, die Volkskomödien in wüstem Schaugepränge aufgegangen; als endlich Weise allen Regelnzwang aufhob und somit dem Dilettantismus die willkommene Freiheit gab, alle diese Elemente, deren jedes für sich bereits zu langweilen anfing, lustig durcheinander zu mischen. So kam es, daß nun Christliches und Heidnisches, Pathos und Pickelhäring, Oratorium und Zote, Prozession und Ballett in ein neues dramatisches Monstrum: in die *Oper,* diesen auf Noten gesetzten Gesamtunsinn des Zeitalters, unaufhaltsam zusammenschoß. Christian *Dedekind,* den seine Freunde Christi Dudelkind nennen, schrieb für den Kapellmeister Bernhard in Dresden Opern geistlichen Inhalts, wo Apoll und Pythia an der Krippe des Christkindes vorkommen. In seinem sterbenden Jesus erhängt sich Judas auf der Bühne, während der Satan dazu als Echo singt; und als sodann Judas am Stricke zerplatzt, rafft Satan seine Eingeweide in einen Korb zusammen und singt abermals eine Arie dazu, während eine andere Arie des über die Verkündigung der Morgenländer zornigen Herodes beginnt:

„Donner und Hagel, Hammer und Nagel,
schmiedendes Eisen,
stechende Spitzen, Mäßer und Schlitzen
will ich dir weisen“ usw.

In Bostels „Mustapha“ marschieren deutsche, tatarische, polnische und türkische Armeen in Kostüm auf; in der Oper „Semiramis“ werden alte Damen in feuerspeiende Lanzen verwandelt, und im „Jason“ steigt das Schiff Argo singend zum Himmel, wo es in einen Stern verwandelt wird. Aber auch die Wucht der Gelehrsamkeit durfte nicht fehlen; neben grunzenden Bären und anderen Ungeheuern wurden Staatsmaximen, Mandate und Schulmoral in Arien abgesungen, ja es gab Opern über Bierbrauen und Schlächterei.
Kein Wunder daher, daß endlich die Theologen donnernd dazwischenfuhren und namentlich in Hamburg ein wütender Pamphletenkampf für und wider die Oper entbrannte. Allein die geistlichen Bannstrahlen wollten nirgend mehr zünden, das damalige Opernfieber scheint ebenso epidemisch gewesen zu sein als das heutige. Denn

selbst die Universitäts-Fakultäten zu Wittenberg und Rostock entschieden jenen Streit zugunsten der Oper. Ihr zuliebe wurde in Dresden das erste stehende Theater gegründet; Leipzig, Nürnberg und Hamburg, wo die Seitenszenen neunundreißigmal, die Mittelszenen einige hundertmal verändert werden konnten, folgten dem Beispiele, in Wien kostete jede einzelne Oper an 60000 Gulden, und um 1700 zählte man bereits zehn Opern auf ein Schauspiel. Doch zogen sich sehr bald die besten, *Postel* und *Hunold*, aus moralischen Rücksichten von den Operntexten auf Epos und geistliche Dichtung, Sebastian Bach und Händel, nachdem sie eine ganze Reihe längst vergessener Opern komponiert, auf die Kirchenmusik zurück, und *Feind*, selbst einer der rüstigsten Operndichter, mußte zuletzt eingestehen, daß nach dem Geschmack der Welt Opern aufzuführen, ebenso pläsierlich als schwer, ebenso rühmlich als tadelhaft, ebenso schön als ärgerlich und in den meisten hamburgischen Opern etwas wider Anstand und christliche Sitte sei.
Mit diesem Gange des Dramas mußte natürlich auch die *Schauspielkunst* gleichen Schritt halten, deren Aufgabe ja nicht die Komposition, sondern eben nur die Virtuosität ist, das von den Poeten Erfundene treu und geistreich abzuspielen. Als daher die Gelehrten feierlich in Reih und Glied traten, machten auch sofort die Schauspieler eine gelehrte Miene und avancierten von Handwerkern zu Studenten. *Veltheim*, selbst ein gebildeter und sprachenkundiger Magister aus Halle, warb nämlich um 1670 ein Freikorps von Studenten, welches unter der stolzen Firma: „Berühmte Bande und kursächsische Hofkomödianten" in allen größeren Städten Deutschlands umherzog. Um vor allem ein würdigeres Repertoire zu schaffen, gab er eine prosaische Übersetzung des Molière heraus, griff in seinen Stoffen häufig auf Corneille und den durch die Jesuitenspiele bekanntgewordenen Calderon zurück und suchte den Hanswurst, als „Kurtisan", zum spanischen Gracioso zu veredeln. Aber der wohlgesinnte Mann wur-

de sehr bald von dem unaufhaltsamen „Mordspektakel" übergerannt und erfand in dieser Not das Improvisieren, um den hergebrachten Staatsaktionen, zu denen er sich nun wieder bequemen mußte, wenigstens durch gelegentliche Impromptus ein besseres Ansehen zu geben. Er bedachte hierbei nicht, daß zu dieser Art verwegenen Mitdichtens ein eigentümlicher Geist und Witz vonnöten, der den wenigsten allabendlich zu Gebot steht, und daß bei weitem die meisten Schauspieler nicht die ewige Kunst, sondern die momentane Gunst der Menge suchen. Und so ward denn grade dieses Improvisieren ein willkommener Kanal, auf dem von neuem die alte Unfläterei einzog und alle besseren Intentionen wieder durchlöcherte. Vergebens wurden dagegen die sogenannten „Dirigierbücher" eingeführt und darin Plan und Gang des Stückes sowie die Stelle und der ungefähre Inhalt der Improvisation vorgeschrieben. *Jos. Stranitzki* und *Franz Schuch* nahmen die volle unbedingte Freiheit des Stegreifspiels für ihren Hanswurst in Anspruch, der überdies in den wandernden Komödiantenbanden des Eckenberg u. a. in die schlechteste Gesellschaft, unter mitziehende Luftspringer, Seiltänzer, Taschenspieler und Zahnbrecher geraten war.
Man sieht, eine Reform war hier ebenso notwendig als schwierig, und diese Athletenarbeit nahm *Gottsched* (1700–66) auf seine breiten Schultern. Wir haben schon einmal bemerkt und müssen es immer wiederholen: um das Verkehrte zu bewältigen, muß man es entweder vor den Augen der Welt zu Tode lachen oder das Bessere und Rechte dagegen aufstellen. Das letztere tat Shakespeare der wilden englischen Volkskomödie gegenüber; Gottsched wollte beides und machte nur sich selber lächerlich. Es ist wahr, Gottsched hat den Lohenstein überwunden; allein das war eben nur ein Kampf der nüchternen Prosa mit der toll gewordenen Prosa. Ebenso hat er ohne Zweifel die unleidliche Theateranarchie gebrochen; aber nicht wie Shakespeare, durch selbstschöpferische Entwickelung der mit der Anarchie ringenden nationalen Freihei-

ten, sondern nach Tyrannenart durch Unterjochung aller Freiheit. Das Schauspiel sollte, nach ihm, eine deutsche Volksschule sein; und doch wandte er sich vornehm vom Volke ab nach Frankreich, zu den Hofdichtern Ludwigs XIV. und ihrem Zeremonienmeister Boileau, und gründete in Leibzig eine Kommandite der Pariser Tragödienfabrik, in welcher seine Frau und sämtliche Professoren, Rektoren und Schulmeister an Übersetzungen oder sogenannten Originalstücken nach Pariser Mustern im Schweiße ihres Angesichts arbeiten mußten. Was sollte denn also die beständige Grandiloquenz von Deutschheit und deutschen Originalwerken unter solchem Proletariat von Deutschfranzosen?

Mitten im schönsten Flor dieser hölzernen Poetenfabrik aber geriet der stolze Fabrikherr unverhofft in einen heftigen Streit mit den über den anmaßenden Lärm entrüsteten Schweizern, deren Führer *Bodmer* war; eine durchaus poetische Natur, nur leider selbst kein Dichter, der freilich hier vor allem anderen not tat. Die Reformation hatte, wie wir gesehen, der ganzen modernen Bildung zwei Hauptrichtungen gegeben: einerseits vom Übernatürlichen zur Natur, andrerseits von der Phantasie zum Verstande. Beide Richtungen aber mußten in ihren Konsequenzen sehr bald miteinander kollidieren, da die Natur immerhin etwas Mystisches und Wunderbares sich nun einmal nicht abdisputieren läßt, zu dessen Wahrnehmung der Verstand kein Organ hat. Und dieser echt protestantische Konflikt war es, der damals auf dem Felde der Literatur sich in Bodmer und Gottsched verkörpert hatte. Bodmer, der selbst ein Buch von dem Wunderbaren geschrieben, behauptet, das Wunderbare, in Verbindung mit dem Wahren, sei die Urquelle der poetischen Schönheit, indem der Dichter durch die Kraft seiner Phantasie ganz neue Wesen schafft oder wirkliche Wesen zur Würde einer höheren Natur erhebt. Er erkannte daher die Schönheit von Tasso, Ariost und Milton und war der erste, welcher die längst vergessene Minnesänger, den Parzival und die Nibelungen wieder bekannt machte. Er wirft den deutschen Dichtern Mattherzigkeit und Trockenheit vor, „die sie durch ihre Philosophie und ihre Liebhaberei am *Verstandeswesen* sich erwarben, die die Lustbarkeiten der Einbildungskraft unterdrücke".

Gottsched aber entgegnet: das sei ja eben das Preiswürdige bei der Sache! die Vernunft sei gottlob geläutert bei uns und die ausschweifende Einbildungskraft in ihre Schranken gewiesen; das habe den Fall Lohensteins bewirkt und dauerhafte Schönheiten dafür zuwege gebracht. Er spricht von den „Teufeleien des Tasso", von den „abgeschmackten Hexereien des Shakespeare", verwirft Oper und Kantate, „weil der Verstand dabei nichts zu denken habe", er will, daß die tragische Schreibart stets „auf Stelzen, die komische barfuß gehe", und weiß, in völliger Impotenz der Phantasie, die Fabel nur durch den lahmen Gelehrtenwitz zu retten, daß man voraussetzen müsse, die Bäume und Tiere, die da reden, hätten vielleicht in einer anderen Welt Verstand und Sprache. – Mit einem Wort: Bodmer verfocht volkstümlich die aufstrebende Gelehrtenrepublik; Gottsched den literarischen Absolutismus. Jener erkannte und förderte überall das strebsame Neue, eiferte für Addison, Milton, Klopstock und für „das allgemeine Recht der Menschen" im Literaturstaate, während Gottsched den französierten Aristoteles zum alleinigen Diktator ausrief und das vermeintlich goldene Zeitalter der Poesie mit seinen Winkeldichtern Pietsch, Schönaich, Schwabe, Derschau etc. für alle Zeiten abschließen wollte. Beide aber haben eigentlich nur indirekt gewirkt; das Resultat des ganzen Kampfes war nicht eine bessere Poesie, sondern nur der erste Anstoß zu einer Kritik, die allerdings hinterher der Poesie zustatten kam; und der scharfsichtige *Liscow* sagte daher damals, mit verdeckter Beziehung auf Gottsched, sehr treffend: „obgleich die Esel zur Musik ungeschickt seien, so mache man doch aus ihren Knochen die schönsten Flöten, und so gäben die elenden Schriften Anlaß zu sinnreichen Widerlegungen und Spottgeschichten."

Überhaupt aber hat Gottscheds ganzer Lebenslauf etwas durchaus Tragikomisches: wie er erst das Aufgebot seiner Schulmeister in den Krieg führt, dann – da diese sich teils invalid erwiesen, teils rebellisch zu den Bremer Beiträglern übergehen – den Kürassierlieutenant Freiherrn v. Schönaich zum Oberfeldherrn ernennt, schlauerweise Voltaire zum Sukkurs ruft und endlich durch ein Vorspiel, in welchem ihn die Neuber auf das Theater brachte, sowie durch Rosts und Pyras Spottgeschichten schmählich Krone und Zepter einbüßt. So hatte ihn die Nemesis erreicht; der Hanswurst, den er in Leipzig feierlich in den Bann getan, hatte ihm zum Valet über die stattliche Professorperücke, die so lange wie eine furchtbare Donnerwolke nach allen Seiten Blitze geschleudert, unversehens seine Schellenkappe gestülpt, welche er, ohne sie selbst zu gewahren, bis an sein Lebensende zu großem Ergötzen des Publikums mit gravitätischem Anstande trug.
Wir sagten, das Resultat des Gottsched-Bodmerschen Kampfes war nicht die bessere Poesie, sondern die Kritik. Denn Bodmer hatte nur erst eine Poesie überhaupt wieder möglich gemacht, indem er die Dichter von dem unsinnigen Regelnzwange der Gelehrten befreite und dadurch allerdings einen unberechenbaren Impuls gab, der jedoch erst bei den folgenden Generationen sich wahrhaft produktiv erweisen sollte. Gottscheds bedeutendster Schüler aber, *Johann Elias Schlegel,* der gewiß alles geleistet, was sich unter dem Gottschedschen Banner irgend leisten ließ, zeigt eben nur die gänzliche Unmöglichkeit dieser Schule. Seine Tragödien gehen, dem Kommando des Meisters gemäß, sämtlich „auf Stelzen, und die Lustspiele barfuß“, so daß von den letzteren Lessing sagen mußte, es herrschte darin das kälteste, langweiligste Alltagsgewäsche, das nur in dem Hause eines meißnischen Pelzhändlers vorfallen könne. Ein anderer Dichter, *Christian Felix Weiße* in Leipzig, trat in seiner Jugend gleichfalls getreulich in die breitspurigen Fußtapfen Gottscheds, den er jedoch später, von Lessing scharf in die Schule genommen, in seinen

Lustspielen, besonders in den „verwandelten Weibern oder der Teufel ist los“ und in den „Poeten nach der Mode“, verhöhnte und auf das höchste erzürnte. Dennoch kehrte er bald darauf in seinen Trauerspielen: Eduard und Richard III., Romeo und Julie, Jean Calas etc., von neuem zu Gottscheds Stelzen zurück, bis endlich sein leichtes Liedertalent im Singspiele – wovon noch manches, wie „Lottchen am Hofe“, „die Liebe auf dem Lande“, „die Jagd“ etc. den ältesten Theaterfreunden erinnerlich ist – seinen eigentlichen bequemen Ausdruck gefunden und also das mächtige Bollwerk, das Gottsched mit ungeheuerem Fleiß und Haß gegen die Oper aufgetürmt hatte, wieder niederwarf.
Dagegen hatte jener Kampf unleugbar die natürliche Folge jedes rechtschaffenen Krieges: er hatte den alten Schlendrian in seiner verjährten Philisterwirtschaft gründlich gestört und ein neues Geschlecht jugendlicher Streiter erzogen, welches nun dem groben Geschütze Gottscheds gegenüber ein tüchtiges Freikorps bildete. Der besonnene Karl Christian *Gärtner, Cramer* und *Adolf Schlegel,* der Vater von A. W. und Friedrich von Schlegel, setzten im Jahre 1742 den Gottschedschen „Belustigungen des Verstandes und Witzes“ ihre „Neuen Beiträge zum Vergnügen des Verstandes und Witzes“ (von dem Verlagsorte die *Bremer Beiträge* genannt) entgegen, eine Zeitschrift, die bei dem Gelehrtenprozeß in Sachen der Poesie auch dem unbefangenen Urteil und Interesse der Damen Sitz und Stimme zuerkannt und in der Literatur gewissermaßen Revolution gemacht hat. Denn viele junge Sachsen, die anfangs noch zu Gottsched gehalten, seinen langweiligen Kamaschendienst aber endlich unerträglich gefunden hatten, wie Rabener, Ebert, Zachariae, Gellert und Giseke, traten jetzt zu den Bremern über; zu ihnen gesellten sich später auch: Lessing, Hagedorn, Gleim und Klopstock, und eroberten, immer weiter vordringend, mit wesentlich Bodmerschen Waffen ganz neue Provinzen, an die Bodmer selbst noch nicht zu denken ge-

wagt. Es war in Deutschland der erste *kritische* Feldzug. Ohne Kritik aber konnte die Poesie, nachdem sie sich einmal mit dem Verstande so eng verbunden, nicht mehr bestehen. Und so wollen wir denn dem Federkriege Gottscheds und Bodmers, so unerheblich er an sich erscheint, seiner Nachwirkung wegen gern die wohlverdiente Ehre lassen.

Die *Lyrik,* nachdem sie das Rittertum überwunden, ging, ihrem unverwüstlichen *Geiste* nach, zum Volke, d. i. zum Landvolk, unter Hirten, Jäger, wandernde Handwerksburschen und alle frischen Gesellen, die unter freiem Himmel hantieren. Mit ihrer noch vom alten Minnegesang überkommenen *Kunstform* aber wandte sie sich zu den Städten, von wo aus zugleich auch die humanistische und klassische Literatur mit eindrang und diesen Übergang noch komplizierter und verwickelter machte. Und so haben wir jetzt einerseits den Meistergesang und andrerseits das Volkslied, ein Geschwisterpaar, dem man jedoch kaum eine Familienähnlichkeit mehr ansieht.
Der *Meistergesang* ist allerdings aus den letzten halbverschollenen Traditionen des alten Minnegesangs entstanden; doch nur das leere Prachtgerüst ist davon geblieben, alles Ritterliche mit seiner Schönheit und seinen Unarten und Ausschweifungen sorgfältig ausgeschieden. Knapp, ehrbar, nüchtern und pedantisch wie er ist, könnte man den Meistergesang vielmehr eine unbewußte und unfreiwillige Parodie des Minnegesangs, den ins Spießbürgerliche übersetzten Minnegesang nennen. Auch der Meistergesang hat anfangs fast nur religiöse Gegenstände, namentlich den Marienkultus, behandelt, aber grübelnd und karikiert; er sollte die Stelle der alten Asketik vertreten, ohne den alten Heldenmut, der zur wahren Asketik erforderlich, und so wurde er sehr bald lediglich eine Arche der Lutherischen Lehre. Den Gesängen durften durchaus nur Texte aus der Bibel, die bei ihren Hauptsingen jederzeit auf einem Pulte aufgeschlagen lag, untergelegt werden,

und jede Abweichung, alle „papistischen“ Gedanken und Stellen waren als „falsche Meinungen“ auf das strengste verpönt.

Da hiernach das Wesen des Minnegesanges abhandengekommen, so warf man sich nun lediglich auf die Form desselben und übertrieb diese, die ohnehin schon bei den Rittersängern überkünstlich gewesen, bis ins Unglaubliche. Da gab es zweihundertzweiundzwanzig verschiedene Singstrophen, darunter manche Strophe zu hundert Reimen, es gab einen blauen und roten Ton, eine gelb-Veiglein-Weise, eine gestreift-Safranblümleinweis, eine kurze Affenweis, eine Fett-Dachsweis usw.; alles durch die sogenannte *Tabulatur* in unverbrüchliche Regeln gebracht. Dieses kindische Wesen, wo das Weberschiffchen des Reimes nach vorgeschriebenen Mustern in tausend wechselnden Verschlingungen hin und her läuft, hat die meiste Ähnlichkeit mit der Leinweberei. Und doch, indem es förmlich *studiert* werden mußte, ist es auch wieder eine Art von Gelehrtenpoesie; um so verkehrter, da die Poeten nicht Gelehrte, sondern Schuster, Schneider, Lohgerber und andere Handwerker sind, die allabendlich vom Schusterschemel ihren hölzernen Pegasus besteigen und nach der Tabulatur zureiten. An den Sonntagen aber nach dem Nachmittagsgottesdienst versammelten sie sich mit Frau und Kindern in der Kirche, im Rathause und zuletzt in den Handwerkerherbergen, um ihr Wochenfabrikat vorzulegen und „Schule zu singen“. Obenan saß da feierlich der Vorstand, das sogenannte *Gemerk;* die *Merker* kritisierten und fällten das Endurteil, die besten Gedichte wurden in ein großes Buch zusammengeschrieben, das der *Schlüsselmeister* aufbewahrte, und wer so glücklich war, einen neuen Ton zu erfinden, ward vom *Kronmeister* gekrönt oder mit einem Kleinod belohnt.

Manche neueren Literarhistoriker halten dem Meistergesange, wenigstens vom moralischen Standpunkte, eine auffallend warme Lobrede. Wir aber können bloß deshalb, weil er allerdings eine Erfindung der Reformation war, die Philisterei, d. i. das ernste Wichtigtun mit Lappalien, unter welchem Namen es auch erscheine, durchaus nicht als eine würdige und angemessene Abenderholung abgearbeiteter Handwerker anerkennen. Und philisterhaft war dieser Meistergesang, wir mögen ihn nun von seiten des Inhalts oder seitens der Form betrachten. Wir meinen vielmehr, ein Abendgebet, ja selbst eine herzhafte Lustbarkeit nach der Tagesarbeit wäre stärkender und heilsamer gewesen als diese „holdselige" Kunst, die notwendig bei vielen nur ein ganz nutzloses und vergebliches Streben, Autorneid, Eitelkeit und Eigendünkel erwecken mußte. Jedenfalls war es ein schlimmes Zeichen der Zeit, daß diese guten Leute und schlechten Poeten, die doch jeden Pfuscher ihres Handwerks entrüstet aus ihren Zünften stießen, nicht einmal eine Ahnung davon hatten, daß sie selbst die echten Bönhasen der Poesie waren. Der einzige wirkliche Dichter unter ihnen, Hans Sachs, soll freilich selbst eine Unzahl von Meistergesängen verfertigt haben, hütete sich aber wohl, sie in die Sammlung seiner Poesien aufzunehmen.

Diesen poetisierenden Handwerkervereinen stehen die *Sprachgesellschaften* der höheren Stände ziemlich gleichartig gegenüber. Wie bei den Meistersängern handelt es sich auch in diesen Gesellschaften um die bloße Form; wie jene ihre Töne und Weisen, so haben diese ihre künstlich verschlungenen Beiwörter und eine (wenngleich nicht so benannte) Tabulatur von prosaischen Zwangsregeln und Schäferlichkeiten. Ihr gemeinsamer und sehr zeitgemäßer Hauptzweck war, die verwilderte deutsche Sprache zu reinigen und vom Latein, das allen Ausdruck der Gebildeten an sich gerissen, zu emanzipieren; ihr Vorbild die in Italien zur Veredelung der Vulgarsprache bereits seit geraumer Zeit bestehenden sogenannten Akademien. Allein die Italiener griffen dabei auf ihr *nationales* klassisches Altertum zurück, und da unsere Sprachgesellschaften sich auf dasselbe, hier aber volksfremde Element stützen woll-

ten, so schlug bei ihnen alles in eitel Philologie und Purismus um.
Den Reigen eröffnet die 1617 in Nachahmung der italienischen Akademie della Crusca gestiftete *fruchtbringende Gesellschaft* (auch *Palmenorden* genannt), welche erst in Köthen, dann in Weimar blühte und deren erster Vorstand der anhaltische Herzog Ludwig war. Jedes Mitglied sollte dafür sorgen, daß die deutsche Sprache, ohne Einmischung fremder Worte, in ihrem rechten Wesen erhalten werde, und empfing bei seinem Eintritt ein Symbol und Beinamen aus dem Pflanzenreich mit dazugehöriger Devise, z. B. der Herzog Ludwig ein Weizenbrot und die Bezeichnung: der Nährende nebst der Devise: „Nichts Besseres". Unstreitig hat dieser Orden seinen Zweck noch am besten erfüllt, oder doch wenigstens einige Frucht gebracht, und zwar nicht durch seine poetischen Leistungen, sondern dadurch, daß vorschriftsmäßig vorzüglich nur der Adel darin aufgenommen wurde, welcher damals noch die höhere Bildung repräsentierte und beherrschte und daher allerdings am geeignetsten war, die deutsche Sprache und Poesie wieder in Ansehen zu bringen. Denn während seiner sechzigjährigen Dauer zählte der Orden auf einen König, drei Kurfürsten, neunundvierzig Herzöge, vier Markgrafen, zehn Landgrafen, neunzehn Fürsten, sechzig Grafen, fünfunddreißig Freiherren und sechshundert Adlige kaum hundert Bürgerliche. Doch beschränkte sich die Tätigkeit dieser Herren fast nur auf Übersetzungen, und von ihren *eigenen* Früchten gibt es wenigstens einen schlechten Beischmack, wenn das fleißigste und gefeiertste Mitglied: Dietrich von dem Werder (der Vielgekrönte) vorzüglich mit seinem „Sieg und Krieg Christi" allgemeine Verwunderung erregte, weil er darin durch hundert Sonette in jedem einzelnen Verse die beiden Worte Sieg und Krieg angebracht.
Wie weitgreifend indes der Impuls dieser Gesellschaft gewesen, zeigt schon der Eifer, womit sehr bald mehrere ähnliche Orden dem aristokratischen Beispiele folgten. So

entstand in Straßburg eine aufrichtige Tannengesellschaft, ein Schwanenorden in Holstein durch den Dichter Rist und die deutschgesinnte Genossenschaft in Niedersachsen durch Philipp von Zesen, der so deutschgesinnt war, daß er mit zelotischem Purismus die Natur zur „Zeugemutter“, das Theater zur „Schauburg“, den Vers zum „Dichtlinge“, die Venus zur „Lustinne“ oder „Schauminne“, Pallas zur „Kluginne“, das Fenster zum „Tageleuchter“, den Affekt zur „Gemütstrift“, ja sogar die Nase zum „Löschhorn“ machte.
Die meiste Ähnlichkeit aber mit den Meistersängern, mit ihrer Formseligkeit, ihrem Bibelpedantismus und der durchaus protestantischen Färbung, hatte der 1644 von Klaj und Harsdörffer gleichfalls in Nürnberg gegründete *Blumenorden der Pegnitzschäfer.* Auch hier haben wir wieder die alte Kinderei des Nürnberger Spielzeuges, eine ganze Tabulatur von Springreimen, Echos, Bilderreimen, Rückreimläufer, Reimfolgerungen, Menglingsreden, Letterhäufungen und anomatopoetischen Gedichten, die den Gesang der Vögel sowie die Laute der Tiere nachahmen und zeigen sollen, daß selbst die Tiere und Elemente deutsch reden; und Harsdörffer schreibt eine Poetik: den „poetischen Trichter“, um den lernbegierigen Zeitgenossen in sechs Stunden diese deutsche Dicht- und Reimkunst beizubringen. Auch hier hielt man sich, gleich den Meistersängern, an die Bibel, suchte aber dabei, wie in der Religion das Urchristentum, einen angeblichen Urzustand der Gesellschaft herzustellen und die ganze Bibel in eine Schäferei umzuwandeln. Denn die goldgüldene Zeit war: als Adam und Eva alles Vieh der Erde geweidet, die Erzväter waren Hirten, die im kühlen Schatten der Bäume den „wolkenfliegenden Luftpsaltern und Schnabelharfen“ den Gesang ablauschten, und David, da er zugleich Schäfer und Poet und gekrönt war, wurde zu ihrem Gesellschafter aufgenommen. Die Gemütlichkeit dieser goldgüldenen Zeiten mußte natürlich auch eine Menge poetischer Frauenzimmer in ihren Kreis ziehen, und so gehen

denn diese Pegnitzschäfer vergnüglich „durch von der Vögel hellzwitschernden und zitschernden Stimmlein erhallende Wiesen, bei hellquellenden Springbrunnen hin, die durch das spielende Überspielen ihres glattschlüpferigen Lagers lieblich platscherten und klatscherten". Wie aber diesen Springbrunnen, Vögeln und Lustwandelnden nicht der Atem vergangen, ist schwer zu begreifen, wenn man bedenkt, daß z. B. Birken zum Lobe des Hauses Österreich eine Schäferei von vierhundert Seiten verfaßt, und in seiner „Guelfis" die Ehre des Hauses Braunschweig-Lüneburg nebst der Dannenbergischen Heldenbrut etc. in ein Schäfergedicht verarbeitet hat.

Alle diese Gesellschaften aber hatten, ganz abgesehen von ihren Abgeschmacktheiten, vorzüglich dreierlei eigentümliche Nachteile in ihrem Gefolge. Erstens hatten sie das natürliche Verhältnis von Poesie und Sprache völlig umgekehrt, indem sie die erste lediglich zur Dienerin der letzteren machten. Sodann wurden sie durch die Schonung und Lobhudelei der einzelnen Mitglieder untereinander eine offenbare Schule der Mittelmäßigkeit und brachten endlich das gemeine Sklaventum der Adelsprotektion in die freie Dichtkunst, so daß es das ausdrücklich ausgesprochene Ideal dieser Poeten war, „großer Herren Gunst zu erreichen".

Und dies führt uns am natürlichsten auf die damalige *Hofpoesie*, welche jenes Ideal in der Tat glücklich erreicht hat. Das Charakteristische dieser Hofpoeten ist das Hündische, womit sie nach unten bellen und nach oben wedeln. Denn während sie auf die plebejische Schulmeisterpoesie, vor der sie doch nichts als die stärkere Anmaßung voraushaben, voll Verachtung herabblicken, richten sie die ihrige, wie sie selbst sich ausdrücklich rühmen, lediglich zum Dienst hoher Gönner ab, „um deren Verdienste gegen den Neid zu verteidigen und deren Fehler zu beschönigen". Das Kunststück besteht einfach darin, daß sie die Alltäglichkeiten und verschwenderischen Spielereien der hohen Gönner, ihre Hochzeiten, Hoffeste, Jagden oder militärische Paraden ohne weiteres sehr ernsthaft für Heldentaten ausgeben und ihre fürstlichen Lobgedichte, damals ganz passend „fürstliche Wirtschaftsgedichte“ genannt, feierlichst in heroische Gedichte umstempeln. Das sehr unlöbliche Handwerk dieser vornehmen Bettelmuse wird vorzüglich durch drei Koryphäen repräsentiert. *Johann von Besser* aus Kurland (1654–1729), der als der einzige heroische Dichter Deutschlands bewundert wurde, eroberte durch seinen Heroismus erst in Berlin, dann in Dresden ein ganzes Füllhorn von Gunstbezeugungen, Beförderungen und Dukaten und zuletzt noch, nebst dem Adelsstande, sehr bezeichnend die Stelle eines Zeremonienrates. Sein Nachfolger, der Dresdner Hof- und Zeremonienrat *Ulrich von König* (1688–1744), den wir bei seinem „August im Lager“ schon kennen, setzte das rentable Geschäft fort; und ebenso dichtete sich *Karl Gustav Heräus* in Wien zu gleichen Ehren und Würden herauf und führte, um die Sache noch feierlicher zu machen, dabei den heroischen Hexameter ein. – Diese ganze Poesie ist eben nichts als Zeremonie. Goethe sagt irgendwo: um mit Erfolg vornehm zu tun, müsse man wirklich vornehm sein; das war aber die feile Gesinnung dieser Poeten keineswegs. Und so waren sie denn überall bloß eine neue Art von Hofnarren und von diesen nur durch gänzlichen Mangel an Witz, durch ihre Perücke und ihren Servilismus unterschieden.

Das Volk selbst wurde von all dieser Poeterei entweder gar nicht berührt, oder wo es zufällig geschah, nur aufs äußerste gelangweilt und nahm sich daher die Freiheit, es besser zu machen und auf seine eigene Weise fortzusingen. Das *Volkslied* hat allerdings den Grundcharakter aller Lyrik überhaupt; es stellt nicht die Tatsachen, sondern den Eindruck dar, den die vorausgesetzte oder kurz bezeichnete Tatsache auf den Sänger gemacht. Von der Kunstlyrik aber unterscheidet es sich durch das Unmittelbare und scheinbar Unzusammenhängende, womit es die empfangene Empfindung weder erklärt noch betrachtet

oder schildernd ausschmückt, sondern sprunghaft und blitzartig, wie sie es erhalten, wiedergibt, und gleichsam im Fluge plötzlich und ohne Übergang, wo man es am wenigsten gedacht, die wunderbarsten Aussichten eröffnet. Das Volkslied mit dieser hieroglyphischen Bildersprache ist daher durchaus musikalisch, rhapsodisch und geheimnisvoll wie die Musik, es lebt nur im Gesange, ja viele dieser Volksliedertexte sind gradezu erst aus und nach dem Klange irgendeiner älteren Melodie entstanden. Hier gibt es keine einzelnen berühmten Dichter; die einmal angeschlagene Empfindung, weil sie wahr und natürlich und allgemeinverständlich ist, tönt durch mehrere Generationen fort; jeder Berufene und Angeregte bildet, moduliert und ändert daran, verkürzt und ergänzt, wie es Lust und Leid in glücklicher Stunde ihm eingibt. So ist das Volkslied, in seiner unausgesetzt lebendigen Fortentwickelung, recht eigentlich das poetische Signalement der Völkerindividuen. Gleichwie aber Kraft und Ausdruck der Empfindung nicht bei allen Individuen überhaupt derselbe sein kann, so erhält auch das Volkslied bei den verschiedenen Volksstämmen, je nach ihrer klimatischen und geistigen Struktur, seine besondere Physiognomie und Eigentümlichkeit. Wir sind nun zwar keineswegs der Meinung, daß der Volksgesang jemals den ganzen Umfang und Reichtum der Dichtkunst zu umfassen und zu erschöpfen vermöchte; jedenfalls aber ist er der Grundstock aller nationalen Poesie, die in der Naturwahrheit des Volksliedes ihre Wurzel hat. Selbst in ihrer vollendetsten Kunstform, im Drama, klingt bei Calderon die Volksromanze, bei Shakespeare das Volkslied Altenglands fühlbar hindurch.
Die bedeutendste Anzahl der deutschen Volkslieder fällt in das 15. und 16. Jahrhundert, wo die Anfänge der Reformation und die Türkenkriege eine ungewöhnliche Bewegung und somit auch eine erhöhte poetische Stimmung anregten. Ihren Hauptinhalt bilden Natur und Liebe. Ihre Liebe, ohne alle sentimentale Bleichsucht, ist kerngesund, oft derb oder koboldartig neckend, noch öfter fromm und

immer treu. Goethe, dessen eigene Jugendlieder durchaus volkstümlich sind, trifft es am besten, wenn er sagt: „Hangen und Bangen in schwebender Pein – himmelhoch jauchzend, zum Tode betrübt, glücklich allein ist die Seele, die liebt!" – Im *Naturliede*, zu dem wir die zahllosen Jagd-, Hirten-, Räuber- und Wanderlieder rechnen, überrascht uns häufig, wie bei der Kindheit, ein innig vertrauliches Verständnis der äußeren Natur und ihrer Symbolik und der tiefe Blick in die geheimnisvolle Geisterwelt der Tiere. Die Wälder rauschen wunderbar herein, die Quellen weinen mit, wenn der wandernde Handwerksbursch vom Liebchen scheidet, die Wolken bestellen Grüße aus der Fremde in die Heimat, die Nachtigall singt das Unaussprechliche, und das Reh in seiner Einsamkeit hebt die klugen Augen und lauscht der nächtlichen Klage; alles märchenhaft wie in Träumen. – Die *Kriegslieder* dagegen, meist „von einem, der dabei gewesen", schildern nicht die Großtaten einzelner Helden, sondern den frischen Waffenklang der Schlacht und dessen Widerhall im Volke, wie die Schweizerlieder auf die Sempacher- und Murtenschlacht; oder sie tönen, gleich Trompetenstößen, die wilde Lust am Soldatenhandwerk aus, wie die zahlreichen Landsknechtlieder. – Ihre *Zechlieder* endlich, die *Weingrüße* und *Weinsegen*, sind weit entfernt sowohl von der forcierten Lustigkeit der modernen Trinklieder als von der feierlichen Ressourcenseligkeit, die das Trinken pedantisch wie ein hochwichtiges Geschäft betreibt. Sie haben vielmehr fast alle etwas „Schwartenhalsiges" und „Schwerakisches", das mitten im tollsten Jubel keck und ironisch über sich selber lacht; wie z. B. „der liebste Buhle, den ich han, der liegt beim Wirt im Keller, der hat ein hölzin Röcklein an und heißt der Muskateller", oder: „Behüt dich Gott vor St. Urbans Plag (Podagra), und beschirm mich auch vor dem Strauchen, wenn ich die Stiege hinab muß tauchen, daß ich auf meinen Füßen bleib und fröhlich heimgeh zu meinem Weib und alles das wisse, was sie mich frag. Nun behüt mich Gott vor Niederlag."

Auch auf dieses reiche Besitztum der Nation hat die protestantische Literarhistorie für ihre Partei ihre breite Hand gelegt, indem sie die Sache so darzustellen sucht, als sei das deutsche Volkslied eigentlich erst durch die Reformation und durch die Ausrottung des „entstellten papistischen Christentums“ entstanden oder wenigstens in den rechten Flor gebracht worden. Gewiß hat der erste Beginn der Reformation, wir haben es oben selbst gesagt, eine bedeutende geistige Revolution und diese Revolution eine unverhältnismäßige Menge von Liedern angeregt, gleich wie die Kanarienvögel um desto eifriger singen, je größer der Lärm um sie her ist. So viel sollte indes doch billigerweise jeder Unbefangene wissen, daß grade die älteren Volkslieder, wo also noch die Klänge und Erinnerungen aus der katholischen Vorzeit herüberreichen, die reinsten, harmlosesten, keuschesten und kräftigsten, mit einem Wort: die besten sind, und daß namentlich die Liebeslieder des 15. Jahrhunderts noch häufig an das Minnelied erinnern. Wie aber hat nun die Reformation in ihrem wachsenden Fortgange darauf eingewirkt? Das Volkslied, als unmittelbarer Naturlaut, geht notwendig überall vom Idealen auf das wirkliche Leben, es ist wesentlich plastisch. Die Zeit aber, wie sie durch die fortschreitende Reformation charakterisiert wurde, war vom lebendigen Glauben und von sinnlicher Anschauung gleichmäßig abgewendet und auf theologisch-politische Grübelei oder bloße Moral gewiesen, die durchaus nicht plastisch ist und sich daher nirgend zum Liede eignet. – Das Volkslied bedarf ferner einer *allgemeinen* Teilnahme der Nation, um durchs ganze Land belebend von Mund zu Mund zu gehn und so durch die Generationen gleichsam immer neu sich selber fortzudichten, wie die englischen Balladen von den Bürgerkriegen und die Romanzen von den Glaubenskämpfen in Spanien. In Deutschland dagegen hatte die Reformation die große Vergangenheit in Verruf getan, sie hatte dem Gottesdienste den Marienkultus, die Heldengestalten der Heiligen, den äußeren Schmuck, kurz: alles

poetisch Darstellbare genommen, sie hatte endlich das Volk in zweierlei Nationen zerklüftet, die auf einmal einander fremd, ja feindselig gegenüberstanden. Welche schönen Romanzenstoffe z. B. bot dazumal der Türkenkrieg! Er ließ das fortgrübelnde protestantische Deutschland völlig kalt. Vergebens rüttelte Soliman furchtbar mahnend an den Toren des Reichs und drohte den ganzen Westen in Barbarei zu begraben, vergebens suchte Karl V. Hülfe in dieser entsetzlichen Gefahr; der Reichstag hatte anderes zu tun und formulierte Sittenzensuren gegen Kleider-, Trink- und Spielnarren, als hätte es niemals eine höhere Moral und Sittlichkeit gegeben; man wollte lieber türkisch als katholisch sein. Soll dies die gerühmte damalige Einkehr zur Innerlichkeit sein, so war es wenigstens eine erbärmliche Umkehr von Lieb und Eintracht zu eitel Haß und Eifersucht und Mißgunst.
Wir sagten vorhin, das Volkslied lebe wesentlich in der Gegenwart; wie aber möchte eine Gegenwart, der jene höhere Sittlichkeit und die Nationaltugenden, die allein des Singens wert, abhanden gekommen waren, dem Volksliede ferner herzhaften Klang und Atem geben? Und so verwandelte das letztere, namentlich in der zweiten Hälfte des 16. und im 17. Jahrhunderts seine jugendlichfrische Physiognomie immer mehr ins Grobe, Platte, Greuliche und Gemeine. Die schönen Hirten-, Wander- und Jägerlieder, die fühlbar nur ein Widerhall des Waldhorns waren, kehren nun altersmüde von den grünen Bergen in die schmutzigen Handwerksstuben und Zechen ein. „Jede Zunft", sagt Gräter im Bragur, „hat ihr eigenes Ruhm- und Preislied. Man findet der Weißgerber Ruhmlied, der Rotgerber Preislied, das Loblied der Schmiede, der Barbiere und Bader, der Hafner Loblied, der Bäcker Ehrenlied, der Metzger, Weber, Küfner, Wagner und Schneider Ruhmlied, ja sogar die Bauern haben ein solches Ehrenlied ihres Standes. Jedes dieser Lieder fängt mit einer Art von Aufruf an, geht dann in das Lob, die Geschäfte und die widerfahrenen Ehren des Standes über und

schließt mit einem allgemeinen Segen für die Zunft oder den Stand, worin die Wohlfahrt in diesem Leben, Gesundheit alle Stund, jedem die schönste Frau auf der Welt, die tausend Gulden hat usw., angewünscht wird." Hiernach wurde denn auch sehr bald das freie Singen ein Handwerk „professionierter Dichter und Komponisten", die das Volkslied *machen* wollten. Es wiederholt sich hier im kleinen der jetzige Gang der deutschen Lyrik überhaupt: wie unter den Gebildeten in die hohe Gelehrtenschule, so wird sie hier in die Trivialschule des Verstandes genommen. Die Phantasie wird vom Verstande korrigiert, das unmittelbare Gefühl redselig eingeleitet und erklärt; anstatt der alten Berggeister, Kobolde und Nixen kommt die wunderlich entstellte lateinische Mythologie, statt des überraschend kühnen und sicheren Wurfs die Allegorie, das Halbwissen und die lehrhafte Altklugheit. Bei dem allmählichen Aufsteigen der neuen Sonne der Aufklärung schwand der wunderbare Morgenduft, die Vögel ließen ihr Singen, die Quellen und Wälder ihr Rauschen, und das Volk schwieg wie blödsinnig vom Sonnenstich. So war in der brütenden Mittagsschwüle das deutsche Volkslied fast überall verhallt, so daß es erst durch Herder in seinen Völkerstimmen von neuem entdeckt und von Görres, Arnim und Brentano wieder national gemacht werden mußte. Nur in den von der Reformation unberührten Landschaften: in Kärnten, Vorarlberg, in Tirol und im deutschen Kuhländchen Mährens hat es sich noch bis heut lebendig erhalten.

Da es nun der Reformation mit dem Volksliede nicht gelingen wollte und konnte, das vielmehr unaufhaltsam immer roher und obszöner wurde, da ferner die Reformation beständig vom Leben auf das Buch, die Bibel, hinwies und zu deren Interpretation der Philologie bedurfte, so trat die letztere jetzt als eine Weltmacht in die Literatur. Es begannen die humanistischen Studien des Altertums, die lateinische Sprache wurde die Sprache der Poesie. Da-

zu kamen die Nachwehen des Dreißigjährigen Krieges, der, als ein eigentlicher Bürgerkrieg, den bloßen Haß zum Feldherrn eingesetzt, mit den Sitten die Sprache verwildert und allmählich die katholische und protestantische Literatur voneinander isoliert hatte; zum großen Nachteile beider. Denn während die katholische Literatur in dem allgemeinen Getümmel sich scheu verbarrikadierte und abschloß, den Protestanten draußen fast gänzlich das Feld überlassend, gingen diese, im Rausch der neuen Ungebundenheit, mit ihren Siebenmeilenstiefeln weit über das vernünftige Ziel hinaus.
Allerdings waren diesmal, was ihnen selten begegnet, die Gelehrten vollkommen in ihrem Recht und Berufe. So konnte es unmöglich bleiben. Der in Unfläterei und Welschtum tollgewordenen Sprache mußte vor allem andern nur erst die Zwangsjacke angelegt werden, wozu der gediegene Panzer der lateinischen Grammatik und Prosodie ohne Zweifel gar wohl geeignet war. Aber die Einführung des Altklassischen ging schulmäßig und schwerfällig vonstatten, während in den Nachbarländern, in Italien, Frankreich und in den Niederlanden schon die emanzipierte Vulgarsprache blühte. Nach deren Beispiele und in dem ganz richtigen Gefühl, daß eine Poesie in toter Sprache totgeboren sei, trat daher nun auch in Deutschland zunächst der Palmenorden nebst seinen Tochtergesellschaften jener lateinischen Pegasusreiterei entgegen; jedoch, wie wir oben gesehen, fast ohne allen Erfolg. Bei weitem wirksamer dagegen zeigte sich, wie immer in solchen Fällen, ein freier Verein einzelner, nur durch gemeinsamen Geist verbundener Männer, den man, von seinem ursprünglichen Vaterlande, die *erste schlesische Schule* benannt hat, obgleich dieselbe erobernd sich über mehrere benachbarte Provinzen erstreckte.
Die Wirksamkeit dieser Schule war wesentlich eine vorbereitende, ohne selbständigen Inhalt, und daher bloß formell. Der wüste Garten der Poesie sollte zunächst nur von dem überwuchernden Unkraut gereinigt, und da es an

einheimischen Blüten fehlte und überdies manche wilde Blume mit dem Unkraut zugleich weggeworfen wurde, einstweilen mit fremden Zierpflanzen bestellt werden. Zu dieser Ordnungsmacherei bedurfte es eines selbstgeordneten Geistes, den kein übermächtiger Trieb verlockte, neue weitaussehende Wege einzuschlagen, für welche die Zeit doch keineswegs schon reisefertig war; es gehörte dazu ein gelehrter Mann mit großer, nach allen Seiten hin flexibler Empfänglichkeit und wenig eigener Schöpfungskraft, sorgsam und mittelmäßig genug, um überall vermittelnd aufzutreten und die Mittelmäßigen an seine Fersen zu bannen. Und ein solcher Mann war *Martin Opitz*, der berühmte Gründer und Führer dieser Schule.
Opitz war ganz und gar ein protestantischer Dichter. Seine außerordentlichen Erfolge verdankt er eben dem zeitgemäßen Unternehmen, die beiden Grundelemente der Reformation, Verstand und Moral, *gegen* die Phantasie auf die Dichtkunst anzuwenden und sich hierzu der humanistischen Studien zu bedienen, für welche grade der Boden seines speziellen Vaterlandes durch Melanchthons Schüler, Trotzendorf, vorzüglich vorbereitet war, so daß damals mit Recht gerühmt wurde, daß kein deutscher Stamm so viele Gelehrten habe als die Schlesier, und nirgends so viele aus dem Volke die Wissenschaft lernten und verständen. Wer, sagt Opitz selbst:

„nicht scharf und geistig ist, nicht auf die Alten zielt,
nicht ihre Schriften kennt, der Griechen und Lateiner,
als seine Finger selbst, und schaut daß ihm kaum einer
von ihnen außen bleibt, wer die gemeine Bahn
nicht zu verlassen weiß, ist zwar ein guter Mann,
doch nicht auch ein Poet.“

Wir müssen freilich grade umgekehrt behaupten, daß der gute Mann, und wenn er auch alle Griechen und Lateiner wie seine eigenen Finger kennte, darum doch noch kein Poet wäre. Auch jene Reformation der Poesie durch Ver-

stand und Moral nützt nichts; der Verstand kann ordnen, aber nicht dichten, und die bloße Moral ist kein poetischer Stoff. Es bleibt sonach von aller Poesie nichts als die Form. Und diese war denn auch das Steuer, das Opitz ergriff, um die Poesie aus ihrem bisherigen seichten Fahrwasser wieder auf die hohe See hinauszulenken. Sein von Natur sauberes und delikates Talent führte ihn auf die „Reinlichkeit der Verse und Reime"; er machte zuerst die neue Prosodie: das Gesetz, aus dem Akzent das Maß der Silben zu erkennen, allgemein und für alle Folgezeiten geltend. Ja er gängelte und schulte förmlich die ungeschickte deutsche Sprache an den Mustern der Alten und des modernen Auslandes, indem er Sophokles' Antigone, Senecas Trojanerinnen und mehrere holländische, französische und italienische Dichtungen mit einer für jene Zeit bewundernswerten Meisterschaft übersetzte.
Sein eigentlicher und erfolgreichster Beruf aber war der eines geistigen *Vermittlers.* Wenn er von den Dichtern verlangte, im Deutschen zu verfahren „wie die Lateiner mit den Griechen, und die neuen Skribenten (des Auslandes) mit den Alten", so nötigte er dadurch die lateinischen Skribenten Deutschlands, künftig das Altklassische, wie die Holländer, Italiener etc., in ihrer *Muttersprache* nachzubilden und also eine geistige Durchdringung beider anzubahnen. Indem er ferner die lehrhafte Moral als einen Hauptbestandteil in die Poesie einführte, gelang es ihm, die letztere mit der eifersüchtigen und unduldsamen Theologie sowie mit den praktischen Prosaköpfen zu versöhnen. Noch wirksamer endlich zeigte sich hier, fast wie bei Goethe, eine gewisse Vornehmigkeit seines ganzen Wesens. Denn er verfertigte zwar ebenfalls eine Unzahl von Gelegenheitsgedichten, aber er verkaufte sie nie, wie die Dichterlinge seiner Zeit, sondern legte vielmehr, wie wir sogleich sehen werden, mit seiner Poesie nach grandioserem Maßstabe einen Großhandel an. Und hiermit stimmt auch vollkommen seine allerdings würdige und höhere Auffassung der Dichtkunst überhaupt, wonach

der Dichter mit unverzagtem Gemüt uns das Große und Starke singen soll:

„Poeten sollen mir Bericht von Weisheit geben,
und sagen, wie ich doch in diesem armen Leben
die bösen Lüste fliehn, das Kreuze tragen soll –
O weg mit solcher Kunst, weg, weg mit solchen Sachen,
so die Gemüter nur verzagt und weibisch machen,
die leichtlich, wie man will, durch der Gedichte Schein
und äußerlichen Glanz, zu überreden sein."

Und so vermittelte er in der Tat durch seinen persönlichen Vorgang den ganz verachteten Dichtern eine neue und würdigere Stellung zur allgemeinen Meinung, die damals eben nur ihre feilen Bettelpoeten kannte.
Diesem nach allen Seiten umblickenden und biegsamen Vermittlertalente entspricht denn auch der moralische Charakter des Dichters, dessen diplomatische Wendungen wir leider nicht, wie wir gern möchten, seinen konziliatorischen Absichten allein zuschreiben können. So läßt er sein schönes, aber stark protestantisch gefärbtes „Trostgedicht in Widerwärtigkeiten des Krieges" über ein Dezennium ungedruckt, um bei Kaiser Ferdinand II. vorher die Lorbeerkrone und den Adelstand zu erwerben. Während er, um nach Wien empfohlen zu werden, für den Grafen von Dohna das zur Katholisierung der Schlesier geschriebene „manuale des Jesuiten Martin Becarus" anonym ins Deutsche überträgt, übersetzt er zugleich für den katholikenfressenden Rat zu Breslau des Hugo Grotius Gedicht „von der Wahrheit der christlichen Religion"; und wendet sich unermüdlich an alle Großen der entgegengesetztesten Parteien, an den Pfalzgrafen Friedrich V. und an Kaiser Ferdinand II., an den Grafen Dohna und an Oxenstierna, an den König von Polen und die Bürgermeister von Danzig, Thorn und Elbing mit überall gleichtönenden Lobgedichten, Dedikationen usw.
Kein Wunder daher, daß auch seine Poesien selbst eigent-

lich nur ein diplomatisches Werk sind: künstlich, tendenziös, konventionell und geziert. Er dichtete mit dem bloßen Verstande; daher war alles Form und Nachahmung, daher der Bruch mit der Musik, dieser Seele der Lyrik. Am empfindlichsten rächte sich dies natürlicherweise an den beiden lyrischen Polen: in seinem geistlichen und in seinem Liebesliede. In seinen Kirchenliedern, wenn man sie so nennen will, quält sich der Verstand trostlos ab, aus lauter Antithesen, Witz, heidnischer Mythologie und Reinlichkeit der Verse eine fingierte Andacht aufzubauen, die „bei kalter Gottesfurcht sich brennend anstellt"; und es wäre geradezu komisch, sie singen zu wollen. Seine Liebe aber, z. B. in der Schäferei Daphne, ist eben nur ein marmorner Cupido, der aus künstlich verschnittenen Hecken nach gelehrten Herzen zielt und niemals trifft. Er empfand nicht, wenn er sang, und verachtete daher selber, was er sang. Und so zeigt sich bei ihm schon deutlich der Keim jener falschen, selbstmörderischen Theorie, die, um sich vor der gebildeten Welt nicht bloßzustellen, immer das scheinbar ernstlich Gemeinte vornehm wieder desavouiert und endlich bei uns alle Innigkeit und Wahrheit aufzuzehren droht. Hierdurch aber sowie durch seine angebahnte Poetisierung der humanistischen Studien und die übersetzungsfertige Universalität, womit er alles Ausländische zu nationalisieren strebte, ist Opitz in der Tat, zwar nicht der Vater, aber der wichtigste Geburtshelfer der neuen deutschen Dichtkunst geworden.

Was Opitz anstrebte, hat sein Freund, der Wittenberger Professor *Buchner*, in seinem Wegweiser zur deutschen Dichtkunst (1661) in ein förmliches System gebracht. Der Inhalt dieses poetischen Kanons läßt sich, trotz aller seiner Weitschweifigkeit, einfach in der Souveränetätserklärung des Verstandes zusammenfassen: die Dichter sollen Philosophen sein und ergötzend belehren. Es ist daher nicht gar so erstaunlich, daß er allen Ernstes einen gewissen Kistenmacher über den Homer setzt. Wohin aber dieser Wegweiser führen mußte, zeigt außer dem nüchternen

Tscherning und einer zahllosen Menge anderer Opitzianer, deren nähere Bekanntschaft ebenso unnütz wäre als sie selbst, besonders der übermäßig fruchtbare Pastor *Johann Rist* (1607–67) zu Wedel an der Elbe, welchem nur als ein guter Dichter gilt, wer „auf eine vorgenommene Materie die poetischen figmenta der Alten fein mythologice zu akkommodieren und nach Art derselben, auch der jetzt lebenden rechtschaffenen Poeten, in einer kontinuierenden Allegorie zu schreiben, die Gemüter der Menschen mit zierlichen exclamationen, artlichen prosopopoeien u. dergl. rhetorischen Figuren zu bewegen weiß". Auch das bezeichnende Vornehmtun gegen die Liebe teilt dieser zu seiner Zeit hochgefeierte Vielschreiber, wenngleich nicht in so feiner Art, mit seinem Meister Opitz. Er schrieb einen Haufen herzloser Liebeslieder, um sie dann, „als sein Verstand kam", ebenso herzlos zu desavouieren; er stellte die „vermaledeite Fastnachtfeier" ab und enthielt sich der daktylischen und anapästischen Maße, da die andächtige Seele sich nicht mit Hüpfen und Springen, sondern mit Sehnen und Seufzen nach dem himmlischen Jerusalem wenden solle. – Man sieht, die deutsche Lyrik wurde nun teils von einer engbrüstigen theologischen Moral, teils von einer stupiden Gelehrsamkeit, also von einem doppelten Purismus gedrückt, der sie von aller Poesie purifizierte.
Wie aber ein rechter und gesunder Sinn von solchem Unsinn zwar gehindert und beirrt, aber nicht gebrochen werden kann, sehen wir an den beiden einzigen wirklichen Dichtern dieser Schule, an Fleming und Gryphius. Der Sachse *Paul Fleming* (1609–1640), der durch seine Reise nach Persien seinen Gesichtskreis weit über die Studierstube hinaus erweitert hatte, kehrt aus der gelehrten Fiktion fröhlich zu Natur und Leben zurück, das prätiose Vornehmtun gegen die Poesie verwandelt sich bei ihm in elegische Wehmut über die Unzulänglichkeit des Worts, das auszutönen, was er fühlt; die Liebe, da sie wahr und rein und daher ihrer selbst sich nicht zu schämen braucht,

ist innig und oft wahrhaft hinreißend. Er „setzt in vollem Bügel auf das schöne Wesen ein, von dem ihm Daphnes edle Zweige dreimal um sein braunes Haar geschossen", und erkennt in seiner Poesie *den* Teil in sich, „der ewig bleibe und frisch, wenn das andere mit dem Besen zusammengekehrt werde". Fleming hat zuerst das von Opitz künstlich und mühsam gestimmte Instrument wirklich tönend gemacht und schied singend wie ein sterbender Schwan mit seinem schönen Todeslied vom Leben.

Diesem durchaus liebenswürdigen Weltkinde steht der finstere Ernst des Schlesiers *Andreas Gryphius* († 1664) ergänzend gegenüber. In seinen Oden und den berühmten „Kirchhofsgedanken" hat die geächtete Phantasie plötzlich alle Gelehrsamkeit, Schäferei und fade Zierat von sich geworfen und steht fast gespenstisch in der steifleinenen Zeit. Seine ganze Lyrik zieht wie ein Gewitter über die lachenden Gefilde Flemings hinweg; die schöne Erde ist in bleifarbenes Dunkel versenkt und der Himmel darüber drohend und schreckhaft in greller Beleuchtung. Es ist ein religiöses Gemüt, dem die neue Lehre allen milden Trost und Segen der Kirche genommen und das daher nun zürnend an den Fesseln dieses Erdenlebens rüttelt, aus dem es sich ungestüm heraussehnt. Wir haben schon oben beim Drama dieses einsamen Dichters und namentlich seiner bedeutenden Lustspiele gedacht, die hiernach freilich mehr wie ein Werk der tiefen Weltverachtung als der Heiterkeit erscheinen. Und so bewährt sich an ihm wieder die alte Erfahrung, daß in solchen heftigen melancholischen Gemütern Groll und Spott, Zorn und Lachen, Licht und Schatten dicht nebeneinander liegen.

Dieser Charakter führt uns von selbst zu einer zahmeren und abgeblaßten Spielart jener Weltverachtung: zu dem Königsberger Dichtervereine. *Simon Dach* (1605–1659) ist hier als der eigentliche Mittelpunkt und fast alleinige Repräsentant zu betrachten. Denn Heinrich Albert, Robert Robertin, G. Mylius, Faber und andere, gruppieren sich mehr nur als ein dilettantischer Freundeskreis um ihn her. Bei allen aber ist es mehr oder minder eine Poesie von Kirchhofgedanken, die an pietistischer Hypochondrie dahinsiecht. Sie sangen einander mit Grabesliedern an und glaubten die Zeit ihres Todes vorauszuwissen. Daß Dach wegen seines fast einzigen völlig herzensfreudigen Liedes vom „Annchen von Tharau", das noch jetzt im Munde des Volkes fortlebt, von den Theologen verketzert und verleumdet wurde, finden wir ganz in der Ordnung oder vielmehr Unordnung der konfusen Ansichten. Verfänglicher aber und schwieriger war die Aufgabe, als er gegen dieselbe sterile Moral die Behauptung verfechten mußte, daß die Poesie überhaupt keine *Lüge* sei, was sie doch, wenn wir eben Fleming, Gryphius und Dach selbst ausnehmen, damals in der Tat geworden war.

Wo aber die Naturwahrheit fehlt, verfällt die Poesie notwendig der Willkür, der grillenhaften Mode und einer fortlaufenden Reihe experimentierender Kunststücke, um die innere Lüge zu verdecken und zu beschönigen, gleich wie ja auch in der moralischen Welt eine Sünde die andere erzeugt. Und so war es denn auch der ersten schlesischen Schule ergangen. Ihre einzige Tugend zwar: die Reinlichkeit der Sprache ist geblieben und hat diese Schule nach mannigfachen bösen Rückfällen, Irrungen und Mühsalen glücklich überlebt. Aber ihre Gelehrsamkeit, da sie anfing, dumpfig zu werden, mußte durch immer höhere Schichten frischen Vorrats, ihr falscher Schmuck beständig durch neuen Brillantschliff ergänzt werden, und beides zusammen gab den weltberühmten Schwulst der *zweiten schlesischen Schule.* In das Restaurationsgeschäft hatten vorzüglich zwei Schlesier, *Hofmannswaldau* und *Lohenstein* sich geteilt. Hofmannswaldau, eigentlich nur Lyriker, übernahm es in seinen Madrigalen, Sonetten und Epigrammen, sowie in seinen „erotischen Heldenbriefen", die alte Muse mit Pariser Schminkpflästerchen und dem Flitterstaat „verschärfter" Beiwörter lieblich herauszuputzen; während Lohenstein, den wir schon als Tragi-

ker kennengelernt, unter Stöhnen, Flüchen und wütenden Exklamationen seinen sprichwörtlich gewordenen Bombast uns als Erhabenheit andonnern will, so daß schon Breitinger treffend von ihm sagte: „Der Dichter zankt bald in lauter Gleichnissen und Metaphern mit sich selbst, bald buhlt er um eine Schöne in Schwulst und Wahnwitz, bald erklärt er die Wunder der Natur in einem doktormäßigen Ernste, plötzlich gerät er in Verzückung außer sich und fliegt über die Wolken, und im Augenblick fällt er wieder so tief, daß er mit kindischen Sprichwörtern, mit spitzfindigen Spielen und schiefen Gleichnissen ohne Maß um sich wirft. Die höchste Hitze und der höchste Frost wechseln bei ihm ab, das Zeichen einer äußerst verderbten Schreibart wie der schwersten Krankheit im menschlichen Körper."
Beide mußten indes, um die Sache einigermaßen pikant zu machen, noch ein drittes Ingredienz, das Opitz, Fleming und Gryphius noch nicht gekannt, zu Hülfe nehmen: das Obszöne in seiner unglaublichsten Roheit und Nacktheit. Das plötzliche Umsichgreifen dieser Pariser Hofpest, die überdies hier noch plump und karikiert erscheint, gibt uns einen schlimmen Begriff von der krankhaften Disposition der damaligen Bildung in den höheren Regionen der Gesellschaft, von denen beide Poeten fast abgöttisch verehrt wurden. Die große Lüge dieser Poesie überhaupt aber bezeugt der Umstand, daß Hofmannswaldau wie Lohenstein mitten in diesem Kloak von Unsittlichkeit ganz unangefochten einen sehr ehrbaren Lebenswandel führten und daß z. B. in der Hofmannswaldauschen Gedichtsammlung sich Schmutz und Geistliches dicht nebeneinander vertragen. Die Poesie war eben nur eine gelegentliche Spieluhr, die nach Belieben weggesetzt oder wieder aufgezogen wurde, um bald ein Zotenlied, bald ein Kirchenlied künstlich abzuflöten.
So konnte es natürlicherweise nicht dauernd bleiben. Schon die vier Schlesier, Johann von Assig, Hans Aßmann von Abschatz, Benjamin Neukirch und der jüngere (Christian) Gryphius, setzten einen merklichen Dämpfer auf

die Lohensteinische Phrasenposaune, brachten es aber damit eben nicht weiter als zur bloßen Negation, zu einer fatalen nüchternen Art von juste milieu, das nun weder bombastisch noch poetisch war. Entschiedener dagegen machte, wie im Roman, so auch hier *Weise* wieder Reaktion, indem er sein „Naturelles" der Hofmannswaldau-Lohensteinschen Unnatur keck entgegenstemmte. Hier wie dort aber führte dieses Ungenierte sehr bald zur Plattheit und zu einem vagen Dilettantismus, der einer Flut von handwerksmäßigen Gelegenheitsdichterlingen, wie Wentzel, Neumeister, Postel, Hunold etc., unaufhaltsam alle Schleusen auftat. Darüber entstand nun zwischen diesen und den Altschlesiern ein heftiges Gezänk, das indes doch wenigstens die gelehrte Welt einigermaßen stutzig machte, und einen geistreichen Mann, *Christian Wernikke,* veranlaßte, in seinen Epigrammen (Poetische Versuche in Überschriften, 1697) beide Parteien unbarmherzig zu geißeln. Seine folgenden Verse geben noch immer die treffendste Überschrift jener ganzen Periode:

„Der Abschnitt? gut. Der Vers? fließt wohl. Der Reim? geschickt.
Die Wort? in Ordnung. Nichts als der Verstand verrückt."

Von jenen elenden Reimern sind, nebst Wernicke, nur noch Canitz und Günther auszunehmen. *Friedrich Rudolf Ludwig Freiherr von Canitz* (1654–1699) war ein nobler Charakter; dabei sprachenkundig, vielgereist, welterfahren, höfisch-gewandt, eleganter Dilettant in allem gelehrten Wissen, in Frankreich geschult und am Berliner Hofe wohlgelitten, kurz ein vollkommener Kavalier der damaligen Zeit. Als solcher konnte er weder den bausbäkkigen Bombast Lohensteins noch die Unsauberkeiten Hofmannswaldaus und am wenigsten die Weisesche Ungeschliffenheit brauchen. Er hielt sich daher ans Ausland, an Boileaus Poetik, die er zuerst praktisch in Deutschland eingeführt. Er machte durch würdigere Haltung in Stil und Stoff die Poesie wieder courfähig, und auch für Damen lesbar, und galt lange für ein unübertreffbares Muster. Diese sprachliche und sittliche Reinheit ist aber auch sein einziges und höchstes Verdienst, und Gervinus bemerkt ganz richtig, daß selbst sein berühmtestes Gedicht auf den Tod seiner Doris, in welchem noch die Schweizer heftige und ungestüme Leidenschaften fanden, uns jetzt nur als ein trockenes Verstandeswerk mit gezirkelten und überlegten Reimen erscheine.

Ein entschiedenes und schroffes Gegenbild von Canitz ist der studentisch wilde Schlesier *Christian Günther*, ein verfrühter Vorläufer der späteren Kraftgenies. Sein kurzer Lebenslauf (1695–1723) war ein beständiger Kampf gegen das Philistertum jeglicher Farbe, in welchem er endlich verblutend erlag. Wie ein Renommist haut er in seinen Gedichten nach allen Seiten um sich, auf Hofschranzen, aufgeblasene Gelehrte, pedantische Pastoren und schlechte Poeten. „O lächerliche Zeit“, ruft er aus, „nimm zwei Peitschen in die Hand, sechs Schellen auf den Kopf und einen Fuchsschwanz, so zeigst du, was du bist: der andere Eulenspiegel.“ Er hatte das Recht, diese Zeit also anzuführen, denn er war aufrichtig, empfand, was er sang, und hatte ein tiefes Gefühl für Freiheit und Recht. Aber seine Stimme verhallte, da sein eigenes Leben wüst und ungezügelt war; er blieb weit über die akademischen Jahre hinaus ein Wittenberger Student nach damaliger roher Weise bis zu seinem frühen Tode. Er hat *darin* Ähnlichkeit mit dem Romantiker Zacharias Werner, daß er, wie dieser, überall sich selbst, seine Sünde und Reue, oft mit erschütternder Wahrheit zum Gegenstande seiner Dichtungen macht. Es ist wahrhaftig tragisch, wie dieser verlorene Sohn reumütig zu seinem Vater zurückkehrt und immer wiederkehrt, bei seinem ewigen Seelenheil nur um Versöhnung flehend. Aber sein Vater war nicht der Vater des Evangeliums, der Sohn „sollte den Bettel (die Poesie) liegenlassen und den Brotkorb anhängen“, das *konnte* dieser nicht, und so verstieß er ihn ungehört in seiner höchsten Not; da gab er verzweifelt sich selber auf und ging zugrunde. Günther ist ein abschreckendes Bild jener ratlosen Poesie, die ihren rechten religiösen Mittelpunkt verloren. Er erinnert daher allerdings häufig auch an unsere neuesten Genialitäten: er will die Welt reformieren, er will sich und die Frauen vom gemeinen Sittenzwang befreien. Aber er tut es nicht aus borniertem Hochmut, er erkennt noch überall den bösen Dämon in ihm selbst und ringt mit ihm; und dieser durchaus ehrliche, aber glaubenlose und mithin vergebliche Kampf macht seine Poesie, wenn nicht ästhetisch, doch psychologisch denkwürdig.

Es gibt einige Erscheinungen der Poesie, welche, wenngleich keine Erfindung der Reformation, doch in ihrer vorzugsweisen Aufnahme und künstlerischen Vollendung der Reformation eigentümlich sind. Dahin rechnen wir das Lehrgedicht und die Satire sowie die Sagen vom ewigen Juden und vom Faust.
Wir haben schon wiederholt das Übergewicht des Verstandes über die Phantasie als das allgemein Charakteristische der reformatorischen Bewegung hervorgehoben und daß die natürliche Tätigkeit des Verstandes nicht produktiv, sondern ordnend, mithin wesentlich erklärend und lehrhaft sei. Das Lehrhafte hat allerdings auch schon im Mittelalter sich häufig geltend gemacht. Im Grunde ist selbst Wolfram von Eschenbachs Parzival ein Lehrgedicht im höheren Sinne, indem es die geistige und religiöse Bedeutung des Rittertums darzustellen strebt, nur mit dem wesentlichen Unterschiede, daß hier das religiöse Geheimnis von der Phantasie aufgefaßt und, wunderbar wie es ist, auch als ein Wunder gestaltet wird. Nachdem aber das Wunderbare der Religion in dem neuen Geschlecht immer mehr verblaßt und fast nur die moralische Seite derselben zurückgeblieben war, so entstand aus dieser vorherrschend verständigen Religionsansicht jetzt *die modern didaktische Poesie*.

Wir übergehen natürlicherweise gänzlich die schon oben berührte täppische Lehrhaftigkeit, welche die Poesie zu einer Trivialschule der sogenannten Realien zu machen beflissen war, wie z. B. Lohenstein in seinem Arminius und dessen redselig gelehrte Zeitgenossen zu allgemeinerer Belustigung der Nachwelt getan; wir meinen hier lediglich das moralische Eingehen auf Seelenzustände, auf Sitten, Mißbräuche und Gebrechen des geselligen Lebens. Es versteht sich jedoch von selbst, daß ein solcher Übergang vom Wunderbaren zum Praktischen, wie die Reformation selbst, nicht plötzlich eingetreten, sondern schon längst allmählich verbreitet war. Bereits aus dem Anfange des dreizehnten Jahrhunderts besitzen wir den hierhergehörigen welschen Gast des *Thomasin von Zirclaere*, und vom Jahre 1229 die vermutlich von Walther von der Vogelweide verfaßte *Bescheidenheit des Freidank*, eine Sammlung didaktischer Sprüche, welche damals die weltliche Bibel genannt wurde, sowie den *Windsbeke* und die *Windsbekia*, Unterweisungen eines Vaters an seinen Sohn und einer Mutter an ihre Tochter. Am schärfsten aber wird jener Übergang durch den 1300 verfaßten *Renner* des *Hugo von Trimberg*, eines bambergischen Schullehrers, bezeichnet. Hier fühlen wir in der moralischen Krankheit der Welt, welche belehrend geheilt werden soll, schon immer deutlicher alle Symptome der nahenden Reformation. Das Hauptthema dieses ziemlich willkürlich und verworren, wie ein durchgehender „Renner", hin und her fahrenden Gedichts ist nämllich der „Fraß", d. h. die Unersättlichkeit, Maßlosigkeit und Hoffart der Zeit. Jeder fühlt sich beengt und unzufrieden, jeder will über seinen Stand, Beruf, mit einem Wort: *über* sich selbst hinaus, weil mit dem weichenden religiösen Glauben die Demut und innere Genüge abhanden gekommen. Da gibt es keine Autorität mehr als den subjektiven Eigenwillen, das Kind ist schon altklug, der Schüler will den Lehrer, der Laie die Kirche meistern. Als Arkanum dagegen aber wird einzig und allein die Bibel, und zwar lediglich die praktische Mo-

ral derselben, verordnet, und dabei auf den allerdings mitverderbten Klerus schon weidlich geschimpft. Kein Wunder daher, daß dieser Renner während der Reformation der beliebteste Tummelgaul des Volkes wurde und noch lange nachher geblieben ist. Wie sehr indes bei dieser bloß praktischen Weltansicht die Poesie zu kurz kam, zeigt schon eine gelegentliche Äußerung Trimbergs selbst: „daß ja doch der Esel mehr *nütze* als die schön singende Nachtigall". – Denselben Charakter hat eine Menge anderer didaktischer Dichtungen jener Zeit, als: das Buch der Tugend von Hans Vintler, die Gestirne, das Schachzabelbuch und die weisen Meister. Überall ist es vorzüglich der Hochmut der Zeit, welcher bekämpft wird, aber nicht mit den blanken Waffen der Religion, sondern durch menschliche Vernunft und eine gewisse moralische Lebensklugheit bekämpft wird.
Alle diese Schriften waren weit verbreitet und wurden vom Volke wahrhaft verschlungen. Fragen wir aber nun nach der eigentlichen Wirksamkeit dieser Volksschule, so gibt uns darauf der nicht allzu fern liegende Bauernkrieg, die sittliche Fäulnis und Zerfallenheit, die uns Hans v. Schweinichen in seinen Denkwürdigkeiten schildert, und endlich die Bestialität des Dreißigjährigen Krieges eine furchtbare Antwort. Und das konnte auch nicht anders sein; denn es ist nur ein bequemer und daher sehr beliebter Quietismus, von solcher verständig moralisierenden Richtung mehr Heil erwarten zu wollen als von den Schrecken der alten asketischen Ansicht der Kirche. Ohne Zweifel wurde durch jene Schriften die moralische *Intelligenz* im Volke gesteigert. Aber die Intelligenz für sich, und wo ihr nicht eine gleichstarke Willenskraft zur Seite steht, ist gar nichts wert, weil sie nirgend lebendig an die Tiefe des Gewissens reicht. Das tut allein die Gottesfurcht, die ohne Demut und Liebe, diesen rechten Werkmeisterinnen der Tugend, undenkbar ist.
Es ist natürlich, daß mit jener laxeren Betrachtungsweise allmählich an die Stelle des Gewissens die bloße morali-

sche Scham treten mußte, eine Art geistiger Polizei, mit der man sich gelegentlich vor der Welt wohl abzufinden weiß; und ebenso natürlich, daß hiernach die Sünde nicht als absolutes Übel, sondern vielmehr nur als vor der Welt verächtlich und lächerlich dargestellt wurde, welches letztere aber, eben die eigentümliche Aufgabe der *Satire* ist. Nur bei bedeutenden Störungen der ursprünglichen harmonischen Bildung durch tiefgreifende Gegensätze des gesamten inneren Lebens wird die Satire und in höherer Potenz der Humor erzeugt. Denn wenn das Leben in seinen Fundamenten erschüttert, hier ein Pfeiler, dort eine Klammer willkürlich herausgerissen ist, da sinkt das ganze Gebäude nach, wird windschief und folglich lächerlich. Die Satire ist daher immer komisch, das Komische, sehr verschieden von harmloser Lust, immer auch satirisch, gleich wie ja auch schon bei den Alten die komische Maske eine Satire des menschlichen Angesichts war. Hiernach ist es aber sehr begreiflich, wie grade zur Zeit der Reformation die Satire zur höchsten Blüte und fast ausschließlichen Herrschaft gelangen mußte. Denn die Reformation hatte eigentlich das ganze Leben gegensätzlich gemacht und ein Chaos miteinander ringender Elemente entbunden: geistige Ansprüche, denen die menschlichen Kräfte nie und nirgend gewachsen sind, und übermütige Kräfte, die den rechten Mittelpunkt und mithin ihr Ziel verloren; höhere Intelligenz bei tiefster sittlicher Verwilderung und altnationale Erinnerungen mitten im verwüstenden Sturm der Neuerung. Alle diese schroffen und an sich unversöhnlichen Gegensätze hat die damalige Satire mit oft ergreifender Wahrheit treu und scharf erkannt und gezüchtiget, und sie hatte ein vollkommenes Recht daran. Anders dagegen verhält es sich mit ihren bis zum Überdruß und Ekel wiederholten Angriffen gegen die Kirche. Die heiligen Dome waren im Laufe der Jahrhunderte vom gemeinen Markt des Lebens mannigfach umbaut und verunziert; aber die Kirche war und blieb unerschüttert in ihren ewigen Pfeilern. Nur der Augenpunkt, die ganze Weise,

sie anzusehen, war ein anderer und schief geworden. Diese Satiren schildern daher wider Wissen und Willen in der Tat nur ihre eigene Ohnmacht des Glaubens, nicht die Kirche, wie sie wirklich war und noch heute ist, sondern wie sie unter dem verschobenen Gesichtswinkel ihrer Zeit erscheint. Diese bittere Selbsttäuschung wird z. B. bei dem größten deutschen Satiriker jener Zeit, bei Fischart, auch in anderer Beziehung klar. Die alten Heldenlieder und nationalen Epen sind ohne Zweifel für alle Zeiten groß und schön; und dennoch, bei der gänzlich veränderten Weltansicht, findet sich Fischart nur lächerlich und spottwürdig. Ähnliches sehen wir in des unsterblichen Cervantes Don Quichotte, nur daß hier das scheidende Rittertum als der eigentliche und unverwüstlich poetische Hintergrund noch überall tragisch hindurchleuchtet.
Wir wollen versuchen, diese allgemeine Charakteristik nun an den hervorragendsten Repräsentanten mit wenigen Worten etwas spezieller auszuführen.
Bei *Sebastian Brant* (1458–1521) ist die Satire gleichsam noch nicht fertig, sie ringt hier noch mit ihren ursprünglichen und ungeschiedenen Grundelementen; das Didaktische ist vorwaltend und daher die Komik noch etwas trokken und knapp. Aber auch der Humor taucht bereits auf, wenn der Dichter, nachdem er in seinem berühmten „Narrenschiff" die Geiznarren, Putznarren, Ehrnarren und alten Narren etc. glücklich untergebracht und jedem seine Kappe zugeschnitten hat, sich selbst nun als Büchernarr an die Spitze der Schiffsgesellschaft stellt. Brant steht noch wesentlich auf dem alten asketischen Boden; ja er trifft recht eigentlich den Nagel auf den Kopf, wenn er von seiner Zeit sagt: „Jeder dünkt sich nur allein weise und allein gut, trachtet wohl bei andern zu löschen, da es bei ihm selber brennt, stößt sich, selbst ein Narr, an andern; strebt *eigenrichtig* immer nach etwas Besonderem und sucht alleinklug Wege, wo keine sind. Rat hören ist jetzt verschmäht, unbedacht stürzt sich jeder – und das ist aller

Narren Gebrauch – nach dem Neuen und immer Neuen." – Geiler von Kaisersberg trug daher auch kein Bedenken, das „Narrenschiff" als Text seiner berühmten Predigten aufzunehmen. Dabei ist aber dennoch Brant selber dem Neuen verfallen: er baut zur Vergebung der Sünden nicht mehr auf die Barmherzigkeit Gottes und die Fürbitte Marias, sondern setzt alles auf eine vernünftige Selbsterkenntnis, die sich allein selbst helfen soll, und weist zu diesem Zweck gelehrt von den Heiligen auf die Beispiele der alten Heiden, auf Penelope, Lucretia, Plato und Sokrates.

Bei weitem schärfer, rücksichtsloser, ja häufig roh und grausam, schneidet Brants Zeitgenosse, der Franziskanermönch *Thomas Murner*, in das wilde Fleisch seiner Zeit, deren echter Sohn er doch selber in seiner Maßlosigkeit, in seinem Trotz, hochmütigem Selbstgefühl und unstetem Wesen sein Leben lang geblieben ist. Aber man würde sehr irren, wenn man – wie aus oberflächlicher Unkenntnis oder Parteivorurteil häufig geschehen – in der Gewaltsamkeit dieser wilden Natur nichts als rohe Klopffechterei erkennen wollte. Denn ganz abgesehen von seinem für alle Zeiten eminenten satirischen Talent, womit er an schlagendem Witz und Unmittelbarkeit lebendiger Darstellung, kurz in allem, was die Satire poetisch macht, Brant hoch überragt, so geht auch durch sein ganzes Treiben und Übertreiben ein fast tragisch-finsterer Zug ernster Überzeugungen. Erst wird sein ungestümer Charakter von den neuen Ansichten, die reine Weltverbesserung in Aussicht stellen, unwiderstehlich mit fortgerissen; er ficht in seiner „Narrenbeschwörung", in seiner „Badefahrt", „Gäuchmatte", „Schelmenzunft" und „Mühle von Schwindelsheim" gegen alles Verrottete, er wird insbesondere mit der Scheinheiligkeit der falschen Mönche handgemein, ja, er übersetzt sogar Luthers Schrift von der babylonischen Gefangenschaft ins Deutsche. Als er aber nach und nach erkannt, wo das alles eigentlich hinauswill, schreibt er 1522 sein Buch: „Von dem großen lutherischen

Narren, wie ihn Dr. Murner beschworen hat", das speziell gegen Huttens destruktives Gebahren gerichtet ist, und welches Vilmar mit Recht die bedeutendste satirische Schrift auf die Reformation überhaupt nennt, die jemals erschienen sei. So zieht dieser ruhelose Geist mitten in der großen Revolution überall ingrimmig die Sturmglocke der Gegenrevolution.
Mit *Johann Fischart* (gest. 1589) tritt endlich die Satire selbständig und in einer seitdem noch unübertroffenen Vollendung auf. Auch Fischart beginnt, um sich nach damaligem Brauch die Sporen zu verdienen, mit einem Ritterzuge gegen die Kirche. Dahin gehören namentlich sein „Nachtrabe", „der Barfüßer Kuttenstreit", „der Bienenkorb des heiligen römischen Immenschwarms, seiner Hummelszellen oder Himmelszellen, Hurnaußnester, Brämengeschwür und Wespengetös" und „das vierhörnige Jesuitenhütlein" wider die „Jesuwider, die Schüler des Ignatz Lugiovoll, die Sauiter, Götzsuiter" usw. – Immer deutlicher erweist sich hier überall die Satire als die eigentliche Poesie des *Verstandes;* ja, seine „Flohhatz" ist ein Rechtshandel zwischen den Flöhen und Weibern in vollständig prozessualischer Form. In seinem wichtigsten Werke aber, in dem durch Rabelais' Vorgang veranlaßten „Gargantua und Pantagruel" sehen wir das seltsame Ringen jener einstürmenden Gegensätze des Lebens, das wir vorhin als den eigentlichen Grund der Satire hervorgehoben: Altes und Neues, Zorn und ausgelassene Lustigkeit, Härte und Zartsinn, Wahrheit und trotzige Selbstverblendung. Es ist eine Weltausstellung, ein ungeheuerer Mummenschanz menschlicher Charaktermasken, wo die auf das abenteuerlichste verkappten Gedanken und Wortlaute bunt durcheinanderwirren; ein fast betäubendes Summen, Zischen, Schnarren, Flüstern, Necken, Stoßen und Drängen, in welchem der Meister wie ein Magier waltet, der die Kobolde, die er heraufbeschworen, mit seiner heiteren Zauberformel gar wohl zu beherrschen weiß. Auch versäumt der Dichter nicht, selbst zuweilen auf den Ernst

zu deuten, der hinter diesem tollen Spuke lauert. „Wohin meinst du aber“, sagt er, „du mein kurzweiliges Geschöpf, daß dies Vorgespielte, Vorgetrabte, Vorgelaufene an- und vorgebaut werde? Gewiß zu nichts anderem, als du, mein Jünger, und etliche andere deiner Mitnarren nicht gleich nach dem äußeren betrüglichen Schein urteilen lernet – so will sich auch gebühren, daß man hie dies Büchlein recht eröffne und dem Inhalt gründlich nachsinne, so wird sich befinden, daß die Spezerei darin von mehrerem und höherem Werte ist, als die Büchse von außen anzeigt und verheißet, das ist, daß die fürgetragene Materie nicht so närrisch und auf der Abweise geschaffen, wie die Überschrift vielleicht möcht fürwenden.“ – Fischart dürfte wohl vor allen auf sich selber anwenden, was Brant von den satirischen Schriftstellern überhaupt gesagt: „Der Schreiber ist wie der Reiter, er nimmt heimlich, wie jener öffentlich, mit der Feder, was jener mit der Lanze; der eine wagt seinen Leib ins Trockene und Nasse, der andere seine Seele ins Dintenfaß.“

Was Fischart künstlerisch zu einer Weltsatire verarbeitet, hat *Hans Michael Moscherosch* in seinen „Gesichten Philander's von Sittewald“ eigentlich nur beschrieben. Denn was darin Satire heißen soll, erstickt größtenteils in einem Wust von lateinischen Versen, ausländischen Phrasen und einer à la mode Gelehrsamkeit, gegen die er seltsamerweise doch selbst zu Felde zu ziehen vorgibt. Dagegen ist die in demselben Buch enthaltene und später von Arnim in seinem Wintergarten zu einer Novelle benutzte, überaus lebendige Schilderung des „Soldatenlebens“ im Dreißigjährigen Kriege von grauenhafter Naturwahrheit und ein unvergängliches Denkmal menschlicher Verwilderung.

Goethe sagt irgendwo, daß sich unsere Zeiten mehr und mehr zur Wiederbelebung der Verhältnisse in Huttens Zeiten schicken – und der alte Seher hatte recht. *Ulrich von Hutten* (1488–1523) ist ein Vorbild unserer heutigen jugendlichen Weltverbesserer, denen nur seine Kraft und sein Talent fehlen, um es ihm gleichzutun. Hutten stand vollkommen auf der Höhe der Bildung seiner Zeit; und doch blieb er, weil dieser Bildung trotz aller christlichen Phrasen das Christentum mangelte, sein ganzes Leben hindurch ruhe- und ratlos, ein verlorener Schiffer, ohne Steuer und Kompaß ins Ungewisse treibend. Die Gelehrsamkeit befriedigte ihn nicht, die Poesie freute ihn nicht, seine Religion war die Politik und die Politik seine Poesie; er griff mit ungestümer Hast nach den Zügeln des Weltlaufs, ohne jemals sich selber zügeln zu können. Als Jüngling der stillen Klosterzucht eigenmächtig entronnen, dann von Armut, Not und Elend von Land zu Land verfolgt, endlich durch einen Herzog von Württemberg, der seinen Vetter ermordet, auf das äußerste gereizt, atmet er in seiner ersten Polemik nur Haß und Rache. Der geistreichste und großartigste Demagog Deutschlands, stachelt er nun mit allen damals noch unverbrauchten Künsten das Volk und identifiziert seine persönliche Schmach mit der Schmach der Nation, die Genugtuung verschaffen soll. Er stellt sich überall als Märtyrer dar, während ihm doch die gemeine Meinung als sichere Leibgarde beständig zur Seite stand; er gibt vor, alles nur um Gottes und des Volkes willen zu tun, sich überall von dem brennenden Ehrgeiz, der ihn verheerte, reinwaschend; und wußte doch recht gut, daß in jener Zeit nur auf *diesem* Wege Weltruhm zu erwerben war. Da sich jedoch dieser Gaul, trotz aller Sporen, dem Ungeduldigen sehr bald noch zu flau und träge erwies, so schlägt er sich jetzt plötzlich zu dem bisher von ihm tiefverachteten Adel. Ritter und Städte sollen als *ein* Mann zusammenstehen, Abfall von Kaiser und Reich und Tyrannenmord sollen unter so dringenden Umständen erlaubt sein und die Gebildeten mit dem Schwerte Wahrheit und Freiheit *erzwingen.* Aber wahr soll nur sein, was er und seine gelehrten Gesellen als Wahrheit oktroyiert, und Freiheit nur die blutige Zertrümmerung der Kirche. So wühlte Hutten unablässig den Abgrund auf, in welchem er selbst zuletzt einsam und tatenlos untergehen sollte; denn es ist die Art solcher Zeit,

daß sie, wie Kronos, ihre eigenen Kinder verschlingt. Hinter ihm aber kam die Anarchie; sein glänzend kriegerischer Vorgang hatte die Leidenschaften entfesselt, und durch den einmal geöffneten Damm brach nun eine trübe Flut von Pasquillen, Spottliedern, Pamphleten und Flugschriften ins Land, die sämtlich die Kirche mit Kot bewarfen und von deren Schmutz und Roheit sich jeder Unbefangene nur mit Entrüstung und Ekel abwenden kann.
Auch ein uraltes Gedicht mußte dem neuen Zuge folgen; der ursprünglich deutsche Reinhart oder Reginhart (der kluge Ratgeber), nachdem er lange in Frankreich umhergeschweift und endlich über die Niederlande wieder zu uns heimgekehrt ist, hat sich allmählich in den modernen *Reineke Fuchs* verwandelt. In dem alten Tiergedicht ist es das deutsche Naturgefühl, die Freude an Wald und Feld und ihren Bewohnern, Reinhart, Isengrim und Brun; der geheimnisvolle Geisterblick der Tierwelt, der unwillkürlich an das verborgene Tier im Menschen mahnt. Im Reineke Fuchs dagegen meistert der Verstand die phantastische Sage und kehrt, fast wie die prosaische Auflösung einer Gespenstergeschichte, das alte Verhältnis gradezu um. Die geselligen Zustände der Menschen treten aus der Wildnis immer deutlicher und aufdringlicher in den Vordergrund und werden mit Absicht und Bewußtsein in der Tierwelt abgespiegelt, und das alte harmlose Epos macht zeitgemäß Opposition gegen Hof und Kirche. Hier ist die Lebensklugheit des alleinseligmachenden Subjekts, ein Machiavellismus der Revolution der eigentliche Nerv des Ganzen.
Man sieht, bei dieser Wendung der Anschauung mußte notwendig das Epische immer mehr in Allegorie übergehen, und so entstand nun *das allegorisch-satirische Tiergedicht* und die *Fabel*, wo die Tiere eben nur noch maskierte Menschen sind. Unter diesen neuen Tiergedichten behauptet, außer der schon erwähnten „Flohhatz“ des Fischart, der *Froschmäuseler* von Georg Rollenhagen, unter den Fabeln die des Erasmus *Alberus* und des Burkard

Waldis durch Frische und Lebendigkeit der Darstellung bei weitem den ersten Rang. Endlich aber fällt dieser kekke Heereszug gegen die Narrheit der Welt, da er immer matter und kurzatmiger wird, in bloße Anekdoten und Sittensprüche auseinander, wie bei *Zinkgref*, oder er spitzt sich zu einzelnen Epigrammenpfeilen, wie bei dem in seiner Art vortrefflichen *Logau*.

Wir haben oben, außer der Satire, noch zwei andere poetische Gestalten, den ewigen Juden und den Faust, als eigentümliche Geistererscheinungen der Reformation bezeichnet. Der *ewige Jude* geht zwar sagenhaft schon im 13. Jahrhundert um, aber erst jetzt wurde er persönlich in den engeren Kreis der Dichtung aufgenommen; ja man will den unheimlichen Gesellen in der Mitte des 16. Jahrhunderts im nördlichen Deutschland und namentlich in Hamburg leibhaftig gesehen haben. Ein solches Wiederbeleben und Fixieren eines so ungewöhnlichen Stoffes ist aber nirgend bloß zufällig, sondern jederzeit das Produkt der herrschenden Volksstimmung. Es konnte nicht fehlen, das eigenwillige Lossagen von der Kirche mit seinen Ausschweifungen, seinem Hohn und Frevel, mußte in ernsten Gemütern, wie trotzig sie sich auch äußerlich stellen mochten, ein Gefühl der Schuld erwecken und unwillkürlich an den Hartherzigen erinnern, der einst gegen das Kreuz protestiert, es verspottet und verspien hatte, und nun von der rächenden Hand Gottes ewig ruhelos bis zum jüngsten Tag von Land zu Land getrieben wurde. In dieser Bedeutung ist unverkennbar der düstere alte Mahner mit dem feurigen Kreuzeszeichen an der Stirn aufgefaßt und ein Symbol jener heimlichen Volksschauer geworden.

Noch unmittelbarer aber hängt die Sage vom *Faust* mit dem reformatorischen Geistesumschwunge zusammen, ja, sie ist bekanntlich erst in dieser Zeit entstanden. Mag immerhin, was nicht mehr zu bezweifeln, ein Schwarzkünstler Faust wirklich gelebt und die Nachwelt ihn, wie den Eulenspiegel mit allen Volksschwänken, nachträglich mit allen früheren Zauberkunststücken des Albertus Magnus, Teutonicus, Scotus usw. ausgestattet haben; der Faust der Sage ist dennoch der eigentliche Typus der damaligen Seelenzustände. Es ist fast unglaublich, wie diese Sage neuerdings von manchem sonst so verständigen Literarhistoriker als Polemik gegen den Papismus und dessen „zu großen Gebrauch der Vernunft in Glaubenssachen" bezeichnet werden konnte. Der Faust ist vielmehr grade der Repräsentant der reformatorischen Heiligsprechung der menschlichen Vernunft, des schon in den Satiren als Signalement der Zeit bezeichneten „Fraßes", jenes unersättlichen Hochmuts des Verstandes, der, nur an seine eigene Unfehlbarkeit glaubend, sich mäkelnd und willkürlich meisternd über die Offenbarung stellt und sich selbst erlösen will; dem der in solchen Katastrophen doppelt geschäftige Lügengeist unbedingte göttliche Freiheit vorspiegelt und der endlich, da der strenge Himmel verschlossen und die falsche Erdenlust vergänglich ist, sich in dämonischer Ungenüge mit seinem Herzblut dem Teufel verschrieben. Es ist ganz charakteristisch und treffend, daß der Faust hier als vagabondierender Hofnarr allerlei lächerliche Zauberpossen treibt, die ihn im Grunde als einen törichten Fant erscheinen lassen, durch ihren Gegensatz aber den dunklen Hintergrund des Ganzen nur um so schauerlicher hervorheben. Erst später, nachdem man jenen noch etwas kindischen „Fraß" philosophisch aufgefüttert und ausgebildet hat, ist die volle Bedeutung der Sage, die ganze furchtbare Tiefe dieses Seelenabgrunds mit seinen gespentischen Zacken und Spitzen und schadenfroh neckenden Irrgeistern wahrhaft künstlerisch beleuchtet worden. Doch dies spielt schon in eine andere Phase unserer Poesie hinüber, wo wir noch einmal auf den Faust zurückkommen wollen.

Ein anderer Zweig der poetischen Literatur, der ebenfalls dem inneren Bedürfnis der Reformation seine besondere Pflege und Verbreitung zu verdanken hat, ist das neuere

Kirchenlied. Daß die Poesie, nicht nur als allgemeine Weltkraft, sondern auch als spezielle Kunst, sich, gleich der Baukunst, Plastik und Malerei, mit der Religion sehr wohl verträgt, bezeugen die epischen Dichtungen Wolframs von Eschenbach, und in engeren, mehr kirchlichen Kreisen die wundervollen und unvergänglichen Hymnen der alten Kirche, wie: Dies irae, Stabat mater etc. Allein das eigentliche Kirchenlied ist, seinem Wesen nach, durchaus populär, es ist das auf die göttlichen Wahrheiten und die christliche Gemeinde angewandte Volkslied. Es muß daher, um wahrhaft wirksam zu sein, gleich dem weltlichen Volksliede, auf dem allgemeinen Bewußtsein des Volkes ruhen und von diesem selbst, nicht von Gelehrten und Theologen *für* das Volk gedichtet werden. So sehen wir denn auch wirklich schon sehr früh aus dem kirchlichen Kyrie eleison die sogenannten „Leisen“ entstehen: deutsche geistliche Lieder, die bei Bittgängen, Kirchweihen, Prozessionen und Wallfahrten vom Volke gesungen wurden; und den heiligen Bernhard begrüßten und begleiteten auf seiner Reise durch Deutschland überall jubelnde Volkslieder. Ja, selbst jene *lateinischen* Kirchengesänge waren, gleich dem heiligen Meßopfer, ihrer Bedeutung nach allen verständlich und mit dem Volksglauben lebendig verwachsen. Und an diese organischen Vorgänge hatte denn auch das protestantische Kirchenlied, zum Teil durch Übersetzungen oder Umarbeitungen der alten Hymnen, sich ursprünglich angeschlossen.
Zwischen beiden war und blieb jedoch auch hier der durch die Reformation bedingte Grundunterschied von objektiver und subjektiver Auffassung. Die alte Hymnik ist ganz objektiv, sie feiert, wie Vilmar richtig bemerkt, die Taten Gottes, die Schöpfung, Erlösung und Heiligung an und für sich, ohne auf die Wirkung dieser göttlichen Taten im Herzen der Menschen einzugehen. Das protestantische Kirchenlied dagegen wählt grade diese Wirkung, die Empfindungen des menschlichen Herzens bei jenen göttlichen Geheimnissen zu seinem Hauptgegenstande, in-

dem es dieselben auf die *individuelle Erfahrung* der Gnade bezieht. Man könnte in formeller Hinsicht die großen kühnen und allgemeinen Züge der Hymnik mit dem Freskogemälde, das neue Kirchenlied mit dem Genrebild vergleichen. Die mehr häusliche Innerlichkeit des letzteren machte die geistliche Dichtung allerdings lyrischer und folglich volksmäßiger, baute aber auch notwendig die Brücke zur subjektiven, mehr oder minder willkürlichen Abweichung und Profanation.

Jeder Krieg, weil er das Haupthemmnis aller Poesie, die Gleichgültigkeit bricht, hat etwas Aufregendes, jugendlich Frisches; und die Reformation war in ihrem Ursprunge ein Krieg gegen die Kirche. In jedem Kampfe aber ist der angreifende Teil bei weitem im Vorteil über den angegriffenen. Daher sehen wir bei den Neugläubigen die stürmische Begeisterung des Eroberers; bei den Katholischen dagegen plötzlich einen momentanen Stillstand und die bloße Abwehr der Verteidigung, die niemals populär ist. Die ersten protestantischen Kirchenlieder sind schöne Kriegslieder, mitten im Getümmel der Geisterschlacht oder in Zeiten der Not auf nächtlicher Runde und Feldwacht erfunden, voll männlicher Zuversicht im Glück und Unglück, und alle ohne Gesang kaum denkbar. Auch hier hat *Luthers* heldenhafte, durchaus volksmäßige Persönlichkeit und hinreißende Sprachgewalt mit seinem: „Eine feste Burg ist unser Gott“ die Bahn gebrochen. Er selbst fügte seinen Liedern die Melodien bei; und wie in prophetischer Ahnung der unmelodischen Zukunft sagt er: „Ich bin nicht der Meinung, daß durchs Evangelium alle Künste zu Boden geschlagen werden und vergehen, wie etliche Abergeistliche vorgeben, sondern ich wollte alle Künste, sonderlich die Musica, gern sehen im Dienste des, der sie gegeben und geschaffen hat.“

Schon außerhalb des unmittelbaren Kampfplatzes stehen *Paul Gerhardt* und der ihm nahverwandte *Johann Franke*. Der Grundton von Gerhardts Liedern ist die Siegesfreudigkeit. Kein Dichter vor oder nach ihm hat mit solcher einfachen und tiefen Innigkeit eben das ausgedrückt, was wir vorhin als die eigentliche Bedeutung und Aufgabe des protestantischen Kirchenliedes bezeichneten: die subjektive Wirkung der göttlichen Wahrheiten auf das menschliche Gemüt, die stille Einkehr in sich selbst, und er durfte wohl von sich sagen: „fröhlich ist, was in mir ist." Aber diese liebenswürdige Frömmigkeit beruht lediglich auf der Intensität der gläubigen Empfindung, die überall nur eine individuelle Gabe ist. Wir sehen daher die in sich begnügte Sicherheit und Heiterkeit Gerhardts schon bei *Simon Dach* in leise Wehmut und elegische Klagen über den schroffen Gegensatz des irdischen Lebens ausgehen. Bei heftigeren Gemütern endlich bricht diese innere Ungenüge in finstere Schwermut, ja erschütternde Verzweiflung aus. So will *Andreas Gryphius* wie mit feurigem Schwert den Himmel stürmen. In seinen „Kirchhofsgedanken" und „geistlichen Oden" ringt er fast grauenvoll mit der Welt, aus Sturm und Schiffbruch, Todesangst und Sterbenot nach der Sonne der göttlichen Erlösung, und preist die schmerzenreichen Streiter glückselig, die, ihre Brüste schlagend und ihr Haar raufend, hienieden Tränen säen, um dereinst, wenn der Frost wird schwinden und die Felder prangen, in höchster Lust und ohne Trübsal zu lachen und nach der Flucht der Jammertage die Frucht der Saat zu ernten.

Allein die Reformation war keine von den Jahrhunderten getragene Tradition, sie appellierte an ein angebliches reines Urchristentum, das jedenfalls so weit über alle lebendige Volkserinnerung hinaus lag, daß die ganze neue Errungenschaft erst schriftmäßig beglaubigt und systematisiert werden mußte. Überdies wußte das Volk, das, je nach der Laune seiner weltlichen Herrschaften, bald katholisch bleiben, bald protestantisch, bald wieder katholisch werden sollte, am Ende gar nicht mehr, woran es war. So kam die Sache notwendig immer mehr in die Hände der Theologen und Gelehrten, die jederzeit die besondere Gabe haben, alles unpopulär zu machen.

Die protestantische Theologie geriet nun ihrerseits selbst in die anfängliche ungünstige Lage der katholischen Partei, in die ängstliche Absperrung und Abwehr nicht nur gegen die Kirche, sondern auch gegen ihre eigenen abgezweigten Sekten der Reformierten, Wiedertäufer usw., und mußte in dieser Isolierung um so gewisser und rascher verknöchern, da sie wesentlich auf der Negation beruhte, welche in sich kein Organ lebendiger Regeneration besitzt. Aus demselben Grunde mußte auch die geistliche Dichtung dasselbe Schicksal teilen, je sorgfältiger und eigensinniger sie alles Poetische der Kirche: die Legende, die Verehrung Marias und der Heiligen, die Schrecken des Fegefeuers etc. als abergläubische Greuel von sich ausschied. Da kamen die langweiligen Evangeliendichtungen, Reimereien von Bibelstellen, Psalter und gereimte Sonntagsepisteln, von *Michael Weiß* bis *Lobwasser*. Man eiferte zelotisch gegen den frommen Gerhardt, weil er seine Lieder bei einer Pfeife Tabak gedichtet, und verketzerte Simon Dach wegen seines schönen Liedchens auf „Annchen von Tharau". Alles wurde jetzt unsingbar, gereimte Theologie, mehr oder minder eine orthodoxe Tendenzpoesie, welche sich, wie alle vorwaltende Tendenz, am allerwenigsten mit dem Volksliede verträgt. Aber außerdem war grade *diese* Tendenz auch mit dem Gange der Zeit überhaupt unvereinbar. Man wollte einerseits die göttlichen Geheimnisse mit dem Verstande beweisen, was an sich unmöglich ist und jedenfalls allen Glauben als einen überflüssigen Luxus aufhebt, da man nicht *glauben* kann, was man schon *weiß*. Oder man sollte andererseits blindlings auf den Buchstaben der Bibel schwören, was wiederum dem ganzen Sinne der Reformation offenbar widersprach. Denn „der wahre Lutheraner", sagt Lessing, „will nicht bloß bei Luthers Schriften, er will bei Luthers Geiste geschützt sein; und Luthers Geist erfordert schlechterdings, daß man keinen Menschen in der Erkenntnis der Wahrheit nach seinem eigenen Gutdünken fortzugehen hindern muß."

Das Kirchenlied aber, dem man auf diese Weise die Theologie untergeschoben hatte, bei der es nichts mehr zu singen fand, ging daher lieber ganz aus der Kirche ins Haus, von der Religion zur bloßen Moral über. Es entstand nun eine Unzahl von Morgenliedern und Abendsegen, Lieder beim Trunk, Lieder für Schwangere, für Reiter, für Mägde beim Schüsselwaschen, für die Handwerker auf der Wanderschaft und in der Werkstatt, worunter z. B. eine einzige dieser Sammlungen: „Des geistlichen und evangelischen Zion's neue Standeslieder", nicht weniger als einhundertsiebenundvierzig Lieder für Amtsschreiber, Barbiere und Bauern enthält. Diese Lieder, da sie sich so populär machten, entlehnten denn auch häufig vom weltlichen Volksliede nicht nur Melodie und Liederanfänge, wie: „O Welt, ich muß dich lassen", „herzlich tut mich verlangen", „Ach Gott, wem soll ich's klagen", „Ein Fräulein zart" u. a., sondern selbst einen großen Teil des Textes; z. B.: „Gassenhauer, Reuter- und Bergliedlein, christlich moraliter und sittlich verändert durch Herm. Heinrich Knausten. 1571", oder: „Nye christlike Gesenge unde Lede up allerlei ardt Melodien der besten olden dudeschen Leder dorch Herm. Vespasium, Prediger tho Stade. 1572". Ja, einer von ihnen, *Bartholomäus Ringwaldt* aus Frankfurt a. O., wird so kordial, daß er in einem seiner Lieder Gott fragt, warum er denn sein Angesicht so mit Plundern bedecken wolle und ihn als ein Mann mit schrecklichen Gebärden anlaufen, er solle doch die Nebelkappe abnehmen usw.

Gegen diese Verweltlichung sowie gegen jene Starrsucht der Orthodoxen erfolgte nun die Reaktion des *Pietismus,* der vor allem den toten Buchstabenglauben durch eine Steigerung des Gefühls neu zu beleben suchte. Die Pietisten lenkten allerdings mehr als die zuletzt erwähnte Gruppe wieder auf das Objektive des Christentums ein, aber nur, um es in der luftigen Wandelbarkeit einer bloß subjektiven Auffassung ebenso schnell wieder zu verflüchtigen. Sie waren, wie es in solchen Fällen zu geschehen pflegt, im Eifer des Gefechts von einem Extrem zum andern, aus der abgeschlossenen Enge der Orthodoxie in das Grenzenlose individueller Empfindung geraten; sie hatten freilich den Buchstabenglauben flüssig gemacht, aber kein sicheres Bett bereit für den plötzlich losgebundenen Strom, der nun in tausend Bächlein das Land überrieselte und bedeutend unter Wasser setzte. Es war weniger eine Religion als eine häusliche Privatandacht, die endlich in der Gemeinde der Herrnhuter ihren Mittelpunkt fand. Aus dieser Individualisierung des Christentums aber entstand einerseits der verhätschelnde Kultus des menschlichen Herzens, und daher das läppisch Tändelnde und Süßliche eines gottselig schwelgerischen Selbstgenusses, dem, wie *Homburg* in seinen geistlichen Liedern versichert, der Seelenbräutigam Christus wie ein himmelsüßer Bissen schmeckt, wie Balsam riecht und süßer ist als kandierten Zuckers Kraft. Andererseits erzeugte die Einbildung einer solchen persönlichen Liebschaft mit Christus sehr natürlich auch jene Art von hochmütiger Zerknirschung, die sich für ein ganz absonderlich auserwähltes und begnadigtes Werkzeug Gottes hält; und *Ziegler* z. B. in seinen Elegien über das Leben Christi weiß seinen eigenen Wert nicht hoch genug herauszustreichen, da Gott sich zum Knecht gemacht, um ihn zu erlösen.

Inzwischen hatte Opitz der geistlichen Dichtung bereits nach zweierlei Seiten hin eine gelehrte Richtung gegeben: teils nach der Antike und heidnischen Mythologie, teils zum italienischen Schäferspiel; und an das letztere lehnten die Pietisten mit ihrem Religionsidyll sich an. Hirten singen Schäferlieder beim Kripplein Jesu, Christus wird als Daphnis gefeiert; da sind lauter honigsüße Wiegengesänglein und Sonntagsseufzerlein. Ein Hauptmann *Basse* bringt einen „andächtigen Seelenspaziergang", *Mitternacht* „feuerheiße Liebesflammen einer in Jesu verliebten Seele", *Benjamin Prätorius* eine „spielende Myrtenau" und ein „jauchzendes Libanon", *Johannssen* „sulamitische Freudenküsse einer gläubigen Seele", und *Johann*

Georg Albinus windet in seiner brünstigen Verzückung einen Zypressenkranz aus den fünf Wunden Jesu „mit über die Nacht emporgehobenem Sinn aber krankem Haupt, gehemmten Lebenslichtern, knackenden Gliedern, einem wie gebackenen Leib und schlotternden Zähnen". Graf *Zinzendorf* endlich, sonst ein bedeutender und ehrenwerter Charakter, pflegt von Gott nur als von dem „Papächen" oder „süßem Mamächen" zu reden und gibt, wider Wissen und Willen, den Kern des ganzen kindischen Wesens in seinem albernen Liede:

„Ich liebe mein Papächen,
Ich liebe mein Mamächen
Und Bruder Lämmelein;
Ich lieb' die lieben Engel,
Ich lieb' den obern Sprengel,
Das Kirchlein und mein Herzelein."

Hoch über ihnen, wie Meister über schülerhaften Stümpern, stehen dagegen die gleichzeitigen *katholischen* Mystiker: Balde, Scheffler und Friedrich von Spee, sie alle an Gehalt und Form weit überragend. An Gehalt, weil sie von den bloßen Aufwallungen des „Herzeleins" auf deren Urgrund, auf die ewigen Wahrheiten der Religion selbst, unmittelbar zurückgriffen und daher jederzeit wußten, was sie wollten; und an poetischem Ausdruck, weil ein großer Inhalt alles kleinliche Geschwätz darüber von selbst unmöglich macht. Die moralische Prüderie der Pietisten, ihr weichliches Schöntun mit den wunden Stellen der Seele, die lügenhafte Affektion jener schlotternden Zerknirschung: das alles wird bei *Jakob Balde* auf einmal furchtbarer Ernst in einer heldenhaften Asketik, welche die Krankheit des Menschengeschlechts nicht durch überzuckerte Palliativmittelchen beschwichtigen, sondern vielmehr schonungslos ihre Krise herbeiführen und durch eine totale innere Umkehr heilen will. Und diesem strengen Geiste entspricht auch vollkommen die streng klassische Form seiner, meist lateinischen, Gedichte. – Ebenso entschieden hat *Johann Scheffler* (oder *Angelus Silesius*, wie er sich nach dem spanischen Mystiker Joh. ab Angelis gewöhnlich nannte) die tändelnde Spielerei mit der Brautschaft Christi in die ganze Tiefe ihrer eigentlichen Bedeutung versenkt, indem er in seiner „Psyche" und insbesondere in den Sinnsprüchen seines „cherubinischen Wandersmannes" auf die Gottwerdung der menschlichen Seele mit einer Kühnheit hinweist, die schon häufig als Pantheismus gedeutet worden, obgleich er selbst ausdrücklich sagt: daß durch diese Vergötterung die Seele nicht in Gott oder sein ungeschaffenes Wesen verwandelt, sondern nur mit dem göttlichen Wesen überformt, vereiniget und eins werden soll. – Bei *Friedrich von Spee* dagegen wird die pietistische Liebelei zum wahrhaften Minnegesang, in dessen tiefster und schönster Bedeutung. Kein Dichter hat wohl so innig, wie Spee im „güldenen Tugendbuch" und in seiner „Trutz-Nachtigall", die verborgenen Stimmen der Natur belauscht und verstanden: wie die Ströme und Wälder und Bächlein emsig zu Gottes Lobe rauschen und die Vögel von Ihm singen und die geheimnisvolle Sommernacht von Ihm träumt; als ob der Finger Gottes leise über die unsichtbaren Saiten der Schöpfung glitte. Es ist daher nur durch Mangel an lebendigem Naturgefühl erklärlich, daß diese herzlichen Naturlaute jemals mit der faden Lämmelei, das Kindliche mit dem Kindischen der Pietisten verwechselt werden konnte. Und dieselbe Liebe, die in seinen Liedern in der Tat trotz Nachtigallen tönt, hat der Dichter auch durch sein Leben bewährt. Er war der erste, der mit seiner „Cautio criminalis" mutig die grausamen Hexenprozesse bekämpfte, und starb 1635 in Folge der geistlichen und leiblichen Pflege, welche er den verwundeten Soldaten in Trier menschenfreundlich zugewendet.

Endlich müssen wir auch noch den ausgemachtesten Antipoden der Pietisten, den Wiener Hofprediger *Abraham a Santa Clara* (Ulrich Megerle, 1642–1709) hier anreihen.

Nicht, als ob etwa Abraham jene wissentlich parodiert hätte; aber es läßt sich kaum ein entschiedenerer Gegensatz des reimelichen Pietismus denken als diese herzhafte Volksfrömmigkeit, die, weil sie ihrer innerlich sicher ist, sich mit Scherz und Lachen gar wohl verträgt und erwiesenermaßen unendlich tiefere Gewalt auf die Gemüter geübt hat, als es die schäferlichen Tränodisten jemals vermochten. Abrahams humoristische Satiren, die er Predigten nennt, sind wie ein wunderbares Kaleidoskop, wo der Dichter die Gebrechen der Welt zwischen Spott, Scherz, Witz und schneidendem Ernst unermüdlich immer anders wendet, so daß sie in dem scharfen Lichte seines Geistes stets neue und überraschende Klangfiguren bilden. Auch die deutsche Sprache hat dieser verschwenderisch begabte Dichter mit einem wahren Schatz kühner und unmittelbar schlagender Wortfügungen bereichert, und es ist eine Schande und ein unersetzlicher Verlust für unsere Literatur, daß die sauertöpfische Altklugheit Norddeutschlands es vornehm verschmähte, damit ihrer Armut aufzuhelfen. Überhaupt haben die Protestanten, mit der schon damals beliebten Taktik, alle diese bedeutenden Dichter fast gänzlich ignoriert; denn Spee und Balde waren Jesuiten, Abraham gar Kapuziner, und Scheffler war zur Kirche zurückgekehrt. Nur in neuester Zeit erst ist Spees Trutznachtigall durch Clemens Brentano der Vergessenheit entrissen und Schefflers cherubinischer Wandersmann sowie Abrahams a St. Clara berühmtestes Werk: „Judas, der Erzschelm", von neuem abgedruckt worden.
Auf protestantischer Seite aber hatte der von Opitz angeschlagene Gelehrtenton auch in der geistlichen Dichtung sich immer weiter verbreitet. Den Übergang machen hier *Rist, Heermann, Neumark* und *Buchholtz,* obgleich bei ihnen noch immer der einfache Goldgrund des älteren Kirchenliedes durch die neue Kunstdichtung hindurchschimmert, welche, nach mancherlei nicht erwähnenswerten Wendungen und Verwandlungen, endlich in *Klopstock* kulminiert. Klopstocks geistliche Lieder sind nicht

mehr singbare Volkslieder für die Gemeinde, sondern Oden für die Vornehmen, und könnten etwa nur noch in Oratorien als Bravourarien abgesungen werden. Auf demselben Wege suchten *J. A. Cramer, Adolf Schlegel, Funk* u. a. das Christentum durch angespannte Poesie nobel zu machen; aber der stolze Pegasus machte Miene, mit der alterschwachen Religion durchzugehen. Darüber erschrak der gottesfürchtige *Gellert*, dem überdies zu so hohem Schwung der Atem fehlte, er ließ die geheimnisvolle Schönheit des Christentums, zu der sich jene verstiegen, auf sich beruhen und verlegte sich auf die Prosa der Moral. Gellert mit seinen nüchternen Liedern gehört, um mit Shakespeare zu reden, zu den guten Leuten und schlechten Musikanten, die das Erhabene wie ein löbliches Handwerk treiben; einem wohlwollenden Arzte vergleichbar, der, um den Patienten nicht anzugreifen, ihn durch Zureden und bloße Diät kurieren will. Und von jetzt ab erblikken wir eine seltsame Bewegung und Rührsamkeit unter den theologischen Doktoren. Spalding, Zollikofer u. a. suchen eifrigst das Christentum dem gebildeten Zeitgeiste, mit dem sie heimlich längst fraternisiert, zu akkommodieren und darnach auch den Kirchengesang zurechtzumachen, indem sie ihn von allem Positiven säubern. In ihren sogenannten Kirchenliedern ist daher keine Spur des alten gläubigen Herzensklanges, vielmehr nur eine gewisse mitleidige, diplomatische Herablassung zu dem dummen Volke bemerkbar. Lessing schrieb über die Klopstockschen geistlichen Lieder an Gleim: „Wenn Sie schlecht davon urteilen, so werde ich an Ihrem Christentum zweifeln, und urteilen Sie gut davon, an Ihrem Geschmack." Jetzt aber paßte der Zweifel auf beiden Seiten: auf das Christentum und auf den Geschmack.
Doch wir wollen gegen diese Liederkünstler nicht ungerecht sein. Die Zeit war eine andere und das Kirchenlied eigentlich unmöglich geworden; es fehlte weniger der Gemeinde das Lied als dem Liede die Gemeinde, denn diese hatte den alten Glauben schon verloren und die neue Ver-

nunftreligion noch nicht begriffen. So hatten denn in diesem Interregnum die Poeten freies Spiel; das Lied wurde erst unkirchlich, dann antikirchlich, bis endlich die Poesie in neuester Zeit die längst vom Rost zerfressenen Fesseln der Religion, und die der Moral hinterdrein, völlig abgestreift und sich in heidnischer Nacktheit *gegen* das Christentum gewendet hat.
Und was machten unterdes die katholischen Dichter gegen diese liederliche Rebellion der Poesie? Wenige vereinzelte schüchterne Klänge abgerechnet, lange Zeit hindurch – nichts und am Ende noch etwas Schlimmeres: „Die Stunden der Andacht", einer zimperlichen Andacht, die sich, dem philosophischen Indifferentismus zu Gefallen, alles Katholischen entäußert. Soll denn auch unsere Frömmigkeit bei dem Protestantismus betteln gehn? Wir lassen ihren religiösen Dichtungen, wenn sie es verdienen, gern und unumwunden volle Gerechtigkeit widerfahren; ja wir würden keinen Anstand nehmen, einige der besten Kirchenlieder von Dach, Gerhardt, Novalis oder Schenkendorf freudig als die unseren anzuerkennen, aber wir haben oben gesehen, wohin die geistliche Poesie der Protestanten unaufhaltsam geraten, da sie, sich selbst überlassen, frei waltete. Wo sie aber von den Konsistorien und Synoden zum liturgischen Gebrauch eingefangen wurde, ist sie unter der allgemeinen Zensur der fanatisch verschlimmbessernden Vernunftreligion ganz altklug und prosaisch geworden und daraus endlich die Gesangsbuchnot entstanden, die, der allgemeinen Konfusion verfallen und eine wahre literarhistorische Musterkarte aufweisend, noch bis heute zwischen dem ästhetisch-religiösen, historisch-antiquarischen und kirchlich-praktischen Standpunkte ratlos hin und her schwankt und nichts Geringeres als „ein Gesangbuch der unsichtbaren Kirche, die nicht da oder dort, sondern Gott allein bewußt ist", im Schilde führt.
Da ist also für uns nichts nachzuahmen noch abzulernen als etwa, wie wir es *nicht* machen sollen. Ebenso töricht, ja widersinnig aber wäre es, sich allzu schreckhaft von dem

wüsten antichristlichen Vandalismus drüben zum anderen Extrem hintreiben zu lassen, in der geistlichen Dichtkunst, weil sie des Mißbrauchs empfänglich, die Kunst verwerfen und gleichsam wie eine vom Zeitgeist belagerte Festung hinter dem Bollwerk verbrauchter Formeln sich selber geistig aushungern zu wollen. Solche furchtsame, abschließende, bloß negative Moralität wird von dem geschäftigen Feinde über kurz oder lang notwendig überflügelt; wie der einfältige Vogel Strauß, der beim Anblick des Jägers die Augen zudrückt und meint, es habe keine Gefahr, weil er sie nicht sehen mag. Wohlmeinende Absicht allein ist noch keine Poesie; eine prosaische Poesie aber, wenn man sie so bezeichnen darf, verfehlt ihr Ziel nur um so gewisser, je größer und würdiger ihr Gegenstand ist. Wer diesen daher durch eine ängstlich abwehrende Beschränktheit in Auffassung und Darstellung geltend und populär machen wollte, wäre wie jener ehrliche Deutsche, der sich mit seiner französischen Einquartierung am besten zu verständigen meinte, wenn er das Deutsche wie ein Deutschfranzos gebrochen sprach. Wir haben so viele schöne geistliche Lieder und Sprüche von Friedrich Schlegel, von Werner, Clemens Brentano, von den ungenannten Dichtern in Diepenbrocks geistlichem Blumenstrauß und von Annette von Droste-Hülshoff in ihrem herrlichen geistlichen Jahr; warum werden sie in unseren stereotypen Gebet- und Gesangbüchern nicht zur Erfrischung des religiösen Sinnes benutzt?

VI

Die Poesie der modernen Religionsphilosophie

Die ganze Literaturgeschichte der Reformation ist hiernach fast nur eine Kriegsgeschichte der streitenden Parteien und ihr eigentlicher Kampfplatz der theologische. Selbst nach dem noch immer wild schönen Dreißigjähri-

gen Kriege, wo das Mittelalter totgeschlagen wurde, zanken sie fort, da die Todmüden nicht mehr fechten können, und zerfleischen einander wenigstens mit Worten; ein wüstes Plänkeln polemischer Nachzügler, immer matter, ferner und unverständlicher vertosend. Das Alte liegt in Trümmern, zwischen denen ein heimatloses Geschlecht, das von der Vergangenheit nichts weiß, aus den Knochen der Erschlagenen bleich und gespenstisch hervorstieret, und auf den Trümmern werden statt der alten Dome hölzerne Notkirchen gebaut und statt der Burgen viereckige Familienkasten zur Unterkunft der neuen Industrie-Ritterschaft.
Doch der Friede war, wie in der Politik der westfälische, auch auf diesem Gebiete nur scheinbar; die einmal national gewordene Zwietracht glomm, nicht bloß zwischen den Parteien, sondern auch innerhalb derselben, unter dem Schutte fort und setzte, nachdem die welschen Winde darüber hingefahren, nicht mehr Städte und Länder, aber die Geister in Brand. Da man aufhörte zu glauben, fing man an, über den Glauben zu philosophieren. Denn alle Philosophie kann sich von ihrer ursprünglichen geheimnisvollen Heimat nicht lossagen und geht, wo sie redlich die Wahrheit sucht, stets auf die Lösung der höchsten und letzten Fragen: auf die Religion.
Leibniz stand noch auf der welthistorischen Wetterscheide zwischen der alten und neuen Zeit, zwischen Glauben und Denken. Er hatte von beiden vollauf und daher tiefgreifende leuchtende Ahnungen der göttlichen Wahrheit; aber er war zu zaghaft, konventionell und höflich, um es deshalb mit einer ganzen andersgesinnten Welt aufzunehmen. Der trockene *Wolff*, der Leibniz niemals verstand, wandte dessen kühne mathematische Kombination kleinlich auf die Logik und Moral an und wollte eine mathematische Religion wie ein Rechenexempel konstruieren. *Kant* war der eigentliche Philosoph der Reformation, indem er die einmal emanzipierte menschliche Vernunft nun auch ganz folgerecht zum waltenden Prinzip erhob. Aber er war auch der ehrlichste unter ihnen; er fragte nicht, was

die Welt sei, sondern nur, wie sie von der menschlichen Vernunft wahrgenommen werde; er tolerierte jenseits ein geheimnisvolles Gebiet, in das die Vernunft nicht einzudringen vermag; die Vernunft soll daher in dieser Abgeschiedenheit und Resignation sich selbst genügen, sich selber Sittengesetz und Tugend, also im Grunde eine Religion ohne Gott sein. Bei weitem entschlossener, kühner und ungestümer bricht *Fichte* über diese Kantsche Grenze hinaus, bis zur Vergötterung des reformatorisch emanzipierten Subjekts. Die Welt ist nichts, sie existiert nur in der subjektiven Vorstellung, das absolute Ich ist die Welt. – Inzwischen hatten schon früher einige fremde Eroberer die dämmernde Geisterverwirrung in Deutschland zu bedeutenden Invasionen benutzt, und zwar fast gleichzeitig in ganz entgegengesetzten Richtungen. Der immer redliche *Rousseau* übertölpelte uns durch stürmische Beredsamkeit mit seinem wilden Naturstaat ohne positiven Glauben, während der stets heimtückische *Voltaire* auf den von Locke gelegten englischen Fundamenten uns mit einem reinen Vernunftstaat überbaute, wo verfeinerte Kultur, eine wohlgeordnete Polizei und etwas Konfuziussche Sittenlehre alle Religion vertreten und überflüssig machen sollte. Beides ist eitel Materialismus, man mag nun, wie man doch füglich nicht anders kann, die Genealogie von Rousseaus Naturstand zu den menschenfressenden Karaiben und Orang-Utans bis auf den Urschlamm der Schöpfung zurückführen oder Voltaires polizeilichen Vernunftstaat bis zu seiner letzten Vollendung in eine chinesische Glückseligkeit hinauf purifizieren. Der Materialismus aber ist die Prosa des Denkens, mit der sich der überall poetisch gestimmte Deutsche niemals für die Dauer verträgt. Viel nachhaltiger hat daher ein anderer Fremdling, der geistreiche spanische Jude *Spinoza* in Deutschland gewirkt, da er die Philosophie in eine Region emporhebt, deren Unermeßlichkeit, wie der Anblick des Meeres, zugleich Gefühl und Phantasie mit sich fortreißt. Indem er jedoch mit seinem All im All Gott und die Welt identifiziert, mithin die Persönlichkeit Gottes wie die des Menschen und dessen innere Selbständigkeit und sittliche Freiheit aufhebt, macht auch er alle Religion nicht nur überflüssig, sondern geradezu unmöglich. Aus den Abgründen dieser schrecklichen Unsterblichkeitslehre aber hat die neuere *Naturphilosophie* ihre „Weltseele" herausgearbeitet, die, in ihren extremsten Konsequenzen von Irrtum zu Irrtum, notwendig zum *Pantheismus* geführt. – So entwickelte sich also im achtzehnten Jahrhundert in Deutschland jener merkwürdige unerhörte Geisterkrieg, wo die Schwerter der Gedanken unablässig bald hell leuchtende Strahlen, bald irr verlockende Funken nach allen Seiten umhersprühten, ohne bis jetzt – wie früher der Glaube getan – ein allgemein versöhnendes Licht entzünden und verbreiten zu können. Und diese totale Aufregung des inneren Lebens hat allerdings auch unsere letzte klassische Periode der Poesie hervorgerufen, jedoch, wie jeder rechte Bürgerkrieg, auf ihrer glänzenden Fährte eine geistige Verwilderung und Anarchie hinterlassen, mit der wir noch heute vergeblich ringen.

Diesem einseitigen Despotismus der Vernunft aber entspricht denn natürlich wiederum auch die ganze Physiognomie unserer modernen Poesie. Es folgte nämlich zunächst daraus, daß die Poesie nun immer entschiedener vom Volke zu den sogenannten Gebildeten übergehen mußte. Denn diese Lichtfreunde hatten, wie schon lange vor ihnen in China, ihre besondere Religion für sich und verachteten mit unsäglicher Vornehmigkeit alle Dichtung, die noch auf dem altgläubigen mittelalterlichen Boden ruhte. Das verdutzte Volk aber konnte ihren Abstraktionen keineswegs so hastig und brünstig folgen, es hatte noch bedenkliche Rückfälle von zähen Gewohnheiten und Traditionen; verhöhnt und verlassen, wie es war, stolperte es daher beständig mit Knittelversen in das verrufene Gebiet hinaus und befestigte durch seine Unbeholfenheit die Kluft zwischen einer plebejischen und einer aristokratischen Poesie.

Die letztere hatte sonach mit ihrer Gelehrtenschere den nationalen Faden der dichtenden Jahrhunderte abgeschnitten, die Poesie sollte gleichsam ganz von vorn wieder angefangen werden. Das wäre allenfalls in Rousseaus Wildnis durch Artikulation der ursprünglichen rohen Naturkraft denkbar gewesen; in dem Voltaireschen Vernunftstaat, wie er es wirklich geworden, inmitten einer gleißenden Zivilisation und einer fremden Poesie, die gerade damals bei den Nachbarn schon in höchster Blüte stand, war es unmöglich. Das bankerotte Deutschland, da es sich selbst enterbt und seine Vergangenheit sich hatte hinwegdisputieren lassen, mußte notwendig in der Fremde ein bettelhaftes Anlehen eröffnen. Es mußte zunächst erst alles durchprobiert, die ganze Skala europäischer Sangeskunst durchgemacht werden, um, wo möglich, den rechten Ton zu finden; gleich wie man den armen gefangenen Gimpel, wenn er sein freies Waldlied vergessen, nach der Drehorgel manierlich pfeifen lehrt. Daher die berühmte deutsche *Ausländerei,* die im achtzehnten Jahrhundert ratlos bald nach England, bald nach Spanien und Frankreich und am liebsten nach dem französischen Altertum griff, das ihr lächerlicherweise als echt klassisch aufgeschwatzt und vorgeschossen wurde. Dies wird gewöhnlich *Universalität* genannt, mit dem stolzen Selbstgefühl, daß wir sonach im Zentrum der Weltpoesie sitzen und berufen sind, die verschiedenen einseitigen Manifestationen derselben zu versöhnen und zu vermitteln. Allein dann müßten wir doch notwendig selbst einen Zentralkern bilden, in welchem die auseinanderlaufenden Radien sich zu gemeinsamer Verklärung vereinigten. Wir müßten vor allem erst selbst eine Nation, d. h. eine feste brüderliche Phalanx von Glauben, Sitte und Denkart sein, wie es Calderons Spanien mit seiner Religion und Ritterlichkeit und Shakespeares England in seiner unerschütterlichen Vaterlandsliebe war. Dazu aber ist, wie wir alle wissen, bei uns zur Zeit noch wenig Aussicht vorhanden. Wir möchten daher jene Allerweltspoesie vielmehr das *Thea-*

tralische nennen, womit Menzel unsere moderne Poesie treffend bezeichnet; den schon bekannten „Fraß" des Jahrhunderts, der nicht der unbewußten Nötigung des Genies, sondern einer selbstbewußten Willkür folgt; die liebenswürdige Fähigkeit, sich in alle möglichen und, wenn sich's eben trifft, auch unmöglichen Rollen hineinzustudieren, um sie dem erstaunten Publikum täuschend vorzuspielen. Der Schauspieler aber ist jederzeit nur ein passiver Dichter, er schafft nicht, sondern wird selbst allabendlich umgeschaffen, was bekanntlich eben nicht zur Festigung des Charakters dient, man müßte denn diesen etwa in eine allgemeine Charakterlosigkeit setzen wollen. – Alles dieses zusammengenommen mußte endlich auch in mehr formeller Beziehung eine wesentliche Umwandlung der poetischen Literatur zur Folge haben. Jene subjektive Wahl der heterogensten und fremdartigsten Stoffe machte, eben weil sie willkürlich war, zu ihrer Erklärung und Rechtfertigung eine beständige Exposition, eine gleichsam durch das Ganze zwischen den Zeilen fortlaufende Vorrede unvermeidlich, um den geneigten Leser nur erst auf den weitabgelegenen Gesichtspunkt und in die rechte Stimmung zu bringen; denn es galt nun weniger der Wahrheit, als der theatralischen Wahrscheinlichkeit. Bei der vorherrschenden Verstandesrichtung überhaupt appellierten die Dichter nicht mehr an den Glauben des Lesers; sie wollten *überzeugen*, während doch die frei schaffende *Phantasie* plötzlich ganze Jahrhunderte aufrollt und in blitzartiger Beleuchtung das Wunderbarste klar, faßlich und glaublich macht. Es kam mithin jetzt nicht mehr auf eine unbefangene, unmittelbare, lebendig epische Darstellung der Handlung, sondern vielmehr darauf an, das Darzustellende nach seinen Anfängen, Motiven und moralischen Wirkungen pragmatisch zu zergliedern, dem Helden einen Polizeipaß mit genauer Personenbeschreibung nach Haarwuchs, Kleiderschnitt und sonstigen besonderen Kennzeichen mit auf die Reise zu geben, mit einem Wort: über ihn zu reflektieren. Die Re-

flexion aber ist ihrer Natur nach überaus weitschweifig, sie verlangt die breiteste Grundlage, sie braucht viel Worte und eine möglichst freie und bequeme oder vielmehr laxe Form. Daher in dieser Zeit die ungemeine Fruchtbarkeit und auffallend vorwaltende Herrschaft des *Romans*, dieser eigentlichen Poesie des Verstandes.
Doch wir wollen, um der Zeit nicht vorzugreifen, nun die Anfänge und den allmählichen Fortgang der deutschen Poesie des achtzehnten Jahrhunderts in den einzelnen Hauptrichtungen und ihren Relationen untereinander möglichst klar zu machen versuchen.

Wir sahen oben, in welche Barbarei bis zum völligen Stumpfsinn vor Gottsched das, was man damals in Deutschland Poesie nannte, versunken war und wie athletisch Gottsched in dieser totalen Unwirtschaft aufzuräumen begann. Gottsched hatte gewiß seine Notwendigkeit und sein Verdienst, das wir ihm keineswegs verschränken mögen, indem er der wahnwitzigen Verstiegenheit der zweiten schlesischen Schule, gleich wie man Betrunkene durch ein kaltes Sturzbad nüchtern macht, korrekte Vorbilder entgegenwarf und die schwerfällige deutsche Zunge, wenngleich noch gebrochen und wunderlich genug, doch einigermaßen vernünftig wieder sprechen lehrte. Allein er war ein hochfahrender Grobian und warf mit dem Plunder zugleich alle alten Familienschätze, die er blödsinnig nicht erkannte, zum Fenster hinaus und machte in seinem Rigorismus völlig reine Tafel, wußte aber dann dafür nichts Besseres vorzusetzen als ungenießbare Pariser Schaugerichte. Er meinte es, wenigstens anfangs und bevor ihm der Zorn und Ärger über seine rebellischen Schulmeister zu Kopfe gestiegen, ohne Zweifel grundehrlich, denn dieser langjährige Diktator der deutschen Dichtkunst und Beredsamkeit merkte es ja keineswegs, daß er selbst von der Poesie nicht die geringste Ahnung hatte. Da war nichts als strenge Zucht, keine Liebe, kein religiöser Glaube, kein Gefühl und so bettelwenig Phantasie, daß er

nicht einmal die Oper begriff, weil doch kein vernünftiger Mensch in der Leidenschaft singen könne.
In das leere Gefäß der Poesie, das er allerdings gänzlich gereinigt und ausgewaschen hatte, muß also nun erst wieder ein Inhalt geschafft werden. Den ersten schüchternen Versuch hierzu machte der wackere Hamburger Ratsherr *Brockes* mit seinem „irdischen Vergnügen in Gott". Es ist freilich ein trauriger Anblick, wenn das Dasein Gottes überhaupt erst bewiesen und sichergestellt werden soll, und zwar vermittelst der äußeren Sinne durch Betrachtung von Schneeflocken, Nelken, Thymian und anderem Kraut; ein ungeheurer Umweg nach dem Himmelreich, auf welchem übrigens noch heut viele Pädagogen in ihren kindischen Kinderschriften gedankenlos fortschlendern, wo die liebe Jugend ihren Herrgott wie ein Zuckerbrötchen schmecken und riechen soll. Wir können gewiß durch die Idee Gottes, wenn sie in uns bereits lebendig geworden, die äußere Natur symbolisch beseelen, nicht aber umgekehrt diese Idee von der Natur empfangen. Brockes improvisiert eine Art unschuldiger natürlicher Religion, er ist verliebt in die Natur, und seine oft überraschend schönen und treuen Naturschilderungen nehmen sich in dem neunbändigen Buche wie liebliche, sauber gemalte Randminiaturen aus; aber der Text dazu ist so weitschweifig und trocken, daß wir in der Verzweiflung der Langeweile lieber alle Erbauung aufgeben. – Kühner und kräftiger waltet der Schweizer *Albrecht von Haller* in dieser Religion, indem er sie über die Brockesschen Kraut- und Blumengärten zu den ewigen Zinnen seiner väterländischen Berge emporhebt und aus dieser Adlerperspektive wohl auch, z. B. in dem poetischen Philosophem über den „Ursprung des Übels", den Blick in die dunklen jenseitigen Gebiete schweifen läßt. Wahrlich, könnte das Erschaffene Göttliches offenbaren, so wäre es die tiefe unermeßliche Einsamkeit dieser großen Natur, wie sie Haller in seinem schönsten, gewaltigen Gedicht: „Die Alpen" ergreifend schildert. Aber das feierliche Schweigen der Na-

tur deutet das Rätsel des Lebens nur geheimnisvoll an, ohne es jemals lösen zu können.
Beide, Haller wie Brockes, haben es daher als Dichter in der Religion nur bis zur bloßen Moral gebracht, die an sich bekanntlich niemals an überflüssiger Poesie leidet. Es konnte demnach nicht fehlen, daß sich derselben nun die prosaischen Halbpoeten, denen stets das Moralisieren leichter wird als das Dichten, immer mehr als ihres ausschließlichen Metiers bemächtigen. Unter diesen ist der schon erwähnte *Gellert* der berühmteste und wirksamste geworden, weil der Mittelmäßigkeit, die bei weitem die Majorität der Lesewelt bildet, das Mittelmäßige stets am verständlichsten und willkommensten ist, solange sie etwa nicht, wie wohl zuweilen durch außerordentliche Geister geschieht, wider Willen in ein ihr wildfremdes Gebiet mit fortgerissen wird, wo sie dann gewöhnlich vor unnatürlicher Anspannung für einen Augenblick in einem übertriebenen und höchst lächerlichen Enthusiasmus ganz außer sich gerät. Gellert war weit entfernt von einem solchen Attentat gegen die Mittelmäßigkeit; es ist aber dennoch nicht ohne psychologisches Interesse für das Verständnis der Zeit, seinen literarischen Lebenslauf hier noch etwas näher zu verfolgen; denn auch er hatte seine bescheidenen Irrfahrten. Erst schifft er sich in einem ihm gar wunderlich zu Gesicht stehenden Anfall jugendlichen Leichtsinns mit schäferlichen Lustspielen ein, die sämtlich noch die Gottschedsche Allongeperücke tragen. Aber die allgemeine Strömung erfaßt ihn, und er segelt in seinem Romane von der schwedischen Gräfin, nicht ohne bedenkliche Anfechtungen und Sympathien, an der Kalypso-Insel der neuen Aufklärung haardicht vorüber. Dann im Dankgefühl für die glückliche Rettung stimmt er geistliche Lieder an, so voll Tugenden ohne positives Christentum, daß sie ihm jeder gebildete Chinese ohne Gewissensskrupel nachsingen könnte; bis er endlich mit seinen Fabeln und Erzählungen auf der ganz neutralen Moral sitzenbleibt. Gellert hat es ohne allen Zweifel überall gut ge-

meint, doch seine Persönlichkeit gehört der wohlverdienten kindlichen Pietät der Zeitgenossen, keineswegs der Poesie und der Kritik an. Seine Moral hat durchaus etwas Altjüngferliches; es wird aber doch niemand behaupten wollen, daß eine alte Jungfer, und wenn sie noch so fromm und tugendhaft wäre, *deshalb* jung und schön würde.

Dieser frömmelnde Schulmeisterton war indes bei aller Gutmütigkeit zu trivial und langweilig, um der, nachgrade der Schule entwachsenen, komplizierten Bildung dauernd zu genügen. Man suchte sich daher allmählich und möglichst geräuschlos davon loszumachen; so wie denn überhaupt von jetzt ab die deutsche Literatur immer entschiedener den Charakter der Revolution und, wie in allen Revolutionen, einen steten Wechsel von Gegensätzen, von Influenzen und Reaktionen darstellt. Denn die verschiedenen menschlichen Kräfte, Gelüste und Widersprüche, einmal freigegeben, müssen sich erst kämpfend aneinander messen und formulieren, um sich selbst zu begreifen und, will's Gott, endlich ein Gleichgewicht und eine Versöhnung wiederherstellen zu können. So ging man denn auch hier auf demselben außerkirchlichen Boden gemütlich einen Schritt weiter. Das Prinzip blieb und wurde nur anders aufgefaßt, indem man jener still vegetativen natürlichen Religion eine mehr plastische Naturreligion unterschob, deren Bibel nicht mehr Konfuzius, sondern Horaz, und von ihm das: carpe diem der eigentliche Kanon war. Der altväterschen, etwas schwierigen Kunst, selig zu sterben, wurde die bequemere und daher bei weitem plausiblere Kunst, glückselig zu leben, substituiert; eine vergnügliche Genußreligion, wo die Weisheit nur an sich denken sollte, auf daß es ihr wohlgehe auf Erden. Diese Weisheit zog sich daher auf ihr Tuskulum eines philosophischen Quietismus zurück, von dem sie alle großen Leidenschaften, die die Welt bewegen, sorgfältig abwehrte. Darum nahm sie auch noch ein gut Stück Moral mit hinüber, nicht um der Moral willen, sondern weil alle

Unmäßigkeit geistig und leiblich den Magen verdirbt, mithin den ruhigen Genuß stört. Wollten aber diese Philosophen mit der Welt, galant wie sie damals war, in unangefochtener Zufriedenheit leben, so mußten sie natürlicherweise vor allem den antiquitätischen Bart und Magierrock ablegen und möglichst elegant im Frack auftreten, der nur in Paris proberecht zugeschnitten wurde. Handelte es sich ja doch überhaupt hierbei weniger um die ewig gleiche Sittlichkeit, als um die ewig veränderliche Sitte, nicht um den Anstand der Tugend, sondern um die Tugend des Anstandes. Man nannte es daher die Poesie der Grazien.

In der vordersten Reihe erscheint hier *Friedrich von Hagedorn* (1708-54), nicht nur als der erste, sondern auch als der augezeichnetste. Hagedorn hatte den großen Vorteil, daß er sich sein Tuskulum nicht, wie die meisten anderen, erst abstrakt zu erbauen und einzurichten brauchte, es war sein angeborenes Erbteil. Von Natur genügsam und fröhlich gestimmt, äußerlich in einer glücklichen, unabhängigen Lage, repräsentierte er selbst leibhaftig jene angenehme Philosophie und dichtete daher sorglos, wie er lebte und fühlte. Selbst wo er sich mit Chapelle, Pellison, Pavillon und anderen lockeren Gesellen leichtfertig auf den schlüpfrigglatten Pariser Salonboden begibt, bewegt er sich mit gewandter Sicherheit und liebenswürdiger Naivetät; überall eine für jene Zeit überraschende natürliche Leichtigkeit der Sprache und eine gesellige Heiterkeit, zu der sich seine Nachfolger *Uz, Zachariae, Pfeffel* etc. nur allzuoft sichtbar erst anstrengen und zwingen müssen. Diese größere Geistesfreiheit bewahrte ihn auch vor jener gelehrten Pedanterie einer stereotypen Freude, wie sie uns nach ihm in den Wein- und Gesellschaftsliedern der vorhin Genannten gleichfalls häufig anwidert. Ja, Hagedorn war sogar der erste, der, die beschränkte Umschau erweiternd, durch seine „Betrachtungen über die Malerei" auch die bildenden Künste in den Kreis dieser imaginären Einsiedlerschaft zog.

Dieser behäbige Glaube fand begreiflicherweise sehr bald seine Gemeinde, deren Vorstand über ein halbes Jahrhundert lang Gleim gewesen, und von dessen Heimat sie die *Halberstädter* oder auch die Hallesche geheißen ist. *Gleim* (1719–1803) war kein Dichter, er legte sich bloß den Hagedornschen Nachlaß in seiner etwas faseligen Art bequemer und praktischer zurecht. Der Kern seiner Lebensweisheit ist ein durch philosophische Würde und Anmut aufgesteifter Epikureismus, oder in Versen:

„Unschuldige Jugend, dir sei es bewußt, nur Feinde
der Tugend sind Feinde der Lust,
Ja Jugend und Freude sind ewig verwandt, es knüpfte sie
beide ein himmlisches Band;
ein reines Gewissen, ein ehrliches Herz, macht munter zu
Küssen und Tänzen und Scherz."

Er griff daher nach allen Seiten unermüdlich nach allem, was in diese lustige Moral einzuschlagen und sie irgend zu stützen schien. Er machte, anakreontische, horazische, petrarkische und Minnelieder; d. h. er nannte es so, denn in der Tat hat es nicht die geringste Ähnlichkeit und keinen anderen Rapport damit als ein totales Mißverständnis jener großen Dichter. Ja, er versuchte sogar, da seine „Schäferwelt" in Hamburg als ketzerisch verbrannt worden war, jene neuen Offenbarungen in seinem „Halladat" vermittelnd in das Christentum einzuschmuggeln. Und doch weiß man, daß dieser Halladat nur aus einer gelegentlichen Bekanntschaft mit dem Koran hervorgegangen ist. Wie bloß konventionell überhaupt diese ganze Poesie war, zeigt sich, grade des inneren Kontrastes wegen, am schlagendsten in seinen „Kriegsliedern eines preußischen Grenadiers". Hier war endlich einmal ein großer und populärer Stoff, von der allgemeinen Begeisterung der Zeit getragen. Dennoch hielt es Gleim für unerläßlich, auch diesem Grenadier einen tüchtigen Zopf von mythologischer Gelehrsamkeit und vornehmer Schönrednerei anzuhängen, der ihn dem Volke, zu dem er doch singen sollte, völlig fremd und unkenntlich macht. Gleims Bedeutung liegt daher keineswegs in seiner dichterischen Produktion, sondern in der Propaganda, die er machte, in seiner gutmütig leichtgläubigen, unendlich rezeptiven Persönlichkeit und dem zudringlichen Enthusiasmus, womit er allen Poeten, guten und schlechten, brüderlich um den Hals fällt. Es gibt auch in den literarischen Steppen von Zeit zu Zeit gewisse Karawansereien, deren Besitzer aber mehr mit der Wirtschaft als mit der Poesie zu schaffen und bei der Aufnahme des Genius, anstatt des besseren Teils der Magdalena, den der hülfreichen und rastlos geschäftigen Martha erwählt haben. Eine solche Karawanserei war Gleims „Hüttchen“ in Halberstadt, das in stetem Wechsel Wandermüde und Jugendfrische, Ehrenmänner und poetisierende Vagabonden auf ihrer Wallfahrt nach dem Parnaß beherbergte. Zehrung und Entgelt waren: Lob und Gegenlob, beides mit doppelter Kreide. Auch der ältere Jacobi verkehrte dort eine Zeitlang und setzte später, nur in größerem Stil, in Pempelfort die Wirtschaft fort, wo jedoch zum Teil schon vornehmere Geister einsprachen.

Um Gleim gruppierten sich mehrere jugendliche Dichter, die ihn fast alle weit übertrafen, von denen wir aber, da sie keine neue Bahn gebrochen, hier nur die hervorragendsten kurz erwähnen wollen. Unter ihnen stehen unbedenklich Kleist und Uz obenan. *Christian Ewald von Kleist* (1715–1759) wurde durch Gleim zum dichterischen Selbstbewußtsein geweckt und blieb dafür dankbar bis zu seinem Tode sein treuester Freund. Er hängt jedoch mit diesem Kreise eigentlich nur lose durch seine quietistische Gemütsrichtung zusammen, sein Epikureismus, wenn man es noch so nennen will, war von der edelsten Art: der Hang zum ländlichen dolce far niente. Wie tief er aber das Stilleben der Natur und ihre Schönheit empfand, hat er in seinem berühmtesten Gedichte „der Frühling“ kundgetan, dem Fragmente einer größeren, unvollendet gebliebenen Dichtung über das Landleben. Doch konnte ihn diese weichliche Ruhe nicht dauernd befriedigen, ein fast melancholischer Klang elegischer Klage weht durch all seine Dichtungen, er sehnte sich aus den engen stillen Tälern in die bewegte Welt der Taten hinaus. Und seine Sehnsucht sollte erfüllt werden: der Sturm des Siebenjährigen Krieges riß ihn mit fort, und er focht und fiel heldenhaft in der Schlacht von Kunersdorf. – Auch *Uz* war eine ernstgestimmte Natur. Er tändelte nur eine Zeitlang, und zwar sinnreicher und gehaltener als die andern, mit den Halberstädtern und ging dann, seinem eigentlichen Berufe folgend, zu der seraphischen Ode Klopstocks über. – Dagegen vertiefte sich *Zachariae* gänzlich in die Parfümwolke von Amoretten und trug die leichtfertige Spielerei sogar in das Epos, das sich nun, nach Popes Vorgang, englisieren und zum sogenannten komischen Heldengedicht bequemen mußte. Seine Heldengedichte: „das Schnupftuch“, „Phaeton und Murner“ etc. sind aber gar nicht komisch, sondern höchst langweilig und längst vergessen. Nur sein „Renommist“, wo ihn die Darstellung des wirklich Erlebten zur Naturwahrheit zwang, ist als eine ergötzliche Schilderung der damaligen Studentenwirtschaft bis auf uns gekommen. – Auch *Johann Georg Jacobi* war in Arkadien und schrieb entzückte Liebesbriefe an Gleim, der seinem „Jacobitchen“ dafür zehntausend versiegelte Küsse zurückschickte. Er studiert mit den andern die Unsterblichkeit in der Verwandlung der Blumen, hält den Untergang der Erde für unmöglich, weil der Geliebten Fuß ihren Boden betrat, lacht pflichtmäßig über das Pfaffenwesen und macht, da er selbst Kanonikus in Halberstadt wird, während der nächtlichen Noviziatswache in der Kapitelstube ein Liebeslied an Bellinde. Goethe nannte ihn ganz treffend ein kindisches Ding. Aber Jacobi war zugleich eine flexiblere Natur als seine anderen Sangesgenossen und hat daher später, wo ihm der Aufschwung der neueren und mächtigeren Dichter imponierte, sich an diesen, in seiner „Iris“, auch noch zu mehreren trefflichen und völlig unarkadischen Liedern emporgehoben. – Nur der evangelische Pfarrer *Götz* konnte sich aus den Rosengirlanden niemals herauswickeln und blieb auf seiner „Mädcheninsel“ sitzen, mit welcher er, wahrscheinlich des französierenden Geschnörkels wegen, sogar den Beifall oder vielmehr die mitleidige Nachsicht Friedrichs des Großen erwarb. Wie sehr indes dieser alberne Grazienkultus überhaupt nur äußerlich und eine bloße üble Angewöhnung war, zeigt u. a. auch die Ängstlichkeit, womit Götz seine Poesien selbst vor der eigenen Familie geheimhielt und sich einer Weisheit schämte, welche ein anderer Halberstädter: *Michaelis*, am bündigsten mit den Worten umschreibt: „Mein Standpunkt ist dieses Rund; was außer ihm liegt, gehört nicht meinen Sorgen; der Erdball aber ganz, und meinem Geiste ward Licht, mein ganzes Wohl, das dieser Ball verflicht, auf diesem Balle ganz mir aufzuklären.“

Man hat diese Poeten in neuerer Zeit häufig mit den Minnesängern verglichen. Der Vergleich paßt nur insofern, als sie allerdings ihre Poesie mit dem *Ende* des Minnegesanges angefangen haben, mit der laxen Moral, mit der allegorischen Konfusion und Verkünstelung der letzten Minnesänger. Aber der Minnegesang ging vom volksmäßigen Marienkultus aus, dessen Schönheit auch die irdischen Frauen mit himmlischem Glanz verklärte; er hatte einen durchaus nationalen Hintergrund. Jene Grazienjäger dagegen standen gleich ursprünglich mitten in einer vergilbten heidnischen Mythologie, die nur die Gelehrten interessieren konnte. Die Minnesänger feierten wirkliche, lebendige, wenngleich phantastisch idealisierte Frauengestalten, sie dichteten in Wald und Feld, zu Roß, auf ritterlichen Heldenfahrten, sie sangen wie sie lebten, und sie lebten poetisch; während die Anakreontiker sich in ihren dumpfigen Studierstuben mit bloßen Chimären, mit Nymphen und Sylphiden herumherzten und gleichsam den Lebenswein aus leeren Flaschen tranken.

Eine solche Poesie konnte natürlich nur mit dem etwas

sentimental gefärbten Verstande gemacht und demnach auch nur vom Verstande erzogen und gerichtet werden. Ähnliche Verhältnisse pflegen überall dieselben Erscheinungen hervorzurufen. Kein Wunder daher, daß, wie ehemals Gottsched, auch jetzt ein nüchterner und poetisch völlig impotenter Mann sich als Schultyrann dieses fröhlichen Gebiets bemächtigte. *Ramler* machte es zu seiner nicht beneidenswerten Lebensaufgabe, die Gedichte aller seiner Zeitgenossen durchzukorrigieren, er war der poetische Exerziermeister seiner Zeit, das kritische Gewissen der Dichter, die sämtlich, selbst Gleim und den jungen Lessing nicht ausgenommen, mit liebenswürdiger Unbefangenheit und Resignation ihre Manuskripte seiner diktatorischen Schere unterwarfen. Beide Teile taten recht daran, die Dichter, denn ihre Darstellungsweise war ebenso salopp als ihre Moral; und Ramler hatte gleichfalls recht, das ganze leere Formelwesen lediglich formell anzufassen und, ohne nach Individualitäten zu fragen, an denen doch nichts zu verlieren war, alles nach *einer* Schablone, die man damals Geschmack nannte, zurechtzustutzen. Er selbst hat es niemals über eine ziemlich pedantische Nachahmung und Übersetzung von Horaz gebracht, und seine besten Leistungen, die Oden an Friedrich den Großen, haben bei weitem mehr patriotischen als poetischen Wert; aber seine strenge und saubere Technik hat mit mehreren Modifikationen bis zu unserer Zeit nachgewirkt.

Der eigentliche Großmeister aber jenes galanten Cotillonordens war *Wieland*. Erst durch Wieland wurde diese gemütliche Faselei in ein förmliches System und somit zum allgemeinen Selbstbewußtsein gebracht; es war in seiner Spitze und Vollendung der philosophisch formulierte Egoismus des sinnlichen Genusses. Um nun diesen Egoismus einerseits rechtfertigend zu begründen und andrerseits vor aller Störung möglichst zu verwahren, stellt Wieland die Poesie, die doch ihrer Natur nach eben das Höhere andeuten und erstreben will, gradezu auf den Kopf, indem seine ganze Dichtung klarmachen soll, daß es für den Menschen überhaupt nichts erreichbar Höheres, Großes und Edles gebe, welches er daher überall, wo es seiner Theorie hindernd in den Weg tritt, als bloße Illusion der Schwärmerei dem Witz und Spott der französischen Salonweisheit preisgibt. Dasselbe hat später auch Kotzebue getan; aber Wieland tat es ehrlich aus einem großen moralischen Irrtum, um die Menschheit zu beglücken, und Kotzebue aus Gemeinheit und leichtsinniger Bosheit, um die Menschen zu ärgern. Nur das Motiv also ist verschieden, der Effekt bleibt immerhin derselbe, und bei dem bedeutenden Einfluß, den Wieland auf die geistige Stimmung fast eines halben Jahrhunderts ausgeübt, lohnt es wohl der Mühe, sein Verfahren im einzelnen etwas näher zu beleuchten.

Zunächst fing auch er, wie die Halberstädter den Minnegesang, das Antike von hinten an, er merkte sich vom klassischen Altertum nur die sittliche Fäulnis seines Verfalls, von der plastischen Schönheit das Nackte, von der durchsichtig heiteren Lebensansicht die Liederlichkeit, von den Philosophen den Epikur und nimmt sich in seinem französischen Frack nirgend verwunderlicher, ja possierlicher aus als unter den alten Griechen. So liebäugelt z. B. sein „Diogenes“ aus seiner Tonne mit schönen Mädchen und spielt gegen einzutauschende Küsse den galanten Ratgeber. Gegen die hohe Bedeutung einer ganz *anderen* Welt richtet sich sein „Don Sylvio von Rosalva, oder der Sieg der Natur über die Schwärmerei, eine Geschichte, worin alles Wunderbare natürlich zugeht“. Aber dieser Don Sylvio kämpft zu zaghaft und versteckt, um aus solchem Hinterhalt etwas Erkleckliches ausrichten zu können. Er stichelt auf den Geschmack an französischen Feenmärchen, die niemand kennt, und meint damit eigentlich den alten Wunderglauben des Mittelalters, ebenso stichelt er auf den neuen Klopstockschen Aufschwung, was aber niemand merkt; so daß das Ganze sich als ein völlig vergebliches Scheingefecht verläuft. Mit größerem

Recht bietet er gegen Richardsons allerdings ziemlich ungesunde Tugendhelden, die damals namentlich alle Weiberherzen eroberten, die Ritter des sogenannten gesunden Menschenverstandes auf; allein diese sind, trotz aller affektierten Natur und Wirklichkeit, ebensosehr nur gemachte Bücherhelden und jedenfalls noch unpoetischer als die Richardsonschen. Endlich dreister in immer weiteren Kreisen um sich greifend, stellt er überhaupt das Göttliche und Tierische im Menschen einander gegenüber und läßt, bei aller salbungsvollen Schönrednerei, das letztere, als verstünde sich das ebenso von selbst, regelmäßig siegen; z. B. in seinem „Agathon", wo er geständlich sich selbst schildert, und dessen jugendlicher Platonismus, Unschuld und Glauben zuletzt an den Buhlerkünsten der Danae und der (eigentlich modern englischen und französischen) Philosophie des Sophisten Hippias kläglich scheitern muß. Dasselbe Thema variiert er in seiner „Musarion", welche zwei starrköpfige Philosophen, einen Stoiker und einen Pythagoräer, durch ihre Nymphen und ihren Wein von ihrer exzentrischen Moral kuriert. Wie sein Diogenes junge Mädchen, so belehrt hier eine Hetäre ihren sentimentalen Geliebten Phanias über die verlorene Mühe des moralischen Rigorismus und bekehrt ihn zu *ihrer* angeblich stichhaltigeren leichtsinnigen Moral durch leichte Scherze, womit sie das Überspannte auf eine sanfte und unmerkliche Art vom Wahren abzuschneiden weiß, durch sokratische Ironien und ihre „Nachsicht gegen die Unvollkommenheiten der menschlichen Natur, die mit all ihren Mängeln doch immer das liebenswürdigste Ding ist, das wir kennen". Diese Lehre wird vom Autor ausdrücklich die Philosophie der Grazien genannt. Was wir aber unter einer solchen Grazie eigentlich zu verstehen haben, deutet er uns selbst gelegentlich an: eine Sünderin, die alles, was schön und liebreizend und bezaubernd ist, in ihrem Geist und in ihrem Umgang vereinigt; tadelnswürdig, insofern sie eine Sünderin ist, gleichwohl aber ausgeschmückt mit Witz, Geschmack, feiner Empfindung, Le-

bensart, Kenntnissen, Talenten, kurz mit tausend Verdiensten, „die selbst auf ihre Sünden ein sanft gebrochenes Zauberlicht werfen".
Von solchem ewigen Abwägen und Schaukeln zwischen Idee und Tierheit, wo Gutes und Böses beständig einander wechselseitig neutralisieren, kann notwendig zuletzt nur der Nihilismus eines völlig nüchternen juste milieu zurückbleiben. Auch Wieland hat es daher, trotz seines Grundsatzes: „mit dem Kopfe Freidenker, im Herzen tugendhaft", weder zur Tugend, noch zu Voltairescher Freigeisterei, sondern nur zu einem protestantischen Rationalismus, als Schriftsteller weder zur Philosophie noch Geschichte, weder zum Drama noch Epos, sondern lediglich zu einem Mittelding von allem diesen, zum sogenannten philosophischen Halbromane gebracht. Am augenfälligsten zeigt sich diese „Weisheit der Mitte" in seiner Auffassung der Liebe, die, z. B. in „Iris", weder platonisch noch sinnlich sein soll. Das wäre also ungefähr das bekannte Messer ohne Griff, an dem die Klinge fehlt. Aber an dem Autor selbst sollte sich unglücklicherweise sehr bald bewähren, was er, wie in prophetischem Vorgefühl, in seinem „Theapes" der Aspasia in den Mund gelegt: „Diese beiden Amors (der geistige Amor und der sinnliche Cupido) sind sich nahe verwandt, und es ist oft geschehen, daß sie ihre Kleidung gewechselt haben und daß der leibhafte Cupido erschienen ist, das Wort zu halten, welches der platonische Sylph gegeben. Cupido ist ein wahrer Proteus, der sich so gut in einen Platoniker als in eine Franziskanerkutte maskieren kann, und wenn er die Dame Phantasie auf seiner Seite hat, so weiß ich nichts, was die beiden Schelme nicht ausrichten könnten." Und in der Tat, diesem Schelm Cupido gelang das Unerhörte, den ehrbaren Familienvater Wieland in seiner Nadine und den scherzhaften Erzählungen plötzlich weit über die Grenzen seiner eigenen liberalen Grazien hinaus in das bodenlose Gesümpf der obszönsten Lüsternheit zu verlocken.

Das endliche Resultat aber aller dieser moralischen und unmoralischen Räsonnements und Darstellungen ist eine Art von Naturreligion, die er in seinem „goldenen Spiegel" unter der Leitung des weisen Psammis der Glückseligkeit eines kleinen Staates zum Grunde legt. Psammis lehrt nämlich in der Hauptsache: „die Natur habe alle unsere Sinne, jedes Fäserchen unseres Wesens, unser Gehirn und unser Herz zu Werkzeugen des Vergnügens gemacht; vernehmlicher konnte sie nicht sagen, wozu sie uns geschaffen habe. Wäre es möglich gewesen, uns des Vergnügens fähig zu machen ohne den Schmerz, so würde es geschehen sein. Solange man aber den Gesetzen der Natur folge, werde der Schmerz das Gefühl für jedes Vergnügen schärfen, und *dadurch* zu einer Wohltat werden. – Man genieße jeden Augenblick, aber ohne Mäßigung werden auch die natürlichsten Begierden zu Quellen des Schmerzes, der den Keim eines künftigen Vergnügens zernage. – Mäßigung sei Weisheit, und nur dem Weisen sei es vergönnt, den Becher der reinen Wollust, den die Natur jedem Sterblichen voll einschenke, bis auf den letzten Tropfen auszuschlürfen. Der Weise versagt sich zuweilen ein gegenwärtiges Vergnügen, um sich auf die Zukunft zu einem desto vollkommneren Genusse aufzusparen. – Nie suche man einen höheren Grad von Kenntnis; man wisse genug, wenn man gelernt habe, glücklich zu sein. – Keine Lust, kein angenehmes Gefühl sei versagt, das die Natur uns zugedacht habe. – Die Mäßigung werde nur empfohlen, weil sie unentbehrlich sei, vor Schmerzen zu bewahren und immer zu Freuden aufgelegt zu erhalten. – Der Gehorsam gegen die Gesetze der Natur befehle, die Sinne zu ergötzen. – Der betrügliche Unterschied zwischen *Nützlich* und *Angenehm* sei daher aufgehoben; denn nützlich sei nur, was uns vor Unlust bewahre oder eine Quelle des Vergnügens sei." – Hiernach sollen dann auch in diesem Mutterstaate die Kinder vom dritten bis zum achten Jahre größtenteils *sich selbst*, das ist der Erziehung der Natur, überlassen werden und nach später empfangenem Unterricht gelehrt genug sein, wenn sie imstande sind, ihre Verfassung für die beste zu halten und um Künste und Wissenschaften niemand zu beneiden. Im dreißigsten Jahre aber ist ein jeder verbunden, zu seiner ersten Frau die zweite, und im vierzigsten die dritte zu nehmen usw. Zuletzt muß denn der weise Psammis selber eingestehen: „unser Volk ist ein Völkchen von ausgemachten Wollüstlingen; aber desto besser für uns!" Und dieses ganze Eldorado ist nicht etwa, wie es allerdings den Anschein hat, ironisch, sondern vollkommen ernst gemeint. Man sieht also auch hier, daß, da der Mensch doch irgend etwas glauben will, mit dem religiösen Unglauben der politische Aberglaube stets Hand in Hand geht.

Das Beste, was Wieland vermochte, hat er in zwei Werken von sehr verschiedener Richtung gegeben: im Oberon, und in den Abderiten. Allein im *Oberon* ist er offenbar nicht sattelfest genug zum Ritt ins alte romantische Land; dieses Hüons-Horn hat einen falschen Ton aufgeklärter Ironie, die nebst der Zauberei auch die Romantik vernichtet; und der Angelpunkt, um den sich eigentlich das Ganze dreht, ist auch hier wieder jenes „liebenswürdige Ding" von Herzen, an dem die verliebten Helden Schiffbruch leiden. Die *Abderiten* dagegen sind, ohne dergleichen phantastische Anfechtungen, bloß mit dem „gesunden Menschenverstande" gearbeitet, und es ist ihm daher hier ein sehr ergötzliches Bild des Kampfes zwischen Spießbürgertum und Weltbürgertum gelungen, in welchem der Philosoph Demokrit sich lachend die Märtyrerpalme erwirbt.

Man hat Wieland oft nachgerühmt, daß er zuerst den Mut hatte, die Poesie aus den Fesseln der Religion und Moral zu befreien. Das tat er wirklich, und er hatte ganz recht, denn eine *gefesselte* Poesie nützt weder der Religion noch der Moral. Nur geht er dabei von der seltsamen Voraussetzung aus, daß die Menschheit lediglich durch Erfahrung zu belehren und zu veredeln sei und daß man ihr folglich auch in der Poesie nicht Ideale, sondern die Menschen genau so vorführen müsse, wie sie wirklich sind.

Hier ist aber ein doppelter Irrtum. Denn einmal wird, wie das Sprichwort und die Geschichte lehrt, durch Erfahrung niemand klug, geschweige denn tugendhaft, wozu vielmehr ganz andere Hebel und Flügel gehören. Auch heißt wohl jenes Prinzip im Grunde eben nichts anderes, als durch eigenen Schaden klug werden. Nun wäre es aber doch ein gar zu wunderliches und gewagtes Verfahren, jemanden erst aufs Glatteis zu schicken, um zu probieren, ob er fallen wird, oder um ihn, wenn er gar einbricht, hinterdrein menschenfreundlich retten zu können; ganz abgesehen davon, daß es ein Widerspruch in sich ist, die kranke Wirklichkeit durch die Wirklichkeit, die ja eben gebessert werden soll, kurieren zu wollen. – Sodann soll die Poesie allerdings keine Magd, weder der Religion noch der Moral, sein, sondern durch ihre eigentümliche Zauberformel die *Schönheit,* wie und wo immer sie verborgen leuchtet, aus den Banden der tölpelhaften Riesen und Drachen und pfiffigen Philister erlösen. Aber die gemeine Wirklichkeit und ihre Laster, sie mögen sich noch so kokettisch-grazienhaft ausschmücken oder verschleiern, sind nirgend schön. Dagegen geht durch alle Zeiten und Völker das unvertilgbare Gefühl einer höheren, überirdischen, geheimnisvollen Schönheit, die der Religion, der Sittlichkeit und der Poesie gemeinsam ist und ohne welche die letztere in hochmütiger Absonderung niemals wahrhaft bestehen kann.

Daß aber Wieland dennoch so großen Sukzeß hatte, verwundert uns nicht im mindesten. Seine Irrtümer und Mängel waren eben das Steckenpferd der Zeit, und seine nüchterne Religionsphilosophie war gar zu niedlich, bequem und für jeden Komfort besorgt, um nicht alle materialistische Mittelmäßigkeit und allen invaliden Glauben, der doch am Ende auch seine anständige Kirche haben will, in gerechtes Erstaunen und Entzücken zu versetzen. Auch *das* befremdet uns keineswegs, daß er auf dem Pegasus ein ausgemachter Libertin und zu Hause ein ausgemachter Philister war, denn die Libertinage ist doch ei-

gentlich auch nur eine anders gefärbte Philisterei, und er war kein selbständiger Charakter, vielmehr nur der Repräsentant und Sprecher der Charakterlosigkeit seiner Zeit, die er nicht bestimmte, sondern von ihr gestimmt wurde. Weich, biegsam, gutmütig und bis zum Exzeß für alles empfänglich, was nicht eigene Kraft erfordert, schwankte er daher beständig zwischen den Extremen der schwankenden Zeit, seinem Wahlspruch zufolge: daß wir nur „durch öftere Veränderungen in unserer Art zu denken" gut und weise werden. Erst dichtet er mit dem frommen Bodmer an *einem* Tisch Psalmen und Patriarchaden und eifert gegen Gleim und Uz als „schwärmende Anbeter des Bacchus und der Venus, die man für eine Bande epikurischer Heiden halten sollte". Aber schon damals blickt er zugleich bedenklich seitwärts aus seiner „sublimen Glückseligkeit" und bekennt, „daß die Damen der Hauptressort seines Geistes gewesen und daß er *ohne sie* selbst seine christlichen Empfindungen nicht geschrieben hätte". Dann, im Hause des Grafen Stadion mitten in das gelobte Land der modernsten Aufklärung versetzt, legt auch wie der scharfblickende Lessing vorausgesagt, die junge Wielandsche Muse, die so lange die Betschwester gespielt und sich eine verständige erfahrene Miene anzunehmen bemüht hatte, plötzlich ihr altväterisches Käppchen ab und verwandelt sich in eine muntere Modeschönheit. In Weimar endlich war der inzwischen altgewordenen Muse die neue Zeit über den Kopf gewachsen, in der sie sich nie wieder ganz zurechtzufinden wußte.
Wir sind hiernach weit entfernt, über Wielands Persönlichkeit rechten oder richten zu wollen; die Sünde seiner Poesie war sicherlich nicht Lüge, sondern menschliche Schwäche. Aber ebenso gewiß hat seine leichtfertige französierende Lebensansicht für lange Zeit die deutsche Poesie frivol und die Kotzebues etc. möglich gemacht. Auch leugnen wir keineswegs, daß er die äußeren Formen, namentlich der Prosa, in einen leichteren und anmutigeren Fluß gebracht. Allein diese ganz ins Allgemeine gehalte-

ne, schlüpfrigglatte Salonsprache ist uns stets wie eine Übersetzung aus dem Französischen vorgekommen. Dennoch wird sie noch bis heute oft als Mustersprache angepriesen. Als ob es überhaupt einen Normalstil gäbe für Poeten, deren jeder seinen eigenen mitbringt, wie jeder ausgeprägte Charakter sein Gesicht.

Von Wielands Nachfolgern ist *Moritz August von Thümmel* (1738–1817) unstreitig der geistreichste, nicht wegen seiner ganz unbedeutenden Jugendschriften: „Wilhelmine“ und die „Inokulation der Liebe“, die sich fast nur wie Wielandsche Stilübungen ausnehmen, sondern durch sein berühmtestes Werk: „Reise in die mittäglichen Provinzen Frankreichs“. Hier wird das Heilverfahren, womit Wieland die imaginäre Griechenwelt reformieren wollte, praktischer auf einen bücherversessenen deutschen Gelehrten angewandt und dieser durch Wein, schöne Mädchen und französische Lebensweisheit glücklich von seiner hypochondrischen Unschuld kuriert. Zwar hat der Genesene zuletzt, man sieht nicht recht warum, wieder einen höchst bedenklichen Rückfall, und der Autor desavouiert förmlich das ganze Heilverfahren; allein dieser moralische Zensurklecks am Schlusse vermag keineswegs das brillante Kolorit des lüsternen Hintergrundes wieder auszulöschen. – Wohin aber die Wielandsche Richtung geringere Geister führen mußte, zeigt sich vorzüglich bei den beiden Österreichern *Alxinger* und *Blumauer.* Alxinger hat in seinem „Doolin von Mainz“ und „Bliomberis“ den Oberon verballhornt und Blumauer, z. B. in seiner Travestierung der Aeneide, die Grazienscherze Wielands zu gemeinen und übelriechenden Späßen verbraucht. Ja, ein liederlicher Dichterling durfte es, freilich zu Wielands unbegreiflicher Überraschung und Entrüstung, wagen, ihm seine unzüchtigen Gedichte in Grécourts Manier mit einem salve frater zu dedizieren.

Diesen galant tänzelnden und zuletzt bedenklich ausgleitenden Dichtern sehen wir eine andere Gruppe in den sogenannten *Bremer Beiträgen* sich gegenüberstellen. Die Bremer, oder wie sie eigentlich heißen: „Neuen Beiträge zum Vergnügen des Verstandes und Witzes“, entstanden aus dem Überdruß mehrerer jungen Poeten an der Gottschedschen Tyrannei, und wurzeln zum Teil noch in der Anschauungsweise des Halberstädtschen Kreises, aus welchem sogar Hagedorn und Gleim selbst sich anfangs daran beteiligten. Die übrigen nennenswerten Mitglieder dieser neuen Gruppe sind – außer Zachariae und Gellert, die wir in andrer Beziehung schon oben erwähnt haben – vorzüglich Ebert, Giseke, Cramer, Adolf Schlegel, Rabener, und zuletzt auch Klopstock. Alle diese mittelmäßigen Poeten – wenn wir, wie sich von selbst versteht, Klopstock ausnehmen – haben nichts Neues geschaffen, sondern bloß vorbereitet; sie bilden nur den mehr kritischen als produktiven Übergang von Hagedorn zu Klopstock. Mit dem ersteren sympathisiert am meisten noch Ebert in seiner Lyrik, und zum Teil auch Giseke, mit Klopstock dagegen Cramer und Adolf Schlegel. Rabener, der Satiriker unter ihnen, hat natürlicherweise seine besondere Domäne für sich, die er sich möglichst bescheiden und enge eingehegt. Behutsam und unter ironischen Bücklingen berührt er kaum die Schellenkappe, ohne den eigentlichen Narren der Zeit irgend herzhaft herauszufordern. Seine Satiren sind im Grunde nur ein Alteweibergeklatsch über die minuziöse Misere der damaligen Kleinstädterei und Dorfteufeleien und daher grade so langweilig als ihr Stoff.

Der allgemeine Grundcharakter aber, der diese Gruppe von der vorigen wesentlich unterscheidet, ist der größere Ernst der Gesinnung und, mit diesem besseren Gewissen, auch die größere Wahrheit der Empfindung. So haben sie zunächst von dem Inhalt der Anakreontiker vorzüglich nur die Freundschaft mit herübergenommen und sie aus der Gleimschen Tändelei zu einer männlichen Tugend herausgebildet; ihre ganze Lyrik ist fast nur ein wehmütiger Nachklang ihres jugendlich aufstrebenden Zusammenlebens in Leipzig. Gellert sowie Schlegel, Rabener und Giseke sagen, daß die Freundschaft sie singen gelehrt, und Klopstock hat später in seiner Ode „Wingolf" die zerstreuten Genossen noch einmal im Geiste um sich versammelt und dem Jugendbunde ein unvergängliches Denkmal gesetzt. Diese Wehmut und Treue konnte indes begreiflicherweise mit Crébillon, Grasset, Batteux etc. nicht bestehen; daher gingen sie, da ihre Poesie noch unsicher experimentierte und sich anlehnen mußte, immer mehr von dem leichtsinnigen Franzosentum der Halberstädter zu den tieferen Engländern über. Ebert übersetzte Glovers Leonidas und Youngs Nachtgedanken, welche der nachfolgenden Literatur für lange Zeit eine melancholische Mondscheinbeleuchtung gaben. Am fühlbarsten aber zeigt sich der Unterschied in dem redlichen Eifer, womit sie auf dem religiösen Gebiet sich der Mode gewordenen Freidenkerei entgegenstemmen. Giseke polemisiert gegen die Spinozisten, Cramer wendet sich zuletzt beinah ausschließlich zum Kirchenliede, und selbst der sanfte Gellert tritt plötzlich geharnischt gegen die Deisten auf. Allein es war mehr eine versuchte Vermittelung als ein offener Kampf. Sie fochten nicht mit den unmittelbaren Waffen der Religion, sondern wollten durch die poetischen Schönheiten derselben bekehren; ja Cramer hielt den Freigeistern die Bibel als „ein Werk des Geschmacks" vor, deren Betrachtung eine „Andacht des Witzes und einer regelmäßigen Einbildung" sei.

Diese Richtung, so unscheinbar und verschleiert sie beginnt, hat doch in ihren allmählichen Entwickelungen und Konsequenzen unsere ganze moderne Literatur revolutioniert. Sie erscheint sehr bald schon als entschiedenes Ästhetisieren des Christentums, laviert dann eine Zeitlang zwischen dem Kreuzfeuer einer sublimen Sentimentalität und des unsterblichen großen Menschenverstandes, beiden sich biegsam akkommodierend, bis endlich im siegreichen Fortgange das ursprüngliche Verhältnis völlig umgekehrt, das bisherige bloße Mittel zum Zweck und an die Stelle der Religion die Kunst gesetzt wird, die nun allein das Christentum vertreten und die Erziehung des Menschengeschlechts übernehmen soll. Je näher wir aber nun dem unmittelbaren Kampfplatze rücken, um so schroffer, schärfer und rascher wechseln die Gegensätze; die sich kreuzenden Intentionen und Interessen werden komplizierter und verworrener und die unendlichen Staubwolken, die sie aufwühlen, immer dichter. Wir müssen uns daher, um den Faden nicht zu verlieren, notwendig darauf beschränken, aus dem großen Geistergetümmel nur die führenden Momente möglichst klar hervorzuheben.

Herder (1744–1803) war der erste eigentliche Ästhetiker des Christentums. In seinen frühesten und bedeutendsten religiösen Schriften: in der „ältesten Urkunde des Menschengeschlechts", im „Geist der hebräischen Poesie" und in den „Briefen über das Studium der Theologie", entschleiert er mit einem seiner Intention vollkommen entsprechenden und bis dahin unerhörten Glanz und Aufschwung der Sprache nicht sowohl das göttliche Geheimnis als vielmehr das *menschlich* Große der heiligen Schriften, er lehrt nicht Religion, sondern zeigt nur, wie *schön* sie sei, und vindiziert David und den Propheten auch als *Dichtern* den Vorrang über die Poesie des klassischen Altertums. Aber er beschränkte sich hierbei nicht auf die heiligen Schriften. Wie Brockes vor ihm fast kindisch versucht, hat Herder in einem höheren und umfassenderen Sinne in seinen „Ideen zur Philosophie der Geschichte der Menschheit" den religiösen Glauben zugleich auch aus der Schönheit der äußern und der Menschennatur zu interpretieren unternommen. „Gang Gottes in der Natur" – sagt er dort – „die Gedanken, die der Ewige uns in der Reihe seiner Werke tätlich dargelegt hat, sie sind das heilige Buch, an dessen Charakteren ich buchstabiert habe und buchstabieren werde. Überall hat uns die große Analogie der Natur auf Wahrheiten der Religion geführt, und diesen Weg verfolgend, sehen wir zuletzt das dunkelstrahlende Licht als Flamme und Sonne aufgehen." – Es ist dieselbe ganz außerordentliche Empfänglichkeit und poetische Divinationsgabe, die auch seine „Stimmen der Völker" hervorgerufen: gleichsam eine Generalkarte der Poesie, welche die poetischen Individualitäten aller Zeiten und Völker der Erde in ihren Volksliedern nachweist. Und diese Universalität der Weltbetrachtung führte gleichzeitig auch noch in anderer Richtung zu einer literarischen Erscheinung, auf die wir später, wo sie sich selbständig entwickelt, noch einmal zurückkommen müssen. Man sieht und fühlt es überall unwillkürlich heraus: Herders Christentum war weniger Sache der Erkenntnis als der Phantasie, mehr eine poetische Mythologie der Religion als ein tieferes Eindringen in die ewigen Grundlagen dieser Mythologie. Daher sinkt er, wo es unmittelbar ein solches Eindringen galt, in seinen Kirchenliedern, ungeschickt bis zur trocknen Nüchternheit herab; daher sehen wir ihn im zunehmenden Alter, als die jugendliche Schnellkraft der Phantasie versagte, immer mehr der rationalistischen Aufklärung verfallen und schmerzlich an sich selber irre werden. Auch dürfen wir es uns nicht verhehlen, daß er in seinen Völkerstimmen häufig den wahren Klang verfehlt und namentlich in der Übertragung des spanischen Volksepos vom „Cid" diese felsenkantige Heldengestalt mannigfach abgemeißelt und modernisiert hat. Aber man vergesse nicht, wie verknöchert damals die Theologie und wie gelehrt und pedantisch die Poesie von ihrem volkstümlichen Urquell abgewendet war. Und so hat denn Herder jedenfalls, worauf es zunächst ankam, nach beiden Richtungen hin einen erfrischenden Hauch gebracht, der noch jetzt belebend fortwirkt; ein unvergängliches Verdienst, das wir dankbar anerkennen sollen. Dieselbe Anerkennung aus demselben Grunde verdient *Klopstock*, und zwar in so höherem Maße, als Herder eigentlich nur Nachdichter, Klopstock aber selbständig schöpferisch und also unendlich wirksamer war. Klop-

stock hat, was die besten seiner Zeitgenossen dunkel wollten, das von allen geahnte Morgenrot heraufbeschworen, er hat in der Tat die deutsche Poesie innerlich und äußerlich neugeschaffen, indem er ihr einen ewigen Inhalt und eine strenge würdige Form wiedergab. Er hatte zuerst den Mut, sie aus der trostlosen Verwirrung des Unglaubens und des gelehrten Aberglaubens auf ihren natürlichen Ursprung: auf Religion und Vaterlandsliebe, zurückzuweisen; und es lag nur in dem allgemeinen Mißverhältnis der einzelnen Menschenkraft zu so hohen Intentionen, wenn er sein großes Ziel nicht vollkommen erreichte.
Auch Klopstocks Christentum (wie sich hier überall von selbst versteht: als *literarische* Erscheinung) ist, gleich dem Herderschen, ein ästhetisches und spezifisch protestantisches, indem es mit mehr oder minder poetischer Willkür, dem subjektiven Emanzipationsprinzip des Protestantismus gemäß, lediglich auf die schwanke Spitze des individuellen Gefühls gestellt wird. Seine Messiade sollte ein National-Epos werden; aber sie ist beides nicht geworden, weder ein Epos noch wirklich national, eben durch jene rein subjektive Auffassung. Denn das Epos ist, seiner eigentümlichen Natur nach, die Darstellung einer allgemeinen Weltanschauung, wo, wie in der Weltgeschichte, die Tatsachen reden und das Individuum demütig zurücktritt. Der Gegenstand der Messiade ist ungefähr derselbe wie in Eschenbachs Parzival: das göttliche Erlösungswerk. Allein Eschenbachs Epos ruht auf dem festen Grunde eines von der Zeit getragenen allgemeinen Glaubens, dessen symbolischer Typus nur der persönliche Parzival ist, während in der Messiade der Glaube gleichsam erst wieder neu aufgefunden werden muß. Daher dort alles objektiv, hier alles ideal: ein abstrakter Himmel und die bloße Rhetorik gestaltloser Engel und Dämonen, aus protestantischer Unkenntnis oder Abneigung aller altkirchlichen Tradition entkleidet, womit uns z. B. Dante so gewaltig durch Himmel und Hölle führt. Daher bei Dante und im Parzival lauter Handlung und in der Mes-

siade lauter Empfindung und endlose Reden über diese Empfindung, mithin das Elegische vorwaltend. Ja selbst die Teufel werden hier rührend, und es ist bekannt, daß die Damen in zärtlicher Sorge den Dichter bestürmten, den liebenswürdigen Teufel Abadona am Ende des Werkes noch zu begnadigen. – Gleich wie demnach die Messiade kein Epos, so ist auch ihre Form nichts weniger als national. Wir geben gern zu, daß die Poeten vor Klopstock größtenteils triviale Reimschmiede waren, als sei der Reim nicht der Poesie wegen, sondern die Poesie nur um des Reimes willen da. Aber nicht der Reim war daran schuld, sondern die allgemeine Gedankenlosigkeit der Zeit. Es ist überhaupt ein seltsames Mißverständnis, die Poesie einer Nation von ihrer eigentümlichen Form, als etwas ganz Zufälligem, trennen zu wollen; beide gehören notwendig zueinander wie Leib und Seele und geben eben zusammen erst die Poesie. Und so ist denn auch der Reim so alt wie die deutsche Dichtung und hat durch alle Zeiten melodisch fortgetönt bis auf den heutigen Tag. Es war daher die eigentliche Aufgabe Klopstocks, ihm belebend seine uralte nationale Bedeutung und Würde wiederzugeben, anstatt ihn in vornehmer Verachtung fortzuwerfen. Jedenfalls aber war der dafür gewählte Hexameter ein störender Mißklang und nur den Gelehrten verständlich und genehm.

Derselbe Grundirrtum hat auch seine Dramen verdorben. In seinen sogenannten Bardieten wird ebenso willkürlich ein ungermanisches Altertum mit ganz unhistorischen Druiden und Barden improvisiert und in einem Tränenbade von Empfindsamkeit bis zur völligen Unkenntlichkeit verwaschen. Gleich wie man damals die Religion auf ein angebliches Urchristentum zurückführen wollte, so ist hier das Deutschtum ohne irgendein Mittelglied an eine fabelhafte Urwelt geknüpft, die niemals war, und an eine nordisch-heidnische Mythologie, die niemand kannte. Es gibt wohl in der ganzen deutschen Literatur kaum etwas Unmöglicheres als diesen Klopstockschen Hermann in der „Hermannsschlacht“, ein weinerlicher Held, der nichts tut, als von dem, was er tun sollte, seine Thusnelda zärtlich unterhalten, und in einer wunderlich verzwickten Senecaschen Lapidarsprache mit dem Munde Schlachten liefert. Gleichwohl war die großartige Vaterlandsliebe, die diesen dramatischen Versuchen zum Grunde lag, etwas so unerhört Neues, daß sie ganz Deutschland aufrüttelnd elektrisierte und überall mannigfachen Widerhall weckte. Aus allen Gauen brachen plötzlich mit wütendem Schlachtgeschrei langbärtige Barden hervor, die Klopstocks Vaterländerei karikierten und unter denen Kretschmann als „Ringulph“ am lautesten brüllte.

Das Wahrste in Klopstocks Dichtung sind seine Oden. In der Lyrik ist diese subjektive Gefühlspoesie in ihrer angeborenen Heimat und daher fast überall hinreißend, erschütternd oder erhebend. Nur daß auch hier das fremde antikisierende Idiom oft hemmend einwirkt und, wie bei Herder, namentlich das eigentliche Kirchenlied zerstört hat. Wer könnte auch nach alkäischem Versmaß künstlich skandierend beten? Ohne Zweifel ist durch solche Stilexerzitien unsere Sprache reinlicher, geschmeidiger und marmorglatter geworden; ob und was aber unsere Poesie dabei gewonnen, wäre noch eine andere Frage. Das gelehrte Silbenstechen, hinter dem sich das hohle Pathos so bequem verbirgt, ist eben nicht mehr wert und jedenfalls noch unpopulärer als die Schmetterlingsjagd nach Reimen.

Klopstocks reiche Erbschaft ist an die deutsche Dichterfamilie bis in die entferntesten Verwandtschaftsgrade verteilt und versplittert worden. Das Bardengebrüll zwar, als bloße Modenarrheit, hatte sich bald heiser geschrien und wieder verloren. Um so eifriger aber wurde das antike Wesen von den nachfolgenden Odisten übernommen und gepflegt, um die eigene Armut damit anständig zu dekorieren. Unter ihnen ist J. A. Cramer der zarteste, Voß der gröbste und Ramler der eigentliche Virtuos dieser fremden Lyra. Auch der von Klopstock angeregte Patriotismus verwandelte bei den Epigonen seine ursprüngliche Gestalt und Bedeutung. Klopstock hatte Deutschland gemeint; aber es gab kein Deutschland, sondern nur viele Vaterländchen von Schwaben, Österreichern, Preußen, Katholiken, Lutheranern und Kalvinisten, die alle einander feindnachbarlich haßten. Vergeblich strebte Klopstock, und nach ihm der Wiener Jesuit Denis, über allen das alte Kaiserliche Banner wieder aufzupflanzen: das morsche heilige römische Reich, es hielt nicht mehr zusammen. In dieser Not hatten sich daher die meisten, wie Gleim, Ewald von Kleist, Ramler etc., endlich zu einem gemeinschaftlichen Kultus um die Heldengestalt der Zeit, um Friedrich II., zusammengeschart. Aber der große König, der kein Deutsch verstand, verachtete sie; und Liebe ohne Gegenliebe ist nie von gesegneter Dauer. So rächte es sich, daß Klopstock, die große Vergangenheit und alle nationalen Erinnerungen verschmähend, den Patriotismus unmittelbar an ein ideales Ur-Vaterland knüpfen wollte.

Von mächtiger Einwirkung dagegen, und die ganze Physiognomie unserer modernen Poesie bis auf den heutigen Tag bestimmend, war die von ihm emanzipierte und kühn an dem Höchsten im Menschen geschulte *Empfindsamkeit.* Die hausbackene Verständigkeit hatte sich nämlich damals soeben breit und gemächlich zu Neste gesetzt, um das Menschheitswohl auszubrüten, als ihr Klopstock das Kuckucksei des subjektiven Gefühls unterzulegen wagte. Die Brutwärme war aber gar zu gering; und so fuhr ihnen in dem kalten Klima unversehens der Bastard der falschen *Sentimentalität* mit aus: das dem Wahren und Großen nicht mehr gewachsene Gemüt, auf das Unbedeutende, Gemeine, ja Nichtswürdige angewendet, die Affektation mit den bloßen Flittern der Poesie, jene unmoralische innere Lüge, wie sie fast ein Menschenalter lang durch die Teegesellschaften und Leihbibliotheken ging und in den unerschöpflichen Romanen von Lafontaine das Land verwässerte, während sie in Tiedges Urania sogar vornehm wurde und den philosophischen Katheder bestieg.

Ohne Gefühl oder, wenn man es so nennen will: ohne Empfindsamkeit, gibt es freilich begreiflicherweise überhaupt keine Poesie, denn das dichterische Gefühl ist eben die potenzierte Fähigkeit, das Große, Wahre und Schöne zu empfinden. Das Gefühl allein ist indes hiernach nichts an sich, es lebt, wie eine biegsame Liane, nur mit und in seinem Objekt, von dem es erst seine Bedeutung und Weihe oder seine Lächerlichkeit empfängt. Gleich wie aber im Körper, wenn die natürliche Harmonie der einzelnen Organe gestört ist, sich oft die verkehrtesten Appetite und Gelüste selbständig hervortun, so ist auch die Sentimentalität nur eine Verstimmung und Krankheit der Poesie, indem sie, wie bei einer Straßburger Gans, das Gefühl auf Kosten der anderen Seelenkräfte einseitig und monströs auffüttert und herausbildet und, je nach der Verschiedenheit des Gegenstandes ihrer absonderlichen Liebhabereien, die verschiedensten Grade und Abarten aufweist.
Auch hier, wie fast überall, hat *Goethe* den rechten Mittelpunkt getroffen. Der Inhalt seines *Werther* ist nicht dies oder jenes zufällige Symptom, sondern der eigentliche Grund der ganzen Krankheit, eben jenes unordentliche Überfüttern des subjektiven Gefühls, des „wie ein krankes Kind gehaltenen Herzchens", dem sich Liebe, Ehe, Tatenberuf und der ganze Weltgang als nichtig und völlig unberechtigt akkommodieren und beugen soll. Ja, Gott selbst soll den kranken Jüngling mit verhätscheln helfen und vom Christentum für ihn eine besondere Ausnahme machen, da nur *die* um den Sohn Gottes sein sollen, die der Vater ihm gegeben hat, „*ihm* aber sein Herz sagt, daß ihn der Vater für sich behalten wolle". In diesem merkwürdigen Romane ist, wie nirgend sonst, der Kampf dieses krankhaften Gefühls mit der Wirklichkeit wie ein Prozeß meisterhaft und mit der klarsten Besonnenheit bis zu seinen äußersten Konsequenzen hindurchgeführt und schließt mit wahrhaft poetischer Gerechtigkeit, da der Held nicht an Lotte, nicht an „den fatalen bürgerlichen Verhältnissen", sondern an der *allgemeinen* Unmöglich-

keit der eingebildeten Alleinherrschaft des überhobenen Gefühls zuletzt durch unvermeidlichen Selbstmord zugrunde geht. – Der *Siegwart* von *Martin Miller* erscheint dagegen nur wie eine abgeblaßte Karikatur Werthers, indem er, anstatt einer wenngleich falschen Weltansicht, sich zahm und übergenügsam lediglich in das Schneckenhäuschen der Geschlechtsliebe zurückzieht, das er nun, mühsam und mit seinen Fühlhörnern fast blödsinnig umhertastend, durch mehrere Bände mit sich fortschleppen muß. Hier fängt die Krankheit gleich mit dem Tode an: der ganze Lebenslauf des Helden ist ein bloßes Verschmachten. Erst will er aus idyllischer Grille Mönch werden, da bringen ihn die Blicke seiner Marianne, die ihn im Konzert „bei einem Triller so schmachtend und bedenklich ansah, daß ihm die Tränen in die Augen schossen", plötzlich auf Heiratsgedanken; dann wieder, da Marianne von ihrem barbarischen Vater in ein Kloster gesteckt wird, wendet er abermals sein Inwendiges um, wird nun wirklich Mönch, hängt ganze Stunden lang mit den Augen am stillen Mond und schreibt melancholische Episteln an Gott und seinen Engel Marianne, bis der verliebte Kapuziner endlich auf ihrem Grabe aus seinem langweiligen Dasein in das glückselige Land hinüberscheidet, „wo gekränkte Zärtlichkeit und Menschheit keine Tränen mehr vergießen". Und das sollte ausdrücklich, dem selbstmörderischen Werther gegenüber, das Bild einer *tugendhaften* Liebe vorstellen! Uns aber kommt vielmehr der ganze Rührbrei mit seinem ewigen Mondschein, Tränenseufzern und Liebestrillern jetzt nur wie eine sehr ergötzliche Parodie der Sentimentalität vor, und die feierlichen Illustrationen Chodowieckis dazu, der dabei offenbar den Schalk im Nacken hatte, verstärken noch den komischen Eindruck.

Sehr berühmt und beliebt in dieser Mondscheinprovinz war auch der Schweizer *Geßner*. Rousseau war damals soeben mit seinem imaginären Heer von Wilden in die überbildete Sozietät eingebrochen und hatte durch seine angeblichen Urgefühle und Urtugenden allerdings die Sentimentalität bedeutend vorbereitet und vertieft. Der wohlgezogene Geßner suchte nun, bis zum „ersten Schiffer" und auf den „Tod Abel's" zurückgreifend, diese wilde Urwelt durch moderne Empfindsamkeit zu zähmen und anständig zu frisieren. Seine Idyllen haben daher durchaus etwas Theatralisches; die Dekorationen, wie sie ihm sein schönes Vaterland vormalte, sind zum Teil vortrefflich, wenn nur keine Menschen dabei wären und alles zu bloßer Komödie machten. – Diese Dekorationsmalerei ist später von *Salis, Kosegarten* und *Matthisson* als selbständiges Metier aufgenommen worden; von Salis am naturwahrsten; am pomphaftesten mit forcierten Knalleffekten und nicht ohne einiges verspätete Bardengebrüll dazwischen von Kosegarten, während der elegante Matthisson die Landschaft sauber kräuselt und mit antiken Tempelchen und melancholischen Burgruinen verschnörkelt, dann alles mit griechischem Lavendelwasser überwaschend und wieder retuschierend, bis am Ende nichts übrigbleibt als eitel Lüge. Unter ihnen ist ohne Zweifel *Hölty* der unschuldigste und liebenswürdigste, und dem edlen Ursprung der Sentimentalität am getreuesten geblieben. Seine Empfindung ist in dem kleinen Kreise, den sie umfaßt, durchaus wahr, seine ganze Poesie eine wehmütige Todesahnung.

Aus diesem Naturkultus und jener fabelhaften Urwelt haben *Voß* und *Lafontaine* die Sentimentalität endlich in das Familienleben der Gegenwart eingeführt und glücklich unter Dach und Haube gebracht. In Voß' „Luise" hat sich die Heimatlose, der dünnen Mondscheinkost überdrüssig, bei den Fleischtöpfen der „wirtlichen Hausfrau" behaglich zur Ruhe gesetzt und lehrt in Schlafrock und Pantoffeln salbungsvoll die Philosophie des Philistertums. Bei Lafontaine dagegen wird die Werthersche Abgötterei mit dem kranken Herzchen weitläufig zu einer praktischen Religion ausgesponnen, die alle Sünde mit Tränen, nicht der Reue, sondern der gekränkten Weichlichkeit, rein

wieder abwäscht. Ein oder zwei überaus zärtliche Liebespaare, ein polternder Bramarbas von Husarenobersten und Onkel, der betrogen, und ein kindischer Papa, der gerührt wird, bilden die stehende Mythologie dieser Romane, die längst vergessen sind, aber fast ein Menschenalter hindurch als Hauspostille in keiner Familie fehlen durften und das ohnedem konfuse Gewissen der Gebildeten noch unendlich konfuser machten.
Neben diesen Kohlgärten hatte indes das Gefühl, das Klopstock wieder geltend gemacht, sich andere, mächtigere Bahnen gebrochen. Die dadurch erhöhete Stimmung ernsterer Gemüter konnte unmöglich weder mit dem trockenen Buchstabenglauben der Orthodoxen noch mit der ordinären Freidenkerei Voltaires sich dauernd zufriedenstellen. Und so sehen wir den aus Klopstocks Schule hervorgegangenen *Stolberg*, nachdem er lange mit der Zeit und mit sich selbst gerungen, sich plötzlich und gänzlich von jenen Abgründen zurückwenden und mit einem in solchen Dingen allein entscheidenden Mute Freundschaft, häusliche Ruhe und Schriftstellerruhm an seine Überzeugung setzen. In diesem Sinne schreibt er im Jahre 1819 an Fouqué über das „Kunstgeschwätz, welches in atheistischem Sinne dem Menschen einräumen will, was eine Gabe Gottes ist. Diese Schwätzer fühlen nicht, und können nicht fühlen, wie sehr sie den Menschen, das Göttliche in ihm verleugnend, erniedrigen. – Kraftvolle Darstellung wahrhaft adeliger, durch Religion geheiligter Gesinnung, in welcher Kraft von der Selbstverleugnung ausgeht und dann in Demut einhergehet, welche im Vertrauen auf Gott den höchsten Heroismus gibt, dessen bedarf es nur." – Aber die gesteigerte Empfindsamkeit, unmittelbar auf die Religion bezogen, erzeugte zugleich auch einerseits die angespannte Verstiegenheit der seraphischen Odisten, die Klopstock noch überfliegen wollten und von dem himmlischen Konzert nur die Posaune kannten; und andrerseits den *Pietismus*, der nur eine anders formulierte Sentimentalität ist.

Weit über allen festen Boden hinaus erhob *Lavatern* ein mystisches Ahnungsvermögen und eine Glaubenskraft, die fast zur Leidenschaft wurde. Unmittelbare Gemeinschaft mit der Gottheit ersehnte er. „Meine Seele", schreibt er 1777 an Gaßner, „dürstet nach einem lebendigen Zeugen des lebenden Jesus. Ich bedarf nichts wenigeres als einen unmittelbaren Jesus. Mit Wort und Schall kann ich mich nicht mehr begnügen." Und dieser Gesinnung gemäß sagt er (Handbibliothek für Freunde, 1791): „Ich halte den konsequenten Katholiken für eines der verehrungswürdigsten und seligsten Produkte der Menschheit, für das wundervollste Wunder – könnt ich nicht mißverstanden werden, ich würde die Hyperbel wagen zu sagen, für einen anbetungswürdigen Anbeter. Welche Kraft und welche Demut, welche Erhöhung und welche Vernichtung seiner selbst vereinigen sich in ihm!" – Ebenso schrieb er an Stolberg: „Ich verehre die katholische Kirche als ein altes, reichbeschnörkeltes, majestätisches, gotisches Gebäude, das uralte, teure Urkunden bewahrt. *Der Sturz dieses Gebäudes würde der Sturz alles kirchlichen Christentums sein.*"
Fragt man nun, warum denn ein solcher Mann, bei dieser Gesinnung und bei seiner redlichen und unerschrockenen Offenheit, nicht wirklich katholisch geworden, so antwortet er selbst darauf in seinem Briefe an Stolberg vom 5. April 1800: „aus Abscheu vor der Intoleranz und vor der anmaßenden Unfehlbarkeit der katholischen Kirche." Allein diese rücksichtlich der Kirche von ihm offenbar mißverstandene Unfehlbarkeit hat er doch für seine eignen religiösen Meinungen unbedenklich und vielfach selbst in Anspruch genommen; denn „des Menschen Überzeugung ist sein Gott", sagt er in demselben Briefe. Der Grund lag vielmehr ohne Zweifel tiefer, als er selbst es wußte. Die Idee eines leiblichen gegenwärtigen Gottes war die Aufgabe seines Lebens und, da er sie nicht in der Kirche suchte, seine Krankheit. Es lag *darin*, daß er die vom ihm so inbrünstig ersehnte fortwährende Offenba-

rung nicht, wie die Kirche in der Eucharistie, als eine allen Christen gemeinsame erfaßte, sondern in allen Lebensmomenten als ein spezielles Wunder an seiner Person allein erfahren wollte; eine Erwartung und Begierde, die gegen sein Lebensende immer ängstlicher und ungestümer wurde. Nicht ohne Grund vielleicht verglich daher sein Freund Cuningham diese stete Begier nach mehrerer Offenbarung mit Thomas' Zweifeln. – Und so wollen wir denn gern seine eigenen versöhnlichen Worte auf ihn selber anwenden: „Religion ist Gottes Verehrung nach dem Lichte, das jedem gegeben ist. Gott erntet nicht, wo er nicht gesäet hat, und sammelt nicht, wo er nicht hingelegt hat."
Was Lavatern bedeutend macht, der heroische Glaube und die Idee einer ununterbrochenen göttlichen Offenbarung, sehen wir dagegen bei *Jung-Stilling* in extremer Einseitigkeit fast schon in Karikatur umschlagen. Sorglos studiert dieser in Straßburg fort, ohne zu wissen, wovon er morgen leben soll, denn Gott, weil er ihn darum gebeten, wird und muß ihm zur rechten Zeit weiterhelfen. Die flüchtige Äußerung eines ihm bis dahin beinah gänzlich unbekannten hysterischen Mädchens ist ihm eine göttliche Eingebung, und im Vertrauen darauf schließt er sofort mit ihr eine nachher gleichwohl übelgeratene Ehe. – Jener Offenbarungsglaube liegt nicht nur seiner Selbstbiographie (Heinrich Stilling's Jugend, Jünglingsjahre, Wanderschaft, 1778) zum Grunde, sondern wird auch in seinen Romanen (Theobald, Herr von Morgenroth etc.) in allen Verzweigungen mannigfach variiert. Wir sind weit davon entfernt, die göttliche Leitung jedes einzelnen und die Kraft des Gebetes zu bezweifeln. Aber wäre Gottes Hand so sichtbar, wäre sie außer dem Bereich des Gewissens und der von ihm eingesetzten Heilmittel der Kirche überall auch in weltlichen Dingen so unmittelbar stoßend, diktierend, so hätten wir eben keine Tugend mehr, sondern eitel Fatalismus. Und diesem Fatalismus verfiel allerdings auch Stilling eine Zeitlang. Selbst beim Beten, sagt er, habe ihm der Zweifel ins Ohr gelispelt: „Dein Beten hilft

nicht; denn was beschlossen ist, geschieht." Ebenso kann jener Glaube, da die göttliche Führung doch nur vermittelst unserer eigenen inneren Regungen, Wünsche und Stimmungen wirksam sein soll, menschlicherweise sehr leicht zur Selbsttäuschung oder zu einem geistlichen Hochmut führen, der sich in dieser unmittelbaren Familiarität für ein besonders auserlesenes Werkzeug Gottes hält; und es klingt wenigstens sehr bedenklich, wenn Stilling von einer frommen Gemeinde von „Stillingsfreunden" spricht oder uns erzählt, daß er und seine Frau zuweilen auf der Reise wie Engel Gottes aufgenommen worden und daß die Vorsehung etwas ganz Sonderbares und Großes mit ihm vorhaben müsse. – Nur wer durch vollkommene innere Heiligung seine Seele zum reinen Spiegel Gottes gemacht, mag ohne Täuschung darin lesen und Wunder erfahren, ja selber Wunder tun. Den Ernst dieser Bedingung und seine Ohnmacht, sie vollkommen zu erfüllen, fühlte der redliche Stilling in seinen stillsten Stunden gar wohl; daher oft seine tiefe Schwermut. „Wenn die Qual der Verdammten in der Hölle", sagte er einst zu seiner Frau, „auch nicht größer ist als die meinige, so ist sie groß genug." Und eben dieser durch sein ganzes Leben gehende Schmerz, der nur hohe Seelen heimsucht, macht seine Erscheinung so rührend und belehrend. Gleichwohl sind er und Lavater die unfreiwilligen Begründer jenes modernen exklusiven Pietismus geworden, der bis heut in seinen visionären Abirrungen sich als eine Mission Auserwählter geltend machen will.

Weit entfernt von dieser Unruhe, von diesem Schwanken zwischen Angst und maßlosem Vertrauen, ist *Matthias Claudius,* der wackere Wandsbecker Bote, der zwischen Diesseits und Jenseits unermüdlich auf und ab geht und von allem, was er dort erfahren, mit schlichten und treuen Worten fröhliche Botschaft bringt. Er gehört allerdings zu den Pietisten jener Zeit, insofern auch bei ihm ein starkgläubiges Gefühl den Kampf gegen Unglauben und toten Buchstabenglauben aufgenommen; aber er ist durchaus heiter und erscheint unter ihnen wie einer, der gefunden hat, was jene so rastlos suchen. Wie der Abendglockenklang in einer stillen Sommerlandschaft, wenn die Ährenfelder sich leise vor dem Unsichtbaren neigen, weckt er überall ein wunderbares Heimweh, weiß aber mit seinen klaren Hindeutungen dieses Sehnen, wie schön oder vornehm es in Natur oder Kunst sich auch kundgeben mag, von dem Ersehnten gar wohl zu unterscheiden. Denn „der Mensch", sagt er, „trägt in seiner Brust den Keim der Vollkommenheit und findet außer ihr keine Ruhe. Und darum jagt er ihren Bildern und Konterfeis in dem sichtbaren und unsichtbaren Spiegel so rastlos nach und hängt sich so freudig und begierig an sie, um durch sie zu genesen. Aber Bilder sind Bilder. Sie können, wenn sie getroffen sind, sehr angenehm täuschen und überraschen, aber nimmermehr befriedigen. Befriedigen kann nur das Wesen selbst, nur freies Licht und Leben – und das kann niemand geben, als der es hat."

Man sieht, der Hergang dieser geistigen Bewegungen ist ein natürlich historischer. Die Achtung vor dem Alten war vernichtet, und das Neue befriedigte nicht; so entstand, in der Schwebe zwischen beiden, bei der Majorität die Gleichgültigkeit, der Indifferentismus. Die noch übrigen religiösen Gemüter machten daher Reaktion: es kam der Pietismus, d. i. die Revolution des Gefühls gegen den Verstand. Allein das Gefühl ist auch nur *ein* Faktor des religiösen Glaubens, und sie hatten demnach nur eine Einseitigkeit statt der anderen. Der Pietismus setzt das Positive, die göttliche Offenbarung, aus der Kirche in die Menschenbrust; jeder soll seine eigene Offenbarung, gleichsam sich selber Kirche sein. Und da das Gefühl an sich flexibler und ausschweifender ist als der Verstand, so hat der Pietismus die unsinnigsten und frevelhaftesten Sekten und namentlich in der Poesie, in deren Gebiet er, seiner Natur nach, stets unverständig hinüberspielt, einerseits die pantheistischen Dithyramben, andrerseits die schafmäßigen Liebesseufzer vom Lämmlein Jesulein ausgeboren. Dieser

Pietismus ist den Katholiken ganz fremd, ja unmöglich; er ist von spezifisch protestantischem Charakter und, da die Extreme immer nur wieder die entgegengesetzten Extreme provozieren, wohl am wenigsten geeignet, wie manche noch immer sanguinisch hoffen, jemals eine wahrhafte Versöhnung der Konfessionen herbeizuführen.

Aber die halb zaghaften Versuche des Pietismus, wo es das Höchste im menschlichen Leben galt, dieses unsichere Umhertasten des bloßen Gefühls nach dem Lichte, konnte zwei mächtigeren Geistern nicht genügen, die schon damals das Saatkorn einer neuen Zeit für die Nachwelt ausgeworfen; wir meinen: Lessing und Hamann.

Lessing ist, auch schon seiner Lebenszeit nach (1729–1781), hier zuerst zu nennen. Er hatte das zweischneidige Schwert der Kritik, das der Protestantismus in die Welt gelegt, mutig aufgenommen, aber nicht um des Protestantismus willen, sondern um *neue* Bahnen zu brechen. Denn so lose, falb und ungewiß, das fühlte er tief, durfte das deutsche Wesen nicht länger hängenbleiben; alles Halbe war ihm in den Tod verhaßt. Der Hochwächter seiner Zeit, wie ihn Gervinus nennt, klopfte er an Hütten und Paläste, rüttelte unbarmherzig Unglauben wie Aberglauben, den eigensinnigen Hochmut und die weichlichen Träumer auf und zwang die Welt, in den Dingen sich so oder so zu *entscheiden*. Und den gemeinen Schwindel kannte er nicht; auf den unwirtbarsten Höhen, wo anderen die Sinne vergehen, atmete er nur um so frischer auf.

Vor allem begann er damit, in der totalen Verwirrung die ungehörig verschwommenen Elemente der Bildung zu scheiden und zu ordnen. So löste er auch die Poesie aus ihren damaligen Banden französischer Altklugheit, sie sollte fernerhin weder der Moral noch dem Verstande dienen, ihre eigene Schönheit sollte ihre einzige Berechtigung sein. Schon damals, der herrschenden Modebegeisterung entgegen, ignorierte er den Ossian und rühmte Shakespeare, den noch niemand kannte.

Es konnte nicht fehlen, ein solcher Mann mußte die tiefste Bewegung der Zeit, die religiöse, auch am mächtigsten erfassen. In dieser Beziehung sind seine „Wolfenbüttler Fragmente“ und „die Erziehung des Menschengeschlechts“ besonders berühmt geworden. In den Fragmenten wird Christi Leben und Lehre als ein Versuch dargestellt, den Römern zum Trotz ein irdisches Messiasreich zu gründen, welcher Versuch, als er mißglückte, von den Jüngern dann in den Evangelien schlauerweise bloß *geistig* gedeutet worden sei. – Die andere Schrift dagegen nimmt die Offenbarung nicht für alle Zeiten geschlossen an, sondern als einen stufenweisen Akt der Erziehung Gottes, einstweilen an dem einzelnen Volke der Juden durchgeführt, weiterhin aber unausgesetzt *über* Christus hinausgehend.

Wir wollen hier kein Gewicht darauf legen, daß Lessing selbst nur *Herausgeber* der Fragmente und der Erziehung des Menschengeschlechts ist; die ersteren werden nämlich dem Hamburger Reimarus, die anderen sogar von manchen dem bekannten Landwirt Albrecht Thaer zugeschrieben. Aber wenn man den ganzen Mann ins Auge faßt, fühlt man jedenfalls, indem er jene Schriften in die Welt sandte, konnte es seine Absicht nicht sein, der Richtung seiner Zeit zu schmeicheln, vielmehr dieser gradezu den Fehdehandschuh hinzuwerfen, um sie, seiner scharfen unverblendeten Natur gemäß, aus aller Schöntuerei und Halbheit kühn bis zu dem Kulminationspunkte zu treiben, wo es Christ oder Nichtchrist gilt; er wollte keine Scheinheiligkeit, er wollte keinen Scheinfrieden zwischen Vernunft und Religion. Er tat es – und das unterscheidet ihn himmelweit von seiner Zeit –, er tat es nicht aus eitler, frivoler Lust am Verneinen, sondern mit dem furchtbaren Ernst, der den Zweifel als eine blanke Waffe ergreift, um sich zu positiver Überzeugung durchzuhauen. „Ich hungere“, sagte er von sich selbst, „nach Überzeugung so sehr, daß ich wie Erysichthon alles verschlinge, was einem Nahrungsmittel nur ähnlich sieht. – Die Inspiration der

Evangelien ist der breite Graben, über den ich nicht kommen kann, so oft und ernstlich ich auch den Sprung versucht habe. Kann mir jemand herüber helfen, der tue es; ich bitte ihn, ich beschwöre ihn, er verdient einen Gotteslohn an mir." Hiernach war er auch – wiederum ganz verschieden von seiner Zeit – weit davon entfernt, seine Zweifel für maßgebend oder für mehr als redliche Bestrebung auszugeben. „Ich besorge nicht erst seit gestern", gesteht er schon im Jahre 1771, „daß, indem ich gewisse Vorurteile weggeworfen, ich ein wenig zuviel weggeworfen habe. Es ist unendlich schwer zu wissen, wenn und wo man bleiben soll."

Unsäglich aber haßte er insbesondere den flachen Rationalismus der „neumodischen Theologen". „Man macht uns", schreibt er an seinen Bruder, „unter dem Vorwande, uns zu vernünftigen Christen zu machen, zu höchst unvernünftigen Philosophen. Ich weiß kein Ding in der Welt, an welchem sich der menschliche Scharfsinn mehr gezeigt und geübt hätte als an ihm (dem alten Religionssystem). Flickwerk von Stümpern und Halbphilosophen ist das Religionssystem, das man jetzt an die Stelle des alten setzen will, und mit weit mehr Einfluß auf Vernunft und Philosophie, als sich das alte anmaßte. Und doch verdenkst Du es mir, daß ich das alte verteidige? – Ich bin von solchen schalen Köpfen auch sehr überzeugt, daß, wenn man sie aufkommen läßt, sie mit der Zeit mehr tyrannisieren werden, als die Orthodoxen jemals getan haben." – Das sind Worte, die heute noch ebenso schneidend treffen wie dazumal, und wie viele, die sich jetzt auf Lessing stützen, weil sie ihn nicht kennen, würden wieder das: kreuzigt ihn! über ihn ausrufen. Denn er dringt unerschrocken noch unmittelbarer vor, indem er ferner sagt: „Eine gewisse Gefangennehmung der Vernunft unter den Gehorsam des Glaubens beruht auf dem wesentlichen Begriff einer Offenbarung. Oder vielmehr die Vernunft gibt sich gefangen; ihre Ergebung ist nichts als das Bekenntnis ihrer Grenzen, sobald sie von der Wirklichkeit der Offenbarung versichert ist. Dies also, dies ist der Posten, in welchem man sich schlechterdings behaupten muß; und es verrät entweder armselige Eitelkeit, wenn man sich durch hämische Spötter hinauslachen läßt, oder Verzweiflung an den Beweisen der Offenbarung, wenn man sich in der Meinung hinauszieht, daß man es alsdann mit den Beweisen nicht mehr so streng nehmen werde."

So ist es durchaus eine ernste tiefe Sehnsucht, die durch sein unruhiges Leben wie durch seine Schriften geht. Er ist ohne Zweifel der tragischeste Charakter unserer Literatur: wie er überall treu, offen und gewaltig nach der Wahrheit ringt und dennoch vom Dämon des Scharfsinns (wie Hamann es nennt) endlich überwältigt wird und an der Schwelle des Allerheiligsten unbefriedigt untergeht; aber sein großartiger Untergang ist für alle Zeiten eine belehrende Mahnung an alle, die da *ehrlich suchen wollen.*

Eine gleich hohe Erscheinung der deutschen Literatur war *Hamann* (1730–1788), wenngleich auf sehr verschiedenem Standpunkt. Wenn Lessing das religiöse Bewußtsein durch Kritik zu erobern suchte und von Zweifel zu Zweifel langsam, aber sicher vordrang, so war bei Hamann die Erleuchtung wie ein Wetterstrahl, der den Verirrten mitten in der Nacht eines fast verlorenen Lebens getroffen. Daher bei ihm, anstatt der Demonstration, das abgerissen Divinatorische, die überraschend tiefen Geisterblicke, die oft ganze nächtliche Landschaften plötzlich aufdecken und dann wieder versinken lassen, das Rhapsodische endlich und Dunkle, das ihm den Namen des nordischen Magus erwarb, das sich aber für *den* wohl aufhellt, der seine Lebensaufgabe in ihrem vollen Umfange gefaßt hat. Diese Aufgabe aber war keine geringere als die Versöhnung von Glauben und Wissen durch ein höheres Erkennen, um von diesem Boden aus das geschmähte und verkannte Christentum mit Gedanken, Witz, Gelehrsamkeit und allen Waffen des Geistes zu verteidigen. Denn Vernunft und Schrift waren ihm in ihrem Grunde einerlei: Sprache Gottes. „Ich habe es", sagt er, „bis zum Ekel und Überdruß wiederholt, daß es den Philosophen wie den Juden geht und beide nicht wissen, weder was Vernunft noch was Gesetz ist, wozu sie gegeben: zur Erkenntnis der Sünde und Unwissenheit – nicht der Gnade und Wahrheit, die geschichtlich offenbart werden muß und sich nicht ergrübeln noch ererben noch erwerben läßt. – Ohne Glauben sind Diät und Moral nichts als Quacksalbereien. – Der Glaube aber ist kein Werk der Vernunft und kann daher auch keinem Angriffe derselben unterliegen, weil Glauben so wenig durch Gründe geschieht als Schmecken und Sehen. – Das höchste Wesen ist im eigentlichsten Verstande ein Individuum, das nach keinem anderen Maßstabe, als den es selbst gibt, und nicht nach willkürlichen Voraussetzungen unseres Vorwitzes und unserer naseweisen Unwissenheit gedacht oder eingebildet werden kann. – Der Grund der Religion liegt in unserer ganzen Existenz und außer der Sphäre unserer Erkenntniskräfte. Daher jene mythische und poetische Ader aller Religionen. – Die Angst in der Welt ist der einzige Beweis unserer Heterogenität. Denn fehlte uns nichts, so würden wir uns in die Natur vergaffen, kein Heimweh würde uns anwandeln."

Diese wenigen leuchtenden Züge dürften eben hinreichen, um klarzumachen, was er *wollte.* Um so mehr aber überrascht uns nach diesem unumwundenen Glaubensbekenntnis die Bemerkung, wie er dennoch zwischen natürlicher und geoffenbarter Religion keinen anderen Unterschied findet als zwischen dem natürlichen Gehör und dem musikalischen Ohr und also ebenfalls der bloßen subjektiven Auffassung verfällt. Aber Glauben und Wissen, Verstand und Gefühl waren bei ihm gleich stark und zu übermächtig, um ineinander aufgehen zu können; es war ein riesenhafter Kampf, aber keine Versöhnung. Und so kehrt er in dem schmerzlichen Gefühl, der Aufgabe nicht gewachsen zu sein, häufig die Waffen gegen sich selbst und spielt mit oft herzzerreißenden Witzen über dem großen Rätsel der Welt und seinen eigenen Seelenabgründen. Hamann ist ein philosophischer Humorist, und Claudius sagt treffend von ihm: „Er hat sich in ein mitternächtliches Gewand gewickelt; aber die goldenen Sternlein hin und her im Gewande verraten ihn und reizen, daß man sich keine Mühe verdrießen läßt."

So hatte also Klopstock das Gefühl aus dem Schutt der Zeit wieder emporgehoben, die Sentimentalität aber sofort dem Gefühle eine krankhafte Empfindlichkeit angeheftet. Hamann hatte einen poetisch religiösen Urzustand mehr angedeutet als umschrieben und der Welt ein großes Rätsel aufgegeben, das jeder nach dem Maß seines Verstandes oder Unverstandes lösen zu können meinte. Endlich hatte Lessing, alle moderne Bildung zusammenfassend, ihren eigentlichen Elementargeist: den Protestantismus, gar wohl erkannt, und mit unbarmherzigem Scharfsinn aus allen seinen Verstecken bis zu seinen extremsten Konsequenzen getrieben, um, wie er selbst sagt, *widerlegt* zu werden. Allein die blödsinnige Zeit nahm die verwegene Herausforderung nicht an; sie nahm vielmehr mit jener vermeintlich unbedingten Berechtigung des Zweifels die Reformation für abgeschlossen an. Die Reformation aber hat, wie wir schon oft bemerkt haben und immer wieder bemerken müssen, *einen* durch alle ihre Verwandlungen hindurchgehenden Faden: sie hat die revolutionäre Emanzipation der Subjektivität zu ihrem Prinzip erhoben, indem sie die Forschung über die kirchliche Autorität, das Individuum über das Dogma gesetzt. Lessing hat demnach wider Willen dieses Prinzip, das er eben in dem Kreuzfeuer der Zweifel erst erproben wollte, in der Tat nur verstärkt und verschärft; und seitdem sind alle literarischen Bewegungen des nördlichen Deutschlands mehr oder minder kühne Demonstrationen nach dieser Richtung hin gewesen.
So sehen wir gleich in den siebenziger Jahren des vorigen Jahrhunderts plötzlich eine übermütige Prometheusjugend über die fein abgezirkelten Felder der Literatur her-

vorbrechen, alle Schranken der Kultur und Konvenienz tumultuarisch vor sich niederwerfend. Gleich wie man im Christentum das Positive abgetan, um eine natürliche sogenannte Vernunftreligion aus sich selbst herauszuspinnen, so sollte nun auch in der Poesie die unbedingte Freiheit des Subjekts selbständig walten; seine ursprünglichsten, unmittelbarsten Kräfte: Ahnungsvermögen, Divination, Instinkt, kurz, das Dämonische in ihm, das, was man damals Genie nannte, sollte, im Gegensatze aller Tradition, eine ganz neue Schöpfung erzeugen, die ihr Gesetz in sich selbst trüge und originell sei, wie die Natur; der Mensch wurde nicht an einem Höheren über ihm gemessen, sondern die Welt an dem genialen Individuum, das sein eigenes Ideal war. Und so erhob sich denn, um dieses souveräne Subjekt von jeglichem Hemmnis zu befreien, sofort ein Kampf auf Tod und Leben gegen alle historischen Formen in Kirche, Staat, Gesellschaft, Wissenschaft und Kunst; Ossian und Shakespeare wurden als vermeintliche Naturalisten zu Hülfe gerufen, in Göttingen entstand unter talentvollen Jünglingen ein Bund für Urtugend und selbst ein *Voß* tanzte bei Mondschein um die Bundeseiche!

Darin hatte diese burschikose Jugend ohne Zweifel recht und ihre Mission erfüllt, daß sie in dem französischen Garten der Poesie die bunten Scherbenbeete, die so lange Blumen gelogen, zertrümmerte, daß sie die verschnörkelten Buchsbäume entwurzelte und die steinernen Götzenbilder mit den Gottschedschen Allongeperücken umwarf. Als es aber dann darauf ankam, das Neue zu schaffen, versagte der subjektive Gott, die Schönheit wurde nackte Sinnlichkeit, die Kraft Roheit, die Natur gemein; das geniale Unkraut wuchs ihnen unversehens und unaufhaltsam über die Köpfe, und der Garten verwilderte.

Wir erinnern hier nur an den Livländer Reinhold *Lenz* (1750–92), der im „neuen Menoza“ die Geschwisterehe zweideutig verschönert, in seinem „England“ Freigeisterei und Wollust, „die den Himmel preisgibt für Armiden", unverhüllt zur Schau trägt, in seinem „Hofmeister" die unnatürlichsten Verhältnisse auf das widerlichste verzerrt. Alle diese verworrenen Dramen sind in Stoff, Komposition, Gesinnung und Sprache durchaus anarchisch, und der unglückliche Dichter mußte zuletzt von sich selber sagen: seine Gemälde seien alle ohne Stil, wild und nachlässig aufeinander gekleckt; ihm fehle zum Dichter Muße und warme Luft und Glückseligkeit des Herzens, das tief auf den kalten Nesseln seines Schicksals und halb im Schlamm versunken liege und sich nur mit Verzweiflung emporarbeiten könne; er murre darüber nicht, weil er sich das alles selbst zugezogen. – Noch zügelloser gestaltet sich bei Wilhelm *Heinse* jenes Prinzip zum unbedingten, genußsüchtigen Egoismus, der jeden moralischen Maßstab verwirft, nur daß hier alles in ein förmliches System gebracht und philosophisch gerechtfertiget werden soll. In seinem Romane „Ardinghello" wird, unter Umstürzung aller bisherigen barbarischen Gesetzgebung, eine sogenannte platonische Republik improvisiert mit Gemeinschaft der Güter und der Weiber, damit wenigstens Mann und Weib mit ihrer Liebe „heilig" und frei würden. Da jedoch eine solche Republik nicht immer zur Hand ist, so lenkt Heinse in einem anderen Romane: „Hildegard von Hohenthal", etwas praktischer ein und debütiert die Lehre, man müsse sich doch lieber der Welt einigermaßen akkommodieren, um desto sicherer den Lebenszweck: „Seligkeit auf dem Erdboden", zu erreichen, welche in dem Sinn der Liebe oder, wie er es letztlich definiert, in dem Drange, ein Kind zu zeugen, bestehe. Und so wird hier überall die materiellste Sinnlichkeit in lyrischem Taumel zu einem in sich gerechtfertigten und notwendigen Naturdienst; Wollust und Andacht sind Schwesterkinder, Schönheit allein ist das Dasein der Vollkommenheit, die Ehe gilt als lebendiger Tod und vieltausendjährige Sklaverei.

Bei weitem der entschiedenste aber unter diesen Revolutionärs war *Klinger,* der selbst mit seinem Drama: „Sturm und Drang“ dieser Periode den Namen gegeben. Stolz fragt er, was denn die ganze Geschichte anderes sei als eine Satire auf die Vorsehung, und warum man sie denn im Sinne der orthodoxen Theologie lesen solle? Der Mann von Kraft handle aus *selbstgeschaffenen* Grundsätzen nur aus sich selbst und wisse, daß er das Schicksal in sich beherrsche. Und dieser autokratische Mann von Kraft, d. i. im Grunde Klinger selbst, ist denn auch der eigentliche Held seiner Dichtungen. Er will in seinem „Giafar“ als leibhaftiger kategorischer Imperativ die Übel und Gebrechen der Gesellschaft durch die Stärke der Vernunft heilen; im „Raphael de Aquillas“ durch übermenschliche Resignation, im „Falkenburg“ durch beständige ideale Wolkenflüge; während er in der „Neuen Arria“ unmögliche Mannweiber gegen Hofkabale, im „Stilpo“ den blutdürstigen Haß gegen fürstliche Mörder und Tyrannen aufruft. So ging er unverzagt an die Weltverbesserung in seinen zahlreichen Dramen und Romanen: lauter moralische Konflikte und Dissonanzen, wo riesenhaft aufgeblasene, unwahre Tugenden gegen ebenso unwahre Laster, Einbildungen gegen Einbildungen wie Drachen mit Lindwürmern ringen; eine Ungeheuerlichkeit, die unfehlbar sich selbst parodieren würde, wenn er nicht durch den bitteren sittlichen Ernst, womit er die Lanze einlegt, oft tragisch an Don Quichotte gemahnte.

In diesem Sturme ist *Schiller* aufgewachsen und hat sein von ihm zerwühltes Jugendfeuer ebenso heftig und verheerend wie jene Starkgeister gegen alles Bestehende gewendet. Seine „Räuber“ rebellieren gegen Familienleben und gesellige Kultur, „Kabale und Liebe“ gegen Rang und Stand, „Fiesco“ gegen den konventionellen Staat. In den „Räubern“ ringt der flammenhauchende Drache Karl Moor mit dem giftigen Lindwurme Franz; in „Kabale und Liebe“ eine fabelhafte Tugend des Spießbürgertums mit einer ebenso fabelhaften Niedertracht der Aristokratie, im „Fiesco“ idealer Stoizismus mit idealem Egoismus; bis endlich Schiller im „Don Carlos“ die ganze eigentliche In-

tention und Bedeutung jener Stürmer und Dränger in dem modernen Liberalismus seines republikanischen Marquis Posa zusammenfaßte und abschließend in eine andere Bildungsphase überging. So ist Schiller in seinen Anfängen überall namentlich dem Geiste Klingers so nahe verwandt, daß „die Spieler" des letzteren als Vorbild der „Räuber" dienen und umgekehrt wieder der „Fiesco" auf Klingers „Günstling" influieren konnte.
Zu dieser wilden Freischar zählt auch *Schubart,* der in seiner „Fürstengruft" jenen glühenden Zorn der Weltverbesserung populärer und praktischer unmittelbar gegen die Fürsten kehrt, in seiner „schwäbischen Chronik" gegen die erste Teilung Polens entbrannte und dann seinen verwegenen Patriotismus durch eine zehnjährige Gefangenschaft auf dem Hohen-Asperg büßen mußte. Aber Not lehrt beten, und er endete mit geistlichen Liedern, in deren Überschwenglichkeit freilich das wüste Feuerwerk seiner Jugend noch mannigfach nachprasselt. – Hierher gehört ferner der *Maler Müller* mit seinem „Faust", der „als ein ganzer ausgebackener Kerl, aus welchem ein Löwe von Unersättlichkeit brüllt, gegen das lahme vermatschte Menschengeschlecht steht"; sowie durch die derbe Wahrheit, mit der er in seinen vortrefflichen Idyllen (die Schafschur, das Nußkernen etc.) die einfache Natur des Volkslebens der Überbildung und der unwahren Geßnerschen Schäferwelt entgegenstellt. Andrerseits aber führt dieses durchaus eigentümliche und eigensinnige Talent in seiner „Genoveva", lange vor Tieck, vorahnend schon in die neue Romantik über. – Auch Heinrich *von Gerstenberg* hängt mit diesem Kreise durch die ungestüme Maßlosigkeit zusammen, womit er in seinem „Ugolino" den Hungertod einer ganzen Familie mit allen Graden, Zuckungen und Qualen der Agonie auf der Bühne zur Schau stellt. – Andere Mitkombattanten des wütenden Heeres sind kaum erwähnenswert, wie *Philipp Hahn,* der im „Aufruhr von Pisa", „Karl von Adelsberg" etc. mit konvulsivischer Anspannung dem Shakespeare nach-

kräht; oder *Leopold Wagner*, welcher zur Strafe dafür, daß er Goethen den Plan zu seiner bluttriefenden „Kindermörderin“ gestohlen, gleich dem ewigen Juden, als Fausts Famulus durch die Literatur aller Zeiten umgehen muß. – Nur *ein* Genius, mitten in dem Getümmel, hat alle diese gärenden Elemente als Stoff künstlerisch zu bewältigen gewußt und, was sie ahnten, irrten und strebten, für die Nachwelt poetisch registriert: *Goethe* in seinem Götz, im Faust und im Werther.

Eine Nachfeier der Sturm- und Drangperiode war der *Göttinger Hainbund*, zu welchem im Jahre 1772 mehrere gleichgestimmte Studenten: *Voß*, die beiden *Stolberg*, *Friedrich Hahn*, *Hölty* und *Miller*, sich vereinigten, und denen sich später auch *Bürger* anschloß. Der etwas ältere *Boie* übernahm das kritische Protektorat und eröffnete den jungen Bündlern den Kampfplatz durch Herausgabe seines „Göttinger Musenalmanachs“, der daher als der erste jugendfrische Ausdruck so mannigfaltiger Talente von nicht geringem literarischen Interesse ist. Der Ursprung und eine Festfeier des Bundes, wie sie von Voß in seinen Briefen beschrieben worden, geben das unmittelbarste Bild von dem Wesen desselben. „Ach, den 12. September“ – schreibt Voß an Brückner – „da hätten Sie hier sein sollen! Die beiden Millers, Hahn, Hölty und ich gingen noch des Abends nach einem nahgelegenen Dorfe. Der Abend war heiter und der Mond voll. Wir überließen uns ganz den Empfindungen der schönen Natur. Wir aßen in einer Bauerhütte eine Milch und begaben uns darauf ins freie Feld. Hier fanden wir einen kleinen Eichengrund, und sogleich fiel uns allen ein, den Bund der Freundschaft unter diesen heiligen Bäumen zu schwören. Wir umkränzten die Hüte mit Eichenlaub, legten sie unter den Baum, faßten uns bei den Händen, tanzten so um den eingeschlossenen Stamm herum, riefen den Mond und die Sterne zu Zeugen unseres Bundes an und versprachen uns eine ewige Freundschaft. Dann verbündeten wir uns, die schon gewöhnliche Versammlung noch genauer und feier-

licher zu halten." – Und später schreibt er: „Klopstocks Geburtstag feierten wir herrlich. Eine lange Tafel war gedeckt und mit Blumen geschmückt. Oben stand ein Lehnstuhl ledig für Klopstock, und auf ihm seine sämtlichen Werke. Unter dem Stuhl lag Wielands Idris zerrissen. Die Fidibus waren aus Wielands Schriften gemacht. Boie, der nicht raucht, mußte doch auch einen anzünden und auf den Idris stampfen. Hernach tranken wir in Rheinwein Klopstocks Gesundheit, Luthers, Hermanns Andenken etc. Wir sprachen von Freiheit, die Hüte auf dem Kopf, von Deutschland, von Tugendgesang; und Du kannst denken, wie. Zuletzt verbrannten wir Wielands Idris und Bildnis." – „Religion, Tugend, Empfindung und reinen unschuldigen Witz zu verbreiten, um den Strom des Lasters und der Sklaverei aufzuhalten", war ihr Schwur, Freiheit und Tugend ihre Losung.
Man sieht, es ist dasselbe ungeduldige und zornige Mißbehagen am Bestehenden, dieselbe Wut zu reformieren, und dieselbe Unklarheit darüber, wie die Weltverbesserung anzufangen sei, wie bei den Starkgeistern, nur daß bei diesen die rohe juvenile Begeisterung weit über das Schwabenalter hinausreichte. In Göttingen dagegen war es eben nur der schöne Sommernachtstraum einer edlen, ethisch erhobenen Jugend; und man braucht nur die oben genannten ganz disparaten Glieder des Bundes in Gedanken durchzumustern, um zu begreifen, daß er auseinanderfallen mußte. Graf Friedrich *Stolberg* nahm die Sache am ernstesten und tiefsten und zeigte später wohl, wie und wo es anzufangen wäre, indem er die in solcher Allgemeinheit ganz hohlen Phrasen von Freiheit und Tugend auf ihre eigentliche Bedeutung: auf die Religion zurückführte und nach mancherlei Irrfahrten selbst zur Kirche zurückkehrte. *Höltys* Instrument war zu weich und zart gestimmt für solche Griffe und sprang auch bald entzwei. *Miller* aber, wie wir oben gesehen, ging unter die Sentimentalen und verschlimmbesserte die Welt mit seinen Siegwartiaden, während *Voß* stolz von den Jugendalpen

niederstieg und nach dem dankbarern Marschlande des flachen Rationalismus übersiedelte, wo wir ihn weiterhin wiederfinden werden. Nur *Bürger* blieb sein Leben lang ein Student: unordentlich in Leben, Lieben und Dichten, bald hinter dem Schreibtisch fleißig den Homer übersetzend, bald als stattlicher Ritter mit seinem „Karl von Eichenhorst" hoch auf dem Dänenroß, bald wieder sein Bündel schnürend und auf lustiger Wanderschaft in den Kneipen seines „Dörfchens" oder bei „Frau Schnips" einkehrend. Bürger war ein echter Sangesmund, der melodischste Klang war ihm eingeboren und hat z. B. in seiner unsterblichen „Lenore" Wunder getan. Das machte ihn so populär vor allen seinen Zeitgenossen, daß er Lust und Schmerz, den Dämon und den Engel in der eigenen Brust, überall sich selber ganz und unverhohlen gab. Aber seine Popularität hat eben deshalb häufig etwas Renommistisches, Forciertes, ja widrig Gemeines. Denn ihm fehlte zum Volksdichter, wonach er strebte, nichts als die sittliche Haltung und Würde, deren Mangel sich aber unter dem leichten durchsichtigen Gewande des Volksliedes nicht wie in der vornehmen Gelehrtenpoesie mit verschnörkelter Rhetorik verhüllen oder gar verschönern läßt.

Während dieser Episode hatten indes die Nachzügler und Marodeurs der Starkgeister noch immer eine Zeitlang in ihrer Weise fortrumort. Des Grafen *Törring* Agnes Bernauerin und Kaspar der Thoringer, *Babos* großer Bandit Abellino und Otto von Wittelsbach, *Hahns* Robert von Hohenecken, *Möllers* Graf von Walltron, und *Maiers* Fust von Stromberg schritten martialisch über die Bühne, daß die Bretter sich bogen und bebten. Auch die Romane wollten an biderber Mannlichkeit nicht nachstehen. *Vulpius* entsandte den Räuberhauptmann Rinaldini, *Cramer* seinen Hasper a Spada, *Spieß* ganze Schwärme von geharnischten Rittern und heimlichen Femrichtern in die schauerselige Lesewelt: lauter Waffengeklirr und Humpenklang, schreckliche Burgverliese, Schwerterwetzen,

Fluchen und Zechen und Mordspektakel. Aber gestrenge Herren regieren nicht lange. Mit diesem tollen Lärm war das Reich der Starkgeister am Parnasse wieder vertost und jenes Titanengeschlecht an seiner eigenen Überschwenglichkeit geborsten. Sie taumelten und endeten wie Trunkenbolde, einige im Wahnsinn, wie Lenz, einige mit Ekel und absoluter Weltverachtung, wie Klinger. Der nüchterne Verstand aber, der schon lange schadenfroh zugesehen, überlebte sie alle.

Da kamen die sieben mageren Jahre, wo *Nicolai* in seiner Allgemeinen Deutschen Bibliothek die kritische Schere über den üppigen Garten legte, alles verschneidend und bestutzend, was sich über das Niveau der Gewöhnlichkeit hinauszulangen unterfing. Es wurde sofort Toleranz und Gewissensfreiheit proklamiert für Juden, Türken und Heiden, jeder aber, der noch des Christentums und dergleichen Aberglaubens verdächtig, fanatisch als Narr oder heimlicher Jesuit verketzert. Nebenher lief auch noch, von *Sulzer* her, eine Nützlichkeitstheorie durchs Land, ja sogar über die Kanzeln; nicht etwa von dem, was zum ewigen Leben, sondern was für des Leibes Notdurft nütz ist, von Sparsamkeit, Runkelrüben und Kartoffelbau. Mit Fleiß im täglichen Haushalt und etwas negativer Moral, die eben niemanden totschlägt oder bestiehlt, meinte man mit dem Jenseits, wenn es überhaupt eines gäbe, schon fertig zu werden; den Spruch: „Trachtet nach dem Himmelreich, so wird euch das andere zugegeben" gradezu umkehrend. Mit einem Wort: das fragliche Subjekt, von der liederlichen Überspannung stark mitgenommen, hatte sich wie ein alter Roué die Schlafmütze über die Glatze gestülpt und wollte sich's als ein ruhiger, guter, fetter Bürger endlich einmal kommode machen in der Welt. Solcher Philister aber wußte dann freilich mit der Poesie ebensowenig anzufangen als die Poesie mit ihm, und in dieser Verlegenheit verfiel er darauf, mit dem bloßen Verstande zu dichten.

Schon *Hermes* hatte diesen praktischen Weg eingeschlagen und Poesie und Religion *nützlich* zu machen gesucht; die Poesie, indem er lehrhafte Tendenzromane für Frauen, für Töchter edler Herkunft, für Eltern und Ehelustige schrieb; die Religion, indem er sie lediglich auf die handgreiflichste Moral beschränkte. Selbst in seinem berühmtesten Romane „Sophien's Reise von Memel nach Sachsen" sind die Personen eigentlich nur hölzerne Wegweiser nach der oder jener häuslichen Tugend hin, denen man aber nicht ohne inneres Widerstreben folgen kann, da sie fast alle das Unglück haben, höchst langweilig und unliebenswürdig zu sein. Die Verstandespoesie ist überhaupt sehr arm. Sie kommt, da sie bloß von Erfahrung lebt, niemals über die Wirklichkeit hinaus und hat eigentlich nur zweierlei Organe: die Charakterschilderung, d. i. ein nach gewissen äußeren Kennzeichen systematisch geordnetes Herbarium der menschlichen Natur, und die Negation aller Erscheinungen, die über das Gebiet der gewöhnlichen Erfahrung hinausragen. In der ersteren Richtung hat *Schummel* in seinem „Spitzbart" die Basedowschen Schulmänner, im „kleinen Voltaire" die freigeisterischen Deutschfranzosen, in der „Revolution in Scheppenstädt" die deutsche Karikatur der französischen Revolution; *Müller von Itzehoe* in seinem vielgelesenen „Siegfried von Lindenberg" das grobe pommersche Krautjunkertum; *Engel* im „Lorenz Stark" die Berliner Salonweisheit und *von Knigge* in seinem berühmten „Umgang mit Menschen" die höflichen Bücklinge und diplomatischen Kunstgriffe des geselligen Egoismus ganz wacker porträtiert. Alle diese Autoren tummelten noch ziemlich unbeholfen den englischen Pegasus, den ihnen Richardson und Smollett zugeritten. Sie sind, obgleich poetisch null, doch von bedeutendem historischen Wert, indem sie uns ein zum Erschrecken getreues und bis auf das kleinste Wärzchen ausgeführtes Daguerreotypbild des deutschen Michels jener wunderlichen Zeit hinterlassen haben.

Ihr dickköpfiger Meister *Nicolai* aber übertraf sie doch alle, da er die *beiden* vorhin bezeichneten Organe der Verstandespoesie gleichzeitig in sich zu vereinigen und insbesondere das Element der Negation tapfer zu handhaben wußte. Es ist für uns, die wir glücklicherweise längst außerhalb des Bereichs seiner groben Diktatur stehen, wahrhaft ergötzlich, ihm zuzusehen, wie entrüstet und unermüdlich er gegen alle Poesie, wo und wie sie irgend aufzuducken wagte, sogleich Front macht, protestiert und losschlägt, damit sie nur dem souveränen „gesunden Menschenverstande" nicht etwa was zuleid täte. Kaum war Goethes Werther erschienen, so bewarf er ihn in seinen „Freuden des jungen Werther's" mit dem Schmutz der widerwärtigsten Gemeinheit; Herders Völkerstimmen suchte er sofort in seinem „Kleynen feynen Almanach" durch Hohngelächter wieder zum Schweigen zu bringen und im „Sebaldus Nothanker" die Religion auf den Altenteil des prosaischsten Rationalismus zu setzen; während er auf seiner „Reise durch Deutschland" sich verwundert und es sehr übel nimmt, daß der Katholizismus nicht protestantisch und ganz Deutschland überhaupt nicht berlinisch sein will. Wir sind weit entfernt, dem Romane: „Leben und Meinungen des Herrn Magisters Sebaldus Nothanker" eine zum Teil scharfsinnige Charakterisierung des Zeitgeistes absprechen oder gar behaupten zu wollen, daß die damaligen religiösen Zustände, der Orthodoxen wie der Pietisten, nicht einer derben Züchtigung bedurft hätten. Aber das war nur ein willkommener Vorwand, hier ist es nicht auf eine Reform, sondern auf totale Ausrottung des Christentums abgesehen, und der freidenkerische Magister Sebaldus wird eben als Märtyrer dieser neuen Lehre dargestellt. Denn „so einfältig werde doch hoffentlich niemand mehr sein, sich einzubilden, Gott habe die heiligen Bücher unmittelbar und übernatürlich eingehaucht. Sie sind nur insofern eine Quelle der Wahrheit, als sie das Nachdenken über die Wahrheit befördern. Wer aber *andere* Quellen der Wahrheit zu finden glaubt, besonders wenn er mit mir auf gleiche gemeinsame

Wahrheit zurückkommt, den verdamme wer will, ich nicht." Nun sollte man hiernach doch wahrhaftig meinen, Nicolai sei lauter Toleranz gewesen. Allerdings für Heiden, Juden und Mohammedaner, nur nicht für die Kirche! Man verabscheut mit Recht die Mißbräuche der alten Inquisition, und die Autodafés waren ohnedem schon lange abgekommen. Aber die fanatische zornmütige Jesuitenriecherei, wie sie Nicolai nebst Gedike und Biester ein Menschenalter hindurch in ihrer blauen Monatsschrift getrieben; dieses heimtückische Verächtlichmachen, Verleumden, Verdrehen und Ehrabschneiden ist die *moderne* Inquisition.

Lessing, sagt man, war ein Freund von Nicolai. Eine gewisse Kriegskameradschaft hat allerdings zwischen ihnen bestanden, wie überall bei Kampfgenossen, die unter *einer* Fahne streiten. Aber nicht alle Kameraden sind Helden; es kommt eben nur darauf an, *wie* sie kämpfen; und beide haben sehr verschieden gefochten. Lessing, der, nie sich selber genügend, immer weiter und weiter bis ins Unendliche sich seine Ziele steckte, *suchte* erst, was Nicolai, in seinem bornierten Gesichtskreise, bereits gefunden und erobert zu haben und daher hartnäckig behaupten zu müssen glaubte. Wir haben oben gesehen, mit welchem tiefen Ernste Lessing auf dem religiösen Gebiete alle schneidenden Waffen des Zweifels gegen das Christentum wandte, damit die Welt ihn widerlege und belehre und sich und ihn endlich aus dem schwankenden Halbwesen zur vollen Klarheit hindurchschlage. Ebenso gab er seine dramatischen Versuche keineswegs etwa als endgültige Muster (denn er hielt sich selbst nicht für einen Dichter), sondern um andere anzuregen und auf die Bahn zu weisen, auf der sie aus der allgemeinen französischen Lüge auch hier vielleicht zur Wahrheit gelangen könnten. Auch Lessing gehört daher, schon durch diese tendenziöse Richtung, mit seinen dichterischen Produktionen wesentlich der Verstandespoesie an. Wir statuieren freilich keinen Dichter ohne, wo möglich, recht großen Verstand, aber wir müssen ihm durchaus etwas vindizieren, das *über* dem Verstande liegt oder vielmehr diesen in einem weiteren Umkreise mit umfaßt; und eben dieses fehlte Lessing. Seine „Miß Sara Sampson", sowie „Emilie Galotti" sind eben nur ein tief durchdachtes Schachspiel scharfumrissener Charaktere gegeneinander: Exposition, Szenenfolge, Handlung, alles notwendig Zug um Zug, kein Auftritt kann herausgenommen oder verschoben werden, ohne den ganzen Organismus zu zerstören; die geistvollsten und lehrreichsten Skizzen zu künftigen Tragödien. Aber man vermißt die schöpferische Wärme des Gefühls, jene wunderbare Zauberei der Phantasie, welche die Figuren erst lebendig macht; der Dialog ist epigrammatisch oder „lakonisch", wie ihn Goethe nennt, und beiden Tragödien fehlt der versöhnende Schluß einer durchblickenden höheren Leitung, den auch die geistreichst kombinierte Wirklichkeit niemals zu geben vermag. Und auf dieser Bahn ist *Leisewitz* mit seinem „Julius von Tarent" sein bis zum Verwechseln getreuer Nachfolger geworden. Mit „Minna von Barnhelm" dagegen trat Lessing unmittelbar seinem Ziele näher, ja gewissermaßen schon über dasselbe hinaus. Was er vorhatte, war nämlich nichts Geringeres, als das Schauspiel aus der ganz konventionellen Unnatur des französischen Hoftheaters zur Naturwahrheit einer nationalen Bühne zurückzuführen. Zu diesem Zwecke wollte er Stoff und Form zugleich reformieren, er wollte einerseits den Heroismus von dem Kothurn eines angeblich klassischen Altertums möglichst auf den realen Boden der Gegenwart stellen, andrerseits das aufgeblasene Pathos wieder dem natürlichen Konversationstone zu nähern suchen. Beides gelang ihm vollkommen in dem genannten Lustspiel, das eine außerordentliche Wirkung machte und bei vornehm und gering populär wurde, weil hier dem modernen Heldenleben in der bewegten Zeit des Siebenjährigen Krieges ein großer nationaler Hintergrund gegeben war. Anders verhält es sich, wo dieser Boden künstlich erst geschaffen werden mußte, wie in Miß Sara

Sampson, oder, wie in Emilie Galotti, die alte rauhe Römertugend willkürlich mitten in die neuen Verhältnisse verpflanzt werden sollte. Jedenfalls aber war der Weg, den Lessing zur Lösung seiner kühnen Aufgabe eingeschlagen, keineswegs der richtige und wenigstens für die Tragödie ein sehr bedenklicher Umweg. Denn die Tragödie bedarf, wie das Epos, eines weiten Horizonts, einer poetischen Ferne, wo die Phantasie ihre blauen Berge und großen Konturen fein und ungehindert ziehen kann, während das Heldenbild von dem Rahmen der unmittelbaren Gegenwart fast jederzeit erdrückt wird, gleich wie es keinen Helden für seinen Kammerdiener gibt, weil ihn dieser nur in dem kleinlichen Kreise der gewöhnlichen Alltäglichkeit erblickt. Ja, auf diesem Gebiet üben in so unmittelbarer Nähe selbst die zudringlichen Kapricen der geselligen Konvention und des Kostüms eine störende und doch nicht zu beseitigende Gewalt aus. Es ist hier wie in der Plastik: wie die Standbilder der ritterlichen Feldherren des Siebenjährigen Krieges in Frack und Kamaschen, oder Friedrichs des Großen mit dem Haarzopf und dem windschiefen dreieckigen Hütlein über den gepuderten Seitenlocken. Auch die von Lessing versuchte, im Nathan jedoch wieder aufgegebene Herabstimmung der Tragödie vom Verse zu Prosa können wir ebensowenig als Klopstocks Scheu vor dem Reime als einen Fortschritt anerkennen. Die Rede wurde freilich dadurch natürlicher, aber das Natürliche darum nicht poetischer. Wir wissen recht wohl und haben es in neuerer Zeit sattsam erfahren, wie leicht sich aus Jamben hohle Phrasen drechseln lassen; allein der bloße Mißbrauch kann doch nirgend das an sich Rechte unrecht machen. Ohne Zweifel hätte der Vers z. B. die rohe Überschwenglichkeit Schillers in seinen Jugendarbeiten gezügelt und ihn zu größerer künstlerischer Besonnenheit genötigt. Und so hat denn Lessing, überall verkannt, mißverstanden und kläglich nachgeahmt, in der Tat durch seinen reformatorischen Vorgang allmählich auf ein Heldentum im häuslichen Schlafrock, zu der bürgerlichen Tragödie geführt, die im Grunde doch nur ein lederner Schleifstein ist.

Andere Verstandesdichter von unvergleichlich geringerem Range, wie *Feßler* und *Tiedge*, machten gar den unmöglichen Versuch, die ganze Kantsche Philosophie auf den Parnaß zu schleppen. Das stehende Programm zu Feßlers zahlreichen Romanen (Mark Aurel, Themistokles, Aristides, Attila usw.) ist „die Verbindung der empirisch-psychologischen Wahrheit mit dem intellektuellen Interesse, das richtige Verhältnis der ästhetischen Ideen zu den praktischen Vernunftideen". Kant hatte mit der bewunderungswürdigen Einsicht und Selbstbeherrschung eines Weisen seinen praktischen Vernunftideen nur bis zu jener Grenze Macht gegeben, wo das Reich des Übernatürlichen beginnt, dessen geheimnisvoller Ausdruck die Religion ist. Aber Feßler weiß es besser, indem er, die Grenze ignorierend, zunächst menschliche Vernunft und Tugend identifiziert und dann auf diesem Boden einer natürlichen Tugend wohlgemut Religion macht, welche eben der „reine, durch die Vernunft verfeinerte Genuß der Gaben der Natur" sein soll. Und aus dieser Fusion ergibt sich denn auch das Erstaunliche, daß seine antiken Helden, über die Vorurteile jeder positiven Religion hoch erhaben, sämtlich wahre Tugendusen sind. – Bei weitem feiner und eleganter, als in diesen schwerfälligen Romanen, tritt die Kantsche Philosophie in Tiedges „Urania" auf, wo sie in Frack und Glacéhandschuhen vor einem gemischten Publikum aus den gebildeten Ständen über Gott, Wahrheit, Unsterblichkeit, Tugend, Freiheit und Wiedersehen so rührende Vorlesungen hält, daß wohl noch heutzutage viele Damen darüber heilige Tränen „süßen Wähnens" „und hohen Ahnens" vergießen.

Diesem graziösen Kantianer wollen wir hier den ungraziösesten aller deutschen Dichter: Johann Heinrich *Voß*, mit wenigen Worten gegenüberstellen. Auch Voß zerarbeitete sich im Schweiß seines Angesichts ganz ehrlich an der fatalen Nützlichkeitstheorie, aber nicht, wie Wieland getan, für die hohe Aristokratie, sondern demokratisch nach der unteren Schicht der Gesellschaft hin. Ja, er wollte sich einst in allem Ernste in Baden als „Landdichter“ anstellen lassen, um die Sitten des Volks zu bessern, die Freude eines unschuldigen Gesanges auszubreiten, jede Einrichtung des Staats durch seine Lieder zu unterstützen und besonders dem verachteten Landmann feinere Begriffe und ein regeres Gefühl seiner Würde beizubringen. Unter diesen feineren Begriffen war natürlicherweise vorzüglich auch eine vernünftige Religion gemeint, denn „Gut handeln ist schlechterdings die einzige Religion; und die wahren Antriebe, gut zu handeln, finden sich, wenn wir nicht frömmelnd sophistisieren wollen, in unserer Glaubenslehre nur insofern, als sie Lehre der gesunden Vernunft ist.“ Also wieder eben nur das bis zur völligen Verschwindsucht purifizierte Christentum Nicolais, dessen handfestester Schildknapp Voß überhaupt in jeder Beziehung war. Wie Nicolai proklamierte er in Religionssachen zudringlich überall unbedingte Denkfreiheit, und warf sich doch zum Großinquisitor Deutschlands auf, indem er seinen Heidelberger Kollegen Creuzer und vor allen seinen Jugendfreund und großmütigen Wohltäter Stolberg, weil dieser sich anders zu denken unterstand, mit heimtückischer Roheit bis in das Innerste des Hauses, des Familienlebens und des Herzens verfolgte, um ihn, da kein Scheiterhaufen mehr zu Gebote steht, moralisch zu morden. Wäre es nicht erlogen, was die Nicolaiten noch heut der blödsinnigen Menge beständig einreden wollen: daß bei den Jesuiten der Zweck die infamsten Mittel heilige, so war hiernach Voß selbst unstreitig der ausgemachteste Jesuit. Jedenfalls aber ist er der Großmeister des weitverzweigten Philisterordens deutscher Zunge. Ein kleinliches Jugendleben voll minuziöser Hemmungen und Quälereien, deren mühselige Überwindung ihm eine große Meinung von sich selbst und dem von Natur schon herben Landwein eine ganz ungenießbare Säure gab, hatte ihn allmählich zum eigentlichen Kleinstädter unserer Literatur gemacht. Daher diese eigensinnige, selbstgefällige Borniertheit, welche ihren Hühnerhof und Kohlgarten für die Welt hält, der politische Aberglaube, der hinter allen Hollunderbüschen lauernde Jesuiten wittert, dieser langverhaltene Ingrimm des „sassischen Bauern" (wie Görres ihn nennt), der sich von der vornehmen Erscheinung der gräflichen Freunde unwillkürlich gedemütigt fühlt und nun die eigene Plumpheit dem Aristokratismus zur Sünde anrechnet, jene fanatische Intoleranz, welche eine bloße spießbürgerliche Ehrbarkeit als die alleinseligmachende Religion proklamiert, denn

„Der Kelt' und Griech' und Hottentott
Verehren kindlich *einen* Gott."

So wühlt er in philisterhaftem Mißverständnis der Natur, von der ihn nur das Knollige anspricht, sich immer behaglicher in die platteste Wirklichkeit hinein, dichtet Pferdeknechtsidyllen usw. und scheitert endlich fast komisch an dem verzweifelten Versuche, den deutschen Michel poetisch darzustellen. Sehr treffend sagt daher Schlegel in den kritischen Schriften von ihm: „Er hatte eine ganz einzige Gabe, *die:* jede Sache, die er verfocht, auch die beste, durch seine Persönlichkeit unliebenswürdig zu machen. Er pries die Milde mit Bitterkeit, die Duldung mit Verfolgungseifer, den Bürgersinn wie ein Kleinstädter, die Denkfreiheit wie ein Gefängniswärter."

Gegen die Epidemie der sentimentalen Mondsucht war allerdings der altkluge Verstand recht auf seinem Platz und hat auch mit Not- und Hülfsbüchlein und zahllosen Kinderschriften, an denen sich freilich im Grunde nur kindisch gewordene Alte erbauten, Erstaunliches geleistet. Nachdem er jedoch solchergestalt alle Verhältnisse gehörig ausgenüchtert und vor allem das Christentum durch das Medium des Rationalismus auf bloße bare Moral gesetzt hatte, so entstand hieraus eine zweite Kalamität: die Prosa der Tugend, welche wiederum durch ihre enorme

Langweiligkeit ihren notwendigen Gegensatz, die Frivolität, hervorrief.

Beide Richtungen fanden ihre Vertreter in *Iffland* und in *Kotzebue*.

Iffland schwankte in seiner Jugend lange zwischen Kanzel und Theater; eine Wahl, die eben nicht viel Qual machen konnte. Denn das Theater rivalisierte damals sehr glücklich mit der Kirche, beide sollten bloße Sittenschulen sein, und Schiller selbst erklärte die Aufgabe der Schaubühne für eine religiöse, während viele Prediger Schillersche Sentenzen von der Kanzel paraphrasierten und in einigen Kirchen die Baßarie aus der Zauberflöte „In diesen heil'gen Hallen etc." als Osterlied gesungen wurde. – Der Schatten Shakespeares, den die Kraftgenies, freilich etwas lärmend, heraufbeschworen, war unerkannt und unverstanden über die Bretter geschritten. Das vom trockenen Verstand geschulte todmatte Publikum hatte kein Auge mehr dafür, „wie der Herr in Blitzen schreibt die Weltgeschichte", kein Herz mehr für die tiefe Naturwahrheit und Unmittelbarkeit in Lust und Schmerz, weder für die wahre Tragödie noch für das wahre Lustspiel. In dieser Not, da mit dem Mangel der Heißhunger stieg, mußte wohl für die Armut anderweit gesorgt werden. Iffland, ein echtes Kind seiner Zeit, stieg daher genügsam in die ordinären Visiten-, Arbeits- und Wochenstuben des Mittelstandes hinab, um dort zu predigen. Der Text ist die Religion des „guten Herzens", jenes Wielandschen liebenswürdigen Dinges, das gar zu allerliebst ist, um nicht alle Sünden wiedergutzumachen, ja durch seine Gemütlichkeit Gott selber bis zu Tränen zu rühren. Da sehen wir denn anstatt der Welt, welche die Bretter bedeuten sollen, die Privatseligkeit des Familienzirkels, anstatt der Helden biedere Amtleute und Förster, verruchte Hofräte und Geheimsekretäre nebst einem obligaten Liebespaar aus dem Stamm der Zähregießen; anstatt des Schicksals einen edlen Fürsten, der im letzten Akt großmütig in die Tasche greift und mit einer Hand voll Dukaten die ganze Misere glücklich wendet. Und dennoch, weil es Iffland nur um Belehrung zu tun war, sind seine Bühnengestalten nicht etwa wirkliche Menschen, sondern bloße abstrakte Charaktermasken ausbündiger Vortrefflichkeit oder Niedertracht, wie sie nie und nirgend vorhanden, mit einer oft wunderlich verdrehten Tugendlichkeit: Verbrecher aus Ehre, Deserteure aus Kindesliebe usw. Über den ganzen moralischen Salm aber goß er in der dürren Zeit reichlich das Lavendelwasser der sentimentalen Empfindsamkeit; und so florierte in Deutschland das bürgerliche Rührspiel, oder die Iffländerei, wie es später die Romantiker nannten. Diesem *Jean qui pleure* konnte natürlich ein *Jean qui rit* nicht fehlen. *Kotzebue* blieb es vorbehalten, das letzte Stadium der Verstandesdichtung zu erreichen, indem er die allgemeine Indifferenz, welche der gewissenhafte Iffland noch mit der älteren Bildung zu vermitteln gestrebt, frech emanzipierte. Das Charakteristische der Kotzebueliteratur ist eben die konventionelle Charakterlosigkeit, eine Blasiertheit, die alles, was sie nicht begreift oder was sie geniert, vornehm verlacht. Schon früher wohl hatte man mit deutscher Plumpheit, aber immer noch mit einem gewissen Anstrich von Idealität, ähnliches versucht; Kotzebue aber war der erste, der es schamlos und prinzipienmäßig sich zur Aufgabe machte, alle sittlichen Mächte des Lebens, Religion, Ehre, Vaterlandsliebe, als altmodische Träumerei und Hirngespinst, zur Zielscheibe frivolen Witzes öffentlich an den Pranger zu stellen, und dafür einen glatten weltmännischen Nihilismus als das allein Verständige und Gentile zur Herrschaft zu bringen. Wo er aus dieser Rolle fällt – was ihm, bei den schon damals auftauchenden, ernsteren Richtungen, aus rivalisierender Eitelkeit zuweilen begegnete –, wo er, sagen wir, naiv oder pathetisch sein will, wird er völlig dumm und abgeschmackt, wie z. B. in der Gurli oder in Rollas Tod. Mit desto größerem Geschick, ja boshaftem Instinkt, wußte er dagegen in seinen eigentlichen Kotzebueaden die schlummernden Sünden und Schwachheiten der Nation gegen ihre Tugenden aufzurufen, einzig durch die perfide Eskamotage, womit er diese lächerlich und jene liebenswürdig darstellte, den Unglauben durch aufgeblasenes Weltbürgertum, Diebstahl durch zärtliche Familiensorge, Lüderlichkeit durch ein sogenanntes gutes Herz, gefallene Mädchen durch leichtfertige Tränen gar preiswürdig zu Ehren und unter die Haube brachte. Und einen solchen Mann schämte sich das damalige Deutschland nicht zu seinem Theaterkönig auszurufen! Nicht weniger als zweihundertelf seiner Stücke wurden auf allen Theatern stürmisch beklatscht, die begeisterten Damen trugen Eulaliahauben, die Männer übersetzten ihn atemlos in alle Sprachen; kaum noch fanden burschikosere Spätlinge Raum genug, in Götzens Rüstung ungeschickt über die Bühne zu stolpern, während man in den zerfallenen Ruinen der deutschen Poesie dazwischen einige melancholische Grillen, wie Matthisson, Salis und andere verloren zirpen hörte.

So trostlos standen im allgemeinen die Sachen in dem letzten Dezennium des vorigen Jahrhunderts. Denn Goethe und Schiller, nachdem letzterer in den Räubern, im Fiesco und in Kabale und Liebe seinerseits die Genieseuche der Starkgeister gebüßt, beide, überdem soeben in wissenschaftlichen Studien befangen, schwiegen eine geraume Zeit, um sich zu neuem Anlauf zusammenzufassen. Aber die Langeweile, wie sie diese Stagnation notwendig über Deutschland verbreiten mußte, ist stets das unerträglichste aller Übel. Um ihr zu entgehen, entstand daher bei reicher begabten Geistern eine andere Art, die Zeit zu betrachten und darzustellen, nämlich die *humoristische,* indem der Gegenwart ein poetischer Vexierspiegel vorgehalten wird, in welchem *dieselben* Züge durch ihre kühn verwechselte und veränderte Kombination auf einmal überraschend fremd und neu erscheinen. Der *Humor* ist durchaus ein modernes Erzeugnis, das die Reformation zwar nicht geschaffen (denn er ist von jeher tief in der menschlichen Natur begründet), ihn aber erst zur vollen

Geltung und Gestaltung herausgebildet hat. Denn er ist eben nichts anderes als das erwachende wehmütige Gefühl von der Unzulänglichkeit der innersten Zustände; der seine eigene usurpierte Alleinherrschaft verspottende Verstand, eine Art von Weltschmerz, der das Leben der Gegenwart nicht als *ein* abgeschlossenes Bild, sondern in seinen Widersprüchen und Dissonanzen auffaßt und mit der wachsenden Unruhe, Verwirrung und Trostlosigkeit sich in unseren Tagen bis zur modernen Zerrissenheit gesteigert hat.

Schon durch Hamanns Schriften, wie wir oben gesehen, blitzen häufig humoristische Streiflichter, die aber in ihrer Vereinzelung nur noch als Bizarrerie erscheinen. Unsere eigentlichen Humoristiker dagegen sind *Hippel* und *Jean Paul;* und bei beiden ist es, wie es bei wahrhaften Dichtern nicht anders sein kann, wiederum das Tiefste im Menschenleben, das sie aufregt: der Konflikt des religiösen Gefühls mit dem Rationalismus bei Hippel, mit der humanistischen Weltanschauung bei Jean Paul.

In *Hippel* stehen zwei feindliche Naturen: die religiöse und skeptische, dicht beisammen und ringen wacker und auf Tod und Leben miteinander. Er hat ein tiefes Gefühl des Christentums, aber den Glauben nicht. In seinem Romane: „Lebensläufe nach aufsteigender Linie" (1778) wird die Offenbarung, nach Lessings Hypothese, als ein bloßes moralisches Erziehungswerk des Menschengeschlechts dargestellt, das von dem „Menschenfreunde" Christus großartig, aber vergeblich versucht wurde und daher nun von der dadurch emanzipierten menschlichen Vernunft fortgesetzt und vollendet werden soll. Denn „es liegt alles in uns – die Gottheit kann sich Menschen nicht anders als durch Menschen offenbaren – erhabene große Menschen sendet Gott zu Menschen, um ihnen zu sagen, was sie gleich alle wissen, wenn es ihnen nur gesagt wird. Wir sind alles und nichts. Das Licht der Vernunft, das in uns ist, *muß angezündet werden,* sonst bleiben wir beständig Kinder der Finsternis." Allein die Personen, de-

nen in dem Romane diese angezündete Fackel anvertraut ist, wie der „Professor Großvater“ (Kant), Herr von G., der Pastor etc., dürfen gelegentlich für witzigen, oft tödlich verwundenden Spott nicht sorgen; und der eigentliche Held des Romans, d. i. der Autor selbst, rennt mit seinem christlichen Heimweh und Gedankenfluge beständig gegen sein eigenes System an, was ein ganz eigentümliches, fast tragisches Schauspiel gibt. In seinem Romane: „Kreuz- und Querzüge des Ritters A-Z“ (1793) dagegen sucht der jugendlich schwärmerische Ritter eine unsichtbare Kirche, glaubt sie in der Freimaurerei glücklich gefunden zu haben, kommt aber in dem Weisheitstempel zuletzt nur an einen ungeheueren Vorhang, „der leider alles und hinter dem nichts ist“. Ja, diese Doppelgängerei zieht sich wunderlich durch des Dichters eignen Lebenslauf, der unausgesetzt zwischen Weltlichkeit und geistiger Asketik schwankt, und seinen Zeitgenossen und Freunden selbst ein psychologisches Rätsel geblieben ist.
In größeren Dimensionen zeigt sich der Konflikt bei *Jean Paul* (Friedrich Richter). Jean Paul ist der ewige Jüngling unter unsern Dichtern, ein Jüngling bis in das Greisenalter, mit seinen überschwenglichen Hoffnungen, Freuden und Schmerzen und den prächtigen Träumen von Tugend, Freundschaft und Weltbürgertum. Nun denke man sich einen *solchen* Jüngling der gemeinen Wirklichkeit gegenüber, und man hat den ganzen Inhalt seiner Romane, die nur durch zufällig veränderte Szenerie voneinander verschieden sind. Überall ist es der Stoß jenes jugendlichen Idealismus gegen die wirkliche Welt; im „Titan“ und „Hesperus“ gegen die große moralische Lüge der sozialen Bildung, im „Siebenkäs“ und „Fibel“ gegen die bittere Not der Armut, welcher er tröstlich zuruft: „Mit Freuden darbt, hungert, dürstet jeder vor der Tür einer Silberkammer, wenn er weiß: sie tut sich ihm auf nach wenigen Tagen. Und wenn wir die *tierdumme Furcht* wegwerfen – sitzt nicht jeder von uns an der Tür einer solchen Kammer?“ – Er sagt selbst, er kenne nur drei Wege. *„Der erste,*

der in die Höhe geht, ist: so weit über das Getreibe des Lebens hinauszudringen, daß man die ganze äußere Welt mit ihren Wolfgruben, Häusern und Gewitterableitern von weitem unter seinen Füßen nur wie ein eingeschrumpftes Kindergärtchen liegen sieht. Der *zweite* ist: gerade herabzufallen ins Gärtchen und da sich einheimisch in eine Furche einzunisten. Der *dritte* endlich, den ich für den schwersten und klügsten halte, ist *der:* mit den beiden andern zu wechseln." Und diesen dritten Weg hat er selbst in seinen Schriften gewählt, ohne jedoch den beständigen Wechsel irgend zu vermitteln. Daher sind seine Romane, so wie die einzelnen hochangelegten Charaktere derselben, nirgend künstlerisch vollendet, sondern eben nur die Dissonanz jenes Konflikts. Da aber dieser Konflikt hierdurch nur um so greller hervortritt, so läßt der Dichter zur Erholung und Erfrischung endlich seine humoristischen Blitze durch die unerträgliche Schwüle spielen. Schon durch sein rührendes Stilleben geht überall, wie ein Lächeln durch Tränen, ein leiser ironischer Zug; aber mitten durch Wehmut und Schmerz bricht plötzlich ein erschütternder ethischer Zorn oder ein wahrhaft vernichtender Witz, scheinbar wie ein Seiltänzer über dem „kleinstädtischen Jahrhundert, an dem man gar nicht zierliche Pas, sondern gefährliche Sprünge bewundert"; eine oft Shakespearesche Melancholie des Witzes, die sich bei seinem Leibgeber Schoppe bis zum Wahnsinn steigert. Und dieses beständige Wetterleuchten wechselnder Kontraste wird noch auffallender und verwirrender durch eine weichherzige Sentimentalität, die harmlos nur vom Mondschein zu leben scheint, bei einer streitlustigen Ritterlichkeit, die überall, wo es gilt, sogleich schlagfertig und sattelfest ist. Denn was ihn von allen Humoristikern des Auslandes unterscheidet, ist eben der tiefe sittliche Ernst und Scharfsinn seines Humors, womit er, anstatt mit den Jämmerlichkeiten bloß geistreich zu spielen, gegen alle Sünde, Unbill und Gemeinheit der Zeit unerschrocken die Lanze einlegt.

Es ist aus allen diesen Vorgängen leicht ersichtlich: das positive Christentum war, unter den Gebildeten wenigstens, so gut wie abgetan. Die ebenso wissensreichen als glaubensarmen Geister mußten daher auf eine Restauration in anderem Wege, auf eine Surrogatreligion, Bedacht nehmen. So erfand man die *Humanität,* d. h. das in allen anarchischen Übergangszeiten geltende Recht der Selbsthülfe, wonach die Menschheit, ohne höhere Autorität, sich aus sich selber durch die bloße Kraft der eigenen Vernunft selig machen sollte. Und diese Richtung hat denn auch unserer Poesie bis auf den heutigen Tag ihren neuesten Ausdruck und Charakter gegeben.
Auch hier, wie bei allen tiefgreifenden geistigen Bewegungen, sehen wir *Lessing* abermals im Vordertreffen. In seinem „Nathan der Weise“ wirft er ein vorläufiges Probestück dieser modernen Religion ohne Religion, gleichsam als einen Zankapfel, der orthodoxen Borniertheit mutig ins Angesicht. Es ist keineswegs etwa der gewöhnliche Indifferentismus: mit der größten Entschiedenheit vielmehr wird hier aller Nachdruck eines übermächtigen Geistes auf die sittliche Kraft im Menschen gelegt und an dieser allein die Bedeutung aller Religionen gemessen; denn die göttliche Abstammung aller positiven Religionen lasse sich nur an ihren Früchten erkennen: „ob sie vor Gott und Menschen angenehm machen“. Daher sind in dem eingeflochtenen Gleichnis von den drei Ringen Judentum, Islam und Christentum völlig gleichberechtigte Offenbarungen der Menschennatur. Ja, das Christentum mit seinen etwas verblaßten Vertretern wird hier von den leuchtenden Heldengestalten Saladins, Nathans, von dem aufgeklärten Tempelherrn und der wunderlieblichen Recha sehr fühlbar in den Hintergrund gedrängt. Eben diese geständlich polemische Färbung aber stört einigermaßen den vollen künstlerischen Eindruck dieses Meisterwerks, während dasselbe auch formell dadurch merkwürdig geworden, daß es den fünffüßigen Jambus für alle Folgezeit auf der Bühne eingeführt hat.

War nun einmal auf solche Weise alle positive Glaubensbasis weggenommen, so blieb auch in der Tat nichts anderes übrig, als an die menschliche Perfektibilität zu appellieren, an den Glauben, daß die Menschheit auch ohne übernatürliche Hülfe sich selbst erlösen, mithin zu diesem Zweck alle ihre natürlichen Gaben und Kräfte selbständig bis ins Unendliche herausbilden könne und müsse. Und dies ist der eigentliche Grundgedanke der Humanität und dessen nähere Begründung die Lebensaufgabe *Herders.* Herder war der Gedankenerbe Hamanns, mit dem er auch bis an dessen Lebensende befreundet blieb; ja man möchte sagen, er stand, und zwar als der weibliche Teil, in einer geistigen Ehe mit ihm. Denn was Hamann ahnend oft ganz formlos hinwarf, hat Herder mit erwärmender Empfänglichkeit aufgenommen, nach dem Bedürfnis der Zeit formuliert und in die große Welt eingeführt. Aber weicher als Hamann, machte er hierbei der Zeit Konzessionen, die ihn dann selbst immer weiter mit fortrissen; er machte die, freilich dialektisch verknöcherte, Theologie fast bis zur Eleganz poetisch; er lehrte weniger Christentum als das allgemein Göttliche in der Menschennatur, das alle Menschen zu *einer* unsichtbaren, überall verbreiteten Gemeinde verbrüdern sollte, mit einem Wort: eben jene Universalreligion der Humanität, die schon an den äußersten Grenzen des Christentums steht. Dazu war dieser bedeutende Genius ganz besonders berufen durch die bewundernngswürdige Universalität seines Geistes, womit er sich in die eigentümliche Gemütslage und Vorstellungsweise jedes Volkes hineinzudenken, oder vielmehr hineinzufühlen, und alle diese verschiedenen Volksseelen mit dem allgemein Göttlichen in Beziehung zu setzen vermochte. Schon seine frühesten Schriften: „Geist der hebräischen Poesie“ und „Die älteste Urkunde des Menschengeschlechts“, wiewohl noch für die göttliche Offenbarung streitend, geben in ihrer wesentlich bloß *poetischen* Auffassung der Propheten und Mysterien ein glänzendes Zeugnis von jenem generalisierenden Trieb und Talent. In ihrer ganzen Bedeutsamkeit und Vollendung aber tritt diese Intention in seinem berühmtesten Werke: „Ideen zur Philosophie der Geschichte der Menschheit“ hervor. Er gibt uns selbst das Programm: „Gang Gottes in der Natur, die Gedanken, die der Ewige uns in der Reihe seiner Werke tätlich dargelegt hat, sie sind das *heilige Buch*, an dessen Charakteren ich buchstabiert habe und buchstabieren werde. Überall hat mich die große Analogie der Natur auf Wahrheiten der Religion geführt, und diesen Weg verfolgend sehen wir zuletzt das dunkelstrahlende Licht als Flamme und Sonne aufgehen. Es gibt keinen anderen Weg, und man kann ihn nicht sorgsam genug gehen.“ Es ist eine geistige Ethnographie, die in allen Nationalgesichtern die allgemein menschliche Physiognomie nachzuweisen sucht; eine Weltgeschichte aus der Vogelperspektive, wo alles Besondere verschwindet. Die Natur ist die Bibel, der perfektible Menschengeist die permanente Offenbarung, Christus durch Wort und Vorbild ein weltweiser Lehrer; das Ziel endlich eine universale Menschheitsreligion, in deren ununterbrochenen Entwicklungsgang das Christentum nur als eine zwar notwendige, aber vorübergehende Phase eingreift. So mochte er allerdings sagen: „Ob hierbei der Name Christi litaneimäßig genannt werde, ist dem Erhöheten gleichgültig. Wer Schlacken vom Golde zu unterscheiden weiß, wird sich nicht irremachen lassen und den Helden der Menschengüte, den stillesten Wohltäter seines Geschlechts in *seiner* Art, d. i. schweigend und nachahmend ehren. Am Namen: Christianer liegt wenig: gehe dieser unter oder bleibe. Von Schlacken gereinigt, kann seine Religion nicht anders als die Religion einer Menschengüte, *Menschenreligion* heißen.“ – Allein zu allen Zeiten haben immer nur wenige den hellen Blick und die sittliche Kraft Herders, um die Schlacken vom Golde zu unterscheiden; und was namentlich mehrere unserer neuen Naturforscher auf diesem angeblich einzigen Wege aus der geheimnisvollen Naturbibel herausbuchstabiert haben, ist keineswegs jene

göttliche Sonne, sondern der krasse Materialismus, der nicht zu der von Herder gemeinten Humanität, sondern zur Barbarei führt.
Es ist aber überall ungerecht und daher ganz unzulässig, große Geister *außerhalb* ihrer Zeit, ihre Intention lediglich nach den Erfolgen beurteilen zu wollen. Erwägen wir demnach die damaligen religiösen Zustände, so müssen wir freudig anerkennen, daß, wie Lessing mit seiner verwegenen Kriegserklärung, so auch der mildere Herder durch eine erhöhete Weltansicht der orthodoxen Starrköpfigkeit sowie der pietistischen Faselei gründlich das Handwerk gelegt und sein Jahrhundert umgestimmt hat. Und mit derselben universalen Empfänglichkeit, die sein Grundwesen ausmacht, erkannte er auch das Volkslied aller Zeiten und Nationen und hat in seinen schon oben erwähnten „Stimmen der Völker" einen Ton angeschlagen, der noch bis heut durch die deutsche Poesie erfrischend fortklingt.
Systematischer gefaßt und entwickelt wurde jene Humanitätsidee durch *Friedrich Heinrich Jacobi* (1743–1819). Auch bei Jacobi war, wenn wir unverblendet auf den Grund sehen, eigentlich doch der Mensch selbst wieder sein eigener Gott; auch Jacobi, allem Schulzwange fremd, suchte vermittelnd an diesem Göttlichmenschlichen Kunst und Wissenschaft, Leben und Politik zu messen, zu würdigen und zu beleben. „Wahrhaft über sich", sagt er, „erhebt den Menschen *nur sein Herz*, welches das eigentliche Vermögen der Idee, der nicht leeren, ist. – Der Mensch offenbart Gott, indem er mit dem Geiste sich über die Natur erhebt und kraft dieses Geistes sich ihr als eine von ihr unabhängige Macht entgegenstellt, sie bekämpft, beherrscht. – Wie der Mensch an diese ihm inwohnende, der Natur überlegene Macht in ihm lebendig glaubt, so glaubt er an Gott, er fühlt, er erfährt ihn. Wie er an diese Macht *in ihm* nicht glaubt, so glaubt er auch nicht an Gott; er sieht und erfährt überall nur bloß Natur, Notwendigkeit, Schicksal. – Wer von diesem Geiste getrieben

wird, der ist auf dem Wege der Gottseligkeit, und es ist gleichgültig, welche Mittel der Einbildungskraft (welche *äußere* Gestalt der Religion) ihn auf demselben unterstützen, etwa zuerst ihn erweckten und leiteten, fortwährend ihm behülflich sind." Denn eine Offenbarung durch äußerliche Erscheinungen, sie mögen heißen, wie sie wollen, könne sich höchstens zur *inneren ursprünglichen* verhalten wie Sprache zur Vernunft, und diese letztere wahre Offenbarung nur durch Gefühle, dann durch weissagendes Verlangen, dann durch Empfindungen und Gedanken erfolgen.
Diese Humaniora einer gänzlich unpositiven Religion hat Jacobi in zwei philosophischen Romanen ziemlich ungeschickt darzustellen versucht. Im „Allwill", der sich hiernach seiner guten Natur überläßt, welche verlangt, daß er jede Fähigkeit in sich erwachen, jede Kraft sich regen lasse; denn dies zu verstehen, ist ihm Weisheit, und ihm zu folgen Tugend. Und im „Woldemar", der „wie in der Mitte der Schöpfung schwebt, aufgelöst und an sich ziehend aus dem feinsten Äther eine neue Bildung". Beide Helden haben es indes in ihren Studien nicht sonderlich weit gebracht. Allwills Weltweisheit wird an der praktischen Hausfrau Amalie zuschanden, und Woldemar schaudert zuletzt „vor dem Abgrund, an dem er noch stand: vor den Tiefen seines Herzens. Bei jeder Gelegenheit wiederholte nachher Woldemar: Wer sich auf sein Herz verläßt, ist ein Tor!"
Im Grunde aber sind Allwill und Woldemar eben niemand anderes als der Autor selbst. Denn Jacobi selbst fühlte tief das Unzureichende dieses rein subjektiven Glaubens. „Licht ist in meinem Herzen" – so klagt er – „aber sowie ich es in den Verstand bringen will, verlöscht es." Vergebens schrieb ihm Hamann 1785: „Ich wünschte Sie so gern aus dem Labyrinth der Weltweisheit in die kindliche Einfalt des Evangeliums versetzen zu können!" – „Mit mir steht es so", sagt Jacobi dagegen noch im Jahre 1817, „daß ich mit Falk und Twesten darüber vollkom-

men einig bin, daß wer die *Religiosität* der Väter wolle, auch die *Religion* der Väter wollen müsse. Wie ich aber dazu gelangen könne, diese historisch gediegene einmütige Religion der Väter zu wollen, daß sie mir auch wirklich und wahrhaft werde, das weiß ich nicht." Daher schreibt er: „In Deine Klagen über die Unzulänglichkeit alles unseres Philosophierens stimme ich leider von Herzen ein; weiß aber noch keinen anderen Rat, als nur immer eifriger fortzuphilosophieren."

Bei Jung-Stilling galt er für einen Deisten, bei anderen für einen Katholiken. Das Wahre ist, daß der große Zwiespalt der Zeit, den er zu vermitteln unternahm, in ihm selber unvermittelt war, daß er sich einen Glauben eingebildet, den er nicht rechtfertigen wollte und konnte, und daher einen Glauben verfocht, den er im Grunde nicht hatte, und sonach eingestehen mußte, „wie alles bei ihm auf die schwermütige Trauer über Natur des Menschen hinauslaufe". – Er war nichts als ein bedeutsames feuriges Fragezeichen der Zeit, an die kommenden Geschlechter gerichtet, ein redlich Irrender, immerdar schwankend, aber schwankend wie die Wünschelrute nach dem verborgenen Schatze.

Der eigentliche Humanitätsdichter dagegen ist *Jean Paul* (Friedrich Richter, 1763–1825), dessen Persönlichkeit recht wie dazu geschaffen schien, diese Lehre poetisch zu beleben. Wir haben schon oben gesehen, wie die liebenswürdige Natur dieses Dichters mit einer hervorragenden sittlichen Kraft ausgerüstet und gegen alles Schlechte gewendet war. Hiernach durfte grade er vor allen anderen wohl von der Gewalt dieser menschlichen Anlage eine hohe Meinung und jenes starke Gefühl haben, das eben die Seele der Humanitätsreligion ist. Daher stehen auch fast alle seine Romanhelden im Jünglingsalter, wo die Unschuld und Reinheit der Menschenseele noch unbefleckt in ihrer ursprünglichen Schönheit erscheint. So ist sein Emanuel im „Hesperus" ein moderner Einsiedler, der sich als ein „Gottmensch" hoch über die anderen Tier- und

Pflanzenmenschen erhebt; und den exzentrischen Viktor, den die menschliche Unterjochung unter das Glück anekelt, nimmt der Tod jeden Tag einmal auf den erhabenen Arm und läßt ihn von da herunter bemerken, wie winzig alle Berge und Hügel, auch Gräber sind. Im „Titan" ist Albano, der sich selbst den Arm blutig ritzt, um leichter und weicher zu atmen, einer von jenen Paradiesvögeln, die fliegend schlafen und auf den ausgebreiteten Flügeln die unteren Erdstöße und Brandungen des Lebens verschlummern im langen schönen Traume von ihrem idealischen Mutterland. Ja selbst durch seine idyllischen Stillleben, wie im „Schulmeisterlein Wutz", im „Quintus Fixlein", „Siebenkäs" und „Fibel", zieht sich jenes träumerische Verhimmeln aller Wirklichkeit. Diese Kleinbürger der Erde finden gegen alle Quälereien der Armut und Beschränktheit des Trostes übergenug in ihrer genügsamen Gemütlichkeit, ohne eines positiv religiösen Glaubens zu bedürfen. Es ist hiernach sehr begreiflich, daß diese ideale Schönmalerei vorzüglich in der stets wesentlich schwärmerischen Stimmung der deutschen *Jugend* so großen Anklang fand und zum Teil noch findet; wogegen seine eigentlichen Satiren („Grönländische Prozesse", „Auswahl aus des Teufels Papieren" etc.), da die Satire durchaus einen realen Boden verlangt, mißglückt und fast spurlos vorübergegangen sind. Sehr bezeichnend sagten die beiden Weimarschen Dichterheroen von ihm, er sei ihnen erschienen: „Wie aus dem Mond gefallen, voll herzlich guten Willens, die Dinge zu sehen, nur nicht mit dem Organe, mit dem man sieht."

Jean Pauls großer Irrtum war, daß er jenen jugendlichen Enthusiasmus für zureichend, das sittliche Gefühl allein schon für Religion hielt. Der Mensch, meint er, wäre auf Erden eitel Spielwerk und Dunst, *wenn er nicht fühlte*, daß er es nicht wäre. Dieses Gefühl sei unsere Unsterblichkeit, Tugend aber Gehorsam gegen das erhabene Gesetz, das von einer Zone zur andern *in jeden Busen* mit gestirnten Zügen brenne. Es gebe keine andere Offenbarung als diese noch fortdauernde, und unsere ganze Orthodoxie sei, wie der Katholizismus, erst in die Evangelien hineingetragen worden und habe das Bestimmte und Lebendige in Unbestimmtes und doch Einengendes jüdisch-christlicher Doktrin verwandelt. Denn wir haben alle dasselbe Herz und denselben Gott, und die edle Seele steige über religiöse Zeremonien so gut auf als über bürgerliche, um in den reinen großen Himmel der Tugend zu dringen. – Allein diese Himmelfahrt ist doch nur eine gutmütige Täuschung. Wir haben keineswegs alle dasselbe Herz; und hätten wir es wirklich, wo gäbe es wohl etwas Unbestimmteres als diese Doktrin des alleinseligmachenden menschlichen Herzens? Das fühlte auch der redliche Mann gar wohl, so sehr er sich dagegen sträubte. Daher in allen seinen Schriften die trostlose Wehmut über die Unerreichbarkeit seiner subjektiven Ideale; daher die verzweifelten Luftsprünge seines Humors, womit er über die selbstgefertigten Schlagbäume des Nationalismus hinwegzusetzen versucht. Und zuletzt muß er's selber schmerzlich eingestehen, indem er an Jacobi schreibt: „Mein Innerstes und Bestes hat jetzt nur Hoffnung und *Sehnsucht des Lichts, aber keines.*“

Die Doktrin der Humanität aber kulminiert endlich in unseren beiden größten Dichtern, in *Schiller* und *Goethe*, und wurde von ihnen, wenngleich auf verschiedenen Wegen, zum förmlichen Nationalkultus erhoben. Beide, ihrer Zeit weit überlegen, suchten die verworrene geistige Verlassenschaft in poetischer Vertiefung zusammenzufassen, um daraus eine Weltanschauung sich herauszubilden, die für Zeit und Ewigkeit Weg und Richtung gäbe; beide aber verfehlten dennoch ihr letztes Ziel.

Schiller erstrebte mit allem Ernst eines guten Gewissens die Veredelung des Menschengeschlechts durch dessen ästhetische Ausbildung, durch eine Religion der Kunst. „Verjage“, sagt er, „die Willkür, die Frivolität aus den Vergnügungen der Zeitgenossen, so wirst du sie unvermerkt aus ihren Handlungen, endlich aus ihren Gesinnungen verbannen. Wo du sie findest, umgib sie mit edlen, mit großen, mit geistreichen Formen; schließe sie ringsum mit den Symbolen des Vortrefflichen ein, bis der Schein die Wirklichkeit und die Kunst die Natur überwindet." Denn „die Schönheit ist es, durch welche man zu der Freiheit wandert". Die Empfindungsfähigkeit für das Schöne aber übt sich am vollkommensten an der Kunst, und „innerhalb der ästhetischen Geistesstimmung regt sich kein Bedürfnis nach jenen Trostgründen, die aus Spekulation geschöpft werden müssen; sie hat Selbständigkeit, Unendlichkeit in sich. Die gesunde und schöne Natur braucht keine Moral, kein Naturrecht – ja, sie braucht keine Gottheit, keine Unsterblichkeit, um sich zu stützen und zu halten".

Also auch hier wieder lauter Bäume, die von selbst in den Himmel wachsen sollen; auch bei dem tugendhaften Schiller abermals, nur unter der neuen Maske der Kunst, die alte Erbsünde der Reformation: die Heiligsprechung der subjektiven Eigenmacht, die moralisch zur hochmütigen Selbsttäuschung, in der Poesie und namentlich im Drama zum falschen Ideale führt. Die antike Tragödie hat allerdings ebenfalls idealisiert, aber streng innerhalb der alten religiösen Grundanschauung. Das Menschliche wurde, wie äußerlich durch die Larve und den Kothurn, so auch *geistig* erhöht und verstärkt, aber der Held blieb rein menschlich und der *höheren* Macht über ihm unterworfen, was eben den furchtbaren tragischen Konflikt erzeugte. Und in diesem Sinne ist auch Shakespeare vollkommen antik. Die moderne Tragödie dagegen will ihren Helden zum Selbstgott machen und, als solchen, von aller göttlichen Führung emanzipieren. Das ist aber eine an sich unwahre Stellung, und weil sie eben unwahr ist, muß hier das rein Menschliche – nicht etwa, wie bei den Alten, bloß potenziert, sondern beständig erst künstlich konstruiert werden. Schiller ist der eigentliche Vater dieses modernen Ideals und sein Wahlspruch: „In deiner Brust

sind deines Schicksals Sterne“ das bezeichnendste Motto für alle seine Schauspiele. Oder vielmehr: in Schillers eigner Brust sind die Sterne des Schicksals seiner Helden und in den letzteren nur die verschiedenen philosophischen Ansichten und Theorien, die den Meister abwechselnd bewegten, poetisch abgespiegelt. In seinen Räubern steht der Dichter noch ganz in den philosophischen Flegeljahren der Klingerschen Geniemänner und Starkgeister, die ohne weiteres sich selbst ihr Schicksal machen. In Kabale und Liebe ist es die alles gleichwaschende Sentimentalität Rousseaus, im Marquis Posa der religiöse und politische Liberalismus, der damals die Weltbeglückung übernommen; während im Wallenstein, in Maria Stuart und in der Jungfrau von Orleans bereits eine gewisse *abstrakte* Romantik mit hereinspielt. Überall aber die Revolution und Glorifizierung der subjektiven Allmacht; und alle Helden sind Philosophen, und alle philosophieren über sich und ihre Philosophie.
Schiller machte, nach idealer Willkür, die Poesie wie die Geschichte. In bezug auf die letztere gesteht er selbst mit der liebenswürdigen Offenheit eines ehrlich strebenden Mannes: „Ich werde immer eine schlechte Quelle für einen künftigen Geschichtsforscher sein, der das Unglück hat, sich an mich zu wenden. Aber ich werde vielleicht auf Kosten der historischen Wahrheit Leser und Hörer finden und hier und da mit jener ersten philosophischen zusammentreffen. Die Geschichte ist überhaupt nur ein Magazin für meine Phantasie; und die Gegenstände müssen sich gefallen lassen, was sie unter meinen Händen werden.“ Allein dasselbe begegnete ihm, wenn auch weniger bewußt, vielleicht in noch vollerem Maße mit seinen Dichtungen. Wir meinen hier nicht die häufige Verletzung der geschichtlichen Wahrheit, wie z. B. im Don Carlos, in der Jungfrau von Orleans, sondern die der Naturwahrheit, die sich ebenso seinen vorgefaßten Theorien beugen und anbequemen mußte. Daher so oft diese abstrakten, ganz unsinnlichen Begriffsgestalten; anstatt des unmittel-

baren Naturlauts jene prächtige Rhetorik, jenes über sich selbst philosophierende Sentenziöse sogar unter den Bauern im Tell; überall eine sich selbst beschauende Poesie. Und wie übelberaten auch *hier* diejenigen waren, die das Unglück hatten, sich an ihn zu wenden, zeigt die bis auf den heutigen Tag noch nicht abgebrochene Heeressäule von Nachahmern, die wie auf Tugendstelzen über die Weltgeschichte dahinschreiten und unsere Bühne neuerdings mit einer rein konventionellen Poesie überflutet haben. Wenn aber Schiller demungeachtet, über Goethe, der Liebling der Nation geworden (was freilich seiner Zeit auch bei Kotzebue der Fall war), so liegt der Grund darin, daß er, wie kein Dichter vor ihm, den Ton seiner Zeit anschlug, indem er den trockenen Rationalismus poetisch verherrlichte, sowie in der Macht, die jederzeit ein ernstes, ehrliches Streben und der blendende Schmuck einer schwunghaften Sprache über die Gemüter übt. Denn es ist in gewissen Zuständen der Kultur nichts unverständlicher als das Einfache.

Bei weitem umfangreicher, als Schiller, hat *Goethe* die Idee der Humanität aufgefaßt: nicht bloß als Erziehung des Schönheitsgefühls durch die Kunst, sondern als die harmonische Ausbildung *aller* menschlichen Kräfte und Anlagen, durch das Leben selbst. Er will durchaus „nach keinem Ideale springen“, sondern kämpfend und spielend seine Gefühle sich zu Fähigkeiten entwickeln lassen. Er vertraue sich daher ganz der Natur, „sie mag mit ihm schalten; sie wird ihr Werk nicht hassen; er spricht *nie von ihr,* sondern was er Wahres und Falsches sagte, alles *hat sie gesprochen,* alles ist *ihre* Schuld, alles *ihr* Verdienst; habe er einen Fehler begangen, so könnte es keiner sein; und alle Ideale Lavaters sollen ihn nicht irreführen, wahr zu sein und gut und böse wie die Natur“.

Daß bei solcher absoluten Naturwüchsigkeit alle *positive* Religion unmöglich oder doch wenigstens sehr überflüssig wird, leuchtet von selbst ein. Da indes über das Goethesche Christentum so viel hin und her gestritten worden, so wollen wir hier versuchen, den Inbegriff seiner religiösen Ansicht, nach seinen eigenen überall zerstreuten Bekenntnissen, in wenigen Worten zusammenzufassen. „Lebe, und du wirst leben", ist das Hauptdogma dieser Religion; denn der Durst nach Leben, die Erkenntnis der unsterblichen Naturordnung, die Ermunterung zu rühmlichen Gedanken und Taten: nur dies allein ist Unsterblichkeit. Daher hält er das Evangelium mit seinen Wundern und Geheimnissen für Lästerungen gegen den großen Gott und seine Offenbarung in der Natur. Er findet vielmehr tausend geschriebener Blätter alter und neuer von Gott begnadigter Menschen ebenso schön und der Menschheit nützlich und unentbehrlich als die Evangelien und bemitleidet die Christomanie Lavaters, der seine ganze Kraft anwende, um ein Märchen wahr zu machen, eine hohle Kindergehirnerfindung zu vergöttern. Er gönne ihm gern dieses Glück, da er ohne dasselbe elend werden müßte; denn bei seiner Begierde, in einem Individuum alles zu genießen, sei es herrlich, daß aus alten Zeiten uns ein *Bild* übriggeblieben, an dem er sich bespiegeln und anbeten könne. „Nur das ist", fährt er fort, „ungerecht und Raub, daß du alle köstlichen Federn der tausendfältigen Geflügel unter dem Himmel ausraufst, um deinen Paradiesesvogel damit zu schmücken; dies verdrießt uns, die wir als Söhne Gottes ihn *in uns selbst und in allen seinen Kindern anbeten.*" Ja, weil das positive Christentum das Selbstanbeten dieser Gottessöhne allerdings sehr empfindlich stört und demütiget, indem es all ihre Bildung und Fortentwicklung nicht als etwas schon Vollendetes, sondern nur als bloße Vorbereitung und Übergang zu einem *höheren* Dasein gelten läßt, so zählt Goethe dieses überlästige Christentum zu den ihm widerwärtigsten Dingen, gleich Tabak, Knoblauch und Hundegebell, und liebt es, sich für einen ausgemachten Heiden auszugeben. An irgend etwas müsse freilich der Mensch glauben, um nicht an sich selber zu verzweifeln; aber ob er an Christ glaube oder Götz oder Hamlet, das sei eins. Denn mit dem Glauben verhalte es sich grade umgekehrt als mit dem Wissen: es komme gar nicht darauf an, *daß* man wisse, sondern *was* man wisse, während es beim Glauben nur darauf ankomme, *daß* man glaube. Das Wort der Menschen ist ihm daher Wort Gottes, und mit inniger Seele falle er dem Bruder um den Hals: Moses, Prophet, Evangelist, Apostel, Spinoza oder Machiavelli.

So hatte Goethe sich ein Christentum zu seinem Privatgebrauch gebildet, das aber denn doch diesen Namen nur wie lucus a non lucendo beanspruchen kann. Wir geben gern zu, daß bei zunehmendem Alter sein Widerwille gegen das Christentum an ätzender Schärfe verloren; allein diese abgeschwächte, bloß herablassende und jedenfalls sehr zweideutige Milde konnte jenen ersten frischen Eindruck nicht mehr verwischen. Auch fühlen wir uns keineswegs zu der Anmaßung berufen, hier etwa über das Innere des Dichters für Zeit und Ewigkeit richten zu wollen; wir wollten vielmehr nur pflichtgetreu darauf aufmerksam machen, welches Evangelium er in der Blüte seiner Wirksamkeit, da er noch wirklich Goethe war, unter seinen Zeitgenossen und bis in unsere Tage herein verbreitet hat.

Und diesem Evangelium gemäß hat er denn auch seine Poesie sich eingerichtet. Sein „Werther" läßt spielend und kämpfend seine natürlichen Gefühle in der ungebundensten Freiheit sich entwickeln, und „Wilhelm Meister" geht bei der Welt in die Lehre, die ihm alle seine Anlagen zu Fähigkeiten ausbilden soll; während die humanistische Selbsterziehung in den „Wanderjahren" zu einer förmlichen Universität des Menschengeschlechts erhoben ist, zu einer allgemeinen Weltbürgerei mit dem Wahlspruch: „Wo ich nütze, ist mein Vaterland." Hier wird anstatt der Hausfrömmigkeit eine Weltfrömmigkeit und demnach zu beliebiger Wahl gleichzeitig eine ethnische und eine philosophische Religion gelehrt, die christliche Religion dagegen, „jene Verehrung des Widerwärtigen, Verhaßten, Fliehenswerten", dem Abiturienten zuletzt nur ausstattungsweise noch mitgegeben, damit er wisse, „wo er dergleichen zu finden habe, wenn ein solches Bedürfnis sich in ihm regen sollte". – Allein die Zöglinge machen dieser Allerweltsschule keine sonderliche Ehre; sie führt den Werther zum Selbstmord, den Wilhelm Meister zur ökonomischen Philisterei und die Helden der „Wahlverwandtschaften" zum geistigen Ehebruch.

So ist Goethe der eigentliche Führer der modernen Kultur. Dafür hat er aber auch alle Höhen und alle Schauer und Abgründe dieser Bildung tief erkannt und in seinem „Faust" unsterblich gemacht. Faust ist ohne Zweifel nicht nur das größte Gedicht unserer Literatur, sondern zugleich die wahrhafte Tragödie der neuen Zeit: wie da der Titane das ewig Unergründliche erforschen will und in hochmütiger Ungeduld an der verschlossenen Pforte des geheimnisvollen Jenseits rüttelt, der Teufel aber dabei mit seinen entsetzlichen klugen Geisteraugen ihm beständig hohnlächelnd über die Achsel sieht und ihm von Gottgleichheit und überschwenglicher Weltlust zuflüstert und doch nichts zu geben vermag als immer neuen Hunger und Überdruß und Verzweiflung. Und doch, aus solchen schauerlichen Höhen, im *zweiten* Teil wieder der nüchterne Rückfall in die alte Humanitätskrankheit. Faust, den doch offenbar schon längst der Teufel geholt, erscheint hier auf einmal als völlig courfähiger Kavalier am himmlischen Hofe, Gott, dem himmlischen Hofstaate und dem vor lauter Respekt ganz dumm gewordenen Teufel mit seiner eminenten Weltbildung imponierend – eine opernartige Heiligsprechung dieser Bildung, die auf den Unbefangenen fast den Eindruck macht wie eine vornehme Umschreibung des trivialen Volkstextes: Lustig gelebt und selig gestorben.

Wir haben im Vorstehenden unumwunden den Grundirrtum der Goetheschen Poesie nachzuweisen versucht. Demungeachtet aber behaupten wir, daß er in *der* Richtung, welche die allgemeine Bildung der Zeit seit der Reformation genommen, unser größter Dichter ist. Goethe hat ohne Zweifel am besten erreicht, was diese vom positiven Christentum abgewandte Poesie aus sich selbst erreichen konnte: die vollendete Selbstvergötterung des emanzipierten Subjekts und der verhüllten irdischen Schönheit. Es ist durchaus ungerecht, die Virtuosität und durchsichtige Klarheit sowie die proteusartige Mannigfaltigkeit seiner Darstellung als bloßen Luxus, nur als zufälligen Schmuck betrachten zu wollen. Denn wo nun einmal durch die Ungunst der Zeiten der rechte *Inhalt* abhanden gekommen, tritt notwendig die *Form* als Hauptsache ein. Und das ist eben Goethes unübertroffene Meisterschaft, daß er uns in seinen Dichtungen ein edles, köstliches Gefäß hinterlassen hat, für immer würdig des größten Inhalts, den ihm künftige Geschlechter wieder geben möchten. Ohne tüchtige Gesinnung gibt es freilich keinen tüchtigen Dichter; aber auch die Gesinnung ist nichts ohne die tüchtige Darstellung, welche eben das Organ aller Kunst ist und ohne deren lebendige Vermittelung alle idealisierte Tugendhaftigkeit nur ein toter Begriff bleibt. Wie jämmerlich erscheinen z. B. Klinger, Iffland, Lafontaine und andere, die im Grunde dasselbe Thema wie Goethe behandeln und es gewiß herzlich gut meinen und doch nur eine fratzenhafte Karikatur des Lebens zustande bringen. Wen überrascht dagegen nicht immer wieder neu in Goethes Liedern und Romanzen die wunderbare Tiefe seines Naturgefühls? Sein Götz von Berlichingen ist, trotz vielfacher Anachronismen, wahrer und historischer als alle unsere andern historischen Trauerspiele zusammen, selbst *die* Schillers nicht ausgenommen. Ja, seine unmittelbar aus der Gegenwart gegriffenen Romane: Werther, Wilhelm Meister und die Wahlverwandtschaften, sind ein fortlaufendes Epos der Bildung des Jahrhunderts, ihrer Leiden und Freuden, ihrer Irrtümer und Laster. Was seinen Helden fehlt, fehlt seiner Zeit, und kann nicht dem Dichter, sondern uns zum Vorwurf gereichen; und jedenfalls wird man aus jenem historischen Romanzyklus für

alle Zukunft diese Zeit besser als aus den Geschichtsbüchern studieren und verstehen können.
Es ist schon oben angedeutet worden, wie Goethe mitten unter den Geniemännern seinen Anfang genommen und gleich ihnen seine Sache auf die Natur gestellt hatte. Aber während jene nur die Titanen *spielten* und sich zuletzt wohlfeil genug mit der flachen Wirklichkeit abfinden ließen, hielt er ernst, stark und treu zu der Mutter, die dafür ihr Wunderkind in alle ihre Geheimnisse einweihte. Seine Poesie war und blieb eine Naturpoesie im höheren Sinne. Da ist nichts Gemachtes; in gesundem, frischem Trieb greift sie fröhlich und ahnungsreich in die schöne weite Welt hinaus, sich von allem Nektar der Erde nährend und stärkend. Sie gibt alles, was die Natur *Köstliches* geben kann: plastische Vollendung und sinnliche Genüge, aber sie gibt auch nicht *mehr.* Ihre Harmonie ist ihre Schönheit, die Schönheit ihre Religion; so wächst sie unbekümmert in steigender Metamorphose bis zur natürlichen Symbolik des Höchsten, vor dem sie scheu verstummt.
In grade entgegengesetzter Richtung, sahen wir, überschaute Schiller aus dem Empyreum der modernen Kultur und des Ideals die irdischen Dinge. Wie bei Goethe sich gleichsam alles von selbst versteht, jede seiner poetischen Gestalten, weil sie eben nicht anders kann, ihre angeborene geistige Signatur und verhüllte Idee fast wider Willen verrät, wie der Duft die Blumen oder das Auge die Seele; so sucht Schiller dagegen überall für das fertige Ideal erst den passenden Stoff, der es verkörpere.
Schiller suchte das Christentum ohne Christus, den Frieden zwischen dem Sinnlichen und Unsichtbaren ohne eine höhere Vermittelung, einzig und allein durch die selbständige sittliche Freiheit, zu welcher die Kunst den Menschen erziehen sollte, die aber auf diesem einseitigen Wege notwendig von dem ewig unbefriedigenden Konflikt zwischen Ideal und Wirklichkeit befangen bleiben mußte. – Für Goethe dagegen war dieser Konflikt nicht vorhanden. Die Natur mit ihren mannigfachen Gebilden war ihm die

ganze Offenbarung und der Dichter nur der Spiegel dieser Weltseele. Allein die Natur ist in ihrem Wesen auch mystisch, als ein verhülltes Ringen nach dem Unsichtbaren über ihr. Das fühlte er, wie er sich auch sträubte, und so beschloß er, wie die Natur ihr Tagewerk mit Symbolik, so das seinige im zweiten Teil des Faust mit einer unzulänglichen Allegorie der Kirche.

Beide Dichter hatten, jeder von seiner Seite, die große Aufgabe fast bis zur Lösung geführt; es fehlte nur noch die Stimme, die es wagte, das Zauberwort auszusprechen, um die *höhere* Vermittlung beider Ansichten zur Erscheinung zu bringen.

VII
Die neuere Romantik

In der vorstehenden Betrachtung sind die hervorragendsten Vorgänger der Romantiker an unsern Blicken vorübergegangen; bis zu ihren höchsten Blüten, bis zur rhetorischen Idealität Schillers und zur symbolischen Naturpoesie Goethes erschloß sich uns diese vom Rationalismus beherrschte Zeit. Aber der deutsche Geist fand hierin kein Genüge und keine Ruhe; die Saatkörner, welche Lessing, Hamann und Herder ausgestreut, gingen in dem sich unbefriedigt fühlenden deutschen Norden auf. Die Vermittelung zwischen der sichtbaren Natur, wie sie bei Goethe unter der schönsten Form in ihrer symbolischen Bedeutung erschienen war, und der Welt des Unsichtbaren unternahm ein neues Geschlecht. Allegorie und Symbolik genügten ihm nicht mehr; es verlangte nach einem wesentlicheren Inhalte, nach einer nahrhafteren Speise für den hungernden, an sich selbst nagenden Geist. So wurde es auf das Positive wieder hingeführt. Goethes Wirklichkeit und Schillers Ideal hatten für dasselbe nur Bedeutung in bezug auf ein Drittes über ihnen, wo beide bereits versöhnt und eins sind: auf die Menschwerdung Christi, des göttlichen Vermittlers von Natur und Freiheit. Diese Idee erfassend, erklärten sie sich mit jugendlich feuriger Begeisterung zu Rittern des Christentums wider den herrschenden Rationalismus und nahmen zugleich auch alles zu Hülfe, was das Christentum in den Jahrhunderten der Vergangenheit, da es geherrscht, in der Literatur der Völker hervorgebracht hatte. – Freilich aber äußerte sich dieses Bestreben zunächst, da die Jünger ihre Milch an einer ganz andern Brust getrunken und in einer andern Luft aufgewachsen waren, als ein unsicheres Suchen und Herumtappen einer sich selbst kaum verständlichen Sehnsucht. Die Poesie hatte sie vor die Türen der katholischen Kirche, vor das im Walddickicht versteckte und längst vergessene Heiligtum hingeführt; kein Wunder daher, wenn sie ihre Aufgabe, die zur guten Hälfte eine ethische war, vorzüglich als eine ästhetische nahmen und statt der sichtbaren lebendigen Kirche sich nicht selten in einem träumerischen Halbdunkel mit einer bloßen poetischen Symbolik dieser Kirche, einer neuen christlichen Mythologie abzufinden suchten. War jene Zeit ja doch selbst eine Feenzeit, da das wunderbare Lied, das in allen Dingen gebunden schläft, zu singen anhob, da die Waldeinsamkeit das uralte Märchen der Natur wiedererzählte, von verfallenen Burgen und Kirchen die Glocken wie von selber anschlugen und die Wipfel sich rauschend neigten, als ginge der Herr durch die weite Stille, daß der Mensch in dem Glanze betend niedersank. Es war, als erinnerte das altgewordene Geschlecht sich plötzlich wieder seiner schönern Jugendzeit, und eine tiefe Erschütterung ging durch alle Gemüter, da Schelling, Steffens, Görres, Novalis, die Schlegel und Tieck ihr Tagewerk begannen.

Es bedarf wohl nur dieser Namen, um den Umfang dieser geistigen Erschütterung anzudeuten, die alle Richtungen der neuern Bildung, Politik, Philologie und Medizin nicht ausgeschlossen, erfrischend und belebend durchdrang. Von Grund aus verjüngt aber wurde insbesondere die

Poesie und gewann einen überraschenden Reichtum an Inhalt und Formen, von dem die jetzigen Poeten, wider Wissen und Willen, noch bis auf den heutigen Tag verdrossen zehren. Auch hier begannen die Romantiker erst kritisch. Aber ihre Kritik war keine negative Demonstration; nach dem Grundsatze vielmehr: daß Poesie nur durch Poesie rezensiert werden könne, ward sie in lebendigem dichterischem Kampfe selber zum Kunstwerk, wie Tiecks Zerbino, A. W. Schlegels meisterhafte Besprechung der damaligen literarischen Zustände und dessen berühmte Triumphpforte, unter welcher der Theaterpräsident Kotzebue feierlich begraben wurde. Ebenso traten sie der prosaischen Misere nicht mit theoretischer Langweiligkeit, sondern faktisch mit leuchtenden Vorbildern entgegen, um sie an einer größeren Vergangenheit aufzurichten. In diesem Sinne haben ihre noch unübertroffenen Übersetzungen einen entscheidenden Einfluß auf unsere Literatur ausgeübt. Calderon wurde von ihnen gleichsam erst entdeckt. Auch Shakespeare war bis dahin fast nur eine Geheimwissenschaft der Goetheschen Jugendgenossen, und Eschenburgs und Wielands Versuche gaben kaum den gelehrten Apparat zu einer künftigen Übersetzung; erst durch Schlegel wurde er wirklich deutsch und populär.

Und hier können wir nicht umhin, zugleich einen Vorwurf abzuweisen, den die neueste Zeit aufgebracht und der sich seitdem gedankenlos von Buch zu Buch forterbte, den Vorwurf nämlich, daß die Romantik eben durch jene universale Umschau das neue Geschlecht von deutscher Natur und Kunst entfremdet und einem Quietismus gehuldigt habe, der sie politisch unfähig und für die großen Fragen der Gegenwart gleichgültig gemacht. Denn konnte wohl, fragen wir, eine welthistorische Bewegung, wie die im Jahre 1813, die noch zu Kotzebues Zeiten für Narrheit gegolten hätte, so nur von ungefähr aus den Wolken fallen? Waren es denn nicht eben jene quietistischen Romantiker, welche das alte Sagenbuch der deutschen Nationalpoesie wieder aufgeschlagen und, auf die alten Burg-

geister weisend, überall im stillen deutschen Sinn und deutsches Recht weckten und an Tugenden erinnerten, die der Gegenwart not taten? Oder habt ihr die männlichen Klagen und gewaltigen Lieder schon vergessen, womit Friedrich Schlegel unausgesetzt zur Umkehr aus der moralischen Verwesung mahnte und die wie ein unsichtbarer Heerbann durch alle Herzen gingen? Und dies alles in einer Zeit, wo Napoleon sein Schwert über Deutschland gelegt hatte, wo es keine müßigen Spaziergänge europamüder Poeten galt, um für hochtrabende Floskeln den Lobsalm der Journale einzuwechseln, sondern wo es galt, das Leben für den Ernst des Lebens einzusetzen. Und als es nun endlich zu *handeln* galt, traten Görres, Steffens, Schenkendorf, Raumer und andere der Besten an die Spitze der Jugend, die in der Romantik aufgewachsen war und, anstatt altklug zu schwatzen, das Vaterland befreite.
Noch ist kein Menschenalter vergangen, seit diese Romantik wie eine prächtige Rakete funkelnd zum Himmel emporstieg und, nach kurzer wunderbarer Beleuchtung der nächtlichen Gegend, oben in tausend bunte Sterne spurlos zerplatzte. Der Pöbel lacht, und die Gebildeten, kaum noch vom Staunen und Entzücken erholt, reiben sich die Augen von der Blendung und gehen gleichgültig wieder an ihre alten Geschäfte. Woher der rasche Wechsel? Was hat diese Poesie verbrochen, daß sie überhaupt einmal *Mode* werden und ebenso schnell wieder aus der Mode kommen konnte? – Zur Verständigung dieser befremdenden Erscheinung und ihrer historischen Notwendigkeit, wollen wir Reichtum, Schuld und Buße der Romantik in den folgenden Umrissen noch einmal an uns vorübergehen lassen.
Allein seitdem haben sich die Stimmungen, Geschmack und Gesinnung so wesentlich verändert, daß diese Periode dem Angedenken der Jetztlebenden schon fast entschwunden ist und der Gegenwart vielfach rätselhafter und unerklärlicher erscheint als manche weitabgelegenen Zustände. Und doch befindet sich unsere jetzige Poesie ei-

gentlich nur in den Nachwehen jener vorzeitigen Fehlgeburt und hat jedenfalls von ihr, ohne sich dessen bewußt zu sein, ihre gegenwärtige äußere Gestalt empfangen. Es sei uns daher erlaubt, diesen Literaturabschnitt etwas ausführlicher zu behandeln und zur Rechtfertigung unserer Ansicht die Dichter, mehr als bisher, für sich selbst reden zu lassen, um mitten in der Verwirrung von Sympathien und Abneigungen, Mißverständnissen und Vorurteilen die Stellung möglichst klar zu machen, welche die Romantik in dem allgemeinen Bildungsgange der Nation einzunehmen scheint.

Fragen wir aber nun nach dem eigentlichen Wesen dieser geistigen Umwandelung, wie sie damals in der sogenannten romantischen Schule erschien, so müssen wir vor allen anderen *Novalis* ins Auge fassen, weil er allein schon die ganze innere Geschichte der modernen Romantik, ihre Wahrheit und ihren Irrtum, in allen ihren Hauptrichtungen darstellt, oder doch andeutet.

Novalis (Friedrich von Hardenberg, 1772–1801) erkannte die prosaische Versunkenheit seiner Zeit mit einer Tiefe des Gefühls, das man, in einem anderen Sinne als heutzutage, wohl einen Weltschmerz nennen dürfte. So lange schon, sagt er, waren sie „rastlos beschäftigt, die Natur, den Erdboden, die menschliche Seele und die Wissenschaften von der Poesie zu säubern, jede Spur des Heiligen zu vertilgen, das Andenken an alle erhebenden Vorfälle und Menschen durch Sarkasmen zu verleiden und die Welt alles bunten Schmucks zu entkleiden. Das Licht war wegen seines mathematischen Gehorsams und seiner Frechheit ihr Liebling geworden; sie freuten sich, daß es sich eher zerbrechen ließ, als daß es mit Farben gespielt hätte, und so benannten sie nach ihm ihr großes Geschäft Aufklärung. In Deutschland betrieb man dieses Geschäft gründlicher; man reformierte das Erziehungswesen, man suchte der alten Religion einen neueren vernünftigeren, gemeineren Sinn zu geben, indem man alles Wunderbare und Geheimnisvolle sorgfältig von ihr abwusch; alle Ge-

lehrsamkeit ward aufgeboten, um die Zuflucht zur Geschichte abzuschneiden, indem man die Geschichte zu einem häuslichen und bürgerlichen Sitten- und Familiengemälde zu veredeln sich bemühte; Gott wurde zum müßigen Zuschauer des großen rührenden Schauspiels, das die Gelehrten aufführten, gemacht, welcher am Ende die Dichter und Spieler feierlich bewirten und bewundern sollte. Das gemeine Volk wurde recht mit Vorliebe aufgeklärt und zu jenem gebildeten Enthusiasmus erzogen, und so entstand eine neue europäische Zunft, die Philanthropen und Aufklärer. Schade, daß die Natur so wunderbar und unbegreiflich, so poetisch und unendlich blieb, allen Bemühungen, sie zu modernisieren, zum Trotz."
Allein Novalis begnügte sich nicht damit, zu klagen oder anzuklagen. Kampffertig vielmehr ruft er in die morgenfrische Zukunft hinaus:

„Helft uns nur den Erdgeist binden;
Lernt den Sinn des Todes fassen,
Und das Wort des Lebens finden;
Einmal kehrt euch um.

Deine Macht muß bald verschwinden,
Dein erborgtes Licht erblassen,
Werden dich in kurzem binden,
Erdgeist, deine Zeit ist um."

Man sieht, das ist kein bloßes ästhetisches Mißbehagen an dem und jenem Gebrechen der Zeit; es war das Grundübel des europäischen Gesamtlebens, was ihm am Herzen lag und das mithin auch nur durch eine höhere Weltkraft gebrochen werden konnte. Er wurde zuerst sich bewußt, oder hatte doch zuerst den Mut, es den Gebildeten klar und öffentlich zu sagen, daß die ganze neuere Bildung im Christentume wurzle und notwendig auf diese ihre Grundlage wieder zurückgeführt werden müsse, wenn sie fortan Bedeutung und Bestand haben sollte. „Längst",

sagt er, „hätte sich das überirdische Feuer Luft gemacht und die klugen Aufklärungsplane vereitelt, wenn nicht weltlicher Druck und Einfluß denselben zustatten gekommen wären. In dem Augenblick aber, wo ein Zwiespalt unter den Gelehrten und Regierungen, unter den Feinden der Religion und ihrer ganzen Genossenschaft entstand, mußte sie wieder als drittes tonangebendes und vermittelndes Glied hervortreten, und diesen Hervortritt muß nun jeder Freund derselben anerkennen und verkündigen."
Jener zersetzenden Gewalt der negativen Wissenschaft erkennt er daher insofern eine welthistorische Gültigkeit zu, als sie durch ihre Extreme in der allgemeinen religiösen Erschlaffung der Völker indirekt die Krise und Genesung herbeigeführt. Denn „daß die Zeit der Auferstehung gekommen ist, und grade die Begebenheiten, die gegen ihre Belebung gerichtet zu sein schienen und ihren Untergang zu vollenden drohten, die günstigsten Zeichen ihrer Regeneration geworden sind: dies kann einem historischen Gemüte gar nicht zweifelhaft bleiben. Wahrhafte Anarchie ist das Zeugungselement der Religion. Aus der Vernichtung alles Positiven hebt sie ihr glorreiches Haupt als neue Weltstifterin empor. Wie von selbst steigt der Mensch gen Himmel auf, wenn ihn nichts mehr bindet; die höheren Organe treten von selbst aus der allgemeinen gleichförmigen Mischung und vollständigen Auflösung aller menschlichen Anlagen und Kräfte als der Urkern der irdischen Gestaltung zuerst heraus". – „In Frankreich hat man viel für die Religion getan, indem man ihr das Bürgerrecht genommen und ihr bloß das Recht der Hausgenossenschaft gelassen hat. Als eine fremde, unscheinbare Waise muß sie erst die Herzen wieder gewinnen und schon überall geliebt sein, ehe sie wieder öffentlich angebetet und in weltliche Dinge zur freundschaftlichen Beratung und Stimmung der Gemüter gemischt wird."
So erst wieder innerlich geworden, soll aber die Religion demnächst, als jene höhere Weltkraft, alle irdischen Ver-

hältnisse, vor allem deren Gesamtausdruck: den Staat, beseelend durchdringen; und wir erkennen schon hier die Hauptzüge eines solchen *christlichen* Staats, wenn er ferner sagt: „Ruhig und unbefangen betrachte der echte Beobachter die neuen staatsumwälzenden Zeiten! Kommt ihm der Staatsumwälzer nicht wie Sisyphus vor? Jetzt hat er die Spitze des Gleichgewichts erreicht, und schon rollt die mächtige Last auf der andern Seite wieder herunter. Sie wird nie oben bleiben, wenn nicht eine Anziehung gegen den Himmel sie auf der Höhe schwebend erhält. Alle euere Stützen sind zu schwach, wenn euer Staat die Tendenz nach der Erde behält. Aber knüpft ihn durch eine höhere Sehnsucht an die Höhen des Himmels; gebt ihm eine Beziehung aufs Weltall, dann habt ihr eine nie ermüdende Feder in ihm und werdet euere Bemühungen reichlich belohnt sehen. – – Haben die Nationen alles vom Menschen, nur nicht sein Herz, sein heiliges Organ?" –
Als eine entscheidende Annäherung zu diesem gewünschten Zustande betrachtet er daher zunächst das monarchische Prinzip. Denn „der König ist das gediegene Lebensprinzip des Staats; ganz dasselbe, was die Sonne im Planetensysteme ist. Man hat sehr unrecht, den König den ersten Beamten des Staats zu nennen. Der König ist kein Staatsbürger, mithin auch kein Staatsbeamter. Das ist eben das Unterscheidende der Monarchie, daß sie auf dem Glauben an einen höhergebornen Menschen, auf der freiwilligen Annahme eines Idealmenschen beruht. Unter meinesgleichen kann ich mir keinen Oberen wählen; auf einen, der mit mir in der gleichen Frage befangen ist, nichts übertragen. Die Monarchie ist deswegen echtes System, weil sie an einen absoluten Mittelpunkt geknüpft ist; an ein Wesen, das zur Menschheit, aber nicht zum Staate gehört. Der König ist ein zum irdischen Fatum erhobener Mensch. Diese Dichtung drängt sich dem Menschen notwendig auf, sie befriedigt allein eine höhere Sehnsucht seiner Natur". – Er leugnet zwar keineswegs die Vorteile einer repräsentativen Demokratie, wo die

vortrefflichsten Menschen der Nation einander ergänzen und in solchem Vereine sich ein reiner Geist der Gesellschaft entzündet. Allein er fügt hinzu: „Zuerst ziehe ich die vortrefflichsten Menschen der Nation und die Entzündung des reinen Geistes in Zweifel. Auf die sehr widersprechende Erfahrung will ich mich nicht einmal berufen. Es liegt am Tage, daß sich aus toten Stoffen kein lebendiger Körper, aus ungerechten, eigennützigen und einseitigen Menschen kein gerechter, uneigennütziger und liberaler Mensch zusammensetzen läßt. Freilich ist das eben ein Irrtum einer einseitigen Majorität, und es wird noch lange Zeit vergehen, ehe man sich von dieser simplen Wahrheit überzeugen wird. Eine so beschaffene Majorität wird nicht die Vortrefflichsten, vielmehr im Durchschnitt nur die Borniertesten und Weltklügsten wählen. Unter den Borniertesten verstehe ich solche, bei denen Mittelmäßigkeit zur fertigen Natur geworden ist, die klassischen Muster des großen Haufens; unter den Weltklügsten die geschicktesten Courmacher des großen Haufens. Hier wird sich kein Geist entzünden, am wenigsten ein reiner. Ein großer Mechanismus wird sich bilden, ein Schlendrian, den nur die Intrige zuweilen durchbricht. Die Zügel der Regierung werden zwischen dem Buchstaben und mannigfaltigen Parteimachern hin und her schwanken." – Er zieht daher selbst die Despotie eines einzelnen noch jener Despotie vor. Denn „wenn der Repräsentant schon durch die Höhe, auf die er gehoben wird, reifer und geläuterter werden soll, wieviel mehr der einzelne Regent!"

„Sollte" – frägt er demnach an einer anderen Stelle – „sollte etwa die Hierarchie, diese symmetrische Grundfigur der Staaten, das Prinzip des Staatenvereins, als intellektuale Anschauung des politischen Ichs sein? – Alte und neue Welt sind im Kampf begriffen. – Es ist unmöglich, daß weltliche Kräfte sich selbst ins Gleichgewicht setzen; ein drittes Element, das weltlich und überirdisch zugleich ist, kann allein diese Aufgabe lösen. – Auf dem Standpunkte der Kabinette, des gemeinen Bewußtseins ist keine Vereinigung denkbar. – Beide Teile sind unvertilgbare Mächte der Menschenbrust: *hier* die Andacht zum Altertum, die Anhänglichkeit an die geschichtliche Verfassung, die Liebe zu den Denkmalen der Altväter und der alten, glorreichen Staatsfamilie, und Freude des Gehorsams; *dort* das entzückende Gefühl der Freiheit, die unbedingte Erwartung mächtiger Wirkungskreise, die Lust am Neuen und Jungen. Keine hoffe die andre zu vernichten. – Der Krieg wird nie aufhören, wenn man nicht den Palmenzweig ergreift, den allein eine geistliche Macht darreichen kann. Es wird so lange Blut über Europa strömen, bis die Nationen ihren fürchterlichen Wahnsinn gewahr werden, der sie im Kreise umhertreibt, und von heiliger Musik getroffen und besänftigt zu ehemaligen Altären in bunter Vermischung treten, Worte des Friedens vernehmen und ein großes Liebesmahl als Friedensfest auf den rauschenden Walstätten mit heißen Tränen gefeiert wird. Nur die Religion kann Europa wieder auferwecken und die Völker versöhnen."

In der aufrichtigen Rückkehr der Völker zur Religion also sieht er die alleinige Rettung. Diese Rettung aber ist auf der vom Protestantismus eingeschlagenen Bahn unmöglich; vielmehr erkennt er grade in dem letzteren, den er einen Aufstand gegen den Buchstaben der ehemaligen Verfassung nennt, Grund und Anfang jenes allgemeinen Verfalls, welchen wir ihn oben beklagen hörten. Er sagt: „Mit Recht nannten sich die Insurgenten Protestanten; denn sie protestierten feierlich gegen jede Anmaßung einer Gewalt über das Gewissen. – Sie stellten auch eine Menge richtiger Grundsätze auf, führten eine Menge löblicher Dinge ein und schafften eine Menge verderblicher Satzungen ab; aber sie vergaßen das notwendige Resultat ihres Prozesses; trennten das Untrennbare, teilten die unteilbare Kirche und rissen sich frevelnd aus dem allgemeinen christlichen Verein, durch welchen und in welchem allein die echte, dauernde Wiedergeburt möglich war. – So

verlor die Religion ihren großen politischen, friedestiftenden Einfluß; – durch die Fortsetzung des sogenannten Protestantismus ward etwas durchaus Widersprechendes, eine Revolutions-Regierung permanent erklärt."
Er sucht nun die zerstörende Einwirkung der Reformation, und zwar zunächst auf die Wissenschaft, näher nachzuweisen. „Der gelehrte und geistliche Stand", sagt er, „müssen Vertilgungskriege führen, *wenn sie getrennt sind,* denn sie streiten um *eine* Stelle. Diese Trennung tat sich nach der Reformation besonders in späteren Zeiten mehr hervor, und die Gelehrten gewannen desto mehr Feld, je mehr sich die Geschichte der europäischen Menschheit dem Zeitraume der triumphierenden Gelehrsamkeit näherte und Wissen und Glauben in eine entschiedene Opposition traten. Im Glauben suchte man den Grund der allgemeinen Stockung, und durch das durchdringende Wissen hoffte man sie zu heben. – Das Resultat der modernen Denkungsart nannte man Philosophie und rechnete alles dazu, was dem Alten entgegen war, vorzüglich also jeden Einfall gegen die Religion. Der anfängliche Personalhaß gegen den katholischen Glauben ging allmählich in Haß gegen die Bibel, gegen den christlichen Glauben und endlich gar gegen die Religion über. Noch mehr, der Religionshaß dehnte sich sehr natürlich und folgerecht auf alle Gegenstände des Enthusiasmus aus, verketzerte Phantasie und Gefühl, Sittlichkeit und Kunstliebe, Zukunft und Vorzeit, setzte den Menschen in der Reihe der Naturwesen mit Not obenan und machte die unendliche schöpferische Musik des Weltalls zum einförmigen Klappern einer ungeheueren Mühle, die, vom Strom des Zufalls getrieben und auf ihm schwimmend, eine Mühle an sich, ohne Baumeister und Müller, und eigentlich ein echtes Perpetuum mobile, eine sich selbst mahlende Mühle sei. *Ein* Enthusiasmus ward großmütig dem armen Menschengeschlechte übriggelassen und als Prüfstein der höchsten Bildung jedem Aktionär derselben unentbehrlich gemacht, der Enthusiasmus für diese herr-

liche, großartige Philosophie, und insbesondere für ihre Priester und Mystagogen. Frankreich war so glücklich, der Schoß und Sitz dieses neuen Glaubens zu werden, der aus lauter Wissen zusammengeklebt war."

Doch nicht nur um ihrer weitgreifenden Folgen willen weist er die Reformation zurück, die in dem sehr empfänglichen Frankreich, vielleicht eben weil sie sich dort nicht praktisch und äußerlich gestalten durfte, um so mehr in jene falsche Philosophie umgeschlagen. Auch in ihrem Prinzip, indem sie den historischen Boden lebendiger Tradition verläßt, findet er schon die Wurzel der unheilvollen Trennung von Glauben und Wissen. „Luther", sagt er, „behandelte das Christentum überhaupt willkürlich, verkannte seinen Geist und führte einen anderen Buchstaben und eine andere Religion ein, nämlich die heilige Allgemeingültigkeit der Bibel, und dadurch wurde leider eine andere, höchst fremde irdische Wissenschaft in die Religionsangelegenheit gemischt, die *Philologie,* deren auszehrender Einfluß von da an unverkennbar wird. – Der heilige Geist ist mehr als die Bibel; er soll unser Lehrer des Christentums sein, nicht toter, irdischer, zweideutiger Buchstabe. – Dem religiösen Sinn war diese Wahl höchst verderblich, da nichts seine Irritabilität so vernichtet wie der Buchstabe; – jetzt wurde die absolute Popularität der Bibel behauptet, und nun drückte der dürftige Inhalt, der rohe abstrakte Entwurf der Religion in diesen Büchern desto merklicher und erschwerte dem heiligen Geist die freie Belebung, Eindringung und Offenbarung unendlich. Daher zeigt uns auch die Geschichte des Protestantismus keine herrlichen, großen Erscheinungen des Überirdischen mehr. – Mit der Reformation war es um die Christenheit getan. – Katholiken und Protestanten oder Reformierte standen in sektierischer Abgeschnittenheit weiter voneinander als von Mohammedanern und Heiden."

Dagegen schildert er, namentlich in seinem Aufsatze: „die Christenheit oder Europa", mit Begeisterung das katholische Mittelalter, als die Kirche Lehrerin und Beschützerin der Völker gewesen: „Es waren schöne, glänzende Zeiten, wo Europa ein christliches Land war, wo *eine* Christenheit diesen Weltteil bewohnte; *ein* großes gemeinschaftliches Interesse verband die Provinzen dieses geistlichen Reiches. – Ohne große weltliche Besitztümer lenkte und vereinigte *ein* Oberhaupt die großen politischen Kräfte. Eine zahlreiche Zunft, zu der jedermann den Zutritt hatte, stand unmittelbar unter demselben und strebte mit Eifer, seine wohltätige Macht zu befestigen. – Wie heiter konnte jeder sein irdisches Tagewerk vollbringen, da ihm durch diese heiligen Menschen eine sichere Zukunft bereitet wurde. – Sie predigten nichts als Liebe zu der heiligen, wunderschönen Frau der Christenheit, die, mit göttlichen Kräften versehen, jeden Gläubigen aus den schrecklichsten Gefahren zu retten bereit war. Sie erzählten von längst verstorbenen himmlischen Menschen, die durch Anhänglichkeit und Treue an jene selige Mutter und ihr himmliches, freundliches Kind die Versuchung der irdischen Welt bestanden, zu göttlichen Ehren gelangt und nun Vertreter menschlicher Gebrechen und wirksame Freunde der Menschheit am himmlischen Throne geworden waren. Mit welcher Heiterkeit verließ man die schönen Versammlungen in den geheimnisvollen Kirchen, die mit ermunternden Bildern geschmückt, mit süßen Düften erfüllt und von heiliger Musik belebt waren. – Emsig suchte diese mächtige, friedenstiftende Gesellschaft alle Menschen dieses schönen Glaubens teilhaftig zu machen und sandte ihre Genossen in alle Weltteile, um überall das Evangelium des Lebens zu verkündigen und das Himmelreich zum einzigen Reich auf dieser Welt zu machen. Mit Recht widersetzte sich das weise Oberhaupt der Kirche frechen Ausbildungen menschlicher Anlagen auf Kosten des heiligen Sinns und unzeitigen gefährlichen Entdekkungen im Gebiete des Wissens; denn er wußte wohl, daß die Menschen sich gewöhnen würden, alles Große und Wunderwürdige zu verachten und das eingeschränkte

Wissen dem unendlichen Glauben vorzuziehen. – Das waren die schönen wesentlichen Züge der echt katholischen oder echt christlichen Zeiten."
Nur der Katholizismus also bedeutete ihm das volle, ungetrübte Christentum. Denn „angewandtes, lebendiggewordenes Christentum war der alte katholische Glaube. Seine Allgegenwart im Leben, seine Liebe zur Kunst, seine tiefe Humanität, die Unverbrüchlichkeit seiner Ehen, seine menschenfreundliche Mitteilsamkeit, seine Freude an Armut, Gehorsam und Treue, machen ihn als echte Religion unverkennbar und enthalten die Grundzüge seiner Verfassung."
Fassen wir nun alle die vorstehenden Äußerungen noch einmal zusammen, so erhalten wir in Kürze folgenden wesentlichen Inhalt: Novalis beklagt, mit allen edlen Gemütern seiner Zeit, die materialistische, tödliche Erschlaffung des geistigen Lebens in Europa. Als Grund dieses Verfalls erkennt er den nüchternen Abfall der Völker von der Religion, die einseitige Trennung und feindliche Gegenüberstellung von Glauben und Wissen. Diesen Abfall aber findet er in der Reformation angebahnt, im Protestantismus konstituiert und festgehalten. Nur die Rückkehr zur *wahren* Religion daher, d. h. zur katholischen Kirche, kann die ersehnte Rettung und Wiedergeburt bringen. „Die Christenheit", sagt er demnach, „muß wieder lebendig und wirksam werden und sich wieder eine sichtbare Kirche ohne Rücksicht auf Landesgrenzen bilden, die alle nach dem Überirdischen durstige Seelen in ihren Schoß aufnimmt. – Die anderen Weltteile warten auf Europas Versöhnung und Auferstehung, um sich anzuschließen und Mitbürger des Himmelreichs zu werden."
Die Erfüllung dieser Hoffnungen war indes unmöglich, solange jene asthenische, radikal prosaische Gesinnung das Leben niederhielt. Das Übel aber konnte wiederum nur durch sein Gegenteil gehoben, die als notwendig erkannte Rückkehr zur Kirche mithin am sichersten nur durch die *Poesie* vermittelt werden. Und dies war Novalis'

Aufgabe. – Natürlich, daß er hiernach die Poesie nicht etwa im untergeordneten, bloß ästhetischen Sinne, sondern in ihrer großartigsten, allgemeinsten Bedeutung auffaßte, ja gewissermaßen mit der Religion identifizierte. „Religionslehre", sagt er, „ist wissenschaftliche Poesie. Poesie ist unter den Empfindungen, was Philosophie in Beziehung auf Gedanken ist." – Ihr Organ: „das echte Gemüt ist wie das Licht, ebenso ruhig und empfindlich, ebenso elastisch und durchdringlich, ebenso mächtig und ebenso unmerklich wirksam wie dieses köstliche Element, das auf alle Gegenstände sich mit Abgemessenheit verteilt und sie alle in reizender Mannigfaltigkeit erscheinen läßt. – Es ist recht übel, daß die Poesie einen besonderen Namen hat, und die Dichter eine besondere Zunft ausmachen. Es ist gar nichts Besonderes. Es ist die eigentümliche Handlungsweise des menschlichen Geistes – die Liebe selbst ist nichts als die höchste Naturpoesie." – „Poesie ist Darstellung des Gemüts, der innern Welt in ihrer Gesamtheit. – Der Sinn für Poesie hat viel mit dem Sinn für Mystizismus gemein; er ist der Sinn für das Unbekannte, Geheimnisvolle, zu Offenbarende. Er stellt das Undarstellbare dar, er sieht das Unsichtbare, fühlt das Unfühlbare – er hat nahe Verwandtschaft mit dem Sinn der Weissagung und dem religiösen Sinn, dem Wahnsinn überhaupt." – Indem er nun aber diese allgemeine, belebende Weltkraft unter das Banner der Religion stellte, wurde sie, als *christliche* Poesie, eine geistige Macht, die alle menschlichen Verhältnisse, das ganze diesseitige Leben adeln sollte, um es zur Versöhnung mit der Religion wieder fähig zu machen; sie war ihm ein Gottesdienst, der Dichter ein Priester, die Inspiration des gläubig Schauenden und echte dichterische Begeisterung ein und dasselbe.

In diesem Sinne wollte er Predigten über die wichtigsten Momente und Ansichten des Christentums sowie ein christliches Gesangbuch schreiben, zu dem seine geistlichen Lieder der Anfang waren. Ja, er hatte den Plan, mehrere Romane zu dichten, in denen er seine Ansichten der

Physik, des bürgerlichen Lebens, der Handlung, der Geschichte, der Politik und der Liebe niederzulegen beabsichtigte. Er wollte, sagt Adam Müller in seinen Vorlesungen über die Literatur, mit dem Geiste der Poesie alle Zeitalter, Stände, Wissenschaften und Verhältnisse durchschreitend, die Welt erobern.
Leider hat er nur *einen* dieser Romane, seinen „Heinrich von Ofterdingen", kaum zur Hälfte vollendet. Hier ist es die Poesie selbst, deren oben angedeutete Weltherrschaft er zunächst begründen will. Halb Märchen, halb Roman, sucht diese Dichtung mit jenem universalen poetischen Lichte, und alles Sinnliche an das Unsichtbare knüpfend, das gesamte Leben mit allen seinen weltlichen Beziehungen (Ehe, Staat, Gewerbe usw.) in seiner ursprünglichen höheren Bedeutung und verhüllten Schönheit zu erfassen und, zumal in der Natur, die gebundenen Stimmen, den Geisterblick des Irdischen, zu lösen, deren poetischer Ausdruck eben das Märchen ist.

„Wenn nicht mehr Zahlen und Figuren
Sind Schlüssel aller Kreaturen;
Wenn die, so singen oder küssen,
Mehr als die Tiefgelehrten wissen;
Wenn sich die Welt ins freie Leben,
Und in die Welt wird zurückbegeben;
Wenn dann sich wieder Licht und Schatten
Zu echter Klarheit werden gatten,
Und man in Märchen und Gedichten
Erkennt die ew'gen Weltgeschichten:
Dann fliegt vor einem geheimen Wort
Das ganze verkehrte Wesen fort."

In diesen wenigen Worten gibt Novalis selbst die eigentliche Signatur des merkwürdigen Buches, das – wie Tieck nach den hinterlassenen Andeutungen des Dichters berichtet – mit einer Aussöhnung der christlichen Religion mit der heidnischen schließen sollte.

Durch seine Dichtungen überhaupt aber, auch wo sie das Entlegenste berühren, weht der belebende Hauch einer christlichen Weltanschauung. Gleich wie das Christentum die Gegenwart nur als eine Himmelsleiter und Pilgerfahrt nach dem Reiche Gottes, das diesseitige Leben nur als eine Aufgabe betrachtet, deren Lösung in eine andere Welt hinüberreicht: so ist auch Novalis' Poesie durchaus eine weissagende, eine Poesie der Zukunft und der Sehnsucht, und seine geistlichen Lieder sind eben durch ihr herzliches Heimweh so unvergänglich schön. Daher bei ihm überall die Bedeutsamkeit des Traumes, wo, wie Jean Paul sagt, die Tore um den ganzen Horizont der Wirklichkeit die ganze Nacht offenstehen, ohne daß man weiß, welche fremde Gestalten dadurch einfliegen; daher seine scharfsinnige Vorliebe für das Übersinnliche, Mystische, Symbolische der Erscheinungen; und so endlich wird ihm auch die Liebe eine himmlische zu der heiligen Jungfrau, ja Maria als die göttliche Verklärung der irdischen Schönheit das eigentliche Herz seiner ganzen Poesie, deren innerstes Wesen in dem Liede erklingt:

„Ich sehe dich in tausend Bildern,
Maria, lieblich ausgedrückt;
Doch keins von allen kann dich schildern,
Wie meine Seele dich erblickt.
Ich weiß nur, daß der Welt Getümmel
Seitdem mir wie ein Traum verweht,
Und ein unnennbar süßer Himmel
Mir ewig im Gemüte steht."

Wir haben schon oben angedeutet, wie bei Novalis Poesie und Religion sich gewissermaßen identifizierten. Nachdem er (im Ofterdingen) in der Tugendlehre die Religion als Wissenschaft, die sogenannte Theologie im eigentlichen Sinne erkannt hat, stellt er gleich darauf die Poesie, nur als einen andern Ausdruck der Tugend, recht in den Mittelpunkt desselben Kreises. „Also", sagt er, „ist der

Geist der Fabel eine freundliche Verkleidung des Geistes der Tugend und der eigentliche Geist der untergeordneten Dichtkunst die Regsamkeit des höchsten, eigentümlichsten Daseins. Eine überraschende Selbstheit ist zwischen einem wahrhaften Liede und einer edlen Handlung; – so wie diese (die Tugend) die unmittelbar wirkende Gottheit unter den Menschen und das wunderbare Widerlicht der höheren Welt ist, so ist es auch die Fabel. Wie sicher kann nun der Dichter den Eingebungen seiner Begeisterung oder, wenn auch er einen höheren überirdischen Sinn hat, höheren Wesen folgen und sich seinem Berufe mit kindlicher Demut überlassen. Auch in ihm redet die höhere Stimme des Weltalls, und ruft mit bezaubernden Sprüchen in erfreulichere, bekanntere Welten. Wie sich die Religion zur Tugend verhält, so die Begeisterung zur Fabellehre, und wenn in heiligen Schriften die Geschichten der Offenbarung aufbehalten sind, so bildet in der Fabellehre das Leben einer höheren Welt sich in wunderbar entstandene Dichtungen auf mannigfache Weise ab. Fabel und Geschichte begleiten sich in den innigsten Beziehungen auf den verschlungensten Pfaden und in den seltsamsten Verkleidungen, und die Bibel und die Fabellehre sind Sternbilder *eines* Umlaufs."

Allein eben in dieser innerlichsten Gleichstellung lag die Gefahr des Irrtums, der dann später von Novalis' Nachfolgern leichtsinnig ausgebeutet wurde, wie es denn immer das Unglück der Nachahmer ist, daß sie nur die schwachen Seiten des Meisters sich abmerken und sie monströs ausbilden. In dem allumfassenden Sinne, wie Novalis die Poesie aufnahm, mußte sie allerdings vor allem auch die Religion in ihren Kreis ziehen und war vollkommen in ihrem Recht, insoweit sie die Liebe und das begeisterte Verständnis der Religion nach Kräften zu wecken und wiederzubeleben strebte. Indem sie aber, darüber hinaus, die Religion selbst durchdringen und beseelend gestalten wollte, deckte sich plötzlich ihre gänzliche Unzulänglichkeit auf; denn, wie poetisch auch immerhin das Christentum sei, sie mußte hier zuletzt auf einen übermenschlichen, positiven Inhalt stoßen, der nicht in ihr aufgehen konnte, weil er weder dem Verstande noch der Phantasie, sondern nur dem Glauben zugänglich ist. Gleich wie daher im Ofterdingen Liebe, Geschichte, Natur usw. sich in tiefsinnige Märchen verwandeln, so verwandelt sich dem Dichter unvermerkt und wider seinen Willen häufig auch das Christentum selbst in bloße Poesie. – Wir wollen versuchen, dies, wieder möglichst überall aus seinen eigenen Worten, deutlicher zu machen.

Wir sahen, er erstrebte eine allgemeine Rückkehr zum positiven Christentum und hatte seine Sache unumwunden auf die katholische Wahrheit gestellt. Wo er dem Zuge seines reichen Gemütes sich unbefangen überläßt, führt ihn dieses auch immer unmittelbar dem Ziel entgegen. So feiert er fast in allen seinen *geistlichen Liedern* den wahrhaften, historischen Christus mit einer seitdem nicht wieder erreichten Innigkeit und Tiefe; ja, in seinen Marienliedern, in seiner Ansicht der Heiligen, der Märtyrer, geht er ganz in die Anschauungsweise der Kirche ein. – Aber ebensowenig dürfen wir es uns verhehlen, daß er demungeachtet auf diesem heiligen Boden noch nicht fest stand, daß jene innere Rückkehr in ihm selbst noch nicht vollbracht und also auch in seinen Dichtungen noch nicht zum vollen Durchbruch gekommen war. Es liegen vielmehr die Bausteine zum künftigen Münster noch unverbunden umher, Ahnung neben Zweifeln, kirchlicher Glaube neben einem kaum verhüllten Pantheismus; überall ein geheimes Hämmern, Schürfen und Ringen, wie eine himmlisch durchblitzte Nacht. So sucht er, weil in sich selbst noch nicht fertig, unermüdlich die Wahrheit am Zweifel, den Zweifel an der Wahrheit zu prüfen, dann wieder beide miteinander in Konkordanz zu bringen, zwischen unversöhnlichen Widersprüchen mit dem Scharfsinn der Verzweiflung zuweilen die Kirche selbst willkürlich zu deuten, ja eine *neue* Kirche in Aussicht zu

stellen; und es ist gradezu ein peinlicher Anblick, wie er – oft dem Verständnis so nahe, daß es nur noch des passenden Ausdrucks dafür zu bedürfen scheint – sich plötzlich wieder abwendet, um das offen zutage Liegende auf den ausschweifendsten Umwegen durch alle tiefverschlungenen Schachte einer naturphilosophischen Mystik immer und immer wieder von neuem aufzusuchen. Oder wer möchte die Lehre der Kirche noch wiedererkennen, wenn er z. B. sagt: „Das Christentum ist dreifacher Gestalt. Eine ist das Zeugungselement der Religion, als Freude an *aller* Religion. Eine das Mittlertum überhaupt, als Glaube an die Allfähigkeit alles Irdischen, Wein und Brot des ewigen Lebens zu sein. Eine der Glaube an Christus, seine Mutter und die Heiligen. Wählt, welche ihr wollt, wählt alle drei, es ist gleichviel; ihr werdet damit Christen und Mitglieder einer einzigen, ewigen Gemeinde."
Zwar sucht er sich gegen den Vorwurf des Pantheismus dadurch zu verwahren, daß er diesen nicht im gewöhnlichen Sinne nehme, sondern darunter die Idee verstehe, daß alles Organ der Gottheit, Mittler sein könne, indem er es dazu erhebe. Allein, abgesehen von der Zweideutigkeit dieser Entschuldigung selbst, können doch Äußerungen, wie die nachstehenden, nur pantheistisch gedeutet werden. „Indem das Herz, abgezogen von allen einzelnen wirklichen Gegenständen, sich selbst empfindet, *sich selbst* zu einem idealischen Gegenstande macht, entsteht Religion. Alle einzelnen Neigungen vereinigen sich in *eine*, deren wunderbares Objekt ein höheres Wesen, eine Gottheit ist. – Dieser Naturgott ißt uns, gebiert uns, spricht mit uns, erzieht uns, läßt sich von uns essen, von uns zeugen und gebären und ist der unendliche Stoff unserer Tätigkeit und unseres Leidens. Machen wir die Geliebte zu einem solchen Gott, so ist dies angewandte Religion." – „Der Staat und Gott, so wie jedes geistige Wesen, erscheint nicht einzeln, sondern in tausend mannigfaltigen Gestalten; nur pantheistisch erscheint Gott *ganz*, und nur im Pantheismus ist Gott *ganz*, überall in jedem einzel-

nen." – „Wem regt sich nicht das Herz in hüpfender Lust, wenn ihm das innerste Leben der Natur in seiner ganzen Fülle in das Gemüt kommt; wenn dann jenes mächtige Gefühl sich in ihm ausdehnt wie ein alles auflösender Dunst und er bebend in süßer Angst in den dunkeln, lokkenden Schoß der Natur versinkt, die arme Persönlichkeit in den überschlagenen Wogen der Lust sich verzehrt und nichts – als ein verschluckender Wirbel im großen Ozean übrig bleibt?" – Hier sehen wir ihn also schon aus eigner poetischer Machtvollkommenheit das Christentum übergreifend umdeuten. Ja, in der unbefriedigten Unruhe solchen Unterfangens erwartet er, jenseits der Kirche, die er feiert, „eine neue Geschichte, eine neue Menschheit, die süßeste Umarmung einer jungen überraschten Kirche und eines liebenden Gottes und das innige Empfängnis eines neuen Messias in ihren tausend Gliedern zugleich. – Das Neugeborene wird das Abbild seines Vaters, eine große Versöhnungszeit sein, ein Heiland, der wie ein echter Genius unter den Menschen nur geglaubt, nicht gesehen werden, und unter zahllosen Gestalten den Gläubigen sichtbar, als Brot und Wein verzehrt, als Geliebte umarmt, als Luft geatmet, als Wort und Gesang vernommen und mit himmlischer Wollust als Tod, unter den höchsten Schmerzen der Liebe in das Innere des verbrausenden Leibes aufgenommen wird." – In diesem Sinne sucht er aus und über dem Christentum eine höhere Kirche aufzubauen, die alle Religionen aller Zeiten umfassen soll. Er schreibt nämlich an einen Freund, nachdem er von dessen festem Bibelglauben gesprochen: „Wenn ich weniger auf urkundliche Gewißheit, weniger auf den Buchstaben, weniger auf die Wahrheit und Umständlichkeit der Geschichte fuße; wenn ich geneigt bin, in mir selbst höheren Einflüssen nachzuspüren und mir einen eigenen Weg in die Urwelt zu bahnen; wenn ich in der Geschichte und den Lehren der christlichen Religion die symbolische Vorzeichnung einer allgemeinen, jeder Gestalt fähigen Weltreligion – das reinste Muster der Religion als histori-

schen Erscheinung überhaupt – und also wahrhaftig auch die vollkommenste Offenbarung zu sehen glaube; wenn mir aber eben auf diesem Standpunkt alle Theologien auf mehr oder minder glücklich begriffenen Offenbarungen zu ruhen, alle zusammen aber auf dem sonderbarsten Parallelismus mit der Bildungsgeschichte der Menschheit zu stehen und in einer aufsteigenden Reihe sich friedlich zu ordnen dünken: so werden Sie das vorzüglichste Element meiner Existenz, die Phantasie, in der Bildung dieser Religionsansicht nicht verkennen."
Wunderbar; solange er den kühnen Münsterbau noch vorbereitet und die wohlbegründeten Fundamente auf dem heimischen Boden legt, fügt sich ihm alles klar, einig und scharf ineinandergreifend; als der Bau nun aber sich immer höher und höher bis nah zum Kreuze aufgerankt, wo die menschliche Luftschicht aufhört und das geheimnisvolle Schweigen beginnt, redet er plötzlich, wie vom Schwindel erfaßt, irre in zweierlei Sprachen, von denen die eine verneint, was die andere bejaht. Da meint er: „Wenn Gott Mensch werden konnte, kann er auch Stein, Pflanze, Tier und Element werden, und vielleicht gibt es auf diese Art eine fortwährende Erlösung in der Natur." Und doch sagt er wieder: „Gott und Natur muß man trennen. Gott hat gar nichts mit der Natur zu schaffen; er ist das Ziel der Natur, dasjenige, mit dem sie einst harmonieren soll. Die Natur soll moralisch werden." – In seinen geistlichen Liedern betet er inbrünstig zu dem persönlichen Christus, dem Gottmenschen, und findet doch, daß die Wahl eines Mittlers nur relativ sei, „daß das Wesen der Religion wohl nicht von der Beschaffenheit des Mittlers abhange, sondern lediglich in der Ansicht desselben, in den Verhältnissen zu ihm, bestehe. Es ist ein Götzendienst im weiteren Sinne", sagt er, „wenn ich diesen Mittler in der Tat für Gott selbst ansehe." – An der einen Stelle preist er ferner die Erlösung von der Sünde durch das Christentum:

„Ein alter, schwerer Wahn von Sünde
War fest an unser Herz gebannt;
Wir irrten in der Nacht wie Blinde,
Von Reu' und Lust zugleich entbrannt. –
Da kam ein Heiland, ein Befreier,
Ein Menschensohn, voll Lieb' und Macht –
Seitdem verschwand bei uns die Sünde
Und fröhlich wurde jeder Schritt;
Man gab zum schönsten Angebinde
Den Kindern diesen Glauben mit;
Durch ihn geheiligt zog das Leben
Vorüber wie ein sel'ger Traum,
Und, ew'ger Lieb' und Lust ergeben,
Bemerkte man den Abschied kaum."

Und dennoch behauptet er: „Die christliche Religion ist die eigentliche Religion der Wollust. Die Sünde ist der größte Reiz für die Liebe der Gottheit; je sündiger sich der Mensch fühlt, desto christlicher ist er. Unbedingte Vereinigung mit der Gottheit ist der Zweck der Sünde und Liebe." Eine Behauptung, die frevelhaft wäre, wenn hier nicht offenbar der Akzent auf dem *Sichschuldigfühlen*, also auf der demütigen Zerknirschung und Hülfsbedürftigkeit des Menschen läge; und wenn er nicht, dies bestätigend, anderswo wieder Sittlichkeit und Religion als die verbundenen Grundfesten unseres Daseins erklärte, indem er sagt: „Die Moral ist, wohlverstanden, das eigentliche Lebenselement des Menschen. Sie ist innig eins mit der Gottesfurcht. Unser eigener *sittlicher* Wille ist Gottes Wille. Indem wir seinen Willen erfüllen, erheitern und erweitern wir unser eigenes Dasein, und es ist, als hätten wir um unsrer selbst willen aus innerer Natur so gehandelt. Die Sünde ist allerdings das eigentliche Übel in der Welt. Alles Ungemach kommt von ihr her. Wer die Sünde versteht, versteht die Tugend und das Christentum, sich selbst und die Welt." – „Man sollte sich schämen, wenn man es nicht mit den Gedanken dahin bringen könnte, zu *denken,* was man wollte. Bitte Gott um seinen Beistand, daß er die ängstlichen Gedanken verjagen helfe. – Sobald du ängstlich wirst und traurige, bängliche Vorstellungen sich dir aufdringen, so fange an, recht herzlich zu beten. Gelingt es die ersten Male nicht, so gelingt es gewiß mit der Zeit." – „Auf den Körper läßt sich nicht immer wirken; aber in der Seele sollte man sich die Herrschaft mit Gottes Hülfe zu erwerben suchen, um recht ruhig zu sein. – Gebet ist eine universelle Arzenei. Des Herren Wille geschehe, nicht der meinige. – Selbst meine philosophischen Studien sollen mich nicht mehr stören. In tiefer, heiterer Ruh will ich den Augenblick erwarten, der mich ruft." – Und in diesem Sinne durfte grade er, der Reine, wohl zu sagen wagen, daß die Sünde der größte Reiz für die Liebe der Gottheit sei.

Wir sind daher weit davon entfernt, ihm dieses Schwanken, diese, oft auch nur scheinbaren, Widersprüche, die in der immer gleichen Liebe ihre höhere Versöhnung finden, zum Vorwurfe zu machen; wir betrachten sie vielmehr als die Zeichen eines rastlosen, treuen Ringens nach der Wahrheit, wie das Zittern der Magnetnadel, die ihren Pol sucht. Die Erfahrung der neusten Zeit lehrt uns ja, wie leicht es sei, wenn man Ernst und Gewissen beiseite werfen will, sich konsequent und bequem in einem vornehmen Systeme zu verstocken. Allerdings ist in seiner bedeutungsvollen Erscheinung nicht nur der Typus, sondern, wie wir weiterhin sehen werden, auch schon die ganze innere Geschichte und Zukunft der Romantik mit allem ihren Tiefsinn, ihren verworrenen Labyrinthen und Abgründen, wie in geistreichen Umrissen enthalten. Aber wir dürfen nicht vergessen, daß er jung starb und daß es eben nur Umrisse sind, die er uns hinterlassen und die uns keineswegs berechtigen, über den weiteren Ausbau, wenn er ihm hienieden vergönnt gewesen wäre, abzusprechen. Und so schließen wir denn diese Betrachtung in dankbarer Erinnerung dessen, was er *wollte,* gern mit den Worten, die einst Schleiermacher in den Reden über Religion seinem Freunde nachgerufen: „Nur schweigend will ich euch hinweisen auf den zu früh entschlafenen göttlichen Jüngling, dem alles Kunst ward, was sein Geist berührte, seine ganze Weltbetrachtung unmittelbar zu einem großen Gedicht; den ihr den reichsten Dichtern beigesellen müßt, jenen seltenen, die ebenso tiefsinnig sind als klar und lebendig. An ihm schauet die Kraft der Begeisterung und der Besonnenheit eines frommen Gemüts und bekennt, wenn die Philosophen werden religiös sein und Gott suchen wie Spinoza und die Künstler fromm sein und Christum lieben wie Novalis: dann wird die große Auferstehung für beide Welten (Philosophie und Kunst) gefeiert werden."

Wackenroder

Jenen unnennbaren Himmel, das Unaussprechliche des religiösen Gefühls, das Novalis in obigem Marienliede angedeutet, hat dessen Zeit- und Geistes-Genosse *Wackenroder* in seinen „Herzensergießungen eines kunstliebenden Klosterbruders" sowie im ersten Teile des „Sternbald" der *Kunst* als ihr angestammtes Gebiet vindiziert. „Durch Worte", sagt er, „herrschen wir über den ganzen Erdkreis, durch Worte erhandeln wir uns mit leichter Mühe alle Schätze der Erde. Nur das *Unsichtbare; das über uns schwebt,* ziehen Worte nicht in unser Gemüt hinab. – Ich kenne aber zwei wunderbare Sprachen, durch welche der Schöpfer den Menschen vergönnt hat, die himmlischen Dinge in ganzer Macht, soviel es nämlich (um nicht verwegen zu sprechen) sterblichen Geschöpfen möglich ist, zu fassen und zu begreifen. Sie kommen durch ganz andere Wege zu unserem Innern als durch die Hülfe der Worte; sie bewegen *auf einmal,* auf eine wunderbare Weise, unser ganzes Wesen und drängen sich in jede Nerve, in jeden Blutstropfen, der uns angehört. Die eine dieser wundervollen Sprachen redet nur *Gott;* die andere reden nur wenige Auserwählte unter den Menschen, die er zu seinen Lieblingen gesalbt hat. Ich meine: die Natur und die Kunst." – Die Kunst sollte also ein verhüllter Engel sein, der zu uns herniederstieg, um nach der himmlischen Heimat hinzuweisen, jedes echte Kunstwerk eine göttliche Eingebung, nur von Andacht erzeugt und verstanden. Die katholische Religion aber, welche von jeher ihre Geheimnisse in Bildern, Musik und Bauwerk tiefsinnig abgespiegelt, war daher auch ihm der eigentliche Boden und Mittelpunkt aller Kunst.

Nun ist ohne Zweifel diese religiöse Vertiefung der Kunst, wie sie ja schon Novalis geltend gemacht, an sich höchst ehrenwert und für die letztere von sehr wohltätigen Folgen gewesen. Ebenso gewiß mußte aber auch die Einseitigkeit, womit Wackenroder Natur und Kunst, oder mit anderen Worten: das Gefühl, als den sichersten, unmittelbarsten, ja einzigen Weg zur Erfassung der göttlichen Dinge überhaupt aufgestellt, und so Kunst und Religion gewissermaßen identifiziert hat, zu einem bodenlosen Verhimmeln des Positiven führen und manche schwachen Gemüter verwirren. In der Kunst selbst ist dieses Nebeln und Schwebeln, das bloße Gefühle mit Luft in Luft malt, ohne es zum lebendigen Bilde zu bringen, als „Sternbaldisieren" berüchtigt geworden. Reicht aber das bloße, wandelbare Gefühl, das ja überall erst durch seinen Inhalt und die Überzeugungen Wert und Halt empfängt, nicht einmal zu einer lebendigen Erfassung der Kunst hin, wie sollte es der Religion gegenüber genügen? Jenes Mißverständnis hat daher, wie einerseits einen künstlerischen Dilettantismus, so auch ein dilettantisches Katholisieren in Mode gesetzt, das die Kirche fast nur als eine grandiose Kunstausstellung betrachtete und sich für berechtigt hielt, ihre Geheimnisse nach seiner Weise und Stimmung zu deuten.

Wackenroder selbst führt seine Gedanken in mehreren Kunstnovellen durch poetische Beispiele weiter aus. Welcher Konfession jedoch wäre wohl jemals mit Konvertiten „durch Nerv und Blutstropfen" gedient, wie er einen solchen in nachstehenden Worten beschreibt! –

„Ich ging neulich in die Rotonda (in Rom), weil ein großes Fest war, und eine prächtige lateinische Musik sollte aufgeführt werden, oder eigentlich anfangs nur, um meine Geliebte unter der betenden Menge dort wiederzusehen und mich an ihrer himmlischen Andacht zu bessern. Der herrliche Tempel, die wimmelnde Menge Volks, die nach und nach hereindrang und mich immer enger umgab, die glänzenden Vorbereitungen, das alles stimmte mein Gemüt zu einer wunderbaren Aufmerksamkeit. Mir war sehr feierlich zumute, und wenn ich auch, wie es einem bei solchem Getümmel zu gehen pflegt, nichts deutlich und hell dachte, so wühlte es doch auf eine so seltsame Art in meinem Innern, als wenn auch in mir selber etwas Besonderes vorgehen sollte. Auf einmal ward alles stiller, und über uns hub die allmächtige Musik, in langsamen, vollen, gedehnten Zügen an, als wenn ein unsichtbarer Wind über unseren Häuptern wehte: sie wälzte sich in immer größeren Wogen fort, wie ein Meer, und die Töne zogen meine Seele ganz aus ihrem Körper heraus. Mein Herz klopfte, und ich fühlte eine mächtige Sehnsucht nach etwas Großem und Erhabenem, was ich umfangen könnte. Der volle lateinische Gesang, der sich steigend und fallend durch die schwellenden Tönen der Musik durchdrängte, gleich wie Schiffe, die durch Wellen des Meeres segeln, hob mein Gemüt immer höher empor. Und indem die Musik auf diese Weise mein ganzes Wesen durchdrungen hatte und alle meine Adern durchlief – da hob ich meinen in mich gekehrten Blick, und sah um mich her –, und der ganze Tempel ward lebendig vor meinen Augen, so trunken hatte mich die Musik gemacht. In dem Moment hörte sie auf, ein Pater trat vor den Hochaltar, erhob mit einer begeisterten Gebärde die Hostie, und zeigte sie allem Volke – und alles Volk sank in die Knie, und Posaunen, und ich weiß selbst nicht, was für allmächtige Töne, schmetterten und dröhnten eine erhabene Andacht durch alles Gebein. Alles, dicht um mich herum, sank nieder, und eine geheime, wunderbare Macht zog auch mich unwiderstehlich zu Boden, und ich hätte mich mit aller Gewalt nicht aufrecht erhalten können. Und wie ich nun mit gebeugtem Haupte kniete und mein Herz in der Brust flog, da hob eine unbekannte Macht meinen Blick wieder; ich sah um mich her, und es kam mir ganz deutlich vor, als wenn alle die Katholiken, Männer und Weiber, die auf den Knien lagen und, den Blick bald in sich gekehrt, bald auf den Himmel gerichtet, sich inbrünstig kreuzten und sich vor die Brust schlugen und die betenden Lippen rührten, als wenn alle um meiner Seelen Seligkeit zu dem Vater im Himmel beteten, als wenn alle die Hunderte um mich herum um den einen Verlorenen in ihrer Mitte flehten und mich in ihrer stillen Andacht mit unwiderstehlicher Gewalt zu ihrem Glauben hinüberzögen. Da sah ich seitwärts nach Marien hin, ihr Blick begegnete dem meinigen, und ich sah eine große, heilige Träne aus ihrem blauen Auge dringen. Ich wußte nicht, wie mir war, ich konnte ihren Blick nicht aushalten, ich wandte den Kopf seitwärts, mein Auge traf auf einen Altar, und ein Gemälde Christi am Kreuze sah mich mit unaussprechlicher Wehmut an – und die mächtigen Säulen des Tempels erhoben sich anbetungswürdig, wie Apostel und Heilige, vor meinen Augen, und schauten mit ihren Kapitälern voll Hoheit auf mich herab – und das unendliche Kuppelgewölbe beugte sich wie der allumfassende Himmel über mir her und segnete meine frommen Entschließungen ein. – Ich konnte nach der geendigten Feierlichkeit den Tempel nicht verlassen; ich warf mich in einer Ecke nieder und weinte und ging dann mit zerknirschtem Herzen vor allen Heiligen, vor allen Gemälden vorüber, und es war mir, als dürfte ich sie nun erst recht betrachten und verehren. – Ich konnte der Gewalt in mir nicht widerstehen: – ich bin nun, teurer Sebastian, zu jenem Glauben hinübergetreten, und ich fühle mein Herz froh und leicht. *Die Kunst hat mich allmächtig hinüberge-*

zogen, und ich darf wohl sagen, daß ich nun erst die Kunst so recht verstehe und innerlich fasse. Kannst Du es nennen, was mich so verwandelt, was wie mit Engelstimmen in meine Seele hineingeredet hat, so gib ihm einen Namen und belehre mich über mich selbst; ich folgte bloß meinem innerlichen Geiste, meinem Blute, von dem mir jetzt jeder Tropfen geläuterter vorkömmt."

Man fühlt, eine so zufällige, musikalisch-luftige Bekehrung wird kaum länger dauern als die Musik, die sie hervorgerufen. Dennoch leugnen wir nicht, und haben es schon oben angedeutet, daß die Glut und Innigkeit, womit Wackenroder die Sache auffaßte, in der *Kunst* eine Erschütterung und Anregung erweckte, welcher die erschlaffte Zeit bedurfte; und in der Tat ist aus dieser religiösen Kunstbegeisterung bekanntlich im Anfange dieses Jahrhunderts die deutsch-romantische Malerschule hervorgegangen. – Seitdem freilich hat die eilfertige Zeit ihren Geschmack wieder gewandelt und, anstatt der Madonnen und Heiligenbilder, das sogenannte Genre beliebt. Wir wollen den Maler keineswegs mit einseitiger Ängstlichkeit auf bloß kirchliche Motive beschränken; denn nicht durch die Wahl profaner Gegenstände an sich wird die Kunst schon profaniert, da sich ja alle Erscheinungen des Lebens, wenn man nur will, religiös erfassen und darstellen lassen. Aber es bleibt wohl zu erwägen, ob die Malerei den tiefen Ernst, der aller Kunst not tut, ja ob sie überhaupt auch nur eine tüchtige Schule sich wird bewahren können, wenn sie dem würdigsten, in dem Volksgefühl aller Zeiten begründeten Inhalte entsagt, wenn sie aus den Kirchen in die Plaudersäle und Boudoirs, von der stillen Erbauung des Volkes an die modisch wechselnden Gelüste der Weltleute und Dilettanten gewiesen wird. Was dem Zeitgeiste dient, ohne ihn über sich selbst zu heben, wird notwendig von ihm übergerannt und beseitigt.

August Wilhelm Schlegel und Friedrich Schlegel

August Wilhelm Schlegel sagt von sich selbst:

„Der Völkersitten, mancher fremden Städte
Und ihrer Sprache frühe schon erfahren,
Was alte Zeit, was neue Zeit gebaren
Vereinigend in *eines* Wissens Kette,
Im Stehn, im Gehn, im Wachen und im Bette,
Auf Reisen selbst, wie unterm Schutz der Laren
Stets dichtend, aller, die es sind und waren,
Besieger, Muster, Meister im Sonette;

Der Erste, der's gewagt, auf deutscher Erde
Mit Shakespeares Geist zu ringen und mit Dante,
Zugleich der Schöpfer und das Bild der Regel:

Wie ihn der Mund der Zukunft nennen werde
Ist unbekannt; doch dies Geschlecht erkannte
Ihn bei dem Namen August Wilhelm Schlegel."

Dieses, eben nicht blöde, Selbstlob ist dennoch wahr und enthält ungefähr alles, was wir in Prosa von ihm sagen könnten: nämlich daß er durch eminente Kritik, vielseitige Gelehrsamkeit, Meisterschaft in den poetischen Formen und durch seine vortrefflichen Übersetzungen ein Hauptförderer der Romantik gewesen. Eben diese Eigenschaften jedoch, bei geringerer poetischer Produktionskraft, eigneten ihn zum eigentlichen *Ästhetiker* der Romantik, als welcher er um so weniger in den Kreis unserer Betrachtung gehört, da er anderweit auch durch seine Gesinnung sich selbst vom romantischen Boden exiliert. Es sei uns erlaubt, einige darauf sich beziehende, vertrauliche Bekenntnisse desselben beizufügen, weil sie einen tiefen Blick in die geheime Werkstatt der Begründer der Romantik eröffnen; Äußerungen, mit denen er, wie es scheint im Gefühl, daß sie die Lebensfrage aller Romantik betreffen, vor dem Publikum weislich zurückgehalten und die wir hier stellenweis unübersetzt, wie wir sie gefunden, wiedergeben, da sie sich ohne Zweifel im Französischen am unnachahmlichsten ausnehmen. Er schreibt nämlich im Jahre 1838 an eine Dame: „Ich habe gegen die Prosa und Engherzigkeit der Flachköpfe eine Reaktion versucht und die sensualistische Philosophie mitsamt ihrer platten Moral gehaßt; mit meinen Freunden begann ich die Erinnerungen des Mittelalters zu beleben und christliche Stoffe in die Poesie zurückzuführen, und weil der Protestantismus mir da nichts bot, mußte ich wohl aus den Überlieferungen der Römischen Kirche schöpfen. Ich schrieb die geistlichen Sonette: *c'était une prédilection d'artiste;* ich wurde von der Pracht des katholischen Kultus eine Zeitlang gefesselt und habe nachher auch die Theosophie studiert. Novalis *(penseur audacieux, rêveur divinatoire, à la fin visionaire)* hat es mit seiner Art von Christentum ehrlich gemeint: *comme un oiseau de passage, fatigué par son vol au-dessus d'un immense océan, s'abat sur une petite île verdoyante, et y oublie son ancienne patrie et la vaste contrée, qu'il avait voulu atteindre. Les retours à la vielle église devenaient de plus en plus fréquents. – Pour moi, je n'ai jamais eu sérieusement le projet, de contracter un engagement solonnel, quoique les sollicitation ne m'aient pas manqué. Au contraire, à mesure que mon frère Frédéric faisait des pas en avant, je rebroussais chemin. Je n'ai qu'à me reprocher ma trop longue indulgence: mais je l'ai expiée par un des plus amers chagrins de ma vie. Ce fut le divorce des âmes. Revolté du rôle, qu'il joua depuis 1819 comme écrivain et comme allié des Jesuites, j'ai fini par lui declarer mon inimitié à la manière des anciens Romains.* Die Erscheinungen des Tages seit dem Frieden konnten mich nicht veranlassen, eine neue Union mit den beiden christlichen Gemeinschaften einzugehn, und so beschloß ich, nachdem ich an viele Pforten geklopft, da doch *une foi factice et arbitraire ne sert à rien*, zuletzt wahr zu sein gegen mich selber und dem Zweifel und Gedanken Raum zu las-

sen. *Je m'en tiens*", so schließen diese Bekenntnisse, *„à la religion primitive, innée et universelle. Voilà les termes de mes erreurs d'Ulysse, voilà mon Ithaque!*"
Mit gerechtem Unwillen entdecken wir also hier, anstatt des ehrlichen Kampfes, den wir voraussetzen und fordern durften, nur ein diplomatisches Scheingefecht, ein verlorenes Leben, das zuletzt genau bei derselben Indifferenz wieder angelangt, gegen die es ein halbes Jahrhundert lang zu kämpfen schien, und dem hiernach notwendig der Schmerz zuteil werden mußte, sein Tagewerk, die Romantik, zu überleben.

Jede bedeutende geistige Richtung aber hat ihre hervorragenden, führenden Charaktere; ein solcher war *Friedrich Schlegel* für die Romantik. Wie einst Lessing, stellte er sich kühn auf jene Höhe der modernen Bildung, die über Vergangenes und Zukünftiges freie Umschau eröffnet, mit staunenswerter Vielseitigkeit Philosophie und Poesie, Geschichte und Kunst, das klassische Altertum wie das Mittelalter und den Orient durchforschend. Auch darin ist er Lessing vergleichbar, daß er, wie jener die skeptische Richtung seiner Zeit, so den geistigen Prozeß der Romantik in ungestümer Konsequenz zu *dem* Zielpunkte mit sich fortriß, wo die Sache spruchreif und eine Entscheidung unumgänglich wird; und zwar, wiederum wie Lessing, nicht als literarisches Kunststück zur eignen Verherrlichung, sondern aus tiefer Sehnsucht nach der höheren Wahrheit, d. i. nach Versöhnung von Glauben und Wissen in der Religion, oder wie er selbst es schärfer faßt: nach der Einheit der Wissenschaft und der Liebe. Es ist daher ebenso stumpfsinnig als ungerecht, ihn, wie von seinen Gegnern noch häufig geschieht, nach den einzelnen, momentanen Phasen seines Bildungsganges zu beurteilen und gleichsam die Blüte für die trübe Hülse verantwortlich machen zu wollen, die sie doch selbst durchbrochen und weggeworfen. Grade der männliche Fortschritt, der durch alle diese Verwandlungen sichtbar wird und jede oft

liebevoll selbst erbaute Schranke, wenn er sie als solche erkannt, rücksichtslos vor sich niederwirft, ist das Großartige seiner Erscheinung.
So sehen wir ihn, zunächst von Fichtes starrem Idealismus ausgehend, da dieser sein Verlangen nach innerer religiöser Vollendung keineswegs befriedigen konnte, sich in die Naturphilosophie versenken und gleichzeitig die ihr verwandte Romantik als christliche Schönheit der Poesie fast leidenschaftlich ergreifen. Aber von seinem dunklen Feuer durchglüht, fingen nun erst die noch chaotisch verschlungenen Elemente der Romantik, die echten und die falschen, wunderbar zu gären an; denn er adoptierte sie nicht bloß, er gestaltete sie. Alles Zweideutige, Schwankende bei Novalis: den verhüllten Pantheismus, den Naturgott und das entfesselte, geniale Ich trieb er, namentlich in seiner „Lucinde", folgerichtig eins aus dem andern zu seiner notwendigen Formation empor. „Alle Selbständigkeit", sagt er in jener Periode, „ist Originalität, und alle Originalität ist moralisch. – Man hat nur so viel Moral, als man Sinn für Poesie und Philosophie hat. – Jeder vollständige Mensch hat einen Genius; die wahre Tugend ist Genialität. – Wenn jedes *unendliche* Individuum Gott ist, so gibt's so viele Götter als Ideale. Auch ist das Verhältnis des wahren Künstlers und Menschen zu seinen Idealen durchaus Religion. – Nur das kann ich für Religion gelten lassen, wenn man voll von Gott ist, wenn man nichts mehr um der Pflicht willen, sondern alles aus Liebe tut, bloß weil man es will, und wenn man es nur darum will, weil es Gott sagt, nämlich *Gott in uns.*" – Allein auch diese poetische Täuschung konnte ihm nicht lange genügen; wie einem Bergmanne vielmehr, der aus dem verfallenen Schacht der Natur sich wacker emporarbeitet, blitzte ihm schon damals das Tageslicht in einzelnen Ahnungen entgegen. Der Tod wird ihm eine „Selbstbesiegung, die wie alle Selbstüberwindung eine neue, leichtere Existenz verschafft". Ja schon im Jahre 1800 sagt er: „Nichts ist mehr Bedürfnis der Zeit als ein geistiges Gegengewicht gegen

die Revolution und den Despotismus, den sie durch die Zusammendrängung des höchsten menschlichen Interesse über die Geister ausübt. – Laßt die Religion frei, und es wird eine neue Menschheit beginnen."

Das Wesen des Protestantismus hatte er schon sehr frühe scharf umzeichnet. Im J. 1804, noch selbst dieser Konfession zugetan, schreibt er bei Herausgabe von Lessings Gedanken und Meinungen: „Was ist das Wesen des Protestantismus? Und was war es, was ihn zuerst auszeichnete und eigentlich konstituierte? Nicht diese oder jene Meinung, denn darüber fand die größte Verschiedenheit, ja Verworrenheit unter den großen Reformatoren selbst statt, sondern das, was alle gleich sehr beseelte, worin sie ohne Verabredung eines waren, und was ihr gemeinsames Band blieb. Die Freiheit war es, mit der sie lehrten; der Mut, selbst zu denken und dem eignen Denken gemäß zu glauben; die Kühnheit, das Joch auch der verjährtesten, ja kurz vorher noch von ihnen selbst unverletzbar heilig gehaltenen Irrtümer abzuwerfen. Polemik ist daher allen Protestanten, oder allen Bekämpfern des Irrtums, wesentlich, ja es ist ihr ganzer Charakter in diesem Begriffe beschlossen. Polemik ist das Prinzip alles ihres Strebens und die Form alles ihres Wirkens. Will man dies in einen bestimmten Begriff fassen, so sage man, Katholizismus ist positive, Protestantismus aber negative Religion. – Der wahre Protestant muß auch gegen den Protestantismus selbst protestieren, wenn er sich nicht in neues Papsttum und Buchstabenwesen verkehren will. Die Freiheit des Denkens weiß von keinem Stillstande und die Polemik von keinen Schranken; der Protestantismus aber ist eine Religion des Krieges, bis zur innern Feindschaft und zum Bürgerkriege." – Er selbst huldigt noch unbedingt diesem Prinzip wissenschaftlich polemischer Freiheit, „da es doch keine Liebe gibt ohne Wahrheit und keine Wahrheit ohne den Mut dazu", und sucht es daher – freilich nicht ohne einige sophistische Künstlichkeit – mit dem Christentume zu vermitteln, indem ja eine gewisse Freigeisterei und Irreligiosität dem Christentum wesentlich, ihm keineswegs entgegengesetzt, sondern ein notwendiges Phänomen seiner auch alle ursprüngliche Abwege universell umfassenden Entwickelung sei. Aber alle diese Vorliebe täuschte ihn schon damals durchaus nicht über die notwendigen Endresultate dieser Freiheit. Wenige Zeilen weiter vielmehr sagt er prophetisch, als hätte er im Buche der Zeiten vorausgeblättert: „Das unaufhaltsam um sich Greifende des Protestantismus zeigt sich auch äußerlich in der Geschichte desselben; aber freilich hier in der gemeinen Masse nicht so edel als in dem Geiste eines Lessing. Während die positive Religion sich immer mehr fixiert und gleichsam versteinert hat, ist im Protestantismus fast nichts unverändert geblieben als die Veränderlichkeit selbst; und während auf der einen Seite die protestantische Denkart aus der Sphäre der Religion in die bürgerliche Welt hinausgetreten ist und auch da eine Reformation der gesamten politischen Verfassung hat versuchen wollen, hat man auf der anderen Seite die Religion so lange geläutert und geklärt, bis sie endlich ganz verflüchtigt worden und vor lauter Klarheit verschwunden ist. Beide Ausartungen sind natürlich genug; denn es ist im Wesen der freien Tätigkeit selbst gegründet, daß sie, je nachdem sie mehr extensiv oder mehr intensiv zu sein strebt, bald ihre eigene Sphäre überspringt, und sich in eine fremde hinauswirft, bald aber, auf sich selbst zurückgewandt, sich selber bis zur Selbstvernichtung untergräbt." – Man sieht, hier hat ihn die unerschütterliche Treue der Forschung unwillkürlich auf den Punkt geführt, wo er nicht umhin konnte sich zu entschließen, entweder es auf jene Selbstvernichtung hin zu wagen oder zum Primitiven, Positiven, zur Kirche sich zurückzuwenden; und es ist ein fast komischer Anblick, wie die neueste Literatur sich vergebens abquält, diese seine Rückkehr durch künstliche Hypothesen und Annahmen von, man weiß nicht recht welchen, inneren Katastrophen zu erklären. So soll er, nach einigen, erst in Paris durch das Studium des Sanskrit auf

die indischen Büßer, von den indischen Büßern auf die christliche Asketik und von der Asketik auf den Papst gekommen sein; als läge die Kirche in ihren Hauptlineamenten nicht schon in Novalis' Ideengange, dessen Gedankenerbe und Fortsetzer Friedrich Schlegel war.
So hatte Schlegel sich, man könnte sagen, durch die Romantik hindurchgekämpft, und als er, bei ihren extremen Konsequenzen angelangt, ihres ungeheueren Irrtums sich bewußt wurde, war er es auch, der, noch einmal alles Große und Wahre in ihr streng zusammenfassend, sie zu ihrem Ursprung wieder zurückführte; und er hatte die Gewalt und das Recht dazu, denn er hatte sie innerlich erlebt wie kein anderer. Die Romantik wollte das ganze Leben religiös heiligen; das wollte Schlegel auch; in dem Grundgedanken also sind und waren beide einig. Aber die Romantik, nur noch ahnend und ungewiß umhertastend, wollte es *bis dahin* mehr oder minder durch eine unklare symbolische Umdeutung des Katholizismus. Jene göttliche Gewalt der Kirche aber in allen Wissenschaften und Lebensbeziehungen zu enthüllen und zum Bewußtsein einer nach allen Richtungen hin zerfahrenen Zeit zu bringen, wurde von jetzt ab die Aufgabe seines Lebens. „Töricht", schreibt er, „ist die Meinung derer, die da sagen: die Lehre, die allein Heil bringt, sei zwar durch Christum in die Welt gekommen; aber jetzt könne man auch ohne die Gemeinschaft und die Gebräuche der Kirche und ohne Verehrung seiner Person das Wesentliche seiner Lehre halten, seiner Bestimmung genugtun. Die Kirche ist allein das Gefäß jener Lehre, und diese Gemeinschaft zu zerreißen ist die schlimmste aller Taten." – Und jetzt ertönen jene glühenden Lieder zur Wiedererweckung deutschen Nationalgefühls durch innere Umkehr zu dem einzigen göttlichen Retter.

„Sohn der Liebe, wollst vereinen
Doch die Deinen,
Daß der Zwietracht dunkle Binde
Vor dem Blick verschwinde!"

Die Poesie versenkt er in die religiöse Tiefe des Gemüts:

„Fern von Eitelkeit und innerm Trug,
Nahe dich mit Andacht jedem Buch,
Wo des Herzens stille Wahrheitskraft
Neu die Welt der Liebe sich erschafft.
Betend, wie am Altar Gottes Licht,
So vernimm das heilige Gedicht,
Wo des Lebens schmerzlich schönes Spiel
Dich zurücksenkt in das ewige Gefühl.
Nur der Sehnsucht fließt der Schönheit Quell,
Nur der Demut scheint die Wahrheit hell."

Gegen die tote Regel mechanischen Gleichgewichts im Vertretungsstaate erbaut er auf historischen und religiösen Grundlagen den, auf Glaube und Liebe beruhenden, christlichen Staat. In der Geschichte weist er die innere Zerrüttung des Menschengeschlechts und dessen Wiederherstellung im Christentume als Grundthema nach, findet daher nur in der Verbindung der waltenden welthistorischen Mächte mit der Kirche das wahre Heil und erstrebt endlich in der Wissenschaft selbst eine *christliche* Philosophie als die höhere, geistige Poesie der Wahrheit.
„Nun ist", sagt er, „die Überzeugung unter den Gutgesinnten aller Parteien wohl schon ziemlich allgemein und den meisten klar und gewiß geworden, daß der feste Anhaltspunkt in dem Streit der Meinungen und Interessen nur in dem Positiven gefunden werden und nur dieses den chaotischen Zustand enden und ein organisch geordnetes Dasein von neuem wieder begründen kann. Vergebens aber würde man für das Leben und den Staat, wie in der Wissenschaft, hoffen, diesen sicheren Grund und Stützpunkt in einem bloß irdisch Positiven zu finden, es sei welcher Art es wolle, solange nicht das göttlich Positive hinzukommt, als Träger und zusammenhaltende Lebenskraft des Ganzen. Wo sollen wir aber dieses göttlich Positive anders suchen als da, wo es uns schon lange gegeben

ist, sobald wir es nur finden wollen: in der Religion, in der göttlichen Offenbarung und in der christlichen Philosophie, als einem treuen Abdruck derselben in wissenschaftlicher Form zu allgemeiner praktischer Anwendung?" Die Frage von jenem göttlich Positiven führt ihn demnächst auf den alten Zwiespalt des deutschen Glaubens zurück, als den Punkt, von dem das Übel seinen Ursprung genommen und daher auch die Heilung ausgehen müsse. „Jene so lange gewünschte und so oft vergeblich gesuchte Wiedervereinigung des Glaubens kann aber freilich auf dem gemeinen Wege menschlicher Ausmittelung nicht gefunden werden; nicht durch ein bloßes gegenseitiges, wenn auch noch so gut gemeintes Nachgeben und nicht durch eine diplomatische Verhandlung; überhaupt ist es kein Menschenwerk, sondern es muß von Gott kommen, der seine Werkzeuge dazu schon finden und diejenigen, welche von ihm ausersehen sind, mit der Kraft des heiligen Geistes erfüllen wird. Menschlicherweise läßt sich nur das dazu beitragen und nur dadurch der hohen Absicht entgegenkommen, daß wir jene unentschlossene Halbheit der Gesinnung von uns abtun, welche uns so oft zurückhält, den letzten Schritt in der Anerkennung der Wahrheit getrost daranzusetzen."
Unter den vorerwähnten welthistorischen Mächten aber versteht er vorzüglich vier Gewalten, welche die menschliche Gesellschaft zusammenhalten und bewegen und auch eine vielfach verschiedene Art und Form jeglichen menschlichen Vereins begründen; nämlich die Macht des Geldes und des Handelns, die er in einem weiteren Sinne die *Gilde* nennt; die auch im Kriege nur auf die Erhaltung des äußeren und des bürgerlichen Friedens gerichtete Gewalt des Schwertes (der Gerechtigkeit) oder der Staat. Sodann die „Gnadenkraft der göttlichen Weihe, auf welcher alle Art von Priestertum und jeder kirchliche Religionsverein beruht, der allein den innern Frieden herbeiführt und auch dem äußeren die höhere Sanktion gibt. Was würde uns auch das ganze materielle Leben frommen,

dem der Staat seinen rechtlichen Bestand sichert und welches jene äußere Kultur, die aus dem Kunstfleiß und dem Gewerbe hervorgeht und die in ihrem letzten Grunde auf dem Handel beruht, so reichlich ausschmückt, wenn es nicht der Träger eines anderen und höheren intellektuellen Lebens wäre? Dieses höhere intellektuelle Leben aber wird zunächst in der Religion und, als ein gemeinsames der ganzen Menschheit zuständiges Eigentum, in der Kirche genährt und entfaltet, deren geheiligtes, weltumfassendes Band die im Staatsverhältnis getrennten Nationen wieder verbindet und in der Zeit die späteren Generationen an die früheren anknüpft. Zugleich aber wird es auch durch die *Schule* erregt und entwickelt und von einem Zeitalter auf das andere fortgeplanzt; welcher intellektuelle Verein als die vierte Art und Form von jenen vier bezeichneten Hauptvereinen der menschlichen Gesellschaft mit dem Staat und der Kirche im mannigfaltigsten und innigsten Verhältnis steht." Und diese von der Schule zu lösende Aufgabe teilt er vor allen anderen Nationen den Deutschen zu; denn der deutsche Geist „strebt tiefer in die verborgenen Prinzipien des inneren Lebens, wo jene Elementarkräfte nicht mehr getrennt erscheinen, sondern aus der gemeinsamen Wurzel die vollständige Kraft des lebendigen Bewußtseins im Denken und Bilden hervorgeht. – Die intellektuelle Aufgabe des Zeitalters aber, als die Idee, welche in der jetzigen Epoche nach der Bestimmung des deutschen Geistes herausgearbeitet werden soll, läßt sich wohl nicht anders bezeichnen, als daß es sei die vollständige Anerkenntnis und durch alle Weltalter durchgeführte Auffassung und eben dadurch zustande gebrachte Erneuerung und lebendige Wiedergeburt des in der zeitlichen Wissenschaft und Kunst sich abspiegelnden und ausstrahlenden ewigen Wortes; welche Idee ganz nahe zusammenhängt mit der vorhin erwähnten Wiedervereinigung des Glaubens selbst sowie auch des Glaubens und des Wissens. Dieses wieder eins gewordene Wissen aber, welches wir noch nicht anders zu benennen vermögen als mit dem Namen der christlichen Philosophie, läßt sich nicht machen wie ein System oder stiften wie eine Sekte, sondern wie ein lebendiger Baum muß es hervorwachsen aus der als göttlich erkannten Offenbarung. Die Welthistorie und Mythologie, das Reich der Sprachen und die Naturwissenschaft, Poesie und Kunst bilden nur die einzelnen Strahlen für dieses *eine* Licht der höchsten Erkenntnis. Und so wie dieses voller heranbricht, so wird auch der in der welthistorischen Forschung, oder in der Naturphilosophie hie und da noch herumdämmernde Pantheismus vollends verschwinden und in Schatten zurückweichen vor der wiedererkannten Wahrheit und Kraft des göttlich Positiven, wie sich dasselbe in wachsender Vollkommenheit immer herrlicher entfaltet. Es werden dann auch die Denkenden aller Art den Fortgang der wahren Zeit, der von dem, was die Welt den Zeitgeist nennt, so ganz verschieden ist, richtiger erkennen, und es werden nicht mehr so viele ausgezeichnete Geister wie aus dem Traume fortreden, wo sie vor zwanzig Jahren stehengeblieben waren, als ob sie eine oder zwei Generationen der Welt versäumt und übersehen hätten. Auch über das Gebiet der Kunst mag sich dann wieder ein neuer Lebensodem verbreiten und statt der falschen Phantasmagorie unserer verzerrten tragischen Gebilde mag dann eine höhere geistige Poesie der Wahrheit hervortreten, welche nicht bloß die Sage irgendeines Zeitalters oder einzelnen Völkerstammes in beschränktem Phantasiespiele nachbildet, sondern in der irdischen Hülle zugleich auch die Sage von Ewigkeit, das Wort der Seele, im sinnbildlichen Gewande der Geisterwelt abspiegelt. Überhaupt aber ist jenes *eine* Licht nicht auf die Grenzen eines einzelnen Geistes oder nur auf eine Form und besondere Region der gesamten Geistesbildung eng beschränkt; sondern die mannigfaltigsten Gaben und Talente müssen zur Förderung jener Wiedergeburt und zur vollständigen Entfaltung jenes Baumes der guten und heilsamen Erkenntnis des Lebens beitragen."

So hat denn Friedrich Schlegel, was Novalis ursprünglich ahnte und ersehnte: eine christlich religiöse Durchdringung und Wiederbelebung von Kunst, Wissenschaft und Leben, soviel in eines Mannes Kräften steht, wirklich vollbracht, und es kann auf seinen eigenen Lebenslauf angewendet werden, wenn er sagt: „Die Wahrheit ist eine lebendige, sie kann nur aus dem Leben geschöpft, durchs Leben errungen werden. Die Sehnsucht oder die Liebe ist der Anfang und die Wurzel alles höheren Wissens und aller göttlichen Erkenntnis; die Ausdauer im Suchen, im Glauben und im Kampf des Lebens bildet die Mitte des Weges; das Ziel aber bleibt für den Menschen hier immer nur ein Ziel der Hoffnung."

Adam Müller. Steffens. Görres

Wenn Friedrich Schlegel, wie wir soeben gesehen, die göttliche Offenbarung im Leben in ihrer Gesamtheit zu erfassen strebte, so hatte dagegen *Adam Müller* auf diesem unermeßlichen Gebiete eine eigentümliche Domäne, ein spezielles Tagewerk sich abgegrenzt: gleichsam die Anwendung der Romantik auf die geselligen und politischen Verhältnisse des Lebens. Er sagt daher in seinen Vorlesungen über deutsche Wissenschaft und Literatur: „Die kritische Revolution in Deutschland, in der absolut wissenschaftlichen Einseitigkeit, in der sie sich bisher fast ausschließend gezeigt hat, konnte überhaupt deshalb keine große unmittelbare Wirkung auf die deutsche Nationalität hervorbringen, weil sie in das Wesen der gleichzeitigen Bewegungen der Gesellschaft sowohl in ihren öffentlichen als in ihren Privatbeziehungen tätig und fortgesetzt einzugehen aus einem gewissen ganz unziemlichen Stolze verschmähte. Den Staat und seine gegenwärtige, keineswegs mit Verachtung zu übersehende Gestalt setzte sie mit idealistischer Selbstgenügsamkeit über die Seite. Na-

türlich mußte sie, anstatt ihre eigne Bedeutung zu erhöhen, durch den unmittelbaren Drang der gesellschaftlichen Not unserer Zeit überwältigt und dem absoluten Bewußtsein ihres eigenen Daseins überlassen werden." Und wenn er dann weiterhin sag: „Das ehrwürdige Wort *Messe*, in seinem deutschen Doppelsinn, deutet auf den uralten Bund des Handels und der Kirche, auf die noch ältere, auf die ewige Einheit des äußeren und inneren Daseins", so hat er dadurch in der Tat Tiefe und Umfang seines ganzen Unternehmens scharf bezeichnet: eine wissenschaftliche Darstellung des Staats nämlich in seinem ewigen Bunde mit Religion, Poesie und Leben.
Wie er diese Aufgabe im einzelnen gelöst, können wir, ohne unsere eigene Aufgabe ins Unendliche zu erweitern und zu verwirren, nicht genauer nachweisen; wir wollten hiermit nur seinen Standpunkt und sein Verhältnis zur Romantik im allgemeinen andeuten. Ebenso müssen wir uns begnügen, zwei andere Koryphäen unserer Literatur, da sie nicht eigentlich Dichter sind, hier nur kürzlich zu bezeichnen, wir meinen: Steffens und Görres.
Steffens hängt mit den Romantikern nur in seiner begeisterten Jugend durch seine naturphilosophischen Forschungen zusammen, deren nicht so beiläufig abzufertigende Würdigung, wie die der Naturphilosophie überhaupt, einer anderen Ausführung vorbehalten bleiben muß. Er ist zwar später auch als Dichter aufgetreten, allein seine Dichtungen gehören nicht mehr der Romantik, ja kaum der Poesie an, sie sind im Grunde nur in poetische Form gekleidete Philosopheme und aphoristische Lebensansichten, wie Tiecks neueste Novellen. In seinen maßlos projektierten Erzählungen (die Familie Walseth und Leith, die vier Norweger usw.), die alles zugleich umfassen wollen, hat er niemals das philosophische Element zu lebendig poetischer Erscheinung, zu einem künstlerischen Ganzen zu bewältigen vermocht. Seine Aufgabe hier ist allerdings gleichfalls die Versöhnung von Religion und Leben; aber nicht mehr auf der katholisch romanti-

schen Grundlage. Denn wenn auch das positive Christentum überall die Basis bildet, so ist die Auffassung und Behandlung doch rein ins Subjektive hinübergesiedelt, in einen Pietismus, der teils spekulativ, teils als bloßes Gefühl sich kundgibt.
Bei weitem belebender und großartiger, als Steffens, hat *Görres* eingewirkt, und zwar durch eine in allen seinen Schriften ausgeprägte übermächtige Persönlichkeit, die das Grundprinzip der Romantik, die Vermittelung aller höheren Geisteskräfte mit der Kirche, in sich selbst darstellt. Eine oft divinatorische Phantasie neben wissenschaftlicher Tiefe, gründliches Wissen neben schneidendem Witz, eine unerschöpfliche Fülle von Poesie endlich, womit ein Dutzend Dichter von Profession sich überreich schätzen dürften – und das alles, wie es auch durcheinanderringt und sich zu kreuzen scheint, durch einen unwandelbaren Verstand, gleich den Gestirnen eines Planetensystems, um die ewige Zentralsonne wunderbar gruppiert und geordnet. Es ist die durch alle Geschichte der neueren Zeit gehende, rechte, wahre Romantik selbst, die hier, anstatt in bloßem Bild und Klang zu luxurieren, sich unmittelbar an den Tatsachen reflektiert. Überall daher, wo die nationale Entwicklung kulminiert, sehen wir Görres auf den Zinnen der Zeit, weckend, warnend, mahnend, züchtigend und weissagend, und – weil das eben nicht erlernt oder gemacht werden kann, sondern erlebt sein muß – auch, wie Friedrich Schlegel, in rastlos wachsendem Fortschritt begriffen.
So begrüßt er in der damaligen allgemeinen Verdumpfung der sozialen Verhältnisse, und zwar gleichfalls wie Fr. Schlegel von einem dem Ausgange scheinbar entgegengesetzten Punkte anfangend, die erste französische Revolution mit allem Zornesmut eines zwanzigjährigen Jünglings als das blutige Morgenrot einer größeren Zeit und schreibt in diesem Sinne sein „rotes Blatt". Kaum aber hat er in Paris (wohin er gegangen, um sich über die Bedrükkungen der französischen Beamten zu beschweren) hinter

der Fahne der sogenannten neuen Freiheit den Verrat, die Habgier und den schamlosesten Egoismus lauern gesehen, als er mit derselben ethischen Entrüstung den trügerischen Nebel zerreißt und, der erste unter den Deutschen, in einer kleinen Schrift („Resultate meiner Sendung nach Paris") seine Landsleute aus ihren philantropisch-kosmopolitischen Träumen aufrüttelt. Später, da Napoleon sein Schwert über Gutes und Schlechtes gelegt, strebt er, mit andern edlen Geistern, die Nation durch Mahnung an die große Vorzeit wach und kampfbereit zu erhalten, schreibt mit Arnim die „Einsiedlerzeitung" und läßt in seinen „Volksbüchern" die alten frommen Sagen und nationalen Heldengestalten, wie in einem wunderbaren Zauberspiegel, an der trostlosen Gegenwart vorübergehen. In und unmittelbar nach dem Befreiungskriege dagegen sehen wir ihn endlich in seiner vollen, feurigen Rüstung sich plötzlich wieder emporrichten, mit seinem „Rheinischen Merkur" durch eine bisher noch nicht erhörte Gewalt der Gesinnung und Sprache ganz Deutschland erschütternd.

So ist es überall das Ringen einer hohen, allem Gemeinen durchaus unzugänglichen Natur nach Freiheit. Schon hier aber und fortan immer tiefer begründet sich in ihm die Überzeugung, daß die Freiheit nur bei der Wahrheit, die unerschütterliche, weil von Gott selbst beglaubigte Wahrheit aber in der Kirche und mithin geistige wie politische Freiheit mit der Freiheit der Kirche identisch sei. Am vollständigsten hat er diese Gedanken niedergelegt in „Europa und die Revolution", wo die wesentlich kirchliche Bedeutung aller Geschichte und der gesunde, volkstümliche Staat, in seiner Mission das Irdische und Göttliche zu vermitteln, als eine notwendig hierarchisch-monarchische Gliederung nachgewiesen wird. – Und von jetzt ab, nachdem er so Grund und Boden gesäubert und abgemarkt, stellt er zu Schutz und Trutz als geharnischter Hüter sich an die Grenzen. Während er in der Schrift: „die heilige Allianz und die Völker auf dem Kongreß von Verona" zu-

nächst die von beiden Seiten wider jene feste Burg anprallenden Parteiwogen, die Gegensätze des demokratischen und monarchisch absolutistischen Prinzips siegreich gegeneinander aufreibt, verteidigt er andrerseits unmittelbar die Freiheit der Kirche – im „Athanasius" gegen die falschen Prätentionen des Staats, der die primäre Kirche als ein, gleich ihm, aus den sozialen Verhältnissen Entstandenes betrachten und folglich als ein Sekundäres sich unterordnen möchte – und in der „Wallfahrt nach Trier" gegen die alles unterwaschenden Gewässer des altklugen Rationalismus.
Kein neuer Schriftsteller hat die bedeutungsvolle Aufgabe unserer Zeit, die trügerische, blumenreiche Moosdecke über den faulen Sümpfen endlich zu durchbrechen und in religiösen Dingen zwischen Ja und Nein sich resolut zu entscheiden, so tief erkannt und gefördert als Görres, ein nicht hoch genug anzuschlagendes Verdienst, das seinen Namen, mit jener geistigen Krise selbst, welthistorisch machen wird.

Arnim

Dies waren indes, in bezug auf die Poesie als Kunst, eigentlich nur die Theoretiker der Romantik. Novalis und Wackenroder waren überdem sehr früh gestorben und die beiden Schlegel bei weitem mehr Kritiker als produktive Dichter. Sie hatten den Kampfplatz abgesteckt, Sonne, Wind und Waffen bemessen und die Losung ausgegeben, aber die turnierfähigen Ritter fehlten noch.
Man könnte zwar in gewissem Sinne Jean Paul schon zu den Romantikern zählen; und doch stellt eben das, wodurch er sich von der Romantik wieder unterscheidet, das Wesen der letzteren erst recht klar heraus. Auch Jean Pauls Poesie nämlich ist eine Poesie der Zukunft, der Erwartung, und die Veredlung des Menschengeschlechts

durch den wiedererweckten Glauben an eine höhere, unsichtbare Welt das Grundthema aller seiner Romane, wie es der in seiner unsichtbaren Loge entworfene Erziehungs- und Bildungsplan am deutlichsten ausspricht. Es ist eine Art poetischer Asketik, das Irdische nichtig: „Was anderes als versteinerte Blüten eines Klima, das auf dieser Erde nicht ist, graben wir aus unserer Phantasie aus, so wie man in unserem Norden versteinerte Palmbäume aus der Erde holt." – Der Mensch kann und soll daher die Scholle brechen und, aus sich selber emporpfeilernd, in das überirdische Jenseits hineinragen. – Fragen wir aber nach Grund und Trieb dieses übernatürlichen Wuchses, so werden wir mit dem Emporschwingen an das gewiesen, was eben emporgeschwungen werden soll, Münchhausen vergleichbar, der sich selbst einst am eigenen Zopfe aus dem Sumpfe zog. „Wer in die Zukunft hinaussieht, der findet, ach! in tausend Zeichen einer Zeit, worin Religion, Staat und Sitten abblühen, keine Hoffnung ihrer Emporhebung mehr, außer bloß durch zwei Arme, welche nicht der weltliche und geistliche sind, aber zwei ähnliche: die Wissenschaft und die Dichtkunst. Ist einst keine Religion mehr und jeder Tempel der Gottheit verfallen oder ausgeleert, dann wird noch im Musentempel der Gottesdienst gehalten werden." – „Es gibt keine Offenbarung als die noch fortdauernde. Unsere ganze Orthodoxie ist, wie der Katholizismus, erst in die Evangelien hineingetragen worden."
Das Prinzip also ist es, was Jean Paul durchaus von den Romantikern scheidet; diese meinten das lebendige Christentum, Jean Paul eine abstrakte Religion der Humanität; jene wollten Kunst, Wissenschaft und Leben durch den *positiven* Inhalt der Religion restaurieren, Jean Paul dagegen alles in ein unbestimmtes Übermenschliche, das aber doch der Mensch wieder sich selbst machen sollte, verflüchtigen und verhimmeln. Daher bei ihm – weil der feste Goldgrund fehlt, der die irdischen Bilder kräftig abhebt – das Abgerissene, Unzureichende, Verschwommene seiner Wirklichkeit, wie seiner Ideale: weltumarmen-

de, himmelstürmende Jünglinge, verblaßte, ätherisch-durchsichtige, mondscheinwüchsige Jungfraugestalten und jene weinerliche Sentimentalität, aus der sich der Poet, eben weil er ein echter Dichter ist, von Zeit zu Zeit durch humoristische Luftsprünge oder auf den mächtigen Schwingen seiner Träume zu retten sucht.

Die eigentlichen romantischen Dichter dagegen sind unstreitig Achim v. Arnim und Ludwig Tieck; und wir nennen *Arnim,* obgleich er der jüngere ist, hier zuerst, weil er die Romantik am reinsten und gesündesten repräsentiert; nicht als ob er der schulgerechteste unter ihnen gewesen – er stand vielmehr der eigentlichen Schule vielleicht am allerfernsten –, sondern durch den Grundton, den er in allen seinen Dichtungen angeschlagen; wir meinen die Unabhängigkeit und Wahrhaftigkeit der Gesinnung, die ihn weit über die andern erhebt. Männlich-schön, von edlem, hohem Wuchse, freimütig, feurig und mild, wacker, zuverlässig und ehrenhaft in allem Wesen, treu zu den Freunden haltend, wo diese von allen verlassen – war Arnim in der Tat, was andere durch mittelalterlichen Aufputz gern scheinen wollten: eine ritterliche Erscheinung im besten Sinne, die aber deshalb auch der Gegenwart immer etwas seltsam und fremd geblieben. So trat er in eine Zeit, die den Katzenjammer der Kotzebueaden noch immer nicht verwinden konnte, und eröffnete sofort, im Verein mit Görres und Brentano, in der „Einsiedlerzeitung" (1808) einen höchst ergötzlichen Krieg gegen den deutschen Michel. Er wollte die Poesie von dem Schulbanne einiger veralteten Männer, die ihre Jugend vergessen hatten, befreien; mit Ausschluß aller Tagesneuigkeit, wollte er das *Künftige* der Geschichte in den Strebungen der verschiedensten Art kennenlernen und vorlegen und die Zeit endlich wieder hinführen „zu einer gemeinschaftlichen Jugend und Wahrheit, die wir Andacht und Religion nennen". Die Art und Weise, wie dieser Kampf dort geführt wird, ist für die Romantik, wie für Arnim bezeichnend: überall der Ernst heiter und der Scherz tief und bedeutend. Die Zeitung erschien auf Befehl der großen Langeweile vieler sonst unnütz beschäftigter Leute, dieser neuen Einsiedler in den Lesekabinetten, welche die strenge Buße des Müßiggangs treiben; jedem, der sie nicht in frankierten Briefen abbestellt, sollte sie ins Haus geschickt werden. Das Titelblatt ist mit dem Bildnis des deutschen Michels selbst verziert. „Treffend", sagt Arnim im Vorwort, „ist die Ähnlichkeit deines Bildes, geehrtes Publikum: dieses listige Lauern; dieser schiefe Mund, der auf eine Autorität oder Kritik wartet, um sein Urteil darnach zu bestimmen; die steifen Locken, die sich aus der Nachtmütze drängen, wie alte, verrostete Gedanken, die du immer wieder hören möchtest; nach einer Seite ist sie aufgeschoben, denn auch du hast einmal gedacht und dir die Stirn gerieben und weißt es noch recht gut und meinst, daß die Verfasser von dir erst denken und fühlen lernen sollten." – Viele Richtungen, die dort angeregt, manche Namen, die hier zum erstenmal auftauchen, wie Uhland und Kerner, sind seitdem ausgeführt, sind seitdem berühmt geworden, und der deutsche Michel lebt noch immer fort, aber die Zeitung ist längst aus seinem Angedenken verschwunden.

Es war aber nicht bloß eine lächerliche, literarisch zerfahrene, sondern auch eine in ihren ethischen Elementen entwürdigte Zeit, welche hündisch die Hand leckte, die sie schlug, und mit dieser Niedertracht noch prahlte. Das deutsche Reich war zusammengestürzt, und die Pflugschar des Krieges ging darüber, und die Deutschen spannten sich selber vor, um alles der Erde gleichzumachen. „O mein Gott", ruft daher Arnim aus, „wo sind die alten Bäume, unter denen wir noch gestern richteten, die uralten Zeichen fester Grenzen, was ist damit geschehen, was geschieht? fast vergessen sind sie schon unter dem Volke, schmerzlich stoßen wir uns an ihren Wurzeln. Ist der Scheitel hoher Berge nur einmal ganz abgeholzt, es wächst da kein Holz wieder; daß Deutschland nicht so verwirtschaftet werde, sei unser Bemühen!" – „Was erscheint, was wird, was geschieht? – Nichts. Immer nur die Sucht des Bösen, die Welt sich und alles der Nichtswürdigkeit in der Welt gleichzumachen, alles aufzulösen, was enger als ein umzäuntes Feld an den Boden des Vaterlandes bindet: der *Gedanke*, es ist derselbe Boden, auf dem wir in Lust gesprungen. Wer so *denkt*, wird herrlich sich und seinen Nachkommen bauen, wem aber *die* Baukunst fehlt, dem fehlt ein Vaterland."

Und aus dieser männlichen Trauer erwuchs alles Edle seines reichen Gemüts, aus der herzlichen Liebe zum Vaterland der fröhliche Glaube an dessen Rettung und eine unverwüstliche Hoffnung, die, wie er selbst sagt, sein größtes Talent gewesen. Aber nicht das Schwert allein konnte hier entscheiden, sondern die echte Herzhaftigkeit, die es führte. Wer das Schlechte besiegen will, das wußte er wohl, mußte erst die eigne Schlechtigkeit überwinden. Die gesinnungskranke Zeit, mit den widersprechendsten Medikamenten künstlich überfüttert, konnte nur im stärkenden Luftbad auf den heimatlichen Höhen genesen; von innen heraus allmählich und allmächtig wachsend, mußte erst die *Sitte* sich wiederherstellen, auf der allein die Rettung stand. Und in diesem Sinne, um dieses Heimweh und jenen Gedanken rechter Baukunst im Volke wieder zu wecken, unternahm er „des Knaben Wunderhorn", den fast verschollenen Klang der Herderschen Volksstimmen vertiefend, indem er ihn auf Deutschland konzentrierte. In gleichem Sinne auch verflocht er große Erinnerungen der Vorzeit, alte Sagen und Geschichten keck mit der Gegenwart, damit diese sich daran besinne, denn „nur Völker", sagt er, „die sich selbst nicht achten, können verächtlich mit den Gebeinen ihrer Voreltern verfahren". So namentlich im „Wintergarten" und in den „Appelmännern", wo das Grauen, die Ehre, Lust und Not, die den Befreiungskrieg geheimnisvoll vorbereiteten, und die verschiedenartigen Zustände und Stimmungen der Jugend, die ihn ausfocht, in einem alten Puppenspiele sich wunderbar abschildern: der wildschöne Vivigenius, „der gleich einem Riesen von einem Dach zum andern über die Gassen schreitet, und wo er tritt, da steigt ein heftig Feuer auf"; und der dichterische Theobald, der, von jenem mit in den Krieg hineingestürzt, von seinem Liebchen Abschied nimmt:

„Aller Liebe, allem Schaffen,
Allen innern Friedenswelten
Muß ich heute mich entraffen,
Denn das alles soll nicht gelten
Süße Reime, Liederklänge,
Fromme Bilder, laßt mich ziehen,
Wie ein Leichenzugsgepränge
Muß ich eure Freuden fliehen.

Sag' mir keine Abschiedsworte,
Trost ist nur in blut'ger Lehre,
Schließe deine Friedenspforte
Und bewahre deine Ehre;
Komm ich einst mit blut'gen Händen,
Mußt du dich nicht von mir wenden,
Wenn ich niemals wiederkehre,
Küss' mich heut zur letzten Ehre."

„Doch sind mir das die tüchtigsten Soldaten, die wissen und auch fühlen, was sie mit dem Frieden aufgegeben haben, die haben rechten innern Grund zum Kriege."
Alle Ritterlichkeit dieses Wesens und Strebens Arnims aber tönt in den Worten:

„Lerne in den Schmerzenstagen
Dieses höchste Erdenrecht,
Wie sich unsre Herzen schlagen
Hin zu göttlichem Geschlecht,
Das von droben regt in Schrecken
Tiefen Ernst der Erdenwelt,
Bis, erhöht durch das Erwecken,
Wir in Gleichheit ihm gesellt."

Die Kraft seiner Dichtung überhaupt ist ihr *ethisches* Element. Sie gibt sich zunächst kund als keusche Scheu vor aller Affektation, die selbst jeden konventionellen Schmuck der Poesie spröde verschmäht. „Diese Kunst ist schrecklich", sagt er, „die betrügt; die rechte Kunst ist wahr, sie heuchelt nie den Frieden, wo sie ihn doch nicht geben kann." Sie zeigt sich aber, gradezu im Gegensatz mit dem Geschmack von heute, besonders übermächtig als eine unwandelbare Gerechtigkeit der Weltanschauung, die ohne die geringste Ehrfurcht vor eignen oder fremden Götzen mitten durch das Getrampel, Geschrei und Gewirre der sogenannten Zeitgeister fest und unverzagt auf den Grund und die natürliche Figuration der Dinge sieht. Es ist darum, wie wir soeben mit einiger Verlegenheit empfinden, bei ihm schwieriger als bei andern Dichtern, ja überhaupt kaum geraten, zum Zeugnis seines inneren Wesens einzelne Stellen auszuheben, weil dieses Wesen hier nirgend in wohlgerundeten Sentenzen, wie Fettaugen, umherschwimmt, sondern vielmehr durch das Ganze seiner dichterischen Gestaltungen vertreten wird; man möchte seine Poesie eine historische nennen, wo, fast ohne Räsonnement, nur die poetischen Tatsachen reden. So geht ein tiefer, sittlicher Ernst tragisch durch seinen Roman von der „Gräfin Dolores", bloß durch die unwiderstehliche Gewalt der innern Wahrheit die ganze moralische Seele unserer sozialen Verhältnisse in den stillen, einfachen Kreis der Armut, des Reichtums, der Schuld und Buße der schönen Dolores bannend. Aller Friede und Segen der natürlichsten Herzenseinfalt blickt uns mit holländischer Reinlichkeit aus seinen „drei liebreichen Schwestern" an, welche durch die schöne Sage von der Mutter Gottes eingeleitet werden, wie sie dem armen, nachts im Walde verirrten Kinde Harzgulden aus den Sternen regnen läßt. In derselben Novelle aber hat er auch den häuslich-kräftigen König Friedrich Wilhelm mit seinem Normalzopf und Tabakskollegium sowie in „Halle und Jerusalem" das ehemalige Studetenleben, die Judenwirtschaft und die lüderliche Geistreichigkeit jener Zeit, die das Hohe und Gemeine durch Genialität vermitteln wollte, in festen, sichern Zügen umschrieben; ja, die Darstellung der verhängnisvollen Wetterscheide zwischen dem Mittelalter und der neuen Zeit in seinen „Kronenwächtern", obgleich meist mit erdichteten Personen und Begebenheiten, ist historischer als viele geistreich verzwickte Geschichtswerke. Und das alles eben nur, weil er unbefangen und unverfälscht gewähren läßt,

„Was uranfänglich, doch der Welt verbunden,
Was keinem eigen, was sich selbst erfunden,
Was unerkannt, doch nimmer geht verloren,
Was oft erstirbt und schöner wird geboren."

Eben dieses Historische aber, diese großartige Gerechtigkeit seiner Poesie, verbunden mit der ihm angeborenen Milde, bedingt zugleich sein Verhältnis zur Kirche und erklärt die merkwürdige Erscheinung, daß seine Dichtungen, obgleich er Protestant war und blieb, dennoch wesentlich katholischer sind als die der meisten seiner katholisierenden Zeit- und Kunstgenossen. Denn weil er so ohne Falsch und alle Lüge ihm ein Greuel war, so hat auch das Leben und dessen religiöse Grundlage in der Kirche sich ihm vertraulich und ohne Falsch gezeigt in seiner ursprünglichen Schönheit und Wahrheit; und es ist im Grunde die Kirche selbst, wenn er von ihren Bauwerken sagt: „Welche Einheit und Ausgleichung aller Verhältnisse, wie fest begründet alles an der Erde und doch alles dem Himmel eigen, zum Himmel führend, an seiner Grenze am herrlichsten und prachtvollsten geschlossen. Zum Himmel richtet die Kirche wie betende Hände unzählige Blütenknospen und Reihen erhabener Bilder empor, alle zu dem Kreuze hinauf, das die Spitze des Baues als Schluß des göttlichen Lebens auf Erden bezeichnet, das als die höchste Pracht der Erde, die sich dadurch zu unendlichen

Taten begeistert fühlt, einzig mit dem Golde glänzt, womit kein anderes Bild oder Zeichen neben ihm in der ganzen heiligen Geschichte, die der Bau darstellt, sich zu schmücken wagt." – Katholischer aber als die der andern nannten wir seine Poesie, weil sie mit der Kirche durchaus auf demselben christlichen Boden steht, weil sie von unedlem Leichtsinn sowie von dem modern-philosophischen Vornehmtun gegen Gott nichts weiß, und daher den Katholizismus weder willkürlich umdeutet, noch phantastisch überschmückt.

Zahlreiche in seinen Schriften zerstreute Äußerungen bezeichnen unwillkürlich diese Auffassung, den Ernst und die Unbefangenheit seiner religiösen Gesinnung. So kommt in „Halle und Jerusalem", unter vielen andern erbaulichen Dingen, ein Reisender vor, „der zieht in alle Welt und spricht vom Christentum in tausend Worten, aber seine Worte haben keine Kraft des ewigen Lebens, weil seine Liebe ohne Tat ist; von ihm kommen alle neuen poetischen Christen, ich rede von denen, die es nur in ihren Liedern sind." – Doch nicht bloß diese Phrasen-Koketterie, auch das altkluge Kokettieren mit Gedanken ist ihm zuwider. „Wir werden es häufig bemerken in unserer Zeit, daß Menschen der gebildeten Stände, die sich lange sehr religiös glauben, doch eigentlich die Religion nur als ein *Gedachtes,* als ein Nachdenken über die Welt bewahren, nicht als ein Notwendiges, Eingeborenes, Anerzogenes, nicht als einen Glauben; es gab für die meisten eine Zeit, wo sie viel dachten und der Religion vergaßen; ihr Spekulieren über die Religion hält selten gegen die Not und gegen das Glück aus; *beide* geben ihnen meist erst ihre feste Richtung, ihren eigentlichen Glauben." – „Wer seines Volkes Glauben im Glück leichtsinnig vergißt, in der Not verläßt, den wird Gott in seiner letzten Not vergessen und im Glück verloren gehen lassen." – „Die Tage vergehen schneller als die Nächte, endlich kommt eine Nacht, die keinen andern Tag kennt als die Erinnerungen; vergeßt auch nicht über das abenteuerliche Spielzeug dieses Lebens das ernste Werk des Zukünftigen." – „O sagt, was ist bei uns des Glaubens wegen noch geschehen? Ein jeder braucht ihn nur für sich in müßigen Augenblicken, die Welt hat keine Freude mehr an ihm. – Wir schämen uns des Wunderbaren in dem Leben und achten's nur in der Vergangenheit." –

„Leget ab des Hochmuts Sinn,
Wendet euch zum Armen hin:
Was ihr lerntet, half euch nicht
Zu dem ewig wahren Licht;
Doch wo viele sind beisammen,
Zeigen sich der Andacht Flammen,
Wie der Blitz, wo Wolk' an Wolke,
Zündet Andacht sich im Volke."

Seinen tiefsten Unwillen aber gegen die hochmütige Emanzipation des Subjekts, wo es die Vergangenheit ausstreichen und in rationalistischer Anmaßung die Weltordnung richten will, legt er seiner furchtbaren „Hausprophetin Melnik" in den Mund: „Reich der Vernunft? Wie soll die Vernunft in einem Augenblicke in die Welt kommen, nachdem sie in den tugendreichsten, tätigsten Jahrhunderten sich nur immer als eine seltene Fremde gezeigt hat, die sich kaum der drückendsten Not verständlich machen konnte und sich eben in der Begründung dieser Abstufungen weltlicher und geistlicher Gewalt zuerst äußerte? Denkt daran, daß diese Unterschiede unter Menschen notwendig waren, gegen die wir als Zwerge anzusehen im Schaffen und Entsagen. Was soll die Vernunft zu einer Tätigkeit erheben, wenn die vernünftigsten Menschen, die ihr auf Erden achtet, nichts tun und vollbringen als spekulieren und in diesen Spekulationen einander widersprechen? Ich sage euch, die Vernünftigen werden das Wort leihen müssen, um alle Unvernunft nicht bloß zur Sprache, sondern auch zur Tat zu bringen, und in dem Namen jener wird ge-

schehen, was diese verdirbt; eure hohe Bildung gibt grade dem höchsten Verderben, wo sie durchbrechen wird, den größten Spielraum." – Wer erschrickt nicht vor der schneidenden Wahrheit dieser Prophezeiung, die noch heute gilt! Wo ist hier eine Spur des schlaffen Quietismus, den eben jene nichtstuenden und nichts vollbringenden, spekulierenden Vernünftigen jetzt der Romantik aufbürden möchten? – „Reines Bild des jugendlichen Lebens", redet Arnim sodann seine Isabella von Ägypten an, „wir blicken zu dir und flehen, reinige uns von eingebildeten Leiden der Liebe und von angebildeten Sünden der Zeit; das Totengericht der Menschen soll uns nicht schrecken, aber wer scheut nicht die Totenrichter in sich selbst, die unerbittliche Strenge der Gedanken, die sich nicht täuschen lassen, wo wir anderen genügen, aber nicht der eignen Kraft; heilige Isabella, wehe Himmelsluft auf meine heiße Stirn, wenn ich Gericht halte über mich selbst!"
Mögen diese wenigen Züge genügen, an einen unserer edelsten Dichter zu erinnern und die Unabhängigkeit und Wahrhaftigkeit der Gesinnung zu bezeugen, die wir oben als seine hervorragende Tugend angedeutet haben. Dieselbe Unabhängigkeit aber bewahrte er sich auch als Künstler, er konnte mit Recht sagen:

Ihr Freunde wißt, daß ich von *keiner* Schule,
Daß ich um *keines* Menschen Beifall buhle;
Ihr wißt, daß wir uns oft um *Wahrheit* stritten,
Und keinen Irrtum an einander litten.
So nehmt dies Buch, es ist das schönste nicht,
Doch ist's empfangen und gereift am Licht,
Es ist sich selber keiner Schuld bewußt,
Und was ihm fehlt, das fehlt der Menschenbrust."

Daher hat er sich jederzeit ferngehalten von dem exotischen Formenspiel, welches damals das einfache Lied und „die blaue Blume" der Romantik üppig zu überwuchern drohte; er wollte seinen Pegasus reiten, aber nicht zureiten, und bezeichnet diesen selbst sehr treffend in dessen Zuruf an die Leser:

„Im flachen Land, durchfurcht zu gleichen Hügeln,
Bezwingt des Reiters Kunst des Rosses Tücke;
Am Alpenrande, in der Wolke Flügeln,
Vergehn dem Reiter alle sichern Blicke:
Er leitet nicht, er hält sich an den Zügeln,
Und reißt das sichre Roß in Mißgeschicke.
Es trägt nur freie Kraft durch's hohe Leben.
Vertrauend soll sich jeder ihr ergeben.

Ihr Freunde, traut mir heute ohne Klügeln,
Ich bin den Wunderweg nun oft gegangen,
Laßt *mir* die Zügel, haltet euch in Bügeln;
Denn wißt, wo euch der Atem schon vergangen,
Da fühlte ich das Herz sich froh beflügeln,
Da hat es recht zu leben angefangen.
Ein Wunder ist der Anfang der Geschichte,
Ein Wunder bleibt sie bis zum Weltgerichte."

Seine Poesie ist wie ein schlanker Baum auf der Höh über einem blühenden Abgrund, fliegende Morgennebel flattern wie Schleier vom Wipfel, Waldvögel mit fremden Ton singen darin und die Bienen summen sommerschwül durch die duftigen Zweige, während manche verirrte Taube oben silbern vorübersäuselt und Schmetterlinge wie abgewehte Blüten über der schimmernden Tiefe schweben; unten aber sind die rauschenden Länder aufgerollt, blaue Gebirge, Ströme, Städte, Wälder und die vorüberziehenden Geschlechter der Menschen, bis weithin, wo das Meer aufblitzt und die weißen Segel verschwinden. Wer nicht schwindlig, mag sich getrost in den wiegenden Wipfel zum Dichter setzen, er weist ihm ohne viel Worte all die Herrlichkeit der Welt und nennt ein jedes bei seinem rechten Namen; und wo sie unten, um ihre goldnen

Kälber tanzend, zu viel Staub gemacht, hebt er leise die falschen Nebel, daß durch den Riß der Wolken der Finger Gottes wieder sichtbar wird. Bei solcher kursorischen Weltschau erblicken wir freilich zumeist nur die leuchtenden Gipfel der Erde und atmen nur den Duft der Frühlingsgärten, wie ihn eben der Wind heraufweht; aber was wäre denn die Poesie, wenn nicht eben erfrischende Anregung und Erweckung? Kein Dichter gibt einen fertigen Himmel; er stellt nur die Himmelsleiter auf von der schönen Erde. Wer, zu träge und unlustig, nicht den Mut verspürt, die losen, goldenen Sprossen zu besteigen, dem bleibt der geheimnisvolle Buchstabe doch ewig tot, und ein Leser, der nicht selber mit und über dem Buche nachzudichten vermag, täte besser, an ein löbliches Handwerk zu gehn, als so mit müßigem Lesen seine Zeit zu verderben. Wenn daher Arnim so wenig genannt und erkannt worden, so liegt wahrlich die Schuld weniger in seiner Art als in der Unart und Schwerfälligkeit des Publikums, das in Ernst und Scherz sich in seinen gewohnheitsseligen Alltagswerken und Vorurteilen nur ungern gestört fühlt.

Tieck

Bei weitem bekannter und berühmter als Arnim ist *Ludwig Tieck* (geb. 1773). Was der gedankenvolle Novalis nur hieroglyphisch angedeutet, hat Tieck mit bewundernswerter Gewandtheit und aller Pracht eines glänzenden Talents in die Poesie wirklich eingeführt. Die Revolution gegen die aufgeblasene Weltprosa, die dort noch als wissenschaftliche Polemik erscheint, ist, wie mit einem Zauberschlage, in Tiecks verkehrter Welt, im gestiefelten Kater, im Zerbino, zum selbständigen Kunstwerk geworden. Ebenso künstlerisch hat er die, bei Novalis fast nur allegorische, Mystik des Naturlebens in das gewöhnliche Menschentreiben zu verflechten gewußt und gleichsam den Text zu dem wunderbaren Liede jener dunklen Mächte aufgefunden; so im Runenberg, in den Elfen, im Rotkäppchen, und vor allen in dem unvergleichlichen Märchen vom blonden Eckbert, wo die Natur wie im Traume redet von ihren tiefsten und lieblichsten Geheimnissen. Auch jener Tiefsinn, womit Friedrich Schlegel die Einheit der Liebe und der Wissenschaft darzustellen suchte, macht bei Tieck in anderer Weise als Einheit der Liebe und der *Kunst* sich geltend:

„Süße Liebe denkt in Tönen,
Denn Gedanken stehn zu fern;
Nur in Tönen mag sie gern
Alles, was sie will, verschönen.“

Er tönt als Sehnsucht durch alle seine Dichtungen, wo die Liebe, wie eine Nachtigall mitten in dem blühenden, funkelnden Frühling um die Vergänglichkeit der Schönheit rührend klagt und nur die Schönheit dieser Liebe selbst unvergänglich ist. „Nicht die Schönheit meiner Geliebten ist es ja allein“, sagt er, „die mich beglückt, nicht ihre Holdseligkeit allein, sondern vorzüglich ihre Liebe; und diese meine Liebe, die ihr entgegengeht, ist mein heiligster, unsterblichster Wille, ja meine Seele selbst, die sich in diesem Gefühle losringt von der verdunkelnden Materie; in dieser Liebe seh und fühl ich Glauben und Unsterblichkeit, ja den Unnennbaren selbst inmitten meines Wesens und alle Wunder seiner Offenbarung. Die Schönheit kann schwinden, sie geht uns nur voran, wo wir sie wiedertreffen, der Glaube bleibt uns. O mein Bruder, gestorben, wie man sagt, sind längst Isalde und Sygüne, ja, du lächelst über mich, denn sie haben wohl nie gelebt, aber das Menschengeschlecht lebt fort, und jeder Frühling und jede Liebe zündet von neuem das himmlische Feuer, und darum werden die heiligsten Tränen in allen Zeiten dem Schönsten nachgesandt, das sich nur scheinbar uns entzogen hat und aus Kinderaugen, von Jungfrauenlippen, aus

Blumen und Quellen uns immer wieder mit geheimnisvollem Erinnern anblitzt und anlächelt, und darum sind auch jene Dichtergebilde belebt und unsterblich. – So halte ich die Kunst für ein Unterpfand unserer Unsterblichkeit, für ein geheimes Zeichen, an dem die ewigen Geister sich wunderbarlich erkennen; der Engel in uns strebt sich zu offenbaren und trifft nur Menschenkräfte an, er kann von seinem Dasein nicht überzeugen und wirkt und regiert nun auf die lieblichste Weise, um uns, wie in einem schönen Traum, den süßen Glauben beizubringen. – Was der Weise durch Weisheit erhärtet, was der Held durch Aufopferung bewährt, ja, ich bin kühn genug, es auszusprechen, was der Märtyrer durch seinen Tod besiegelt, das kann der große Maler durch seinen Pinsel auswirken und bekräftigen."

Eine durchaus katholische Weltanschauung endlich waltet in seinem unstreitig vollendetsten Werke, in der Genoveva, bis in den kleinsten Beischmuck hinab. Das Ganze wird vom Prolog und Epilog des heiligen Bonifatius, wie ein Altarbild von altkirchlichen Goldrahmen eingefaßt; die Verherrlichung der Kirche ist der geheimnisvolle Mittelpunkt, um den alles gläubig oder widerstrebend sich bewegt. Genoveva selbst erscheint von vornherein nicht etwa als bloße moralische Ehefrau, sondern als die Kirchen-Heilige, die Gott geweihte Märtyrerin, welche Christus, im Traume ihr die weiße Rechte reichend, sich zur Braut erkoren und ihr das bevorstehende Leiden verkündet hat.

„Sie aber ging auf lichterfüllten Wegen
Der schönen Dornenkrone dort entgegen,
Das Land verehrt sie im gemalten Bilde.

Die Heil'gen sind es, die den Himmel stürmen,
Das Paradies sich neu zu eigen machen,
Das uns verloren hat Adam und Eva.

Nun beten Fromme, wann sich Wetter türmen,
Im harten Kampfe mit dem alten Drachen:
Ora pro nobis sancta Genoveva!"

Allein mitten unter diesen glühenden Paradiesesblumen lauert auch schon die Sünde und der Tod der Romantik. Um dies klarzumachen, müssen wir, zu Tiecks Anfängen zurückkehrend, ihn auf seinem weiteren Entwickelungsgange verfolgen, wozu uns seine eignen, überall zerstreuten Bekenntnisse hinreichend Weg und Richtung weisen. – „Schon früh", sagt er, „in jener Zeit, wenn die meisten Menschen fast unbewußt ihrer Jugend froh genießen, führte mich mein Gemüt zu den ernstesten und finstersten Betrachtungen. Unbefriedigt von dem Unterrichte, den ich von Lehrern und Büchern erhielt, versenkte sich mein Geist in Abgründe, die zu durchirren und kennenzulernen wohl nicht die Aufgabe unseres Lebens ist. Ein vorwitziger, kecker Zweifel, ein unermüdliches, finsteres Grübeln hatten für mich den Baum des Lebens entblättert. Als ein Genosse meiner Zeit hatte ich mich jenen freien Geistern zugewendet, die der Religion nicht bedürfen." – Und diese skeptische Natur erscheint auch wirklich mit aller jugendlichen Herbigkeit in seinem *William Lovell* und im *Abdallah*, wo Weltverachtung, Haß und Egoismus sich als Genialität brüsten, so wie denn überhaupt seine frühesten Schriften noch keineswegs über das Gewöhnliche hinausgehen.
„Indem ich aber", fährt er fort, „von selbst getrieben, nach Vollständigkeit oder Umsicht strebte, entwirrte sich aus der Liebe zur Poesie eine Sehnsucht zum Religiösen. – Nur in der Poesie erkannte ich die Mystik und das Heilige, hier durften mir jene nüchternen Frevler keine Laube und keinen Baum zerstören. – Freilich hört man nun auch von denen, die übertreiben (und in aufgeregten Zeiten sind es nicht grade die schwächsten Geister), es dürfe keiner Calderon oder Raffaels Madonnen bewundern, wenn er nicht Ernst mache und selbst auch glaube, wie die ka-

tholische Form der christlichen Kirche es will und gutheißt; andere wenden sich neuerdings von den poetischen Gestaltungen, die sie wieder, wie zu den Zeiten der Wiedertäufer, Götzendienst nennen, mit Unwillen hinweg. – Der Dichter aber ist zum Glück frei und braucht sich als solcher um diesen theologischen Streit und Widerstreit nicht zu kümmern. Sonderbar ist es, wenn man ihm anmuten will, daß seine Phantasie, wie Laune und Eingebung ihn regiert, nicht den Göttern des Olymp huldigen soll; wenn manche die Begeisterung, die uns die herrlichen römischen Elegien erzeugte, oder die Götter Griechenlands, zur Sünde rechnen, die, wenn ältere Zeiten wiederkehren dürften, wohl gar Kirchenbuße nach sich ziehen möchte. Dieselbe Beschränktheit ist es, den großen Gestalten und glänzenden Erscheinungen, die die katholische Form des Christentums in Kultus, Legende, Wundersage, Poesie, Malerei und Architektur entfaltet und erschaffen hat, das Auge verschließen oder gar dem Dichter verbieten zu wollen, sich dieses Reiches zu bemächtigen."
Unangenehm überrascht erkennt man also in dieser Umkehr und in der Begeisterung, wie sie z. B. in der Genoveva aufleuchtet, nicht sowohl die Gewalt religiöser Gefühle und Überzeugungen als vielmehr das poetische Formen-Bedürfnis eines wähligen Talents; und man erstaunt über die kühle, schlanke Fügsamkeit dieses Talents. Er selbst sagt in der letzteren Beziehung von sich: „Oft wird mir angst, wenn ich meine schnelle Fühlbarkeit sehe, mich in alle fremden Gedanken und Zustände nur zu leicht hineinzudenken, so daß mir oft, auf Augenblicke und Stunden, wie mein Selbst verdämmert; oder erinnere ich mich, durch welche Flut wechselnder Gedanken und Überzeugungen ich gegangen bin, so erschrecke ich, und mir fällt Humes Behauptung ein, daß die Seele nur ein Etwas sei, an dem sich im Fluß der Zeit verschiedenartige Erscheinungen sichtbar machten. – Bei meiner Lust am Neuen, Seltsamen, Tiefsinnigen, Mystischen lag auch stets in meiner Seele eine Lust am Zweifel und der kühlen Gewöhn-

lichkeit und ein Ekel meines Herzens, mich freiwillig berauschen zu lassen."
Es kann hiernach kaum mehr befremden, wenn er „mit frevlem Leichtsinn", wie er sagt, sich nun auch zu den Mystikern, vorzüglich zu Jakob Böhme, wandte und nur von hier aus das Christentum verstehen wollte. Aber diese Studien bedeckten ihm die heitere Welt und sein Gemüt mit Finsternis. „So", sagt er weiterhin, „waren einige Jahre geschwunden, als Homer – und vorzüglich wohl mein sich regendes Talent mir im Verzweifeln neuen Leichtsinn gab, und fast ebenso leichtsinnig, wie ich in dies Gebiet hineingeraten war, versetzte ich mich durch einen einzigen Akt der Willkür wieder hinaus und stand nun wieder auf dem Gebiet der Poesie und der Heiterkeit."
Als er nun aber so leicht und willkürlich in die Intentionen der Romantik eingegangen, mußte jene Doppelnatur, jene kühle Lust am Tiefsinnigen und am Gewöhnlichen, an der Mystik und am Zweifel notwendig mit der von Novalis und Friedrich Schlegel gar ernst gemeinten Romantik selbst in immer bedenklicheren Zwiespalt geraten und, weil sie eben nur Lust war, endlich in jene feine Ironie umschlagen, die uns überall absichtlich herausfühlen läßt, daß der Autor an alles das, womit er so geistreich spielt, eigentlich doch selber nicht glaube.
Diese doppelgängerische Ironie geht im „Leberecht" noch mit gemütlich breiter Behaglichkeit um, etwa in der Weise, wie einst Veit Weber seine Volksmärchen dem gebildeten und aufgeklärten Leser mundrecht zu machen glaubte. Im „Phantasus" weht sie uns schon feiner als Teeduft einer ästhetischen Abendgesellschaft über die Waldeinsamkeit der eingestreuten wundervollen Märchen an. Lauter vornehme, gelehrte, witzige Leute paralysieren mit ihrer geistreichen Konversation die wilden Naturlaute, die da von Zeit zu Zeit aus jener Einsamkeit träumerisch herüberschallen; es ist oft, als sähen wir Hamlets Geist, bevor er hervortritt, zwischen den Kulissen plaudern und sich von genialen Damen den Mantel malerisch drapieren las-

sen. Sie äußert sich ferner als poetische Indifferenz in bezug auf das eigentlich religiöse Element der Romantik; und es ist wohl nicht ohne innere Bedeutung, daß z. B. im „Octavian" der Glaube als bloße Allegorie erscheint, und in der „Genoveva" die Andacht sich hinter berauschende Blumensträuße der künstlichsten ausländischen Versmaße flüchtet, welche dem durchaus volkstümlichen, einfachrührenden Inhalte völlig fremd sind und nur dazu dienen, den Mangel an Unmittelbarkeit des Gefühls zu verhüllen. Er spricht es selbst, im Phantasus, noch deutlicher aus: „Wir können den heiligen Wahnsinn der großen Religionshelden bewundernd beweinen, und doch kann ein geheimes Lächeln über der Verehrung schweben, denn diese seltsame Regung erhebt sich zugleich mit allen Kräften aus den Tiefen der Seele; wir fühlen, wie so vielen Gemütern das, was wir anbeten, nur belachenswert sein dürfte, und weil diese vor den Augen des äußeren Verstandes nicht unrecht haben und sich für diesen Zweifel auch eine geheime Sympathie in unserem innersten Wesen regt, so eilen wir so dringender mit unserer Verehrung und unserm Mitleid hülfreich und rettend hinzu, um in angstvoller Liebe an dem Gegenstande unserer Bewunderung ein höheres Recht auszuüben. Der alte Ausdruck von den Helden der Religion: ‚sie haben sich zu Toren gemacht vor der Welt', ist vortrefflich." – Wer könnte bei diesen bedenklichen Worten sich des Gefühls erwehren, als wandle den Dichter eine geheime Angst und Scheu an, durch allzu gewagte Religionsmanifestation sich selbst zum Toren vor der Welt zu machen? Ja im Verlauf der Jahre, als die jugendliche Lust des Dichters am Wunderbaren mehr und mehr erkaltet, tritt jene ironische Doppelsinnigkeit immer unverhüllter hervor. Während er z. B. in seiner Novelle: „Eigensinn und Laune" mit dem frischen Winde des Witzes die Freibeuter der neuesten Literatur, welche die Emanzipation der Frauen einschmuggeln wollen, niederzusegeln unternimmt, hat er in seiner „Vittoria Accorombona" selber die Flagge dieser Freibeu-

ter aufgezogen und das emanzipierte Weib verherrlicht. Diese Vittoria, die doch mit unverkennbarer Liebe groß und gewissermaßen als Vorbild gezeichnet ist, sagt u. a. von der „hergebrachten Ehe“: „Wie soll ich glauben, daß eine priesterliche Weihe, eine Zeremonie, dieses elende Verhältnis heiligen könne? Nur für das blöde Auge der Menge, für zünftige Priester, für jammervolle alte Gevatterinnen kann zwischen der privilegierten und scheinbar verbotenen Verbindung ein Unterschied stattfinden. – Und ist dies Gefühl (die Liebe), diese Verbindung, die aus ihr entspringt, nicht die allernatürlichste der Welt? – Als wenn das nicht höhere Würde, Tugend und Unschuld wäre, so frei zu denken, zu fühlen und zu sprechen, wie es freilich denen nicht erlaubt ist, die die Gemeinheit in ihrem Inneren empfinden.“ – Also eigentlich doch wieder eine exzeptionelle Winkel-Religion für die hohe Aristokratie des Geistes!
Aber eben hier, in dem Lebensnerv der Romantik, erweist sich das heimlich Nivellierende jenes Verfahrens am gefährlichsten. Tieck eifert zwar gegen die Meinung, als solle das poetische Werk durch diese Ironie sich selbst wieder aufheben. „Wie (anders, als Ironie)“, fragt er, „wollen denn Kritiker oder Philosophen jene letzte Vollendung eines poetischen Kunstwerks, die Gewähr und den höchsten Beweis der echten Begeisterung, jenen Äthergeist, der, so sehr er das Werk bis in seine Tiefen hinab mit Liebe durchdrang, doch befriedigt und unbefangen über dem Ganzen schwebt und es von dieser Höhe nur (so wie der Genießende) erschaffen und fassen kann, nennen?“ – Diese Auffassung ist allerdings, wie auch Solger im Erwin nachgewiesen hat, vollkommen richtig in bezug auf das Verhältnis des Dichters zu der formellen Behandlung seines Kunstwerks; nicht aber, wo der Inhalt oder Geist der Dichtung ein christlicher sein soll, in seinem Verhältnisse zum Christentum, das eben kein bloßes Kunstwerk ist; hier ist der Dichter kein Erschaffender, kein Genießender, sondern ein Empfangender, ein Glaubender. Die Re-

ligion, wie sie Novalis und Friedrich Schlegel auch wirklich auffaßten, ist vielmehr selbst jener Äthergeist, jene höhere, wehmütige Ironie alles Irdischen und aller Kunst, und solche Ironie, ironisch gehandhabt, hebt in der Tat sich selbst wieder auf.
Nirgends daher entdecken wir bei Tieck eine konfessionelle Entschiedenheit; seine eigentliche Herzensmeinung entschlüpft uns jederzeit in einem dramatischen Kampfe der entgegengesetztesten Ansichten; und scheinbar mit derselben Begeisterung, womit er in seinen mittelalterlichen Dichtungen der katholischen Weltansicht huldigt, vertritt er auch die protestantische im „Aufstand in den Cevennen", die, obgleich später erschienen, doch nach seiner eigenen Angabe mit jenen gleichzeitig entworfen und zum Teil auch ausgeführt ist. Eine Neutralität, welche die Romantik, diese Todfeindin aller Neutralität, notwendig an der Wurzel angreifen mußte. – Darum aber ist Tieck auch so unübertroffen in seinen schon oben erwähnten Spottkomödien, weil eben hier die Ironie selbst die poetische Seele des Ganzen wird, wo alles Ordinäre der Welt unbewußt sich selbst vernichtet, ohne gemeine Satire oder Reflexion, sondern einzig durch die unauslöschliche Lächerlichkeit seines eigenen Pathos. – Späterhin hat sich diese Ironie endlich ganz freigemacht in seinen neuesten Novellen, wo sie fast dialektisch die Gedankenwelt der Gegenwart überschwebt, die aber auch keineswegs mehr romantisch sind.

Werner

Werner ist ein durchaus subjektiver Dichter; seine Verirrungen, seine Reue, sein Schmerz und sein Sehnen sind seine Poesie. Läßt er selbst doch eine seiner Kanzonen sagen:

„Ich bin, man weiß es, spricht sie, vielem Sprechen
Nicht eben feind; doch, soll ich was erzählen:
'nen Lebenslauf, Tragödie und so ferner;
So mag ich mich auch noch so ängstlich quälen,
Ich kann mich immer meiner nicht entbrechen,
Ich bin und bleib' in allem immer – Werner!"

Bei dieser innigen Durchdringung von Dichten und Leben, die fortwährend einander wechselseitig bedingen und erklären, ist es daher nötig, wenigstens die Hauptzüge des letzteren hier kurz zu erwähnen, ohne welche manches seiner Gedichte kaum verständlich wäre.

Friedrich Ludwig Zacharias Werner, im Jahre 1768 zu Königsberg in Preußen geboren, hatte sehr früh seinen Vater verloren. Um so bedeutender mußte hiernach der Einfluß der Mutter auf ihn sich geltend machen, nicht sowohl durch eine sorgsam geregelte Erziehung, als durch ihr ungewöhnliches, eigentümliches Wesen. Hippel und Hoffmann rühmen sie als eine mit Geist und Phantasie hochbegabte Frau, die jeden Gegenstand mit Adlerblicken durchschaute, und Werner selbst nennt sie eine reine, heilige Kunstseele und Märtyrerin von dem hellsten, nur durch eine zu glühende Phantasie unterjochten Verstande. Eine langjährige Gemütskrankheit, in der sie sich für die Jungfrau Maria und ihren Sohn für den Weltheiland hielt, endigte 1804 ihr Leben. Ihr Tod hatte Werner auf das heftigste erschüttert; er schrieb damals an einen Freund: „Die Gottheit schlägt mit einem eisernen Hammer an unser Herz, und wir sind mehr als Stein, wenn wir das nicht fühlen, toller als toll, wenn wir uns nicht schämen, uns vor dem Allgewaltigen in den Staub werfen, unsre ganze, so höchst miserable Persönlichkeit zu vernichten, in dem Gefühle seiner unendlichen Größe und Langmut." – Auch bewahrte er ihr Andenken mit rührender Treue bis zu seinem Tode, und ihr Bildnis mußte mit ihm in den Sarg gelegt werden.

Unter ihren Augen hatte Werner in seiner Vaterstadt die

Rechte studiert, und bekleidete dann mehrere Jahre hindurch das Amt eines Kammersekretärs bei der k. pr. Domänen-Kammer zu Warschau, wo er sich mit *Mnioch* und *Hitzig* befreundete und mit seinem Landsmann und ehemaligen Schulkameraden, dem bekannten Dichter *Hoffmann*, wieder zusammentraf. Seine im J. 1805 erfolgte Versetzung als Geheimer Sekretär nach Berlin aber führte ihn endlich in die größere literarische Welt ein; durch den Ruf, den ihm seine „Söhne des Tales" erworben, kam er dort mit Fichte, Johannes v. Müller, A. W. Schlegel, Alexander v. Humboldt und andern Koryphäen der neuen Bildung in persönliche Berührung, während Iffland die eben vollendete „Weihe der Kraft", selbst die Rolle des Luthers übernehmend, mit lebhaftem Interesse auf die königliche Bühne brachte.

Im Verlauf dieser wenigen Jahre hatte inzwischen Werner bereits drei Ehen ebenso frevelhaft-leichtsinnig geschlossen als gelöst. Die letzte wurde bald nach seiner Ankunft in Berlin mit beiderseitiger Zustimmung getrennt, weil – wie er an Hitzig schrieb – von dem jungen Weibe, das er übrigens bis zu seinem Lebensende innig liebte und verehrte, nicht mehr mit Recht zu fordern sei, daß sie mit ihm glücklich leben solle. „Ich bin wohl", sagt er, „kein böser Mensch, aber ein Schwächling in vieler Rücksicht (denn Gott stärkt mich auch in mancher), ängstlich, launenhaft, geizig, unreinlich; Du weißt's ja! Immer in meinen Phantasien, in Geschäften; *hier* nun vollends, in Komödien, in Gesellschaften, hatte sie mit mir keine Freuden. Sie ist unschuldig! Auch *ich* bin es vielleicht; denn kann ich dafür, daß ich so bin?"

Bald darauf aber stürzte die preußische Monarchie äußerlich zusammen, um sich innerlich zu besinnen und kräftiger wieder aufzubauen. Die übermütige französische Wirtschaft verleidete ihm den fernern Aufenthalt in Berlin. Seine drei Ehen waren kinderlos geblieben, ein kleines, von der Mutter ererbtes Kapital sicherte ihm notdürftig eine unabhängige Stellung; und so entsagte er im J.

1807 seinem Amte und folgte der angeborenen Wanderlust, die Schweiz, Frankreich und Deutschland nach allen Richtungen durchstreifend. Auf diesen Fahrten sind es vorzüglich drei Begegnisse, die ihn leuchtend und erwärmend berührten: die persönliche Bekanntschaft Goethes, „dieses universellsten und klarsten Mannes seiner Zeit", den er bis zum Tode als seinen großen Meister anerkannte. Sodann ein mehrmonatlicher Aufenthalt bei der Frau von Staël auf ihrem Landsitze Coppet am Genfersee in dem Kreise geistreicher Freunde, unter denen er besonders A. W. Schlegel ehrend nennt. Und endlich die väterliche Freundschaft des Fürsten Primas von Dalberg, der ihm ein Jahrgehalt von 1000 Gulden zuwandte, welches ihm nach Dalbergs Tode vom Großherzog von Weimar fortgewährt wurde.
Den eigentlichen Wendepunkt seines Lebens aber bildet Rom, wo er im J. 1811 zum katholischen Glauben zurückkehrte. Nach einem fast vierjährigen Aufenthalte daselbst, den er zum Studium der Theologie benutzte, verließ er Italien für immer, trat in das Klerikal-Seminar zu Aschaffenburg und empfing dort am 16. Juli 1814 die priesterlichen Weihen. Seitdem lebte er, ohne bestimmte Anstellung, mit geringen Unterbrechungen in Wien treu und ausschließlich seinem geistlichen Berufe bis zu seinem im J. 1823 erfolgten Tode.
Es ist vielleicht kein Romantiker im Leben und noch im Grabe so unverständig oder boshaft verunglimpft worden als Werner. Der Grund liegt wohl darin, daß man ihn meist einseitig bloß vom ästhetischen Standpunkte aus beurteilt, während bei Werners Individualität seine poetische Bedeutung durchaus nur in beständiger Beziehung auf seine religiösen Intentionen gewürdigt werden kann, diese aber vielen völlig fremd oder verhaßt sind und deshalb leichthin als konfuser Mystizismus abgefertigt werden. Es lohnt daher wohl der Mühe, die Akten, auf welche seine gewöhnliche Verdammung sich begründen will, noch einmal treu und gewissenhaft zu prüfen.

In Werners innerem Leben, das aus seinen eignen, unumwundenen Geständnissen in Briefen und Gedichten offen vor uns liegt, begegnen uns allerdings fast schreckhaft zwei scheinbar unversöhnliche Erscheinungen: eine glühende, oft ans Gemeine, ja Verruchte streifende Sinnlichkeit neben einem tiefen religiösen Gefühl; und dieser Gegensatz und seine versuchte Lösung ist der eigentliche Kern und Inhalt seiner Poesie, die daher durchweg etwas Tragisches hat; ein unausgesetztes Ringen mit wilder irdischer Leidenschaft und Weltlust, der er frühzeitig verfallen, gleichsam ein schwarzes und ein weißes Roß dicht nebeneinander gespannt, die ihn immer weiter nach dem Abgrunde fortrissen, vor dem ihm graut. Dieser zerrissene Zustand spiegelt sich, unter vielen andern Gedichten, in seinem „Rheinfall bei Schaffhausen":

„Rasselnd Gewässer, was rasest du? – ‚Fort!' –
Wohin? – ‚Nach dort, sonder Rast, mit Qual,
In's brennende Tal! Es rasselt uns nach;
Uns jagt zum Brautgelag brausende, sausende
Grauslust, zu schwelgen an Bräutigams Brust.' –
Es ist euch bewußt, ihr kosenden, wogenden
Silberne Bogen umwälzende Jungfraun,
Mein seliges Graun! Ach könnt' ich mich sammeln
Und stammeln, und lallen, durchs mächtige Schallen
Der Wässer, von allen Gefühlen das eine:
Warum ich, im Scheine der wallenden, fließenden,
Froh sich ergießenden, feurigen Fluten,
Die Gluten der freudigen Tränen jetzt weine! –
‚In dir sind wir dein, wir schliefen
In Tiefen von dir sonder Reuen, die Treuen!
Doch erschreckt, und geweckt durch die Pein deiner Sünden
Entzünden wir uns in dem Abgrund; und ringen
Und dringen, mit Klingen, durch weinende Schuld,
Zum Heiland, der wieder uns finden, umwinden,
Entsünden uns wird; drum wir jauchzen und schrein,

Den Bräutigam zu weihn; drum wir rauschen und ringen,
Zu schlingen von außen und innen ihn ein!' –
Rasselnde, träumende Töchter vom ewigen Schaum,
Nehmt mich mit aus dem Raum, aus der Arbeit der Zeit,
In die Ewigkeit! – ‚Was heischest du?' – Ruh!
Und sie lachen dazu."

Auf diesen seinen Gemütszustand werden wir jedoch weiter unten noch einmal zurückkommen und wollen hier vorläufig nur bemerken, daß seine Schriften sich von aller Mitschuld rein gehalten; da ist keine Spur von Lüsternheit, von Beschönigung oder ästethischem Hätscheln der Sünde; der Teufel wird überall bei seinem rechten Namen genannt, ganz im Gegensatze von Wieland, der sittlich lebte und lüderlich schrieb. Sehr natürlich. Denn neben diesen Ausschweifungen, sagten wir, geht durch Werners Leben und Dichten vom Anbeginn bis zum Ende der feurige Faden eines durch alle Verwandlungen immer mächtiger waschsenden religiösen Gefühls, und zwar nicht etwa als poetisches Motiv und Beiwerk, sondern als der Ernst und die Seele des Ganzen. In seinen Jünglingsgedichten zwar bis zum J. 1790 stimmt auch er in den rationalistischen Jargon seiner Zeit noch mit ein und singt von Aberglauben, Frömmelei, heiliger Dummheit und Jesuiterei; doch auch damals widerstrebend, ringend:

„Wie auf Wogen Wogen sich erheben,
Türmen Zweifel jetzt auf Zweifel sich,
Hoffnung winket – Zweifel widerstreben,
Ich vergehe – Vater – rette mich!"

Unterdes aber hatten Novalis, Schlegel und Tieck schon ihr Tagewerk rüstig begonnen und, wie in der bessern Jugend überhaupt, auch in Werner aus der Ferne die schlummernden Kräfte zum Bewußtsein gebracht, der nun plötzlich auf dem angeborenen Boden steht, um ihn nie wieder zu verlassen. Er erkannte nämlich sogleich das religiöse Element der Romantik als ihre eigentliche Bedeutung und die Förderung dieses Elements als *seine* Lebensaufgabe dabei. Die Poesie hatte ihm von jetzt ab nur Gültigkeit, insofern sie, mit Religion und echter Liebe eine „Dreieinigkeit" bildend, für die letzten Zwecke der Menschheit wirkt, die höher sind als alle Poesie, wo durch das allen Egoismus vernichtende *Gefühl* die Moral Notwendigkeit und der Verstand Anschauung wird. „Kunst und Religion" – schreibt er 1802 an seine Freunde –, „sollen, meiner Meinung nach, das Herz, wie ein Gefäß, durch Anschauen des Schönen und des Universums, nur reinigen, so weit, daß es für die höheren Wahrheiten der Moral *empfänglich* ist; nicht dem Herzen diese Wahrheiten selbst eintrichtern. – Nun sind aber die Herzen der Alltagsmenschen kalt; sie müssen also durch Bilder des Übersinnlichen erst entflammt werden, wenn ich so sagen soll, wie ein irdenes Gefäß *ausgeglüht,* ehe die reine Milch der Moral in sie gegossen werden kann. Das ist mein kurzes Glaubensbekenntnis über Kunst, die mir selbst nicht flüchtiges Amüsement, sondern Leiterin durch das Leben geworden ist. – Wer ist *Künstler? – der,* welcher durch ein Chaos von Regeln, Studien, Rücksichten und was weiß ich alles eingezwängt, die er doch, er sei noch so genialisch, nicht überspringen kann, in Worten, Tönen, Farben das Geringste nachzuklimpern sucht, was der gewöhnliche *Religiöse* in Minuten der Weihe empfindet; oder *derjenige,* der sich und sein Inneres, wie eine Äolsharfe, dem schönen Sausen der harmonischen Schöpfung darbietet und sich von ihm durchströmen läßt? O nur diese Luftströme sind die verdünnte Lebensluft, die dem Kranken von seinem höchsten Arzte gereicht wird zum Labsal. – Der sogenannte Dichter ist nichts, ist weniger als der Schreiber oder der Kanzellist, wenn er sich damit begnügt, in schön gestochenen Silben seinen Nebenmenschen zu amüsieren. Der Geist des Ganzen macht es aus, der hohe, göttliche Geist, den der Dichter als *Priester der Gottheit* verbreiten soll in der Welt. – Ich kann Dir, so wahr Gott lebt, schwören, daß ich die Kunst bloß aus dem höheren Gesichtspunkte, insofern sie uns Ahnungen der Gottheit gibt, betrachte und daß es mir nicht darum zu tun ist, Bücher zu schreiben und einen flüchtigen Beifall zu gewinnen; sondern *darum*, wenn auch nur wenige Gemüter für das Heilige zu gewinnen, was die Welt nicht kennt. Das ist, so wahr Gott lebt, nicht Affektation, sondern wirklicher Ernst."

Bei solchem Ernste aber ist, wie er selbst hinzufügt, Proselytenmacherei sehr natürlich; wie der einzelne Dichter ein Missionär in diesem Sinne, so sollten alle ausgezeichneten Geister eine Propaganda zur religiösen Erhebung der Menschheit bilden. „Ich versichere und beteuere Dir", schreibt er 1803 an Hitzig, „daß ich alle poetische Lorbeerkronen für die Freude hingäbe, nicht etwa Stifter, bloß Mitglied einer echt religiösen Sekte zu sein, denn ich bin überzeugt, daß das die Hauptsache ist, warum es der Welt not tut, und daß alle Kunst nur Propyläen zu diesem Endzweck. – Was könnten *zehn* gefühlvolle, reine, begeisterte Jünglinge, zu *einem* Zwecke verbündet, mit der Welt in religiöser Hinsicht machen, wenn sie weniger schreiben und mehr tun wollten, und wenn es möglich wäre, noch *junge* Leute zu finden. – Daher tut es mir in der Seele weh, wenn ich die herrlichen Kräfte der neuen Menschen, des Schlegel, des Tieck, des Schleiermacher usw. verschwendet, den einen eine Komödie, den andern ein Journal, den dritten romantische Dichtungen, Sonetts und Gott weiß was liefern sehe, sie von großen Zwecken, wie die Franzosen von der Landung in England, prahlen höre und doch keine ernste Tendenz, keine verbundene Harmonie zu dem großen Ziele, keine Realisierung der göttlichen Idee einer geselligen Verbindung edler Freunde zum höchsten Zwecke erblicke, wie Schlegel sie im ersten Heft seiner Europa so schön andeutet. Alles poetische Andeuten von hohen Verbindungen, anbrechender Morgenröte usw. kann nichts helfen; *geben* muß man der Welt, der jämmerlichen, von Gott entfremdeten Welt das

Beispiel einer solchen Verbindung, in Prosa, in Natura; sie mag Sekte, Orden, wie sie will, getauft werden, und kann ich zu einem solchen Zwecke mitwirken, so will ich gern meine poetische Feder, die mir nur dazu Vehikel ist, niederlegen auf ewig, dann erst werde ich sagen können, ich lebe!" – Und praktisch auf dieses einzige Ziel gewandt, bittet er daher Hitzig, darüber mit seinen Freunden in Berlin zu sprechen, insbesondere jene neuen Menschen aufzusuchen. „Assoziiere Dich ihnen bonis modis. Ist dieser oder jener ein Narr; tut nichts, wenn er nur echten Sinn hat für das, was dem Menschen not tut, und das ist: Verbindung einiger in solchem Sinne begabten Menschen zur Erwärmung der Menschheit. Vor allem sondiere diese Menschen, ob die in Schlegels Europa und sonst angedeutete Verbrüderung der Besseren zur Vergöttlichung der Menschheit eine poetische Floskel, mithin eine leere Gaskonade, oder etwas mehr ist, und sie wirklich glauben, daß auf die Menschheit durch mehreres literarisches Zeug, von dem man nicht weiß, von wannen es kommt und wohin es fährt, und was in Lesegesellschaften begraben wird, könne gewirkt werden? – Nein, mein Freund! Kunstwerke sind Vorarbeiten zu der *neuen Religion,* die der Menschheit gegeben werden muß; Bücher wirken in dieser Rücksicht wenig oder nichts. Wir brauchen Apostel (NB. in modernem Geschmack), die auf *einen* Zweck hinwirken, und Proselyten!"

Wer möchte hiernach zu behaupten wagen, daß es Wernern mit seinem Streben nach religiöser Wirksamkeit nicht Ernst gewesen? Ein Ernst, der immer und überall ehrenwert ist und die Bürgschaft endlichen Gelingens schon in sich trägt. Allein die Bahn, die er damals anstrebte, war – wie späterhin von ihm selbst am kräftigsten anerkannt worden – eine grundfalsche, in ihrem Wesen von den gewöhnlichen religiösen Theorien seiner Zeit nur wenig verschieden; indem er, Poesie und Religion einander gleichstellend, beide nur als Mittel zur Erwärmung und Vorbereitung der Menschheit für ein vermeintlich höheres, über alle positive Religion hinausliegendes Ziel betrachtete. So rühmt er allerdings schon damals den Katholizismus nicht nur als das größte Meisterstück menschlicher Erfindungskraft, sondern auch, wenn er geläutert wird, als das beste unter den Erzeugnissen der Christusreligion, das allen übrigen christlichen und unchristlichen Religionsformen, für ein Zeitalter, welches den Sinn der schönen Griechheit auf immer verloren, vorzuziehen sei. – Alles dies jedoch nur von jenem poetisch-reformatorischen Gesichtspunkte aus. „In *dieser* poetischen Hinsicht nämlich", sagt er, „nehme ich nicht nur die Maçonnerie, sondern selbst manches von ihrer Geheimniskrämerei, ja sogar den jetzt aufs neue Mode werdenden Katholizismus, *nicht als Glaubenssystem, sondern als eine wieder aufgegrabene mytologische Fundgrube*, theoretisch und praktisch in Schutz."

Alle diese Gedanken, Träume und Intentionen hat er vorzüglich in seinen „Söhnen des Tales" und deren zweitem Teil: „den Kreuzesbrüdern", niedergelegt, an denen wir daher sein damaliges Glaubenssystem, wenn es so genannt werden darf, näher nachzuweisen versuchen wollen.

Der Ideengang in diesem Doppel-Drama ist wesentlich folgender: Es gibt eine höhere Erkenntnis als die positive christliche. Jene höhere Religion aber kann dem Volk, oder der Menschheit überhaupt nicht frommen, die das volle Licht noch nicht verträgt; sie muß vielmehr, bis die Menschheit reif geworden, immer nur die Geheimwissenschaft eines auserwählten Kreises von Begabteren bleiben. Ein solcher Kreis nun ist in dem Drama der Talbund, und sein Repräsentant der Erzbischof Wilhelm von Paris, und von diesem Bunde waren die Templer zu Verkündigern der heiligsten Wahrheiten für den christlichen Erdstrich ernannt worden. Allein der Tempelorden hatte seine Vollmacht überschritten und übereilt die *ganze* Wahrheit zu verbreiten gesucht; nicht *dadurch* überschritten, daß er nicht an den Versöhner glaubte, sondern daß er diesen

Unglauben nicht heuchlerisch verbarg. „Und *darin* liegt es!" ruft daher der Erzbischof entrüstet aus,

„Sie sagen ihren Bübchen ohne Bart,
Daß der nicht *Gott* ist, der's für uns sein soll. –
Das ist doch dumm – nicht wahr?
– – Sonst nichts als dumm. – –
Wo ist ein beßrer Glaube für die Menschheit?
Vernichtet ist der Mensch, wenn nicht zum Leben
Mit Adlerflug das Ideal ihn reißt.
– – Wer hieß den Toren Wahrheit
Auf Dächern pred'gen! – –
Sind jene Templer, was sie pred'gen,
Sind sie vermögend, ohne Ideal
Das Angesicht der Gottheit anzuschaun;
Warum entzogen sie die Decke Mosis
Den ungeübten Augen ihrer Jünger?"

Um dieser unklugen Profanierung willen allein also wird vom Talbunde, der wie ein unbeugsames Fatum über dem Ganzen waltet, der Tempelorden gestürzt und mit der erledigten Vollmacht der Rest desselben (die Kreuzesbrüder) belohnt, um, mittelst der Maurerei, aus den Trümmern des Protestantismus einen idealisierten oder, wie er es nennt, geläuterten Katholizismus aufzubauen. „Nur unter dem Glockenklang der Religion", sagt er, „und dem Harfenspiel der Kunst, kann der Bund gedeihen, der auf den Tempelbund gepfropft ist und dessen Charakteristikon es ist, daß seinen *wahren* Bekenner *ewiges* Leben umduftet. Die Tendenz meines Stückes ist, dadurch, daß ich ihm die in seinem Wesen begründete Verschmelzung mit Religion und Kunst anschaulich mache, ihn von einer gewissen humanen Kälte abzuleiten, die an sich löblich, aber nur für *wenige* höhere Geister gemacht und schlechterdings unvereinbar ist mit einer auf Enthusiasmus gegründeten Verbindung *vieler.*" – Ist aber solche Kautel schon bei einem Bunde Auserwählter nötig, um wie viel weniger wird dann jene an sich löbliche, humane Kälte für die Gesamtheit taugen! „Denn“ – sagt einer der Ältesten des Talbundes:

„Was dir der Glaube an dein Ideal,
Das ist dem Volk sein Heiland und sein Fetisch.
Man kann ihm alles nehmen, nur nicht das,
Am wenigsten, wenn man's ihm nicht vergütet. – –
Und alles dieses führt dich auf den Grund,
Warum wir jedes Volkes Glauben ehren;
Warum wir Klosterbrüder hier, am Ganges
Brahminen sind; warum wir diesen Tropfen,
Der, selbstgetrübt, den Urquell widerspiegelt,
Nur zu verklären suchen, nicht verwischen;
Und – da der Mensch es einmal nicht vermag,
Die Gottheit ohne Mittler anzuschauen –
Warum wir, durch Messias oder Prometheus,
Durch Horus, Wischnu, Eros, Thor und Christus,
Dem staubbedeckten Geiste Flügel liehn,
Um sich zu seinem Urquell aufzuschwingen.“

Wem fiele hier nicht Voß' Sprüchlein ein:

„Der Kelt', der Griech', der Hottentott
Verehren kindlich *einen* Gott!“

Nur mit dem moralischen Unterschiede, daß Voß, gleich den Templern, mit seiner Weisheit ehrlich herausplatzt, während hier der exklusive Talbund wissentlich und wider seine Überzeugung die liebe Dummheit mit Täuschungen hinhalten will. – Man sieht, die ganze Sache würde auch hier so ziemlich auf den gewöhnlichsten Rationalismus hinauslaufen, wenn sie nicht, durch ihre abnormen Sympathien für die Romantik, eine gewisse mystische Färbung erhielte. Denn fragen wir nun endlich genauer nach diesem sogenannten geläuterten Katholizismus oder vielmehr nach jenem höheren Ziele einer vom Katholizismus nur zu vermittelnden *neuen* Religion, so sehen wir die pantheistischen Phantasien, welche bei Novalis gleichsam ein kräftig in sich selber arbeitender Wein nur als ephemere Luftblasen emportrieb, bei Werner schon als besondere, entschiedene Richtung sich selbständig ausbilden. Auch Werner findet zwar, wie wir oben bemerkt, Trost und Rettung einzig in Kunst und Religion, erkennt aber in der letztern nur das lebendige Gefühl der großen Naturnähe und das unbefangene Ergießen einer reinen Seele in dieses reine, unendliche Meer, in dem er, ohne nach persönlicher Unsterblichkeit mehr viel zu fragen, sich baden, auflösen und verfließen möchte. Und dieses Aufgehen des einzelnen in der allgemeinen Weltseele ist denn auch das Hauptthema seines Dramas und das Ziel des dort dargestellten Talbundes. So sagt der Alte des Bundes von dem gereinigten Sünder:

„Da fiel es ihm wie Schuppen von den Augen;
Es schwand der Wahn zu werden ein und etwas;
Sein Wesen war in's große All zerronnen,,
Und wie ein Säuseln kühlt' es ihn von oben,
Daß ihm das Herz vor Lust zerspringen wollte."

Und die Bildsäule der Sphinx singt:

„Phosphoros und Wort und Heiland,
Mehr noch, alles bist du selber,
Wenn du alles bist, nicht etwas!"

Durch dieses Allwerden aber wird der Mensch, und so auch hier der Talbund, „allmächtig, wie der Ausfluß Gottes, wenn er sich selbst versteht, es immer ist." Denn:

„Ist wohl das große Schicksal
Der Völker etwas mehr als das Erzeugnis
Des bloßen Menschenwillens? – Kann der Mensch,
Der einzelne, die ungeheure Masse
Der sittlichen Natur nicht lenken?"

Und so wird denn auch der Schotte Robert erst dann in den Bund aufgenommen, als er die persönliche Unsterblichkeit mit den Worten wegwirft:

„Die krüpplichte Unsterblichkeit – nicht wahr? –
Die unser eignes, jämmerliches Ich,
So dumm und kläglich, so mit allem Unrat
Nur fortspinnt ins Unendliche – nicht wahr? –
Auch sie muß sterben? – unser schales Selbst –
Wir sind in Ewigkeit nicht dran genagelt?
Wir können es, wir müssen es verlieren,
Um einst in aller Kraft zu schwelgen!"

Die alte Kirche ist nur der Ursprung, die Mutter des Tales, welcher die mündig gewordenen Söhne nunmehr über den Kopf gewachsen. Denn der ganze Weltball wird jetzt eine große Kirche,

„Die Erde wird ein Sakrament des Fleisches,
Das Meer ein Sakrament des heil'gen Blutes. –
So findet ihr, was euch mit Gott vereine,
In der Natur gebildet überall,
Und keinen Punkt, wo er nicht widerscheine –
Zum Mittler könnt ihr auch den Staub erheben."

Demungeachtet gibt es dabei doch noch gar wunderliche Zeremonien mit Mänteln, Kreuzen und Dolchen; wir wissen nicht, ob dieselben etwa der Maurerei entnommen sind; uns Uneingeweihte aber gemahnt diese Liturgie des Talbundes häufig an den albernen Theaterspuk in der Zauberflöte.

Derselbe Gedankenzug geht durch das fast durchaus symbolische Drama: „Die Weihe der Kraft", welche oft auch Licht genannt wird, das aber wiederum nur das Licht der eigenen Menschenkraft ist. Auch hier finden wir die Vereinigung von Reinheit (Elisabeth), Kunst (Theobald) und Glauben (Therese) zu einem „Mysterium dreieiniger Liebe". Allein diese Liebe (Katharina von Bora) ist, trotz allem christlichen Gerede, doch eine bloß ästhetische. Katharina will sich selbst ihren *eigenen* Heiland schaffen,

„Der mir gehört, und doch im Geisterreich
Versöhnend herrsche, aller und doch mein auch,
Den möcht ich fassen, mir ihn selbst gestalten."

Die heilige Jungfrau zeigt ihn ihr einmal im Traume:

„Jesus war's nicht ganz,
Und Luther auch nicht – und ein Heiland doch –
Ein Heiland – nicht am Kreuz, auch nicht ein Knabe;
Ein göttlich schöner Jüngling –
So (wie Apollo) ungefähr – so sah der Heiland aus."

Drauf erblickt sie plötzlich Luthern, dem sie eben geflucht hat, ruft: „Mein Urbild!" und *„betet fortan zu ihm."* –
In solch ein wesenloses Labyrinth hatte der Dichter sich und seine Poesie verstrickt, als er im Jahre 1809 die Reise nach Italien antrat, die den Wendepunkt seines Lebens bildet. Sein Ruhm war durch jene Dramen begründet, und er durfte – das wußte er recht wohl – nur so fortfahren, um sich den Beifall der damals in der Literatur herrschenden Partei zu sichern, ja diese selbst zu beherrschen. Daß ihn aber demungeachtet mitten in diesem glänzenden Treiben allmählich ein moralischer Ekel davor überkam, daß er jene Dichtungen als bloße Studien hinter sich warf, bezeugt die Wahrhaftigkeit seines religiösen Gefühls, dem es um die Sache, und nicht um schöne Formen, zu tun war. Die Sage erzählt von dem getreuen Eckart, wie er, aus dem zauberischen Venusberg zum Tageslicht zurückgekommen, noch geblendet und von den nachtönenden Wunderklängen verlockt, gen Rom pilgert, um den Frevel zu sühnen; und wie er dann in glänzender Rüstung sich vor den Zauberberg gestellt, jedem Schuldlosen, den das süße

Weh bezwungen, warnend den Eingang zu wehren. Einen solchen, fast märchenhaften Eindruck macht von jetzt ab Werners Erscheinung, und es ist belehrend, ihm auf seiner Pilgerfahrt in die gleichsam neuentdeckte Welt zu folgen, die nun mit jedem Schritte, Strahl auf Strahl, verwandelnd auf ihn eindringt.
Bei der Ausfahrt, über Berg und Tal, verfolgen ihn noch immer rastlos die Erinnerungen an die verlorene Jugend, die Erinnyen der Sünde:

„Von des balt'schen Meeres dürrem Strande
Wallt zur Stadt des Herrn ein Pilgersmann;
Ihn verwies aus seinem Vaterlande
Ein verdienter, aber schwerer Bann!
Und von Land zu Land
Jagt ihn dessen Hand,
Dem er zu entfliehn vergebens rann!" –

„– Und weiter, und freud'ger erschleußt sich das Tal,
Still folget dem Pilger die treue Qual! –
Und höher und höher steigt er heran,
Und die Qual, die getreue, die lächelt ihn an.
Im Tale ziehn Gatten mit ihren Kleinen.
Und die Qual, die starre, hebt an zu weinen!
Da beut dem Pilger das schirmende Dach
Die Bergburg – ein zieht er, die Qual ihm nach!"

Noch verzagt er schüchtern an der inneren Umkehr. So sagt er beim Eintritt in Italien:

„Ihr kommt zu spät, ihr ewig jungen Lauben;
Ach hätt' ich früher euer Grün geschauet,
Als noch des Lebens Morgen mir gegrauet!
Ich kann nicht leben mehr! – ich kann nur glauben. –
Und doch – o daß ich, ewig junge Lauben,
Nicht früher euer duftend Grün geschauet!
Es ist zu spät! – der düstre Abend grauet!
Ich kann nicht leben mehr – werd' ich noch glauben?"

Aber schon kommt, je weiter er schreitet, der Trost der Wehmut über ihn, und der starre Schmerz wird milder:

„Wir kennen längst uns, Tränen; denn wo ich hin mag ziehn,
Wie ich in frohem Mut euch immer möcht entfliehn;
Doch seid ihr als Gesellen, als Engel guter Art,
Stets, Tränen, treu mir blieben auf meiner Pilgerfahrt.

Nicht wie ihr unten träufelt, ein schaumerfüllter Raub,
Nein, wie ihr perlend blicket auf Blüten und auf Laub,
Entquillt ihr meinen Augen; nicht wie ich sonst geweint,
Nicht Schaum, der stäubt, verstäubet – zu Perlen schon gereiht.“

Da, plötzlich *Rom* von fern erblickend, sinkt er betend nieder:

„Leih' mir, Morgenröte, deine Schöne,
Deinen ersten Strahl, erstandne Sonne
Brautnacht, deine Schau'r, Gebet, dein Schauen,
Ihr Symbole höchster Liebeswonne,
Leiht euch mir anstatt der armen Töne,
Auszusprühn mein freudiges Vertrauen:
Daß auf diesen Auen,
Wo der Thron der Herrlichkeit gegründet,
Ich, der auch zur Herrlichkeit erkoren,
Sie durch Schuld und Schwäche hat verloren,
Wieder neu der reinen Kraft verbündet,
Rettung find' aus dem Gewühl der Zeit,
Die auch mir vererbte Göttlichkeit. –
– Mut fühl' ich, die ganze Welt zu lieben,
Glut, mich selbst als Kunstwerk zu beginnen,
Gier zum Kampf, wie Helden Gottes rangen!
‚Fleuch!' ruf ich zum bangen
Schmerz. – Entschüttelnd mich dem Nebeltraume,

Will in schöner Erd' ich Wurzel schlagen,
Mich der Zeder anzuranken wagen,
Die den Wipfel schirmt vom Lorbeerbaum! –
Rom, da thront es! – Über Petrus Grab
Strahlt vom Petersdom des Glaubens Stab!"

Und er hielt endlich Wort. Nicht, daß er, innerlich ausgewechselt, seinem eigensten Wesen untreu geworden wäre: seine ursprüngliche Lebensaufgabe vielmehr blieb dieselbe, aber diese Aufgabe formulierte sich fortan bestimmter und strenger. Das feige Aufgeben der Persönlichkeit, die gleichsam vor sich selber in ein unbekanntes All flüchten wollte, wurde zur besonnenen, heiligenden Entsagung der Sünde, das nebelhafte All zum persönlichen Gott, der erdichtete Talbund zur wahrhaftigen Kirche; und derselbe Trieb religiöser *Wirksamkeit*, der ahnend jenen Bund geträumt, machte den Dichter endlich zum Priester, um die Wahrheiten der wiedergefundenen Kirche zu verkünden. Ja, noch im Jahre 1810 war es sein sehnlichster Wunsch, einen religiösen Verein zu gründen, wobei ihm jedoch jetzt eine Klosterstiftung vorzuschweben schien.
Doch wenn wir im obigen Werners Verirrungen zu beleuchten versucht, so ist es gerecht und zur Herstellung des *ganzen* Bildes unerläßlich, ebenso getreu und unbefangen nun auch Ziel und Streben aus seinen letzteren Lebensjahren näher nachzuweisen. Auch hier sind es, wie gesagt, wiederum seine religiösen Überzeugungen, die alles beseelen und erklären; und so scheint es angemessen, vorweg sein neues Glaubensbekenntnis, wie es sich namentlich aus vielfachen Stellen seiner Predigten ergibt, in wenige Worte zusammenzufassen.
Der Glaube ist ihm nämlich eine übernatürliche Gabe Gottes, oder vielmehr eine von Gott eingegossene Tugend, wodurch man alles fest und ungezweifelt für wahr hält, was Gott geoffenbaret hat und was die katholische Kirche, durch welche Er sich offenbart, zu glauben vor-

stellt, es sei geschrieben oder nicht. Dieser Glaube ist allen Menschen gegeben; eine *Tugend* aber ist er, weil er frei ist, d. h. weil der Mensch ihm widerstreben kann und die freie Wahl zwischen Seligkeit und Verdammnis hat. Er muß ferner kindlich und vernünftig sein, indem wir die uns anerschaffenen intellektuellen Grenzen und mithin die Notwendigkeit anerkennen, unsere Vernunft zu beugen und Gott unterzuordnen; wenn aber eine solche Selbstbescheidung vernünftig ist, so wird auch dieses Opfer, welches wir Gott darbringen, vernünftig sein. – Der Glaube muß endlich mit Liebe zu dem persönlichen Gott und dem Erlöser vereinigt sein; denn der Teufel glaubt auch an Gott, vielleicht viel fester und stärker als die Christen, aber mit Wut ohne Liebe. – Hoffart und Sinnlichkeit sind die Haupthindernisse des Glaubens. Ohne Glauben aber ist nichts. Furcht Gottes ohne Glauben ist Lüge, denn man muß erst an Gott glauben, ehe man ihn fürchten kann. Hoffnung ohne Glauben ist Torheit, man muß ja wissen, was man zu hoffen hat. Liebe ohne Glauben kann gar nicht sein; was soll ich denn lieben als Gott, und den muß ich eben erst kennenlernen durch den Glauben. Ebenso aber ist ein bloßer müßiger Glaube nichts, ohne innere Heiligung:

„Zagen sollt ihr, nicht verzagen,
Sollt bereun und bessertun,
Aber tun, das heißt entsagen,
Bessres wird die Gnade tun;
Glauben, Kindlein, und nicht fragen
Sollt ihr, ruhen nicht, und *tun!*"

Mit Feuereifer bekämpft er daher den *Glauben der Vielfältigen,* die gar vieles, aber nicht alles in *einem* sehen. „Sie lesen", sagt er, „im Katechismus von den Geboten Gottes und denen der Kirche. Eins gefällt ihnen, dieses mißfällt ihnen; diejenigen, die ihnen gefallen, befolgen sie manchmal; diejenigen, die ihnen mißfallen, unterlassen und verwerfen sie und glauben so, dem lieben Gott eine wächserne Nase zu machen, die sie drehen können, wie sie wollen. Ja! sie wissen manche Gebote recht gut auszulegen, wissen, daß Jesus die Ehebrecherin nicht verdammt, sondern begnadigt hat. Sie glauben, daß Gott gnädig ist, sie machen ihn nur noch gnädiger, als er ist, so daß sie ihm seine Gerechtigkeit gänzlich rauben. Sie glauben, daß er barmherzig ist, denn sie glauben, er gibt alles, sie glauben an keine Strafe. Sie glauben, daß Gott höchst selig ist. Sie glauben an die ewige Seligkeit; darnach streben sie ja, sie wollen die ewige Seligkeit. Gott suchen sie nicht, Gott verlangen sie nicht, aber die ewige Seligkeit. Sie wollen hier schwelgen und darauf lossündigen, dann wollen sie sich bequemen im Augenblick zu sterben und dann in die ewige Herrlichkeit eingehen, in *ihre* Herrlichkeit, wollen dann auch in der Wollust forttaumeln. Diese Vielfältigen wollen die Seligkeit, aber suchen nicht den, durch den sie sie allein erwerben können. Sie wollen ihren Stolz nicht unterdrücken, ihr Fleisch nicht bändigen, ihre Sinnlichkeit nicht ersticken." – Von der erstarrten Selbstgenüge und *Verstockung gegen den Glauben* aber sagt er:

„Es gibt keinen Gott!
Es gibt keinen Teufel!
So rast der Verruchte
Mit frevelndem Mut.
Mein Sein ist mein Blut,
Ich hab', was ich suchte;
Drum kommen mir Zweifel,
So glaub' ich dem Spott!

Mein Gott ist die Pflicht!
Die bändigt die Triebe.
So frevelt der Unsinn,
Sich selber gerecht.
Was macht mich zum Knecht?

Nur das, was ich nicht bin;
Dahin führt mich Liebe,
Drum ist sie ja schlecht.

So glaub' ich an mich! –
Doch Glauben ziemt Narren,
Mir ist ja das Wissen
Von manchem geglückt. –
Doch macht's mich verrückt,
Das Höchste zu missen! –
Nun mag ich erstarren,
Mein Gott das bin ich!" –

In seinen „Geistlichen Übungen für drei Tage" endlich faßt er gleichsam noch einmal seinen ganzen inneren Lebensgang von der Sünde und Hoffart zum Glauben, vom Glauben zum Schauen, in mehreren Liedergebeten zusammen, und schließt seine Gedichtsammlung mit einem Meßhymnus „Eucharistie" in bezug auf Raffaels Disputa.
Dies alles sowie das oben aus seinen Predigten Angeführte ist allerdings nichts anderes, als was die Kirche lehrt; es schien uns aber nicht überflüssig, eben auf diese Übereinstimmung seiner letzten Überzeugungen mit der Kirche ausdrücklich hinzudeuten, da sich in neuerer Zeit oft die Meinung geltend machen wollte, als habe er auch noch als Priester einen Katholizismus auf *seine* Weise angestrebt.
Wie ernst und tief er vielmehr namentlich die Bedeutung des Priestertums ganz im Sinne der Kirche auffaßte, bezeugt u. a. sein Gedicht auf den Tod seines väterlichen Freundes Hofbauer. Dort heißt es:

„Freilich ist die Schlacht, die blut'ge,
Gegen unser Wagstück Spiel nur;
Freilich, wär' es Helden kundig,
Was wir wagen, sie erblichen;
Freilich ist des Herren Urteil,

Ach, ein Abgrund undurchdringlich,
Über welchen wir Berufne
Ziehn, auf schlaffem Haarseil, schwindlig."

Denn was den andern zum Segen, wird dem Priester zur Verdammnis, wenn er das heilige Mysterium mit unlautrem Herzen verwaltet. Wie töricht daher, wenn der religiöse Pöbel, dem zuliebe der Priester täglich seine Seele wagt, diesem noch Spott für Dank bietet,

„Ganz vergessend, daß das Blut nur
Jesu, welches dir auch fließet,
Pöbel, unser Tun entschuldigt,
Daß wir dir, dem niedern, dienen!"

Doch dieser Spott kann das Wesen des Priestertums nicht versehren; und so mag er denn immerhin die Priester verfolgen, nur das gesunde, glaubenskräftige Volk soll er ungeirrt lassen.

„Und wir wollen ferner ruhig
Deine Wut und unsre Pflichten,
Diese tun und jene dulden,
Beides heiter, beides willig. –
Was die schlechten und die guten
Priester anbetrifft, wir bieten
Beide preis sie deinem Unfug!
Sind wir schlecht, nun so verdienen
Wir ja dein Besudeln, Schmutz'ger,
Trifft's doch nicht, so schlau du zielest,
Was, auch wenn wir schlecht, durch uns tut;
Sind wir gut, so ist es billig,
Daß dein Tadel, der uns ruhmwert,
Weil er kommt von dir, Geringer,
Leucht' an unserm Priesterschmucke.
Mit uns also kann dein Wille,
Wenn du welchen hast, sich tummeln!

Nur das Volk, das große, biedre,
Laß dir, Pöbel, nicht gemuten,
Daß du etwa wollest wieder
Hin es gaukeln in den dunkeln
Morast, wo du flackerst, Irrwisch! –
Du, den Pöbel ich nur ungern
Nannte, du, auch mein geliebter,
Wenngleich noch verirrter Bruder!
Lieb' uns doch, wie wir dich lieben;
Ach, wär' dir die Liebe kund nur,
Alles ließest du und liebtest!
Komm' ans Herz mir, nicht um unsert-,
Deinetwegen *lerne lieben!*"

Der hochgesinnten Jugend aber, die, wenngleich den Priesterstand noch verkennend, doch voll edlen Unmuts das Nichtige und Niedrige haßt:

„Euch, noch nicht Geweihten, bieten
Wir Geweihten drum den Gruß an,
Handschlag und was sonst ist Sitte
Sich zu bieten Lieb' und Gutes
Unter ehrenhaften Rittern,
Die, wenn auch verschiedner Zunge
Zum gelobten Lande ziehen. –
Drum, du Trupp, der auf uns unwirsch,
Weil wir, sagst du, viel erfinden,
Du erfindest, *wir* nur fanden,
Dir: *Gefundnes suche,* riet ich! –"

Denn eine Angst und Unruh geht durch alle Kreatur, die auch im Gebiete der Wissenschaft stets nur nach Erlösung durstig, und diesen unauslöschlichen Durst löscht nur die *Theologie,* die Liebeskunde:

„Die des Wissens reiner Ursprung,
Weil aus Liebe quillt das Wissen,

Die der weisen Antwort Kunst ist,
Wenn Philosophie, das Kindlein
Der Vernunft oft ungeduldig
Zerrt an seinen Fragewindeln. –
Die Geschichte, die bewußt sich
Ihres Ursprungs, ihres Zieles;
Der bewußt ist, was bedurfte
Aller Völker trostlos Ringen,
Ringend, ob bewußt, bewußtlos,
Schuldig, schuldlos, wahrhaft, irrend,
Immer nur nach Jesu Blute!
Sie, der Wissenschaften tiefste,
Die, wenn alle stolpern, mutig
Klimmet, festen, sichern Schrittes,
Die, wenn alle wanken, wurzelt
In der Herzen tiefstem Innern,
Die, wenn all' erliegen, und nun
Auch die Herzen ausgewimmert
Bald schon haben, noch im Sturme
Sie ersteigt dann, das Panier noch
Auf sie pflanzend des Triumphes;
Die Geschichte, hieroglyphisch
Eingeätzt dem Wesenrunde,
Die Geschichte der Geschichten."

Aber ist es gleich *Ein* Weg, den alle ziehen müssen, so hat doch jeder seinen eigenen Fußsteig, der ihn und *nur ihn* hinführt und den allerdings jeder auf seine Weise suchen kann und soll. Ebenso entschieden weist daher der Dichter die träge oder feige Scheu der Dunkelmänner und Überkirchlichen vor der Wissenschaft zurück:

„Wähnst du, daß nur beten Priester?
Nein, das Gold muß aus den Gruben!
Also: betend arbeit', bitt' ich. ––
Item gibt vom Adler Kundschaft
Uns der heil'ge Augustinus,

Daß der alte Aar sein Junges
Packt im Neste mit der spitz'gen
Klaue, und alsdann es schnurgrad
In die Sonne hält am Mittag;
Wann das Adlerchen dann zucket
Auch nur etwas mit den Wimpern,
Wirft's der Alte fort – 's ist unecht!
Aber wer ins Ohr mir wispern
Wollte, daß ein frommer, junger,
Künft'ger Höllenüberwinder
Immer nur die Augen furchtsam,
(Als sei Furcht was Priesterliches)
Schließen müßte, wer das Dunkle
Preisen wollte mir als Lichtweg: –
Solch ein Wisper kommt mir unrecht!"

Nur im Mißbrauch also, in der Überhebung, die im Ungrund den Urgrund, durch Schein das Ursein finden will, liegt das Unrecht; und darum betet er:

„Gib uns Verstand, den göttlichen von oben.
Der, wenn von wilder Wogen Wut umwoben
Der Kahn, ihn, wie wenn sanft die Welle gleitet,
Zum Hafen leitet.

Gib Wissenschaft zu wissen, daß das Wissen
Von dem Gewissen nicht kann abgerissen,
Daß es im Liebesbrennpunkt schon auf Erden
Vereint muß werden.

Und daß den Anfang wir ans Ende bringen,
So gib uns, heil'ger Geist, vor allen Dingen
Der Weisheit Anfang: Furcht des Herrn! Das Ende
Dann zu vollende! –"

Es konnte nicht fehlen, dieser innerliche Umschwung mußte auch seine Auffassung von Kunst und Poesie modifizieren. Die ursprüngliche Grundansicht zwar bleibt, wie die Kraft des religiösen Gefühls, auf der sie ruhte, dieselbe. Auch jetzt nämlich gilt ihm die Kunst nur als Mittel zu einem *höheren* Zwecke; sie soll die Menschheit durch Reflexe des verschleierten ewigen Lichts, welches das profane Auge noch nicht unmittelbar ertragen würde, mit der Gnadensonne versöhnen; der Künstler soll, als ein Friedensstifter, Gott in der Natur umfassen, um den alten Zwist von Sein und Schein zu einen. – Aber das Endziel dieser Vermittlung ist hiernach nun ein anderes geworden; nicht mehr die Selbstverherrlichung des eignen Lichts, um selbst Gott zu werden, sondern eine positive, *christliche* Erlösung, nach welcher alle Kreaturenunruh dürstet:

„Altmeister, sprecht! Wieviel ist Euer eigen? –
Sie sehn empor, verneigen sich und schweigen. –"

Und anderswo:

„Poesis fliegt keck zum Urlicht,
Doch von Wachs sind ihre Schwingen;
Sie muß, wo das Alleluja
Tönet, stürzen oder hinknien!"

Denn in aller Kunst erkennt er jetzt nur eine *prophetische* Gottesgabe, die von allem Anfang her ahnend auf Christus hin und zurück gedeutet. In dieser höheren Beziehung erscheinen ihm daher auch Poesie, Religion und Philosophie innerlich versöhnt und selbst die alten Dichter und Denker in den heiligen Kreis mit aufgenommen. So, sagt er, ließ Raffael in seinen Stanzen

„Zu jenen, die der Reue heil'ge Klagen
Im Anschaun hauchen aus und stillen Beten,
Zu den Gereinten treten
Das reine Leben, das nicht darf bereuen,
Pindar, Anakreon, Petrark, die linde

Laura und Dante, Gott im Blick, der blinde
Homer und Moses, wes sie sich erfreuen;
Es sind die Grazien, die bekränzt den Reinen,
Verschleiert uns Gefallenen erscheinen."

Und aus der Vorwelt Schachten ließ Raffael die Gestalten steigen

„Der Weisen, welche zieh'nd die Himmelsleiter
Des Denkens, *Vorbereiter*
Vom Glauben waren und vom sel'gen Schaun,
Pythagoras versenkt in Göttersprüche,
Der Liebesheld Sokrat, der königliche
Zoroaster, Archimed, die Welt zu bauen
Gebückt, und, zeigend auf der Weisheit Quelle,
Der hohe Platon an des Tempels Schwelle." –

Wir hörten einst einen hocherleuchteten, gottesfürchtigen Mann den Wein als Heiltrank treuer, strebsamer Seelen preisen, weil er, alle niederen Sorgen brechend, solche Seelen aus der weltlichen Rumpelkammer von Rücksichten und lässiger Gleichgültigkeit freudig zu Gott emporhebt. So ungefähr erschien auch Wernern jetzt die Poesie, und er nahm sie daher kräftig in Schutz gegen das Achselzucken einer übelverstandenen Frömmigkeit. Der bevorzugte Sieger freilich, der, keiner Schwinge mehr bedürfend, die Niederungen schon überflogen, mag immerhin des Musenspieles lächeln;

„Und mit Recht! Wem Sphärenmusik
Tönt, dem niedre Tonkunst widert!
Doch nicht wag' es niedre Dumpfheit
Zu verlästern Sang und Dichtung;
Nur der Adler, nicht der Kuckuck
Darf der Nachtigall gebieten,
Daß ihr Hochgesang verstumme,
Um zum Höchsten sich zu schwingen."

Ebenso entschieden aber wandte er sich daher jetzt auch gegen jene halbmütigen, modern-christlichen Dichterlinge, denen es nur um eine katholisierende Romantik zu tun war:

„Als tücht'ge Christen sollt ihr euch betragen,
Doch nicht im süßen Liebestrieb euch strecken,
Denn Christi Sänger waren nimmer Gecken;
Am Glauben muß Vernunft empor auch ragen! –

O Gott, Du weißt, und ich weiß mein Gebrechen!
Ich habe selber viel und schwer gesündigt,
Ich kann den Stab nicht über andre brechen;
Doch sagen darf ich's frei und unverhohlen,
Daß, eh' Dein Wort in Deutschland wird verkündigt,
Alfanzerei der Teufel erst muß holen!"

Und als solche, wenngleich stets gutgemeinte, Alfanzerei wirft er nun auch seine eigne frühere Poesie mit hinterdrein:

„Lüge war's, was ich zu singen
Wagte, daß es Liebe sei,
Macht von meiner Hölle Schlingen,
Euch von mir Verführte frei!"

Symbolisch legt er daher seine, von Dalberg ihm verehrte, goldene *Schreibfeder*, als ein Hauptwerkzeug seiner Verirrungen, seiner Sünden und seiner Reue in die Schatzkammer der heiligen Mutter Gottes zu Maria-Zell nieder und bittet Gott, ihn Seelen gewinnen und das „greuelvolle, durch seine Schreibereien veranlaßte Skandal" doch nur etwas wieder gut machen zu lassen:

„Laß dem Tode nicht zum Raube
Mich in die Verwesung gehn,
Bis das Bild, an das ich glaube,

Ich im Volk mach auferstehn! –
Laß mich *Dich* dem Volk verkünden,
Das der Sünden Nacht umflicht,
Mich, den Sünder, laß entzünden
Dein die Sünde sühnend Licht!"

Und er ging rüstig an das neue Tagewerk, für sich und andre. Immer ernster, tiefer, dringender werden seine Warnungen und seine Mahnung, daß Jugend, Mut und Verlangen dem Menschen zum ewigen Leben gegeben sind, aber auch zum Keime des Todes, wenn er sie nicht benutzt, um Zeit und Ewigkeit, die erst durch den Sündenfall zerklüftet worden, wieder zu vereinen. Darum ruft er:

„Du liebe Zeit! so laßt uns lieber sagen;
Denn wüßten wir, was an der Zeit gelegen,
Wir sprächen nie von ungelegner Zeit.
Die Brücke Zeit, noch ist sie aufgeschlagen;
Sie bricht! es braust dem Säumigen entgegen
Das Meer der ungelegnen Ewigkeit!"

Aber die eigne Menschenkraft, ohne die Gnade, vermag es nimmermehr:

„Sein Wille hat befohlen? –
Er lügt! – Es sind die Glieder, die befehlen!
Sein Kopf, sein Herz, Gott weiß was sonst noch, reißen
Ihn hierher, dorthin! *Das* soll Wille heißen!? –
Gerechter Gott, wie wir Dir Worte stehlen!
Wärst Du nicht unser Vormund, Stab und Leiter,
Wir kämen ja mit keinem Schritte weiter.

Prahlhansen, kleine, wenn ihr's wagt zu wollen,
Lernt erst, womit die großen Hansen prahlen,
Daß sie: Gott sei uns Sündern gnädig! beten.

Wie leicht ist es, mit Worten zu bezahlen!
Doch wenn herein der Prüfung Stunden rollen,
Wo, was wir mühsam uns zusammenkneten,
Das Wort ins Fleisch soll treten;
Der Wille aus sich nur als Tat soll sprechen;
Was wir mit Recht als Menschenerbteil preisen;
Die Allmacht sich als solche soll beweisen:
Dann kann dem Besten auch der Mut gebrechen!
Der Gott in uns, dann fühlt er seine Schranken,
Und hat er keinen Stab, so muß er wanken!"

Nur eins daher tut not:

„Ein fünffach tun: die Schuld bereuen,
Die Sünde fliehn und beten,
Büßen und leiden mit Geduld. –
Dazu hat Jesus uns vereint,
Das hält uns auch zusammen,
Ob's blitzet, ob die Sonne scheint,
Beides sind Gottes Flammen. –

Ob eng auch sein siderisch Haus
Wohl jeden ein mag klammern,
Und keiner aus sich kann heraus,
Mag noch so viel er hammern;
Sobald nur, der die Sterne dreht,
Mir, wann ich will, im Herzen steht,
Was soll ich da noch jammern!" –

Man würde indes sehr irren, wenn man durch diese beschauliche Richtung den Dichter isoliert und der Welt entfremdet wähnte. Es ist eben das Eigentümliche solcher den ganzen Menschen erneuenden Überzeugung, daß sie, wie das Sonnenlicht, alles, was in ihren Kreis kommt, mit dem neuen Glanze berührt und erwärmend zu durchdringen sucht. Und so sehen wir auch Wernern in seinen Liedern und Tagebüchern aus jener Zeit von den Begebenheiten des Befreiungskriegs mächtig erschüttert*, in seiner Treue gegen die alten Freunde, in der Liebe zur Kunst, in seiner Verehrung für Goethe unverändert und insbesondere seinem fernen Vaterlande immerdar liebend zugewandt; ja, diese Liebe war es, die ihm in Italien keine Ruhe ließ und ihn endlich wieder seinem Deutschland und der Kanzel zuführte. So ruft er in Rom aus:

„Sieh mal den Rhein, was das ein rüst'ger Junge!
Zieht er von Köln, so rührsam, tüchtig; munter
Winkt ihm der greise Dom ein: Gott gesegne!
Drum, Tiber, jag' mich nicht ins Grab hinunter,
Daß meinem Rhein ich noch einmal begegne,
Und meinem Volke sing' mit Flammenzunge!"

Und in der Zueignung seines Schauspiels von der heiligen Kaiserin Cunegunde fleht er zu der Heiligen:

„Dein Beten half mir singen,
Hilf auch dem Volk mir bringen
Trotz Teufel deutsche Treu!
Des Sängers Freud' und Wehmut
Leite das Volk zur Demut,
Daß alte Zeit sei neu!" –

Das alles spricht für sich. Schwerlich wird daher jemand, ohne selbst zu heucheln, den Dichter der Heuchelei beschuldigen wollen. Dem ungeachtet hat die frivole Lust am Gemeinen häufig die Verdächtigung versucht, als sei Werner aus weltlichen Rücksichten zur Kirche zurückgekehrt und Priester geworden; eine Verdächtigung, die zu der Heuchelei noch niederen Eigennutz hinzufügt. Es wiederholt sich hier im kleinen nur das alte Kunststück einer gewissen Partei, die Tatsachen zu ignorieren oder zu beugen, um aus aller Geschichte ein Pamphlet nach ihrem Sinne zu machen. Wir meinen wenigstens durch obige Darstellung jedem Unbefangenen so viel klargemacht zu haben, daß bei Werner der Glaube wirklich eine Tugend war, an der er redlich und unablässig fortbildete und die ihn daher endlich, ohne alle äußere Veranlassung, zu dem Ziele führen *mußte,* an dem wir ihn zuletzt erblicken. Überdies ist aber auch eine solche äußere Veranlassung zu jener gehässigen Annahme nirgend aufzufinden. Not oder Gewinnsucht konnte es nicht sein. Denn die von seiner Mutter ererbte Summe hatte Werner, wie aus seinem Testament ersichtlich, sich bis zu seinem Lebensende fast ungeschmälert bewahrt. Auch die Pension, die er von Dalberg bezog, wurde ihm, bevor er noch an die Rückkehr zur Kirche dachte, zugewendet und später von dem akatholischen Großherzog von Weimar fortgezahlt. Eine kirchliche Anstellung also bedurfte er nicht und hat sie auch nie gesucht, weder in Rom noch in Wien, was er vernünftigerweise nicht unterlassen hätte, wenn ihn etwa nach höheren hierarchischen Würden gelüstete. Hatte er aber den Ehrgeiz, ein Heiliger zu werden, so wollen wir dergleichen Ehrgeiz allen Weltkindern aus vollem Herzen wünschen und empfohlen haben!

Er selbst äußert sich über diesen Gegenstand auf eine Weise, die niemand verkennen wird, der mit der rücksichtslosen Aufrichtigkeit seiner sonstigen Selbstbekenntnisse nur einigermaßen vertraut ist. „Eben weil ich" – sagt er im Jahre 1819 – „die Qual langen, lebenslänglichen, ehrlichen, jedoch vergebenen Suchens aus eigener schmerzhafter Erfahrung kenne, so bin ich von allem Parteihasse gegen edle Sucher, welch Glaubens und Volks sie auch sein mögen, aufs weiteste entfernt. Ich nehme vielmehr, selbst mit Rücksicht auf meine priesterliche Würde, gar keinen

---

* Wir bemerken hier beiläufig, daß unter Werners 1840 gesammelten Gedichten ein Kriegslied abgedruckt ist, das schon 1815 in Schenkendorfs Gedichten vorkommt; wahrscheinlich also eine unter Werners Papieren vorgefundene Abschrift des Schenkendorfschen Liedes.

Anstand, laut zu bekennen, daß mir edle, rastlose Sucher des Wahren, die noch nicht dorthin gelangt sind, wo das Gefundene (nicht Erfundene, noch zu Erfindende) alles fernere Suchen zur Torheit, alles Finden zum Lohne der Entsagung macht, zwar, insofern sie das ewig nur zu Findende noch erst erfinden wollen, je edler sie sind, um so bedauernswürdiger, aber auch insofern sie aus ganzer Seele und mit reinem Herzen suchen, nicht nur unendlich schätzbarer, sondern sogar dem Ziele näher erscheinen als die vielen der gegenwärtigen Zeit, die das unverdiente und nie zu verdienende unschätzbare Glück, im Kreise des ewig und einzig Wahren, im katholischen Glauben nämlich, geboren zu sein, gedankenlos verkennend, dieses göttliche Kleinod bald gemütlos verbilden, bald gefühllos vergeuden! – Meine mir ewig teueren Freunde werden mir mithin wohl glauben, daß ich immer noch derselbe harmlose Mensch bin, als welchen mich jeder kennt, der mich kennt, und daß ich niemals aufhören werde, *nach* dem Willen und der Tatkraft (welche zum Guten vereint, man, mit Rücksicht auf ihren Ursprung, im christlichen Sinne Gnade nennt) Vernunft und Verstand als die höchsten Gaben des Menschen zu schätzen. – Ich darf mit Recht hoffen, kein Unparteiischer, Unterrichteter und Vernünftiger werde es mir bei so bewandten Umständen in Abrede stellen, daß ich durch mein dermaliges sehr ernstes, dem Zwecke nach erhabenes und im tieferen Sinne, aber auch *nur* in ihm, allerdings nicht lohnloses, freiwilliges Wirken, bloß die Ernte des Ewigen, nicht die von zeitlichen Rosen oder Lorbeern beabsichtigen könne. Ich hoffe daher und, weil ein ehrlicher Mann dem andern aufs Wort glaubt, auch bei meinesgleichen Glauben zu finden, wenn ich mein mir teuerwertes Wort hierdurch für folgende ungeschminkte Tatsachen verbürge. Es ist kein irdisches Interesse, noch eine mir vielfältig angelogene Nebenabsicht (deren jede ich tief verachte) im Spiel bei meinem dermaligen ernstesten, höchsten und reinsten Streben; ich opfere demselben freiwillig (das darf ich mit menschlichem

Schmerze zwar, aber auch mit mir aus höherer Quelle zugeflossener Ergebung sagen) nicht nur Gesundheit, Heimat und zeitlichen Ruhm und – als wehrlose Zielscheibe jedes Lügners – selbst die mir stets teuere Achtung meiner Freunde vielleicht; ja ich bringe ihm sogar das schmerzhafteste Opfer, ‚die lebenslängliche freundliche Gewohnheit meines Daseins und Wirkens', mein dichterisches Saitenspiel dar, zu welchem ich gegenwärtig in Jahren kaum einige Stunden mir abstehlen kann und das, in so seltsamen Fugen es auch erklungen sein mag, doch, wo es den *Grund* des Heiligen und Deutschlands Ehre galt, nie einen Mißlaut ertönt hat."

Mit diesen ernsten Worten, welche recht eigentlich Werners ganzes Wesen und Streben umfassen und abschließen, könnten auch wir hier schließen und hätten, streng genommen, kein Recht, über seine Schriften hinaus seine Persönlichkeit, die nur Gott richtet, zum Gegenstande öffentlicher Besprechung zu machen. Allein er selbst in seinen Schriften hat sich auf diesen Boden gestellt. Wo immer wir seine Gedichte aufschlagen, fast überall finden wir harte Selbstanklagen, die von seinen Gegnern, oder vielmehr von den Gegnern seiner Rückkehr zur Kirche, emsig ausgebeutet worden, um die vermeintliche Ohnmacht dieser Kirche nachzuweisen, indem sie ihn selbst als einen verlorenen Mann der Nachwelt überliefern. – Es ist wahr, er selbst sagt:

„Ich weiß es, Herr (o werd' ich's einst vergessen?),
Daß wert ich bin, im Abgrund zu versinken,
Den ich mir grub; die Wellen, die dort blinken,
Sind Mutterzähren, die ich aus tat pressen;

Dieweil den Taumelbecher ich vermessen
Geziert, zur letzten Neige auszutrinken,
Sind die Sirenen, die noch manchem winken,
Mir jetzt Harpyien, die am Mark mir fressen!"

Ja, er bekennt ferner:

„Selbst in der sieben Hügel Schoß
War das Gelüst mein Taggenoß,
Mein Nachtgesell das Grauen!

Gehetzt, der alten Sünde treu,
Von Reu' zur Gier, von Gier zur Reu',
Selbst auf den heil'gen Bergen
Hab' ich gesündigt freventlich;
Entwürdigt hab' ich Rom und mich,
Das will ich nicht verbergen."

Aber wir fragen: Wird denn seine Sündhaftigkeit darum schwärzer, weil er sie nirgend weißzubrennen sucht, sondern herzhaft eingesteht und verachtet? Oder gilt hier etwa, wie vor den weltlichen Behörden, das freche Leugnen als ein juristisches Kunststück, um den Richter zu täuschen? Wo, fragen wir, hat es ein Dichter jemals mit seinen Jugendsünden so schmerzlich ernst genommen als Werner? Die heutigen Poeten machen sich's freilich leichter und lachen über solchen Aberglauben – wir aber vermögen es nicht. Uns vielmehr will jenes Grauen vor der Sünde, jene Reue selbst schon als eine moralische Kraft und die Umkehr des Dichters, je tiefer er versunken war, nur um so bedeutungsvoller und wunderbarer erscheinen. Daß aber diese Umkehr, und zwar in und durch Rom, eine totale und entschiedene war, wird keinem Unbefangenen zweifelhaft bleiben. Schlagt seine Tagebücher auf, die nie für den Druck bestimmt waren; da plaudert er anfangs, in der Schweiz und auf der Reise, noch von seinen heimlichen Sünden, wie von Essen, Trinken, Theater und anderen Dingen eben, gleichgültig, ja mit frivoler Lust. Bei seinem Eintritt in Rom aber ist es zunächst, als stutzte er innerlichst vor den Schauern der Vergänglichkeit und Ewigkeit, die dort über dem Grabe einer untergegangenen Welt sich mahnend begegnen; die Stimmung wird allmählich ernster, tiefer, siegesfreudiger, die Sündenbekenntnisse werden immer seltener und verstummen endlich ganz, die Sünde wird zum Ringen mit der Versuchung, das unruhige Suchen zum Finden, die Tage beginnen und enden mit Gebet. Das Ganze macht unverkennbar den Eindruck eines unverhofft Genesenden; und haben wir ihm früher das Schlechte aufs Wort geglaubt, warum sollten wir ihm nicht ebenso glauben, wenn er jetzt von Rom sagt:

„Und als ich schier erlag trostlosen Schmerzen,
(Den Schmerzen, die verdammen, statt zu segnen!)
Als mir verbargen sich die Himmelskerzen,
Die Tränen selbst mir nicht mehr wollten regnen,
Und als allein ich stand mit meinem Herzen,
Allein! – (es möge keinem das begegnen!) –
Da kam, als ich mich kaum noch konnte regen,
Die Hohe mir mit Huld und Trost entgegen!" –

„Und preisen werd' ich mein Geschick
Und segnen jeden Augenblick,
Wo ich an Petrus' Grabe,
Der, wie die Bibel tut Bericht,
Gesunken, doch *ver*sunken nicht,
Zuerst gebetet habe!

Da ließ der Herr den Blitz erglühn:
‚Nur der Entsagung wird verziehn!'
Sprach Gott im Blitzesflimmer!
– – – – – – – – – – – – – – – – – –
Und ich entsagt' für immer!

Was dorten mir ward kundgetan,
Künd' ich, will's Gott, wohl einmal an
Durch Wort und Blick den Brüdern;
Denn was der Herr uns kundig macht,
Das wandelt in des Busens Nacht,
Und singt sich nicht in Liedern."

Sein im J. 1823 erfolgter Tod endlich war ein friedliches Einschlummern und die Trauer und Teilnahme, die er erregte, eine allgemeine und herzliche; beides nicht wohl denkbar, wenn er dem Wiener Volke das ärgerliche Schauspiel eines sittenlosen oder auch nur zweideutigen Priesters gegeben hätte. Eine unmittelbar nach seinem Hinscheiden in Wien erschienene kleine Schrift sagt hierüber: „Seine liebste Beschäftigung (während seiner letzten Krankheit) war das Gebet, und wenn er eben, was oft stundenlang geschah, sich vorbeten ließ, vermochte weder ein Besuch noch irgendein anderer Gegenstand ihn hierin zu stören. So heiter war und blieb dabei sein Geist, daß er, obgleich von Todesschwäche niedergedrückt und unfähig irgendeiner Labung oder Erquickung, dennoch Witz und Laune genug übrigbehielt, um mit manchem Scherze die Herrschaft seines Geistes über alles leibliche Elend und, was unendlich mehr ist, die Gnade zu beurkunden, womit der Herr und Vater der Erbarmungen seine Seele bekräftigte, daß sie mit Zuversicht der starken, christlichen Hoffnung, festiglich vertrauend auf die Huld und Macht des göttlichen Erlösers, für dessen Namen und Glorie er seinen letzten Lebenshauch angewendet, in demütiger und stiller Sanftmut dem Augenblick des Scheidens entgegensah. – Vornehme und Niedere, Feingebildete und Menschen aus gemeineren Klassen, drängten sich hinzu, um dankbar die erkalteten Hände zu küssen, ja nicht durch dieses Benehmen bloß, sondern mit lauten Worten auch vor allen Anwesenden freimütig zu bekennen, daß sie durch ihn wieder auf den Weg des Heils und zur Erkenntnis der Wahrheit geleitet worden seien."

Das ist eine flammende Grabschrift, die alles eitle Gerede von Phantasterei, Jesuiterei usw. verzehrt und um die mancher Dichter in der letzten Stunde ihn beneiden möchte. – Werners Leben war sonach, wie wir klargemacht zu haben glauben, bis an sein Ende ein unausgesetzter Fortschritt in sittlicher und religiöser Beziehung.

Er ist hierin mit Friedrich Schlegel zu vergleichen, indem beide die Romantik ernst und konsequent in sich durchgelebt; aber darin sind beide wieder ganz verschieden, daß Werner, bei allem seinem Streben nach praktischer Wirksamkeit, dennoch die Romantik fast ausschließlich nur auf sich selbst bezog, während Schlegel, mit bei weitem höherer Kraft begabt, sie auch objektiv in Kunst, Religion und Wissenschaft verklärend einführte, also ihre eigentliche Bestimmung unvergleichlich vollständiger erfüllte.

Brentano

Das ähnliche Schauspiel eines lebenslangen inneren Kampfes, das wir bei Werner gesehen, bietet auch *Clemens Brentano* dar, und doch wieder so grundverschieden, wie die beiden Dichter es waren, die ihn geführt. Denn schon der Feind, mit dem sie rangen, war bei beiden nicht ganz derselbe; während Werner gegen eine zaumlose Leidenschaft kämpfte, hatte der andere einen bei weitem geistigeren Gegner in sich zu bestehen.
Brentano ist bekanntlich nun schon seit mehreren Jahren tot; die Leute haben im Leben wenig von ihm gewußt und nach dem Tode ihn kaum vermißt. Das wird niemanden sonderlich befremden, der das Verhältnis der Dichter zu den Leuten kennt. Goethe war lange Zeit unbekannt, ja verhöhnt, während Kotzebue und Lafontaine florierten; Arnim stand verlegen auf dem Bücherbrett (und steht unseres Wissens noch ruhig dort), während sie sich in den Leihbibliotheken um Fouqué rissen. Man kann von den Leuten billigerweise ebensowenig prätendieren, daß sie poetisch sein, als daß sie gesund sein sollen; sie haben anderes zu tun und mit ihrer eignen Geistreichigkeit zu viel zu schaffen, und der durch die beständige Kultur ausgeweitete Lesemagen verlangt derberes Futter. Schon Gör-

res bemerkte irgendwo, das große Publikum gebärde sich wie das Mammut in den Urwäldern der Poesie: es bricht und spaltet sich unersättlich Rinde und ganze Stämme zum täglichen Fraß und schnuppert im Vorüberstapfen kaum an dem Blumenstrauß, den ihm die Muse schüchtern und von fern zu reichen versucht. – Mit Brentano hatte es indes noch ein anderes Bewandtnis. Jeder Dichter nämlich hat zwar oder soll doch sein bescheiden Teil Genie haben; aber Brentano hatte dessen unbescheiden viel; darüber erschraken die einen, den andern dagegen war das grade recht, und sie wollten eben anfangen, jubelnd in die Hände zu klatschen, da fiel es ihm bei, despektierlich von der Genialität überhaupt zu reden und ihnen den ganzen verhofften Spaß wieder zu vereiteln. So verdarb er's mit beiden.

Das ist ungefähr Brentanos Dichterlaufbahn; wir wollen versuchen, sie mit wenigen Worten deutlicher zu bezeichnen.

Seine Schwester Bettina schreibt ihm einmal: „Meine Seele ist eine leidenschaftliche Tänzerin, sie springt herum nach einer inneren Tanzmusik, die nur ich höre und die andern nicht. Alle schreien, ich soll ruhig werden, und Du auch, aber vor Tanzlust hört meine Seele nicht auf Euch, und wenn der Tanz aus wäre, dann wär's aus mit mir. Und was hab ich denn von allen, die sich witzig genug meinen, mich zu lenken und zu zügeln? Sie reden von Dingen, die meine Seele nicht achtet, sie reden in den Wind. Das gelob ich vor Dir, daß ich nicht mich will zügeln lassen, ich will auf das Etwas vertrauen, das so jubelt in mir, denn am End ist's nichts anderes als das Gefühl der Eigenmacht, man nennt das eine schlechte Seite, die Eigenmacht. Es ist aber auch Eigenmacht, daß man lebt." – Wir jedoch in unserer Sprache möchten diese verlockende Naturmusik, diesen Veitstanz des freiheitstrunkenen Subjekts, kurzweg das *Dämonische* nennen, womit eine unerhört verschwenderische Fee beide Geschwister, Bettina wie Clemens, an der Wiege fast völlig gleich bedacht hatte.

Bettina jubelt noch bis heute eigensinnig fort in ihrer Eigenmacht, während Clemens, jene Eigenmacht vielmehr als eine falsche Fremdherrschaft erkennend, mit dem Phantom gerungen bis an sein Ende. Und eben darin liegt die eigentümliche Bedeutung Brentanos, daß er das Dämonische in ihm nicht etwa, wie so viele andere, beschönigend als geniale Tugend nahm oder künstlerisch zu vergeistigen suchte, sondern beständig wie ein heidnisches Fatum gehaßt hat, das ihn wahrhaft unglücklich machte; daß er ferner diesen Kampf nicht systematisch und planmäßig – wie z. B. Werner getan, der in seinen höheren Richtungen reflektierend, in der Religion theologisch war –, sondern als ein geborener Dichter sprunghaft, nach Gelegenheit und augenblicklicher Eingebung und mit wechselndem Glück, wie einen unordentlichen, phantastischen Partisankrieg geführt hat mit allen spiegelblanken Zauberwaffen der Poesie, mit Klang und Witz und einer zweischneidigen Ironie, die sich selbst am wenigsten verschonte.

Daher auch bei ihm, je nachdem die eine oder die andere der im Kampf begriffenen Gewalten die Oberhand gewann, das Aphoristische, Improvisierte in seinem Leben, eine in den seltsamsten Kontrasten wechselnde, scheinbare Doppelgängerei, jenes chamäleontische, aber immer prächtige Farbenspiel, womit uns seine Erscheinung oft in Erstaunen setzt. So behauptet er aus einem natürlichen Hange zur Einsamkeit, Gott habe den Dichter einsiedlerisch gestellt; und ist doch jederzeit bereit, sich in das bunteste Weltleben zu stürzen. So rät er voll Eifer der Schwester Bettina, recht fleißig in der Küche zu helfen, gute Kuchen zu kneten usw., und sagt doch bald darauf wieder: „Alles Gegenwärtige ist mir nur der Stiel, an dem ich Vorzeit und Zukunft anfasse – ich bin ein geborener Idealist –, glücklich bin ich nicht, das ist Menschenwerk, unglücklich bin ich nicht, das ist auch Menschenwerk; ich bin alles, das ist Gottes Werk, und mag es niemand beweisen, das ist arme Bescheidenheit, die Kunst aber ist die Kanail-

le, die mich mit diesem sorgenvollen Ehrgeize behängt hat, und die Trägheit ist es, der ich es verdanke, daß ich so edel bin." – Und während er dennoch der Kunst, und nur der Kunst, sein ganzes Leben weiht, spricht er wegwerfend, ja entrüstet davon: „Es ist auch wirklich ein verdächtiges Ding um einen Dichter von Profession, der es nicht nur nebenher ist. Man kann sehr leicht zu ihm sagen: Mein Herr, ein jeder Mensch hat, wie Hirn, Herz, Magen, Milz, Leber und dergleichen, auch eine Poesie im Leibe, wer aber eins dieser Glieder überfüttert, verfüttert oder mästet und es über alle anderen hinübertreibt, ja es gar zum Erwerbszweige macht, der muß sich schämen vor seinem ganzen übrigen Menschen. Einer, der von der Poesie lebt, hat das Gleichgewicht verloren; und eine übergroße Gänseleber, sie mag noch so gut schmecken, setzt doch immer eine kranke Gans voraus." – Fast erschrocken sagt daher seine Freundin Günderode von ihm: „Es kömmt mir oft vor, als hätte er viele Seelen; wenn ich nun anfange, einer dieser Seelen gut zu sein, da geht sie fort und eine andere tritt an ihre Stelle, die ich nicht kenne, und die ich überrascht anstarre, und die statt jener befreundeten, mich nicht zum besten behandelt."
Es ist begreiflich, ein so außerordentlich komponiertes Talent, wo Licht und Schatten, weil sie miteinander rangen, dicht nebeneinander lagen, ja oft stoßend und drängend ineinander überzugehen schienen, wo neben hingebender Andacht und aller wunderbaren Süßigkeit der Romantik ein übermächtiger Witz mit den Dingen koboldartig spielte, alles verletzend, was er liebte – eine so ungewöhnliche Natur, sagen wir, mußte häufig verkannt und mißverstanden werden, indem die Welt zu bequem ist, um genauer hinzusehen und im Scherz den Ernst, „das tiefe Leid im Liede" zu erkennen. Und so geschah es denn auch in der Tat, daß Brentano den meisten als ein schlechthin unerklärlicher Proteus, als ein innerer Widerspruch, ja manchen als ein scheinheiliger, unredlicher Faselant galt; und während die einen ihn vornehm in seinen Sünden

stecken ließen, fabelten ihn andere als Mönch zu gerechter Buße in ein polnisches Kloster hinein. Er selbst hat diese bornierte Ungerechtigkeit seiner Zeitgenossen in manchen Stunden schmerzlich gefühlt und äußert einmal darüber: „Es ist entsetzlicher, von gemeinen Menschen für genialisch, als für einen Narren gehalten zu werden." Nur Goethes Mutter, die bekannte Frau Rat, die sich selten irremachen ließ, hatte prophetisch schon zu dem Knaben Clemens gesagt: „Dein Reich ist in den Wolken und nicht von dieser Erde, und so oft es sich mit derselben berührt, wird's Tränen regnen."

Und der heiteren Sibylle ist's auch diesmal zugetroffen. Kein Unbefangener wird in jenem ergötzlichen Tumulte der verschiedenen Seelen die rechte, wahre Seele, den Kristallquell, der insgeheim alle die wild spielenden Springbrunnen treibt, wir möchten sagen, das eigentlich Wunderbare seiner Wunderlichkeiten verkennen; es ist das unverwüstlich tiefe religiöse Gefühl, das er mit Werner gemein hatte; und eben der von der Frau Rat prophezeite, schmerzliche Zusammenstoß jener beiden Reiche in ihm bildet das wunderbare Regenbogenspiel seiner Poesie. – Sein Briefwechsel mit seiner Schwester Bettina (von dieser unter dem Titel „Clemens Brentano's Frühlingskranz" herausgegeben) ist ein merkwürdiges Denkmal der in ihm arbeitenden Gegensätze. Er spielt hier den altklugen Hofmeister gegen seine jüngere Schwester; das steht ihm gar seltsam zu Gesicht und wird ihm offenbar herzlich sauer, weshalb er denn auch oft genug aus der Rolle fällt und von Bettina derb ausgelacht wird. Überall aber ist die heimliche Angst vor sich selber fühlbar, vor dem eigenen Dämon, den er in der gleichbegabten Schwester wie ein erschreckendes Spiegelbild wiedererkannt und daher aus allen Kräften bekämpft; das Ganze ist wie ein Monolog eines Besessenen, dessen innere Geister hier, nur mit verschiedenen Stimmen, wechselweise miteinander streiten. Oder ist es nicht, als spräche er recht eigentlich von sich selbst, wenn er in Beziehung auf Bettina sagt: „Wehe! Mir ist, als stehe ich auf einem vulkanischen Boden, wo die verwitterte Lava, von der schaffenden Natur üppig begrünt, hervorbricht in Flammen und verzehrt es wieder. Und hie und da liegen Brandstätten unter dem ewigblauen Himmel. Was nützt mein guter Wille, meine Stimme, mein Wort? Wie könnte das diesen Boden erschüttern, in dem ein innerliches Wirken verborgene Wege schleicht, und dann, jeder Gewalt unerreichbar, plötzlich das begonnene Gepflegte zerstörend aufflammt." Oder wenn er an einer andern Stelle von den sogenannten großen Menschen redet, die Gott mit berauschendem Stolze für ihre Mühe mit den Wissenschaften belohnt und sie die schöne Mitte verachten lehrt; und dann der Schwester zuruft: „Ich bitte Dich, bleibe in dieser Mitte und steige nur in die Höhe, um zu beten." – In seiner frühesten Dichtung schon: „Godwi, oder das steinerne Bild der Mutter", kündigt sich dieser Kampf, freilich noch roh und düster, an, und er nennt es selber einen verwilderten Roman. Dieser Roman enthielt schon damals (1801 und 1802) ungefähr alle Elemente, womit die jetzige Literatur als mit neuen Erfindungen prahlt: Weltschmerz, Emanzipation des Fleisches und des Weibes und revolutionäres Umkehren der Dinge. Und dennoch ist er wieder gänzlich verschieden von jener neuesten Literatur. Denn einmal klingt auch im Godwi in den einzelnen eingestreuten Volksliedern überall schon ein tieferer, ja religiöser Ernst fast sehnsüchtig hindurch; und sodann überkommt den Dichter selbst mitten in dieser Verwirrung die tödliche Langeweile, Ekel und Abscheu davor, und er vernichtet sofort, was er im ersten Bande geschaffen, im zweiten Bande schonungslos wieder durch die bitterste Ironie. Er selbst sagt: „Ich werde die Kunst an diesem Buche rächen, oder untergehen." – Auch in dem wundervollen Lustspiele „Ponce de Leon", wo ein wahrhaft dämonischer Witz mit der Wirklichkeit wie eine Fontäne mit goldenen Kugeln spielt, ist doch im Grunde dieser poetisch zerfahrene, träumerische Ponce eigentlich der Dichter selbst, gegen den er alle Ironie gewendet; und in seiner „Geschichte vom braven Kasperl und der schönen Annerl“ entfaltet er mitten durch den fatalistischen Spuk eines dunkel hereinragenden Verhängnisses das tragische Spiel eines edlen Gemüts mit der falschen Ehre, in einfachen, ergreifenden Zügen das schöne Grundthema variierend: tue deine Pflicht und gib Gott allein die Ehre. – Und immer lichter und mächtiger ringt sich der unsichtbare Schutzengel, der ihn durchs Leben begleitet, aus den Trümmern einer verworrenen Jugend empor. Es ist, als vernähmen wir seinen leisen Flügelschlag in dem „Tagebuch der Ahnfrau“, wo die schönsten Lieder wie Glockenklänge durch das Waldesrauschen herübertönen. So auch in der „Chronika von dem fahrenden Schüler“, dem sich, obgleich er arm und verlassen, die Natur und das Leben in aller Freudigkeit aufschließen, weil er alles unschuldig und mit herzlicher Frömmigkeit und Demut betrachtet; denn „Du sollst nicht traurig sein um des Leides willen, das Dich auf Erden treffen wird, nein, nur um Deiner und aller Schuld, deren Strafe das Leid ist. Auf Erden sind wir alle arm, und müssen mannigfach mit unserem Leben herumwandeln, und lernen, und bleiben doch arme Schüler, bis der Herr sich unser erbarmet und uns einführt durch seinen bitteren Tod in das ewige Leben.“ – Seine Lieder endlich haben Klänge, die von keiner Kunst der Welt erfunden werden, sondern überall nur aus der Tiefe einer reinen Seele kommen; z. B. in dem Liede: „Mutter, halte dein Kindlein warm, die Welt ist kalt und helle“, die geheimnisvolle Gewalt der Mutterliebe:

„Komm her, komm her, trink meine Brust,
Leben von meinem Leben,
O könnt' ich alle fromme Lust
Aus meiner Brust dir geben.

Nur Lust, nur Lust, und gar kein Weh,
Ach du trinkest auch die Schmerzen,

So stärke Gott in Himmelhöh
Dich Herz aus meinem Herzen.

O du unschuld'ger Himmel du!
Du lachst aus Kindesblicken,
O Engelsehen, o sel'ge Ruh,
In dich mich zu entzücken."

Alle Herzinnigkeit keuscher Liebe tönt bei ihm oft in wahren Nachtigallenklagen, wie in dem Liede der Spinnerin:

„Es sang vor langen Jahren
Wohl auch die Nachtigall,
Das war wohl süßer Schall,
Da wir zusammen waren.

Ich sing' und kann nicht weinen
Und spinne so allein
Den Faden klar und rein,
Solang der Mond wird scheinen.

Da wir zusammen waren,
Da sang die Nachtigall,
Nun mahnet mich ihr Schall,
Daß du von mir gefahren.

So oft der Mond mag scheinen,
Gedenk ich dein allein,
Mein Herz ist klar und rein,
Gott wolle uns vereinen.

Seit du von mir gefahren,
Singt stets die Nachtigall,
Ich denk' bei ihrem Schall,
Wie wir zusammen waren.

Gott wolle uns vereinen,
Hier spinn' ich so allein,
Der Mond scheint klar und rein,
Ich sing' und möchte weinen."

Ebenso dürften sich wohl wenige Soldatenlieder, alte oder neue, an herzhafter Frömmigkeit mit dem nachstehenden vergleichen können:

„Es leben die Soldaten
So recht von Gottes Gnaden,
Der Himmel ist ihr Zelt,
Ihr Tisch das grüne Feld.

Die Sterne haben Stunden,
Die Sterne haben Runden
Und werden abgelöst,
Drum, Schildwach, sei getröst'.

Zum Hassen oder Lieben
Ist alle Welt getrieben,
Es bleibet keine Wahl,
Der Teufel ist neutral.

Wir richten mit dem Schwerte,
Der Leib gehört der Erde,
Die Seel' dem Himmelszelt,
Der Rock bleibt auf der Welt."

Am siegreichsten aber vielleicht zeigt sich die höhere Versöhnung jener dichterischen Doppelnatur Brentanos in seinen hinterlassenen Märchen. (Die Märchen des Clemens Brentano, zum Besten der Armen nach dem letzten Willen des Verfassers herausgegeben von Guido Görres. 1846–1847). Hier ist es nun allerdings zunächst wieder das ursprünglich Dämonische, das uns übermächtig entgegentritt, in dem fast magischen Naturgefühl, in dem beständigen Wetterleuchten des Witzes, der wie eine unabwendbare Naturgewalt über Freund und Feind ergeht, in einer ganz entfesselten Phantasie, die den verborgenen Zusammenhang des Entlegensten blitzartig aufdeckt, als ob sich das Unerhörte eben von selbst verstünde. Da blikken wir gleich in dem ersten, herrlichen Märchen vom Rhein und dem Müller Radlauf, wie bei Erschaffung der Welt, in den wundersamen Haushalt der Elementargeister, und was die Natur geheimnisvoll schafft, sprosset und ahnt, sehen wir in Sehnsucht, Zorn und Liebe da unten geschäftig: Wald- und Hauskobolde, Flußgötter, Nymphen, Echo und die Lurelei mit ihren sieben Jungfrauen; vor allem aber den Vater Rhein in seinem gläsernen Hause und über dessen Glasgewölbe das Gewässer mit Millionen bunter Fische, die sich mit ihren glänzenden Schuppen an das Glas anlegen und mit ihren Goldaugen hereinsehen, so daß die ganze Decke wie tausend Regenbogen durcheinanderflimmert, und wo sich die Fische wegbegeben, sieht man wieder zwischen wunderbaren Felsen die Sterne und den Mond leuchten, während aus der Tiefe der dort versenkte Nibelungenhort heraufschimmert und unten die ertrunkenen Kinder schlafen, daß es wie in einem Himmel von tausend schlummernden Kindergesichtern zu schauen ist. – Aber alle diese an sich heidnischen und untereinander feindlichen Kräfte sind zu heiterer, harmloser Schönheit bewältigt durch eine gewaltigere Kraft, durch eben jenes religiöse Grundgefühl, das, nirgend sich wortreich aufdrängend, wie der unsichtbare Hauch eines Sonntagsmorgens das Ganze durchweht und von einem Unterschiede zwischen dem Diesseits und Jenseits nicht mehr weiß; wie z. B. in der meisterhaften Erzählung von der Gefangenschaft der Prinzessin Ursula und der Nottaufe ihres Kindes. Er selbst spricht es in dem Märchen „Gockel, Hinkel, Gakkeleia“ aus:

„Salomo, du weiser König,
Dem die Geister untertänig,
Setz' uns von dem stolzen Pferde
Ohne Fallen sanft zur Erde,
Führ' uns von dem hohen Stuhle
Bei der Nachtigall zur Schule,
Die mit ihrem süßen Lallen
Gott und Menschen kann gefallen. –
Führ' uns nicht in die Versuchung
Unfruchtbarer Untersuchung;
Nicht der Kelter ew'ge Schraube,
Nein, die Rebe bringt die Traube.
Mach' einfältig uns gleich Tauben,
Segne uns mit Kinderglauben.
Laß die Engel bei uns wachen,
Daß wir wie die Kinder lachen,
Daß wir wie die Kinder weinen,
Laß uns alles sein, nichts scheinen."

Die Literatur überhaupt hat hauptsächlich dreierlei Märchen aufzuweisen. Das galante Märchen, dessen sich insbesondere die Franzosen bemächtigt haben; eigentlich nur eine Maskerade leichtfertiger Salon-Fräuleins, die sich aus Langerweile als Feen mit Reifrock und Toupet verkleiden, um ihre verliebten Kavaliere zu necken, und bei deren Elfentänzen man beständig das Philinen-Pantöffelchen klappen hört. Dann das philosophische Märchen, wo die Allegorie und eine gewisse phantastische Symmetrik der Gedanken die Poesie vertritt; und endlich das Volksmärchen, das, wie die alten Bilder auf Goldgrund, auf dem religiösen Volksglauben ruht. Zu den letztern gehören Brentanos Märchen. Aber wie die Poesie überhaupt, wenn sie einen gewissen Grad künstlerischer Vollendung errungen, nicht dem Volke allein anheimfallen kann und soll, so hat auch Brentano seine Märchen häufig über den kindlichen Gesichtskreis des Volkes hinaus erweitert und in dem Zauberspiegel auch die sogenannte gebildete Welt mit aufgefangen, die allerdings auf dem Hintergrunde jenes grundverschiedenen Volksglaubens ganz von selber märchenhaft erscheint. So bildet dieser Gegensatz von Naturpoesie und Kunstpoesie selbst das Hauptthema des Märchens „vom Murmeltier". So auch handelt z. B. das „Märchen vom Fanferlieschen Schönefüßchen" von den modernen Kinderverziehungssystemen und beinebst unter vielem andern auch noch vom Schürzen- und Pantoffel-Regiment des Aberglaubens, gegen das sich der arglistige König Jerum auflehnt, der immer von Freiheit spricht, nachdem er den in den Wirtshäusern bisher stets angeketteten Stiefelknecht von der Kette los und zu einem Fußbefreier gemacht hat, aber aus der Apotheke zum großen Orient für Zivilisation, Aufklärung, Menschenliebe und Preßfreiheit sich insgeheim das sogenannte Sukzessions- oder Erbschaftspulver holen läßt, womit er den Hirsenbrei der vornehmen Waisenkinder in Fanferlieschens Erziehungsanstalt vergiften will, um deren Güter an sich zu ziehn.

Man spricht von Brettern, die die Welt bedeuten; man könnt es vielmehr vom Märchen sagen. Da probiert die Sage die Geschichte, die arme, gebundene Natur träumt von Erlösung und spricht im Traume in abgebrochenen, wundersamen Lauten, rührend, kindisch, erschütternd, es ist das alte, wunderbare Lied, das in allen Dingen schläft. Aber nur ein reiner, gottergebener, keuscher Sinn kennt die Zauberformel, die es weckt, und wir erhalten eine große Meinung von Brentanos ethischer Gewalt, wenn wir ihn so durch den Sommernachtstraum der Welt, ihn deutend und lösend, auf dem Märchen-Rhein dahinfahren sehen,

„Himmel oben, Himmel unten,
Stern und Mond in Wellen lacht,
Und in Traum und Lust gewunden
Spiegelt sich die fromme Nacht."

Nach allem diesen könnte in der Tat nur eine sehr beschränkte Beurteilung, die für unsichtbare Geisteskämpfe überhaupt kein Verständnis hat, Brentano zu den Zerrissenen zählen wollen. Denn was bei ihm wohl zuweilen so erscheint, beruht keineswegs, wie bei den Zerrissenen, auf Unglauben, auf einer bloßen Negation oder Blasiertheit, mit einem Worte: nicht auf einem innern Bankerott, sondern vielmehr auf einem geistigen Überschusse, der in den hergebrachten Formeln der Poesie nicht aufgehen will. Und wenn jene ihre Blöße mit den Lappen der Genialität, die Brentano verschwenderisch als Lumpen weggeworfen, mühselig zu flicken und zu behängen suchen und mit ihrer Armut obendrein noch kokettieren; so hat dieser dagegen den Zwiespalt in sich stets als eine Krankheit erkannt, die man nicht freventlich hegen, sondern bezwingen soll. Auch er zwar handhabt die Ironie scharf und gewandter als irgendeiner seiner Kunstgenossen; aber seine Ironie ist keine sich selbst genügende, ästhetisch aufgebaute Kunst, sondern eine aus innigster Entrüstung hervorbrechende moralische Kraft, um das Schlechte und Gemeine im Leben zu vernichten. Und so hat dieser reichbegabte Romantiker allerdings in treuem Kampfe jene Krankheit in sich bezwungen, und alle seine Verirrungen, seinen Schmerz und seine Umkehr faßt er selbst rückblikkend noch einmal zusammen, wenn er kurz vor seinem Tode an eine Freundin schreibt: „O mein Kind! Wir haben nichts genährt als die Phantasie, und sie hatte uns teils wieder aufgefressen. Wenn ich nun in Deinem ganzen Wesen und in Deinem Bezug auf mich das ganze Maß der gleichen Liebe und Teilnahme fühle und genieße, und alles das ganz und vollkommen gesund, schlicht und unverkräuselt und nicht anders gemischt als nach dem Rezept des Katholizismus: Du sollst Gott lieben über alles und deinen Nächsten wie dich selbst, so fühle ich ein tiefes Leid, daß alles das in mir und jenen nur vermischt und zerrissen vorhanden ist, wenngleich die elenden Trümmer auf dem Bruch hier und da glänzen; ich fühle also bei diesen Eindrücken die unendliche Verletzung, die ich und andere durch den Verlust der Religion und durch die Hingabe an die Welt und ihren Dienst erlitten haben und dieses Gefühl erfüllt mich mit Leid und Reue; denn wäre ich gehorsam und treu gewesen dem Gebote, das ich gelernt wie Du, ich könnte mich eines ähnlichen Glückes preisen – und so sei es denn hingeschrieben als eine neue Aneiferung für Dich, in dem treuen katholischen Wandel mutig ohne Qual, unter Gebet fortzufahren und Deine Kinder und alle Dir nahegestellten Seelen mit unverletzlicher Gewissenhaftigkeit auf den Wegen der Religion fortzuführen, so viel Du vermagst, zu stützen und zu schützen."

Schenkendorf

Max von Schenkendorf (1784–1817) ist einer der liebenswürdigsten und unschuldigsten Romantiker, der nichts fördert oder modifiziert, aber alle romantischen Elemente getreu und ohne irgendeinen trüben Hauch von Ironie oder Affektation in reiner Seele noch einmal widerspiegelt. Es ist wie der Nachsommer der scheidenden Romantik, schon etwas herbstlich verblaßt, mehr wehmütig als verheißend. Er gehört zu den Dichtern, die man beziehungsweise die passiven nennen könnte, weil sie weniger erfinden, als das Erfundene innig nachempfinden. Fern von der ursprünglichen Überschwenglichkeit des ausbrechenden poetischen Frühlings, von jenen Wagnissen, Höhen und Abgründen der Seele ist daher der Kreis seiner Anschauungen nur beschränkt, aber um desto intensiver. Es ist die Romantik, auf eine einzige große Tatsache: den Befreiungskrieg, angewendet. Als der eigentliche Sänger dieses Kampfes, tiefer und wahrer als Körner, ließ er alle romantischen Schlaglichter verklärend auf das *eine* Ereignis fallen; und als es dann wieder stille ward, wurde auch er bald abgerufen.

Mit hohem sittlichen Ernst faßt er zunächst Grund und Zweck des Krieges in ihrer welthistorischen Bedeutung auf. Es gilt nicht eitlen Ruhm, noch Land und Gut, es gilt nichts Geringeres, als das alte, fromme, tapfre, ehrenhafte Deutschland, wie er es treu im Herzen trägt, als eine feste Burg der Christenheit wieder aufzurichten. Denn *dieses* Deutschland hatte sich selbst vergessen, seine Tugenden und seine Bestimmung; und – mit Bezug auf seine schönste, längstversunkene Erscheinung, den deutschen Ritterorden in Preußen – klagt daher der Dichter:

„Ach, die Ritter sind gefallen,
Ihre Tempel sind entweiht,
Abgebrochen ihre Hallen –
Auf den Särgen liegt ihr Kleid.

Immer nur das Lose, Neue
Nahm die jüngste Zeit zum Ziel
Alte Kraft und alte Treue
Lebten kaum im Ritterspiel."

Und in diesem Todesschlafe wurde es überschlichen von der Nemesis, von der Lust am Fremden, von der Knechtschaft und der Schande.

„Wir haben alle schwer gesündigt,
Wir mangeln allesamt an Ruhm,
Man hat, o Herr! uns oft verkündigt
Der Freiheit Evangelium;
Wir aber hatten uns entmündigt,
Das Salz der Erde wurde dumm;
So Fürst als Bürger, so der Adel,
Hier ist nicht einer ohne Tadel.

Wir haben an der bunten Wange
Der alten Babel uns berauscht,
Und ihrem frechen Lustgesange,

Mit keuschem deutschen Ohr gelauscht,
Die Kraft entschwand uns vor dem Klange,
Im Taumel haben wir vertauscht
Mit eklem Rotwelsch der Garonne
Die Sprache Teuts, der Helden Wonne.

Da kamen über uns gezogen
Die Schmach, die Greuel ohne Zahl,
Wir bauten mit am Siegesbogen,
Wir saßen mit am Götzenmahl;
Die nie das freie Haupt gebogen,
Die Männer stolz und rein wie Stahl,
Sie webten mit am Sklavenbande,
Sie prunkten mit dem Schmuck der Schande."

Aber in der höchsten Not, und als die Schuld durch schwere Buße gesühnt war, erkannten sie sich selber wieder an dem ewigen Zeichen ihres vergessenen Ordens.

„Denn ein Herr, dem alle weichen,
Hat den Jammer fromm bedacht,
Hat uns unsre Ordenszeichen
Aus der Gruft heraufgebracht.

Wieder schmückt es unsre Fahnen,
Wieder deckt es unsre Brust,
Und im Himmel noch die Ahnen
Schauen es mit Heldenlust.

War das alte Kreuz von Wollen,
Eisern ist das neue Bild,
Anzudeuten, was wir sollen,
Was der Männer Herzen füllt."

Denn in solchem Streit um die höchsten Güter für ganz Europa, war vor allen andern *ein* tiefsinniges Volk zum Vorkämpfer berufen:

„Das ist das Volk im Herzen
Der heil'gen Christenwelt,
Das fester alle Schmerzen
Und alle Freuden hält.
Das ist ein Volk der Treue,
Der Demut und der Kraft,
Das ist die Gottesweihe,
Die Deutschlands Würde schafft."

Als ein echter Paladin erwählt er daher nun seine schöne Herrin, zu deren Preis er fechten will, an die er immerdar geglaubt, die ein Leuchten aus großen Tagen wie sagenhafter Zauber umschwebt: „sein heiliges, sein deutsches Reich" – und alle frischen Klänge der Romantik schlagen in dem Liede an:

„Ich zieh' ins Feld für meinen Glauben,
Für aller Welten höchstes Gut,
Am Nile schwur der Feind zu rauben
Uns vom Altar des Heilands Blut.

Ich zieh' ins Feld für ew'ges Leben,
Für Freiheit und uraltes Recht,
In frischer Kraft soll sich erheben
Der Mensch, zu lange schon ein Knecht.

Ich zieh' ins Feld um Himmelsgüter
Und nicht um Fürstenlohn und Ruhm;
Ein Ritter ist geborner Hüter
Von jedem wahren Heiligtum.

Ich zieh' ins Feld für Deutschlands Ehre,
Das Lustspiel alter Heldenwelt;
Daß Lied und Minne wiederkehre
In unser grünes Eichenzelt.

Ich zieh' ins Feld mit freien Bauern
Und ehrenwerter Bürgerzunft,
Ein ernster Schlachtruf ist ihr Trauern
Um alter Zeiten Wiederkunft.

Ich zieh' ins Feld, daß ferner gelte
Mein Adel, meine Wappenzier,
Daß mich der Ahnen keiner schelte
Einst an des Paradieses Tür.

Ich zieh' ins Feld für meine Dame,
Die schönste weit im ganzen Land,
Daß ohne Tadel sei der Name,
Den sie zu tragen würdig fand.

Ich zieh' ins Feld, wo Tausend sinken
Als Bürgen einer bessern Welt,
Soll mir der Todesengel winken
Hier bin ich Herr, ich zieh' ins Feld.

Man fühlt es, aus diesem guten Gewissen seiner Poesie entsprang auch der Todesmut und die herzliche Soldaten-Frömmigkeit, die wie ein Engel-Chor durch seine Kriegslieder weht:

„Du reicher Gott in Gnaden,
Schau her vom blauen Zelt;
Du selbst hast uns geladen
In dieses Waffenfeld.
Lass' uns vor Dir bestehen,
Und gib uns heut den Sieg;
Die Christenbanner wehen,
Dein ist, o Herr! der Krieg. –

Wir haben uns ergeben,
Herr Gott, in Deine Hand;
Nimm hin den Leib, das Leben
für unser Vaterland. –

Das ist ein leichtes Sterben,
Das ist ein süßer Tod,
Wenn's gilt aus bittrer Not
Die ewge Lust zu erben."

Ja, es ist der Erlöser selbst, der unsichtbar mit dem Kreuzesbanner dem Heere voranzieht:

„Er schwor bei seinem Leben,
Er steht an unsrer Seiten,
Wenn wir im besten Streiten
Die Häupter zu ihm heben. –
Der uns vorangeschritten
Ein Herzog in dem Schmerz,
Der Herr ist in der Mitten
Und spricht an jedes Herz:
Die Welt liegt in den Ketten
Der bösen dunklen Macht,
Die Hölle zürnt und wacht,
Wer will die Welt erretten?"

Es konnte nicht fehlen, eine solche Innerlichkeit des positiven Christentums mußte zu ihrer göttlichen Heimat, zur Kirche hinneigen. Und so ruft er denn auch:

O blickt herab auf unser Heer,
Vom Haus der ew'gen Freude,
Ihr Heiligen, ihr Märtyrer
Im blutbesprengten Kleide,
Hier ist das Leben, hier das Blut,
O schenket Glauben, schenket Mut!
Was schauest du so hehr und mild
Uns an von unsern Fahnen,
Du teures Muttergottesbild?
Dein Antlitz muß uns mahnen
An Demut, Freundlichkeit und Zucht,
Des heil'gen Geistes werte Frucht."

Und in einem anderen Gedichte sagt er, im Rückblick auf die Reformation:

„Als das heil'ge Reich sich trennte,
Niedersanken alte Vesten,
Blinder Irrtum zwang die Besten
Dreißig bange Jahre lang.

Achtend nicht der zarten Kindlein,
Priester halb und halb ein Ritter,
Glaubensfels im Ungewitter,
Stand der fromme Ferdinand."

Ja, in einem Gedichte, das im J. 1810 in einer Wochenschrift zu Königsberg in Preußen, angeblich als Übersetzung einer alten Kirchenhymne, nebst einem von Franz Karnier dazu verfaßten lateinischen Texte erschienen, betet er für den gefangenen Papst:

„Hör' auf deines Volkes Flehen,
Heiland, laß vorübergehen
Deiner Kirche Todeswehen.

Was ihr deine Huld gespendet,
Ach ihr Kleinod ist entwendet,
König, deine Braut geschändet. –

Tränen rufen dich und Lieder,
König, sende Hülfe nieder,
Gib ihr ihren Hirten wieder.

Wollest den Gefangnen stärken
Bei des heil'gen Amtes Werken
Deine Hülf ihn lassen merken.

Paul und Peter, Kirchensäulen,
Heil'ge Schirmer, wollet eilen
Unsers Vaters Herz zu heilen.

Die mit zornerfüllten Mienen
Einst dem Attila erschienen
Und ihn zwangen, euch zu dienen.

Wollet nun den Frevler lohnen,
Der zertreten eure Kronen,
Wollet länger sein nicht schonen!"

Und wie hier auf dem religiösen Standpunkte, so sucht er überall die Gegensätze des Lebens in dem höhren, milden Lichte seines Gemüts zu vermitteln und zu versöhnen. Selbst mitten im Kriegsgetümmel, weil es ihm eben nur Ideen gilt, bleibt er der Rache und dem Franzosenhasse, wie sie damals oft so widerwärtig aufloderten, durchaus fremd und sagt, den tapfern Gegner ehrend, in seinem Soldaten-Abendlied:

„Auch du im Lager drüben
Magst ruhig schlafen, Feind,
Wir ha'n mit Schuß und Hieben
Es ehrlich stets gemeint."

Mit demselben versöhnlichen Sinne betrachtet er die verschiedenen Stände nur als Glieder *einer* Familie und erwartet, bei aller aristokratischen Ritterlichkeit, die Verjüngung der letzteren von der frischen, frommen Lebenskraft des Landmanns. „O Bauernstand", ruft er,

„Du liebster mir von allen,
Zum Erbteil ist ein freies Land
Dir herrlich zugefallen.

Die Hoffart zehrt, ein böser Wurm,
Ein Rost an Ritterschilden;
Zerfallen sind im Zeitensturm
Die reichen Bürgergilden.

Du aber baust ein festes Haus,
Die schöne grüne Erde,
Und streuest goldnen Samen aus
Ohn' Argwohn und Gefährde.

Hast Gottesluft und Gottesstrahl,
Um eilig zu genesen,
Wenn sich in deine Hürd' einmal
Geschlichen fremdes Wesen.

Die Demut und die Dienstbarkeit
Der Schönheit und der Stärke,
Die Einfalt, die sich kindlich freut
An jedem Gotteswerke. –

Wohl manches Zeichen, manchen Wink
Kann man da draußen sehen,
Wovon wir in dem Mauernring
Die Hälfte nicht verstehen.

Vom Bauernstand, von unten aus
Soll sich das neue Leben
In Adels Schloß und Bürgers Haus
Ein frischer Quell erheben."

Ebenso erscheint der alte eingebildete Streit zwischen Freiheit und Gesetz in ihm geschlichtet; nur im Gesetz sieht er das Bild vollkommener Freiheit verklärt, und diese ist ihm der Aufblick nach den ewigen Höhen, wenn der Mensch sich innerlich besinnt.

„Er fühlt sich Meister jedes Dings
Und kennet sein Geschlecht,
Er bildet sich ein heilig Recht
Und blicket rechts und links.
Was ihn als Ahnung fern umschwebt,
Was schaute die Vernunft,

Der Schöpfertrieb, der in ihm lebt,
Stellt's dar in Haus und Zunft."

So auch in der Politik ist es abermals eine höhere Vermittelung der deutschnationalen Gegensätze und Antipathien, die er anstrebt. Er will, so sehr er auch mit Leib und Seele ein Preuße ist, nicht Preußen, Östreich, Bayern, nicht Nord- und Süddeutsche mehr, sondern *ein* einig Deutschland, und zu dessen Gewähr wieder einen deutschen Kaiser. Deutschland soll sein:

„Ein Haus der Freiheit und des Ruhms,
Der Weisheit und der Stärke,
Ein' Burg des alten Rittertums,
Ein Rüsthaus jedem Werke,
Das nach dem rechten Ziele strebt,
Ein Haus, in dem der Glaube lebt,
Die Liebe, Zucht und Ehre.

Der edlen Stämme sollen viel
In diesem Hause wohnen,
Bei Gottesdienst und Saitenspiel
Ein Herrscher in ihm thronen.
Der Herrlichste der ganzen Welt,
Ein Priester und ein Rittersheld,
Man heißt ihn deutscher Kaiser."

Doch dieses Haus kann nicht auf dem Trommelfell mit Bajonetten gebaut werden. Das gute Schwert hat zwar Grund und Boden wieder erobert und gesichert, über dem nun die Burg sich erheben soll,

„Aber einmal müßt ihr ringen
Noch in ernster Geisterschlacht,
Und den letzten Feind bezwingen,
Der im Innern drohend wacht.
Haß und Argwohn müßt ihr dämpfen,

Geiz und Neid und böse Lust,
Dann nach langen schweren Kämpfen
Kannst du ruhen, deutsche Brust.
Jeder ist dann reich an Ehren,
Reich an Demut und an Macht;
So nur kann sich recht verklären
Unsers Kaisers heil'ge Pracht."

Und hier gilt es endlich den höchsten Gegensatz, der das deutsche Leben bis zum Herzblut zerspaltet, die Versöhnung von Religion und Wissenschaft; und so pflanzt er denn in freudigem Gottvertrauen das junge, scharfe Schwert des Wissens als Kreuz in den wiedergewonnenen Boden, daß es, so zum einigen frischen Lebensbaum emporwachsend, den neuen Bau beschirme. Nun gilt es, sagt er,

„Nun gilt's ein neues Bilden;
So komm in deiner Kraft
Aus himmlischen Gefilden
Zur Erde, Wissenschaft.
Man soll dich treulich pflegen,
Du teures Erb und Gut,
Daß noch im Väter-Segen
Der freie Enkel ruht.

O komm in unsre Säle,
In unsre Schulen komm,
Mit rechter Treu und stähle
Und mach uns wieder fromm.
Es haben ja die Alten,
Die weisen, bärt'gen Herrn
Den Glauben auch gehalten
Für alles Wissens Kern." –

So finden wir den Dichter überall auf der Vorhut der Zeit, unverzagt, treu und wachsam dem allgemeinen Feinde gegenüber, wo und wie er sich auch drohend zeige; und für keinen seiner Zeitgenossen war wohl der Feldruf: Mit Gott für König und Vaterland! so durchaus bezeichnend als für Schenkendorf. Nicht ohne die herzlichste Teilnahme können wir von der reinen, schlichten Seele scheiden, die uns aus allen seinen Liedern so treuherzig anblickt. Um so schmerzlicher aber empfinden wir es, daß eben nicht jeder alles vermag und daß es daher auch diesem reichen, aber weichen Gemüt nicht gegeben war, den frommen Ernst und die tüchtige Gesinnung in umfassenderen, eingreifenderen Bildungen zu gestalten und zu verbreiten. Denn selbst seine Kriegspoesie, bei allem darin aufblitzenden Kampfesmut, mahnt im ganzen doch unwillkürlich an Theobald in Arnims Appelmännern, wo dieser sagt: Ihr habt mich mit eurer Heftigkeit so in den Krieg wie in ein Meer hineingestürzt, und nun ich zur Besinnung komme, find ich nirgend Land, um meinen Fuß zu setzen, und geh in meiner Wehmut unter.

Fouqué

Kein neuer Dichter war ein so entschiedener Partisan der Romantik, keiner hielt, noch lange nach ihrem Untergang, bis zum letzten Atemzuge getreuer zu ihrer Fahne als der bekannte Major und Ritter Friedrich Baron de la Motte *Fouqué.*

Frühzeitig durch die Schlegels aus einem vagen Dilettantismus geweckt und für den neuen Kriegszug geworben, gehört er ein volles Menschenalter hindurch zu ihren ersten und letzten Verfechtern. In die Verherrlichung des Mittelalters zur Kräftigung der Gegenwart, in die Wiederbelebung altertümlicher und ausländischer Formen, in die religiöse Weltanschauung, mit einem Wort: in alle Intentionen der Romantik ging er gläubig ein, und die Poesie selbst war ihm immerdar eine geheimnisvolle Gabe von oben, „vermittelst welcher dem Begabten überschwenglich mehr zuteil wird, als er mit eigner Verstandeskraft hervorzubringen vermöchte". Viele seiner Lieder werden durch die innige Frömmigkeit, die darin weht, unvergänglich bleiben. Welch ein mildes, gottergebenes Gemüt spiegelt sich z. B. in seinem Liede nach der Schlacht von Dresden:

„Herr Gott, Dein Wille soll ergehn!
Ich sünd'ges Menschenkind,
Ich kann ihn leider nicht verstehn,
Ich bin zu blöd und blind.
Doch heb' ich zu Dir auf in Müh'
Das schmerzbeladne Haupt,
Und denke spät und denke früh:
Dort schaut, wer diesseits glaubt."

Dieses unbedingte Gottvertrauen, ohne alle Reservationen und philosophischen Hinterhalt, gibt ihm auch überall Zuversicht und Freudigkeit:

„Und zur Leier sing' ich schöne Lieder;
Die geleiten mich wie helle Kerzen.
Wieder
Tönen sie in manchem deutschen Herzen.
Ach und beten kann ich, beten,
Freudiglich!
Will mich Christ bei Gott vertreten,
Wer ist wider mich?"

Und so durfte der getreue Kämpe wohl getrost von sich selber sagen:

„Wohin Du mich willst haben,
Mein Herr, steh ich bereit,

Zu frommen Liedesgaben,
Wie auch zu wackerm Streit.

Dein Bot' in Schlacht und Reise,
Dein Bot' im stillen Haus,
Ruh ich auf alle Weise
Doch einst im Himmel aus."

Und dennoch – obgleich er lange Zeit von einem zahlreichen Publikum und insbesondere von den Frauen mit Begeisterung begrüßt und gepflegt wurde, hat grade Fouqué, freilich ganz wider seinen Willen, am meisten dazu beigetragen, die Romantik in Mißachtung, ja Verachtung zu bringen. – Über diesen befremdlichen Ausgang eines bedeutenden Dichtertalents wollen wir uns in nachfolgenden Zeilen näher zu verständigen suchen.
„Diese Dichtungen gehörten einstmals zu meinem allereigentümlichsten Ich – ja sie waren mein Ich, wie ich gar wohl behaupten mag." So versichert Fouqué im Nachwort zur letzten Ausgabe seiner ausgewählten Werke. Und wir werden dieser Versicherung um so volleren Glauben schenken, wenn er an einer anderen Stelle, wo er von seinem Hauptwerke, dem Zauberringe, redet, uns noch einen schärferen Blick in seine poetische Auffassungsweise tun läßt. „Folko von Montfaucon", sagt er nämlich dort, „lag und liegt mir nun einmal gar eigentümlich am Herzen, als Ur- und Vorbild der jetzt nur in einzelnen Erscheinungen – namentlich schön in den sieglosen, aber ehrenreichen Vendéekriegen – auftauchenden altfranzösischen Ritterlichkeit." In diesem Gefühl konnte es sich der Dichter auch nicht versagen, jenen in die Farben seines eigenen Wappenschildes zu kleiden: Himmelblau und Gold, und ihm dessen Embleme zuzuteilen, ja gewissermaßen ihn auch mit dem eignen Stammesnamen zu bezeichnen; „denn Foulqués hießen wir in älteren Zeiten, und zwar mutmaßlich (unserer normannischen Abkunft zufolge) von den Nordlandsnamen Folko und Ful-

ko hergeleitet, und eine Burg Montfaucon gehörte zu unseren damaligen Besitztumen." – Ja, nachdem er auf diese Weise den gänzlich aus der Luft gegriffenen Romanhelden Folko gewissermaßen zu seinem eigenen Urahn gemacht, hält er später seine Schilderung des Schwedensieges in demselben Romane, wo Otto von Trautwangen in das feindliche Fußvolk einbricht, alles Ernstes für eine Ahnung, die sich ihm in der Schlacht bei Lützen, da er selber ebenso den Freiwilligen auf ein französisches Karree vorangesprengt, erfüllt habe. Auch seine Soldatenlieder, die „in dem großen Kriegsjahr Dreizehn" von den jungen Jägern häufig auf den Märschen gesungen wurden, waren recht sein eigenstes Erlebnis, im Gegensatz zu vielen anderen, welche dazumal ihren Patriotismus zu Haus in tapfern Worten verpufften. Er selbst vielmehr stürzte sich rücksichtslos in den Krieg und hat durch sein wackeres Beispiel viele Herzen entflammt.

„Der hat gesungen dies kecke, freudige Lied,
Sich selbst zu rufen zu kecken Taten auf,
Daß er vollbringe, was er als Dichter riet,
Und freudig ende den edlen Lebenslauf."

Dieses völlige Identifizieren des Dichters mit seinen Dichtungen erklärt nun allerdings die liebenswürdige Aufrichtigkeit seiner Schriften. Aber so ehrenwert die letztere ist und bleibt, so hatte doch das erstere, bei der eigentümlichen Persönlichkeit Fouqués, auch seine sehr bedenkliche Kehrseite. Denn Fouqué war vom Kopf bis zur Zeh ein Berliner Reiteroffizier mit dem sentimental-chevaleresken Anflug der neunziger Jahre; und so wurden, bei seiner assimilierenden Dichternatur, seine altfranzösischen, maurischen und Nordlandsrecken mehr oder minder preußische Gardeoffiziere aus jener Zeit, wohlgefällig und nicht ohne Koketterie sich in dem blanken Schilde der Ritterlichkeit bespiegelnd, der, weil er modern poliert war, die Vorzeit oft verzerrt reflektierte, wie z. B. die

zimperlichen, langgestreckten Jungfraungestalten, die auf den Bildchen im Frauentaschenbuche recht täuschend wiedergegeben sind. So wurden überhaupt fast alle seine Romane zu ritterlichen Komplimentierbüchern, gleich den alten Pergamentdrucken, an den Rändern mit katholischen Miniaturarabesken wunderlich verziert. Liebe, Frömmigkeit, Patriotismus, alles ist bei Fouqué halb wahr, halb gemacht; die Tapferkeit muß einen eleganten Henri Quatre tragen, die Unschuld à l'enfant frisiert sein; überall eine große Gutmütigkeit bei einem kleinen Verstande, der von seiner eigenen Affektation nicht einmal eine Ahnung hatte. Um endlich alles zusammenzufassen: bei Fouqué überwältigte die reiche, auf einen Punkt gespannte Phantasie, verbunden mit einer ehrlich ritterlichen Intention, alle anderen Geisteskräfte und machte ihn so zum Don Quichotte der Romantik. Denn wie Don Quichotte hielt auch er seine mittelalterlichen Illusionen für bare Wirklichkeit, macht vor jedem Gesange seiner „Corona" in eigner Person als Folko und Major und Sänger auf seinem klugen Rosse mit feierlicher Courtoisie die Honneurs und schreibt die Niederlagen, die er zuletzt im Beifall des Publikums erlitten, sehr gelassen den unbekannten ultraliberalen Zauberern zu.
Kein Wunder daher, wenn die Welt über sein absonderliches christliches Heldentum allmählich ein Lächeln überkam und endlich ein rohes Lachen über alle Romantik ausbrach, für deren Hauptrepräsentanten er bei der Menge gegolten. Für uns aber hat es etwas peinlich Rührendes, den greisen Dichter, wie einen abgedankten Tragöden nach längst vollendetem Schauspiel, noch immer zwischen den umgeworfenen Kulissen und verlöschenden Lampen in seiner alten Rüstung rumoren zu sehen, als wäre eben noch alles ringsumher wie in seiner fröhlichen Jugend. – Friede und Achtung seinem Andenken, wie allen, die es redlich gemeint!

In *Uhland* kulminiert die romantische Lyrik. Nicht nur, daß er die zerstreuten Klänge, die Tieck einst zum Teil noch wirr und formlos angeschlagen, erst zum wirklichen Liede gemacht; sondern seine Lyrik steht auch schon scharf auf der Wetterscheide zwischen der romantischen und der neuesten Zeit, gleich wie ja Uhland selbst seinem Alter nach (geb. 1787) beiden Geschlechtern angehört. Allerdings wurzeln seine schönen Lieder, durch die er berühmt geworden, noch in dem alten Boden. Es ist noch Luft, Licht und das ganze poetische Glaubensbekenntnis der Romantik, wenn er in seinem „Märchen" von dem wunderbaren Fräulein erzählt, die, von der schnurrenden Spindel der Stubenpoesie verwundet, mitten unter ihren Paladinen in Zauberschlummer versunken:

„So schlief sie in der Halle,
Die Fürstin, reich geschmückt.
Bald hatte die andern alle
Der gleiche Schlaf berückt.
Die Sänger schon in Träumen,
Rührten die Saiten bang,
Bis in des Schlosses Räumen
Der letzte Laut verklang."

Da hat nach vierhundert Jahren des Königs Sohn, mit seinen Jägern ins Waldgebirg reitend, die seltsamen grauen Türme und Zinnen des Schlosses wieder entdeckt. Vergebens warnt ihn ein alter Spindelmann:

„Romantische Menschenfresser
Hausen auf jenem Schloß;
Die mit barbarischem Messer
Abschlachten klein und groß."

Er haut mit dem Degen sich Bahn zum Schlosse, der Hof war wieder Wald geworden, die Vögel sangen in den Bäumen; so schreitet er über die kreuzweis vorgehaltenen Hellebarden zweier schlafenden Riesen zum großen Saal:

„Da lehnten in hohen Nischen
Geschmückter Frauen viel,
Gewappnete Ritter dazwischen
Mit goldnem Saitenspiel.
Hochmächtige Gestalten,
Geschloßnen Auges, stumm;
Grabbildern gleich zu halten
Aus grauem Altertum."

Und inmitten des stillen Kreises ruht die schöne Jungfrau, Goldstoffe über sie gebreitet und Rosen ohne Zahl. Er weckt sie mit einem Kusse, die ihn, noch halb im Schlummer mit dem Arm umwunden.

„Sie streifte die goldenen Locken
Aus ihrem Angesicht,
Sie hob so süß erschrocken
Ihr blaues Augenlicht.
Und in den Nischen allen
Erwachen Ritter und Frau,
Die alten Lieder hallen
Im weiten Fürstenbau.

Ein Morgen, rot und golden,
Hat uns den Mai gebracht;
Da trat mit seiner Holden
Der Prinz aus Waldesnacht.
Es schreiten die alten Meister
in hehrem, stolzen Gang,
Wie riesenhafte Geister
Mit fremdem Wundersang.

Die Täler, schlummertrunken,
Weckt der Gesänge Lust;
Wer einen Jugendfunken
Noch hegt in seiner Brust,
Der jubelt, tief gerühret:
Dank dieser goldnen Früh,
Die uns zurückgeführet
Dich, *deutsche Poesie!*"

Und ein solcher Jubel ist Uhlands eigne Poesie, die fast alle Elemente der Romantik wie zum Abschiedsgruße noch einmal austönt; ja, was die andern nur mystisch anzudeuten gewußt: das Geheimnisvolle der Natur, diese wunderbaren Stimmen einer unsichtbaren Welt, sind bei ihm oft überraschend zu lebendigem Wort und Bild geworden. So die tiefe Sabbatstille der Felder in „Schäfers Sonntagslied":

„Das ist der Tag des Herrn!
Ich bin allein auf weiter Flur,
Noch eine Morgenglocke nur!
Nun Stille nah und fern!

Anbetend knie' ich hier.
O süßes Graun! geheimes Wehn!
Als knieten viele ungesehn
Und beteten mit mir.

Der Himmel, nah und fern,
Er ist so klar und feierlich,
So ganz als wollt' er öffnen sich.
Das ist der Tag des Herrn!"

Oder der heimliche Geisterblick der Heimatsgegend in den Worten:

„Wie willst du dich mir offenbaren,
Wie ungewohnt, geliebtes Tal?

Nur in den frühsten Jugendjahren
Erschienst du so mir manchesmal.
Die Sonne schon hinabgegangen,
Doch aus den Bächen klarer Schein!
Kein Lüftchen spielt mir um die Wangen,
Doch sanftes Rauschen in dem Hain!“ –

Auch das Heimweh der Romantik geht noch durch diese Lieder; bald als sehnsüchtiger Mut:

„Wohl blühet jedem Jahre
Sein Frühling mild und licht,
Auch jener große, klare –
Getrost er fehlt dir nicht;
Er ist dir noch beschieden
Am Ziele deiner Bahn,
Du ahnest ihn hienieden
Und droben bricht er an!“

,

bald als Todesengel durch die blühende Landschaft vorüberschwebend:

„Droben stehet die Kapelle,
Schauet still ins Tal hinab,
Drunten singt bei Wies’ und Quelle
Froh und hell der Hirtenknab’.

Traurig tönt das Glöcklein nieder,
Schauerlich der Leichenchor;
Stille sind die frohen Lieder,
Und der Knabe lauscht empor.

Droben bringt man sie zum Grabe,
Die sich freuten in dem Tal;
Hirtenknabe! Hirtenknabe!
Dir auch singt man dort einmal.“

Alles Menschlichschöne endlich: Liebe, Freundschaft, Tapferkeit, Treue, begrüßt uns hier in dem milden Lichte einer höheren Auffassung, die auch das Alltägliche wunderbar macht und die wir nur als eine religiöse bezeichnen können, indem sie alle irdische Erscheinung ihrem göttlichen Ursprung zuwendet. Es ist mit einem Wort eine durchaus deutsche, d. h. *gläubige* Poesie, die es noch ehrlich ernst mit sich und ihrem Gegenstande meint und daher unmittelbar trifft wie das Volkslied; in dieser Wahrhaftigkeit des Gefühls nur mit Arnims Dichtungen vergleichbar, vollendeter in der Liedesform als diese, aber beschränkter in dem Umfange ihrer Produktionskraft.
Es ist natürlich, eine so tiefe Innerlichkeit konnte sich in den wichtigsten Lebensfragen nicht leichtfertig oder hoffärtig mit einem oberflächlichen Rationalismus begnügen. Überall vielmehr sehen wir Uhland von einer freudigen Zuversicht persönlicher Fortdauer nach dem Tode, über Lust und Leid emporgehoben, wie im „Gruß der Seelen", „Auf einem Grabsteine" und anderen Liedern; und es ist kein naturphilosophisches Experiment, noch etwa ein bloßer guter Mann und Weltmeister, sondern der historische Gottmensch Christus, den er anredet:

„Du, den wir suchen auf so finstern Wegen,
Mit forschenden Gedanken nicht erfassen,
Du hast dein heilig Dunkel einst verlassen
Und tratest sichtbar deinem Volk entgegen.

Welch süßes Heil, dein Bild sich einzuprägen,
Die Worte deines Mundes aufzufassen!
O selig, die an deinem Mahle saßen!
O selig, der an deiner Brust gelegen!"

Allein das, was wir als das Unterscheidende der Romantik anerkennen mußten, ihre *katholische* Heimat, hat Uhland gleichwohl bereits verlassen. Nicht etwa – wie sich bei

ihm von selbst versteht –, daß wir hier den kleinen Krieg schon fänden, unedeln Spott oder Haß gegen die Kirche, denn er steht ja noch auf gemeinschaftlichem christlichen Boden mit ihr; und ebensowenig jene widerliche ästhetische Vornehmheit, die um des romantischen Schlendrians willen sich großmütig lächelnd herabläßt, den Katholizismus hie und da noch als willkommenen künstlerischen Apparat zu benutzen. Freundnachbarlich vielmehr begrüßen wir in Uhland einen durchaus wohlgesinnten Protestantismus, der die Überzeugung der Kirche ehrt, wo er sie auch nicht teilt – aber es ist eben darum auch nicht mehr der alte, feurig-romantische Glaube, der vor kurzem noch rationalistische Berge versetzt, es ist nur noch ein *poetisches* Verständnis der katholischen *Schönheit.*
Indem also Uhland, als reicher Erbe auf den Gipfeln der Romantik angelangt, diese in der *Hauptsache* hinter sich abschließt, greift er von der andern Seite zugleich schon in die neue Zeit hinaus mit seinen *politischen* Liedern.
Auch auf diesem neuen Pegasus finden wir ihn vollkommen sattelfest, und es ist dieselbe tüchtige Gesinnung, die uns den Dichter ehrenwert und seine Poesie zum Volksgut gemacht hat, wenn er sagt:

„An unsrer Väter Taten
Mit Liebe sich erbaun,
Fortpflanzen ihre Saaten,
Dem alten Grund vertraun;
Um unsre Schmach sich kränken,
Sich unsrer Ehre freun;
In solchem Angedenken
Des Landes Heil erneun;
Sein eignes Ich vergessen
In aller Lust und Schmerz:
Das nennt man, wohlermessen,
Für unser Volk ein Herz."

Solchen Ton hatten indes schon vor Uhland andere Romantiker, vielleicht noch voller, angeschlagen. Um daher das *Neue* zu erkennen, das Uhland, wie wir vorhin sagten, mit seinen vaterländischen Gedichten angebahnt, müssen wir uns zuvörderst über Sinn und Bedeutung dieser Dichtungsart näher zu verständigen suchen. – Was ist denn eigentlich politische Poesie? Gewiß *nicht* versifizierte Kammerverhandlungen über Presse, Verfassungsfragen oder ordinäre Franzosenfresserei. Wer freilich möchte leugnen, daß auch solchen Bestrebungen poetische Sympathien zum Grunde liegen; aber ebenso gewiß gehören alle jene Dinge in ihrer abstrakten Erscheinung einer geistigen Kombination an, für welche die Poesie, als Kunst, weder den Beruf noch die Mittel und mithin auch keinen natürlichen Ausdruck hat. Die äußeren Staatsformen, sie mögen als Recht oder Mißbrauch, als Verfassung oder als öffentliche Meinung sich kundgeben, sind immer nur die Resultate der inneren Geschichte, des normalen oder verkehrten Bildungsprozesses eines Volks. Historisch gegebene Größen, aus denen der ordnende Weltverstand, den wir Regierungskunst nennen, seine Gleichungen zu machen hat, um die unbekannte Größe des Ewigen zu finden. Die Aufgabe der Poesie dagegen ist nicht, das, was der Wogenschlag der Zeit als Begriffe abgelagert, prüfend zurechtzulegen, nicht das Erkämpfte, sondern den Kampf, das Werdende, mit einem Wort: das *Dramatische* jenes Bildungsprozesses selbst lebendig darzustellen. Eine vorwitzige Mengerei dieser wesentlich verschiedenen Aufgaben und Elemente, vor der schon Lessing so ernst gewarnt, kann daher im vorliegenden Falle nur die Politik phantastisch machen oder die Poesie zu einer didaktischen Rhetorik aufblasen. Von beiderlei Mißgeburten hat unsere neueste Literatur zahlreiche Exemplare aufzuweisen; ja, viele der jetzigen Dramen sind, fast wie unsere gesellschaftlichen Rätselspiele, schlechthin bloße Allegorien radikaler Stichworte; im Grunde also nur eine andere Art von Iffländerei, die uns, statt der damaligen platten Wirklichkeit der häuslichen Familiendebatte, jetzt die nicht minder redselige Wirklichkeit der Kammerdebatte aufdringen will.

Die Staatskunst ist wie die Astronomie; wie diese den Wandel der Gestirne, so sucht jene das ewige Gesetz der Bewegungen und Wechselbeziehungen der ethischen Kräfte der Menschheit zu entdecken, um das natürliche Planetensystem der Gesellschaft herzustellen. Aber die unsichtbare, bewegende Urkraft, von der dieses Gesetz eben nur der Ausdruck ist, zu ergründen und zum waltenden Bewußtsein zu bringen, werden beide jederzeit der Philosophie und Poesie überlassen müssen. Will daher die Poesie auf dem Boden des Volkslebens bildend wirken – und welche echte Poesie hätte das nicht gewollt? –, so muß sie nicht über das fait accompli der Bildung, über die auf der Oberfläche treibenden Tatsachen ganz unberufen mitschwatzen wollen, sondern in die geheimnisvolle Werkstätte selbst, wo die Tatsachen geboren und die draußen auszuprägenden Metalle erzeugt werden, sich versenken, die Erinnerungen, Kräfte und Tugenden weckend, aus denen heraus der gesunde Staat sich aufbaut und verjüngt. Das kann sie aber nur, indem sie das religiöse Volksgefühl belebt, in welchem alle jene Tugenden wurzeln.

So hat es Friedrich Schlegel, im Jahre 1809 und früher, mit seinen patriotischen Liedern gehalten, und in *diesem* Sinne sind auch Uhlands harmlos unpolitische Lieder allerdings politischer als seine sogenannten vaterländischen. Das Neue und Abweichende der letzteren aber von Schlegel und den andern Romantikern liegt eben darin, daß Uhland grade hier jenes Element religiöser Erhebung fallen läßt und aus der Werkstatt der Zeiten mitten in ihre wilde Bewegung hinaustritt. Er sagt es selbst:

„Ich bitt' euch, teure Sänger,
Die ihr so geistlich singt,
Führt diesen Ton nicht länger,
So fromm er euch gelingt!

Will einer merken lassen,
Daß er mit Gott es hält,
So muß er keck erfassen
Die arge böse Welt."

Ganz ritterlich. Aber wie soll nun der Dichter, als solcher, den Kampf mit der argen Welt bestehen, wenn er seine stärkste Waffe, die geistliche, vorweg von sich wirft? Indem er auf diese Weise seinem bisherigen unsichtbaren Banner entsagt, wird er sich notwendig unter eine fremde, weltliche Fahne stellen müssen. Und das tut denn auch Uhland in der Tat, wenn es weiterhin heißt:

„Andre Zeiten, andre Musen!
Und in dieser ernsten Zeit
Schüttert nichts mir so den Busen,
Weckt mich so zum Liederstreit:
Als wenn du, mit Schwert und Waage,
Themis, thronst in deiner Kraft,
Und die Völker rufst zur Klage,
Könige zur Rechenschaft!"

Die Poesie wird also vom ethischen Boden auf den Rechtsboden gestellt. Es ist das Recht, das alte gute Recht und immer nur das Recht, das nicht erst innerlich errungen, sondern als ein angefallenes Erbstück gerichtlich in Anspruch genommen werden soll; ein Handel, der natürlich, wie jeder Rechtsstreit, zuletzt auf einen geschriebenen und besiegelten Kontrakt hinausläuft:

„Das Recht ist ein gemeines Gut,
Es liegt in jedem Erdensohne,
Es quillt in uns wie Herzensblut;
Und wenn sich Männer frei erheben
Und traulich schlagen Hand in Hand
Dann tritt das innre Recht ins Leben
Und der *Vertrag* gibt ihm Bestand.

Vertrag! es ging auch hier zu Lande
Von ihm der Rechte Satzung aus,
Es knüpfen seine heil'gen Bande
Den Volksstamm an das Fürstenhaus,
Ob einer im Palast geboren,
In Fürstenwiege sei gewiegt,
Als Herrscher wird ihm erst geschworen,
Wenn der Vertrag besiegelt liegt."

Uns will es freilich scheinen, als ginge nicht das Recht von dem Vertrage, sondern der Vertrag von dem Rechte aus, als gebe dieses jenem und nicht der papierne Vertrag dem Rechte Bestand, und als käme endlich, bei wechselseitiger rechter Treue, überhaupt nicht viel auf solche Besiegelung an. Allein auch dieses Recht selbst bleibt poetischerweise hier ein sehr unbestimmtes, der Vertrag ein erst zu redigierender, wenn wir nicht etwa mit einem württembergischen Provinzialrecht vorliebnehmen wollen. Die Epigonen aber haben sich's bald anders gedeutet, in das ungewisse Recht einen willkürlichen Inhalt hineingefaselt und zu dem Vertrage ihre Punktation nach eignem Gelüsten aufgesetzt. Und so ist Uhland wider Willen und Wissen – wie in der protestantischen Abzweigung von der Romantik, so in dem trotzigen Rechtsgefühl – Führer geworden einer Dichterschar, die man ungenau als die schwäbische bezeichnet; denn sie geht in immer wachsendem Ungestüm rasch über Schwaben fort mit Anastasius Grün und Lenau durch Österreich nach Ungarn hinein, bis sie endlich allerwärts in einem Bacchantenzuge von Freischärlern austobt, die mit Uhland und der Romantik gar nichts mehr gemein haben.
Eben deshalb gehören sie aber auch nicht mehr in den Kreis unserer Betrachtung und ebensowenig die in dieser Reihe Uhland Zunächststehenden, da wir keine Literaturgeschichte der Romantik schreiben, sondern nur ihre Hauptrichtungen nachweisen wollen, über die Hervorragendsten aus jener Reihe aber, wie z. B. über *Gustav*

Schwabs herzliche, lebenswarme Poesie und Gesinnungstüchtigkeit, nur ungefähr das von Uhland Gesagte hier wiederholen könnten. Über *Justinus Kerner* dagegen sei es uns erlaubt, noch wenige Worte hinzuzufügen, weil er einige Klänge der Romantik für sich allein oder doch vorzugsweise und eigentümlich ausgebildet hat.
Gleich wie nämlich von Uhland die Geschlechtsfolge der politischen Dichter ausgeht, so kann Kerner als der Ahnherr des späteren Weltschmerzes und jener Zerrissenheit betrachtet werden, die zuletzt die Romantik selbst zerrissen hat. Die Romantik, von Natur und selbst in ihren asketischen Richtungen durch ihr Gottvertrauen heiter und lebensfrisch, läßt die Wehmut, die Sehnsucht und den Schmerz nur wie Wolkenschatten über die sonnige Landschaft fliegen. Eben diese Schatten aber hat Kerner aufgegriffen und gleich Trauerflören an allen blühenden Wipfeln ausgehängt. Es ist die Nachtseite der Romantik wo seine Dichtung weilt, jener melancholische Tiefsinn, der ihn auch anderwärts zum Somnambulismus und zur Geisterschau führt. So sehen wir ihn überall aus dem Weltleben in die Stille der Natur sich flüchten:

„O könnt' ich einmal los
Von all dem Menschentreiben,
Natur in deinem Schoß
Ein herzlich Kind verbleiben!

O nimm dein reuig Kind
In deine Mutterarme,
Daß dir's am Busen lind
Zu neuer Lieb' erwarme!

Bis ich wie Blum' und Quell
Dir darf im Herzen bleiben,
Mutter! o führ mich schnell
Hin, wo kein Menschentreiben!"

Ja, in diesem schmerzlichen Zwiespalt zwischen dem Jenseits und dem Irdischen ist ihm das Leben wie eine Krankheit, von der er nur im Tod genesen kann:

„O armer Sohn der Arzenei!
Bist selbst erkrankt im Herzen,
Kennst der Heilkräuter mancherlei,
Such' eins für eigne Schmerzen!
Welt, daß ich's finde, laß mich los!
Mich heilt nur meines Grabes Moos."

Allein es ist eben nur erst der Grundton, den Kerner angeschlagen; er selbst steht den nachstürzenden Weltschmerzlern und Zerrissenen noch völlig fremd und fern, weil bei ihm das, was jenen gänzlich fehlt, das religiöse Gefühl der Romantik, noch pulsiert. Und zwar kein unbestimmtes, ästhetisch-katholisierendes Gefühl, sondern ein positiv-christlicher Sinn, wie er in: „Die Kranke und die Stimme", im „Saul" und vielen andern seiner Lieder sich kundgibt, und dem es redlich Ernst ist mit der sittlichen, inneren Bewältigung und Nachfolge Christi, wenn er sagt:

„Ruf' auf, ruf' auf den Geist, der tief
Als wie in eines Kerkers Nacht,
Schon längst in deinem Innern schlief,
Auf daß er dir zum Heil erwacht!

Aus hartem Kieselsteine ist
Zu locken ird'schen Feuers Glut,
O Mensch! wenn noch so hart du bist,
In dir ein Funke Gottes ruht.

Doch wie aus hartem Steine nur
Durch harten Schlag der Funke bricht,
Erfordert's Kampf mit der Natur,
Bis aus ihr bricht das Gotteslicht.

Schlag' an, schlag' an, wenn's weh auch tut
Dem Fleische, drin der Funke ist,
Noch weher tut der Hölle Glut,
Mensch! wenn du nicht zu wecken bist."

Nun ist es aber ebenso natürlich, als durch Shakespeares melancholische Person jedermann hinreichend bekannt, daß in solchen Gemütern die Betrachtung der Welt, weil diese ihnen aus ihrer einsamen Höhe nur in der Vogelperspektive erscheint, gar leicht in ein keckes Lachen über die Nichtigkeit alles Irdischen umschlägt. Und in ein solches herzliches Lachen bricht denn auch Kerner in seinen „Reiseschatten" aus, wo die Wichtigtuerei des kleinen Menschentreibens an dem Ernst der Natur und einer höheren Weltanschauung sich ergötzlich abarbeitet. Eben dieses religiöse Gefühl des Kontrastes aber zwischen dem Diesseits und Jenseits ist die Wurzel alles gesunden Humors und die Kluft, die Kerner von den Zerrissenen scheidet. Denn da den letzteren das Jenseits abhanden gekommen und nun das irdische Leben für sich allein gelten soll und doch nicht kann, so ist es ihnen ergangen wie dem Don Quichotte, als er ein Marionettenspiel, weil er die leitende Hand und die unsichtbaren Stimmen nicht bemerkt, für die volle Wahrheit nahm und die armen Puppen kindisch zerstörte.

Kleist

So haben wir bereits aus der Mitte der Romantik vorzüglich drei bedenkliche Richtungen sich allmählich entwikkeln gesehen: mit Tieck eine heimlich zersetzende Ironie; in Werners frühesten und berühmtesten Schriften die geistigen Oszillationen Novalis' zu einem wunderlichen System des Pantheismus ausgebildet, und mit Uhland endlich eine offene Rückkehr zum Protestantismus. Der Protestantismus aber, wie irgendwo geistreich bemerkt worden, hat keine gefundene Wahrheit zum Fundament, sondern nur den Willen, sie zu suchen und zu finden und mithin immer zu verneinen, daß irgendwo jene Wahrheit bereits gefunden sei. Es konnte daher nicht fehlen, die ursprüngliche Freudigkeit der Romantik löste sich fortan immer mehr wieder in die alte, spürende Unruhe auf, aus dieser Unruhe entstand der Zweifel und die Ungenüge und aus der Ungenüge jene Zerrissenheit, die zuletzt als Karikatur, ganz wider ihre Absicht, komisch wurde. Und so sehen wir sogleich in einem der besten unter ihnen, in *Heinrich v. Kleist,* ein großes Talent sich zwischen Hochmut und Verzweiflung an den unglücklichen Geschicken seines Vaterlandes krankhaft zu Tode arbeiten, weil er den Glaubensmut nicht mehr hatte, die Welt und ihre Erscheinungen, wie die Romantik allerdings verlangte, nur an dem *Höchsten* zu messen.

Diese Zerrissenheit blickt düster und dräuend aus seinem Leben sowohl als aus allen seinen Dichtungen. Sein Lebenslauf bildet eine unausgesetzte Kette von schroffen Widersprüchen und Gegensätzen, eine durchgehende Unruhe heftiger Leidenschaften, immerwährende Sprünge von frevlem Übermut zu gänzlicher Verzagtheit, wilde, phantastische Pläne, die, kaum gefaßt, wieder aufgegeben werden. Der innere Zwiespalt aber ist, wie fast immer in solchen Fällen, auch schon äußerlich als Grundthema gegeben: eine unzureichende Vorbildung zu der brennenden Begier nach wissenschaftlicher Durchbildung und Geltung. Schon in seinem fünfzehnten Jahre (er war 1776 geboren) tritt er als Junker in die Garde zu Berlin und macht als solcher den Feldzug am Rheine mit. Nach dem Frieden als Lieutenant zurückgekehrt, wird ihm die Zopfzeit des einförmigen Garnisondienstes in Potsdam unerträglich, er fordert den Abschied und beginnt, spät und nicht gehörig geschult, seine Universitäts-Studien in Frankfurt an der Oder mit allem Ungestüm eines Autodidakten. Hier will er sich erst zum simplen, nützlichen

Staatsbürger ausbilden, heiraten usw.; bald aber scheint es ihm wieder gemein, sich durch ein Amt fesseln und für vielleicht ihm innerlich ganz fremde Staatszwecke als blindes Werkzeug gebrauchen zu lassen; und so verläßt er schon nach Verlauf eines Jahres wieder die Universität, um einige Zeit zwecklos in Deutschland umherzuschweifen. Von der Kantschen Philosophie um so aufgeblasener, je ungenügender er sie erfaßt zu haben scheint, beschließt er endlich, die kaum selbst erst neugewonnene Lehre den Franzosen beizubringen, und reist mit fast gänzlicher Aufopferung seines kleinen Vermögens nach Paris.
Schon damals zeigt sich, wohl nicht ohne Schuld jener halbverstandenen Philosophie, die innere Zerrüttung. Welch ein trostloser Abgrund, wenn er auf dieser Reise z. B. vom Leben sagt: „Dieses rätselhafte Ding, das wir besitzen, wir wissen nicht von wem, das uns fortführt, wir wissen nicht wohin, das unser Eigentum ist, wir wissen nicht, ob wir darüber schalten dürfen, eine Gabe, die nichts wert ist, wenn sie uns etwas wert ist, ein Ding, wie ein Widerspruch, flach und tief, öde und reich, würdig und verächtlich, vieldeutig und unergründlich, ein Ding, das jeder wegwerfen möchte, wie ein unverständiges Buch – sind wir nicht durch ein Naturgesetz gezwungen, es zu lieben? Wir müssen vor der Vernichtung beben, die doch nicht so qualvoll sein kann als oft das Dasein, und indes mancher das traurige Geschenk des Lebens beweint, muß er es durch Essen und Trinken ernähren, und die Flamme vor dem Erlöschen hüten, die ihn weder erleuchtet noch erwärmt. – Geduld! – Kann der Himmel die von seinen Menschen verlangen, da er ihnen selbst ein Herz voll Sehnsucht gab?“ – Und wenige Wochen darauf schreibt er, freilich wohl nicht ohne bittere Ironie, grade das Gegenteil: „Ja tun, was der Himmel sichtbar, unzweifelhaft von uns fordert, das ist genug – Leben, solange die Brust sich hebt, genießen, was rund um uns blüht, hin und wieder etwas Gutes tun, weil das auch ein Genuß ist, arbeiten, damit man genießen und wirken könne, anderen das

Leben geben, damit sie es ebenso machen und die Gattung erhalten werde – und dann sterben –, dem hat der Himmel ein Geheimnis eröffnet, der das tut und weiter nichts. – Ja, unsinnig ist es, wenn wir nicht grade für die Quadratrute leben, auf welcher, und für den Augenblick, in welchem wir uns befinden. Genießen! das ist der Preis des Lebens! Ja wahrlich, wenn wir niemals seiner froh werden, können wir nicht mit Recht den Schöpfer fragen: warum gabst du es mir? Lebensgenuß seinen Geschöpfen zu geben, das ist die Verpflichtung des Himmels; die Verpflichtung des Menschen ist, ihn zu verdienen."

Mitten in dieser Verstimmung hatte ihn in Paris plötzlich ein Ekel und eine Verachtung vor aller Gelehrsamkeit und Wissenschaft überkommen; er wollte fortan als Bauer leben und sterben und flüchtete deshalb nach der Schweiz, wo er am Thuner See sich in die tiefste Einsamkeit vergrub. Und so gewaltsamer Ernst schien es ihm mit dieser Entsagung, daß er damals an einen Freund schreiben konnte: „Ich will mich nicht mehr übereilen. Tu ich es noch einmal, so ist es das letztemal – denn ich verachte alsdann entweder meine Seele, oder die Erde, und trenne sie." – Demungeachtet finden wir ihn, nach einer dort überstandenen Todeskrankheit, schon im J. 1802 wieder in Weimar, und zwar in Wielands Hause, dann in Berlin, Dresden und nach mehreren fruchtlosen Versuchen, sich in Berlin als Beamter eine feste Stellung zu begründen, abermals in Paris, wo er in einem Anfall von Verzweiflung sich mit seinem besten Freunde heftig entzweite und alle seine Papiere verbrannte, darunter auch bereits zum dritten Male das Manuskript seiner Lieblingstragödie: Robert von Guiscard.

Endlich, beim Wiederausbruche des Krieges im Jahre 1809, ballt sich alles Finstere in ihm in ein einziges Gefühl, in einen fanatischen Patriotismus zusammen, noch verschärft und versäuert durch eine mehrmonatliche Gefangenschaft in Frankreich, welche die damalige Fremdherrschaft aus Mißverständnis oder instinktartiger Ahnung seiner Gesinnungen über ihn verhängt hatte. Wie tief aber Deutschlands Schmach in seine Seele schnitt, bekunden Äußerungen wie die folgende: „Wo ist der Platz, den man jetzt in der Welt einzunehmen sich bestreben könnte, im Augenblicke, wo alles seinen Platz in verwirrten Bewegungen verwechselt? Kann man auch nur den Gedanken wagen, glücklich zu sein, wenn alles in Elend darniederliegt? Ich arbeite, wie Sie wohl denken können, doch ohne Lust und Liebe zur Sache! Wenn ich die Zeitungen gelesen habe, und jetzt mit einem Herzen voll Kummer die Feder ergreife, so frage ich mich, wie Hamlet den Schauspieler, was mir Hekuba sei?" – Wie ganz verschieden ist dieser Schmerz von der gläubigen, männlichen Trauer Arnims! Kein Trost, keine Hoffnung leuchtet hier durch die sternenlose Nacht:

„Nicht der Sieg ist's, den der Deutsche fodert,
Hülflos, wie er schon am Abend steht;
Wenn der Kampf nur fackelgleich entlodert,
Wert der Leiche, die zu Grabe geht."

Nur die Rache noch blitzt und zuckt blutrot durch dieses Dunkel:

„Alle Triften, alle Stätten,
Färbt mit ihren Knochen weiß;
Welchen Rab' und Fuchs verschmähten,
Gebet ihn den Fischen preis;
Dämmt den Rhein mit ihren Leichen,
Laßt, gestäuft von ihrem Bein,
Schäumend um die Pfalz ihn weichen,
Und ihn dann die Grenze sein!
Eine Lustjagd, wie wenn Schützen
Auf der Spur dem Wolfe sitzen!
Schlagt ihn tot! das Weltgericht
Fragt euch nach den Gründen nicht!"

Und so sehen wir allmählich die wachsenden Schatten über dem unglücklichen Dichter zusammenschlagen und ein edles Gemüt von der gespenstischen Übermacht seines eigenen Ungestüms unaufhaltsam fortgetrieben bis zum Selbstmord. – Es ist bekannt, wie eine ihm befreundete Frau, die seit langer Zeit an einem unheilbaren Übel litt, ihm einst das Versprechen abgenommen, ihr einen Dienst zu leisten, wenn sie ihn fordre. Sie forderte den Tod, und er hielt Wort. Im Jahre 1810, an einem einsamen See zwischen Berlin und Potsdam erschoß er erst die Freundin und dann sich selbst. – Der Vorfall wurde damals von Aufgeregten als eine Großtat gefeiert, von andern, die nichts als ihren gewöhnlichen Novellen-Schlendrian begreifen, mit dem gemütlichen Tränenschmuck einer unglücklichen Liebe ausgeputzt. Beides der schroffen Natur des Dichters durchaus fremd und zuwider. Kleist selbst war gewiß am weitesten davon entfernt, die Tat für mehr als Notwehr gegen das Unerträgliche gelten zu lassen, und ein Liebesverhältnis zwischen ihm und seiner Todesgefährtin hat niemals stattgefunden. Das Gräßliche geschah aus stolzem Ekel an einer Zeit, die ihm des Lebens unwürdig schien, aus Verzweiflung an einer besseren Zunkunft Deutschlands, deren Morgenrot doch so bald über seinem Grabe heraufdämmern sollte!
So war sein Leben und so auch seine Poesie. Ihm ward das verhängnisvolle Talent des Unglücks, die unselige Gabe, alle Dissonanzen des irdischen Daseins tiefer und herber als andere herauszufühlen, zu dem gänzlichen Unvermögen, sie harmonisch, d. h. als Ringe einer unsichtbaren, ewigen Gliederung zu begreifen; und diese Sphinx, weil er ihr uraltes Rätsel nicht zu lösen vermochte, hat ihn und seine Poesie erwürgt. Denn so vereinzelt und abgerissen von ihrem religiösen Urgrund konnten die Erscheinungen für ihn keine innere Berechtigung haben, er aber war zu stolz, um sich an einem bloßen Gaukelspiel ästhetisch zu ergötzen, und so hat er in einer in ihrer Wurzel ehrenhaften ethischen Entrüstung, so wie im Leben sich selbst, so

in seinen Dichtungen Liebe, Schönheit, Freundschaft, Hohes und Niederes dem Tode geweiht.
Gleich seine erste Dichtung: „Die Familie Schroffenstein", kündigt diesen dämonischen Krieg an. Ohne alles juvenile Schwanken des Anfängers, mit festen, scharfen Charakterzügen wird uns hier die Selbstzerstörung der düstersten aller menschlichen Leidenschaften, des Argwohns, schonungslos und systematisch vorgeführt. Zwei verwandte Familien entzweien sich wegen der scheinbaren Ermordung eines Knaben, welcher der einen Familie angehört, die, den vermeintlichen Mord der andern zuschreibend, gleich in der ersten Szene auf das heilige Abendmahl blutige Vergeltung schwört. Die Mutter des Knaben schaudert vor dem Schwur: „O Gott! wie soll ein Weib sich rächen?" Ihr Gemahl erwidert: „In Gedanken. Würge sie betend." – Es ist der trostlose, finstre Geist der Rache, der durch das ganze Schauspiel schreitet und um ein Nichts, um eines selbstgemachten Phantomes willen Schuldige und Unschuldige in den Boden tritt.
In der „Penthesilea" dagegen hat der Dichter mit derselben verzweifelten Ungenüge am Menschlichen das Übermenschliche, ja das Unmögliche versucht, allen Nachtigallenlaut der süßesten Liebe und allen Blutdurst des Tigers in der Brust eines Mannweibs gewaltsam zu vereinen. Was ist alle Faselei der Neueren von Emanzipation der Frauen gegen diese entsetzliche Amazonenkönigin, wie sie mit ihrem geliebten Feind Achilles bräutlich plaudert, den sie in der Feldschlacht, wo er die Betäubte zu seiner Gefangenen gemacht, besiegt zu haben glaubt, und da sie nun die Täuschung gewahrt, dem Geliebten, der selber liebentbrannt zu ihren Füßen sinken will, den Pfeil durch den Hals jagt, die Zähne, mit den Hunden um die Wette, in seine weiße Brust schlägt und dann, grauenvoll, lautlos die Leiche anstarrend, ihm in den Tod nachfolgt.
Das merkwürdigste Denkmal dieses ungestümen Geistes ist aber ohne Zweifel sein Drama: „Die Hermannsschlacht", weil es nicht nur das bedeutende Talent des

Dichters am tüchtigsten bewährt, sondern auch alle Phasen seines innern Lebensganges in das hellste Licht setzt. Bewundern müssen wir dabei zunächst die gewaltige Produktionskraft, die hier die ganze, volle Gegenwart in einer mehr als tausendjährigen Vergangenheit lebendig abzuspiegeln vermochte. Denn das Drama handelt ohne allen modernen Beischmack von der Vertreibung der Römer durch den Cheruskerfürsten Hermann und gibt doch eigentlich den getreuesten Umriß der Zustände, der Ehre und der Schmach, wie sie um das Jahr 1809 in Deutschland gewesen. So unvergänglich ist das wahrhaft Historische, der reinmenschliche Grundton, der durch alle Zeiten geht, daß ja in ähnlicher Weise z. B. auch Shakespeares Cäsar und Coriolan ebenso wahre Römer als Engländer an Elisabeths Hofe sind. – Die Hermannsschlacht veranschaulicht uns aber außerdem auch noch, wie kein anderes Werk, das eigentliche innere Tagewerk des Dichters: eine heroische Hingebung an den Zweck, den er einmal als den rechten und würdigsten erkannt, alles Edle und Große seiner Seele mit fast fieberhafter Glut auf einen einzigen Punkt, auf die Not des Vaterlandes, gerichtet; wie mit seinem innersten Herzblut ist das alles dort verzeichnet: sein Gram, seine Hoffnungen, seine Liebe und sein Zorn. Aber eben hier lauert auch schon der Dämon; es ist, als hörte man ihn überall mit kaum verhaltenem Ingrimm in die Kette beißen, und das Ganze ist, bei aller Trefflichkeit, dennoch eigentlich eine großartige Poesie des *Hasses,* der endlich auf einmal in blutroten Flammen aufschlägt, wo Thusnelda den ihr in Liebe arglos vertrauenden jungen Römer Ventidius betrüglich in einen grünen Zwinger verlockt, um ihn dort, anstatt der gehofften Umarmung, vor ihren Augen von einer Bärin zerreißen zu lassen.

Hüte jeder das wilde Tier in seiner Brust, daß es nicht plötzlich ausbricht und ihn selbst zerreißt! Denn das war Kleists Unglück und schwergebüßte Schuld, daß er diese, keinem Dichter fremde, dämonische Gewalt nicht bändigen konnte oder wollte, die bald unverhohlen, bald heimlichleise, und dann nur um so grauenvoller, fast durch alle seine Dichtungen geht. So steigert sich in seiner besten Erzählung „Michael Kohlhaas“ mit melancholischer Virtuosität, ja mit einer eigensinnigen Konsequenz, die fast an Shylocks bekannten Prozeß erinnert, das gekränkte, tiefe Rechtsgefühl eines einfachen Roßkamms bis zum wahnsinnigen Fanatismus, der rachelustig sich und das Land in Mord und Brand stürzt. Oder wo gibt es in unserer ganzen poetischen Literatur etwas Verzweiflungsvolleres als die kleine, fast epigrammatisch-grausenhafte Erzählung vom „Bettlerweibe von Locarno“? Auch in der meisterhaften Novelle „Die Verlobung in St. Domingo“ – wo die herrliche Toni von ihrem Geliebten, den sie soeben gerettet, aus eifersüchtigem Mißverständnis erschossen wird – spielt, möchten wir sagen, eine grausame Wollust des menschlichen Jammers. Und in seiner einzigen Novelle religiösen Inhalts, „Die heilige Cäcilie“, schlägt die Gewalt des religiösen Gefühls trostlos nur in spukhaften Wahnsinn aus. Selbst in dem großartigen Fragment „Robert Guiscard“ ist es die Pest, die uns wie ein verhülltes Gespenst anstarrt und insgeheim schon in Guiscards Gebeinen wühlt:

„Mit weit ausgreifenden Entsetzensschritten
Geht sie durch die erschrocknen Scharen hin,
Und haucht von den geschwollnen Lippen ihnen
Des Busens Giftqualm in das Angesicht!
Zu Asche gleich, wohin ihr Fuß sich wendet,
Zerfallen Roß und Reiter hinter ihr,
Vom Freund den Freund hinweg, die Braut vom Bräut’gam,
Vom eignen Kind hinweg die Mutter schreckend!
Auf eines Hügels Rücken hingeworfen,
Aus ferner Öde jammern hört man sie,
Wo schauerliches Raubgeflügel flattert,
Und den Gewölken gleich, den Tag verfinsternd,
Auf die Hülflosen kämpfend niederrauscht!

Auch ihn ereilt, den furchtlos Trotzenden,
Zuletzt das Scheusal noch, und er erobert,
Wenn er nicht weicht, an jener Kaiserstadt
Sich nichts als einen prächt'gen Leichenstein!
Und statt des Segens unsrer Kinder setzt
Einst ihres Fluches Mißgestalt sich drauf,
Und heulend aus eherner Brust Verwünschungen
Auf den Verderber ihrer Väter hin,
Wühlt sie das silberne Gebein ihm frech
Mit hörnern' Klauen aus der Erd' hervor!"

Diese ethische Maßlosigkeit aber mußte hier, wie überall, auch die ästhetische Willkür, der gänzliche Mangel an religiösem Glauben sein karikiertes Widerspiel, einen poetischen Wahnglauben, zur unabweislichen Folge haben. Daher bei Kleist das immer wiederkehrende, unruhige Übergreifen von der ihm doch sonst durchaus verständlichen Naturwahrheit ins wüste phantastische Leere, die Vorliebe für das bloß Seltsame und Unerhörte, die unbezwingbare Lust, anstatt der natürlichen Grundlage religiöser Motive einen oft trivialen und widerwärtigen Aberglauben zum Angelpunkt seiner dramatischen und novellistischen Katastrophen zu machen. So wird in der „Familie Schroffenstein" der ganze, wahrhaft tragische Racheprozeß an dem kleinen Finger des strittigen Knaben auf- und abgewickelt, den ein albernes Mädchen ihm abgeschnitten und gekocht hat, um ihre Mutter vom Krebs zu heilen. Im „Käthchen von Heilbronn" ruht die Entwickelung und die rührende Zuversicht dieser wunderschönen Liebestreue auf dem Aberglauben vom Bleigießen und einem visionären Fiebertraume, und im „Prinzen von Homburg" ist wiederum ein wilder Traum des Prinzen die bewegende Seele des Ganzen. Von dem Ausgange des „Kohlhaas" aber sagt Tieck, der den Dichter und namentlich diese Erzählung, wie billig, sehr hochhält, ganz richtig: „Diese wunderbare Zigeunerin, die nachher die verstorbene Gattin des Kohlhaas ist, dieser geheimnisvolle

Zettel, diese gespenstischen Gestalten, der kranke, halb wahnsinnige, am Ende in Verkleidung auftretende Kurfürst, alle diese schwachen, zum Teil charakterlosen Schilderungen, die dennoch mit der Anmaßung auftreten, daß sie höher als die vorher gezeichnete wirkliche Welt wollen gehalten werden, daß sie uns ihr geheimnisreiches Wesen, das sich in wenig genug auflöst, so teuer wie möglich verkaufen wollen, diese grauenvolle Achtung, die der Verfasser plötzlich selber vor den Geschöpfen seiner Phantasie empfindet, alles dieses erinnert an so manches schwache Produkt unserer Tage und an die gewohnten Bedürfnisse der Lesewelt, daß wir uns nicht ohne eine gewisse Wehmut davon überzeugen, daß selbst so hervorragende Autoren wie Kleist (der sonst nichts mit diesen Krankheiten des Tages gemein hat) dennoch der Zeit, die sie hervorgerufen hat, ihren Tribut abtragen müssen."
Und so sehen wir denn bei Kleist in der Tat schon alle unheilvollen Elemente der neuesten Literatur fast spukhaft auftauchen und auf diesem dunklen Grunde die Lineamente zur modernen Poesie der Zerrissenheit, der Phantasterei und des Hasses sich leise formieren. Aber seine Zerrissenheit ist nichts Gemachtes, sondern sein eigenstes Erlebnis und Unglück, und hat daher noch die Frische der primitiven Unmittelbarkeit. Sein Schmerz und sein Groll sind wahr und wohlbegründet, er trauert nicht „um Hekuba", sondern um die höchsten Güter des irdischen Lebens: um Vaterland, Recht und Ehre. Ein strenger Ernst macht seine Dichtungen zu wirklichen Taten, ein Ernst, von dem wir selbst noch lernen sollten in dieser Zeit, wo zwar keine Schwerter klirren wie dazumal, aber ein innerer Krieg geschäftig, wie ein heimlich fressender Erdbrand, in tausend labyrinthischen Gängen den heiligen Boden Deutschlands unterwühlt. Und wenn jener Ernst bei Kleist häufig so trostlos und grauenhaft in das Entsetzliche umschlägt, ja oft zu einer antiken, heidnischen Tugend erstarrt, so ist es nur, wir sagen es nochmals, weil ihm die höchste Kraft fehlt, das unsichtbare Banner der

Poesie kühngläubig über die irdischen Dinge auf jene stille Höhe zu pflanzen, wo alles versöhnt wird. Wer aber möchte dem edlen unglücklichen Dichter sein tiefstes Mitgefühl versagen, wenn aus den nachstehenden Klängen seines „Letzten Liedes“ all sein Kummer und alle Schauer seines freiwilligen Todes uns anwehen:

„Fernab am Horizont, auf Felsenriffen,
Liegt der gewitterschwarze Krieg getürmt.
Die Blitze zucken schon, die ungewissen,
Der Wandrer sucht das Laubdach, das ihn schirmt.
Und wie ein Strom, geschwellt von Regengüssen,
Aus seines Ufers Bette heulend stürmt,
Kommt das Verderben, mit entbundnen Wogen,
Auf alles, was besteht, herangezogen.

Der alten Staaten graues Prachtgerüste
Sinkt donnernd ein, von ihm hinweggespült,
Wie auf der Heide Grund ein Wurmgeniste,
Von einem Knaben scharrend weggewühlt;
Und wo das Leben um der Menschen Brüste
In tausend Lichtern jauchzend hat gespielt,
Ist es so lautlos jetzt, wie in den Reichen,
Durch die die Wellen des Kozytus schleichen.

Und ein Geschlecht, von düsterm Haar umflogen,
Tritt aus der Nacht, das keinen Namen führt,
Das, wie ein Hirngespinst der Mythologen,
Hervor aus der Erschlagnen Knochen stiert;
Das ist geboren nicht und nicht erzogen
Vom Alten, das im deutschen Land regiert,
Das läßt in Tönen, wie der Nord an Strömen,
Wenn er im Schilfrohr seufzet, sich vernehmen.

Und du, o Lied voll unnennbarer Wonnen,
Das das Gefühl so wunderbar erhebt,
Das, einer Himmelsurne wie entronnen,

Zu den entzückten Ohren niederschwebt,
Bei dessen Klang, empor ins Reich der Sonnen,
Von allen Banden frei, die Seele strebt:
Dich trifft der Todespfeil; die Parzen winken,
Und stumm ins Grab mußt du darniedersinken.

Ein Götterkind, bekränzt, im Jugendreigen
Wirst du nicht mehr von Land zu Lande ziehn
Nicht mehr in unsre Tänze niedersteigen,
Nicht hochrot mehr bei unserm Mahl erglühn.
Und nur wo einsam unter Tannenzweigen,
Zu Leichensteinen stille Pfade fliehn,
Wird Wanderern, die bei den Toten leben,
Ein Schatten deiner Schön' entgegenschweben.

Und stärker rauscht der Sänger in die Saiten,
Der Töne ganze Macht lockt er hervor,
Er singt die Lust, fürs Vaterland zu streiten,
Und machtlos schlägt sein Ruf an jedes Ohr,
Und wie er flatternd das Panier der Zeiten
Sich näher pflanzen sieht, von Tor zu Tor,
Schließt er sein Lied; er wünscht mit ihm zu enden,
Und legt die Leier tränend aus den Händen."

Platen

Es ist eine gewöhnliche Erscheinung in der Literatur, daß neue Töne, welche krankhafte Verstimmung oder tief erlebte Not irgendwo stark angeschlagen, von andern unter ganz verschiedenen Bedingungen, absichtlich oder unbewußt, als eigene Erfahrung aufgegriffen und mit gewissem Behagen ästhetisch ausgebildet werden. Und so finden wir auch die innere Ungenüge, die Kleists Poesie und Leben zerstörte, bei *Platen* als den eigentlichen Zweck und Glanzpunkt seiner Dichtungen wieder.

August Graf von Platen (1796–1835) schweifte, wie Kleist, unbefriedigt von Land zu Land. Von Unmut über persönliche Verhältnisse, wie es scheint, aus der Heimat vertrieben, flüchtete er schon früh nach Italien. Allein in Florenz lernte er, „mehr und mehr Zukunft im Herzen, nur der kalten Mitwelt entsagen". Rom mit seinen stolzen Villen, unverwelklichen Alleen und ewig plätschernden Springbrunnen scheint ihm „wie auf der Seele zu lasten". Vergebens flieht er immer weiter; in Kalabrien, in dem heiteren Neapel, in dem prächtigen Palermo wieder, nach kurzer Rast, schon wieder melancholisch, erinnert er somit an den Mann im Märchen, der, um den Hauskobold loszuwerden, seine Wohnung hinter sich verbrennt, unter dem geretteten Hausgerät aber den Kobold unversehens mit fortträgt. – Endlich, in immer wachsender Reizbarkeit, fast schon ein Sterbender, von der Cholerafurcht von Stadt zu Stadt gejagt, endigt er durch eine eigenmächtige Selbstkur, womit er der Seuche zu begegnen meint, in Syrakus sein unerfreuliches Leben.

So augenfällig aber dieser Lebenslauf dem Kleistschen gleicht – auch Platen war ursprünglich Offizier und mehr oder minder Autodidakt –, so durchaus verschieden ist doch bei beiden der innere Gehalt dieses Lebens. Während wir bei Kleist den Schatten des finstern Dämons nur unwillkürlich seine poetischen Gestalten verdüstern sehen, stellt Platen seinen Schmerz als ein Kunstwerk öffentlich aus, und was dort nur als verhaltener Schrei erschütternd ausbricht, wird hier mit allerlei Variationen künstlich in Noten gesetzt. Sehr natürlich; denn bei Kleist handelt es sich überall um Dinge, die gar wohl ein Menschenleben aus seinen Angeln heben können: um Vaterland, Ehre und eine ungeheuere, in sich selbst zusammenstürzende Zeit – bei Platen aber, wenn wir tiefer auf den Grund sehen, nur um kleinliche Interessen verletzten Autorstolzes.

Seinen Unmut haucht er in zahllosen, oft rührenden Weisen aus:

„Wem Leben Leiden ist, und Leiden Leben,
Der mag nach mir, was ich empfand, empfinden;
Wer augenblicks sah jedes Glück verschwinden,
Sobald er nur begann darnach zu streben;

Wer je sich in ein Labyrinth begeben,
Aus dem der Ausgang nimmermehr zu finden,
Wen Liebe darum nur gesucht zu binden,
Um der Verzweiflung dann ihn hinzugeben;

Wer jeden Blitz beschwor, ihn zu zerstören,
Und jeden Strom, daß er hinweg ihn spüle
Mit allen Qualen, die sein Herz empören,

Und wer den Toten ihre harten Pfühle
Mißgönnt, wo Liebe nicht mehr kann betören,
Der kennt mich ganz, und fühlet was ich fühle."

Dieser Unmut steigert sich häufig bis zur ungeduldigen Todeslust:

„Soll ich ewig plagen mich und placken?
Näht mir endlich meinen Leichenlaken!

Wer nicht kriechen will und hündisch wedeln,
Bette früh sich bei den Totenschädeln.

A und O von dieses Lebens Psalter,
Trübe Jugend sind's und trübes Alter.

Solchen Tanz, ich daur' ihn nimmermehr aus,
Fiedler Tod, o spiel' uns doch den Kehraus!"

Aber während Kleist, wo er auch immer umherschweifte, mit aller Glut der Seele sich nach Deutschland zurücksehnte und nur dessen Schmach und Unglück sein treues Herz zernagte, freut sich Platen, am fremden

Strande fremde Lüfte atmen zu können, fern von der Heimat,

„Wo mir zerrissen sind die letzten Bande,
Wo Haß und Undank edle Liebe lohnen,
Wie bin ich satt von meinem Vaterlande!"

Wir fragen mit Recht endlich ungeduldig nach dem Entsetzlichen, das einen jungen Dichter ereilen konnte, der, unabhängig, nach Herzenslust soeben das schöne Italien durchzog? Der Dichter selbst läßt uns nicht lange im Zweifel darüber. Wir begegnen nämlich zunächst mit fast schreckhaftem Erstaunen einem bis dahin wohl noch niemals so bloßgestellten, monströsen Selbstgefühl, das uns bei aller Teilnahme, die wir keinem Unglücklichen versagen möchten, oft in seinen schönsten Gedichten unwillkürlich verstimmt. – Aus vielem hier nur einiges. So sagt er von seiner „verhängnisvollen Gabel": „Es freut mich wenigstens, dieses Lustspiel als eine Art von deutschem Muster in dieser Gattung hingestellt zu haben, an welchem die Ästhetiker, was das Wesen des Komischen betrifft, lange Zeit lernen können." – Er schreibt ferner sich selbst folgende Grabschrift:

„Ich war ein Dichter, und empfand die Schläge
Der bösen Zeit, in welcher ich entsprossen;
Doch schon als Jüngling hab' ich Ruhm genossen,
Und auf die Sprache drückt' ich mein Gepräge.

Die Kunst zu lernen war ich nie zu träge,
Drum hab' ich neue Bahnen aufgeschlossen,
In Reim und Rhythmus meinen Geist ergossen,
Die dauernd sind, wofern ich recht erwäge.

Gesänge formt' ich aus verschiednen Stoffen,
Lustspiele sind und Märchen mir gelungen
In einem Stil, den keiner übertroffen:

Der ich der Ode zweiten Preis errungen,
Und im Sonett des Lebens Schmerz und Hoffen,
Und diesen Vers für meine Gruft gesungen."

– – – – –

„Es werden Spätre meinen Geist in Eden
Beschwören und entschuldigen und sagen:
Er dachte groß, wie konnt' er kleinlich reden?"

Dieser Mißton wird keineswegs gelöst, wenn er auch später, mit sophistischer Auslegung, sagt:

„Wie? mich selbst je hätt' ich gelobt? Wo? Wann? Es entdeckte
Irgend ein Mensch jemals eitle Gedanken in mir?
Nicht mich selber, ich rühmte den Genius, welcher besucht' mich,
Nicht mein sterbliches, mein flüchtiges, irdisches Nichts!
Weil ich bescheiden und still mich selbst für viel zu gering hielt,
Staunt' ich in meinem Gemüt über den göttlichen Gast."

Es konnte nicht fehlen, dieses maßlose Selbstgefühl, wozu ihn weder Talent noch Gesinnung berechtigten, das demnach in der erträumten Bedeutung nie anerkannt werden konnte und daher sich überall verkannt und verletzt wähnte, wurde der Dämon, der den nervenschwachen Poeten fieberhaft durchs Leben stachelte. *Darum* entsagt er voll Bitterkeit dem undankbaren Vaterlande:

„Es war ein allzu jugendlich Beginnen,
Daß ich, wie Joseph, meinen Traum verkündet;
Draus hat sich mir der Brüder Neid entsponnen,
Die gern mich würfen in den tiefsten Bronnen.

Doch bis hierher, zu weit entferntem Strande,
Kann Lieb und Haß den Dichter nicht beschreien!

Hier mag er weilen, unzerstreut vom Tande,
Vom Wirrwarr deutscher Klatschereien;
Er konnte hier, in einem Zauberlande,
Die bange Brust von jedem Schmerz befreien:
Es steht bei dir, ihm vorzuziehn Lappalien,
Du nordisch Volk, ihn aber schützt Italien!“

Und anderswo:

„Wann einst der Unfug dieser Lügengeister
Jedwedes Maß phantastisch überschritten,
Dann werdet ihr, wiewohl zu spät, mich bitten
Und rufen dann die Kunst und ihren Meister:

O würde jener wieder uns gesendet,
Der uns den Pfad des Äthers wollte zeigen,
Doch seine Seele hat sich abgewendet!

Nie wird er mehr die Alpen übersteigen,
Und sein Geschäft ist unter uns vollendet!
Ja, meine ganze Rache sei das Schweigen!“

Allein es blieb nicht bei dieser stolzen Rache. – Arnim vergleicht irgendwo die bösen Launen, die so trübsinnig über den Gemütern hängen, mit den schweizerischen Schneelawinen; ein vorüberfliegender Vogel, ein zu laut ausgesprochenes Wort, und sie stürzen verschüttend über Freund und Feind hernieder. So brachte auch hier ein kleines, gegen Platen gerichtetes Xenion Immermanns, das Heine in seine Reisebilder aufgenommen:

„Von den Früchten, die sie aus dem Gartenhain von
Schiras stehlen,
Essen sie zu viel, die Armen, und vomieren dann
Gaselen“,

plötzlich jene geistige Krankheit des empfindlichen Dichters zum völligen Ausbruch. Immermann schien die Sache längst wieder vergessen zu haben, denn er ehrte Platens später erschienene Gedichte und suchte sogar in persönlichen Verkehr mit ihm zu treten. Da schrieb dieser seinen Oedipus, ein Lustspiel, worin Immermann als Nimmermann, einem größtenteils unverdienten, jedenfalls unwürdigen Spotte preisgegeben wird. Allerdings ist der ganz persönliche Streit hier ins Allgemeine gezogen, indem er als Krieg der poetischen Wahrheit gegen das verkehrte Treiben der damaligen Tragödien überhaupt sich geltend macht, und Immermann gleichsam nur beiläufig der Repräsentant aller wirklichen oder eingebildeten Misere sein soll. Aber die gallbittere Gereiztheit hat alles gelb gefärbt, und läßt nirgend jenen unbefangenen Humor aufkommen, der z. B. in Tiecks Komödien die Schlechtigkeit, weil er uns heiter über sie hebt, vernichtet und die Gegner zu Tod lacht. Im Oedip vielmehr wird alles, was damals in der Heimat berühmt war, bei Namen genannt: Raupach, „der schmiert ein Trauerspiel im Katzenjammer“, Houwald, „ein alter Mensch, doch ähnlich einem jungen, ein Abc-Schütz von gereiften Jahren“, Heine, „der Menschen Allerunverschämtester, dessen Küsse Knoblauchsgeruch absondern“ usw. Ja, zuletzt bricht der verletzte Autorstolz in fast wahnsinnige Begeisterung des Hasses aus, indem er den Verstand zu Nimmermann sagen läßt:

„Und kraft der Vollmacht, welche mir die Kunst verlieh,
Und kraft des Scherzes, welchen ich bemeistere,
Der unter meinen Händen fast erhaben klingt,
Als wär's der Andacht hoher Ernst, und kraft der Kraft
Zerstör' ich dich, und gebe dich dem Nichts anheim!
Zwar wäre dich vernichten eine kleine Tat;
Allein gesalbt zum Stellvertreter hab' ich dich
Der ganzen tollen Dichterlingsgenossenschaft,
Die auf dem Hackbrett Fieberträume phantasiert,

Und unsre deutsche Heldensprache ganz entweiht;
Ja, gleich wie Nero wünscht' ich euch nur ein Gehirn,
Durch einen einz'gen Witzeshieb zu spalten es,
Um aller Welt zu zeigen eine taube Nuß,
Mit ungenießbar'm Floskelmoder angefüllt.
Verstumme, schneide lieber dir die Zunge weg,
Die längst zum Ärger dient Vernünftigen!
An deiner Rechten haue dir den Daumen ab,
Mitsamt dem Fingerpaare, das die Feder führt:
An Geist ein Krüppel, werde bald es körperlich!"

Worauf Nimmermann vom Publikum mit den Worten abgeführt wird:

„Lieber komm! Ich führe jetzt,
Um Muße dir zu schaffen, dich an jenen Ort,
Den Briten Bedlam heißen, Deutsche Narrenhaus."

Aber der Haß ist ein trockener, bleicher, häßlicher Gesell, der sich in schönem Festgewande nur um so widerlicher ausnimmt. Und wie denn die Kunst überhaupt das Besondere hat, daß sie nächst Gott allein in gesundem Herzen wohnen mag, so hat auch hier der ungezügelte Hochmut sich mit ihr nicht recht vertragen wollen und unseren Poeten, bei all seinem bewunderungswürdigen Formensinn, doch eigentlich nur zu einem negativen Dichter gemacht, der die besten Kräfte ruhelos in parodistischer Polemik verbrauchen mußte.

Mit gerechter Entrüstung dagegen ist die Verdächtigung unsittlicher Verirrungen zurückzuweisen, die erst von Ludwig Robert leise angedeutet und dann durch Heine hämisch weiter ausgesponnen wurde, weil Platen in seinen Sonetten, nach dem Vorgange Shakespeares, die männliche Schönheit gefeiert. Er steht hier, wie überall, rein und fern von aller modernen Lüsternheit – an sich schon die schlagendste, tatsächliche Widerlegung, wenn er auch in seinen „Lebensregeln" nicht selber gesagt hätte:

„Fliehe die Wollust, die nicht allein den Körper, sondern auch den Geist schwächt. Beweise, daß du Herr deiner selbst bist. Halte alle sinnliche Liebe, sobald sie von der geistigen gesondert ist, für unerlaubt, des Menschen unwürdig. Suche deine geistige und sinnliche Natur so viel möglich in Harmonie zu bringen. Veredle deine Sinnlichkeit." – Überhaupt erscheint Platen, außer dem fatalen Bereiche seines Hauskobolds, durchaus als ein Gemäßigter, der sich zwischen den Dingen fast überall ein gewisses juste milieu einzurichten weiß. Seine Liebe schwingt sich nur selten über das unter den Poeten einmal konventionelle Verliebtsein hinaus; ja das formenselige Gekose seiner Gedichte erinnert häufig an die gute alte Zeit der Gleimschen Tändeleien, die nur, anstatt des damaligen Schlafrocks, hier den persischen Kaftan oder eine Toga mit stolzem Faltenwurfe umgeschlagen haben. Sagt er doch bezeichnend selbst:

„Aus edlen Dichtern einen Vers zu singen,
Gestreckt ins Gras, wo laute Quellen schäumen,
An Rosenhecken, unter Lindenbäumen
Das Leben unbesorgt dahinzubringen:

Im Mai die Stirn mit jungem Laub zu krönen,
Die lauen Nächte, bis es wieder taget,
Durch Weingenuß und Liebe zu verschönen:

Dies ist, und wenn mich auch darob verklaget
Ein Sittenrichter, der es will verpönen,
Das einzige, was meinem Sinn behaget."

Eine ähnliche Mitte hält auch seine *politische Gesinnung*. Von den großen Begebenheiten seiner Zeit, von der französischen Julirevolution (Ode an Karl den Zehnten) und dem Unglück Polens (Polenlieder) nicht unberührt, entflammt das letztere seinen Zorn gegen Rußland, der aber, z. B. im „Reich der Geister", häufig schon wieder in krankhaften Haß umschlägt. Vorzüglich als Bollwerk gegen den barbarischen Osten wünscht er, nicht ohne Sympathien für das neue Frankreich, einen deutschen Kaiser sowie eine freie Entfaltung des geistigen und Volkslebens in Deutschland, und Preußen soll den Banner dieser Freiheit erheben („An einen deutschen Staat"). Aber, noch ganz verschieden von seinen Nachfolgern in der politischen Poesie, will er jene Freiheit keineswegs zerstörungswütig und gewaltsam über den Trümmern aller Geschichte aufpflanzen, er redet vielmehr den König von Bayern an:

„Allein wie sehr du Wünsche des Tags verstehst,
Nicht horchst Du blindlings jedem Geräusch,
Du nimmst
Das Zepter, jenem Joseph ungleich,
Nicht in die weltliche Faust der Neuerung.

Ehrfurcht erweckt, was Väter getan, in Dir,
Du fühlst verjährter Zeiten Bedeutsamkeit,
Ins Wappenschild uralter Sitte
Fügst *Du* die Rosen der jüngsten Freiheit."

Noch weniger mochte er die beliebte Schere einer alles planierenden Gleichheit:

„Konnt' ich doch sonst mich auferbaun,
Den lust'gen Lauf der Welt beschaun,
Nun hör' ich die politischen Schellen
Mir ewig vor den Ohren gellen,
Das Kleinste seh' ich zu höchst sich schwingen,
Als wolle der Staat die Welt verschlingen! –

Doch was die Zeit uns auch verspricht,
Natur! versiege du nur nicht!
Du Mächtige, Mannigfache, Reiche,
Versinke nicht ins flache Gleiche!
Doch du hast niemals mit beschworen
Den Aberwitz beschränkter Toren,

Du strebtest nie, daß eins wie's andre,
Und gönnst, daß jeder in Frieden wandre;
Den Weisen hüllst du in dein Licht,
Und gibst dem Schaf ein Schafsgesicht;
Der Mittelmäßigkeit Gewühle
Reibst du zu Staub auf deiner Mühle,
Und rufest, zu schalten weit und breit,
Das Große hervor von Zeit zu Zeit."

Dieselbe etwas nüchterne Wählichkeit zeigt endlich auch sein *religiöser Standpunkt.* Er hat zwar eine Christnacht, ein Osterlied usw. gedichtet; aber wie vornehm und marmorkalt ist das alles gegen Novalis' geistliche Lieder! Man sieht wohl, er strebt auch in diesem Reiche nach einem leidlich befriedigenden Gleichgewicht, in der Schwebe zwischen den extremen Meinungen; nur daß ihm hier, wo es am wenigsten auf ein formales Zurechtlegen ankommt, die Lösung auch am wenigsten gelingen konnte. Es ist im Grunde doch nur eine gemachte Vernunftreligion mit halb christlicher, halb pantheistischer Färbung. Doch lassen wir ihn auch hier für sich selbst sprechen: „Deine Religion" – sagt er in seinen Lebensregeln – „sei die der Vernünftigen. Sie bestehe im Glauben an die große, alles durchdringende Seele, deren Körper wir die Welt nennen; im Glauben an eine Vorsehung, deren lenkende Gegenwart alle Vorfälle deines Lebens dir unverkennbar beweisen." – „Denke aber deshalb nicht verpflichtet zu sein, dasjenige als wahr anzunehmen, was dir von den Menschen überliefert worden. Sobald du einmal die Vernunft unterdrücken mußt, so hat dein Glaube weder bestimmtes Ziel, noch Grenze." – „Die Vorsehung zu glauben, die du niemals körperlich erkennen kannst, ist der Beschränktheit deiner menschlichen Natur angemessen; aber denke nicht, Gott könne fordern, daß du Dinge anerkennst, die dem gesunden Verstande widersprechen, den er dir gab, durch den du ihm angehörst." – „Droht ein Unfall dich in die tiefe Schwermut der Verzweiflung hinabzustoßen: ermanne dich an deiner göttlichen Natur. Was könnte den zu Boden schlagen, dessen Wille frei ist und keinem unterworfen?" – Seltsam! die Freiheit des menschlichen Willens soll also überall genügend sein und dennoch eine Vorsehung alle Vorfälle unseres Lebens lenken. Wir sollen nichts anerkennen, was dem gesunden Verstande widerspricht, und doch eine höhere Leitung annehmen, die wir körperlich (das heißt doch wohl mit unserem irdischen Verstande) niemals zu erkennen imstande sind; wir sollen also gleichsam dem Verstand *glauben;* wir sollen nur unserer Vernunft folgen, und doch soll, nach einer andern Lebensregel, diese Vernunft, ein Ausfluß des Weltgeistes, zuweilen irren können, weil sie auf eine unbegreifliche Weise mit dem Körper vereinigt und von ihm beschränkt sei. – In der Tat, ein solches juste milieu zwischen lauter Widersprüchen wäre das Allerunbegreiflichste, und Platen hat gar nicht unrecht, wenn er weiterhin sich selbst die Regel stellt: „Sogenannte Religionsstreite führe niemals, und breche das Gespräch ab, sobald man dir Gelegenheit dazu geben möchte."

Bei dieser konfusen Nüchternheit ist wenigstens das konsequent, daß er auch im Christentum kein übersinnliches Geheimnis, sondern nur eine ganz löbliche Sittenanstalt, und in Christus nur „den Mann der Weisheit erkennt, den die Welt dankbar den Erlöser nannte". „Ehre im Christentum", sagt er, „die Reinheit seiner Moral und alles, was geehrt zu werden verdient. Ehre in seinem Stifter, was dir bei einem Platon oder Mark Aurel Bewunderung ablockt, und noch mehr als dies. Er fühlte mehr, was das schwache Menschengeschlecht zumeist bedürfe – feste Bestimmung seiner schwankenden Meinungen, untrügliche Aussichten. Er glaubte sich berechtigt und berufen, dasjenige im Namen der Gottheit selbst zu verkündigen als gewiß und unfehlbar, was er in seiner großen Seele für wahr und unumstößlich hielt; nämlich daß alles Gute gute, alles Böse aber endlich böse Früchte erzeugen müsse. Gewiß wurden viele jener Dogmata, die späterhin seine

Jünger und deren Nachfolger ausbreiteten, niemals von ihm beabsichtigt."

Dasselbe ungefähr, was er hier mit dürren Worten sagt, hat er gleichzeitig (1817) in dem Schwanke: „Die neuen Propheten" poetisch dargestellt. Zwei Verstorbene: ein Orthodoxer, als „Arme Seele", den Canisius in der Hand, mit schäbigem Rock und samtener Mütze und einem Skapulier am Hals, und ein „Nationaler", mit englischem Frack und Tituskopf, treffen an der Himmelstür zusammen, hinter der sich Sankt Peter versteckt hat, um ihr Gespräch zu belauschen und darnach ihre Würdigkeit zu erkennen. Die sehr dumme „Arme Seele" möchte nun nur für einen einzigen Tag der Teufel sein, um in dem wärmsten und größten Ofen die Philosophen zu braten. Sie will im Himmel die gute alte Zeit wieder einrichten und erblickt die Welt nur

„als ein großes Theater,
In der obersten Loge den heiligen Vater,
Wir Priester bewegen an Schnuren und Ketten
Auf der Bühne die Laien als Marionetten;
Das Geheimste sogar, wir entziffern's leicht
Durchs Sakrament der Ohrenbeicht';
Loyolas Schar treibt wiederum
Die Knaben in ihr Kollegium;
Das Land durchzieht mit geistlichem Krame
Die Krüdener als Aposteldame;
Wie Manna regnen Stiftungen, Pfründen,
Man fordert zehn Prozent für die Sünden,
Man eilt, den bettelnden Mönchen die Wägen
Mit Kälbern, Geflügel und Schmalz zu belegen;
Viel Klosterbrüder sieht man wallen
Mit Testamenten in ihren Krallen" usw.

Der Nationale dagegen, dem

„Der Hader der Partein befleckte
Die Seele nie, die den Pöbel verachtet
Und nach erhabnerm Ziele trachtet",

vergleicht die katholischen Heiligen, sehr zu deren Nachteil, mit den menschheitsbeglückenden Heidengöttern; die Dogmatik ist ihm eine ebenso heilige als abgeschmackte Nuß, die niemand knackt, Priesterkniff der Pfeiler der Kirche. Er selbst aber glaubt ein Leben,

„das alles belebt,
Einen Geist, der durch alle Geister strebt,
Von allem Edeln, allem Wahren,
Von allem Großen und Wunderbaren,
Von allem, was unsern Busen schwellt,
Ein Ideal auf dem Gipfel der Welt.
Und seh' ich die Morgensonn' erwachen,
Wenn der Frühling kommt, wenn die Gärten lachen,
Die Herde weidet, die Schwalben bauen,
Und ich wandle dahin auf den bunten Auen,
Wo das Hageröschen am wilden Stocke,
Wo der Thymian blüht und die Maienglocke,
Da zeigt mir der Teppich des reichen Gefildes
Den Abdruck jens unendlichen Bildes.
Und ist das Abendrot spät verschwunden
Und nahen die stillen, die traulichen Stunden,
Und ich schaue hinaus, wie der Himmel glüht,
Wenn die Weltensaat dem Auge blüht,
Und wie sie im ewig geschloßnen Kreise
Vollenden die weite, gewaltige Reise,
Da fühl' ich noch mächtiger deine Spur,
Erhabene Seele der großen Natur!"

Dabei bringt er Bücher mit, um den Himmel aufzuklären:

„Schon seh' ich im Geist, was diese Schriften
Für Leute bekehren und Nutzen stiften:
Der heilige Augustin liest hinfür
Nur das *Système de la Nature,*
Ignatius läßt den frommen Verein,
Studiert sich in die *Pucelle* hinein;" usw.

So werden beide Himmelskandidaten – und zwar, wie man sieht, ziemlich frivol – lächerlich gemacht, beide heißt Sankt Peter zuletzt in des Teufels Namen sich fortpacken, und das Ganze endet also, ohne Andeutung einer höheren Vermittelung der Gegensätze, abermals in vornehmer Neutralität. Doch fühlt man überall die heimliche Sympathie des Dichters für den Nationalen heraus, ein Gefühl, das durch andere Äußerungen hinreichend bestätigt wird. Oder wer erkennt jenen englischen Frack mit dem Tituskopf nicht wieder, wenn Platen in Palermo ausruft:

„Aus jenen schönen Stirnen keimt
Nie ein Gedank' empor:
Auf jede hat ein Brett geleimt
Der schnöde Pfaffenchor.
Es hält ein ganzes Volk in Schach,
Wer's täglich dreist beleugt" –

wenn er dann in Rom sagt:

„Gern vermißt sei, neben dem Heidengrabstein,
Was so streng Rom jedem Verirrten weigert:
Jenes Jenseits, das des Apostel goldner
Schlüssel nur auftut.

Führt mich dorthin lieber, und sei's die Hölle,
Wo der Vorwelt würdigen Seelen Raum ward,
Wo Homer singt und der lorbeermüde
Sophokles ausruht."

oder wenn er, in seltsamer Resignation, dem Poeten ein allzu bescheiden Teil vindiziert:

„Mögt an des Heilands Seite dereinst ihr sitzen in Glorie,
Oder den Gott anschaun, der sich entschleiert vor euch!
Dichtern genügt das geringere Glück, auf Erden zu wandeln:
Möcht ich im Munde des Volks gehn von Geschlecht zu Geschlecht!"

Wir sind hier absichtlich ausführlicher gewesen, um deutlich zu machen, wie bei Platen schon die Romantik vom Geheimnisvollen zum Gemeinfaßlichen, vom Glauben zur Negation sich wieder zurückwandte. Die natürliche Folge davon war, daß dieselbe, nachdem sie Zweck und angeborene Waffen einmal verwechselt hatte, diese nun auch bald zerstörend gegen sich selber kehren mußte. So sehen wir damals schon mehrere an sich romantische und doch die romantische Richtung verspottende Komödien auftauchen, wie des witzigen und trockenen Ludwig Roberts „Cassius und Phantasus" u. a. Und so ist auch in Platens Oedipus der Krieg gegen die Romantik offen ausgebrochen, wo er, alle bisherigen Sympathien und Intentionen umkehrend, in der Schlußparaphrase ausruft:

„Auch faselt mir nicht von der Ritterlichkeit
altdeutscher und christlicher Dichtkunst,
Denn es bleibt sich Natur stets gleich und bewirkt
durch Christen und Heiden dasselbe. – –
Nicht schreitet zurück deshalb, krankhaft
Dem Gewesenen hold, das lange vermorscht!
Abwendet das Ohr paradoxem Geschwätz,
Seid Männer und steht, mit dem Fuß vorwärts,
Unerschütterlich fest, sucht Wahres und lacht
Des romantischen Quarks,
Und erquickt das Gemüt an der Schönheit!"

Das sind die ersten Trommelwirbel zum Geschwindmarsch des modernen Fortschritts oder, was ziemlich gleichbedeutend, zum Rückzug der Romantiker; denn die Stich- und Kommandowärter hatten sich eins nach dem andern so rasch verwandelt, daß nun wieder Rückschritt hieß, was eben erst unter ihnen vorwärts geheißen. Die protestantische Gesinnung, von dem jugendlichen Aufschwung einer begeisterten Zeit unversehens überrascht und verblüfft, erblickte, da sie allmählich wieder zur Besinnung kam, sich mit staunendem Entsetzen unter katholischen Fahnen und dünkte sich nun nicht wenig damit, reformatorisch gegen einen selbstgemachten und erträumten Katholizismus zu rebellieren. Von jetzt ab sehen wir daher dort ein Zelt nach dem andern abbrechen und heimlich Übergangsbrücken schlagen zur neuesten Literatur, und es macht fast den Eindruck wie die plötzliche Stille eines verlassenen Kriegslagers, wo es noch vor kurzem so bunt gewimmelt und fröhlich von Welteroberungen geklungen.

Hoffmann

So sehen wir jetzt die Romantik, nach ihrem geistigen Abfall, ihren Flug von der erstrebten und zum Teil wirklich erschwungenen Höhe unaufhaltsam immer rascher und tiefer bis zum Gemeinen wieder hinabsenken. Immer deutlicher und entschiedner löst sich das religiöse Element von der Phantasie, und weil diese, so isoliert, notwendig in leere Spielerei oder Verzerrung verfliegt, so zieht das religiöse Gefühl sich immer scheuer in sich selbst zurück, bis beide allmählich einander fremd und daher unbequem und störend, ja zuletzt feindlich gegenüberstehen. Die daraus entspringende innere Ungenüge, um so stechender, je schärfer die Zerklüftung hervortritt, wird nun, wie wir oben nachgewiesen, gar bald zur Zerrissenheit, bis dann auch das Bewußtsein jener Ungenüge schwindet und diese endlich nur noch als ein bloßes ästhetisches Kunststück wohlgefällig sich selbst bespiegelt.
Das treffendste Bild dieses Ausganges bietet *Hoffmann* dar. Glimpf und Schimpf, Verstand und Überschwenglichkeit, Grauen und schallendes Gelächter, Rührung und ironischer Hohn ringen und fressen hier, wie die bekannten beiden Löwen, einander in der Verzweiflung wechselseitig auf, daß nichts als die Schweife übrigbleiben. Man

könnte darauf die von der Bibliothek der schönen Wissenschaften im Jahre 1758 gegebene Definition der Romanze anwenden: „ein abenteuerliches Wunderbare, mit einer possierlichen Traurigkeit erzählt." – Sie hatten die Phantasie von den Banden des Verstandes gelöst; aber die Befreite war ihnen plötzlich davongefahren und über Gipfel und Wipfel in wüstem Flug bis in jenes unwirtbare Leer hinausgestürzt, wo der Himmel dunkel und die Erde nur noch in gespensterhafter Luftspiegelung erscheint. Treffend daher sagte damals Jean Paul, obgleich er selbst früher Hoffmann in die Lesewelt eingeführt hatte, in bezug auf diese Art von Poesie: „Unstreitig ist jetzt die Belladonna (wie man die Tollkirsche nennt) unsere Muse Primadonna und Madonna und wir leben im poetischen Tollkirschenfest."

Hoffmann war von seiner frühesten Jugend an eigentlich verwaist. Der Vater, ein Mann von unordentlichen Neigungen und von seiner Frau geschieden, starb bald. Eine alte, hinfällige Großmutter, eine stets kranke, bloß vegetierende Mutter, beide nie aus ihrem Zimmer kommend, eine geistreiche Tante, die, als die Vertraute seiner Schwächen, den Knaben verzog; dazu ein wunderlicher Onkel, der Essen, Trinken, Studien und Erholung pedantisch nach der Uhr trieb und von dem zwölfjährigen Knaben nach Herzenslust mystifiziert wurde; in demselben Hause endlich das mystische Wesen Werners mit seiner halbwahnsinnigen Mutter – das waren die Umgebungen, unter denen Hoffmann aufwuchs, abgesondert von seinen Schulkameraden, die ihn, wegen seines beißenden Witzes, nicht liebten. Überdem gehörte er zu den frühreifen Talenten und galt daher schon damals als das bewunderte Genie der Familie. Er selbst sagt hierüber: „In meiner ersten Erziehung, zwischen den vier Mauern mir selbst überlassen, liegt der Keim mancher von mir hinterher begangenen Torheit. Deine gütige Freundschaft nennt die Frucht jener bizarren Einsamkeit – Originalität, es ist aber, wie ich wohl weiß und empfunden habe, nichts als

Starrköpfigkeit, Ungeschick! Das Übersehen der Verhältnisse, die jedem, der als Knabe nachgeben und sich in die Umstände schicken gelernt hat, ins Auge fallen, hat mir einen guten Teil der Ruhe für lange Zeit gekostet." – Auch seine darauf erfolgte Anstellung bei der damaligen Regierung in Posen, wo er unter der ihm geistig subordinierten Umgebung wieder nur seine Übermacht fühlte und ein zügellos sinnliches Leben ihn von allen Seiten umwogte, konnte nur dazu dienen, teils den frühgeweckten Übermut seines Talents vollends zu entfesseln, teils ihn selber in jene sinnlichen Abgründe zu verlocken.

Ein solches, äußerlich gebundenes, innerlich desolutes Jugendleben aber, voll Anschauungen der seltsamsten Kontraste, war wohl in der Tat geeignet, in einem unruhigen, talentvollen Jünglinge das Dämonische ins Diabolische zu verkehren. Und dies eben war das Charakteristische bei Hoffmann, daß er ganz im Gegensatz von Brentano – anstatt das Dämonische in sich zu bekämpfen, es vielmehr recht mit Vorliebe und gleichsam aus einem wunderlich mißverstandenen Pflichtgefühl auf alle Weise großzog und hegte und hätschelte.

Dies zeigt sich zunächst in einem innerlichen Sichgehenlassen auf Rechnung des exklusiven Genies, in einer Liebhaberei seiner selbst, einem völligen Dilettantismus in Kunst und Leben. Musik, Malerei, Poesie, ja selbst die Liebe trieb er eigentlich nur als Dilettant; er ist Theaterkomponist, Dekorateur, Architekt, auch ein geschickter Jurist; aber er nennt die Justiz den Klotz des Baugefangenen, den er hinter sich schleppe, „denn", sagt er, „zu heterogen ist sie der Kunst, der ich geschworen". Mit den damaligen berühmten Männern Königsbergs (Kant, Hamann, Hippel, Kraus) kam er in gar keine persönliche Berührung; Kant verstand er geständlich nicht oder gab sich vielmehr nicht die Mühe, ihn zu verstehen; anstatt der alten klassischen Literatur aber griff er nach Rousseaus Konfessionen und beschäftigte sich fortwährend viel mit Wieglebs Magie.

Es ist dies im Grunde nur Mangel an Tiefe des wahren dichterischen Gefühls, das eben durch Ernst, Treue und Nachhaltigkeit sich unterscheidet. Darum suchte er sich vor jedem Zustande von Begeisterung sorgfältig zu verwahren. Deshalb hatte er auch für die freie Natur durchaus keinen Sinn und wußte ihre verborgenen Stimmen nur in ihrem Konflikte mit der Unnatur, d. h. mit der gesellschaftlichen Verbildung, also eigentlich nur den Mißklang, aufzufassen. Das ist aber wesentlich ein bloßes Manöver der Reflexion, die in diesem ihr fremden Gebiete notwendig sich selbst verwirrt, weshalb denn auch seine sogenannten Kindermärchen (der Nußknacker etc.) keine wahrhaften Märchen und nichts weniger als kindlich sind. Ebenso haßte und vermied er alle Gespräche über Religion, Staatseinrichtungen und Politik und blieb von den ungeheueren Begebenheiten seiner Zeit innerlich ganz unberührt. Im Jahre 1813, mitten unter dem Kriegsgetümmel, dichtet er in Dresden seinen Magnetiseur „mit großem Glück", und bei dem Zusammensturz seines Vaterlandes im Jahre 1807 lebt er in Warschau grade recht vergnügt und gemütlich. „Die schöne Bibliothek des dasigen Musikvereins", sagt Hitzig, „stand jeden Augenblick ihm zu Gebote, und sein Fortepiano hatte er sich im Quartettzimmer aufstellen lassen. Mehr bedurfte es nicht, um ihn Franzosen und die Zukunft vergessen zu machen." In seinem Umgange aber war ihm sittliche Würde oder Gesinnung völlig gleichgültig; er wollte von seinen Freunden nur wie ein personifiziertes Buch angehört oder von ihnen durch Witz und glänzende Einfälle ergötzt sein. Mut dagegen und moralische Kraft bei andern imponierten ihm jederzeit, weil sie ihm selber fehlten. – Im Kapuzinerkloster zu Bamberg fühlt er sich durch die religiöse Umgebung „in eine gemütlich exaltierte Stimmung" versetzt. Er sagt hierüber in seinem Tagebuch: „Herrliche, patriarchalische Köpfe der Kapuziner. Wanduhr: *mors certa, hora incerta, una ex his.* Fantasien; aber auf der Redoute ganz aus dieser Stimmung herausgekommen." Und so dienen denn alle diese Eindrücke letztlich zu nichts weiter als zu poetischem Ausschmuck in seinen Elixieren des Teufels, im Kater Murr usw.

Eine so schwachgestimmte Innerlichkeit mußte notwendig gar oft in ihr Falsett, in vage Schwärmerei, umschlagen. Wenn aber ein als Komiker beliebter Komödiant sich einmal auch tragisch versuchen will, so reizt uns schon der erste Laut seiner wohlbekannten Stimme unwillkürlich zum Lachen. Einen ähnlichen Eindruck nun macht es, wenn Hoffmann z. B. über seine erste Liebschaft in die Worte ausbricht: „Eine neue Schöpfung hatte sie hervorgebracht – gereinigt von den irdischen Verbindungen schwebte sie mir entgegen in himmlischem Glanze – ich sah sie, ich fühlte sie, ich hörte ihre Stimme, sie bot mir einen Kranz von Myrten und Rosen. – Freund! ich möcht heut gern aus mir selbst heraus – ein erhebendes Gefühl trägt mich empor auf kühnen Fittichen – Freundschaft und Liebe pressen mein Herz, und ich möchte mich durch die Mückenkolonne, durch die Maschinenmenschen, die mich umlagern mit Gemeinplätzen, gern durchschlagen, gewaltsam allenfalls!" – Und doch schlägt seine eigentliche, kalte Natur fast gleichzeitig durch, indem er bald darauf wieder sagt: „Daß ich meine Inamorata so ganz mit all dem Gefühl liebe, dessen mein Herz fähig war, daran zweifle ich sehr; nichts aber wünsche ich weniger, als einen Gegenstand zu finden, der diese schlummernden Gefühle weckt – das würde meine behagliche Ruhe stören, würde mich aus meiner vielleicht imaginären Glückseligkeit herausreißen, und ich erschrecke schon, wenn ich nur an den Troß denke, der solch einem Gefühl auf der Ferse folgt – da kommen Seufzer, bange Sorgen, Unruhe, melancholische Träume, Verzweiflung usw. – ich meide daher alles, was so etwas involvieren könnte. Zu jeder Empfindung für Cora z. B. habe ich gleich irgendeine komische Posse zur Sourdine, und die Saiten des Gefühles werden so gedämpft, daß man ihren Klang gar nicht hört." – Und dies alles schon in seinem zwanzigsten Jahre!

– Sein ganzes Leben war im Grunde nur ein geistreiches Capriccio ohne eigentlichen Inhalt.
Allerdings hatte auch er zwar ursprünglich das enthusiastische Sehnen nach einem besseren Zustande, welches den Genius vom Gemeinen scheidet. Aber er suchte diesen besseren Zustand einzig und allein im Vollgenuß der Kunst, in einer gänzlichen Hingebung aller Körper- und Seelenkräfte an dieselbe. Und weil er eben nicht umhin konnte, in allen lichteren Momenten jenen Mangel an Innerlichkeit und *wahrer* künstlerischer Hingebung als ein Hemmnis selbst schmerzlich zu fühlen, so machte er es, wie schon oben erwähnt, zu seiner eigentlichen Lebensaufgabe, das Dämonische in sich trotzig herauszufordern, das alles überwältigen und rechtfertigen sollte. „Was ist der Mensch, o Gott! pflegte ich" – so schreibt er von sich selbst – „oft andächtig zum Himmel blickend zu sagen, wenn mir der Nuits (eine Weinsorte) oder Chambertin Prima so recht mundete! In diesem Ausruf über die Nichtigkeit alles menschlichen Tun und Treibens tröstete mich aber grade die Überzeugung vom Gegenteil – denn nie fühlte ich die Lebendigkeit des *lebendigen* Lebens mehr, als eben da! und jener Ausruf war so gut wie die Ausforderung eines unbekannten Widersachers im höchsten Übermute, so wie im Shakespeare die besoffenen Schlingel die unverwundbare Luft mit ihren Streichen zu verletzen trachten." – Allein der Teufel ist immer und überall mephistophelisch und verwandelt dem Dürstenden, der sich ihm verschreibt, den verheißenen Nektar in gemeines, ekles Gebräu. Auch Hoffmann gesteht: „Ein Kampf von Gefühlen, Vorsätzen usw., die sich gradezu widersprachen, tobte schon seit ein paar Monaten in meinem Innern – ich wollte mich betäuben und wurde das, was Schulrektoren, Prediger, Onkels und Tanten lüderlich nennen. Du weißt, daß Ausschweifungen allemal ihr höchstes Ziel erreichen, wenn man sie aus Grundsatz begeht, und das war denn bei mir der Fall. – Jede unverdiente, harte Kränkung, die ich erleiden mußte, vermehrte meinen innern

Groll, und indem ich, mich immer und immer mehr an Wein als Reizmittel gewöhnend, das Feuer nachschürte, damit es lustiger brenne, achtete ich das nicht, daß auf diese Art nur aus dem Untergange das Heil entsprießen könne." – Und in der Tat, dieser Untergang, anstatt des geträumten Heiles, ließ nicht lange auf sich warten. Hoffmann schlug in Berlin fortan sein Reich im Weinhause bei Lutter und Wegner auf, wo er allnächtlich seine Feuerwerke von Witz und Phantasie verpuffte, und trieb zuletzt die Kunst, mit Hintansetzung seiner tieferen Intentionen, nur noch als Erwerb für die Weinkosten; er schrieb, um zu trinken, und trank, um zu schreiben.

So war er – da er den Zauberkreis, den Religion und Sitte um uns ziehen, freventlich überschritten hatte – den unheimlichen Gewalten jenseits dieses ewigen Kreises verfallen, und Revenants, Kobolde und allerhand ordinärer Spuk, mit dem er zu spielen sich vermaß, übte schadenfroh offene Macht über ihn, weil er, wie Goethes Zauberlehrling, das heilige Bannwort vergessen. Ja, er glaubte nicht selten, diese phantastischen Zerrbilder leibhaftig vor sich zu sehen, und bei seinen nächtlichen Arbeiten mußte sich öfters seine Frau zu ihm setzen, um ihn zu beschützen. Sein eigentlicher Hauskobold aber war die Ironie. Diese Ironie, die bei Tieck noch wie ein ätherischer Duft anmutig das Ganze durchweht, duckt bei Hoffmann schon selbständig als materieller Doppelgänger auf, der ihm überall auf die Fersen tritt und, gleichsam ein travestierender Bajazzo, jedem Gedanken, jeder aufdämmernden Empfindung, fratzenhafte Grimassen schneidet. „Du weißt ja schon", schreibt er seinem Freunde Hippel (dem Jüngeren), „welch ein besonderes Affengesicht als versteckter Poet mich kitzelt!" Und als er zu Bamberg, schon längst glücklich verheiratet, ein ganz junges Mädchen sterblich zu lieben wähnt, ruft er in seinem Tagebuche aus: „Sehr komische Stimmung; Ironie über mich selbst, ungefähr wie im Shakespeare, wo die Menschen um ihr offenes Grab tanzen – göttliche Ironie, herrliches Mittel,

Verrücktheit zu bemänteln und zu vertreiben, stehe mir bei!“ – Aber Samiel scheint diesmal seine Hülfe versagt zu haben; denn gleich darauf folgt in dem Tagebuch: „Innerer Wurmfraß – exaltierte Stimmung – Ahndungen seltsamer Ereignisse, die dem Leben eine Richtung geben, oder – es enden. Inkrustierter Gedanke – eine Pistole“ – und hierbei eine Pistole sauber an den Rand gezeichnet.

Es ist einleuchtend, ein solchergestalt potenzierter und sich selbst beschauender Kunstgenuß konnte ihm das Glück nicht geben, das seine Jugend davon geträumt. Daher die bittere Unzufriedenheit, das Abgerißne, Fragmentarische in allen seinen Schriften; seine gedichteten friedlichen Zustände sind fühlbar nur *gemacht*, fast alles endigt mit einer schrillenden Dissonanz. Diesen Mißklang hat er in seiner poetischen Lieblingsgestalt, dem Kapellmeister Kreisler, verewigen wollen, aber natürlich auch hier nicht zu einer befriedigenden Lösung zu bringen vermocht; auch der Kreisler blieb Fragment und mußte und sollte, nach des Dichters eignem Plane, notwendig in Wahnsinn enden. Wie ein leidenschaftlicher Spieler pointierte Hoffmann fortwährend auf die *eine* Karte, immer heftiger und hartnäckiger, je unersetzlicher er an Leib und Seele verlor. Noch fünf Monate vor seinem Tode, als er seinen Geburtstag feierte, und einer der Freunde gelegentlich Schillers Vers: „das Leben ist der Güter höchstes nicht“, anbrachte, fuhr ihm Hoffmann mit einer entsetzlichen Heftigkeit entgegen: „Nein, nein, leben, leben, nur leben – unter welcher Bedingung es auch sein möge!“ Und mitten unter Todesschauern diktierte er noch seine letzte Novelle, „Der Feind“. Nur einmal in dieser langen, ihm barmherzig vergönnten Prüfungszeit will seine Frau von ihm die kaum mehr vernehmbaren Worte gehört haben: „Man muß doch auch an Gott denken!“

So war sein Ende. – Hätte er, im Leben wie im Dichten, sich selbst überwinden wollen, er hätte vielleicht Größeres geleistet; daß er es konnte, hat er in seinem „Fräulein

Scuderi", im „Majorat", und im „Küfer Martin und seine Gesellen" überraschend dargetan. Sein Mangel war daher weniger ein literarischer als ein ethischer, und es ist keineswegs zufällig, daß die ganz unmoralische sogenannte Romantik in Frankreich ihn fast ausschließlich als ihren deutschen Vorfechter anerkennt.

Immermann. Rückert. Chamisso

Wir sind hier endlich an den äußersten Grenzen der Romantik angelangt, wo sie kaum sich selbst mehr wiedererkennt. – Wenn ein vorzeitiger Herbst plötzlich hereinbricht, da werden die Wandervögel irr und schweifen unruhig hin und wieder und wissen nicht wohin, denn ihre Zeit ist noch nicht gekommen, die ihnen Weg und Richtung weist. Und so sehen wir auch die Singvögel, welche die wechselnden Jahreszeiten der nationalen Bildung bezeichnen, wir sehen die Dichter dieser Periode in hastiger, unsteter Geschäftigkeit und Ungenüge, dem Alten entfremdet und des Neuen noch ungewiß; man könnte sie die Heimatlosen nennen. Sie gehören, da sie keine Romantiker mehr sind, gleich Platen eigentlich auch nicht mehr in den Kreis unserer Betrachtung, und wir wollen daher nur drei der bedeutendsten unter ihnen – Immermann, Rückert und Chamisso – hier mit wenigen Worten noch erwähnen.

Immermann ist schon durch seine Individualität von seinen Vorgängern geschieden; eine starke, aber etwas herbe, durchaus oppositionelle Natur, wesentlich ein Verstandesdichter, der nicht ergötzen, sondern belehren will. Er stellt sich schon frühe – mehr infolge gelehrter Studien als innerer Nötigung – außerhalb der Romantik mit seinen Dramen unmittelbar auf Shakespeare, mit seinen Romanen auf Goethe; und sein berüchtigter Kampf mit Platen ist, wenigstens von seiten Immermanns, weniger persönlich als vielmehr eine männliche Entrüstung, ein ethischer Ekel vor der prätentiösen Geziertheit der Romantik, wie sie seit Fouqué sich kundgegeben. Wie lose Immermann überhaupt nur noch mit dem Grundprinzip der Romantik zusammenhängt, beweist auch seine völlig gleichgültige Behandlung der katholischen Ansicht, z. B. in seinem „Trauerspiel in Tirol“, wo sie augenscheinlich das historische Grundelement bildet, und wo dennoch der den Hofer tröstende Engel nur noch als bloße theatralische Dekoration, mithin ganz ungeschickt und nutzlos, erscheint. Aber zu scharfsichtig, um in der bloßen Opposition schon das positive Heil zu erblicken, und doch ohne die erforderliche eigne Produktionskraft, selbst neue Bahnen zu brechen, überkam ihn nach und nach eine allgemeine, oft ingrimmige Trostlosigkeit, als sei nun seit Goethe alles vorüber. Und in dieser natürlichen Verstimmung greift er, den Übergang zu der allerneuesten Literatur unwillkürlich vorbereitend, schon oft faktisch in die letztere hinüber, indem er jenen Übergang selbst, mit klarem, keinerlei Täuschung zugänglichem Bewußtsein, zum Gegenstand seiner eigenen Dichtung macht. So in den „Epigonen“, deren Held Hermann mit moderner Blasiertheit zwischen der unvereinbaren Vielheit und ratlosen Zerfahrenheit der neuen Zustände und Tendenzen irrwischartig hin und her geworfen wird. „In unseren Geschichten“, sagt er am Schlusse dieses Romans, „spielt gleichsam der ganze Kampf alter und neuer Zeit, welcher noch nicht geschlichtet ist.“ – Daß er aber auch in Immermann nicht geschlichtet war, beweist der fast verzweifelte, immer neue Anlauf, den er zu immer neuen, ganz verschiedenartigen Produktionen genommen, zum freien und bühnengerechten Drama, zur Lyrik, zum Roman und zum Epos, um wenigstens für sich zu einem vergeblich angestrebten, poetischen Frieden zu gelangen.

Auch *Friedrich Rückert* gehört, gleich Immermann, zu den Flüchtlingen der Romantik. Noch teilt er, zumal in seiner frühesten Zeit, als er unter dem Namen Freimund

Reimar auftrat, fast alle Neigungen und Bahnen der Romantiker. Durchaus edel, stittlich, die Schönheit ehelicher Liebe innig feiernd, sehen wir auch ihn in den verhängnisvollen Jahren Deutschlands den romantischen Banner altritterlicher Tugend und Treue keck aufrichten, und aller männliche Ernst und Liebeszorn Friedrich Schlegels leuchtet in ihm noch einmal auf, wenn er z. B. in seinen geharnischten Sonetten sein Volk anredet:

„Was schmiedst du, Schmied? ‚Wir schmieden Ketten, [Ketten.'
Ach, in die Ketten seid ihr selbst geschlagen.
Was pflügst Du Baur? ‚Das Feld soll Früchte tragen.'
Ja für den Feind die Saat, für dich die Kletten.

Was zielst du, Schütze? ‚Tod dem Hirsch, dem fetten.'
Gleich Hirsch und Reh wird man euch selber jagen.
Was strickst du Fischer? ‚Netz dem Fisch, dem zagen.'
Aus euerm Todesnetz, wer kann euch retten?

Was wiegest du, schlaflose Mutter? ‚Knaben.'
Ja, daß sie wachsen und dem Vaterlande,
Im Dienst des Feindes, Wunden schlagen sollen.

Was schreibest, Dichter, du? ‚In Glutbuchstaben
Einschreib ich mein und meines Volkes Schande,
Das seine Freiheit nicht darf denken wollen.'"

Ja, er hat insbesondere eine Richtung der Romantik, die Meisterschaft in der Form, bis zur äußersten Vollendung ausgeführt.

Hierin dürfte zwar mancher Platen über ihn stellen; allein bei Platen ist es vielmehr Sache des Gelehrten als des Dichters, man fühlt überall unwillkürlich das Studium, die Absicht und Prätention heraus. Bei Rückert dagegen scheint das Schwierigste und Unerhörteste, weil es wirklich poetisch durchgeistet ist, sich von selbst zu verstehen, es ist, als hätte er eben nur eine feinere Hand, um jedem verbor-

genen Triebe der deutschen Sprache seinen ungehinderten, natürlichen Wuchs zu geben, und viele seiner kühnen Reimverschlingungen gleichen musikalischen Fugen, die, eine geheimnisvolle Melodie in ihren seltsamsten Kombinationen verarbeitend, zuletzt dennoch zu rechtem Klang und Abschluß kommen.
Dieses bewunderungswürdige Formentalent, dem nichts Fremdes fremd ist, erklärt andrerseits auch seine Neigung und seinen Beruf zu einer gewissen universalen Auffassung der poetischen Literatur. Seine Poesie durchläuft fast die ganze Skala der Dichtkunst, vom deutschen Volksliede und einfachen Märchen, durch alle Irrgewinde romanischer Kunstformen bis in die Rosengärten von Schiras, und seine sogenannten Übersetzungen bleiben dennoch deutsch, weil er überall eben nur jenen allen Nationen gemeinsamen Klang zu erkennen und anzuschlagen weiß, von dem er sagt:

„Daß über ihrer Bildung Gang
Die Menschheit sich verständ'ge,
Dazu wirkt jeder Urweltsklang,
Den ich verdeutschend bänd'ge."

Wir haben schon öfters erwähnt, daß die Romantik dieselbe universelle Tendenz hatte. Allein sie suchte sie auf andere Weise geltend zu machen. Sie ging weniger auf den bloßen Klang, sondern wollte vielmehr das Ganze auf die aller modernen Poesie gemeinsame Grundidee, auf ihr christliches Element, zurückführen; während Rückert die mannigfachen Lebensströme der Völker in ihrem bloß musikalischen Zusammenhange gleichmäßig nebeneinander gewähren läßt, ohne tiefer nach ihrer gemeinschaftlichen Quelle zu fragen.
Er ist daher in seinen Dichtungen ein ebenso vollkommener Brahmine als Mahommedaner oder mittelalterlicher Katholik. So hat er allerdings mehrere recht schöne christliche Lieder und sagt in einem seiner Abendlieder:

„Mich fasset ein Verlangen,
Daß ich zu dieser Frist
Hinauf nicht kann gelangen,
Wo meine Heimat ist."

Aber eben diese Heimat wird ihm nicht recht klar. Seine Frömmigkeit bleibt ein *ästhetisches* Gefühl, das meist in der schönen Form aufgeht, und daher, weil ein solches Gefühl einem ernsten Gemüt nimmermehr genügen kann, häufig durch einen Anhauch von Ironie sich selber paralysiert, wie z. B. in der „Bitte um Anstellung in der anderen Welt". Ja, diese Formenseligkeit hat ihn sogar verführt, die heiligen Evangelienbücher durch kunstreiche Verse ausschmücken zu wollen. Die religiöse Unentschiedenheit des bloß ästhetischen Gefühles aber, da es Zeit und Ewigkeit, das Diesseits und Jenseits nicht im christlichen Sinne als ein sich wechselseitig bedingendes und ergänzendes Ganze lebendig aufzufassen vermag, erzeugt überall jenen inneren Zwiespalt, der das Leben unnatürlich zerklüftet, indem er Lust und Leid, die Sinnenwelt und das Gottesreich, als zwei unversöhnlich feindliche Gewalten einander entgegenstellt, während doch jene nur die sichtbare Brücke zum Unsichtbaren bildet. Und so klagt auch Rückert, wo er sich vielmehr des eigenen Mangels zeihen sollte, das Christentum an und ruft mißmutig aus:

„Ich war schon ziemlich ein Christ,
Und wär' es noch mehr geworden;
Doch mir verleidet ist
Auf einmal der ganze Orden.

Ihr machet es mir zu toll
Mit eurem christlichen Leide;
Mein Herz ist noch freudenvoll,
Darum bin ich ein Heide.

Bricht einst mein Lebensmut,
Dann könnt ihr vielleicht mich erwerben;
Denn eure Lehre ist gut
Zu nichts auf der Welt als zum Sterben."

Auf diese Weise die christliche Vermittlung der Gegensätze zurückweisend, erstrebt er denn auch in der Religion eine universelle Ansicht, die alle Mannigfaltigkeit der Erscheinungen gleichmäßig umfassen, erklären und rechtfertigen soll.

Bei den Romantikern deutet die Natur nur sehnsüchtig und symbolisch das Überirdische an, bei Rückert *ist* sie selber Gott und Mensch und alles. Er war daher auch der erste, der den geheimen Pantheismus, welcher in der Romantik nur fragmentarisch oder in mystischen Sprüchen erscheint, in der Poesie praktisch und zur Seele seiner überreichen Lyrik gemacht hat, und es ist in der Tat keine bloße poetische Redensart, wenn er ausruft:

„O Sonn', ich bin dein Strahl, o Ros', ich bin dein Duft,
Ich bin dein Tropf', o Meer, ich bin dein Hauch, o Luft!"

Chamisso endlich ist ein Heimatloser schon durch seinen Lebenslauf. In Frankreich geboren und in Deutschland gebildet, ist diese seine Beidlebigkeit nicht ohne Einfluß auf seine Dichtung geblieben. Ein deutsches Gemüt, keusch, ehrenhaft, treu in der Freundschaft, sittlich und fleißig; bei einem durchaus französischen Naturell, das mit großem Geschick auf das Äußerliche, Kunstreiche gerichtet, aber ohne nachhaltige Tiefe und indifferent in religiösen Dingen. Daher, weil ihm die wesentliche Innerlichkeit und Hauptbedingung der Romantik fehlte, wußte er sich nicht reinzuhalten von absichtlicher Effektmacherei. Die stille, unsichtbare Gewalt der Poesie, die er gar wohl ahnte, genügte dem Deutschfranzosen nicht, er wollte sogleich den praktischen Erfolg sehen, sie sollte „packen", wie er sich oft mündlich auszudrücken pflegte; und so zerrte er, in neufranzösischer Manier, die Romantik nicht selten ins Schauerliche und Gräßliche hinüber. – Das erste Auftreten eines Dichters in ursprünglicher, rücksichtsloser Jugendfrische ist in der Regel sein geistiges Signalement für die ganze Lebenszeit. Chamissos erstes Debüt aber war ein Mißgriff. Das sogenannte rote Taschenbuch, wo er mit seinen ersten Versuchen sich kopfüber in die Romantik stürzte, ist wegen seiner abenteuerlichen Übertreibungen sprichwörtlich, ja später ihm selber ein Greuel geworden, und beweist eben nur, wie wenig er eigentlich gleich vom Anbeginn mit der Romantik innerlich sympathisierte. Im Grunde hat er in seinem „Schlemihl" nur sein eigenes Dichtergeschick niedergelegt: den ewigen Konflikt von Schein und Sein, die er, wiederum französischerweise, in seinen Gedichten so häufig verwechselt. Dieses wunderliche Märchen, das durch seine pikante Unbestimmtheit sich überall beliebt gemacht, gehört zu jenen glücklichen Aperçus, deren Wert und Bedeutung die Poetischen in der Philosophie, die Philosophischen in der Poesie suchen.

Schluß

Wenn wir nun die kurze Laufbahn der Romantik, wie wir sie vorstehend in ihren einzelnen Führern zu bezeichnen versucht, noch einmal im ganzen überschauen, so sind es vorzüglich zwei charakteristische Momente, die sie von andern Literatur-Epochen unterscheiden; erstens die Allgemeinheit des geistigen Umschwungs, der nicht etwa, wie in früheren Perioden, die Poesie allein oder wohl gar nur einzelne Gattungen derselben, sondern den ganzen Ideenkreis erfaßte; und zweitens das religiöse Grundwesen dieses Umschwungs, welcher eben deshalb ein so totaler sein mußte, weil ja die religiösen Gefühle und Überzeugungen überall das geheimnisvolle Senfkorn sind, aus dem die Gesamtbildung einer Nation emportreibt.

Wir haben bereits oben erwähnt, wie die Reformation in ihrem natürlichen Fortgange jene Bildung auf das emanzipierte Subjekt gestellt und dadurch in allen ihren Zweigen gründlich alteriert hatte. *Fichtes* Anfang in seinem System des absoluten Ichs (1794) bildet nur die Spitze aller wissenschaftlichen Konsequenzen der Reformation. Dieses absolute Ich nämlich, unter Negation aller bestehenden Wirklichkeit, produziert, wie anderswo treffend gesagt, selbst erst durch einen Akt der höchsten Freiheit, durch sein erkennendes Handeln, d. i. durch sein Bewußtsein, die wahre Wirklichkeit und ist somit sein eigner Gott und Schöpfer der Welt, die nur in diesem Bewußtsein existiert. – Hier aber war in der Tat der Protestantismus an dem unvermeidlichen Abgrunde angelangt, gegen den kein weiteres Protestieren mehr galt; er mußte sich entweder kopfüber hinabstürzen oder, wider seine Natur und erträumte Omnipotenz, zu dem ursprünglich Göttlichen über dem Ich wieder zurückkehren. Das letztere versuchte *Schelling* philosophisch zu vermitteln, indem er das Ideale und Reale als Eines begründete im Absoluten, aus dem das Ich und die reale Welt hervorging und das also die Identität von Natur und Geist oder Gott selber ist. Dieser Totalanschauung des Lebens gemäß sind Wissenschaft und Religion Emanationen jenes Absoluten, die Weltgeschichte nur die Selbstentwickelung und Offenbarung desselben, der Staat sein organischer Körper, die Schönheit aber die endliche Darstellung des Unendlichen vermittelst der Kunst, welche mithin eine unmittelbare Offenbarung Gottes im menschlichen Geiste ist.

Man sieht aus diesen wenigen Andeutungen, wie nahe verwandt diese Philosophie der Romantik war, indem sie eigentlich eben nur *das* wissenschaftlich begründete, was gleichzeitig die Romantik an den einzelnen Erscheinungen des Lebens poetisch nachzuweisen strebte. Auch die Romantik nämlich betätigte, wie wir oben sahen, ihre tiefgehende Opposition gegen die Folgen der Reformation vorzüglich dadurch, daß sie dem allmächtigen Subjekt ein Absolutes, die positive Religion, entgegenstellte. Auch sie begriff das Leben und seine großen historischen Momente nur als Offenbarungen Gottes, und Kirche, Staat und Volk hiernach als eine wenngleich selbständig gegliederte Einheit, wie sie allerdings im Mittelalter sich in Europa, und namentlich in Deutschland, zu einer gesunden Nationalität entfaltet hatte. In der Dichtkunst insbesondere aber bekundete sie diese ihre höhere und durchaus religiöse Weltanschauung durch die dem Christentum eigentümliche, versöhnende Liebe, die kein blind zermalmendes Schicksal anerkennt, nichts Großes und Edles diesseits vernichtend abbricht, sondern auch das Tragische nur als ein verklärendes Märtyrtum auffaßt. Ja, selbst in der Behandlung der Liebe im gewöhnlichen, engeren Sinne zeigt sich jenes Streben nach einer höheren Vermittelung des Realen und Idealen. Denn wenn die Romantik die Natur und deren geistigsten Ausdruck, die menschliche Schönheit, als ein Symbol des Göttlichen betrachtet, so mußte notwendig auch die Liebe, als das tiefere Gefühl dieser Schönheit, dem Göttlichen zugewendet und in den geheimnisvollen Kreis des Ewigen mit aufgenommen werden. Daher sagte Schleiermacher damals in seinen vertrauten Briefen: „Nun aber die wahre himmlische Venus entdeckt ist, sollen nicht die neuen Götter die alten verfolgen, sonst möchten wir verderben auf eine andere Art. Vielmehr sollen wir nun erst recht verstehen die Heiligkeit der Natur und der Sinnlichkeit, deshalb sind uns die schönen Denkmäler der Alten erhalten worden, weil es soll wiederhergestellt werden, in einem weit höheren Sinne als ehedem, wie es der neuen schönen Zeit würdig ist: die alte Lust und Freude und die Vermischung der Körper und des Lebens nicht mehr als das abgesonderte Werk einer eigenen gewaltigen Gottheit, sondern *eins* mit dem tiefsten und heiligsten Gefühl, mit der Verschmelzung und Vereinigung der Hälfte der Menschheit zu einem mystischen Ganzen. Wer nicht so in das Innere der Gottheit und der Menschheit hineinschauen und die Mysterien dieser Religion nicht fassen kann, der ist nicht würdig, ein Bürger der neuen Welt zu sein."

Und hier können wir nicht umhin, eines Vorwurfs zu gedenken, den man den Romantikern oft genug gemacht hat, eine laxe Moral nämlich bei Darstellung des Sinnengenusses. Ein solcher Vorwurf hätte nur da Sinn und vollkommene Berechtigung, wo das Gemeinsinnliche im kokett drapierten Gewande einer bloß konventionell idealen Tugendlichkeit in die Salons eingeführt werden soll, wie z. B. bei Wieland; oder wenn es, wie in manchen neuesten Dichtungen, gradezu die Larve abwerfend, sich frech und nackt, als Göttin der Vernunft, zu allgemeiner Anbetung auf den Altar stellen will. Von beiden Todsünden aber müssen wir die Romantik, einige verhältnismäßig seltene Verirrungen aus unbewachter Lust abgerechnet, durchaus freisprechen; und Tieck, den jener Vorwurf vielleicht am häufigsten getroffen, sagt ganz richtig: „Nicht darin besteht das Verderbliche, daß man das Tier im Menschen als Tier darstellt, sondern darin, daß man diese doppelte Natur gänzlich leugnet und mit moralischer Gleisnerei und sophistischer Kunst das Edelste im Menschen zum Wahn macht und Tierheit und Menschheit für gleichbedeutend ausgibt."

Wir sind gewiß weit davon entfernt, irgendeiner lüderlichen Literatur das Wort reden zu wollen. Aber ebenso entschieden müssen wir, um dem Dichter sein angeborenes Recht zu wahren, gegen das andere Extrem protestieren, daß in dieser religiös aufgeregten Zeit der Poesie um so größere Gefahr droht, als es sich in den Mantel christlicher Liebe hüllt und mit geweihten Waffen zu streiten scheint; wir meinen den unzeitigen Rigorismus kirchlicher Beschränktheit von der einen Seite und anderseits die Prüderie der Pietisten, dieser Pedanten der Sittlichkeit.

Die ersteren möchten am liebsten alles Sinnliche, namentlich alle Darstellung der Liebe, aus der Poesie verbannen, übersittlich und strenger als Christus, der selbst die Geschlechtsliebe durch die Ehe geheiliget hat. Sie wollen, allerdings ehrlich, nur das Überirdische, bemerken aber in ihrem blinden Eifer nicht, daß das Überirdische an sich undarstellbar ist, daß wir ja in aller Kunst nur die Sinnenwelt zum Maßstabe des Übersinnlichen haben, und daß mithin z. B. eine gute Darstellung der heiligen Jungfrau, so wie jedes Heiligenbild, ohne jenes lebendige Gefühl der irdischen Schönheit ganz unmöglich wäre. Es ist überhaupt wider die Weltordnung und hat jederzeit die meiste Verwirrung hervorgebracht, irgendeine nicht zu beseitigende Elementarkraft der Seele, weil sie dem Mißbrauch ausgesetzt, eigensinnig ignorieren zu wollen, anstatt sie vielmehr nach besten Kräften zu veredeln. Ist daher, nach menschlicher Voraussicht, durchaus keine Hoffnung vorhanden, die Liebe jemals gründlich von der Erde vertilgen zu können, so handeln diejenigen ohne Zweifel sehr unverständig, die sie von ihrem natürlichen Boden, von der Poesie, abzutrennen trachten und, also entadelt, nur den niedern Begierden zum Raube vorwerfen. Eben weil die Liebe nur von Poesie lebt, bildet sie auch das unverwüstliche Grundthema aller Dichtungen, dessen höhere oder gemeinere Auffassung von jeher den wahren Dichter von dem unberufenen unterschieden hat.

Der Pietismus dagegen, zaghafter und ohne die entschlossene Begeisterung einer totalen Umkehr, die von keinen Konzessionen weiß, möchte zwischen jener klösterlichen Asketik und der weltlichen Zügellosigkeit sich in Poesie und Leben ein stillfrommes juste milieu zurechtmachen. Er will den Sinnengenuß und die Liebe sich allenfalls gefallen und wohlbekommen lassen, aber zugleich aus Furcht vor der Sünde die Lust neutralisieren. Die Farben sollen nicht brennen, die Blumen erst ängstlich fragen, ob sie nicht etwa zu kräftig duften und vielleicht ein paar Schwachköpfe berauschen könnten; das ganze gewaltige

Leben soll in ein sanftes Handbuch der Moral umgeschrieben werden in usum Delphini: jener zerfallenen, wurmstichigen, hysterisch schreckhaften Unschuld, die aus jedem Blütenkelche nur ihr eigenes heimliches Teufelchen aufducken und ihr ein Schnippchen schlagen sieht. Aber die schwüle Langweiligkeit eines solchen englischen Sonntags ist, abgesehen von der dabei kaum zu beseitigenden Heuchelei, ohne Zweifel unheilbrütender als die unbefangene kecke Lust eines gesunden Volkes, das wieder einmal den Arbeitsschmutz der ganzen Woche von sich kehrt und sich innerlich stärkt. Denn rechte Freude ist eine ebenso starke Schwinge und lehrt ebenso herzinnig beten als die Not, weil beide, worauf es doch am Ende ankommt, die Rinde der trägen Gleichgültigkeit brechen, die das Herz vom Himmel scheidet. In jener temperierten, flauen, abgeblaßten Sitten-Diät und Selbst-Verhätschelung aber ist, wie in aller Halbheit, keine Erhebung. Beide Gegner daher, die herben Asketiker wie die süßlichen Pietisten, würden, wenn das überhaupt tunlich wäre, in ihren Konsequenzen gar bald mit der Poesie fertig werden, die sie ohnedem, weil sie sich nicht verstehen, nur unwillig tolerieren. Denn eine kräftige Sinnenwelt ist das unabweisbare Material aller Kunst, und es ist gleichviel, ob die einen dieses Material ganz vernichten oder die andern es zu einer impotenten Negation verstümmeln wollen. Diese unerquickliche Leere aber, womit weder Gott noch Menschen gedient ist, müßte notwendig wieder zur Lüge führen, d. i. zur falschen Sentimentalität, oder zu dem Surrogat einer abstrakten Unnatur mit körperloser Liebe und rhetorischer Tugend. Grade der frische Blick in die Welt und die tiefere Ahnung ihrer verhüllten geistigen Physiognomie bezeichnet den Dichter, dessen Sache es ist, nicht, wie der Vogel Strauß beim Anblick des Jägers, vor dem bunten Wirrsal feig den Kopf zu verstecken, sondern die sinnliche Erscheinung im Feuer himmlischer Schönheit zu taufen und vom Gemeinen zu erlösen. Nur in der *wohlverstandenen*, innigen Eintracht

von Poesie und Religion also ist für beide Heil; denn die wahre Poesie ist durchaus religiös und die Religion poetisch, und eben diese geheimnisvolle Doppelnatur beider darzustellen, war die große Aufgabe der Romantik.
Allein mit der oben erwähnten Übereinstimmung und Hingabe der Romantik an die Naturphilosophie, so sehr sie auch den wechselseitigen Aufschwung fördern mochte, war doch unleugbar auch eine gefährliche Versuchung gegeben. Denn indem diese Philosophie alles unter dem Absoluten als *eines* zusammenfaßte, lag der extreme Irrtum nicht gar fern, welcher, wie Gott in der Welt, so die Welt und mithin auch jedes einzelne in jener allschaffenden, sich stets neugebärenden Weltkraft aufgehen läßt; mit einem Wort: jene dem mystisch gesteigerten Naturgefühl überall sehr gewöhnliche pantheistische Ausschweifung, wie wir sie in Werners frühesten Schriften bemerkt haben. Werner ist, nach mannigfachen Irrwegen, zur Kirche zurückgekehrt. Die Romantik aber entfernte sich auf der von ihm eingeschlagenen Bahn immer weiter von ihr, nicht gewahrend oder nicht beachtend, wie ihre ganze Bedeutung und das, was sie von früheren poetischen Schulen unterschied, eben darin lag, daß sie das *Positive* des Christentums, also die Kirche, in Leben, Kunst und Wissenschaft wieder frei und geltend zu machen übernommen. Nachdem dieser natürliche Boden einmal verschoben war, fing jeder an, anarchisch sich selbst seinen Katholizismus nach eignem poetischen Gelüsten zuzustutzen; und so entstand, gleich wie beim babylonischen Turmbau, allmählich jenes wunderliche Gemisch von Mystizismus, katholischer Symbolik und protestantischer Pietisterei, jener konventionelle Jargon altdeutscher Redensarten, spanischer Konstruktionen und welscher Bilder, der fast an des simplizianisch-deutschen Michels verstümmeltes Sprachgepräng erinnert, und insbesondere bei *Loeben* (Isidorus Orientalis) unbewußt sich selber parodiert. Da bezieht sich alles mit einer Art von priesterlicher Feierlichkeit auf den Beruf des Dichters und die Göttlichkeit

der Poesie, aber die Poesie selbst, das ursprüngliche, freie, tüchtige Leben, das uns ergreift, ehe wir darüber reden, kommt nicht zum Vorschein vor lauter Komplimenten davor und Anstalten dazu. Oder wer könnte wohl eine gelungenere Parodie von Novalis' Idee der Durchdringung und Erlösung der Welt durch die Poesie ersinnen, als Loeben in seinem sehr ernst gemeinten Romane „Guido" wider Wissen und Willen gegeben, wo es am Schlusse heißt:

„Tränen wohnen in den Düften,
In den Düften wohnt das Leben,
Leichtem Weben, lichtem Schweben
Losgegeben."

„Die schlimme Zeit ist aus, das Suchen hat ein Ende. Die Asche ist weggeblasen, darunter auf dem Altar der Karfunkel gefunden. – Ein ewiger Tanz mit Träumen und Herzen soll unser Leben sein. – Weiter wurde der Kreis, durcheinander flogen die Tanzenden. Oben in der Luft tanzte der Adler und der Phönix, die Narzisse und die Hyazinthe zusammen; sie beschrieben unaufhörliche Kreise um die Sonne auf des Königs Haupt. – Und die Planeten faßten sich an und rannten um die neue Sonne, und die Sterne faßten sich an und brausten um die Unendlichkeit, und Milchstraßen tanzten mit Milchstraßen, und Ewigkeiten faßten Ewigkeiten an und immer schneller, immer schneller und schneller zuckten sie durcheinander und brannten auf und schlugen empor und stäubten verjüngend in die schmelzende Zeit hinein, und das Weltende jauchzte durch die sprühenden Funken hindurch, und die Walzer flogen um Gott." – Andere nahmen die Sache schon leichter und tolerierten den Katholizismus, der ihnen nur noch ästhetische Gültigkeit hatte, als bloße Dekoration, wie z. B. Fouqué in seinen Ritterromanen; während andererseits der unpoetische *Müllner* gar das heidnische Schicksal mit seinem türkischen Fatalismus in katholisch-spanischem Kostüm zu seinem Tragödien-Gott einsetzte.

Wo aber der positive Glaube abhanden gekommen, schwankt das immer bewegliche Zünglein des menschlichen Geistes ratlos zwischen den entgegengesetztesten Extremen; und so erweckt auch hier die pantheistische Zerstörung der Individualität gar bald wieder alle alten, zärtlichen Mitgefühle für das schnöd verkannte Subjekt. Indem jedoch die Romantik auf solche Weise mit dem Unglauben, dem modernen Aberglauben an die Allmacht des Subjekts, und allen den weltlichen Mächten, gegen die sie ja eben zu Felde lag, so mattherzig zu kapitulieren, ja zu kokettieren begann, hatte sie auch schon sich selbst säkularisiert. Es entstand in dem Feldlager Unsicherheit und Verwirrung und aus dieser Verwirrung, weil sie den Nerv des Ganzen traf, jene innere Zerrissenheit, welche die letzten Stadien der Schule charakterisiert und nichts mehr von der kecken Zuversicht und Morgenfrische weiß, mit der die ersten Romantiker im Vollgefühl des guten Gewissens ausgezogen.

Aber auch noch von einer anderen Seite, auf dem eigentümlich künstlerischen Gebiete der Romantik selbst, lauerte der Feind. In der zweideutigen Richtung, die Tieck mit seiner Ironie angegeben, lag schon der heimliche Abfall. Denn was die Romantik unternommen, konnte, wie wir gesehen, nur aus dem innersten Marke der Gesinnung, aus der tiefsten Wurzel des religiösen Lebens heraufgebaut werden; wir sagten schon früher, ihre Aufgabe war halb eine ethische, die romantischen Poeten aber nahmen sie bloß ästhetisch. Indem sie mit jener ironischen Vornehmheit sich über den Inhalt hinausstellten, ging ihnen dieser allmählich und unvermerkt in der bloßen Form auf. Es konnte daher nicht fehlen, die Form wurde zur Formel, und es entstand eine romantische *Manier,* wie sie z. B. in Fouqués Recken uns anwidert. Ja, der scharfe Akzent, den sie hiernach einseitig auf die bloße Form legten, und die darin erlangte Meisterschaft mußte, weil hier das Talent willkürlich zu schaffen schien, ihrerseits wiederum zu einer aristokratischen Selbstvergötterung, zu dem Ge-

nie-Kultus führen, der in manchen romantischen Dichtungen fast ausschließlich gefeiert wird.
So hatten nun allerdings die Romantiker – und *hier* erscheinen sie durchaus liebenswürdig – den Rationalismus aus allen seinen verjährten Positionen und Verstecken in Religion, Politik, Haus, Erziehung und Sitte unbarmherzig herausgejagt; vielleicht das ergötzlichste Halali, das jemals durch die Literatur erklungen. Das Feld, das sie damals auch in der öffentlichen Meinung vollständig behauptet, war mit papiernen Lorbeerkränzen und Perükken bedeckt, und die zu Tod erschreckten Kahlköpfe, nachdem die wilde Jagd längst vorübergestürmt und sie selbst sich wieder stattliche Zöpfe angedreht haben, können die unerhörte Keckheit noch immer nicht vergessen, und rufen ihnen noch bis heute ingrimmig das entsetzliche Wort: Jesuiten! nach. Mit Recht nannte daher Goethe die Romantiker fürchterliche Gegner „aller Nichtigkeit, der Parteisucht für das Mittelmäßige, der Augendienerei, der Katzenbuckelgebärden, Leerheit und Lahmheit, in welcher sich damals die wenigen guten Produkte verloren". – Allein es war bei ihnen mehr oder minder eben auch nur die frische Jagdlust, die sie so weit fortgerissen. Sie hatten sich durch das wuchernde Schlingkraut der rationalistischen Wüste zwar tapfer durchgehauen, stutzten aber, als sie nun plötzlich vor der vergessenen, alten Kirche standen; sie wollten allerdings das Positive, aber nicht aus orthodoxem Eifer, sondern um des Geheimnisvollen und Wunderbaren, um des schönen Heiligenscheins willen, der das Positive umgibt; sie gaben statt der heidnischen Mythologie eine christliche Mythologie; mit einem Wort: sie verfochten einen Glauben, den sie im Grunde selber nicht hatten.
Und das konnte auch füglich nicht anders sein. Wir sahen, der Inhalt der Romantik war wesentlich katholisch, das denkwürdige Zeichen eines fast bewußtlos hervorbrechenden Heimwehs des Protestantismus nach der Kirche. Daher auch die auf den ersten Blick befremdende Erschei-

nung, daß diese moderne Romantik grade im katholischen Süden nur wenig Anklang gefunden, weil eben hier die Poesie der Religion, die sie heraufbeschwören wollten, wenigstens im Volke noch fortlebte; man erstaunte oder lächelte über solche luxuriöse Anstrengungen für etwas, das sich ja von selbst verstand. Im nördlichen Deutschland dagegen, welchem die Romantiker angehörten, waren diese fast ohne Ausnahme protestantisch geschult und in der außerkirchlichen Wissenschaft und Lebensgewohnheit aufgewachsen. Sie mußten daher gleichsam sich selbst erst ins katholische Idiom übersetzen, das nicht ihre Muttersprache war; sie hatten dort frühzeitig schon vom Baume der Erkenntnis genascht und jene katholische Unbefangenheit und Unschuld verloren, die, weil sie es ganz ist, kaum weiß, daß sie katholisch sei; es fehlte ihnen mithin der natürliche Boden einer katholischen *Gesinnung*, die allein vermögend war, ihre Überzeugungen zur lebendigen poetischen Erscheinung zu bringen. Daher ihre unsichere Haltung, dieser gemachte, sprunghafte, forcierte Katholizismus, der, stets unbefriedigt, immer über sich selbst hinausgeht.

In Hoffmann sahen wir das letzte aufflackernde Knistern der Flamme, die bereits allen Inhalt verzehrt hatte, und der endliche Sprung aus dieser Phantasterei zu dem neuesten Nihilismus hat hiernach kaum etwas Befremdendes mehr. Erging es doch längst schon den Romantikern ungefähr wie den römischen Auguren, die bei ihren feierlichen Weissagungen einander nicht ohne heimliches Lächeln ins Gesicht sehen konnten. Prozessionsmüde von ihrer Wallfahrt aus dem heiligen Lande zurückgekehrt, fühlten sie eine menschliche Sehnsucht nach den Fleischtöpfen der irdischen Heimat und schämten sich ihrer armen, schäbig gewordenen Pilgertracht vor der daheimgebliebenen Geistreichigkeit, die ihrerseits nicht unterließ, die Zurückgekehrten mit einer Marseillaise großmütig einzuholen. Heinrich *Heine,* ursprünglich selbst noch Romantiker, macht hierbei die Honneurs, indem er aller

Poesie das Teufelchen frivoler Ironie anhängt, das jubelnd ausruft: Seht da, wie hübsch, ihr guten Leute! aber glaubt ja nicht etwa, daß ich selber an das Zeug glaube! Fast jedes seiner schönen Lieder schließt mit solchem Selbstmorde. Die Zeit hatte allgemach den Romantikern hinter die Karte geguckt und insgeheim Ekel und Langeweile vor dem hohlen Spiele überkommen. Das sprach Heine frech und witzig aus, und der alte Zauberbann war gelöst.
So gefährlich ist es, mit dem Heiligen zu spielen. Denn wer hochmütig oder schlau die ewigen Wahrheiten und Geheimnisse als beliebigen Dichtungsstoff zu überschauen vermeint, wer die Religion, die nicht dem Glauben, dem Verstande oder der Poesie allein, sondern allen dreien, dem ganzen Menschen angehört, bloß mit der Phantasie in ihren einzelnen Schönheiten willkürlich zusammenrafft, der wird zuletzt ebensogern an den griechischen Olymp als an das Christentum glauben und eins mit dem andern verwechseln und versetzen, bis der ganze Himmel öde und leer wird. Wahrlich, die rechte Poesie liegt ebensosehr in der Gesinnung als in den lieblichen Talenten, die erst durch die Art ihres Gebrauches groß und bedeutend werden. – Wie wenig aber diese spätere Richtung der Romantik nach dem Sinne ihrer Begründer war, beweist u. a. ein im Morgenblatt veröffentlichter Brief A. W. Schlegels an Fouqué. Hier sagt nämlich der erstere schon im Jahre 1806: „Wie Goethe, als er zuerst auftrat, und seine Zeitgenossen, Klinger, Lenz usw. (diese mit roheren Mißverständnissen), ihre ganze Zuversicht auf Darstellung der Leidenschaften setzten, und zwar mehr ihres äußeren Ungestüms als ihrer inneren Tiefe, so haben, meine ich, die Dichter der letzten Epoche die Phantasie, und zwar die bloß spielende, müßige, träumerische Phantasie, allzusehr zum herrschenden Bestandteil ihrer Dichtungen gemacht. Anfangs mochte dies sehr heilsam und richtig sein, wegen der vorhergegangenen Nüchternheit und Erstorbenheit dieser Seelenkraft. Am Ende aber fordert das Herz seine Rechte wieder, und in der Kunst wie im Leben

ist doch das Einfältigste und Nächste wieder das Höchste. – Die Poesie, sagt man, soll ein schönes und freies Spiel sein. Ganz recht, insofern sie keinen untergeordneten, beschränkten Zwecken dienen soll. Allein, wollen wir sie bloß zum Festtagsschmuck des Geistes, zur Gespielin seiner Zerstreuung? oder bedürfen wir ihrer nicht weit mehr als einer erhabenen Trösterin in den innerlichen Drangsalen eines unschlüssigen, zagenden, bekümmerten Gemüts, folglich als der Religion verwandt? Darum ist das Mitleid die höchste und heiligste Muse. Mitleid nenne ich das tiefe Gefühl des menschlichen Schicksals, von jeder selbstischen Regung geläutert und dadurch schon in die religiöse Sphäre erhoben. Darum ist ja auch die Tragödie, und was im Epos ihr verwandt ist, das Höchste der Poesie."
Nicht in ihren Intentionen also lag der Fall der romantischen Poesie, sondern in ihrem eigenen Abfall von jenen Intentionen, und dieser Abfall wieder weit weniger in einer treulosen Felonie der Dichter als in der Gleichgültigkeit der Zeitgenossen.
Welche lebendige Romantik entfalteten z. B. der abenteuernde Herzog von Braunschweig, Schill und der Tiroler-Aufstand im Jahre 1809! Dennoch hatte der Sturm damals alles wieder verweht. Denn das Maß des Unglücks war noch nicht erfüllt und hatte die Eisdecke des Nationalgefühls noch nicht gebrochen. Aber jene leuchtenden Heldengestalten blieben mahnend im Angedenken der Menschen und waren Vorzeichen und Erwecker des Befreiungskrieges.
Ebenso verhallten die Klänge der romantischen Poesie in der harten Zeit, nur von wenigen innerlichst vernommen; denn sie appellierte an ein katholisches Bewußtsein, das noch kaum erwacht und nirgend reif war. Sie mußte abfallen wie vorzeitige Blüten einens *künftigen* Frühlings.
Aber, wir sagen es wiederholt, nicht ohne eigene Schuld, wie wir oben gesehen. Der Hochmut des Subjekts, der einst schon die Engel stürzte, hat auch die Romantik gestürzt. Und sofort begann auch die Literatur, als hätte sie

nichts vergessen und nichts gelernt, ihr altes, kaum abgebrochenes Geschäft wieder, mit neuen, von der industriellen Zeit gelieferten Kunststücken, aber instinktartig mit demselben fanatischen Haß gegen die Kirche. *Rahel,* welche in diesem Betracht jene Übergangsperiode am schärfsten repräsentiert, schreibt im Jahre 1811 an Marwitz: „Es gibt nur *Lokal*wahrheiten, und die Zeit ist nichts als die Bedingung, unter welcher sie sich bewegen, entwickeln, leben, wirken. – Unsere Zeit ist die des sich selbst ins Unendliche, bis zum Schwindel spiegelnden Bewußtseins." Und im Jahre 1820 ruft sie aus: „Es muß eine neue Erfindung gemacht werden; die alten sind verbraucht. – Die jetzige Gestalt der Religion ist ein beinah zufälliger Moment in der Entwicklung des menschlichen Gemüts und gehört zu seinen Krankheiten. Sie hält zu lange an usw." – *Bettina* geht schon munter und praktischer ans Werk. Sie schreibt an die Günderode: „Laß uns eine neue Religion stiften für die Menschheit, bei der's ihr wieder wohl wird." Sie nennt diese neue Religion „Schwebereligion". Der Mensch soll sich aus selbstbewußter Eigenmacht und ohne nach Traditionen oder Bildung zu fragen zu leiblicher und geistiger Gesundheit herausgestalten, was ihn doch allein glücklich mache. „Mir deucht", sagt sie, „mit den fünf Sinnen, die uns Gott gegeben hat, könnten wir alles erreichen, ohne dem Witz durch Bildung zu nahe zu kommen." – Diese Schwebereligion ist also im Grunde wieder nichts anderes als die alte, nur etwas anders modulierte Glückseligkeitstheorie der Persönlichkeit. Denn ihr Gott ist nicht etwa die absolute Weisheit, wie die Kirchenväter irrtümlich behaupten, sondern „Gott ist die Leidenschaft" in der Menschenbrust, und „wer nit denkt, lernt nit beten". – Wie aber das solchergestalt freigewordene Subjekt dachte und beten lerne, zeigt *Heine,* der die neuerfundene Religion, mit ironischer Zerstörung jener weiblich-poetischen Illusionen, aus ihrer Schwebe endlich auf ihre eignen, natürlichen, massiven Beine setzte. Das Christentum nämlich erklärt er gradezu für eine unausführbare Idee, weil es, als bloßer Spiritualismus, die Sinnlichkeit vernichten wolle; eine Prätention, die ihm und seinen Mitbetern außer allem Spaß liegt. Die Wahl ist daher bald getroffen: man schlägt den Geist tot, damit er die arme Materie nicht länger so impertinent inkommodiere, und der Humor des Ganzen ist sonach die möglichst gründliche Ausrottung alles störenden Gottesglaubens, dessen alte „Schweizergarde" das Judentum sei, oder mit andern Worten: „die Rehabilitation der Materie". Diese Abwendung vom Positiven konnte aber natürlicherweise nicht auf das religiöse Gebiet allein beschränkt bleiben, sondern trübte, gleich einer Krankheit, die gesamte Weltanschauung. Nachdem man jetzt aus der oben erwähnten romantischen Dreieinigkeit von Staat, Kirche und Volk das eine versöhnende Mittelglied religiöser Liebe wieder herausgenommen, stehen Staat und Volk unvermittelt, schroff und feindlich, als bloßes Recht und Gegenrecht, einander gegenüber, und anstatt der wechselseitigen freien Unterordnung unter ein Höheres über beiden, wie die Kirche sie lehrt, bleibt das Mißtrauen, der Haß, der Trotz, mit einem Wort: die endlose Revolution. – Ebenso folgerecht richtete sich jene verwandelte Ansicht ferner auch gegen die Nationalität. Denn alle Nationalität ist durchaus positiv, das allgemein Menschliche, durch das angeborene geistige Maß eines besondern Volkes, durch seine Geschichte, Klima und alles, was der Mensch nicht willkürlich zu machen vermag, bedingt, begrenzt, modifiziert und zur individuellen Physiognomie ausgeprägt. Gegen diese göttliche Offenbarung im Leben, wie gegen die geoffenbarte Religion, gegen diese höhere Waltung und Erziehung der Völker-Individuen, sträubt sich das für mündig erklärte Subjekt als gegen eine unleidliche, unwürdige Schranke. Und so ist es unter anderem auch in die Mode gekommen, anstatt der nationalen eine Weltliteratur herzustellen, die in ihrer notwendigen Rückwirkung alle echte Vaterlandsliebe zur bloßen altväterischen Grille macht. So wird namentlich die Poesie eine ganz allgemeine Phraseologie, und die Gestaltung im Drama, dem nationalsten aller Dichtungsarten, zum konventionellen Begriffsskelett. Und wie die Romantiker beinah ohne Ausnahme Schellingianer, so sind die jetzigen Poeten fast alle Hegelianer, nicht zum Vorteil der Kunst, die bei Hegel, als ein bloß interimistisches Zeichen und Surrogat der noch nicht vollständig logisch vermittelten Idee, nur eine sehr untergeordnete Rolle spielt.

Unsere neueste Poesie ist also im Grunde nur die Reaktion gegen die Romantik und hat alle von dieser quieszierten und vorlängst abgeschiedenen Geister als ihre Kampfgenossen wieder aufgerufen, die aber als bloße Revenants keineswegs ihre ursprüngliche Lebenskraft mehr bewähren. Da laufen alle Elemente und Richtungen gleichzeitig zusammen und prallen oft hart aneinander: der Humanitätskultus, die Sentimentalität, Pietismus, Kantsche, Schellingsche und Hegelsche Philosophie und politisches Bardengebrüll. Sie haben die Romantik überwunden, aber noch nichts Neues an deren Stelle gesetzt, indem sie das Alte, weil es sich modern kostümiert, für etwas Neues halten. Es ist eine bloße Übergangsperiode, alles noch im Kreißen und Gären begriffen, und wir müßten eigentlich hier schließen; denn es ist ganz unmöglich, ein Chaos zu umschreiben, die Geschichte einer Literatur auch nur anzudeuten, die sich noch keine bestimmte Physiognomie herausgebildet hat und in jedem Meßkatalog eine andere Miene macht. Doch läßt sich, wenn man genau hinsieht, noch immer der alte protestantische Familienzug deutlich erkennen, und man kann diese Literatur im ganzen als Negation, mithin als eine restaurierte Poesie des Verstandes bezeichnen.

Die Verstandespoesie wird aber jederzeit vorzüglich durch den Roman repräsentiert. Daher jetzt die noch immer steigende Sündflut von Romanen, und fast keiner darunter, wo nicht ein Stück modernster Philosophie abgehandelt und damit experimentiert würde. Es sind wesentlich Tendenzromane: für Sozialismus, für die frivole

Salonweisheit, für Republik, Monarchie usw., die sich zum Teil untereinander auf das wütendste anfeinden, verleumden und bekriegen, aber sofort wie *ein* Mann zusammenstehen, wo es irgend etwa gilt, gegen das positive Christentum oder die Kirche Front zu machen. Hierbei spielt denn begreiflicherweise die alte Humanitätslehre wieder eine bedeutende Rolle: die Menschheit als ein Naturprodukt, ihre Veredelung als bloße Selbstdressur der ihr inwohnenden Kräfte. Da aber nun diese Kräfte in ihrem Grundtypus allerdings überall dieselben sind, so führt diese Ansicht notwendig zu einer wunderlichen Universalität und Weltbürgerei, die alles Eigentümliche paniert und verwischt. Es gibt fast keinen Winkel der Erde, wo sich unser Roman nicht schon angesiedelt und gemütlich fraternisiert hätte; Spitzköpfe und Rundköpfe, Rothäute und andere Bärenhäuter werden frischweg unter ein und denselben Allerweltshut gebracht, als ob die Natur überall nach *einer* philosophischen Schablone bilde und es nicht, wie in jedem Dorfe Hinz und Kunz, so auch in der Geschichte der Menschheit besondere Völkerindividuen gebe.

Diese vorherrschende Verstandesrichtung zeigt sich auch in der psychologisch-pragmatischen Liebhaberei unserer Romane. Welche langweilig breite Expositionen! Der innere Mensch wird, anstatt aller göttlichen Fügung und Leitung, aus lauter Lappalien und zufälligen Umständen, die sich bei seiner Geburt, Erziehung usw. maßgebend ereignet haben sollen, mathematisch konstruiert und erklärt: aus dem Fall des Kindes eine schiefe Nase, aus der schiefen Nase ein schiefer Charakter. Dieser pragmatische Aberglaube ist ohne Zweifel der nüchternste Fatalismus und führt von selbst auf das Dogma von der sklavischen Nachahmung der Natur. Solch Daguerreotyp-Porträt gibt freilich jedes Härchen und jede Warze wieder, aber das materielle Licht erkennt eben nur den Leichnam; der geistige Lichtblick des Künstlers kann erst das Wunderbare im Menschen, die Seele, befreien und sichtbar machen.

Und eben weil die Phantasie ganz in den Hintergrund gedrängt und der Sinn von allem Mystischen und Wunderbaren abgewendet ist, so glitt die Poesie in natürlich wachsender Schwerkraft immer mehr vom Sein zum Schein, von der Religion zur Moral, von der Moral zum bloßen Anstand und von dem stets biegsamen und zweideutigen Anstande zum ästhetisierten Materialismus, der in endlich errungener Freiheit mit den Lüsten spielt wie das Tier.

Die Salonweisheit nebst obligatem Anstande haben besonders die Frauen zu ihrem Thema sich erwählt. Auch der Anstand aber, dieser echte Schein des Seins, hat seinen Pietismus und seine Freidenkerinnen. Der Pietismus erscheint hier als allerliebste Kirchengängerin mit einfach gescheiteltem Haar und einem zierlichen Herrnhuterhäubchen darüber, die vor lauter Besorgnis, sich gottselig zu kostümieren und zu bewegen, über jedes Steinchen stolpert und spröde die Männer verachtet, weil sie nicht ebenfalls Hauben tragen. Die Freidenkerinnen im Gegenteil lieben die Männer gar sehr, mit denen sie, so übel es ihnen auch bekommen mag, gern eine Zigarre rauchen. Sie halten abergläubig durchaus alles für erlaubt, ja für tugendhaft im sublimeren Sinne, was in der schlechten Gesellschaft der sogenannten guten Gesellschaft geadelt und salonfähig ist, und schminken das Laster so dick mit modernster Geistreichigkeit, daß sie die darunter hervorgrinsende Totenmaske selber nicht merken. Beides ist im Grunde, nur nach verschiedenen Seiten hin, dieselbe kokettische Vornehmtuerei. Der Hauptakt aber in diesen Frauenromanen ist fast ohne Ausnahme: Entsagung. Wir bezeichneten oben die Entsagung als den spezifisch christlichen Heldenmut. Es kommt jedoch hierbei einzig und allein *darauf* an, *was* aufgegeben und *wofür* es aufgegeben werden soll. Es ist durchaus ein ganz ander Ding, ob Calderons standhafter Prinz einem königlichen Heldenleben um Gott und der Ehre willen, oder ob eine alte Jungfer aus sentimentaler Schonung eigensinniger Papas und schlimmer Tanten oder aus emanzipierter Überbildung, welcher

kein Mann gut genug ist, dem Ehebett entsagt; jener wird durch seine Selbstaufopferung erst recht ein königlicher Held, diese ist und bleibt eine klägliche alte Jungfer.
Als Chorführer aber hat sich in neuester Zeit vorzüglich der *historische Roman* hervorgetan. Der historische und der philosophische Roman umschreiben so ziemlich die ganze Peripherie der Verstandespoesie, indem dieser Ideale macht, jener sich breit auf die Wirklichkeit stellt. Das ist nur eine Teilung *desselben* Geschäfts, weshalb sie denn auch häufig ineinanderspielen; und es ist für diese Verstandesrichtung im Grunde gleichgültig; daß im philosophischen Roman aristokratisch ein Individuum, im historischen demokratisch das Volk den Helden vorstellt; denn beiderlei Helden lassen sich ebensogut willkürlich idealisieren als modernisieren. Und beides hat unser historischer Roman sattsam besorgt.
Es mag immerhin sein, daß der historische Roman erst durch den Freiheitskrieg, wo die Weltgeschichte wieder einmal erschütternd über den deutschen Boden schritt, bei uns in die Mode gekommen. Allein die romantischen Bivouacs, die schottischen Sansculotten, die Rotmäntler und Baschkiren waren denn doch nicht das Welthistorische dieses Kampfes, sondern die unsichtbare Oriflamme der Begeisterung war es, welche die bewaffnete Völkerwanderung aufgerufen und geführt. Aber diese ist vergessen, und die schmutzigen Baschkiren sind geblieben. So ist ja auch bei Walter Scott, dem eigentlichen Vater unserer historischen Romane, keineswegs die Szenerie und sorgfältige Kostümierung das Bedeutende, diese ist vielmehr oft sehr langweilig; es ist die männliche Trauer, das Tragische des Untergangs einer edlen Nationalität. Was aber haben uns unsere van der Velde, Tromlitz, Blumenhagen u. m. a. dagegen geboten? Nichts als plauderselige Dekoration, Schwertergeklirr, Humpenklang und geharnischte Ritter mit Manschetten unter dem Eisenhandschuh und Gardereiter-Prahlereien im Munde. – Unsere bedeutendsten Romanhistoriker sind unstreitig *Tieck* in

seinem „Aufruhr in den Cevennen“ und zum Teil in den späteren Novellen; und *Steffens* in seinen drei norwegischen Romanen. Und doch sind jene Novellen so wie diese Romane eigentlich nur Tieck und Steffens selbst. Alle Kunst, wenn sie der Philosophie dienstbar ist, wird notwendig allegorisch; und so sind auch die Steffenschen Romane, bei allem oft glücklichen Streben nach Objektivität, mehr oder minder bloße Allegorien philosophischer Sätze oder doch Dolmetscher der Lebensansichten des geistreichen Verfassers. Und als Tieck in den Novellen von seiner romantischen Weltschau zur Gegenwart hinabstieg, brachte er auch hier seine ironische Skepsis mit, die allen realen Boden wieder wegeskamotiert und uns nirgend wahrhaft heimisch werden läßt. Das eigentliche Ziel aber des modernen historischen Romans ist, wie schon oben angedeutet worden, in „Wilhelm Meisters Lehrjahren“ am glücklichsten erreicht. Hier hat *Goethe* den verhüllten *Geist* einer denkwürdigen Entwicklungsperiode rein und scharf erkannt und ihn, indem er ihn frei walten läßt, mit allen seinen großen Bestrebungen und kleinlichen Torheiten durch eine meisterhafte Darstellung für die Nachwelt festzubannen gewußt. Als ein solcher Sittenspiegel würde in manchen Beziehungen auch Nicolais „Sebaldus Nothanker“ gelten können, wenn der ganze prosaische Verfasser nicht beständig den Spiegel nach vorgefaßten Meinungen willkürlich verschöbe und verrückte, um die Dinge, nicht wie sie sind, sondern wie er sie durchaus sehen *will,* zu schauen; und wenn dieser höchst langweilige Roman vermöge seiner schwerfälligen Trockenheit überhaupt zur Poesie zählte.

Alle diese Romane aber haben das miteinander gemein, daß sie in dem Verlauf der Tatsachen nichts Wunderbares, mithin auch keine göttliche Offenbarung und Leitung anerkennen. Sie dulden keine Götter außer den natürlichen Dingen, die Gottheit waltet allein in dem Naturgeist oder ist vielmehr der Naturgeist selbst, aus dem die Völkerindividuen wie anderes Kraut hervorwachsen. Der historische

Roman hat, wie schon sein Name andeutet, allerdings nahe Verwandtschaft mit der Geschichte; und die Geschichte ist ohne Zweifel von hoher, ja bei weitem größerer poetischer Schönheit, als sie irgend ein Dichter je erfinden könnte. Allein sie ist es nur in ihren großen Hauptzügen und in dem wunderbaren Zusammenhange des Ganzen. Der historische Roman aber kann aus dem Ganzen immer nur Einzelnes herausheben, er ist der Kleinkrämer der Geschichte. Um nun diesen Miniaturring in die große fortlaufende Kette einzufügen und einigermaßen verständlich zu machen, wird gewöhnlich ein ganzer Apparat sekundärer Details und Beirats verbraucht. Daher bleiben so viele dieser Romane in der bloßen Exposition, in der umständlichen Beschreibung von Trachten, Turnieren und Redensarten jämmerlich stecken. Andere kühnere Autoren dagegen suchen sich in dieser Not auf dem kürzesten Wege zu helfen, indem sie die Jetztzeit antedatieren und der Vergangenheit frischweg das Kuckucksei ihrer modernen Weisheit unterlegen; gleich wie ja in einem ähnlichen Falle z. B. der Maler Lessing in seine neuesten Historienbilder alle gehässige Konfessionspolemik der Gegenwart hineingemalt hat. Hierdurch wird aber die Geschichtsverderberei, die schon bei Historikern von Metier nichts weniger als selten ist, als ein förmliches System traditionell gewordener Lügen auch in weiteren unwissenschaftlichen Kreisen populär und stabil gemacht; und wir besitzen einen bedeutenden Vorrat von dergleichen Romangeschichten, die rein tendenziös, also weder Gedichte noch Geschichte sind. Und so ist denn die Geschichte dieses Romans eigentlich nur die Geschichte der wechselnden Krankheitssymptome unserer Zeit, und fast alle übersahen vor lauter religiösen, philosophischen und politischen Hintergedanken, daß auch der Roman doch vor allem andern ein Gedicht sein muß.

Ähnliche, nur durch die Verschiedenheit der Gattung modifizierte, Erscheinungen charakterisieren auch unser neuestes Theater. Wir haben oben die historische Strömung des deutschen Dramas nachzuweisen versucht: wie dasselbe in der Gestalt der Mysterien in der Kirche seinen Ursprung genommen, dann, bei wachsender Verweltlichung durch Emanzipation der Zwischenspiele des Mysteriums unter dem Volke allmählich zum Fastnachtsspiele ausgeartet; nach dem Dreißigjährigen Kriege aber, da das Volk verwildert war, in Nachahmung der Franzosen und Italiener als Staatsaktion, als Schäferei und Oper an die Fürstenhöfe gekommen; und endlich, seiner wesentlich demokratischen Natur folgend, zu den reichen und gebildeten Städten überging, unter denen zunächst Hamburg den Vorrang behauptete. Und hier beginnt, mit Lessing, eigentlich erst unser neues selbständiges Schauspiel. Allein Lessing war zu kritisch und zu wenig produktiver Dichter, um die neue Bühne, die ihn überdies nur transitorisch als Vorschule seines Scharfsinns interessierte, bleibend zu begründen. In seiner genialen Ungeduld hat er mehr nur die Grundzüge des neuen Schauspiels, wie es ihm vorschwebte, angedeutet, er zeigte eigentlich nur, wie man es *nicht* machen sollte, ohne das *Bessere* lebendig verkörpern zu können; und so ließ er die Sache, ehe sie fertig war, wieder fallen, um zu Wichtigerem fortzueilen. Es ist ihm hier wie später in den religiösen Dingen ergangen. Indem er kühn die Schranken der alten Schule niederwarf und die Natürlichkeit dagegen setzte, hatte er am Ende wider Willen nur dazu beigetragen, die allgemeine Anarchie noch zu vermehren. Daher sehen wir, nachdem die romantische Episode abgespielt, in unserem jetzigen Drama fast alle Phasen jener alten dramatischen Strömung, als wäre seitdem eben nichts geschehen, sich von neuem wiederholen, und zwar nicht etwa sukzessiv, sondern gleichzeitig und oft bei ein und demselben Dichter. So gewahren wir häufig wieder mittelalterlich-mystische Elemente und Züge, die aber, da der alte Glaube fehlt, in neuen Aberglauben umgeschlagen. Das alte Fastnachtsspiel, nachdem es seinen Hanswurst begraben, ist unmittelbar von dem Grabe des Dahingeschiedenen weinerlich und in eleganter

Hoftrauer als *feines Lustspiel* mitten unter die Gebildeten getreten. Aber die alte unflätige Natur ist ihm geblieben, und die zahme kokettierende Lüderlichkeit mit der Prätention des Anstandes ist unendlich widerlicher und unsittlicher als die hanswurstische Flegelei. Dieses feine Lustspiel hat, wie alle Parvenus, eine sehr vornehme Miene angenommen. Es verachtet die lustigen Schwänke des Volks, desgleichen die natürliche Intrige und Sprache der einfachen plebejischen Liebe und handelt am allerwenigsten etwa wie Aristophanes oder noch Tieck in seinen Spottkomödien von den großen Welttorheiten und Irrtümern, sondern vertieft sich voll geckenhafter Eitelkeit lediglich in die konventionelle Kleinkrämerei der gebildeten Sozietät; weshalb es denn, bei seiner pedantischen Ungeschicklichkeit, beständig aus Frankreich, wo diese Salon-Kleinstädterei zu Hause, Witz und vornehmen Jargon sich borgen muß. – Auch die grausame Staatsaktion endlich ist von neuem aufgelebt. Die alte Furie rast, nach Blut lechzend, wieder durch unsere Trauerspiele und Melodramen, wo Ehebruch, Blutschande, Notzucht, Mord und Totschlag, Operngebrüll und Paukenknall und eingeschobene Balletts gar anmutig miteinander abwechseln.
Besonders aber machen zwei Erbstücke aus der *vor*romantischen Zeit: das Schicksal und die Sentimentalität, unseren dramatischen Schriftstellern noch immer viel zu schaffen.
In der alten Tragödie stand die Willkür der Menschen der Willkür der Götter, eine Naturkraft der andern, schroff gegenüber, beide fast gleichberechtigt. Es konnte mithin hier nicht füglich von Aufopferung oder Ergebung, vielmehr nur von einem Kampfe auf Tod und Leben die Rede sein; und dieser Kampf war das heidnische Schicksal. Durch das Christentum aber ist an die Stelle dieses unversöhnlichen Widerstreits eine höhere, erbarmend waltende, göttliche Leitung getreten, deren Wege freilich oft unerforschlich, deren Gedanken, weil sie auf das Ganze des Weltalls gerichtet, nicht unsere Erdwinkelgedanken sind.

Um nun diese empfindlich demütigende Weltansicht möglichst zu beseitigen, haben unsere Dramatiker vorzüglich dreierlei Auswege erfunden. Die einen setzen stolz den subjektiven Eigensinn gegen die objektive Wirklichkeit gegebener oder selbstgemachter Lebensverhältnisse, die sie vornehm Schicksal nennen. Allein dieser Eigensinn glaubt im Grunde weder an sich noch an seine Schicksalsfiktion, er hat kein ewiges Recht, sein Schicksal keine göttliche Übermacht, er rennt sich im fünften Akt dummerweise den Kopf ein, und das Schicksal lacht sich schadenfroh ins Fäustchen. Das ist der Liberalismus unserer antikisierenden Trauerspiele. – Andere, zahmer und serviler gesinnt, geben lieber gleich vorweg sich selber auf, indem sie die göttliche Leitung als eine pedantisch unabänderliche Prädestination hinstellen und daher einem völlig undramatischen Fatalismus verfallen. Da hört aber alle sittliche Freiheit und mithin auch aller tragische Kampf gleich im ersten Akte auf; der Held wird ein bloßer Automat, und das Ganze schnurrt wie ein einmal aufgezogenes Uhrwerk, mechanisch willenlos ab. – Die dritten endlich erachten die göttliche Vorsehung, da sie sich unsern hochmütigen Plänen und Gelüsten so gar nicht affabel erweisen will, schlechthin für ein Regime von geheimen Naturkräften, neckenden Kobolden, Ahnenfrauen, verhängnisvollen Dolchen etc., die hinter dem Vorhange spuken, um die armen Menschen zu erschrecken und zu ängstigen. Und diese Geisterseher, wie jene Fatalisten, bilden den eigentlichen Stamm unserer Schicksalstragödie, wie sie von Werner aufgebracht, dann von Grillparzer in seinen Anfängen, insbesondere aber von Müllner und dessen Nachahmern des breiteren ausgesponnen worden. Die Sachen sind aber durch das Christentum in dem allgemeinen Bewußtsein durchaus anders gestellt und diese Tragödien mithin nur noch ein leeres Spiel mit hohlen Begriffen. Die neuere christliche Tragödie dagegen hat in der Tat nur *eine* Bahn: den Kampf mit den dämonischen Kräften, nicht draußen, sondern in der Menschenbrust selbst, die be-

ständig gegen die göttliche Führung rebellieren, und die Versöhnung dieses Kampfes durch die Liebe.
Wir haben vorhin unter den aus der Zopfzeit überkommenen Erbstücken auch die Sentimentalität genannt und dieselbe schon früher als die geschäftige Schönfärberei des an sich Farblosen und Alltäglichen kennengelernt. Seitdem ist aber diese Erbsünde gleichfalls an ihr natürliches Maß herangewachsen und stärker und impertinenter geworden. Sie begnügt sich nicht mehr mit dem harmlosen Vergnügen, die schmutzige Wäsche des häuslichen Philisteriums rein zu waschen, gefallene Mädchen unter die Haube zu bringen usw.; sie verbreitet nun ihre zärtliche Sorgfalt auf den Schmutz der ganzen Menschheit. Die armen von Religion und Moral bisher so arg bedrängten Sterblichen sollen sich endlich nicht länger genieren und von der trübseligen Delinquentenreligion des bleichen bluttriefenden Juden Christus, der der Welt alle Freuden geraubt, tyrannisieren lassen; zu ihrer größeren Bequemlichkeit und Erleichterung soll fortan die Materie Gott, nur der Sinnengenuß heilig und das ganze Leben ein allgemeiner Karneval auf Erden sein. – Viele der neueren Schauspiele, und bei weitem die meisten unserer sozialen Romane, sind offenbar Studien zu diesem Simonismus der Sinnlichkeit. Vorzüglich aber ist dieses menschenfreundliche Evangelium in alle Welt ausgefahren durch unsere modernste Lyrik, die in der Tat bereits ihre Saturnalien feiert und das goldene Kalb des Materialismus jauchzend umtanzt. Einige Melancholiker unter ihnen spielen zwar nebenbei auch noch die Zerrissenen und haben Byrons finstere Maske angetan. Allein Byron war wirklich zerrissen, was immerhin einen tragischen Effekt macht; diese Poeten dagegen zerreißen kindisch sich selbst oder lassen sich vielmehr von ihren imaginären Bestien zerreißen, um wie römische Gladiatoren in der Arena zum Ergötzen des erstaunten Publikums in malerischen Stellungen zu verbluten. Der maître de plaisir aber auf diesem Karneval ist Heinrich Heine; und es dürfte die Schar seiner Nachtänzer billig

entrüsten, daß er, wie es heißt, in seinem Testament sich herabgelassen hat, wieder Gott einzusetzen und die Unsterblichkeit der Seele zu dekretieren.
Ungeachtet dieser ephemeren Erscheinungen indes, ja zum Teil aus natürlicher Opposition dagegen, haben die Stimmungen der Welt sich mannigfach wieder anders verteilt und gestaltet. Schon Novalis, wie wir oben gesehen, sagte prophetisch: daß die Zeit der Auferstehung gekommen und grade die Begebenheiten, die gegen ihre Belebung gerichtet zu sein schienen, die günstigsten Zeichen ihrer Regeneration geworden. Aus der Vernichtung alles Positiven hebe die Religion ihr glorreiches Haupt als neue Weltstifterin empor; in Deutschland könne man schon mit voller Gewißheit die Spuren einer neuen Welt aufzeigen.
Und in der Tat, wer erkennt in Deutschland die religiösen Zustände, wie sie zur Zeit der Romantik gewesen, heute noch wieder? An dem Kölner Ereignis sich selbst besinnend, in der herben Schule des Hohns und der Verfolgung seitdem erwachsen und gestählt, erstand überraschend eine unsichtbare Macht, etwas, das niemand erfunden, geführt oder geordnet, das die Romantiker träumten und selber nicht hatten – eine katholische *Gesinnung.* Und ihr gegenüber hat sich in dämonischem Instinkt aller Ingrimm des alten Rationalismus, der seinerseits konsequent nun beim nackten Heidentum angelangt, trotzig gelagert; Leipziger Plauderkonzile gegen eine Million Trierscher Wallfahrer; emanzipiertes Fleisch gegen das Brot des Lebens, eine Dichtkunst endlich, die keine Poesie mehr ist: eine in Haß und Hoffart betrunkene Rhetorik, die fanatisch die Freiheit des Blocksbergs proklamiert.
Welchem dieser beiden Heereslager, wenn auch vielleicht nach heißen Kämpfen, zuletzt der Sieg bleiben wird, ist uns, mit Novalis, nicht zweifelhaft. Bei dem unverwüstlichen Ernste der Nation wird in Deutschland über kurz oder lang eine der Romantik *in ihren ursprünglichen Hauptrichtungen* mehr oder minder verwandte Reaktion sich geltend machen, nachdem jene Revolution, immer

breiter die Massen durchdringend, einstweilen die Romantiker übergerannt und uns zum Ersatz nichts anderes als die vorlängst abgespielte Aufklärerei, nur mit veränderten Redensarten, wiedergebracht hat. Denn vergeblich will der Rationalismus, wie er sich jetzt als Kirche zu konstituieren strebt, nun auch seine aparte Poesie haben; beides unmöglich, weil er, seiner Natur nach, ebenso antikirchlich als unpoetisch ist. Tröstlich aber und als Pfand der Zukunft bedeutungsvoll ist es, zwischen jenen ungeheuern Staubwolken, aus denen uns nur stechende Augen und von Leidenschaften widerlich verzerrte Gesichter entgegenstieren, schon jetzt immer mehreren Dichtern zu begegnen, die das Herz haben, mitten in dieser Verwirrung einen *andern* Banner zu entfalten. Wir nennen hier nur *Emanuel Geibels* „Gedichte", *Adalbert Stifters* „Studien", und *Annette von Droste-Hülshoff*, die in ihrem „geistlichen Jahr" wahrhaft übermächtig mit den Zweifeln und Versuchungen der modernen Bildung ringt, bis Lust und Schmerz sich in göttlicher Liebe verklären.

Alle guten Geister loben Gott den Herren. Mit diesem einfachkräftigen Exorzismus haben unsere frommen Vorfahren von jeher allen bösen Spuk gebannt und sind unangefochten hindurchgegangen. So wollen wir denn, auch in der Poesie, desgleichen tun gegen den lärmenden Hexensabbat unserer neuesten unschönen Literatur, wo die Konfusion endlich so groß geworden, daß die Christen heidnisch und die Juden (wie Berthold Auerbach in seinen Dorfgeschichten) christlich dichten. Hat doch die verblichene Romantik die blanke Waffe meisterhafter Formen uns so gut wie jenen hinterlassen, ja, was die Romantik Großes und Edles angeregt und jene nun als mittelalterliche Tradition zurückweisen, ist ein bedeutendes Vermächtnis, das der neuerstarkten katholischen Gesinnung allein zugute kommt, um daraus jener lügenhaften Phantasterei eine wahrhafte Poesie wieder entgegenzusetzen. Nicht durch juvenile Wiedererweckung der Romantik, wie die süßlichen „Amaranthen" und „Sieglinden" vergeblich versucht, noch durch absichtsvolle Kontrovers- und Tendenznovellen, womit die Gegner ihrerseits alle heitere Poesie hinwegdisputieren, sondern einzig durch die stille, schlichte, allmächtige Gewalt der Wahrheit und unbefleckten Schönheit, durch jene religiös begeisterte Anschauung und Betrachtung der Welt und der menschlichen Dinge, wo aller Zwiespalt verschwindet und Moral, Schönheit, Tugend und Poesie eins werden. Gesundheit und Freudigkeit gegen blasierte Zerrissenheit, fromme Naturwahrheit gegen gespreizte Lüge, eine Poesie der Liebe gegen die Poesie des Hasses. Es sei keine Propaganda des Katholizismus; aber eine allem Unkirchlichen durchaus fremde Gesinnung, die alles Leben nur an *dem* mißt, das allein des Lebens wert ist, und die wir heutzutage getrost eine katholische nennen dürfen; das Ganze umgebend, wie die unsichtbare Luft, die jeder atmet, ohne es zu merken. Denn das ist ja eben das poetische Geheimnis des religiösen Gefühls, daß es wie ein Frühlingshauch Feld und Wald und die Menschenbrust erwärmend durchleuchtet, um sie alle von der harten Erde blühend und tönend nach oben zu wenden. Es sei mit einem Wort: eine der Schule entwachsene Romantik, welche das verbrauchte mittelalterliche Rüstzeug abgelegt, die katholisierende Spielerei und mystische Überschwenglichkeit vergessen und aus den Trümmern jener Schule nur die religiöse Weltansicht, die geistige Auffassung der Liebe und das innige Verständnis der Natur sich herübergerettet hat. – „Es ist nicht not", sagte schon Brentano einst, „in der Kunst das Vortreffliche anzuschaffen, es ist not, das Schlechte, Falsche, Verkehrte abzuschaffen, denn alles Vortreffliche erblüht aus dem Rechten und Wahren." Was hat der ewige Himmel mit jenen vorüberziehenden schmutzigen Staubwirbeln zu schaffen? Wandeln doch die alten Sterne noch heut, wie sonst, die alten Bahnen und weisen noch immer unverrückt nach dem Wunderlande, das jeder echte Dichter immer wieder neu entdeckt. Wo daher ein tüchtiger Schiffer, der vertraue ihnen und fahr in Gottes Namen!

Nachwort

„Noch ist kein Menschenalter vergangen, seit die moderne Romantik, wie eine prächtige Rakete, funkelnd zum Himmel emporstieg, und nach kurzer wunderbarer Beleuchtung der nächtlichen Gegend oben in tausend bunte Sterne spurlos zerplatzte. Der Pöbel lacht, und die Gebildeten, kaum noch von Staunen und Entzücken erholt, reiben sich die Augen von der Blendung und gehen gleichgültig wieder an ihre alten Geschäfte."

Eichendorff schrieb diese Sätze achtundfünfzigjährig in seiner Arbeit *Über die ethische und religiöse Bedeutung der neueren deutschen romantischen Poesie in Deutschland* Mitte 1846. Seit zwei Jahren war er aus dem Staatsdienst entlassen. Man hatte seinem Ersuchen darum schließlich nachgegeben; und er schaute zurück. Nicht nur die große Zeit der literarischen Romantik, über die er nun schrieb, auch sein eigenes dichterisches Hauptwerk hatte sich vollendet, und er wußte das.

Immerhin schrieb er weiter, legte nicht, wie etwa Grillparzer es tat, nachdem er das ungeliebte Staatsamt abgeschüttelt hatte, die Feder ganz beiseite. Eichendorff schrieb noch seine Versepen und einige Gedichte, die man als Gelegenheitsgedichte bezeichnen kann, ohne ihren Wert zu verkleinern, vor allem aber widmete er sich dem Essayistischen. Von der abschließenden, zusammenfassenden Arbeit dieses essayistischen Werks *Geschichte der poetischen Literatur Deutschlands* wird noch die Rede sein, da sie in die vorliegenden Ausgabe ausgewählter Werke Eichendorffs aufgenommen wurde.

Wenn der Dichter in dem eingangs zitierten Abschnitt vom Emporsteigen der Romantik als einer prächtigen Rakete spricht, so zielt er mit dieser Bemerkung auf den enthusiastischen Aufbruch der Romantik, wie ihn die Schlegels, Novalis und Tieck empfanden, erlebten und beschrieben. Der Anspruch war so hoch, wie er höher nicht hätte sein können. Eine Umwertung aller Werte schien unabweisbar. Und das Manifest dieser Revolution begann so: „Die romantische Poesie ist eine progressive Universalpoesie. Ihre Bestimmung ist nicht bloß, alle getrennten Gattungen der Poesie wieder zu vereinigen, und die Poesie mit der Philosophie und Prosa, Genialität und Kritik, Kunstpoesie und Naturpoesie bald mischen, bald verschmelzen, die Poesie lebendig und gesellig, und das Leben und die Gesellschaft poetisch machen, den Witz poetisieren und die Formen der Kunst mit gediegenem Bildungsstoff jeder Art anfüllen und sättigen, und durch die Schwingungen des Humors beseelen. Sie umfaßt alles, was nur poetisch ist, vom größten wieder mehrere Systeme in sich enthaltenen System der Kunst bis zu dem Seufzer, dem Kuß, den das dichtende Kind aushaucht in kunstlosem Gesang." So steht es in Friedrich Schlegels *Fragmenten*, die im *Athenaeum*, der programmatischen Zeitschrift der frühen Romantik, erschienen. Wenn Schlegel schrieb: „Sie [die romantische Poesie] umfaßt alles, was poetisch ist", so hieß das im Grunde: Alles ist poetisch oder aber muß poetisiert werden. Wenn er schrieb: „... das Leben und die Gesellschaft poetisch machen", so läßt sich daraus der Schlachtruf ablesen: „Die Poesie an die Macht!"

Eichendorff sah und beschrieb, was daraus geworden war. Nicht die Poesie, die Phantasie, hatte schließlich obsiegt, sondern „die abgespielte Aufklärerei". Fast sarkastisch fügte er hinzu: „Man kann von den Leuten billigerweise ebensowenig prätendieren, daß sie poetisch sein, als daß sie gesund sein sollen." Sarkastisch zu sein war Eichendorffs Sache jedoch nicht. Er war, um einen Ausdruck zu benutzen, den der Dichter selbst gern auf ähnliche Charaktere anwandte, ein hochgestimmter Mensch.

„Hochgestimmt“ im Eichendorffschen Sinne bedeutet nicht etwa „freudig“, so wie wir es in dem Wort „Hochstimmung“ empfinden, sondern heißt, dem Hohen, dem Schönen, ja dem Wunder zugeneigt zu sein, heißt „Poetisieren“, durchaus im Schlegelschen Sinn.
Als Eichendorff Rückschau hielt auf die Epoche der Romantik, blickte er auch auf das eigene Werk und das eigene Leben zurück. Der Eindruck, sich selbst überlebt zu haben „in unserer materialistischen Zeit“, war ihm nicht fremd. In seiner *Geschichte der poetischen Literatur Deutschlands* hat er einmal von Fouqué (Friedrich Baron de la Motte Fouqué) gesagt, er habe sich wie kein anderer als ein entschiedener Partisan der Romantik bewiesen und sich noch lange nach deren Untergang zu ihrer Fahne bekannt: „In die Verherrlichung des Mittelalters zur Kräftigung der Gegenwart, in die Wiederbelebung altertümlicher und ausländischer Formen, in die religiöse Weltanschauung, mit einem Wort: in alle Intentionen der Romantik ging er gläubig ein und die Poesie selbst war ihm immerdar eine geheimnisvolle Gabe von oben (vermittelst welcher dem Begabten überschwenglich mehr zuteil wird, als er mit eigener Verstandeskraft hervorzubringen vermöchte). Viele seiner Lieder werden durch die innige Frömmigkeit, die darin weht, unvergänglich bleiben.“
Scheint es nicht, als habe Eichendorff hier auch ein wenig von sich selbst geschrieben? War nicht auch er ein Partisan der ursprünglichen Ideen der Romantik? Noch deutlicher geht dasselbe aus der Ablehnung hervor, die er für alles bereithielt, was er „schmalgestimmte Innerlichkeit“ genannt hat. Einem der größten Künstler der Form, den die deutsche Literatur besitzt, ging es ganz und gar ums Inhaltliche. Phantasie und Poesie als „leere Spielerei“ verabscheute er. Wo er die Zeichen solchen „geistigen Abfalls“ zu erkennen glaubte, konnte Eichendorff bis zur Verkennung gehen. So geschah es E. T. A. Hoffmann: „Glimpf und Schimpf, Verstand und Überschwenglichkeit, Grauen und schallendes Gelächter, Rührung und ironischer

Hohn ringen und fressen hier, wie die bekannten beiden Löwen, einander in der Verzweiflung wechselseitig auf, daß nichts als die Schweife übriggeblieben."
Weder Glimpf noch Schimpf, noch eine exaltierte Überschwenglichkeit oder schallendes Gelächter und Hohn passen in das Bild von der Poesie, die Eichendorff meinte. Es wäre jedoch ein Irrtum zu vermuten, daß diese Poesie sich unter jenem, einem Bergengruenschen Buchtitel entnommenen Begriff der „heilen Welt" subsumieren ließe. Eichendorffs poetische Welt ist, wie sich zeigen wird, eine bedrohte Welt, sie lebt nicht von den prächtigen Sonnenaufgängen, sondern von dem Bewußtsein, daß sie alle vergehen. Noch das heiterste Gedicht enthält einen Ton schwebender Trauer, wie wir sie aus der Musik vorzugsweise von Mozart kennen.
Eichendorffs Werk ist weniger diskutiert als das vieler anderer Autoren. Es wird dagegen vielfach auf die Integrationskraft seiner Lyrik hingewiesen, insofern, als sie in einer Weise volkstümlich ist, die Angehörige aller Bildungsschichten im deutschen Sprachraum umfaßt. Das trifft auch zu. Gedichte – manchmal sind es allerdings nur Gedichtzeilen – wie „O Täler weit, o Höhen" – besitzen eine Popularität, die sie fast schon anonymer Herkunft erscheinen lassen, womit sie sich – Traum der Romantiker – wieder zu Volkspoesie verwandelt hätten.
Eichendorff, auch darin ganz Romantiker, hielt treu an dem Gedanken an eine ursprüngliche Volkspoesie fest, die keiner Künstlerklasse bedurfte und die den Deutschen der Frühzeit, den germanischen Völkern, vorbehalten war. „Ihre Dichterschule war das Leben und ihre Poesie die Freude und Seele dieses Lebens."
Große Popularität produziert Mißverständnisse. Diese Feststellung bedarf wohl nicht der Rechtfertigung. Die Mißverständnisse wachsen durch die Inbesitznahme bestimmter Bezirke eines Werkes, nicht durch poetisch empfindende Menschen, sondern durch interessierte Gruppen. Eichendorff als der Dichter des Waldes, des

deutschen Waldes, des Deutschen allgemein – das ist eine typische Mißverständniskette, obwohl er in der Tat vom Wald, vom deutschen Wald und von den Deutschen geschrieben hat. Wenn starke Männerstimmen „Wer hat dich, du schöner Wald, / Aufgebaut so hoch da droben?" anstimmen, so erhebt sich dabei gelegentlich die Frage, ob die Sänger wissen, daß sie von Abschied singen. Es ist, nebenbei gesagt, kaum zu übersehen, welche nicht vorhersehbare Aktualität die letzte Gedichtzeile für uns aufbewahrt hat: „Schirm dich Gott, du schöner Wald."

In der zurückhaltenden Diskussion über das Werk Eichendorffs lautet die am häufigsten gestellte Frage: War Eichendorff ein Dichter der Natur, ein Landschaftsdichter? Zwischen: Er war es, und: Er war es selbstverständlich nicht, und wenn er es gewesen wäre, brauchten wir uns gar nicht mit ihm zu beschäftigen! gibt es alle Nuancen von Antworten. Der Streit ist nicht ganz so müßig, wie er auf den ersten Blick scheint, denn er bringt den Leser mindestens dazu, genauer hinzuschauen:

„Jenseits ging soeben der Mond hinter den Bergen unter, von der anderen Seite flog schon eine leise Röte über den ganzen Himmel, die geheimnisvolle Gegend aber lag unten wunderbar bleich in der Dämmerung, nur im Tale fern blitzte zuweilen schon ein Strom auf. Vor uns schienen verborgene Wasserkünste zu rauschen, eine Nachtigall tönte manchmal dazwischen wie im Traume." So lautet eine Passage aus der Erzählung *Viel Lärmen um Nichts*. Ist das nun eine Natur-, eine Landschaftsbeschreibung? Oder ist es eine Schöpfungsgeschichte im Sinne eines: „Da ward aus Abend und Morgen der andere Tag."?

Eichendorffs Landschaftsbeschreibungen sind aus demselben Stoff gemacht wie seine Gedichte, und gerade sie sind ja erfüllt von Waldesrauschen und Brunnenplätschern, von Mond- und Sternenglanz und natürlich vom Gesang der Nachtigallen. Die Frage nach dem Dichter von Natur und Landschaft löst sich auf die einfachste und vertrackteste Weise zugleich; sie ist, auch wenn der Be-

griff im Zusammenhang mit Eichendorff fremd erscheinen mag, nur dialektisch zu lösen: Eichendorff beschreibt Landschaft und tut es doch nicht, und indem er sie nicht beschreibt, enthüllt er ihre Magie. Es hat etwas mit Beschwörung zu tun, und es hat etwas mit dem Schreiben und Lesen von Gedichten überhaupt zu tun.
Wilhelm Lehmann hat in seiner Sammlung poetologischer und kritischer Schriften *Dichtung als Dasein* einen Aufsatz „Wie liest man ein Gedicht" publiziert, der so beginnt: „Seiner Stelle im Gefüge eines Gedichts entsprechend, kann und muß das Wort Schlange entweder die Verführerin Evas bezeichnen oder aber das Gefühl listigen Gleitens oder aber die Kreatur selbst, wie sie, von keiner Sinnbildlichkeit vergewaltigt, sich im Sand gegen meinen Fuß aufrichtet, muß der Mond nicht ein bequem-liederliches Stimmungsrequisit oder der Gedankenfreund Klopstocks, sondern kann auch eine Urlandschaft sein oder als ‚gelber Heiliger' schweben."
Die Wörter eines Gedichts, die Wörter einer Eichendorffschen Landschaftsbeschreibung sind selbstverständlich Chiffren und Symbole, die im Rhythmus der Wortverbindungen Bedeutung setzen und wechseln. Unter dieser Prämisse gelesen, wird der oben zitierte Ausschnitt von nur zwei Sätzen zu einer geheimnisvollen Sprachlandschaft. Es kann dahingestellt bleiben, ob Eichendorff die Symbole alle bewußt setzte oder ob er sie tastsicher fand, Zauberei „wie aus Träumen" scheint allemal im Spiel zu sein.
Er hat sich zu seiner Landschaftskunst implizit selbst geäußert, als er in seiner *Geschichte der poetischen Literatur* auf die Frage nach Poesie im allgemeinen antwortete: „Denn was ist denn überhaupt die Poesie? Doch gewiß nicht bloße Schilderung oder Nachahmung der Gegenwart und Wirklichkeit. Ein solches Übermalen der Natur verwischt vielmehr ihre geheimnisvollen Züge, gleich wie ja auch ein Landschaftsbild nur dadurch zum Kunstwerk wird, daß es die Hieroglyphenschrift, gleichsam das Lied ohne Worte, und den Geisterblick fühlbar macht, womit

die verborgene Schönheit jeder bestimmten Gegend zu uns reden möchte."
Die „Hieroglyphenschrift" der Landschaft „fühlbar" – nicht immer sichtbar – zu machen, darin sah er das Geschäft des Dichters. Versuche, ihn zum Vorläufer des Realismus erklären zu wollen, müssen fehlschlagen. In seiner Dichtung verlegt er zudem noch die „bestimmte Gegend" in eine sich fortwährend verwandelnde und zu sich zurückkehrende Landschaft, die, wie Walter Killy es genannt hat, ortlos ist.
Man möchte dem „ortlos" gleich ein „zeitlos" hinzufügen und kann es auch, wenn man sich bewußt ist, daß die Ortlosigkeit sich aus einer realen und gesehenen Landschaft aufgeschwungen hat. Eichendorff ging nicht mit Abstraktionen um, sondern mit Bildern und Symbolen, die aus der Poetisierung des Geschauten entstehen. Genauso ist es mit einer Zeitlosigkeit, vielleicht ist hier der Prozeß sogar noch mehr vom Abstand bestimmt, den wir von der Zeit Eichendorffs haben.
Abgesehen von den Gedichten, die sich eindeutig auf Geschehnisse aus der Zeit des Dichters beziehen und diese unverschlüsselt ansprechen, und ein deutliches Beispiel dafür sind die Gedichte zur 48er Revolution, abgesehen von historischen Stoffen, die Eichendorff deutlich auf seine eigene Zeit bezogen aufnahm, haben es die heutigen Leser schwer, den Zeitbezug in den Gedichten und Prosastücken zu entdecken. Daß wir sie lesen, ohne den Zeitbezug zu vermissen, macht ihre Zeitlosigkeit manifest. Walter Killy hat sich in seinem Buch *Wirklichkeit und Kunstcharakter* dieser Frage angenommen. Er zitiert einen Brief Eichendorffs an seinen Freund und „rührigen Literator" Friedrich de la Motte Fouqué, in dem er davon spricht, daß er vor den Freiheitskriegen keinen Verleger für den Roman gefunden habe: „... da ich darin Anspielungen auf die neuesten Begebenheiten nicht vermeiden konnte oder wollte ... Ich sehe nun wohl ein, daß währenddes der eigentliche Zeitpunkt eines allgemeinen Interesses für die-

sen Roman verstrichen ist; ich konnte mich aber nicht entschließen, etwas daran zu ändern, teils, weil er sonst etwas ganz anderes und kein volles Bild mehr jener gewitterschwülen Zeit der Erwartung, Sehnsucht und Schmerzen wäre, teils aber, weil unser neuester, gegenwärtiger Zustand, in welchen ich doch die Geschichte hinüberkünsteln müßte, mir noch zu unentwickelt, schwankend, formlos und blendend erscheint, um mir einen ruhigen Überblick zu vergönnen ..."

Die neue Zeit nach den Freiheitskriegen hat ihn sehr enttäuscht. Aber das ist eine andere Frage. *Ahnung und Gegenwart* ein Zeitroman? Dazu Walter Killy: „Das Buch, das wir heute als ein schlechthin romantisches lesen, war so sehr im Hinblick auf die eigene Zeit geschrieben, wie Solger und Arnim die eigene Zeit in den *Wahlverwandtschaften* für immer aufgehoben fanden. In beiden Fällen zeigt sich auf sehr verschiedene Weise eine kaum erklärliche Diskrepanz zwischen Urteil und Absicht der Zeitgenossen einerseits und den Urteilen und Wahrnehmungen der Nachwelt. Es ist, als ob der Spiegel, in dem die Mitwelt ihr eigenes Antlitz zu erkennen glaubte, im Laufe von anderthalb Jahrhunderten durchsichtig geworden sei und den Blick freigebe in ganz andere, jetzt erst erkennbare Welten."

Eichendorffs Spiegel, um das Bild einen Augenblick festzuhalten, scheint, was seine Dichtungen angeht, nie dazu dagewesen zu sein, Realität direkt zurückzuwerfen. Seine berühmteste Novelle *Aus dem Leben eines Taugenichts* soll hier als Beispiel dafür dienen, als Beispiel dafür allerdings zugleich, daß Eichendorffs Dichtung ganz und gar nicht beziehungs*los* zu Zeit und Umwelt und Gesellschaft stand. Thomas Mann hat im Kapitel „Von der Tugend" seiner *Betrachtungen eines Unpolitischen* auf eine klare Formel gebracht, worum es dabei geht: „Vom Gegenteil einer Sache zu sprechen, ist auch eine Art, mit welcher der sachlichen Verständigung vortrefflich gedient ist." Er münzte dieses Wort, und darin liegt eine Ironie dieser Geschichte, nun keineswegs auf Eichendorffs Intention, was dessen *Taugenichts* betraf, sondern darauf, daß er in den *Betrachtungen* auf etwas so Unpolitisches zu sprechen komme wie Eichendorffs *Taugenichts*, den er nun seinerseits in zauberischen Worten als „hoch und frei und lieblich erträumte Novelle" apostrophiert. Ausdrücklich rückt er den „Roman" von allem ab, was diesem lieblichen Traum im Wege stünde: „... er entbehrt jedes sozialkritischen Willens und jeder intellektuellen Zucht; er ist nichts als Traum, Musik, Gehenlassen, ziehender Posthornklang, Fernweh, Heimweh, Leuchtkugelfall auf nächtlichen Park, törichte Seligkeit, so daß einem die Ohren klingen und der Kopf summt vor poetischer Verzauberung und Verwirrung."

Das ist wunderbar gesagt, und doch weiß der Autor auch, daß, was er da beschreibt, nicht von ungefähr zusammenkommt. Und wir werden den zitierten ersten Satz über die Möglichkeit, vom Gegenteil einer Sache zu sprechen, doch auf Eichendorff zurückbeziehen müssen und werden damit auch noch im Einverständnis sein mit Thomas Mann, dem es viel mehr noch auf etwas anderes ankam, wenn er von der Tugend schrieb und dabei auf den *Taugenichts* zu sprechen kam: „Er ist Mensch, und er ist es so sehr, daß er überhaupt nichts außerdem sein will und kann: eben deshalb ist er Taugenichts. Denn man ist selbstverständlich ein Taugenichts, wenn man nichts weiter prästiert, als eben ein Mensch zu sein. Auch ist sein Menschentum wenig differenziert, es hat etwas Abstraktes, es ist bestimmt eigentlich nur im nationalen Sinn, – dies allerdings sehr stark; es ist überzeugend und exemplarisch deutsch, und obgleich sein Format so bescheiden ist, möchte man ausrufen: wahrhaftig der deutsche Mensch!"

Das exemplarisch Deutsche – es hat bei Eichendorff einen hohen Stellenwert, unüberhörbar. Noch ein Wort jedoch zum *Taugenichts* als einem Beispiel für die Zeitgebundenheit und Abgelöstheit von den äußeren Dingen. Die Novelle löst sich in der Zeit von den gegebenen sozialen, po-

litischen und intellektuellen Verhältnissen der Zeit, aber doch einzig, um eine Gegenwelt zu errichten gegen den Nützlichkeitswahn der „neuen Aufklärerei". Überall in Eichendorffs Werk läßt sich seine Trauer über den hochschwappenden Materialismus antreffen, ironisch: „Er begann nun eine wohlbedachte und herrlich stilisierte Abhandlung über die ernste, praktische Richtung unserer Zeit." *(Viel Lärmen um Nichts.)* Und höhnend: „Einfältiges Waldesrauschen, alberne Kobolde, Mondenschein und klingende Blumen ... nichts als Romantik und eitel Märchen, wie sie müßige Ammen sonst den Kindern erzählten. Aber der Menschengeist ist seitdem mündig geworden." *(Libertas und ihre Freier.)*
„Die spröde Welt, die wir als unser Lustrevier erobern wollten, hat uns nach und nach bis auf ein einsames Waldschloß zurückgedrängt, und die von der alten Garde tun mir die Ehre an, sich um die zerrissene Standarte der Romantik zu versammeln, die ich auf der Zinne des Kastells aufgesteckt." Eichendorff läßt es den Grafen Leontin, den Sänger, in *Viel Lärmen um Nichts* aussprechen („... er kann nicht ‚wohlgespeist zu haben' sagen ohne einen Griff in die Saiten dazu"). Die zerrissene Standarte der Romantik, Eichendorff mußte es wohl vorkommen, als hielte er sie selbst. Nicht von ungefähr erhebt im Lied des Jägerburschen Florentin sich daraufhin eine Frage:

„Lindes Rauschen in den Wipfeln,
Vöglein, die ihr fernab fliegt,
Bronnen von den stillen Gipfeln,
Sagt, wo meine Heimat liegt?"

Selbst bei der engsten Begriffsbestimmung ist Heimat ein wesentlicher Topos bei Eichendorff. Da, wo ich herkomme, ist da Heimat?

„Und fremde Leute gehen
Im Garten vor dem Haus –

Doch überm Garten sehen
Nach *uns* die Wipfel aus.

Doch rauscht der Wald im Grunde
Fort durch die Einsamkeit
Und gibt noch immer Kunde
Von unsrer Jugendzeit."

Jugendzeit, Kindheit – das sind Synonyme für Heimat, im Grunde stets verloren, stets unwiederbringlich. Florentins Lied geht deshalb auch weiter:

„Heut im Traum sah ich sie wieder,
Und von allen Bergen ging
Solches Grüßen zu mir nieder,
Daß ich an zu weinen fing."

Die Heimat stellt sich im Traum her wie die vergangene Kindheit und das verlorene Paradies.
Heimat ist aber auch, und Eichendorff bewies ein starkes Gefühl dafür, Vaterland. Nicht nur der Patriotismus der Freiheitskriege hatte ihn ergriffen, mit der Verklärung der Vergangenheit, in der die Romantik ungebrochene Kraft und wahren Adel vermutete, ging eine besondere Hochschätzung des Deutschen schlechthin Hand in Hand, eines Deutschtums allerdings tiefer Vergangenheit, dem in der Gegenwart weniges glich. Schlagen wir Eichendorffs *Geschichte der Poetischen Literatur Deutschlands* auf, kommt uns die Sicherheit, mit der da von der Sonderstellung der deutschen Nation gesprochen wird, fast befremdlich vor: „Die deutsche Nation ist die gründlichste, innerlichste, folglich auch beschaulichste unter den europäischen Nationen, mehr ein Volk der Gedanken als der Tat. Wenn aber die Tat nichts ist ohne den zeugenden Gedanken und nur erst durch den Gedanken ihre welthistorische Bedeutung erhält, so dürfen wir wohl sagen, daß diese beschauliche Nation dennoch eigentlich die Weltge-

schichte gemacht hat." Und nun kommt der Rückbezug auf die Vergangenheit: „Dieser Hang, die Dinge in ihrer ganzen Tiefe zu nehmen, scheint von jeher der eigentümliche Beruf der germanischen Stämme zu sein. An ihrem Freiheitsgefühl ist das römische Weltreich, in welchem die andern mehr oder minder aufgingen, einst zusammengebrochen. Die germanischen Völker waren es, die das Christentum, da es unter den Byzantinern kränkelnd zu Hofe ging, zuerst in seiner vollen Würde erkannten und ihm seine weltgeschichtliche Wirksamkeit gaben."

Dieser erste Abschnitt von Eichendorffs Literaturgeschichte mündet in diesen, auf die deutsche Nation formulierten Satz: „Die Idee ist ihr Schwert, die Literatur ihr Schlachtfeld." Wäre es doch so gewesen, wäre es doch so geworden! Was sich hier ausdrückt, ist reinste romantische Geschichtsauffassung. Sie ist hochgesinnt und utopisch. Mit Nationalismus in jenem beschränkten Sinne, den jeder kennt, hat sie nichts zu tun. Mit Deutschtümelei oder „Vaterländerei", wie Eichendorff es nannte, ebensowenig. Dafür hatte er nur Spott: „Als ich meinen letzten Ausflug machte, war eben die Deutschheit aufgekommen und stand in ihrer dicksten Blüte. Ich kehrte daher auch diesmal nach Möglichkeit das Deutsche heraus, ja ich hatte mein gescheiteltes Haar, wie Albrecht Dürer, schlicht herabwachsen lassen und mir bei meinem Schneider, nicht ohne gründliche historische Vorstudien, einen gewissen germanischen Reiseschnitt besonders bestellt." So steht es im Anfang einer Satire, die in ihrem Verlauf den neueren Trend im Gasthof „Zum goldenen Zeitgeist" verspottet: *Auch ich war in Arkadien.*

Eichendorff sprach durchaus nicht immer „wie aus Träumen", es „juckte ihn", wie seinen Prinzen Romano in *Viel Lärmen um Nichts,* „in allen Talenten", dem „Herrn Publikum" einmal ein Schnippchen zu schlagen. In den Satiren bleibt es bei diesem spielerischen Ton, während in seiner Essayistik oft ein scharfer Wind weht, wenn der Autor etwa über „die in Deutschland unsterbliche Sentimentali-

tät, in beständigem Handgemenge mit dem Terrorismus einer groben Vaterländerei", spricht.
Eichendorff hat Deutschland geliebt, aber die Zeit war für ihn schon aus den Fugen, die Hoffnung auf Freiheit schrumpfte für ihn in die Spottfigur der Frau Libertas. Er sah es mit Trauer und Spott, mit mehr Trauer als Spott. Dennoch ist wenig Resignation und sehr viel Hoffnung in seiner Dichtung zu spüren, die doch von Abschieden wie durchtränkt ist. Zweierlei gab ihm Stärke, zum einen „eine stille Zuversicht, so wie Morgenrot" von Wert und Würde der Poesie, von der er sagt, daß aus ihrem Stoff die Liebe gemacht sei:

„Der Dichter kann nicht mit verarmen;
Wenn alles um ihn her zerfällt,
Hebt ihn ein göttliches Erbarmen –
Der Dichter ist das Herz der Welt."

Die zweite Säule der Zuversicht steht auf dem Sockel dessen, was in der dritten Zeile der zitierten Gedichtstrophe gesagt ist: „Hebt ihn ein göttliches Erbarmen –". Eichendorffs Werk ist von der ersten bis zu letzten Zeile durchdrungen von einem geradezu bekennerischen christlichen Geist. Heimat, das ist ganz fraglos auch immer ewige Heimat, die Lieder werden Engelslieder, schon das Motto über der ersten Abteilung der Gedichte, über den „Wanderliedern" spricht davon:

„Viele Boten gehn und gingen
Zwischen Erd' und Himmelslust
Solchen Gruß kann keiner bringen,
Als ein Lied aus frischer Brust."

Das erste Gedicht bestimmt bereits das Ziel in der verdeckten Chiffre: „Fahre zu! Ich mag nicht fragen, / Wo die Fahrt zu Ende geht!"
Über die Wanderlieder hinaus sind die Menschen bei Ei-

chendorff immer unterwegs, immer in Bewegung. Der Mensch hat keine feste Stätte auf der Erde: das ist die Botschaft. Abend und Morgen, es war davon schon die Rede im Beispiel, sind auch ein Gleichnis. Der Mensch ist unruhig, wird ängstlich, wenn er Gott nicht sieht: „Nur von den Bergen noch rauscht der Wald / Und mich schauert im Herzensgrunde." Nicht erst in der Kategorie der „Geistlichen Gedichte" ist Heilsgeschichte das Thema. Sie zieht sich mehr oder weniger sichtbar wie ein Strom, der bald unterirdisch, bald über der Erde fließt, durch die Gedichte und die Geschichten. Im Werk der späteren Jahre bezeugt Eichendorff eine Neigung, die Themen, die er meint, explizit auszusprechen, zum Beispiel in den Versepen, von denen zwei – *Julian* und *Lucius* – um den Kampf des Christentums gegen das Heidentum handeln. Es liegt auf der Hand, daß Eichendorff das moderne Heidentum, den Atheismus, die „Religion des Egoismus", im Blick hatte, der sich gerade zu spreizen begonnen hatte. Zum Heidentum der frühen Geschichte entwickelt der Dichter ein ganz anderes Verhältnis. Vielleicht kann man sagen: Er zeichnet es als gefährliche und zugleich verlockende Bannkraft, die durch das Christentum erlöst werden kann. Der Naturglaube früher Völker hat ihn fasziniert und „das Übersinnliche ihrer Götterlehre". Das Heidnische tritt uns in vielfacher Gestalt entgegen, immer jedoch als Urgrund des Religiösen – von der Waldfrau bis zur Venus; und es ist wie an den Stätten der Welt, die von alters her heilige Stätten waren: Aus dem Heiligtum der Fruchtbarkeitsgöttin wurde der Venustempel und an dessen Stelle der Marienaltar gebaut.

„Frau Venus hört das Locken,
Der Vögel heitern Chor
Und richtet froh erschrocken
Aus Blumen sich empor."

Wenige Strophen später heißt es in Fortunatos Lied aus Eichendorffs erster Erzählung *Das Marmorbild:*

„Sie selbst muß sinnend stehen
So bleich im Frühlingsschein,
Die Augen untergehen,
Der schöne Leib wird Stein.

Denn über Land und Wogen
Erscheint, so still und mild,
Hoch auf dem Regenbogen
Ein ander Frauenbild."

„Ein ander Frauenbild" wird auch hinter dem Antlitz mancher Geliebten, die Eichendorff besingt, erkennbar. Die irdische Braut steht für die himmlische Braut, so wie die irdische Heimat die ewige Heimat zu vertreten hat. Dabei verwechselte Eichendorff nichts. Ihm war die süßliche Marienverehrung ebenso verdrießlich wie die pietistische Verdünnung der sinnlichen Liebe: „Denn eine kräftige Sinnenwelt ist das unabweisbare Material aller Kunst." An anderer Stelle fügte Eichendorff dem hinzu, was keine Einschränkung bedeuten muß, aber die schon angesprochene Hochgestimmtheit seiner Anschauung unterstreicht: „Eben weil die Liebe nur von der Poesie lebt, bildet sie auch das unverwüstliche Grundthema aller Dichtungen, dessen höhere oder gemeinere Auffassung von jeher den wahren Dichter von dem unberufenen unterschieden hat."
Bei Eichendorff finden Menschenliebe und Gottesliebe zueinander. Die klassische Verbindung der Begriffe Liebe und Tod wird zu einer Verheißung des Aufgehobenseins, aus dem heraus der Dichter wagen kann, auch die Finsternis, die Unterwelt, die Dämonen beim Namen zu nennen. „Drum hat ihm Gott das Wort gegeben, / Das kühn das Dunkelste benennt", und auch dieses wandelt sich zum Gotteslob. Im *Marmorbild* steht der Satz: „Jeder lobt Gott auf seine Weise, und alle Stimmen zusammen machen den Frühling." Frühling steht nun auch wieder für Werden *und* Vergehen.

„Ans Fenster klopft ein Bot' mit frohen Mienen,
Du trittst erstaunt heraus – und kehrst nicht wieder,
Denn endlich kommt der Lenz, der nimmer endet."

Nicht erst in diesem späten Gedicht, überschrieben „Das Alter", sind Sterben und Verheißung im Eichendorffschen Werk zugegen, sie sind es auf Schritt und Tritt; in den Bildern des Abschiedes, des Abends, in den Metaphern des Schlafens: „Der Schlaf probiert heimlich den Tod und der Traum die Ewigkeit", heißt es in den *Glücksrittern*.

Und bei alledem so viel Heiterkeit, so viel fühlbarer Trost? Eichendorffs Gedichte, Novellen und Erzählungen erreichen eine ganz eigene Qualität als Literatur gegen die Angst, weil sie die Welt nicht beschönigen – Welt bleibt viel eher Chiffre des Fremden –, sie aber zugleich bewohnbar machen für den, der sich in Gottes Hand weiß. In der Natur, die ihr Geheimnis nie preisgibt, ob sie Dämonen behaust oder ob in ihr ein Stück vom Garten Eden blieb, fand Eichendorff den bildhaften Ausdruck des Gottgewollten. Die Natur nämlich, die Eichendorff beschwört, ist für ihn keine unabhängige Größe, sondern „nur eine arme demütige Kreatur, die schauernd von dem träumet, in dessen Hand sie ist".

Eichendorff gehört nicht zu den Autoren, aus deren Leben ihr Werk und aus deren Werk ihr Leben aufgeschlüsselt werden könnte. Die Beziehungen zwischen Werk und Leben sind spröde. Dennoch schuf das Leben Voraussetzung und Hemmung für das Werk, wobei sich letztere am Ende auch wieder als Voraussetzung erwies. Was sich als Voraussetzung und Widerschein unmittelbar im Werk dokumentiert, ist die unbeschwerte, glückliche und „bewahrte" Kindheit und frühe Jugend. Wenn Eichendorff später über den Adel schrieb, sah er vor allem den Niedergang der Aristokratie, äußerlich gesehen von der Eisenrü-

stung zum Küraß, vom Küraß zum Brustharnisch und von diesem „endlich zu einem handbreiten Blechschildchen“. Der Schrumpfung der äußeren Zeichen entsprach der Verfall der ritterlichen Tugenden. Bei alledem schneidet der Landadel, wie ihn Eichendorff in seiner schlesischen Heimat erlebte und zu dem er gehörte, relativ gut ab. Die Landadeligen bildeten für ihn „die zahlreichste, gesündeste und bei weitem ergötzlichste Gruppe“. Die einfachen, gelegentlich derben Feste klingen in den Erzählungen wider, und sehr Eichendorffisch ist die Feststellung: „Wie wenig Apparat zur Lust gehört.“ – „Die Glücklichsten hausten mit genügsamem Behagen großenteils in ganz unansehnlichen Häusern (unvermeidlich ‚Schlösser‘ geheißen)“, schreibt der Dichter, der selber in einem durchaus ansehnlichen Haus, auf Schloß Lubowitz bei Ratibor in Oberschlesien, aufwuchs. Der um zwei Jahre ältere Bruder Wilhelm wurde der Gefährte in Kindheit und Jugend. Nie scheint der Gedanke aufgetaucht zu sein, wer von den beiden dem anderen folgte oder vorausging. Sie erlebten diese Kindheit unter der milden Oberhoheit der Eltern und später mit der pädagogisch wohlberatenen Autorität des Pfarrers Heinke. Der Vater war monatelang unterwegs in Geschäften; er hatte einen Sinn für das Spekulative, mit dem er die Familie schließlich finanziell ruinierte. Findet sich irgendwo im Eichendorffschen Werk Anklage oder Bitterkeit? Nicht die Spur!
Dieser Vater liebte seine Familie, und sie vergalt es ihm, wiederum mit ungeschmälerter Zuneigung. Der Glanz, der die Kindheit Eichendorffs umgab, ein Glanz von Unschuld und Glück, Zuneigung und Gemeinsamkeit, blieb auch in Eichendorffs Erinnerung stärker haften als die wirtschaftliche Misere, die schließlich den Lebensplan der Brüder zunichte machte. Gewiß ist Trauer im Gedenken an den Verlust spürbar, wenn die Rede auf die Fremden kommt, die nun das Schloß der Kindheit bewohnen, aber die glückliche Erinnerung blieb stärker.

„Und fremde Leute gehen
im Garten vor dem Haus –
Doch übern Garten sehen
Nach *uns* die Wipfel aus.

Doch rauscht der Wald im Grunde
Fort durch die Einsamkeit
Und gibt noch immer Kunde
Von unserer Jugendzeit."

Diese Kindheit und diese Jugend blieben etwas Unverlierbares im Leben Eichendorffs, aufgehoben in seiner Lyrik und seiner Prosa. Hier liegen die Wurzeln der unerschütterlichen Religiosität, hier fand die erste Begegnung mit der Natur statt, und da waren sie ganz real zu besichtigen, die Täler, die Höhen, die weite, weite Ferne, von deren Anschauung man nur träumen konnte.
Als Joseph und Wilhelm von Eichendorff 1801 nach Dresden ins Gymnasium übersiedelten, konnten sie sich noch „begütert" wähnen. Im selben Jahr noch sah ihre wirtschaftliche Situation ganz anders aus. Da schrieb der Vater jenen berühmten Brief, in dem es heißt: „Ich habe Euch alle zu reichen Leuten machen wollen, derweilen hat uns Gott gestraft, ich habe niemandem was getan, nur bezahlen kann ich nicht. Gott, meine Kinderle, wenn ich daran denke, so blutet mir das Herz."
Es war kein Schock. Die beiden Gymnasiasten begriffen wahrscheinlich gar nicht, was ihnen verlorengegangen war. In ihrem Sinne Wesentliches konnte es wohl nicht gewesen sein. Was ihnen in Dresden aufgetan wurde, war zwar nicht die Welt, aber die Kunst. Das von Jesuiten geführte Konvikt, in dem die Eichendorffs untergebracht waren, förderte die musikalische Ausbildung und ließ die dramatische Dichtung zu praktischen Ehren kommen. Es gab Schüleraufführungen, in denen Eichendorff sowohl männliche wie weibliche Rollen spielte, und es gab Besuche der Dresdener Theater. Eichendorff hörte Mozart,

sah Schiller; wie selbstverständlich nahm er für sich den Geist der Poesie daraus auf.
Jura zu studieren lag für die Brüder auf der Hand. In der Verwaltung der Güter würde es ihnen zugute kommen, dachten sie. In der Tat wurde das Jurastudium später nach dem notwendig gewordenen Verkauf der Güter die Voraussetzung für ihre Eingliederung in den Staatsdienst. Beide studierten in Halle. An die große Fußwanderung mit dem Bruder hat sich Eichendorff lebenslang erinnert. Die Welt und ihre Geschichte machten sich im Leben Eichendorffs zum erstenmal bemerkbar, als Napoleon nach dem Sieg bei Jena die Universität Halle schließen ließ. Aber wieder rief das keinen Schock hervor, die Brüder verbrachten herrlich ungebundene Ferien auf Lubowitz, schrieben um die Wette Gedichte, verliebten sich, wie es sich für sie gehörte, in dieselbe Frau.
1807 gingen beide nach Heidelberg. Ein Ort der Romantik. Achim von Arnim und Clemens Brentano hatten hier in den beiden vorausgegangenen Jahren an *Des Knaben Wunderhorn* geschrieben; der Gedanke an diese Stadt und ihre Landschaft hat eine leuchtende Spur durch Eichendorffs Werk gezogen. Noch in dem späten dramatischen Revolutionsgedicht *Robert und Guiscard* gedenkt Eichendorff ihrer.

„Geblendet sahen zwischen Rebenhügeln
Sie eine Stadt von Blüten wie verschneit,
Im klaren Strome träumerisch sich spiegeln,
Aus lichtdurchblitzter Waldeseinsamkeit
Hoch über Fluß und Stadt und Weilern
Die Trümmer eines alten Schlosses pfeilern."

Zwei ganz gegensätzliche Männer gewannen in Heidelberg Einfluß auf den jungen Eichendorff. Der eine war ein Poet, der andere ein Wissenschaftler und Publizist, Germanist und Historiker. Der an zweiter Stelle erwähnte ist Joseph von Görres; zu Eichendorffs Heidelberger Zeit

war er Privatdozent an der Universität, die Brüder besuchten seine germanistischen Vorlesungen und kamen mit ihm in persönliche Verbindung. Eichendorff war tief beeindruckt „von der Großartigkeit seines Charakters“ und der „wahrhaft brennenden Liebe zur Wahrheit und seinem unverwüstlichen Freiheitsgefühl“. Es scheint festzustehen, daß es bei Eichendorff durch Görres zu einer ideologischen Festlegung kam. Der Landadel bestimmte seine politische Position nach Tradition und auf der Hand liegenden Interessen. Die jungen Eichendorffs waren nicht versiert im Gefecht der Weltanschauungen. Da war ein Freiraum, den Görres leicht füllen konnte, und gewiß kamen seine Ideen den ethischen Grundvorstellungen entgegen, mit denen die Brüder vom sehr liberalen Elternhaus ausgestattet waren. Görres war vom Anhänger der Französischen Revolution infolge des darauffolgenden blutigen Terrors zum Liberal-Konservativen geworden. Eichendorffs spätes Versepos *Robert und Guiscard* kann immer noch als von Görres’ Ansichten inspiriert gelten, dessen Denken keineswegs unmittelbar restaurativ gewesen ist, aber tief konservativ, religiös und kirchlich, wobei sich Liberalität in seinen Bemühungen um die Erweckung ökumenischer Themen erwies. Eichendorff dagegen war und blieb dem Protestantismus gegenüber mehr als skeptisch. „Der Protestantismus“, schreibt er, fast ein wenig süffisant, und es ist einleuchtend, daß er es in seinem Artikel über Kleist – „ein großes Talent zwischen Hochmut und Verzweiflung“ – schrieb, dessen „Zerrissenheit“ ihm ausgesprochen unheimlich war, der Protestantismus also „hat keine gefundene Wahrheit zum Fundament, sondern nur den Willen, sie zu suchen und zu finden und mithin immer zu verneinen, daß irgendwo jene Wahrheit bereits gefunden sei“. Für Eichendorff war Görres einer, der die Wahrheit gefunden hatte.
Der andere „Heidelberger“ war für Eichendorff ebenfalls ein Vorbild, allerdings eines, dessen er sich in späteren Jahren beinahe schämte. Es handelt sich um Otto Hein-

rich Graf von Loeben; er publizierte unter dem Pseudonym „Isidorus Orientalis", und Eichendorff schrieb Jahrzehnte später in seiner *Geschichte der poetischen Literatur,* er habe unbewußt sich selbst parodiert. Es kann dahingestellt bleiben, was von einem Dichter zu halten ist, von dem Eichendorff diese Gedichtstrophe zitiert:

„Tränen wohnen in den Düften,
In den Düften wohnt das Leben,
Leichtem Weben, lichten Schweben
Losgegeben."

Immerhin hat Loeben, wohl als erster, Eichendorffs lyrisches Talent erkannt, er wies ihm Möglichkeiten, sich nach den Regeln der Kunst auszudrücken, und er betrieb die Publizierung der Gedichte Eichendorffs, er erfand auch für ihn ein Pseudonym, ein viel schöneres und einfacheres als sein eigenes: Florens. In Heidelberg traf Eichendorff zwar so gut wie gar nicht mit Brentano und Arnim zusammen, aber er las hier, sozusagen am Geburtsort der Sammlung, *Des Knaben Wunderhorn.* Und wenn Graf Leontin in *Ahnung und Gegenwart* sagt: „Ich glaube, ich blase gar schon aus des Knaben Wunderhorn", läßt sich darin Eichendorff selber hören, der in der Tat Gedichte aus dem *Wunderhorn* verwendet und verwandelt hat, Gelegenheit, die genaue, bewußte und ebenso ingeniöse Arbeitsweise des Dichters zu bewundern.
Zu einigen Ausfahrten reichten die finanziellen Mittel noch, so erlebten die Brüder etwas von der Atmosphäre ungebundenen Reisens, wie sie Eichendorffs Werk so viele Male wiedergibt. Im Winter 1809 setzten Wilhelm und Joseph ihr Jurastudium in Berlin fort. Hier nun begegneten sie in der Tat „der Welt". Jetzt kam es zum Austausch mit Arnim und Brentano. Die finanziellen Verhältnisse der beiden jungen Freiherren wurden schlechter, so daß der boshafte Brentano lauthals vermutete, sie besäßen wohl gemeinschaftlich nur einen Rock, weil stets nur ei-

ner von ihnen auf Gesellschaften erschien. Joseph aber war in diesem Berliner Winter an einem Nervenfieber erkrankt, und Brentano war dann andererseits auch wieder gutartig genug, ihn am Krankenbett zu besuchen. Nach der fremden „Welt“ Berlin und einem halben Jahr Erholungspause in Lubowitz reisten die Brüder zum Abschluß ihrer Studien nach Wien. Sie fühlten sich hier nicht in fremder „Welt“, eher in einer Art heimatlicher Fremde. Die Schlesier, hat einmal ein kluger Mann gesagt, seien eigentlich nie gefragt worden, ob sie sich gern von Friedrich II., dem Preußenkönig, aus dem Reich Maria Theresias hätten rauben lassen. Das war zu Eichendorffs Zeiten noch nicht gar so lange her, bedenkt man, daß die Schlesischen Kriege sich bis 1763 hingezogen hatten. Jedenfalls hatte Eichendorff zeitlebens eine Neigung zum Österreichischen und nicht nur wegen des preußischen Protestantismus, der ihm vollkommen fremd blieb.

Vielleicht leuchtete auch das Hoffnungslicht dieser letzten studentischen Zeit in Wien, durch Erinnerungen verklärt, besonders hell aus der Vergangenheit. Die Brüder waren knapp bei Kasse, aber vergnügt. Eichendorff schrieb schon an *Ahnung und Gegenwart:* „Erschöpfung manchmal von Hunger und Arbeit. Abends bei Licht immer fröhlich am Roman geschrieben oder Schlegels Gedichte gelesen.“ Mit Friedrich und Dorothea Schlegel gab es geselligen und intellektuellen Austausch, und trotz all dieser Ablenkung bestand Eichendorff die juristischen Prüfungen „cum eminentia“ oder mit dem Prädikat „Erste Klasse mit Vorzug“.

Er war inzwischen verlobt mit Luise von Larisch, einem Mädchen aus feiner, armer Adelsfamilie. 1815 wurde sie seine Frau. „Ich wollt' in Liedern oft dich preisen“, beginnt ein Gedicht „An Luise“, dessen letzte Zeile lautet: „Ach, wen Gott lieb hat, gab er solche Fraue!“ Eichendorff schrieb dies 1816; er hätte es mit derselben Überzeugung auch noch fast vierzig Jahre später schreiben können, bevor Luise 1855, zwei Jahre vor Eichendorff, starb.

Diese Frau, die Familie, die er mit ihr gründete und bewahrte, waren wie sein Glaube die Heimat seiner mittleren und späten Jahre. Das äußere Leben brachte ihm ein Glück, das er als solches ansehen konnte, nicht.
Nach dem Abschied von Wien, wo er den Bruder, mit dem er unzertrennlich zusammengelebt hatte, zurückließ, ging Eichendorff in den Krieg, zu den Lützowschen Jägern:

„Wo wir ruhen, wo wir wohnen:
Jener Waldeshort
Rauscht mit seinen grünen Kronen
Durch mein Leben fort."

Diese abschließende Strophe des Gedichts „An die Lützowschen Jäger" muß freilich wie der blanke Euphemismus wirken, kennt man Eichendorffs Klagen über seinen Militärdienst, der – er wußte nicht recht, sollte er sich darüber freuen oder ärgern – fast ausschließlich Etappendienst war: „ein Abgrund von Untätigkeit und langer Weile". 1815, im Jahr der Heirat, brachte Luise von Eichendorff den ersten Sohn zur Welt, und es erschien *Ahnung und Gegenwart.* Der Krieg war aus; Ende 1816 erhielt Eichendorff seine erste Anstellung, und zwar als Referendar bei der Breslauer Regierung. Schon 1810 war es den Brüdern Eichendorff klargeworden, daß es mit der Verwaltung von väterlichen Gütern nichts mehr werden konnte. Sie waren auf den Staatsdienst vorbereitet. Als 1818 der Vater starb, kam es zum Verkauf der meisten Besitzungen, 1822, nach dem Tod der Mutter, wurde auch der Platz der Kindheit, Lubowitz, verkauft. Das Einkommen des Referendars, Regierungsassessors, ab 1820 „Hilfsarbeiters" beim Kultusministerium in Berlin und auch Konsistorial- und Schulrats in Vertretung war eng bemessen, die Familie wuchs schnell, bald waren zwei, bald darauf drei Kinder zu ernähren. Eine weitere kleine Tochter, Agnes, starb in ihrem ersten Jahr.

Die Ämter, die Eichendorff ganz offensichtlich mit peniblem Pflichtgefühl verwaltete, waren seinem Geist und seinem Wissen keineswegs angemessen. Ein Mann, dem als Thema zum „höheren Examen“ die „Nachteile und Vorteile für den katholischen Religionsteil Deutschlands durch die Aufhebung der Landeshoheit der Bischöfe und Äbte“ gegeben wurde, war kaum für eine große Karriere vorgesehen. Hemmender noch wirkte sich wahrscheinlich aus, daß der schlesische Landjunker in der preußischen Hierarchie nicht die geringsten Beziehungen hatte. In dem preußischen Oberpräsidenten für Westpreußen, Theodor von Schön, Eichendorffs Vorgesetzten in Danzig und später, als beide nach Ostpreußen versetzt wurden, in Königsberg, fand er einen Mann, dessen Integrität ihn überzeugte und dessen Tatkraft er bewunderte. Schön seinerseits erkannte Eichendorffs Gaben. Ihrer beider Bemühungen um die Wiederherstellung der Marienburg sind Geschichte geworden.
Aber was sah Eichendorff in seinen Ämtern sonst für Menschen? Es war ein Menschentyp, für den die Romantiker das Wort Philister zur Hand hatten. Er schrieb seine Satire *Krieg den Philistern* und veröffentlichte sie im selben Jahr 1923 wie das erste Kapitel seines *Taugenichts,* in dem die Welt der Philister ebenso, jedoch auf poetische Weise, verlacht wird.
Eichendorffs literarische Produktion ging offenbar unberührt von der ungeliebten und so untadelig geleisteten Tagesarbeit vonstatten. Zwar bemühte er sich relativ früh um die Befreiung vom Amt, die ihm 1844 ermöglicht wurde, aber von Lebrecht Dreves, einem heute vergessenen Spätromantiker, auf die Diskrepanz von Amt und dichterischer Arbeit angesprochen, schrieb er vier Jahre nach seiner Entlassung, am 25.5.1848, aus Dresden: „Eine Stelle in Ihrem Brief hat mich fast wehmütig berührt, wo Sie nämlich von der Notwendigkeit sprechen, sich gegen einen ungelegenen poetischen Rausch zu waffnen. Auch ich habe während meines langen Amtslebens beständig

gegen diese Anfechtungen zu kämpfen gehabt, aber es schadet eben nichts. Die prosaischen Gegensätze befestigen und konzentrieren nur die Poesie und verwahren am besten vor der poetischen Zerfahrenheit, der gewöhnlichen Krankheit der Dichter von Profession."

Das Jahr 1848, aus dem dieser Brieftext stammt, sah Eichendorff vor den revolutionären Unruhen von Berlin zunächst nach Köthen und darauf nach Dresden ausweichen. Was er von der 48er Revolution hielt, ist in einigen Gedichten festgehalten. Er glaubte nicht mehr an Revolutionen, hatte wohl nie daran geglaubt, obwohl er mit den Herrschenden wie mit den herrschenden Zuständen höchst unzufrieden war. Den Winter zuvor, also den von 1846/47, hatte er zusammen mit seiner Familie noch einmal in Wien verbracht, war auf ganz österreichische Weise geehrt und auf ganz unpreußische Weise verwöhnt worden. Da ließe es sich leben, gab er zu verstehen. Er ging jedoch zurück dahin, wo er sich inzwischen zu leben gewöhnt hatte. Bedeutende Anregung fand er in der spanischen Literatur, mit der er seit seiner Königsberger Zeit in den dreißiger Jahren seines Jahrhunderts umging. In seinen theoretischen Schriften sagte Eichendorff noch einmal explizit, wovon er ein Leben lang verschlüsselt gesprochen hatte. Es war ein ruhiges, unaufgeregtes Alter, das der Dichter erlebte. Kränkte es ihn, daß so wenig Wesens um ihn gemacht wurde? Bezeichnend für die Situation ist Bismarcks Notiz an seine Braut, datiert 1857: „Weißt du, daß der Mensch noch lebt?"

Eichendorff, der gedichtet hatte: „Ich stehe in Waldesschatten / Wie an des Lebens Rand", war in seinen späteren Jahren weit in den Schatten zurückgetreten. Schwer traf ihn der Verlust seiner Frau im Jahre 1855. Der Dichter selbst starb am 26. November 1857 in Neiße.

Die vorliegende Ausgabe bringt an erster Stelle die Sammlung der Gedichte, wie sie 1837 mit Zustimmung des Dichters von seinem vertrauten Freund Gustav Adolph

Schöll zusammengestellt wurde, in der erweiterten Form von 1841. Darauf folgt eine Auswahl von einigen, in jener Sammlung nicht enthaltenen Gedichten aus frühen und mittleren Lebensjahren und schließlich aus der Zeit nach dem Erscheinen der genannten Edition. Die vorliegende Ausgabe enthält darüber hinaus die beiden großen Prosawerke *Ahnung und Gegenwart* und *Dichter und ihre Gesellen*, sämtliche abgeschlossenen Novellen und Erzählungen, alle drei Versepen, *Julian*, *Robert und Guiscard* und *Lucius*, sowie das autobiographische Fragment *Erlebtes* und das *Kapitel von meiner Geburt*.

Zugunsten des erwähnten vollständigen Abdrucks der Versepen, die mit Ausnahme von *Robert und Guiscard* selten in Auswahlausgaben erscheinen, werden Eichendorffs dramatische Versuche lediglich durch das Lustspiel *Die Freier* repräsentiert. Dagegen enthält der fünfte Band dieser Ausgabe Eichendorffs *Geschichte der poetischen Literatur Deutschlands*, in der viel von Eichendorffs Weltsicht erkennbar wird und die eine erfreulich lesbare Literaturgeschichte aus romantischer Sicht bietet, ganz abgesehen von den kostbaren Kurzporträts der Autoren aus der Epoche Eichendorffs. Der Text der Ausgabe folgt im Prinzip der historisch-kritischen Ausgabe, 1908 von Wilhelm Kasch begründet, die über Jahrzehnte im Verlag Joseph Habbel in Regensburg erschien, heute leider vergriffen ist. Schreibweise und Interpunktion wurden behutsam heutiger Usance angepaßt, unzweifelhafte Fehler berichtigt. Hervorhebungen im Text, ursprünglich zum Teil in gesperrter Schrift wiedergegeben, wurden grundsätzlich kursiv gesetzt.

Leser, die sich über eine Auswahl wie diese hinaus mit dem Eichendorffschen Werk beschäftigen wollen, seien auf die neueste Gesamtausgabe, erschienen ab 1970 im Winkler Verlag München unter Mitarbeit von Jost Perfahl, Ansgar Hillach, Marlies Korfmeyer, Klaus Dieter Krahel, hingewiesen. Sie ist unter anderem wegen ihres Anmerkungsteils für eine solche weitergehende Beschäfti-

gung mit dem Dichter wertvoll. Die genannte Ausgabe wurde zur Klärung von Einzelfragen herangezogen, mit ihrem weitergehenden Modernisierungsangebot aber nicht übernommen.
Da die vorliegende Auswahlausgabe ihrer Anlage nach eine Volksausgabe darstellt, wurde entgegen der historisch-kritischen Ausgabe die wörtliche Rede innerhalb der erzählenden Prosa in Anführungszeichen gesetzt, um so die Lesbarkeit zu erhöhen. Die Ausgabe erscheint innerhalb der „Nymphenburger Klassiker-Ausgaben"; sie setzen eine Tradition des Verlags fort, die in den Gründungsjahren mit den „Nymphenburger Volksbüchern" begann.

Utting, am 1. Mai 1987 Hans A. Neunzig

Joseph von Eichendorff

Ausgewählte Werke
Band 3

Joseph von Eichendorff

Ausgewählte Werke

Band 3

Herausgegeben
und mit einem Nachwort von
Hans A. Neunzig

nymphenburger

Umschlaggestaltung: Cooperation, München,
unter Verwendung von Gemälden von Caspar David Friedrich
(Archiv für Kunst und Geschichte, Berlin)
Satz: Fotosatz Völkl, Germering
Druck und Bindung: Wiener Verlag, Himberg
Printed in Austria
ISBN 3-485-00554-1

INHALT

Ahnung und Gegenwart

Erstes Buch

Erstes Kapitel

Die Sonne war eben prächtig aufgegangen, da fuhr ein Schiff zwischen den grünen Bergen und Wäldern auf der Donau herunter. Auf dem Schiffe befand sich ein lustiges Häufchen Studenten. Sie begleiteten einige Tagereisen weit den jungen Grafen Friedrich, welcher soeben die Universität verlassen hatte, um sich auf Reisen zu begeben. Einige von ihnen hatten sich auf dem Verdecke auf ihre ausgebreiteten Mäntel hingestreckt und würfelten. Andere hatten alle Augenblicke neue Burgen zu salutieren, neue Echos zu versuchen, und waren daher ohne Unterlaß beschäftigt, ihre Gewehre zu laden und abzufeuern. Wieder andere übten ihren Witz an allen, die das Unglück hatten am Ufer vorüberzugehen, und diese aus der Luft gegriffene Unterhaltung endigte dann gewöhnlich mit lustigen Schimpfreden, welche wechselseitig so lange fortgesetzt wurden, bis beide Parteien einander längst nicht mehr verstanden. Mitten unter ihnen stand Graf Friedrich in stiller, beschaulicher Freude. Er war größer als die andern, und zeichnete sich durch ein einfaches, freies, fast altritterliches Ansehen aus. Er selbst sprach wenig, sondern ergötzte sich vielmehr still in sich an den Ausgelassenheiten der lustigen Gesellen; ein gemeiner Menschensinn hätte ihn leicht für einfältig gehalten. Von beiden Seiten sangen die Vögel aus dem Walde, der Widerhall von dem Rufen und Schießen irrte weit in den Bergen umher, ein frischer Wind strich über das Wasser, und so fuhren die Studenten in ihren bunten, phantastischen Trachten wie das Schiff der Argonauten. Und so fahre denn, frische Jugend! Glaube es nicht, daß es einmal anders wird auf Erden. Unsere freudigen Gedanken werden niemals alt und die Jugend ist ewig.

Wer von Regensburg her auf der Donau hinabgefahren ist, der kennt die herrliche Stelle, welche der Wirbel genannt wird. Hohe Bergschluften umgeben den wunderbaren Ort. In der Mitte des Stromes steht ein seltsam geformter Fels, von dem ein hohes Kreuz trost- und friedenreich in den Sturz und Streit der empörten Wogen hinabschaut. Kein Mensch ist hier zu sehen, kein Vogel singt, nur der Wald von den Bergen und der furchtbare Kreis, der alles Leben in seinen unergründlichen Schlund hinabzieht, rauschen hier seit Jahrhunderten gleichförmig fort. Der Mund des Wirbels öffnet sich von Zeit zu Zeit dunkelblickend, wie das Auge des Todes. Der Mensch fühlt sich auf einmal verlassen in der Gewalt des feindseligen unbekannten Elements, und das Kreuz auf dem Felsen tritt hier in seiner heiligsten und größten Bedeutung hervor. Alle wurden bei diesem Anblicke still und atmeten tief über dem Wellenrauschen. Hier bog plötzlich ein anderes fremdes Schiff, das sie lange in weiter Entfernung verfolgt hatte, hinter ihnen um die Felsenecke. Eine hohe, junge, weibliche Gestalt stand ganz vorn auf dem Verdekke und sah unverwandt in den Wirbel hinab. Die Studenten waren von der plötzlichen Erscheinung in dieser dunkelgrünen Öde überrascht und brachen einmütig in ein freudiges Hurra aus, daß es weit an den Bergen hinunterschallte. Da sah das Mädchen auf einmal auf, und ihre Augen begegneten Friedrichs Blicken. Er fuhr innerlichst zusammen. Denn es war, als deckten ihre Blicke plötzlich eine neue Welt von blühender Wunderpracht, uralten Erinnerungen und niegekannten Wünschen in seinem Herzen auf. Er stand lange in ihrem Anblick versunken und bemerkte kaum, wie indes der Strom nun wieder ruhiger geworden war und zu beiden Seiten schöne Schlösser, Dörfer und Wiesen vorüberflogen, aus denen der Wind das Geläute weidender Herden herüberwehte.

Sie fuhren soeben an einer kleinen Stadt vorüber. Hart am Ufer war eine Promenade mit Alleen. Herren und Damen gingen im Sonntagsputze spazieren, führten einander, lachten, grüßten und verbeugten sich hin und wieder, und eine lustige Musik schallte aus dem bunten, fröhlichen Schwalle. Das Schiff, worauf die schöne Unbekannte stand, folgte unseren Reisenden immerfort in einiger Entfernung nach. Der Strom war hier so breit und spiegelglatt wie ein See. Da ergriff einer von den Studenten seine Gitarre und sang der Schönen auf dem andern Schiffe drüben lustig zu:

„Die Jäger ziehn in grünen Wald
Und Reiter blitzend übers Feld,
Studenten durch die ganze Welt,
So weit der blaue Himmel wallt.

Der Frühling ist der Freudensaal,
Viel tausend Vöglein spielen auf,
Da schallt's im Wald bergab, bergauf:
Grüß' dich, mein Schatz, viel tausendmal!"

Sie bemerkten wohl, daß die Schöne allezeit zu ihnen herübersah, und alle Herzen und Augen waren wie frische junge Segel nach ihr gerichtet. Das Schiff näherte sich ihnen hier ganz dicht. „Wahrhaftig, ein schönes Mädchen!" riefen einige, und der Student sang weiter:

„Viel rüst'ge Burschen ritterlich,
Die fahren hier in Stromes Mitt',
Wie wilde sie auch stellen sich,
Trau' mir, mein Kind, und fürcht' dich nit!

Querüber übers Wasser glatt
Laß werben deine Äugelein
Und der dir wohlgefallen hat,
Der soll dein lieber Buhle sein."

Hier näherten sich wieder die Schiffe einander. Die Schöne saß vorn, wagte es aber in dieser Nähe nicht, aufzublikken. Sie hatte das Gesicht auf die andere Seite gewendet und zeichnete mit ihrem Finger auf dem Boden. Der Wind wehte die Töne zu ihr herüber, und sie verstand wohl alles, als der Student wieder weitersang:

„Durch Nacht und Nebel schleich' ich sacht',
Kein Lichtlein brennt, kalt weht der Wind,
Riegl' auf, riegl' auf bei stiller Nacht,
Weil wir so jung beisammen sind!

Ade nun, Kind, und nicht geweint!
Schon gehen Stimmen da und dort,
Hoch überm Wald Aurora scheint,
Und die Studenten reisen fort."

So war es endlich Abend geworden, und die Schiffer lenkten ans Ufer. Alles stieg aus und begab sich in ein Wirtshaus, das auf einer Anhöhe an der Donau stand. Diesen Ort hatten die Studenten zum Ziele ihrer Begleitung bestimmt. Hier wollten sie morgen früh den Grafen verlassen und wieder zurückreisen. Sie nahmen sogleich Beschlag von einem geräumigen Zimmer, dessen Fenster auf die Donau hinausgingen. Friedrich folgte ihnen erst etwas später von den Schiffen nach. Als er die Stiege hinaufging, öffnete sich seitwärts eine Türe, und die unbekannte Schöne, die auch hier eingekehrt war, trat eben aus dem erleuchteten Zimmer. Beide schienen übereinander erschrocken. Friedrich grüßte sie, sie schlug die Augen nieder und kehrte schnell wieder in das Zimmer zurück.

Unterdes hatten sich die lustigen Gesellen in ihrer Stube schon ausgebreitet. Da lagen Jacken, Hüte, Federbüsche, Tabakspfeifen und blanke Schwerter in der buntesten Verwirrung umher, und die Aufwärterin trat mit heimlicher Furcht unter die wilden Gäste, die halbentkleidet auf Betten, Tischen und Stühlen, wie Soldaten nach einer blutigen Schlacht, gelagert waren. Es wurde bald Wein angeschafft, man setzte sich in die Runde, sang und trank des Grafen Gesundheit. Friedrich war heute dabei sonderbar zumute. Er war seit mehreren Jahren diese Lebensweise gewohnt, und das Herz war ihm jedesmal aufgegangen, wie diese freie Jugend ihm so keck und mutig ins Gesicht sah. Nun, da er von dem allem auf immer Abschied nehmen sollte, war ihm wie einem, der von einem lustigen Maskenballe auf die Gasse hinaustritt, wo sich alles nüchtern fortbewegt wie vorher. Er schlich sich unbemerkt aus dem Zimmer und trat hinaus auf den Balkon, der von dem Mittelgange des Hauses über die Donau hinausging. Der Gesang der Studenten, zuweilen von dem Geklirre der Hieber unterbrochen, schallte aus den Fenstern, die einen langen Schein in das Tal hinauswarfen. Die Nacht war sehr finster. Als er sich über das Geländer hinauslehnte, glaubte er neben sich atmen zu hören. Er langte nach der Seite hin und ergriff eine kleine, zarte Hand. Er zog den weichen Arm näher an sich, da funkelten ihn zwei Augen durch die Nacht an. Er erkannte an der hohen Gestalt sogleich das schöne Mädchen von dem andern Schiffe. Er stand so dicht vor ihr, daß ihn ihr Atem berührte. Sie litt es gern, daß er sie noch näher an sich zog, und ihre Lippen kamen zusammen. „Wie heißen Sie?“ fragte Friedrich endlich. „Rosa“, sagte sie leise und bedeckte ihr Gesicht mit beiden Händen. In diesem Augenblicke ging die Stubentür auf, ein verworrener Schwall von Licht, Tabaksdampf und verschiedenen tosenden Stimmen quoll heraus, und das Mädchen war verschwunden, ohne daß Friedrich sie halten konnte.

Erst lange Zeit nachher ging er wieder in sein Zimmer zurück. Aber da war indes alles still geworden. Das Licht war bis an den Leuchter ausgebrannt und warf, manchmal noch aufflackernd, einen flüchtigen Schein über das Zimmer und die Studenten, die zwischen Trümmern von Tabakspfeifen, wie Tote, umherlagen und schliefen. Friedrich machte daher die Türe leise zu und begab sich wieder auf den Balkon hinaus, wo er die Nacht zuzubringen beschloß. Entzückt in allen seinen Sinnen, schaute er da in die stille Gegend hinaus. „Fliegt nur, ihr Wolken", rief er aus, „rauscht nur und rührt euch recht, ihr Wälder! Und wenn alles auf Erden schläft, ich bin so wach, daß ich tanzen möchte!" Er warf sich auf die steinerne Bank hin, wo das Mädchen gesessen hatte, lehnte die Stirn ans Geländer und sang still in sich verschiedene alte Lieder, und jedes gefiel ihm heut besser und rührte ihn neu. Das Rauschen des Stromes und die ziehenden Wolken schifften in seine fröhlichen Gedanken hinein; im Hause waren längst alle Lichter verlöscht. Die Wellen plätscherten immerfort so einförmig unten an den Steinen, und so schlummerte er endlich träumend ein.

Zweites Kapitel

Als die ersten Strahlen der Sonne in die Fenster schienen, erhob sich ein Student nach dem andern von seinem harten Lager, riß das Fenster auf und dehnte sich in den frischen Morgen hinaus. Auch Friedrich befand sich wieder unter ihnen; denn eine Nachtigall, welche die ganze Nacht unermüdlich vor dem Hause sang, hatte ihn draußen geweckt und die kühle, der Morgenröte vorausfliegende Luft in die wärmere Stube getrieben. Singen, Lachen und muntere Reden erfüllten nun bald wieder das Zimmer. Friedrich überdachte seine Begebenheit in der Nacht. Es war ihm, als erwachte er aus einem Rausche, als wäre die schöne Rosa, ihr Kuß und alles nur Traum gewesen.

Der Wirt trat mit der Rechnung herein. „Wer ist das Frauenzimmer", fragte Friedrich, „die gestern abends mit uns angekommen ist?" – „Ich kenne sie nicht, aber eine vornehme Dame muß sie sein, denn ein Wagen mit vier Pferden und Bedienten hat sie noch lange vor Tagesanbruch von hier abgeholt." – Friedrich blickte bei diesen Worten durchs offene Fenster auf den Strom und die Berge drüben, welche heute nacht stille Zeugen seiner Glückseligkeit gewesen waren. Jetzt sah da draußen alles anders aus, und eine unbeschreibliche Bangigkeit flog durch sein Herz.

Die Pferde, welche die Studenten hierher bestellt hatten, um darauf wieder zurückzureiten, harrten ihrer schon seit gestern unten. Auch Friedrich hatte sich ein schönes, munteres Pferd gekauft, auf dem er nun ganz allein seine Reise fortsetzen wollte. Die Reisebündel wurden daher nun schnell zusammengeschnürt, die langen Sporen umgeschnallt, und alles schwang sich auf die rüstigen Klepper. Die Studenten beschlossen, den Grafen noch eine kleine Strecke landeinwärts zu geleiten, und so ritt denn der ganze bunte Trupp in den heitern Morgen hinein. An einem Kreuzwege hielten sie endlich still und nahmen Abschied. „Lebe wohl“, sagte einer von den Studenten zu Friedrich, „du kommst nun in fremde Länder, unter fremde Menschen, und wir sehen einander vielleicht nie mehr wieder. Vergiß uns nicht! Und wenn du einmal auf deinen Schlössern hausest, werde nicht wie alle andere, werde niemals ein trauriger, vornehmer, schmunzelnder, bequemer Philister! Denn, bei meiner Seele, du warst doch der beste und bravste Kerl unter uns allen. Reise mit Gott!“ Hier schüttelte jeder dem Grafen vom Pferde noch einmal die Hand, und sie und Friedrich sprengten dann in entgegengesetzten Richtungen voneinander. Als er so eine Weile fortgeritten war, sah er sie noch einmal, wie sie eben, schon fern, mit ihren bunten Federbüschen über einen Bergrücken fortzogen. Sie sangen ein bekanntes Studentenlied, dessen Schlußchor:

„Ins Horn, ins Horn, ins Jägerhorn!“

der Wind zu ihm herüberbrachte. „Ade, ihr rüstigen Gesellen“, rief er gerührt; „ade, du schöne freie Zeit!“ Der herrliche Morgen stand flimmernd vor ihm. Er gab seinem

Pferde die Sporen, um den Tönen zu entkommen, und ritt, daß der frische Wind an seinem Hute pfiff.
Wer Studenten auf ihren Wanderungen sah, wie sie frühmorgens aus dem dunkeln Tore ausziehen und den Hut schwenken in der frischen Luft, wie sie wohlgemut und ohne Sorgen über die grüne Erde reisen, und die unbegrenzten Augen an blauem Himmel, Wald und Fels sich noch erquicken, der mag gern unsern Grafen auf seinem Zuge durch das Gebirge begleiten. Er ritt jetzt langsam weiter. Bauern ackerten, Hirten trieben ihre Herden vorüber. Die Frühlingssonne schien warm über die dampfende Erde, Bäume, Gras und Blumen äugelten dazwischen mit blitzenden Tropfen, unzählige Lerchen schwirrten durch die laue Luft. Ihm war recht innerlichst fröhlich zumute. Tausend Erinnerungen, Entwürfe und Hoffnungen zogen wie ein Schattenspiel durch seine bewegte Brust. Das Bild der schönen Rosa stand wieder ganz lebendig in ihm auf, mit aller Farbenpracht des Morgens gemalt und geschmückt. Der Sonnenschein, der laue Wind und Lerchensang verwirrte sich in das Bild, und so entstand in seinem glücklichen Herzen folgendes Liedchen, das er immerfort laut vor sich hersang:

„Grüß' euch aus Herzensgrund:
Zwei Augen hell und rein,
Zwei Röslein auf dem Mund,
Kleid blank aus Sonnenschein!

Nachtigall klagt und weint,
Wollüstig rauscht der Hain,
Alles die Liebste meint:
Wo weilt sie so allein?

Weil's draußen finster war,
Sah ich viel hellern Schein,
Jetzt ist es licht und klar,
Ich muß im Dunkeln sein.

Sonne nicht steigen mag,
Sieht so verschlafen drein,
Wünschet den ganzen Tag,
Daß wieder Nacht möcht' sein.

Liebe geht durch die Luft,
Holt fern die Liebste ein;
Fort über Berg und Kluft!
Und sie wird doch noch mein!"

Das Liedchen gefiel ihm so wohl, daß er seine Schreibtafel herauszog, um es aufzuschreiben. Da er aber anfing, die flüchtigen Worte bedächtig aufzuzeichnen und nicht mehr sang, mußte er über sich selber lachen und löschte alles wieder aus.
Der Mittag war unterdes durch die kühlen Waldschluften fast unvermerkt vorübergezogen. Da erblickte Friedrich mit Vergnügen einen hohen, bepflanzten Berg, der ihm als ein berühmter Belustigungsort dieser Gegend anempfohlen worden war. Farbige Lusthäuser blickten von dem schattigen Gipfel ins Tal herab. Rings um den Berg herum wand sich ein Pfad hinauf, auf dem man viele Frauenzimmer mit ihren bunten Tüchern in der Grüne wallfahrten sah. Der Anblick war sehr freundlich und einladend. Friedrich lenkte daher sein Pferd um und ritt mit dem fröhlichen Zuge hinan, sich erfreuend, wie bei jedem Schritte der Kreis der Aussicht ringsum sich erweiterte. Noch angenehmer wurde er überrascht, als er endlich den Gipfel erreichte. Da war ein weiter, schöner und kühler Rasenplatz. An kleinen Tischchen saßen im Freien verschiedene Gesellschaften umher und speisten in lustigem Gespräch. Kinder spielten auf dem Rasen, ein alter Mann spielte die Harfe und sang. Friedrich ließ sich sein Mittagsmahl ganz allein in einem Sommerhäuschen bereiten, das am Abhange des Berges stand. Er machte alle Fenster weit auf, so daß die Luft überall durchstrich, und er von allen Seiten die Landschaft und den blauen Himmel sah.

Kühler Wein und hellgeschliffene Gläser blinkten von dem Tische. Er trank seinen fernen Freunden und seiner Rosa in Gedanken zu. Dann stellte er sich ans Fenster. Man sah von dort weit in das Gebirge. Ein Strom ging in die Tiefe, an welchem eine hellglänzende Landstraße hinablief. Die heißen Sonnenstrahlen schillerten über dem Tale, die ganze Gegend lag unten in schwüler Ruhe. Draußen vor der offenen Türe spielte und sang der Harfenist immerfort. Friedrich sah den Wolken nach, die nach jenen Gegenden hinaussegelten, die er selber auch bald begrüßen sollte. „O Leben und Reisen, wie bist du schön!“ rief er freudig, zog dann seinen Diamant vom Finger und zeichnete den Namen Rosa in die Fensterscheibe. Bald darauf wurde er unten mehrere Reuter gewahr, die auf der Landstraße schnell dem Gebirge zu vorüberflogen. Er verwandte keinen Blick davon. Ein Mädchen, hoch und schlank, ritt den andern voraus und sah flüchtig mit den frischen Augen den Berg hinan, gerade auf den Fleck, wo Friedrich stand. Der Berg war hoch, die Entfernung und Schnelligkeit groß; doch glaubte sie Friedrich mit einem Blicke zu erkennen, es war Rosa. Wie ein plötzlicher Morgenblick blitzte ihm dieser Gedanke fröhlich über die ganze Erde. Er bezahlte eiligst seine Zeche, schwang sich auf sein Pferd, und stolperte so schnell als möglich den sich ewig windenden Bergpfad hinab; seine Blicke und Gedanken flogen wie Adler von der Höhe voraus. Als er sich endlich bis auf die Straße hinausgearbeitet hatte und freier Atem schöpfte, war die Reiterin schon nicht mehr zu sehen. Er setzte die Sporen tapfer ein und sprengte weiter fort. Ein Weg ging links von der Straße ab in den Wald hinein. Er erkannte an der frischen Spur der Rosseshufe, daß ihn die Reuter eingeschlagen hatten. Er folgte ihm daher auch. Als er aber eine große Strecke so fortgeritten war, teilten sich auf einmal wieder drei Wege nach verschiedenen Richtungen und keine Spur war weiter auf dem härteren Boden zu bemerken. Fluchend und lachend zugleich vor Ungeduld, blieb er nun hier

eine Weile stillstehen, wählte dann gelassener den Pfad, der ihm der anmutigste dünkte, und zog langsam weiter.
Der Wald wurde indes immer dunkler und dichter, der Pfad enger und wilder. Er kam endlich an einen dunkelgrünen, kühlen Platz, der rings von Felsen und hohen Bäumen umgeben war. Der einsame Ort gefiel ihm so wohl, daß er vom Pferde stieg, um hier etwas auszuruhen. Er streichelte ihm den gehobenen Hals, zäumte es ab und ließ es frei weiden. Er selbst legte sich auf den Rücken und sah dem Wolkenzuge zu. Die Sonne neigte sich schon und funkelte schräge durch die dunklen Wipfel, die sich leise rauschend hin und her bewegten. Unzählige Waldvögel zwitscherten in lustiger Verwirrung durcheinander. Er war so müde, er konnte sich nicht halten, die Augen sanken ihm zu. Mitten im Schlummer kam es ihm manchmal vor, als höre er Hörner aus der Ferne. Er hörte den Klang oft ganz deutlich und näher, aber er konnte sich nicht besinnen und schlummerte immer wieder von neuem ein.
Als er endlich erwachte, erschrak er nicht wenig, da es schon finstere Nacht und alles um ihn her still und öde war. Er sprang erstaunt auf. Da hörte er über sich auf dem Felsen zwei Männerstimmen, die ganz in der Nähe schienen. Er rief sie an, aber niemand gab Antwort, und alles war auf einmal wieder still. Nun nahm er sein Pferd beim Zügel und setzte so seine Reise auf gut Glück weiter fort. Mit Mühe arbeitete er sich durch die Rabennacht des Waldes hindurch und kam endlich auf einen weiten und freien Bergrücken, der nur mit kleinem Gesträuch bewachsen war. Der Mond schien sehr hell, und der plötzliche Anblick des freien, grenzenlosen Himmels erfreute und stärkte recht sein Herz. Die Ebene mußte sehr hoch liegen, denn er sah ringsumher eine dunkle Runde von Bergen unter sich ruhen. Von der einen Seite kam der einförmige Schlag von Eisenhämmern aus der Ferne herüber. Er nahm daher seine Richtung dorthin. Sein und seines Pfer-

des Schatten, wie er so fortschritt, strichen wie dunkle Riesen über die Heide vor ihm her, und das Pferd fuhr oft schnaubend und sträubend zusammen. „So", sagte Friedrich, dessen Herz recht weit und vergnügt war, „so muß vor vielen hundert Jahren den Rittern zumute gewesen sein, wenn sie bei stiller, nächtlicher Weile über diese Berge zogen und auf Ruhm und große Taten sannen. So voll adeliger Gedanken und Gesinnungen mag mancher auf diese Wälder und Berge hinuntergesehen haben, die noch immer dastehen, wie damals. Was mühn wir uns doch ab in unseren besten Jahren, lernen, polieren und feilen, um uns zu rechten Leuten zu machen, als fürchteten oder schämten wir uns vor uns selbst und wollten uns daher hinter Geschicklichkeiten verbergen und zerstreuen, anstatt daß es darauf ankäme, sich innerlichst nur recht zusammenzunehmen zu hohen Entschließungen und einem tugendhaften Wandel. Denn wahrhaftig, ein ruhiges, tapferes, tüchtiges und ritterliches Leben ist jetzt jedem Manne, wie damals, vonnöten. Jedes Weltkind sollte wenigstens jeden Monat eine Nacht im Freien einsam durchwachen, um einmal seine eitlen Mühen und Künste abzustreifen und sich im Glauben zu stärken und zu erbauen. Wie bin ich so fröhlich und erquickt! Gebe mir Gott nur die Gnade, daß dieser Arm einmal was Rechtes in der Welt vollbringe!"
Unter solchen Gedanken schritt er immer fort. Der Fußsteig hatte sich indes immer mehr gesenkt, und er erblickte endlich ein Licht, das aus dem Tale heraufschimmerte. Er eilte darauf los und kam an eine elende, einsame Waldschenke. Er sah durch das kleine Fenster in die Stube hinein. Da saß ein Haufen zerlumpter Kerls mit bärtigen Spitzbubengesichtern um einen Tisch und trank. In allen Winkeln standen Gewehre angelehnt. An dem hellen Kaminfeuer, das einen gräßlichen Schein über den Menschenklumpen warf, saß ein altes Weib gebückt und zerrte, wie es schien, blutige Därme an den Flammen auseinander. Ein Grausen überlief den Grafen bei dem scheußli-

chen Anblick, er setzte sich rasch auf sein Pferd und sprengte querfeldein.
Das Rauschen und Klappern einer Waldmühle bestimmte seine Richtung. Ein ungeheurer Hund empfing ihn dort an dem Hofe der Mühle. Friedrich und sein Pferd waren zu ermattet, um noch weiter zu reisen. Er pochte daher an die Haustüre. Eine rauhe Stimme antwortete von innen, bald darauf ging die Türe auf, und ein langer, hagerer Mann trat heraus. Er sah Friedrich, der ihn um Herberge bat, von oben bis unten an, nahm dann sein Pferd und führte es stillschweigend nach dem Stalle. Friedrich ging nun in die Stube hinein. Ein Frauenzimmer stand drinnen und pickte Feuer. Er bemerkte bei den Blitzen der Funken ein junges und schönes Mädchengesicht. Als sie das Licht angezündet hatte, betrachtete sie den Grafen mit einem freudigen Erstaunen, das ihr fast den Atem zu verhalten schien. Darauf ergriff sie das Licht und führte ihn, ohne ein Wort zu sagen, die Stiege hinauf in ein geräumiges Zimmer mit mehreren Betten. Sie war barfuß, und Friedrich bemerkte, als sie so vor ihm herging, daß sie nur im Hemde war und den Busen fast ganz bloß hatte. Er ärgerte sich über die Frechheit bei solcher zarten Jugend. Als sie oben in der Stube waren, blieb das Mädchen stehen und sah den Grafen furchtsam an. Er hielt sie für ein verliebtes Ding. „Geh“, sagte er gutmütig, „geh schlafen, liebes Kind.“ Sie sah sich nach der Türe um, dann wieder nach Friedrich. „Ach Gott!“ sagte sie endlich, legte die Hand aufs Herz und ging zaudernd fort. Friedrich kam ihr Benehmen sehr sonderbar vor, denn es war ihm nicht entgangen, daß sie beim Hinausgehen an allen Gliedern zitterte.
Mitternacht war schon vorbei, Friedrich war überwacht und von den verschiedenen Begegnissen viel zu sehr aufgeregt, um schlafen zu können. Er setzte sich ans offene Fenster. Das Wasser rauschte unten über ein Wehr. Der Mond blickte seltsam und unheimlich aus dunklen Wolken, die schnell über den Himmel flogen. Er sang:

„Er reitet nachts auf einem braunen Roß,
Er reitet vorüber an manchem Schloß:
Schlaf droben, mein Kind, bis der Tag erscheint,
Die finstre Nacht ist des Menschen Feind!

Er reitet vorüber an einem Teich,
Da stehet ein schönes Mädchen bleich
Und singt, ihr Hemdlein flattert im Wind,
Vorüber, vorüber, mir graut vor dem Kind!

Er reitet vorüber an einem Fluß,
Da ruft ihm der Wassermann seinen Gruß,
Taucht wieder unter dann mit Gesaus,
Und stille wird's über dem kühlen Haus.

Wann Tag und Nacht in verworrenem Streit,
Schon Hähne krähen in Dörfern weit,
Da schauert sein Roß und wühlet hinab,
Scharret ihm schnaubend sein eigenes Grab."

Er mochte ungefähr eine Stunde so gesessen haben, als der große Hund unten im Hofe ein paarmal anschlug. Bald darauf kam es ihm vor, als hörte er draußen mehrere Stimmen. Er horchte hinaus, aber alles war wieder still. Eine Unruhe bemächtigte sich seiner, er stand vom Fenster auf, untersuchte seine geladene Taschenpistolen und legte seinen Reisesäbel auf den Tisch. In diesem Augenblicke ging auch die Tür auf, und mehrere wilde Männer traten herein. Sie blieben erschrocken stehen, da sie den Grafen wach fanden. Er erkannte sogleich die fürchterlichen Gesichter aus der Waldschenke und seinen Hauswirt, den langen Müller, mitten unter ihnen. Dieser faßte sich zuerst und drückte unversehens eine Pistol nach ihm ab. Die Kugel prellte neben seinem Kopfe an die Mauer. „Falsch gezielt, heimtückischer Hund", schrie der Graf außer sich vor Zorn und schoß den Kerl durchs Hirn. Darauf ergriff er seinen Säbel, stürzte sich in den Haufen hinein und warf die Räuber rechts und links mit in die Augen gedrücktem Hute um sich herumhauend, die Stiege hinunter. Mitten in dem Gemetzel glaubte er das schöne Müllermädchen wiederzusehen. Sie hatte selber ein Schwert in der Hand, mit dem sie sich hochherzig, den Grafen verteidigend, zwischen die Verräter warf. Unten an der Stiege endlich, da alles, was noch laufen konnte, Reißaus genommen hatte, sank er, von vielen Wunden und Blutverluste ermattet, ohne Bewußtsein nieder.

Drittes Kapitel

Als Friedrich wieder das erstemal die Augen aufschlug und mit gesunden Sinnen in der Welt umherschauen konnte, erblickte er sich in einem unbekannten, schönen und reichen Zimmer. Die Morgensonne schien auf die seidenen Vorhänge seines Bettes; sein Kopf war verbunden. Zu den Füßen des Bettes kniete ein schöner Knabe, der den Kopf auf beide Arme an das Bett gelehnt hatte, und schlief.

Friedrich wußte sich in diese Verwandlungen nicht zu finden. Er sann nach, was mit ihm vorgegangen war. Aber nur die fürchterliche Nacht in der Waldmühle mit ihren Mordgesichtern stand lebhaft vor ihm, alles übrige schien wie ein schwerer Traum. Verschiedene fremde Gestalten aus dieser letzten Zeit waren ihm wohl dunkel erinnerlich, aber er konnte keine unterscheiden. Nur eine einzige ungewisse Vorstellung blieb ihm lieblich getreu. Es war ihm nämlich immer vorgekommen, als hätte sich ein wunderschönes Engelsbild über ihn geneigt, so daß ihn die langen, reichen Locken rings umgaben, und die Worte, die es sprach, flogen wie Musik über ihn weg.

Da er sich nun recht leicht und neugestärkt spürte, stieg er aus dem Bette und trat ans Fenster. Er sah da, daß er sich in einem großen Schlosse befand. Unten lag ein schöner

Garten; alles war noch still, nur Vögel flatterten auf den einsamen, kühlen Gängen, der Morgen war überaus heiter.
Der Knabe an dem Bette war indes auch aufgewacht. „Gott sei Dank!" rief er aus Herzensgrunde, als er die Augen aufschlug und den Grafen aufgestanden und munter erblickte. Friedrich glaubte sein Gesicht zu kennen, doch konnte er sich durchaus nicht besinnen, wo er es gesehen hätte. „Wo bin ich?" fragte er endlich erstaunt. „Gott sei Dank!" wiederholte der Knabe nur, und sah ihn mit seinen großen, fröhlichen Augen noch immer unverwandt an, als könnte er sich gar nicht in die Freude finden, ihn wirklich wieder hergestellt zu sehen. Friedrich drang nun in ihn, ihm den Zusammenhang dieser ganzen seltsamen Begebenheit zu entwirren. Der Knabe besann sich einen Augenblick und erzählte dann: „Gestern früh, da ich eben in den Wald ging, sah ich dich blutig und ohne Leben am Wege liegen. Das Blut floß über den Kopf, ich verband die Wunde mit meinem Tuche, so gut ich konnte. Aber das Blut drang durch und floß immerfort, und ich versuchte alles vergebens, um es zu stillen. Ich lief und rief nun in meiner Angst rings im Walde umher und betete und weinte dann wieder dazwischen, da ich mir gar nicht mehr zu helfen wußte. Da kam auf einmal ein Wagen die Straße gefahren. Eine Dame erblickte uns aus demselben und ließ sogleich stillhalten. Die Bedienten verbanden die Wunde sehr geschickt. Die Dame schien sehr verwundert und erschrocken über den Umstand. Darauf nahm sie uns beide mit in den Wagen und führte uns hierher auf ihr Schloß. Die Gräfin hat beinahe die ganze Nacht hindurch hier am Bette gewacht." – Friedrich dachte an das Engelsbild, das sich wie im Traume über sein Gesicht geneigt hatte, und war noch verwirrter, als vorher. – „Aber wer bist denn du?" fragte er darauf den Knaben wieder. „Ich habe keine Eltern mehr", antwortete dieser und schlug verwirrt die Augen nieder, „ich ging eben über Land, um Dienste zu suchen." Friedrich faßte den Furchtsamen bei beiden

Händen: „Willst du bei mir bleiben?" „Ewig, mein Herr!" sagte der Knabe mit auffallender Heftigkeit.
Friedrich kleidete sich nun völlig an und verließ seine Stube, um sich hier umzusehen und über sein Verhältnis in diesem Schlosse auf irgendeine Art Gewißheit zu erlangen. Er erstaunte über das Altfränkische der Bauart und der Einrichtung. Die Gänge waren gewölbt, die Fenster in der dicken, dunklen Mauer alle oben in einen Bogen zugespitzt und mit kleinen runden Scheiben versehen. Wunderschöne Bilder von Glas füllten oben die Fensterbogen, die von der Morgensonne in den buntesten Farben brannten. Alles im ganzen Hause war still. Er sah zum Fenster hinaus. Das alte Schloß stand von dieser Seite an dem Abhange eines hohen Berges, der, sowie das Tal, unten mit Schwarzwald bedeckt war, aus welchem die Klänge einsamer Holzhauer heraufschallten. Gleich am Fenster, über der schwindlichten Tiefe, war ein Ritter, der sein Schwert in den gefalteten Händen hielt, in Riesengröße, wie der steinerne Roland, in die Mauer gehauen. Friedrich glaubte jeden Augenblick, das Burgfräulein, den hohen Spitzkragen um das schöne Gesicht, werde in einem der Gänge heraufkommen. In der sonderbarsten Laune ging er nun die Stiege hinab und über eine Zugbrücke in den Garten hinaus.
Hier standen auf einem weiten Platze die sonderbarsten, fremden Blumenarten in phantastischem Schmucke. Künstliche Brunnen sprangen, im Morgenscheine funkelnd, kühle hin und wieder. Dazwischen sah man Pfauen in der Grüne weiden und stolz ihre tausendfarbigen Räder schlagen. Im Hintergrunde saß ein Storch auf einem Beine und sah melancholisch in die weite Gegend hinaus. Als sich Friedrich an dem Anblicke, den der frische Morgen prächtig machte, so ergötzte, erblickte er in einiger Entfernung vor sich einen Mann, der hinter einem Spaliere an einem Tischchen saß, das voll Papiere lag. Er schrieb, blickte manchmal in die Gegend hinaus, und schrieb dann wieder emsig fort. Friedrich wollte ausweichen, um ihn

nicht zu stören, aber es war nur der einzige Weg und der Unbekannte hatte ihn auch schon erblickt. Er ging daher auf ihn zu und grüßte ihn. Der Schreiber mochte eine lange Unterredung befürchten. „Ich kenne Sie wahrhaftig nicht", sagte er halb ärgerlich, halb lachend, „aber wenn Sie selbst Alexander der Große wären, so müßt' ich Sie für jetzt nur bitten, mir aus der Sonne zu gehen." Friedrich wunderte sich höchlichst über diesen unhöflichen Diogenes und ließ den wunderlichen Gesellen sitzen, der sogleich wieder zu schreiben anfing.
Er kam nun an den Ausgang des Gartens, an den ein lustiges Wäldchen von Laubholz stieß. An dem Saume des Waldes stand ein Jägerhaus, das ringsum mit Hirschgeweihen ausgeziert war. Auf einer kleinen Wiese, welche vor dem Hause mitten zwischen dem Walde lag, saß ein schönes, kaum fünfzehnjähriges Mädchen auf einem, wie es schien, soeben erlegtem Rehe, streichelte das Tierchen und sang:

„Wär' ich ein muntres Hirschlein schlank,
Wollt' ich im grünen Walde gehn,
Spazierengehn bei Hörnerklang,
Nach meinem Liebsten mich umsehn."

Ein junger Jäger, der seitwärts an einem Baume gelehnt stand und ihren Gesang mit dem Waldhorne begleitete, antwortete ihr sogleich nach derselben Melodie:

„Nach meiner Liebsten mich umsehn,
Tu ich wohl, zieh' ich früh von hier,
Doch sie mag niemals zu mir gehn
Im dunkelgrünen Waldrevier."

Sie sang weiter:

„Im dunkelgrünen Waldrevier,
Da blitzt der Liebste rosenrot,
Gefällt so sehr dem armen Tier,
Das Hirschlein wünscht, es läge tot."

Der Jäger antwortete wieder:

„Und wär' das schöne Hirschlein tot,
So möcht' ich länger jagen nicht;
Scheint übern Wald der Morgen rot:
Hüt', schönes Hirschlein, hüte dich!"

SIE:
„Hüt', schönes Hirschlein, hüte dich!
Spricht's Hirschlein selbst in seinem Sinn,
Wie soll ich, soll ich hüten mich,
Wenn ich so sehr verliebet bin?"

ER:
„Weil ich so sehr verliebet bin,
Wollt' ich das Hirschlein, schön und wild,
Aufsuchen tief im Walde drin
Und streicheln, bis es stille hielt."

SIE:
„Ja, streicheln, bis es stille hielt,
Falsch locken so in Stall und Haus!
Zum Wald springt's Hirschlein frei und wild
Und lacht verliebte Narren aus."

Hierbei sprang sie von ihrem Rehe auf, denn Pferde, Hunde, Jäger und Waldhornsklänge stürzten auf einmal mit einem verworrenen Getöse aus dem Walde heraus und verbreiteten sich bunt über die Wiese. Ein sehr schöner, junger Mann in Jägerkleidung und das Halstuch in einer unordentlichen Schleife herabhängend, schwang sich vom Pferde, und eine Menge großer Hunde sprangen von allen Seiten freundlich an ihm herauf. Friedrich erstaunte beim ersten Blick über die große Ähnlichkeit, die derselbe mit einem älteren Bruder hatte, den er seit seiner Kindheit nicht mehr gesehen, nur daß der Unbekannte hier frischer und freudiger anzusehen war. Dieser kam sogleich auf ihn zu. „Es freut mich", sagte er, „Sie so munter wiederzufinden. Meine Schwester hat Sie unterwegs in einem schlimmen Zustande getroffen und gestern abends zu mir auf mein Schloß gebracht. Sie ist heute noch vor Tagesanbruch wieder fort. Lassen Sie es sich bei uns gefallen, Sie werden lustige Leute finden." Während ihm nun Friedrich eben noch für seine Güte dankte, brachte auf einmal der Wind aus dem Garten oben mehrere Blätter Papier, die hoch über ihre Köpfe weg nach einem nahe gelegenen Wasser zuflatterten. Hintendrein hörte man von oben eine Stimme: „halt, halt, halt auf!" rufen, und der Mensch, den Friedrich im Garten schreibend angetroffen hatte, kam eilends nachgelaufen. Leontin, so hieß der junge Graf, dem dieses Schloß gehörte, legte schnell seine Büchse an und schoß das unbändige Papier aus der Luft herab. „Das ist doch dumm", sagte der Nachsetzende, der unterdes atemlos angelangt war, da er die Blätter, auf welche Verse geschrieben waren, von den Schroten ganz durchlöchert erblickte. Das schöne Mädchen, das vorher auf der Wiese gesungen hatte, stand hinter ihm und kicherte. Er drehte sich geschwind herum und wollte sie küssen, aber sie entsprang in das Jägerhaus und guckte lachend hinter der halbgeöffneten Türe hervor. „Das ist der Dichter Faber", sagte Leontin, dem Grafen den Nachsetzenden vorstellend. Friedrich erschrak recht über den Namen. Er hatte viel von Faber gelesen; manches hatte ihm gar nicht gefallen, vieles andere aber ihn wieder so ergriffen, daß er oft nicht begreifen konnte, wie derselbe Mensch so etwas Schönes erfinden könne. Und nun, da der wunderbare Mensch leibhaftig vor ihm stand, betrachtete er ihn mit allen Sinnen, als wollte er alle die Gedichte von ihm, die ihm am besten gefallen, in seinem Gesichte ablesen. Aber da war keine Spur davon zu finden. Friedrich hatte sich ihn ganz anders vorgestellt und hätte viel darum gegeben, wenn es Leontin gewesen wäre, bei dessen lebendigem, erquicklichem Wesen ihm das Herz aufging. Herr Faber erzählte nun lachend, wie ihn Friedrich in seiner Werkstatt überrascht habe. „Da sind Sie schön angekommen", sagte Leontin zu Friedrich, „denn da sitzt Herr Faber wie die Löwin über ihren Jungen, und schlägt grimmig um sich." – „So sollte jeder Dichter dichten", meinte Friedrich, „am frühen Morgen, unter freiem Himmel, in einer schönen Gegend. Da ist die Seele rüstig, und so wie dann die Bäume rauschen, die Vögel singen und der Jäger vor Lust in sein Horn stößt, so muß der Dichter dichten." – „Sie sind ein Naturalist in der Poesie", entgegnete Faber mit einer etwas zweideutigen Miene. – „Ich wünschte", fiel ihm Leontin ins Wort. „Sie ritten lieber alle Morgen mit mir auf die Jagd, lieber Faber. Der Morgen glüht Sie wie eine reizende Geliebte an, und Sie klecksen ihr mit Tinte in das schöne Gesicht." Faber lachte, zog eine kleine Flöte hervor und fing an, darauf zu blasen. Friedrich fand ihn in diesem Augenblicke sehr liebenswürdig.

Leontin trug dem Grafen an, mit ihm zu seiner Schwester hinüberzureiten, wenn er sich schon stark genug dazu fühle. Friedrich willigte mit Freuden ein, und bald darauf saßen beide zu Pferde. Die Gegend war sehr heiter. Sie ritten eben über einen weiten grünen Anger. Friedrich fühlte sich bei dem schönen Morgen recht in allen Sinnen genesen und freute sich über den anmutigen Leontin, wie das Pferd unter ihm mit gebogenem Halse über die Ebene hintanzte. „Meine Schwester", sagte Leontin unterwegs und sah den Grafen mit verstecktem Lachen immerfort an, „meine Schwester ist viel älter als ich und, ich muß es nur im voraus sagen, recht häßlich." „So!" sagte Friedrich langsam und gedehnt, denn er hatte heimlich andere Erwartungen und Hoffnungen gehegt. Er schwieg darauf still; Leontin lachte und pfiff ein lustiges Liedchen. Endlich sah man ein schönes, neues Schloß sich aus einem großen Park luftig erheben. Es war das Schloß von Leontins Schwester.

Sie stiegen unten am Eingange des Parkes ab und gingen zu Fuße hinauf. Der Garten war ganz im neuesten Geschmacke angelegt. Kleine, sich schlängelnde Gänge, dichte Gebüsche von ausländischen Sträuchern, dazwischen leichte Brücken, von weißem Birkenholze luftig geschwungen, waren recht artig anzuschauen. Zwischen mehreren schlanken Säulen traten sie in das Schloß. Es war ein großes gemaltes Zimmer mit hellglänzendem Fußboden; ein kristallener Lustre hing an der Decke und Ottomanen von reichen Stoffen standen an den Wänden umher. Durch die hohe Glastüre übersah man den Garten. Niemand, da es noch früh, war in der ganzen Reihe von prachtvollen Gemächern, die sich an dieses anschlossen, zu sehen. Die Morgensonne, die durch die Glastür schien, erfüllte das schöne Zimmer mit einem geheimnisvollen Helldunkel und beleuchtete eben eine Gitarre, die in der Mitte auf einem Tischchen lag. Leontin nahm dieselbe und begab sich damit wieder hinaus. Friedrich blieb in der Türe stehen, während Leontin sich draußen unter die Fenster stellte, in die Saiten griff und sang:

„Frühmorgens durch die Winde kühl
Zwei Ritter hergeritten sind,
Im Garten klingt ihr Saitenspiel,
Wach' auf, wach' auf, mein schönes Kind!

Ringsum viel Schlösser schimmernd stehn,
So silbern geht der Ströme Lauf,
Hoch, weit rings Lerchenlieder wehn.
Schließ Fenster, Herz und Äuglein auf!"

Friedrich war gar nicht begierig, die alte Schöne kennen zu lernen, und blieb ruhig in der Türe stehen. Da hörte er oben ein Fenster sich öffnen. „Guten Morgen, lieber Bruder!" sagte eine liebliche Stimme. Leontin sang:

„So wie du bist, verschlafen heiß,
Laß allen Putz und Zier zu Haus,
Tritt nur herfür im Hemdlein weiß,
Siehst so gar schön verliebet aus."

„Wenn du so garstig singst", sagte oben die liebliche Stimme, „so leg' ich mich gleich wieder schlafen." Friedrich erblickte einen schneeweißen, vollen Arm im Fenster, und Leontin sang wieder:

„Ich hab' einen Fremden wohl bei mir,
Der lauert unten auf der Wacht,
Der bittet schön dich um Quartier,
Verschlafen Kind, nimm dich in acht!"

Friedrich trat nun aus seinem Hinterhalte hervor und sah mit Erstaunen – seine Rosa im Fenster. Sie war in einem leichten Nachtkleide und dehnte sich mit aufgehobenen Armen in den frischen Morgen hinaus. Als sie so unverhofft Friedrich erblickte, ließ sie mit einem Schrei die Arme sinken, schlug das Fenster zu und war verschwunden.

Leontin ging nun fort, um ein neues Pferd der Schwester im Hofe herumzutummeln, und Friedrich blieb allein im Garten zurück.

Bald darauf kam die Gräfin Rosa in einem weißen Morgenkleide herab. Sie hieß den Grafen mit einer Scham willkommen, die ihr unwiderstehlich schön stand. Lange, dunkle Locken fielen zu beiden Seiten bis auf die Schultern und den blendendweißen Busen hinab. Die schönste Reihe von Zähnen sah man manchmal zwischen den vollen, roten Lippen hervorschimmern. Sie atmete noch warm von der Nacht; es war die prächtigste Schönheit, die Friedrich jemals gesehen hatte. Sie gingen nebeneinander in den Garten hinein. Der Morgen blitzte herrlich über die ganze Gegend, aus allen Zweigen jubelten unzählige Vögel. Sie setzten sich in einer dichten Laube auf eine Rasenbank. Friedrich dankte ihr für ihr hülfreiches Mitleid und sprach dann von seiner schönen Donaureise. Die Gräfin saß, während er davon erzählte, beschämt und still, hatte die langen Augenwimpern niedergeschlagen, und wagte kaum zu atmen. Als er endlich auch seiner Wunde erwähnte, schlug sie auf einmal die großen, schönen Augen auf, um die Wunde zu betrachten. Ihre Augen, Locken und Busen kamen ihm dabei so nahe, daß sich ihre Lippen fast berührten. Er küßte sie auf den roten Mund, und sie gab ihm den Kuß wieder. Da nahm er sie in beide Arme und küßte sie unzähligemal, und alle Freuden der Welt verwirrten sich in diesen einen Augenblick, der niemals zum zweiten Male wiederkehrt. Rosa machte sich endlich los, sprang auf und lief nach dem Schlosse zu. Leontin kam ihr eben von der andern Seite entgegen, sie rannte in der Verwirrung gerade in seine ausgebreiteten Arme hinein. Er gab ihr schnell einen Kuß und kam zu Friedrich, um mit ihm wieder nach Hause zu reiten.

Als Friedrich wieder draußen im Freien zu Pferde saß, besann er sich erst recht auf sein ganzes Glück. Mit unbeschreiblichem Entzücken betrachtete er Himmel und Erde, die im reichsten Morgenschmucke vor ihm lagen. „Sie ist mein!“ rief er immerfort still in sich, „sie ist mein!“ Leontin wiederholte lachend die Beschreibung von der Häßlichkeit seiner Schwester, die er vorhin beim Herritt dem Grafen gemacht hatte, jagte dann weit voraus, setzte mit bewunderungswürdiger Leichtigkeit und Kühnheit über Zäune und Gräben und trieb allerlei Schwänke.

Als sie bei Leontins Schlosse ankamen, hörten sie schon von ferne ein unbegreifliches, verworrenes Getös. Ein Waldhorn raste in den unbändigsten, falschesten Tönen, dazwischen hörte man eine Stimme, die unaufhörlich fortschimpfte. „Da hat gewiß wieder Faber was angestellt“, sagte Leontin. Und es fand sich wirklich so. Herr Faber hatte sich nämlich in ihrer Abwesenheit niedergesetzt, um ein Waldhornecho zu dichten. Zum Unglück fiel es zu gleicher Zeit einem von Leontins Jägern ein, nicht weit davon wirklich auf dem Waldhorne zu blasen. Faber hörte die nahe Musik, er rief daher ungeduldig dem Jäger zu, still zu sein. Dieser aber, der sich, wie fast alle Leute Leontins, über Herrn Faber von jeher ärgerte, weil er immer mit der Feder hinterm Ohre so erbärmlich aussah, gehorchte nicht. Da sprang Faber auf und überhäufte ihn mit Schimpfreden. Der Jäger, um ihn zu übertäuben, schüttelte nun statt aller Antwort einen ganzen Schwall von verworrenen und falschen Tönen aus seinem Horne, während Faber, im Gesichte überrot vor Zorn, vor ihm stand und gestikulierte. Als der Jäger jetzt seinen Herrn erblickte, endigte er seinen Spaß und ging fort. Faber aber hatte indes, so boshaft er auch aussah, schon längst der Zorn verlassen, denn es waren ihm mitten in der Wut eine Menge witziger Schimpfwörter und komischer Grobheiten in den Sinn gekommen, und er schimpfte tapfer fort, ohne mehr an den Jäger zu denken, und brach endlich in ein lautes Gelächter aus, in das Leontin und Friedrich von Herzen mit einstimmten.

Am Abend saßen Leontin, Friedrich und Faber zusammen an einem Feldtische auf der Wiese am Jägerhause und aßen und tranken. Das Abendrot schaute glühend durch die Wipfel des Tannenwaldes, welcher die Wiese ringsumher einschloß. Der Wein erweiterte ihre Herzen, und sie waren alle drei wie alte Bekannte miteinander. „Das ist wohl ein rechtes Dichterleben, Herr Faber“, sagte Friedrich vergnügt. – „Immer doch“, hub Faber ziemlich pathetisch an, „höre ich das Leben und Dichten verwechseln.“ – „Aber, aber, bester Herr Faber“, fiel ihm Leontin schnell ins Wort, dem jeder ernsthafte Diskurs über Poesie die Kehle zusammenschnürte, weil er selber nie ein Urteil hatte. Er pflegte daher immer mit Witzen, Radottements dazwischenzufahren und fuhr auch jetzt, geschwind unterbrechend, fort: „Ihr verwechselt mit Euren Wortwechseleien alles so, daß man am Ende seiner selbst nicht sicher bleibt. Glaubte ich doch einmal in allem Ernst, ich sei die Weltseele und wußte vor lauter Welt nicht, ob ich eine Seele hatte, oder umgekehrt. Das Leben aber, mein bester Herr Faber, mit seinen bunten Bildern verhält sich zum Dichter wie ein unübersehbar weitläufiges Hieroglyphenbuch von einer unbekannten, lange untergegangenen Ursprache zum Leser. Da sitzen von

Ewigkeit zu Ewigkeit die redlichsten, gutmütigsten Weltnarren, die Dichter, und lesen und lesen. Aber die alten, wunderbaren Worte der Zeichen sind unbekannt, und der Wind weht die Blätter des großen Buches so schnell und verworren durcheinander, daß einem die Augen übergehn." – Friedrich sah Leontin groß an, es war etwas in seinen Worten, das ihn ernsthaft machte. Faber aber, dem Leontin zu schnell gesprochen zu haben schien, spann gelassen seinen vorigen Diskurs wieder an: „Ihr haltet das Dichten für eine gar so leichte Sache, weil es flüchtig aus der Feder fließt, aber keiner bedenkt, wie das Kind, vielleicht vor vielen Jahren schon in Lust empfangen, dann im Mutterleibe mit Freuden und Schmerzen ernährt und gebildet wird, ehe es aus seinem stillen Hause das fröhliche Licht des Tages begrüßt." – „Das ist ein langweiliges Kind", unterbrach ihn Leontin munter; „wäre ich so eine schwangere Frau, als Sie da sagen, da lacht' ich mich gewiß, wie Philine, vor dem Spiegel über mich selbst zu Tode, eh' ich mit dem ersten Verse niederkäme." – Hier erblickte er ein Paket Papiere, das aus Fabers Rocktasche hervorragte; eines davon war „An die Deutschen" überschrieben. Er bat ihn, es ihnen vorzulesen. Faber zog es heraus und las es. Das Gedicht enthielt die Herausforderung eines bis zum Tode verwundeten Ritters an alle Feinde der deutschen Ehre. Leontin sowohl als Friedrich erstaunten über die Gediegenheit und männliche Tiefe der Romanze und fühlten sich wahrhaft erbaut. „Wer sollte es glauben", sagte Leontin, „daß Herr Faber diese Romanze zu eben der Zeit verfertigt hat, als er Reißaus nahm, um nicht mit gegen die Franzosen zu Felde ziehn zu dürfen." Faber nahm darauf ein anderes Blatt zur Hand und las ihnen ein Gedicht vor, in welchem er sich selber mit höchst komischer Laune in diesem seinem feigherzigen Widerspruche darstellte, worin aber mitten durch die lustigen Scherze ein tiefer Ernst, wie mit großen, frommen Augen, ruhend und ergreifend hindurchschaute. Friedrich ging jedes Wort dieses Gedichtes schneidend durchs Herz.

Jetzt wurde es ihm auf einmal klar, warum ihm so viele Stellungen und Einrichtungen in Fabers Schriften durchaus fremd blieben und mißfielen. –

„Dem einen ist zu tun, zu schreiben mir gegeben",

sagte Faber, als er ausgelesen hatte. „Poetisch sein und Poet sein", fuhr er fort, „das sind zwei sehr verschiedene Dinge, man mag dagegen sagen, was man will. Bei dem letzteren ist, wie selbst unser großer Meister Goethe eingesteht, immer etwas Taschenspielerei, Seiltänzerei usw. mit im Spiele." – „Das ist nicht so", sagte Friedrich ernst und sicher, „und wäre es so, so möchte ich niemals dichten. Wie wollt Ihr, daß die Menschen Eure Werke hochachten, sich daran erquicken und erbauen sollen, wenn Ihr Euch selber nicht glaubt, was Ihr schreibt, und durch schöne Worte und künstliche Gedanken Gott und Menschen zu überlisten trachtet? Das ist ein eitles, nichtsnutziges Spiel, und es hilft Euch doch nichts, denn es ist nichts groß, was aus einem einfältigen Herzen kommt. Das heißt recht, dem Teufel der Gemeinheit, der immer in der Menge wach und auf der Lauer ist, den Dolch selbst in die Hand geben gegen die göttliche Poesie. Wo soll die rechte, schlichte Sitte, das treue Tun, das schöne Lieben, die deutsche Ehre und all die alte herrliche Schönheit sich hinflüchten, wenn es ihre angebornen Ritter, die Dichter, nicht wahrhaft ehrlich, aufrichtig und ritterlich mit ihr meinen? Bis in den Tod verhaßt sind mir besonders jene ewigen Klagen, die mit weinerlichen Sonetten die alte schöne Zeit zurückwinseln wollen und, wie ein Strohfeuer, weder die Schlechten verbrennen, noch die Guten erleuchten und erwärmen. Denn wie wenigen möchte doch das Herz zerspringen, wenn alles so dumm geht, und habe ich nicht den Mut, besser zu sein als meine Zeit, so mag ich zerknirscht das Schimpfen lassen, denn keine Zeit ist durchaus schlecht. Die heiligen Märtyrer, wie sie, laut ihren Erlöser bekennend, mit aufgehobenen Armen in die

Todesflammen sprangen – das sind des Dichters echte Brüder, und er soll ebenso fürstlich denken von sich; denn so wie sie den ewigen Geist Gottes auf Erden durch Taten ausdrückten, so soll er ihn aufrichtig in einer verwitterten, feindseligen Zeit durch rechte Worte und göttliche Erfindungen verkünden und verherrlichen. Die Menge, nur auf weltliche Dinge erpicht, zerstreut und träge, sitzt gebückt und blind draußen im warmen Sonnenscheine und langt rührend nach dem ewigen Lichte, das sie niemals erblickt. Der Dichter hat einsam die schönen Augen offen; mit Demut und Freudigkeit betrachtet er, selber erstaunt, Himmel und Erde, und das Herz geht ihm auf bei der überschwenglichen Aussicht, und so besingt er die Welt, die, wie Memnons Bild, voll stummer Bedeutung, nur dann durch und durch erklingt, wenn sie die Aurora eines dichterischen Gemütes mit ihren verwandten Strahlen berührt." – Leontin fiel hier dem Grafen freudig um den Hals. – „Schön, besonders zuletzt sehr schön gesagt", sagte Faber und drückte ihm herzlich die Hand. Sie meinen es doch alle beide nicht, so, wie ich, fühlte und dachte Friedrich betrübt.
Es war unterdes schon dunkel geworden und der Abendstern funkelte vom heiteren Himmel über den Wald herüber. Da wurde ihr Gespräch auf eine lustige Art unterbrochen. Die kleine Marie nämlich, die am Morgen mit dem Jäger auf der Wiese gesungen, hatte sich als Jägerbursche angezogen. Die Jäger jagten sie auf der Wiese herum, sie ließ sich aber nicht erhaschen, weil sie, wie sie sagte, nach Tabaksrauch röchen. Wie ein gescheuchtes Reh kam sie endlich an dem Tische vorüber. Leontin fing sie auf und setzte sie vor sich auf seinen Schoß. Er strich ihr die Haare aus den munteren Augen und gab ihr aus seinem Glase zu trinken. Sie trank viel und wurde bald ungewöhnlich beredt, daß sich alle über ihre liebenswürdige Lebhaftigkeit freuten. Leontin fing an, von ihrer Schlafkammer zu sprechen, und andere leichtfertige Reden vorzubringen, und als er sie endlich auch küßte, umklammer-

te sie mit beiden Armen seinen Hals. Friedrich schmerzte das ganze lose Spiel, so sehr es auch Faber gefiel, und er sprach laut vom Verführen. Marie hüpfte von Leontins Schoße, wünschte allen mit verschmitzten Augen eine gute Nacht und sprang fort ins Jägerhaus. Leontin reichte Friedrich lächelnd die Hand und alle drei schieden voneinander, um sich zur Ruhe zu begeben. Faber sagte im Weggehen: seine Seele sei heut so wach, daß er noch tief in die Nacht hinein an einem angefangenen, großen Gedichte fortarbeiten wolle.

Als Friedrich in sein Schlafzimmer kam, stellte er sich noch eine Weile ans offene Fenster. Von der andern Seite des Schlosses schimmerte aus Fabers Zimmer ein einsames Licht in die stille Gegend hinaus. Fabers Fleiß rührte den Grafen, und er kam ihm in diesem Augenblicke als ein höheres Wesen vor. „Es ist wohl groß", sagte er, „so mit göttlichen Gedanken über dem weiten, stillen Kreise der Erde zu schweben. Wache, sinne und bilde nur fleißig fort, fröhliche Seele, wenn alle die andern Menschen schlafen! Gott ist mit dir in deiner Einsamkeit und er weiß es allein, was ein Dichter treulich will, wenn auch kein Mensch sich um dich bekümmert." Der Mond stand eben über dem altertümlichen Turme des Schlosses, unten lag der schwarze Waldgrund in stummer Ruhe. Die Fenster gingen nach der Gegend hinaus, wo die Gräfin Rosa hinter dem Walde wohnte. Friedrich hatte Leontins Gitarre mit hinaufgenommen. Er nahm sie in den Arm und sang:

„Die Welt ruht still im Hafen,
Mein Liebchen, gute Nacht!
Wann Wald und Berge schlafen,
Treu' Liebe einsam wacht.

Ich bin so wach und lustig,
Die Seele ist so licht.
Und eh' ich liebt', da wußt ich
Von solcher Freude nicht.

Ich fühl' mich so befreit
Von eitlem Trieb und Streit,
Nichts mehr das Herz zerstreuet
In seiner Fröhlichkeit.

Mir ist, als müßt' ich singen
So recht aus tiefster Lust
Von wunderbaren Dingen,
Was niemand sonst bewußt.

O könnt' ich alles sagen!
O wär' ich recht geschickt!
So muß ich still ertragen,
Was mich so hoch beglückt."

Viertes Kapitel

Friedrich gab Leontins Bitten, noch länger auf seinem Schlosse zu verweilen, gern nach. Leontin hatte nach seiner raschen, fröhlichen Art bald eine wahre Freundschaft zu ihm gefaßt, und sie verabredeten miteinander, einen Streifzug durch das nahe Gebirge zu machen, das manches Sehenswerte enthielt. Die Ausführung dieses Planes blieb indes von Tage zu Tage verschoben. Bald war das Wetter zu neblicht, bald waren die Pferde nicht zu entbehren oder sonst etwas Notwendiges zu verrichten, und sie mußten sich am Ende selber eingestehen, daß es ihnen beiden eigentlich schwer fiel, sich auch nur auf wenige Tage von ihrer hiesigen Nachbarschaft zu trennen. Leontin hatte hier seine eignen Geheimnisse. Er ritt oft ganz abgelegene Wege in den Wald hinein, wo er nicht selten halbe Tage lang ausblieb. Niemand wußte, was er dort vorhabe, und er selber sprach nie davon. Friedrich dagegen besuchte Rosa fast täglich. Drüben in ihrem schönen Garten hatte die Liebe ihr tausendfarbiges Zelt aufgeschlagen, ihre wunderreichen Fernen ausgespannt, ihre Regenbogen und goldenen Brücken durch die blaue Luft geschwungen, und rings die Berge und Wälder wie einen Zauberkreis um ihr morgenrotes Reich gezogen. Er war unaussprechlich glücklich. Leontin begleitete ihn sehr selten, weil ihm, wie er immer zu sagen pflegte, seine Schwester wie ein gemalter Frühling vorkäme. Friedrich glaubte von jeher bemerkt zu haben, daß Leontin bei aller seiner Lebhaftigkeit doch eigentlich kalt sei und dachte dabei: was hilft dir der schönste gemalte oder natürliche Frühling! Aus dir selber muß doch die Sonne das Bild bescheinen, um es zu beleben.

Zu Hause, auf Leontins Schlosse, wurde Friedrichs poetischer Rausch durch nichts gestört; denn was hier Faber Herrliches ersann und fleißig aufschrieb, suchte Leontin auf seine freie, wunderliche Weise ins Leben einzuführen. Seine Leute mochten alle fortleben, wie es ihnen ihr frischer, guter Sinn eingab; das Waldhorn irrte fast Tag und Nacht in dem Walde hin und her, dazwischen spukte die eben erwachende Sinnlichkeit der kleinen Marie wie ein reizender Kobold, und so machte dieser seltsame, bunte Haushalt diesen ganzen Aufenthalt zu einer wahren Feenburg. Mitten in dem schönen Feste blieb nur ein einziges Wesen einsam und anteillos. Das war Erwin, der schöne Knabe, der mit Friedrich auf das Schloß gekommen war. Er war allen unbegreiflich. Sein einziges Ziel und Augenmerk schien es, seinen Herrn, den Grafen Friedrich, zu bedienen, welches er bis zur geringsten Kleinigkeit aufmerksam, emsig und gewissenhaft tat. Sonst mischte er sich in keine Geschäfte oder Lust der anderen, erschien zerstreut, immer fremd, verschlossen und fast hart, so lieblich weich auch seine helle Stimme klang. Nur manchmal, bei Veranlassungen, die oft allen gleichgültig waren, sprach er auf einmal viel und bewegt, und jedem fiel dann sein schönes, seelenvolles Gesicht auf. Unter seine Seltsamkeiten gehörte auch, daß er niemals zu bewegen war,

eine Nacht in der Stube zuzubringen. Wenn alles im Schlosse schlief und draußen die Sterne am Himmel prangten, ging er vielmehr mit der Gitarre aus, setzte sich gewöhnlich auf die alte Schloßmauer über dem Waldgrunde und übte sich dort heimlich auf dem Instrumente. Wie oft, wenn Friedrich manchmal in der Nacht erwachte, brachte der Wind einzelne Töne seines Gesanges über den stillen Hof zu ihm herüber, oder er fand ihn frühmorgens auf der Mauer über der Gitarre eingeschlafen. Leontin nannte den Knaben eine wunderbare Laute aus alter Zeit, die jetzt niemand mehr zu spielen verstehe.
Eines Abends, da Leontin wieder auf einem seiner geheimnisvollen Ausflüge ungewöhnlich lange ausblieb, saßen Friedrich und Faber, der sich nach geschehener Tagesarbeit einen fröhlichen Feierabend nicht nehmen ließ, auf der Wiese um den runden Tisch. Der Mond stand schon über dem dunkeln Turme des Schlosses. Da hörten sie plötzlich ein Geräusch durch das Dickicht brechen und Leontin stürzte auf seinem Pferde, wie ein gejagtes Wild, aus dem Walde hervor. Totenbleich, atemlos, und hin und wieder von den Ästen blutig gerissen, kam er sogleich zu ihnen an den Tisch und trank hastig mehrere Gläser Wein nacheinander aus. Friedrich erschütterte die schöne, wüste Gestalt. Leontin lachte laut auf, da er bemerkte, daß ihn alle so verwundert ansahen. Faber drang neugierig in ihn, ihnen zu erzählen, was ihm begegnet sei. Er erzählte aber nichts, sondern sagte statt aller Antwort: „Ich reise fort ins Gebirge, wollt Ihr mit?" – Faber sagte überrascht und unentschlossen, daß ihm jetzt jede Störung unwillkommen sei, da er soeben an dem angefangenen großen Gedichte arbeite, schlug aber endlich ein. Friedrich schwieg still. Leontin, der ihm wohl ansah, was er meine, entband ihn seines alten Versprechens, ihn zu begleiten; er mußte ihm aber dagegen geloben, ihn auf seinem Schlosse zu erwarten. Sie blieben nun noch einige Zeit beieinander. Aber Leontin blieb nachdenklich und still. Seine beiden Gäste begaben sich daher bald zur Ruhe, ohne zu wissen,

was sie von seiner Veränderung und raschem Entschlusse denken sollten. Noch im Weggehn hörten sie ihn singen:

Hinaus, o Mensch, weit in die Welt,
Bangt dir das Herze in krankem Mut!
Nichts ist so trüb in Nacht gestellt,
Der Morgen leicht macht's wieder gut.

Am Morgen frühzeitig blickte Friedrich aus seinem Fenster. Da sah er Leontin schon unten auf der Waldstraße auf das Schloß seiner Schwester zureiten. Er eilte schnell hinab und ritt ihm nach.

Als er auf Rosas Schlosse ankam, fand er Leontin im Garten in einem lauten Wortwechsel mit seiner Schwester. Leontin war nämlich hergekommen, um Abschied von ihr zu nehmen. Rosa hatte aber kaum von seinem Vorhaben gehört, als sie sogleich mit aller Heftigkeit den Gedanken ergriff mitzureisen. „Das laß ich wohl bleiben", sagte Leontin, „da schnüre ich noch heut mein Bündel und reit' Euch ganz allein davon. Ich will eben als ein Verzweifelter weit in die Welt hinaus, will mich, wie Don Quixote, im Gebirge auf den Kopf stellen und einmal recht verrückt sein, und da fällt's Euch gerade ein, hinter mir drein zu zotteln, als reisten wir nach Karlsbad oder Pyrmont, um mich jedesmal fein natürlich wieder auf die Beine zu bringen und zurecht zu rücken. Kommt mir doch jetzt meine ganze Reise vor, wie eine Armee, wo man vorn blitzende Schwerter und wehende Fahnen, hinterdrein aber einen langen Schwanz von Wagen und Weibern sieht, die auf alten Stühlen, Betten und anderm Hausgerät sitzen und plaudern, kochen, handeln und zanken, als wäre da vorn eben alles nichts, daß einem alle Lust zur Courage vergeht. Wahrhaftig, wenn du mitziehst, meine weltliche Rosa, so lasse ich das ganze herrliche, tausendfarbige Rad meiner Reisevorsätze fallen, wie der Pfau, wenn er seine prosaischen Füße besieht." – Rosa, die kein Wort von allem verstanden hatte, was ihr Bruder gesagt, ließ sich nichts ausreden, sondern beharrte ruhig und fest bei ihrem Entschlusse, denn sie gefiel sich schon im voraus zu sehr als Amazone zu Pferde und freute sich auf neue Spektakel. Friedrich, der eben hier dazukam, schüttelte den Kopf über ihr hartes Köpfchen, das ihm unter allen Untugenden der Mädchen die unleidlichste war. Noch tiefer aber schmerzte ihn ihre Hartnäckigkeit, da sie doch wußte, daß er nicht mitreise, daß er es nur um ihretwillen ausgeschlagen habe, und ihn wandelte heimlich die Lust an, selber allein in alle Welt zu gehen. Leontin, der, wie auf etwas sinnend, unterdessen die beiden verliebten Gesichter angesehen hatte, lachte auf einmal auf. „Nein", rief er, „wahrhaftig, der Spaß ist so größer! Rosa, du sollst mitreisen, und Faber und Marie und Erwin und Haus und Hof. Wir wollen sanft über die grünen Hügel wallen, wie Schäfer, die Jäger sollen die ungeschlachten Hörner zu Hause lassen und Flöte blasen. Ich will mit bloßem Halse gehn, die Haare blond färben und ringeln, ich will zahm sein, auf den Zehen gehen und immer mit zugespitztem Munde leise lispeln: ‚O teuerste, schöne Seele, o mein Leben, o mein Schaf!' Ihr sollt sehen, ich will mich bemühen, recht mit Anstand lustig zu sein. Dem Herrn Faber wollen wir einen Strohhut mit Lilabändern auf das dicke Gesicht setzen und einen langen Stab in die Hand geben, er soll den Zug anführen. Wir andern werden uns zuweilen zum Spaße im grünen Haine verirren und dann über unser hartes Trennungslos aus unsern spaßhaften Schmerzen ernsthafte Sonette machen." – Rosa, die von allem wieder nur gehört hatte, daß sie mitreisen dürfe, fiel hier ihrem Bruder unterbrechend um den Hals und tat so schön in ihrer Freude, daß Friedrich wieder ganz mit ihr ausgesöhnt war. Es wurde nun verabredet, daß sie sich noch heute abend auf Leontins Schlosse einfinden sollten, damit sie alle morgen frühzeitig aufbrechen könnten, und sie sprang fröhlich fort, um ihre Anstalten zu treffen.

Als Friedrich und Leontin wieder nach Hause kamen, begann letzterer, der seinen gestrigen Schreck fast schon ganz wieder vergessen zu haben schien, sogleich mit vieler Lustigkeit zusammenzurufen, Befehle auszuteilen und überall Alarm zu schlagen, um, wie er sagte, das Zigeunerleben bald von allen Seiten aufzurühren. Rosa traf, wie sie es versprochen hatte, gegen Abend ein und fand auf der Wiese bei Mondschein bereits alles in der buntesten Bewegung. Die Jäger putzten singend ihre Büchsen und Sattelzeug, andere versuchten ihre Hörner, Faber band ganze Ballen Papier zusammen, die kleine Marie sprang zwischen allen leichtfertig herum.

Alle begaben sich heute etwas früher als gewöhnlich zur Ruhe. Als Friedrich eben einschlummerte, hörte er draußen einige volle Akkorde auf der Laute anschlagen. Bald darauf vernahm er Erwins Stimme. Das Lied, das er sang, rührte ihn wunderbar, denn es war eine alte, einfache Melodie, die er in seiner Kindheit sehr oft und seitdem niemals wieder gehört hatte. Er sprang erstaunt ans Fenster, aber Erwin hatte soeben wieder aufgehört. Das Licht auf Rosas Schlafzimmer am andern Flügel des Schlosses war erloschen, der Wind drehte knarrend die Wetterfahne auf dem Turme, der Mond schien außerordentlich hell. Friedrich sah Erwin wieder, wie sonst, mit der Gitarre auf der Mauer sitzen. Bald darauf hörte er den Knaben sprechen; eine durchaus unbekannte, männliche Stimme schien ihm von Zeit zu Zeit Antwort zu geben. Friedrich verdoppelte seine Aufmerksamkeit, aber er konnte nicht verstehen, auch sah er niemand außer Erwin. Nur manchmal kam es ihm vor, als lange ein langer Arm über die Mauer herüber nach dem Knaben. Zuletzt sah er einen Schatten von dem Knaben fort längs der Mauer hinuntergehen. Der Schatten wuchs beim Mondenscheine mit jedem Schritte immer höher und länger, bis er sich endlich in Riesengröße in den Wald hinein verlor. Friedrich lehnte sich ganz zum Fenster hinaus, aber er konnte nichts unterscheiden. Erwin sprach nun auch nicht mehr und die ganze Gegend war totenstill. Ein Schauer überlief ihn dabei. Sollte diese Erscheinung, dachte er, Zusammenhang haben mit Leontins Begebenheiten? Weiß vielleicht dieser Knabe um seine Geheimnisse? Ihm fiel dabei ein, daß sich sein Gesicht lebhaft verändert hatte, als Faber heute noch einmal Leontins gestrigen unbekannten Begegnisses erwähnte. Beinahe hätte er alles für einen überwachten Traum gehalten, so seltsam kam es ihm vor, und er schlief endlich mit sonderbaren und abenteuerlichen Gedanken ein.

Fünftes Kapitel

Als draußen Berg und Tal wieder licht waren, war der ganze bunte Trupp schon eine Stunde weit von Leontins Schlosse entfernt. Der sonderbare Zug gewährte einen lustigen Anblick. Leontin ritt ein unbändiges Pferd allen voraus. Er war leicht und nachlässig angezogen, und seine ganze Gestalt hatte etwas Ausländisches. Friedrich sah durchaus deutsch aus. Faber dagegen machte den allerseltsamsten und abenteuerlichsten Aufzug. Er hatte einen runden Hut mit ungeheuer breiten Krempen, der ihn, wie ein Schirm, gegen Sonne und Regen zugleich schützen sollte. An seiner Seite hing eine dickangeschwollene Tasche mit Schreibtafeln, Büchern und anderm Reisegerät herab. Er war wie ein fahrender Scholast anzusehen. Rosa ritt mitten unter ihnen ein schönes, frommes Pferd auf einem weiblichen, englischen Sattel. Ein langes grünes Reitkleid, von einem goldenen Gürtel zusammengehalten, schmiegte sich an ihre vollen Glieder, ein blendendweißer Spitzenkragen umschloß das schöne Köpfchen, von dem hohe Federn in der Morgenluft nickten. Zu ihrer Begleitung hatte man die kleine Marie bestimmt, die ihr als Jägerknabe folgte. Auch Erwin ritt mit und hatte die Gitarre an einem himmelblauen Bande umgehängt. Hinterdrein kamen mehrere Jäger mit wohlbepackten Pferden.

Sie zogen eben über einen freien Bergrücken weg. Die Morgensonne funkelte ihnen fröhlich entgegen. Rosa blickte Friedrich aus ihren großen Augen so frisch und freudig an, daß es ihm durch die Seele ging. Als sie auf den Gipfel kamen, lag auf einmal ein unübersehbar weites Tal im Morgenschimmer unter ihnen. „Viktoria!" rief Leontin fröhlich und schwang seinen Hut. „Es geht doch nichts übers Reisen, wenn man nicht dahin oder dorthin reiset, sondern in die weite Welt hinein, wie es Gott gefällt! Wie uns aus Wäldern, Bergen, aus blühenden Mädchengesichtern, die von lichten Schlössern grüßen, aus Strömen und alten Burgen das noch unbekannte, überschwengliche Leben ernst und fröhlich ansieht!" – „Das Reisen", sagte Faber, „ist dem Leben vergleichbar. Das Leben der meisten ist eine immerwährende Geschäftsreise vom Buttermarkt zum Käsemarkt; das Leben der Poetischen dagegen ein freies, unendliches Reisen nach dem Himmelreich." – Leontin, dessen Widerspruchsgeist Faber jederzeit unwiderstehlich anregte, sagte darauf: „Diese reisenden Poetischen sind wieder den Paradiesvögeln zu vergleichen, von denen man fälschlich glaubt, daß sie keine Füße haben. Sie müssen doch auch herunter und in Wirtshäusern einkehren und Vettern und Basen besuchen, und, was sie sich auch für Zeug einbilden, das Fräulein auf dem lichten Schlosse ist doch nur ein dummes, höchstens verliebtes Ding, das die Liebe mit ihrem bißchen brennbare Stoffe eine Weile in die Lüfte treibt, um dann desto jämmerlicher, wie ein ausgeblasener Dudelsack, wieder zur Erde zu fallen; auf der alten, schönen, trotzigen Burg findet sich auch am Ende nur noch ein kahler Landkavalier usw. Alles ist Einbildung." – „Du solltest nicht so reden", entgegnete Friedrich. „Wenn wir von einer inneren Freudigkeit erfüllt sind, welche, wie die Morgensonne, die Welt überscheint, und alle Begebenheiten, Verhältnisse und Kreaturen zur eigentümlichsten Bedeutung erhebt, so ist dieses freudige Licht vielmehr die wahre göttliche Gnade, in der allein alle Tugenden und großen Gedanken gedeihen, und die Welt ist wirklich so bedeutsam, jung und schön, wie sie unser Gemüt in sich selber anschaut. Der Mißmut aber, die träge Niedergeschlagenheit und alle diese Entzauberungen, das ist die wahre Einbildung, die wir durch Gebet und Mut zu überwinden trachten sollen, denn diese verdirbt die ursprüngliche Schönheit der Welt." – „Ist mir auch recht", erwiderte Leontin lustig. – „Graf Friedrich", sagte Faber, „hat eine Unschuld in seinen Betrachtungen, eine Unschuld" – „Ihr Dichter", fiel ihm Leontin hastig ins Wort, „seid alle eurer Unschuld über den Kopf gewachsen, und, wie ihr eure Gedichte ausspendet, sagt ihr immer: da ist ein prächtiges Kunststück von meiner Kindlichkeit, da ist ein besonders wohleingerichtetes Stück von meinem Patriotismus oder von meiner Ehre!" – Friedrich erstaunte, da Leontin so keck und hart aussprach, was er, als eine Lästerung aller Poesie, sich selber zu denken niemals erlauben mochte.

Rosa hatte unterdes über dem Gespräche mehrere Male gegähnt. Faber bemerkte es, und da er sich jederzeit als ein galanter Verehrer des schönen Geschlechts auszeichnete, so trug er sich an, zu allgemeiner Unterhaltung eine Erzählung zum besten zu geben. „Nur nicht in Versen", rief Rosa, „denn da versteht man doch alles nur halb." Man rückte daher näher zusammen, Faber in die Mitte nehmend, und er erzählte folgende Geschichte, während sie zwischen den waldigen Bergen langsam fortzogen:

„Es war einmal ein Ritter" – „Das fängt ja an wie ein Märchen", unterbrach ihn Rosa. – Faber setzte von neuem an: „Es war einmal ein Ritter, der lebte tief im Walde auf seiner alten Burg in geistlichen Betrachtungen und strengen Bußübungen. Kein Fremder besuchte den frommen Ritter, alle Wege zu seiner Burg waren lange mit hohem Grase überwachsen und nur das Glöcklein, das er bei seinen Gebeten von Zeit zu Zeit zog, unterbrach die Stille und klang in hellen Nächten weit über die Wälder weg. Der Ritter hatte ein junges Töchterlein, die machte ihm viel

Kummer, denn sie war ganz anderer Sinnesart, als ihr Vater, und all ihr Trachten ging nur auf weltliche Dinge. Wenn sie abends am Spinnrocken saß, und er ihr aus seinen alten Büchern die wunderbaren Geschichten von den heiligen Märtyrern vorlas, dachte sie immer heimlich bei sich: das waren wohl rechte Toren, und hielt sich für weit klüger, als ihr alter Vater, der alle die Wunder glaubte. Oft, wenn ihr Vater weg war, blätterte sie in den Büchern und malte den Heiligen, die darin abgebildet waren, große Schnurrbärte." – Rosa lachte hierbei laut auf. – „Was lachst du?" fragte Leontin spitzig, und Faber fuhr in seiner Erzählung fort: „Sie war sehr schön und klüger, als alle die andern Kinder in ihrem Alter, weswegen sie sich auch immer mit ihnen zu spielen schämte, und wer mit ihr sprach, glaubte eine erwachsene Person reden zu hören, so gescheit und künstlich waren alle ihre Worte gesetzt. Dabei ging sie bei Tag und Nacht ganz allein im Walde umher, ohne sich zu fürchten, und lachte immer den alten Burgvogt aus, der ihr schauerliche Geschichten vom Wassermann erzählte. Gar oft stand sie dann an dem blauen Flusse im Walde und rief mit lachendem Munde: ‚Wassermann soll mein Bräutigam sein! Wassermann soll mein Bräutigam sein!'

Als nun der Vater zum Sterben kam, rief er die Tochter zu seinem Bette und übergab ihr einen großen Ring, der war sehr schwer von reinem Golde gearbeitet. Er sagte dabei zu ihr: ‚Dieser Ring ist vor uralten Zeiten von einer kunstreichen Hand verfertigt. Einer deiner Vorfahren hat ihn in Palästina, mitten im Getümmel der Schlacht, erfochten. Dort lag er unter Blut und Staub auf dem Boden, aber er blieb unbefleckt und glänzte so hell und durchdringlich, daß sich alle Rosse davor bäumten und keines ihn mit seinem Hufe zertreten wollte. Alle deine Mütter haben den Ring getragen und Gott hat ihren frommen Ehestand gesegnet. Nimm du ihn nun auch hin und betrachte ihn alle Morgen mit rechten Sinnen, so wird sein Glanz dein Herz erquicken und stärken. Wenden sich aber deine Gedanken und Neigungen zum Bösen, so verlöscht sein Glanz mit der Klarheit deiner Seele und wird dir gar trübe erscheinen. Bewahre ihn treu an deinem Finger, bis du einen tugendhaften Mann gefunden. Denn welcher Mann ihn einmal an seiner Hand trägt, der kann nicht mehr von dir lassen und wird dein Bräutigam.' – Bei diesen Worten verschied der alte Ritter.

Ida blieb nun allein zurück. Ihr war längst angst und bange auf dem alten Schlosse gewesen, und da sie jetzt ungeheure Schätze in den Kellern ihres Vaters vorfand, so veränderte sie sogleich ihre Lebensweise." – „Gott sei Dank", sagte Rosa, „denn bis jetzt war sie ziemlich langweilig." – Faber fuhr wieder fort: „Die dunkeln Bogen, Tore und Höfe der alten Burg wurden niedergerissen und ein neues, lichtes Schloß, mit blendendweißen Mauern und kleinern, luftigen Türmchen erhob sich bald über den alten Steinen. Ein großer, schöner Garten wurde daneben angelegt, durch den der blaue Fluß vorüberfloß. Da standen tausenderlei hohe, bunte Blumen, Wasserkünste sprangen dazwischen, und zahme Rehe gingen darin spazieren. Der Schloßhof wimmelte von Rossen und reichgeschmückten Edelknaben, die lustige Lieder auf ihr schönes Fräulein sangen. Sie selber war nun schon groß und außerordentlich schön geworden. Von Ost und West kamen daher nun reiche und junge Freier angezogen, und die Straßen, die zu dem Schlosse führten, blitzten von blanken Reitern, Helmen und Federbüschen.

Das gefiel dem Fräulein gar wohl, aber so gern sie auch alle Männer hatte, so mochte sie doch mit keinem einzelnen ihren Ring auswechseln; denn jeder Gedanke an die Ehe war ihr lächerlich und verhaßt. ‚Was soll ich', sagte sie zu sich selbst, ‚meine schöne Jugend verkümmern, um in abgeschiedener, langweiliger Einsamkeit eine armselige Hausmutter abzugeben, anstatt daß ich jetzt so frei bin, wie der Vogel in der Luft.' Dabei kamen ihr alle Männer gar dummlich vor, weil sie entweder zu unbehilflich waren, ihrem müßigen Witze nachzukommen, oder auf andre hohe Dinge stolz taten, an die sie nicht glaubte. Und so betrachtete sie sich in ihrer Verblendung als eine reizende Fee unter verzauberten Bären und Affen, die nach ihrem Winke tanzen und aufwarten mußten. Der Ring wurde indes von Tage zu Tage trüber.

Eines Tages gab sie ein glänzendes Bankett. Unter einem prächtigen Zelte, das im Garten aufgeschlagen war, saßen die jungen Ritter und Frauen um die Tafel, in ihrer Mitte das stolze Fräulein, gleich einer Königin, und ihre witzigen Redensarten überstrahlten den Glanz der Perlen und Edelgesteine, womit ihr Hals und Busen geschmückt war. Recht wie ein wurmstichiger Apfel, so schön rot und betrüglich war sie anzusehen. Der goldene Wein kreiste fröhlich herum, die Ritter schauten kühner, üppig lockende Lieder zogen hin und wieder im Garten durch die sommerlaue Luft. Da fiel Idas Blicke zufällig auf ihren Ring. Der war auf einmal finster geworden, und sein verlöschender Glanz tat nur eben noch einen seltsamen, dunkelglühenden Blick auf sie. Sie stand schnell auf und ging an den Abhang des Gartens. ‚Du einfältiger Stein sollst mich nicht länger mehr stören!' sagte sie in ihrem Übermute lachend, zog den Ring vom Finger und warf ihn in den Strom hinunter. Er beschrieb im Fluge einen hellschimmernden Bogen und tauchte sogleich in den tiefsten Abgrund hinab. Darauf kehrte sie wieder in den Garten zurück, aus dem die Töne wollüstig nach ihr zu langen schienen.

Am andern Tage saß Ida allein im Garten und sah in den Fluß hinunter. Es war gerade um die Mittagszeit. Alle Gäste waren fortgezogen, die ganze Gegend lag still und schwül. Einzelne seltsam gestaltete Wolken zogen langsam über den dunkelblauen Himmel; manchmal flog ein plötzlicher Wind über die Gegend, und dann war es, als ob die alten Felsen und die alten Bäume sich über den Fluß unten neigten und miteinander über sie besprächen. Ein Schauder überlief Ida. Da sah sie auf einmal einen schönen, hohen Ritter, der auf einem schneeweißen Rosse die

Straße hergeritten kam. Seine Rüstung und sein Helm waren wasserblau, eine wasserblaue Binde flatterte in der Luft, seine Sporen waren von Kristall. Er grüßte sie freundlich, stieg ab und kam zu ihr. Ida schrie laut auf vor Schreck, denn sie erblickte den alten wundertätigen Ring, den sie gestern in den Fluß geworfen hatte, an seinem Finger, und dachte sogleich daran, was ihr ihr Vater auf dem Totenbette prophezeit hatte. Der schöne Ritter zog sogleich eine dreifache Schnur von Perlen hervor und hing sie dem Fräulein um den Hals; dabei küßte er sie auf den Mund, nannte sie seine Braut und versprach, sie heute abend heimzuholen. Ida konnte nichts antworten, denn es kam ihr vor, als läge sie in einem Schlafe, und doch vernahm sie den Ritter, der in gar lieblichen Worten zur ihr sprach, ganz deutlich, und hörte dazwischen auch den Strom, wie über ihr, immerfort verworren dreinrauschen. Darauf sah sie den Ritter sich wieder auf seinen Schimmel schwingen und so schnell in den Wald zurücksprengen, daß der Wind hinter ihm drein pfiff.

Als es gegen Abend kam, stand sie in ihrem Schlosse am Fenster und schaute in das Gebirge hinaus, das schon die graue Dämmerung zu überziehen anfing. Sie sann hin und her, wer der schöne Ritter sein möge, aber sie konnte nichts herausbringen. Eine nie gefühlte Unruhe und Ängstlichkeit überfiel dabei ihre Seele, die immer mehr zunahm, je dunkler draußen die Gegend wurde. Sie nahm die Zither, um sich zu zerstreuen. Es fiel ihr ein altes Lied ein, das sie als Kind oft ihren Vater in der Nacht, wenn sie manchmal erwachte, hatte singen hören. Sie fing an zu singen:

‚Obschon ist hin der Sonnenschein
Und wir im Finstern müssen sein,
So können wir doch singen
Von Gottes Güt' und seiner Macht,
Weil uns kann hindern keine Nacht,
Sein Lobe zu vollbringen.‘

Die Tränen brachen ihr hierbei aus den Augen, und sie mußte die Zither weglegen, so weh war ihr zumute.
Endlich, da es draußen schon ganz finster geworden, hörte sie auf einmal ein großes Getös von Rosseshufen und fremden Stimmen. Der Schloßhof füllte sich mit Windlichtern, bei deren Scheine sie ein wildes Gewimmel von Wagen, Pferden, Rittern und Frauen erblickte. Die Hochzeitsgäste verbreiteten sich bald in der ganzen Burg, und sie erkannte alle ihre alten Bekannten, die auch letzthin auf dem Bankett bei ihr gewesen waren. Der schöne Bräutigam, wieder ganz in wasserblaue Seide gekleidet, trat zu ihr und erheiterte gar bald ihr Herz durch seine anmutigen und süßen Reden, Musikanten spielten lustig, Edelknaben schenkten Wein herum, und alles tanzte und schmauste in freudenreichem Schalle.
Während des Festes trat Ida mit ihrem Bräutigam ans offene Fenster. Die Gegend war unten weit und breit still, wie ein Grab, nur der Fluß rauschte aus dem finstern Grunde herauf. ‚Was sind das für schwarze Vögel', fragte Ida, ‚die da in langen Scharen so langsam über den Himmel ziehn?' – ‚Sie ziehen die ganze Nacht fort', sagte der Bräutigam, ‚sie bedeuten deine Hochzeit.' – ‚Was sind das für fremde Leute', fragte Ida wieder, ‚die dort unten am Flusse auf den Steinen sitzen und sich nicht rühren?' – ‚Das sind meine Diener', sagte der Bräutigam, ‚die auf uns warten.' Unterdes fingen schon lichte Streifen an, sich am Himmel aufzurichten, und aus den Tälern hörte man von fern Hähne krähen. ‚Es wird so kühl', sagte Ida und schloß das Fenster. ‚In meinem Hause ist es noch viel kühler', erwiderte der Bräutigam, und Ida schauderte unwillkürlich zusammen.
Darauf faßte er sie beim Arme und führte sie mitten unter den lustigen Schwarm zum Tanze. Der Morgen rückte indes immer näher, die Kerzen im Saale flackerten nur noch matt und löschten zum Teil gar aus. Während Ida mit ihrem Bräutigam herumwalzte, bemerkte sie mit Grausen, daß er immer blässer ward, je lichter es wurde. Drau-

ßen vor den Fenstern sah sie lange Männer mit seltsamen Gesichtern ankommen, die in den Saal hereinschauten. Auch die Gesichter der übrigen Gäste und Bekannten veränderten sich nach und nach, und sie sahen alle aus wie Leichen. ‚Mein Gott, mit wem habe ich so lange Zeit gelebt?' rief sie aus. Sie konnte vor Ermattung nicht mehr fort und wollte sich loswinden, aber der Bräutigam hielt sie fest um den Leib und tanzte immerfort, bis sie atemlos auf die Erde hinstürzte.
Frühmorgens, als die Sonne fröhlich über das Gebirge schien, sah man den Schloßgarten auf dem Berge verwüstet, im Schlosse war kein Mensch zu finden, und alle Fenster standen weit offen. Die Reisenden, die bei hellem Mondenscheine oder um die Mittagszeit am Fluße vorübergingen, sahen oft ein junges Mädchen sich mitten im Strome mit halbem Leibe über das Wasser emporheben. Sie war sehr schön, aber totenblaß."
So endigte Faber seine Erzählung. „Erschrecklich!" rief Leontin, sich, wie vor Frost, schüttelnd. Rosa schwieg still. Auf Friedrich hatte das Märchen einen tiefen und ganz besonderen Eindruck gemacht. Er konnte sich nicht enthalten, während der ganzen Erzählung mit einem unbestimmten, schmerzlichen Gefühle an Rosa zu denken, und es kam ihm vor, als hätte Faber selber nicht ohne heimliche Absicht gerade diese Erfindung gewählt.
Fabers Märchen gab Veranlassung, daß auch Friedrich und Leontin mehrere Geschichten erzählten, woran aber Rosa immer nur einen entfernten Anteil nahm. So verging dieser Tag unter fröhlichen Gesprächen, ehe sie es selber bemerkten, und der Abend überraschte sie mitten im Walde in einer unbekannten Gegend. Sie schlugen daher den ersten Weg ein, der sich ihnen darbot, und kamen schon in der Dunkelheit bei einem Bauernhause an, das ganz allein im Walde stand, und wo sie zu übernachten beschlossen. Die Hauswirtin, ein junges, rüstiges Weib, wußte nicht, was sie aus dem ganz unerwarteten Besuche machen sollte, und maß sie mit Blicken, die eben nicht das beste Zu-

trauen verrieten. Die lustigen Reden und Schwänke Leontins und seiner Jäger aber brachten sie bald in die beste Laune, und sie bereitete alles recht mit Lust zu ihrer Aufnahme.
Nach einem flüchtig eingenommenen Abendessen ergriffen Leontin, Faber und die Jäger ihre Flinten und gingen noch in den Wald hinaus auf den Anstand, da ihnen die gefällige Bäuerin mit einer gewissen verstohlenen Vertraulichkeit den Platz verraten hatte, wo das Wild gewöhnlich zu wechseln pflegte. Rosa fürchtete sich nun, hier allein zurückzubleiben, und bat daher Friedrich, ihr Gesellschaft zu leisten, welches dieser mit Freuden annahm. Beide setzten sich, als alles fort war, auf die Bank an der Haustür vor den weiten Kreis der Wälder. Friedrich hatte die Gitarre bei sich und griff einige volle Akkorde, welche sich in der heitern, stillen Nacht herrlich ausnahmen. Rosa war in dieser ungewohnten Lage ganz verändert. Sie war einmal ohne alle kleine Launen, hingebend, ungewöhnlich vertraulich und liebenswürdig ermattet. Friedrich glaubte sie noch niemals so angenehm gesehen zu haben. Er hatte ihr schon längst versprechen müssen, seine ganze Jugendgeschichte einmal ausführlich zu erzählen. Sie bat ihn nun, sein Versprechen zu erfüllen, bis die andern zurückkämen. Er war gerade auch aufgelegt dazu und begann daher, während sie, mit dem einen Arme auf seine Achsel gelehnt, so nahe als möglich an ihn rückte, folgendermaßen zu erzählen:
„Meine frühesten Erinnerungen verlieren sich in einem großen, schönen Garten. Lange, hohe Gänge von gradbeschnittenen Baumwänden laufen nach allen Richtungen zwischen großen Blumenfeldern hin, Wasserkünste rauschen einsam dazwischen, die Wolken ziehen hoch über die dunkeln Gänge weg, ein wunderschönes kleines Mädchen, älter als ich, sitzt an der Wasserkunst und singt welsche Lieder, während ich oft stundenlang an den eisernen Stäben des Gartentors stehe, das an die Straße stößt, und sehe, wie draußen der Sonnenschein wechselnd über Wäl-

der und Wiesen fliegt, und Wagen, Reuter und Fußgänger am Tore vorüber in die glänzende Ferne hinausziehen. Diese ganze, stille Zeit liegt weit hinter all dem Schwalle der seitdem durchlebten Tage, wie ein uraltes, wehmütig süßes Lied, und wenn mich oft nur ein einzelner Ton davon wieder berührt, faßt mich ein unbeschreibliches Heimweh, nicht nur nach jenen Gärten und Bergen, sondern nach einer viel ferneren und tieferen Heimat, von welcher jene nur ein lieblicher Widerschein zu sein scheint. Ach, warum müssen wir jene unschuldige Betrachtung der Welt, jene wundervolle Sehnsucht, jenen geheimnisvollen, unbeschreiblichen Schimmer der Natur verlieren, in dem wir nur manchmal noch im Traume unbekannten, seltsame Gegenden wiedersehen!"

„Und wie war es denn nun weiter?" fiel ihm Rosa ins Wort.

„Meinen Vater und meine Mutter", fuhr Friedrich fort, „habe ich niemals gesehen. Ich lebte auf dem Schlosse eines Vormunds. Aber eines älteren Bruders erinnere ich mich sehr deutlich. Er war schön, wild, witzig, keck und dabei störrisch, tiefsinnig und menschenscheu. Dein Bruder Leontin sieht ihm sehr ähnlich und ist mir darum um desto teurer. Am besten kann ich mir ihn vorstellen, wenn ich an einen Umstand zurückdenke. An unserm altertümlichen Schlosse lief nämlich eine große steinerne Galerie ringsherum. Dort pflegten wir beide gewöhnlich des Abends zu sitzen, und ich erinnere mich noch immer an den eignen, sehnsuchtsvollen Schauer, mit dem ich hinuntersah, wie der Abend blutrot hinter den schwarzen Wäldern versank und dann nach und nach alles dunkel wurde. Unsere alte Wärterin erzählte uns dann gewöhnlich das Märchen von dem Kinde, dem die Mutter mit dem Kasten den Kopf abschlug und das darauf als ein schöner Vogel draußen auf den Bäumen sang. Rudolf, so hieß mein Bruder, lief oder ritt unterdes auf dem steinernen Geländer der Galerie herum, daß mir vor Schwindel alle Sinne vergingen. Und in dieser Stellung schwebt mir sein Bild noch immer vor, das ich von dem Märchen, den schwarzen Wäldern unten und den seltsamen Abendlichtern gar nicht trennen kann. Da er wenig lernte und noch weniger gehorchte, wurde er kalt und übel behandelt. Oft wurde ich ihm als Muster vorgestellt, und dies war mein größter und tiefster Schmerz, den ich damals hatte, denn ich liebte ihn unaussprechlich. Aber er achtete wenig darauf. Das schöne italienische Mädchen fürchtete sich vor ihm, so oft sie mit ihm zusammenkam, und doch schien sie ihn immer wieder von neuem aufzusuchen. Mit mir dagegen war sie sehr vertraulich und oft ausgelassen lustig. Alle Morgen, wenn es schön war, ging sie in den Garten hinunter und wusch sich an der Wasserkunst die hellen Augen und den kleinen, weißen Hals, und ich mußte ihr während dessen die zierlichen Zöpfchen flechten helfen, die sie dann in einen Kranz über dem Scheitel zusammenheftete. Dabei sang sie immer folgendes Liedchen, das mir mit seiner ganz eignen Melodie noch immer sehr deutlich vorschwebt:

‚Zwischen Bergen, liebe Mutter,
Weit den Wald entlang,
Reiten da drei junge Jäger
Auf drei Rößlein blank,
lieb' Mutter,
Auf drei Rößlein blank.

Ihr könnt fröhlich sein, lieb' Mutter:
Wird es draußen still,
Kommt der Vater heim vom Walde,
Küßt Euch wie er will,
lieb' Mutter,
Küßt Euch wie er will.

Und ich werfe mich im Bettchen
Nachts ohn' Unterlaß,
Kehr' mich links, und kehr' mich rechtshin,

Nirgends hab' ich was,
lieb' Mutter,
Nirgends hab' ich was.

Bin ich eine Frau erst einmal,
In der Nacht dann still
Wend' ich mich nach allen Seiten,
Küss', so viel ich will,
lieb' Mutter,
Küss', so viel ich will.'

Sie sang das Liedchen ganz allerliebst. Das arme Kind wußte wohl damals selbst noch nicht deutlich, was sie sang. Aber einmal fuhren die Alten, die sie darüber belauscht hatten, gar täppisch mit harten Verweisen drein, und seitdem, erinnere ich mich, sang sie das Lied heimlich noch viel lieber.
So lebten wir lange Zeit in Frieden nebeneinander, und es fiel mir gar nicht ein, daß es jemals anders werden könnte, nur daß Rudolf immer finsterer wurde, je mehr er heranwuchs. Um diese Zeit hatte ich mehrere Male sehr schwere und furchtbare Träume. Ich sah nämlich immer meinen Bruder Rudolf in einer Rüstung, wie sie sich auf einem alten Ritterbilde auf unserem Vorsaale befand, durch ein Meer von durcheinander wogenden, ungeheuren Wolken schreiten, wobei er sich mit einem langen Schwerte rechts und links Bahn zu hauen schien. So oft er mit dem Schwerte die Wolken berührte, gab es eine Menge Funken, die mich mit ihren vielfarbigen Lichtern blendeten, und bei jedem solchen Leuchten kam mir auch Rudolfs Gesicht plötzlich blaß und ganz verändert vor. Während ich mich nun mit den Augen so recht in den Wolkenzug vertiefte, bemerkte ich mit Verwunderung, daß es eigentlich keine Wolken waren, sondern sich alles nach und nach in ein langes, dunkles, seltsam geformtes Gebirge verwandelte, vor dem mir schauderte, und ich konnte gar nicht begreifen, wie sich Rudolf dort so allein nicht fürch-

tete. Seitwärts vor dem Gebirge sah ich eine weite Landschaft, deren unbeschreibliche Schönheit und wunderbaren Farbenschimmer ich niemals vergessen habe. Ein großer Strom ging mitten hindurch bis in eine unabsehbare, duftige Ferne, wo er sich mit Gesang zu verlieren schien. Auf einem sanftgrünen Hügel über dem Strome saß Angelina, das italienische Mädchen, und zog mit ihrem kleinen, rosigen Finger zu meinem Erstaunen einen Regenbogen über den blauen Himmel. Unterdes sah ich, daß sich das Gebirge anfing wundersam zu regen; die Bäume streckten lange Arme aus, die sich wie Schlangen ineinander schlungen, die Felsen dehnten sich zu ungeheuren Drachengestalten aus, andere zogen Gesichter mit langen Nasen, die ganze wunderschöne Gegend überzog und verdeckte dabei ein qualmender Nebel. Zwischen den Felsenplatten streckte Rudolf den Kopf hervor, der auf einmal viel älter und selber wie von Stein aussah, und lachte übermäßig mit seltsamen Gebärden. Alles verwirrte sich zuletzt, und ich sah nur die entfliehende Angelina mit ängstlich zurückgewandtem Gesichte und weißem, flatterndem Gewande, wie ein Bild über einen grauen Vorhang vorüberschweben. Eine große Furcht überfiel mich da jedesmal, und ich wachte vor Schreck und Entsetzen auf.

Diese Träume, die sich, wie gesagt, mehrere Male wiederholten, machten einen so tiefen Eindruck auf mein kindisches Gemüt, daß ich nun meinen Bruder oft heimlich mit einer Art von Furcht betrachtete, auch die seltsame Gestaltung des Gebirges nie wieder vergaß.

Eines Abends, da ich eben im Garten herumging und zusah, wie es in der Ferne an den Bergen gewitterte, trat auf einmal an dem Ende eines Bogenganges Rudolf zu mir. Er war finsterer, als gewöhnlich. ‚Siehst du das Gebirge dort?‘ sagte er, auf die fernen Berge deutend. ‚Drüben liegt ein viel schöneres Land, ich habe ein einziges Mal hinuntergeblickt.‘ Er setzte sich ins Gras hin, dann sagte er in einer Weile wieder: ‚Hörst du, wie jetzt in der weiten Stille unten die Ströme und Bäche rauschen und wunderbarlich locken? Wenn ich so hinunterstiege in das Gebirge hinein, ich ginge fort und immer fort, du würdest unterdes alt, das Schloß wäre auch verfallen und der Garten hier lange einsam und wüste.' – Mir fiel bei diesen Worten mein Traum wieder ein, ich sah ihn an, und auch sein Gesicht kam mir in dem Augenblicke gerade so vor, wie es mir im Traume immer erschien. Eine nie gefühlte Angst überwältigte mich, und ich fing an zu weinen. ‚Weine nur nicht!' sagte er hart und wollte mich schlagen. Unterdes kam Angelina mit neuem Spielzeuge lustig auf uns zugesprungen und Rudolf entfernte sich wieder in den dunkeln Bogengang. Ich spielte nun mit dem muntern Mädchen auf dem Rasenplatze vor dem Schlosse und vergaß darüber alles Vorhergegangene. Endlich trieb uns der Hofmeister zu Bette. Ich erinnere mich nicht, daß mir als Kind irgend etwas widerwärtiger gewesen wäre, als das zeitige Schlafengehen, wenn alles draußen noch schallte und schwärmte und meine ganze Seele noch so wach war. Dieser Abend war besonders schön und schwül. Ich legte mich unruhig nieder. Die Bäume rauschten durch das offene Fenster herein, die Nachtigall schlug tief aus dem Garten, dazwischen hörte ich noch manchmal Stimmen unter dem Fenster sprechen, bis ich endlich nach langer Zeit einschlummerte. Da kam es mir auf einmal vor, als schiene der Mond sehr hell durch die Stube, mein Bruder erhöbe sich aus seinem Bett und ginge verschiedentlich im Zimmer herum, neige sich dann über mein Bett und küsse mich. Aber ich konnte mich durchaus nicht besinnen.

Den folgenden Morgen wachte ich später auf, als gewöhnlich. Ich blickte sogleich nach dem Bette meines Bruders und sah, nicht ohne Ahnung und Schreck, daß es leer war. Ich lief schnell in den Garten hinaus, da saß Angelina am Springbrunnen und weinte heftig. Meine Pflegeeltern und alle im ganzen Hause waren heimlich, verwirrt und verstört, und so erfuhr ich erst nach und nach, daß Rudolf in dieser Nacht entflohen sei. Man schickte Boten nach allen Seiten aus, aber keiner brachte ihn mehr wieder."

„Und habt ihr denn seitdem niemals wieder etwas von ihm gehört?“ fragte Rosa.
„Es kam wohl die Nachricht“, sagte Friedrich, „daß er sich bei einem Freikorps habe anwerben lassen, nachher gar, daß er in einem Treffen geblieben sei. Aber aus späteren, einzelnen, abgebrochenen Reden meiner Pflegeeltern gelangte ich wohl zu der Gewißheit, daß er noch am Leben sein müsse. Doch taten sie sehr heimlich damit und hörten sogleich auf davon zu sprechen, wenn ich hinzutrat; und seitdem habe ich von ihm nichts mehr sehen noch erfahren können.
Bald darauf verließ auch Angelina mit ihrem Vater, der weitläufig mit uns verwandt war, unser Schloß und reiste nach Italien zurück. Es ist sonderbar, daß ich mich auf die Züge des Kindes nie wieder besinnen konnte. Nur ein leises, freundliches Bild ihrer Gestalt und ganzen lieblichen Gegenwart blieb mir übrig. Und so war denn nun das Kleeblatt meiner Kindheit zerrissen und Gott weiß, ob wir uns jemals wiedersehen. – Mir war zum Sterben bange, mein Spielzeug freute mich nicht mehr, der Garten kam mir unaussprechlich einsam vor. Es war, als müßte ich hinter jedem Baume, an jedem Bogengange noch Angelina oder meinem Bruder begegnen, das einförmige Plätschern der Wasserkünste Tag und Nacht hindurch vermehrte nur meine tiefe Bangigkeit. Mir war es unbegreiflich, wie es meine Pflegeeltern hier noch aushalten konnten, wie alles um mich herum seinen alten Gang fortging, als wäre eben alles noch, wie zuvor.
Damals ging ich oft heimlich und ganz allein nach dem Gebirge, das mir Rudolf an jenem letzten Abend gezeigt hatte, und hoffte in meinem kindischen Sinne zuversichtlich, ihn dort noch wiederzufinden. Wie oft überfiel mich dort ein Grausen vor den Bergen, wenn ich mich manchmal droben verspätet hatte und nur noch die Schläge einsamer Holzhauer durch die dunkelgrünen Bogen heraufschallten, während tief unten schon hin und her Lichter in den Dörfern erschienen, aus denen die Hunde fern bell-

ten. Auf einem dieser Streifzüge verfehlte ich beim Heruntersteigen den rechten Weg und konnte ihn durchaus nicht wiederfinden. Es war schon dunkel geworden und meine Angst nahm mit jeder Minute zu. Da erblickte ich seitwärts ein Licht; ich ging darauf los und kam an ein kleines Häuschen. Ich guckte furchtsam durch das erleuchtete Fenster hinein und sah darin in einer freundlichen Stube eine ganze Familie friedlich um ein lustig flakkerndes Herdfeuer gelagert. Der Vater, wie es schien, hatte ein Büchelchen in der Hand und las vor. Mehrere sehr hübsche Kinder saßen im Kreise um ihn herum und hörten, die Köpfchen in beide Arme aufgestützt, mit der größten Aufmerksamkeit zu, während eine junge Frau daneben spann und von Zeit zu Zeit Holz an das Feuer legte. Der Anblick machte mir wieder Mut, ich trat in die Stube hinein. Die Leute waren sehr erstaunt, mich bei ihnen zu sehen, denn sie kannten mich wohl, und ein junger Bursche wurde sogleich fortgesandt, sich anzukleiden, um mich auf das Schloß zurückzugeleiten. Der Vater setzte unterdes, da ich ihn darum bat, seine Vorlesung wieder fort. Die Geschichte wollte mich bald sehr anmutig und wundervoll bedünken. Mein Begleiter stand schon lange fertig an der Tür. Aber ich vertiefte mich immer mehr in die Wunder; ich wagte kaum zu atmen und hörte zu und immer zu und wäre die ganze Nacht geblieben, wenn mich nicht der Mann endlich erinnert hätte, daß meine Eltern in Angst kommen würden, wenn ich nicht bald nach Hause ginge. Es war der gehörnte Siegfried, den er las."

Rosa lachte. – Friedrich fuhr, etwas gestört, fort:

„Ich konnte diese ganze Nacht nicht schlafen, ich dachte immerfort an die schöne Geschichte. Ich besuchte nun das kleine Häuschen fast täglich, und der gute Mann gab mir von den ersehnten Büchern mit nach Hause, soviel ich nur wollte. Es war gerade in den ersten Frühlingstagen. Da saß ich denn einsam im Garten und las die Magelone, Genoveva, die Haimonskinder und vieles andere unermüdet der Reihe nach durch. Am liebsten wählte ich dazu meinen Sitz in dem Wipfel eines hohen Birnbaumes, der am Abhange des Gartens stand, von wo ich dann über das Blütenmeer der niederen Bäume weit ins Land schauen konnte, oder an schwülen Nachmittagen die dunklen Wetterwolken über den Rand des Waldes langsam auf mich zukommen sah."

Rosa lachte wieder. Friedrich schwieg eine Weile unwillig still. Denn die Erinnerungen aus der Kindheit sind desto empfindlicher und verschämter, je tiefer und unverständlicher sie werden und fürchten sich vor großgewordenen, altklugen Menschen, die sich in ihr wunderbares Spielzeug nicht mehr zu finden wissen.

Dann erzählte er weiter:

„Ich weiß nicht, ob der Frühling mit seinen Zauberlichtern in diese Geschichten hineinspielte, oder ob sie den Lenz mit ihren rührenden Wunderscheinen überglänzten, – aber Blumen, Wald und Wiesen erschienen mir damals anders und schöner. Es war, als hätten mir diese Bücher die goldenen Schlüssel zu den Wunderschätzen und der verborgenen Pracht der Natur gegeben. Mir war noch nie so fromm und fröhlich zu Mute gewesen. Selbst die ungeschickten Holzstiche dabei waren mir lieb, ja überaus wert. Ich erinnere mich noch jetzt mit Vergnügen, wie ich mich in das Bild, wo der Ritter Peter von seinen Eltern zieht, vertiefen konnte, wie ich mir den einen Berg im Hintergrunde mit Burgen, Wäldern, Städten und Morgenglanz ausschmückte und in das Meer dahinter, aus wenigen groben Strichen bestehend, und die Wolken drüber mit ganzer Seele hineinsegelte. Ja, ich glaube wahrhaftig, wenn einmal bei Gedichten Bilder sein sollen, so sind solche die besten. Jene feinern, sauberen Kupferstiche mit ihren modernen Gesichtern und ihrer, bis zum kleinsten Strauche ausgeführten und festbegrenzten Umgebung verderben und beengen alle Einbildung, anstatt daß diese Holzstiche mit ihren verworrenen Strichen und unkenntlichen Gesichtern der Phantasie, ohne die doch niemand

lesen sollte, einen frischen, unendlichen Spielraum eröffnen, ja sie gleichsam herausfordern.
Alle diese Herrlichkeit dauerte nicht lange. Mein Hofmeister, ein aufgeklärter Mann, kam hinter meine heimlichen Studien und nahm mir die geliebten Bücher weg. Ich war untröstlich. Aber Gott sei Dank, das Wegnehmen kam zu spät. Meine Phantasie hatte auf den waldgrünen Bergen, unter den Wundern und Helden jener Geschichten gesunde, freie Luft genug eingesogen, um sich des Anfalls einer ganzen nüchternen Welt zu erwehren. Ich bekam nun dafür Campes Kinderbibliothek. Da erfuhr ich denn, wie man Bohnen steckt, sich selber Regenschirme macht, wenn man etwa einmal, wie Robinson, auf eine wüste Insel verschlagen werden sollte, nebstbei mehrere zuckergebackene, edle Handlungen, einige Elternliebe und kindliche Liebe in Scharaden. Mitten aus dieser pädagogischen Fabrik schlugen mir einige kleine Lieder von Matthias Claudius rührend und lockend ans Herz. Sie sahen mich in meiner prosaischen Niedergeschlagenheit mit schlichten, ernsten, treuen Augen an, als wollten sie freundlichtröstend sagen: ‚Lasset die Kleinen zu mir kommen!' Diese Blumen machten mir den farb- und geruchslosen, zur Menschheitssaat umgepflügten Boden, in welchen sie seltsam genug verpflanzt waren, einigermaßen heimatlich. Ich entsinne mich, daß ich in dieser Zeit verschiedene Plätze im Garten hatte, welche Hamburg, Braunschweig und Wandsbeck vorstellten. Da eilte ich denn von einem zum andern und brachte dem guten Claudius, mit dem ich mich besonders gerne und lange unterhielt, immer viele Grüße mit. Es war damals mein größter, innigster Wunsch, ihn einmal in meinem Leben zu sehen.
Bald aber machte eine neue Epoche, die entscheidende für mein ganzes Leben, dieser Spielerei ein Ende. Mein Hofmeister fing nämlich an, mir alle Sonntage aus der Leidensgeschichte Jesu vorzulesen. Ich hörte sehr aufmerksam zu. Bald wurde mir das periodische, immer wieder abgebrochene Vorlesen zu langweilig. Ich nahm das Buch

und las es für mich ganz aus. Ich kann es nicht mit Worten beschreiben, was ich dabei empfand. Ich weinte aus Herzensgrunde, daß ich schluchzte. Mein ganzes Wesen war davon erfüllt und durchdrungen, und ich begriff nicht, wie mein Hofmeister und alle Leute im Hause, die doch das alles schon lange wußten, nicht ebenso gerührt waren und auf ihre alte Weise so ruhig fortleben konnten."
Hier brach Friedrich plötzlich ab, denn er bemerkte, daß Rosa fest eingeschlafen war. Eine schmerzliche Unlust flog ihn bei diesem Anblicke an. „Was tu' ich hier", sagte er zu sich selber, als alles so still um ihn geworden war, „sind das meine Entschlüsse, meine großen Hoffnungen und Erwartungen, von denen meine Seele so voll war, als ich ausreiste? Was zerschlage ich den besten Teil meines Lebens in unnütze Abenteuer ohne allen Zweck, ohne alle rechte Tätigkeit? Dieser Leontin, Faber und Rosa, sie werden mir doch ewig fremd bleiben. Auch zwischen diesen Menschen reisen meine eigentlichsten Gedanken und Empfindungen hindurch, wie ein Deutscher durch Frankreich. Sind dir denn die Flügel gebrochen, guter, mutiger Geist, der in die Welt hinausschaute, wie in sein angeborenes Reich? Das Auge hat in sich Raum genug für eine ganze Welt, und nun sollte es eine kleine Mädchenhand bedecken und zudrücken können?" – Der Eindruck, den Rosas Lachen während seiner Erzählung auf ihn gemacht hatte, war noch nicht vergangen. Sie schlummerte, rückwärts auf ihren Arm gelehnt, ihr Busen, in den sich die dunklen Locken herabringelten, ging im Schlafe ruhig auf und nieder. So ruhte sie neben ihm in unbeschreiblicher Schönheit. Ihm fiel dabei ein Lied ein. Er stand auf und sang zur Gitarre:

„Ich hab' manch Lied geschrieben,
Die Seele war voll Lust,
Von treuem Tun und Lieben,
Das beste, was ich wußt'.

Was mir das Herz bewogen,
Das sagte treu mein Mund,
Und das ist nicht erlogen,
Was kommt aus Herzensgrund.

Liebchen wußt's nicht zu deuten
Und lacht mir ins Gesicht,
Dreht sich zu andern Leuten
Und achtet's weiter nicht.

Und spielt mit manchem Tropfe,
Weil ich so tief betrübt.
Mir ist so dumm im Kopfe,
Als wär' ich nicht verliebt.

Ach Gott, wem soll ich trauen?
Will sie mich nicht verstehn,
Tun all' so fremde schauen,
Und alles muß vergehn.

Und alles irrt zerstreuet –
Sie ist so schön und rot –
Ich hab' nichts, was mich freuet,
Wär' ich viel lieber tot!"

Rosa schlug die Augen auf, denn das Waldhorn erschallte in dem Tale, und man hörte Leontin und die Jäger, die soeben von ihrem Streifzuge zurückkehrten, im Walde rufen und schreien. Sie hatten gar keine Beute gemacht und waren alle der Ruhe höchst bedürftig. Die Wirtin wurde daher eiligst in Tätigkeit gesetzt, um jedem sein Lager anzuweisen, so gut es die Umstände zuließen. Es wurde nun von allen Seiten Stroh herbeigeschafft und in der Stube ausgebreitet, die für Rosa, Leontin, Friedrich und Faber bestimmt war; die übrigen sollten sonst wo im Hause untergebracht werden. Da alles mithalf, ging es bei den Zubereitungen ziemlich tumultuarisch her. Besonders aber zeigte sich die kleine Marie, welcher die Jäger tapfer zugetrunken hatten, ungewöhnlich ausgelassen. Jeder behandelte sie aus Gewohnheit als ein halberwachsenes Kind, fing sie auf und küßte sie. Friedrich aber sah wohl, daß sie sich dabei gar künstlich sträubte, um nur immer fester gehalten zu werden, und daß ihre Küsse nicht mehr kindisch waren. Dem Herrn Faber schien sie heute ganz besonders wohl zu behagen, und Friedrich glaubte zu bemerken, daß sie sich einigemal verstohlen und wie im Fluge mit ihm besprach.

Endlich hatte sich nach und nach alles verloren, und die Herrschaften blieben allein im Zimmer zurück. Faber meinte: sein Kopf sei so voll guter Gedanken, daß er sich jetzt nicht niederlegen könne. Das Wetter sei so schön und die Stube so schwül, er wolle daher die Nacht im Freien zubringen. Damit nahm er Abschied und ging hinaus. Leontin lachte ihm ausgelassen nach. Rosa war unterdes in üble Laune geraten. Die Stube war ihr zu schmutzig und enge, das Stroh zu hart. Sie erklärte, sie könne unmöglich schlafen, und setzte sich schmollend auf eine Bank hin. Leontin warf sich, ohne ein Wort darauf zu erwidern, auf das Stroh und war gleich eingeschlafen. Endlich überwand auch bei Rosa die Müdigkeit den Eigensinn. Sie verließ ihre harte Bank, lachte über sich selbst und legte sich neben ihren Bruder hin.

Friedrich ruhte noch lange wach, den Kopf in die Hand gestützt. Der Mond schien durch das kleine Fenster herein, die Wanduhr pickte einförmig immerfort. Da vernahm er auf einmal draußen folgenden Gesang:

„Ach, von dem weichen Pfühle,
Was treibt dich irr' umher?
Bei meinem Saitenspiele
Schlafe, was willst du mehr?

Bei meinem Saitenspiele
Heben dich allzusehr
Die ewigen Gefühle;
Schlafe, was willst du mehr?

Die ewigen Gefühle,
Schnupfen und Husten schwer,
Ziehn durch die nächt'ge Kühle;
Schlafe, was willst du mehr?

Ziehn durch die nächt'ge Kühle
Mir den Verliebten her,
Hoch auf schwindlige Pfühle;
Schlafe, was willst du mehr?

Hoch auf schwindligem Pfühle
Zähle der Sterne Heer;
Und so dir das mißfiele:
Schlafe, was willst du mehr?

Friedrich konnte die Stimme nicht erkennen; sie schien ihm mit Fleiß verändert und verstellt. Mit besonders komischem Ausdruck wurde jedesmal das: Schlafe, was willst du mehr? wiederholt. Er sprang auf und trat ans Fenster. Da sah er einen dunklen Schatten schnell über den mondhellen Platz vor dem Hause vorüberlaufen und zwischen den Bäumen verschwinden. Er horchte noch lange Zeit dort hinaus, alles blieb still die ganze Nacht hindurch.

Sechstes Kapitel

Ein Hifthorn draußen im Hofe weckte am Morgen die Neugestärkten. Leontin sprang schnell vom Lager. Auch Rosa richtete sich auf. Die Morgensonne schien ihr durch das Fenster gerade ins Gesicht. Die Locken noch verwirrt vom nächtlichen Lager, sah sie so blühend und reizend verschlafen aus, daß sich Friedrich nicht enthalten konnte, ihr einen Kuß auf die frischen Lippen zu drücken. Alles rüstete sich nun fröhlich wieder zur Weiterreise. Aber nun bemerkten sie erst, daß Faber fehle. Er hatte sich, wie wir wissen, abends hinausbegeben und er war seitdem nicht wieder in die Stube zurückgekehrt. Leontin befragte daher die Jäger, und diese sagten denn zu allgemeiner Verwunderung folgendes aus:

Als sie, noch vor Tagesanbruch hinausgingen, um nach den Pferden zu sehen, hörten sie jemand hoch über ihnen, wie aus der Luft, zu wiederholten Malen rufen. Sie sahen ringsherum und erblickten endlich mit Erstaunen Herrn Faber, der mitten auf dem Dache des Hauses an dem festverschlossenen Dachfenster saß und schimpfend mit beiden Armen, wie eine Windmühle, in der Morgendämmerung focht. Sie setzten ihm nun auf sein Begehren die Leiter an, die vor dem Hause auf der Erde lag, und erlösten ihn so von seinem luftigen Throne. Er aber forderte, sobald er unten war, ohne sich weiter in Erklärungen einzulassen, sogleich sein Pferd und seinen Mantelsack heraus. Da er sehr heftig und wunderlich zu sein schien, taten sie, was er verlangte. Als er sein Pferd bestiegen hatte, sagte er nur noch zu ihnen: sie möchten ihren Herrn, den fremden Grafen und die Gräfin Rosa von ihm auf das beste grüßen und für die langerwiesene Freundschaft in seinem Namen danken; er für seinen Teil reise in die Residenz, wo er sie früher oder später wiederzusehen hoffe. Darauf habe er dem Pferde die Sporen gegeben und sei in den Wald hineingeritten.

„Lebe wohl, guter, unruhiger Freund!“ rief Leontin bei dieser Nachricht aus, „ich könnte wahrhaftig in diesem Augenblicke recht aus Herzensgrunde traurig sein, so gewohnt war ich an dein wunderliches Wesen. Fahre wohl, und Gott gebe, daß wir bald wieder zusammenkommen!“

„Amen“, fiel Rosa ein; „aber was in aller Welt hat ihn denn auf das Dach hinaufgetrieben und bewogen, uns dann so plötzlich zu verlassen?“ – Niemand wußte sich das Rätsel zu lösen. Aber die kleine Marie hörte während der ganzen Zeit nicht auf, geheimnisvoll zu kichern, Friedrich erinnerte sich auch an das gestrige Nachtlied vor

dem Fenster, und nun übersahen sie nach und nach den ganzen Zusammenhang.
Faber hatte nämlich gestern abend mit Marie eine heimliche Zusammenkunft in der Dachkammer, wo sie schlief, verabredet. Das schlaue Mädchen aber hatte, statt Wort zu halten, das Dachfenster von innen fest versperrt und sich, ehe noch Faber so künstlich von ihnen weggeschlichen, in den Wald hinausbegeben, wo sie abwartete, bis der Verliebte, der Verabredung gemäß, auf der Leiter das Dach erstiegen hatte. Dann sprang sie schnell hervor, nahm die Leiter weg und sang ihm unten das lustige Ständchen, das Friedrich gestern belauscht, während Faber, stumm vor Zorn und Scham, zwischen Himmel und Erde schwebte.
Leontin und Rosa lachten unmäßig und fanden den Einfall überaus herrlich. Friedrich aber fand ihn anders und schüttelte unwillig den Kopf über das vierzehnjährige Mädchen.
Sie setzten nun also ihre Reise allein weiter fort. Der Morgen war sehr heiter, die Gegend wunderschön; dessenungeachtet konnten sie heute gar nicht recht in die alte Lust und gewohnte Gesprächsweise hineinkommen. Faber fehlte ihnen und wurde von allen vermißt, besonders von Leontin, der fortwährend einen Ableiter seines überflüssigen Witzes brauchte. Dazu taugte ihm aber gerade niemand besser, als Faber, der komisch genug war, um Witz zu erzeugen und selber witzig genug, ihn zu verstehen. Friedrich nannte daher auch alle Gespräche zwischen Leontin und Faber egoistische Monologe, wo jeder nur sich selbst reden hört und beantwortet, anstatt daß er bei jeder Unterhaltung mit redlichem Eifer für die Sache selbst in den anderen überzeugend einzudringen suchte. Am sichtbarsten unter allen aber war Rosa verstimmt. Sie hatte sich ganz besondere, unerhörte Ereignisse und Wunderdinge von der Reise versprochen, und da diese nun nicht erscheinen wollten und auch der Schimmer der Neuheit von ihren Augen gefallen war, fing sie nach und nach an zu be-

merken, daß es sich doch eigentlich für sie nicht schicke, so allein mit den Männern in der Welt herumzustreifen, und sie hatte keine Ruhe und keine Lust mehr an den ewigen, langweiligen Steinen und Bäumen.
So waren sie an einen freigrünen Platz auf dem Gipfel einer Anhöhe gekommen und beschlossen, hier den Mittag abzuwarten. Ringsum lagen niedrige Berge mit Schwarzwald bedeckt, von der einen Seite aber hatte man eine weite Aussicht ins ebene Land, wo man die blauen Türme der Residenz an einem blitzenden Strome sich ausbreiten sah. Der mitgenommene Mundvorrat wurde nun abgepackt, ein Feldtischchen mitten in der Aue aufgepflanzt, und alle lagerten sich in einem Kreise auf dem Rasen herum und aßen und tranken. Rosa mochte launisch nichts genießen, sondern zog, zu Leontins großem Ärgernis, ihre Strickerei hervor, setzte sich allein seitwärts und arbeitete, bis sie am Ende darüber einschlief. Friedrich und Leontin nahmen daher ihre Flinten und gingen in den Wald, um Vögel zu schießen. Die lustigen bunten Sänger, die von einem Wipfel zum andern vor ihnen herflogen, lockten sie immer weiter zwischen den dunkelgrünen Hallen fort, so daß sie erst nach langer Zeit wieder auf dem Lagerplatze anlangten.
Hier kam ihnen Erwin mit auffallender Lebhaftigkeit und Freude entgegengesprungen und sagte, daß Rosa fort sei. Ein Wagen, erzählte der Knabe, sei bald, nachdem sie fortgegangen waren, die Straße herabgefahren. Eine schöne, junge Dame sah aus dem Wagen heraus, ließ sogleich stillhalten und kam auf die Gräfin Rosa zu, mit der sie sich dann lange sehr lebhaft und mit vielen Freuden besprach. Zuletzt bat sie dieselbe, mit ihr zu fahren. Rosa wollte anfangs nicht, aber die fremde Dame streichelte und küßte sie und schob sie endlich halb mit Gewalt in den Wagen. Die kleine Marie mußte auch mit einsitzen, und so hatten sie den Weg nach der Residenz eingeschlagen. – Friedrich kränkte bei dieser unerwarteten Nachricht die Leichtfertigkeit, mit der ihn Rosa so schnell verlassen konnte, in

tiefster Seele. Als sie an den Feldtisch in der Mitte der Aue kamen, fanden sie dort ein Papier, worauf mit Bleistift geschrieben stand: „Die Gräfin Romana."
„Das dacht' ich gleich", rief Leontin, „das ist so ihre Weise." – „Wer ist die Dame?" fragte Friedrich. – „Eine junge, reiche Witwe", antwortete Leontin, „die nicht weiß, was sie mit ihrer Schönheit und ihrem Geiste anfangen soll, eine Freundin meiner Schwester, weil sie mit ihr spielen kann, wie sie will, eine tollgewordene Genialität, die in die Männlichkeit hineinpfuscht." Hierbei wandte er sich ärgerlich zu seinen Jägern, die ihre Pferde schon wieder aufgezäumt hatten, und befahl ihnen, nach seinem Schloß zurückzukehren, um die Reise freier und bequemer, bloß in Friedrichs und Erwins Begleitung weiter fortzusetzen.
Die Jäger brachen bald auf und die beiden Grafen blieben nun allein auf dem grünen Platze zurück, wo es so auf einmal still und leer geworden war. Da kam Erwin wieder gesprungen und sagte, daß man den Wagen soeben noch in der Ferne sehen könne. Sie blickten hinab und sahen, wie er in der glänzenden Ebene fortrollte, bis er zwischen den blühenden Hügeln und Gärten in dem Abendschimmer verschwand, der sich eben weit über die Täler legte. Von der andern Seite hörte man noch die Hörner der heimziehenden Jäger über die Berge. „Siehst du dort", sagte Friedrich, „die dunklen Türme der Residenz? Sie stehen wie Leichensteine des versunkenen Tages. Anders sind die Menschen dort, unter welche Rosa nun kommt; treue Sitte, Frömmigkeit und Einfalt gilt nicht unter ihnen. Ich möchte sie lieber tot, als so wiedersehn. Ist mir doch, als stiege sie, wie eine Todesbraut, in ein flimmernd aufgeschmücktes, großes Grab, und wir wendeten uns treulos von ihr und ließen sie gehen." – Leontin fuhr lustig über die Saiten der Gitarre und sang:

„Der Liebende steht träge auf,
Zieht ein Herr Jemine-Gesicht

Und wünscht, er wäre tot.
Der Morgen tut sich prächtig auf,
So silbern geht der Ströme Lauf,
Die Vöglein schwingen hell sich auf:
‚Bad', Menschlein, dich im Morgenrot,
Dein Sorgen ist ein Wicht!'"

Darauf bestiegen sie beide ihre Pferde und ritten in das Gebirge hinein.

Nachdem sie so mehrere Tage herumgeirrt und die merkwürdigsten Orte des Gebirges in Augenschein genommen hatten, kamen sie eines Abends schon in der Dunkelheit in einem Dorfe an, wo sie im Wirtshause einkehrten. Dort aber war alles leer, und nur von einer alten Frau, die allein in der Stube saß, erfuhren sie, daß der Pächter des Ortes heute einen Ball gebe, wobei auch seine Grundherrschaft sich befände, und daß daher alles aus dem Hause gelaufen sei, um dem Tanze zuzusehen.

Da es zum Schlafengehen noch zu zeitig und die Nacht sehr schön war, so entschlossen sich auch die beiden Grafen, noch einen Spaziergang zu machen. Sie strichen durchs Dorf und kamen bald darauf am andern Ende desselben an einen Garten, hinter welchem sich die Wohnung des Pächters befand, aus deren erleuchteten Fenstern die Tanzmusik zu ihnen herüberschallte. Leontin, den diese ganz unverhoffte Begebenheit in die lustigste Laune versetzt hatte, schwang sich sogleich über den Gartenzaun und überredete auch Friedrich, ihm zu folgen. Der Garten war ganz still, sie gingen daher durch die verschiedenen Gänge bis an das Wohnhaus. Die Fenster des Zimmers, wo getanzt wurde, gingen auf den Garten hinaus, aber es war hoch oben im zweiten Stockwerke. Ein großer, dichtbelaubter Baum stand da am Hause und breitete seine Äste gerade vor den Fenstern aus. „Der Baum ist eine wahre Jakobsleiter", sagte Leontin, und war im Augenblicke droben. Friedrich wollte durchaus nicht mit hinauf. „Das Belauschen", sagte er, „besonders fröhlicher Menschen in ihrer Lust, hat immer etwas Schlechtes im Hinterhalte." „Wenn du Umstände machst", rief Leontin von oben, „so fange ich hier so ein Geschrei an, daß alle zusammenlaufen und uns als Narren auffangen oder tüchtig durchprügeln." Soeben knarrte auch wirklich die Haustür unten, und Friedrich bestieg daher ebenfalls eilfertig den luftigen Sitz.

Oben aus der weiten, dichten Krone des Baumes konnten sie die ganze Gesellschaft übersehen. Es wurde eben ein Walzer getanzt, und ein Paar nach dem andern flog an dem Fenster vorüber. Junge, flüchtige Ökonomen, wie es schien, in knappen und engzugespitzten Fracken fegten tapfer mit tüchtigen Mädchen, die vor Gesundheit und Freude über und über rot waren. Hin und wieder zogen fröhliche, dicke Gesichter, wie Vollmonde, durch diesen Sternenhimmel. Mitten in dem Gewimmel tanzte eine hagere Figur, wie ein Satyr, in den abenteuerlichsten, übertriebensten Wendungen und Kapriolen, als wollte er alles Affektierte, Lächerliche und Ekle jedes einzelnen der Gesellschaft in eine einzige Karikatur zusammendrängen. Bald darauf sah man ihn auch unter den Musikanten ebenso mit Leib und Seele die Geige streichen. „Das ist ein höchst seltsamer Gesell", sagte Leontin, und verwendete kein Auge von ihm. „Es ist doch ein sonderbares Gefühl", erwiderte Friedrich nach einer Weile, „so draußen aus der weiten, stillen Einsamkeit auf einmal in die bunte Lust der Menschen hineinzusehen, ohne ihren inneren Zusammenhang zu kennen; wie sie sich, gleich Marionetten, voreinander verneigen und beugen, lachen und die Lippen bewegen, ohne daß wir hören, was sie sprechen." „O, ich könnte mir", sagte Leontin, „kein schauerlicheres und lächerlicheres Schauspiel zugleich wünschen, als eine Bande Musikanten, die recht eifrig und in den schwierigsten Passagen spielten, und einen Saal voll Tanzender dazu, ohne daß ich einen Laut von der Musik vernähme. – „Und hast du dieses Schauspiel nicht im Grunde täglich?" entgegnete Friedrich. „Gestikulieren, quälen und mühen sich nicht überhaupt alle Menschen ab, die eigentümliche Grundmelodie äußerlich zu gestalten, die jedem in tiefster Seele mitgegeben ist, und die der eine mehr, der andere weniger und keiner ganz auszudrücken vermag, wie sie ihm vorschwebt? Wie weniges verstehen wir von den Taten, ja selbst von den Worten eines Menschen!" – „Ja, wenn sie erst Musik im Leibe hätten!" fiel ihm Leontin lachend ins Wort. „Aber die meisten fingern wirklich ganz ernsthaft auf Hölzchen ohne Saiten, weil es einmal so hergebracht ist und das vorliegende Blatt heruntergespielt werden muß; aber das, was das ganze Hantieren eigentlich vorstellen soll, die Musik selbst und Bedeutung des Lebens, haben die närrisch gewordenen Musikanten darüber vergessen und verloren."

In diesem Augenblicke kam ein neues Paar bei dem Fenster angeflogen, alles machte ehrerbietig Platz und sie erblickten ein wunderschönes Mädchen, das sich durch seinen Anstand vor allen den andern auszeichnete. Sie lehnte lächelnd die zarte, glühende Wange an die Fensterscheibe, um sie abzukühlen. Darauf öffnete sie gar das Fenster, teilte zierlich ihre Haare, durch die ein Rosenkranz geflochten war, nach beiden Seiten über die Stirn, und schaute, so wie in Gedanken versunken, lange in die Nacht hinaus. – Leontin und Friedrich waren ihr dabei so nahe, daß sie ihren Atem hören konnten; ihre stillen, großen Augen, in deren feuchtem Spiegel der Mond widerglänzte, standen gerade vor ihnen. „Wo ist das Fräulein?" rief auf einmal eine Stimme von innen, und das Mädchen wandte sich um und verlor sich unter den Menschen. – Leontin sagte: „Ich möchte den Baum schütteln, daß er bis in die Wurzeln vor Freude beben sollte, ich möchte hier ins offene Fenster hineinspringen und tanzen, bis die Sonne aufginge, ich möchte wie ein Vogel von dem Baume fliegen über Berge und Wälder!" – Zwei ältliche Herren unterbrachen diese Ausrufungen, indem sie sich zum Fenster hinauslehnten. Ihr Gespräch, so ruhig wie ihre Gesichter, ergoß sich wie ein einförmiger, aber klarer Strom

über die neuesten politischen Zeitbegebenheiten, von denen sie bald auf ihre Landwirtschaft ablenkten, und aus den Blitzen, die man in der Ferne am wolkenlosen Himmel erblickte, ein günstiges Erntewetter prophezeieten.
Unterdes hatte die Musik aufgehört, das Zimmer oben wurde leerer. Man hörte unten die Türe auf- und zugehen, verschiedene Parteien gingen bei dem schönen Mondscheine im Garten auf und nieder, und auch die beiden alten Herren verschwanden von dem Fenster. Da kam ein junges Paar, ganz getrennt von den übrigen, langsam auf den Baum zugewandelt. „Gott steh uns bei", sagte Leontin, „da kommen gewiß Sentimentale, denn sie wandeln so schwebend auf den Zehen, wie einer, der gern fliegen möchte und nicht kann." Sie waren indes schon so nahe gekommen, daß man verstehen konnte, was sie sprachen. „Haben Sie", fragte der junge Mann, „das neueste Werk von Lafontaine gelesen?" „Ja", antwortete das Mädchen, in einer ziemlich bäuerischen Mundart, „ich habe es gelesen, mein edler Freund! und es hat mir Tränen entlockt, Tränen, wie sie jeder Fühlende gern weint. Ich bin so froh", fuhr sie nach einer kleinen Pause fort, „daß wir aus dem Schwarm, von den lärmenden, unempfindlichen Menschen fort sind; die rauschenden Vergnügungen sind gar nicht meine Sache, es ist da gar nichts für das Herz." Er: „O, daran erkenne ich ganz die schöne Seele! Aber Sie sollten sich der süßen Melancholie nicht so stark ergeben, die edlen Empfindungen greifen den Menschen zu sehr an." – „Sie sieht aber doch", flüsterte Friedrich, „blitzgesund aus und voll zum Aufspringen." – „Das kommt eben von dem Angreifen", meinte Leontin. – Er: „Ach, in wenigen Stunden scheidet uns das eiserne Schicksal wieder, und Berge und Täler liegen zwischen zwei gebrochenen Herzen." Sie: „Ja, und in dem einen Tale ist der Weg immer so kotig und kaum zum Durchkommen." Er: „Und an meinem neuen schönen Parutsch gerade auch ein Rad gebrochen. – Aber genießen wir doch die schöne Natur!

An ihrem Busen werd' ich so warm!" Sie: „O ja." Er: „Es geht doch nichts über die Einsamkeit für ein sanftes, überfließendes Herz. Ach! die kalten Menschen verstehen mich gar nicht!" Sie: „Auch Sie sind der einzige, mein edler Freund, der mich ganz versteht. Schon lange habe ich Sie im stillen bewundert, diesen – wie soll ich sagen? – diesen edlen Charakter, diese schönen Sentimentre." – „Sentiments wollen Sie sagen", fiel er ihr ins Wort und rückte sich mit eitler Wichtigkeit zusammen.

„O jemine!" flüsterte Leontin wieder, „mir juckt der Edelmut schon in allen Fingern, ich dächte, wir prügelten ihn durch."

Die beiden Sentimentalen hatten einander indes mit den Armen umschlungen und sahen lange stumm in den Mond. „Nun sitzt die Unterhaltung auf dem Sande", sagte Leontin, „der Witz ist im abnehmenden Monde." Aber zu seiner Verwunderung hub er von neuem an: „O heilige Melancholie! du sympathetische Harmonie gleichgestimmter Seelen! So rein, wie der Mond dort oben, ist unsere Liebe!" Währenddessen fing er an, heftig an dem Busenbande des Mädchens zu arbeiten, die sich nur wenig sträubte. „Nun", sagte Leontin, „sind sie in ihre eigentliche Natur zurückgefallen, der Teufel hat die Poesie geholt." „Das ist ja ein verwetterter Schuft", rief Friedrich und fing oben auf seinem Baume an, ganz laut zu singen. Die Sentimentalen sahen sich eine Weile erschrocken nach allen Seiten um, dann nahmen sie in der größten Verwirrung Reißaus. Leontin schwang sich lachend, wie ein Wetterkeil, vom Baume hinter ihnen drein und verdoppelte ihren Schreck und ihre Flucht.

Unsere Reisenden waren nun wahrscheinlich verraten und mußten also auf einen klugen Rückzug bedacht sein. Sie zogen sich daher auf den leeren Gängen des Gartens an den Spaziergehenden vorüber und wurden so, vom Dunkel begünstigt, von allen entweder übersehen oder für Ballgäste gehalten.

Als sie, schon nahe am Ausgange, eben um die Ecke eines

Ganges umbiegen wollten, stand auf einmal das schöne Fräulein, die mit einer Begleitung von der andern Seite kam, dicht vor ihnen. Der Mondschein fiel gerade sehr hell durch eine Öffnung der Bäume und beleuchtete die beiden schönen Männer. Das Fräulein blieb mit sichtbarer Verwirrung vor ihnen stehen. Sie grüßten sie ehrerbietig. Sie dankte verlegen mit einer tiefen, zierlichen Verbeugung und eilte dann schnell wieder weiter. Aber sie bemerkten wohl, daß sie sich in einiger Entfernung noch einmal flüchtig nach ihnen umsah.

Sie kehrten nun wieder in ihr Wirtshaus zurück, wo sie bereits alles zu einer guten Nacht vorbereitet fanden. Leontin war unterwegs voller Gedanken und stiller, als gewöhnlich. Friedrich stellte sich oben noch an das offene Fenster, von dem man das stille Dorf und den gestirnten Himmel übersah, verrichtete sein Abendgebet und legte sich schlafen. Leontin aber nahm die Gitarre und schlenderte langsam durch das nächtliche Dorf. Nach verschiedenen Umwegen kam er wieder an den Garten. Da war unterdes alles leer geworden und totenstill, in der Wohnung des Pächters alle Lichter verlöscht und die ganze laute, fröhliche Erscheinung versunken. Ein leichter Wind ging rauschend durch die Wipfel des einsamen Gartens, hin und wieder nur bellten Hunde aus entfernteren Dörfern über das stille Feld. Leontin setzte sich auf den Gartenzaun hinauf und sang:

„Der Tanz, der ist zerstoben,
Die Musik ist verhallt,
Nun kreisen Sterne droben,
Zum Reigen singt der Wald.

Sind alle fortgezogen,
Wie ist's nun leer und tot!
Du rufst vom Fensterbogen:
‚Wann kommt der Morgen rot!'

Mein Herz möcht' mir zerspringen,
Darum, so wein' ich nicht,
Darum, so muß ich singen,
Bis daß der Tag anbricht.

Eh' es beginnt zu tagen:
Der Strom geht still und breit,
Die Nachtigallen schlagen,
Mein Herz wird mir so weit!

Du trägst so rote Rosen,
Du schaust so freudenreich,
Du kannst so fröhlich kosen,
Was stehst du still und bleich?

Und laß sie gehn und treiben
Und wieder nüchtern sein,
Ich will wohl bei dir bleiben!
Ich will dein Liebster sein."

Das schöne Fräulein war in dem Hause des Pächters über Nacht geblieben. Sie stand halbentkleidet an dem offenen Fenster, das auf den Garten hinausging. „Wer mögen wohl die beiden Fremden sein?" sagte sie gleichgültig scheinend zu ihrer Jungfer. – „Ich weiß es nicht, aber ich möchte mich gleich fortschleichen und noch heute im Wirtshause nachfragen." – „Um Gottes willen, tu das nicht", sagte das Fräulein erschrocken, und hielt sie ängstlich am Arme fest. – „Morgen ist es zu spät. Wenn die Sonne aufgeht, sind sie gewiß längst wieder über alle Berge." – „Ich will schlafen gehen", sagte das Fräulein, ganz in Gedanken versunken. „Gott weiß, wie es kommt, ich bin heute so müde und doch so munter." Sie ließ sich darauf entkleiden und legte sich nieder. Aber sie schlief nicht, denn das Fenster blieb offen, und Leontins verführerische Töne stiegen die ganze Nacht wie auf goldenen Leitern in die Schlafkammer des Mädchens ein und aus.

„Stand ein Mädchen an dem Fenster,
Da es draußen Morgen war,
Kämmte sich die langen Haare,
Wusch sich ihre Äuglein klar.

Sangen Vöglein aller Arten,
Sonnenschein spielt' vor dem Haus,
Draußen übern schönen Garten
Flogen Wolken weit hinaus.

Und sie dehnt' sich in den Morgen,
Als ob sie noch schläfrig sei,
Ach, sie war so voller Sorgen,
Flocht ihr Haar und sang dabei:

Wie ein Vöglein hell und reine
Ziehet draußen muntre Lieb',
Lockt hinaus zum Sonnenscheine,
Ach, wer da zu Hause blieb'!"

Die Morgensonne traf unsere Reisenden schon wieder draußen zu Pferde, und das Dorf, wo sie übernachtet, lag dampfend hinter ihnen. Leontin hatte bereits im Wirtshause erfahren, daß das schöne Fräulein die Tochter eines in der Nähe reich begüterten Edelmannes sei, welcher, wie er sich sehr wohl erinnerte, mit seinem Vater in ganz besonders freundschaftlichen Verhältnissen gestanden hatte. Es wurde daher beschlossen, bei ihm einzusprechen.

Gegen Abend erblickten sie das Schloß des Herrn v. A., das aus einem freundlichreichen Chaos von Gärten und hohen Bäumen friedlich hervorragte. Sie ritten langsam zwischen hohen Kornfeldern hin. Die Sonne, die sich eben zum Untergange neigte, warf ihre Strahlen schief über die Fläche und spielte lustig in den nickenden Ähren.

Ein fröhliches Singen und Wirren verschiedener Stimmen lenkte bald die Augen der beiden Reiter von der ruhigen Landschaft vor ihnen ab, und sie erblickten seitwärts in einiger Entfernung vom Wege ein weites Feld, wo man soeben mit der Ernte begriffen war. Eine lange Reihe von Arbeitern wimmelte lustig durcheinander, der laute Ruf der Merker erschallte von Zeit zu Zeit dazwischen, und schwerbeladene Wagen zogen langsam und knarrend dem Dorfe zu. Im Hintergrunde dieses Gewimmels sah man eine bunte Gruppe von vornehmeren Personen gelagert, die den Arbeitern zusahen und unter denen Leontin sogleich das schöne Fräulein wiedererkannte. Mitten unter ihnen ragte eine höchst seltsame Figur hervor. Ein hagerer Mensch nämlich in einem langen, weißen Mantel saß auf einem hochbeinigten Schimmel, der den Kopf fast auf die Erde hängen ließ. Von dieser seiner Rosinante teilte die abenteuerliche Gestalt im Tone einer Predigt Befehle an die Bauern aus, worauf jedesmal ein lautes Gelächter erfolgte.

Leontin und Friedrich zweifelten nicht, daß jene Zuschauer die Herrschaft des Ortes seien, und da sie bemerkten, daß bereits alle Augen auf sie gerichtet waren, so übergaben sie ihre Pferde an Erwin und eilten, sich selber der Gesellschaft vorzustellen. Herr v. A. und seine Schwester, die sich seit dem Tode ihres Mannes beim Bruder aufhielt, erinnerten sich sogleich der ehemaligen freundschaftlichen Verhältnisse zwischen den beiden Häusern und drückten ihre Freude, Leontin und seinen Freund bei sich zu sehen, mit den aufrichtigsten Worten aus. Das Fräulein wurde bei ihrer Ankunft über und über rot und wagte nicht, die Augen aufzuschlagen, denn sie erkannte beide recht gut wieder. Neben ihr stand ein ziemlich junger, bleicher Mann, in dem sie sogleich dieselbe Gestalt wiedererkannten, die gestern mit so einer ironischen Wut getanzt und musiziert hatte. Seine auffallenden Gesichtszüge hatten sich tief in Leontins Gedächtnis gedrückt. Aber es war heut gar keine Spur von gestern an

ihm, er schien ein ganz anderer Mensch. Er sah schlicht, still und traurig und war verlegen im Gespräche. Es war ein Theolog, der, zu arm, seine Studien zu vollenden, auf dem Schlosse des Herrn v. A. Unterhalt, Freunde und Heimat gefunden und dafür die Leitung des Schulwesens auf den sämtlichen Gütern übernommen hatte. Der Ritter von der traurigen Gestalt dagegen schaute von seinem Schimmel während des Empfanges und der ersten Unterhaltung so unheimlich und komisch darein, daß Leontin gar nicht von ihm wegsehen konnte. Jeder Bauer, den seine Arbeit an ihm vorüberführte, gesegnete die Gestalt mit einem tüchtigen Witze, wobei sich jener immer heftig verteidigte. Leontin erhielt sich nur noch mit vieler Mühe, sich nicht darein zu mischen, als die Tante endlich die Gesellschaft aufforderte, sich nach Hause zu begeben, und alles aufbrach. Die sonderbare Gestalt setzte sich nun voraus in Galopp. Er schlug dabei mit beiden Füßen unaufhörlich in die Rippen des Kleppers und sein weißer Mantel rauschte in seiner ganzen Länge in den Lüften hinter ihm drein. Die Bauern riefen ihm sämtlich ein freudiges Hurra nach. Herr v. A., der die Verwunderung der beiden Gäste bemerkte, sagte lachend: „Das ist ein armer Edelmann, der vom Stegreif lebt, ein irrender Ritter, der von Schloß zu Schloß zieht und uns besonders oft heimsucht, ein Hofnarr für alle, die ihn ertragen können, halb närrisch und halb gescheut."
Als sie durchs Dorf gingen, wurden sie von allen Seiten nicht nur mit dem Hute, sondern auch mit freundlichen Worten und Mienen begrüßt, welches immer ein gutmütiges und natürliches Verhältnis zwischen der Herrschaft und ihren Bauern verrät. Sie kamen endlich an das Schloß und übersahen auf einmal einen weiten, freundlichen und fröhlich wimmelnden Hof. Alles war geschäftig, nett und ordentlich und beurkundete eine tätige Hauswirtin. Friedrich äußerte diese Bemerkung, wodurch sich die Tante ungemein geschmeichelt zu finden schien. Sie konnte ihre Freude darüber so wenig verbergen, daß sie

sogleich anfing, sich mit einer Art von Wohlbehagen über ihre häuslichen Einrichtungen und die Vergnügungen der Landwirtschaft auszubreiten. Das Schloß selbst war neu, sehr heiter, licht und angenehm, das Hausgerät in den gemütlichen Zimmern ohne besondere Wahl gemischt und sämtlich wie aus einer unlängst vergangenen Zeit.

Der Tisch in dem großen, geräumigen Tafelzimmer wurde gedeckt und man setzte sich bald fröhlich zum Abendessen. Die Unterhaltung blieb anfangs ziemlich stockend, steif und gezwungen, wie dies jederzeit in solchen Häusern der Fall ist, wo, aus Mangel an vielseitigen, allgemeinen Berührungen mit der Außenwelt, eine gewisse feste, ungelenke Gewohnheit des Lebens Wurzel geschlagen hat, die durch das plötzliche Eindringen wildfremder Erscheinungen, auf die ihr ewig gleichförmiger Gang nicht berechnet ist, immer eher verstimmt als umgestimmt wird. Herr v. A., ein langer, ernster Mann, in seiner Kleidung fast pedantisch, sprach wenig. Desto mehr führte seine Schwester das hohe Wort. Sie war eine lebhafte, regsame Frau, wie man zu sagen pflegt, in den besten Jahren, eigentlich aber gerade in den schlimmsten. Denn ihre Gestalt und unverkennbar schönen Gesichtszüge fingen soeben an, auf ein vergangenes Reich zu deuten. In dieser gefährlichen Sonnenwende steigt die Schönheit mürrisch, launisch und zankend von ihrem irdischen Throne, wo sie ein halbes Leben lang geherrscht, in die öde, freudlose Zukunft, wie ins Grab. Wohl denen seltenen größeren Frauen, welche die Zeit nicht versäumten, sondern im ruhigen, gesammelten Gemüte sich eine andere Welt der Religion und Sanftmut erbauten! Sie verwechseln nur die Throne und werden ewig lieben und geliebt werden.

Das Gespräch fiel während der Tafel auch auf die Erziehung der Kinder, ein Kapitel, von dem fast alle Weiber am liebsten sprechen und am wenigsten verstehen. Die Tante, die nur auf eine Gelegenheit gepaßt hatte, ihren Geist vor den beiden Fremden glänzen zu lassen, verbreitete sich darüber in dem gewöhnlichen Tone von Aufklärung, Bildung, feinen Sitten usw. Zu ihrem Unglück aber fiel es dem irrenden Ritter, der unterdes ganz unten an der Tafel mit Leib und Seele gegessen hatte, ein, sich mit in das Gespräch zu mischen. Gerade, als sie sich in ihren Redensarten eben am wohlsten gefiel, fuhr er höchstkomisch mit Wahrheiten darein, die aber alle so ungewöhnlich und abenteuerlich ausgedrückt waren, daß Friedrich und Leontin nicht wußten, ob sie mehr über die Schärfe seines Geistes oder über seine Verrücktheit erstaunen sollten. Besonders brach Leontin in ein schadenfrohes Gelächter aus. Die Tante, der es nicht an vielseitigen Talenten gebrach, um seine Verrücktheiten nicht ohne Salz zu finden, warf ihm unwillige Blicke zu, worauf sich jener in einem philosophischen Bombast von Unsinn verteidigte und endlich selber in ein albernes Lachen ausbrach. Sie hatte aber doch das Spiel verspielt; denn beide Gäste, besonders Leontin, spürten bereits eine gewisse Kameradschaft mit dem rätselhaften irrenden Ritter in sich.

Als endlich die Tafel aufgehoben wurde, mußte Fräulein Julie noch ihre Geschicklichkeit auf dem Klaviere zeigen, welches sie ziemlich fertig spielte. Währenddes hatte die Tante Friedrich beiseite genommen und erzählte ihm, wie sehr sie bedauere, ihre Nichte nicht frühzeitig in die Residenz in irgend ein Erziehungshaus geschickt zu haben, wo allein junge Frauenzimmer das gewisse Etwas erlernten, welches zum geselligen Leben so unentbehrlich sei. „Ich bin der Meinung", antwortete ihr Friedrich, „daß jungen Fräulein das Landleben gerade am besten fromme. In jenen berühmten Instituten wird durch Eitelkeit und heillose Nachahmungssucht die kindliche Eigentümlichkeit jedes Mädchens nur verallgemeinert und verdorben. Die arme Seele wird nach einem Modelle, das für alle passen soll, so lange dressiert und gemodelt, bis am Ende davon nichts übrig bleibt, als das leere Modell. Ich versichere, ich will alle Mädchen aus solchen Instituten sogleich an ihrer Wohlerzogenheit erkennen, und wenn ich sie anrede, weiß ich schon im voraus, was sie mir antworten werden, was für ein Schlag von Witz oder Spaß erfolgen muß, was sie für kleine Lieblingslaunen haben usw." Die Tante lachte, ohne jedoch eigentlich zu wissen, was Friedrich mit alle dem meine.

Unterdes hatte das Fräulein ein Volkslied angefangen. Die Tante unterbrach sie schnell und ermahnte sie, doch lieber etwas Vernünftiges und Sanftes zu singen. Leontin aber, den dabei seine Laune überwältigte, setzte sich statt des Fräuleins hin und sang sogleich aus dem Stegreif ein zärtliches Lied, so übertrieben und süßlich, daß Friedrich fast übel wurde. Fräulein Julie sah ihn groß an und war dann während seines ganzen Gesanges in tiefe Gedanken versunken. – Erst spät begab man sich zur Ruhe.

Das Schlafzimmer der beiden Gäste war sehr nett und sauber zubereitet, die Fenster gingen auf den Garten hinaus. Eine geheimnisvolle Aussicht eröffnete sich dort über den Garten weg in ein weites Tal, das in stiller, nächtlicher Runde vor ihnen lag. In einiger Ferne schien ein Strom zu gehen, Nachtigallen schlugen überall aus den Tälern herauf. „Das muß hier eine schöne Gegend sein", sagte Leontin, indem er sich zum Fenster hinauslehnte. „Sie kommt mir vor, wie die Menschen hier im Hause", entgegnete Friedrich. „Wenn ich in einem solchen abgeschlossenen Kreis von fremden Menschen hineintrete, ist es mir immer, als sähe ich von einem Berge in ein unbekanntes, weites, nächtliches Land. Da gehen stille breite Ströme, und tausend verborgene Wunder liegen seltsam zerstreut, und die fröhliche Seele dichtet bunte, lichte, glückliche Tage in die verworrene Dämmerung hinein. Ich habe oft gewünscht, daß ich die meisten Menschen niemals zum zweiten Male wiedersehen und näher kennen lernen dürfte, oder daß ich immer aufgeschrieben hätte, wie mir jeder zum ersten Male vorkam." – „Wahrhaftig", fiel ihm Leontin lachend ins Wort, „sprichst du doch, als wärst du von neuem verliebt. Aber du hast ganz recht, mir ist ebenso zumute, und es ist nur schade um ein redliches Herz, das durch eine immerwährende Täuschung so entherzt wird. Denn wenn in jene schöne, ungewisse Nacht der ersten Bekanntschaft nach und nach der Tag anfängt herüberzuschielen und die nüchternen Hähne krähen, da schleicht ein wunderbarer Geist nach dem andern abseits; was in der Nacht wie ein dunkler Riese dastand, wird ein krummer Baum, das Tal, das aussah wie eine umgeworfene, uralte römische Stadt, wird ein gemeines Ackerfeld, und das ganze Märchen nimmt ein schales Ende. Ich könnte so fromm sein, wie ein Lämmchen und niemals eine Anwandlung von Witz verspüren, wenn nicht alles so dumm ginge." – Friedrich sagte darauf: „Nimm dich in acht mit deinem Übermute! Es ist leicht und angenehm, zu verspotten, aber mitten in der Täuschung den großen, herrlichen Glauben an das Bessere festzuhalten und die andern mit feurigen Armen emporzuheben, das gab Gott nur seinen liebsten Söhnen." – „Ich sage dir in vollem Ernst", erwiderte Leontin ungemein liebenswürdig, „du wirst mich noch einmal ganz bekehren, du seltsamer Mensch. Gott weiß es wohl, mir fehlt noch viel daß ich gut wäre."

Am Morgen strahlte die Gegend in einem zauberischen Glanze in ihre Fenster herauf. Sie eilten in den Garten hinab, wo sie nicht wenig über die Schönheit der Landschaft erstaunten. Der Garten selbst stand auf einer Reihe von Hügeln, wie eine frische Blumenkrone über der grünen Gegend. Von jedem Punkte desselben hatte man die erheiternde Aussicht in das Land, das wie in einem Panorama ringsherum ausgebreitet lag. Nirgends bemerkte man weder eine französische noch englische durchgreifende Regel, aber das Ganze war ungemein erquicklich, als hätte die Natur aus fröhlichem Übermute sich selber aufschmücken wollen.

Herr v. A. und seine Schwester, letztere, wie wir später sehen werden, wohl nicht ohne besondere Absicht, baten ihre Gäste recht herzlich und dringend, längere Zeit bei ihnen zu verweilen, und beide willigten gern in den angenehmen Aufenthalt. Doch erst, als die allmähliche Gewohnheit des Zusammenlebens ihnen das Bürgerrecht des Hauses erteilt hatte, empfanden sie die Wohltat des stillen, gleichförmigen, häuslichen Lebens und labten sich an diesem immer neu erfreulichen Schauspiele, das über gutgeartete Gemüter eine Ruhe und einen gewissen festen Frieden verbreitet, den viele ein Leben lang in der bunten Weltlust oder in der Wissenschaft selber vergebens suchen.

Wenn die Sonne über den Gärten, Bergen und Tälern aufging, flog auch schon alles aus dem Schlosse nach allen Seiten aus. Herr v. A. fuhr auf die Felder, seine Schwester und das Fräulein hatten im Hofe zu tun und wurden gewöhnlich erst gegen Mittag in reinlichen, weißen Kleidern sichtbar. Friedrich und Leontin wohnten eigentlich den ganzen Vormittag draußen in dem schönen Garten. Auf Friedrich hatte das stille Leben den wohltätigsten Einfluß. Seine Seele befand sich in einer kräftigen Ruhe, in welcher allein sie imstande ist, gleich dem unbewegten Spiegel eines Sees, den Himmel in sich aufzunehmen. Das Rauschen des Waldes, der Vogelsang rings um ihn her, diese seit seiner Kindheit entbehrte grüne Abgeschiedenheit, alles rief in seiner Brust jenes ewige Gefühl wieder hervor, das uns wie in den Mittelpunkt alles Lebens versenkt, wo alle die Farbenstrahlen, gleich Radien, ausgehn und sich an der wechselnden Oberfläche zu dem schmerzlich-öden Spiele der Erscheinung gestalten. Alles Durchlebte und Vergangene geht noch einmal ernster und würdiger an uns vorüber, eine überschwengliche Zukunft legt sich, wie ein Morgenrot, blühend über die Bilder und so entsteht aus Ahnung und Erinnerung eine neue Welt in uns und wir erkennen wohl alle die Gegenden und Gestalten wieder, aber sie sind größer, schöner und gewaltiger und wandeln in einem anderen, wunderbaren Lichte. Und so dichtete hier Friedrich unzählige Lieder und wunderbare Geschichten aus tiefster Herzenslust, und es waren fast die glücklichsten Stunden seines Lebens.

Oft besuchte ihn dort Herr v. A. in seiner Werkstatt, doch immer nur auf kurze Zeit, um ihn nicht zu stören; denn er schien eine heilige Scheu vor allem zu haben, womit es einem Menschen ernst war, obschon er, wie Friedrich aus mehreren Äußerungen bemerkt hatte, insbesondere von der Dichtkunst gar nichts hielt. Er war einer von jenen, die, durch einseitige Erziehung und eine Reihe schmerzlicher Erfahrungen ermüdet, den lebendigen Glauben an Poesie, Liebe, Heldenmut und alles Große und Ungewöhnliche im Leben aufgegeben haben, weil es sich so ungefüge gebärdet und nirgends mehr in die Zeit hineinpassen will. Zu überdrüssig, um sich diese Rätsel zu lösen, und doch zu großmütig, um sich in das wichtigtuende Nichts der andern einzulassen, ziehen sich solche Menschen nach und nach kalt in sich selbst zurück und erklären zuletzt alles für eitel und Affektation. Daher liebte er die beiden Gäste, welche seine meist sehr genialen Bemerkungen, mit denen er das Erbärmliche aller Affektation auf die höchste Spitze des Lächerlichen zu stellen pflegte, immer sogleich verstanden und würdigten. Überhaupt waren ihm diese beiden eine ganz neue Erscheinung, die ihn oft in seiner Apathie irre machte, und er gewann während ihres Aufenthaltes auf dem Schlosse eine ungewöhnliche Heiterkeit und Lust an sich selber. Übrigens war er bis zur Sonderbarkeit einfach, redlich und gutmütig, und Friedrich liebte ihn unaussprechlich.

Fräulein Julie fuhr fort, ihre Tante in den häuslichen Geschäften mit der strengsten Ordnung zu unterstützen. Sonst war sie still und wußte sich ebensowenig wie ihr Vater in die gewöhnliche Unterhaltung zu finden, worüber sie oft von der Tante Vorwürfe anhören mußte. Doch verbreitete die beständige Heiterkeit und Klarheit ihres Gemütes einen unwiderstehlichen Frühling über ihr ganzes Wesen. Leontin den ihre Schönheit vom ersten Augenblick an heftig ergriffen hatte, beschäftigte sich viel mit ihr, sang ihr seine phantastischen Lieder vor, oder zeichnete ihr Landschaften voll abenteuerlicher Karikaturen und Bäumen und Felsen, die immer aussahen, wie Träume. Aber er fand, daß sie gewöhnlich nicht wußte, was sie mit alle dem anfangen sollte, daß sie gerade bei Dingen, die ihn besonders erfaßten, fast kalt blieb. Er begriff nicht, daß das heiligste Wesen des weiblichen Gemütes in der Sitte und dem Anstande bestehe, daß ihm in der Kunst, wie im Leben, alles Zügellose ewig fremd bliebe. Er wurde daher gewöhnlich ungeduldig und brach dann in seiner seltsamen Art in Witze und Wortspiele aus. Da aber das Fräulein wieder viel zu unbelesen war, um diese Sprünge seines Geistes zu verfolgen und zu verstehen, so führte er, statt zu belehren, einen immerwährenden Krieg in die Luft mit einem Mädchen, dessen Seele war wie das Himmelblau, in dem jeder fremde Schall verfliegt, das aber in ungestörter Ruhe aus sich selber den reichen Frühling ausbrütet.

Doch besser schien das Fräulein mit Friedrich zu stehen. Diesem erzählte sie zutraulich mit einer wohltuenden Bestimmtheit und Umsicht von ihrem Hauswesen, ihrer beschränkten Lebensweise, zeigte ihm ihre bisherige Lektüre aus der Bibliothek ihres Vaters, die meistenteils aus fabelhaften Reisebeschreibungen und alten Romanen aus dem Englischen bestand, und tat dabei unbewußt mit einzelnen, abgerissenen, ihr ganz eignen Worten, oft Äußerungen, die eine solche Tiefe und Fülle des Gemütes aufdeckten, und so seltsam weit über den beschränkten Kreis ihres Lebens hinausreichten, daß Friedrich oft erstaunt vor ihr stand und durch ihre großen, blauen Augen in ein Wunderreich hinunterzublicken glaubte. Leontin sah sie oft stundenlang so zusammen im Garten gehen und war dann gewöhnlich den ganzen Tag über ausgelassen, welches bei ihm immer ein schlimmes Zeichen war.

Der schöne Knabe Erwin, der mit einer unbeschreiblichen Treue an Friedrich hing, behielt indes auch hier seine Sonderbarkeiten bei. Er hatte ebenfalls seinen Wohnplatz in dem Garten aufgeschlagen und war noch immer nicht dahin zu bringen, eine Nacht im Hause zu schlafen. Leontin hatte für ihn eine eigne phantastische Tracht ausgesonnen, soviel auch die Tante, die es sehr ungereimt fand, dagegen hatte. Eine Art von spanischem Wams nämlich, himmelblau mit goldenen Kettchen, umschloß den schlanken Körper des Knaben. Den weißen Hals trug er bloß, ein zierlicher Kragen umgab den schönen Kopf, der mit seinen dunklen Locken und schwarzen Augen wie eine Blume über dem bunten Schmucke ruhte. Da Friedrich hier weniger zerstreut war, als sonst, so widmete er auch dem Knaben eine besondere Aufmerksamkeit. Er entdeckte in wenigen Gesprächen bald an Schärfe und Tiefe eine auffallende Ähnlichkeit seines Gemütes mit Julien. Nur mangelte bei Erwin das ruhige Gleichgewicht der Kräfte, die alles beleuchtende Klarheit ganz und gar. Im verborgensten Grunde der Seele schien vielmehr eine geheimnisvolle Leidenschaftlichkeit zu ruhen, die alles verwirrte und am Ende zu zerstören drohte. Mit Erstaunen bemerkte Friedrich zugleich, daß es dem Knaben durchaus an allem Unterrichte in der Religion gebreche. Er suchte daher seine frühesten Lebensumstände zu erforschen, aber der Knabe beharrte mit unbegreiflicher Hartnäckigkeit, ja mit einer Art von Todesangst auf seinem Stillschweigen über diesen Punkt. Friedrich ließ es sich nun ernstlich angelegen sein, ihn im Christentume zu unterrichten. Alle Morgen, wenn die Natur in ihrer Pracht vor ihnen ausgebreitet lag, saß er mit ihm im Garten und machte ihn mit dem großen wunderreichen Lebenswandel des Erlösers bekannt und fand, ganz dem Gange der Zeit zuwider, das Gemüt des Knaben weit empfänglicher für das Verständnis des Wunderbaren als des Alltäglichen und Gewöhnlichen. Seit dieser Zeit schien Erwin innerlich stiller, ruhiger und selbst geselliger zu werden.

In Juliens Wesen war indes, seit die Fremden hier angekommen waren, eine unverkennbare Veränderung vorgegangen. Sie schien seitdem gewachsen und sichtbar schöner geworden zu sein. Auch fing sie an, sich mehrere

Stunden des Tages auf ihrem Zimmer zu beschäftigen. Aus diesem Zimmer ging eine Glastür auf den Garten hinaus; vor derselben standen auf einem Balkon eine Menge hoher, ausländischer Blumen; mitten in diesem Wunderreiche von Duft und Glanz saß ein bunter Papagei hinter goldenen Stäben. Hier befand sich Julie, wenn alles ausgegangen war, und las oder schrieb, während Erwin, draußen vor dem Balkon sitzend, auf der Gitarre spielte und sang. So fand sie Friedrich einmal, als er sie zu einem Spaziergange abholte, eben über einem Gemälde begriffen. Es war, wie er mit dem ersten Blicke flüchtig unterscheiden konnte, ein halbvollendetes Porträt eines jungen Mannes. Sie verdeckte es schnell, als er hereintrat, und sah ihn mit einem durchdringenden, rätselhaften Blicke an. – Sollte sie lieben? dachte Friedrich und wußte nicht, was er davon halten sollte.

Achtes Kapitel

Es war festgesetzt worden, daß die ganze Familie eine kleine Reise auf ein Jagdgut des Herrn v. A. unternehmen sollte, das einige Meilen von dem Schlosse entfernt war. Am Morgen des bestimmten Tages wachte Friedrich sehr zeitig auf. Er stellte sich ans Fenster. Der Hof und die ganze Gegend lag noch ruhig, am fernen Horizonte fing bereits an der Tag zu grauen. Nur zwei Jäger waren auch schon munter und putzten unten im Hofe die Gewehre. Sie bemerkten den Grafen nicht und schwatzten und lachten miteinander. Friedrich hörte dabei mit Verwunderung mehrere Male Fräulein Julie nennen. Der eine Jäger, ein schöner junger Bursch, sang darauf mit heller Stimme ein altes Lied, wovon Friedrich immer nur die letzten Verse, womit sich jede Strophe schloß, verstand:

„Das Fräulein ist ein schönes Kind,
Sie hat so munt're Augen,
Die Augen so verliebet sind,
Zu sonst sie gar nichts taugen."

Friedrich erschrak, denn er zweifelte nicht, daß das Lied Julien gelten sollte. Er überdachte das Benehmen des Fräuleins in der letzten Zeit, das Verstecken des Bildes und verschiedene hingeworfene Reden, und konnte sich selbst der Meinung nicht erwehren, daß sie verliebt sei; aber wen sie meine, blieb immer noch dunkel.

Unterdes hatte sich der Tag immer mehr und mehr erhoben, hin und wieder gingen im Schlosse schon Türen auf und zu, bis es endlich nach und nach lebendig wurde. Wer es weiß, was es heißt, ein so schwerfälliges Haus flott zu machen, der wird sich von dem Rumpelmorgen einen Begriff machen können, der nun begann. Wie auf einem Schiffe, das sich zu einer nahen Schlacht bereitet, verbreitete sich langsam wachsend ein dunkles Getöse von Eile und Geschäftigkeit durchs ganze Schloß, Betten, Koffer und Schachteln flogen aus einer Ecke in die andere, nur noch selten hörte man die Kommando-Trompete der Tante dazwischentönen. Für Leontin waren diese feierlichen Vorbereitungen, die Wichtigkeit, mit der jeder sein Geschäft betrieb, ein wahres Fest. Unermüdlich befand er sich überall mitten im Gewühle und suchte unter dem Scheine der Hülfleistung die Verwirrung immer größer zu machen, bis er endlich durch seine zweideutigen Mienen den Zorn der gesamten Frauenzimmer dergestalt gegen sich empört hatte, daß er es für das Rätlichste hielt, Reißaus zu nehmen.

Er setzte sich daher mit Friedrich und Viktor, so hieß der Theolog, zu Pferde und sie ritten auf das Gut hinaus. Viktor, der nun mit den beiden schon vertrauter und gesprächiger geworden war, schien alle Trübnis dahinten gelassen zu haben, als sie über die Berge ritten. Er war auf einmal ausgelassen lustig, und sie konnten nicht umhin, über den sonderbar wechselnden Menschen zu erstaunen, der besonders ganz nach Leontins Geschmack war. Unterwegs sahen sie den seltsamen, irrenden Ritter, der schon lange wieder das Schloß verlassen hatte, in der Ferne auf seinem Gaule über ein Ackerfeld hinwegstolpern. Viktor brachte dieser Anblick ganz außer sich vor Freude. Er rief ihm sogleich mit geschwenktem Hute zu. Da aber jener, statt stillzuhalten seinen Gaul vielmehr in Trab setzte, um ihnen zu entkommen, so drückte er sogleich die Sporen ein und machte Jagd auf ihn. Er hatte ihn bald eingeholt und brachte ihn unter einem heftigen und lauten Wortwechsel mit sich zurück. Um diese Eroberung vermehrt, zogen sie nun fröhlich weiter und erblickten nach einigen Stunden endlich das Gut des Herrn v. A., als sie auf einer Anhöhe plötzlich aus dem Walde herauskamen. Das kleine Schloß mit seinem netten Hofe lag mitten in einem einsamen Tale, ringsumher von Tannenwäldern umschlossen. Leontin, den diese tiefe Einsamkeit überraschte, blieb in Gedanken stehen und sagte: „Wie fürchterlich schön, hier mit einem geliebten Weibe ein ganzes Leben lang zu wohnen! Ich möchte mich um alle Welt nicht verlieben."

Als sie unten in das Tal hinabzogen, bog auch schon auf der Höhe der Wagen des Herrn v. A. mit seinen vier Rappen um die Waldesecke herum, und der Kutscher knallte lustig mit der Peitsche, daß es weit in die Wälder hineinschallte. Das Fräulein lehnte sich zum Wagen hinaus. „Da reitet er!" rief sie auf einmal hastig. – Zum Glücke rollte der Wagen zu schnell herab, und die Tante hatte es nicht gehört.

Am folgenden Morgen, da die Gesellschaft zur Jagd aufbrach, war Leontin schon lange draußen im Walde. Er hatte sich von den Jägern im allgemeinen die Gegend bezeichnen lassen, wo die Jagd gehalten werden sollte, und war noch vor Tageseinbruch allein herausgeritten. Denn ihm waren alle die weitläufigen und schulgerechten Zurüstungen, die einer solchen allgemeinen Jagd immer vorherzugehen pflegen, in den Tod verhaßt. Er durchstrich daher an dem frischen Morgen allein die einsame Heide, wo ihn oft plötzlich durch eine Lichtung des Waldes die herrlichsten Aussichten überraschten und stundenlang festbannten. So folgte er dem lustigen Jagdgewirre immer von weitem nach. Und wie unter ihm die Felder rauschten, hin und wieder Schüsse fielen, und zwischen dem Gebell der Hunde die Hörner von Zeit zu Zeit ertönten, da dichtete seine frische Seele unaufhörlich seltsame Lieder, die er sogleich sang, ohne jemals ein einziges aufzuzeichnen. Denn was er aufschrieb, daran verlor er sogleich die freie, unbestimmte Lust. Es war, als bräche das Wort unter seiner Hand die luftigen Schwingen. Er beherrschte nicht, wie der besonnene Dichter, das gewaltige Element der Poesie, der Glückliche wurde von ihr beherrscht.

Unterdes war die Sonne schon hoch über die Wipfel des Waldes gestiegen, nur noch hin und her gaben die Hunde einzelne Laute, kein Schuß fiel mehr und der Wald wurde auf einmal wieder still. Die Jäger durchstrichen das Revier und riefen mit ihren Hifthörnern die zerstreuten Schützen von allen Seiten zusammen. So hatte sich nach und nach die Gesellschaft, außer Leontin, zusammengefunden und auf einer großen, schönen Wiese gelagert, die kühl und luftig zwischen den Waldbergen sich hinstreckte. Mehrere benachbarte Edelleute waren schon frühmorgens mit ihren Söhnen und Töchtern im Walde zur Jagd gestoßen und vermehrten nun den Trupp ansehnlich. Die Mädchen saßen, wie Blumen in einen Teppich gewirkt, mit ihren bunten Tüchern lustig im Grünen, reinlich gedeckte Tische mit Eßwaren und Wein standen schimmernd unter den kühlen Schatten, die Tante ging, alles fleißig und mit gutem Sinne ordnend, umher. Julie hatte, während Friedrichs und Leontins Aufenthalte auf dem Schlosse, den benachbarten Fräulein schon manches von den beiden Fremden geschrieben, vielerlei seltsame Dinge hatte der Ruf, der auf dem Lande alles Fremde um desto hungriger ergreift, je seltener es ihm kommt, zu ihnen getragen. Friedrich hatte sie nun kennengelernt, aber seine ruhige, einfache Sitte befriedigte die jungen, neugierigen Seelen keineswegs. Und doch hatte ihnen Julie immer nur von ihm mit so vieler Wärme und Ausführlichkeit geschrieben, Leontin aber bloß mit einigen flüchtigen Worten berührt, aus denen sie niemals recht klug werden konnten. – Auf einmal trat auch dieser gegenüber auf der Höhe aus dem Walde, und alle die jungen, schönen Augen flogen der hohen, schlanken Gestalt zu. Er konnte sich nicht enthalten, als er unter sich das bunte Lustlager erblickte, seinen Hut überm Kopfe zu schwenken. Man erwiderte von unten seine Begrüßung, wobei sich insbesondere Viktor wieder auszeichnete. Er warf seinen Hut mit fröhlicher Wut hoch in die Luft, ergriff schnell seine Büchse und schoß ihn so im Fluge, zu nicht geringem Schrecken der sämtlichen Frauenzimmer, wieder herab.

Leontin war indes hinabgestiegen, und alles rückte sich nun um die reichbedeckten Tische zusammen. Die Jäger lagen, ihre Weinflaschen in der Hand, hin und her zerstreut, ihre Hunde lechzend neben ihnen auf den Boden hingestreckt. Der freie Himmel machte alle Herzen weit, der Wein blickte golden aus den hellgeschliffenen Gläsern, wie die Lust aus den glänzenden Augen, und ein fröhliches Durcheinandersprechen erfüllte bald die Luft. Unter den fremden Fräulein befand sich auch eine Braut, ein hübsches, junges, sehr munteres Mädchen. Ihr Bräutigam war ein schöner, schlanker Landjunker mit einem bedeutenden Gesicht voll Leben, um das es jammerschade war, daß es durch einige rohe Züge entstellt wurde. Er mußte sich auf das tumultuarische Andringen sämtlicher Alten feierlich neben seine Braut setzen, welches er auch ohne weiteres tat. „Könnte ich es nur ein einziges Mal in meinem Leben so weit bringen“, sagte Leontin zu Friedrich, „so einen stattlichen, engelrechten Bräutigam vorzustellen! So eine öffentliche Brautschaft ist wie ein Wirtshaus mit einem abgeschabten Cupido am Aushängeschilde, wo jedermann aus- und eingehen und sein bißchen Witz blicken lassen darf."

Wehe der Braut, die unter lustige Trinker gerät! So wurde auch hier nach rechter deutscher Weise dem Brautpaare bald von allen Seiten mit kernigen Anhängen zugetrunken, wofür sich die junge Braut immer zierlich und errötend bedankte, indem sie jedesmal ebenfalls das Glas an den Mund setzte. Auch Leontin, der sich an dem allgemeinen Getümmel von guten und schlechten Einfällen ergötzte, und dem die feinen Lippen der Braut rosiger vorkamen, wenn sie sie in den goldenen Rand des Weines tauchte, setzte ihr tapfer zu und trank mehr als gewöhnlich.

Die alten Herren hatten sich indes in einen weitläufigen Diskurs über die Begebenheiten und Heldentaten der heutigen Jagd verwickelt und konnten nicht aufhören zu erzählen, wie jener Hase so herrlich zum Schuß gekommen, wie jener Hund angeschlagen, der andre die Jagd dreimal gewendet usw. Leontin, der auch mit in das Gespräch hineingezogen wurde, sagte: „Ich liebe an der Jagd nur den frischen Morgen, den Wald, die lustigen Hörner und das gefährliche, freie, soldatische Leben." – Alle nahmen sogleich Partei gegen diesen ketzerischen Satz und überschrieen ihn heftig mit einem verworrenen Schwall von Widersprüchen. „Die eigentlichen Jäger von Handwerk", fuhr Leontin lustig fort, „sind die eigentlichen Pfuscher in der edlen Jägerei, Narren des Waldes, Pedanten, die den Waldgeist nicht verstehen; man sollte sie gar nicht zulassen, uns andern gehört das schöne Waldrevier!" Diese offenbare Kriegserklärung brachte nun vollends alles in Harnisch. Von allen Seiten fiel man laut über ihn her. Leontin, den der viele Wein und die allgemeine Fehde erst recht in seine Lustigkeit hineinversetzt hatte, wußte sich nicht mehr anders zu retten: er ergriff die Gitarre, die Julie mitgebracht, sprang auf seinen Stuhl hinauf und übersang die Kämpfenden mit folgendem Liede:

„Was wollt ihr in dem Walde haben,
Mag sich die arme Menschenbrust
Am Waldesgruße nicht erlaben,
Am Morgenrot und grüner Lust?

Was tragt ihr Hörner an der Seite,
Wenn ihr des Hornes Sinn vergaßt,
Wenn's euch nicht selbst lockt in die Weite,
Wie ihr vom Berg frühmorgens blast?

Ihr werd't doch nicht die Lust erjagen,
Ihr mög't durch alle Wälder gehn;
Nur müde Füß' und leere Magen –
Mir möcht' die Jägerei vergehn!

O nehmet doch die Schneiderelle,
Guckt in der Küche in den Topf!
Sonntags dann auf des Hauses Schwelle
Krau' euch die Ehfrau auf dem Kopf!

Die Tierlein selber: Hirsch und Rehen,
Was lustig haust im grünen Haus,
Sie fliehn auf ihre freien Höhen
Und lachen arme Wichte aus.

Doch, kommt ein Jäger, wohlgeboren,
Das Horn irrt, er blitzt rosenrot,
Da ist das Hirschlein wohl verloren,
Stellt selber sich zum lust'gen Tod.

Vor allen aber die Verliebten,
Die lad' ich ein zur Jägerlust,
Nur nicht die weinerlich Betrübten –
Die recht von frisch' und starker Brust.

Mein Schatz ist Königin im Walde,
Ich stoß' ins Horn, ins Jägerhorn!
Sie hört mich fern und naht wohl balde,
Und was ich blas', ist nicht verlorn."

„Ich glaube, ich blase gar schon aus des Knaben Wunderhorn“, unterbrach er sich hier selber, und sprang schnell von seinem Stuhle. Die ganze Gesellschaft war durch das lustige Lied wieder mit ihm ausgesöhnt, der Streit war vergessen, und von allen Seiten wurde auf die Gesundheit des Sängers getrunken.

Unterdes zog der seltsame Viktor, der sich während Leontins Gesang fortgeschlichen hatte, weil er kein Lied vertragen konnte, wo er nicht selbst mitsingen durfte, aller Augen auf ein neues Schauspiel. Er warf nämlich im Hintergrunde, um nicht bemerkt zu werden, zu seiner eignen Herzenslust die leeren Weinfäßchen in die Luft, während die Jäger alle nach denselben schießen mußten, welches nicht ohne das größte Geschrei ablief. Die Tante, welche keinen Rausch an Männern ertragen konnte, befürchtete eine allgemeine Anarchie und lud die Gesellschaft, um die erhitzten Gemüter zu zerstreuen, noch auf einige Stunden zu sich auf das Jagdschloß. Alles brach daher auf und bestieg den Wagen. Friedrich, Leontin und Viktor ritten wieder dem langen Zuge voran, den Ritter von der traurigen Gestalt in der Mitte, dessen baufälliges Pferd die Jäger mit einem Baldachin von grünen Zweigen und jungen Bäumen besteckt hatten, so daß er, gleich Münchhausen, wie unter einer Laube ritt.

Als sie auf dem Schlosse angekommen waren, wurden geschwind noch einige Musikanten, so gut sie hier zu bekommen waren, zusammengebracht, und man tanzte bis zur einbrechenden Nacht. Für Friedrich und Leontin, die, frühzeitig in die Welt hinausgestoßen, gewohnt waren, das Leben immer nur in großen, vollendeten Massen, gleichsam wie im Fluge, zu berühren, gewährte dieser kleine Kreis, wo fast alle, miteinander verwandt, nur Eine Familie bildeten, eine neue Erscheinung. Die erquickliche Art, wie die jungen Landfräulein immer mit Mund, Händen und den muntern Augen zugleich erzählten, ihre kleinen Manieren und unschuldige Koketterie, die Sorgfalt, mit welcher die Mütter nach jedem Tanze herumgingen und ihren artigen Kätzchen die Haare aus der heißen Stirne strichen und sie ermahnten, nicht kalt zu trinken, das lächelnde Wohlbehagen, mit dem eine jede alle Mienen Leontins und Friedrichs verfolgte, wenn sie sich mit ihren Töchtern gut zu unterhalten schienen, alles dies machte auf die beiden Fremden einen sonderbaren Eindruck, und sie hätten mit ihrem neuen und gewöhnlichen Wesen heut viele Herzen erobern können, wenn der eine nicht zu großmütig, der andere nicht zu wild gewesen wäre.

Leontin walzte mit der niedlichen Braut. Sie tanzte außerordentlich leicht und schön, und wie er so den schlanken, vollen Leib im Arme hatte, sah sie so unbeschreiblich frisch und reizend aus, daß er sich nicht enthalten konnte, das schöne Kind einige Male an sich zu drücken. Sie blickte heimlich lächelnd mit listig fragenden Augen zu ihm hinauf. Sie konnten endlich beide vor Müdigkeit nicht mehr weiter fort und er tanzte daher mit ihr bis in die nächste Fensternische, wo sie zusammen auf die Stühle sanken.

Nach einiger Zeit sah er sie an einem andern Fenster neben Fräulein Julie in ruhigem Gespräche sitzen. Er lehnte sich hinter ihnen an die Wand, ohne von ihnen bemerkt zu werden. Sie erzählte Julie, wann ihre Hochzeit sein werde, wieviel feine Wäsche sie mitbekomme, wie sie ihren kleinen Garten einrichten wollten usw. „Dort in dem Schlößchen unten“, fuhr sie fort, „werden wir wohnen.“ Leontin warf einen Blick durch das offene Fenster und sah das Dach des Schlößchens, soeben vom Abendrot beleuchtet, unbeschreiblich einsam und verlassen aus den Wäldern hervorragen. Eine große Bangigkeit überflog da sein Herz und er versank in tiefe Gedanken. Die Braut, die unterdes auf einmal gewahr wurde, daß er alles mit angehört, schämte sich und verdeckte ihr Gesicht mit beiden Händen.

In diesem Augenblicke hörte man ein verworrenes Getöse auf der Stiege, die Tür gähnte und spie einen ganzen

Knäuel der seltsamsten und abenteuerlichsten Zerrbilder und Mißgestalten aus, wie sie nur eine fürchterlich reiche, dunkel in sich selber arbeitende Phantasie ersinnen konnte. „Viktor!" – riefen Leontin und Friedrich zugleich, und sie hatten es erraten. Dieser hatte nämlich in möglichster Hast alles Altmodische, Lächerliche und Zerlumpte von Kleidungsstücken, dessen er habhaft werden konnte, zusammengerafft und damit die Bedienten und Jäger des Herrn v. A. aufgeputzt. Mit einem unübertrefflich raschen und glücklichen Witze hatte er, da er alle genau kannte, jedem zugeteilt, was ihm zukam, und so durch eine ungewöhnliche Verbindung des Gewöhnlichsten den phantasiereichsten Charakterzug erschaffen. Da keine Larven vorhanden waren, so hatte er selber in aller Schnelligkeit die Gesichter gemalt, und man mußte zugeben, jedes war ein wahrer Triumph der freisten und schärfsten Laune, denn eines jeden verborgenste, innerste Narrheit lachte erlöst aus den Zügen. Besonders zeichnete sich eine über alle Maßen dünne und schneiderartige Figur aus mit einem unbeschreiblich albern lächelnden Gesichte, dem er alle Haare rückwärts aus der glatten Stirn gekämmt hatte. Der Leib des alten Rockes war um ebensoviel zu lang, als die knappen Ärmel zu kurz erschienen. Recht oben auf dem Wirbel schwebte ein winziges Hütchen, in der Hand trug er einen kleinen Sonnenschirm. Viktor selbst führte in einem umgekehrten Rocke mit einer verstimmten Geige den Zug an und war recht das Salz und die Seele des Abenteuers. Mit einer Wut von Lust wußte er einem jeden seinen eigentümlichen Spielraum zu verschaffen, und selbst die Eitelsten dahin zu bringen, daß sie sich einmal über sich selbst erhoben und ihre eigene Narrheit zum Narren hatten. Und so gebärdeten sich denn auch die Ungeschicktesten meisterhaft, so wie die Plumpheit selber komisch wird, wenn sie über ihre eigenen Füße fällt. Herr v. A. stand ganz still in einer Ecke und lachte, daß ihm die Augen übergingen. Die Tante, die, wie fast alle Damen, keinen unmittelbaren Spaß verstand, lächelte gezwungen.

Manche andere schämten sich zu lachen und taten sich Gewalt an, ernsthaft auszusehen. Den irrenden Ritter aber hatte, seltsam genug, gleich beim Eintritte des Maskenzuges eine sonderbare Furcht überfallen; er nahm Reißaus und ließ sich nicht wieder sehen.

Viktor führte daher, als die Ergötzung an dem Spektakel anfing lau zu werden, endlich die Bande wieder fort, um den flüchtigen Ritter aufzusuchen. Sie fanden ihn in einem finstern Winkel des Hofes versteckt. Er war äußerst aufgebracht und wehrte sich mit Händen und Füßen, als sie ihn aufspürten. Viktor nahm ihn beim Arme und walzte mit ihm, wie wahnsinnig, im Hofe um den Brunnen herum. Ein alter, dicker Gerichtsverwalter, dem sie unvermerkt die Dose mit Kienruß gefüllt, und der daher, da er sich bei jeder Prise das Gesicht bemalte, wider sein Wissen und Willen eine Hauptfigur in dem Lustspiele abgab, mußte ebenfalls an einer allgemeinen Menuett teilnehmen, die sich jetzt in dem Hofe entspann. Ein einziges Licht stand auf einem Pfahle und warf im Winde einen flatternden Schein über die seltsame Verwirrung. Leontin, der sich bald anfangs mit Leib und Seele mit hineingemischt hatte, saß hoch oben auf dem Gartenzaune und strich die verstimmte Geige dazu. Den irrenden Ritter, der sich indes voll Angst und Zorn mit Gewalt wieder losgemacht hatte, sah man auf seinem Pferde mitten in der mondhellen Nacht über die Felder entfliehen.

„Wie haben Ihnen die Streiche gefallen?“ fragte die Tante den Grafen Friedrich, von dem sie ganz zuversichtlich erwartete, daß er den Spaß für unanständig hielt. „In meinem Leben“, sagte Friedrich, „habe ich keine Pantomime gesehen, wo mit so einfachen Mitteln so Vollkommenes erreicht worden wäre. Es wäre zu wünschen, man könnte die weltberühmten Mimiker, Grotesktänzer, und wie sie sich immer nennen, auf einen Augenblick zu ihrer Belehrung unter diesen Trupp versetzen. Wie armselig, nüchtern und albern würden sie sich unter diesen tüchtigen Gesellen ausnehmen, die nicht bloß diese oder jene einzelne

Richtung des Komischen ängstlich herausheben, sondern Sprache, Witz und den ganzen Menschen in Anspruch nehmen. Jene ermatten uns recht mit allgemeinen Späßchen ohne alle Individualität, mit hergebrachten, längst abgenutzten Mienen und Sprüngen, und vor lauter künstlichen Anstalten zum Lachen kommen wir niemals zum Lachen selber. Hier erfindet jeder selbst, wie es ihm die Lust des Augenblickes eingibt, und die Torheit lacht uns unmittelbar und keck ins Gesicht, daß uns recht das Herz vor Freiheit aufgeht." – „Das ist wahr", sagte die Tante, über dieses Urteil erstaunt, „unser Viktor ist ein pudelnärrischer, lustiger Mensch." – „Das glaube ich kaum", erwiderte Friedrich, „ein Mensch muß sehr kalt oder sehr unglücklich sein, um so zu phantasieren. Viktor kommt mir vor wie jener Prinz in Sizilien, der in seinem Garten und Schlosse alles schief baute, so daß sein Herz das einzige Gerade in der phantastischen Verkehrung war."

Es war unterdes schon spät geworden, die fremden Wagen fuhren unten vor, und die Gesellschaft fing an Abschied zu nehmen und aufzusteigen. In dem allgemeinen Getümmel der Bekomplimentierungen hatte die niedliche Braut noch ein Tuch vergessen. Sie lief daher mit Julie noch einmal in das Zimmer zurück. Es war niemand mehr darin; nur Leontin, der endlich auch die Maskenbande verlassen hatte, kam soeben von der andern Seite herein. Das lustige Mädchen versteckte sich schnell, da sie ihn erblickte, hinter die lange Fenstergardine und wickelte sich ganz darin, so daß nur die muntern Augen lüstern auffordernd aus dem Schleier hervorblitzten. Leontin zog das schöne mutwillige Kind heraus und küßte sie auf den Mund. Sie gab ihm schnell einen herzhaften Kuß wieder und rannte eiligst zu dem Wagen zurück, wo man ihrer schon harrte. „Ade, ade!" sagte sie noch am Schlage zu Julie, eigentlich aber mehr zu Leontin hingewendet, „ihr seht mich nun so bald nicht wieder, gewiß nicht." – Und sie hielt Wort.

Die Gäste waren nun fort, Herr v. A. und seine Schwester schlafen gegangen, und alles im Schlosse leer und still. Leontin saß oben im Vorsaale im offenen Fenster. Draußen zogen Gewitter, man sah es am fernen Horizonte blitzen. Fräulein Julie ging soeben, mit einem Lichte in der Hand, über den Hausflur nach ihrer Schlafkammer. Er rief ihr eine gute Nacht zu. Sie war unentschlossen, ob sie bleiben oder weitergehen sollte. Endlich kehrte sie zögernd um und trat zu ihm ans Fenster. Da bemerkte er Tränen in ihren großen Augen; sie war ihm noch nie so wunderschön vorgekommen. „Liebe Julie!" sagte er, und faßte ihre kleine Hand, die sie gern in der seinigen ließ. Der Wind, der zum Fenster hereinkam, löschte ihr plötzlich das Licht aus. Mit abgewendetem Gesicht sprach sie da einige Worte in die Nacht hinaus, aber so leise und, wie es ihm schien, von verhaltenem Weinen erstickt, daß er nichts verstehen konnte. Er wollte sie fragen, aber sie zog ihre Hand weg und ging schnell in ihr Schlafzimmer.

Ohne zu wissen, was er davon halten sollte, schaute er voller Gedanken in den finstern Hof hinunter. Dort sah er Viktor auf einem großen Steine sitzen, den Kopf in beide Hände gestützt; er schien eingeschlafen. Er eilte daher selber in den Hof hinab und nahm die Gitarre mit, die er unten im Fenster liegend fand. „Wir wollen diese Nacht auf dem Teiche herumfahren", sagte er zu Viktor, der indes aufgewacht war. Dieser war sogleich mit voller Lust von der Partie, und so zogen sie zusammen hinaus.

Sie bestiegen den kleinen Kahn, der unweit vom Schlosse im Schilfe angebunden lag, und ruderten bis in die Mitte des Sees. Die ganze Runde war totenstill, nur einige Nachtvögel pfiffen von Zeit zu Zeit aus dem Walde herüber. Es schien, als wollte das Wetter heraufkommen, das man von ferne sah, denn ein kühler Wind flog über den Teich voran und kräuselte die ruhige Fläche. Sie glaubten Fräulein Julie an dem Fenster zu bemerken. Da sang Leontin, der vorn im Kahne aufrecht stand, folgendes Lied zur Gitarre, während der ewig rege und unruhige Viktor bald tollkühn mit dem Kahne schaukelte, bald wieder in den Wald hinausrief, daß hin und her die Hunde an den nächsten Häusern wach wurden:

„Schlafe, Liebchen, weil's auf Erden
Nun so still und seltsam wird!
Oben geht die goldne Herde,
Für uns alle wacht der Hirt.

In der Ferne ziehn Gewitter;
Einsam auf dem Schifflein schwank
Greif' ich draußen in die Zither,
Weil mir gar so schwül und bang.

Schlingend sich an Bäum' und Zweigen,
In dein stilles Kämmerlein,
Wie auf goldnen Leitern, steigen
Diese Töne aus und ein.

Und ein wunderschöner Knabe
Schifft hoch über Tal und Kluft,
Rührt mit seinem goldnen Stabe
Säuselnd in der lauen Luft.

Und in wunderbaren Weisen
Singt er ein uraltes Lied,
Das in linden Zauberkreisen
Hinter seinem Schifflein zieht.

Ach, den süßen Klang verführet
Weit der buhlerische Wind,
Und durch Schloß und Wind ihn spüret
Träumend jedes schöne Kind."

Es fing stärker an zu blitzen, das Gewitter stieg herauf. Viktor schaukelte heftiger mit dem Kahne; Leontin sang:

„Es waren zwei junge Grafen
Verliebt bis in den Tod,
Die konnten nicht ruhn noch schlafen
Bis an den Morgen rot.

O trau' den zwei Gesellen,
Mein Liebchen, nimmermehr,
Die gehn wie Wind und Wellen,
Gott weiß: wohin, woher. –

Wie grüßen Land und Sterne
Mit wunderbarem Klang,
Und wer uns spürt von ferne,
Dem wird so wohl und bang.

Wir haben wohl hienieden
Kein Haus an keinem Ort,
Es reisen die Gedanken
Zur Heimat ewig fort.

Wie eines Stromes Dringen
Geht unser Lebenslauf,
Gesanges Macht und Ringen
Tut helle Augen auf.

Und Ufer, Wolkenflügel,
Die Liebe hoch und mild –
Es wird in diesem Spiegel
Die ganze Welt zum Bild.

Dich rührt die frische Helle,
Das Rauschen, heimlich kühl,
Das lockt dich zu der Welle,
Weil's draußen leer und schwül.

Doch wolle nie dir halten
Der Bilder Wunder fest,
Tot wird ihr freies Walten,
Hältst du es weltlich fest.

Kein Bett darf er hier finden.
Wohl in den Tälern schön
Siehst du sein Gold sich winden,
Dann plötzlich meerwärts drehn."

Viktor, der unterdes, ohne auf das Lied zu achten, immerfort das Echo versuchte, zwang ihn hier durch sein übermäßiges Rufen und Schreien abzubrechen. Julie hatte auch schon lange das Fenster geschlossen und alles im Schlosse war finster und still. Das Gewitter zog indes grade über ihnen hin, die Wälder rauschten von allen Seiten. Leontin griff stärker und frömmer in die Saiten:

„Schlag mit den flamm'gen Flügeln!
Wenn Blitz aus Blitz sich reißt,
Steht wie in Rossesbügeln
So ritterlich mein Geist.

Waldesrauschen, Wetterblicken
Macht recht die Seele los,
Da grüßt sie mit Entzücken,
Was wahrhaft, ernst und groß.

Es schiffen die Gedanken
Fern wie auf weitem Meer,
Wie auch die Wogen schwanken:
Die Segel schwellen mehr.

Herr Gott, es wacht dein Wille!
Wie Tag und Lust verwehn,
Mein Herz wird mir so stille
Und wird nicht untergehn."

Sie bemerkten nun einen roten Schein, der über dem Schloßhofe zu stehn schien. Sie hielten es für einen Feuermann; denn die ganze Zeit hindurch hatten sie rings in der Runde solche Erscheinungen, wie Wachtfeuer, lodern gesehen: teils bläuliche Irrlichter, die im Winde über die

Wiesen streiften, teils größere Feuergestalten, mit zweifelhaftem Glanze durch die Nacht wandelnd. Als sie aber wieder hinblickten, sahen sie den Feuermann über dem Schlosse sich langsam dehnen und riesengroß wachsen, und ein langer Blitz, der soeben die ganze Gegend beleuchtete, zeigte ihnen, daß der Schein gerade vom Dache ausging. „Um Gottes willen, das ist Feuer im Schloß!" rief Viktor erblassend, und sie ruderten, ohne ein Wort zu sprechen, eiligst auf das Ufer zu.

Als sie ans Land kamen, sahen sie bereits einen rötlichen Qualm zum Dachfenster hervordringen und sich in fürchterlichen Kreisen in die Nacht hinauswälzen. Alles im Hause und im Hofe schlief noch in tiefster Ruhe. Viktor machte Lärm an allen Türen und Fenstern. Leontin eilte in die Kirche und zog die Sturmglocke, deren abgebrochene, dumpfe Klänge, die weit über die stillen Berge hinzogen, ihn selber im Innersten erschütterten. Der Nachtwächter ging durch die Gassen des Dorfes und erfüllte die Luft mit den gräßlichen Jammertönen seines Hornes. Und so wurde endlich nach und nach alles lebendig, und rannte mit bleichen Totengesichtern, gleich Gespenstern, bestürzt und verstört durcheinander. Die heftige Tante hatte bald der erste Schrecken überwältigt. Sie lag bewußtlos in Krämpfen und vermehrte so die allgemeine Verwirrung noch mehr.

Schon schlug die helle Flamme oben aus dem Dache, das Hinterhaus stand noch ruhig und unversehrt. Niemanden fiel es in der ersten Bestürzung ein, daß Fräulein Julie im Hinterhause schlafe und ohne Rettung verloren sei, wenn die Flamme die einzige Stiege, die dort hinaufführte, ergriffe. Leontin dachte daran und stürzte sich sogleich in die Glut.

Als er in ihr Schlafzimmer trat, sah er das schöne Mädchen, den Kopf auf den vollen, weißen Arm gesenkt, in ungestörtem Schlafe ruhen. Alles in dem Zimmer lag noch still und friedlich umher, wie sie es beim Entkleiden hingelegt; ein aufgeschlagenes Gebetbuch lag an ihrer Seite.

Es war ihm in diesem Augenblicke, als sähe er einen schönen, goldgelockten Engel neben ihrem Bette sitzen, der schaute mit den stillen, himmlischen Augen in das wilde Element, das sich vor Kinderaugen fürchtet. – Das Fräulein schlug verwundert fragend die großen Augen auf, als er zu ihr trat, und erblickte bald die ungewöhnliche, schreckliche Helle durch das ganze Haus. Leontin schlug schnell das Bettuch um sie herum und nahm sie auf den Arm. Ohne ein Wort zu sprechen, umklammerte sie ihn in stummem Schrecken. Ein heftiger Wind, der aus dem Brande selbst auszugehen schien, faltete indes die Flammen-Fahnen immer mehr auseinander, der schreckliche Feuermann griff mit seinen Riesenarmen rechts und links in die dunkle Nacht und hatte bereits auch schon das Hinterhaus erfaßt. Da sah Leontin auf einmal, mitten zwischen den Flammen, eine unbekannte weibliche Gestalt in weißem Gewande erscheinen, die ruhig in dem Getümmel auf und nieder ging. „Gott sei Dank!" hörte er zugleich draußen die Bauern rufen, „wenn die da ist, wird's bald besser gehn." – „Wer ist die weiße Frau?" fragte Leontin, der nicht ohne innerlichen Schauder auf sie hinblicken konnte. Julie, die ihr Gesicht fest an ihn gedrückt hatte, überhörte in der Verwirrung die Frage, und so trug er sie hoch durch das Feuer hindurch, ohne die Augen von der fremden Gestalt zu wenden. Kaum hatte er aber das Fräulein im Hofe niedergesetzt, als er selber, von dem Rauche, der Hitze und Anstrengung ganz erschöpft, bewußtlos auf den Boden hinsank.
Jene seltsame Erscheinung hatte während dessen alle mit frischem Mute beseelt, und so war es der verdoppelten Anstrengung gelungen, die Flammen endlich zu zwingen. Als Leontin die Augen wieder aufschlug, sah er mit Erstaunen alles ringsumher schon leer und ruhig. Die weiße Frau aber war mit dem Feuer verschwunden, wie sie gekommen war. Er selber lag neben der Brandstätte auf einem Kasten zwischen einer Menge geretteter Gerätschaften, die unordentlich übereinander lagen. Julie saß

neben ihm und hatte seinen Kopf auf ihrem Schoße. Alle andern hatten sich, von der Arbeit ermattet, nach und nach zerstreut, Herr v. A. und seine Schwester noch auf einige Stunden zur Ruhe begeben. Nur Viktor, der während des Brandes mehrere Male bis in die innersten Zimmer eingedrungen, und immer mitten zwischen dem zusammenstürzenden Gebälk erschienen war, sah er hoch auf einem halbabgetrennten Pfeiler eingeschlafen. Das prächtige Feuerwerk war indes nun in sich selber zusammengesunken, nur hin und wieder flackerte noch zuweilen ein Flämmchen auf, während einige dunkle Wachen an dem verwüsteten Platze auf und ab gingen, um das Feuer zu hüten. Leontin hatte den einen Arm um Julie geschlungen, die still neben ihm saß. Ihr Herz war so voll, wie noch niemals in ihrem ganzen Leben. Im Innersten aufgeregt von den raschen Begebenheiten dieser Nacht, war es ihr, als hätte sie in den wenigen Stunden Jahre überlebt; was lange im stillen geglommen, war auf einmal in helle Flammen ausgebrochen. Müde lehnte sie ihr Gesicht an seine Brust und sagte, ohne aufzusehen: „Sie haben mir mein Leben gerettet. Ich kann es nicht beschreiben, wie mir damals zumute war. Ich möchte Ihnen nun so gern aus ganzer Seele danken, aber ich könnte es doch nicht ausdrücken, wenn ich es auch sagen wollte. Es ist auch eigentlich nicht das, daß Sie mich aus dem Feuer getragen haben." Hier hielt sie eine Weile inne, dann fuhr sie wieder fort: „Die Flamme ist nun verloschen. Wenn der Tag kommt, ist alles wieder gut und ruhig, wie sonst. Jeder geht wieder gelassen an seine alte Arbeit und denkt nicht mehr daran. Ich werde diese Nacht niemals vergessen."

Sie sah bei diesen Worten gedankenvoll vor sich hin. Leontin hielt sich nicht länger, er zog sie an sich und wollte sie küssen. Sie aber wehrte ihn ab und sah ihn sonderbar an. – So saßen sie noch lange, wenig sprechend, nebeneinander, bis endlich Julie die Augen zusanken. Er fühlte ihr ruhiges, gleichförmiges Atmen an seiner Brust. Er hielt sie

fest im Arme und saß so träumerisch die übrige Nacht hindurch.
Die Gewitter hatten sich indes ringsum verzogen, ein labender Duft stieg aus den erquickten Feldern, Kräutern und Bäumen. Aurora stand schon hoch über den Wäldern. Da weckte der kühle Morgenwind Julie aus dem Schlummer. Der Rausch der Nacht war verflogen; sie erschrak über ihre Stellung in Leontins Armen und bemerkte nun, da es überall licht war, mit Erröten, daß sie halb bloß war. Leontin hob das schöne, verschlafene Kind hoch vor sich in den frischen Morgen hinein, während sie ihr Gesicht mit beiden Händen bedeckte. Darauf sprang sie fort von ihm und eilte ins Haus, wo soeben alles anfing sich zu ermuntern.

Neuntes Kapitel

Am Morgen saßen alle in der Stube des Jägers beim Frühstück versammelt, die unruhigen Ereignisse dieser Nacht besprechend. Julie sah blaß aus, und Leontin bemerkte, daß sie oft heimlich über die Tasse weg nach ihm hinblickte, und schnell wieder wegsah, wenn sein Auge ihr begegnete.
Alle untersuchten darauf noch einmal die Brandstätte, die noch immer fortrauchte. Man war allgemein der Meinung, daß ein Blitz gezündet haben müsse, so viele Mühe sich auch der dicke Gerichtsverwalter gab, darzutun, daß es boshafterweise angelegt sei, und daß man daher mit aller Strenge untersuchen und verfahren müsse. Herr v. A. verschmerzte den Verlust sehr leicht, da er ohnedies schon lange willens war, das alte Schlößchen niederreißen zu lassen, um ein neues, bequemeres hinzubauen.
Leontin fragte endlich wieder um die weiße Frau. „Es ist eine reiche Witwe“, sagte Herr v. A., „die vor einigen Jah-

ren plötzlich in diese Gegend kam und mehrere Güter ankaufte. Sie ist im stillen sehr wohltätig, und, seltsam genug, bei Tag und bei Nacht, wo immer ein Feuer ausbricht, so gleich bei der Hand, wobei sie dann die armen Verunglückten mit ansehnlichen Summen unterstützt. Die Bauern glauben nun ganz zuversichtlich, sobald sie nur erscheint, müsse das Feuer sich legen, wie beim Anblick einer Heiligen. Übrigens empfängt und erwidert sie keine Besuche, und niemand weiß eigentlich recht, wie sie heißt und woher sie gekommen; denn sie selber spricht niemals von ihrem vergangenen Leben." „Ja wohl", sagte der Gerichtsverwalter, mit einer wichtigen Miene, „es geht dort überaus geheimnisvoll zu. Aber es gibt auch noch Leute hinterm Berge. Man weiß wohl, wie es zugeht in der Welt. Mein Gott! die liebe Jugend – junges Blut tut nicht gut." – „Ich bitte, malen Sie uns keinen Schnurrbart an das Heiligenbild!" unterbrach ihn Leontin, der sich seine Phantasie von der wunderbaren Erscheinung nicht verderben lassen wollte.

Es war unterdes schon wieder aufgepackt worden, um auf das Schloß des Herrn v. A. zurückzukehren. Leontin konnte der Begierde nicht widerstehen, die weiße Frau näher kennen zu lernen. Er beredete daher Friedrich, mit ihm einen Streifzug nach dem nahe gelegenen Gute derselben zu machen. Sie versprachen beide, noch vor Abend wieder bei der Gesellschaft einzutreffen.

Gegen Mittag kamen sie auf dem Landsitze der Unbekannten an. Sie fanden ein neu erbautes Schloß, das, ohne eben groß zu sein, durch seine große, einfache Erfindung auf das angenehmste überraschte. Eine Reihe hoher, schlanker Säulen bildete oben den Vorderteil des Schlosses. Eine schöne, steinerne Stiege, welche die ganze Breite des Hauses einnahm, führte zu diesem Säuleneingange hinauf. Die Stiege erhob sich nur allmählich und terrassenförmig und war mit Orangen, Zitronenbäumen und verschiedenen hohen Blumen besetzt. Vor dieser blühen-

den Terrasse lag ein weiter, schattenreicher Garten ausgebreitet.
Alles war still, es schien niemand zu Hause zu sein. Auf der Stiege lag ein schönes, etwa zehnjähriges Mädchen über einem Tamburin, auf das sie das zierliche Köpfchen gelehnt hatte, eingeschlummert. Oben hörte man eine Flötenuhr spielen. Das Mädchen wachte auf, als sie an sie herankamen, und schüttelte erstaunt die schwarzen Lokken aus den muntern Augen. Dann sprang sie scheu auf und in den Garten fort, während die Schellen des Tamburins, das sie hoch in die Luft hielt, hell erklangen.
Die beiden Grafen gingen nun in den Garten hinab, dessen ganze Anlage sie nicht weniger anzog, als das Äußere des Schlosses. „Wie wahr ist es", sagte Friedrich, „daß jede Gegend schon von Natur ihre eigentümliche Schönheit, ihre eigene Idee hat, sie sich mit ihren Bächen, Bäumen und Bergen, wie mit abgebrochenen Worten, auszusprechen sucht. Wen diese einzelnen Laute rühren, der setzt mit wenigen Mitteln die ganze Kunst und Lust, daß wir uns mit dem Garten recht verstehen." Leontin war indes mehrere Male verwundert stehen geblieben. „Höchst seltsam!" sagte er endlich, als sie den Gipfel eines Hügels erreicht hatten, „diese Baumgruppen, Wäldchen, Hügel und Aussichten erinnern mich ganz deutlich an gewisse Gegenden, die ich in Italien gesehen, und an manchen glücklich durchschwärmten Abend. Es ist wahrhaftig mehr als eine zufällige Täuschung."
Der Abend fing bereits an, einzubrechen, als sie wieder bei den Stufen der großen Stiege anlangten. Sie wurden beide von dem herrlichen Anblicke überrascht, der sich ihnen dort von oben darbot. Die Gegend lag in der abendroten Dämmerung wie ein verworrenes Zaubermeer von Bäumen, Strömen, Gärten und Bergen, auf dem Nachtigallenlieder, gleich Sirenen, schifften. „Wie glücklich", sagte Friedrich, „ist eine beruhigte, stille Seele, die imstande ist, so besonnen und gleichförmig nach allen Seiten hin zu wirken und zu schaffen, die, von keiner besondern

Leidenschaft mehr gestört, auf der schönen Erde wie in der Vorhalle des größern Tempels wohnt!“
Er wurde hier durch einige Saitenakkorde unterbrochen, die aus dem Garten herauftönten. Bald darauf hörten sie einen Gesang. Friedrich horchte voll Erstaunen, denn es war dasselbe sonderbare Lied aus seiner Kindheit, das manchmal auch Erwin in der Nacht gesungen, und das er sonst nirgends wieder gehört hatte.
Leontin war indes in das erste Zimmer hineingetreten, dessen Türe halb geöffnet stand. Er warf einen flüchtigen Blick durch das Gemach. Ein altes, auf Holz gemaltes Ritterbild hing dort an der Wand, über welche der Abend zuckend die letzten ungewissen Strahlen warf. Leontin trat erschüttert zurück, denn er erkannte auf einmal das beleuchtete Gesicht des Bildes. In demselben Augenblick trat ein alter Bediente von der andern Seite in das Zimmer und schien heftig zu erschrecken, als er Leontin ansah. „Um Gottes willen“, rief Leontin ihm zu, „sagen Sie mir, wer ist der Ritter dort?“ Der Alte entfärbte sich und sah ihn lange ernsthaft und forschend an. „Das Bild ist vor mehreren hundert Jahren gemalt, eine zufällige Ähnlichkeit muß Sie täuschen“, sagte er hierauf wieder gesammelt und ruhig. „Wo ist die Frau vom Hause?“ fragte Leontin wieder. „Sie ist heut noch vor Tagesanbruch schnell fortgereist und kommt so bald nicht zurück“, antwortete der Bediente und entfernte sich mit einer eiligen Verbeugung, als wollte er allen fernern Fragen ausweichen.
Unruhig kehrte nun Leontin wieder zu Friedrich zurück, gegen den er von dem ganzen letzten Vorfalle nichts erwähnte. Weder der Bediente, noch auch das zierliche, scheue Mädchen, das sie vorhin schlummernd angetroffen, zeigte sich mehr, und so ritten beide endlich gedankenvoll auf das Schloß des Herrn v. A. zurück, wo sie spät in der Nacht anlangten.

Zehntes Kapitel

Die alte, gleichförmige Ordnung der Lebensweise kehrte nun wieder auf dem Schlosse zurück. Die beiden Gäste hatten auf vieles Bitten noch einige Zeit zugeben müssen und lebten jeder auf seine Weise fort. Friedrich dichtete wieder fleißig im Garten oder in dem daranstoßenden angenehmen Wäldchen. Meist war dabei irgendein Buch aus der Bibliothek des Herrn v. A., wie es ihm gerade in die Hände fiel, sein Begleiter. Seine Seele war dort so ungestört und heiter, daß er die gewöhnlichsten Romane mit jener Andacht und Frischheit der Phantasie ergriff, mit welcher wir in unserer Kindheit solche Sachen lesen. Wer denkt nicht mit Vergnügen daran zurück, wie ihm zumute war, als er den ersten Robinson oder Ritterroman las, aus dem ihn das frühste lüsterne Vorgefühl, die wunderbare Ahnung des ganzen, künftigen, reichen Lebens anwehte; wie zauberisch da alles aussah und jeder Buchstabe auf dem Papiere lebendig wurde? Wenn ihm dann nach vielen Jahren ein solches Buch wieder in die Hand kommt, sucht er begierig die alte Freude wieder auf darin, aber der frische, kindische Glanz, der damals das Buch und die ganze Erde überschien, ist verschwunden, die Gestalten, mit denen er so innig vertraut war, sind unterdes fremde und anders geworden, und sehen ihn an wie ein schlechter Holzstich, daß er weinen und lachen möchte zugleich. Mit so muntern, malerischen Kindesaugen durchflog denn auch Friedrich diese Bücher. Wenn er dazwischen dann vom Blatte aufsah, glänzte von allen Seiten der schöne Kreis der Landschaft in die Geschichten hinein, die Figuren, wie der Wind durch die Blätter, des Buches rauschte, erhoben sich von ihm in der grenzenlosen, grünen Stille und traten lebendig in die schimmernde Ferne hinaus; und so war eigentlich kein Buch so schlecht erfunden, daß er es nicht erquickt und belehrt aus der Hand gelegt hätte. Und das sind die rechten Leser, die mit und über dem Buche dichten. Denn kein Dichter gibt einen fertigen Himmel;

er stellt nur die Himmelsleiter auf von der schönen Erde. Wer, zu träge und unlustig, nicht den Mut verspürt, die goldenen, losen Sprossen zu besteigen, dem bleibt der geheimnisvolle Buchstabe ewig tot, und er täte besser, zu graben oder zu pflügen, als so mit unnützem Lesen müßig zu gehn.

Leontin dagegen durchstrich alle Morgen, wenn er es etwa nicht verschlief, welches gar oft geschah, mit der Flinte auf dem Rücken Felder und Wälder, schwamm einige Male des Tages über die reißendsten Stellen des Flusses, der im Tale vorbeiging, und kannte bereits alle Pfade und Gesichter der Gegend. Auch auf das Schloß der unbekannten Dame war er schon einige Male wieder hinübergeritten, fand aber immer niemanden zu Hause. Alle Tage besuchte er gewissenhaft ein paar wunderliche altkluge Gesellen auf dem Felde, die er auf seinen Streifereien aufgespürt hatte, gab ihnen Tabak zu schnupfen, den er bloß ihretwillen bei sich trug, und er führte stundenlang eine tolle Unterhaltung mit ihnen. Er las wenig, besonders von neuen Schriften, gegen die er eine Art von Widerwillen hatte. Dessenungeachtet kannte er doch die ganze Literatur ziemlich vollständig. Denn sein wunderliches Leben führte ihn von selbst und wider Willen in Berührung mit allen ausgezeichneten Männern, und was er so bei Gelegenheit kennen lernte, faßte er schnell und ganz auf.

Sowohl er, als Friedrich besuchten fast alle Nachmittage den einsamen Viktor, dessen kleines Wohnhaus, von einem noch kleineren Gärtchen umgeben, hart am Kirchhofe lag. Dort unter den hohen Linden, die den schönberaseten Kirchhof beschatten, fanden sie den seltsamen Menschen vergraben in eine Werkstatt von Meißeln, Bohrern, Drehscheiben und anderm unzähligen Handwerkszeuge, als wollte er sich selber ein Grab bauen. Hier arbeitete und künstelte derselbe täglich, so viel es ihm seine Berufsgeschäfte zuließen, mit einem unbegreiflichen Eifer und Fleiße, ohne um die andere Welt draußen zu fragen. Ohne jemals eine Anleitung genossen zu haben, verfertig-

te er Spieluhren, künstliche Schlösser, neue, sonderbare Instrumente, und sein bei der Stille nach außen ewig unruhiger und reger Geist verfiel dabei auf die seltsamsten Erfindungen, die oft alle in Erstaunen setzten. Seine Lieblingsidee war, ein Luftschiff zu erfinden, mit dem man dieses lose Element ebenso bezwingen könnte, wie das Wasser, und er wäre beinahe ein Gelehrter geworden, so hartnäckig und unermüdlich verfolgte er diesen Gedanken. Für Poesie hatte er, sonderbar genug, durchaus keinen Sinn, so willig, ja neugierig er auch aufhorchte, wenn Leontin oder Friedrich darüber sprachen. Nur Abraham von St. Clara, jener geniale Schalk, der mit einer ernsthaften Amtsmiene die Narren auslacht, denen er zu predigen vorgibt, war seine einzige und liebste Unterhaltung, und niemand verstand wohl die Werke dieses Schriftstellers so zu durchdringen und sich aus Herzensgrunde daran zu ergötzen, als er. In diesem unförmlichen Gemisch-Gemasch von Spott, Witz und Humor fand sein sehr nahe verwandter Geist den rechten Tummelplatz.
Übrigens hatte sich Friedrich gleich anfangs in seinem Urteile über ihn keineswegs geirrt. Seine Gemütsart war wirklich durchaus dunkel und melancholisch. Die eine Hälfte seines Lebens hindurch war er bis zum Tode betrübt, mürrisch und unbehülflich, die andere Hälfte lustig bis zur Ausgelassenheit, witzig, sinnreich und geschickt, so daß die meisten, die sich mit einer gewöhnlichen Betrachtung der menschlichen Natur begnügen, ihn für einen zweifachen Menschen hielten. Es war aber eben die Tiefe seines Wesens, daß er sich niemals zu dem ordentlichen, immer gleichförmigen Spiel der andern an der Oberfläche bequemen konnte, und selbst seine Lustigkeit, wenn sie oft plötzlich losbrach, war durchaus ironisch und fast schauerlich. Dabei waren alle Schmeichelkünste und alltäglichen Handgriffe, sich durch die Welt zu helfen, seiner spröden Natur so zuwider, daß er selbst die unschuldigsten, gebräuchlichsten Gunstbewerbungen, ja sogar unter Freunden alle äußern Zeichen der

Freundschaft verschmähte. Vor allen sogenannten klugen, gemachten Leuten war er besonders verschlossen, weil sie niemals weder seine Betrübnis, noch seine Lust verstanden und ihn mit ihrer angebildeten Afterweisheit von allen Seiten beengten. Die beiden Grafen waren die ersten in seinem Leben, die bei allen seinen Äußerungen wußten, was er meine. Denn es ist das Besondere ausgezeichneter Menschen, daß jede Erscheinung in ihrer reinen Brust sich in ihrer ursprünglichen Eigentümlichkeit bespiegelt, ohne daß sie dieselbe durch einen Beischmack ihres eigenen Selbst verderben. Er liebte sie daher auch mit unerschütterlicher Treue bis zu seinem Tode.

So oft sie nachmittags zu ihm kamen, warf er sogleich alle Instrumente und Gerätschaften weit von sich und war aus Herzensgrunde lustig. Sie musizierten dann in seiner kleinen Stube entweder auf alten halbbespannten Instrumenten, oder Friedrich mußte einige wilde Burschenlieder auf die Bahn bringen, die Viktor schnell auswendig wußte und mit gewaltiger Stimme mitsang. Fräulein Julie, die nebst ihrem Vater von jeher Viktors beste und einzige Freundin im Hause war, stand dann gar oft stundenlang gegenüber am Zaune des Schloßgartens, strickte und unterhielt sich mit ihnen, war aber niemals zu bereden, selber zu ihnen herüberzukommen. Die Tante und die meisten andern konnten gar nicht begreifen, wie die beiden Grafen einen solchen Geschmack an dem ungebildeten Viktor und seinen lärmenden Vergnügungen finden konnten.

Und du seltsamer, guter, geprüfter Freund, ich brauche dich und mich nicht zu nennen; aber du wirst uns beide in tiefster Seele erkennen, wenn dir diese Blätter vielleicht einmal zufällig in die Hände kommen. Dein Leben ist mir immer vorgekommen, wie ein uraltes, dunkel verbautes Gemach mit vielen rauhen Ecken, das unbeschreiblich einsam und hoch steht über den gewöhnlichen Hantierungen der Menschen. Eine alte verstimmte Laute, die niemand mehr zu spielen versteht, liegt verstaubt auf dem

Boden. Aus dem finstern Erker siehst du durch bunt und phantastisch gemalte Scheiben über das niedere, emsig wimmelnde Land unten weg in ein anderes, ruhiges, wunderbares, ewig freies Land. Alle die wenigen, die dich kennen und lieben, siehst du dort im Sonnenscheine wandeln und das Heimweh befällt auch dich. Aber dir fehlen Flügel und Segel, und du reißest in verzweifelter Lustigkeit an den Saiten der alten Laute, daß es mir oft das Herz zerreißen wollte. Die Leute gehen unten vorüber und verlachen dein wildes Geklimper, aber ich sage dir, es ist mehr göttlicher Klang darin, als in ihrem ordentlichen, allgepriesenen Geleier.

An einem schwülen Nachmittage saß Leontin im Garten an dem Abhange, der in das Land hinausging. Kein Mensch war draußen, alle Vögel hielten sich im dichtesten Laube versteckt, es war so still und einsam auf den Gängen und in der ganzen Gegend umher, als ob die Natur ihren Atem an sich hielte. Er versuchte einzuschlummern. Aber wie über ihm die Gräser zwischen dem unaufhörlichen, einförmigen Gesumme der Bienen sich hin und wieder neigten, und rings am fernen Horizonte schwere Gewitterwolken gleich phantastischen Gebirgen mit großen, einsamen Seen und himmelhohen Felsenzacken die ganze Welt enge und immer enger einzuschließen schienen, preßte eine solche Bangigkeit sein Herz zusammen, daß er schnell wieder aufsprang. Er bestieg einen hohen, am Abhange stehenden Baum, in dessen schwankem Wipfel er sich in das schwüle Tal hinauswiegte, um nur die fürchterliche Stille in und um sich los zu werden.

Er hatte noch nicht lange oben gesessen, als er den Herrn v. A. und dessen Schwester aus dem Bogengange hervorbiegen und langsam auf den Baum zukommen sah. Sie waren in einem lauten und lebhaften Gespräch begriffen, er hörte, daß von ihm die Rede war. „Du magst sprechen, was du willst“, sagte die Tante, „er ist bis über die Ohren verliebt in unser Mädchen. Da müßt' ich keine Menschenkenntnis haben! Und Julie kann keine bessere Partie fin-

den. Ich habe schon lange, ohne dir etwas zu sagen, nähere Erkundigungen über ihn eingezogen. Er steht sehr gut. Er vertut zwar viel Geld auf Reisen und verschiedenes unnützes Zeug, und soll zu Hause ein etwas unordentliches und auffallendes Leben führen; aber es ist noch ein junger Mensch, und unser Kind wird ihn schon kirre machen. Glaube mir, mein Schatz, ein kluges Weib kann durch vernünftiges Zureden sehr viel bewirken. Sind sie nur erst verheiratet und sitzen ruhig auf ihrem Gütchen, so wird er schon ein sonderbares Wesen und seine überspannten Ideen fahren lassen und werden wie alle andern. Höre, mein Schatz, fange doch recht bald an, ihn so von weitem näher zu sondieren." – „Das tue ich nicht", erwiderte Herr v. A. ruhig, „ich habe mich um nichts erkundigt, ich habe nichts bemerkt und nichts erfahren. Ihr Weiber verlegt euch alle auf Spionieren und Heiratsstiften und sehet zu weit. Wirbt er um sie, und sie ist ihm gut, so soll er sie haben; denn er gefällt mir sehr. Aber ich menge mich in nichts." – „Mit deiner ewigen Gelassenheit", fiel ihm hier die Schwester heftig ins Wort, „wirst du noch alles verderben. Dich rührt das Glück deines eignen Kindes nicht. Und ich sage dir, ich ruhe und raste nicht, bis sie ein Paar werden!" – Sie waren unterdes schon wieder an der andern Seite hinter den Bäumen verschwunden, und er konnte nichts mehr verstehn.
Er stieg rasch vom Baume herab. „Noch bin ich frei und ledig!" rief er aus und schüttelte alle Glieder. „Rückt mir nicht auf den Hals mit eurem soliden, häuslichen, langweiligen Glück, mit eurer abgestandenen Tugend im Schlafrock! Wohl hat die Liebe zwei Gesichter wie Janus. Mit dem einen buhlt diese ungetreue, reizende Fortuna auf ihrer farbigen Kugel mit der frischen Jugend um flüchtige Küsse; doch willst du sie plump haschen und festhalten, kehrt sie dir plötzlich das andere, alte, verschrumpfte Gesicht zu, das dich unbarmherzig zu Tode schmatzt. – Heiraten und fett werden, mit der Schlafmütze auf dem Kopfe hinaussehen, wie draußen Aurora scheint, Wälder

und Ströme noch immer ohne Ruhe fortrauschen müssen, Soldaten über die Berge ziehn und raufen, und dann auf den Bauch schlagen und: Gott sei Dank! rufen können, das ist freilich ein Glück! – Und doch noch tausendmal widerlicher sind mir die Faungesichter von Hagestolzen, wie sie sich um die Mauern streichen, ein bißchen Rammelei und Diebsgelüst im Herzen, wenn sie noch eins haben. Pfui! Pfui!“

So jagten sich die Gedanken in seinem Kopfe ärgerlich durcheinander, und er war, ohne daß er es selbst bemerkte, ins Schloß gekommen. Die Tür zu Juliens Zimmer stand nur halb angelehnt, er ging hinein, fand sie aber nicht darin. Sie schien es eben verlassen zu haben; denn Farben, Pinsel und andere Malergerätschaften lagen noch umher. Auf dem Tische stand ein Bild aufgerichtet. Er betrachtete es voll Erstaunen: es war sein eigenes Porträt, an welchem Julie lange heimlich gearbeitet. Er war in derselben Jägerkleidung gemalt, in der sie ihn zum ersten Male gesehen hatte. Mit Verwunderung glaubte er auch die Gegend, die den Hintergrund des Bildes ausfüllte, zu erkennen. Er erinnerte sich endlich, daß er Julien manchmal von seinem Schlosse, seinem Garten, den Bergen und Wäldern, die es umgeben, erzählt hatte, und ihr reiches Gemüt hatte sich nun aus den wenigen Zügen ein ganz anderes, wunderbares Zauberland, als ihre neue Heimat, zusammengesetzt.

Er stand lange voller Gedanken am Fenster. Ihre Gitarre lag dort; er nahm sie und wollte singen, aber es ging nicht. Er lehnte sich mit der Stirn ans Fenster und wollte sie durchaus hier erwarten, aber sie kam nicht.

Endlich stieg er hinab, ging in den Hof und sattelte und zäumte sich selber sein Pferd. Als er eben zum Tore hinausritt, kam Julie eilfertig aus der Gartentür. Sie schien ein Geschäft vorzuhaben, sie grüßte ihn nur flüchtig mit freundlichen Augen und lief ins Schloß. Er gab seinem Pferde die Sporen und sprengte ins Feld hinaus.

Ohne einen bestimmten Weg einzuschlagen, war er schon

lange herumgeritten, als er mitten im Walde auf einen hochgelegenen, ausgehauenen Fleck kam. Er hörte jemanden lustig ein Liedchen pfeifen und ritt darauf los. Es war zu seiner nicht geringen Freude der bekannte Ritter, den er schon lange einmal auf seinen Irrzügen zu erwischen sich gewünscht hatte. Er saß auf einem Baumsturze und ließ seinen Klepper neben sich weiden. Romantische, goldene Zeit des alten, freien Schweifens, wo die ganze schöne Erde unser Lustrevier, der grüne Wald unser Haus und Burg, dich schimpft man närrisch – dachte Leontin bei diesem Anblicke, und rief dem Ritter aus Herzensgrunde sein Hurra zu. Er stieg darauf selbst vom Pferde und setzte sich zu ihm hin. Der Tag fing eben an, sich zu Ende zu neigen, die Waldvögel zwitscherten von allen Wipfeln in der Runde. Von der einen Seite sah man in einer Vertiefung unter der Heide ein Schlößchen mit stillem Hofe und Garten ganz in die Waldeinsamkeit versenkt. Die Wolken flogen so niedrig über das Dach weg, als sollte sich die bedrängte Seele daran hängen, um jenseits ins Weite, Freie zu gelangen. Mit einem innerlichen Schauder von Bangigkeit erfuhr Leontin von dem Ritter, daß dies dasselbe Schloß sei, wo jetzt die muntere Braut, die er auf jener Jagd kennengelernt, seit lange schon mit ihrem jungen Manne ruhig wohne, wirtschafte und hause.

„Aber“, sagte er endlich zu dem Ritter, „wird Euch denn niemals bange auf Euren einsamen Zügen? Was macht und sinnt Ihr denn den ganzen langen Tag?“ – „Ich suche den Stein der Weisen“, erwiderte der Ritter ruhig. Leontin mußte über diese fertige, unerwartete Antwort laut auflachen. „Ihr seid irrisch in Eurem Verstand, daß Ihr so lacht“, sagte der Ritter etwas aufgebracht. „Eben weil die Leute wohl wissen, daß ich den Stein der Weisen wittere, so trachten die Pharisäer und Schriftgelehrten darnach, mir durch Reden und Blicke meine Majestät von allen Seiten auszusaugen, auszuwalzen und auszudreschen. Aber ich halte mich an das Prinzipium: an Essen und Trinken;

denn wer nicht ißt, der lebt nicht, wer nicht lebt, der studiert nicht, und wer nicht studiert, der wird kein Weltweiser, und das ist das Fundament der Philosophie." – So sprach der tolle Ritter eifrig fort, und gab durch Mienen und Hände seinen Worten den Nachdruck der ernsthaftesten Überzeugung. Leontin, den seine heutige Stimmung besonders aufgelegt machte zu ausschweifenden Reden, stimmte nach seiner Art in denselben Ton mit ein, und so führten die beiden dort über die ganze Welt das allerseltsamste und unförmlichste Gespräch, das jemals gehört wurde, während es ringsumher schon lange finster geworden war. Der Ritter, dem ein so aufmerksamer Zuhörer etwas Seltenes war, hielt tapfer Stich, und focht nach allen Seiten in einem wunderlichen Chaos von Sinn und Unsinn, daß oft die herrlichsten Gedanken aufblitzten. Leontin staunte über die scharfen, ganz selbsterschaffenen Ausdrücke und die entschiedene Anlage zum Tiefsinn. Aber alles schien wie eine üppige Wildnis, durch den lebenslangen Müßiggang zerrüttet und fast bis zum Wahnwitz verworren.

Zuletzt sprach der Ritter noch von einem Philosophen, den er jährlich einmal besuche. Leontin war mit ganzer Seele gespannt, denn die Beschreibung von demselben stimmte auffallend mit dem alten Ritterbilde überein, dessen Anblick ihn auf dem Schlosse der weißen Frau so sehr erschüttert hatte. Er fragte näher nach, aber der Ritter antwortete jedesmal so toll und abschweifend, daß er alle weiteren Erkundigungen aufgeben mußte.

Endlich brach der Ritter auf, da er heute noch auf dem Schlosse der niedlichen Braut Herberge suchen wollte. Leontin trug ihm an dieselbe seine schönsten Grüße auf. Der Ritter stolperte nun auf seiner Rosinante langsam über die Heide hinab, und unterhielt sich noch immerfort mit Leontin mit großem Geschrei über die Philosophie, während er schon längst in der Nacht verschwunden war.

Leontin sah sich, nun allein, nach allen Seiten um. Alle

Wälder und Berge lagen still und dunkel ringsumher. Unten in der Tiefe schimmerten Lichter hin und her aus den zerstreuten Dörfern, Hunde bellten ferne in den einsamen Höfen. Auch in dem Schlosse des Herrn v. A. sah er noch mehrere Fenster erleuchtet. So blieb er noch lange oben auf der Heide stehen.

Am folgenden Morgen frühzeitig erhielt Friedrich einen Brief. Er erkannte sogleich die Züge wieder: er war von Rosa. So lange schon hatte er sich von Tage zu Tage vergebens darauf gefreut, und erbrach ihn nun mit hastiger Ungeduld. Der Brief war folgenden Inhalts:

„Wo bleibst Du so lange, mein innig geliebter Freund? Hast Du denn gar kein Mitleid mehr mit Deiner armen Rosa, die sich so sehr nach Dir sehnt?

Als ich auf der Höhe im Gebirge von euch entführt wurde, hatte ich mir fest vorgenommen, gleich nach meiner Ankunft in der Residenz an Dich zu schreiben. Aber Du weißt selbst, wieviel man die erste Zeit an einem solchen Ort mit Einrichtungen, Besuchen und Gegenbesuchen zu tun hat. Ich konnte damals durchaus nicht dazu kommen, obschon ich immer und überall an Dich gedacht habe. Und so verging die erste Woche, und ich wußte dann nicht mehr, wohin ich meinen Brief adressieren sollte. Vor einigen Tagen endlich kam hier der junge Marquis von P. an, der wollte bestimmt wissen, daß sich mein Bruder mit einem fremden Herrn auf dem Gut des Herrn v. A. aufhalte. Ich eilte also, sogleich an Dich dorthin zu schreiben. Der Marquis verwunderte sich zugleich, daß ihr es dort so lange aushalten könntet. Er sagte, es wäre ein Séjour zum melancholisch werden. Mit der ganzen Familie wäre in der Welt nichts anzufangen. Der Baron sei wie ein Holzstich in den alten Rittergeschichten: gedruckt in diesem Jahr, die Tante wisse von nichts zu sprechen, als von ihrer Wirtschaft, und das Fräulein vom Hause sei ein halbreifes Gänseblümchen, ein rechtes Bild ohne Gnaden. Sind das nicht recht närrische Einfälle? Wahrhaftig, man muß dem Marquis gut sein mit seinem losen Maule. Siehst

Du, es ist Dein Glück, denn ich hatte schon große Lust eifersüchtig zu werden. Aber ich kenne schon meinen Bruder, solche Bekanntschaften sind ihm immer die liebsten; er läßt sich nichts einreden. Ich bitte Dich aber, sage ihm nichts von alle diesem. Denn er kann sich ohnedies von jeher mit dem Marquis nicht vertragen. Er hat sich schon einige Male mit ihm geschlagen, und der Marquis hat an der letzten Wunde über ein Vierteljahr zubringen müssen. Er fängt immer selber ohne allen Anlaß Händel mit ihm an. Ich weiß gar nicht, was er wider ihn hat. Der Marquis ist hier in allen gebildeten Gesellschaften beliebt und ein geistreicher Mann. Ich weiß gewiß, Du und der Marquis werdet die besten Freunde werden. Denn er macht auch Verse, und von der Musik ist er ein großer Kenner. Übrigens lebe ich hier recht glücklich, so gut es Deine Rosa ohne Dich sein kann. Ich bekomme und erwidere Besuche, mache Landpartien usw. Dabei fällt mir immer ein, wie ganz anders Du doch eigentlich bist als alle diese Leute, und dann wird mir mitten in dem Schwarme so bange, daß ich mich oft heimlich wegschleichen muß, um mich recht auszuweinen. – Die junge, schöne Gräfin Romana, die mich alle Morgen an der Toilette besucht, sagt mir immer, wenn ich mich anziehe, daß meine Augen so schön wären, und wickelt sich meine Haare um ihren Arm und küßt mich. – Ich denke dann immer an Dich. Du hast das auch gesagt und getan, und nun bleibst Du auf einmal so lange aus. Ich bitte Dich, wenn Du mir gut bist, laß mich nicht so allein; es ist nicht gut so. –
Ich hatte mich gestern soeben erst recht eingeschrieben und hatte Dir noch soviel zu sagen, da wurde ich zu meinem Verdrusse durch einen Besuch unterbrochen. Jetzt ist es schon zu spät, da die Post sogleich abgehen wird. Ich schließe also schnell in der Hoffnung, Dich bald an mein liebendes Herz zu drücken.
Diesen Winter wird es hier besonders brillant werden. Wie schön wäre es, wenn wir ihn hier zusammen zubrächten! Komm, komm gewiß!“

Friedrich legte den Brief still wieder zusammen. Unwillkürlich summte ihm der Gassenhauer: „Freut euch des Lebens usw.“, den Leontin gewöhnlich abzuleiern pflegte, wenn seine Schwester etwas nach ihrer Art Wichtiges vorbrachte, durch den Kopf. Der ganze Brief, wie von einem von Lustbarkeiten Atemlosen im Fluge abgeworfen, war wie eine Lücke in seinem Leben, durch die ihn ein fremdartiger, staubiger Wind anblies. Habe ich es oben auf der Höhe nicht gesagt, daß du in dein Grab hinabsteigst? Wenn die Schönheit mit ihren frischen Augen, mit den jugendlichen Gedanken und Wünschen unter euch ritt, und, wie sie die eigene, größere Lebenslust treibt, sorglos und lüstern in das liebewarme Leben hinauslangt und sproßt – sich an die feinen Spitzen, die zum Himmel streben, giftig anzusaugen und zur Erde hinabzuzerren, bis die ganze, prächtige Schönheit, fahl und ihres himmlischen Schmuckes beraubt, unter euch dasteht wie euresgleichen – die Halunken!
Er öffnete das Fenster. Der herrliche Morgen lag draußen wie eine Verklärung über dem Lande, und wußte nichts von den menschlichen Wirren, nur von rüstigem Tun, Freudigkeit und Frieden. Friedrich spürte sich durch den Anblick innerlichst genesen, und der Glaube an die ewige Gewalt der Wahrheit und des festen religiösen Willens wurde wieder stark in ihm. Der Gedanke, zu retten, was noch zu retten war, erhob seine Seele, und er beschloß, nach der Residenz abzureisen.
Er ging mit dieser Nachricht zu Leontin, aber er fand seine Schlafstube leer und das Bett noch von gestern in Ordnung. Er ging daher zu Julie hinüber, da er hörte, daß sie schon auf war. Das schöne Mädchen stand in ihrer weißen Morgenkleidung eben am Fenster. Sie kehrte sich schnell zu ihm herum, als er hereintrat. „Er ist fort!“ sagte sie leise mit unterdrückter Stimme, zeigte mit dem Finger auf das Fenster und stellte sich wieder mit abgewendetem Gesicht abseits an das andere. Der erstaunte Friedrich erkannte Leontins Schrift auf der Scheibe, die er wahrscheinlich ge-

stern, als er hier allein war, mit seinem Ringe aufgezeichnet hatte. Er las:

„Der fleißigen Wirtin vor dem Haus
Dank' ich von Herzen für Trank und Schmaus,
Und was beim Mahl den Gast erfreut:
Für heitre Mien' und Freundlichkeit.

Dem Herrn vom Haus sei Lob und Preis!
Seinen Segen wünsch' ich mir auf die Reis',
Nach seiner Lieb' mich sehr begehrt,
Wie ich ihn halte ehrenwert.

Herr Viktor soll beten und fleißig sein,
Denn der Teufel lauert, wo einer allein;
Soll lustig auf dem Kopfe stehn,
Wenn alle so dumm auf den Beinen gehn.

Und wenn mein Weg über Berge hoch geht,
Aurora sich auftut, das Posthorn weht,
Da will ich ihm rufen von Herzen voll,
Daß er's in der Ferne spüren soll.

Ade! Schloß, heiter überm Tal,
Ihr schwülen Täler allzumal,
Du blauer Fluß ums Schloß herum,
Ihr Dörfer, Wälder um und um!

Wohl sah ich dort eine Zaubrin gehn,
Nach ihr nur alle Blumen und Wälder sehn,
Mit hellen Augen Ströme und Seen,
In stillem Schaum, wie verzaubert, stehn.

Ein jeder Strom wohl findt sein Meer,
Ein jeglich Schiff kehrt endlich her,
Nur ich treibe und sehne mich immerzu.
O wilder Trieb! wann läßt'st du einmal Ruh?"

Darunter stand, kaum leserlich gekritzelt:

Herr Friedrich, der schläft in der Ruhe Schoß,
Ich wünsch' ihm viel Unglück, daß er sich erbos',
Ins Horn, zum Schwert, frisch dran und drauf!
Philister über dir, wach, Simson, wach auf!"

Friedrich stutzte über diese letzten Zeilen, die ihn unerwartet trafen. Er erkannte tief das Schwerfällige seiner Natur und versank auf einen Augenblick sinnend in sich selbst.

Julie stand noch immerfort am Fenster, sah durch die Scheiben und weinte heimlich. Er faßte ihre Hand. Da hielt sie sich nicht länger, sie setzte sich auf ihr Bett und schluchzte laut. Friedrich wußte wohl, wie untröstlich ein liebendes Mädchen ist. Er verabscheute alle jene erbärmlichen Spitaltröster voll Wiedersehens, unverhofften Windungen des Schicksals usw. „Lieb ihn nur recht", sagte er zu Julien, „so ist er ewig dein, und wenn die ganze Welt dazwischen läge. Glaube nur niemals den falschen Verführern: daß die Männer eurer Liebe nicht wert sind. Die Schufte freilich nicht, die das sagen; aber es gibt nichts Herrlicheres auf Erden, als der Mann, und nichts Schöneres, als das Weib, das ihm treu ergeben bis zum Tode." – Er küßte das weinende Mädchen und ging darauf zu ihren Eltern, um ihnen seine eigene, baldige Abreise anzukündigen.

Er fand die Tante höchst bestürzt über Leontins unerklärliche Flucht, die sie auf einmal ganz irre an ihm und allen ihren Plänen machte. Sie war anfangs böse, dann still und wie vernichtet. Herr v. A. äußerte weniger mit Worten, als durch ein ungewöhnlich hastiges und zerstreutes Tun und Lassen, das Friedrich unbeschreiblich rührte, wie schwer es ihm falle, sich von Leontin getrennt zu sehen, und die Tränen traten ihm in die Augen, als nun auch Friedrich erklärte, schon morgen abreisen zu müssen. So verging dieser noch übrige Tag zerstreut, gestört und freudenlos.

Am andern Morgen hatte Erwin frühzeitig die Reisebündel geschnürt, die Pferde standen bereit und scharrten ungeduldig unten im Hofe. Friedrich machte noch eilig einen Streifzug durch den Garten und sah noch einmal von dem Berge in die herrlichen Täler hinaus. Auch das stille, kühle Plätzchen, wo er so oft gedichtet und glücklich gewesen, besuchte er. Wie im Fluge schrieb er dort folgende Verse in seine Schreibtafel:

„O Täler weit, o Höhen,
O schöner, grüner Wald,
Du meiner Lust und Wehen
Andächt'ger Aufenthalt!
Da draußen, stets betrogen,
Saust die geschäft'ge Welt,
Schlag noch einmal die Bogen
Um mich, du grünes Zelt!

Wann es beginnt zu tagen,
Die Erde dampft und blinkt,
Die Vögel lustig schlagen,
Daß dir dein Herz erklingt:
Da mag vergehn, verwehen
Das trübe Erdenleid,
Da sollst du auferstehen
In junger Herrlichkeit.

Da steht im Wald geschrieben
Ein stilles, ernstes Wort,
Vom rechten Tun und Lieben,
Und was des Menschen Hort.
Ich habe treu gelesen
Die Worte, schlicht und wahr,
Und durch mein ganzes Wesen
Ward's unaussprechlich klar.

Bald werd' ich dich verlassen,
Fremd in der Fremde gehn,
Auf buntbewegten Gassen
Des Lebens Schauspiel sehn,
Und mitten in dem Leben
Wird deines Ernsts Gewalt
Mich Einsamen erheben,
So wird mein Herz nicht alt."

Als der junge Tag sich aus den Morgenwolken hervorgearbeitet hatte, war Friedrich schon draußen zu Pferde. Julie winkte noch weit mit ihrem weißen Tuche aus dem Fenster nach.

Zweites Buch

Elftes Kapitel

Es war schon Abend, als Friedrich in der Residenz ankam. Er war sehr schnell geritten, so daß Erwin fast nicht mehr nach konnte. Je einsamer draußen der Kreis der Felder ins Dunkel versank, je höher nach und nach die Türme der Stadt, wie Riesen, sich aus der Finsternis aufrichteten, desto lichter war es in seiner Seele geworden vor Freude und Erwartung. Er stieg im Wirtshause ab und eilte sogleich zu Rosas Wohnung. Wie schlug sein Herz, als er durch die dunklen Straßen schritt, als er endlich die hellbeleuchtete Treppe in ihrem Hause hinaufstieg. Er mochte keinen Bedienten fragen, er öffnete hastig die erste Tür. Das große, getäfelte Zimmer war leer, nur im Hintergrunde saß eine weibliche Gestalt in vornehmer Kleidung. Er glaubte sich verirrt zu haben und wollte sich entschuldigen. Aber das Mädchen vom Fenster kam sogleich auf ihn zu, führte sich selbst als Rosas Kammermädchen auf und versicherte sehr gleichgültig, die Gräfin sei auf den Maskenball gefahren. Diese Nachricht fiel wie ein Maifrost in seine Lust. Es war ihm vor Freude gar nicht eingefallen, daß er sie verfehlen könnte, und er hatte beinahe Lust zu zürnen, daß sie ihn nicht zu Hause erwartet habe. „Wo ist denn die kleine Marie?" frug er nach einer Weile wieder. „O, die ist lange aus den Diensten der Gräfin", sagte das Mädchen mit gerümpftem Näschen und betrachtete ihn von oben bis unten mit einer schnippischen Miene. Friedrich glaubte, es gälte seiner staubigen Reisebekleidung; alles ärgerte ihn, er ließ den Affen stehn und ging, ohne seinen Namen zu hinterlassen, wieder fort.

Verdrüßlich nahm er den Weg zu den Redoutensälen. Die Musik schallte lockend aus den hohen Bogenfenstern, die ihre Scheine weit unten über den einsamen Platz warfen.

Ein alter Springbrunnen stand in der Mitte des Platzes, über den nur noch einzelne dunkle Gestalten hin und her irrten. Friedrich blieb lange an dem Brunnen stehen, der seltsam zwischen den Tönen von oben fortrauschte. Aber ein Polizeidiener, der, in seinen Mantel gehüllt, an der Ekke lauerte, verjagte ihn endlich durch die Aufmerksamkeit, mit der er ihn zu beobachten schien.
Er ging ins Haus hinein, versah sich mit einem Domino und einer Larve, und hoffte seine Rosa noch heute in dem Getümmel herauszufinden. Geblendet trat er aus der stillen Nacht in den plötzlichen Schwall von Tönen, Lichtern und Stimmen, der wie ein Zaubermeer mit rastlos beweglichen, klingenden Wogen über ihm zusammenschlug. Zwei große, hohe Säle, nur leicht voneinander geschieden, eröffneten die unermeßlichste Aussicht. Er stellte sich in das Bogentor zwischen beide, wo die doppelten Musikchöre aus beiden Sälen verworren ineinander klangen. Zu beiden Seiten toste der seltsame, lustige Markt, fröhliche, reizende und ernste Bilder des Lebens zogen wechselnd vorüber, Girlanden von Lampen schmückten die Wände, unzählige Spiegel dazwischen spielten das Leben ins Unendliche, so daß man die Gestalten mit ihrem Widerspiel verwechselte, und das Auge verwirrt in der grenzenlosen Ferne dieser Aussicht, sich verlor. Ihn schauderte mitten unter diesen Larven. Er stürzte sich selber mit in das Gewimmel, wo es am dichtesten war.
Gewöhnliches Volk, Charaktermasken ohne Charakter vertraten auch hier, wie draußen im Leben, überall den Weg: gespreizte Spanier, papierne Ritter, Taminos, die über ihre Flöte stolperten, hin und wieder ein behender Harlekin, der sich durch die unbehülflichen Züge hindurchwand und nach allen Seiten peitschte. Eine höchst seltsame Maske zog indes seine Aufmerksamkeit auf sich. Es war ein Ritter in schwarzer, altdeutscher Tracht, die so genau und streng gehalten war, daß man glaubte, irgend ein altes Bild sei aus seinem Rahmen ins Leben hinausgetreten. Die Gestalt war hoch und schlank, sein Wams

reich mit Gold, der Hut mit hohen Federn geschmückt, die ganze Pracht doch so uralt, fremd und fast gespenstisch, daß jedem unheimlich zumute ward, an dem er vorüberstreifte. Er war übrigens galant und wußte zu leben. Friedrich sah ihn fast mit allen Schönen buhlen. Doch alle machten sich gleich nach den ersten Worten schnell wieder von ihm los, denn unter den Spitzen der Reiterärmel langten die Knochenhände eines Totengerippes hervor.
Friedrich wollte eben den sonderbaren Gast weiter verfolgen, als sich die Bahn mit einem Janhagel junger Männer verstopfte, die auf einer Jagd begriffen schienen. Bald erblickte er auch das flüchtige Reh. Es war eine kleine, junge Zigeunerin, sehr nachlässig verhüllt, das schöne schwarze Haar mit bunten Bändern in lange Zöpfe geflochten. Sie hatte ein Tamburin, mit dem sie die Zudringlichsten so schalkisch abzuwehren wußte, daß ihr alles nur um desto lieber nachfolgte. Jede ihrer Bewegungen war zierlich, es war das niedlichste Figürchen, das Friedrich jemals gesehen.
In diesem Augenblicke streiften zwei schöne, hohe weibliche Gestalten an ihm vorbei. Zwei männliche Masken drängten sich nach. „Es ist ganz sicher die Gräfin Rosa", sagte die eine Maske mit düsterer Stimme. Friedrich traute seinen Ohren kaum. Er drängte sich ihnen schnell nach, aber das Gewimmel war zu groß, und sie blieben ihm immer eine Strecke voraus. Er sah, daß der schwarze Ritter den beiden weiblichen Masken begegnete und der einen im Vorbeigehen etwas ins Ohr raunte, worüber sie höchst bestürzt schien und ihm eine Weile nachsah, während er längst schon wieder im Gedränge verschwunden war. Mehrere Parteien durchkreuzten sich unterdes von neuem, und Friedrich hatte Rosa aus dem Gesichte verloren. Ermüdet flüchtete er sich endlich an ein abgelegenes Fenster, um auszuruhen. Er hatte noch nicht lange dort gestanden, als die eine von den weiblichen Masken eiligst ebenfalls auf das Fenster zukam. Er erkannte sogleich sei-

ne Rosa an der Gestalt. Die eine männliche Maske folgte ihr auf dem Fuße nach, sie schienen beide den Grafen nicht zu bemerken. „Nur einen einzigen Blick!“ bat die Maske dringend. Rosa zog ihre Larve weg und sah den Bittenden mit den wunderschönen Augen lächelnd an. Sie schien unruhig. Ihre Blicke durchschweiften den ganzen Saal und begegneten schon wieder dem schwarzen Ritter, der wie eine Totenfahne durch die bunten Reihen drang. „Ich will nach Hause“ – sagte sie darauf ängstlich bittend, und Friedrich glaubte Tränen in ihren Augen zu bemerken. Sie bedeckte ihr Gesicht schnell wieder mit der Larve. Ihr unbekannter Begleiter bot ihr seinen Arm, drängte Friedrich, der gerade vor ihr stand, stolz aus dem Wege, und bald hatten sich beide in dem Gewirre verloren.

Der schwarze Ritter war indes bei dem Fenster angelangt. Er blieb vor Friedrich stehen und sah ihm scharf ins Gesicht. Dem Grafen grauste, so allein mit der wunderbaren Erscheinung zu stehen, denn hinter der Larve des Ritters schien alles hohl und dunkel, man sah keine Augen. „Wer bist du?“ fragte ihn Friedrich. „Der Tod von Basel“, antwortete der Ritter und wandte sich schnell fort. Die Stimme hatte etwas so Altbekanntes und Anklingendes aus längstvergangener Zeit, daß Friedrich lange sinnend stehen blieb. Er wollte ihm endlich nach, aber er sah ihn schon wieder im dicksten Haufen mit einer Schönen wie toll herumwalzen.

Ein Getümmel von Lichtern draußen unter den Fenstern lenkte seine Aufmerksamkeit ab. Er blickte hinaus und sah bei dem Scheine einer Fackel, wie die männliche Maske Rosa nebst noch einer andern Dame in den Wagen hob. Der Wagen rollte darauf schnell fort, die Lichter verschwanden, und der Platz unten war auf einmal wieder still und finster.

Er warf das Fenster zu und wandte sich in den glänzenden Saal zurück, um sich ebenfalls fortzubegeben. Der schwarze Ritter war nirgends mehr zu sehen. Nach einigem Herumschweifen traf er in der mit Blumen ge-

schmückten Kredenz noch einmal auf die nur allzugefällige Zigeunerin. Sie hatte die Larve abgenommen, trank Wein und blickte mit den muntern Augen reizend über das Glas weg. Friedrich erschrak, denn es war die kleine Marie. Er drückte seine Larve fester ins Gesicht und faßte das niedliche Mädchen bei der Hand. Sie zog sie verwundert zurück und zeichnete mit ihrem Finger ratend eine Menge Buchstaben in seine flache Hand, aber keiner paßte auf seinen Namen.
Er zog sie an ein Tischchen und kaufte ihr Zucker und Naschwerk. Mit ungemeiner Zierlichkeit wußte das liebliche Kind alles mit ihm zu teilen, und blinzelte ihm dazwischen oft neugierig in die Augen. Unbesorgt um die Reize, die sie dabei enthüllte, riß sie einen Blumenstrauß von ihrem Busen und überreichte ihn lächelnd ihrem unbekannten, sonderbaren Wirt, der immerfort so stumm und kalt neben ihr saß. „Die Blumen sind ja alle schon verwelkt", sagte Friedrich, zerzupfte den Strauß und warf die Stücke auf die Erde. Marie schlug ihn lachend auf die Hand und riß ihm die noch übrigen Blumen aus. Er bat endlich um die Erlaubnis, sie nach Hause begleiten zu dürfen, und sie willigte mit einem freudigen Händedruck ein.
Als er sie nun durch den Saal fortführte, war unterdes alles leer geworden. Die Lampen waren größtenteils verlöscht und warfen nur noch zuckende, falbe Scheine durch den Qualm und Staub, in welchen das ganze bunte Leben verraucht schien. Die Musikanten spielten wohl fort, aber nur noch einzelne Gestalten wankten auf und ab, demaskiert, nüchtern und übersatt. Mitten in dieser Zerstörung glaubte Friedrich mit einem flüchtigen Blicke Leontin totenblaß und mit verwirrtem Haar in einem fernen Winkel schlafen zu sehen. Er blieb erstaunt stehen, alles kam ihm wie ein Traum vor. Aber Marie drängte ihn schnell und ängstlich fort, als wäre es unheimlich, länger an dem Orte zu hausen.
Als sie unten zusammen im Wagen saßen, sagte Marie zu

Friedrich: „Ihre Stimme hat eine sonderbare Ähnlichkeit mit der eines Herrn, den ich sonst gekannt habe." Friedrich antwortete nicht darauf. „Ach Gott!" sagte sie bald nachher, „die Nacht ist heut gar so schwül und finster!" Sie öffnete das Kutschenfenster, und er sah bei dem matten Schimmer einer Laterne, an der sie vorüberflogen, daß sie ernsthaft und in Gedanken versunken war. Sie fuhren lange durch eine Menge enger und finsterer Gäßchen, endlich rief Marie dem Kutscher zu, und sie hielten vor einem abgelegenen, kleinen Hause. Sie sprang schnell aus dem Wagen und in das Haus hinein. Ein Mädchen, das in Mariens Diensten zu sein schien, empfing sie an der Haustür. „Er ist mein, er ist mein." rief Marie kaum hörbar, aber aus Herzensgrunde, dem Mädchen im Vorübergehen zu und schlüpfte in ein Zimmer.
Das Mädchen führte den Grafen mit prüfenden Blicken über ein kleines Treppchen zu einer andern Tür. „Warum", sagte sie, „sind Sie gestern abend nicht schon zu uns gekommen, da Sie vorbeiritten und so freundlich heraufgrüßten? Ich sollte wohl nichts sagen, aber seit acht Tagen spricht und träumt die arme Marie von nichts als von Ihnen, und wenn es lange gedauert hätte, wäre sie gewiß bald gestorben." Friedrich wollte fragen, aber sie schob die Tür hinter ihm zu und war verschwunden.
Er trat in eine fortlaufende Reihe schöner, geschmackvoller Zimmer. Ein prächtiges Ruhebett stand im Hintergrunde, der Fußboden war mit reichen Teppichen geschmückt, eine alabasterne Lampe erleuchtete das Ganze nur dämmernd. In dem letzten Zimmer sah er die niedliche Zigeunerin vor einem großen Wandspiegel stehen und ihre Haare flüchtig in Ordnung bringen. Als sie ihn in dem vordern Zimmer erblickte, kam sie sogleich herbeigesprungen und stürzte mit einer Hingebung in seine Arme, die keine Verstellung mit ihren gemeinen Künsten jemals erreicht. Der erstaunte Friedrich riß in diesem Augenblicke seinen Mantel und die Larve von sich. Wie vom Blitze berührt, sprang Marie bei diesem Anblicke auf,

stürzte mit einem lauten Schrei auf das Ruhebett und drückte ihr mit beiden Händen bedecktes Gesicht tief in die Kissen.

„Was ist das!" sagte Friedrich, „sind deine Freunde Gespenster geworden? Warum hast du mich geliebt, eh' du mich kanntest, und fürchtest dich nun vor mir?" Marie blieb in ihrer Stellung und ließ die eine Hand, die er gefaßt hatte, matt in der seinigen; sie schien ganz vernichtet. Mit noch immer verstecktem Gesichte sagte sie leise und gepreßt: „Er war auf dem Balle – dieselbe Gestalt – dieselbe Maske." – „Du hast dich in mir geirrt", sagte Friedrich, und setzte sich neben sie auf das Bett, „viel schwerer und furchtbarer irrst du dich am Leben, leichtsinniges Mädchen! Wie der schwarze Ritter heute auf dem Balle, tritt überall ein freier, wilder Gast ungeladen in das Fest. Er ist so lustig aufgeschmückt und ein rüstiger Tänzer, aber seine Augen sind leer und hohl und seine Hände totenkalt, und du mußt sterben, wenn er dich in die Arme nimmt, denn dein Buhle ist der Teufel." – Marie, seltsam erschüttert von diesen Worten, die sie nur halb vernahm, richtete sich auf. Er hob sie auf seinen Schoß, wo sie still sitzen blieb, während er sprach. Ihre Augen und Mienen kamen ihm in diesem Augenblicke wieder so unschuldig und kindisch vor, wie ehemals. „Was ist aus dir geworden, arme Marie!" fuhr er gerührt fort. „Als ich das erste Mal auf die schöne grüne Waldeswiese hinunterkam, wo dein stilles Jägerhaus stand, wie du fröhlich auf dem Rehe saßest und sangst – der Himmel war so heiter, der Wald stand frisch und rauschte im Winde, von allen Bergen bliesen die Jäger auf ihren Hörnern – das war eine schöne Zeit! – Ich habe einmal an einem kalten, stürmischen Herbsttage ein Frauenzimmer draußen im Felde sitzen gesehen, die war verrückt geworden, weil sie ihr Liebhaber, der sich lange mit ihr herumgeherzt, verlassen hatte. Er hatte ihr versprochen, noch an demselben Tage wiederzukommen. Sie ging nun seit vielen Jahren alle Tage auf das Feld und sah immerfort auf die Landstraße hinaus. Sie hatte noch immer das Kleid an, das sie damals getragen hatte, das war schon zerrissen und seitdem ganz altmodisch geworden. Sie zupfte immer an dem Ärmel und sang ein altes Lied zum Rasendwerden." – Marie stand bei diesen Worten schnell auf und ging an den Tisch. Friedrich sah auf einmal Blut über ihre Hand hervorrinnen. Alles dieses geschah in einem Augenblicke.

„Was hast du vor?" rief Friedrich, der unterdes herbeigesprungen war. „Was soll mir das Leben", antwortete sie mit verhaltener, trostloser Stimme. Er sah, daß sie sich mit einem Federmesser grade am gefährlichsten Flecke unterhalb der Hand verwundet hatte. „Pfui", sagte Friedrich, „wie bist du seitdem unbändig geworden!" Das Mädchen wurde blaß, als sie das Blut erblickte, das häufig über den weißen Arm floß. Er zog sie an das Bett hin und riß schnell ein Band aus ihren Haaren. Sie kniete vor ihm hin und ließ sich gutwillig von ihm das Blut stillen und die Wunde verbinden. Das heftige Mädchen war während dessen ruhiger geworden. Sie lehnte den Kopf an seine Knie und brach in einen Strom von Tränen aus.

Da wurde sie durch Maries Kammermädchen unterbrochen, die plötzlich in die Stube stürzte und mit Verwirrung vorbrachte, daß soeben der Herr auf dem Wege hierher sei. „O Gott!" rief Marie sich aufraffend, „wie unglücklich bin ich!" Das Mädchen aber schob den Grafen, ohne sich weiter auf Erklärungen einzulassen, eiligst aus dem Zimmer und dem Hause und schloß die Tür hinter ihm ab.

Draußen auf der Straße, die leer und öde war, begegnete er bald zwei männlichen, in dunkle Mäntel dichtverhüllten Gestalten, die durch die neblige Nacht an den Häusern vorbeistrichen. Der eine von ihnen zog einen Schlüssel hervor, eröffnete leise Mariens Haustür und schlüpfte hinein. Desselben Stimme, die er jetzt im Vorbeigehen flüchtig gehört hatte, glaubte er vom heutigen Maskenballe auffallend wiederzuerkennen.

Da hierauf alles auf der Gasse ruhig wurde, eilte er endlich voller Gedanken seiner Wohnung zu. Oben in seiner Stube fand er Erwin, den Kopf auf den Arm gestützt, eingeschlummert. Die Lampe auf dem Tische war fast ausgebrannt und dämmerte nur noch schwach über das Zimmer. Der gute Junge hatte durchaus seinen Herrn erwarten wollen, und sprang verwirrt auf, als Friedrich hereintrat. Draußen rasselten die Wagen noch immerfort, Läufer schweiften mit ihren Windlichtern an den dunklen Häusern vorüber, im Osten standen schon Morgenstreifen am Himmel. Erwin sagte, daß er sich in der großen Stadt fürchte; das Gerassel der Wagen wäre ihm vorgekommen wie ein unaufhörlicher Sturmwind, die nächtliche Stadt wie ein dunkler eingeschlafener Riese. Er hat wohl recht, es ist manchmal fürchterlich, dachte Friedrich, denn ihm war bei diesen Worten, als hätte dieser Riese Marie und seine Rosa erdrückt, und der Sturmwind ginge über ihre Gräber. „Bete“, sagte er zu dem Knaben, „und leg dich ruhig schlafen!“ Erwin gehorchte, Friedrich aber blieb noch auf. Seine Seele war von den buntwechselnden Erscheinungen dieser Nacht mit einer unbeschreiblichen Wehmut erfüllt, und er schrieb heute noch folgendes Gedicht auf:

Der armen Schönheit Lebenslauf

Die arme Schönheit irrt auf Erden,
So lieblich Wetter draußen ist,
Möcht' gern recht viel gesehen werden,
Weil jeder sie so freundlich grüßt.

Und wer die arme Schönheit schauet,
Sich wie auf großes Glück besinnt,
Die Seele fühlt sich recht erbauet,
Wie wenn der Frühling neu beginnt.

Da sieht sie viele schöne Knaben,
Die reiten unten durch den Wind,

Möcht' manchen gern im Arme haben,
Hüt' dich, hüt' dich, du armes Kind!

Da ziehn manch redliche Gesellen,
Die sagen: ‚Hast nicht Geld noch Haus,
Wir fürchten deine Augen helle,
Wir haben nichts zum Hochzeitsschmaus.'

Von andern tut sie sich wegdrehen,
Weil keiner ihr so wohlgefällt,
Die müssen traurig weiter gehen,
Und zögen gern ans End' der Welt.

Da sagt sie: ‚Was hilft mir mein Sehen,
Ich wünscht', ich wäre lieber blind,
Da alle furchtsam von mir gehen,
Weil gar so schön mein' Augen sind.' –

Nun sitzt sie hoch auf lichtem Schlosse,
In schöne Kleider putzt sie sich,
Die Fenster glühn, sie winkt vom Schlosse,
Die Sonne blinkt, das blendet dich.

Die Augen, die so furchtsam waren,
Die haben jetzt so freien Lauf,
Fort ist das Kränzlein aus den Haaren,
Und hohe Federn stehn darauf.

Das Kränzlein ist herausgerissen,
Ganz ohne Scheu sie mich anlacht;
Geh du vorbei: sie wird dich grüßen,
Winkt dir zu einer schönen Nacht. –

Da sieht sie die Gesellen wieder,
Die fahren unten auf dem Fluß,
Es singen laut die lust'gen Brüder;
So furchtbar schallt des einen Gruß:

‚Was bist du für 'ne schöne Leiche!
So wüste ist mir meine Brust,
Wie bist du nun so arm, du Reiche,
Ich hab an dir nicht weiter Lust!' –

Der Wilde hat dir so gefallen,
Laut schrie sie auf bei seinem Gruß,
Vom Schloß möcht' sie hinunterfallen
Und unten ruhn im kühlen Fluß. –

Sie blieb nicht länger mehr da oben,
Weil alles anders worden war,
Vom Schmerz ist ihr das Herz erhoben,
Da ward's so kalt, doch himmlisch klar;

Da legt sie ab die goldnen Spangen,
Den falschen Putz und Ziererei,
Aus dem verstockten Herzen drangen
Die alten Tränen wieder frei.

Kein Stern wollt' nicht die Nacht erhellen,
Da mußte die Verliebte gehn,
Wie rauscht der Fluß! die Hunde bellen,
Die Fenster fern erleuchtet stehn.

Nun bist du frei von deinen Sünden,
Die Lieb zog triumphierend ein,
Du wirst noch hohe Gnade finden,
Die Seele geht in Hafen ein. –

Der Liebste war ein Jäger worden,
Der Morgen schien so rosenrot,
Da blies er lustig auf dem Horne,
Blies immerfort in seiner Not.

Zwölftes Kapitel

Rosa saß des Morgens an der Toilette; ihr Kammermädchen mußte ihr weitläufig von dem fremden Herrn erzählen, der gestern nach ihr gefragt hatte. Sie zerbrach sich vergebens den Kopf, wer es wohl gewesen sein möchte, denn Friedrich erwartete sie nicht so schnell. Vielmehr glaubte sie, er werde darauf bestehen, daß sie die Residenz verlasse und das machte ihr manchen Kummer. Die junge Gräfin Romana, eine Verwandte von ihr, in deren Hause sie wohnte, saß neben ihr am Flügel und schwelgte tosend in den Tänzen von der gestrigen Redoute. „Wie ihr andern nur", sagte sie, „alle Lust so gelassen ertragen und aus dem Tanze schnurstracks ins Bett springen könnt und der schönen Welt so auf einmal ein Ende machen! Ich bin immer so ganz durchklungen, als sollte die Musik niemals aufhören."

Bald darauf fand sie Rosas Augen so süß verschlafen, daß sie schnell zu ihr hinsprang und sie küßte. Sie setzte sich neben sie hin und half sie von allen Seiten schmücken, setzte ihr bald einen Hut, bald Blumen auf, und riß ebenso oft alles wieder herunter, wie ein verliebter Knabe, der nicht weiß, wie er sich sein Liebchen würdig genug aufputzen soll. „Ich weiß gar nicht, was wir uns putzen", sagte das schöne Weib endlich und lehnte den schwarzgelockten Kopf schwermütig auf den blendendweißen Arm, „was wir uns kümmern und noch Herzweh haben nach den Männern: solches schmutziges, abgearbeitetes, unverschämtes Volk, steifleinene Helden, die sich spreizen und in allem Ernste glauben, daß sie uns beherrschen, während wir sie auslachen, fleißige Staatsbürger und ehrliche Ehestandskandidaten, die, ganz beschwitzt von der Berufsarbeit und das Schurzfell noch um den Leib, mit aller Wut ihrer Inbrunst von der Werkstatt zum Garten der Liebe springen, und denen die Liebe ansteht, wie eine umgekehrt aufgesetzte Perücke." – Rosa besah sich im Spiegel und lachte. – „Wenn ich bedenke", fuhr die

Gräfin fort, „wie ich mir sonst als kleines Mädchen einen Liebhaber vorgestellt habe: wunderschön stark, voll Tapferkeit, wild und doch wieder so milde, wenn er bei mir war.

Ich weiß noch, unser Schloß lag sehr hoch zwischen einsamen Wäldern, ein schöner Garten war daneben, unten ging ein Strom vorüber. Alle Morgen, wenn ich in den Garten kam, hörte ich draußen in den Bergen ein Waldhorn blasen, bald nahe, bald weit, dazwischen sah ich oft einen Reiter plötzlich fern zwischen den Bäumen erscheinen und schnell wieder verschwinden. Gott! mit welchen Augen schaute ich da in die Wälder und den blauen, weiten Himmel hinaus! Aber ich durfte, solange meine Mutter lebte, niemals allein aus dem Garten. Ein einziges Mal, an einem prächtigen Abende, da der Jäger draußen wieder blies, wagte ich es und schlich unbemerkt in den Wald hinaus. Ich ging nun zum ersten Male allein durch die dunkelgrünen Gänge, zwischen Felsen und über eingeschlossene Wiesen voll bunter Blumen, alte, seltsame Geschichten, die mir die Amme oft erzählte, fielen mir dabei ein; viele Vögel sangen ringsumher, das Waldhorn rief immerfort, noch niemals hatte ich so große Lust empfunden. Doch wie ich im Beschauen so versunken ging und staunte, hatt' ich den rechten Weg verloren, auch wurde es schon dunkel. Ich irrt' und rief, doch niemand gab mir Antwort. Die Nacht bedeckte indes Wälder und Berge, die nun wie dunkle Riesen auf mich sahen, nur die Bäume rührten sich so schaurig, sonst war es still im großen Walde. – Ist das nicht recht romantisch?" unterbrach sich hier die Gräfin selbst, laut auflachend. – „Ermüdet", fuhr sie wieder weiter fort, „setzte ich mich endlich auf die Erde nieder und weinte bitterlich. Da hört' ich plötzlich hinter mir ein Geräusch, ein Reh bricht aus dem Dickicht hervor und hinterdrein der Reiter. – Es war ein wilder Knabe, der Mond schien ihm hell ins Gesicht; wie schön und herrlich er anzusehen war, kann ich mit Worten nicht beschreiben. Er stutzte, als er mich erblickte, und staunend standen wir so voreinander. Erst lange darauf fragte er mich, wie ich hierher gekommen und wohin ich wollte? Ich konnte vor Verwirrung nicht antworten, sondern stand still vor ihm und sah ihn an. Da hob er mich schnell vor sich auf sein Roß, umschlang mich fest mit einem Arme, und ritt so mit mir davon. Ich fragte nicht: wohin? denn Lust und Furcht war so gemischt in seinem wunderbaren Anblick, daß ich weder wünschte, noch wagte von ihm zu scheiden. Unterwegs bat er mich freundlich um ein Andenken. Ich zog stillschweigend meinen Ring vom Finger und gab ihn ihm. So waren wir, nach kurzem Reiten auf unbekannten Wegen, zu meiner Verwunderung auf einmal vor unser Schloß gekommen. Der Jäger setzte mich hier ab, küßte mich und kehrte schnell wieder in den Wald zurück."

„Aber mir scheint gar, du glaubst mir wirklich alles das Zeug da", sagte hier die Gräfin, da sie Rosa über der Erzählung ihren ganzen Putz vergessen und mit großen Augen zuhorchen sah. – „Und ist es denn nicht wahr?" fragte Rosa. – „So, so", erwiderte die Gräfin, „es ist eigentlich mein Lebenslauf in der Knospe. Willst du weiter hören, mein Püppchen?

Der Sommer, die bunten Vögel und die Waldhornklänge zogen nun fort, aber das Bild des schönen Jägers blieb heimlich bei mir den langen Winter hindurch. – Es war an einem von jenen wundervollen Vorfrühlingstagen, wo die ersten Lerchen wieder in der lauen Luft schwirren, ich stand mit meiner Mutter an dem Abhange des Gartens, der Fluß unten war von dem geschmolzenen Schnee ausgetreten und die Gegend weit und breit wie ein großer See zu sehen. Da erblickte ich plötzlich meinen Jäger wieder gegenüber auf der Höhe. Ich erschrak vor Freude, daß ich am ganzen Leibe zitterte. Er bemerkte mich und hielt meinen Ring an seiner Hand gerade auf mich zu, daß der Stein im Sonnenscheine funkelnd, wunderbar über das Tal herüberblitzte. – Er schien zu uns herüber zu wollen, aber das Wasser hinderte ihn. So ritt er auf verschiedenen Umwegen und kam an einen tiefen Schlund, vor dem das

Pferd sich zögernd bäumte. Endlich wagte er den Sprung, sprang zu kurz und er stürzte in den Abgrund. Als ich das sah, sprang ich, ohne mich zu besinnen, mit einem Schrei vom Abhange aus dem Garten hinunter. Man trug mich ohnmächtig ins Schloß, und ich sah ihn niemals mehr wieder; aber der Ring blitzt wohl noch jeden Frühling aus der Grüne farbigflammend in mein Herz, und ich werde die Zauberei nicht los." – „Was sagte denn aber die Mutter dazu?" fragte Rosa. – „Sie erinnerte sich sehr oft daran. Noch den Tag vor ihrem Tode, da sie schon zuweilen irre sprach, fiel es ihr ein und sie sagte in einer Art von Verzückung zu mir: ‚Springe nicht aus dem Garten! Er ist fromm und zierlich umsäumt mit Rosen, Lilien und Rosmarin. Die Sonne scheint gar lieblich darauf und lichtglänzende Kinder sehen dir von ferne zu und wollen dort zwischen den Blumenbeeten mit dir spazieren gehen. Denn du sollst mehr Gnade erfahren und mehr göttliche Pracht überschauen, als andere. Und eben, weil du oft fröhlich und kühn sein wirst und Flügel haben, so bitte ich dich: Springe niemals aus dem stillen Garten!'" – „Was wollte sie denn aber damit sagen?" fiel ihr Rosa ins Wort, „verstehst du's?" – „Manchmal", erwiderte die Gräfin, „an nebligen Herbsttagen." – Sie nahm die Gitarre, trat an das offene Fenster und sang:

„Laue Luft kommt blau geflossen,
Frühling, Frühling soll es sein!
Waldwärts Hörnerklang geschossen,
Mut'ger Augen lichter Schein,
Und das Wirren bunt und bunter
Wird ein magisch wilder Fluß,
In die schöne Welt hinunter
Lockt dich dieses Stromes Gruß.

Und ich mag mich nicht bewahren!
Weit von euch treibt mich der Wind,
Auf dem Strome will ich fahren,
Von dem Glanze selig blind!

Tausend Stimmen lockend schlagen,
Hoch Aurora flammend weht,
Fahre zu! ich mag nicht fragen,
Wo die Fahrt zu Ende geht!"

„Was macht dein Bruder Leontin?" fragte sie schnell abbrechend und legte die Gitarre, in Gedanken versunken, hin. „Wie kommst du jetzt auf den?" fragte Rosa verwundert. „Er sagt von mir", antwortete die Gräfin, „ich sei wie eine Flöte, in der viel himmlischer Klang ist, aber das frische Holz habe sich geworfen, habe einen genialischen Sprung, und so tauge doch am Ende das ganze Instrument nichts. Das fiel mir eben jetzt ein."
Rosa war froh, daß gerade der Bediente hereintrat und meldete, daß die Pferde zum Spazierritte bereit seien. Denn die Reden der Gräfin hatten sie heute mehr gepreßt, als sie zeigte, und wäre Friedrich, nach dessen immer beruhigenden Gesprächen sie hier gar oft eine aufrichtige Sehnsucht fühlte, in diesem Augenblicke hereingetreten, sie wäre ihm gewiß mit einer Leidenschaft um den Hals gefallen, die ihn in Verwunderung gesetzt hätte.
Friedrich hatte bis weit in den Tag hinein geschlafen oder vielmehr geträumt und stand unerquickt und nüchtern auf. Die alte, schöne Gewohnheit, beim ersten Erwachen in die rüstige, freie Morgenpracht hinauszutreten, und auf hohem Berge oder im Walde die Weihe großer Gedanken für den Tag zu empfangen, mußte er nun ablegen. Trostlos blickte er aus dem Fenster in das verwirrende Treiben der mühselig drängenden, schwankenden Menge, und es war ihm, als könnte er hier nicht beten. In solchen verlassenen Stunden wenden wir uns mit doppelter Liebe nach den Augen der Geliebten, aus denen uns die Natur wieder wunderbar begrüßt, wo wir Ruhe, Trost und Freude wiederzufinden wähnen. Auch Friedrich eilte, seine Rosa endlich wiederzusehen. Aber seine Erwartung sollte noch einmal getäuscht werden. Sie war, wie wir gehört haben, eben fortgeritten, als er hinkam.

Ungeduldig verließ er von neuem das Haus, und es fehlte wenig, daß er in einer Aufwallung nicht sogleich gar wieder fortreiste. Müßig und unlustig schlenderte er durch die Gassen zwischen den fremden Menschengesichtern, ohne zu wissen, wohin. Die ersten Stunden und Tage, die wir in einer großen unbekannten Stadt verbringen, gehören meistens unter die verdrüßlichsten unseres Lebens. Überall von aller organischen Teilnahme ausgeschlossen, sind wir wie ein überflüssiges stillstehendes Rad an dem großen Uhrwerke des allgemeinen Treibens. Neutral hängen wir gleichsam unser ganzes Wesen schlaff zu Boden und haschen, da wir innerlich nicht zu Hause sind, auswärts nach einem festen, sichern Halt. Solche Augenblikke sind es, wo wir darauf verfallen, Visiten zu machen und nach Bekanntschaften zu jagen, da uns sonst der ungestörte Zug eines frischen, bewegten Lebens in Liebe und Haß mit Gleichen und Widrigen von selbst kräftiger und sicherer zusammenführt.
So erinnerte sich auch Friedrich, daß er ein Empfehlungsschreiben an den hiesigen Minister P., den er von einsichtsvollen Männern als ein Wunder von tüchtiger Tätigkeit rühmen gehört, bei sich habe. Er zog es hervor und überlas bei dieser Gelegenheit wieder einmal den weitläufigen Reiseplan, den er bei seinem Auszuge von der Universität sorgfältig in seine Schreibtafel aufgezeichnet hatte. Es rührte ihn, wie da alle Wege so genau vorausbestimmt waren, und wie nachher alles anders gekommen war, wie das innere Leben überall durchdringt und, sich an keine vorberechneten Pläne kehrend, gleich einem Baume aus freier, geheimnisvoller Werkstatt seine Äste nach allen Richtungen hinstreckt und treibt, und erst als Ganzes einen Plan und Ordnung erweist.
Unter solchen Gedanken erreichte er des Ministers Haus. Ein Kammerdiener meldete ihn an und führte ihn bald darauf durch eine lange Reihe von Zimmern, die alle fast bis zur Einförmigkeit einfach und schmucklos waren. Erstaunt blieb er stehen, als ihm endlich an der letzten Tür

der Minister selbst entgegenkam. Er hatte sich nach alle dem Erhebenden, was er von seinem großen Streben gehört, einen lebenskräftigen, heldenähnlichen, freudigen Mann vorgestellt, und fand eine lange, hagere, schwarzgekleidete Gestalt, die ihn mit unhöflicher Höflichkeit empfing. Denn so möchte man jene Höflichkeit nennen, die nichts mehr bedeuten will, und keinen Zug mehr ihres Ursprungs, der wohlwollenden Güte, an sich hat. Der Minister las das Schreiben schnell durch und erkundigte sich um die Familienverhältnisse des Grafen mit wenigen sonderbaren Fragen, aus denen Friedrich zu seiner höchsten Verwunderung ersah, daß der Minister in die Geheimnisse seiner Familie eingeweihter sein müsse, als er selber, und er betrachtete den kalten Mann einige Augenblicke mit einer Art von heiliger Scheu.

Während dieser Unterredung kam unten ein junger Mann in soldatischer Kleidung die Straße herabgeritten. Wie wenn ein Ritter, noch ein heiliges Bild voriger, rechter Jugend, dessen Anblicks unser Auge längst gewöhnt ist, uns plötzlich begegnete, so ragte der herrliche Reiter über die verworrene, falbe Menge, die sein wildes Roß auseinandersprengte. Alles zog ehrerbietig den Hut, er nickte freundlich in das Fenster hinauf, der Minister verneigte sich tief; es war der Erbprinz.

Auf Friedrich hatte die wahrhaft fürstliche Schönheit des Reiters einen wunderbaren Eindruck gemacht, den er, solange er lebte, nie wieder auszulöschen vermochte. Er sagte es dem Minister. Der Minister lächelte. Friedrich ärgerte das britisierende, eingefrorne Wesen, das er aus Jean Pauls Romanen bis zum Ekel kannte, und jederzeit für die allerschändlichste Prahlerei hielt. Auf die Wahrhaftigkeit seines Herzens vertrauend, sprach er daher, als sich bald nachher die Unterhaltung zu den neuesten Zeitbegebenheiten wandte, über Staat, öffentliche Verhandlungen und Patriotismus mit einer sorglosen, sieghaften Ergreifung, die vielleicht manchmal um desto eher an Übertreibung grenzte, je mehr ihn der unüberwindlich kalte Gegensatz des Ministers erhitzte. Der Minister hörte ihn stillschweigend an. Als er geendigt hatte, sagte er ruhig: „Ich bitte Sie, verlegen Sie sich doch einige Zeit mit ausschließlichem Fleiße auf das Studium der Jurisprudenz und der kameralistischen Wissenschaften.“ Friedrich griff schnell nach seinem Hute. Der Minister überreichte ihm eine Einladungskarte zu einem sogenannten Tableau, welches heute abend bei einer Dame, die durch gelehrte Zirkel berüchtigt war, von mehreren jungen Damen aufgeführt werden sollte, und Friedrich eilte aus dem Hause fort. Er hatte sich oben in der Gegenwart des Ministers, wie von einer unsichtbaren Übermacht bedrückt gefühlt, es kam ihm vor, als ginge alles anders auf der Welt, als er es sich in guten Tagen vorgestellt.

Es war schon Abend geworden, als sich Friedrich endlich entschloß, von der Einladungskarte, die er vom Minister bekommen hatte, Gebrauch zu machen. Er machte sich schnell auf den Weg; aber das Haus der Dame, wohin die Adresse gerichtet war, lag weit in dem andern Teile der Stadt, und so langte er ziemlich spät dort an.

Er wurde bei Vorweisung der Karte in einen Saal gewiesen, der, wie es schien, mit Fleiß nur durch einen einzigen Kronleuchter sehr matt beleuchtet wurde. In dieser sonderbaren Dämmerung fand er eine zahlreiche Gesellschaft, die, lebhaft durcheinandersprechend, in einzelne Partien zerstreut umhersaß. Er kannte niemand und wurde auch nicht bemerkt; er blieb daher im Hintergrunde und erwartete, an einen Pfeiler gelehnt, den Ausgang der Sache.

Bald darauf wurde zu seinem Erstaunen auch der einzige Kronleuchter heraufgezogen. Eine undurchdringliche Finsternis erfüllte nun plötzlich den Raum und er hörte ein quiekendes, leichtfertiges Gelächter unter den jungen Frauenzimmern über den ganzen Saal. Wie sehr aber fühlte er sich überrascht, als auf einmal ein Vorhang im Vordergrunde niedersank und eine unerwartete Erscheinung von der seltsamsten Erfindung sich den Augen darbot.

Man sah nämlich sehr überrascht ins Freie, überschaute statt eines Theaters die große, wunderbare Bühne der Nacht selber, die vom Monde beleuchtet draußen ruhte. Schräge über die Gegend hin streckte sich ein ungeheurer Riesenschatten weit hinaus, auf dessen Rücken eine hohe, weibliche Gestalt erhoben stand. Ihr langes weites Gewand war durchaus blendendweiß, die eine Hand hatte sie ans Herz gelegt, mit der andern hielt sie ein Kreuz zum Himmel empor. Das Gewand schien ganz und gar von Licht durchdrungen und strömte von allen Seiten einen milden Glanz aus, der eine himmlische Glorie um die ganze Gestalt bildete und sich ins Firmament zu verlieren schien, wo oben an seinem Ausgange einzelne wirkliche Sterne hindurchschimmerten. Rings unter dieser Gestalt war ein dunkler Kreis hoher, traumhafter, phantastisch ineinander verschlungener Pflanzen, unter denen unkenntlich verworrene Gestalten zerstreut lagen und schliefen, als wäre ihr wunderbarer Traum über ihnen abgebildet. Nur hin und her endigten sich die höchsten dieser Pflanzengewinde in einzelne Lilien und Rosen, die von der Glorie, der sie sich zuwandten, berührt und verklärt wurden und in deren Kelchen goldene Kanarienvögel saßen und in dem Glanze mit den Flügeln schlugen. Unter den dunklen Gestalten des untern Kreises war nur eine kenntlich. Es war ein Ritter, der sich, der glänzenden Erscheinung zugekehrt, auf beide Knie aufgerichtet hatte und auf ein Schwert stützte, und dessen goldene Rüstung von der Glorie hell beleuchtet wurde. Von der andern Seite stand eine schöne, weibliche Gestalt in griechischer Kleidung, wie die Alten ihre Göttinnen abbildeten. Sie war mit bunten, vollen Blumengewinden umhangen und hielt mit beiden aufgehobenen Armen eine Zimbel, wie zum Tanze, hoch in die Höh', so daß die ganze regelmäßige Fülle und Pracht der Glieder sichtbar wurde. Das Gesicht erschrocken von der Glorie abgewendet, war sie nur zur Hälfte erleuchtet; aber es war die deutlichste und vollendetste Figur. Es schien, als wäre die irdische, lebenslu-

stige Schönheit von dem Glanze jener himmlischen berührt, in ihrer bacchantischen Stellung plötzlich so erstarrt. Je länger man das Ganze betrachtete, je mehr und mehr wurde das Zauberbild von allen Seiten lebendig. Die Glorie der mittelsten Figur spielte in den Pflanzengewinden und den zitternden Blätterspitzen der nächststehenden Bäume. Im Hintergrunde sah man noch einige Streifen des Abendrots im Himmel stehen, fernes dunkelblaues Gebirg, und hin und wieder den Strom aus der weiten Tiefe wie Silber aufblickend. Die ganze Gegend schien in erwartungsvoller Stille zu feiern, wie vor einem großen Morgen, der das geheimnisvoll gebundene Leben in herrlicher Pracht lösen soll.
Friedrich war freudig zusammengefahren, als der Vorhang sich plötzlich eröffnete, denn er hatte in der mittelsten Figur mit dem Kreuze sogleich seine Rosa erkannt. Wie wir einen geliebten köstlichen Stein mit dem Kostbarsten sorgfältig umfassen, so schien auch ihm der herrliche Kreis der gestirnten Nacht draußen nur eine Folie um das schöne Bild der Geliebten, zu welcher aller Augen unwiderstehlich hingezogen wurden. An ihren großen, sinnigen Augen entzündete sich in seiner Brust die Macht hoher, freudiger Entschlüsse und Gedanken, das Abendrot draußen war ihm die Aurora eines künftigen, weiten, herrlichen Lebens und seine ganze Seele flog wie mit großen Flügeln in die wunderbare Aussicht hinein.
Mitten in dieser Entzückung fiel der Vorhang plötzlich wieder, das Ganze verdeckend, herab, der Kronleuchter wurde heruntergelassen und ein schnatterndes Gewühl und Lachen erfüllte auf einmal wieder den Saal. Der größte Teil der Gesellschaft brach nun von allen Sitzen auf und verlor sich. Nur ein kleiner Teil von Auserwählten blieb im Saale zurück. Friedrich wurde während dessen vom Minister, der auch zugegen war, bemerkt und sogleich der Frau vom Hause vorgestellt. Es war eine fast durchsichtig schlanke, schmächtige Gestalt, gleichsam im Nachsommer ihrer Blüte und Schönheit. Sie bat ihn mit so überaus

sanften, leisen, lispelnden Worten, daß er Mühe hatte, sie zu verstehen, ihre künstlerischen Abendandachten, wie sie sich ausdrückte, mit seiner Gegenwart zu beehren, und sah ihn dabei mit blinzelnden, fast zugedrückten Augen an, von denen es zweifelhaft war, ob sie ausforschend, gelehrt, sanft, verliebt oder nur interessant sein sollten.

Die Gesellschaft zog sich indes in eine kleinere Stube zusammen. Die Zimmer waren durchaus prachtvoll und im neuesten Geschmacke dekoriert; nur hin und wieder bemerkte man einige auffallende Besonderheiten und Nachlässigkeiten, unsymmetrische Spiegel, Gitarren, aufgeschlagene Musikalien und Bücher, die auf den Ottomanen zerstreut umherlagen. Friedrich kam es vor, als hätte es der Frau vom Hause vorher einige Stunden mühsamen Studiums gekostet, um in das Ganze eine gewisse unordentliche Genialität hineinzubringen.

Endlich erschien auch Rosa mit der jungen Gräfin Romana, welche in dem Tableau die griechische Figur, die lebenslustige, vor dem Glanz des Christentums zu Stein gewordene Religion der Phantasie so meisterhaft dargestellt hatte. Rosas erster Blick traf gerade auf Friedrich. Erstaunt und mit innigster Herzensfreude rief sie laut seinen Namen. Er wäre ihr um den Hals gefallen, aber der Minister stand eben wie eine Statue neben ihm, und manche Augen hatte ihr unvorsichtiger Ausruf auf ihn gerichtet. Er hätte sich vor diesen Leuten ebenso gern wie Don Quixote in der Wildnis vor seinem Sancho Pansa in Purzelbäumen produzieren wollen, als seine Liebe ihren Augen preisgeben. Aber so nahe als möglich hielt er sich zu ihr, es war ihm eine unbeschreibliche Lust, sie anzurühren, er sprach wieder mit ihr, als wäre er nie von ihr gewesen und hielt oft minutenlang ihre Hand in der seinigen. Rosa tat diese langentbehrte, ungekünstelte, unwiderstehliche Freude an ihr im Innersten wohl.

Es hatte sich unterdes ein niedliches, etwa zehnjähriges Mädchen eingefunden, die in einer reizenden Kleidung mit langen Beinkleidern und kurzem schleiernen Röckchen darüber, keck im Zimmer herumsprang. Es war die Tochter vom Hause. Ein Herr aus der Gesellschaft reichte ihr ein Tamburin, das in einer Ecke auf dem Fußboden gelegen hatte. Alle schlossen bald einen Kreis um sie und das zierliche Mädchen tanzte mit einer wirklich bewunderungswürdigen Anmut und Geschicklichkeit, während sie das Tamburin auf mannigfache Weise schwang und berührte und ein niedliches italienisches Liedchen dazu sang. Jeder war begeistert, erschöpfte sich in Lobsprüchen und wünschte der Mutter Glück, die sehr zufrieden lächelte. Nur Friedrich schwieg still. Denn einmal war ihm schon die moderne Jungentracht bei Mädchen zuwider, ganz abscheulich aber war ihm diese gottlose Art, unschuldige Kinder durch Eitelkeit zu dressieren. Er fühlte vielmehr ein tiefes Mitleid mit der schönen kleinen Bajadere. Sein Ärger und das Lobpreisen der anderen stieg, als nachher das Wunderkind sich unter die Gesellschaft mischte, nach allen Seiten hin in fertigem Französisch schnippische Antworten erteilte, die eine Klugheit weit über ihr Alter zeigten, und überhaupt jede Ungezogenheit als genial genommen wurde.

Die Damen, welche sämtlich sehr ästhetische Mienen machten, setzten sich darauf neben mehreren Herren unter dem Vorsitze der Frau vom Hause, die mit vieler Grazie den Tee einzuschenken wußte, förmlich in Schlachtordnung und fingen an, von Ohrenschmäusen zu reden. Der Minister entfernte sich in die Nebenstube, um zu spielen. – Friedrich erstaunte, wie diese Weiber geläufig mit den neuesten Erscheinungen der Literatur umzuspringen wußten, von denen er selber manche kaum dem Namen nach kannte, wie leicht sie mit Namen herumwarfen, die er nie ohne heilige, tiefe Ehrfurcht auszusprechen gewohnt war. Unter ihnen schien besonders ein junger Mann mit einer verachtenden Miene in einem gewissen Glauben und Ansehen zu stehen. Die Frauenzimmer sahen ihn beständig an, wenn es darauf ankam, ein Urteil zu

sagen, und suchten in seinem Gesichte seinen Beifall oder Tadel im voraus herauszulesen, um sich nicht etwa mit etwas Abgeschmacktem zu prostituieren. Er hatte viele genialische Reisen gemacht, in den meisten Hauptstädten auf öffentlicher Straße auf seine eigene Faust Ball gespielt, Kotzebue einmal in einer Gesellschaft in den Sack gesprochen, fast mit allen berühmten Schriftstellern zu Mittag gespeist oder kleine Fußreisen gemacht. Übrigens gehörte er eigentlich zu keiner Partei; er übersah alle weit und belächelte die entgegengesetzten Gesinnungen und Bestrebungen, den eifrigen Streit unter den Philosophen oder Dichtern: er war sich der Lichtpunkt dieser verschiedenen Reflexe. Seine Urteile waren alle nur wie zum Spiele flüchtig hingeworfen mit einem nachlässigen mystischen Anstrich, und die Frauenzimmer erstaunten nicht über das, was er sagte, sondern was er, in der Überzeugung, nicht verstanden zu werden, zu verschweigen schien.
Wenn dieser heimlich die Meinung zu regieren schien, so führte dagegen ein anderer fast einzig das hohe Wort. Es war ein junger, voller Mensch mit strotzender Gesundheit, ein Antlitz, das vor wohlbehaglicher Selbstgefälligkeit glänzte und strahlte. Er wußte für jedes Ding ein hohes Schwungwort, lobte und tadelte ohne Maß und sprach hastig mit einer durchdringenden, gellenden Stimme. Es schien ein wütend Begeisterter von Profession und ließ sich von den Frauenzimmern, denen er sehr gewogen schien, gern den heiligen Thyrsusschwinger nennen. Es fehlte ihm dabei nicht an einer gewissen schlauen Miene, womit er niedere, nicht so saftige Naturen seiner Ironie preiszugeben pflegte. Friedrich wußte gar nicht, wohin dieser während seiner Deklamationen so viel Liebesblicke verschwende, bis er endlich ihm gerade gegenüber einen großen Spiegel entdeckte.
Der Begeisterte ließ sich nicht lange bitten, etwas von seinen Poesien mitzuteilen. Er las eine lange Dithyrambe von Gott, Himmel, Hölle, Erde und dem Karfunkelstein mit angestrengtester Heftigkeit vor, und schloß mit sol-

chem Schrei und Nachdruck, daß er ganz blau im Gesichte wurde. Die Damen waren ganz außer sich über die heroische Kraft des Gedichts, sowie des Vortrags.
Ein anderer junger Dichter von mehr schmachtendem Ansehn, der neben der Frau vom Hause seinen Wohnsitz aufgeschlagen hatte, lobte zwar auch mit, warf aber dabei einige durchbohrende, neidische Blicke auf den Begeisterten, vom Lesen ganz Erschöpften. Überhaupt war dieser Friedrich schon von Anfang an durch seinen großen Unterschied von jenen beiden Flausenmachern aufgefallen. Er hatte sich während der ganzen Zeit, ohne sich um die Verhandlungen der andern zu bekümmern, ausschließlich mit der Frau vom Haus unterhalten, mit der er eine Seele zu sein schien. Ihre Unterhaltung mußte sehr zart sein, wie man von dem süßen, zugespitzten Munde beider abnehmen konnte, und Friedrich hörte nur manchmal einzelne Laute, wie: „mein ganzes Leben wird zum Roman" – „überschwengliches Gemüt" – „Priesterleben" – herüberschallen. Endlich zog auch dieser ein ungeheures Paket Papiere aus der Tasche und begann vorzulesen, unter andern folgendes Assonanzenlied:

„Hat nun Lenz die silbern'n Bronnen
　　Losgebunden:
Knie ich nieder, süß beklommen,
　　In die Wunder.

Himmelreich so kommt geschwommen
　　Auf die Wunden!
Hast du einzig mich erkoren
　　Zu den Wundern?

In die Ferne süß verloren,
　　Lieder fluten,
Daß sie, rückwärts sanft erschollen,
　　Bringen Kunde.

Was die andern sorgen wollen,
Ist mir dunkel,
Mir will ew'ger Durst nur frommen
Nach dem Durste.

Was ich liebte und vernommen,
Was gelungen,
Ist den eignen, tiefen Wonnen
Selig Wunder."

Weiter folgendes Sonett:

„Ein Wunderland ist oben aufgeschlagen,
Wo goldne Ströme gehn und dunkel schallen
Und durch ihr Rauschen tief' Gesänge hallen,
Die möchten gern ein hohes Wort uns sagen.

Viel goldne Brücken sind dort kühn geschlagen,
Darüber alte Brüder sinnend wallen
Und seltsam' Töne oft herunterfallen –
Da will tief Sehnen uns von hinnen tragen.

Wen einmal so berührt die heil'gen Lieder:
Sein Leben taucht in die Musik der Sterne,
Ein ewig Zieh'n in wunderbare Ferne.

Wie bald liegt da tief unten alles Trübe!
Er kniet ewig betend einsam nieder,
Verklärt im heil'gen Morgenrot der Liebe."

Er las noch einen Haufen Sonette mit einer Art von priesterlicher Feierlichkeit. Keinem derselben fehlte es es an irgendeinem wirklich aufrichtigen kleinen Gefühlchen, an großen Ausdrücken und lieblichen Bildern. Alle hatten einen einzigen, bis ins Unendliche breit auseinandergeschlagenen Gedanken, sie bezogen sich alle auf den Beruf des Dichters und die Göttlichkeit der Poesie, aber die

Poesie selber, das ursprüngliche, freie, tüchtige Leben, das uns ergreift, ehe wir darüber sprechen, kam nicht zum Vorschein vor lauter Komplimenten davor und Anstalten dazu. Friedrich kamen diese Poesierer in ihrer durchaus polierten, glänzenden, wohlerzogenen Weichlichkeit wie der fade, unerquickliche Teedampf, die zierliche Teekanne mit ihrem lodernden Spiritus auf dem Tische wie der Opferaltar dieser Musen vor. Er erinnerte sich bei diesem ästhetischen Geschwätz der schönen Abende im Walde bei Leontins Schloß, wie da Leontin manchmal so seltsame Gespräche über Poesie und Kunst hielt, wie seine Worte, je finsterer es nach und nach ringsumher wurde, zuletzt eins wurden mit dem Rauschen des Waldes und der Ströme und dem großen Geheimnisse des Lebens, und weniger belehrten als erquickten, stärkten und erhoben. Er erholte sich recht an der erfrischenden Schönheit Rosas, in deren Gesicht und Gestalt unverkennbar der herrliche, wilde, oft ungenießbare Berg- und Waldgeist ihres Bruders zur ruhigeren, großen, schönen Form geworden war. Sie kam ihm diesen Abend viel schöner und unschuldiger vor, da sie sich fast gar nicht in die gelehrten Unterhaltungen mit einmischte. Höchst anziehend und zurückstoßend zugleich erschien ihm dagegen ihre Nachbarin, die junge Gräfin Romana, welche er sogleich für die griechische Figur in dem Tableau erkannte, und die daher heute allgemein die schöne Heidin genannt wurde. Ihre Schönheit war durchaus verschwenderisch reich, südlich und blendend und überstrahlte Rosas mehr deutsche Bildung weit, ohne eigentlich vollendeter zu sein. Ihre Bewegungen waren feurig, ihre großen, brennenden, durchdringenden Augen, denen es nicht an Strenge fehlte, bestrichen Friedrich wie ein Magnet. Als endlich der Schmachtende seine Vorlesung geendigt hatte, wurde sie ziemlich unerwartet um ihr Urteil darüber befragt. Sie antwortete sehr kurz und verworren, denn sie wußte fast kein Wort davon; sie hatte während dessen heimlich ein auffallend getroffenes Porträt Friedrichs geschnitzt, das sie schnell Rosa zusteckte. Bald darauf wurde auch sie aufgefordert, etwas von ihren Poesien zum besten zu geben. Sie versicherte vergebens, daß sie nichts bei sich habe, man drang von allen Seiten, besonders die Weiber mit wahren Judasgesichtern, in sie, und so begann sie, ohne sich lange zu besinnen, folgende Verse, die sie zum Teil aus der Erinnerung hersagte, größtenteils im Augenblick erfand und durch ihre musikalischen Mienen wunderbar belebte:

„Weit in einem Walde droben,
Zwischen hoher Felsen Zinnen,
Steht ein altes Schloß erhoben,
Wohnet eine Zaubrin drinne.
Von dem Schloß, der Zaubrin Schöne,
Gehen wunderbare Sagen,
Lockend schweifen fremde Töne
Plötzlich her oft aus dem Walde.
Wem sie recht das Herz getroffen,
Der muß nach dem Walde gehen,
Ewig diesen Klängen folgend,
Und wird nimmermehr gesehen.
Tief in wundersamer Grüne
Steht das Schloß, schon halbverfallen,
Hell die goldnen Zinnen glühen,
Einsam sind die weiten Hallen.
Auf des Hofes stein'gem Rasen
Sitzen von der Tafelrunde
All die Helden dort gelagert,
Überdeckt mit Staub und Wunden.
Heinrich liegt auf seinem Löwen,
Gottfried auch, Siegfried der Scharfe,
König Alfred, eingeschlafen
Über seiner goldnen Harfe.
Don Quixote hoch auf der Mauer
Sinnend tief in nächt'ger Stunde,
Steht gerüstet auf der Lauer
Und bewacht die heil'ge Runde.

Unter fremdes Volk verschlagen,
Arm und ausgehöhnt, verraten,
Hat er treu sich durchgeschlagen,
Eingedenk der Heldentaten
Und der großen alten Zeiten,
Bis er, ganz von Wahnsinn trunken,
Endlich so nach langem Streiten
Seine Brüder hat gefunden.

Einen wunderbaren Hofstaat
Die Prinzessin dorthin führet,
Hat ein'n wunderlichen Alten,
Der das ganze Haus regieret.
Einen Mantel trägt der Alte,
Schillernd bunt in allen Farben
Mit unzähligen Zieraten,
Spielzeug hat er in den Falten.
Scheint der Monden helle draußen,
Wolken fliegen überm Grunde:
Fängt er draußen an zu hausen,
Kramt sein Spielzeug aus zur Stunde.
Und das Spielzeug um den Alten
Rührt sich bald beim Mondenscheine,
Zupfet ihn beim langen Barte,
Schlingt um ihn die bunten Kreise,
Auch die Blümlein nach ihm langen,
Möchten doch sich sittsam zeigen,
Ziehn verstohlen ihn beim Mantel,
Lachen dann in sich gar heimlich.
Und ringsum die ganze Runde
Zieht Gesichter ihm und rauschet,
Unterhält aus dunklem Grunde
Sich mit ihm als wie im Traume.
Und er spricht und sinnt und sinnet,
Bunt verwirrend alle Zeiten,
Weinet bitterlich und lachet,
Seine Seele ist so heiter.

Bei ihm sitzt dann die Prinzessin,
Spielt mit seinen Seltsamkeiten,
Immer neue Wunder blinkend
Muß er aus dem Mantel breiten,
Und der wunderliche Alte
Hielt sie sich bei seinen Bildern
Neidisch immerfort gefangen,
Weit von aller Welt geschieden.
Aber der Prinzessin wurde
Mitten in dem Spiele bange
Unter diesen Zauberblumen,
Zwischen dieser Quellen Rauschen.
Frisches Morgenrot im Herzen
Und voll freudiger Gedanken,
Sind die Augen wie zwei Kerzen,
Schön die Welt dran zu entflammen.
Und die wunderschöne Erde,
Wie Aurora sie berühret,
Will mit ird'scher Lust und Schmerzen
Ewig neu sie stets verführen.
Denn aus dem bewegten Leben
Spüret sie ein Hochzeitsgrüßen,
Mitten zwischen ihren Spielen
Muß sie sich bezwungen fühlen.

Und es hebt die ewig Schöne,
Da der Morgen herrlich schiene,
In den Augen große Tränen,
Hell die jugendlichen Glieder,
,Wie so anders war es damals,
Da mich, bräutlich Ausgeschmückte,
Aus dem heimatlichen Garten
Hier herab der Vater schickte!
Wie die Erde frisch und jung noch,
Von Gesängen rings erklingend,
Schaudernd in Erinnerungen
Helle in das Herz mir blickte,

Daß ich, schamhaft mich verhüllend,
Meinen Ring, von Glanz geblendet,
Schleudert' in die prächt'ge Fülle,
Als die ew'ge Braut der Erde.
Wo ist nun die Pracht geblieben,
Treuer Ernst im rüst'gen Treiben,
Rechtes Tun und rechtes Lieben
Und die Schönheit und die Freude?
Ach! ringsum die Helden alle,
Die sonst schön und helle schauten,
Um mich in den lichten Tagen
Durch die Welt sich fröhlich hauten,
Strecken steinern nun die Glieder,
Eingehüllt in ihre Fahnen,
Sind seitdem so alt geworden,
Nur ich bin so jung wie damals. –
Von der Welt kann ich nicht lassen,
Liebeln nicht von fern mit Reden,
Muß mit Armen warm umfassen! –
Laß mich lieben, laß mich leben!'

Nun verliebt die Augen gehen
Über ihres Gartens Mauer,
War so einsam dort zu sehen
Schimmernd Land und Ström' und Auen.
Und wo ihre Augen gingen:
Quellen aus der Grüne sprangen,
Berg und Wald verzaubert standen,
Tausend Vögel schwirrend sangen.
Golden blitzt es überm Grunde,
Seltne Farben irrend schweifen,
Wie zu lang entbehrtem Feste
Will die Erde sich bereiten.
Und nun kamen angezogen
Freier bald von allen Seiten,
Federn bunt im Winde flogen
Jäger schmuck im Walde reiten.

Hörner lustig drein erschallen
Auf und munter durch das Grüne,
Pilger fromm dazwischen wallen,
Die das Heimatsfieber spüren.
Auf vielsonn'gen Wiesen flöten
Schäfer bei schneeflock'gen Schafen,
Ritter in der Abendröte
Knien auf des Berges Hange,
Und die Nächte von Gitarren
Und Gesängen weich erschallen,
Daß der wunderliche Alte
Wie verrückt beginnt zu tanzen.
Die Prinzessin schmückt mit Kränzen
Wieder sich die schönen Haare,
Und die vollen Kränze glänzen
Und sie blickt verlangend nieder.

Doch die alten Helden alle,
Draußen vor der Burg gelagert,
Saßen dort im Morgenglanze,
Die das schöne Kind bewachten.
An das Tor die Freier kamen
Nun gesprengt, gehüpft, gelaufen,
Ritter, Jäger, Provenzalen,
Bunte, helle, lichte Haufen.
Und vor allen junge Recken
Stolzen Blicks den Berg berannten,
Die die alten Helden weckten,
Sie vertraulich Brüder nannten.
Doch wie diese uralt blicken,
An die Eisenbrust geschlossen
Brüderlich die Jungen drücken,
Fallen die erdrückt zu Boden.
Andre lagern sich zum Alten,
Graust ihn'n gleich bei seinen Mienen,
Ordnen sein verworrnes Walten,
Daß es jedem wohlgefiele;

Doch sie fühlen schauernd balde,
Daß sie ihn nicht können zwingen,
Selbst zu Spielzeug sich verwandeln,
Und der Alte spielt mit ihnen.
Und sie müssen töricht tanzen,
Manche mit der Kron' geschmücket
Und im purpurnen Talare
Feierlich den Reigen führen.
Andre schweben lispelnd lose,
Andre müssen männlich lärmen,
Rittern reißen aus die Rosse
Und die schreien gar erbärmlich.
Bis sie endlich alle müde
Wieder kommen zu Verstande,
Mit der ganzen Welt in Frieden,
Legen ab die Maskerade.
‚Jäger sind wir nicht, noch Ritter',
Hört man sie von fern noch summen,
‚Spiel nur war das – wir sind Dichter!' –
So vertost der ganze Plunder,
Nüchtern liegt die Welt wie ehe,
Und die Zaub'rin bei dem Alten
Spielt die vor'gen Spiele wieder
Einsam wohl noch lange Jahre. –"

Die Gräfin, die zuletzt mit ihrem schönen, begeisterten Gesicht einer welschen Improvisatorin glich, unterbrach sich hier plötzlich selber, indem sie laut auflachte, ohne daß jemand wußte, warum. Verwundert fragte alles durcheinander: „Was lachen Sie? Ist die Allegorie schon geschlossen? Ist das nicht die Poesie?" – „Ich weiß nicht, ich weiß nicht, ich weiß nicht", sagte die Gräfin lustig und sprang auf.

Von allen Seiten wurden nun die flüchtigen Verse besprochen. Einige hielten die Prinzessin im Gedicht für die Venus, andere nannten sie die Schönheit, andere nannten sie die Poesie des Lebens. Es mag wohl die Gräfin selber sein, dachte Friedrich. – „Es ist die Jungfrau Maria als die große Welt-Liebe“, sagte der genialische Reisende, der wenig acht gegeben hatte, mit vornehmer Nachlässigkeit. „Ei, daß Gott behüte!“, brach Friedrich, dem das Gedicht der Gräfin heidnisch und übermütig vorgekommen war, wie ihre ganze Schönheit, halb lachend und halb unwillig aus: „Sind wir doch kaum des Vernünftelns in der Religion los und fangen dagegen schon wieder an, ihre festen Glaubenssätze, Wunder und Wahrheiten zu verpoetisieren und zu verflüchtigen. In wem die Religion zum Leben gelangt, wer in allem Tun und Lassen von der Gnade wahrhaft durchdrungen ist, dessen Seele mag sich auch in Liedern ihrer Entzückung und des himmlischen Glanzes erfreuen. Wer aber hochmütig und schlau diese Geheimnisse und einfältigen Wahrheiten als beliebigen Dichtungsstoff zu überschauen glaubt, wer die Religion, die nicht dem Glauben, dem Verstande oder der Poesie allein, sondern allen dreien, dem ganzen Menschen, angehört, bloß mit der Phantasie in ihren einzelnen Schönheiten willkürlich zusammenrafft, der wird ebenso gern an den griechischen Olymp glauben, als an das Christentum, und eins mit dem andern verwechseln und versetzen, bis der ganze Himmel furchtbar öde und leer wird.“ – Friedrich bemerkte, daß er von mehreren sehr weise belächelt wurde, als könne er sich nicht zu ihrer freien Ansicht erheben.

Man hatte indes an dem Tische die Geschichte der Gräfin Dolores aufgeschlagen und blätterte darin hin und her. Die mannigfaltigsten Urteile darüber durchkreuzten sich bald. Die Frau vom Hause und ihr Nachbar, der Schmachtende, sprachen vor allen andern bitter und mit einer auffallend gekränkten Empfindlichkeit und Heftigkeit darüber. Sie schienen das Buch aus tiefster Seele zu hassen. Friedrich erriet wohl die Ursache und schwieg. – „Ich muß gestehen“, sagte eine junge Dame, „ich kann mich darein nicht verstehen, ich wußte niemals, was ich aus dieser Geschichte mit den tausend Geschichten machen soll." „Sie haben sehr recht", fiel ihr einer von den Männern, der sonst unter allen immer am richtigsten geurteilet hatte, ins Wort, „es ist mir immer vorgekommen, als sollte dieser Dichter noch einige Jahre pausieren, um dichten zu lernen. Welche Sonderbarkeiten, Verrenkungen und schreienden Übertreibungen!" – „Grade das Gegenteil", unterbrach ihn ein anderer, „ich finde das Ganze nur allzu prosaisch, ohne die himmlische Überschwenglichkeit der Phantasie. Wenn wir noch viele solche Romane erhalten, so wird unsere Poesie wieder eine bloße allegorische Person der Moral."

Hier hielt sich Friedrich, der dieses Buch hoch in Ehren hielt, nicht länger. „Alles ringsumher", sagte er, „ist prosaisch und gemein, oder groß und herrlich, wie wir es verdrossen und träge, oder begeistert ergreifen. Die größte Sünde aber unsrer jetzigen Poesie ist meines Wissens die gänzliche Abstraktion, das abgestandene Leben, die leere, willkürliche, sich selbst zerstörende Schwelgerei in Bildern. Die Poesie liegt vielmehr in einer fortwährend begeisterten Anschauung und Betrachtung der Welt und der menschlichen Dinge, sie liegt ebensosehr in der Gesinnung als in den lieblichen Talenten, die erst durch die Art ihres Gebrauches groß werden. Wenn in einem sinnreichen, einfach strengen, männlichen Gemüt auf solche Weise die Poesie wahrhaftig lebendig wird, dann verschwindet aller Zwiespalt: Moral, Schönheit, Tugend und Poesie, alles wird eins in den adeligen Gedanken, in der göttlichen, sinnigen Lust und Freude, und dann mag freilich das Gedicht erscheinen, wie ein in der Erde wohlgegründeter, tüchtiger, schlanker, hoher Baum, wo grob und fein erquicklich durcheinander wächst, und rauscht und sich rührt zu Gottes Lobe. Und so ist mir auch dieses Buch jedesmal vorgekommen, obgleich ich gern zugebe, daß der Autor in stolzer Sorglosigkeit sehr unbekümmert mit den Worten schaltet, und sich nur zu oft daran ergötzt, die kleinen Zauberdinger kurios auf den Kopf zu stellen."

Die Frauenzimmer machten große Augen, als Friedrich unerwartet so sprach. Was er gesagt, hatte wenigstens den gewissen, guten Klang, der ihnen bei allen solchen Dingen die Hauptsache war. Romana, die es von weitem flüchtig mit angehört, fing an, ihn mit ihren dunkelglühenden Augen bedeutender anzusehen. Friedrich aber dachte: in euch wird doch alles Wort nur wieder Wort, und wandte sich zu einem schlichten Manne, der vom Lande war und weniger mit der Literatur als mit dieser Art, sie zu behandeln, unbekannt zu sein schien.
Dieser erzählte ihm, wie er jenem Romane eine seltsame Verwandlung seines ganzen Lebens zu verdanken habe. Auf dem Lande ausschließlich zur Ökonomie erzogen, hatte er nämlich von frühester Kindheit an nie Neigung zum Lesen und besonders einen gewissen Widerwillen gegen alle Poesie, als einen unnützen Zeitvertreib. Seine Kinder dagegen ließen seit ihrem zartesten Alter einen unüberwindlichen Hang und Geschicklichkeit zum Dichten und zur Kunst verspüren, und alle Mittel, die er anwandte, waren nicht imstande, sie davon abzubringen und sie zu tätigen, ordentlichen Landwirten zu machen. Vielmehr lief ihm der älteste Sohn fort und wurde wider seinen Willen Maler. Dadurch wurde er immer verschlossener, und seine Abneigung gegen die Kunst verwandelte sich immer bitterer in entschiedenen Haß gegen alles, was ihr nur anhing. Der Maler hatte indes eine unglückselige Liebe zu einem jungen, seltsamen Mädchen gefaßt. Es war gewiß das talentvollste, heftigste, beste und schlechteste Mädchen zugleich, das man nur finden konnte. Eine Menge unordentlicher Liebschaften, in die sie sich auch jetzt noch immerfort einließ, brachte den Maler oft auf das äußerste, so daß es in Anfällen von Wut oft zwischen beiden zu Auftritten kam, die ebenso furchtbar als komisch waren. Ihre unbeschreibliche Schönheit zog ihn aber immer wieder unbezwinglich zu ihr hin, und so teilte er sein unruhvolles Leben zwischen Haß und Liebe und allen den heftigsten Leidenschaften, während er immerfort in den

übrigen Stunden unermüdet und nur um desto eifriger an seinen großen Gemälden fortarbeitete. – „Ich machte mich endlich einmal nach der weitentlegenen Stadt auf den Weg“, fuhr der Mann in seiner Erzählung fort, „um die seltsame Wirtschaft meines Sohnes, von der ich schon so viel gehört hatte, mit eigenen Augen anzusehen. Schon unterwegs hörte ich von einem seiner besten Freunde, daß sich manches verändert habe. Das Mädchen oder Weib meines Sohnes habe nämlich von ohngefähr ein Buch in die Hände bekommen, worin sie mehrere Tage unausgesetzt und tiefsinnig gelesen. Keiner ihrer Liebhaber habe sie seitdem zu sehen bekommen und sie sei endlich darüber in eine schwere Krankheit verfallen. Das Buch war kein anderes, als eben diese Geschichte von der Gräfin Dolores. Als ich in der Stadt ankomme, eile ich sogleich nach der Wohnung meines Sohnes. Ich finde niemand im ganzen Hause, die Tür offen, alles öde. Ich trete in die Stube: das Mädchen lag auf einem Bette, blaß und wie vor Mattigkeit eingeschlafen. Ich habe niemals etwas Schöneres gesehen. In dem Zimmer standen fertige und halbvollendete Gemälde auf Staffeleien umher, Malergerätschaften, Bücher, Kleider, halbbezogene Gitarren, alles sehr unordentlich durcheinander. Durch das Fenster, welches offen stand, hatte man über die Stadt weg eine entzückende Aussicht auf den weitgewundenen Strom und die Gebirge. In der Stube fand ich auf einem Tische ein Buch aufgeschlagen, es war die Dolores. Ich wollte die Kranke nicht wecken, setzte mich hin und fing an in dem Buche zu lesen. Ich las und las, vieles Dunkle zog mich immer mehr an, vieles kam mir so wahrhaft vor, wie meine verborgene innerste Meinung oder wie alte, lange wieder verlorne und untergangene Gedanken, und ich vertiefte mich immer mehr. Ich las, bis es finster wurde. Die Sonne war draußen untergegangen, und nur noch einzelne Scheine des Abendrots fielen seltsam auf die Gemälde, die so still auf ihren Staffeleien umherstanden. Ich betrachtete sie aufmerksamer, es war, als fingen sie an lebendig zu werden, und mir kam in diesem Augenblick die Kunst, der unüberwindliche Hang und das Leben meines Sohnes, begreiflich vor. Ich kann überhaupt nicht beschreiben, wie mir damals zumute war; es war das erstemal in meinem Leben, daß ich die wunderbare Gewalt der Poesie im Innersten fühlte, und ich erschrak ordentlich vor mir selber. – Es war mit unterdes aufgefallen, daß sich das Mädchen auf dem Bette noch immer nicht rühre, ich trat zu ihr, schüttelte sie und rief. Sie gab keine Antwort mehr, sie war tot. – Ich hörte nachher, daß mein Sohn heute, sowie sie gestorben war, fortgereist sei und alles in seiner Stube so stehn gelassen habe."

Hier hielt der Mann ernsthaft inne. „Ich lese seitdem fleißig", fuhr er nach einer kleinen Pause gesammelt fort; „vieles in den Dichtern bleibt mir durchaus unverständlich, aber ich lerne täglich in mir und in den Menschen und Dingen um mich vieles einsehen und lösen, was mir sonst wohl unbegreiflich war und mich unbeschreiblich bedrückte. Ich befinde mich jetzt viel wohler."

Friedrich hatte diese einfache Erzählung gerührt. Er sah den Mann aufmerksam an und bemerkte in seinem stark gezeichneten Gesicht einen einzigen, sonderbar dunklen Zug, der aussah wie Unglück und vor dem ihn schauderte. Er wollte ihn eben noch um einiges fragen, das in der Geschichte besonders seine Aufmerksamkeit erregt hatte, aber der dithyrambische Thyrsusschwinger, der unterdes bei den Damen seinen Witz unermüdet hatte leuchten lassen, lenkte ihn davon ab, indem er sich plötzlich mit sehr heftigen Bitten zu dem guten Schmachtenden wandte, ihnen noch einige seiner vortrefflichen Sonette vorzulesen, obschon er, wie Friedrich gar wohl gehört, die ganze Zeit über gerade diese Gedichte vor den Damen zum Stichblatt seines Witzes und Spottes gemacht hatte. Friedrich empörte diese herzlose, doppelzüngige Teufelei; er kehrte sich schnell zu dem Schmachtenden, der neben ihm stand, und sagte: „Ihre Gedichte gefallen mir ganz und gar nicht." Der Schmachtende machte große Augen, und niemand von der Gesellschaft verstand Friedrichs großmütige Meinung. Der Dithyrambist aber fühlte die Schwere der Beschämung wohl, er wagte nicht weiter mit seinen Bitten in den Schmachtenden zu dringen und fürchtete Friedrich seitdem wie ein richtendes Gewissen. Friedrich wandte sich darauf wieder zu dem Landmanne und sagte zu ihm laut genug, daß es der Thyrsusschwinger hören konnte: „Fahren Sie nur fort, sich ruhig an den Werken der Dichter zu ergötzen, mit schlichtem Sinne und redlichem Willen wird Ihnen nach und nach alles in denselben klar werden. Es ist in unsern Tagen das größte Hindernis für das wahrhafte Verständnis aller Dichterwerke, daß jeder, statt sich recht und auf sein ganzes Leben davon durchdringen zu lassen, sogleich ein unruhiges, krankhaftes Jucken verspürt, selber zu dichten und etwas dergleichen zu liefern. Adler werden sogleich hochgeboren und schwingen sich schon vom Neste in die Luft, der Strauß aber wird oft als König der Vögel gepriesen, weil er mit großem Getös seinen Anlauf nimmt, aber er kann nicht fliegen."

Es ist nichts künstlicher und lustiger als die Unterhaltung einer solchen Gesellschaft. Was das Ganze noch so leidlich zusammenhält, sind tausend feine, fast unsichtbare Fäden von Eitelkeit, Lob und Gegenlob usw., und sie nennen es denn gar zu gern goldenes Liebesnetz. Arbeitet dann unverhofft einmal einer, der davon nichts weiß, tüchtig darin herum, geht die ganze Spinnwebe von ewiger Freundschaft und heiligem Bunde auseinander.

So hatte auch heute Friedrich den ganzen Tee versalzen. Keiner konnte das künstlerische Weberschiffchen, das sonst, fein im Takte, so zarte ästhetische Abende wob, wieder in Gang bringen. Die meisten wurden mißlaunisch, keiner konnte oder mochte, wie beim babylonischen Baue, des andern Wortgepräng verstehen, und so beleidigte einer den andern in der gänzlichen Verwirrung. Mehrere Herren nahmen endlich unwillig Abschied, die Gesellschaft wurde kleiner und vereinzelter. Die Damen gruppierten sich hin und wieder auf den Ottomanen in malerischen und ziemlich unanständigen Stellungen. Friedrich bemerkte bald ein heimliches Verständnis zwischen der Frau vom Hause und dem Schmachtenden. Doch glaubte er zugleich an ihr ein feines Liebäugeln zu entdecken, das ihm selber zu gelten schien. Er fand sie überhaupt viel schlauer, als man anfänglich ihrer lispelnden Sanftmut hätte zutrauen mögen; sie schien ihren schmachtenden Liebhaber bei weitem zu übersehen und, sehr aufgeklärt, selber nicht so viel von ihm zu halten, als sie vorgab und er aus ganzer Seele glaubte.

Wie ein rüstiger Jäger in frischer Morgenschönheit stand Friedrich unter diesen verwischten Lebensbildern. Nur die einzige Gräfin Romana zog ihn an. Schon das Gedicht, das sie rezitiert, hatte ihn auf sie aufmerksam gemacht und auf die eigentümliche, von allen den andern verschiedene Richtung ihres Geistes. Er glaubte schon damals eine tiefe Verachtung und ein scharfes Überschauen der ganzen Teegesellschaft in derselben zu bemerken, und seine jetzigen Gespräche mit ihr bestätigten seine Meinung. Er erstaunte über die Freiheit ihres Blicks und die Keckheit, womit sie alle Menschen aufzufassen und zu behandeln wußte. Sie hatte sich im Augenblick in alle Ideen, die Friedrich in seinen vorigen Äußerungen berührt, mit einer unbegreiflichen Lebhaftigkeit hineinverstanden und kam ihm nun in allen seinen Gedanken entgegen. Es war in ihrem Geiste, wie in ihrem schönen Körper ein zauberischer Reichtum; nichts schien zu groß in der Welt für ihr Herz; sie zeigte eine tiefe, begeisterte Einsicht ins Leben wie in alle Künste, und Friedrich unterhielt sich daher lange Zeit ausschließlich mit ihr, die übrige Gesellschaft vergessend. Die Damen fingen unterdes schon an zu flüstern und über die neue Eroberung der Gräfin die Nasen zu rümpfen.

Das Gespräch der beiden wurde endlich durch Rosa unterbrochen, die zu der Gräfin trat und verdrüßlich nach Hause zu fahren begehrte. Friedrich, der eine große Betrübnis in ihrem Gesichte bemerkte, faßte ihre Hand. Sie wandte sich aber schnell weg und eilte in ein abgelegenes Fenster. Er ging ihr nach. Sie sah mit abgewendetem Gesicht in den stillen Garten hinaus, er hörte, daß sie schluchzte. Eifersucht vielleicht und das schmerzlichste Gefühl ihres Unvermögens, in allen diesen Dingen mit der Gräfin zu wetteifern, arbeitete in ihrer Seele. Friedrich drückte das schöne, trostlose Mädchen an sich. Da fiel es ihm schnell und heftig um den Hals und sagte aus Grund der Seele: „Mein lieber Mann!" Es war das erstemal in seinem Leben, daß sie ihn so genannt.

Es kamen soeben mehrere andere hinzu und alles fing an Abschied zu nehmen und auseinanderzugehen; er konnte nichts mehr mit ihr sprechen. Noch im Weggehn trat der Minister zu ihm und fragte ihn, wie es ihm hier gefallen habe? Er antwortete mit einer zweideutigen Höflichkeit. Der Minister sah ihn ernsthaft und ausforschend an und ging fort. Friedrich aber eilte durch die nächtliche Stadt seiner Wohnung zu. Ein rauher Wind ging durch die Straßen. Er hatte sich noch nie so unbehaglich, leer und müde gefühlt.

Dreizehntes Kapitel

Es war ein schöner Herbstmorgen, da ritt Friedrich eine von den langen Straßenalleen hinunter, die von der Residenz ins Land hinausführten. Er hatte es schon längst der schönen Gräfin Romana versprechen müssen, sie auf ihrem Landgute, das einige Meilen von der Stadt entfernt lag, zu besuchen, und der blaue Himmel hatte ihn heute hinausgelockt. Sie war seit seiner Trennung von Leontin die einzige, zu der er von allem reden konnte, was er dachte, wußte und wollte, die Unterhaltung mit ihr war ihm fast schon zum Bedürfnis geworden.

Der Weg war ebenso anmutig als der Morgen. Er kam

bald an einen von beiden Seiten eng von Bergen eingeschlossenen Fluß, an dem die Straße hinablief. Die Wälder, welche die schönen Berge bedeckten, waren schon überall mit gelben und roten Blättern bunt geschmückt, Vögel reisten hoch über ihn weg dem Strome nach und erfüllten die Luft mit ihren abgebrochenen Abschiedstönen, die Friedrich jedesmal wunderbar an seine Kindheit erinnerten, wo er, der Natur noch nicht entwachsen, einzig von ihren Blicken und Gaben lebte.

Einige Stunden war er so zwischen den einsamen Bergschluchten hingeritten, als er am jenseitigen Ufer eine Stimme rufen hörte, die ihn immerfort zu begleiten schien und vom Echo in den grünen Windungen unaufhörlich wiederholt wurde. Je länger er nachhorchte, je mehr kam es ihm vor, als kenne er die Stimme. Plötzlich hörte das Rufen wieder auf, und Friedrich fing nun an zu bemerken, daß er einen unrechten Weg eingeschlagen haben müsse, denn die grünen Bergesgänge wollten kein Ende nehmen. Er verdoppelte daher seine Eile und kam bald darauf an den Ausgang des Gebirges und an ein Dorf, das auf einmal sehr reizend im Freien vor ihm lag.

Das erste, was ihm in die Augen fiel, war ein Wirtshaus, vor welchem sich ein schöner grüner Platz bis an den Fluß ausbreitete. Auf dem Platze sah er einen, mit ungewöhnlichem und rätselhaftem Geräte schwer bepackten Wagen stehen und mehrere sonderbare Gestalten, die wunderlich mit der Luft zu fechten schienen. Wie erstaunte er aber, als er näher kam und mitten unter ihnen Leontin und Faber erkannte. – Leontin, der ihn schon von weitem über den Hügel kommen sah, rief ihm sogleich entgegen: „Kommst du auch angezogen, neumodischer Don Quixote, Lamm Gottes, du sanfter Vogel, der immer voll schöner Weisen ist, haben sie dir noch nicht die Flügel gebrochen? Mir war schon lange zum Sterben bange nach dir!“ Friedrich sprang schnell vom Pferde und fiel ihm um den Hals. Er hielt Leontins Hand mit seinen beiden Händen und sah ihm mit grenzenloser Freude in das lebhafte

Gesicht; es war, als entzünde sich sein innerstes Leben jedesmal neu an seinen schwarzen Augen.
Er bemerkte indes, daß die Menschen ringsum, die ihm schon von weitem aufgefallen waren, auf das abenteuerlichste in lange, spanische Mäntel gehüllt waren und sich immerfort, ohne sich von ihm stören zu lassen, wie Verrückte miteinander unterhielten. „Ha, verzweifelte Sonne!“ rief einer von ihnen, der eine Art von Turban auf dem Kopfe und ein gewisses tyrannisches Ansehn hatte, „willst du mich ewig bescheinen? Die Fliegen spielen in deinem Licht, die Käfer im – ruhen selig in deinem Schoße, Natur! Und ich – und ich, – warum bin ich nicht ein Käfer geworden, unerforschlich waltendes Schicksal? – Was ist der Mensch? – Ein Schaum. Was ist das Leben? – Ein nichtswürdiger Wurm.“ – „Umgekehrt, gerade umgekehrt, wollen Sie wohl sagen“, rief eine andere Stimme. – „Was ist die Welt?“ fuhr jener fort, ohne sich stören zu lassen, „was ist die Welt?“ – Hier hielt er inne und lachte grinsend und weltverachtend wie Abällino unter seinem Mantel hervor, wendete sich darauf schnell um und faßte unvermutet Herrn Faber, der eben neben ihm stand, bei der Brust. „Ich verbitte mir das“, sagte Faber ärgerlich, „wie oft soll ich noch erklären, daß ich durchaus nicht mit in den Plan gehöre!“ – „Laß dich's nicht wundern“, sagte endlich Leontin zu Friedrich, der aus dem allen nicht gescheit werden konnte, „das ist eine Bande Schauspieler, mit denen ich auf der Straße zusammengetroffen und seit gestern reise. Wir probieren soeben eine Komödie aus dem Stegreif, zu der ich die Lineamente unterwegs entworfen habe. Sie heißt: ‚Bürgerlicher Seelenadel, ein psychologisches Trauerspiel in fünf Verwirrungen der menschlichen Leidenschaften‘, und wird heute abend in dem nächsten Städtchen gegeben werden, wo der gebildete Magistrat zum Anfang durchaus ein schillerndes Stück verlangt hat. Ich werde der Vorstellung mit beiwohnen und habe alle Folgen über mich genommen.“
„Ja, wahrhaftig“, sagte Faber, „wenn das noch lange so

fortgeht, so sage ich aller gebildeten Welt Lebewohl und fange an auf dem Seile zu tanzen, oder die Zigeunersprache zu studieren. Ich bin des Herumziehens in der Tat von Herzen satt." – „Verstellen Sie sich nur nicht immer so", fiel ihm Leontin ins Wort. „Sie können doch am Ende nicht weg von mir. Wir zanken uns immer und treffen doch immer wieder auf einerlei Wegen zusammen. Übrigens sind diese Schauspieler ein gar vortrefflicher Künstlerverein; sie wollen nicht gepriesen, sondern gespeist sein, und gehen daher in der Verzweiflung der Natur noch keck und beherzt auf den Leib."

Es war unterdes an einen jungen Menschen von der Truppe, der auch eine Rolle in dem Stücke übernommen hatte, die Reihe gekommen, ebenfalls seinen Teil vorzustellen. Er benahm sich aber sehr ungeschickt und war durchaus nicht imstande, etwas zu erfinden und vorzubringen. Ein schönes Mädchen, mit welcher er eben die Szene spielen sollte, wurde ungeduldig, erklärte, sie wolle hier nicht länger einen Narren abgeben, und sprang lachend fort, der andere, ältere Schauspieler lief ihr nach, um sie zurückzuholen, und so war die ganze Probe gestört.

Der junge Mann war indes näher getreten. Friedrich sah ihm genauer ins Gesicht, er traute seinen Augen kaum, es war einer von den Studenten, die ihm bei seinem Abzuge von der Universität das Geleit gegeben hatten. – „Mein Gott! wie kommst du unter diese Leute?" rief Friedrich voll Erstaunen, denn er hatte ihn damals als einen stillen und fleißigen Menschen gekannt, der vor den Ausgelassenheiten der andern jederzeit einen heimlichen Widerwillen hegte. Der Student gestand, daß er den Grafen sogleich wiedererkannt, aber gehofft habe, von ihm übersehen zu werden. Er schien sehr verlegen.

Friedrich, der sich an seinem Gesichte aller alten Freuden und Leiden erinnerte, zog ihn erfreut und vertraulich an den Tisch, und der Student erzählte ihnen endlich den ganzen Hergang seiner Geschichte. Nicht lange nach Friedrichs Abreise hatte sich nämlich auf der Universität eine reisende Gesellschaft von Seiltänzern eingefunden, worunter besonders eine Springerin durch ihre Schönheit alle Augen auf sich zog. Viele Studenten versuchten und fanden ihr Glück. Er aber mit seiner stillen und tiefern Gemütsart verliebte sich im Ernste in das Mädchen, und wie ihr Herz bisher in ihrer tollen Lebensweise von der Gewalt der Liebe ungerührt geblieben war, wurde sie von seiner zarten, ungewohnten Art, sie zu behandeln und zu gewinnen, überrascht und gefangen. Sie beredeten sich, einander zu heiraten; sie verließ die Bande, und er arbeitete von nun an Tag und Nacht, um seine Studien zu vollenden und sich ein Einkommen zu erwerben. Es verging indes längere Zeit, als er geglaubt hatte, das Mädchen fing an, von Zeit zu Zeit launisch zu werden, bekam häufige Anfälle von Langeweile und – eh' er sich's versah, war sie verschwunden. „Mein mühsam erspartes Geld", fuhr der Student weiter fort, „hatte ich indes immer wieder auf verschiedene Einfälle und Launen des Mädchens zersplittert, meine Eltern wollten nichts von mir wissen, mein innerstes Leben hatte mich auf einmal betrogen, die Studenten lachten entsetzlich, es war der schmerzlichste und unglücklichste Augenblick meines Lebens. Ich ließ alles und reiste dem Mädchen nach. Nach langem Irren fand ich sie endlich bei diesen Komödianten wieder, denn es ist dieselbe, die vorhin hier weggegangen. Sie kam sehr freudig auf mich zugesprungen, als sie mich erblickte, doch ohne ihre Flucht zu entschuldigen oder im geringsten unnatürlich zu finden. – Meine Mutter ist seitdem aus Gram gestorben. Ich weiß, daß ich ein Narr bin und kann doch nicht anders."

Die Tränen standen ihm in den Augen, als er das sagte. Friedrich, der wohl einsah, daß der gute Mensch sein Herz und sein Leben nur wegwerfe, riet ihm mit Wärme, sich ernstlich zusammenzunehmen und das Mädchen zu verlassen, er wolle für sein Auskommen sorgen. – Der Verliebte schwieg still. – „Laß doch die Jugend fahren!" sagte Leontin, „jeder Schiffmann hat seine Sterne und das

Alter treibt uns zeitig genug auf den Sand. Du brichst dem tollen Nachtwandler doch den Hals, wenn du ihn bei seinem prosaischen, bürgerlichen Namen rufst. Aber härter müssen Sie sein", sagte er zu dem Studenten, „denn die Welt ist hart und drückt Sie sonst zuschanden."

Das Mädchen kam unterdes wieder und trällerte ein Liedchen. Ihre Gestalt war herrlich, aber ihr schönes Gesicht hatte etwas Verwildertes. Sie antwortete auf alle Fragen sehr unterwürfig und keck zugleich, und schien nicht üble Lust zu haben, noch länger bei den beiden Grafen zurückzubleiben, als der Theaterprinzipal kam und ankündigte, daß alles zur Abreise fertig sei.

Der Student drückte Friedrich herzlich die Hand und eilte zu dem aufbrechenden Haufen. Der mit allerhand Dekorationen schwer bepackte Wagen, von dessen schwankender Höhe der Prinzipal noch immerfort aus der Ferne seine untertänigste Bitte an Leontin wiederholte, heute abend mit seiner höchstnötigen Protektion nicht auszubleiben, wackelte indes langsam fort, nebenher ging die ganze übrige Gesellschaft bunt zerstreut und lustig einher, der Student war zu Pferde, neben ihm ritt sein Mädchen auch auf einem Klepper und warf Leontin noch einige Blicke zu, die ziemlich vertraulich aussahen, und so zog die bunte Karawane wie ein Schattenspiel in die grüne Schluft hinein. „Wie glücklich", sagte Leontin, als alles verschwunden war, „könnte der Student sein, so frank und frei mit seiner Liebsten durch die Welt zu ziehn! wenn er nur Talent fürs Glück hätte, aber er hat eine einförmige Niedergeschlagenheit in sich, die er nicht niederschlagen kann, und die ihn durchs Leben nur so hinschleppt."

Sie setzten sich nun auf dem schönen grünen Platze um einen Tisch zusammen, der Fluß flog lustig an ihnen vorüber, die Herbstsonne wärmte sehr angenehm. Leontin erzählte, wie er den Morgen nach seiner Flucht vom Schlosse des Herrn v. A. bei Anbruch des Tages auf den Gipfel eines hohen Berges gekommen sei, von dem er von der einen Seite die fernen Türme der Residenz, von der andern die friedlich reiche Gegend des Herrn v. A. übersah, über welcher soeben die Sonne aufging. Lange habe er vor dieser grenzenlosen Aussicht nicht gewußt, wohin er sich wenden solle, als er auf einmal unten im Tale Faber die Straße heraufwandern sah, den, wie er wohl wußte, wieder einmal die Albernheiten der Stadt auf einige Zeit in alle Welt getrieben hatten. Wie die Stimme in der Wüste habe er ihn daher, da er gerade eben in einem ziemlich ähnlichen Humor gewesen, mit einer langen Anrede über die Vergänglichkeit aller irdischen Dinge empfangen, ohne von ihm gesehen werden zu können, und so zu sich hinaufgelockt. – Leontin versank dabei in Gedanken. „Wahrhaftig“, sagte er, „wenn ich mich in jenen Sonnenaufgang auf dem Berge recht hineindenke, ist mir zumute, als könnt' es mir manchmal auch so gehn, wie dem Studenten.“ – Faber war unterdes fortgegangen, um etwas zu essen und zu trinken zu bestellen, und Friedrich bemerkte dabei mit Verwunderung, daß die Leute, wenn er mit ihnen sprach oder etwas forderte, ihm ins Gesicht lachten oder einander heimlich zuwinkten und die neugierigen Kinder furchtsam zurückzogen, wenn er sich ihnen näherte. Leontin gestand, daß er manchmal, wenn sie in einem Dorfe einkehrten, vorauszueilen pflege und die Wirtsleute überrede, daß der gute Mann, den er bei sich habe, nicht recht bei Verstande sei, sie sollten nur recht auf seine Worte und Bewegungen achthaben, wenn er nachkäme. Dies gebe dann zu vielerlei Lust und Mißverständnis Anlaß, denn wenn sich Faber einige Zeit mit den Gesichtern abgebe, die ihn alle so heimlich, furchtsam und bedauernd ansähen, hielten sie sich am Ende wechselseitig alle für verrückt. – Leontin brach schnell ab, denn Faber kam eben zu ihnen zurück und schimpfte über die Dummheit des Landvolks.

Friedrich mußte nun von seinem Abschiede auf dem Schlosse des Herrn v. A. und seinen Abenteuern in der Residenz erzählen. Er kam bald auch auf die ästhetische

Teegesellschaft und versicherte, er habe sich dabei recht ohne alle Männlichkeit gefühlt, etwa wie bei einem Spaziergange durch die Lüneburger Ebne mit Aussicht auf Heidekraut. Leontin lachte hellaut. „Du nimmst solche Sachen viel zu ernsthaft und wichtiger, als sie sind", sagte er. „Alle Figuren dieses Schauspiels sind übrigens auch von meiner Bekanntschaft, ich möchte aber nur wissen, was sie seit der Zeit, daß ich sie nicht gesehen, angefangen haben, denn wie ich soeben höre, hat sich seitdem auch nicht das mindeste in ihnen verändert. Diese Leute schreiten fleißig von einem Meßkataloge zum andern mit der Zeit fort, aber man spürt nicht, daß die Zeit auch nur um einen Zoll durch sie weiter fortrückte. Ich kann dir jedoch im Gegenteil versichern, daß ich nicht bald so lustig war, als an jenem Abende, da ich zum ersten Male in diese Teetaufe oder Traufe geriet. Aller Augen waren prüfend und in erwartungsvoller Stille auf mich neuen Jünger gerichtet. Da ich die ganze heilige Synode, gleich den Freimaurern mit Schurz und Kelle, so feierlich mit poetischem Ornate angetan dasitzen sah, konnt' ich mich nicht enthalten, despektierlich von der Poesie zu sprechen und mit unermüdlichem Eifer ein Gespräch von der Landwirtschaft, von den Runkelrüben usw. anzuspinnen, so daß die Damen wie über den Dampf von Kuhmist die Nase rümpften und mich bald für verloren hielten. Mit dem Schmachtenden unterhielt ich mich besonders viel. Er ist ein guter Kerl, aber er hat keine Mannsmuskel im Leibe. Ich weiß nicht, was er gerade damals für eine fixe Idee von der Dichtkunst im Kopfe hatte, aber er las ein Gedicht vor, wovon ich trotz der größten Anstrengung nichts verstand, und wobei mir unaufhörlich des simplizianisch-teutschen Michels verstümmeltes Sprachgepränge im Sinne lag. Denn es waren deutsche Worte, spanische Konstruktionen, welsche Bilder, altdeutsche Redensarten, doch alles mit überaus feinem Firnis von Sanftmut verschmiert. Ich gab ihm ernsthaft den Rat, alle Morgen gepfefferten Schnaps zu nehmen, denn der ewige Nektar erschlaffe nur den Ma-

gen, worüber er sich entrüstet von mir wandte. – Mit dem vom Hochmutsteufel besessenen Dithyrambisten aber bestand ich den schönsten Strauß. Er hatte mit pfiffiger Miene alle Segel seines Witzes aufgespannt und kam mit vollem Winde der Eitelkeit auf mich losgefahren, um mich Unpoetischen vor den Augen der Damen in den Grund zu bugsieren. Um mich zu retten, fing ich zum Beweise meiner poetischen Belesenheit an, aus Shakespeares: ‚Was ihr wollt', wo Junker Tobias den Malvolio peinigt, zu rezitieren: ‚Und besäße ihn eine Legion selbst, so will ich ihn doch anreden.' Er stutzte und fragte mich mit herablassender Genügsamkeit und kniffigem Gesichte, ob vielleicht gar Shakespeare mein Lieblingsautor sei? – Ich ließ mich aber nicht stören, sondern fuhr mit Junker Tobias fort: ‚Ei, Freund, leistet dem Teufel Widerstand, er ist der Erbfeind der Menschenkinder.' Er fing nun an, sehr salbungsvolle genialische Worte über Shakespeare ergehen zu lassen, ich aber, da ich ihn sich so aufblasen sah, sagte weiter: ‚Sanftmütig, sanftmütig! Ei was machst du, mein Täubchen! Wie geht's, mein Puthühnchen? Ei, sieh doch, komm, tucktuck!' – Er schien nun mit Malvolio zu bemerken, daß er nicht in meine Sphäre gehöre, und kehrte sich mit einem unsäglich stolzen Blicke, wie von einem unerhört Tollen, von mir. ‚O jemine!' fiel die Gräfin Romana hier mit ein. Sie sagte dies so richtig und schön, daß ich sie dafür hätte küssen mögen. Das Schlimmste war aber nun, daß ich dadurch demaskiert war, ich konnte nicht länger für einen Ignoranten gelten; und die Frauenzimmer merkten dies nicht so bald, als sie mit allerhand Phrasen, die sie hin und wieder ernascht, über mich herfielen. In der Angst fing ich daher nun an, wütend mit gelehrten Redensarten und poetischen Paradoxen nach allen Seiten um mich herum zu werfen, bis sie mich, ich sie, und ich mich selber nicht mehr verstand und alles verwirrt wurde. Seit dieser Zeit haßt mich der ganze Zirkel und hat mich als eine Pest der Poesie förmlich exkommuniziert."
Friedrich, der Leontin ruhig und mit Vergnügen angehört

hatte, sagte: „So habe ich dich am liebsten, so bist du in deinem eigentlichen Leben. Du siehst so frisch in die Welt hinein, daß alles unter deinen Augen bunt und lebendig wird." „Jawohl", antwortete Leontin, „so buntscheckig, daß ich manchmal selber zum Narren darüber werden könnte."

Die Sonne fing indes schon an, sich zu senken, und sowohl Friedrich als Leontin gedachten ihrer Weiterreise und versprachen einander, nächstens in der Residenz sich wieder zu treffen. Herr Faber bat Friedrich, ihn der Gräfin Romana bestens zu empfehlen. „Die Gräfin", sagte er, „hat schöne Talente und sich durch mehrere Arbeiten, die ich kenne, als Dichterin erwiesen. Nur macht sie sich freilich alles etwas gar zu leicht." Leontin, den immer sogleich ein seltsamer Humor befiel, wenn er die Gräfin nennen hörte, sang lustig:

„Lustig auf den Kopf, mein Liebchen,
Stell' dich, in die Luft die Bein'!
Heisa! ich will sein dein Bübchen,
Heute nacht soll Hochzeit sein!

Wenn du Shakespeare kannst vertragen,
O du liebe Unschuld du!
Wirst du mich wohl auch ertragen
Und noch jedermann dazu. –"

Er sprach noch allerhand wild und unzüchtig von der Gräfin und trug Friedrich noch einen zügellosen Gruß an sie auf, als sie endlich von entgegengesetzten Seiten auseinanderritten. Friedrich wußte nicht, was er aus diesen wilden Reden machen sollte. Sie ärgerten ihn, denn er hielt die Gräfin hoch, und er konnte sich dabei der Besorgnis nicht enthalten, daß Leontins lebhafter Geist in solcher Art von Renommisterei am Ende sich selber aufreiben werde.

In solchen Gedanken war er einige Zeit fortgeritten, als er

bei einer Biegung um eine Feldecke plötzlich das Schloß der Gräfin vor sich sah. Es stand wie eine Zauberei hoch über einem weiten, unbeschreiblichen Chaos von Gärten, Weinbergen, Bäumen und Flüssen, der Schloßberg selber war ein großer Garten, wo unzählige Wasserkünste aus dem Grün hervorsprangen. Die Sonne ging eben hinter dem Berge unter und bedeckte das prächtige Bild mit Glanz und Schimmer, so daß man nichts deutlich unterscheiden konnte.
Überrascht und geblendet gab Friedrich seinem Pferde die Sporen und ritt die Höhe hinan. Er erstaunte über die seltsame Bauart des Schlosses, das durch eine fast barocke Pracht auffiel. Es war niemand zu sehen. Er trat in die weite, mit buntem Marmor getäfelte Vorhalle, durch deren Säulenreihen man von der andern Seite in den Garten hinaussah. Dort standen die seltsamsten ausländischen Bäume und Pflanzen wie halbausgesprochene, verzauberte Gedanken, schimmernde Wasserstrahlen durchkreuzten sich in kristallenen Bogen hoch über ihnen, ausländische Vögel saßen sinnend und traumhaft zwischen den dunkelgrünen Schatten umher.
Ein wunderschöner Knabe sprang indes soeben draußen im Hofe vom Pferde, stutzte, als er im Vorbeilaufen Friedrich erblickte, sah ihn einen Augenblick mit den großen, schönen Augen trotzig an und eilte sogleich wieder durch die Vorhalle weiter in den Garten hinaus. Friedrich sah, wie er dort mit bewunderungswürdiger Fertigkeit eine hohe, am Abhange des Gartens stehende Tanne bestieg und aus dem höchsten Gipfel sich in die Gegend hinauslegte, als suche er fern etwas mit den Augen.
Da immer noch niemand kam, stellte sich Friedrich an ein hohes Bogenfenster, aus dem man die prächtigste Aussicht auf das Tal und die Gebirge hatte. Noch niemals hatte er eine so üppige Natur gesehen. Mehrere Ströme blickten wie Silber hin und her aus dem Grunde, freundliche Landstraßen, von hohen Nußbäumen reich beschattet, zogen sich bis in die weiteste Ferne nach allen Richtungen

hin, der Abend lag warm und schallend über der Gegend, weit über die Gärten und Hügel hin hörte man ringsum das Jauchzen der Winzer. Friedrich wurde bei dieser Aussicht unsäglich bange in dem einsamen Schlosse, es war ihm, als wäre alles zu einem großen Feste hinausgezogen, und er konnte kaum mehr widerstehen, selber wieder hinunterzureiten, als er auf einmal die Gräfin erblickte, die in einem langen grünen Jagdkleide in dem erquickenden Hauche des Abends auf der glänzenden Landstraße aus dem Tale heraufgeritten kam. Sie war allein, er erkannte sie sogleich an ihrer hohen, schönen Gestalt.

Als sie vor dem Schlosse vom Pferde stieg, kam der schöne Knabe, der vorhin auf der Tanne gelauert hatte, schnell herbeigesprungen, fiel ihr stürmisch um den Hals und küßte sie. „Kleiner Ungestüm!“ sagte sie halb böse und wischte sich den Mund. Sie schien einen Augenblick verlegen, als sie so unvermutet Friedrich erblickte und bemerkte, daß er diesen sonderbaren Empfang gesehen hatte. Sie schüttelte aber die flüchtige Scham bald wieder von sich und bewillkommte Friedrich mit einer Heftigkeit, die ihm auffiel. „Ich bedauere nur“, sagte sie, „daß ich Sie nicht so bewirten kann, wie ich wünschte,, alle meine Leute schwärmen schon den ganzen Tag bei der Weinlese, ich selbst bin seit frühem Morgen in der Gegend herumgeritten.“

Sie nahm ihn bei der Hand und führte ihn in das Innere des Schlosses. Friedrich verwunderte sich, denn fast in allen Zimmern standen Türen und Fenster offen. Die hochgewölbten Zimmer selbst waren ein seltsames Gemisch von alter und neuer Zeit, einige standen leer und wüste, wie ausgeplündert, in andern sah er alte Gemälde an der Wand herumhängen, die wie aus schändlichem Mutwillen mit Säbelhieben zerhauen schienen. Sie kamen in der Gräfin Schlafgemach. Das große Himmelbett war noch unzugerichtet, wie sie es frühmorgens verlassen, Strümpfe, Halstücher und allerlei Gerät lag bunt auf allen Stühlen umher. In dem einen Winkel hing ein Porträt, und er glaubte, soviel es die Dämmerung zuließ, zu seinem Erstaunen die Züge des Erbprinzen zu erkennen, dessen Schönheit in der Residenz einen so tiefen Eindruck auf ihn gemacht hatte.

Die Gräfin nahm den schönen Knaben, der ihnen immerfort gefolgt war, beiseite und trug ihm heimlich etwas auf. Der Knabe schien durchaus nicht gehorchen zu wollen, er wurde immer lauter und ungebärdiger, stampfte endlich zornig mit dem Fuße, rannte hinaus und warf die Türe hinter sich zu, daß es durch das weite Haus erschallte. „Er ist doch in einer Stunde wieder da", sagte Romana, ihm nachsehend, nahm die Gitarre, die in einer Ecke auf der Erde lag, während sie Friedrich ein Körbchen mit Obst und Wein übergab, und führte ihn wieder weiter eine Stiege aufwärts.

Wie einem Nachtwandler, der plötzlich auf ungewohntem Ort aus schweren, unglaublichen Träumen erwacht, war Friedrich zumute, als er mit ihr die letzten Stufen erreichte, und sich auf einmal unter der weiten, freien, gestirnten Wölbung des Himmels erblickte. Es war nämlich eine große Terrasse, die nach italienischer Art über das Dach des Schlosses ging. Ringsum an der Galerie standen Orangenbäume und hohe, ausländische Blumen, welche den himmlischen Platz mit Düften erfüllten.

„Hier auf dem Dache", sagte Romana, „ist mein liebster Aufenthalt. In den warmen Sommernächten schlafe ich oft hier oben." Sie setzte sich zu ihm, reichte ihm die Früchte und trank ihm von dem mitgenommenen Weine selber zu. „Sie wohnen hier so schwindlig hoch", sagte Friedrich, „daß Sie die ganze Welt mit Füßen treten." – Romana, die sogleich begriff, was er meinte, antwortete stolz und keck: „Die Welt, der große Tölpel, der niemals gescheiter wird, wäre freilich der Mühe wert, daß man ihm höflich und voll Ehrfurcht das Gesicht streichelte, damit er einen wohlwollend und voll Applaus anlächle. Es ist ja doch nichts als Magen und Kopf, und noch dazu ein recht breiter, übermütiger, selbstgefälliger, eitler, uner-

träglicher, den es eine rechte Götterlust ist aufs Maul zu schlagen." – Sie brach hierbei schnell ab und lenkte das Gespräch auf andere Gegenstände.
Friedrich mußte dabei mehr als einmal die fast unweibliche Kühnheit ihrer Gedanken bewundern, ihr Geist schien heut von allen Banden los. Sie ergriff endlich die Gitarre und sang einige Lieder, die sie selbst gedichtet und komponiert hatte. Die Musik war durchaus wunderbar, unbegreiflich und oft beinahe wild, aber es war eine unwiderstehliche Gewalt in ihrem Zusammenklange. Der weite, stille Kreis von Strömen, Seen, Wäldern und Bergen, die in großen, halbkenntlichen Massen übereinanderruhten, rauschten dabei feenhaft zwischen die hinausschiffenden Töne hinein. Die Zauberei dieses Abends ergriff auch Friedrichs Herz, und in diesem sinnenverwirrenden Rausche fand er das schöne Weib an seiner Seite zum ersten Male verführerisch. „Wahrhaftig", sagte sie endlich aus tiefster Seele, „wenn ich mich einmal recht verliebte, es würde mich gewiß das Leben kosten! – Es reiste einmal", fuhr sie fort, „ein Student hier in der Nacht beim Schlosse vorbei, als ich eben auf dem Dache eingeschlummert war, der sang:

‚Wenn die Sonne lieblich schiene
Wie in Welschland, lau und blau,
Ging' ich mit der Mandoline
Durch die überglänzte Au.

In der Nacht dann Liebchen lauschte
An dem Fenster, süßverwacht,
Wünschte mir und ihr – uns beiden
Heimlich eine schöne Nacht.

Wenn die Sonne lieblich schiene
Wie in Welschland, lau und blau,
Ging' ich mit der Mandoline
Durch die überglänzte Au.'

Aber die Sonne scheint nicht wie in Welschland und der Student zog weiter, und es ist eben alles nichts." – „Gehn wir schlafen, gehn wir schlafen", setzte sie langweilig gähnend hinzu, nahm Friedrich bei der Hand und führte ihn die Stiege hinab.

Er bemerkte, als sie wieder in den Zimmern angekommen waren, eine ungewöhnliche Unruhe an ihr, sie hing bewegt an seinem Arme. Sie schien ihm bei dem Mondenschimmer, der durch das offne Fenster auf ihr Gesicht fiel, totenblaß, eine Art von seltsamer Furcht befiel ihn da auf einmal vor ihr und dem ganzen Feenschlosse, er gab ihr schnell eine gute Nacht und eilte in das ihm angewiesene Zimmer, wo er sich angekleidet auf das Bett hinwarf.

Das Gemach war nur um einige Zimmer von dem Schlafgemach der Gräfin entfernt. Die Türen dazwischen fehlten ganz und gar. Eine Lampe, die der Gräfin Zimmer matt erhellte, warf durch die offenen Türen ihren Schein gerade auf einen großen, altmodischen Spiegel, der vor Friedrichs Bett an der Wand hing, so daß er in demselben fast ihr ganzes Schlafzimmer übersehen konnte. Er sah, wie der schöne Knabe, der sich unterdes wieder eingeschlichen haben mußte, quer über einigen Stühlen vor ihrem Bette eingeschlafen lag. Die Gräfin entkleidete sich nach und nach und stieg so über den Knaben weg ins Bett. Alles im Schlosse wurde nun totenstill und er wendete das Gesicht auf die andere Seite, dem offenen Fenster zu. Die Bäume rauschten vor demselben, aus dem Tale kam von Zeit zu Zeit ein fröhliches Jauchzen, bald näher, bald wieder in weiter Ferne, dazwischen hörte er ausländische Vögel draußen im Garten in wunderlichen Tönen immerfort wie im Traume sprechen, das seltsame bleiche Gesicht der Gräfin, wie sie ihm zuletzt vorgekommen, stellte sich ihm dabei unaufhörlich vor die Augen, und so schlummerte er erst spät unter verworrenen Phantasien ein.

Mitten in der Nacht wachte er plötzlich auf, es war ihm, als hätte er Gesang gehört. Der Mond schien hell draußen über die Gegend und durch das Fenster herein. Mit Erstaunen hörte er neben sich atmen. Er sah umher und erblickte Romana, unangekleidet wie sie war, an dem Fuße seines Bettes eingeschlafen. Sie ruhte auf dem Boden, mit dem einen Arm und dem halben Leibe auf das Bett gelehnt. Die langen schwarzen Haare hingen aufgelöst über den weißen Nacken und Busen herab. Er betrachtete die wunderschöne Gestalt lange voll Verwunderung halb aufgerichtet. Da hörte er auf einmal die Töne wieder, die er schon im Schlummer vernommen hatte. Er horchte hinaus: das Singen kam jenseits von den Bergen über die stille Gegend herüber, er konnte folgende Worte verstehen:

„Vergangen ist der lichte Tag,
Von ferne kommt der Glocken Schlag,
So reist die Zeit die ganze Nacht,
Nimmt manchen mit, der's nicht gedacht.

Wo ist nun hin die bunte Lust,
Des Freundes Trost und treue Brust,
Des Weibes süßer Augenschein?
Will keiner mit mir munter sein?

Da's nun so stille auf der Welt,
Ziehn Wolken einsam übers Feld,
Und Feld und Baum besprechen sich. –
O Menschenskind! was schauert dich?

Wie weit die falsche Welt auch sei,
Bleibt mir doch einer nur getreu,
Der mit mir weint, der mit mir wacht,
Wenn ich nur recht an ihn gedacht.

Frisch auf denn, liebe Nachtigall,
Du Wasserfall mit hellem Schall!
Gott loben wollen wir vereint,
Bis daß der lichte Morgen scheint!"

Friedrich erkannte die Weise, es war Leontins Stimme. – „Ich komme, herrlicher Gesell!“ rief er bewegt in sich und raffte sich schnell auf, ohne die Gräfin zu wecken. Nicht ohne Schauer ging er durch die totenstillen, weit öden Gemächer, zäumte sich im Hofe selber sein Pferd und sprengte den Schloßberg hinab.
Er atmete tief auf, als er draußen in die herrliche Nacht hineinritt, seine Seele war wie von tausend Ketten frei. Es war ihm, als ob er aus fieberhaften Träumen oder aus einem langen, wüsten, liederlichen Lustleben zurückkehre. Das hohe Bild der Gräfin, das er mit hergebracht, war in seiner Seele durch die sonderbare Nacht phantastisch verzerrt und zerrissen, und er verstand nun Leontins wilde Reden an dem Wirtshause.
Leontins Gesang war indes verschollen, er hatte nichts mehr gehört und schlug voller Gedanken den Weg nach der Residenz ein. Das Feenschloß hinter ihm war lange versunken, die Bäume an der Straße fingen schon an lange Schatten über das glänzende Feld zu werfen. Vögel wirbelten schon hin und her hoch in der Luft, die Residenz lag mit ihren Feuersäulen wie ein brennender Wald im Morgenglanze vor ihm.

Vierzehntes Kapitel

Draußen über das Land jagten zerrissene Wolken, die Melusine sang in seufzenden Wäldern, Gärten und Zäunen ihr unergründlich einförmiges Lied, die Dörfer lagen selig verschneit. In der Residenz zog der Winter prächtig ein mit Schellengeklingel, frischen Mädchengesichtern, die vom Lande flüchteten, mit Bällen, Opern und Konzerten, wie eine lustige Hochzeit. Friedrich stand gegen Abend einsam an seinem Fenster, Leontin und Faber ließen noch immer nichts von sich hören, Rosa hatte ihn letzthin ausgelacht, als er voller Freuden zu ihr lief, um ihr eine politische Neuigkeit zu erzählen, die ihn ganz ergriffen hatte, an der Gräfin Romana hatte er seit jener Nacht keine Lust weiter, er hatte beide seitdem nicht wiedergesehen; vor den Fenstern fiel der Schnee langsam und bedächtig in großen Flocken, als wollte der graue Himmel die Welt verschütten. Da sah er unten zwei Reiter in langen Mänteln die Straße ziehn. Der eine sah sich um, Friedrich rief: „Viktoria!“ Es waren Leontin und Faber, die soeben einzogen.

Friedrich sprang, ohne sich zu besinnen, zur Tür hinaus und die Stiege hinunter. Als er aber auf die Straße kam, waren sie schon verschwunden. Er schlenderte einige Gassen in dem Schneegestöber auf und ab. Da stieß der Marquis, den wir schon aus Rosas Briefe kennen, die hervorragenden Steine mit den Zehen zierlich suchend, auf ihn. Er hing sich ihm sogleich, wie ein guter Bruder, in den Arm, und erzählte ihm in einem Redestrome tausend Späße zum Totlachen, wie er meinte, die sich heut und gestern in der Stadt zugetragen, welche Damen heut vom Lande angekommen, wer verliebt sei und nicht wieder geliebt werde usw. Friedrich war die flache Lustigkeit des Wichts heut entsetzlich, und er ließ sich daher, da ihm dieser nur die Wahl ließ, ihn entweder zu sich nach Hause, oder in die Gesellschaft zum Minister zu begleiten, gern zu dem letztern mit fortschleppen. Denn besser mit einem Haufen Narren, dachte er übellaunisch, als mit einem allein.

Er fand einen zahlreichen und glänzenden Zirkel. Die vielen Lichter, die prächtigen Kleider, der glatte Fußboden, die zierlichen Reden, die hin und wieder flogen, alles glänzte. Er wäre fast wieder umgekehrt, so ganz ohne Schein kam er sich da auf einmal vor. Vor allen erblickte er seine Rosa. Sie hatte ein rosasamtnes Kleid, ihre schwarzen Locken ringelten sich auf den weißen Busen hinab. Der Erbprinz unterhielt sich lebhaft mit ihr. Sie sah inzwischen mehrere Male mit einer Art von triumphierenden Blicken seitwärts auf Friedrich; sie wußte wohl, wie schön

sie war. Friedrich unterhielt sich gedankenvoll zerstreut rechts und links. Jene Frau vom Hause, bei der er die Teegesellschaft verlebt, war auch da und schien wieder an ihren ästhetischen Krämpfen zu leiden. Sie unterhielt sich sehr lebendig mit mehreren hübschen jungen Männern über die Kunst, und Friedrich verstand nur, wie sie zuletzt ausrief: „O, ich möchte Millionen glücklich machen!“ – Da hörte man plötzlich ein lautes Lachen aus einem andern abgelegenen Winkel des Zimmers erschallen. Friedrich erkannte mit Erstaunen sogleich Leontins Stimme. Die Männer bissen sich heimlich in die Lippen über dieses Lachen zu rechter Zeit, obschon keiner vermutete, daß es wirklich jenem Ausruf gelten sollte, da der Lacher fern in eine ganz andere Unterhaltung vertieft schien. Friedrich aber wußte gar wohl, wie es Leontin meinte. Er eilte sogleich auf ihn los und fand ihn zwischen zwei alten Herren mit Perücken und altfränkischen Gesichtern, mit denen sich niemand abgeben mochte, mit denen er sich aber kindlich besprach und gut zu vertragen schien. Er erzählte ihnen von seiner Gebirgsreise die wunderbarsten Geschichten vor, und lachte herzlich mit den beiden guten Alten, wenn sie ihn dabei über offenbaren, gar zu tollen Lügen ertappten. Er freute sich sehr, Friedrich noch heut zu sehn, und sagte, wie es ihm eine gar wunderlich schauerliche Lust sei, so aus der Grabesstille der verschneiten Felder mitten in die glänzendsten Stadtzirkel hineinzureiten, und umgekehrt.
Sie sprachen noch manches zusammen, als der Prinz hinzutrat und Friedrich in ein Fenster führte. „Der Minister“, sagte er zu ihm, als sie allein waren, „hat Sie mir sehr warm, ja ich kann wohl sagen, mit Leidenschaft empfohlen. Es ist etwas Außerordentliches, denn er empfiehlt sonst keinen Menschen auf diese Art.“ Friedrich äußerte darüber seine große Verwunderung, da er von dem Minister gerade das Gegenteil erwartete. „Der Minister“, fuhr der Prinz fort, „läßt sein Urteil nicht fangen, und ich ver-

traue Ihnen daher. Unsere Zeit ist so gewaltig, daß die Tugend nichts gilt ohne Stärke. Die wenigen Mutigen aus aller Welt sollten sich daher treu zusammenhalten, als ein rechter Damm gegen das Böse. Es wäre nicht schön, lieber Graf, wenn Sie sich von der gemeinen Not absonderten."
„Gott behüte mich vor solcher Schande!" erwiderte Friedrich halb betroffen, „mein Leben gehört Gott und meinem rechtmäßigen Herrn." „Es ist groß, sich selber, von aller Welt losgesagt, fromm und fleißig auszubilden", sagte darauf der Prinz begeistert, „aber es ist größer, alle Freuden, alle eignen Wünsche und Bestrebungen wegzuwerfen für das Recht, alles" – hier strich soeben die Gräfin Romana an ihnen vorüber. Der Prinz ergriff ihre Hand und sagte: „So lange von uns wegzubleiben!" – Sie zog langsam ihre Hand aus der seinigen und sah nur Friedrich groß an, als sähe sie ihn wieder zum ersten Male. Der Prinz lachte unerklärlich, drückte Friedrich flüchtig die Hand und wandte sich wieder in den Saal zurück. Friedrich folgte der Gräfin mit ihren herausfordernden Augen. Sie war schwarz angezogen und fast furchtbar schön anzusehen. Von der Nacht auf dem Schlosse erwähnte sie kein Wort.
Leontin kam auf sie zu und erzählte ihr, wie er erst gestern bei ihrem Schlosse vorbeigezogen. „Es war schon Nacht", sagte er, „ich war so frei, mit Faber und einer Flasche echten Rheinweins, die wir bei uns hatten, das oberste Dach des Schlosses zu besteigen. Der Garten, die Gegend und die Galerie oben waren tief verschneit, eine Tür im Hause mußte offen stehn, denn der Wind warf sie immerfort einförmig auf und zu, über der verstarrten Verwüstung hielt die Windsbraut einen lustigen Hexentanz, daß uns der Schnee ins Gesicht wirbelte, es war eine wahre Brockennacht. Ich trank dabei dem Dauernden im Wechsel ein Glas nach dem andern zu und rezitierte mehrere Stellen aus Goethes Faust, die mir mit den Schneewirbeln alle auf einmal eiskalt auf Kopf und Herz zuflogen. ‚Verfluchte Verse!' rief Faber, ‚schweig, oder ich werfe dich wahrhaf-

tig über die Galerie hinunter!' Ich habe ihn niemals so entrüstet gesehn. Ich warf die Flasche ins Tal hinaus, denn mich fror, daß mir die Zähne klapperten." – Romana antwortete nichts, sondern setzte sich an den Flügel und sang ein wildes Lied, das nur aus dem tiefsten Jammer einer zerrissenen Seele kommen konnte. „Ist das nicht schön?" fragte sie einige Male dazwischen, sich mit Tränen in den Augen zu Friedrich herumwendend, und lachte abscheulich dabei. – „Ah pah!" rief Leontin zornig, „das ist nichts, es muß noch besser kommen!" Er setzte sich hin und sang ein altes Lied aus dem Dreißigjährigen Kriege, dessen fürchterliche Klänge wie blutige Schwerter durch Mark und Bein gingen. Friedrich bemerkte, daß Romana zitterte. Leontin war indes wieder aufgestanden und hatte sich aus der Gesellschaft fortgeschlichen, wie immer, wenn er gerührt war.

Wir aber wenden uns ebenfalls von den Blasen der Phantasie, die, wie Blasen auf dem Rheine, nahes Gewitter bedeuten, zu der Einsamkeit Friedrichs, wie er nun oft nächtelang voller Gedanken unter Büchern saß und arbeitete. Wohl ist der Weltmarkt großer Städte eine rechte Schule des Ernstes für bessere, beschauliche Gemüter, als der getreueste Spiegel ihrer Zeit. Da haben sie den alten, gewaltigen Strom in ihre Maschinen und Räder aufgefangen, daß er nur immer schneller und schneller fließe, bis er gar abfließt, da breitet denn das arme Fabrikenleben in dem ausgetrockneten Bette seine hochmütigen Teppiche aus, deren inwendige Kehrseite ekle, kahle, farblose Fäden sind, verschämt hängen dazwischen wenige Bilder in uralter Schönheit verstaubt, die niemand betrachtet, das Gemeinste und das Größte, heftig aneinander geworfen, wird hier zu Wort und Schlag, die Schwäche wird dreist durch den Haufen, das Hohe ficht allein. Friedrich sah zum ersten Male so recht in den großen Spiegel, da schnitt ihm ein unbeschreiblicher Jammer durch die Brust, um die Schönheit und Hoheit und das heilige Recht, daß sie so allein waren, und wie er sich selber in dem Spiegel so winzig und verloren in dem Ganzen erblickte, schien es ihm herrlich, sich selber vergessend, dem Ganzen treulich zu helfen mit Geist, Mund und Arm. Er erstaunte, wie er noch so gar nichts getan, wie es ihn noch niemals lebendig erbarmet um die Welt. So schien das große Schauspiel des Lebens, manche besondere äußere Anregung, vor allem aber der furchtbare Gang der Zeit, der wohl keines der besseren Gemüter unberührt ließ, auf einmal alle die hellen Quellen in seinem Innern, die sonst zum Zeitvertreibe wie lustige Springbrunnen spielten, in einen großen Strom vereinigt zu haben. Ihn ekelten die falschen Dichter an mit ihren Taubenherzen, die, uneingedenk der himmelschreienden Mahnung der Zeit, ihre Nationalkraft in müßigem Spiele verliederten. Die unbestimmte Knabensehnsucht, jener wunderbare Spielmann vom Venusberge, verwandelte sich in eine heilige Liebe und Begeisterung für den bestimmten und festen Zweck. Gar vieles, was ihn sonst beängstigte, wurde zuschanden, er wurde reifer, klar, selbständig und ruhig über das Urteil der Welt. Es genügt ihm nicht mehr, sich an sich allein zu ergötzen, er wollte lebendig eindringen. Desto tiefer und schmerzlicher mußte er sich überzeugen, wie schwer er sei, nützlich zu sein. Mit grenzenloser Aufopferung warf er sich daher auf das Studium der Staaten, ein neuer Weltteil für ihn, oder vielmehr die ganze Welt und was der ewige Geist des Menschen strebte, dachte und wollte, in wenigen großen Umrissen, vor dessen unermeßner Aussicht sein Innerstes aufjauchzte.

Ihm träumte einmal, als er in der Nacht einst so über seinen alten Büchern eingeschlummert, als weckte ihn ein glänzendes Kind aus langen lieblichen Träumen. Er konnte kaum die Augen auftun vor Licht, von so wunderbarer Hoheit und Schönheit war des Kindes Angesicht. Es wies mit seinem kleinen Rosenfinger von dem hohen Berge in die Gegend hinaus, da sah er ringsum eine unbegrenzte Runde, Meer, Ströme und Länder, ungeheure, umgeworfene Städte mit zerbrochenen Riesensäulen, das alte

Schloß seiner Kinderjahre seltsam verfallen, einige Schiffe zogen hinten nach dem Meere, auf dem einen stand sein verstorbener Vater, wie er ihn oft auf Bildern gesehen, und sah ungewöhnlich ernsthaft – alles doch wie in Dämmerung aufarbeitend, zweifelhaft und unkenntlich, wie ein verwischtes, großes Bild, denn ein dunkler Sturm ging über die ganze Aussicht, als wäre die Welt verbrannt, und der ungeheure Rauch davon lege sich nun über die Verwüstung. Dort, wo des Vaters Schiff hinzog, brach darauf plötzlich ein Abendrot durch den Qualm hervor, die Sonne senkte sich fern nach dem Meere hinab. Als er ihr so nachsah, sah er dasselbe wunderschöne Kind, das vorhin neben ihm gewesen, recht mitten in der Sonne zwischen den spielenden Farbenlichtern traurig an ein großes Kreuz gelehnt, stehen. Eine unbeschreibliche Sehnsucht befiel ihn da und Angst zugleich, daß die Sonne für immer in das Meer versinken werde. Da war ihm, als sage das wunderschöne Kind, doch ohne den Mund zu bewegen oder aus seiner traurigen Stellung aufzublicken: Liebst du mich recht, so gehe mit mir unter, als Sonne wirst du dann wieder aufgehen, und die Welt ist frei! – Vor Lust und Schwindel wachte er auf. Draußen funkelte der heitere Wintermorgen schon über die Dächer, das Licht war herabgebrannt, Erwin saß bereits angekleidet ihm gegenüber und sah ihn mit den großen, schönen Augen still und ernsthaft an.

Zu solcher Lebensweise kam ein schöner Kreis neuer, rüstiger Freunde, die auf Reisen, an gleicher Gesinnung sich erkennend, aus verschiedenen deutschen Zonen sich nach und nach hier zusammengefunden hatten. Der Erbprinz, der mit einer fast grenzenlosen Leidenschaft an Friedrich hing, wußte den Bund durch seine hinreißende Glut und Beredsamkeit immer frisch zu stärken, so auch, obgleich auf ganz verschiedene Weise, der ältere, besonnene Minister, der nach einer herumschweifenden und wüst durchlebten Jugend, später, seiner größeren Entwürfe und seiner Kraft und Berufes vor allen andern, sie auszuführen

sich klar bewußt, auf einmal mehrere brave, aber schwächere Männer gewaltsam unterdrückt, ja, selbst seinen eigensten Wunsch, eine Liebe aus früherer Zeit, aufgegeben und dafür eine freudenlose Ehe mit einem der vornehmsten Mädchen gewählt hatte, einzig um das Steuer des Staats in seine festere und sichere Hand zu erhalten. – Eine gleiche Gesinnung schien alle Glieder dieses Kreises zu verbrüdern. Sie arbeiteten fleißig, hoffend und glaubend, dem alten Recht in der engen Zeit Luft zu machen, auf Tod und Leben bereit.
Ganz anders, abgesondert und ohne alle Berührung mit diesem Kreise lebte Leontin in einem abgelegenen Quartiere der Residenz mit der Aussicht auf die beschneiten Berge über die weiten Vorstädte weg, wo er, mit Faber zusammenwohnend, einen wunderlichen Haushalt führte. Alle die Begeisterungen, Freuden und Schmerzen, die sich Friedrich, dessen Bildung langsam aber sicherer fortschritt, erst jetzt neu aufdeckten, hatte er längst im Innersten empfunden. Ihn jammerte seine Zeit vielleicht wie keinen, aber er haßte es, davon zu sprechen. Mit der größten Geisteskraft hatte er schon oft redlich alles versucht, wo es etwas nützen konnte, aber immer überwiesen, wie die Menge reich an Wünschen, aber innerlich dumpf und gleichgültig sei, wo es gilt, und wie seine Gedanken jederzeit weiter reichten als die Kräfte der Zeit, warf er sich in einer Art von Verzweiflung immer wieder auf die Poesie zurück und dichtete oft nächtelang ein wunderbares Leben, meist Tragödien, die er am Morgen wieder verbrannte. Seine alles verspottende Lustigkeit war im Grunde nichts, als diese Verzweiflung, wie sie sich an den bunten Bildern der Erde in tausend Farben brach und spiegelte.
Friedrich besuchte ihn täglich, sie blieben einander wechselseitig noch immer durchaus unentbehrliche Freunde, wenngleich Leontin auf keine Weise zu bereden war, an den Bestrebungen jenes Kreises Anteil zu nehmen. Er nannte unverhohlen das Ganze eine leidliche Komödie und den Minister den unleidlichen Theaterprinzipal, der

gewiß noch am Ende des Stücks herausgerufen werden würde, wenn nur darin das Wort: „deutsch“ recht fleißig vorkäme, denn das mache in der undeutschen Zeit den besten Effekt. Besonders aber war er ein rechter Feind des Erbprinzen. Er sagte oft, er wünschte ihn mit einem großen Schwerte seiner Ahnherrn aus Barmherzigkeit recht in der Mitte entzweihauen zu können, damit die eine ordinäre Hälfte vor der andern närrischen, begeisterten einmal Ruhe hätte. – Dergleichen Reden verstand Friedrich zwar damals nicht recht, denn seine beste Natur sträubte sich gegen ihr Verständnis, aber sie machten ihn stutzig. Faber dagegen, welcher, der Dichtkunst treu ergeben, immer fleißig fortarbeitete, empfing ihn alle Tage gelassen mit derselben Frage: ob er noch immer weltbürgerlich sei? – „Gott sei Dank“, antwortete Friedrich ärgerlich, „ich verkaufte mein Leben an den ersten besten Buchhändler, wenn es eng genug wäre, sich in einigen hundert Versen ausfingern zu lassen.“ „Sehr gut“, erwiderte Faber mit jener Ruhe, welche das Bewußtsein eines redlichen, ernsthaften Strebens gibt, „wir alle sollen nach allgemeiner Ausbildung und Tätigkeit, nach dem Verein aller Dinge mit Gott streben; aber wer von seinem Einzelnen, wenn es überhaupt ein solches gibt, es sei Staats-, Dicht- oder Kriegskunst, recht wahrhaft und innig, d. h. christlich durchdrungen ward, der ist ja eben dadurch allgemein. Denn nimmst du einen einzelnen Ring aus der Kette, so ist es die Kette nicht mehr, folglich ist eben der Ring auch die Kette.“ Friedrich sagte: „Um aber ein Ring in der Kette zu sein, mußt du ebenfalls tüchtig von Eisen und aus einem Gusse mit dem Ganzen sein, und das meinte ich.“ Leontin verwickelte sie hier durch ein vielfaches Wortspiel dergestalt in ihre Kette, daß sie beide nicht weiter konnten.

Die strebende, webende Lebensart schien Friedrich einigermaßen von Rosa zu entfernen, denn jede große innerliche Tätigkeit macht äußerlich still. Es schien aber auch nur so, denn eigentlich hatte seine Liebe zu Rosa, ohne daß er selbst es wußte, einen großen Anteil an seinem Rin-

gen nach dem Höchsten. Sowie die Erde in tausend Stämmen, Strömen und Blüten treibt und singt, wenn sie der alles belebenden Sonne zugewendet, so ist auch das menschliche Gemüt zu allem Großen freudig in der Sonnenseite der Liebe. Rosa nahm Friedrichs nur seltene Besuche nicht in diesem Sinne, denn wenige Weiber begreifen der Männer Liebe in ihrem Umfange, sondern messen ungeschickt das Unermeßliche nach Küssen und eitlen Versicherungen. Es ist, als wären ihre Augen zu blöde, frei in die göttliche Flamme zu schauen, sie spielen nur mit ihrem spielenden Widerscheine. Friedrich fand sie überhaupt seit einiger Zeit etwas verändert. Sie war oft einsilbig, oft wieder bis zur Leichtfertigkeit munter, beides schien Manier. Sie mischte oft in ihre besten Unterhaltungen so Fremdartiges, als hätte ihr innerstes Leben sein altes Gleichgewicht verloren. Über seine seltenen Besuche machte sie ihm nie den kleinsten Vorwurf. Er war weit entfernt, den wahren Grund von allem diesem auch nur zu ahnen. Denn die rechte Liebe ist einfältig und sorglos.
Eines Tages kam er gegen Abend zu ihr. Das Zimmer war schon dunkel, sie war allein. Sie schien ganz atemlos vor Verlegenheit, als er so plötzlich in das Zimmer trat, und sah sich ängstlich einige Male nach der andern Tür um. Friedrich bemerkte ihre Unruhe nicht, oder mochte sie nicht bemerken. Er hatte heute den ganzen Tag gearbeitet, geschrieben und gesonnen. Auf seiner unbekümmert unordentlichen Kleidung, auf dem verwachten, etwas bleichen Gesichte und den sinnigen Augen ruhte noch der Nachsommer der Begeisterung. Er bat sie, kein Licht anzuzünden, setzte sich nach seiner Gewohnheit mit der Gitarre ans Fenster und sang fröhlich ein altes Lied, das er Rosa oft im Garten bei ihrem Schlosse gesungen. Rosa saß dicht vor ihm, voll Gedanken, es war, je länger er sang, als müßte sie ihm etwas vertrauen und könne sich nicht dazu entschließen. Sie sah ihn immerfort an. „Nein, es ist mir nicht möglich!“ rief sie endlich und sprang auf. Er legte die Laute weg; sie war schnell durch die andere Tür ver-

schwunden. Er stand noch einige Zeit nachdenkend, da aber niemand kam, ging er verwundert fort.
Es war ihm von jeher eine eigene Freude, wenn er so abends durch die Gassen strich, in die untern erleuchteten Fenster hineinzublicken, wie da alles, während es draußen stob und stürmte, gemütlich um den warmen Ofen saß, oder an reinlich gedeckten Tischen schmauste, des Tages Arbeit und Mühen vergessend, wie eine bunte Galerie von Weihnachtsbildern. Er schlug heute einen andern, ungewohnten Weg ein, durch kleine, unbesuchte Gäßchen, da glaubte er auf einmal in dem einen Fenster den Prinzen zu sehen. Er blieb erstaunt stehen. Er war es wirklich. Er saß in einem schlechten Überrocke, den er noch niemals bei ihm gesehen, im Hintergrunde auf einem hölzernen Stuhle. Vor ihm saß ein junges Mädchen in bürgerlicher Kleidung auf einem Schemel, beide Arme auf seine Knie gestützt, und sah zu ihm hinauf, während er etwas zu erzählen schien und ihr die Haare von beiden Seiten aus der heitern Stirn strich. Ein flackerndes Herdfeuer, an welchem eine alte Frau etwas zubereitete, warf seine gemütlichen Scheine über die Stube. Teller und Schüsseln waren in ihren Geländern ringsum an den Wänden blank und in zierlicher Ordnung aufgestellt, ein Kätzchen saß auf einem Großvaterstuhle am Ofen und putzte sich, im Hintergrunde hing ein Muttergottesbild, vom Kamine hellbeleuchtet. Es schien ein stilles, ordentliches Haus. Das Mädchen sprang fröhlich von ihrem Sitze auf, kam ans Fenster und sah einen Augenblick durch die Scheiben. Friedrich erstaunte über ihre Schönheit. Sie schüttelte sich darauf munter und ungemein lieblich, als fröre sie bei dem flüchtigen Blick in die stürmische Nacht draußen, stieg auf einen Stuhl und schloß die Fensterläden zu.
Am folgenden Morgen, als Friedrich mit dem Prinzen zusammenkam, sagte er ihm sogleich, was er gestern gesehen. Der Prinz schien betroffen, besann sich darauf einen Augenblick und bat Friedrich, die ganze Begebenheit zu verschweigen. Er besuche, sagte er, das Mädchen schon

seit langer Zeit und gebe sich für einen armen Studenten aus. Die Mutter und die Tochter, die wenig auskämen, hielten ihn wirklich dafür. Friedrich sagte ihm offen und ernsthaft, wie dies ein gefährliches Spiel sei, wobei das Mädchen verspielen müsse, er solle lieber alles aufgeben, ehe es zu weit käme, und vor allen Dingen großmütig das Mädchen schonen, das ihm noch unschuldig schiene. Der Prinz war gerührt, drückte Friedrich die Hand und schwur, daß er das Mädchen zu sehr liebe, um sie unglücklich zu machen. Er nannte sie nun sein hohes Mädchen.

Später, an einem von jenen wunderbaren Tagen, wo die Bäche wieder ihre klaren Augen aufschlagen und einzelne Lerchen schon hoch in dem blauen Himmel singen, hatte Friedrich alle seine Fenster offen, die auf einen einsamen Spaziergang hinausgingen, den zu dieser Jahreszeit fast niemand besuchte. Es war ein Sonntag, unzählige Glocken schallten durch die stille, heitere Luft. Da sah er den Prinzen wieder verkleidet in der Ferne vorübergehen, neben ihm sein Bürgermädchen, im sonntäglichen Putze zierlich aufgeschmückt. Sie schien sehr zufrieden und glücklich und drückte sich oft fröhlich an seinen Arm. Friedrich nahm die Gitarre, setzte sich auf das Fenster und sang:

„Wann der kalte Schnee zergangen,
Stehst du draußen in der Tür,
Kommt ein Knabe schön gegangen,
Stellt sich freundlich da zu dir,
Lobet deine frischen Wangen,
Dunkle Locken, Augen licht,
Wann der kalte Schnee zergangen,
Glaub' dem falschen Herzen nicht!

Wann die lauen Winde wehen,
Scheint die Sonne lieblich warm:
Wirst du wohl spazieren gehen,
Und er führet dich am Arm,

Tränen dir im Auge stehen,
Denn so schön klingt, was er spricht;
Wann die lauen Winde wehen,
Glaub' dem falschen Herzen nicht!

Wann die Lerchen wieder schwirren,
Trittst du draußen vor das Haus,
Doch er mag nicht mit dir irren,
Zog weit in das Land hinaus;
Die Gedanken sich verwirren,
Wie du siehst den Morgen rot,
Wann die Lerchen wieder schwirren,
Armes Kind, ach, wärst du tot!"

Das Lied rührte Friedrich selbst mit einer unbeschreiblichen Gewalt. Die Glücklichen hatten ihn nicht bemerkt, er hörte das Mädchen noch munter lachen, als sie schon beide wieder verschwunden waren.

Der Winter neckte bald darauf noch einmal durch seine späten Züge. Es war ein unfreundlicher Abend, der Wind jagte den Schnee durch die Gassen, da ging Friedrich, in seinen Mantel fest eingewickelt, zu Rosa. Sie hatte ihm, da sie überhaupt jetzt mehr als sonst sich in Gesellschaften einließ, feierlich versprochen, ihn heut zu Hause zu erwarten. Er hatte eine Sammlung alter Bilder unter dem Mantel, die er erst unlängst aufgekauft, und an denen sie sich heut ergötzen wollten. Er freute sich unbeschreiblich darauf, ihr die Bedeutung und die alten Geschichten dazu zu erzählen. Wie groß aber war sein Erstaunen, als er alles im Hause still fand. Er konnte es noch nicht glauben, er stieg hinauf. Ihr Wohnzimmer war auch leer und kein Mensch zur Auskunft da. Der Spiegel auf der Toilette stand noch aufgestellt, künstliche Blumen, goldene Kämme und Kleider lagen auf den Stühlen umher; sie mußte das Zimmer unlängst verlassen haben. Er setzte sich an den Tisch und schlug einsam seine Bilder auf. Die treue Farbenpracht, die noch so frisch aus den alten Bildern schaute, als wären sie heute gemalt, rührte ihn; wie da die Genoveva arm und bloß im Walde stand, das Reh vor ihr niederstürzt und hinterdrein der Landgraf mit Rossen, Jägern und Hörnern, wie da so bunte Blumen stehen, unzählige Vögel in den Zweigen mit den glänzenden Flügeln schlagen, wie die Genoveva so schön ist und die Sonne prächtig scheint, alles grün und golden musizierend, und Himmel und Erde voller Freude und Entzückung. – „Mein Gott, mein Gott", sagte Friedrich, „warum ist alles auf der Welt so anders geworden!" Er fand ein Blatt auf dem Tische, worauf Rosa die Zeichnung einer Rose angefangen. Er schrieb, ohne selbst recht zu wissen, was er tat: „Lebe wohl!" auf das Blatt. Darauf ging er fort.

Draußen auf der Straße fiel ihm ein, daß heute Ball beim Minister sei. Nun übersah er den ganzen Zusammenhang und ging sogleich hin, um sich näher zu überzeugen. Dicht und unkenntlich in seinen Mantel gehüllt, stellte er sich in die Tür unter die zusehenden Bedienten. Er mußte lachen, wie der Marquis soeben im festlichen Staate einzog und mit einer vornehmen Geckenhaftigkeit ihn mit den andern Leuten auf die Seite schob. Er bemerkte wohl, wie die Bedienten heimlich lachten. Gott steh' dem Adel bei, dachte er dabei, wenn dies noch seine einzige Unterscheidung und Halt sein soll in der gewaltsam drängenden Zeit, wo untergehen muß, was sich nicht ernstlich rafft!

Die Tanzmusik schallte lustig über den Saal, wie ein wogendes Meer, wo unzählige Sterne glänzend auf- und untergingen. Da sah er Rosa mit dem Prinzen walzen. Alle sahen hin und machten willig Platz, so schön war das Paar. Sie langte im Fluge unweit der Tür an und warf sich atemlos in ein Sofa. Ihre Wangen glühten, ihr Busen, dessen Weiße die schwarz herabgeringelten Locken noch blendender machten, hob sich heftig auf und nieder; sie war überaus reizend. Er konnte sehen, wie sie dem Prinzen, der lange mit Bitten in sie zu dringen schien, tändelnd etwas reichte, das er schnell zu sich steckte. Der Prinz sag-

te ihr darauf etwas ins Ohr, worauf sie so leichtfertig lachte, daß es Friedrich durch die Seele schnitt.
Höchst sonderbar, erst hier in diesem Taumel, in dieser Umgebung glaubte Friedrich auf einmal in des Prinzen Reden dieselbe Stimme wiederzuerkennen, die er auf dem Maskenballe, da er Rosa zum ersten Male wiedergesehen, bei ihrem Begleiter, und dann in dem dunklen Gäßchen, als er von der kleinen Marie herauskam, bei dem einen von den zwei verhüllten Männern gehört hatte. – Er erschrak innerlichst über diese Entdeckung. Er dachte an das arme Bürgermädchen, an Leontins Haß gegen den Prinzen, an die verlorne Marie, an alle die schönen auf immer vergangenen Zeiten, und stürzte sich wieder hinunter in das lustige Schneegestöber.
Als er nach Hause kam, fand er Erwin auf dem Sofa eingeschlummert. Schreibzeug lag umher, er schien geschrieben zu haben. Er lag auf dem Rücken, in der rechten Hand, die auf dem Herzen ruhte, hielt er ein zusammengelegtes Papier lose zwischen den Fingern. Friedrich hielt es für einen Brief, da es immer Erwins liebstes Geschäft war, ihn mit den neuangekommenen Briefen bei seiner Nachhausekunft selbst zu überraschen. Er zog es dem Knaben leise aus der Hand und machte es, ohne es näher zu betrachten, schnell auf.
Er las: „Die Wolken ziehn immerfort, die Nacht ist so finster. Wo führst Du mich hin, wunderbarer Schiffer? Die Wolken und das Meer haben kein Ende, die Welt ist so groß und still, es ist entsetzlich, allein zu sein.“ – Weiter unten stand: „Liebe Julie, denkst Du noch daran, wie wir im Garten unter den hohen Blumen saßen und spielten und sangen, die Sonne schien warm. Du warst so gut. Seitdem hat niemand mehr Mitleid mit mir.“ – Wieder weiter: „Ich kann nicht länger schweigen, der Neid drückt mir das Herz ab.“ – Friedrich bemerkte erst jetzt, daß das Papier nur wie ein Brief zusammengelegt und ohne alle Aufschrift war. Voll Erstaunen legte er es wieder neben Erwin hin und sah den lieblich atmenden Knaben nachdenklich an.

Da wachte Erwin auf, verwunderte sich, Friedrich und den Brief neben sich zu sehen, steckte das Papier hastig zu sich und sprang auf. Friedrich faßte seine beiden Hände und zog ihn vor sich hin. „Was fehlt dir?" fragte er ihn unwiderstehlich gutmütig. Erwin sah ihn mit den großen, schönen Augen lange an, ohne zu antworten, dann sagte er auf einmal schnell, und eine lebhafte Fröhlichkeit flog dabei über sein seelenvolles Gesicht: „Reisen wir aus der Stadt und weit fort von den Menschen, ich führ' dich in den großen Wald." – Von einem großen Walde darauf und einem kühlen Strome und einem Turme darüber, wo ein Verstorbener wohne, sprach er wunderbar wie aus dunklen, verworrenen Erinnerungen, oft alte Aussichten aus Friedrichs eigener Kindheit plötzlich aufdeckend. Friedrich küßte den begeisterten Knaben auf die Stirn. Da fiel er ihm um den Hals und küßte ihn heftig, mit beiden Armen ihn fest umklammernd. Voll Erstaunen machte sich Friedrich nur mit Mühe aus seinen Armen los, es war etwas ungewöhnlich Verändertes in seinem Gesicht, eine seltsame Lust in seinen Küssen, seine Lippen brannten, das Herz schlug fast hörbar, er hatte ihn noch niemals so gesehen. Der Bediente trat eben ein, um Friedrich auszukleiden. Erwin war verschwunden. Friedrich hörte, wie er darauf in seiner Stube sang:

„Es weiß und rät es doch keiner,
Wie mir so wohl ist, so wohl!
Ach, wüßt' es nur einer, nur einer,
Kein Mensch sonst es wissen sollt'!

So still ist's nicht draußen im Schnee,
So stumm und verschwiegen sind
Die Sterne nicht in der Höhe,
Als meine Gedanken sind.

Ich wünscht', es wäre schon Morgen,
Da fliegen zwei Lerchen auf,

Die überfliegen einander,
Mein Herze folgt ihrem Lauf!

Ich wünscht', ich wär ein Vöglein
Und zöge über das Meer,
Wohl über das Meer und weiter,
Bis daß ich im Himmel wär'!"

Fünfzehntes Kapitel

Schwül und erwartungsvoll schauen wir in den dunkelblauen Himmel, schwere Gewitter steigen ringsum herauf, die über manche liebe Gegend und Freunde ergehen sollen, der Strom schießt dunkelglatt und schneller vorbei, als wollte er seinem Geschick entfliehen, die ganze Gegend verwandelt plötzlich seltsam ihre Miene. Keine Glockenklänge wehen mehr fromm über die Felder, die Wolken zu zerteilen, der Glaube ist tot, die Welt liegt stumm, und viel Teures wird untergehen, eh die Brust wieder frei aufatmet.
Friedrich fühlte diesen gewitternden Druck der Luft und waffnete sich nur desto frömmer mit jenem Ernst und Mute, den ein großer Zweck der Seele gibt. Er warf sich mit doppeltem Eifer wieder auf seine Studien, sein ganzes Sinnen und Trachten war endlich auf sein Vaterland gerichtet. Dies mochte ihn abhalten, Erwin damals genauer zu beobachten, der seit jenem Abend stiller als je geworden und sich an einem wunderbaren Triebe nach freier Luft und Freiheit langsam zu verzehren schien. Rosa mochte er seitdem nicht wieder besuchen. Romana hatte sich seit einiger Zeit seltsam von allen größeren Gesellschaften entfernt. – Wir aber stürzen uns lieber in die Wirbel der Geschichte, denn es wird der Seele wohler und weiter im Sturm und Blitzen, als in dieser feindlich lauernden Stille.

Es war ein Feiertag im März, da ritt Friedrich mit dem Prinzen auf einem der besuchtesten Spaziergänge. Nach allen Richtungen hin zogen unzählige bunte Schwärme zu den dunklen Toren hinaus und zerstreuten sich lustig in die neue, warme, schallende Welt. Schaukeln und Ringelspiele drehten sich auf den offenen Rasenplätzen, Musiken klangen von allen Seiten ineinander, eine unübersehbare Reihe prächtiger Wagen bewegte sich schimmernd die Allee hinunter. Romana teilte die Menge rasch zu Pferde wie eine Amazone. Friedrich hatte sie nie so schön und wild gesehen. Rosa war nirgends zu sehen. Als sie an das Ende der Allee kamen, hörten sie plötzlich einen Schrei. Sie sahen sich um und erblickten mehrere Menschen, die bemüht schienen, jemand Hülfe zu leisten. Der Prinz ritt sogleich hinzu; alles machte ehrerbietig Platz und er erblickte sein Bürgermädchen, die ohnmächtig in den Armen ihrer Mutter lag. Wie versteinert schaute er in das totenbleiche Gesicht des Mädchens. Er bat Friedrich, für sie Sorge zu tragen, wandte sein Pferd und sprengte davon. Er hatte sie zum letzten Male gesehen.
Die Mutter, welche sich selbst von Staunen und Schreck nicht erholen konnte, erzählte Friedrich, nachdem er alle unnötigen Gaffer zu entfernen gewußt, wie sie heut mit ihrer Tochter hierher spazieren gegangen, um einmal den Hof zu sehen, der, wie sie gehört, an diesem Tage gewöhnlich hier zu erscheinen pflege. Ihr Kind sei besonders fröhlich gewesen und habe noch oft gesagt: Wenn er doch mit uns wäre, so könnte er uns alle die Herrschaften nennen! Auf einmal hörten sie hinter sich: der Prinz! der Prinz! Alles blieb stehen und zog den Hut. Sowie ihre Tochter den Prinzen nur erblickte, sei sie sogleich umgefallen. – Friedrich rührte die stille Schönheit des Mädchens mit ihren geschlossenen Augen tief. Er ließ sie sicher nach Hause bringen; er selbst wollte sie nicht begleiten, um alles Aufsehn zu vermeiden.
Noch denselben Abend spät sprach er mit dem Prinzen über diese Begebenheit. Dieser war sehr bewegt. Er hatte

das Mädchen des Abends besucht. Sie aber wollte ihn durchaus nicht wiedersehen und hatte ebenso hartnäckig ein fürstliches Geschenk, das er ihr anbot, ausgeschlagen. Übrigens schiene sie, wie er hörte, ganz gesund.
Erwin fing um diese Zeit an zu kränkeln, es war, als erdrücke ihn die Stadtluft. Seine seltsame Gewohnheit, die Nächte im Freien zuzubringen, hatte er hier ablegen müssen. Es schien seit frühester Kindheit eine wunderbare Freundschaft zwischen ihm und der Natur mit ihren Wäldern, Strömen und Felsen. Jetzt, da dieser Bund durch das beengte Leben zerstört war, schien er, wie ein erwachter Nachtwandler, auf einmal allein in der Welt.
So versank er mitten in der Stadt immer tiefer in Einsamkeit. Nur um Rosa kümmerte er sich viel und mit einer auffälligen Leidenschaftlichkeit. Übrigens erlernte er noch immer nichts, obschon es nicht am guten Willen fehlte. Ebenso las er auch sehr wenig und ungern, desto mehr, ja fast unaufhörlich, schrieb er, seit er es beim Grafen gelernt, so oft er allein gewesen. Friedrich fand manchmal dergleichen Zettel. Es waren einzelne Gedanken, so seltsam weit abschweifend von der Sinnes- und Ausdrucksart unserer Zeit, daß sie oft unverständlich wurden, abgebrochene Bemerkungen über seine Umgebungen und das Leben, wie fahrende Blitze auf durchaus nächtlichem, melancholischem Grunde, wunderschöne Bilder aus der Erinnerung an eine früher verlebte Zeit und Anreden an Personen, die Friedrich gar nicht kannte, dazwischen Gebete wie aus tiefster Seelenverwirrung eines geängstigten Verbrechers, immerwährende Beziehung auf eine unselige verdeckte Leidenschaft, die sich selber nie deutlich schien, kein einziger Vers, keine Ruhe, keine Klarheit überall.
Friedrich versuchte unermüdlich seine frühere Lebensgeschichte auszuspüren, um nach so erkannter Wurzel des Übels vielleicht das aufrührerische Gemüt des Knaben sicherer zu beruhigen und ins Gleichgewicht zu bringen. Aber vergebens. Wir wissen, mit welcher Furcht er das

Geheimnis seiner Kindheit hütete. „Ich muß sterben, wenn es jemand erfährt“, war dann jedesmal seine Antwort. Eine ebenso unbegreifliche Angst hatte er auch vor allen Ärzten.
Sein Zustand wurde indes immer bedenklicher. Friedrich hatte daher alles einem verständigen Arzte von seiner Bekanntschaft anvertraut und bat denselben, ihn, ohne seine Absicht merken zu lassen, des Abends zu besuchen, wann Erwin bei ihm wäre.
Als Friedrich des Abends an Erwins Türe kam, hörte er ihn drin nach einer rührenden Melodie ohne alle Begleitung eines Instrumentes folgende Worte singen:

„Ich kann wohl manchmal singen,
Als ob ich fröhlich sei,
Doch heimlich Tränen dringen,
Da wird das Herz mir frei.

So lassen Nachtigallen,
Spielt draußen Frühlingsluft,
Der Sehnsucht Lied erschallen
Aus ihres Käfigts Gruft.

Da lauschen alle Herzen,
Und alles ist erfreut,
Doch keiner fühlt die Schmerzen,
Im Lied das tiefe Leid.“

Friedrich trat während der letzten Strophe unbemerkt in die Stube. Der Knabe ruhte auf dem Bette, und sang so liegend mit geschlossenen Augen.
Er richtete sich schnell auf, als er Friedrich erblickte. „Ich bin nicht krank“, sagte er, „gewiß nicht!“ – damit sprang er auf. Er war sehr blaß. Er zwang sich, munter zu scheinen, lachte und sprach mehr und lustiger, als gewöhnlich. Dann klagte er über Kopfweh. – Friedrich strich ihm die nußbraunen Locken aus den Augen. „Tu’ mir nicht

schön, ich bitte dich!" – sagte der Knabe da, sonderbar und wie mit verhaltenen Tränen.
Der Arzt trat eben in das Zimmer. Erwin sprang auf. Er erriet ahnend sogleich, was der fremde Mann wolle, und machte Miene zu entspringen. Er wollte sich durchaus nicht von ihm berühren lassen und zitterte am ganzen Leibe. Der Arzt schüttelte den Kopf. „Hier wird meine Kunst nicht ausreichen", sagte er zu Friedrich, und verließ das Zimmer bald wieder, um den Knaben in diesem Augenblicke zu schonen. Da sank Erwin ermattet zu Friedrichs Füßen. Friedrich hob ihn freundlich auf seine Knie und küßte ihn. Er aber küßte und umarmte ihn nicht wieder, wie damals, sondern saß still und sah, in Gedanken verloren, vor sich hin.
Schon spannen wärmere Sommernächte draußen ihre Zaubereien über Berge und Täler, da war es Friedrich einmal mitten in der Nacht, als riefe ihn ein Freund, auf den er sich nicht besinnen könnte, wie aus weiter Ferne. Er wachte auf, da stand eine lange Gestalt mitten in dem finstern Zimmer. Er erkannte Leontin an der Stimme. „Frisch auf, Herzbruder!" sagte dieser, „die eine Halbkugel rührt sich hell beleuchtet, die andere träumt; mir war nicht wohl, ich will den Rhein einmal wiedersehen, komm mit!" Er hatte die Fenster aufgemacht, einzelne graue Streifen langten schon über den Himmel, unten auf der Gasse blies der Postillon lustig auf dem Horne.
Da galt kein Staunen und kein Zögern, Friedrich mußte mit ihm hinunter in den Wagen. Auch Erwin war mit unbegreiflicher Schnelligkeit reisefertig. Friedrich erstaunte, ihn auf einmal ganz munter und gesund zu sehen. Mit funkelnden Augen sprang er mit in den Wagen, und so rasselten sie durch das stille Tor ins Freie hinaus.
Sie fuhren schnell durch unübersehbar stille Felder, durch einen dunkel dichten Wald, später zwischen engen, hohen Bergen, an deren Fuß manch Städtchen zu liegen schien; ein Fluß, den sie nicht sahen, rauschte immerfort seitwärts unter der Straße, alles feenhaft verworren. Leontin er-

zählte ein Märchen, mit den wechselnden Wundern der Nacht, wie sie sich die Seele ausmalte, in Worten kühl spielend. Friedrich schaute still in die Nacht. Erwin ihm gegenüber hatte die Augen weit offen, die unausgesetzt, solange es dunkel war, auf ihn geheftet schienen, der Postillon blies oft dazwischen. Der Tag fing indes an von der einen Seite zu hellen, sie erkannten nach und nach ihre Gesichter wieder, einzelne zu früh erwachte Lerchen schwirrten schon, wie halb im Schlafe, hoch in den Lüften ihr endloses Lied, es wurde herrlich kühl.
Bald darauf langten sie an dem Gebirgsstädtchen an, wohin sie wollten. Das Tor war noch geschlossen. Der Torwächter trat schlaftrunken heraus, wünschte ihnen einen guten Morgen und pries die Reisenden glückselig und beneidenswert in dieser Jahreszeit. In dem Städtchen war noch alles leer und still. Nur einzelne Nachtigallen vor den Fenstern und unzählige von den Bergen über dem Städtchen schlugen um die Wette. Mehrere alte Brunnen mit zierlichem Gitterwerk rauschten einförmig auf den Gassen. In dem Wirtshause, wo sie abstiegen, war auch noch niemand auf. Der Postillon blies daher, um sie zu wecken, mehrere Stücke, daß es über die stillen Straßen weg in die Berge hineinschallte. Erwin saß indes auf einem Springbrunnen auf dem Platze und wusch sich die Augen klar.
Friedrich und Leontin ließen Erwin bei dem Wagen zurück und gingen von der andern Seite ins Gebirge. Als sie aus dem Walde auf einen hervorragenden Felsen heraustraten, sahen sie auf einmal aus wunderreicher Ferne, von alten Burgen und ewigen Wäldern kommend, den Strom vergangener Zeiten und unvergänglicher Begeisterung, den königlichen Rhein. Leontin sah lange still in Gedanken in die grüne Kühle hinunter, dann fing er sich schnell an auszukleiden. Einige Fischer fuhren auf dem Rheine vorüber und sangen ihr Morgenlied, die Sonne ging eben prächtig auf, da sprang er mit ausgebreiteten Armen in die kühlen Flammen hinab. Friedrich folgte seinem Beispiele,

und beide rüstige Schwimmer rangen sich lange jubelnd mit den vom Morgenglanze trunkenen, eisigen Wogen. Unbeschreiblich leicht und heiter kehrten sie nach dem Morgenbade wieder in das Städtchen zurück, wo unterdes alles schon munter geworden. Es war die Weihe der Kraft für lange Kämpfe, die ihrer harrten.

Als die Sonne schon hoch stand, bestiegen sie die alte, wohlerhaltene Burg, die wie eine Ehrenkrone über der altdeutschen Gegend stand. Des Wirtes Tochter ging ihnen mit einigen Flaschen Wein lustig die dunklen, mit Efeu überwachsenen Mauerpfade voran, ihr junges, blühendes Gesicht nahm sich gar zierlich zwischen dem alten Gemäuer und Bildwerk aus. Sie legte vor der Sonne die Hand über die Augen und nannte ihnen die zerstreuten Städte und Flüsse in der unermeßlichen Aussicht, die sich unten auftat. Leontin schenkte Wein ein, sie tat ihnen Bescheid und gab jedem willig zum Abschiede einen Kuß.

Sie stieg nun wieder den Berg hinab, die beiden schauten fröhlich in das Land hinaus. Da sahen sie, wie jenseits des Rheins zwei Jägerburschen aus dem Walde kamen und einen Kahn bestiegen, der am Ufer lag. Sie kamen quer über den Rhein auf das Städtchen zugefahren. Der eine saß tiefsinnig im Kahne, der andere tat mehrere Schüsse, die vielfach in den Bergen wiederhallten. Erwin hatte sich in ein ausgebrochenes Bogenfenster der Burg gesetzt, das unmittelbar über dem Abgrunde stand. Ohne allen Schwindel saß er dort oben, seine ganze Seele schien aus den sinnigen Augen in die wunderbare Aussicht hinauszusehen. Er sagte voller Freuden, er erblicke ganz im Hintergrunde einen Berg und einen hervorragenden Wald, den er gar wohl kenne. Leontin ließ sich die Gegend zeigen und schien sie ebenfalls zu erkennen. Er sah darauf den Knaben ernsthaft und verwundert an, der es nicht bemerkte.

Erwin blieb in dem Fensterbogen sitzen, sie aber durchzogen das Schloß und den Berg in die Runde. Junge, grüne Zweige und wildbunte Blumen beugten sich überall über die dunklen Trümmer der Burg, der Wald rauschte kühl, Quellen sprangen in hellen, frischlichen Bogen von den Steinen, unzählige Vögel sangen, von allen Seiten die unermeßliche Aussicht, die Sonne schien warm über der Fläche, in tausend Strömen sich spiegelnd; es war, als sei die Natur hier rüstiger und lebendiger vor Erinnerung im Angesichte des Rheins und der alten Zeit. „Wo ein Begeisterter steht, ist der Gipfel der Welt“, rief Leontin fröhlich aus.

„Willkommen, Freund, Bruder!“ sagte da auf einmal eine Stimme mit Pathos, und ein fremder junger Mann, den sie vorher nicht bemerkt hatten, faßte Leontin fest bei der Hand. „Ach, was Bruder!“ fuhr Leontin heraus, ärgerlich über die unerwartete Störung. Der Fremde ließ sich nicht abschrecken, sondern sagte: „Jene Worte logen nicht, Sie sind ein Verehrer der Natur, ich bin auch stolz auf diesen Namen.“ – „Wahrhaftig, mein Herr“, erwiderte Leontin geschwind, sich komisch erwehrend. „Sie irren sich entsetzlich, ich bin weder biederherzig, wie Sie sich vorstellen, noch begeistert, noch ein Verehrer der Natur, noch –“ Der Fremde fuhr ganz blinderpicht fort: „Lassen Sie die Gewöhnlichen sich ewig suchen und verfehlen, die Seltenen wirft ein magnetischer Zug einander an die männliche Brust, und der ewige Bund ist ohne Wort geschlossen in des Eichenwaldes heiligen Schatten, wenn die Orgel des Weltbaues gewaltig dahinbraust.“ – Bei diesen Worten fiel ihm ein Buch aus der Tasche. „Sie verlieren Ihre Noten“, sagte Leontin, Schillers Don Carlos erkennend. „Warum Noten?“ fragte der Fremde. „Darum“, sagte Leontin, „weil Euch die ganze Natur nur der Text dazu ist, den Ihr nach den Dingen da aborgelt, und je schwieriger und würgender die Koloraturen sind, daß Ihr davon ganz rot und blau im Gesichte werdet und die Tränen samt den Augen heraustreten, je begeisterter und gerührter seid Ihr. Macht doch die Augen fest zu in der Musik und im Sausen des Waldes, daß Ihr die ganze Welt vergeßt und Euch vor allem!“

Der Fremde wußte nicht recht, was er darauf antworten

sollte. Leontin fand ihn zuletzt gar possierlich; sie gingen und sprachen noch viel zusammen und es fand sich am Ende, daß er ein abgedankter Liebhaber der Schmachtenden in der Residenz sei, den er früher manchmal bei ihr gesehen. Der Einklang der Seelen hatte sie zusammen, und ich weiß nicht was, wieder auseinandergeführt. Er rühmte viel, wie dieses seelenvolle Weib mit Geschmack, treu und tugendhaft liebe. „Treu? – sie ist ja verheiratet", sagte Friedrich ungeduldig. „Ei, was!" fiel ihm Leontin ins Wort, „diese Alwinas, diese neuen Heloisen, diese Erbschleicherinnen der Tugend sind pfiffiger als Gottes Wort. Nicht wahr, der Teufel stinkt nicht und hat keine Hörner, und Ehebrechen und Ehebrechen ist zweierlei?" – Der Fremde war verlegen wie ein Schulknabe.

Es neigte sich indes zum Abend, aber die Luft war schwül geworden und man hörte von ferne donnern. Das letztere war dem Fremden eben recht; der Donner, den er nicht anders als rollend nannte, schien ihn mit einem neuen Anfalle von Genialität aufzublähen. Er versicherte, er müsse im Gewitter einsam und im Freien sein, das wäre von jeher so seine Art, und nahm Abschied von ihnen. Leontin klopfte ihn beim Weggehn tüchtig auf die Achsel: „Beten und fasten Sie fleißig und dann schauen Sie wieder in Gottes Welt hinaus, wie da der Herr genialisch ist. Es ist doch nichts lächerlicher", sagte er, da jener fort war, „als eine aus der Mode gekommene Genialität. Man weiß dann gar nicht, was die Kerls eigentlich haben wollen."

Es gewitterte indes immer stärker und näher. Leontin bestieg schnell eine hohe Tanne, die am Abhange stand, um das Wetter zu beschauen. Der Wind, der dem Gewitter vorausflog, rauschte durch die dunklen Äste des Baumes und neigte den Wipfel über den Abgrund hinaus. „Ich sehe in das Städtchen, in alle Straßen hinab", rief Leontin von oben, „wie die Leute eilig hin und her laufen, und die Fenster und Türen schließen, und mit den Laden klappern vor dem heranziehenden Wetter! Es achtet ihrer doch nicht und zieht über sie weg. Unsern Don Carlos sehe ich auf einer Felsenspitze, den Batterien des Gewitters gegenüber, er steht, die Arme über der Brust verschränkt, den Hut tief in die Augen gedrückt, den einen Fuß trotzig vorwärts, pfui, pfui, über den Hochmut! Den Rhein seh' ich kommen, zu dem alle Flüsse des Landes flüchten, langsam und dunkelgrün, Schiffe rudern eilig ans Ufer, eines seh' ich mit Gott geradeaus fahren; fahre, herrlicher Strom! Wie Gottes Flügel rauschen, und die Wälder sich neigen, und die Welt still wird, wenn der Herr mit ihr spricht! Wo ist dein Witz, deine Pracht, deine Genialität? Warum wird unten auf den Flächen alles eins und unkenntlich wie ein Meer, und nur die Burgen stehen einzeln und unterschieden zwischen den wehenden Glockenklängen und schweifenden Blitzen? Du könntest mich wahnwitzig machen unten, erschreckliches Bild meiner Zeit, wo das zertrümmerte Alte in einsamer Höhe steht, wo nur das Einzelne gilt und sich, schroff und scharf im Sonnenlichte abgezeichnet, hervorhebt, während das Ganze in farblosen Massen gestaltlos liegt, wie ein ungeheurer, grauer Vorhang, an dem unsere Gedanken, gleich Riesenschatten aus einer andern Welt, sich abarbeiten." – Der Wind verwehte seine Worte in die grenzenlose Luft. Es regnete schon lange. Der Regen und der Sturm wurden endlich so heftig, daß er sich nicht mehr auf dem Baume erhalten konnte. Er stieg herab, und sie kehrten zu der Burg zurück.

Als das Wetter sich nach einiger Zeit wieder verzogen hatte, brachen sie aus ihrem Schlupfwinkel auf, um sich in das Städtchen hinunter zu begeben. Da trafen sie an dem Ausgange der Burg mit den zwei Jägern zusammen, die sie frühmorgens über den Rhein fahren gesehen, und die ebenfalls das Gewitter in der Burg belagert gehalten hatte. Es war schon dunkel geworden, so daß sie einander nicht wohl erkennen konnten. Die Bäume hingen voll heller Tropfen, der enge Fußsteig war durch den Regen äußerst glatt geworden. Die beiden Jäger gingen sehr vorsichtig und furchtsam, hielten sich an alle Sträucher und glitten mehrere Male bald Friedrich, bald Leontin in die Arme, worüber sie vom letztern, der ihnen durchaus nicht helfen wollte, viel Gelächter ausstehn mußten. Erwin sprang mit einer ihm sonst nie gewöhnlichen Wildheit allen weit voraus, wie ein Gems den Berg hinab.

Allen wurde wohl, als sie nach der langen Einsamkeit in das Städtchen hinunterkamen, wo es recht patriarchalisch aussah. Auf den Gassen ging jung und alt, sprechend und lachend, nach dem Regen spazieren, die Mädchen des Städtchens saßen draußen vor ihren Türen unter den Weinlauben. Der Abend war herrlich, alles erquickt nach dem Gewitter, das nur noch von ferne nachhallte, Nachtigallen schlugen wieder von den Bergen, vor ihren Augen rauschte der Rhein an dem Städtchen vorüber. Leontin zog mit seiner Gitarre, wie ein reisender Spielmann aus alter Zeit, von Haus zu Haus und erzählte den Mädchen Märchen, oder sang ihnen neue Melodien auf ihre alten Lieder, wobei sie still mit ihren sinnigen Augen um ihn herumsaßen. Friedrich saß neben ihm auf der Bank, den Kopf in beide Arme auf die Knie gestützt, und erholte sich recht an den altfränkischen Klängen.

Die zwei Jäger hatten sich nicht weit von ihnen um einen Tisch gelagert, der auf dem grünen Platze zwischen den Häusern und dem Rheine aufgeschlagen war, und schäkerten mit den Mädchen, denen sie gar wohl zu gefallen schienen. Die Mädchen verfertigten schnell einen fröhlichen, übervollen Kranz von hellroten Rosen, den sie dem einen, welcher der lustigste schien, auf die Stirn drückten. Leontin, der wenig darauf achtgab, begann folgendes Lied über ein am Rheine bekanntes Märchen:

„Es ist schon spät, es wird schon kalt,
Was reit'st du einsam durch den Wald?
Der Wald ist lang, du bist allein,
Du schöne Braut! ich führ' dich heim!"

Da antwortete der Bekränzte drüben vom andern Tische mit der folgenden Strophe des Liedes:

„Groß ist der Männer Trug und List,
Vor Schmerz mein Herz gebrochen ist,
Wohl irrt das Waldhorn her und hin,
O flieh! du weißt nicht, wer ich bin."

Leontin stutzte und sang weiter:

„So reich geschmückt ist Roß und Weib,
So wunderschön der junge Leib,
Jetzt kenn' ich dich – Gott steh' mir bei!
Du bist die Hexe Lorelei."

Der Jäger antwortete wieder:

„Du kennst mich wohl – von hohem Stein
Schaut still mein Schloß tief in den Rhein.
Es ist schon spät, es wird schon kalt,
Kommst nimmermehr aus diesem Wald!"

Der Jäger nahm nun ein Glas, kam auf sie los und trank Friedrich keck zu: „Unsere Schönen sollen leben!" Friedrich stieß mit an. Da zersprang der Römer des Jägers klingend an dem seinigen. Der Jäger erblaßte und schleuderte das Glas in den Rhein. –

Es war unterdes schon spät geworden, die Mädchen fingen an einzunicken, die Alten trieben ihre Kinder zu Bett, und so verlor sich nach und nach eines nach dem andern, bis sich unsere Reisenden allein auf dem Platze sahen. Die Nacht war sehr warm, Leontin schlug daher vor, die ganze Nacht über auf dem Rheine nach der Residenz hinunter zu fahren, er sei ein guter Steuermann und kenne jede Klippe auswendig. Alle willigten sogleich ein, der eine Jäger nur mit Zaudern, und so bestiegen sie einen Kahn, der am Ufer angebunden war.

Den Knaben Erwin, der während Leontins Liedern zu Friedrichs Füßen eingeschlafen, hatten sie, da er durchaus nicht zu ermuntern war, in den Kahn hineintragen müssen, wo er auch nach einem kurzen, halbwachen Traum sogleich wieder in Schlaf versank. Friedrich saß vorn, die beiden Jäger in der Mitte, Leontin am Steuerruder lenkte keck gerade auf die Mitte los, die Gewalt des Stromes faßte recht das Schiffchen, zu beiden Seiten flogen Weingärten, einsame Schlünde und Felsenriesen mit ausgebreiteten Eichenarmen, wechselnd vorüber, als gingen die alten Helden unsichtbar durch den Himmel und würfen so ihre streifenden Schatten über die stille Erde.
Der Himmel hatte sich indes von neuem überzogen, die Gewitter schienen wieder näher zu kommen. Der eine von den Jägern, der überhaupt fast noch gar nicht gesprochen, blieb fortwährend still. Der andere mit dem Rosenkranze dagegen saß schaukelnd und gefährlich auf dem Rande des Kahnes und hatte beide Beine, die bei jeder Schwankung die Wellen berührten, darüber heruntergehangen. Er sah in das Wasser hinab, wie die flüchtigen Wirbel kühl aufrauschend, dann wieder still, wunderbar hinunterlockten. Leontin hieß ihn die Beine einstecken. „Was schadet's", sagte der Jäger innerlich heftig, „ich tauge doch nichts auf der Welt, ich bin schlecht, wär' ich da unten, wäre auf einmal alles still." – „Oho!" rief Leontin, „Ihr seid verliebt, das sind verliebte Sprüche. Sag an, wie sieht dein Liebchen aus? Ist's schlank, stolz, kühn, voll hohen Graus, ist's Hirsch, Pfau, oder eine kleine süße Maus?" – Der Jäger sagte: „Mein Schatz ist ein Hirsch, der wandelt in einer prächtigen Wildnis, die liegt so unbeschreiblich hoch und einsam, und die ganze Welt übersieht man von dort, wie sich die Sonne ringsum in Seen und Flüssen und allen Kreaturen wunderbar bespiegelt. Es ist des Jägers dunkelwüste Lust, das Schönste, was ihn rührt, zu verderben. So nahm er Abschied von seinem alten Leben und folgte dem Hirsche immer höher mühsam hinauf. Als die Sonne aufging, legte er oben in der klaren

Stille lauernd an. Da wandte sich der Hirsch plötzlich und sah ihn keck und fromm an, wie den Herzog Hubertus. Da verließen den Jäger auf einmal seine Künste und seine ganze Welt, aber er konnte nicht niederknien, wie jener, denn ihm schwindelte vor dem Blick und der Höhe, und es faßte ihn ein seltsames Gelüst, die dunkle Mündung auf seine eigene, ausgestorbene Brust zu kehren." –
Die beiden Grafen überhörten bei dem Winde, der sich nach und nach zu erheben anfing, diese sonderbaren Worte des Verliebten. Fahrende Blitze erhellten inzwischen von Zeit zu Zeit die Gegend, und ihr Schein fiel auf die Gesichter der beiden Jäger. Sie waren gar lieblich anzusehen, schienen beide noch Knaben. Der eine hatte ein silbernes Horn an der Seite hängen. Leontin sagte, er solle eins blasen; er versicherte aber, daß er es nicht könne. Leontin lachte ihn aus, was sie für Jäger wären, nahm das Horn und blies sehr geschickt ein altes, schönes Lied. Der eine gesprächige Jäger sagte, es fiele ihm dabei eben ein Lied ein, und sang zu den beiden Grafen mit einer angenehmen Stimme:

„Wir sind so tief betrübt, wenn wir auch scherzen,
Die armen Menschen müh'n sich ab und reisen,
Die Welt zieht ernst und streng in ihren Gleisen,
Ein feuchter Wind verlöscht die lust'gen Kerzen. –

Du hast so schöne Worte tief im Herzen,
Du weißt so wunderbare alte Weisen,
Und wie die Stern' am Firmamente kreisen,
Zieh'n durch die Brust dir ewig Lust und Schmerzen.

So laß dein' Stimme hell im Wald erscheinen!
Das Waldhorn fromm wird auf und nieder wehen,
Die Wasser geh'n, und Rehe einsam weiden.

Wir wollen stille sitzen und nicht weinen,
Wir wollen in den Rhein hinuntersehen,
Und, wird es finster auf der Welt, nicht scheiden."

Kaum hatte er die letzten Worte ausgesungen, als Erwin, der durch den Gesang aufgewacht war und bei einem langen Blitze das Gesicht des andern stillen Jägers plötzlich dicht vor sich erblickte, mit einem lauten Schrei aufsprang und sich in demselben Augenblicke über den Kahn in den Rhein stürzte. Die beiden Jäger schrien entsetzlich, der Knabe aber schwamm wie ein Fisch durch den Strom und war schnell hinter dem Gesträuch am Ufer verschwunden.

Leontin lenkte sogleich ihm nach ans Ufer und alle eilten verwundert und bestürzt ans Land. Sie fanden sein Tuch zerrissen an den Sträuchern hängen; es war fast unbegreiflich, wie er durch dieses Dickicht sich hindurchgearbeitet. Friedrich und Leontin begaben sich in verschiedenen Richtungen ins Gebirge, sie durchkletterten alle Felsen und Schluften und riefen nach allen Seiten hin. Aber alles blieb nächtlich still, nur der Wald rauschte einförmig fort. Nach langem Suchen kamen sie endlich müde beide wieder auf der Höhe über ihrem Landungsplatze zusammen. Der Kahn stand noch am Ufer, die beiden Jäger aber unten waren verschwunden. Der Rhein rauschte prächtig funkelnd in der Morgensonne zwischen den Bergen hin. Erwin kehrte nicht mehr zurück.

Sechzehntes Kapitel

Die heftige Romana liebte Friedrich vom ersten Blicke an mit der ihr eigentümlichen Gewalt. Seitdem er aber in jener Nacht auf dem Schlosse vor ihr fortgeritten, als sie bemerkte, wie ihre Schönheit, ihre vielseitigen Talente, die ganze Phantasterei ihres künstlich gesteigerten Lebens alle Bedeutung verlor und zuschanden wurde an einer höhern Ruhe, da fühlte sie zum ersten Male die entsetzliche Lücke in ihrem Leben, und daß alle Talente Tugenden werden müssen oder nichts sind, und schauderte vor der Lügenhaftigkeit ihres ganzen Wesens. Friedrichs Verachtung war ihr durchaus unerträglich, obgleich sie sonst die Männer verachtete. Da raffte sie sich innerlichst zusammen, zerriß alle ihre alten Verbindungen und begrub sich in die Einsamkeit ihres Schlosses. Daher ihr plötzliches Verschwinden aus der Residenz.

Sie mochte sich nicht stückweise bessern, ein ganz neues Leben der Wahrheit wollte sie anfangen. Vor allem bestrebte sie sich mit ehrlichem Eifer, den schönen, verwilderten Knaben, den wir dort kennen gelernt, zu Gott zurückzuführen, und er übertraf mit seiner Kraft eines unabgenützten Gemütes gar bald seine Lehrerin. Sie knüpfte Bekanntschaften an mit einigen häuslichen Frauen der Nachbarschaft, die sie sonst unsäglich verachtet, und mußte beschämt vor mancher Trefflichkeit stehen, von der sie sich ehedem nichts träumen ließ.

Die Fenster und Türen ihres Schlosses, die sonst Tag und Nacht offen standen, wurden nun geschlossen, sie wirkte still und fleißig nach allen Seiten und führte eine strenge Hauszucht. Friedrich sollte ihretwegen von alledem nichts wissen, das war ihr, wie sie meinte, einerlei. –

Es war ihr redlicher Ernst, anders zu werden, und noch nie hatte sich ihre Seele so rein triumphierend und frei gefühlt, als in dieser Zeit. Aber es war auch nur ein Rausch, obgleich der schönste in ihrem Leben. Es gibt nichts Erbarmungswürdigeres, als ein reiches, verwildertes Gemüt, das in verzweifelter Erinnerung an seine ursprüngliche, alte Güte sich liederlich an dem Besten und Schlechtesten berauscht, um nur jenes Andenkens loszuwerden, bis es, so ausgehöhlt, zugrunde geht. Wenn uns der Wandel tugendhafter Frauen wie die Sonne erscheint, die in gleichverbreiteter Klarheit, still und erwärmend, täglich die vorgeschriebenen Kreise beschreibt, so möchten wir dagegen Romanas rasches Leben einer Rakete vergleichen, die sich mit schimmerndem Geprassel zum Himmel aufreißt und oben unter dem Beifallsklatschen der staunenden Menge in tausend funkelnde Sterne ohne Licht und Wärme prächtig zerplatzt.

Sie hatte die Einfalt, diese Grundkraft aller Tugend, leichtsinnig verspielt; sie kannte gleichsam alle Schliche und Kniffe der Besserung. Sie mochte sich stellen, wie sie wollte, sie konnte, gleich einem Somnambulisten, ihre ganze Bekehrungsgeschichte wie ein wohlgeschriebenes Gedicht, Vers vor Vers, inwendig vorauslesen, und der Teufel saß gegenüber und lachte ihr dabei immerfort ins Gesicht. In solcher Seelenangst dichtete sie oft die herrlichsten Sachen, aber mitten im Schreiben fiel es ihr ein, wie doch das alles eigentlich nicht wahr sei – wenn sie betete, kreuzten ihr häufig unkeusche Gedanken durch den Sinn, daß sie erschrocken aufsprang.

Ein alter, frommer Geistlicher vom Dorfe besuchte die schöne Büßerin fleißig. Sie erstaunte, wie der Mann so eigentlich ohne alle Bildung und doch so hochgebildet war. Er sprach ihr oft stundenlang von den tiefsinnigsten Wahrheiten seiner Religion, und war dabei immer so herzlich heiter, ja, oft voll lustiger Schwänke, während sie dabei jedesmal in eine peinliche, gedankenvolle Traurigkeit versank. Er fand manchmal geistliche Lieder und Legenden bei ihr, die sie soeben gedichtet. Nichts glich dann seiner Freude darüber; er nannte sie sein liebes Lämmchen, las die Lieder viele Male sehr aufmerksam und legte sie in sein Gebetbuch. „Mein Gott!“ sagte da Romana in Gedanken verloren oft zu sich selbst, „wie ist der gute Mann doch unschuldig!“ –

In dieser Zeit schrieb sie, weniger aus Freundschaft, als aus Laune und Bedürfnis sich auszusprechen, mehrere Briefe an die Schmachtende in der Residenz, im tiefsten Jammer ihrer Seele verfaßt. Sie erstaunte über sich selbst, wie moralisch sie zu schreiben wußte, wie ganz klar ihr Zustand ihr vor Augen lag und sie es doch nicht ändern konnte. Die Schmachtende konnte sich nicht enthalten, diese interessanten Briefe ihrem Abendzirkel mitzuteilen. Man nahm dieselben dort für Grundrisse zu einem Roma-

ne, und bewunderte die feine Anlage und den Geist der Gräfin.
Romana hielt es endlich nicht länger aus, sie mußte ihren hohen Feind und Freund, den Grafen Friedrich, wiedersehen. Kaum hatte sie sich diesen Wunsch einmal erlaubt, als sie auch schon auf dem Pferde saß und der Residenz zuflog. Dies war damals, als sie Friedrich an dem warmen Märzfeste so wild die Menge teilend vorüberreiten sah. Als sie nun ihren Geliebten wieder vor sich sah, noch immer unverändert ruhig und streng wie vorher, während eine ganz neue Welt in ihr auf- und untergegangen war, da schien es ihr unmöglich, seine Tugend und Größe zu erreichen. Die beiden vor ihr Leben gespannten, unbändigen Rosse, das schwarze und das weiße, gingen bei dem Anblick von neuem durch mit ihr, alle ihre schönen Pläne lagen unter den heißen Rädern des Wagens zerschlagen, sie ließ die Zügel schießen und gab sich selber auf.
Friedrich war indes noch mehrere Tage lang mit Leontin in dem Gebirge herumgestrichen, um Erwin wiederzufinden. Aber alle Nachforschungen blieben vergebens. Es blieb ihm nichts übrig, als auf immer Abschied zu nehmen von dem lieben Wesen, dessen wunderbare Nähe ihm durch die lange Gewohnheit fast unentbehrlich geworden war.
Rüstig und neu gestärkt durch die kühle Wald- und Bergluft, die wieder einmal sein ganzes Leben angeweht, kehrte er in die Residenz zurück und ging freudiger, als jemals, wieder an seine Studien, Hoffnungen und Pläne. Aber wie vieles hatte sich gar bald verändert. Die braven Gesellen, welche der Winter tüchtig zusammengehalten, zerstreute und erschlaffte die warme Jahreszeit. Der eine hatte eine schöne, reiche Braut gefunden und rechnete die gemeinsame Not seiner Zeit gegen sein eigenes einzelnes Glück zufrieden ab, seine Rolle war ausgespielt. Andere fingen an auf öffentlichen Promenaden zu paradieren, zu spielen und zu liebeln, und wurden nach und nach kalt und beinahe ganz geistlos. Mehrere rief der Sommer in ihre Heimat

zurück. Aller Ernst war verwittert, und Friedrich stand fast allein. Mehr jedoch, als diese Treulosigkeit einzelner, auf die er doch nie gebaut, kränkte ihn die allgemeine Willenlosigkeit, von der er sich immer deutlicher überzeugen mußte. So bemerkte er, unter vielen andern Zeichen der Zeit, oft an einem Abend und in einer Gesellschaft zwei Arten von Religionsnarren. Die einen prahlten da, daß sie das ganze Jahr nicht in die Kirche gingen, verspotteten freigeisterisch alles Heilige und hingen auf alle Weise, die Gott sei Dank! bereits abgenutzte und schäbige Paradedecke der Aufklärung aus. Aber es war nicht wahr, denn sie schlichen heimlich vor Tagesanbruch, wenn der Küster aufschloß, zum Hinterpförtchen in die Kirche hinein und beteten fleißig. Die andern fielen dagegen gar weidlich über diese her, verfochten die Religion und begeisterten sich durch ihre eigenen schönen Redensarten. Aber es war auch nicht wahr, denn sie gingen in keine Kirche und glaubten heimlich selber nicht, was sie sagten. Das war es, was Friedrich empörte, die überhandnehmende Desorganisation gerade unter den Bessern, daß niemand mehr wußte, wo er ist, die landesübliche Abgötterei unmoralischer Exaltation, die eine allgemeine Auflösung nach sich führen mußte.

Um diese Zeit erhielt Friedrich nach so vielen Monaten unerwartet einen Brief von dem Gute des Herrn v. A. An den langen Drudenfüßen sowohl, als an dem fast komisch falsch gesetzten Titel erkannte er sogleich den halbvergessenen Viktor. Er erbrach schnell und voll Freude das Siegel. Der Brief war folgenden Inhalts:

„Es wird uns alle sehr freuen, wenn wir hören, daß Sie und der Herr Graf Leontin sich wohl befinden, wir sind hier alle, Gott sei Dank! gesund. Als Sie beide weggereist sind, war es hier so still, als wenn ein Kriegslager aufgebrochen wäre und die Felder nun einsam und verlassen stünden, im ganzen Schlosse sieht's aus wie in einer alten Rumpelkammer. Ich mußte anfangs an den langen Abenden auf dem Schlosse aus dem Abraham a St. Clara vorlesen. Aber es ging gar nicht recht. Der Herr v. A. sagte: ‚Ja, wenn der Leontin dabei wäre!' Die gnädige Frau sagte: ‚Es wäre doch alles gar zu dummes Gewäsch durcheinander', und Fräulein Julie dachte Gott weiß, an was, und paßte gar nicht auf. Es ist gar nichts mehr auf der Welt anzufangen. Ich kann das verdammte traurige Wesen nicht leiden! Ich bin daher schon über einen Monat weder aufs Schloß, noch sonst wo ausgekommen. Sie sind doch recht glücklich! Sie sehen immer neue Gegenden und neue Menschen. Ich weiß die vier Wände in meiner Kammer schon auswendig. Ich habe meine zwei kleinen Fenster mit Stroh verhangen, denn der Wind bläst schon infam kalt durch die Löcher herein, auch alle meine Wanduhren habe ich ablaufen lassen, denn das ewige Picken möcht' einen toll machen, wenn man so allein ist. Ich denke mir dann gar oft, wie Sie jetzt auf einem Balle mit schönen, vornehmen Damen tanzen, oder weit von hier am Rheine fahren und reiten, und rauche Tabak, daß das Licht auf dem Tische oft auslischt. Gestern hat es zum ersten Male den ganzen Tag wie aus einem Sacke geschneit. Das ist meine größte Lust. Ich ging noch spät abends, in den Mantel gehüllt, auf den Berg hinaus, wo wir immer nachmittags im Sommer zusammengelegen haben. Das Rauchtal und die ganze, schöne Gegend war verschneit und sah kurios aus. Es schneite immerfort tapfer zu. Ich tanzte, um mich zu erwärmen, über eine Stunde in dem Schneegestöber herum."

„Dies hab' ich schon vor einigen Monaten geschrieben. Gleich nach jener Nacht, da ich draußen getanzt, verfiel ich in eine langwierige Krankheit. Alle Leute fürchteten sich vor mir, weil es ein hitziges Fieber war, und ich hätte wie ein Hund umkommen müssen; aber Fräulein Julie besuchte mich alle Tage und sorgte für Medizin und alles, wofür sie Gott belohnen wird. Ich wußte nichts von mir. Sie sagt mir aber, ich hätte immerfort von Ihnen beiden phantasiert und oft auch gar in Reimen gesprochen. Ich muß mir das Zeug durch die Erkältung zugezogen haben.

– Jetzt bin ich, Gott sei Dank, wiederhergestellt, und mache wieder fleißig Uhren. – Neues weiß ich weiter nichts, als daß seit mehreren Wochen ein fremder Kavalier, der in der Nachbarschaft große Herrschaften gekauft, zu uns auf das Schloß kommt. Er soll viele Sprachen kennen und sehr gelehrt und bereist sein, und will unser Fräulein Julie haben. Die gnädige Frau möchte es gern sehen, aber dem Fräulein gefällt es gar nicht. Wenn sie nachmittags oben im Garten beim Lusthause sitzt und ihn von weitem unten um die Ecke heranreiten sieht, klettert sie geschwind über den Gartenzaun und kommt zu mir. Was will ich tun? Ich muß sie in meiner Kammer einsperren, und gehe unterdes spazieren. Neulich, als ich schon ziemlich spät wieder zurückkam und meine Türe aufschloß, fand ich sie ganz blaß und am ganzen Leibe zitternd. Sie war noch völlig atemlos vor Schreck und fragte mich schnell, ob ich ihn nicht gesehen? Dann erzählte sie mir: als es angefangen finster zu werden, habe ich auf meinem Bette in Gedanken gesessen, da habe auf einmal etwas an das Fenster geklopft. Sie hätte den Atem eingehalten und unbeweglich gesessen, da wäre plötzlich das Fenster aufgegangen und Ihr leibhaftiger Page, der Erwin, habe mit totenblassem Gesicht und verwirrten Haaren in die Stube hineingeguckt. Als er sich überall umgesehen und sie auf dem Bett erblickt, habe er ihr mit dem Finger gedroht und sei wieder verschwunden. Ich sagte ihr, sie sollte sich solches dummes Zeug nicht in den Kopf setzen. Sie aber hat es sich sehr zu Herzen genommen, und ist seitdem etwas traurig. Die Tante soll nichts davon wissen. Was gibt's denn mit dem guten Jungen, ist er nicht mehr bei Ihnen? – Soeben, wie ich dies schreibe, sieht Fräulein Julie drüben über den Gartenzaun. – Als ich sagte, daß ich an Sie schriebe, kam sie schnell aus dem Garten zu mir herüber und ich mußte ihr eine Feder schneiden; sie wollte selber etwas dazu schreiben. Dann wollte sie wieder nicht und lief davon. Sie sagte mir, ich soll Sie von ihr grüßen und bitten, Sie möchten auch den Herrn Grafen Leontin von ihr grüßen, wenn er bei Ihnen wäre. Kommen Sie beide doch bald wieder einmal zu uns! Es ist jetzt wieder sehr schön im Garten und auf den Feldern. Ich gehe wieder, wie damals, alle Morgen vor Tagesanbruch auf den Berg, wo Sie und Leontin mich immer auf meinem Sitze besucht haben. Die Sonne geht gerade in der Gegend auf, wo Sie mir immer an den schwülen Nachmittagen beschrieben haben, daß die Residenz liegt und der Rhein geht. Ich rufe dann mein Hurra und werfe meinen Hut und meine Pfeife hoch in die Luft.

P. S. Die niedliche Braut, auf die Sie sich vielleicht noch von dem Tanze auf dem Jagdschlosse her erinnern, besucht uns jetzt oft und empfiehlt sich. Sie leben recht gut in ihrer Wildnis, sie hat schon ein Kind und ist noch schöner geworden und sehr lustig. Adieu!"

Friedrich legte das Papier stillschweigend zusammen. Ihn befiel eine unbeschreibliche Wehmut bei der lebhaften Erinnerung an jene Zeiten. Er dachte sich, wie sie alle dort noch immer, wie damals, seit hundert Jahren und immerfort zwischen ihren Bergen und Wäldern friedlich wohnen, im ewig gleichen Wechsel einförmiger Tage frisch und arbeitsam Gott loben und glücklich sind, und nichts wissen von der andern Welt, die seitdem mit tausend Freuden und Schmerzen durch seine Seele gegangen. Warum konnte er, und wie er wohl bemerkte, auch Viktor nicht ebenso glücklich und ruhig sein? – Dabei hatte ihn die Nachricht von Erwins unerklärlicher, flüchtiger Erscheinung heftig bewegt. Er ging sogleich mit dem Briefe zu Leontin. Aber er fand weder ihn, noch Faber zu Hause. Er sah durch das offene Fenster, der reine Himmel lag blau und unbegrenzt über den fernen Dächern und Kuppeln bis in die neblige Weite. Er konnt' es nicht aushalten; er nahm Hut und Stock und wanderte durch die Vorstädte ins Freie hinaus. Unzählige Lerchen schwirrten hoch in der warmen Luft, die neugeschmückte Frühlingsbühne sah ihn wie eine alte Geliebte an, als wollte ihn alles fragen: Wo bist du so lange gewesen? Hast du uns vergessen?

– Ihm war so wohl zum Weinen. Da blies neben ihm ein Postillon lustig auf dem Horne. Eine schöne Reisekutsche mit einem Herrn und einem jungen Frauenzimmer fuhr schnell an ihm vorüber. Das Frauenzimmer sah lachend aus dem Wagen nach ihm zurück. Er täuschte sich nicht, es war Marie. Verwundert sah Friedrich dem Wagen nach, bis er weit in der heitern Luft verschwunden war. Die Straße ging nach Italien hinunter.

Da es sich zum Abend neigte, wandte er sich wieder heimwärts. In den Vorstädten war überall ein sommerabendliches Leben und Weben, wie in den kleinen Landstädtchen. Die Kinder spielten mit wirrendem Geschrei vor den Häusern, junge Burschen und Mädchen gingen spazieren, der Abend wehte von draußen fröhlich durch alle Gassen. Da bemerkte Friedrich seitwärts eine alte, abgelegene Kirche, die er sonst noch niemals gesehen hatte. Er fand sie offen und ging hinein.

Es schauderte ihn, wie er aus der warmen, fröhlich bunten Wirrung so auf einmal in diese ewig stille Kühle hineintrat. Es war alles leer und dunkel drinnen, nur die ewige Lampe brannte wie ein farbiger Stern in der Mitte vor dem Hochaltare; die Abendsonne schimmerte durch die gemalten, gotischen Fenster. Er kniete in eine Bank hin. Bald darauf bemerkte er in einem Winkel eine weibliche Gestalt, die vor einem Seitenaltare, im Gebet versunken, auf den Knien lag. Sie erhob sich nach einer Weile und sah ihn an. Da kam es ihm vor, als wäre es das Bürgermädchen, die unglückliche Geliebte des Prinzen. Doch konnte er sich gar nicht recht in die Gestalt finden; sie schien ihm weit größer und ganz verändert seitdem. Sie war ganz weiß angezogen und sah sehr blaß und seltsam aus. Sie schien weder erfreut, noch verwundert über seinen Anblick, sondern ging, ohne ein Wort zu sprechen, tief in einen dunklen Seitengang hinein, auf den Ausgang der Kirche zu. Friedrich ging ihr nach, er wollte mit ihr sprechen. Aber draußen fuhren und gingen die Menschen bunt durcheinander, und er hatte sie verloren.

Als er nach Hause kam, fand er den Prinzen bei sich, der, den Kopf in die Hand gestützt, am Fenster saß und ihn erwartete. „Mein hohes Mädchen ist tot!“ rief er aufspringend, als Friedrich hereintrat. Friedrich fuhr zusammen: „Wann ist sie gestorben?“ – „Vorgestern.“ – Friedrich stand in tiefen Gedanken und hörte kaum, wie der Prinz erzählte, was er von der alten Mutter der Dahingeschiedenen gehört: wie das Mädchen anfangs nach der Ohnmacht in allen Kirchen herumgezogen und Gott inbrünstig gebeten, daß er sie doch noch einmal glücklich in der Welt machen möchte. Nach und nach aber fing sie an zu kränkeln und wurde melancholisch. Sie sprach sehr zuversichtlich, daß sie bald sterben würde, und von einer großen Sünde, die sie abzubüßen hätte, und fragte die Mutter oft ängstlich, ob sie denn noch in den Himmel kommen könnte? Den Prinzen wollte sie noch immer nicht wiedersehen. Die letzten Tage vor ihrem Tode wurde sie merklich besser und heiter. Noch den letzten Tag kam sie sehr fröhlich nach Hause und sagte mit leuchtenden Augen, sie habe den Prinzen wiedergesehen, er sei, ohne sie zu bemerken, an ihr vorbeigeritten. Den Abend darauf starb sie. Der Prinz zog hierbei ein Papier heraus und las Friedrich ein Totenopfer vor, welches er heute in einer Reihe von Sonetten auf den Tod des Mädchens gedichtet hatte. Die ersten Sonette enthielten eine wunderfeine Beschreibung, wie der Prinz das Mädchen verführt. Friedrich graute, wie schön sich da die Sünde ausnahm. Das letzte Sonett schloß:

„Einsiedler will ich sein und einsam stehen,
Nicht klagen, weinen, sondern büßend beten,
Du bitt' für mich dort, daß ich besser werde!

Nur einmal, schönes Bild, laß dich mir sehen,
Nachts, wenn all' Bilder weit zurücke treten,
Und nimm mich mit dir von der dunklen Erde!“

„Wie gefällt Ihnen das Gedicht?" – „Geh'n Sie in jene Kirche, die dort so dunkel hersieht", sagte Friedrich erschüttert, „und wenn der Teufel mit meinen gesunden Augen nicht sein Spiel treibt, so werden Sie sie dort wiedersehen." – „Dort ist sie begraben", antwortete der Prinz, und wurde blaß und immer blässer, als ihm Friedrich erzählte, was ihm begegnet. „Warum fürchten Sie sich?" sagte Friedrich hastig, denn ihm war, als sähe ihn das stille, weiße Bild wie in der Kirche wieder an, „wenn Sie den Mut hatten, das hinzuschreiben, warum erschrecken Sie, wenn es auf einmal Ernst wird und die Worte sich rühren und lebendig werden? Ich möchte nicht dichten, wenn es nur Spaß wäre, denn wo dürfen wir jetzt noch redlich und wahrhaft sein, wenn es nicht im Gedichte ist? Haben Sie den rechten Mut, besser zu werden, so gehen Sie in die Kirche und bitten Sie Gott inbrünstig um seine Kraft und Gnade. Ist aber das Beten und alle unsere schönen Gedanken um des Reimes willen auf dem Papiere, so hol der Teufel auf ewig den Reim samt den Gedanken!" –

Hier fiel der Prinz Friedrich ungestüm um den Hals. „Ich bin durch und durch schlecht", rief er, „Sie wissen gar nicht und niemand weiß es, wie schlecht ich bin! Die Gräfin Romana hat mich zuerst verdorben vor langer Zeit; das verstorbene Mädchen habe ich sehr künstlich verführt; der damals in der Nacht zu Marie bei Ihnen vorbeischlich, das war ich; der auf jener Redoute" – Hier hielt er inne. – „Betrügerisch, verbuhlt, falsch und erbärmlich bin ich ganz", fuhr er weiter fort. „Der Mäßigung, der Gerechtigkeit, der großen, schönen Entwürfe, und was wir da zusammen beschlossen, geschrieben und besprochen, dem bin ich nicht gewachsen, sondern im Innersten voller Neid, daß ich's nicht bin. Es war mir nie Ernst damit und mit nichts in der Welt. – Ach, daß Gott sich meiner erbarme!" Hierbei zerriß er sein Gedicht in kleine Stückchen, wie ein Kind, und weinte fast. Friedrich, wie aus den Wolken gefallen, sprach kein einziges Wort der Liebe und

Tröstung, sondern die Brust voll Schmerzen und kalt wandte er sich zum offenen Fenster von dem gefallenen Fürsten, der nicht einmal ein Mann sein konnte.

Siebzehntes Kapitel

Rosa saß frühmorgens am Putztische und erzählte ihrem Kammermädchen folgenden Traum, den sie heute nacht gehabt: „Ich stand zu Hause in meiner Heimat im Garten. Der Garten war noch ganz so, wie er ehedem gewesen, ich erinnere mich wohl, mit allen den Alleen, Gängen und Figuren aus Buchsbaum. Ich selber war klein, wie damals, als ich als Kind in dem Garten gespielt. Ich verwunderte mich sehr darüber, und mußte auch wieder lachen, wenn ich mich so ansah, und fürchtete mich vor den seltsamen Baumfiguren. Dabei wurde es mir, als wäre mein vergangenes Leben und daß ich schon einmal groß gewesen, nur ein Traum. Ich sang immerfort ein altes Lied, das ich damals als Kind alle Tage gesungen und seitdem wieder vergessen habe. Es ist doch seltsam, wie ich es in der Nacht ganz auswendig wußte! Ich habe heut schon viel nachgesonnen, aber es fällt mir nicht wieder ein. Meine Mutter lebte auch noch. Sie stand seitwärts vom Garten an einem Teiche. Ich rief ihr zu, sie sollte herüberkommen. Aber sie antwortete mir nicht, sondern stand still und unbeweglich, vom Kopf bis zu den Füßen in ein langes, weißes Tuch gehüllt. Da trat auf einmal Graf Friedrich zu mir. Es war mir, als sähe ich ihn zum ersten Male, und doch war er mir wie längst bekannt. Wir waren wieder gute Freunde, wie sonst – ich habe ihn nie so gut und freundlich gesehen. Ein schöner Vogel saß mitten im Garten auf einer hohen Blume und sang, daß es mir durch die Seele ging, meinen Bruder sah ich unten über das glänzende Land reiten, er hatte die kleine Marie, die eine Zimbel hoch in die Luft hielt, vor sich auf dem Rosse, die Sonne schien prächtig.

‚Reisen wir nach Italien', sagte da Friedrich zu mir. – Ich folgte ihm gleich, und wir gingen sehr schnell durch viele schöne Gegenden immer nebeneinander fort. So oft ich mich umsah, sah ich hinten nichts, als ein grenzenloses Abendrot und in dem Abendrot meiner Mutter Bild, die unterdes sehr groß geworden war, in der Ferne wie eine Statue stehen, immerfort so still nach uns zugewendet, daß ich vor Grauen davon wegsehen mußte. Es war unterdes Nacht geworden und ich sah vor uns unzählige Schlösser auf den Bergen brennen. Jenseits wanderten in dem Scheine, der von den brennenden Schlössern kam, viele Leute mit Weib und Kindern, wie Vertriebene, sie waren alle in seltsamer, uralter Tracht; es kam mir vor, als sähe ich auch meinen Vater und meine Mutter unter ihnen, und mir war unbeschreiblich bange. Wie wir so fortgingen, schien es mir, als würde Friedrich selbst nach und nach immer größer. Er war still und seine Mienen veränderten sich seltsam, so daß ich mich vor ihm fürchtete. Er hatte ein langes, blankes Schwert in der Hand, mit dem er vor uns her den Weg aushaute; so oft er es schwang, warf es einen weitblitzenden Schein über den Himmel und über die Gegend unten. Vor ihm ging sein langer Schatten, wie ein Riese, weit über alle Täler gestreckt. Die Gegend wurde indes immer seltsamer und wilder, wir gingen zwischen himmelhohen, zackigen Gebirgen. Wenn wir an einen Strom kamen, gingen wir auf unsern eigenen Schatten, wie auf einer Brücke, darüber. Wir kamen so auf eine weite Heide, wo ungeheure Steine zerstreut umher lagen. Mich befiel eine nie gefühlte Angst, denn je mehr ich die zerstreuten Steine betrachtete, je mehr kamen sie mir wie eingeschlafene Männer vor. Die Gegend lag unbeschreiblich hoch, die Luft war kalt und scharf. Da sagte Friedrich: ‚Wir sind zu Hause!' Ich sah ihn erschrocken an und erkannte ihn nicht wieder, er war völlig geharnischt, wie ein Ritter. Sonderbar! es hing ein altes Ritterbild sonst in einem Zimmer unsers Schlosses, vor dem ich oft als Kind gestanden. Ich hatte längst alle Züge davon vergessen, und gerade so sah jetzt Friedrich auf einmal aus. – Ich fror entsetzlich. Da ging die Sonne plötzlich auf und Friedrich nahm mich in beide Arme und preßte mich so fest an seine Brust, daß ich vor Schmerz mit einem lauten Schrei erwachte." –

„Glaubst du an Träume?" sagte Rosa nach einer Weile in Gedanken zu dem Kammermädchen. Das Mädchen antwortete nicht. „Wo mag nun wohl Marie sein, die ärmste?" sagte Rosa unruhig wieder. – Dann stand sie auf und trat ans Fenster. Es war ein Gartenhaus der Gräfin Romana, das sie bewohnte; der Morgen blitzte unten über den kühlen Garten, weithin übersah man die Stadt mit ihren duftigen Kuppeln, die Luft war frisch und kalt. Da warf sie plötzlich alle Schminkbüchschen, die auf dem Fenster standen, heimlich hinaus und zwang sich, zu lächeln, als es das Mädchen bemerkte.

Denselben Tag abends erhielt sie einen Brief von Romana, die wieder seit einiger Zeit auf einem ihrer entferntesten Landgüter im Gebirge sich aufhielt. Es war eine sehr dringende Einladung zu einer Gemsenjagd, die in wenigen Tagen dort abgehalten werden sollte. Der Brief bestand nur in einigen Zeilen und war auffallend verwirrt und seltsam geschrieben, selbst ihre Züge schienen verändert und hatten etwas Fremdes und Verwildertes. Ganz unten stand noch: „Letzthin, als Du auf dem Balle beim Minister warst, war Friedrich unbemerkt auch dort und hat Dich gesehen."

Rosa versank über dieser Stelle in tiefe Gedanken. Sie erinnerte sich aller Umstände jenes Abends auf einmal sehr deutlich, wie sie Friedrich versprochen hatte, ihn zu Hause zu erwarten, und wie er seitdem nicht wieder bei ihr gewesen. Ein Schmerz, wie sie ihn noch nie gefühlt, durchdrang ihre Seele. Sie ging unruhig im Zimmer auf und ab. Sie konnte es endlich nicht länger aushalten, sie wollte alle Mädchenscheu abwerfen, sie wollte Friedrich, auf welche Art es immer sei, noch heute sehn und sprechen. Sie war eben allein, draußen war es schon finster. Mehrere Male nahm sie ihren Mantel um und legte ihn zaudernd wieder hin. Endlich faßte sie ein Herz, schlich unbemerkt aus dem Hause und über die dunklen Gassen fort zu Friedrichs Wohnung. Atemlos mit klopfendem Herzen flog sie die Stiegen hinauf, um, so ganz sein und um alle Welt nichts fragend, an seine Brust zu fallen. Aber das Unglück wollte, daß er eben nicht zu Hause war. Da stand sie im Vorhaus und weinte bitterlich. Mehrere Türen gingen indes im Hause auf und zu, Bediente eilten hin und her über die Gänge. Sie konnte nicht länger weilen, ohne verraten zu werden.

Die Furcht, so allein und zu dieser Zeit auf der Gasse erkannt zu werden, trieb sie schnell durch die Gassen zurück, das Gesicht tief in den seidenen Mantel gehüllt. Aber das Geschick war in seiner teuflischen Laune. Als sie eben um eine Ecke bog, stand der Prinz plötzlich vor ihr. Eine Laterne schien ihr gerade ins Gesicht, er hatte sie erkannt. Ohne irgend ein Erstaunen zu äußern, bot er ihr den Arm, um sie nach Hause zu begleiten. Sie sagte nichts, sondern hing kraftlos und vernichtet vor Scham an seinem Arm. Er wunderte sich nicht, er lächelte nicht, er fragte um nichts, sondern sprach artig von gewöhnlichen Dingen. – Als sie an ihr Haus kamen, bat er sie scherzend um einen Kuß. Sie willigte verwirrt ein, er umschlang sie heftig und küßte sie zum ersten Male. Eine lange Gestalt stand indes unbemerkt gegenüber an der Mauer und kam plötzlich auf den Prinzen los. Der Prinz, der sich nichts Gutes versah, sprang schnell in ein Nebenhaus und schloß die Tür hinter sich zu. Es war Friedrich, den der Zufall eben hier vorbeigeführt hatte. Sie hatten beide einander nicht erkannt. Er saß noch die halbe Nacht dort auf der Schwelle des Hauses und lauerte auf den unbekannten Gast. Die wildesten Gedanken, wie er sie sein Lebelang nicht gehabt, durchkreuzten seine Seele. Aber der Prinz kam nicht wieder heraus. – Rosa hatte von der ganzen letzten Begebenheit nichts mehr gesehen. – Der Prinz hatte sie überrascht. Noch niemals war er ihr so bescheiden, so gut, so schön und liebenswürdig vorgekommen, und

sein Kuß brannte die ganze Nacht verführerisch auf ihren schönen Lippen fort.
Es war ein herrlicher Morgen, als Friedrich und Leontin in den ewigen Zwinger der Alpen einritten, wohin auch sie von der Gräfin Romana zur Jagd geladen waren. Als sie um die letzte Bergecke herumkamen, fanden sie schon die Gesellschaft auf einer schönen Wiese zwischen grünen Bergen bunt und schallend zerstreut. Einzelne Gruppen von Pferden und gekoppelten Hunden standen rings in der schönen Wildnis umher, im Hintergrunde erhob sich lustig ein farbiges Zelt. Mitten auf der glänzenden Wiese stand die zauberische Romana in einer grünen Jagdkleidung, sehr geschmückt, fast phantastisch wie eine Waldfee anzusehn. Neben ihr, auf ihre Achsel gelehnt, stand Rosa in männlichen Jagdkleidern und versteckte ihr Gesicht an der Gräfin, da der Prinz eben zu ihr sprach, als sie Friedrich mit ihrem Bruder von der andern Seite ankommen sah. Von allen Seiten vom Gebirge herab bliesen die Jäger auf ihren Hörnern, als bewillkommten sie die beiden neuangekommenen Gäste. Friedrich hatte Rosa noch nie in dieser Verkleidung gesehen und betrachtete lange ernsthaft das wunderschöne Mädchen.
Romana kam auf die beiden los und empfing sie mit einer auffallenden Heftigkeit. Nun entlud sich auch das Zelt auf einmal eines ganzen Haufens von Gästen, und Leontin war in dem Gewirre gar bald in seine launigste Ausgelassenheit hineingeärgert, und spielte in kecken, barocken Worten, die ihm wie von den hellen Schneehäuptern der Alpen zuzufliegen schienen, mit diesem Jagdgesindel, das ein einziger Auerochs verjagt hätte. Auch hier war die innerliche Antipathie zwischen ihm und dem Prinzen bemerkbar. Der Prinz wurde still und vermied ihn, wo er konnte, wie ein Feuer, das überall mit seinen Flammenspitzen nach ihm griff und ihn im Innersten versengte. Nur Romana war heute auf keine Weise aus dem Felde zu schlagen, sie schien sich vielmehr an seiner eigenen Weise nur immer mehr zu berauschen. Er konnte sich, wie im-

mer, wenn er sie sah, nicht enthalten, mit zweideutigen Witzen und Wortspielen ihre innerste Natur herauszukitzeln, und sie hielt ihm heute tapfer Stich, so daß Rosa mehrere Male rot wurde und endlich fortgehn mußte. „Gott segne uns alle", sagte er zuletzt zu einem vornehmen Männlein, das eben sehr komisch bei ihm stand, „daß wir heute dort oben an einem schmalen Felsenabhange nicht etwa einem von unsern Ahnherren begegnen, denn die verstehn keinen Spaß, und wir sind schwindlige Leute." –

Hier wurde er durch das Jagdgeschrei unterbrochen, das nun plötzlich von allen Seiten losbrach. Die Hörner forderten wie zum Kriege, die Hunde wurden losgelassen, und alles griff nach den Gewehren. Leontin war bei dem ersten Signal mitten in seiner Rede fortgesprungen, er war der erste unter dem Haufen der anführenden Jäger. Mit einer schwindelerregenden Kühnheit sah man ihn, sich an die Sträucher haltend, geschickt von Fels zu Fels über die Abgründe immer höher hinaufschwingen; er hatte bald alle Jäger weit unter sich und verschwand in der Wildnis. Mehrere von der Gesellschaft schrien dabei ängstlich auf. Romana sah ihm furchtlos mit unverwandten Blicken nach: „Wie sind die Männer beneidenswert!" sagte sie, als er sich verloren hatte.

Die Gesellschaft hatte sich unterdes nach allen Richtungen hin zerstreut, und die Jagd ging wie ein Krieg durch das Gebirge. In tiefster Abgeschiedenheit, wo Bäche in hellen Bogen von den Höhen sprangen, sah man die Gemsen schwindlig von Spitze zu Spitze hüpfen, einsame Jäger dazwischen auf den Klippen erscheinen und wieder verschwinden, einzelne Schüsse fielen hin und her, das Hifthorn verkündete von Zeit zu Zeit den Tod eines jeden Tieres. Da sah Friedrich auf einem einsamen Fleck nach mehreren Stunden seinen Leontin wagehalsig auf der höchsten von allen den Felsspitzen stehen, daß das Auge den Anblick kaum ertragen konnte. Er erblickte Friedrich und rief zu ihm hinab: „Das Pack da unten ist mir unerträglich;

wie sie hinter mir drein quiekten, als ich vorher hinaufstieg! Ich bleibe in den Bergen oben, lebe wohl, Bruder!" Hierauf wandte er sich wieder weiter und kam nicht mehr zum Vorschein.

Der Abend rückte heran, in den Tälern wurde es schon dunkel. Die Jagd schien geendigt, nur einzelne kühne Schützen sah man noch hin und wieder an den Klippen hängen, von den letzten Widerscheinen der Abendsonne scharf beleuchtet. Friedrich stand eben in höchster Einsamkeit an seine Flinte gelehnt, als er in einiger Entfernung im Walde singen hörte:

„Dämmrung will die Flügel spreiten,
Schaurig rühren sich die Bäume,
Wolken zieh'n wie schwere Träume –
Was will dieses Graun bedeuten?

Hast ein Reh du lieb vor andern,
Laß es nicht alleine grasen,
Jäger ziehn im Wald und blasen,
Stimmen hin und wieder wandern.

Hast du einen Freund hienieden,
Trau ihm nicht zu dieser Stunde,
Freundlich wohl mit Aug' und Munde,
Sinnt er Krieg im tück'schen Frieden.

Was heut müde gehet unter,
Hebt sich morgen neugeboren,
Manches bleibt in Nacht verloren –
Hüte dich, bleib wach und munter!"

Es wurde wieder still. Friedrich erschrak, denn es kam ihm nicht anders vor, als sei er selber mit dem Liede gemeint. Die Stimme war ihm durchaus unbekannt. Er eilte auf den Ort zu, woher der Gesang gekommen war, aber kein Laut ließ sich weiter vernehmen.

Als er eben so um eine Felsenecke bog, stand plötzlich Rosa in ihrer Jägertracht vor ihm. Sie konnte der Sänger nicht gewesen sein, denn der Gesang hatte sich nach einer ganz andern Richtung hin verloren. Sie schien heftig erschrocken über den unerwarteten Anblick Friedrichs. Hochrot im Gesicht, ängstlich und verwirrt, wandte sie sich schnell und sprang wie ein aufgescheuchtes Reh, ohne der Gefahr zu achten, von Klippe zu Klippe die Höhe hinab, bis sie sich unten im Walde verlor. Friedrich sah ihr lange verwundert nach. Später stieg auch er ins Tal hinab. Dort fand er die Gesellschaft auf der schönen Wiese schon größtenteils versammelt. Das Zelt in der Mitte derselben schien von den vielen Lichtern wie in farbigen Flammen zu stehn, eine Tafel mit Wein und allerhand Erfrischungen schimmerte lüstern lockend zwischen den buntgewirkten Teppichen hervor, Männer und Frauen waren in freien Scherzen ringsumher gelagert. Die vielen wandelnden Windlichter der Jäger, deren Scheine an den Felsenwänden und am Walde auf und nieder schweiften, gewährten einen zauberischen Anblick. Mitten unter den fröhlich Gelagerten und den magischen Lichtern ging Romana für sich allein, eine Gitarre im Arm, auf der Wiese auf und ab. Friedrich glaubte eine auffallende Spannung in ihrem Gesichte und ganzem Wesen zu bemerken. Sie sang:

„In goldner Morgenstunde,
Weil alles freudig stand,
Da ritt im heitern Grunde
Ein Ritter über Land.

Rings sangen auf das beste
Die Vöglein mannigfalt,
Es schüttelte die Äste
Vor Lust der grüne Wald.

Den Nacken, stolz gebogen,
Klopft er dem Rösselein –

So ist er hingezogen
Tief in den Wald hinein.

Sein Roß hat er getrieben,
Ihn trieb der frische Mut:
,Ist alles fern geblieben,
So ist mir wohl und gut!'"

Sie ging während des Liedes immerfort unruhig auf und ab und sah mehrere Male seitwärts in den Wald hinein, als erwartete sie jemand. Auch sprach sie einmal heimlich mit einem Jäger, worauf dieser sogleich forteilte. Friedrich glaubte manchmal eine plötzliche, aber ebenso schnell wieder verschwindende Ähnlichkeit ihres Gesanges mit jener Stimme auf dem Berge zu bemerken, da sie wieder weiter sang:

„Mit Freuden mußt' er sehen
Im Wald ein' grüne Au,
Wo Brünnlein kühle gehen,
Von Blumen rot und blau.

Vom Roß ist er gesprungen,
Legt sich zum kühlen Bach,
Die Wellen lieblich klungen,
Das ganze Herz zog nach.

So grüne war der Rasen,
Es rauschte Bach und Baum,
Sein Roß tät stille grasen,
Und alles wie ein Traum.

Die Wolken sah er gehen,
Die schifften immerzu,
Er konnt' nicht widerstehen, –
Die Augen sanken ihm zu.

Nun hört' er Stimmen rinnen,
Als wie der Liebsten Gruß,
Er konnt' sich nicht besinnen –
Bis ihn erweckt ein Kuß.

Wie prächtig glänzt' die Aue!
Wie Gold der Quell nun floß,
Und einer süßen Fraue
Lag er im weichen Schoß.

‚Herr Ritter! wollt Ihr wohnen
Bei mir im grünen Haus:
Aus allen Blumenkronen
Wind' ich Euch einen Strauß!

Der Wald ringsum wird wachen,
Wie wir beisammen sein,
Der Kuckuck schelmisch lachen,
Und alles fröhlich sein.'

Es bog ihr Angesichte
Auf ihn den süßen Leib,
Schaut mit den Augen lichte
Das wunderschöne Weib.

Sie nahm sein'n Helm herunter,
Löst Krause ihm und Bund,
Spielt mit den Locken munter,
Küßt ihm den roten Mund.

Und spielt viel süße Spiele
Wohl in geheimer Lust,
Es flog so kühl und schwüle
Ihm um die offne Brust."

Friedrichs Jäger trat hier eiligst zu seinem Herrn und zog ihn abseits in den Wald, wo er sehr bewegt mit ihm zu sprechen schien. Romana hatte es bemerkt. Sie verwandte gespannt kein Auge von Friedrich und folgte ihm in einiger Entfernung langsam in den Wald nach, während sie dabei weiter sang:

„Um ihn nun tät sie schlagen
Die Arme weich und bloß,
Er konnte nichts mehr sagen,
Sie ließ ihn nicht mehr los.

Und diese Au' zur Stunde
Ward ein kristallnes Schloß,
Der Bach, ein Strom gewunden
Ringsum gewaltig floß.

Auf diesem Strome gingen
Viel' Schiffe wohl vorbei,
Es konnt' ihn keines bringen
Aus böser Zauberei."

Sie hatte kaum noch die letzten Worte ausgesungen, als Friedrich plötzlich auf sie zukam, daß sie innerlichst zusammenfuhr. „Wo ist Rosa?" fragte er rasch und streng. „Ich weiß es nicht", antwortete Romana schnell wieder gefaßt, und suchte mit erzwungener Gleichgültigkeit auf ihrer Gitarre die alte Melodie wiederzufinden. Friedrich wiederholte die Frage noch einmal dringender. Da hielt sie sich nicht länger. Als wäre ihr innerstes Wesen auf einmal losgebunden, brach sie schnell und mit fast schreckhaften Mienen aus: „Du kennst noch nicht mich und jene unbezwingliche Gewalt der Liebe, die wie ein Feuer alles verzehrt, um sich an dem freien Spiele der eigenen Flammen zu weiden und selber zu verzehren, wo Lust und Entsetzen in wildem Wahnsinn einander berühren. Auch die grünblitzenden Augen des buntschillernden, blutlekkenden Drachen im Liebeszauber sind keine Fabel, ich kenne sie wohl und sie machen mich noch rasend. O, hätte

ich Helm und Schwert wie Armida! – Rosa kann mich nicht hindern, denn ihre Schönheit ist blöde und dein nicht wert. Ja, gegen dich selber will ich um dich kämpfen. Ich liebe dich unaussprechlich, bleibe bei mir, wie ich nicht mehr von dir fort kann!" Sie hatte ihn bei den letzten Worten fest umschlungen. Friedrich fuhr mit einem Male aus tiefen Gedanken auf, streifte schnell die blanken Arme von sich ab, und eilte, ohne ein Wort zu sagen, tief in den Wald, wo er sein Pferd bestieg, mit dem ihn der Jäger schon erwartete, und fort hinaussprengte.
Romana war auf den Boden niedergesunken, das Gesicht mit beiden Händen verdeckt. Das fröhliche Lachen, Singen und Gläserklirren von der Wiese her schallte ihr wie ein höllisches Hohngelächter.
Rosa war, als sich Tag und Jagd zu Ende neigten, von Romana und aller Begleitung, wie durch Zufall verlassen worden. Der Prinz hatte sie den ganzen Tag über beobachtet, war ihr überall im Grünen begegnet und wieder verschwunden. Sie hatte sich endlich halbzögernd entschlossen, ihn zu fliehen und höher ins Gebirge hinaufzusteigen. Sein blühendes Bild heimlich im Herzen, das die Waldhornsklänge immer wieder von neuem weckten, unschlüssig, träumend und halbverwirrt, zuletzt noch von dem Liede des Unbekannten, das auch sie hörte, seltsam getroffen und verwirrt, so war sie damals bis zu dem Flekke hinaufgekommen, wo sie so auf einmal Friedrich vor sich sah. Der Ort lag sehr hoch und wie von aller Welt geschieden, sie dachte an ihren neulichen Traum und eine unbeschreibliche Furcht befiel sie vor dem Grafen, die sie schnell von dem Berge hinabtrieb.
Unten, fern von der Jagd, saß der Prinz auf einem ungeheuren Baume. Da hörte er das Geräusch hinter sich durch das Dickicht brechen. Er sprang auf und Rosa fiel atemlos in seine ausgebreiteten Arme. Ihr gestörtes Verhältnis zu Friedrich, das Lied oben, und tausend alte Erinnerungen, die in der grünen Einsamkeit wieder wach geworden, hatten das reizende Mädchen heftig bewegt. Ihr

Schmerz machte sich hier endlich in einem Strome von Tränen Luft. Ihr Herz war zu voll, sie konnte nicht schweigen. Sie erzählte dem Prinzen alles aus tiefster, gerührter Seele.

Es ist gefährlich für ein junges Mädchen, einen schönen Vertrauten zu haben. Der Prinz setzte sich neben ihr auf den Rasen hin. Sie ließ sich willig von ihm in den Arm nehmen und lehnte ihr Gesicht müde an seine Brust. Die Abendscheine spielten schon zuckend durch die Wipfel, unzählige Vögel sangen von allen Seiten, die Waldhörner klangen wollüstig durch den warmen Abend aus der Ferne herüber. Der Prinz hatte ihre langen Haare, die aufgegangen waren, um seinen Arm gewickelt und sprach ununterbrochen so wunderliebliche, zauberische Worte, gleich sanfter Quellen Rauschen, kühlelockend und sinnenverwirrend, wie Töne alter Lieder aus der Ferne verführend herüberspielen. Rosa bemerkte endlich mit Schrecken, daß es indes schon finster geworden war, und drang ängstlich in den Prinzen, sie zu der Gesellschaft zurückzuführen. Der Prinz sprang sogleich seitwärts in den Wald und brachte zu ihrem Erstaunen zwei gesattelte Pferde mit hervor. Er hob sie schnell auf das eine hinauf, und sie ritten nun, so geschwind als es die Dunkelheit zuließ, durch den Wald fort.

Sie waren schon weit auf verschiedenen, sich durchkreuzenden Wegen fortgetrabt, aber die Wiese mit dem Zelte wollte noch immer nicht erscheinen. Die Waldhornsklänge, die sie vorher gehört hatten, waren schon lange verstummt, der Mond trat schon zwischen den Wolken hervor. Rosa wurde immer ängstlicher, aber der Prinz wußte sie jedesmal wieder zu beruhigen.

Endlich hörten sie die Hörner von neuem aus der Ferne vor sich. Sie verdoppelten ihre Eile, die Klänge kamen immer näher. Doch wie groß war Rosas Schrecken, als sie auf einmal aus dem Walde herauskam und ein ganz fremdes, unbekanntes Schloß vor sich auf dem Berge liegen sah. Entrüstet wollte sie umkehren und machte dem Prinzen weinend die bittersten Vorwürfe. Nun legte der Prinz die Maske ab. Er entschuldigte seine Kühnheit mit der unwiderstehlichen Gewalt seiner lange heimlich genährten Sehnsucht, umschlang und küßte die Weinende und beschwor alle Teufel seiner Liebe herauf. Die Hörner klangen lockend immerfort, und zitternd, halb gezwungen und halb verführt, folgte sie ihm endlich den Berg hinauf. Es war ein abgelegenes Jagdschloß des Prinzen. Nur wenige verschwiegene Diener hatten dort alles zu ihrem Empfange bereitet.

Friedrich ritt indes zwischen den Bergen fort. Sein Jäger, der gegen Abend weit von der Jagd abgekommen war, hatte zufällig Rosa mit dem Prinzen auf ihrer Flucht durch den Wald fortjagen gesehen, und war sogleich zu seinem Herrn zurückgeeilt, um ihm diese Entdeckung mitzuteilen. Dies war es, was Friedrich so schnell auf sein Pferd getrieben hatte.

Als er endlich nach manchem Umwege an die letzten Felsen kam, welche diese Wiese umschlossen, erblickte er plötzlich im Walde seitwärts eine weiße Figur, die, eine Flinte im Arm, gerade auf seine Brust zielte. Ein flüchtiger Mondesblick beleuchtete die unbewegliche Gestalt, und Friedrich glaubte mit Entsetzen Romana zu erkennen. Sie ließ erschrocken die Flinte sinken, als er sich nach ihr umwandte, und war im Augenblick im Walde verschwunden. Ein seltsames Graun befiel den Grafen. Er setzte die Sporen ein, bis er das ganze furchtbare Jagdrevier weit hinter sich hatte.

Unermüdet durchstreifte er nun den Wald nach allen Richtungen, denn jede Minute schien ihm kostbar, um der Ausführung dieser Verräterei zuvorzukommen. Aber kein Laut und kein Licht rührte sich weit und breit. So ritt er ohne Bahn fort und immerfort, und der Wald und die Nacht nahmen kein Ende.

Drittes Buch

Achtzehntes Kapitel

Wir finden Friedrich fern von dem wirrenden Leben, das ihn gereizt und betrogen, in der tiefsten Einsamkeit eines Gebirges wieder. Ein unaufhörlicher Regen war lange wie eine Sündflut herabgestürzt, die Wälder wogten wie Ährenfelder im feuchten Sturme. Als er endlich eines Abends auf die letzte Ringmauer von Deutschland kam, wo man nach Welschland heruntersieht, fing das Wetter auf einmal an sich auszuklären, und die Sonne brach warm durch den Qualm. Die Bäume tröpfelten in tausend Farben blitzend, unzählige Vögel begannen zu singen, das liebreizende, vielgepriesene Land unten schlug die Schleier zurück und blickte ihm wie eine Geliebte ins Herz.
Da er eben in die weite Tiefe zu den aufgehenden Gärten hinablenken wollte, sah er auf einer der Klippen einen jungen, schlanken Gemsenjäger keck und trotzig ihm gegenüberstehn und seinen Stutz auf ihn anlegen. Er wandte schnell um und ritt auf den Jäger los. Das schien diesem zu gefallen, er kam schnell zu Friedrich herabgesprungen und sah ihn vom Kopf bis auf den Fuß groß an, während er dem Pferde desselben, das ungeduldig stampfte, mit vieler Freude den gebogenen Hals streichelte. „Wer gibt dir das Recht, Reisende aufzuhalten?" fuhr ihn Friedrich an. „Du sprichst ja Deutsch", sagte der Jäger, ihn ruhig auslachend, „du könntest jetzt auch etwas Besseres tun, als reisen! Komm nur mit mir!" Friedrich erfrischte recht das kecke, freie Wesen, das feine Gesicht voll Ehre, die gelenke, tapfere Gestalt; er hatte nie einen schöneren Jäger gesehen. Er zweifelte nicht, daß er einer von jenen sei, um derentwillen er schon seit mehreren Tagen das verlassene Gebirge vergebens durchschweift hatte, und trug daher keinen Augenblick Bedenken, dem Abenteuer zu folgen.

Der Jäger ging singend voraus, Friedrich ritt in einiger Entfernung nach.
So zogen sie immer tiefer in das Gebirge hinein. Die Sonne war lange untergegangen, der Mond schien hell über die Wälder. Als sie ohngefähr eine halbe Stunde so gewandert waren, blieb der Jäger in einiger Entfernung plötzlich stehen, nahm sein Hifthorn und stieß dreimal hinein. Sogleich gaben unzählige Hörner nacheinander weit in das Gebirge hinein Antwort. Friedrich stutzte und wurde einen Augenblick an dem ehrlichen Gesichte irre. Er hielt sein Pferd an, zog sein Pistol heraus und hielt es, gefaßt gegen alles, was daraus werden dürfte, auf seinen Führer. Der Jäger bemerkte es. „Lauter Landsleute!“ rief er lachend, und schritt ruhig weiter. Aller Argwohn war verschwunden, und Friedrich ritt wieder nach.
So kamen sie endlich schon bei finsterer Nacht auf einem hochgelegenen, freien Platze an. Ein Kreis bärtiger Schützen war dort um ein Wachtfeuer gelagert, grüne Reiser auf den Hüten, und ihre Gewehre neben sich auf dem Boden. Friedrichs Führer war schon voraus mitten unter ihnen und hatte den Fremden angemeldet. Mehrere von den Schützen sprangen sogleich auf, umringten Friedrich bei seiner Ankunft und fragten ihn um Neuigkeiten aus dem flachen Lande. Friedrich wußte sie wenig zu befriedigen, aber seine Freude war unbeschreiblich, sich endlich am Ziele seiner Irrfahrt zu sehen. Denn dieser Trupp war, wie er gleich beim ersten Anblick vermutet, wirklich eine Partei des Landsturmes, den das Gebirgsvolk bei dem unlängst ausgebrochenen Kriege gebildet hatte.
Die Flamme warf einen seltsamen Schein über den soldatischen Kreis von Gestalten, die ringsumher lagen. Die Nacht war still und sternhell. Einer von den Jägern, die draußen auf dem Felsen auf der Lauer lagen, kam und meldete, wie in dem Tale nach Deutschland zu ein großes Feuer zu sehen sei. Alles richtete sich auf und lief weiter an den Bergesrand. Man sah unten die Flammen aus der stillen Nacht sich erheben, und konnte ungeachtet der Ent-

fernung die stürzenden Gebälke der Häuser deutlich unterscheiden. Die meisten kannten die Gegend, einige nannten sogar die Dörfer, welche brennen müßten. Alle aber waren sehr verwundert über die unerwartete Nähe des Feindes, denn diesem schrieben sie den Brand zu. Man erwartete mit Ungeduld die Zurückkunft eines Trupps, der schon gestern in die Täler auf Kundschaft ausgezogen war.

Einige Stunden nach Mitternacht ohngefähr hörte man in einiger Entfernung im Walde von mehreren Wachen das Losungswort erschallen; bald darauf erschienen einige Männer, die man sogleich für die auf Kundschaft Ausgeschickten erkannte und begrüßte. Sie hatten einen jungen, fremden Mann bei sich, der aber über der üblen Zeitung, welche die Kundschafter mitbrachten, anfangs von allen übersehen wurde. Sie sagten nämlich aus, eine ansehnliche feindliche Abteilung habe ihre heimlichen Schlupfwinkel entdeckt und sie durch einen rastlosen, mühsamen Marsch umgangen. Der Feind stehe nun auf dem Gebirge selbst mitten zwischen ihren einzelnen, auf den Höhen zerstreuten Haufen, um sie mit Tagesanbruch so einzeln aufzureiben. – Ein allgemeines Gelächter erscholl bei den letzten Worten im ganzen Trupp. „Wir wollen sehn, wer härter ist", sagte einer von den Jägern, „unsere Steine oder ihre Köpfe!" Die Jüngsten warfen ihre Hüte in die Luft, alles freute sich, daß es endlich zum Schlagen kommen sollte.

Man beratschlagte nun eifrig, was unter diesen Umständen das klügste sei. Zum Überlegen war indes nicht lange Zeit, es mußte für den immer mehr herannahenden Morgen ein rascher Entschluß gefaßt werden. Friedrich, der allen wohl behagte, gab den Rat, sie sollten sich heimlich auf Umwegen neben den feindlichen Posten hin vor Tagesanbruch mit allen den andern zerstreuten Haufen auf einen festen Fleck zu vereinigen suchen. Dies wurde einmütig angenommen, und der älteste unter ihnen teilte hiermit allsogleich den ganzen Haufen in viele kleine

Trupps und gab jedem einen jungen, rüstigen Führer zu, der alle Stege des Gebirges am besten kannte. Über die einsamsten und gefährlichsten Felsenpfade wollten sie heimlich mitten durch ihre Feinde gehen, alle ihre andern Haufen, auf die sie unterwegs stoßen mußten, an sich ziehn und auf dem höchsten Gipfel, wo sie wußten, daß ihr Hauptmann sich befände, wieder zusammenkommen, um sich bei Anbruch des Tages von dort mit der Sonne auf den Feind zu stürzen.

Das Unternehmen war gefährlich und gewagt, doch nahmen sie sehr vergnügt Abschied voneinander. Friedrich hatte sich auch ein grünes Reis auf den Hut gesteckt und auf das beste bewaffnet. Ihm war der junge Jäger, den er zuerst auf der Straße nach Italien getroffen, zum Führer bestimmt worden, zu seinen Begleitern hatte er noch zwei Schützen und den jungen Menschen, den die Kundschafter vorhin mitgebracht.

Dieser hatte die ganze Zeit über, ohne einigen Anteil an der Begebenheit verspüren zu lassen, seitwärts auf einem Baumsturze gesessen, den Kopf in beide Hände gestützt, als schliefe er. Sie rüttelten ihn nun auf. Wie erstaunte da Friedrich, als er sich aufrichtete und in ihm denselben Studenten wiedererkannte, den er damals auf der Wiese unter den herumziehenden Komödianten getroffen hatte, als er auf Romanas Schloß zum Besuche ritt. Doch hatte er sich seitdem sehr verändert, er sah blaß aus, seine Kleidung war abgerissen, er schien ganz herunter. Sie setzten sich sogleich in Marsch, und da es zum Gesetz gemacht worden war, den ganzen Weg nichts miteinander zu sprechen, so konnte Friedrich nicht erfahren, wie derselbe aufs Gebirge und in diesen Zustand geraten war.

Sie gingen nun zwischen Wäldern, Felsenwänden und unabsehbaren Abgründen immerfort; der ganze Kreis der Berge lag still, nur die Wälder rauschten von unten herauf, ein scharfer Wind ging auf der Höhe. Der Gemsenjäger schritt frisch voran, sie sprachen kein Wort. Als sie einige Zeit so fortgezogen waren, hörten sie plötzlich über sich mehrere Stimmen in ausländischer Sprache. Sie blieben stehen und drückten sich alle hart an die Felsenwand an. Die Stimmen kamen auf sie los und schienen auf einmal dicht bei ihnen; dann lenkten sie wieder seitwärts und verloren sich schnell. Dies bewog den Führer, einen andern, mehr talwärts führenden Umweg einzuschlagen, wo sie sicherer zu sein hofften.

Sie hatten aber kaum die untere Region erlangt, als ihnen ein Gewirre von Reden, Lachen und Singen durcheinander entgegenscholl. Zum Umkehren war keine Zeit mehr, seitwärts von dem Platze, wo das Schallen sich verbreitet, führte nur ein einziger Steg über den Strom, der dort in das Tal hinauskam. Als sie an den Bach kamen, sahen sie zwei feindliche Reiter auf dem Stege, die beschäftigt waren, Wasser zu schöpfen. Sie streckten sich daher schnell unter die Sträucher auf den Boden nieder, um nicht bemerkt zu werden. Da konnten sie zwischen den Zweigen hindurch die vom Monde hell beleuchtete Wiese übersehen. Ringsum an dem Rande des Waldes stand dort ein Kreis von Pferden angebunden, eine Schar von Reitern war lustig über die Aue verbreitet. Einige putzten singend ihre Gewehre, andere lagen auf dem Rasen und würfelten auf ihren ausgebreiteten Mänteln, mehrere Offiziere saßen vorn um ein Feldtischchen und tranken. Der eine von ihnen hatte ein Mädchen auf dem Schoße, das ihn mit dem einen Arme umschlungen hielt. Friedrich erschrak im Innersten, denn der Offizier war einer seiner Bekannten aus der Residenz, das Mädchen die verlorne Marie. Es war einer von jenen leichten, halbbärtigen Brüdern, die im Winter zu seinem Kreise gehört, und bei anbrechendem Frühling Ernst, Ehrlichkeit und ihre gemeinschaftlichen Bestrebungen mit den Bällen und andern Winterunterhaltungen vergaßen.

Ihn empörte dieses Elend ohne Treue und Gesinnung, wie er mit vornehmer Zufriedenheit seinen Schnauzbart strich und auf seinen Säbel schlug, gleichviel für was oder gegen wen er ihn zog. Der Lauf seines Gewehres war zufällig ge-

rade auf ihn gerichtet; er hätte es in diesem Augenblicke auf ihn losgedrückt, wenn ihn nicht die Furcht, alles zu verraten, davon abgehalten hätte.
Der Offizier stand auf, hob sein Glas in die Höh' und fing an Schillers Reiterlied zu singen, die andern stimmten mit vollen Kehlen ein. Noch niemals hatte Friedrich das fürchterliche Lied so widerlich und höllischgurgelnd geklungen. Ein anderer Offizier mit einem feuerroten Gesichte, in dem alle menschliche Bildung zerfetzt war, trat dazu, schlug mit dem Säbel auf den Tisch, daß die Gläser klirrten, und pfiff durchdringend den Dessauer Marsch drein. Ein allgemeines wildes Gelächter belohnte seine Zote. –
Unterdes hatten die beiden Reiter den Steg wieder verlassen. Friedrich und seine Gesellen rafften sich daher schnell vom Boden auf und eilten über den Bach von der andern Seite wieder ins Gebirge hinauf. Je höher sie kamen, je stiller wurde es ringsumher. Nach einer Stunde endlich wurden sie von den ersten Posten der Ihrigen angerufen. Hier erfuhren sie auch, daß fast alle die übrigen Abteilungen, die sich teils durchgeschlichen, teils mit vielem Mute durchgeschlagen hatten, bereits oben angekommen wären. Es war ein freudenreicher Anblick, als sie bald darauf den weiten, freien Platz auf der letzten Höhe glücklich erreicht hatten. Die ganze unübersehbare Schar saß dort, an ihre Waffen gestützt, auf den Zinnen ihrer ewigen Burg, die großen Augen gedankenvoll nach der Seite hingerichtet, wo die Sonne aufgehn sollte. Friedrich lagerte sich vorn auf einem Felsen, der in das Tal hinausragte. Unten rings um den Horizont war bereits ein heller Morgenstreifen sichtbar, kühle Winde kamen als Vorboten des Morgens angeflogen. Eine feierliche, erwartungsvolle Stille war über die Schar verbreitet, einzelne Wachen nur hörte man von Zeit zu Zeit weit über das Gebirge rufen. Ein Jäger vorn auf dem Felsen begann folgendes Lied, in das immer zuletzt alle die andern mit einfielen:

„In stiller Bucht, bei finstrer Nacht,
Schläft tief die Welt im Grunde,
Die Berge rings stehn auf der Wacht,
Der Himmel macht die Runde,
Geht um und um
Ums Land herum
Mit seinen goldnen Scharen,
Die Frommen zu bewahren.

Kommt nur heran mit eurer List,
Mit Leitern, Strick und Banden,
Der Herr doch noch viel stärker ist,
Macht euren Witz zuschanden.
Wie war't ihr klug! –
Nun schwindelt Trug
Hinab vom Felsenrande –
Wie seid ihr dumm! o Schande!

Gleichwie die Stämme in dem Wald
Woll'n wir zusammenhalten,
Ein' feste Burg, Trutz der Gewalt,
Verbleiben treu die Alten,
Steig, Sonne, schön!
Wirf von den Höh'n
Nacht und die mit ihr kamen,
Hinab in Gottes Namen!"

Friedrich ärgerte es recht, daß der Student immerfort so traurig dabei saß. Seine Komödiantin, wie er Friedrich hier endlich entdeckte, hatte ihn von neuem verlassen und diesmal auch alle seine Barschaft mitgenommen. Arm und bloß und zum Tode verliebt, war er nun dem aufrührerischen Gebirge zugeeilt, um im Kriege sein Ende zu finden. „Aber so seid nur nicht gar so talket!" sagte ein Jäger, der seine Erzählung mit angehört hatte. „Mein Schatz", sang ein anderer neben ihm:

„Mein Schatz, das ist ein kluges Kind,
Die spricht: ‚Willst du nicht fechten,
Wir zwei geschiedne Leute sind;
Erschlagen dich die Schlechten,
Auch keins von beiden dran gewinnt.‘
Mein Schatz, das ist ein kluges Kind,
Für die will ich leb'n und fechten!“

„Was ist das für eine Liebe, die so wehmütige, weichliche Tapferkeit erzeugt?“ sagte Friedrich zum Studenten, denn ihm kam seine Melancholie in dieser Zeit, auf diesen Bergen und unter diesen Leuten unbeschreiblich albern vor. „Glaubt mir, das Sterben ist viel zu ernsthaft für einen sentimentalischen Spaß. Wer den Tod fürchtet und wer ihn sucht, sind beide schlechte Soldaten, wer aber ein schlechter Soldat ist, der ist auch kein rechter Mann.“
Sie wurden hier unterbrochen, denn soeben fielen von mehreren Seiten Schüsse tiefer unten im Walde. Es war das verabredete Zeichen zum Aufbruch. Sie wollten den Feind nicht erwarten, sondern ihn von dieser Seite, wo er es nicht vermutete, selber angreifen. Alles sprang fröhlich auf und griff nach den herumliegenden Waffen. In kurzer Zeit hatten sie den Feind im Angesicht. Wie ein heller Strom brachen sie aus ihren Schlüften gegen den blinkenden Damm der feindlichen Glieder, die auf der halben Höhe des Berges steif gespreizt standen. Die ersten Reihen waren bald gebrochen, und das Gefecht zerschlug sich in so viele einzelne Zweikämpfe, als es ehrenfeste Herzen gab, die es auf Tod und Leben meinten. Es kommandierte, wem Besonnenheit oder Begeisterung die Übermacht gab. Friedrich war überall zu sehen, wo es am gefährlichsten herging, selber mit Blut überdeckt. Einzelne rangen da auf schwindligen Klippen, bis beide einander umklammernd in den Abgrund stürzten. Blutrot stieg die Sonne auf die Höhen, ein wilder Sturm wütete durch die alten Wälder, Felsenstücke stürzten zermalmend auf den Feind. Es schien das ganze Gebirge selbst wie ein Riese die

steinernen Glieder zu bewegen, um die fremden Menschlein abzuschütteln, die ihn dreist geweckt hatten und an ihm heraufklettern wollten. Mit grenzenloser Unordnung entfloh endlich der Feind nach allen Seiten weit in die Täler hinaus.

Nur auf einem einzigen Flecke wurde noch immer fortgefochten. Friedrich eilte hinzu und erkannte inmittelst jenen Offizier wieder, der in der Residenz zu seinen Genossen gehörte. Dieser hatte sich, von den Seinigen getrennt, schon einmal gefangen gegeben, als er zufällig um den Anführer seiner Sieger fragte. Mehrere nannten einstimmig Friedrich. Bei diesem Namen hatte er plötzlich einem seiner Führer den Säbel entrissen und versuchte wütend, noch einmal sich durchzuschlagen. Als er nun Friedrich selber erblickte, verdoppelte er seine fast schon erschöpften Kräfte von neuem und hieb in Wut blind um sich, bis er endlich von der Menge entwaffnet wurde. Stillschweigend folgte er nun, wohin sie ihn führten, und wollte durchaus kein Wort sprechen. Friedrich mochte ihn in diesem Augenblicke nicht anreden.

Das Verfolgen des flüchtigen Feindes dauerte bis gegen Abend. Da langte Friedrich mit den Seinigen ermüdet auf einem altfränkischen Schlosse an, das am Abhange des Gebirges stand. Hof und Schloß stand leer; alle Bewohner hatten es aus Furcht vor Freund und Feind feigherzig verlassen. Der Trupp lagerte sich sogleich auf dem geräumigen Hofe, dessen Pflaster schon hin und wieder mit Gras überwachsen war. Rings um das Schloß wurden Wachen ausgestellt.

Friedrich fand eine Tür offen und ging in das Schloß. Er schritt durch mehrere leere Gänge und Zimmer und kam zuletzt in eine Kapelle. Ein einfacher Altar war dort aufgerichtet, mehrere alte Heiligenbilder auf Holz hingen an den Wänden umher, auf dem Altare stand ein Kruzifix. Er kniete vor dem Altar nieder und dankte Gott aus Grund der Seele für den heutigen Tag. Darauf stand er neugestärkt auf und fühlte die vielen Wunden kaum, die er in dem Gefechte erhalten. Er erinnerte sich nicht, daß ihm jemals in seinem Leben so wohl gewesen. Es war das erste Mal, daß es ihm genügte, was er hier trieb und vorhatte. Er war völlig überzeugt, daß er das Rechte wolle, und sein ganzes voriges Leben, was er sonst einzeln versucht, gestrebt und geübt hatte, kam ihm nun nur wie eine lange Vorschule vor zu der sicheren, klaren und großen Gesinnung, die jetzt sein Tun und Denken regierte.

Er ging nun durch das Schloß, wo fast alle Türen geöffnet waren. In dem einen Gemache fand er ein altes Sofa. Er streckte sich darauf; aber er konnte nicht schlafen, so müde er auch war. Denn tausenderlei Gedanken zogen wechselnd durch seine Seele, während er dort von der einen Seite durch die offene Tür den Schloßhof übersah, wo die Schützen um ein Feuer lagen, das die alten Gemäuer seltsam beleuchtete, von der andern Seite durchs Fenster die Wolkenzüge über den stillen, schwarzen Wäldern. Er gedachte seines vergangenen ruhigen Lebens, wie er noch mit seiner Poesie zufrieden und glücklich war, an seinen Leontin, an Rosa, an den stillen Garten beim Herrn v. A., wie das alles so weit von hier hinter den Bergen jetzt in ruhigem Schlafe ruhte.

Das Feuer aus dem Hofe warf indes einen hellen Widerschein über die eine Wand der Stube. Da wurde er auf ein großes, altes Bild aufmerksam, das dort hing. Es stellte die heilige Mutter Anna vor, wie sie die kleine Maria lesen lehrte. Sie hatte ein großes Buch vor sich auf dem Schoße. An ihren Knien stand die kleine Maria mit vor der Brust gefalteten Händchen, die Augen fleißig auf das Buch niedergeschlagen. Eine wunderbare Unschuld und Frömmigkeit, wie die demütige Ahnung einer künftigen, unbeschreiblichen Schönheit und Herrlichkeit, ruhte auf dem Gesichte des Kindes. Es war, als müßte sie jeden Augenblick die schönen, klaren Kindesaugen aufschlagen, um der Welt Trost und himmlischen Frieden zu geben. Friedrich war erstaunt, denn je länger er das stille Köpfchen ansah, je deutlicher schienen alle Züge desselben in ein ihm wohlbekanntes Gesicht zu verschwimmen. Doch verlor sich diese Erinnerung in seine früheste Kindheit, und er konnte sich durchaus nicht genau besinnen. Er sprang auf und untersuchte das Bild von allen Seiten, aber nirgends war irgend ein Name oder besonderes Zeichen zu sehen.

Verwundert ging er in den Hof hinaus und fragte nach den Bewohnern des Schlosses. Nur einige wußten Bescheid und sagten aus, das Schloß werde gewöhnlich bloß von einem Vogte bewohnt und gehöre eigentlich einer Edelfrau im Auslande, die alle Jahre immer nur auf wenige Tage herkomme. Sonst konnte er nichts erfahren. Ihm fiel dabei unwillkürlich die weiße Frau ein, die er schon fast wieder vergessen hatte. –

Sein Schlaf war vorbei – er begab sich daher auf die alte steinerne Galerie, die auf der Waldseite über eine tiefe Schluft hinausging, um dort den Morgen abzuwarten. Dort fand er auch den gefangenen Offizier, der in einem dunklen Winkel zusammengekrümmt lag. Er setzte sich zu ihm auf das halb abgebrochene Geländer.

„Das Unglück macht vieles wieder gut", sagte er und reichte ihm die Hand. – Der Offizier wickelte sich fester in seinen Mantel und antwortete nicht. – „Hast du denn alles vergessen", fuhr Friedrich fort, „was wir in der guten Zeit vorbereitet? Mir war es Ernst mit dem, was ich vorhatte. Ich war ein ehrlicher Narr, und ich will es lieber sein, als klug ohne Ehre." – Der Offizier fuhr auf, schlug seinen Mantel auseinander und rief: „Schlag mich tot wie einen Hund!" – „Laß diese weibische Wut, wenn du nichts Besseres kannst", sagte Friedrich ruhig. „Du siehst so wüst und dunkel aus, ich kenne dein Gesicht nicht mehr wieder. Ich liebte dich sonst, so bist du mir gar nichts wert." – Bei diesen Worten sprang der Offizier, der Friedrichs ruhige Züge nicht länger ertragen konnte, auf, packte ihn bei der Brust und wollte ihn über die Galerie in den Abgrund stürzen. Sie rangen einige Zeit miteinander; Friedrich war vom vielen Blutverluste ermattet und taumelte nach dem schwindligen Rande zu. Da fiel ein Schuß aus einem Fenster des Schlosses; ein Schütze hatte alles mit angesehen. – „Jesus Maria!“ rief der Offizier getroffen, und stürzte über das Geländer in den Abgrund hinunter. – Da wurde es auf einmal still, nur der Wald rauschte finster von unten herauf. Friedrich wandte sich schaudernd von dem unheimlichen Orte.

Die Schützen hatten unterdes ausgerastet, das Morgenrot begann bereits sich zu erheben. Neue Nachrichten, die soeben eingelaufen waren, bestimmten den Trupp, sogleich von seinem Schlosse aufzubrechen, um sich mit den andern tiefer im Lande zu vereinigen.

Eine seltsame Erscheinung zog jedoch bald darauf aller Augen auf sich. Als sie nämlich auf der einen Seite des Schlosses herauskamen, sahen sie jenseits zwischen den Bäumen auf einer hohen Klippe eine weibliche Gestalt stehen, welche zwei von den Ihrigen, die ihr nachstiegen, mit dem Degen abwehrte. Friedrich wurde hinzugerufen. Er erfuhr, das Mädchen sei gegen Morgen allein mit verwirrtem Haar und einem Degen in der Hand an dem Schlosse herumgeirrt, als suchte sie etwas. Als sie dann auf den erschossenen Offizier gestoßen, habe sie ihn schnell in die Arme genommen, und den Leichnam mit einer bewunderungswürdigen Kraft und Geduld in das Gebirge hinaufgeschleppt. Zwei Schützen, denen ihr Herumschleichen verdächtig wurde, waren ihr bis zu diesem Felsen gefolgt, den sie nun wie ihre Burg verteidigte.

Als Friedrich näher kam, erkannte er in dem wunderbaren Mädchen sogleich Marie, sie kam ihm heute viel größer und schöner vor. Ihre langen, schwarzen Locken waren auseinandergerollt, sie hieb nach allen Seiten um sich, so daß keiner, ohne sich zu verletzen, die steile Klippe ersteigen konnte. Als dieselbe Friedrich unter den fremden Männern erblickte, ließ sie plötzlich den Degen fallen, sank auf die Knie und verbarg ihr Gesicht an der kalten Brust ihres Geliebten. Die bärtigen Männer blieben erstaunt stehn. „Ist in dir eine solche Gewalt wahrhafter

Liebe", sagte Friedrich gerührt zu ihr, „so wende sie zu Gott, und du wirst noch große Gnade erfahren!"

Die Umstände nötigten indes immer dringender zum Aufbruch. Friedrich ließ daher einen des Weges kundigen Jäger bei Marie zurück, der sie in Sicherheit bringen sollte. Das Mädchen richtete sich halb auf und sah still dem Grafen nach; sie aber zogen singend über die Berge weiter, über denen soeben die Sonne aufging.

Neunzehntes Kapitel

Der Krieg wütete noch lange fort. Friedrich hatte im Laufe desselben den Ruhm seines alten Namens durch alte Tugend wieder aufgefrischt. Der Fürst, dem er angehörte, war unter den Feinden. Friedrichs Güter wurden daher eingezogen. Das Kriegsglück wandte sich, die Seinigen wurden immer geringer und schwächer, alles ging schlecht; er blieb allein desto hartnäckiger gut und wich nicht. Endlich wurde der Friede geschlossen. Da nahm er, zurückgedrängt auf die höchsten Zinnen des Gebirges, Abschied von seinen Hochländern und eilte güterlos und geächtet hinab. Über das platte Land verbreitete sich der Friede weit und breit in schallender Freude; er allein zog einsam hindurch, und seine Gedanken kann niemand beschreiben, als er die letzten Gipfel des Gebirges hinter sich versinken sah. Er gedachte wenig seiner eigenen Gefahr, da rings in dem Lande die feindlichen Truppen noch zerstreut lagen, von denen er wohl wußte, daß sie seiner habhaft zu werden trachteten. Er achtete sein Leben nicht, es schien ihm nun zu nichts mehr nütze. –

So langte er an einem unfreundlichen, stürmischen Abend in einem abgelegenen Dorfe an. Die Gärten waren alle verwüstet, die Häuser niedergebrannt, die wenigen übriggebliebenen schienen von den Bewohnern verlassen; es war ein trauriges Denkmal des kaum geendigten Krieges, der an diesen Gegenden besonders seine Wut recht ausgelassen hatte. An dem andern Ende des Dorfes fand Friedrich endlich einen Mann, der auf einem schwarzgebrannten Balken seines umgerissenen Hauses saß und an einem Stück trockener Brotrinde nagte. Friedrich fragte um Unterkommen für sich und sein Pferd. Der Mann lachte ihm widerlich ins Gesicht und zeigte auf das abgebrannte Dorf.

Ermüdet band Friedrich sein Pferd an und setzte sich zu dem Manne hin. Er befragte ihn, wie so großes Unglück insonderheit dieses Dorf getroffen? – Der Mann sagte gleichgültig und wortkarg: „Wir haben uns den Feinden widersetzt, worauf unser Dorf abgebrannt und mancher von uns erschossen wurde. Was kümmert mich aber das, und das Land und die ganze Welt“, fuhr er nach einer Weile fort, „mir tut's nur leid um mich, denn zu fressen muß man doch haben!“ – Friedrich sah ihn von der Seite an, wie er so an seinem Brote kaute, sein Gesicht war hager und bleichgelb, und sah nach nichts Gutem aus.

Eine lustige Tanzmusik schallte inzwischen immerfort durch die Nacht zu ihnen herüber. Sie kam aus einem altertümlichen Schlosse, das dem Dorfe gegenüber auf einer Anhöhe stand. Die Fenster waren alle hell erleuchtet. Inwendig sah man eine Menge Leute sich drehen und wirren; manches Paar lehnte sich in die offenen Fenster und sah in die regnerische Gegend hinaus.

„Wem gehört das Schloß da droben, wo es so lustig hergeht?“ fragte Friedrich. „Der Gräfin Romana“, war die Antwort. Unwillkürlich schauderte er bei dieser unerwarteten Antwort zusammen. Erstaunt drang er nun mit Fragen in den Mann und hörte mit den seltsamsten Empfindungen zu, da dieser erzählte: „Als die letzte Schlacht verloren war und alles recht drunter und drüber ging, heisa! da wurde unsere Gräfin so lustig! – Ihr Vermögen war verloren, ihre Güter und Schlösser verwüstet, und als unser Dorf in Flammen aufging, sahen wir sie mit einem feindlichen Offiziere an dem Brande vorbeireiten, der hatte sie vorn vor sich auf seinem Pferde, und so ging es fort in alle

Welt. Seit einigen Tagen hatte der Feind dort unten auf den Feldern sein Lager aufgeschlagen; da war ein Trommeln, Jubeln, Musizieren, Saufen und Lachen, Tag und Nacht, und unsere Gräfin mitten unter ihnen, wie eine Marketenderin. Gestern ist das Lager aufgebrochen und die Gräfin gibt den Offizieren, die heute auch noch nachziehen, droben den Abschiedsschmaus." – Friedrich war über dieser Erzählung in Nachdenken versunken. – „Ich sehe den Offizier noch immer vor mir", fuhr der Mann bald darauf wieder fort, „der den Befehl gab, unsere Häuser anzustecken. Ich lag eben hinter einem Zaune, ganz zusammengehauen. Er saß seitwärts nicht weit von mir auf seinem Pferde, der Widerschein von den Flammen fiel ihm durch die dunkle Nacht gerade auf sein wohlgenährtes, glattes Gesicht. Ich würde das Gesicht in hundert Jahren noch wiedererkennen."

Die Lichter auf dem Schlosse, während sie so sprachen, fingen indes an zu verlöschen, die Musik hörte auf, und es wurde nach und nach immer stiller. Der Mann wurde seltsam unruhig. „Jetzt werden die Offiziere auch fortziehn, wollen wir ihnen nicht sicheres Geleit geben?" – sagte er abscheulich lachend, und stand auf. Friedrich bemerkte dabei, daß er etwas Blitzendes, wie ein Gewehr, unter seinem Kittel verborgen hatte. Ehe er sich aber besann, war der Mann schon hinter den Häusern in der Finsternis verschwunden. Friedrich trauete ihm nicht recht, er zweifelte nicht, daß er etwas Gräßliches vorhabe. Er eilte ihm daher nach, um ihn auf alle Fälle zu verhindern. Tief im Walde sah er ihn noch einmal von weitem, wie er eben eilig um eine Felsenecke herumbog; darauf verschwand er ihm für immer, und er hatte sich vergebens ziemlich weit vom Dorfe in dem Gebirge verstiegen.

Als er eben auf einer Höhe ankam, um sich von dort wieder zurechtzufinden, stand sehr unerwartet die Gräfin Romana plötzlich vor ihm. Sie hatte eine kurze Flinte auf dem Rücken und dieselbe feenhafte Jägerkleidung, in welcher er sie zum letzten Male auf der Gemsenjagd gesehen hatte. Versteinert wie eine Bildsäule blieb sie stehen, als sie Friedrich so unverhofft erblickte. Dann sah sie ringsherum und sagte: „Ich habe mich hier oben verirrt, ich weiß den Weg nicht mehr nach Hause, – führe mich, wohin du willst, es ist einerlei!" – Friedrich fiel das ungewohnte Du auf, auch bemerkte er in ihrem Gesichte jene leidenschaftliche Blässe, die ihn sonst schon oft an ihr gestört hatte. Die Nacht überdeckte schon unten die stillen Wälder, der Mond ging von der andern Seite über den Bergen auf. Er führte sie an Klippen und schwindligen Abhängen vorüber den hohen, langen Berg hinab, sie sprachen kein Wort miteinander.

So kamen sie endlich nach einem mühsamen Wege zu dem Schlosse der Gräfin zurück. Es war eine alte Burg, mitten in der Wildnis, halb verfallen, kein Mensch war drin zu sehen. „Das ist mein Stammschloß", sagte Romana, „und ich bin die letzte des alten, berühmten Geschlechts."

Sie führte ihn durch die hohen, gewölbten Gemächer. In dem einen Zimmer lag alles vom Feste noch unordentlich umher, zerbrochene Weinflaschen und umgeworfene Stühle; durch das zerschlagene Fenster pfiff der Wind herein und flackerte mit dem einzigen Lichte, das, fast schon bis an den Leuchter herabgebrannt, in der Mitte auf einem Tische stand und spielende Scheine auf eine Reihe altväterischer Ahnenbilder warf, die rings an den Wänden umherhingen.

„Sie sind alle schon morsch, die guten Gesellen", sagte Romana in einem Anfalle von gespannter, unmenschlicher Lustigkeit, als sie die Verwüstung betrat, die noch vor so kurzer Zeit vom Getümmel und freudenreichen Schalle belebt war, nahm ihre Stutzflinte vom Rücken und stieß ein Bild nach dem andern von der Wand, daß sie zertrümmert auf die Erde fielen. Dazwischen kehrte sie sich auf einmal zu Friedrich und sagte: „Als ich mich vorhin im Gebirge umwandte, um wieder zum Schlosse zurückzukehren, sah ich plötzlich auf einer Klippe mir gegenüber einen langen, wilden Mann stehen, den ich sonst in meinem Leben nicht gesehen, der hatte in der einsamen Stille seine Flinte unbeweglich mit der Mündung grade auf mich angelegt. Ich sprang fort, denn mir kam es vor, als stehe der Mann seit tausend Jahren immer und ewig so dort oben." – Friedrich bemerkte bei diesen verwirrten Worten, die ihn an den Halbverrückten erinnerten, dem er vorhin gefolgt, daß der Hahn an ihrer Flinte, die sie unbekümmert in der Hand hielt und häufig gegen sich kehrte, noch gespannt sei. Er verwies es ihr. Sie sah in die Mündung hinein und lachte wild auf. „Schweigen Sie still", sagte Friedrich ernst und streng, und faßte sie unsanft an. –

Er trat an das eine Fenster, setzte sich in den Fensterbogen und sah in die vom Monde beschienenen Gründe hinab. Romana setzte sich zu ihm. Sie sah noch immer blaß, aber auch in der Verwüstung noch schön aus, ihr Busen war unanständig fast ganz entblößt; sie hielt seine Hand, er bemerkte, daß die ihrige bisweilen zuckte.

„Heftiges, unbändiges Weib", sagte Friedrich, der sich nicht länger mehr hielt, sehr ernsthaft; „gehn Sie beten! Beschauen Sie recht den Wunderbau der hundertjährigen Stämme da unten, die alten Felsenriesen und den ewigen Himmel darüber, wie da die Elemente, sonst wechselseitig vernichtende Feinde gegeneinander, selber ihre rauhen, verwitterten Riesennacken und angeborne Wildheit vor ihrem Herrn beugend, Freundschaft schließen und in weiser Ordnung und Frömmigkeit die Welt tragen und erhalten. Und so soll auch der Mensch die wilden Elemente, die in seiner eigenen dunklen Brust nach der alten Willkür lauern und an ihren Ketten reißen und beißen, mit göttlichem Sinne besprechen und zu einem schönen, lichten Leben die Ehre, Tugend und Gottseligkeit in Eintracht verbinden und formieren. Denn es gibt etwas Festeres und Größeres, als der kleine Mensch in seinem Hochmute, das der Scharfsinn nicht begreift und die Begeisterung nicht erfindet und macht, die, einmal abtrünnig, in frecher, mutwilliger, verwilderter Willkür wie das Feuer alles

ringsum zerstört und verzehrt, bis sie über dem Schutte in sich selber ausbrennt – Sie glauben nicht an Gott!" –
Friedrich sprach noch viel. Romana saß still und schien ganz ruhig geworden zu sein, nur manchmal, wenn die Wälder heraufrauschten, schauerte sie, als ob sie der Frost schüttelte. Sie sah Friedrich mit ihren großen Augen unverwandt an, denn sie wußte alles, was er in der letzten Zeit getan und aufgeopfert, und es war im tiefsten Grunde nur ihre unbezwingliche Leidenschaft zu ihm im zerknirschenden Gefühl, ihn nie erreichen zu können, was das heftige Weib nach und nach bis zu diesem schwindligen Abgrund verwildert hatte. Es war, als ginge bei seinem neuen Anblick die Erinnerung an ihre eigene ursprüngliche zerstörte Größe noch einmal schneidend durch ihre Seele. Sie stand auf und ging, ohne ein Wort zu sagen, nach der einen Seite fort.

Friedrich blieb noch lange dort sitzen, denn sein Herz war noch nie so bekümmert und gepreßt, als diese Nacht. Da fiel plötzlich ganz nahe im Schlosse ein Schuß. Er sprang, wie vom Blitze gerührt, auf, eine entsetzliche Ahnung flog durch seine Brust. Er eilte durch mehrere Gemächer, die leer und offen standen, das letzte war fest verschlossen. Er riß die Tür mit Gewalt ein: welch ein erschrecklicher Anblick versteinerte da alle seine Sinne! Über den Trümmern ihrer Ahnenbilder lag dort Romana in ihrem Blute hingestreckt, das Gewehr, wie ihren letzten Freund, noch fest in der Hand.

Ihn überfiel im ersten Augenblicke ein seltsamer Zorn, er faßte sie in beide Arme, als müßte er sie mit Gewalt noch dem Teufel entreißen. Aber das wilde Spiel war für immer verspielt, sie hatte sich gerade ins Herz geschossen. Der müde Leib ruhte schön und fromm, da ihn die heidnische Seele nicht mehr regierte. Er kniete neben ihr hin und betete für sie aus Herzensgrunde.

Da sah er auf einmal helle Flammen zu den Fenstern hereinschlagen, durch die offene Tür erblickte er auch schon die andern Gemächer in vollem Brande. Kein Mensch war

da, die Nacht auch gewitterstill, sie mußte das Schloß in ihrer Raserei selber angesteckt haben, vielleicht um Friedrich zugleich mit sich zu verderben. Er nahm den Leichnam und trug ihn durch das brennende Tor ins Freie hinaus. Dort legte er sie unter eine Eiche und bedeckte sie mit Zweigen, damit sie die Raben nicht fräßen, bis er im nächsten Dorfe die nötigen Vorkehrungen zu ihrem Begräbnisse getroffen. Dann eilte er den Berg hinab und schwang sich auf sein Pferd.
Hinter ihm stieg die Flamme auf die höchste Zinne der Burg und warf gräßliche Scheine weit zwischen den Bäumen. Das Schloß sank wie ein dunkler Riese in dem feurigen Ofen zusammen, über der alten, guten Zeit hielt das Flammenspiel im Winde seinen wilden Tanz; es war, als ginge der Geist ihrer Herrin noch einmal durch die Lohen. –

Zwanzigstes Kapitel

Es war Friedrich seltsam zumute, als er den andern Tag am Saume des Waldes herauskam und den wirtlichen, zierlich bepflanzten Berg mit seinen bunten Lusthäusern und dunklen Lauben dort auf einmal vor sich sah, auf dem er bei Antritt seiner Reise die ersten einsamen, fröhlichen Stunden nach der Trennung von seinen Universitätsfreunden zugebracht hatte. Überrascht blieb er eine Weile vor der weiten, von der Sonne hellbeschienenen Gegend stehen, die ihm wie ein Traum, wie eine liebliche Zauberei vorkam; denn eine Gegend aus unserm ersten, frischen Jugendglanze bleibt uns wie das Bild der ersten Geliebten ewig erinnerlich und reizend. Dann lenkte er langsam den lustigen Berg hinan.
Dort oben war alles noch wie damals, die Tische und Bänke im Grünen standen noch immer an derselben Stelle, mehrere Gesellschaften waren wieder bunt und fröhlich

über den grünen Platz zerstreut und schmausten und lachten, aller kaum vergangenen Not vergessend. Auch der alte Harfenist lebte noch und sang draußen seine vorigen Lieder. Friedrich suchte das luftige Sommerhaus auf, wo er damals gespeist und den eben verlassenen Gesellen frisch zugetrunken hatte. Dort fand er den Namen Rosa wieder, den er an jenem schwülen Nachmittage mit seinem Ringe in die Fensterscheibe gezeichnet. – Er hielt beide Hände vor die Augen, so tief überfiel ihn die Gewalt dieser Erinnerung. Die treuen Züge blitzten noch frisch in der Sonne, aber die Züge jenes wunderschönen Bildes, das er damals in der Seele hatte, waren unterdes im Leben verworren und verloren für immer. –

Er lehnte sich zum Fenster hinaus und übersah die schöne, noch gar wohlbekannte Gegend, und sein ganzer damaliger Zustand wurde ihm dabei so deutlich, wie wenn man ein lang vergessenes, frühes Gedicht nach vielen Jahren wieder liest, wo alles vergangen ist, was einem zu dem Liede verführt. Wie anders war seitdem alles in ihm geworden! Damals segelten seine Gedanken und Wünsche mit den Wolken ins Blaue über das Gebirge fort, hinter dem ihm das Leben mit seinen Reisewundern wie ein schönes, überschwenglich reiches Geheimnis lag. Jetzt stand er an demselben Orte, wo er begonnen, wie nach einem mühsam beschriebenen Zirkel, frühzeitig an dem andern, ernstern und stillern Ende seiner Reise und hatte keine Sehnsucht mehr nach dem Plunder hinter den Bergen und weiter. Die Poesie, seine damalige, süße Reisegefährtin, genügte ihm nicht mehr, alle seine ernstesten, herzlichsten Pläne waren an dem Neide seiner Zeit gescheitert, seine Mädchenliebe mußte, ohne daß er es selbst bemerkte, einer höheren Liebe weichen, und jenes große, reiche Geheimnis des Lebens hatte sich ihm endlich in Gott gelöst.

Während er dies alles so überdachte, fiel ihm ein, wie Leontins Schloß ganz in der Nähe von hier sei. Er fühlte ein recht herzliches Verlangen, diesen seinen Bruder und

jene Waldberge wiederzusehen. Der Gedanke bewegte ihn so, daß er sogleich sein Pferd bestieg und von dem Berge hinab die schattige Landstraße wieder einschlug.
Die Sonne stand noch hoch, er hoffte den Wald noch vor Anbruch der Nacht zurückzulegen. Nach einiger Zeit erlangte er einen hohen Bergrücken. Die Lage der Wälder, der Kreis von niederen Bergen ringsumher, alles kam ihm so bekannt vor. Er ritt langsam und sinnend fort, bis er sich endlich erinnerte, daß es dieselbe Heide sei, über welche er in jener Nacht, da er sich verirrt und das seltsame Abenteuer in der Mühle bestanden, sein Pferd am Zügel geführt hatte. Der Schlag der Eisenhämmer kam nur schwach und verworren durch das Singen der Vögel und den schallenden Tag aus der fernen Tiefe herauf. Es war ihm, als rückte sein ganzes Leben Bild vor Bild so wieder rückwärts, wie ein Schiff nach langer Fahrt, die wohlbekannten Ufer wieder begrüßend, endlich dem alten, heimatlichen Hafen bereichert zufährt.
Ein Gebirgsbach fand sich dort in der Einsamkeit mit seiner plauderhaften Emsigkeit neben ihm ein. Er wußte, daß es der nämliche sei, der die schöne Wiese von Leontins Schlosse durchschnitt, und folgte ihm daher auf einem Fußsteige die Höhen hinab. Da erblickte er nach einem langen Wege unerwartet auch die berüchtigte Waldmühle im Grunde wieder. Wie anders, gespensterhaft und voll wunderbarer Schrecken hatte ihm damals die phantastische Nacht diese Gegend ausgebildet, die heute recht behaglich im Sonnenscheine vor ihm lag. Der Bach rauschte melancholisch an der alten Mühle vorüber, die halbverfallen dastand und schon lange verlassen zu sein schien; das Rad war zerbrochen und stand still.
Auf der einen Seite der Mühle war ein schöner, lichtgrüner Grund, über welchem frische Eichen ihre kühlen Hallen woben. Dort sah Friedrich ein Mädchen in einem reinlichen, weißen Kleide am Boden sitzen, halb mit dem Rücken nach ihm gekehrt. Er hörte das Mädchen singen und konnte deutlich folgende Worte verstehen:

„In einem kühlen Grunde
Da geht ein Mühlenrad,
Mein' Liebste ist verschwunden,
Die dort gewohnet hat.

Sie hat mir Treu' versprochen,
Gab mir ein'n Ring dabei,
Sie hat die Treu' gebrochen,
Mein Ringlein sprang entzwei.

Ich möcht' als Spielmann reisen
Weit in die Welt hinaus,
Und singen meine Weisen
Und gehn von Haus zu Haus.

Ich möcht' als Reiter fliegen,
Wohl in die blut'ge Schlacht,
Um stille Feuer liegen
Im Feld bei dunkler Nacht.

Hör' ich das Mühlrad gehen,
Ich weiß nicht, was ich will –
Ich möcht' am liebsten sterben,
Da wär's auf einmal still."

Diese Worte, so aus tiefster Seele herausgesungen, kamen Friedrich in dem Munde eines Mädchens sehr seltsam vor. Wie erstaunt, ja wunderbar erschüttert aber war er, als sich das Mädchen während des Gesanges, ohne ihn zu bemerken, einmal flüchtig umwandte, und er bei dem Sonnenstreif, der durch die Zweige gerade auf ihr Gesicht fiel, nicht nur eine auffallende Ähnlichkeit mit dem Mädchen, das ihm damals in der Mühle hinaufgeleuchtet, bemerkte, sondern in dieser Kleidung und Umgebung vielmehr jenes wunderschöne Kind aus längstverklungener Zeit wiederzusehen glaubte, mit der er als kleiner Knabe so oft zu Hause im Garten gespielt, und die er seitdem nie wiedergesehen hatte. Jetzt fiel es ihm plötzlich wie Schuppen von den Augen, daß dies dieselben Züge seien, die ihm in dem verlassenen Gebirgsschlosse auf dem Bilde der heiligen Anna in dem Gesichte des Kindes Maria so sehr aufgefallen waren. –

Verwirrt durch so viele sich durchkreuzende, uralte Erinnerungen, ritt er auf das Mädchen zu, da sie eben ihr Lied geendigt hatte. Sie aber, von dem Geräusche aufgeschreckt, sprang, ohne sich weiter umzusehen, fort, und war bald in dem Walde verschwunden.

Da sah er auf der Anhöhe, wohin sich das Mädchen geflüchtet, eine andere weibliche Gestalt zwischen den Bäumen erscheinen, groß, schön und herrlich. – Es war Friedrich, als begrüße ihn sein ganzes vergangenes Leben hier wie in einem Traume noch einmal in tausend schönwirrenden Verwandlungen; denn je näher er dem Berge kam, je deutlicher glaubte er in jener Gestalt Julie wiederzuerkennen. Er stieg vom Pferde und eilte die Anhöhe hinauf, wo unterdes die liebliche Erscheinung sich wieder verloren hatte.

Oben fand er sie ruhig auf dem Boden sitzend, es war wirklich Julie. „Stille, stille!" sagte sie, als er näher trat, nicht weniger überrascht als er, und wies auf Leontin, der neben ihr, an einem Baume angelehnt, eingeschlummert lag. Er war auffallend blaß, sein linker Arm ruhte in einer Binde. Friedrich betrachtete verwundert bald Leontin, bald Julie. Julie schien dabei das Unschickliche ihrer einsamen Lage mit Leontin einzufallen, und sie sah errötend in den Schoß.

Leontin war indes erwacht und machte die Augen groß auf, da er neben der Geliebten auch noch den Freund vor sich sah. „Da mag schlafen, wer Lust hat, wenn es wieder so lustig auf der Welt aussieht", sagte er, und sprang rasch auf. Friedrich erstaunte, wie männlicher seitdem sein ganzes Wesen geworden. „Aber sage, wie hat dich der Himmel wieder hierher gebracht?" fuhr er fort, „ich dachte, die Zeit würde uns beide mitverschlingen; aber ich glaube, sie fürchtet sich, uns nicht verdauen zu können." – Friedrich kam nun vor lauter Fragen nicht selber zum Fragen, so sehr es ihm auch am Herzen lag; er mußte sich bequemen, die Geschichte seines Lebens seit ihrer Trennung zu erzählen. Als er auf den Tod der Gräfin Romana kam, wurde Leontin nachdenkend. Julie, die auch sonst schon viel von ihr gehört, konnte sich in diese ihre seltsame Verwilderung durchaus nicht finden und verdammte ihr schimpfliches Ende ohne Erbarmen, ja, mit einer ihr sonst ungewöhnlichen Art von Haß. – Nach vielem Hin- und Herreden, das jedes Wiedersehen mit sich zu bringen pflegt, bat endlich auch Friedrich die beiden, seinen Bericht mit einer ausführlichen Erzählung ihrer seitherigen Begebenheiten zu erwidern, da er aus ihren kurzen, unzusammenhängenden Antworten noch immer nicht klug werden konnte. Vor allem erkundigte er sich um das Mädchen, das, wie er meinte, zu ihnen geflüchtet sein müsse. Julie sah dabei Leontin unentschlossen an. – „Lassen wir das jetzt!" sagte dieser, „die Gegend und meine Seele ist so klar und heiter, wie nach einem Gewitter, es ist mir gerade alles recht lebhaft erinnerlich, ich will dir erzählen, wie wir hier zusammengekommen."

Er nahm hierbei eine Flasche Wein aus einem Körbchen, das neben Julie stand, und setzte sich damit an den Abhang mit der Aussicht in die grüne Waldschluft bei der Mühle; Friedrich und Julie setzten sich zu beiden Seiten neben ihn. Sie wollte ihm durchaus die Flasche wieder entreißen, da sie wohl wußte, daß er mehr trinken werde, als seinen Wunden noch zuträglich war. Aber er hielt sie fest in beiden Händen. „Wo es", sagte er, „wieder so gut, frisch Leben gibt, wer fragt da, wie lange es dauert!" Und Julie mußte sich am Ende selber bequemen, mitzutrinken. Sie hatte sich mit beiden Armen auf seine Knie gestützt, um die Geschichte, die sie beinahe schon auswendig wußte, noch einmal recht aufmerksam anzuhören. Friedrich, der sie nun ruhig betrachten konnte, bemerkte dabei, wie sich ihre ganze Gestalt seitdem entwickelt hatte. Alle ihre

Züge waren entschieden und geistreich. So begann nun Leontin folgendermaßen:

„Als ich auf jener Alp während der Gemsenjagd von dir Abschied nahm, wurde mir sehr bange, denn ich wußte wahrhaftig nicht, was ich in der Welt eigentlich wollte und anfangen sollte. Was recht Tüchtiges war eben nicht zu tun und meine Tätigkeit, gleichviel, ob am Guten oder am Schlechten, bloß um der Tätigkeit willen abzuarbeiten, wie man etwa spazieren geht, um sich Motion zu machen, war von jeher meine größte Widerwärtigkeit. Wäre ich recht arm gewesen, ich hätte aus lauter Langeweile arbeiten können, um mir Geld zu erwerben, und hinterdrein die Leute überredet, es geschehe alles um des Staates willen, wie die andern tun. Unter solchen moralischen Betrachtungen ritt ich über das Gebirge fort, und es tat mir recht ohne allen Hochmut leid, wie da alle die Städte und Dörfer gleich Ameisenhaufen und Maulwurfshügeln so tief unter mir lagen; denn ich habe nie mehr Menschenliebe, als wenn ich weit von den Menschen bin. Da wurde es nach und nach schwül und immer schwüler unten über dem Deutschen Reiche, die Donau sah ich wie eine silberne Schlange durch das unendliche, blauschwüle Land gehn, zwei Gewitter, dunkel, schwer und langsam standen am äußersten Horizonte gegeneinander auf; sie blitzten und donnerten noch nicht, es war eine schreckliche Stille. – Ich erinnere mich, wie frei mir zumute wurde, als ich endlich die ersten Soldaten unten über die Hügel kommen und hin und wieder reiten, wirren und blitzen sah.

Ich zog in den Krieg hinunter. Was da geschah, ist dir bekannt. Nach der großen Schlacht, die wir verloren, war das Korps, zu dem ich gehörte, erschlagen und zersprengt, ich selber von den Meinigen getrennt. Ich suchte durch verschiedene Umwege mich wieder zu vereinigen, aber je länger ich ritt, je tiefer verirrte ich mich in dem verteufelten Walde. Es regnete und stürmte in einem fort, aber ich mochte nirgends einkehren, denn ich war inner-

lichst so zornig, daß ich mich in dem Wetter noch am leidlichsten befand.
Am Abend des andern Tages fingen endlich die Wolken an sich zu zerteilen, die Sonne brach wieder hindurch und schien warm und dampfend auf den Erdboden, da kam ich auf einer Höhe plötzlich aus dem Walde und stand – vor Julies Gegend. Ich kann es nicht beschreiben, mit welcher Empfindung ich aus der kriegerischen Wildnis meines empörten Gemüts so auf einmal in die friedens- und segensreiche Gegend voll alter Erinnerungen und Anklänge hinaussah, die, wie du wissen wirst, zwischen ihren einsamen Bergen und Wäldern mitten im Kriege in tiefster Stille lag.
Überrascht blieb ich oben stehen. Dort sah ich den blauen Strom unten wieder gehn und Segel fahren, das freundliche Schloß am Hügel und den wohlbekannten Garten ringsumher, alles in alter Ruhe, wie damals. Den Herrn v. A. sah ich auf dem mittelsten Gange des Gartens hinab ruhig spazieren gehen. Auf den weiten Plänen jenseits des Stromes, über welche die eben untergehende Sonne schräg ihre letzten Strahlen warf, kam ein Reiter auf das Schloß zugezogen, ich konnte ihn nicht erkennen. Julie erblickte ich nirgends.
Es ließ mir da oben nicht länger Ruh; ich eilte den Berg hinunter, ich wollte Julie, ihren Vater, den Viktor wiedersehen, die ganze Vergangenheit noch einmal in einem schnellen Zuge durchleben und genießen. Tiefer unten am Abhange erblickte ich den Reiter plötzlich wieder. Es war eine junge, hagere, verlebte Figur, durchaus modern, einer von den gang und gäben alten Jungen mit der Brille auf der Nase. Mich überlief ein Ärger, daß dieses modische, mir nur zu sehr bekannte Gezücht auch schon bis in diese glücklichverborgenen Täler gedrungen war. Er aber sah mich flüchtig vornehm an, lenkte auf einen bequemeren, aber weiteren Umwege nach dem Schlosse und verschwand bald wieder.
Ein Bauer aus dem Dorfe des Herrn v. A., der auch von der Arbeit nach Hause ging, hatte sich indes neben mir

eingefunden. Ich erinnerte mich seines Gesichts sogleich wieder, er aber kannte mich nicht mehr. Von diesem erfuhr ich nach einem schnell angeknüpften Gespräche, daß die Tante schon seit längerer Zeit tot sei. – Ich fragte ihn darauf, wer der fremde Herr sei, der eben vorbeigeritten. Er antwortete mir mit heimlicher Miene: ,Fräulein Juliens Bräutigam.'" –

Hier schüttelte Julie lächelnd den Kopf und wollte Leontins Erzählung unterbrechen. Leontin fuhr aber sogleich wieder fort:

„Es war inzwischen völlig Nacht geworden, als ich das Dorf erreichte. Ich mochte nach jener Nachricht nun niemanden aus dem Hause sprechen, noch sehen – nur einen flüchtigen Streifzug durch den alten, schuldlosen Garten wollt' ich machen, und sogleich wieder fort.

Ich band mein Pferd an einem Baume an und stieg übern Zaun in den Garten. Dort war jeder Gang, jede Bank, ja jedes Blumenbeet noch immer auf dem alten Platze, so daß die Seele nach so vielen inzwischen durchlebten Gedanken und Veränderungen diesen gemütlichen Stillstand kaum fassen konnte. Der Sturm wütete indes noch immer heftig fort und riß ein Heer von Wolken nebst vielen verspäteten Abendvögeln, die kreischend dazwischen ruderten, in einer unabsehbaren Flucht über den Garten hinaus, während unten die Bäume sich neigten und einzelne Nachtigallentöne aus den Tälern durch den Wind heraufklagten; es war eine rechte dunkelschwüle Gespensternacht.

Ein ungewöhnlich starkes Licht, das aus dem einen Fenster in den Garten hinausschien, zog mich zum Schlosse hin. Ich stellte mich gerade vor das Fenster und konnte das ganze Zimmer übersehen, das von einem Kaminfeuer so hell erleuchtet wurde. Der Herr v. A. saß in einem Lehnstuhle und las Zeitungen, Julie saß am Kamine und sang, hatte aber den Rücken gegen das Fenster gekehrt, so daß ich ihr Gesicht nicht sehen konnte. Was sie sang, war eine alte Romanze, die mir schon als Kind bekannt war. Sie ist mir noch erinnerlich:

‚Hoch über den stillen Höhen
Stand in dem Wald ein Haus,
Dort war's so einsam zu sehen
Weit übern Wald hinaus.

Drin saß ein Mädchen am Rocken
Den ganzen Abend lang,
Der wurden die Augen nicht trocken,
Sie spann und sann und sang.

»Mein Liebster, der war ein Reiter,
Dem schwur ich Treu' bis in Tod,
Der zog über Land und weiter
Zu Krieges-Lust und Not.

Und als ein Jahr war vergangen,
Und wieder blühte das Land,
Da stand ich voller Verlangen
Hoch an des Waldes Rand.

Und zwischen den Bergesbogen,
Wohl über den grünen Plan,
Kam mancher Reiter gezogen,
Der meine kam nicht mit an.

Und zwischen den Bergesbogen,
Wohl über den grünen Plan,
Ein Jägersmann kam geflogen,
Der sah mich so mutig an.

So lieblich die Sonne schiene,
Das Waldhorn scholl weit und breit,
Da führt' er mich in das Grüne.
Das war eine schöne Zeit! –

Der hat so lieblich gelogen
Mich aus der Treue heraus,

Der Falsche hat mich betrogen,
Zog weit in die Welt hinaus.«

Sie konnte nicht weiter singen,
Vor bitterem Schmerz und Leid,
Die Augen ihr übergingen
In ihrer Einsamkeit.'

Julie ging es wohl nicht besser, denn sie stand plötzlich auf, öffnete das Fenster und lehnte sich in die Nacht hinaus. Überhaupt glaubte ich während des Singens eine große Unruhe an ihr bemerkt zu haben. ,Was ist das für ein erschrecklicher Sturm!' hört' ich den Herrn v. A. drin sagen, ,der bedeutet noch Krieg, Gott steh unsern Leuten bei, die schlagen sich jetzt wohl wieder.' – ,Und ich muß hier sitzen!' sagte Julie aus tiefster Seele. – Ich stand seitwärts, an einen Pfeiler gelehnt, und die Töne gingen in dem rasenden Winde gar seltsam wehmütig über den Garten hinaus, in dem ich mir nun wie ein lange Verbannter vorkam, da Julie bald in ihrem Gesange am offenen Fenster wieder also fortfuhr:

,Die Muhme, die saß beim Feuer
Und wärmet sich am Kamin,
Es flackert und sprüht' das Feuer,
Hell über die Stub' es schien.

Sie sprach: »Ein Kränzlein in Haaren,
Das stünde dir heut gar schön,
Willst draußen auf dem See nicht fahren?
Hohe Blumen am Ufer dort stehn.«

Ich kann nicht holen die Blumen,
Im Hemdlein weiß am Teich
Ein Mädchen hütet die Blumen,
Die sieht so totenbleich.

»Und hoch auf des Sees Weite,
Wenn alles finster und still,
Da rudern zwei stille Leute, –
Der eine dich haben will.«

Sie schauen wie alte Bekannte,
Still', ewig stille sie sind,
Doch einmal der eine sich wandte,
Da faßt' mich ein eiskalter Wind. –

Mir ist zu wehe zum Weinen –
Die Uhr so gleichförmig pickt,
Das Rädlein, das schnurrt so in einem,
Mir ist, als wär' ich verrückt. –

Ach Gott! wann wird sich doch röten
Die fröhliche Morgenstund'!
Ich möchte hinausgehn und beten,
Und beten aus Herzensgrund!

So bleich schon werden die Sterne
Es rührt sich stärker der Wald,
Schon krähen die Hähne von ferne,
Mich friert, es wird so kalt!

Ach, Muhme! was ist Euch geschehen?
Die Nase wird Euch so lang,
Die Augen sich seltsam verdrehen –
Wie wird mir vor Euch so bang!

Und wie sie so grauenvoll klagte,
Klopft's draußen ans Fensterlein;
Ein Mann aus der Finsternis ragte,
Schaut still in die Stube herein.

Die Haare wild umgehangen,
Von blutigen Tropfen naß,

Zwei blutige Streifen sich schlangen,
Wie Kränzlein, ums Antlitz blaß.

Er grüßt' sie so fürchterlich heiter,
Er heißt sie sein' liebliche Braut,
Da kannt' sie mit Schaudern den Reiter,
Fällt nieder auf ihre Knie.

Er zielt' mit dem Rohre durchs Gitter
Auf die schneeweiße Brust hin;
»Ach, wie ist das Sterben so bitter,
Erbarm' dich, weil ich so jung noch bin!« –

Stumm blieb sein steinerner Wille,
Es blitzte so rosenrot,
Da wurd' es auf einmal stille
Im Walde und Haus und Hof. –

Frühmorgens da lag so schaurig
Verfallen im Walde das Haus,
Ein Waldvöglein sang so traurig,
Flog fort über den See hinaus.'

Gegen das Ende ihres Gesanges hatte Julie von ohngefähr meinen Schatten bemerkt, den das Licht vom Zimmer lang und unbeweglich in den Garten warf. Sie sah sich stutzend um, und da sie nichts erblicken konnte, schloß sie nachdenklich und schweigend das Fenster. In diesem Augenblick klopfte es drin an die Stubentür. Sie fuhr erschrocken zusammen und vom Fenster auf. Ich blickte noch einmal hinein und sah jenen gehässigen Reiter, dem ich vorhin begegnet, eilfertig eintreten. ‚Er lebt!' rief Julie außer sich vor Freude und stürzte dem Manne um den Hals. –

Hatt' ich schon vorher draußen in dem Fremden sogleich einen von jenen poetischen Jüngern erkannt, die's niemals zum Meister oder überhaupt zu einem Manne bringen, so kam mir jetzt der hagere, blasse Poet neben der gesunden Julie, die unterdes so wunderbar hoch geworden war, und deren große Augen in diesem Augenblicke vor Freude ordentliche Strahlen warfen, ganz erbärmlich vor. Mir kamen die Verse aus Goethes Fischerin zwischen die Zähne:

‚Wer soll Bräutigam sein?
Zaunkönig soll Bräutigam sein!
Zaunkönig sprach zu ihnen
Hinwieder den beiden:
Ich bin ein sehr kleiner Kerl,
Kann nicht Bräutigam sein,
Ich kann nicht der Bräutigam sein!‘

Ich schwang mich sogleich wieder über den Gartenzaun, band mein Pferd los und ging, es hinter mir herführend, aus dem Dorfe hinaus.
Da kam ich am andern Ende desselben an dem kleinen Häuschen Viktors vorüber. Ich guckte ihm ins Fenster hinein, das, wie du weißt, im Sommer Tag und Nacht offen steht. Er saß eben mit dem Rücken gegen das Fenster, über einem alten, dicken Buche, den Kopf in die Hand gestützt. Das Licht auf dem Tische flackerte ungewiß umher, die vielen Uhren an den Wänden pickten einförmig immerfort, es war eine unendliche Einsamkeit drinnen. Ich begrüßte ihn endlich mit dem Vers, der ihm im ganzen Faust der liebste war: ‚Ich guckte der Eule in ihr Nest, Hu! die macht' ein paar Augen!‘ Er wandte sich schnell um, und als er mein Gesicht völlig erkannte, sprang er auf, warf die Bücher und alles, was auf dem Tische lag, auf die Erde und tanzte wie unsinnig in der Stube herum. Ich kletterte sogleich durchs Fenster zu ihm hinein, ergriff eine halbbespannte Geige, die an der Wand hing, und so walzten wir beide mit den seltsamsten Gebärden und großem Getös' nebeneinander in der kleinen Stube auf und ab, bis er endlich erschöpft vor Lachen auf den Boden hin-

sank. Es dauerte lange, ehe wir zu einem vernünftigen Diskurs kamen, während welchem er einen ungeheuren Krug voll Wein anschleppte. Er ist noch immer der Alte, noch immer nicht fetter, nicht ruhiger, nicht klüger, und wie sonst wütend kriegerisch gegen alle Sentimentalität, die er ordentlich mißhandelt.

Gegen Mitternacht endlich, so viel er auch dagegen hatte, zog ich wieder von dannen, das gelobte Land in ruhigem Schlafe hinter mir und die weite Stille ringsumher gesegnend, während Viktor, der mich ein Stück begleitet hatte, auf der letzten Höhe mir wie eine Windmühle in der Dunkelheit mit dem Hute nachschwenkte und nachrief, bis alles in den großen, grauen Schoß versunken war.

‚In den Krieg denn von neuem in Gottes Namen hinaus!' rief ich draußen und nahm die Richtung auf mein Schloß, da ich indes erfahren hatte, daß der Tummelplatz jetzt dort in der Nähe sei. Bei Sonnenaufgang sah ich die Unsrigen in dem weiten Tale bunt und blitzend zerstreut wieder, und das Herz ging mir auf bei dem Anblick. Die lustige Bewegung, die mir von weitem so mutig entgegenblitzte, war aber nichts anderes als eine verworrene, grenzenlose Flucht. Der Feind war noch ziemlich weit, ich ritt daher an den zerstreuten Trupps langsam vorüber. Da sah ich den Haufen in dumpfer Resignation herumtaumeln, mehrere weise Mienen achselzuckend zur Schau tragen, als steckten wohl ganz andere Pläne dahinter – keinem hätte das Herz im Leibe zerspringen mögen. Da fiel mir ein, was mir Viktor oft in seinen melancholischsten Stunden gesagt: besser, Uhren machen, als Soldaten spielen.

Ich meinesteils war fest entschlossen, da alles, was mir ehrwürdig und lieb auf Erden war, zugrunde gehen sollte, lieber fechtend selber mit unterzugehn, als gefangen in der gemeinen Schande zurückzubleiben. Ich sprengte eilig auf mein Schloß und bot alle meine Jäger und Diener auf, deren Gesinnung und Treue ich kannte, viele Freiwillige von der Armee gesellten sich wacker dazu, und so verschanzten und besetzten wir mein Schloß und Garten, da ich wohl wußte, daß der Feind bei seiner Verfolgung diesen Weg nehmen und demselben an dieser vorteilhaften Höhe besonders viel gelegen sein mußte. Wir wehrten uns verzweifelt oder vielmehr tollkühn gegen die Übermacht. Die feindlichen Kugeln hatten mein Schloß fürchterlich zerrissen, die Gesimse brannten, ein Burgtor nach dem andern stürzte in den Lohen zusammen, alles war verloren, und ich fiel, der letzte, nieder. – Als ich die Augen wieder aufschlug, lag ich im Sonnenscheine in dem schönen Garten des Herrn v. A. vor der großen Aussicht, und Julie stand still neben mir." –

Hier hielt Leontin inne, denn Julie, die sich schon einige Zeit mit ängstlicher Unruhe umgesehen hatte, sagte ihm etwas ins Ohr, stand schnell auf und ging in den Wald hinein, worauf Leontin, nachdem er ihr eine Weile nachgesehen, folgendermaßen wieder fortfuhr:

„Es war mir wie im Traume, als ich wieder meinen ersten Blick in die Welt tat, alles auf einmal so stille um mich, und Julie neben mir, die mich schweigend und ernsthaft betrachtete. Sie sagte mir damals nichts, aber später erfuhr und erriet ich folgendes: Der moderne Junge, dem ich damals in der Nacht auf dem Schlosse des Herrn v. A. begegnet, war ein Edelmann aus der Nachbarschaft, der erst unlängst von Universitäten auf seine Güter zurückgekehrt war. Seine fast täglichen Besuche bei Julie, seine ungebundene Art, mit ihr umzugehen, und die voreilig geschwätzigen Andeutungen der anfangs noch lebenden Tante veranlaßten, daß er binnen kurzer Zeit allgemein für Juliens Bräutigam gehalten wurde. Er war nach seiner Art verliebt in Julie, aber ein Mädchen im Ernste zu lieben oder gar zu heiraten, hielt er für lächerlich, denn – er war zum Dichter berufen. – Als nachher der Krieg ausbrach und das Gerücht mein Benehmen dabei auch bis dorthin trug, pries er mit grenzenlosem Enthusiasmus, doch immer mit der vornehmen Miene eines eigenen, höheren Standpunktes, solche erzgediegene, lebenskräftige Naturen, ewig zusammenhaltende Granitblöcke des Gemeinwesens usw., aber selbst mit dreinschlagen konnt' er nicht, denn – er war zum Dichter berufen. Übrigens hat er ein ganz ordinär sogenanntes gutes Herz. Daher ritt er, als mich allerhand widersprechende Gerüchte bald für tot, bald für verwundet ausgaben, aus Mitleid für Julie auf Kundschaft aus, und kehrte eben in jener Nacht, da ich ihm begegnete, mit der gewissen Botschaft meines Lebens zurück, und Juliens: ‚Er lebt!‘, das mich damals so schnell vom Fenster und übern Zaun und aus dem Dorfe trieb, galt mir.

Erstaunt erfuhr Julie am Morgen von Viktor meinen schnellen Durchzug, und bald nachher auch das Los meiner Burg. Ohne Verwirrung, im Schreck wie in der Freude, sattelte sie noch in der Nacht, wo sie die Nachricht erhalten, ihr Pferd und ritt, ohne ihren Vater zu wecken, mit einem Bedienten nach meinem Schloß. Der vermeinte Bräutigam, der noch dort war, ließ es sich durchaus nicht nehmen, die Romanze, wie er es nannte, mitzumachen. Er schmückte sich in aller Eile sehr phantastisch und abenteuerlich aus, bewaffnete sich mit einem Schwert, einer Flinte und mehreren Pistolen, obschon die Feinde mein Schloß längst wieder verlassen hatten, da es ihnen jetzt, bei dem großen Vorsprung der Unsrigen, ganz unnütz geworden war. Julie suchte unermüdlich zwischen den zusammengefallenen Steinen, erkannte mich endlich und trug mich selbst aus den dampfenden Trümmern. Der Bräutigam machte ein Sonett darauf, und Julie heilte mich zu Hause aus.

Da aber meine Verteidigung des Schlosses als unberufen, und in einem bereits eroberten Lande als rebellisch angesehen wird, so wurde mir vom Feinde nachgestellt, und ich befand mich auf dem Schlosse des Herrn v. A. nicht mehr sicher. Man brachte mich daher auf die abgelegene Mühle hier, wo mich Julie täglich besucht, bis ich endlich jetzt wieder ganz hergestellt bin."

So endigte Leontin seine Erzählung. – „Und wohin willst du nun?“ sagte Friedrich. „Jetzt weiß ich nichts mehr in der Welt“, sagte Leontin unmutig. – Sie mußten abbrechen, denn eben kam Julie wieder zurück und winkte Leontin heimlich mit den Augen, als sei etwas Bewußtes glücklich vollbracht.

Sie hatten indes über diesen Unterhaltungen alle nicht bemerkt, daß es bereits anfing dunkel zu werden. Julie wurde es zuerst gewahr, und zwar nicht ohne sichtbare Verlegenheit, denn jetzt in der Nacht nach Hause zu reiten, war wegen der noch immer umherstreifenden Soldaten für ihr Geheimnis höchstbedenklich, anderseits überfiel sie ein mädchenhafter Schauer bei dem Gedanken, so allein mit zwei Männern im Walde über Nacht zu bleiben. Am Ende mußte sie sich doch zu dem letztern bequemen, und so lagerten sie sich denn, so gut sie konnten, vergnüglich in das hohe Gras auf der Anhöhe.

Die Nacht dehnte langsam die ungeheuren Drachenflügel über den Kreis der Wildnis unter ihnen, die Wälder rauschten dunkel aus der grenzenlosen Stille herauf. Julie war ohne alle Furcht. Leontin aber, der noch matt war, fing endlich an sich nach kräftigerer Ruhe zu sehnen, und auch Julie wurde die zunehmende Frische der Nacht nach und nach empfindlich. Sie brachen daher auf und begaben sich zu der nahen, alten, verlassenen Mühle, wo Leontin, wie gesagt, schon seit einigen Tagen heimlich sein Quartier hatte. Friedrich wollte draußen auf der Schwelle bleiben und als ein wackrer Ritter die Jungfrau im Kastell bewachen, Julie bat ihn aber errötend, mit hineinzugehen, und er willigte lächelnd ein, während einem Bedienten, den Julie mitgebracht, aufgetragen wurde, vor der Tür Haus und Pferde zu bewachen.

Das Stübchen, das sie in Beschlag nahmen, war eng und nur zur Not vor dem Wetter verwahrt. Ein Bett, das Julie für Leontin mitgebracht hatte, wurde verteilt und nebst einigem Stroh auf dem Fußboden ausgebreitet, so daß es für alle drei hinreichte; Licht wagte man nicht zu brennen. Die beiden Grafen nahmen das Fräulein in ihre Mitte, Leontin war vor Müdigkeit bald eingeschlafen. Friedrich bemerkte, wie Julie sich fest aufs Ohr legte und tat, als ob sie schliefe, während sie beide Augen lauschend weit offen hatte und Leontin fortwährend ungestört betrachtete, bis sie endlich auch mit einschlummerte. Friedrich hatte sich mit halbem Leibe aufgerichtet und sah sich, auf einen Arm gestützt, rings um. Ein Schauder überlief ihn, sich wieder an demselben Orte zu erblicken, wo er damals die grausige Nacht verlebt. Er gedachte des jungen Mädchens wieder, das ihm damals in dieser Stube hier Feuer gepickt, ihm fiel dabei die rätselhafte Gestalt ein, die er heut bei seiner Ankunft vor der Mühle getroffen, und ihre flüchtige Ähnlichkeit mit jener, und er versank in ein Meer von Erinnerungen und Verwirrung. Julie hörte er leise neben sich atmen, es war eine unendlich stille, mondhelle Nacht. Da erhob sich auf einmal draußen ein Gesang, von einer Zither begleitet, zuerst vom Walde, dann wie aus der Ferne melodisch schallend, das Haus mit wunderschönen Weisen erfüllend, dann wieder weiter verhallend. Friedrich wagte kaum zu atmen, um die Zauberei nicht zu stören. Doch, je länger er den leise verschwindenden Tönen lauschte, je unruhiger wurde er nach und nach; denn es war wieder jenes alte Lied aus seiner Kindheit, das er einmal in der Nacht auf Leontins Schlosse von Erwin auf der Mauer singen gehört; auch schien es dieselbe Stimme. Er raffte sich endlich auf und trat leise vor die Tür hinaus. Da lag und schlief der Bediente quer über der Schwelle, wie ein Toter. Draußen sah er den Sänger im hellen Mondscheine unter den hohen Eichen wandeln. Er lief freudig auf ihn zu – es war Erwin! – Der Knabe wandte sich schnell, und als er Friedrich erblickte, stürzte er mit einem durchdringenden Schrei zu Boden, unter ihm lag die Zither zerbrochen.

Der Bediente auf der Schwelle fuhr über den Schrei taumelnd auf. „Verrückt! verrückt!" rief er sich aufmunternd, Friedrich zu, und eilte sehr ängstlich in das Haus hinein, um seine Herrschaft zu wecken. Friedrich schnitt dieser Aufruf wie Schwerter durchs Herz, denn er hatte es aus des Knaben unbegreiflicher Flucht längst gefürchtet. Erwin sah indes wie aus einem langen Traume mit ungewiß schweifenden Blicken rings um sich her und dann Friedrich an, während sehr heftige innerliche Zuckungen, die sich immer mehr dem Herzen zu nähern schienen, durch seinen Körper fuhren. Abgebrochen durch den Schmerz, aber ohne sein schönes Gesicht zu verziehen, sagte er zu Friedrich: „Es war ein tiefes, weites, rosenrotes Meer, dich sah ich darin auf dem Grunde immerfort über hohe Gebirge gehen, ich sang die besten alten Lieder, die ich wußte, aber du erinnertest dich nicht mehr daran, ich konnte dich niemals erjagen, und unten stand der Alte tief im Meere, ich fürchtete mich vor seinen Augen. Manchmal ruhtest du, auf mich zugewendet, aus, da saß ich still dir gegenüber und sah dich viel hundert Jahre an – ach, ich war dir so gut, so gut! – Die Leute sagten, ich sei verrückt, ich hörte es wohl und hörte auch draußen die Uhren schlagen und die Welt ordentlich gehn und schallen wie durch Glas, aber ich konnte nicht mit hinein. Damals war mir wohl, jetzt bin ich wieder krank. – Glaube nur nicht, daß ich jetzt irre spreche, jetzt weiß ich wohl recht gut, was ich rede und wo ich bin – das ist ja der Eichgrund, das ist die alte Mühle" – bei diesen Worten versank er in ein starres Nachsinnen. Dann fuhr er unter immerwährenden Krämpfen wieder fort: „Dort, wo die Sonne aufgehn wird, ist ein großer Wald, in dem Walde wohnt ein Mann mit dunklen Augen und einer langen Schramme über dem rechten Auge, der kennt mich und euch alle, er" – hier nahmen die Zuckungen in immer engern Kreisen auf einmal sehr heftig zu. Der Knabe nahm Friedrichs Hand, drückte sie fest an seine Lippen und sagte: „Mein lieber Herr!" Ein plötzlicher Krampf streckte noch einmal seinen ganzen Leib, und er hörte auf zu atmen.

Friedrich, außer sich, stürzte über ihn her und öffnete oben schnell sein Wams, denn es war dieselbe phantastische Kleidung, die der Knabe sonst auf dem Schlosse des Herrn v. A. getragen hatte. Wie sehr erschrak und er-

staunte er, als ihm da der schönste Mädchenbusen entgegenschwoll, noch warm, aber nicht mehr schlagend. – Er blieb wie eingewurzelt auf seinen Knien und starrte dem Mädchen in das stille Gesicht, als hätte er es noch nie vorher gesehn.
Leontin und Julie waren unterdes auch aus der Mühle herbeigeeilt. Sie schienen gar nicht erstaunt, Erwin hier zu sehen, noch weniger über die Entdeckung seines Geschlechts, sondern nur bestürzt über seinen jetzigen, unerwarteten Zustand. In stummer Geschäftigkeit, ohne sich wechselseitig zu erklären, waren alle nur bemüht, ihn ins Leben zurückzurufen – aber alles blieb vergebens, das schöne, seltsame Mädchen war tot.
Julie hatte sie trostlos vor sich auf dem Schoße liegen. Sie ruhte wie ein Engel still und schön. Kein Atem wehte mehr säuselnd durch die zarten, roten Lippen, die sonst zu so wunderschönen Tönen sich auftaten, ihre großen Augen, so lieblich wild, waren auf ewig verschlossen, nur eine einsame Nachtluft bewegte noch ihre Locken hin und her. Leontin und Friedrich saßen stillschweigend gegenüber. Friedrich, dem jetzt auf einmal viele Sonderbarkeiten des Mädchens nur zu klar wurden, klagte sich in tiefem, stummem Schmerze bei sich selber an, daß er ihre zerstörende, verhaltene Liebe zu ihm so schlecht belohnt, daß er sie bei größerer Achtsamkeit hätte schonen und retten können.
Währenddes fing jenseits über dem Walde der Morgen an zu dämmern und beleuchtete die seltsame Gruppe. Da kam plötzlich ein Bedienter von dem Schlosse des Herrn v. A. angesprengt und brachte atemlos die Nachricht, daß ein feindlicher Offizier mit seinem Trupp in der Nähe herumstreife, und ihnen, wie er eben von Bauern erfahren, auf der Spur sei. Die Bestürzung aller über diese unerwartete Begebenheit war nicht gering. Leontin und Friedrich, die ein Schicksal verfolgte, waren in diesem Augenblick noch ohne weiteren Plan; soviel war gewiß, daß Julie zum Vater zurückkehren und das tote Mädchen mitnehmen

mußte. Die Leiche wurde daher eiligst auf ein lediges Handpferd gehoben. Dabei entdeckte Julie ein reichgefaßtes Medaillon, welches das Mädchen auf dem bloßen Leibe hängen hatte, und das sonst niemand jemals bei ihr bemerkt. Es war das Porträt eines sehr schönen, etwa neunjährigen Mädchens. Sie nahm es ab und überreichte es Friedrich.

Sein Gesicht veränderte sich, als er den ersten Blick darauf warf; denn es waren die Züge der kleinen Angelina, mit der er als Kind so oft im Garten gespielt, und welcher, wie es ihm nun ganz klar wurde, das Kind Maria auf dem Heiligenbilde des verlassenen Gebirgsschlosses so auffallend ähnlich sah. Er betrachtete es lange gerührt und stillschweigend. Da fielen ihm die rätselhaften Worte wieder ein, die Erwin sterbend von dem Alten im Walde gesagt hatte. Er zweifelte nicht, daß dieser um vieles wissen müsse, was ihnen Licht über das sonderbare Leben der Verstorbenen und ihren Zusammenhang mit seiner eignen Kindheit geben könne. Er erzählte es Leontin. Dieser erschrak darüber und ward bei jedem Worte aufmerksamer; er schien den Alten selber schon gesehen zu haben, doch sagte er nicht, wann und wo.

Die beiden Freunde beschlossen nun, jenen Winken Erwins zufolge die Richtung nach dem beschriebenen Walde hin zu nehmen, um dort vielleicht eine erwünschte Auflösung zu erhalten, da überdies jene Wildnis von Feinden rein und der Weg Leontin ziemlich bekannt war. Es wurde schnell alles vorbereitet. Sie nahmen herzlichen Abschied von Julie, mit dem Versprechen, einander sobald als möglich wiederzusehen, und Julie ritt nun mit ihrer süßen, traurigen Last, die sie in ihrer bunten Kleidung wie eine abgebrochene Blume an einem Pferde neben sich herführte, von der einen Seite nach Hause, während sie von der andern gegen Sonnenaufgang in den großen Wald fortzogen.

Einundzwanzigstes Kapitel

Der Morgen stieg dampfend aus den Wäldern, als die beiden Grafen schon fern über einen einsamen Wiesengrund hinritten, der seltsamen Ereignisse dieser Nacht gedenkend. Der Weg war für jeden Fremdling fast ungangbar, die Entfernung, die sie in den wenigen Stunden zurückgelegt, ziemlich beträchtlich, sie konnten schon langsamer und gemächlicher ziehn. Da erzählte Leontin Friedrich folgendes:

„Es war ein schöner Sommermorgen, da Julie in ihrem Schlafzimmer, das, wie du weißt, auf den Garten hinausgeht, noch schlummerte, als sie draußen von einer bekannten Stimme mit einem bekannten Liede geweckt wurde. Sie trat in den Garten hinaus und sah Erwin, der wieder auf der Blumenterrasse saß und in das glänzende Land hinaussang. Mit pochendem Herzen flog sie zu ihm und fragte ihn nach seinem Herrn. Der Knabe sah sie aber starr an, er war blaß und seltsam verwildert im Gesichte, und aus seinen verwirrten Antworten bemerkte sie bald mit Schrecken, daß er verrückt sei. – In solchem Gemütszustande hatte er uns nämlich in jener Nacht auf dem Rheine so unbegreiflich verlassen, und auf unzähligen Umwegen zu dem Schlosse des Herrn v. A. sich geflüchtet, wahrscheinlich aus Eifersucht, denn die beiden Jäger, die wir damals in der alten Burg trafen, und die dann mit uns auf dem Rheine fuhren, waren, wie ich nachher erfuhr, niemand anders als Romana und meine Schwester Rosa, welche Erwin bei dem schnellen Lichte des Blitzes, gleichwie mit schärfern Sinnen, plötzlich erkannt hatte." – Friedrich verwunderte sich hier über die gewagte Kleidung der beiden Weiber und beklagte das unglückliche Ohngefähr, indem ihm dabei alles, was in jener Nacht vorgegangen, wieder erinnerlich ward. – Leontin fuhr fort: „Erwin verriet durch seine jetzige verwirrte Unachtsamkeit und seine tiefe, unüberwindliche Neigung zu dir gar bald sein Geschlecht. Das unglückliche Mädchen sang

sehr viel, und ihre Lieder zeigten oft eine zeitig aufgereizte und heimlich genährte, heftige Sinnlichkeit. Von ihrem frühesten Leben war auch jetzt nicht das mindeste herauszukriegen. Julie bot alles auf, sie zu retten. Sie nannte sie Erwine, gab ihr Frauenzimmerkleider, suchte überhaupt alles erinnernde Phantastische aus ihrer Lebensweise zu entfernen und taufte sie so, nach dem gewöhnlichen Verfahren in solchen Fällen, in gemeingültige Prosa. Das Mädchen wurde dadurch auch stiller, aber es war eine wahre Grabesstille, von der sie sich nur manchmal im Gesange wieder zu erholen schien.
So traf ich sie, als ich verwundet auf dem Schlosse ankam. Mein erster Anblick verdarb auf einmal wieder viel an ihr, doch nur vorübergehend. Viel heftiger, und uns allen unerklärlich aber erschütterte sie der Anblick der alten Mühle, wohin wir sie mitnahmen, als ich hingebracht wurde; sie zitterte am ganzen Leibe. Julie nahm sie daher künftig niemals mehr mit dorthin. Gestern aber war sie ihr heimlich nachgeschlichen, und sie war es, die du im weißen Gewande singend vor der Mühle trafst. Wir waren in nicht geringer Besorgnis, daß sie dich nicht so plötzlich wiedersehe, und Julie schickte sie daher heimlich mit dem Bedienten sogleich wieder auf das Schloß zurück. Dort muß sie aber in der Nacht ihrer alten Knabentracht habhaft geworden und noch einmal entwichen sein."
Der Schluß von Leontins Erzählung bestätigte Friedrichs Ahnung, daß Erwin wirklich dasselbe Mädchen sein müsse, das ihm damals in jener fürchterlichen Nacht in der Mühle Feuer gemacht und hinaufgeleuchtet hatte, womit auch ihre schon bemerkte Ähnlichkeit vollkommen übereinstimmte. Er versank darüber in Gedanken und sie beschleunigten beide stillschweigend wieder ihre Reise.
Gegen Abend erblickten sie auf einmal von einer Höhe fern unten die Kuppeln der Residenz. Ein von plötzlichem Regen angeschwollener Gebirgsbach hinderte sie zugleich, ihren Weg in der bisherigen Richtung fortzusetzen. Sie blieben eine Weile unentschlossen stehen. Die

Dämmerung fing indes an, sich niederzusenken, da bemerkten sie mit Verwunderung Feuerblicke und schnell entstehende und wieder verschwindende Sterne in der Gegend der Residenz, die sie für Raketen hielten. „Das sieht recht lustig aus“, sagte Leontin. „Hier können wir ohnedies nicht weiter, laß uns einen Streifzug dort hinaus wagen und sehen, was es in der Stadt gibt. Wir kommen wohl in der Dunkelheit unerkannt durch und sind, ehe der Tag anbricht, wieder im Gebirge.“ – Friedrich willigte ein, und so zogen sie ins Tal hinunter.
Noch vor Mitternacht langten sie vor der Residenz an. Der ganze Kreis der Stadt war bis zu den höchsten Turmspitzen hinauf erleuchtet, und lag mit seinen unzähligen Fenstern wie eine Feeninsel in der stillen Nacht vor ihnen. Sie hatten die Kühnheit, bis ins Tor hineinzureiten. Ein verworrener Schwall von Musik und Lichtern quoll ihnen da entgegen. Herren und Damen wandelten wie am Tage geputzt durch die Gassen, unzählige Wagen mit Fackeln tosten dazwischen, sich mannigfaltig durchkreuzend, eine fröhliche Menge schwärmte hin und her. – „Nun, was gibt's denn hier noch für eine rasende Freude?“ fragte Leontin endlich einen Handwerksmann, der, ein Schurzfell um den Leib und ein Glas Branntwein hoch in der Hand, unaufhörlich Vivat rief. Der Mann machte eine verteufelt pfiffige Miene und hätte gern die Unwissenheit der beiden Fremden tüchtig abgeführt, wenn ihm nicht eben sein Witz versagt hätte. Endlich sagte er: „Der Erbprinz hält heute Hochzeit mit der schönen Gräfin Rosa. Wer will mir da den Branntwein verbieten! Mag der Gräfin voriger Bräutigam Wasser saufen, denn er ist lange tot, und ihr Bruder mit den Engeln Milch und Honig trinken, denn er treibt sich in allen Wäldern herum. Hol' der Teufel alle Ruhestörer! Friede! Friede! Es leben alle Patrioten, Vivat hoch!“ – So taumelte der Branntweinzapf wieder weiter.
Die beiden Grafen sahen einander verwundert an. An Friedrichs Brust schallte die Neuigkeit ziemlich gleichgül-

tig vorüber. Er hatte Rosa längst aufgegeben. Seine Phantasie, die Liebeskupplerin, war seitdem von größern Bildern durchdrungen, alle die hellen Quellen seiner irdischen Liebe waren in einen großen, ruhigen Strom gesammelt, der andere Wünsche und Hoffnungen zu einem andern Geliebten trug. –
Ein Bürger, der ihr Gespräch mit dem Betrunkenen mit angehört hatte, war unterdes zu ihnen getreten und sagte: „Es ist alles wahr, was der Kerl da so konfus vorgebracht. Die Gräfin Rosa hatte wirklich vorher schon einen Grafen zum Liebhaber. Der ist aber im Kriege geblieben und es ist gut für ihn, denn er ist mit Lehn und Habe dem Staate verfallen. Der Bruder der Gräfin ebenfalls, aber wir wissen von sicherer Hand, daß man gegen diesen nicht streng verfahren wird und ihm gern verzeihen möchte, wenn er nur zurückkäme und Reue und Besserung verspüren lassen wollte." –
Leontin lachte bei diesen Worten laut auf und gab seinem Pferde die Sporen. „Frischauf!" sagte er zu Friedrich, „ich ziehe mit den Toten, da die Lebendigen so abgestanden sind! Ich mag keinen von ihnen mehr wiedersehen, kommen wir wieder zurück auf unsere grünen Freiheitsburgen!"
Sie waren indes an das fürstliche Schloß gekommen. Tanzmusik schallte aus den hellen Fenstern. Eine Menge Volks war unten versammelt und gebärdete sich wie unsinnig vor Entzücken. Denn Rosa zeigte sich eben an der Seite ihres Bräutigams am Fenster. Man konnte sie deutlich sehen. Ihre blendende Schönheit, mit einem reichen Diadem von Edelsteinen geschmückt, funkelte und blitzte bei den vielen Lichtern manches Herz unten zu Asche. – So hatte sie ihr höchstes Ziel, die weltliche Pracht und Herrlichkeit erreicht. – „Sie taugte niemals viel, Weltfutter, nichts als Weltfutter!" schimpfte Leontin ärgerlich immerfort. Friedrich drückte den Hut tief in die Augen, und so zogen die beiden dunklen Gestalten einsam durch den Jubel hindurch, zum Tore hinaus und wieder in die Berge zurück.

Nach mehreren einsamen Tagereisen, wobei auch die schönen Nächte zu Hülfe genommen wurden, kamen sie endlich immer höher auf das Gebirge. Die Gegend wurde immer größer und ernster, kaum noch lagen mehr einzelne Hirtenhütten in den tiefen, dunkelgrünen Schluften hin und her zerstreut, es war eine grenzenlose Einsamkeit, nebenaus oft Streifen von unermeßlicher Aussicht. Ihre Herzen wurden wieder stark und weit, und voll kühler Freudenquellen.

Da erblickten sie sehr unerwartet mitten in der Wildnis einen niedrigen, zierlichen Zaun von weißem Birkenholz, dem es ordentlich Mühe zu kosten schien, die wilde Freiheit der Natur, die überall ihre grünen, festen Arme wie zum Spotte ungezogen durchstreckte, im Zaume zu halten. Sie lachten einander beide bei dem ersten Anblicke an, denn überraschender konnte ihnen nichts kommen, als gar eine moderne englische Anlage in dieser menschenleeren Gegend. Sie ritten längst des Zaunes hin, aber nirgends war die geringste Spur eines Einganges. Sie wußten wohl, daß sie bereits in dem großen Walde sein mußten, den Erwine sterbend meinte, auch waren sie nach der langen Tagereise begierig, endlich einmal Menschen, Speise und Trank wiederzufinden, sie banden daher ihre Pferde an und sprangen über den Zaun hinein.

Ein niedlicher Schlangenpfad, mit weißem Sande ausgestreut, führte sie dort bis an ein großes, dichtes Gebüsch von meist ausländischen Sträuchern, wo er sich plötzlich in zwei Arme teilte. Sie schlugen nun jeder für sich allein einen derselben ein, um desto eher zu einer erwünschten Entdeckung zu gelangen. Doch diese schmalen Pfade gingen seltsam genug in einem ewigen Kreise immerfort um sich selber herum, so daß die beiden Grafen, je emsiger sie zuschritten, zwar immer ganz nahe blieben, aber einander niemals erjagen oder zusammenkommen konnten. Einige Male, wo die Gänge sich plötzlich durchkreuzten, stießen sie unverhofft aneinander, trennten sich von neuem und standen endlich, nachdem sie sich beinahe müde geirrt, auf einmal wieder vor dem Zaune, an demselben Orte, wo sie ausgelaufen waren.

Sie lachten und ärgerten sich zugleich über den sinnreichen Einfall. Doch machte sie diese kleine Probe aufmerksam und neugieriger auf die ganze sonderbare Anlage. Sie nahmen daher noch einmal einen beherzten Anlauf und drangen nun mitten durch das dicke Gehege gerade hindurch. Da kamen sie bald auf einen freien Platz zu einem Gebäude. Ihre Augen konnten sich bei dem ersten verwirrenden Anblick durchaus nicht aus dem labyrinthischen, höchst abenteuerlichen Gemisch dieses Tempels herausfinden, so unförmlich, obgleich klein, war alles über- und durcheinander gebaut. Den Haupteingang nämlich bildete ein griechischer Tempel mit zierlichem Säulenportal, welches sehr komisch aussah, da alles überaus niedlich und nur aus angestrichenem Holze war. Sie traten hinein und fanden in der Halle einen hölzernen Apollo, der die Geige strich, und dem der Kopf fehlte, weil nicht mehr Raum genug dazu übrig geblieben war. Gleich aus dem Tempel trat man in einen geschmackvollen Kuhstall nebst einer vollständigen holländischen Meierei in der neuesten Manier, aber alles leer. Über der Meierei hing, wie ein Bienenkorb, eine Art von schwebender Einsiedelei. Den zweiten Eingang bildete ein viereckiger Turm, wie bei den alten Burgen, der eine Ruine vorstellen sollte, und auf dessen Mauer hin und her Blumentöpfe mit Moos umherstanden. Über das ganze Gemisch hinweg endlich erhob sich ein feingeschnitztes, buntes, chinesisches Türmchen, an welchem unzählige Glöcklein im Winde musizierten. Unter diesem Türmchen in dem innersten Gemache saß inmitten des getäfelten Bodens ein unförmlicher, kleiner Chinese von Porzellan mit untergeschlagenen Beinen und dickem Bauche und wackelte einsam fort mit dem breiten Kahlkopfe, als der einzige Bewohner seines unsinnigen Palastes.

„Nein, das ist zu toll!“ sagte Leontin, „was gäb’ ich drum, wenn wir den Phantasten von Baumeister noch selber in seinem Zauberneste überraschten! Das ist ja ein wahrer Surrogat-Tempel für allen Geschmack auf Erden."

Währenddes waren sie endlich in dem letzten Gemache des Gebäudes angekommen, welches mit großen, goldenen Buchstaben „Gesellschaftssaal" überschrieben war. Sie erstaunten auch wirklich beim Eintritte nicht wenig über die ungeheuere Gesellschaft, denn Wände und Dekke bestanden daselbst aus künstlich geschliffenen Spiegeln, die ihre Gestalten auf einmal ins Unendliche vervielfältigten. Ihr Kopf war ganz überfüllt und verwirrt von dem Gesehenen. Kein Mensch war in der weiten Runde zu hören, es grauste ihnen fast, länger in dieser Verrükkung so einsam zu verweilen, und sie begaben sich daher schnell wieder ins Freie.

Sie durchstrichen darauf noch den andern Teil des Parks, der auf die alltäglichste Art mit Trauerweiden, Baumgruppchen, Brückchen usw. angefüllt war. Auch die üblichen Aushängetafeln mit Inschriften waren im Überfluß vorhanden, nur mit dem Unterschiede, daß hier alle von einer ungeheuren Länge und Breite waren, so daß sie die jungen Bäume, an denen sie befestigt, fast bis auf die Erde herunterzogen. Unsere Reisenden verweilten verwundert hin und wieder, und lasen unter andern: „Wachsen, Blühen, Staubwerden." – Gleich daneben stand auf einer andern Tafel die erste Strophe von „Freuet euch des Lebens!" usw. nebst einigen andern Zoten.

So von groben Bäumen verfolgt, waren sie endlich am andern Ende des sonderbaren Parks angekommen, wo derselbe wieder durch ein niedliches Zäunchen von dem Walde geschieden war. Noch eine ungeheure Inschrift begrüßte sie dort folgendermaßen: „Gefühlvoller Wanderer! stehe still und vergieße einige Tränen über deine Narrheit!" Darunter stand nur noch halbleserlich mit Bleistift geschrieben: „Und dann kehre wieder um, denn mir bist du doch nur langweilig." Nicht ohne Bedeutung, wie es schien, stieß diese letzte Partie des Gartens, welche besonders kleinlich aus allerlei Zwergbäumen nebst einem kaum bemerkbaren Wasserfalle bestand, auf einmal an den dunkelgrünen Saum des Hochwaldes. Zwischen Felsen stürzte dort ein einsamer Strom gerade hinab, als wollte er den ganzen Garten vernichten, wandte sich dann am Fuße der Höhe plötzlich, wie aus Verachtung, wieder seitwärts in den Wald zurück, dessen ernstes, ewig gleiches Rauschen gegen die unruhig phantastische Spielerei der Gartenanlage fast schmerzlich abstach, so daß die beiden Freunde überrascht stillstanden. Sie sehnten sich recht in die große, ruhige, kühle Pracht hinaus und atmeten erst frei, als sie wirklich endlich wieder zu Pferde saßen.

Während sie sich so über das Gesehene besprachen, verwundert, keine menschliche Wohnung ringsum zu erblikken, fing indes die Gegend an etwas lieblicher und milder zu werden. Vor ihnen erhob sich ein freundlicher, bis an den Gipfel mit Laubwald bedeckter Berg aus dem dunkelzackigen Chaos von Gebirgen. Hinter dem Berge schien es nach der einen Seite hin auf einmal freier zu werden und versprach eine große Aussicht. Sie zogen langsam ihres Weges fort, der Himmel war unbeschreiblich heiter, der Abend sank schon hernieder und spielte mit seinen letzten Strahlen lustig in dem lichten Grün des Berges vor ihnen. Friedrich hatte lange unverwandt in die Gegend vor sich hinausgesehen, dann hielt er plötzlich an und sagte: „Ich weiß nicht, wie mir ist, diese Aussicht ist mir so altbekannt, und doch war ich, so lange ich lebe, nicht hier." –

Je weiter sie kamen, je erinnernder und sehnsüchtiger sprach jede Stelle zu ihm; oft verwandelte sich auf einmal alles wieder, ein Baum, ein Hügel legte sich fremd vor seine Aussicht wie in eine uralte, wehmütige Zeit, doch konnte er sich durchaus nicht besinnen.

So hatten sie nach und nach den Gipfel des Berges erreicht. Freudig überrascht standen sie beide still, denn eine überschwengliche Aussicht über Städte, Ströme und Wälder, soweit die Blicke in das fröhlichbunte Reich hin-

auslangten, lag unermeßlich unter ihnen. Da erinnerte sich Friedrich auf einmal; „das ist ja meine Heimat!" rief er, mit ganzer Seele in die Aussicht versenkt. „Was ich sehe, hier und in die Runde, alles gemahnt mich wie ein Zauberspiegel an den Ort, wo ich als Kind aufwuchs! Derselbe Wald, dieselben Gänge – nur das schöne, altertümliche Schloß finde ich nicht wieder auf dem Berge." –
Sie stiegen weiter und erblickten wirklich auf dem Gipfel im Gebüsch die Ruinen eines alten, verfallenen Schlosses. Sie kletterten über die umhergeworfenen Steine hinein und erstaunten nicht wenig, als sie dort ein steinernes Grabmal fanden, das ihnen durch seine Schönheit sowohl, als durch seine mannigfaltige Bedeutsamkeit auffiel. Es stellte nämlich eine junge, schöne, fast wollüstig gebaute, weibliche Figur vor, die tot über den Steinen lag. Ihre Arme waren mit künstlichen Spangen, ihr Haupt mit Pfauenfedern geschmückt. Eine große Schlange, mit einem Krönlein auf dem Kopfe, hatte sich ihr dreimal um den Leib geschlungen. Neben und zum Teil über dem schönen Leichnam lag ein altgeformtes Schwert, in der Mitte entzwei gesprungen, und ein zerbrochenes Wappen. Aus dieser Gruppe erhob sich ein hohes, einfaches Kreuz, mit seinem Fuße die Schlange erdrückend.
Friedrich traute seinen Augen kaum, da er bei genauerer Betrachtung auf dem zerbrochenen Schilde sein eigenes Familienwappen erkannte. Seine Augen fielen dabei noch einmal aufmerksamer auf die weibliche Gestalt, deren Gesicht soeben von einem glühenden Abendstrahle hell beleuchtet wurde. Er erschrak und wußte doch nicht, warum ihn diese Mienen so wunderbar anzogen. Endlich nahm er das kleine Porträt hervor, das sie auf Erwinens Brust gefunden hatten. Es waren dieselben Züge, es war das schöne Kind, mit dem er damals in dem Blumengarten seiner Heimat gespielt; nur das Leben schien seitdem viele Züge verwischt und seltsam entfremdet zu haben. Ein wehmütiger Strom von Erinnerung zog da durch seine Seele, dem er kaum mehr in jenes frühste, helldunkle

Wunderland nachzufolgen vermochte. Er fühlte schaudernd seinen eigenen Lebenslauf in den geheimnisvollen Kreis dieser Berge mit hineingezogen.

Er setzte sich voller Gedanken auf das steinerne Grabmal und sah in die Täler hinunter, wie die Welt da nur noch in einzelnen, großen Farbenmassen durcheinander arbeitete, in welche Türme und Dörfer langsam versanken, bis es dann still wurde wie über einen beruhigten Meere. Nur das Kreuz auf ihrem Berge oben funkelte noch lange golden fort.

Da hörten sie auf einmal hinter ihnen eine Schalmei über die Berge wehen; die Töne blieben oft in weiter Ferne aus, dann brachen sie auf einmal wieder mit neuer Gewalt durch die ziehenden Wolken herüber. Sie sprangen freudig auf. Sie zweifelten längst nicht mehr, daß sie sich in dem Gebiete des sonderbaren Mannes befänden, zu dem sie von Erwin hingewiesen worden. Um desto willkommener war es ihnen, endlich einen Menschen zu finden, der ihnen aus diesem wunderbaren Labyrinthe heraushelfe, in dem ihre Augen sowie ihre Gedanken verwirrt und verloren waren. Sie bestiegen daher schnell ihre Pferde und ritten jenen Klängen nach.

Die Töne führten sie immerfort bergan zu einer ungeheuren Höhe, die immer öder und verlassener wurde. Ganz oben erblickten sie endlich einen Hirten, welcher, auf der Schalmei blasend, seine Herde in der Dämmerung vor sich her nach Hause trieb. Sie grüßten ihn, er dankte und sah sie ruhig und lange von oben bis unten an. „Wem dient Ihr?“ fragte Leontin. – „Dem Grafen.“ – „Wo wohnt der Graf?“ – „Dort rechts auf dem letzten Berge in seinem Schlosse.“ – „Wer liegt dort“, fuhr Leontin fort, „auf der grünen Höhe unter den steinernen Figuren begraben?“ – Der Hirt sah ihn an und antwortete nicht; er wußte nichts davon und war noch niemals dort hinabgekommen. – Sie ritten langsam neben ihm her, da erzählte er ihnen, wie auch er weit von hier in den Tälern geboren und aufgewachsen sei, „aber das ist lange her“, sagte er, „und ich weiß nicht mehr, wie es unten aussieht." Darauf wünschte er ihnen eine gute Nacht, nahm seine Schalmei wieder vor und lenkte links in das Gebirge hinein. – Sie blickten rings um sich, es war eine weite, kahle Heide und die Aussicht zwischen den einzelnen Fichten, die hin und her zerstreut standen, unbeschreiblich einsam, als wäre die Welt zu Ende. Es wurde ihnen angst und weh an dem Orte. Sie gaben ihren Pferden die Sporen und schlugen rechts den Weg ein, den ihnen der einsilbige Hirt zu dem Schlosse des Grafen angezeigt hatte.

Es war indes völlig dunkel geworden. Die Gegend wurde noch immer höher, die Luft schärfer; sie wickelten sich fest in ihre Mäntel ein und ritten schnell fort. Da erblickten sie endlich auf dem höchsten Gipfel des Gebirges das verheißene Schloß. Es war, soviel sie in der Dunkelheit unterscheiden konnten, weitläufig gebaut und alt. Der Weg führte sie von selbst durch ein dunkles Bogentor in den altertümlichen, gepflasterten Hof, in dessen Mitte sich ein großer Baum über einem steinernen Springbrunnen wölbte.

Das erste, das ihnen dort auffiel, war ein seltsamer Mensch, mit einem langen, breiten Talare über den Achseln, einer Art von Krone, die etwas schief auf dem Kopfe saß, und einem langen Hirtenstabe in der Hand. Er näherte sich ihnen ein wenig, kehrte dann stolz wieder um und ging mit einem feierlich abgemessenen Schwebetritte langsam über den Hof, wobei der breite Mantel, wie der Schweif eines sich aufblähenden kalkuttischen Hahnes, hinter ihm drein rauschte. Ein alter Mann war unterdes heruntergekommen und sagte den beiden Gästen, sein Graf sei nicht zu Hause, bat sie aber, abzusteigen. Sie hatten die Augen noch auf jene vorüberschwebende Figur gerichtet und fragten erstaunt, was das zu bedeuten habe? „Er sucht den Karfunkelstein", sagte der Alte trocken und führte ihre Pferde ab.

Ein junger Mensch, der sich inzwischen mit einem Lichte eingefunden hatte, bat sie, ihm zu folgen, und führte sie stillschweigend über verschiedene Wendeltreppen und einen langen Bogengang in ein großes, gotisch gewölbtes Gemach mit zwei Himmelbetten, ein paar großen, altmodischen Stühlen und einem ungeheuren runden Tische in der Mitte. Sie bemerkten mit Verwunderung, daß er ein ledernes Reiterwams trug und seine ganze Tracht überhaupt altdeutsch sei. Seine blonden Haare hatte er über der Stirne gescheitelt und in schönen Locken über die Schultern herabhängen.

Er setzte das Licht auf den Tisch und fragte sie, wann sie wieder weiterzuziehen gedächten? „Ach", fügte er hinzu, ohne erst ihre Antwort abzuwarten, „ach, könnt' ich mitziehn!" – „Und wer hält Euch denn hier", fragte Leontin. – „Es ist meine eigene Unwürdigkeit", entgegnete jener wieder, „wohl fehlt mir noch viel zu der ehrenfesten Gesinnung, zu der Andacht und der beständigen Begeisterung, um der Welt wieder einmal Luft zum Himmel zu hauen. Ich bin gering und noch kein Ritter, aber ich hoffe, es durch fleißige Tugendübung mit Gottes Gnade zu werden und gegen die Heiden hinauszuziehn; denn die Welt wimmelt wieder von Heiden. Die Burgen sind geschleift, die Wälder ausgehauen, alle Wunder haben Abschied genommen, und die Erde schämt sich recht in ihrer fahlen, leeren Nacktheit vor dem Kruzifixe, wo noch eines einsam auf dem Felde steht; aber die Heiden hantieren und gehen hochmütig vorüber und schämen sich nicht." – Er sprach dies mit einer wirklich rührenden Demut, doch selbst in der steigenden Begeisterung, in die er sich bei den letzten Worten hineingesprochen hatte, blieb etwas modern Fades in seinen Zügen zurück. Leontin faßte ihn bei der Hand und wußte nicht, was er aus ihm machen sollte, denn für einen Menschen, der seine ordentliche Vernunft besitzt, hatte er ihm doch beinahe zu gescheit gesprochen.

Unterdes hatte sich der Ritter nachlässig in einen Stuhl geworfen, zog eine Lorgnette unter dem Wams hervor, betrachtete die beiden Grafen flüchtig und sagte, seine letz-

ten Worte wohlgefällig wiederholend: „Aber die Heiden gehen vorüber und schämen sich nicht. – Recht gut gesagt, nicht wahr, recht gut?“ – Beide sahen ihn erstaunt an. – Er lorgnettierte sie von neuem. „Aber ihr seid doch recht einfältig“, fuhr er darauf lachend fort, „daß ihr das alles eigentlich so für baren Ernst nehmt! Ihr seid wohl noch niemals in Berlin gewesen? Seht, ich möcht wohl eigentlich ein Ritter sein, aber, aufrichtig gesprochen, das ist doch im Grunde alles närrisches Zeug, welcher gescheite Mensch wird im Ernste an so etwas glauben! Überdies wäre es auch schrecklich langweilig, so strenge auf Tugend und Ehre zu halten. Ich versichere euch aber, ich bin wohl eigentlich ein Ritter, aber ihr faßt das nur nicht, ihr andern Leute, ich halte aus ganzer Seele gleichsam auf die alte Ehre, aber seht, das ist ganz anders zu verstehen – das ist – aber ihr versteht mich doch nicht – das ist –“ hiebei schien er verwirrt und zerstreut zu werden. Er zog sein Ritterwams vom Leibe und erschien auf einmal in einem überaus modernen Negligé vom feinsten, weißen Perkal, von dem er mit vieler Grazie hin und wieder die Staubfleckchen abzuklopfen und wegzublasen bemüht war.
Nach einer Weile nahm er das Augenglas wieder vor und musterte die beiden Fremden, sich vornehm auf dem Sessel hin und her schaukelnd. „Bei welchem Schneider lassen Sie arbeiten?“ sagte er endlich. Dann stand er auf und befühlte ihre Hemden an der Brust. „Aber, mein Gott! wie kann man so etwas tragen?“ sagte er, „bon soir, bon soir, mes amis!“ Hiermit ging er, laut ein französisches Liedchen trällernd, ab. In der Türe begegnete er einem Mädchen, das eben mit einem Korbe voll Erfrischungen heraufkam. Er nahm sie sogleich in den Arm und wollte sie küssen. Sie schien aber keinen Spaß zu verstehen und warf den Ritter, wie sie an dem Gepolter wahrnehmen konnten, ziemlich unsanft die Stiege hinab.
„Nun wahrhaftig“, sagte Friedrich, „hier geht es lustig zu, ich sehe nur, wann wir beide selber anfangen, mit verrückt zu werden.“ – „Mir war bei dem Kerl zumute“, meinte

Leontin „als sollten wir ihn hundemäßig durchprügeln." Das Mädchen hatte unterdes, ohne ein Wort zu sprechen, mit unglaublicher Geschwindigkeit den Tisch gedeckt und Essen aufgetragen. Ihre Hast fiel ihnen auf, sie betrachteten dieselbe genauer und erschraken beide, als sie in ihr die verlorne Marie erkannten. Sie war leichenblaß, ihr schönes Haar war seltsam aufgeputzt und phantastisch mit bunten Federn und Flitter geschmückt. Der überraschte Leontin nahm sie sanft streichelnd bei dem weichen, vollen Arme, und sah ihr in die sonst so frischen Augen, die er seit ihrem Abschiede auf der Gebirgsreise nicht wieder gesehen hatte. Sie aber wand die Hand los, legte den Finger geheimnisvoll auf den Mund, und war so im Augenblicke zur Tür hinaus. Vergebens eilten und riefen sie ihr nach, sie war gleich einer Lazerte zwischen dem alten Gemäuer verschwunden.

Beide hatte dieses unerwartete Begegnis sehr bewegt. Sie lehnten sich in das Fenster und sahen über die Wälder hinaus, die der Mond herrlich beleuchtete. Leontin wurde immer stiller. Endlich sagte er: „Es ist doch seltsam, wie gegenwärtig mir hier eine Begebenheit wird, die mich einst heftig erschütterte; und ich täusche mich nicht, daß ich hier endlich eine Auflösung darüber erhalten werde."

Friedrich bat ihn, sie ihm mitzuteilen, und Leontin erzählte:

„Ich hatte einst ein Liebchen hinter dem Walde bei meinem Schlosse, ein gutes, herziges, verliebtes Ding. Ich ritt gewöhnlich spät abends zu ihr, und sie litt mich wohl manchmal über Nacht. Eines Abends, da ich eben auch hinkomme, sieht sie ungewöhnlich blaß und ernsthaft aus, und empfängt mich ganz feierlich, ohne mir, wie sonst, um den Hals zu fallen. Doch schien sie mehr traurig, als schmollend. Wir gingen an dem Teiche spazieren, der bei ihrem Häuschen lag, wo sie mit ihrer Mutter einsam wohnte; da sagte sie mir: ich sei ja gestern abends noch sehr spät bei ihr gewesen, und da sie mich küssen wollen, hätte ich sie ermahnt, lieber Gott, als die Männer zu lieben, darauf hätte ich noch eine Weile sehr streng und ernsthaft mit ihr gesprochen, wovon sie aber nur wenig verstanden, und wäre dann ohne Abschied fortgegangen. Ich erschrak nicht wenig über diese Rede, denn ich war jenen Abend nicht von meinem Schlosse weggekommen. Während sie noch so erzählte, bemerkte ich, daß sie plötzlich blaß wurde und starr auf einen Fleck im Walde hinsah. Ich konnte nirgends etwas erblicken, aber sie fiel auf einmal für tot auf die Erde. –

Als sie sich zu Hause, wohin ich sie gebracht, nach einiger Zeit wieder erholt hatte, schien sie sich ordentlich vor mir zu fürchten, und bat mich in einer sonderbaren Gemütsbewegung, niemals mehr wiederzukommen. Ich mußt' es ihr versprechen, um sie einigermaßen zu beruhigen. Dessenungeachtet trieb mich die Besorgnis um das Mädchen und die Neugierde den folgenden Abend wieder hinaus, um wenigstens von der Mutter etwas zu erfahren.

Es war schon ziemlich spät, der Mond schien wie heute. Als ich in dem Walde, durch den ich hindurch mußte, eben auf einem etwas freien, mondhellen Platz herumbiege, steigt auf einmal mein Pferd und mein eignes Haar vom Kopf in die Höh'. Denn einige Schritt vor mir, lang und unbeweglich an einem Baume, stehe ich selber leibhaftig. Mir fiel dabei ein, was das Mädchen gestern sagte; mir grauste durch Mark und Bein bei dem gräßlichen Anblicke. Darauf faßte mich, ich weiß selbst nicht wie, ein seltsamer Zorn, das Phantom zu vernichten, das immer unbeweglich auf mich sah. Ich spornte mein Pferd, aber es stieg schnaubend in die Höh' und wollte nicht daran. Die Angst steckte mich am Ende mit an, ich konnte es nicht aushalten, länger hinzusehn, mein Pferd kehrte unaufhaltsam um, eine unbeschreibliche Furcht bemächtigte sich seiner und meiner, und so ging es windschnell durch Sträucher und Hecken, daß die Äste mich hin und her blutig schlugen, bis wir beide atemlos wieder bei dem Schlosse anlangten. Das war jener Abend vor unserer Gebirgsreise, da ich so wild und ungebärdet tat, als du mit Faber ruhig am Tische auf der Wiese saßest. – Später erfuhr ich, daß das Mädchen denselben Abend um dieselbe Stunde gestorben sei. – Und so wolle Gott jeden Schnapphahn kurieren, denn ich habe mich seitdem gebessert, das kann ich redlich sagen!"

Friedrich erinnerte sich bei dieser wunderlichen Geschichte an eine Nacht auf Leontins Schlosse, wie er Erwine einmal von der Mauer sich mit einem fremden Manne unterhalten gehört und dann einen langen, dunklen Schatten von ihm in den Wald hineingehn gesehen hatte. – „Allerdings", sagte Leontin, „habe ich selber einmal dergleichen bemerkt, und es kam mir zu meinem Erstaunen vor, als wäre es dieselbe Gestalt, die mir im Walde erschienen. Aber du weißt, wie geheimnisvoll Erwine immer war und blieb; doch so viel wird mir nach verschiedenen flüchtigen Äußerungen von ihr immer wahrscheinlicher, daß dieses Bild hier in diesem Walde spuke oder lebe, sei es nun, was es wolle. – Ich weiß nicht, ob du noch unsres Besuches auf dem Schlosse der Frau v. A. gedenkest. Dort sah ich ein altes Ritterbild, vor dem ich augenblicklich zurückfuhr. Denn es war offenbar sein Porträt. Es waren meine eigenen Züge nur etwas älter und ein fremder Zug auf der Stirn über den Augen." –

Während Leontin noch so sprach, hörten sie auf einmal ein Geräusch auf dem Hofe unten, und ein Reiter sprengte durch das Tor herein; mehrere Windlichter füllten sogleich den Platz, in deren über die Mauern hinschweifenden Scheinen sich alle Figuren nur noch dunkler ausnahmen. „Er ist's!" rief Leontin. – Der Reiter, welcher der Herr des Schlosses zu sein schien, stieg schnell ab und ging hinein, die Windlichter verschwanden mit ihm, und es war plötzlich wieder dunkel und stille wie vorher.

Leontin war sehr bewegt, sie beide blieben noch lange voll Erwartung am Fenster, aber es rührte sich nichts im Schlosse. Ermüdet warfen sie sich endlich auf die großen, altmodischen Betten, um den Tag zu erwarten, aber sie konnten nicht einschlafen, denn der Wind knarrte und pfiff unaufhörlich an den Wetterhähnen und Pfeilern des alten, weitläufigen Schlosses, und ein seltsames Sausen, das nicht vom Walde herzukommen schien, sondern wie ferner Wellenschlag tönte, brauste die ganze Nacht hindurch.

Zweiundzwanzigstes Kapitel

Kaum fing der Morgen draußen an zu dämmern, so sprangen die beiden schon von ihrem Lager auf und eilten aus ihrem Zimmer auf den Gang hinaus. Aber kein Mensch war noch da zu sehen, die Gänge und Stiegen standen leer, der steinerne Brunnen im Hofe rauschte einförmig fort. Sie gingen unruhig auf und ab; nirgends bemerkten sie einen neuen Bau oder Verzierungen an dem Schlosse, es schien nur das Alte gerade zur Notdurft zusammengehalten. Bunte Blumen und kleine grüne Bäumchen wuchsen hin und wieder auf dem hohen Dache, zwischen denen Vögel lustig sangen. Sie kamen endlich über mehrere Gänge in dem abgelegensten und verfallensten Teile des Schlosses in ein offenes, hochgelegenes Gemach, dessen Wände sie mit Kohle bemalt fanden. Es waren meist flüchtige Umrisse von mehr als lebensgroßen Figuren, Felsen und Bäumen, zum Teil halb verwischt und unkenntlich. Gleich an der Tür war eine seltsame Figur, die sie sogleich für den Eulenspiegel erkannten. Auf der anderen Wand erkannte Friedrich höchst betroffen einen großen, ziemlich weitläufigen Umriß seiner Heimat, das große alte Schloß und den Garten auf dem Berge, den Strom unten, den Wald und die ganze Gegend. Aber es war unbeschreiblich einsam anzusehen, denn ein ungeheurer Sturm schien über die winterliche Gegend zu gehen, und beugte die entlaubten Bäume alle nach einer Seite, sowie auch eine wilde Flammenkrone, die aus dem Dache des

Schlosses hervorbrach, welches zum Teil schon in der Feuersbrunst zusammenstürzte.
Friedrich konnte die Augen von diesen Zügen kaum wegwenden, als Leontin einen Haufen von Zeichnungen und Skizzen hervorzog, die ganz verstaubt und vermodert in einem Winkel des Zimmers lagen. Sie setzten sich beide auf den Fußboden hin und rollten eine nach der andern auf. Die meisten Blätter waren komischen Inhalts, fast alle von einem ungewöhnlichen Umfange. Die Züge waren durchaus keck und oft bis zur Härte streng, aber keine der Darstellungen machte einen angenehmen, viele sogar einen widrigen Eindruck. Unter den komischen Gesichtern glaubte Friedrich zu seiner höchsten Verwunderung manche alte Bekannte aus seiner Kindheit wiederzufinden.
Der erste Morgenschein fiel indes soeben durch die hohen Bogenfenster, und spielte gar seltsam an den Wänden der Polterkammer und in die wunderliche Welt der Gedanken und Gestalten hinein, die rings um sie her auf dem Boden zerstreut lagen. Es war ihnen dabei wie in einem Traume zumute. – Sie schoben endlich alle die Bilder wieder in den Winkel zusammen und lehnten sich zum Fenster hinaus. Alles war noch nächtlich und grenzenlos still, nur einige frühe Vögel zogen pfeifend hin und her über den Wald und begrüßten die ersten Morgenstrahlen, die durch die Wipfel funkelten. Da hörten sie auf einmal draußen in einiger Entfernung folgendes Lied singen:

„Ein Stern still nach dem andern fällt
Tief in des Himmels Kluft,
Schon zucken Strahlen durch die Welt,
Ich wittre Morgenluft.

In Qualmen steigt und sinkt das Tal;
Verödet noch vom Fest
Liegt still der weite Freudensaal,
Und tot noch alle Gäst'.

Da hebt die Sonne aus dem Meer
Eratmend ihren Lauf:
Zur Erde geht, was feucht und schwer,
Was klar, zu ihr hinauf.

Hebt grüner Wälder Trieb und Macht
Neurauschend in die Luft,
Zieht hinten Städte, eitel Pracht,
Blau' Berge durch den Duft.

Spannt aus die grünen Tepp'che weich,
Von Strömen hell durchrankt,
Und schallend glänzt das frische Reich,
So weit das Auge langt.

Der Mensch nun aus der tiefen Welt
Der Träume tritt heraus,
Freut sich, daß alles noch so hält,
Daß noch das Spiel nicht aus.

Und nun geht's an ein Fleißigsein!
Umsumsend Berg und Tal,
Agieret lustig groß und klein
Den Plunder allzumal.

Die Sonne steiget einsam auf,
Ernst über Lust und Weh
Lenkt sie den ungestörten Lauf
In stiller Glorie. –

Und wie er dehnt die Flügel aus,
Und wie er auch sich stellt:
Der Mensch kann nimmermehr hinaus
Aus dieser Narrenwelt."

Die beiden Freunde eilten sogleich auf das sonderbare Lied hinunter und aus dem Schlosse hinaus. Die Wälder rauchten ringsum aus den Tälern, eine kühle Morgenluft griff stärkend an alle Glieder. Der Gesang hatte unterdes aufgehört, doch erblickten sie in jener Gegend, wo er hergekommen war, einen großen, schönen, ziemlich jungen Mann an dem Eingange des Waldes. Er stand auf und schien weggehn zu wollen, als er sie gewahr wurde; dann blieb er stehen und sah sie noch einmal an, kam darauf auf sie zu, faßte Friedrich bei der Hand und sagte sehr gleichgültig: „Willkommen, Bruder!" –

Wie dem Schweizer in der Fremde, wenn plötzlich ein Alphorn ertönt, alle Berge und Täler, die ihn von der Heimat scheiden, in dem Klange versinken, und er die Gletscher wiedersieht, und den alten, stillen Garten am Bergeshange, und alle die morgenfrische Aussicht in das Wunderreich der Kindheit, so fiel auch Friedrich bei dem Tone dieser Stimme die mühsame Wand eines langen, verworrenen Lebens von der Seele nieder: – er erkannte seinen wilden Bruder Rudolf, der als Knabe fortgelaufen war, und von dem er seitdem nie wieder etwas gehört hatte.

Keine ruhige, segensreiche Vergangenheit schien aus diesen dunkelglühenden Blicken hervorzusehen, eine Narbe über dem rechten Auge entstellte ihn seltsam. Leontin stand still dabei und betrachtete ihn aufmerksam, denn es war wirklich dasselbe Bild, das ihm mitten im bunten Leben oft so schaurig begegnet. „O, mein lieber Bruder", sagte Friedrich, „so habe ich dich denn wirklich wieder! Ich habe dich immer geliebt. Und als ich dann größer wurde und die Welt immer kleiner und enger, und alles so wunderlos und zahm, wie oft hab' ich da an dich zurückgedacht und mich nach deinem wunderbaren härteren Wesen gesehnt!" – Rudolf schien wenig auf diese Worte zu achten, sondern wandte sich zu Leontin um und sagte: „Wie geht es Euch, mein Signor Amoroso? Durch diesen Wald geht kein Weg zum Liebchen." – „Und keiner in der Welt mehr", fiel Leontin, der wohl wußte, was er meine, empfindlich ihm ins Wort, „denn Eure Possen haben das Mädchen ins Grab gebracht." – „Besser tot, als eine H–",

sagte Rudolf gelassen. „Aber“, fuhr er fort, „was treibt Euch aus der Welt hier zu mir herauf? Sucht Ihr Ruhe: ich habe selber keine, sucht Ihr Liebe: ich liebe keinen Menschen, oder wollt Ihr mich listig aussondieren, zerstreuen und lustig machen: so zieht nur in Frieden wieder hinunter, eßt, trinkt, arbeitet fleißig, schlaft bei Euren Weibern oder Mädchen, seid lustig und lacht, daß Ihr Euch krähend die Seiten halten müßt, und danket Gott, daß er Euch weiße Lebern, einen ordentlichen Verstand, keinen überflüssigen Witz, gesellige Sitten und ein langes, wohlgefälliges Leben bescheret hat – denn mir ist das alles zuwider.“ – Friedrich sah den Bruder staunend an, dann sagte er: „Wie ist dein Gemüt so feindselig und wüst geworden! Hat dich die Liebe“ – „Nein“, sagte Rudolf, „Ihr seid gar verliebt, da lebt recht wohl!“
Hiermit ging er wirklich mit großen Schritten in den Wald hinein und war bald hinter den Bäumen verschwunden. Leontin lief ihm einige Schritte nach, aber vergebens. „Nein“, rief er endlich aus, „er soll mich nicht so verachten, der wunderliche Gesell! Ich bin so reich und so verrückt wie er!“ – Friedrich sagte: „Ich kann es nicht mit Worten ausdrücken, wie es mich rührt, den tapfern, gerechten, rüstigen Knaben, der mir immer vorgeschwebt, wenn ich dich ansah, so verwildert wiederzusehen. Aber ich bleibe nun gewiß auch wider seinen Willen hier, ich will keine Mühe sparen, sein reines Gold, denn solches war in ihm, aus dem wüstverfallenen Schacht wieder ans Tageslicht zu fördern.“ – „O“, fiel ihm Leontin ins Wort, „das Meer ist nicht so tief, als der Hochmütige in sich selber versunken ist! Nimm dich in acht! Er zieht dich eher schwindelnd zu sich hinunter, ehe du ihn zu dir hinauf.“
Friedrich hatte der Anblick seines Bruders auf das heftigste bewegt. Er ging schnell von Leontin fort und allein tief in den Wald hinein. Er brauchte der stillen, vollen Einsamkeit, um die neuen Erscheinungen, die auf einmal so gewaltsam auf ihn eindrangen, zu verarbeiten und seine seltsam aufgeregten Geister zu beruhigen.

Lange war er so im Walde herumgeschweift, als auch Leontin wieder zu ihm stieß. Dieser hatte währenddes wieder jene Bilderstube bestiegen und die Zeit unter den Zeichnungen gesessen. Dabei waren ihm in dieser Einsamkeit die Figuren oft wie lebendig geworden vorgekommen und verschiedene Lieder eines Wahnsinnigen eingefallen, die er, wie Sprüche auf die alten Bilder, den Gestalten aus dem Munde auf die Wand aufgeschrieben hatte.
Die Sonne fing schon wieder an sich von der Mittagshöhe herabzuneigen. Weder Leontin noch Friedrich wußten recht, wo sie sich befanden, denn kein ordentlicher Weg führte vom Schlosse hierher. Sie schlugen daher die ohngefähre Richtung ein, sich über den melancholischen Rudolf besprechend. Als sie nach langem Irren eben auf einer Höhe angelangt waren, hörten sie plötzlich mehrere lebhafte Stimmen vor sich. Ein undurchdringliches Dickicht, durch welches von dieser Seite kein Eingang möglich war, trennte sie von den Sprechenden. Leontin bog die obersten Zweige mit Gewalt auseinander: da eröffnete sich ihnen auf einmal das seltsamste Gesicht. Mehrere auffallende Figuren nämlich, worunter sie sogleich Marie, den Karfunkelsteinspäher und den Ritter von gestern erkannten, lagen und saßen dort auf einer grünen Wiese zerstreut umher. Die große Einsamkeit, die fremdartigen, zum Teil ritterlichen Trachten, womit die meisten angetan, gaben der Gruppe ein überraschendes, buntes und wundersames Ansehen, als ob ein Zug von Rittern und Frauen aus alter Zeit hier ausraste.
Marie war ihnen besonders nahe, doch ohne sie zu bemerken. Sie war mit langen Kränzen von Gras behangen und hatte eine Gitarre vor sich auf dem Schoße. Auf dieser spielte sie und sang das Lied, das sie damals auf dem Rehe gesungen, als sie Friedrich zum ersten Male auf der Wiese bei Leontins Schlosse traf. Nach der ersten Strophe hielt sie, in Gedanken verloren, inne, als wollte sie sich auf das weitere besinnen, und fing dann das Lied immer wieder von Anfang an. –

Mitten unter den Narren saß Rudolf auf einem umgefallenen Baumstamme, den Kopf vornhin in beide Arme auf die Knie gestützt. Er war ohne Hut und sah sehr blaß aus. Mit Verwunderung hörten sie, wie er mit ihnen allen in ein lebhaftes Gespräch vertieft war. Er wußte dem Wahnsinn eines jeden eine Tiefe und Bedeutung zu geben, über welche sie erstaunten, und je verrückter die Narren sprachen, je witziger und ausgelassener wurde er in seinem wunderlichen Humor. Aber sein Witz war scharf ohne Heiterkeit, wie Dissonanzen einer großen, zerstörten Musik, die keinen Einklang finden können oder mögen.
Leontin, der aufmerksam zugehört hatte, war es durchaus unmöglich, das wilde Spiel länger zu ertragen. Er hielt sich nicht mehr, riß mit Gewalt durch das Dickicht und eilte auf Rudolf zu. Rudolf, durch sein Gespräch exaltiert, sprang über der plötzlichen, unerwarteten Erscheinung rasch auf und riß dem verrückten Ritter, der neben ihm saß, den Degen aus der Scheide. So mit dem Degen aufgerichtet, sah der lange Mann mit seinen verworrenen Haaren und bleichem Gesichte fast gespensterartig aus. Beide hieben in demselben Augenblicke wütend aufeinander ein, denn Leontin ging unter diesen Verrückten nicht unbewaffnet aus. Ein Strom von Blut drang plötzlich aus Rudolfs Arme und machte der seltsamen Verblendung ein Ende. Alles dieses war das Werk eines Augenblicks.
Friedrich war indes auch herbeigeeilt, und beide Freunde waren bemüht, das Blut des verwundeten Rudolfs mit ihren Tüchern zu stillen, worauf sie ihn näher an sein Schloß führten.
Als er sich nach einiger Zeit wieder erholt hatte, und die Gemüter beruhigt waren, äußerte Friedrich seine Verwunderung, wie er so einsam in dieser Gesellschaft aushalten könne.
„Und was ist es denn mehr und anders“, sagte Rudolf, „als in der andern gescheiten Welt? Da steht auch jeder mit seinen besonderen, eigenen Empfindungen, Gedanken, Ansichten und Wünschen neben dem andern wieder mit sei-

nem besonderen Wesen, und wie sie sich auch, gleichwie mit Polypenarmen, künstlich betasten und einander recht aus dem Grunde herauszufühlen trachten, es weiß ja doch am Ende keiner, was er selber ist oder was der andere eigentlich meint und haben will, und so muß jeder dem andern verrückt sein, wenn es übrigens Narren sind, die überhaupt noch etwas meinen oder wollen. Das einzige Tolle bei jenen Verrückten von Profession aber ist nur, daß sie dabei noch glücklich sind."

Bei diesen Worten erblickte er das vielerwähnte Medaillon von Erwin, das Friedrich nur halbverborgen unter dem Rocke trug. Er ging schnell auf Friedrich zu. „Woher hast du das?" fragte er, und nahm das Bild zu sich. Er schien bewegt, als sie ihm erzählten, von wem sie es hatten und daß Erwin gestorben sei, doch konnte man nicht unterscheiden, ob es Zorn oder Rührung war. Er sah darauf das Bild lange Zeit an und sagte kein Wort.

Durch die Ermattung von dem Blutverluste, sowie durch den unerwarteten Anblick des Porträts, schien seine Wildheit einigermaßen gebändigt. Die beiden Freunde drangen daher in ihn, ihnen endlich Aufschluß über das alles zu geben, und wo möglich, seine Lebensgeschichte zu erzählen, auf welche sie beide sehr begierig waren, da sie wohl bemerkten, daß er mit diesem Mädchen und vielen andern Rätseln in einem nahen Zusammenhange stehen müsse. Er war heut wirklich ruhig genug dazu. Er setzte sich, ohne sich weiter nötigen zu lassen, neben ihnen auf den Rasen und begann sogleich folgendermaßen:

Dreiundzwanzigstes Kapitel

„Wenn ich mein Leben überdenke, ist mir so totenstill und nüchtern, wie nach einem Balle, wenn der Saal noch wüst und schwül qualmt und ein Licht nach dem andern verlöscht, weil andere Lichter durch die zerschlagenen

Fenster hineinschielen, und man reißt die Kleider von der Brust und steigt draußen auf den höchsten Berg und sieht der Sonne entgegen, ob sie nicht bald aufgehn will. – Doch ich will ruhig erzählen:

Die erste Begebenheit meines Lebens, auf die ich mich wie an einen Traum erinnere, war eine große Feuersbrunst. Es war in der Nacht, die Mutter fuhr mit uns und noch einigen fremden Leuten, auf die ich mich nicht mehr besinne, im Kahne über einen großen See. Mehrere Schlösser und Dörfer brannten ringsumher an den Ufern und der Widerschein von den Flammen spiegelte sich bis weit in den See hinein. Meine Wärterin hob mich aus dem Kahne hoch in die Höhe und ich langte mit beiden Armen nach dem Feuer. Alle die fremden Leute im Kahne waren still, meine Mutter weinte sehr; man sagte mir, mein Vater sei tot. – Noch eines Umstandes muß ich dabei gedenken, weil er seltsam mit meinem übrigen Leben zusammenhängt. Als wir nämlich, soviel ich mich erinnere, gleichsam aus Flammen in den Kahn einstiegen, erblickte ich einen Knaben etwa von meinem Alter, den ich sonst nie gesehn hatte. Der lachte uns aus, tanzte an dem Feuer mit höhnenden Gebärden und schnitt mir Gesichter. Ich nahm schnell einen Stein und warf ihn ihm mit einer für mein Alter ungewöhnlichen Kraft an den Kopf, daß er umfiel. Sein Gesicht ist mir noch jetzt ganz deutlich, und ich wurde den widrigen Eindruck dieser Begebenheit niemals wieder los. – Das ist alles, was mir von jener merkwürdigen Nacht übrigblieb, deren Stille, Wunderbilder und feurige Widerscheine sich meinem kindischen Gemüte unverlöschlich einprägten. In dieser Nacht sah ich meine Mutter zum letzten Male.

Nachher erinnere ich mich wieder auf nichts, als Berge und Wälder, große Haufen von Soldaten und blitzenden Reitern, die mit klingendem Spiele über Brücken zogen, unbekannte Täler und Gegenden, die wie ein Schattenspiel schnell an meiner Seele vorüberflogen.

Als ich mich endlich zum ersten Male mit Besinnung in

der Welt umzuschauen anfing, befand ich mich allein mit dir in einem fremden, schönen Schloß und Garten unter fremden Leuten. Es war, wie du weißt, unser Vormund, und das Schloß, obschon unser Eigentum, doch nicht unser Geburtsort. Wir beide sind am Rheine geboren. – Es mochte mir hier bald nicht behagen. Besonders stach mir gegen das niemals in meiner Erinnerung erloschene Bild meiner Mutter, die ernst, hoch und schlank war, die neue, kleine, wirtschaftliche und dickliche Mutter zu sehr ab. Ich wollte ihr niemals die Hand küssen. Ich mußte viel sitzen und lernen, aber ich konnte nichts erlernen, besonders keine fremde Sprache. Am wenigsten aber wollte mir das sogenannte gewisse Etwas in Gesellschaften anpassen, wobei ich mich denn immer sehr schlecht und zu allgemeiner Unzufriedenheit präsentierte. Mir war dabei das Verstellen und das zierliche Niedlichtun der Vormünderin und des Hofmeisters unbegreiflich, die immer auf einmal ganz andere Leute waren, wenn Gäste kamen. Ja, ich erinnere mich, daß ich den letztern einige Male, wenn er so außer dem gewöhnlichen Wege besonders klug sprach, hinten am Rocke zupfte und laut auflachte, worauf ich denn jedesmal mit drohenden Blicken aus dem Zimmer verwiesen wurde. Mit Prügeln war bei mir nichts auszurichten, denn ich verteidigte mich bis zum Tode gegen den Hofmeister und jedermann, der mich schlagen wollte. So kam es denn endlich, daß ich bei jeder Gelegenheit hintenangesetzt wurde. Man hielt mich für einen trübseligen Einfaltspinsel, von dem weder etwas zu hoffen noch zu fürchten sei. Ich wurde dadurch nur noch immer tiefsinniger und einsamer und träumte unaufhörlich von einer geheimen Verschwörung aller gegen mich, selbst dich nicht ausgenommen, weil du mit den meisten im Hause gut standest.

Ein einziges liebes Bild ging in dieser dunklen, schwerer Träume vollen Zeit an mir vorüber. Es war die kleine Angelina, die Tochter eines verwandten italienischen Marchese, der sich auch vor den Unruhen in Italien zu uns ge-

flüchtet hatte und lange Zeit dort blieb. Du wirst dich des lieblichen, wunderschönen Kindes erinnern, wie sie von uns Deutsch lernte und so schöne, welsche Lieder wußte. Ich hatte damals Tag und Nacht keine Seelenruh vor diesem schönen Bilde. Inzwischen glaubte ich zu bemerken, daß sie überall dich mehr begünstigte, als mich; ich war ihr zu wild, sie schien sich vor mir zu fürchten. Mein alter Argwohn, Haß und Bangigkeit nahm täglich zu, ich saß, wie in mir selbst gefangen, bis endlich ein seltsamer Umstand alle die Engel und Teufel, die damals noch dunkel in mir rangen, auf einmal losmachte.
Ich war nämlich eines Abends eben mit Angelina im Garten an dem eisernen Gitter, durch das man auf die Straße hinaussah. Angelina stand am Springbrunnen und spielte mit den goldenen Kugeln, welche die Wasserkunst glänzend auf und nieder warf. Da kam eine alte Zigeunerin am Gitter vorbei und verlangte, als sie uns drinnen erblickte, auf die gewöhnliche ungestüme Art, uns zu prophezeien. Ich streckte sogleich meine Hand hinaus. Sie las lange Zeit darin. Währenddes ritt ein junger Mensch, der ein Reisender schien, draußen die Straße vorbei und grüßte uns höflich. Die Zigeunerin sah erstaunt mich, Angelina und den vorüberziehenden Fremden wechselseitig an, endlich sagte sie, auf uns und ihn deutend: „Eines von euch dreien wird den andern ermorden." – Ich blickte dem Reiter scharf nach, er sah sich noch einmal um, und ich erkannte erschrocken und zornig sogleich das Gesicht desselben unbekannten Knaben wieder, der uns bei unsrem Auszuge aus der Heimat an dem Feuer so verhöhnt hatte. – Die Zigeunerin war unterdes verschwunden, Angelina furchtsam fortgelaufen, und ich blieb allein in dem großen, dämmernden Garten und glaubte fest, nun als Mörder auch sogar von Gott verlassen zu sein; niemals fühlte ich mich so finster und leer.
In der Nacht konnt' ich nicht schlafen, ich stand auf und zog mich völlig an. Es war alles still, nur die Wetterhähne knarrten im Hofe, der Mond schien sehr hell. Du schliefst

still neben mir, das Gebetbuch lag noch halb aufgeschlagen bei dir, ich wußte nicht, wie du so ruhig sein könntest. Ich küßte dich auf den Mund, ging dann schnell aus dem Hause, durch den Garten, und kehrte niemals mehr wieder.
Von nun an geht mein Leben rasch, bunt, ungenügsam, wechselnd, und in allem Wechsel doch unbefriedigt. Ich will nur einige Augenblicke herausheben, die mich, wie einsam erleuchtete Berggipfel über dem dunkelwühlenden Gewirre, noch immer von weitem ansehn.
Als ich zu Ende jener Nacht die letzte Höhe erreicht hatte, ging eben die Sonne prächtig auf. Die Gegend unten, soweit die Blicke reichten, war mit bunten Zelten, unermeßlich blitzenden Reihen, und Lust und Schallen überdeckt. Einzelne bunte Reiter flogen in allen Richtungen über den grünen Anger, einzelne Schüsse fielen bis in die tiefste Ferne hin und her im Walde. Ich stand wie eingewurzelt vor Lust bei dem Anblick. Ich glaubte es nun auf einmal gefunden zu haben, was mir fehlte und was ich eigentlich wollte. Ich eilte daher schnell hinunter und ließ mich anwerben.
Wir brachen noch denselben Tag von dem Orte auf, aber schon da auf dem Marsche fing ich an zu bemerken, daß dieses nicht das Leben war, das ich erwartete. Der platte Leichtsinn, das Prahlen und der geschäftige Müßiggang ekelte mich an, besonders unerträglich aber war mir, daß ein einziger unbeschreiblicher Wille das Ganze wie ein dunkles Fatum regieren sollte, daß ich im Grunde nicht mehr wert sein sollte, als mein Pferd – und so versenkten mich diese Betrachtungen in eine fürchterliche Langeweile, aus der mich kaum die Signale, welche die Schlacht ankündigten, aufzurütteln vermochten.
Damals bekam mein Oberst von meinem Vormund, der mich aufgespürt hatte, einen Brief, worin er ihn bat, mich auszuliefern. Aber es war zu spät, denn das Treffen war eben losgegangen. Mitten im blitzenden Dampfe und Todesgewühl erblickt' ich plötzlich das bleiche Gesicht des

Unbekannten wieder mir feindlich gegenüber. – Wütend, daß das Gespenst mich überall verfolgte, stürzte ich auf ihn ein. Er focht so gut wie ich. Endlich sah ich sein Pferd stürzen, während ich selbst, leicht verwundet, vor Ermattung bewußtlos hinsank. Als ich wieder erwachte, war alles ringsum finster und totenstill über der weiten Ebene, die mit Leichen bedeckt war. Mehrere Dörfer brannten in der Runde, und nur einzelne Figuren, wie am jüngsten Gericht, erhoben sich hin und her und wandelten dunkel durch die Stille. Ein unbeschreibliches Grausen überfiel mich vor dem wahnwitzigen Jammerspiel, ich raffte mich schnell auf und lief, bis es Tag wurde.
In einem Städtchen las ich in der Zeitung die Bekanntmachung meines Vormunds, daß ich in dem Treffen geblieben sei, auch hörte ich, daß der Marchese mit seiner Tochter unser Schloß wieder verlassen habe. Ich war zu stolz und aufgeregt, um nach Hause zurückzukehren. Indes erwachte das Bild der kleinen Angelina von neuem in meinem Herzen. Ich bildete mir die liebliche Erinnerung mit allen Kräften meiner Seele aus, und so malte ich damals jenes Engelsköpfchen, das du hier zu meinem Erstaunen mitgebracht hast. Es ist Angelinens Porträt.
Mein unruhiges und doch immer in sich selbst verschlossenes Gemüt bekam nun auf einmal die erste entschiedene Richtung nach außen. Ich warf mich mit einem unerhörten Fleiße auf die Malerei und streifte mit dem Gelde, das ich mir dadurch erwarb, in Italien herum. Ich glaubte damals, die Kunst werde mein Gemüt ganz befriedigen und ausfüllen. Aber es war nicht so. Es blieb immer ein dunkler, harter Fleck in mir, der keine Farben annahm und doch mein eigentlicher, innerster Kern war. Ich glaube, wenn ich in meiner Angst einen neuen Münster hätte aus mir herausbauen können, mir wäre wohler geworden, so felsengroß lag immer meine Entzückung auf mir. Meine Skizzen waren immer besser als die Gemälde, weil ihre Ausführung meistens unmöglich war. Gar oft in guten Stunden ist mir wohl eine solche Glorie von nie gesehenen

Farben und unbeschreiblich himmlischer Schönheit vorgekommen, daß ich mich kaum zu fassen wußte. Aber dann war's auch wieder aus, und ich konnte sie niemals ausdrücken. – So schmückt sich wohl jede tüchtige Seele einmal ihren Kerker mit Künsten aus, ohne deswegen zum Künstler berufen zu sein. Und überhaupt ist es am Ende doch nur Putz und eitel Spielerei. Oder würdet ihr den nicht für töricht halten, der sich im Wirtshause, wo er übernachtet, eifrig auszieren wollte? Und wir machen soviel Umstände mit dem Leben und wissen nicht, ob wir noch eine Stunde bleiben!

An einem schönen Sommerabende fuhr ich einmal in Venedig auf dem Golf spazieren. Der Halbkreis von Palästen mit ihren still erleuchteten Fenstern gewährte einen prächtigen Anblick. Unzählige Gondeln glitten aneinander vorüber über das ruhige Wasser, Gitarren und tausend weiche Gesänge zogen durch die laue Nacht. Ich ruderte voll Gedanken fort und immerfort, bis nach und nach die Lieder verhallten und alles um mich her still und einsam geworden war. Ich dachte an die ferne Heimat und sang ein altes, deutsches Lied, eines von denen, die ich noch als Knabe Angelinen gelehrt hatte. Wie sehr erstaunte ich, als mir da auf einmal eine wunderschöne weibliche Stimme von dem Altan eines Hauses mit der nächstfolgenden Strophe desselben Liedes antwortete. Ich sprang sogleich ans Ufer und eilte auf das Haus zu, von dem der Gesang herkam. Eine weiße Mädchengestalt neigte sich zwischen den Orangenbäumen und Blumen über den Balkon herab und sagte flüsternd: ‚Rudolf!' Ich erkannte bei dem hellen Mondenscheine sogleich Angelina. Sie schien noch mehr sprechen zu wollen, aber die Tür auf dem Balkon öffnete sich von innen, und sie war verschwunden.

Verwundert und entzückt in allen meinen Sinnen, setzt' ich mich an einen steinernen Springbrunnen, der auf dem weiten, stillen Platze vor dem Hause stand. Ich mochte ohngefähr eine Stunde dort gesessen haben, als ich die Glastür oben leise wieder öffnen hörte. Angelina trat, sich furchtsam auf dem Platze umsehend, noch einmal auf den Balkon heraus. Ihre schönen Locken fielen auf den schneeweißen, nur halbverhüllten Busen herab, sie war barfuß und im leichtesten Nachtkleide. Sie erschrak, als sie mich wirklich noch unten erblickte. Sie legte den Finger auf den Mund, während sie mit der andern Hand auf die Tür deutete, lehnte sich stillschweigend über das Geländer und sah mich so lange Zeit unbeschreiblich lieblich an. Darauf zog sie ein Papierchen hervor, warf es mir herab, lispelte kaum hörbar: ‚Gute Nacht!' und ging zaudernd wieder hinein. – Auf dem Zettel stand mit Bleistift der Name einer Kirche aufgeschrieben.

Ich begab mich am Morgen zu der benannten Kirche und sah das Mädchen wirklich zur bestimmten Stunde mit einer ältlichen Frau, die ihre Vertraute schien, schon von weitem die Straße heraufkommen. Ich erschrak fast vor Freuden, so überaus schön war sie geworden. Als sie mich ebenfalls erblickte, wurde sie rot vor Scham über die vergangene Nacht und schlug den Schleier fest über das Gesicht. Auf dem Wege und in der Kirche erzählte sie mir nun ungestört, daß sie schon lange wieder in Italien zurück seien, daß ihr Vater, da ihre Mutter bei ihrer Geburt in Todesnot war, das feierliche Gelübde getan, sie, Angelina, als Klosterjungfrau dem Himmel zu weihn, und daß der dazu bestimmte Tag nicht mehr fern sei. – Das verliebte Mädchen sagte dies mit Tränen in den Augen.

Wir kamen darauf noch oft, bald in der Kirche, bald in der Nacht am Balkon zusammen; der Tag, wo Angelina aus dem väterlichen Hause fort ins Kloster sollte, rückte immer näher heran, und wir verabredeten endlich, miteinander zu entfliehn.

In der Nacht, die wir zur Flucht bestimmt hatten, trat sie, mit dem Notwendigsten versehn und reich geschmückt wie eine Braut, hervor. Die heftige Bewegung, in der ihr Gemüt war, machte ihr Gesicht wunderschön, und ich sehe sie in diesem Zustande, in diesem Kleide, noch wie heute vor mir stehn. Sie war noch in ihrem Leben nicht um

diese Zeit allein auf der Gasse gewesen, sie wurde daher noch im letzten Augenblick von neuem schüchtern und halb unschlüssig; sie weinte und fiel mir um den Hals. Ich faßte sie endlich um den Leib und trug sie in den Kahn, den ich im Golf bereit hielt. Ich stieß schnell vom Ufer ab, das Segel schwoll im lauen Winde, der Halbkreis der erleuchteten Fenster versank allmählich hinter uns, und wir befanden uns allein auf der stillen, unermeßlichen Fläche.
Die Liebe hatte sie nun ganz in meine Gewalt gegeben. Sie wurde nun ruhig. Innerlichst fröhlich, aber still, saß sie fest an mich gedrückt, und sah mit den weit offenen, sinnigen Augen unverwandt ins Meer hinaus. Ich bemerkte, daß sie oft heimlich zusammenschauerte, bis sie endlich ermüdet einschlummerte.
Da rauschte plötzlich ein Kahn mit mehreren Leuten und Fackelschein vorüber nach Venedig zu. Der eine von ihnen schwang eben seine Fackel und ich erblickte bei dem flüchtigen Scheine den unbekannten, wunderbar mit mir verknüpften Fremden wieder, der mitten im Kahne aufrecht stand. Ich fuhr unwillkürlich bei dem Anblick zusammen, und höchst seltsam, obschon die ganze Erscheinung ohne das mindeste Geräusch vorübergeglitten war, so wachte doch Angelina in demselben Augenblicke von selber auf und sagte mir erschrocken, es habe ihr etwas Fürchterliches geträumt, sie wisse sich nun aber nicht mehr darauf zu besinnen. Ich beruhigte sie und sagte ihr nichts von dem Begegnis, worauf sie denn bald von neuem einschlief.
Ein lauter Freudenschrei entfuhr ihrer Brust, als sie nach einigen Stunden die hellen Augen aufschlug, denn die Sonne ging eben prächtig über der Küste von Italien auf, die in duftigem Wunderglanze vor uns da lag. Es war der erste überschwengliche Blick des jungen Gemütes in das freie, lüstern lockende, reiche, noch ungewisse Leben. Wir stiegen nun ans Land und setzten unsre Reise zu Pferde nach Rom fort. Dieses Ziehen in den blauen, lieblichen Tagen über grüne Berge, Täler und Flüsse rollt sich noch

jetzt blendend vor meiner Erinnerung auf, wie ein mit prächtig glänzenden, wunderbaren Blumen gestickter Teppich, auf dem ich mich selbst als lustige Figur mit buntgeflickter Narrenjacke erblicke.

In Rom nisteten wir uns in einem entlegenen Quartiere der Stadt ein, wo uns niemand bemerkte. Wir führten einen gar wunderlichen, ziemlich unordentlichen Haushalt miteinander, denn Angelina gewöhnte sich sehr bald an das freie, sorglose Künstlerwesen. Sie hatte, gleich als wir ans Land stiegen, Mannskleider anlegen müssen, um nicht erkannt zu werden, und ich gab sie so für meinen Vetter aus. Die Tracht, in der sie mich nun auch frei auf allen Spaziergängen begleitete, stand ihr sehr niedlich, sie sah oft aus wie Correggios Bogenschütz. Sie mußte mir oft zum Modell sitzen, und sie tat es gern, denn sie wußte wohl, wie schön sie war. Damals wurden meine Gemälde weniger hart, angenehmer und sinnreicher in der Ausführung.

Indes entging es mir nicht, daß Angelina anfing, mit der Mädchentracht nach und nach auch ihr mädchenhaftes, bei aller Liebe verschämtes Wesen abzulegen, sie wurde in Worten und Gebärden kecker, und ihre sonst so schüchternen Augen schweiften lüstern rechts und links. Ja, es geschah wohl manchmal, wenn ich sie unter lustige Gesellen mitnahm, mit denen wir in einem Garten oft die Nacht durchschwärmten, daß sie sich berauschte, wo sie dann mit den furchtsam dreisten Mienen und glänzend schmachtenden Augen ein ungemein reizendes Spiel der Sinnlichkeit gab.

Weiber ertragen solche kühnere Lebensweise nicht. – Ein Jahr hatten wir so zusammen gelebt, als mir Angelina eine Tochter gebar. Ich hatte sie einige Zeit vorher auf einem Landhause bei Rom vor aller Welt verborgen, und auf ihr eigenes Verlangen, welches meiner Eifersucht auffiel, blieb sie nun auch noch lange nach ihrer Niederkunft mit dem Kinde dort. –

Eines Morgens, als ich eben von Rom hinkomme, finde

ich alles leer. – Das alte Weib, welches das Haus hütete, erzählt mir zitternd: Angelina habe sich gestern abend sehr zierlich als Jäger angezogen, sie habe darauf, da der Abend sehr warm war, lange Zeit bei ihr vor der Tür auf der Bank gesessen und angefangen so betrübt und melancholisch zu sprechen, daß es ihr durch die Seele ging, wobei sie öfters ausrief: ,Wär ich doch lieber ins Kloster gegangen!' Dann sagte sie wieder lustig: ,Bin ich nicht ein schöner Jäger?' Darauf sei sie hinaufgegangen, habe, während schon alles schlief, noch immerfort Licht gebrannt und am offenen Fenster allerlei zur Laute gesungen. Besonders habe sie folgendes Liedchen zum öftern wiederholt, welches auch mir gar wohlbekannt war, da es Angelina von mir gelernt hatte:

,Ich hab' gesehn ein Hirschlein schlank
Im Waldesgrunde stehn,
Nun ist mir draußen weh' und bang',
Muß ewig nach ihm gehn.

Frischauf, ihr Waldgesellen mein!
Ins Horn, ins Horn frischauf!
Das lockt so hell, das lockt so fein,
Aurora tut sich auf!'

Das Hirschlein führt den Jägersmann
In grüner Waldesnacht
Talunter, schwindelnd und bergan
Zu niegesehner Pracht.

,Wie rauscht schon abendlich der Wald,
Die Brust mir schaurig schwellt!
Die Freunde fern, der Wind so kalt,
So tief und weit die Welt!'

Es lockt so tief, es lockt so fein
Durchs dunkelgrüne Haus,
Der Jäger irrt und irrt allein,
Findt nimmermehr heraus. –

‚Gegen Mitternacht ohngefähr', fuhr die Alte fort, ‚hörte ich ein leises Händeklatschen vor dem Hause. Ich öffnete leise die Lade meines Guckfensters und sah einen großen Mann, bewaffnet und in einen langen Mantel vermummt, unter Angelinas Fenster stehn, seitwärts im Gebüsch hielt ein Wagen mit Bedienten und vier Pferden. In demselben Augenblicke kam auch Angelina, ihr Kind auf dem Arme, unten zum Hause heraus. Der fremde Herr küßte sie und hob sie geschwind in den Wagen, der pfeilschnell davonrollte. Eh' ich mich besann, hinauslief und schrie, war alles in der dicken Finsternis verschwunden.'
Auf diesen verzweifelten Bericht der Alten stürzte ich in das Zimmer hinauf. Alles lag noch wie sonst umher, sie hatte nichts mitgenommen, als ihr Kind. Ein Bild, das nach ihr kopiert war, stand noch ruhig auf der Staffelei, wie ich es verlassen. Auf dem Tische daneben lag ein ungeheurer Haufen von Goldstücken. Wütend und außer mir, warf ich alles das Gold, das Bild und alle andern Bilder und Zeichnungen hinterdrein zum Fenster hinaus. Die Alte tanzte unten mit widrig vor Staunen und Gier verzerrten Gebärden wie eine Hexe zwischen dem Goldregen herum, und ich glaubte da auf einmal in ihren Zügen dieselbe Zigeunerin zu erkennen, die mir damals an dem Gartengitter prophezeit hatte. – Ich eilte zu ihr hinab, aber sie hatte sich bereits mit dem Golde verloren. – Ich lud nun meine Pistolen, warf mich auf mein Pferd und jagte der Spur des Wagens nach, die noch deutlich zu kennen war. Ich war vollkommen entschlossen, Angelina und ihren Entführer totzuschießen. – So erbärmliches Zeug ist die Liebe, diese liederliche Anspannung der Seele!
So durchstreifte ich fast ganz Italien nach allen Richtungen, ich fand sie nimmermehr. Als ich endlich, erschöpft von den vielen Zügen, auf den letzten Gipfeln der Schweiz ankam, schauderte mir, als ich da auf einmal aus dem italienischen Glanze nach Deutschland hinabsah, wie das so ganz anders, still und ernsthaft mit seinen dunklen Wäldern, Bergen und dem königlichen Rheine dalag. – Ich

hatte keine Sehnsucht mehr nach der Ferne und versank in eine öde Einsamkeit. Mit meiner Kunst war es aus. – Dagegen lockte mich nun bald die Philosophie unwiderstehlich in ihre wunderbaren Tiefen. Die Welt lag wie ein großes Rätsel vor mir, die vollen Ströme des Lebens rauschten geheimnisvoll, aber vernehmlich, an mir vorüber, mich dürstete unendlich nach ihren heiligen, unbekannten Quellen. Der kühnere Hang zum Tiefsinn war eigentlich mein angebornes Naturell. Schon als Kind hatte ich oft meinen Hofmeister durch seltsame, ungewöhnliche Fragen in Verwirrung gebracht, und selbst meine ganze Malerei war im Grunde nur ein falsches Streben, das Unaussprechliche auszusprechen, das Undarstellbare darzustellen. Besonders verspürte ich schon damals dieses Gelüst vor manchen Bildern des großen Albrecht Dürer und Michelangelo. Ich studierte nun mit eisernem, unausgesetztem Fleiß alle Philosopheme, was die Alten ahneten und die Neuen grübelten oder phantasierten. Aber alle Systeme führten mich entweder von Gott ab, oder zu einem falschen Gott.
Alles aufgebend und verzweifelt, daß ich auf keine Weise die Schranken durchbrechen und aus mir selber herauskommen konnte, stürzt' ich mich nun wütend, mit wenigen lichten Augenblicken schrecklicher Reue, in den flimmernden Abgrund aller sinnlichen Ausschweifungen und Greuel, als wollt' ich mein eigenes Bild aus meinem Andenken verwischen. Dabei wurde ich niemals fröhlich, denn mitten im Genuß mußte ich die Menschen verhöhnen, die, als wären sie meinesgleichen, halb schlecht und halb furchtsam, nach der Weltlust haschten und dabei wirklich und in allem Ernst zufrieden und glücklich waren. Niemals ist mir das Hantieren und Treiben der Welt so erbärmlich vorgekommen, als damals, da ich mich selber darin untertauchte.
Eines Abends sitz' ich am Pharotisch, ohne aufzublicken und mich um die Gesellschaft zu bekümmern. Ich spielte diesen Abend wider alle sonstige Gewohnheit immerfort

unglücklich und wagte immer toller, je mehr ich verlor. Zuletzt setzte ich mein noch übriges Vermögen auf die Karte. – ‚Verloren!' hört' ich den Bankhalter am andern Ende der Tafel rufen. Ich springe auf und erblicke den geheimnisvollen Unbekannten, den ich fast schon vergessen hatte. Er wurde sichtbar bleich, als er mich erkannte. Ich weiß nicht, mit welcher Medusengewalt gerade in diesem Augenblicke sein Bild auf meine Seele wirkte. In der Verblendung dieses Augenblicks warf ich alle Karten nach dem Orte, wo die Erscheinung gestanden, aber er war schon fort und schnell aus der Stube verschwunden. Alle sahen mich erstaunt an, einige murrten, ich stürzte zur Tür hinaus auf die Straße.

Ich ging eilig durch die Gassen und blickte rechts und links in die erleuchteten Fenster hinein, wie da einige soeben ruhig und vollauf zu Abend schmausten, dort andere ein Lomberchen spielten, anderswo wieder lustige Paare sich drehten und jubelten und allen so philisterhaft wohl war. Mich hungerte gewaltig. Betteln mocht' ich nicht. ‚Schmaust, jubelt und dreht euch nur, ihr Narren!' rief ich, und ging mit starken Schritten aus dem Tore aufs Feld hinaus. Es war eine stockfinstere Nacht, der Wind jagte mir den Regen ins Gesicht.

Als ich eben an den Saum eines Waldes kam, erblickte ich plötzlich hart vor mir zwei lange Männer, heimlich lauernd an eine Eiche gelehnt, die ich sogleich für Schnapphähne erkannte. Ich ging im Augenblick auf sie los, und packte den einen bei der Brust. ‚Gebt mir was zu essen, ihr elenden Kerle!' schrie ich sie an, und mußte gleich darauf laut auflachen, was sie über diese unerwartete Wendung der Sache für Gesichter schnitten. Doch schien ihnen das zu gefallen, sie betrachteten mich als einen würdigen Kumpan und führten mich freundschaftlich tiefer in den Wald hinein.

Wir kamen bald auf einen freien, einsamen Platz, wo bärtige Männer, Weiber und Kinder um ein Feldfeuer herumlagen, und ich bemerkte nun wohl, daß ich unter einen Zigeunerhaufen geraten war. Da wurde geschlachtet, geschunden, gekocht und geschmort, alle sprachen und sangen ihr Kauderwelsch verworren durcheinander, dabei regnete und stürmte es immerfort; es war eine wahre Walpurgisnacht. Mir war recht kannibalisch wohl. Übrigens war es, außer daß sie alle ausgemachte Spitzbuben waren, eine recht gute, unterhaltende Gesellschaft. Sie gaben mir zu essen, Branntwein zu trinken, tanzten, musizierten und kümmerten sich um die ganze Welt nicht.

Mitten in dem Haufen bemerkte ich bald darauf ein altes Weib, die ich bei dem Widerscheine der Flamme nicht ohne Schreck für dieselbe Zigeunerin wiedererkannte, die mir als Kind so fürchterlich geweissagt hatte. Ich ging zu ihr hin, sie kannte mich nicht mehr. – Von unserem letzten Zusammentreffen bei Rom wußte oder mochte sie nichts wissen. – Ich reichte ihr noch einmal die Hand hin. Sie betrachtete alle Linien sehr genau, dann sah sie mir scharf in die Augen und sagte, während sie mit seltsamen Gebärden nach allen Weltgegenden in die Luft focht: ‚Es ist hoch an der Zeit, der Feind ist nicht mehr weit, hüte dich, hüte dich!' Darauf verlor sie sich augenblicklich unter dem Haufen, und ich sah sie nicht mehr wieder. Mir wurde dabei nicht wohl zumute und die abenteuerlichen Worte gingen mir wunderlich im Kopfe herum.

Indes brachten mich die andern Gesellen wieder auf andere Gedanken. Denn sie drängten sich immer vertraulicher um mich, und erzählten mir ihre verübten Schwänke und Schalkstaten, worunter eine besonders meine Aufmerksamkeit auf sich zog. Ein junger Bursch erzählte mir nämlich, wie seine Großmutter vor vielen Jahren einmal einer reisenden welschen Dame, die mit einem Herrn im Wirtshause übernachtete, ihr kleines Kind gestohlen habe, weil es so wunderschön aussah. Er beschrieb mir dabei alle Nebenumstände so genau, daß ich fast nicht zweifeln konnte, die reisende, welsche Dame sei niemand anders, als Angelina selbst gewesen. – Ich sprang auf und drang in ihn, mir die Geraubte sogleich zu zeigen. Bestürzt über meinen unerklärlichen Ungestüm, antwortete er mir: ,Das geraubte Fräulein wuchs teils unter uns, teils unter unsern Brüdern in einer Waldmühle auf, wo sie vor einigen Tagen plötzlich mit Mann und Maus verschwunden ist, ohne daß wir wissen, wohin.'" –

„So war also Erwine deine Tochter!" fiel hier Friedrich seinem Bruder erstaunt ins Wort. – „Seit ich dieses kleine Bild hier gesehen", sagte dieser, „und ihre weitere Geschichte und Namen von euch gehört habe, ist es mir gewiß. Ich habe sie später, nachdem sie schon von der Welt geschieden war, manchmal von der Mauer gesehn und gesprochen, wenn ich des Nachts an Leontins Schlosse vorbeistreifte. Aber mir war der Knabe, für den ich sie hielt, wie ihr, nur reizend als eine besondere neue Art von Narren, als von welcher mir noch keiner vorgekommen war. Denn auch ich konnte und mochte niemals etwas von ihrem früheren Leben aus ihr herauskriegen. Das gute Kind fürchtete wahrscheinlich noch immer Strafe für die unwillkürliche, schändliche Verbindung, in der sie ihre Kindheit zugebracht. – Doch, hört nun meine Geschichte völlig aus, denn das viele Plaudern ist mir schon zuwider:

Noch vor Tagesanbruch also, als wir so lagen und erzählten, kam ein junger Kerl von der Bande, der auf Kundschaft ausgeschickt worden war, mit fröhlicher Botschaft zurück, die sogleich den ganzen Haufen in Alarm brachte. ,Der reiche Graf', sagte er nämlich aus, ,wird heute abend auf dem Schlosse seinen Geburtstag feiern, da gibt's was zu schmausen und zu verdienen!' Es wurde sogleich beschlossen, dem Feste, auf was immer für eine Art, ungeladen beizuwohnen. Das Wetter hatte sich aufgeklärt, wir brachen daher alle schnell auf und zogen lustig über das Gebirge fort.

Gegen Abend lagerten wir uns auf einem schönen, waldigen Berge, dem gräflichen Schlosse gegenüber, das jenseits eines Stromes ebenfalls auf einer Anhöhe mit seinen Säulenportalen und seinem italienischen Dache sich recht

lustig ausnahm. Wir wollten hier die Dunkelheit abwarten. Der letzte Widerschein der untergehenden Sonne flog eben wie ein Schattenspiel über die Gegend. Unten auf dem Flusse zogen mehrere aufgeschmückte Schiffe voll Herren und Damen mit bunten Tüchern und Federn lustig auf das Schloß zu, während von beiden Seiten Waldhörner weit in die Berge hinein verhallten.
Als es endlich ringsumher still und finster wurde, sahen wir, wie im Schlosse drüben ein Fenster nach dem andern erleuchtet wurde und Kronleuchter mit ihren Kreisen von Lichtern sich langsam zu drehen anfingen. Auch im Garten entstand ein Licht nach dem andern, bis auf einmal der ganze Berg mit Sternen, Bogengängen und Girlanden von buntfarbigen Glaskugeln erleuchtet, sich wie eine Feeninsel aus der Nacht hervorhob. Ich überließ meine Begleiter ihren Beratschlagungen und Kunstgriffen und begab mich allein hinüber zu dem Feste, ohne eigentlich selber zu wissen, was ich dort wollte.
Von der Seite, wo ich auf dem Berge hinaufgekommen, war kein Eingang. Ich schwang mich daher auf die Mauer und sah, so da droben sitzend, in den Zaubergarten hinein, aus dem mir überall Musik entgegenschwoll. Herren und Frauen spazierten da in zierlicher Fröhlichkeit zwischen den magischen Lichtern, Klängen und schimmernden Wasserkünsten prächtig durcheinander. Auch mehrere Masken sah ich wie Geister durch den lebendigen Jubel auf und ab wandeln.
Mich faßte bei dem Anblick auf meiner Mauer oben ein blindes, wildes, unglückseliges Gelüst, mich mit hineinzumischen. Aber meine von Regen und Wind zerzauste Kleidung war wenig zu einem solchen Abenteuer eingerichtet. Da erblickte ich seitwärts durch ein offenes Fenster eine Menge verschiedener Masken in der Vorhalle des Schlosses umherliegen. Ohne mich zu besinnen, sprang ich von der Mauer herab und in das Vorhaus hinein. Eine Menge Bedienten, halb berauscht, rannten dort mit Gläsern und Tellern durcheinander, ohne mich zu bemerken

oder doch weiter zu beachten. Ich zettelte daher den bunten Plunder von Masken ungestört auseinander und zog zufällig eine schwarze Rittertracht nebst Schwert und allem Zubehör hervor. Ich legte sie schnell an, nahm eine daneben liegende Larve vor und begab mich so mitten unter das Gewirre in den Glanz hinaus.

Ich kam mir in der Fröhlichkeit vor wie der Böse, denn mir war nicht anders zumute, als dem Zigeunerhauptmann auf dem Jahrmarkt zu Plundersweilern. Am Ende eines erleuchteten Bogenganges hörte ich auf einmal einige Damen ausrufen: ‚Sieh da, die Frau vom Hause! Welche Perlen! Welche Juwelen!‘ Ich sehe mich schnell um und erblicke – Angelina, die in voller Pracht ihrer Schönheit die Allee heraufkommt. – Mein mörderischer Zorn, der mich damals durch ganz Italien hin und her gehetzt hatte, war längst vorüber, denn ich war nicht mehr verliebt. Es war mir eben alles einerlei auf der Welt. Ich wandte mich daher und wollte, ohne sie zu sprechen, in einen andern Gang herumbiegen. Wie sehr erstaunte ich aber, als Angelina mir schnell nachhüpfte und sich vertraulich in meinen Arm hing. – ‚Kennst du mich?‘ rief ich ganz entrüstet. – ‚Wie sollt' ich doch nicht‘, sagte sie scherzend, ‚hab' ich dir denn nicht selber die Halskrause zu der Maske genäht?‘ – Ich bemerkte nun wohl, daß sie mich verkannte, konnte aber nicht wissen, für wen sie mich hielt, und ging daher stillschweigend neben ihr her.

Wir waren indes von der Gesellschaft abgekommen, die Musik schallte nur noch schwach nach, die Beleuchtung ging gar aus, von fern gewitterte es hin und wieder. ‚Warum bist du so still?‘ sagte sie wieder. ‚Ich weiß nicht‘, fuhr sie fort, ‚ich bin heut traurig bei aller Lust, und ich könnte es auch nicht beschreiben, wie mir zumute ist. Aber ihr harten Männer achtet gar wenig darauf.‘ – Wir kamen an eine Laube, in deren Mitte eine Gitarre auf einem Tischchen lag. Sie nahm dieselbe und fing an, ein italienisches Liedchen zu singen. Mitten in dem Liede brach sie aber wieder ab. ‚Ach, in Italien war es doch schöner!' sagte sie, und lehnte die Stirn an meine Brust. ‚Angelina!' rief ich, um sie zu ermuntern. Sie richtete sich schnell auf und lauschte dem Rufe wie einem alten, wohlbekannten Tone, auf den sie sich nicht recht besinnen konnte. – Dann sagte sie: ‚Ich bitte dich, singe etwas, denn mir ist zum Sterben bange!' Ich nahm die Gitarre und sang folgende Romanze, die mir in diesem Augenblick sehr deutlich durch den Sinn ging:

Nachts durch die stille Runde
Rauschte des Rheines Lauf,
Ein Schifflein zog im Grunde,
Ein Ritter stand darauf.

Die Blicke irre schweifen
Von seines Schiffes Rand,
Ein blutigroter Streifen
Sich um das Haupt ihm wand.

Der sprach: ‚Da oben stehet
Ein Schlößlein überm Rhein.
Die an dem Fenster stehet:
Das ist die Liebste mein.

Sie hat mir Treu' versprochen,
Bis ich gekommen sei,
Sie hat die Treu' gebrochen,
Und alles ist vorbei.'

Ich bemerkte hier bei dem Scheine eines Blitzes, daß Angelina heftig geweint hatte und noch fortweinte. Ich sang weiter:

Viel Hochzeitsleute drehen
Sich oben laut und bunt,
Sie bleibet einsam stehen,
Und lauschet in den Grund.

Und wie sie tanzten munter
Und Schiff und Schiffer schwand,
Stieg sie vom Schloß hinunter,
Bis sie im Garten stand.

Die Spielleut' musizierten,
Sie sann gar mancherlei,
Die Töne sie so rührten,
Als müßt' das Herz entzwei.

Da trat ihr Bräut'gam süße
Zu ihr aus stiller Nacht,
So freundlich er sie grüßte,
Daß ihr das Herze lacht.

Er sprach: ‚Was willst du weinen,
Weil alle fröhlich sein?
Die Stern' so helle scheinen,
So lustig geht der Rhein.

Das Kränzlein in den Haaren
Steht dir so wunderfein,
Wir wollen etwas fahren
Hinunter auf dem Rhein.'

Zum Kahn folgt' sie behende,
Setzt' sich ganz vorne hin,
Er setzt' sich an das Ende
Und ließ das Schifflein ziehn.

Sie sprach: ‚Die Töne kommen
Verworren durch den Wind
Die Fenster sind verglommen,
Wir fahren so geschwind.

Was sind das für so lange
Gebirge weit und breit?

Mir wird auf einmal bange
In dieser Einsamkeit!

Und fremde Leute stehen
Auf mancher Felsenwand,
Und stehen still und sehen
So schwindlig übern Rand.' –

Der Bräut'gam schien so traurig
Und sprach kein einzig Wort,
Schaut in die Wellen schaurig
Und rudert immerfort.

Sie sprach: ‚Schon seh' ich Streifen
So rot im Morgen stehn,
Und Stimmen hör ich schweifen,
Am Ufer Hähne krähn.

Du siehst so still und wilde,
So bleich ist dein Gesicht,
Mir graut vor deinem Bilde –
Du bist mein Bräut'gam nicht!' –

‚Ich bitte dich um Gottes willen', unterbrach mich hier Angelina dringend, ‚nimm die Larve ab, ich fürchte mich vor dir.' – ‚Laß das', sagte ich abwehrend, ‚es gibt fürchterliche Gesichter, die das Herz in Stein verwandeln, wie das Haupt der Medusa.' – Ich hatte fast zu viel gesagt und griff rasch wieder in die Saiten:

Da stand er auf – das Sausen
Hielt an in Flut und Wald –
Es rührt mit Lust und Grausen
Das Herz ihr die Gestalt.

Und wie mit steinern'n Armen
Hob er sie auf voll Lust,
Drückt ihren schönen warmen
Leib an die eis'ge Brust.

Licht wurden Wald und Höhen,
Der Morgen schien blutrot,
Das Schifflein sah man gehen,
Die schöne Braut drin tot.

Kaum hatte ich noch die letzte Strophe geendigt, als Angelina mit einem lauten Schrei neben mir zu Boden fiel. Ich schaue ringsum und erblicke mein eigenes, leibhaftiges Konterfei im Eingange des Bosketts; dieselbe schwarze Rittermaske, die nämliche Größe und Gestalt. – ‚Laß mein Weib, verführerisches Blendwerk der Hölle!' rief die Maske außer sich, und stürzte mit blankem Schwerte so wütend auf mich ein, daß ich kaum Zeit genug hatte, meinen eigenen Degen zu ziehn. Ich erstaunte über die Ähnlichkeit seiner Stimme mit der meinigen und begriff nun, daß mich Angelina für diesen ihren Mann gehalten hatte. In der Bewegung des Gefechts war ihm indes die Larve vom Gesicht gefallen, und ich erkannte mit Grausen den fürchterlichen Unbekannten wieder, dessen Schreckbild mich durchs ganze Leben verfolgt. Mir fiel die Prophezeiung ein. Ich wich entsetzt zurück, denn er focht unbesonnen in blinder Eifersucht und ich war im Vorteil. Aber es war zu spät, denn in demselben Augenblicke rannte er sich wütend selber meine Degenspitze in die Brust und sank tot nieder.
Mein dunkler, wilder, halb unwillkürlicher Trieb war nun erfüllt. Finsterer, als die Nacht um mich, eilte ich den Garten hinab. Ein Kahn stand unten am Ufer des Stromes angebunden. Ich stieg hinein und ließ ihn den Strom hinabfahren. Die Nacht verging, die Sonne ging auf und wieder unter, ich saß und fuhr noch immerfort.
Den andern Morgen verlor sich der Strom zwischen wilden, einsamen Wäldern und Schlüften. Der Hunger trieb mich ans Land. Es war diese Gegend hier. Ich fand nach einigem Herumirren das Schloß, das ihr gesehen. Ein alter, verrückter Einsiedler wohnte damals darin, von dessen früherem Lebenslaufe ich nie etwas erfahren konnte.

Es gefiel mir gar wohl in dieser Wüste und ich blieb bei ihm. Kurze Zeit darauf starb der Alte und hinterließ mir seine alten Bücher, sein verfallenes Schloß und eine Menge Goldes in den Kellern. Ich hätte nun wieder in die Welt zurückkehren können mit dem Schatze zum allgemeinen Nutzen und Vergnügen. Aber ich passe nirgends mehr in die Welt hinein. Die Welt ist ein großer, unermeßlicher Magen und braucht leichte, weiche, bewegliche Menschen, die er in seinen vielverschlungenen, langweiligen Kanälen verarbeiten kann. Ich tauge nicht dazu, und sie wirft solche Gesellen wieder aus, wie unverdauliches Eisen, fest, kalt, formlos und ewig unfruchtbar." –
So endigte Rudolf seine Erzählung, welche die beiden Grafen in eine nachdenkliche Stille versenkt hatte. Leontin hatte sich, als Rudolf das Schloß der Angelina beschrieb, an jenen kurzen Besuch erinnert, den er nach dem Brande mit Friedrich auf dem Schlosse der weißen Frau abgelegt, und konnte sich der Vermutung nicht erwehren, daß diese vielleicht Angelina selber war. – Es war unterdes dunkel geworden, der Mond trat eben über den einsamen Bergen hervor. „Ihr wißt nun alles, gute Nacht!" sagte Rudolf schnell und ging von ihnen fort. Sie sahen ihm lange nach, wie sein langer, dunkler Schatten sich zwischen den hohen Bäumen verlor.
Als sie wieder oben in ihrem Zimmer waren, ergriff Leontin Mariens Gitarre, die sie dort vergessen hatte, und sang über den stillen Kreis der Wälder hinaus:

„Nächtlich dehnen sich die Stunden,
Unschuld schläft in stiller Bucht,
Fernab ist die Welt verschwunden,
Die das Herz in Träumen sucht.

Und der Geist tritt auf die Zinne,
Und noch stiller wird's umher,
Schauet mit dem starren Sinne
In das wesenlose Meer.

Wer ihn sah bei Wetterblicken
Stehn in seiner Rüstung blank:
Den mag nimmermehr erquicken
Reichen Lebens frischer Drang. –

Fröhlich an den öden Mauern
Schweift der Morgensonne Blick,
Da versinkt das Bild mit Schauern
Einsam in sich selbst zurück."

Vierundzwanzigstes Kapitel

Friedrich und Leontin vermehrten nun auch den wunderlichen Haushalt auf dem alten Waldschlosse. Der unglückselige Rudolf lag gegen beide und alle Welt mit Witz zu Felde, so oft er mit ihnen zusammenkam. Doch geschah dies nur selten, denn er schweifte so tagelang allein im Walde umher, wo er sich mit sich selber oder den Rehen, die er sehr zahm zu machen gewußt, in lange Unterredungen einzulassen pflegte. Ja, es geschah gar oft, daß sie ihn in einem lebhaften und höchst komischen Gespräche mit irgend einem Felsen oder Steine überraschten, der etwa durch eine mundähnliche Öffnung oder durch eine weise vorstehende Nase eine eigene, wunderliche Physiognomie machte. Dabei bildeten die Narren, welche er auf seinen Streifzügen, die er noch bisweilen ins Land hinab machte, zusammengerafft, eine seltsame Akademie um ihn, alle ernsthaften Torheiten der Welt in fast schauerlicher und tragischer Karikatur travestierend. Jeder derselben hatte seine bestimmte Tagesarbeit im Hauswesen. Durch diese fortlaufende Beschäftigung, die Einsamkeit und reine Bergluft kamen viele von ihnen nach und nach wieder zur Vernunft, worauf sie dann Rudolf wieder in die Welt hinaussandte und gerührt auf immer von ihnen Abschied nahm.

In Friedrich entwickelte diese Abgeschiedenheit endlich die ursprüngliche, religiöse Kraft seiner Seele, die schon im Weltleben, durch gutmütiges Staunen geblendet, durch den Drang der Zeiten oft verschlagen und falsche Bahnen suchend, aus allen seinen Bestrebungen, Taten, Poesien und Irrtümern hervorleuchtete. Jetzt hatte er alle seine Pläne, Talentchen, Künste und Wissenschaften unten zurückgelassen, und las wieder die Bibel, wie er schon einmal als Kind angefangen. Da fand er Trost über die Verwirrung der Zeit, und das einzige Recht und Heil auf Erden in dem heiligen Kreuze. Er hatte endlich den phantastischen, tausendfarbigen Pilgermantel abgeworfen, und stand nun in blanker Rüstung als Kämpfer Gottes gleichsam an der Grenze zweier Welten. Wie oft, wenn er da über die Täler hinaussah, fiel er auf seine Knie und betete inbrünstig zu Gott, ihm Kraft zu verleihen, was er in der Erleuchtung erfahren, durch Wort und Tat seinen Brüdern mitzuteilen. – Leontin dagegen wurde hier oben ganz melancholisch und wehmütig, wie ihn Friedrich noch niemals gesehen. Es fehlte ihm hier alle Handhabe, das Leben anzugreifen. –

Eines Tages, da sie beide zusammen einen ihnen bis jetzt noch unbekannten Weg eingeschlagen und sich weiter als gewöhnlich von dem Schlosse verirrt hatten, kamen sie auf einmal auf einer Anhöhe zwischen den Bäumen heraus zu einer wundervollen Aussicht, die sie innigst überraschte. Mitten in der Waldeinsamkeit stand nämlich ein Kloster auf einem Berge; hinter dem Berge lag plötzlich das Meer in seiner schauerlichen Unermeßlichkeit; von der andern Seite sah man weit in das ebene Land hinaus. Es schien eben ein Fest in dem Kloster gewesen zu sein, denn lange, bunte Züge von Wallfahrern wallten durch das Grün den Berg hinab und sangen geistliche Lieder, deren rührende Weise sich gar anmutig mit den Klängen der Abendglocken vermischte, die ihnen von dem Kloster nachhallten.

Leontin sah ihnen stillschweigend nach, bis ihr Gesang in

der Ferne verhallte und die Gegend in dämmernde Stille versank. Dann nahm er die Gitarre, die hier überall seine Begleiterin war, und sang folgendes Lied:

„Laß, mein Herz, das bange Trauern
Um vergangnes Erdenglück,
Ach, von dieser Felsen Mauern
Schweifet nur umsonst dein Blick!

Sind denn alle fortgegangen:
Jugend, Sang und Frühlingslust?
Lassen, scheidend, nur Verlangen
Einsam mir in meiner Brust?

Vöglein hoch in Lüften reisen,
Schiffe fahren auf der See,
Ihre Segel, ihre Weisen
Mehren nur des Herzens Weh.

Ist vorbei das bunte Ziehen,
Lustig über Berg und Kluft,
Wenn die Bilder wechselnd fliehen,
Waldhorn immer weiter ruft?

Soll die Lieb' auf sonn'gen Matten
Nicht mehr baun ihr prächtig Zelt,
Übergolden Wald und Schatten
Und die weite, schöne Welt? –

Laß das Bangen, laß das Trauern,
Helle wieder nur den Blick!
Fern von dieser Felsen Mauern
Blüht dir noch gar manches Glück!"

Beide Freunde wurden still nach dem Liede und gingen schweigend nebeneinander wieder nach dem Schlosse zurück. Die abgefallenen Blätter raschelten schon unter ihren Tritten auf dem Boden, ein herbstlicher Wind durchstrich den seufzenden Wald und verkündigte, daß die fröhliche Sommerzeit bald Abschied nehmen wolle. Sie schienen beide besondern Gedanken und Entschlüssen nachzuhängen, die sie an jenem Platze gefaßt hatten.

Als der Mond die alten Zinnen des Schlosses beleuchtete, trat Leontin auf einmal reisefertig vor Friedrich. „Ich ziehe fort“, sagte er, „der Winter kommt bald, mir ist, als läge das ganze Leben wie diese Felsen hier auf meiner Brust, und ein Strom von Tränen möchte aus dem tiefsten Herzen ausbrechen, um die Berge wegzuwälzen; ich muß fort, ziehe du auch mit!“ – Friedrich schüttelte lächelnd den Kopf, aber im Innersten war er traurig, denn er fühlte, daß sich ihr Lebenslauf nun bedeutend und vielleicht auf immer scheiden werde.

Leontin zog endlich sein Pferd hervor und führte es langsam am Zügel hinter sich her, während ihm Friedrich noch eine Strecke weit das Geleit gab. Der volle Mond ging eben über dem stillen Erdkreise auf, man konnte in der Tiefe weit hinaus den Lauf der Ströme deutlich unterscheiden. Leontin war ungewöhnlich gerührt und drang nochmals in Friedrich, mit hinunterzuziehn. „Du weißt nicht, was du forderst“, sagte dieser ernst, „locke mich nicht noch einmal hinab in die Welt, mir ist hier oben unbeschreiblich wohl, und ich bin kaum erst ruhig geworden. Dich will ich nicht halten, denn das muß von innen kommen, sonst tut es nicht gut. Und also ziehe mit Gott!“ Die beiden Freunde umarmten einander noch einmal herzlich, und Leontin war bald in der Dunkelheit verschwunden.

Ihm zogen nun bald auch Vögel, Laub, Blumen und alle Farben nach. Der alte, grämliche Winter saß melancholisch mit seiner spitzen Schneehaube auf den Gipfeln des Gebirges, zog die bunten Gardinen weg, stellte wunderlich nach allen Seiten die Kulissen der lustigen Bühne, wie in einer Rumpelkammer, auseinander und durcheinander, baute sich phantastisch blitzende Eispaläste und zerstörte

sie wieder und schüttelte unaufhörlich eisige Flocken aus seinem weiten Mantel darüber. Der stumme Wald sah aus wie die Säulen eines umgefallenen Tempels, die Erde war weiß, soweit die Blicke reichten, das Meer dunkel; es war eine unbeschreibliche Einsamkeit da droben.
Rudolfs seltsam verwildertem Gemüt war diese Zeit eben recht. Er streifte oft halbe Tage lang mitten im Sturm und Schneegestöber auf allen den alten Plätzen umher. Abends pflegte er häufig bis tief in die Nacht auf seiner Sternwarte zu sitzen und die Konjunkturen der Gestirne zu beobachten. Eine Menge alter astrologischer Bücher lag dabei um ihn her, aus denen er verschiedenes auszeichnete und geheimnisvolle Figuren bildete.
Nach solchen Perioden machte er dann gewöhnlich wieder größere Streifzüge, manchmal bis ans Meer, wo es ihm eine eigene Lust war, ganz allein auf einem Kahne mit Lebensgefahr in die wilde, unermeßliche Einöde hinauszufahren. Bisweilen verirrte er sich auch wohl in den Tälern zu manchem einsamen Landschlosse, wenn er in der Faschingszeit die Fenster hellerleuchtet sah. Er betrachtete dann gewöhnlich draußen die Tanzenden durchs Fenster, wurde aber immer bald von den rasenden Trompeten und Geigen wieder vertrieben.
Als er einmal von so einem Zuge zurückkam, erzählte er Friedrich, er habe unten, weit von hier, einen großen Leichenzug gesehen, der sich bei Fackelschein und mit schwarzbehängten Pferden langsam über die beschneiten Felder hinbewegte. Er habe weder die Gegend, noch die Personen gekannt, die der Leiche im Wagen folgten. Aber Leontin sei bei dem Zuge, ohne ihn zu bemerken, an ihm vorübergesprengt. – Friedrich erschrak über diese düstere Botschaft. Aber er konnte nicht erraten, welchem alten Bekannten der Zug gegolten, da sich Rudolf weiter um nichts bekümmert hatte.
Friedrich setzte indes noch immer seine geistlichen Betrachtungen fort. Er besuchte, so oft es nur das Wetter erlaubte, das nahegelegene Kloster, das er an Leontins Ab-

schiedstage zum ersten Male gesehen, und blieb oft wochenlang dort. Rudolf konnte er niemals bewegen, ihn zu begleiten, oder auch nur ein einziges Mal die Kirche zu besuchen. Er fand in dem Prior des Klosters einen frommen, erleuchteten Mann, der besonders auf der Kanzel in seiner Begeisterung, gleich einem Apostel, wunderbar und altertümlich erschien. Friedrich schied nie ohne Belehrung und himmlische Beruhigung von ihm, und mochte sich bald gar nicht mehr von ihm trennen. Und so bildete sich denn sein Entschluß, selber ins Kloster zu gehen, immer mehr zur Reife.

Der Winter war vergangen, die schöne Frühlingszeit ließ die Ströme los und schlug weit und breit ihr liebliches Reich wieder auf. Da erblickte Friedrich eines Morgens, als er eben von der Höhe schaute, unten in der Ferne zwei Reiter, die über die grünen Matten hinzogen. Sie verschwanden bald hinter den Bäumen, bald erschienen sie wieder auf einen Augenblick, bis sie Friedrich endlich in dem Walde völlig aus dem Gesichte verlor.

Er wollte nach einiger Zeit eben wieder in das Schloß zurückkehren, als die beiden Reiter plötzlich vor ihm aus dem Walde den Berg heraufkamen. Er erkannte sogleich seinen Leontin. Sein Begleiter, ein feiner, junger Jäger, sprang ebenfalls vom Pferde und kam auf ihn zu.

„Setzen wir uns“, sagte Leontin gleich nach der ersten Begrüßung munter, „ich habe dir viel zu sagen. Vor allem: kennst du den?“ Hierbei hob er dem Jäger den Hut aus der Stirne, und Friedrich erkannte mit Erstaunen die schöne Julie, die in dieser Verkleidung mit niedergeschlagenen Augen vor ihm stand. „Wir sind auf einer großen Reise begriffen“, sagte er darauf. „Die Jungfrau Europa, die so hochherzig mit ihren ausgebreiteten Armen dastand, als wolle sie die ganze Welt umspannen, hat die alten, sinnreichen, frommen, schönen Sitten abgelegt und ist eine Metze geworden. Sie buhlt frei mit dem gesunden Menschenverstande, dem Unglauben, Gewalt und Verrat, und ihr Herz ist dabei besonders eingeschrumpft. – Pfui, ich habe keine Lust mehr an der Philisterin! Ich reise weit fort von hier, in einen andern Weltteil, und Julie begleitet mich." – Friedrich sah ihn bei diesen Worten groß an. – „Es ist mein voller Ernst", fuhr Leontin fort, „Juliens Vater ist auch gestorben und ich kann hier nicht länger mehr leben, wie ich nicht mag und darf." –

Friedrich erfuhr nun auch, daß sie Land und alles, was sie hier besessen, zu Gelde gemacht und ein eigenes Schiff bereits in der abgelegenen Bucht, die an das erwähnte Kloster stieß, bereit liege, um sie zu jeder Stunde aufzunehmen. – Er konnte, ungeachtet der schmerzlichen Trennung, nicht umhin, sich über dieses Vorhaben zu freuen, denn er wußte wohl, daß nur ein frisches, weites Leben seinen Freund erhalten könne, der hier in der allgemeinen Misere durch fruchtlose Unruhe und Bestrebung nur sich selber vernichtet hätte.

Sie sprachen dort noch lange darüber. Julie saß unterdes still, mit dem einen Arme auf Leontins Knie gestützt, und sah überaus reizend aus. – „Seid ihr denn getraut?" fragte Friedrich Leontin leise. – Julie hatte es dessenungeachtet gehört und wurde über und über rot.

Es wurde nun sogleich beschlossen, die Trauung noch heute in dem Kloster zu vollziehen. Man begab sich daher in das alte Schloß, die Felleisen wurden abgeschnallt und Julie mußte sich umziehen. Friedrich bereitete unterdes fröhlich alles, was sich hier schaffen ließ, zu einem lustigen Hochzeitsfeste, während Leontin, der sich in dieser Lage als feierlicher Bräutigam gar komisch vorkam, allerhand Possen machte und die seltsamsten Anstalten traf, um das Fest recht phantastisch auszuschmücken.

Endlich erschien Julie wieder. Sie hatte ein weißes Kleid, die schönen, goldenen Haare fielen in langen Locken über den Nacken und die Schultern, man konnte sie nicht ansehen, ohne sich an irgendein schönes, altdeutsches Bild zu erinnern. Sie bestiegen nun alle ihre Pferde und zogen so,

Julie in die Mitte nehmend, auf das Kloster zu. Als sie die letzte Höhe vor demselben erreichten, wo auf einmal das Meer durch die Wälder und Hügel seinen furchtbar großen Geisterblick hinaufsandte, tat Julie einen Freudenschrei über den unerwarteten, noch nie gehabten Anblick und sah dann den ganzen Weg über mit den großen, sinnigen Augen stumm in das wunderbare Reich, wie in eine unbekannte, gewaltige Zukunft. Die Glockenklänge von dem Klosterturme kamen ihnen wunderbar tröstend aus der unermeßlichen Aussicht entgegen.

In dem Kloster selbst war eben das Wallfahrtsfest, das alle Jahr einige Male gefeiert wurde, wiedergekehrt. Die Einsamkeit ringsherum war wieder bunt belebt, eine Menge Pilger war, als sie dort ankamen, in kleinen Haufen unter den grünen Bäumen vor der Kirche gelagert, die Kirche selbst mit Blumen und grünen Reisern freundlich geschmückt. Friedrich hatte schon früher den Prior von ihrer Ankunft benachrichtigen lassen, und so wurden denn Leontin und Julie noch diesen Vormittag in der Kirche feierlich zusammengegeben.

Die Menge fremder Pilger freute sich über das fremde Paar. Nur eine hohe, junge Dame, die einen dichten Schleier über das Gesicht geschlagen hatte, lag seitwärts vor einem einsamen Altare voll Andacht auf den Knien und schien von allem, was hinter ihr in der Kirche vorging, nichts zu bemerken. Friedrich sah sie; sie kam ihm bekannt vor. – Diese einsame Gestalt, das unaufhörliche Ringen und Brausen der Orgeltöne, der fröhliche Sonnenschein, der draußen vor der offenen Tür auf dem grünen Platze spielte, alles drang so seltsam rührend auf ihn ein, als wollte das ganze vergangene Leben noch einmal mit den ältesten Erinnerungen und langvergessenen Klängen an ihm vorübergehen, um auf immer Abschied zu nehmen. Ihm fiel dabei recht ein, wie nun auch Leontin fortreise und wahrscheinlich nie mehr wiederkomme, und eine unbeschreibliche Wehmut bemächtigte sich seiner, so daß er ins Freie hinaus mußte. Er ging draußen unter den hohen Bäumen vor der Kirche auf und ab und weinte sich herzlich aus.

Die Zeremonie war unterdes geendigt, und sie ritten wieder nach dem alten Schlosse zurück. Auf dem grünen Platze vor demselben empfing sie unter den hohen Bäumen ein reinlich gedeckter Tisch; große Blumensträuße und vielfarbiges Obst stand in silbernen Gefäßen zwischen dem golden blickenden Wein und hellgeschliffenen Gläsern, alle das fröhlich bunte Gemisch von Farben gab in dem Grün und unter blauheiterm Himmel einen frischer lockenden Schein. Man hatte, was in dem Schlosse nicht zu finden war, schnell aus dem Kloster herbeigeschafft. Rudolf ließ sich nirgends sehen.

Sie aßen und tranken nun in der grünen Einsamkeit, während der Kreis der Wälder in ihre Gespräche hineinrauschte. Julie saß still in die Zukunft versenkt und schien innerlich entzückt, daß nun endlich ihr ganzes Leben in des Geliebten Gewalt gegeben sei.

So kam der Abend heran. Da sahen sie zwei Männer, die in einem lebhaften Gespräche miteinander begriffen schienen, aus dem Walde zu ihnen heraufkommen. Sie erkannten Rudolf an der Stimme. Kaum hatte ihn Julie, die schon von dem vielen Weine erhitzt war, erblickt, als sie laut aufschrie und sich furchtsam an Leontin andrückte. Es war dieselbe dunkle Gestalt, die sie aus dem Wagen bei dem Leichenzuge ihres Vaters einsam auf dem beschneiten Felde hatte stehen sehen. –

„O seht, was ich da habe", rief ihnen Rudolf schon von weitem entgegen, „ich habe im Walde einen Poeten gefunden, wahrhaftig, einen Poeten! Er saß unter einem Baume und schmälte laut auf die ganze Welt in schönen, gereimten Versen, daß ich bis zu Tränen lachen mußte. ‚Gib dich zufrieden, Gevatter!' sagte ich so gelind als möglich zu ihm, aber er nimmt keine Vernunft an und schimpft immerfort." – Rudolf lachte hierbei so übermäßig und aus Herzensgrunde, wie sie ihn noch niemals gesehen.

Sie hatten indes in seinem Begleiter mit Freuden den lang entbehrten Herrn Faber erkannt. Leontin sprang sogleich auf, ergriff ihn, und walzte mit ihm auf der Wiese herum, bis sie beide nicht mehr weiter konnten. „Et tu Brute?" – rief endlich Faber aus, als er wieder zu Atem gekommen war, „nein, das ist zu toll, der Berg muß verzaubert sein! Unten begegne ich der kleinen Marie, ich will sie aus alter Bekanntschaft haschen und küssen und bekomme eine Ohrfeige; weiter oben sitzt auf einer Felsenspitze eine Figur mit breitem Mantel und Krone auf dem Haupte, wie der Metallfürst, und will mir grämlich nicht den Weg weisen, ein als Ritter verkappter Phantast rennt mich fast um; dann falle ich jenem Melancholikus da in die Hände, der nicht weiß, warum er lacht; und nachdem ich mich endlich mit Lebensgefahr hinaufgearbeitet habe, seid ihr hier oben am Ende auch noch verrückt." – „Das kann wohl sein", sagte Leontin lustig, „denn ich bin verheiratet" (hierbei küßte er Julie, die ihm die Hand auf den Mund legte) „und Friedrich da", fuhr er fort, „will ins Kloster gehn. Aber du weißt ja den alten Spruch: sie haben sich zu Toren gemacht vor der Welt. – Und nun sage mir nur, wie in aller Welt du uns hier aufgefunden hast."
Faber erzählte nun, daß er auf einer Wallfahrt zu dem Kloster begriffen gewesen, von dessen schöner Lage er schon viel gehört. Unterwegs habe er am Meere von Schiffsleuten vernommen, daß sich Leontin hier oben aufhalte, und daher den Berg bestiegen. – Rudolf verwandte unterdes mit komischer Aufmerksamkeit kein Auge von dem kurzen, wohlhäbigen Manne, der mit so lebhaften Gebärden sprach. Faber setzte sich zu ihnen, und sie teilten ihm nun zu seiner Verwunderung ihre Pläne mit. Rudolf war indes auch wieder still geworden und saß wie der steinerne Gast unter ihnen am Tische. Julie blickte ihn oft seitwärts an und konnte sich noch immer einer heimlichen Furcht vor ihm nicht erwehren, denn es war ihr, als verginge diesem kalten und klugen Gesichte gegenüber ihre Liebe und alles Glück ihres Lebens zu nichts.

Die Nacht war indes angebrochen, die Sterne prangten an dem heitern Himmel. Da erklang auf einmal Musik aus dem nächsten Gebüsche. Es waren Spielleute aus dem Kloster, die Leontin bestellt hatte. Rudolf stand bei den ersten Klängen auf, sah sich ärgerlich um und ging fort. Leontin, von den plötzlichen Tönen wie im innersten Herzen erweckt, hob sein Glas hoch in die Höhe und rief: „Es lebe die Freiheit!" „Wo?" – fragte Faber, indem er selbst langsam sein Glas aufhob. – „Nur nicht etwa in der Brust des Philosophen allein", erwiderte Leontin, unangenehm gestört. „Diese allgemeine, natürliche, philosophische Freiheit, der jede Welt gut genug ist, um sich in ihrem Hochmute frei zu fühlen, ist mir ebenso in der Seele zuwider, als jene natürliche Religion, welcher alle Religionen einerlei sind. Ich meine jene uralte, lebendige Freiheit, die uns in großen Wäldern wie mit wehmütigen Erinnerungen anweht, oder bei alten Burgen sich wie ein Geist auf die zerfallene Zinne stellt, der das Menschenschifflein unten wohl zufahren heißt, jene frische, ewig junge Waldesbraut, nach welcher der Jäger frühmorgens aus den Dörfern und Städten hinauszieht, und sie mit seinem Horne lockt und ruft, jener reine, kühle Lebensatem, den die Gebirgsvölker auf ihren Alpen einsaugen, daß sie nicht anders leben können, als wie es der Ehre geziemt. – Aber damit ist es nun aus. – Wenn unserer Altvordern Herzen wohl mit dreifachem Erz gewappnet waren, das vor dem rechten Strahle erklang, wie das Erz von Dodona; so sind die unsrigen nun mit sechsfacher Butter des häuslichen Glückes, des guten Geschmacks, zarter Empfindungen und edelmütiger Handlungen umgeben, durch die kein Wunderlaut bis zu der Talggrube hindurchdringt. Zieht dann von Zeit zu Zeit einmal ein wunderbarer, altfränkischer Gesell', der es noch ehrlich und ernsthaft meint, wie Don Quixote, vorüber, so sehen Herren und Damen nach der Tafel gebildet und gemächlich zu den Fenstern hinaus, stochern sich die Zähne und ergötzen sich an seinen wunderlichen Kapriolen, oder machen wohl gar auch Sonette auf ihn, und meinen, er sei eine recht interessante Erscheinung, wenn er nur nicht eigentlich verrückt wäre. – Das alte große Racheschwert haben sie sorglich vergraben und verschüttet, und keiner weiß den Fleck mehr, und darüber auf dem lockern Schutt bauen sie nun ihre Villen, Parks, Eremitagen und Wohnstuben, und meinen in ihrer vernünftigen Dummheit, der Plunder könne so fortbestehen. Die Wälder haben sie ausgehauen, denn sie fürchten sich vor ihnen, weil sie von der alten Zeit zu ihnen sprechen und am Ende den Ort noch verraten könnten, wo das Schwert vergraben liegt." – Leontin ergriff hierbei hastig die Gitarre, die neben ihm auf dem Rasen lag, und sang:

„O könnt' ich mich niederlegen
Weit in den tiefsten Wald,
Zu Häupten den guten Degen,
Der noch von den Vätern alt!

Und dürft' von allem nichts spüren
In dieser dummen Zeit,
Was sie da unten hantieren,
Von Gott verlassen, zerstreut;

Von fürstlichen Taten und Werken,
Von alter Ehre und Pracht,
Und was die Seele mag stärken,
Verträumend die lange Nacht!

Denn eine Zeit wird kommen,
Da macht der Herr ein End'
Da wird den Falschen genommen
Ihr unechtes Regiment.

Denn wie die Erze vom Hammer,
So wird das lockre Geschlecht
Gehaun sein von Not und Jammer
Zu festem Eisen recht.

Da wird Aurora tagen
Hoch über den Wald hinauf,
Da gibt's was zu siegen und schlagen,
Da wacht, ihr Getreuen, auf!"

„Und so", sagte er, „will ich denn in dem noch unberührten Waldesgrün eines andern Weltteils Herz und Augen stärken und mir die Ehre und die Erinnerung an die vergangene große Zeit, sowie den tiefen Schmerz über die gegenwärtige heilig bewahren, damit ich der künftigen, bessern, die wir alle hoffen, würdig bleibe, und sie mich wach und rüstig finde. Und du", fuhr er zu Julie gewendet fort, „wirst du ganz ein Weib sein, und, wie Shakespeare sagt, dich dem Triebe hingeben, der dich zügellos ergreift und dahin oder dorthin reißt, oder wirst du immer Mut genug haben, dein Leben etwas Höherem unterzuordnen? Und dämmert endlich die Zeit heran, die mich Gott erleben lasse! wirst du fröhlich sagen können: Ziehe hin! denn was du willst und sollst, ist mehr wert, als dein und mein Leben?" – Julie nahm ihm fröhlich die Gitarre aus der Hand und antwortete mit folgender Romanze:

Von der deutschen Jungfrau

„Es stand ein Fräulein auf dem Schloß,
Erschlagen war im Streit ihr Roß,
Schnob wie ein See die finstre Nacht,
Wollt' überschrein die wilde Schlacht.

Im Tal die Brüder lagen tot,
Es brannt' die Burg so blutigrot,
In Lohen stand sie auf der Wand,
Hielt hoch die Fahne in der Hand.

Da kam ein röm'scher Rittersmann,
Der ritt keck an die Burg hinan,

Es blitzt sein Helm gar mannigfach,
Der schöne Ritter also sprach:

,Jungfrau, komm in die Arme mein!
Sollst deines Siegers Herrin sein.
Will baun dir einen Palast schön,
In prächt'gen Kleidern sollst du gehn.

Es tun dein' Augen mir Gewalt,
Kann nicht mehr fort aus diesem Wald,
Aus wilder Flammen Spiel und Graus
Trag' ich mir meine Braut nach Haus!'

Der Ritter ließ sein weißes Roß,
Stieg durch den Brand hinauf ins Schloß,
Viel Knecht' ihm waren da zur Hand,
Zu holen das Fräulein von der Wand.

Das Fräulein stieß die Knecht' hinab,
Den Liebsten auch ins heiße Grab,
Sie selbst dann in die Flammen sprang,
Über ihnen die Burg zusammensank."

Faber brach, als sie geendigt hatte, einen Eichenzweig von einem herabhängenden Aste, bog ihn schnell zu einem Kranze zusammen und überreichte ihr denselben, indem er mit altritterlicher Galanterie vor ihr hinkniete. Julie drückte den Kranz mit seinen frischgrünen, vollen Blättern lächelnd in ihre blonden Locken über die ernsten, großen Augen, und sah so wirklich dem Bilde nicht unähnlich, das sie besungen. –
„Es ist seltsam", sagte Faber darauf, „wie sich unser Gespräch nach und nach beinah in einen Wechselgesang aufgelöst hat. Der weite, gestirnte Himmel, das Rauschen der Wälder ringsumher, der innere Reichtum und die überschwengliche Wonne, mit welcher neue Entschlüsse uns

jederzeit erfüllen, alles kommt zusammen; es ist, als hörte die Seele in der Ferne unaufhörlich eine große, himmlische Melodie, wie von einem unbekannten Strome, der durch die Welt zieht, und so werden am Ende auch die Worte unwillkürlich melodisch, als wollten sie jenen wunderbaren Strom erreichen und mitziehen. So fällt auch mir jetzt ein Sonett ein, das euch am besten erklären mag, was ich von Leontins Vorhaben halte." Er sprach:

„Im Wind verfliegen sah ich, was wir klagen,
Erbärmlich Volk um falscher Götzen Thronen,
Wen'ger Gedanken, deutschen Landes Kronen,
Wie Felsen, aus dem Jammer einsam ragen.

Da mocht' ich länger nicht nach euch mehr fragen,
Der Wald empfing, wie rauschend! den Entflohnen,
In Burgen alt, an Stromeskühle wohnen
Wollt' ich auf Bergen bei den alten Sagen.

Da hört' ich Strom und Wald dort so mich tadeln:
‚Was willst, Lebend'ger du, hier überm Leben,
Einsam verwildernd in den eignen Tönen?

Es soll im Kampf der rechte Schmerz sich adeln,
Den deutschen Ruhm aus der Verwüstung heben,
Das will der alte Gott von seinen Söhnen!'"

Friedrich sagte: „Es ist sehr wahr, wovon Ihr Sonett da spricht, und doch billige ich Leontins Plan vollkommen. Denn wer, von Natur ungestüm, sich berufen fühlt, in das Räderwerk des Weltganges unmittelbar mit einzugreifen, der mag von hier flüchten, so weit er kann. Es ist noch nicht an der Zeit, zu bauen, solange die Backsteine, noch weich und unreif, unter den Händen zerfließen. Mir scheint in diesem Elend, wie immer, keine andere Hülfe, als die Religion. Denn wo ist in dem Schwalle von Poesie,

Andacht, Deutschheit, Tugend und Vaterländerei, die jetzt, wie bei der babylonischen Sprachverwirrung, schwankend hin und her summen, ein sicherer Mittelpunkt, aus welchem alles dieses zu einem klaren Verständnis, zu einem lebendigen Ganzen gelangen könnte? Wenn das Geschlecht vor der Hand einmal alle seine irdischen Sorgen, Mühen und fruchtlosen Versuche, der Zeit wieder auf die Beine zu helfen, vergessen und wie ein Kleid abstreifen, und sich dafür mit voller, siegreicher Gewalt zu Gott wenden wollte, wenn die Gemüter auf solche Weise von den göttlichen Wahrheiten der Religion lange vorbereitet, erweitert, gereinigt und wahrhaft durchdrungen würden, daß der Geist Gottes und das Große im öffentlichen Leben wieder Raum in ihnen gewönne, dann erst wird es Zeit sein, unmittelbar zu handeln, und das alte Recht, die alte Freiheit, Ehre und Ruhm in das wiedereroberte Reich zurückzuführen. Und in dieser Gesinnung bleibe ich in Deutschland und wähle mir das Kreuz zum Schwerte. Denn, wahrlich, wie man sonst Missionarien unter Kannibalen aussandte, so tut es jetzt viel mehr not in Europa, dem ausgebildeten Heidensitze."
Faber kam aus tiefen Gedanken zurück, als Friedrich ausgeredet hatte. „Wie ihr da so sprecht", sagte er, „ist mir gar seltsam zumute. War mir doch, als verschwände dabei die Poesie und alle Kunst wie in der fernsten Ferne, und ich hätte mein Leben an eine reizende Spielerei verloren. Denn das Haschen der Poesie nach außen, das geistige Verarbeiten und Bekümmern um das, was eben vorgeht, das Ringen und Abarbeiten an der Zeit, so groß und lobenswert als Gesinnung, ist doch immer unkünstlerisch. Die Poesie mag wohl Wurzel schlagen in demselben Boden der Religion und Nationalität, aber unbekümmert, bloß um ihrer himmlischen Schönheit willen, als Wunderblume zu uns heraufwachsen. Sie will und soll zu nichts brauchbar sein. Aber das versteht ihr nicht und macht mich nur irre. Ein fröhlicher Künstler mag sich vor euch hüten. Denn wer die Gegenwart aufgibt, wie Friedrich,

wem die frische Lust am Leben und seinem überschwenglichen Reichtume gebrochen ist, mit dessen Poesie ist es aus. Er ist wie ein Maler ohne Farben."
Friedrich, den die Zurückrufung der großen Bilder seiner Hoffnungen innerlichst fröhlich gemacht hatte, nahm statt aller Antwort die Gitarre und sang nach einer alten, schlichten Melodie:

„Wo treues Wollen, redlich Streben
Und rechten Sinn der Rechte spürt,
Das muß die Seele ihm erheben,
Das hat mich jedesmal gerührt.

Das Reich des Glaubens ist geendet,
Zerstört die alte Herrlichkeit,
Die Schönheit weinend abgewendet,
So gnadenlos ist unsre Zeit.

O Einfalt gut in frommen Herzen,
Du züchtig schöne Gottesbraut!
Dich schlugen sie mit frechen Scherzen,
Weil dir vor ihrer Klugheit graut.

Wo findst du nun ein Haus, vertrieben,
Wo man dir deine Wunder läßt,
Das treue Tun, das schöne Lieben,
Des Lebens fromm vergnüglich Fest?

Wo findest du den alten Garten,
Dein Spielzeug, wunderbares Kind,
Der Sterne heil'ge Redensarten,
Das Morgenrot, den frischen Wind?

Wie hat die Sonne schön geschienen!
Nun ist so alt und schwach die Zeit;
Wie stehst so jung du unter ihnen,
Wie wird mein Herz mir stark und weit!

Der Dichter kann nicht mit verarmen;
Wenn alles um ihn her zerfällt,
Hebt ihn ein göttliches Erbarmen –
Der Dichter ist das Herz der Welt.

Den blöden Willen aller Wesen,
Im Irdischen des Herren Spur,
Soll er durch Liebeskraft erlösen,
Der schöne Liebling der Natur.

Drum hat ihm Gott das Wort gegeben,
Das kühn das Dunkelste benennt,
Den frommen Ernst im reichen Leben,
Die Freudigkeit, die keiner kennt.

Da soll er singen frei auf Erden,
In Lust und Not auf Gott vertraun,
Daß aller Herzen freier werden,
Eratmend in die Klänge schaun.

Der Ehre sei er recht zum Horte,
Der Schande leucht' er ins Gesicht!
Viel Wunderkraft ist in dem Worte,
Das hell aus reinem Herzen bricht.

Vor Eitelkeit soll er vor allen
Streng hüten sein unschuld'ges Herz,
Im Falschen nimmer sich gefallen,
Um eitel Witz und blanken Scherz.

O laßt unedle Mühe fahren,
O klinget, gleißt und spielet nicht
Mit Licht und Gnad', so ihr erfahren,
Zur Sünde macht ihr das Gedicht!

Den lieben Gott laß in dir walten,
Aus frischer Brust nur treulich sing'!

Was wahr in dir, wird sich gestalten,
Das andre ist erbärmlich Ding. –

Den Morgen seh' ich ferne scheinen,
Die Ströme ziehn im grünen Grund,
Mir ist so wohl! – die's ehrlich meinen
Die grüß ich all aus Herzensgrund!"

Faber reichte Friedrich, der die Gitarre wieder weglegte, die Hand zur Versöhnung. – Der Morgen warf unterdes wirklich schon vom Meere her ungewisse Scheine über den dämmernden Himmel, hin und wieder erwachten schon frühe Vögel im Walde, alle Wipfel fingen an sich frischer zu rühren. Da sprang Leontin fröhlich mitten auf den Tisch, hob sein Glas hoch in die Höh' und sang:

„Kühle auf dem schönen Rheine
fuhren wir vereinte Brüder,
Tranken von dem goldnen Weine,
Singend gute deutsche Lieder.
Was uns dort erfüllt' die Brust
Sollen wir halten,
Niemals erkalten,
Und vollbringen treu mit Lust!
Und so wollen wir uns teilen,
Eines Fels verschiedne Quellen,
Bleiben so auf hundert Meilen
Ewig redliche Gesellen!"

Alle stießen freudig mit ihren Gläsern an, und Leontin sprang wieder vom Tische herab. Denn soeben sahen sie Rudolf, unter beiden Armen schwer bepackt, aus der Burg auf sie zukommen. „Lustig! lustig!" rief er, als er den gläserklirrenden Jubel sah, „frisch, spielt auf, Flöten und Geigen! Da habt ihr Gold!" Hierbei warf er zwei große Geldsäcke vor ihnen auf die Erde, daß die Goldstücke nach allen Seiten in das Gras hervorrollten. – „Das ist ein lustiges Metall", fuhr er fort, „wie es in die fröhliche unschuldige Welt hinaushüpft und rollt, mit den verwunderten Gräsern funkelnd spielt und mit dunkelroten, irren Flammen zuckt, liebäugelnd, klingend und lockend! Verfluchter, unterirdischer, rotäugiger Lügengeist, der niemals hält, was er verspricht! Da, nehmt alles, greift zu! Kauft Ehre, kauft Liebe, kauft Ruhm, Lust und alles Ergötzen der Erde, seid immer satt und immer wieder durstiger bis ans Grab, und wenn ihr einmal fröhlich und zufrieden werdet, so mögt ihr mir danken." –

Alle sahen ihn erstaunt an. Faber sagte: „Ich achte das Geld nur, wenn ich es brauche. Aber Dichter brauchen immer Geld." Und hiermit packte er ruhig seine Taschen voll, so daß er mit dem aufgeschwollnen Rocke sehr lächerlich anzusehen war.

Rudolf nahm hierauf kurzen Abschied von allen und wandte sich wieder nach seinem Schlosse zurück. Friedrich eilte ihm nach, er wollte ihn so nicht gehn lassen. Da kehrte er sich noch einmal zu ihm. „Du willst ins Kloster?" fragte er ihn und blieb stehn. „Ja", sagte Friedrich, und hielt seine Hand fest, „und was willst du nun künftig beginnen?" – „Nichts" – war Rudolfs Antwort. – „Ich bitte dich", sagte Friedrich, „versenke dich nicht so fürchterlich in dich selbst. Dort findest du nimmermehr Trost. – Du gehst niemals in die Kirche." – „In mir", erwiderte Rudolf, „ist es wie ein unabsehbarer Abgrund, und alles still." – Friedrich glaubte dabei zu bemerken, daß er heimlich im Innersten bewegt war. „O könnt' ich alles Große wecken", fuhr er dringender fort, „was in dir verzweifelt und gebunden ringt! Hast du doch selber erzählt, daß dich alle wissenschaftliche Philosophie nicht befriedigte, daß du darin Gott und dich nie erkanntest. So wende dich denn zur Religion zurück, wo Gott selber unmittelbar zu dir spricht, dich stärkt, belehrt und tröstet!" – „Du meinst es gut", sagte Rudolf finster, „aber das ist es eben in mir: ich kann nicht glauben. Und da mich denn der Himmel nicht mag, so will ich mich der Magie ergeben. Ich gehe nach Ägypten, dem Lande der alten Wunder." – Hiermit drückte er seinem Bruder schnell die Hand und ging mit großen Schritten in den Wald hinein. Sie sahen ihn nicht mehr wieder.

Lange blickten sie ihm nach und bedauerten den unglücklich Verwirrten, als ein Schiffer ankam, um Leontin an die Abfahrt zu mahnen, indem soeben ein günstiger Wind vom Lande trieb. Alle sahen einander stillschweigend an und schienen erschrocken, da nun der Augenblick wirklich da war, den sie selber lange vorbereitet hatten.

Der Schiffer übernahm das wenige Gepäck, und sie machten sich sogleich auf den Weg nach dem Meere. Friedrich begleitete sie. Langsam rückten Berge und Wälder bei jedem Schritte immer weiter hinter ihnen zurück, das Meer rollte sich vor ihren Blicken auseinander.

Friedrich sagte unterwegs: „Mir scheint unsre Zeit dieser weiten, ungewissen Dämmerung zu gleichen! Licht und Schatten ringen noch ungeschieden in wunderbaren Massen gewaltig miteinander, dunkle Wolken ziehn verhängnisschwer dazwischen, ungewiß, ob sie Tod oder Segen führen, die Welt liegt unten in weiter, dumpf stiller Erwartung. Kometen und wunderbare Himmelszeichen zeigen sich wieder, Gespenster wandeln wieder durch unsre Nächte, fabelhafte Sirenen selber tauchen, wie vor nahen Gewittern, von neuem über den Meeresspiegel und singen, alles weist wie mit blutigem Finger warnend auf ein großes, unvermeidliches Unglück hin. Unsere Jugend erfreut kein sorglos leichtes Spiel, keine fröhliche Ruhe, wie unsere Väter, uns hat frühe der Ernst des Lebens gefaßt. Im Kampfe sind wir geboren, und im Kampfe werden wir, überwunden oder triumphierend, untergehn. Denn aus dem Zauberrauche unserer Bildung wird sich ein Kriegsgespenst gestalten, geharnischt, mit bleichem Totengesicht und blutigen Haaren; wessen Auge in der Einsamkeit geübt, der sieht schon jetzt in den wunderbaren Verschlingungen des Dampfes die Lineamente dazu aufringen und sich leise formieren. Verloren ist, wen die Zeit unvorbereitet und unbewaffnet trifft; und wie mancher, der weich und aufgelegt zu Lust und fröhlichem Dichten, sich so gern mit der Welt vertrüge, wird, wie Prinz Hamlet, zu sich selber sagen: Weh, daß ich zur Welt, sie einzurichten, kam! Denn aus ihren Fugen wird sie noch einmal kommen, ein unerhörter Kampf zwischen Altem und Neuem beginnen, die Leidenschaften, die jetzt verkappt schleichen, werden die Larven wegwerfen, und flammender Wahnsinn sich mit Brandfackeln in die Verwirrung stürzen, als wäre die Hölle losgelassen, Recht und Unrecht, beide Parteien, in blinder Wut einander verwechseln. – Wunder werden zuletzt geschehen, um der Gerechten willen, bis endlich die neue und doch ewig alte Sonne durch die Greuel bricht, die Donner rollen nur noch fernab an den Bergen, die weiße Taube kommt durch die blaue Luft geflogen, und die Erde hebt sich verweint, wie eine befreite Schöne, in neuer Glorie empor. – O Leontin! wer von uns wird das erleben!"

Sie waren unterdes ans Gestade gekommen. Leontin umarmte hierauf noch einmal die Freunde, Friedrich küßte Julie auf die Stirn, und die drei bestiegen ihr Schiff. Faber ritt landeinwärts fort. Friedrich kehrte ins Kloster zurück, um es niemals mehr zu verlassen.

Als er in die Kirche eintrat, fand er dort noch alles leer und stille. Nur einige fromme Pilger waren noch hin und her in den Bänken zerstreut. Auch die hohe, verschleierte Dame von gestern bemerkte er wieder unter ihnen. Er kniete vor einen Altar und betete. Als er wieder aufstand und sich umwandte, wobei ihm durch ein offenes Fenster die Morgenhelle gerade auf Brust und Gesicht fiel, sank plötzlich die Dame ohnmächtig auf den Boden nieder. Mehrere Bediente sprangen herbei und brachten sie vor die Türe, wo ein Wagen ihrer zu warten schien. – Es war Rosa.

Friedrich hatte nichts mehr davon bemerkt. Beruhigt und glückselig war er in den stillen Klostergarten hinausgetreten. Da sah er noch, wie von der einen Seite Faber zwischen Strömen, Weinbergen und blühenden Gärten in das blitzende buntbewegte Leben hinauszog, von der andern Seite sah er Leontins Schiff mit seinem weißen Segel auf der fernsten Höhe des Meeres zwischen Himmel und Wasser verschwinden. Die Sonne ging eben prächtig auf.

Julian

I

Die Stadt Paris wogt festlich, vom alten Mauerkranz
Schaun Bürger bunt und Frauen im schönsten Sonntagsglanz,
Sie lehnen heiter plaudernd über der Zinnen Rand
Und eifrig weisen andre hinaus ins grüne Land.

„Sie kommen!" ruft's da plötzlich, und still wird's auf dem Wall;
Schon hört man Rosse wiehern und fernen Waffenschall,
Und da und dort vom Felde blitzt's auf im Sonnenschein –
Das ist das Heer der Römer, das siegreich kommt vom Rhein.

Jetzt nahte sich das Fußvolk, der Boden bebt vom Tritt.
„Willkommen!" schrien die droben, „wen bringt ihr da uns mit?" –
„Gefangene Germanen." – „Wie die verächtlich schaun!
Die sehn ja aus wie Sieger, nicht möcht' ich denen traun!"

Auf einmal aber schmettert's herüber aus dem Tal –
„Das sind die lust'gen Reiter, gegrüßt vieltausendmal!"
Und alle Blicke wenden, von dem Klange froh erschreckt,
Sich nach dem Staubeswirbel, der noch die Schar bedeckt.

Da teilt der Wind die Wolke, und hoch auf weißem Roß
Im Waffenschmucke leuchtend, dem blanken Reitertroß
Voran mit wehndem Helmbusch, erscheint der Julian,
Und ein Jauchzen von der Mauer hallt über den ganzen Plan.

Vom Mauerkranze aber flüstert manch schöner Mund:
„Wie zierlich läßt er tanzen sein Rößlein übern Grund,
Blickt aus der Nacht der Locken recht wie ein Morgen frisch,

So kühn die edle Stirne, die Augen so träumerisch."

Doch die Bürger schütteln die Köpfe und wundern sich
gar sehr:
„Was reiten da für Gesellen hinter dem Julian her?
Philosophen mit langen Bärten, Poeten ohne Schwert,
Das sind gewißlich Griechen, denn der Julian ist sehr
gelehrt."

Er aber wandt sich scherzend zurück vom luft'gen Sitz,
Da flogen spielend Witze, anmutig Blitz um Blitz,
Und grüßend oft dazwischen sein Blick über die Zinnen
schweift,
Da senkt sich manches Auge, wenn es sein Blick
gestreift.

Und als er kam zum Tore, der Bischof trat hervor,
In festlichen Gesängen pries Gott der Priester Chor,
Daß Er für seine Kirche in wilder Heiden Schwarm
So wunderbar gestählet des jungen Helden Arm.

Fürst Julian sprang vom Rosse und kniete auf den Grund
Aber ein spöttisch Lächeln spielt' ihm um Aug' und
Mund,
Denn hinter ihm der Dichter flüstert' ihm leise zu:
„Wie lullt ihr wildes Kindlein die heisre Amm in Ruh'!"

„Dompfaffen lehrt man pfeifen", entgegnet Julian,
„Was ficht es in dem Walde die andern Vögel an!
Ihr Lied bleibt doch das alte" – „Und frei des Adlers
Flug",
Versetzt der bärt'ge Weise, „doch, hoher Herr, sei
klug!" –

II

Klangreich auf die Stadt hernieder
Sank die laue Sommernacht,
Zitherklänge, schöne Lieder
Waren da genug erwacht.

Kühl die alten Brunnen rauschten,
Bei dem hellen Mondenschein
Mädchen vor den Türen lauschten
Mancher Mär vom schönen Rhein.

Da wird's plötzlich still, sie lassen
Lied und Zither bleich und stumm,
Und, wie Geister, durch die Gassen
Gehen düstre Kunden um.

Botschaft, heißt es, ist gekommen
Von dem Kaiser aus Byzanz;
Weit im Orient sei entglommen
Neuer Kriegesfackel Glanz.

Dorthin soll der Julian senden
Seines tapfern Heeres Kern
Und er selbst, mit leeren Händen,
Gallien hüten seinem Herrn.

O Constantius, arger Kaiser,
Lohnst du so mit schnödem Hohn?
Windest ihm die Lorbeerreiser,
Die er brach, zur Dornenkron!

Und sie wollen es nicht leiden,
Treu im Glück wie in der Not,
Keiner will von Julian scheiden,
Ihres Ruhmes Morgenrot.

Fern des Schicksals Donner rollen,
Und durch das verstörte Heer
Geht ein tiefverhaltnes Grollen
Wie vor nahem Sturm im Meer.

III

„Wie ich auch rang und fleht und frug: Entsagen
War stets die Antwort, die mir Christus bot,
Das schöne Leben an das Kreuz zu schlagen,
Ist Christenbrauch, und ihre Kunst der Tod.

Wie anders einst in Romas großen Tagen,
Die jetzt der Glaubenswahn gebunden hält!
Da hieß ihr Losungswort: lebend'ges Wagen,
Und vor den Kühnen beugte sich die Welt.

Die Heldensagen aber einsam ragen
Herein noch ins verwandelte Geschlecht,
Und auf den Riesentrümmern stehn und fragen
Die alten Götter nach dem alten Recht.

Da wacht allnächtig auf geheimes Sehnen,
Der Wald schaut träumend nach Diana aus,
Um Venus stehn die Blumen all' in Tränen,
Das Meer umwogt Neptuns kristallnes Haus.

O heil'ge Nacht! Zuweilen nur Sirenen
Noch tauchen aus dem mondbeglänzten Grund
Und tun, wenn alles schläft, in irren Tönen
Dem Menschenkind die tiefe Wehmut kund."

So klagte Julian bei nächt'ger Stunde
Im Garten zu dem Sternendom empor,
Und draußen macht der Aufruhr seine Runde,
Schlug immer wilder an des Palasts Tor.

„Wer rief mich da? – Wie? schüttelt seine Locken
Der alte Löwe schon, den ich befreit?“ –
Er hob sich rasch vom Sitz und blickt’ erschrocken
Rings um sich in der stillen Einsamkeit.

Denn zwischen dem verwitterten Gesteine,
Den schönen Leib umrankt von Blumen wild,
Stand geisterhaft im bleichen Mondenscheine
Fernab manch halbversunknes Götterbild.

Brünstig umschlungen hatt’ der Lenz das eine,
Man sah’s vor purpurroten Rosen kaum,
Er hieb sich durchs Geflecht von wildem Weine,
Und stand erschreckt – „Dich sah ich oft im Traum!

Sei Roma, Venus – mahnend mir erschienen,
Ich grüß’ als Braut dich!“ und vom Finger wand
Er eines Ringes funkelnde Rubinen,
Steckt’ ihn dem Liebchen an die kalte Hand.

Da war’s, als ob ihr Auge sich bewegte,
Leis’ flüsterte der alten Ulmen Rund
Und wie aus Träumen Bild auf Bild sich regte –
Er floh entsetzt, ihn graut’ im Herzensgrund.

Und immer näher draußen braust das Rufen
Gleichwie ein Sturmwind durch das öde Haus,
Schon donnert es herauf die Marmorstufen –
Sie riefen ihn zu ihrem Kaiser aus.

Und als er naht, umringen ihn die Wilden
Zudringlich roh – *der* stürzt ihm an die Brust,
Die heben ihn empor auf ihren Schilden,
Es war ein tödlich Dräun in dieser Lust.

Doch einer riß der Ehrenketten Schlinge
Sich von der Brust und wand um Julians Haupt
als Herrscherdiadem die goldnen Ringe,
Das keinen noch erfreute, der’s geraubt.

IV

Der Gegenkaiser Heere, zu ringen um das Reich,
Standen gegeneinander zwei Ungewittern gleich,
Constantius' Schar verdrossen lagert' im platten Land,
Der Julian mit den Seinen hoch auf der Alpenwand.

Die Waffen ruhn, der Himmel, der nächtlich alles eint,
Mit seinem Sternenmantel bedeckte Freund und Feind,
Man hört' nur die Wachen rufen weit durch die stille Luft,
Der Rosse Stampfen und Wiehern, sie witterten Morgenduft.

Der Julian lag entschlummert – o Rast voll kühler Pracht!
Hoch über ihm der Abgrund der sternenklaren Nacht,
In weitem Ringe schimmernd der zack'gen Firnen Wall,
Fern der Lawine Donner und wilder Wässer Fall.

So in den Schlaf der Menschen graute die Nacht herein,
Da, bei der Lagerfeuer verworrnem Widerschein,
Trat eine hohe Frau gewappnet zu Julian:
„Gegrüßt, Cäsar Augustus!" – Er starrt erstaunt sie an.

Und wie er starrt', erkannt er das nächt'ge Marmorbild,
Den Ring an ihrem Finger, die Züge so schön und wild. –
„Was will in solcher Frühe dein rätselhafter Gruß?
Noch dämmern die Geschicke, noch lebt Constantius."

Doch eh' er noch vom Traume sich völlig aufgericht't,
War die Gestalt verschwunden, und durch das Dämmerlicht
Flogen Boten vom Tal her, daß Mann und Roß erwacht:
Constantius war gestorben da unten dieselbe Nacht.

V

Und als nun der Traumberückte
Umherschaut' im Felsensaal,
Ein früher Strahl da zückte
Schon weit über Berg und Tal,
Und schwindelnd vom Klippenrande
Im Morgengold
Sah er die taufrischen Lande
Rings unter sich aufgerollt,
Und aus der Tiefe wehten Düfte
Berauschend her,
Und hinaus ins Meer
Rief er der rosigen Lüfte:

„Steig, Helios, auf!
Von Gipfel zu Gipfel,
Entzünde flammend die Wipfel
Und der funkelnden Ströme Lauf,
Daß die Welt wieder, trunken von Licht,
Ein himmlisch Gedicht!
Die dunkele Waltung,
Der Zeiten Gestaltung,
Der wunderbaren Schönheit Mythe,
Apollo, Zeus, Aphrodite,
Oder wie die begeisterte Menge es heißt:
Es ist des Menschen ewiger Geist,
Der durch die Äonen kreist.
Wer kann dich knechten,
Du von Geschlecht zu Geschlechten
Sich leuchtend schlingende
Ewig verjüngende
Göttliche Kraft?
Was der Genius schafft
In schauerndem Entzücken,
Wölbt unsichtbar durch die Luft
Über der Jahrhunderte Kluft

Demantene Brücken,
Wo die verwegenen
Unsterblichen Fechter
Getrennter Geschlechter
Sich freudig begegnen.
Alexander, du Dichterheld!
Dich hab ich erkannt
Über den Wogen der Welt,
Dir reich ich die Hand!
Was du Großes gesonnen,
Dein Wagen, die Wonnen,
Die göttlichen Schmerzen
Der Schöpferlust:
Mir alles im Herzen
Erwacht ist's, und sprengt mir die Brust.
O du Frühlingssturm der Gedanken!
Deines Adlerflugs Wehen
Löset den Bann,
Und ein leis' Auferstehen
Hebt in den Gründen an:
Die die Tiefe durchranken,
Die verlorenen Bronnen
Dringen ans Licht der Sonnen,
Lebendig rührt sich der Hain
In Kron und Zweigen,
Es bricht sein Schweigen
Der gefesselte Stein,
Und zwischen Trümmern steigen
Eratmend aus allen
Versunkenen Hallen
Die uralten Lieder,
Die heiteren Götter,
Dem Menschen als Retter
Hülfreich gesellt,
Und unser ist wieder
Die weite, schöne, herrliche Welt!"

Und zwischen den Felsenbogen
Die Scharen zogen
Blitzend zu Tal hernieder,
Und die Sonne ging auf,
Und: „Cäsar Augustus!“ wieder
Schallt’ es jubelnd herauf.

VI

Das war ein vergnüglich Leben!
Zwischen Palmen, schlank und glatt,
Funkelte im Abendwinde
Antiochia, die stolze Stadt.
Von dem Markte, von den Gassen
Stieg empor ein fetter Rauch,
Ganze Hekatomben Ochsen
Schlachtet’ man nach altem Brauch,
Überall von den Altären
Wirbelt’s durch die blaue Luft;
Die Germanen und die Gallier
Wittern bald den Bratenduft,
Und derweil der Heidenpriester
Mit geprüftem Seherblick
Und Gebete heimlich murmelnd,
Künft’ger Zeiten Not und Glück
In des Opferduftes Kräuseln
Und den Eingeweiden las,
Lagerten sich die Soldaten
Gierig um den Götterfraß,
Achten nicht der würz’gen Hauche
Und der süßen Melodien,
Die vom nahen Hain der Daphne
Durch die Abendlüfte ziehn.
Halbe Heiden, halbe Christen,
Die das Kreuz schier wund gedrückt,
Freun sich dort der neuen Freiheit
Und umarmen sich entzückt.

Jungfrauen auch, die zweifelhaften,
Die längst seitwärts schon geschielt
Nach dem nackten Flügelknaben,
Der aus allen Hecken zielt,
Laufen aus den engen Kammern –
Ward der *alte* Gott zum Spott:
Draußen findet jede Nymphe
Herzhaft ihren *jungen* Gott.
Und zum sel'gen Ringeltanze
Flöte nun und Leier klingt,
Trunken rasen die Mänaden,
Hinterdrein der Satyr springt,
Und beim rosenduft'gen Becher
Fühlt der Weise, tiefgerührt,
Nach der finsteren Verdummung
Auch *sein* Fleisch emanzipiert.
Mitten durch den Jubel aber,
Reichgeschmückt den schönen Leib,
Zog da auf schneeweißem Zelter
Das geheimnisvolle Weib;
Von der Hand ihr funkelt' wieder
Kaiser Julians goldner Reif,
Hinter ihr von alt und jungen
Rittern ein glücksel'ger Schweif.
Und es ging ein wirr Gerede
Und sie schworen fest und steif:
Fausta sei es, eine Fürstin,
Die, aus ihrem Reich verbannt,
Um es wiederzuerobern,
Sich an Julian gewandt.
Hei, wie wimmelt's da von Rettern!
Tausend Bolzen auf ein Ziel,
Eifersücht'ger Blicke Dolche
Und verliebter Augen Spiel.
Jeder fühlt von ihrer Schönheit
Sich selbst wunderbar verschönt
Während sie die glatten Freier

Zugleich anlockt und verhöhnt:
Der muß ihr die Bügel halten,
Der zum Schemel sein Genick,
Der mit Palmen Kühlung fächeln,
Keiner merkt den Marmorblick.

So durch Herzensfeuersbrünste
Ritt sie unversehrt und stolz,
Und sie schaudert', fröstelnd rief sie:
„O wie trüb brennt faules Holz!"
Beiher aber lief ihr Knappe,
Lächerlich und doch voll Graun,
Kürbisgleich auf dünnen Beinen,
Niemand mocht' dem Dickkopf traun:
Rotes Haar zerzaust vom Winde,
Graue Augen schiefen Blicks,
Breiter Mund und spitze Nase
Und ein Buckel hinterrücks.
Der Germanen ungeschlachte
Riesenleiber bei dem Mahl
Stichelt' er mit spitzen Witzen;
Zornig griffen die zum Stahl,
Doch wie sie den Flamberg schwingen,
Sehn sie den Verwegnen weit
Feldwärts schon in luft'gen Sätzen,
Und das tat den Recken leid.
Drauf den heil'gen Hain der Daphne
Streift er im Vorübergehn,
Mischt sich wütend in den Reigen,
Eh' sie dessen sich versehn,
Macht so unerhörte Sprünge
So galant und so verliebt,
Daß da plötzlich ganz erschrocken
Alles auseinanderstiebt.
Vor Erstaunen stockt die Leier,
Liebchen kreischt, der Liebste schilt,
Hinter ihnen durch die Wirrung

Sein durchdringend Lachen schrillt.
Fausta aber schaut' indessen
Halb erschreckt, halb zornig-wild
In die Frne, rief dem tollen
Knappen, was ihn sehr verdroß,
Und wandt' drauf sich furchtbarn Blickes
Waldwärts aus dem Freiertroß.
Denn da drüben in dem Haine
Hebt ein neues Lärmen an,
Held Severus ist gekommen,
Julians alter Kriegskumpan.
Julian hatt' ihn mit dem Sohne
Zu entlegnem Kampf entsandt,
Da erscholl so wirre Kunde
Bis zu ihm ins fremde Land,
Und dem Sohn ließ er das Fähnlein
Nach siegreich vollbrachtem Strauß,
Eilte, wie vom Sturm getrieben,
Den Heimziehenden voraus,
Und kam eben ungeladen
Zu dem Fest und Opferschmaus,
Und beschaut' mit schlechtverhaltnem
Grimm die lose Neuigkeit.
Um ihn her die Tänzer höhnten:
„Seht die gute alte Zeit!"
Doch stumm blickt' er in die Runde,
Achtend weder Spott noch Witz,
Jeder Blick ein Wetterleuchten,
Todeswunde jeder Blitz. –
„Und wenn –" sprach er „– nein, unmöglich!
Das ist nie und nimmer wahr!" –
Vor den Blicken, vor der Stimme
Wich entsetzt die bunte Schar,
Und durch die verstörten Reigen
Lenkt er seines Rosses Lauf
Über Kränze hin und Schleifen,
Sucht den Kaiser Julian auf.

VII

Schon dunkelte der Abend, kaum noch ein Vöglein sang
Über den weiten Feldern, den finstern Wald entlang
Spielten zuckende Blitze fern an des Himmels Saum,
Und prächtig über den Wipfeln stieg die Nacht auf wie
ein Traum.

Nur eines Hüfthorns Laut noch tönt' aus den Bergen tief,
Es war der Kaiser Julian, der die Gefährten rief,
Der hatt' sich weit von ihnen verstiegen auf der Jagd
Zwischen jähen Schlünden von Klippen rings umragt.

Dort konnt' ihn niemand hören, es lag zu weit
Die Welt, schon halb entschlummert, von dieser Ein-
samkeit,
Da sah er sich verwundert in seinem Reich allein,
Es fragte nach dem Cäsar hier weder Baum noch Stein.

Jetzt fuhr aus fernem Wipfel ein Falk mit wildem Schrei,
Ein Reh, wie vor dem Jäger, schoß an der Kluft vorbei
Und hinter ihm zum Abgrund rollten die Kiesel hinab –
Wer schreckt das Wild vom Schlafe in diesem Felsengrab?

Da plötzlich hört er Tritte, das Laub am Boden rauscht,
Schon knistern nahe Äste, und wie er steht und lauscht,
Bricht atemlos durchs Dickicht ein totenbleicher Mann –
„Severus, du?!" – ruft staunend der Kaiser den Wan-
drer an.

Der aber sprach voll Freuden: „Mich rief des Hornes
Laut.
O Gott, wer ist so teuflisch, daß ihm davor nicht graut,
Mit Höllenqualm zu schwärzen dies edle Angesicht!
Sie lügen! und fragt keiner, ob mir das Herz auch
bricht." –

„Sprichst irre wie der Nachtwind, Freund, ich versteh'
dich nicht."
„Laß' nur! Derweil wir wandern, erstatt' ich dir Bericht.
Jetzt komm, denn wüst Gesindel, auf Mord und Raub
bedacht,
Geht um in dieser Wildnis und lauert in der Nacht."

Der Kaiser folgte schweigend, Severus sagt' im Gehn:
„Schau, wie die Sterne fragend auf dich herniedersehn,
Das ist die rechte Stunde, so still und ungestört,
Wo uns der ernste Wald nur und Gott im Himmel hört.

Sieh, Heer und Volk verwildert wie ein entfesselt Tier,
Vom Banner, statt des Kreuzes, schaun Götzenbilder
stier,
Verkehrt in Wahn und Schande sah ich all frommen
Brauch." –
Julian entgegnet' lächelnd: „Kein Feuer ohne Rauch!

Schiltst die Natur du, Alter, weil sie ihr Joch zerbricht,
Aus Quell und Bäumen wieder die Götterseele spricht,
Und Helios durch die Nebel den Siegeswagen lenkt,
Die Welt im Licht eratmet, der Mensch begeistert
denkt?" –

„Ei Worte, Worte, Worte! ich weiß bloß: die Natur
Ist nur eine arme demütige Kreatur,
Die schauernd von dem träumet, in dessen Hand sie ist. –
Ja oder Nein verlang' ich: glaubst du an Jesus Christ?"

Der Kaiser drauf unwillig und finster: „Nein!"
Da stand sein Führer plötzlich am Steinweg selbst
wie Stein,
Die dunkle Stirn umlodert von der Blitze totem Licht,
Als ging' der Rache Engel da zu Gericht.

Er aber senkt' die Blicke und sagte trüb in sich:
„Wie oft auf meinen Knieen wiegt' ich als Knaben dich,
Hatt'st so schöne große Augen, wie in den Himmel frei
Und tief war's da zu schauen – das ist nun alles vorbei!"

Und wie sie weiterschritten, tat's einen langen Blitz,
Da schwirrt' ein Pfeil herüber aus wüstem Felsenritz,
Sever', den Schützen gewahrend, fing rasch der Waffe Lauf,
Die grad auf Julian herflog, mit Arm und Mantel auf.

Dann richtet hoch empor sich der Kämpe treu,
Als schüttelte seine Mähne ein wunder Leu,
Und späht nach allen Seiten noch einmal scharf umher,
„Du blutest", sagt der Kaiser. – „Mein Herz das blutet mehr." –

Und über Dorn und Gerölle, wo nur die Gemse ging,
Führt' er nun seinen Herren rasch aus der Felsen Ring,
Bis auf den letzten Klippen, die überm Lande stehn,
Auf einmal die weiten Täler kühl ihnen entgegenwehn.

Das Wetter war verzogen, sie sahen von der Höh'
Tief unten Julians Zelte, wie Schwäne auf stillem See,
Schon kamen einzelne Stimmen herüber durch die Luft –
Da stand der Kaiser plötzlich still an der Kluft:

„Mein alter Kriegsgeselle, du hast dich treu bewährt,
So sei als mein Feldhauptmann vor allen fortan geehrt!"
Severus aber schüttelt sein Haupt: „Das kann nicht sein,
Ich bin nicht mehr, wie eh'mals, mit ganzem Herzen dein.

Es scheiden unsre Wege an dieser Felsenwand,
Wohin dereinst sie führen, das steht in Gottes Hand,
Dich rufen deine Scharen, ich hab ein andres Heer,
Geh' du dorthin, ich dahin – wir sehn uns nimmermehr."

Und als des Kaisers Tritt nun zögernd im Tal verklang
Setzt' sich Severus nieder am Bergeshang,
Den Kopf er stützte, müde und leideswund,
In seine beiden Hände und weinte aus Herzensgrund.

VIII

Unter schwankenden Palmen
So fremde Welt!
Wie von blitzenden Halmen
Ein wallendes Feld
Funkeln Helme und Speere,
Ziehen Julians Heere.
Aus prächtigen Decken
Über die Felsen
Kamele strecken
Traumhaft die Hälse,
Und dem Zuge voran
Auf grünem Plan,
Gleich luft'gem Gefieder
Bunt hin und wider
Tummeln sich Reiter
Zu Spiel und zu Wehr.
So immer weiter
Durchs Land sich schlang es,
Aus dem heiligen Ganges
Ewige Jugend zu trinken,
Wo die Länder versinken
Ins endlose Meer.
Aber die Schwellen
Zu des Orients hellen
Gärten voll Pracht
Ein Löwe heißblütig,
König Sapor, bewacht –
Julian, hüt' dich!

Und wie sie so zogen,
Ein Kreuz da stand
Auf dem Felsenbogen,
Als segnet's das Land
Und des Stromes Grüßen,
Der ihm rauschte zu Füßen;
Ein blühend Gehege
Die Reben drum schlangen,
Das hemmte die Wege,
Und Äxte bald klangen,
Daß klagend der Wald
Von Mord widerhallt'
Und Kreuz und Ranken
Schwankten und sanken,
Vereint noch im Falle,
In den Abgrund hinab,
Wo des Stroms Kristalle
Es schauernd umfassen.
„Licht sind nun die Gassen",
Rief Julian den Gesellen,
„Mein Bild sollt ihr stellen
Auf des Kreuzes Grab,
Daß die Jahrhunderte lesen,
Wer stärker gewesen
Und Sieger der Welt:
Der Jude lammsmütig
Oder Romas Held –"
Julian, hüt' dich!

Und weiter wieder
Am Bergeshang
In Flammen nieder
Ein Kirchlein sank;
Durch die hohen
Blutroten Lohen
Sah Julian erschrocken
Fausta dringen,

Mit wallenden Locken
Die Brandfackel schwingen,
Hatt' so furchtbar-schön
Sie noch niemals gesehn.
Und auf dem Fluß im Grunde
Zur selben Stunde
Glitt singend vorüber
Ein Christenschiff,
Als Mast darüber,
Dem Strom enthoben,
Das Kreuz von droben,
Das leuchtet' wie Feuer,
Severus am Steuer
Lenkte ums Riff. –
Fausta lauscht' lange
Dem fremden Gesange,
Zu dem Kaiser dann
Rief sie zornmütig:
„Vor dem Steuermann,
Julian, hüt' dich!"

IX

Am Abend aus dem Walde tat's manchen Waffenblick,
Es kehrte Oktavian wieder, Severus' Sohn, zurück
Mit seinem Reiterfähnlein aus fernem Land,
Die Seinen hieß er rasten da an des Waldes Rand.

Er selber stieg vom Rosse, ging schweigend in die Heid',
Er wußt' ein altes Kirchlein in dieser Einsamkeit,
Dort wollt' er hin sich knieen nach überstandner Fahrt
Und Gott im stillen danken, der ihn so treu bewahrt.

Hier war die alte Stätte, er hat sie wohl erkannt,
Da rauschte noch die Linde; doch wo das Kirchlein
stand,

Lag wie ein Grabeshügel heute ein Trümmerhauf,
Die Linde streut' im Winde all' ihre Blüten drauf.

Und wie er naht, vom Schutte ein Knäul sich wirrt
Verworrener Gestalten, Weib, Jäger, Kind und Hirt,
Die blickten scheu herüber, doch da sie ihn erkannt,
Umringten sie ihn traulich und jeder reicht die Hand.

's sind Christen, die vorm Glanze hoffärt'ger Niedertracht
Geflüchtet zu der Armut der freien Waldespracht.
Da hörte er berichten von falscher Liebe Glut,
Von schnödem Abfall und von Julians Frevelmut.

Sie sangen von einem Dämon, der, weder Mann noch Weib,
In güldne Zauberwaffen gehüllt den schlanken Leib,
Voranzög' ihrem Heere, und hinter ihm, wo er ritt,
Schlüg' Flammen aus dem Boden seines Rosses Tritt.

Auf einmal schrie's: „Da kommt er!" Entsetzt fuhr alles auf,
Die Christen rings zerstoben, und donnernd im wildem Lauf
Braust eine Horde von Söldnern übers Moor,
Ein Helm mit Geierflügeln ragt über alle empor.

Oktavian aber stürzt' sich, wie's so vorübersaust,
Dem Führer keck entgegen, das Schwert in seiner Faust.
Der stutzt'; „Mach Platz da!" rief er, „du weißt nicht, wer ich bin!"
„Und wärest du der Teufel, so fahr' zur Hölle hin!"

Sie fochten miteinander, dicht Schlag auf Schlag da fiel,
Der Stahl in Waldesstille klang wie ein Glockenspiel,
Der Augen Wetterleuchten sprüht' zornig, o wie bald
Entströmt' Oktavians Blut aus seines Helmes Spalt.

Und immer mehr der Quellen entlockt des Gegners Schwert,
Schon färben Purpurwellen den Panzer und die Erd',
Ihm flimmert's vor den Augen wie tiefes Abendrot,
So sank er auf den Rasen – wußt' niemand von seiner Not.

Der Abend aber senkte in Tränen rings das Land,
Die Wälder glühten rauschend wie in Zornesbrand,
Der Vögel irres Singen durch alle Wipfel lief,
Als ob's für den Gefallnen um Hülfe rief.

Und als er wieder aufwacht', der Mond schon helle schien,
Ein wunderherrlich Fraunbild sich beugte über ihn,
Es war ihm wie im Traume, da er an dem Gewand
Den übermächt'gen Gegner in diesem Weib erkannt.

Sie kniete ihm zu Häupten, ihr Helm von rotem Gold
Lag neben ihr im Grase, und wallend aufgerollt
Umgab von allen Seiten der Locken dunkle Pracht
Den Traumestrunkenen wie eine Zaubernacht.

Die Wunden nicht mehr bluten; ihr eigenes Gewand
Hatt' eilig sie zerrissen zum heilenden Verband,
Warf hin ihr Schwert zu Boden, ließ ihren wilden Brauch,
Und lauschte, Mund an Munde, auf seines Atems Hauch.

Doch als aus seinem Auge sie traf der erste Strahl,
Hob sie sich schnell vom Rasen, rasselnd im blanken Stahl,
Schüttelt' die wilden Locken und band sie wieder auf,
Drückt' mit den Geierflügeln den güldnen Helm darauf.

Zurück noch einmal blickt sie dann auf den Ritter wund:
„O hätt'st du mich erschlagen in diesem stillen Grund!" –

„Wer bist du?“ fragt er schauernd. – „Fausta werd’ ich genannt.“ –
Er konnt ihr nicht mehr zürnen, da sie sich traurig wandt’.

X

Ein Ritter zog im Tale, der Abend glüht’ so schön,
Die Christen sahn ihn reiten von ihren Waldeshöhn:
„Der hielt einst treulich zu uns in manchem harten Strauß,
Jetzt kennt er uns nicht wieder, sieht so fremd und vornehm aus!“

Er ritt vorbei am Lager: „Hei, fröhlicher Kamerad!“
Dacht’ mancher wohl im stillen: ’s ist um den Ritter doch schad. –
Doch wie er kam ins Freie, vom Berg zum grünen Plan
Ein Reiter zu ihm sprengte: „Gegrüßt, Oktavian!“ –

„Was bringst du mir für Kunde?“ – „Severus schickt mich her,
Er zieht soeben heimwärts, will kämpfen nimmermehr,
Sein gutes Schwert soll rosten, frei grasen soll sein Roß,
Und Ihr, Ihr sollt heimkehren auf Eurer Väter Schloß.“

Oktavian drauf finster: „Das hat er nicht wohl bedacht,
Der Perser droht – heimkehren kann ich nicht vor der Schlacht,
Geh’, sage meinem Vater, ich wäre nicht sein Sohn,
Ertrüg’ daheim ich müßig des ganzen Heeres Hohn.

Sag’ ihm, ich würde kommen, doch nicht, eh’ Waffenklang
Mein wackres Schild mir gescheuert rein und blank,

Daß an dem Glanz die Zukunft sich spiegelnd einst
erbaut,
Der Kampf ist meine Heimat, die Ehre meine Braut." –

„Gebt Gott allein die Ehre, so scheint mir's fein und
recht,
Doch Ihr seid hochgeboren und ich nur Euer Knecht,
Ihr müßt das besser kennen und wissen, was Ihr sollt,
Ich brachte Euch die Botschaft, so tut nun, wie Ihr
wollt." –

Und wie der gute Knappe, weil der Bescheid ihn kränkt,
Mit einem leisen Fluche nun wieder waldwärts lenkt',
Hört' er es ringsher zischeln, ihm war, als ob die Nacht,
Die schon hereingebrochen, ihn schnöde da verlacht.

Da saß ein bucklig Männlein am Weg, der konnt's nicht
sein,
Der schlug den Takt, die Heimchen und Frösche sangen
drein,
Und Nebel, wie Phantome, sich wanden leis empor
Mit wehenden Gewändern und tanzten überm Moor.

Und Fledermaus und Eule, das schwirrt und dreht und
schwenkt,
Und schreit, wenn es ein Irrlicht in wildem Sprung
versengt,
Und zwischendurch das Männlein fix Burzelbäume
schoß –
Den frommen Knappen endlich der Spuk gar sehr
verdroß.

„Das ist ja ein toll Gesindel!" rief er mit großem Zorn,
Zog ungesäumt vom Leder, setzt' herzhaft ein die
Sporn,
Und brach durch Moor und Äste, und hieb und schimpft'
um sich,
Daß Nebelfrau und Irrwisch erschreckt zur Seite wich.

XI

Rings der Jubel kräht' schon heiser,
Mancher lag in wüstem Traum,
Ihres Lagerfeuers Reiser
Flackerten im Winde kaum.

Auf der Götter Wohl den Becher
Stießen, die noch wachten, an
Mit dem wildesten der Zecher,
Und das war Oktavian.

Immer wieder mußt' der denken
An des Vaters Gruß und Haus;
Die Gedanken zu ertränken,
Stürzt' er keck den Becher aus.

Drauf vom Sitz empor sich reißt er:
„Flammen züngeln aus dem Wein,
Wildester der Lügengeister,
Ring mit mir, ich lache dein!"

Und erbleichend warf den Becher
Mit des letzten Weines Gischt
In das Feuer der wilde Zecher,
Daß die Glut verlöschend zischt.

Rasch dann schritt er in die Felder,
Schauert', als er draußen stand,
Wie ein dunkler Strand die Wälder,
Wie ein stilles Meer das Land. –

War das einer Nixe Klage,
Eine Nachtigall, die sang?
Nacht, du Mutter wirrer Sage,
Hast so wunderbaren Klang.

Und wie durch der Harfe Saiten
Windeshauch melodisch zieht,
Hört er durch die Wipfel gleiten
Einer süßen Stimme Lied:

„Hörst du nicht die Quellen gehen
Zwischen Stein und Blumen weit
Nach den stillen Waldesseen,
Wo die Marmorbilder stehen
In der schönen Einsamkeit?
Von den Bergen sacht hernieder,
Weckend die uralten Lieder,
Steigt die wunderbare Nacht,
Und die Gründe glänzen wieder,
Wie du's oft im Traum gedacht." –

Drauf von neuem tiefes Schweigen,
Und der Ritter schritt voll Hast,
Sah aus duft'gen Gärten steigen
Einen prächtigen Palast:

Luft'ger Säulen schlanke Fülle,
Als hätt' jener holde Laut
In der träumerischen Stille
Sie aus Mondschein aufgebaut.

Über blühnder Myrten Krone
Leuchtend sich ein Springbrunn schwang,
Und herüber vom Balkone
Wieder tönte der Gesang:

„Kennst die Blume du, entsprossen
In dem mondbeglänzten Grund?
Aus der Knospe, halb erschlossen
Junge Glieder blühend sprossen,
Weiße Arme, roter Mund,
Und die Nachtigallen schlagen,

Und rings hebt es an zu klagen,
Ach, vor Liebe todeswund,
Von versunknen schönen Tagen –
Komm, o komm zum stillen Grund!"

Und fort tönt's, die Nacht rauscht leise
Und der Mond so zaubrisch scheint,
er erkannte Faustas Weise,
Wußt' wohl, wen das Singen meint.

Hat dem Klange folgen müssen
In den duftberauschten Grund –
Dort seitdem vor glühnden Küssen
War verstummt der Liedermund.

XII

Aus Träumen um die Mittagsstunde
Fuhr plötzlich auf Oktavian
Und schaut' erschrocken in die Runde,
So fremd blickt' ihn der Garten an.

Da war's so wundersam verwandelt,
So still und geisterhaft und bleich
Der Grund, wo er mit ihr gewandelt,
Die Schwäne schliefen auf dem Teich.

Wie mit dem Schlaf die Blumen rangen,
Liane müd' vom Baume sank,
Die Wasserkünste nicht mehr sprangen,
Kein Vogel in der Schwüle sang.

Das Bächlein selber ließ sein Wandern
Im unermeßen Schweigen dort,
Ein Baum nur flüsterte zum andern
Leis' ein geheimnisvolles Wort.

Verfallen aber, halbversunken
Lag Faustas luft'ges Säulenhaus,
Giftblumen wuchsen traumestrunken
Aus allen Trümmern wild heraus.

Sie selbst schlief auf den Marmorschwellen,
Verlöscht der muntre Augenschein,
Erstarrt der schönen Glieder Wellen,
Ihr Angesicht streng wie von Stein.

Dem Ritter graut' vor ihren Wangen,
Er sann, und wußt' nicht, wo er ist,
Doch wie er aufsprang, schlüpften Schlangen
Grüngolden züngelnd ins Genist.

Entsetzt in dieser öden Schwüle
Durchirrt' er nun den Trümmerhauf,
Und atmet' in der Waldeskühle
Erst wieder tief und freier auf.

Da sah er durch der Bäume Spitzen
Die Ströme unten wieder gehn,
Fern seine lust'gen Reiter blitzen,
Ihr Banner hoch im Winde wehn.

Die bliesen frisch zum Kriegestanze,
Und wie er aus dem Walde schritt,
Gluthell in vollem Waffenglanze
Ihm Julian entgegenritt.

„Wo warst so lange du, Geselle?"
Rief der ihm zu, „jetzt gilt das Schwert,
Wir stehn an der Entscheidung Schwelle,
Voran nun, wer des Ruhmes wert!" –

Hier stockt er plötzlich und schaut wilde –
Den Ring, den er als Liebespfand

Einst angesteckt dem Marmorbilde,
Gewahrt er an Oktavians Hand.

Der tat weithin da einen langen
Blutroten Blick im Sonnenschein. –
„Von wem hast du den Reif empfangen?“ –
„Es gab ihn mir die Liebste mein.“ –

Da starrt Julian in finsterm Sinnen,
Daß jener tief zusammenschrickt,
Dann stürzt er wüst und bleich von hinnen,
Als hätt’ er ein Gespenst erblickt.

XIII

Unter kühlen Waldesschatten
An Assyriens Wüstenrand,
Als die letzte Christenwarte,
Starr die Burg Severus’ stand.
In dem Garten vor dem Hause,
Von der Wüste angeglüht,
War schon lange von der neuen
Zeit die alte überblüht;
Über eines Heidentempels
Halbversunknem Steingebild
Brütete der junge Frühling,
Hatte, was da unten wild
Aus der Götterdämmrung Abgrund
Noch die Menschenseele schreckt,
Heiter mit unschuld’gen Blumen
Und mit Reben überdeckt.

In der Väter Halle aber
Barg Severus streng sein Schwert,
Denn es schien ihm, es zu schwingen,

Diese Welt nicht länger wert.
Sinnend unter einem blühnden
Sonndurchblitzten Lindenbaum
Bei der Bienen Schlummerliede
Saß der Alte wie im Traum,
Überschaut' die Weingelände,
Die im Mittagsglanze glühn,
Sah die Ährenfelder wogen
Und die Wolken drüberziehn,
Tiefe Rast auf Berg und Talen –
Nur *ihn*, schien es, mied die Ruh,
Denn scharf durch die weite Stille
Flog sein Blick der Ferne zu.

Plötzlich sprang er auf: „Da kommt er!"
Und ein Reiter funkelnd bricht
Aus dem Wald, steht und blickt um sich –
Doch es war Oktavian nicht,
Der von Stund' zu Stund' Erharrte! –
Rings noch einmal in die Rund'
Schaut der Fremde, winkt dann rückwärts
Und weist freudig nach dem Grund.
Und nun immer mehr Gestalten
Sah man von der Höhe ziehn,
Bald hell leuchtend in der Sonne,
Bald verdeckt vom Waldesgrün.
Zelter führten sie am Zügel,
Drauf im Arm manch lieblich Kind,
Schöne Frauenbilder schwebten,
Mit den Schleiern spielt' der Wind;
Und so auf gewundnem Pfade
Senkten sie vom Waldeshang
Sich zu Tal wie Wandervögel,
Und herüber tönt' Gesang.

An den frommen Wanderliedern
Hat Severus sie erkannt:

Christen waren's, die der Heiden
Zorn von Hof und Herd verbannt.
Und er sandte ihnen Boten,
Ließ sie laden auf sein Schloß,
Und empfing am offnen Tore
Brüderlich den müden Troß.
Da begann sich's bald zu regen
In dem stillen, finstern Haus,
Fremde Trachten, fremde Stimmen
Gingen plaudernd ein und aus,
Auf der Rasenflur im Garten
Glänzte festlich Tisch an Tisch,
Durch die Wipfel über ihnen
Strich der Wind so reisefrisch,
Und die Diener unverdrossen
Rannten hülfreich ohne Rast,
Denn in abgeschiedner Stille
Stets willkommen ist der Gast,
Der, in langentbehrten Lauten,
Draußen aus den Ländern weit
Freundesgrüße bringt und Kunde
Von des Lebens Lust und Leid.
Sie erzählten von des Kaiser
Julians stolzer Heeresfahrt,
Wie er alle falschen Götter
Wider den wahrhaft'gen schart;
Sie erzählten von einem Ritter,
Der da schnöde Seel' und Leib
Und sein Christenheil verkaufte
An ein schönes Zauberweib,
Selber nun der Christen Geißel. –
„Den vernichte Gottes Hand!
Fluch ihm!" rief Sever' da, füllend
Seinen Becher bis zum Rand.
„Und wie heißt der falsche Ritter?" –
„Oktavian wird er genannt." –
Bei dem Klange dieses Namens

Ward Severus totenblaß
Und zerschmetterte am Boden,
Als enthielt' es Gift, sein Glas.

Da auf einmal durch den Garten
Ruft es: „Rette sich wer kann!
Unaufhaltsam wie ein Waldbrand
Schon dringt Julian heran!"
Und nun schwirrt es durcheinander,
Weiber weinen, Kinder schrein,
Tische werden umgestoßen
Und verschüttet wird der Wein.
In der Wirrung da Severus
Wie aus Träumen sich besann,
Hieß sich die Erschrocknen scharen,
Legte seine Rüstung an
Und führt' drauf auf öden Pfaden
Eilig Weib und Mann und Roß
Zwischen Klippen, durch Gestrüppe
In die Wildnis überm Schloß.
Hinter ihren Tritten wieder,
Sie zu schützen vor Verrat,
Schlugen Zweig und Gras zusammen,
Und kein Fremder ahnt den Pfad,
Der in Wolken sich verloren;
Denn todstill und einsam war
Dieser Gang, hoch in den Lüften
Nur gewahrte sie der Aar.
Droben aber eine Aue
Hat der alte Wald umstellt,
Den ein Kranz von Felsenzacken
So geschieden von der Welt,
Daß verhallend kaum des Lebens
Flut den Felswall noch bespült',
Auf dem ein verfallnes Kirchlein,
Immer treu noch, Wache hielt.

Dort jetzt lagerten die Christen
In der rauhen Einsamkeit,
Wie wenn späte Herbsteslüfte
Buntes Laub durchs Grün verstreut;
Frühling aber wirkt den Teppich,
Den mit Silber säumt der Bach,
Auf den schlanken Säulen drüber
Wölbt der Wald sein luft'ges Dach,
Und die Wipfel alle rauschten
Und die Vögel sangen hell,
Kinder da und Blumen spielten
Miteinander an dem Quell,
Als wär' eben nichts geschehen
Und auf Erden alles gut,
Wußten doch die Blumenkinder,
Daß sie all' in Gottes Hut.
Und als drauf im Abendgolde
Berg und Tal versunken war,
Kinder schon und Vögel schliefen,
Sang ihr Abendlied die Schar,
Und es stimmt' des Waldes Rauschen
Und von fern die Nachtigall
In die wunderbaren Weisen
Träumrisch ein mit süßem Schall.

Doch Severus zog indessen
Mit den Sternen auf die Wacht,
Er konnt' nicht mit ihnen singen,
Ihm ward wohl erst in der Nacht.
In die Tiefe horcht' er nieder
Und vernahm der Ströme Lauf,
Heeresritt und Hörnerklänge
Wehte oft der Wind herauf,
Und es rührten diese Laute
Wild ihm in der festen Brust
Seiner Jugend Angedenken
Und die alte Kriegeslust.

Und da, immer mächt'ger steigend,
Mit der dunklen Wetterpracht
Ihre Fahnen nun entfaltet
Überm Himmelsgrund die Nacht,
War es ihm, als säh' er Krieger
Zornig reiten durch die Luft
Und den Racheengel schreiten,
Der da zu Gerichte ruft,
Und sie schleudern glühnde Speere,
Und es zündet jeder Speer
Grimme Flammen ihm im Herzen. –
Da klang's von dem Waldplatz her:
„Sieh, die Wetter sind verzogen
Und die Erde glänzt verweint,
Wölbe, Herr, den Friedensbogen
Milde über Freund und Feind!"

Und Severus bei dem Klange
Stürzt' erbebend auf die Knie:
„Du, der in der Todesstunde
Seinen Feinden einst verzieh,
Hilf, daß mich Erbarmungslosen
Nicht der Hölle Wahnsinn faß!
Einen Hauch nur deiner Liebe!
Lösch das Feuer, brich den Haß!" –
Und derweil er im Gebete
Also mit dem Teufel rang,
Tönt' aufs neue da herüber
Von dem Walde der Gesang:

„Ave Maria, benedeite!
Um uns in der falschen Nacht
Deinen Sternenmantel breite,
Schütz uns vor des Bösen Macht!"

XIV

Schon hat der Perserkönig sein Banner aufgerollt,
Und wie ein feurig Wetter, das immer näher grollt,
Rings steigen die Geschicke still und verhängnisschwer,
Dem letzten Kampf entgegen zieht Kaiser Julians Heer.

Durch glühnden Staubes Wirbel sucht das Kamel den Weg
Und hinter seiner Fährte verweht der Wind den Steg,
Da rieselt keine Quelle, da rauscht nicht Halm noch Baum,
Blutrot die Wüstensonne droht aus dem öden Raum.

So lautlos gehn die Scharen, kaum hört man ihren Tritt,
Es hält der Tod mit ihnen unsichtbar gleichen Schritt,
Und lauernd überm Schweigen der unermeßnen Gruft
Hängt beutelustig der Geier hoch in der fahlen Luft.

Gespenstisch nur zuweilen ein Strauß vorüberschweift,
Die Luft lügt ferne Auen, von Strömen kühl durchstreift,
Daß der Soldat im Traume noch einmal Labung trinkt,
Bevor er in das Sandmeer verschmachtend niedersinkt.

Und als die Wüste dunkelt, einsam vor seinem Zelt
Späht Julian in den Sternen, wem zugedacht die Welt,
Befragt den Flug der Wolken ums Los der nahen Schlacht,
Lacht seines Aberglaubens, und glaubt was er verlacht.

Da sprengt heran ein Bote. – „Was bringst du so schrekkensbleich?“ –
„O Herr, setz heut’, nur heut’ nicht aufs Schwert dein junges Reich!

Mars hat, das du entzündet, verstört dein Opfermahl,
Dein Marmorbild auf dem Felsen zerschlug ein Wetter-
strahl."
Ein Hauptmann drauf sich nahte: „Dumpf Grollen geht
durchs Heer,
Sie blicken scheu zurücke, sie blicken nach dem Meer,
Nach den rettenden Schiffen – der betet und der flucht,
Und jedes Aug verzweifelnd die ferne Heimat sucht." –

Da hob sich Julian finster in Trotz und Hohn:
„O falsche, falsche Götter, karg lohnt ihr eurem Sohn!"
Da hieß er verbrennen die Schiffe all im Meer,
Daß fortan keine Hoffnung als nur im Siege wär!

Eine Höhle rauh sich klüftet, der finstern Schrecken
Haus,
Da ziehn bei Nacht die Winde wehklagend ein und aus,
Es windet sich und ringelt aus feuchtem Felsenspalt
Viel' giftgeschwollner Würme verworrne Mißgestalt.

Da ist nicht Tag, ist Nacht nicht, kein Laut den Tod dort
stört,
Kaum daß den leisen Flug man der scheuen Eule hört,
Nur unten in der Tiefe ein dunkles Wasser rauscht,
Von Wahnsinn wird ergriffen, wer da hinunterlauscht.

Ein Kind, das Julian opfert', liegt dort in seinem Blut,
Vor dem Sterbenden der Kaiser auf seinen Knieen ruht,
Wühlt in den Eingeweiden, horcht auf des Herzens
Schlag,
Ob keiner ihm der Götter draus Heil verkünden mag.

Da war es ihm auf einmal – er meint' allein zu sein –
Als kauert' Faustas Kobold seitwärts beim Fackelschein,

Sein Aug' wie eine Kohle durchs Graun herüberglüht;
Er warf ihm ans Hirn die Fackel, daß sie verlöschend
sprüht.

Und als er drauf heraustritt, der Morgen ihn erschreckt,
Er sah mit Schaudern seine Hände blutbefleckt;
Da tönte eine Glocke fern durch den Morgenduft,
Der Kaiser fuhr zusammen: „Wer ist's, der da mich
ruft?"

Severus' Kirchlein, hieß es, dort überm Walde steht,
Die Luft in solcher Frühe den Klang herüberweht. –
„Vor dem Severus hüt' dich – das war der Götter Wink!"
Er dacht' der alten Warnung, dacht an Oktavians Ring.

Und hastig zu den Seinen wandt' er sich und gebot,
Sie sollten ihm beide bringen, sei's lebend oder tot!
Und über ihm der Morgen flammt' in blutroter Pracht,
Am Himmelsgrund verlöschend den letzten Stern der
Nacht.

XV

Severus' Schloß indessen mit seinem Mauerkranz
Lag, von der Welt vergessen, in klarem Mondesglanz,
Geschlossen alle Fenster, als ob es träumend schlief,
Der Garten, der verwildert, begrub's in Blüten tief.

Vorüber an dem Monde flogen die Wolken schnell,
Daß finster bald der Garten, bald wieder seltsam hell,
Die alten Bäume ragten wie Geister übers Haus,
Als sähen ihre Wipfel in andre Welt hinaus.

Da fuhren plötzlich Rehe, die um das Schloß gegrast,
Erschrocken über die Beete, die längst schon überrast,

Ein Wandrer, von den Dornen zerrissen, wüst und bleich,
Schlüpft durch das Waldgehege in dies verschwiegne Reich.

Der stand erst still und horchte, dann schlich er heimlich-sacht
Durch das Gebüsch, stand wieder und lauschte in die Nacht;
Todstille war's in die Runde, von fern nur hallte Tritt,
Als ob zum Überfalle ein Häuflein Krieger schritt.

„Und wenn's zu spät schon wäre!“ dacht er in seinem Sinn
Warf kurze scharfe Blicke durch alle Gänge hin,
Seitwärts in dem Gebüsche schlug eine Nachtigall,
Er fuhr erschreckt zusammen bei dem unschuld'gen Schall.

Jetzt kommen immer näher die Tritte aus dem Wald,
Schon zeigte zwischen den Bäumen sich manche wilde Gestalt,
Und aus dem Dunkel traten der Männer immer mehr,
Faustina, waffenglänzend, schritt rasch vor ihnen her.

„Was folgst du mir so früh schon?“ rief ihr der Wandrer zu,
„Scheu flieht das Wild von dannen, stört ihr die nächt'ge Ruh.“ –
Durch die zerrißnen Wolken sah streng der Mond ihn an,
Die Wipfel rauschten zornig – es war Oktavian.

Da nun erkannt die andern sein wüstes Angesicht,
Die ganze Horde plötzlich aus allen Hecken bricht,
Ein jeder, ihn zu fangen, will da der erste sein;
Da wendet sich Faustina: „Zurück! denn der ist mein!“

Sie kannt' wohl seine Liebe und ihres Zaubers Macht,
So hatt' sie ihn geworben zum Führer in dieser Nacht
Und selber an die Spitze der Schergen sich gestellt,
Um ihren Buhlen zu retten, derweil Severus fällt.

„Das Nest ist ausgeflogen", rief jetzt Oktavian,
„Harret lauernd in dem Grunde und laßt mich rasch voran,
Ich weiß hier aller Pfade verschlungnen Lauf
Und stöbre die Mauerfalken aus ihren Klüften auf."

Drauf sahn sie schnell ihn klimmen hinan die steilen Höhn,
Bald schwindelnd überm Abgrund auf jäher Klippe stehn,
Bald wie ein Tiger sich schwingend von Fels zu Felsenhang,
Als jagten ihn Erinnyen auf diesem wilden Gang.

Jetzt von dem letzten Steine betrat er droben die Heid,
Da schien der Mond so helle durch die Waldeinsamkeit,
Ein Mann, gleich einem Steinbild, dort eingeschlummert saß,
Sein Schwert, sein Schild und Mantel lag neben ihm im Gras.

Severus war's. – „Dich such ich!" rief da Oktavian.
Sever', vom Schlaf auffahrend, starrt die Erscheinung an,
Dann rafft er sich vom Boden: „Entsetzlich Traumgesicht!
Du blickst wie Basilisken, weg! mit dir fecht ich nicht!"

Und fort zum Walde stürzt' er, wie vor der Hölle Macht,
Der Sohn ihm nach. – Vergebens! die trügerische Nacht
Mit ihrem Dämmer hatte die Pfade all verwirrt,
Der Widerhall der Tritte nur durch die Steine irrt.

Im Tale aber hatte Faustina nicht länger Rast,
Ihre Blicke folgten dem Ritter in wilder Hast,
Die enge Schlucht, die einz'ge die durchs Gestein da brach,
Führt' sie die Ihren schweigend dem Liebsten nach.

Und einer nach dem andern, gleichwie ein Lindwurm, schlang
Hinan die tückische Rotte sich durch den schmalen Gang,
Jetzt hört' man Waffen klirren und einzle Stimmen schon –
„Dorthin!" rief einer plötzlich, „der Alte ist entflohn!"

„Ihr lügt, hie bin ich!" donnert's da von der Felsenwand,
Ein hoher Mann stand droben, das Schwert blitzt in der Hand,
Der Helmbusch rollt wie Mähnen – wohl seinen letzten Gang
Tat da, wer aus der Felsschlucht sich keck ins Freie schwang.

Doch immer mehr der Krieger hoben sich nun empor.
Aus vielen Todeswunden verblutend am Felsentor,
Schon auf ein Knie gesunken, von Leichen rings umwallt,
Focht wie ein wunder Löwe die schreckliche Gestalt.

Faustina wohl erkannte Severus' Helm und Schild,
Ihr Herz in wildem Grimme lechzt nach dem edlen Wild,
Sie prüft des Pfeiles Spitze, sie zielt und zielte gut,
Der Pfeil schwirrt rasch vom Bogen, der Held sinkt in sein Blut.

Drauf wie ein schlanker Panther schwingt sie sich schnell herbei –

Doch wie sie lüpft den Helmbusch: mit einem gellenden
Schrei
Sie über dem Erschlagnen da plötzlich zusammenbricht –
Es war des Oktavianus todschönes Angesicht!

Dem war in tödlicher Reue die alte Treu erwacht,
Sein Haar vor Gram und Schrecken ergrauet über Nacht,
Den Vater zu warnen trieb es voran ihn unverweilt,
Als auf der letzten Höhe Faustina ihn ereilt.

Da hatt' er lebensmüde, da rings die Dränger nahn,
Des Vaters Helm und Waffen vom Boden angetan,
Und täuschend so die Pfeile, in herber Todeslust,
Die dem Severus galten, gelenkt auf seine Brust.

Ein Siegesjubel jauchzte jetzt auf in wildem Chor,
Da richtet sich Faustina auf einmal hoch empor,
Und wie sie sich gewendet, faßt all ein tiefes Graun,
Da sie in ihr entsetzlich verwandelt' Antlitz schaun.

Gleich Geiersflügeln flattert der Locken dunkle Pracht,
Ihre wilden Blicke funkeln wie aus des Wahnsinns Nacht,
So drängt und treibt sie rasend von Fels zu Fels hinab
Mit ihrem Schwert die Horde in ein gemeinsam Grab.

Und als sie dann alleine am jähen Felsenrand
Zwischen den starren Zacken über dem Abgrund stand,
Nach dem die Tanne schwindelt und die wilden Wasser
gehn,
Stürzt' sie sich selbst hinunter, und ward nie mehr
gesehn.

Aber in stillen Nächten von unsichtbarem Mund
Hören noch Hirten und Jäger oft aus dem finstern
Grund
Trostlose Klagen tönen, und wer's vernommen, flieht,
So wild und herzzerreißend tönt dieses irre Lied.

XVI

Es hatte längst der Sünden blühnde Saaten
Gereift die Sonne blutigrot,
Und durch das üpp'ge Feld der Freveltaten
Ging nun der grause Schnitter Tod.

Schon ringt die wilde Feldschlacht um die Brücke,
Die überführt ins Morgenland,
Und überm Kampfgewühl lenkt die Geschicke
Unsichtbar des Allmächt'gen Hand.

Es dröhnt das Land von Roms geschloßnen Massen,
Und wider sie hat wild der Orient
Die Meute seiner Wüsten losgelassen
Und sein versengend Element.

Wie Schakals gier'ge Reiterschwärme schweifen,
Der Elefant, ein wandernd Schloß,
Bricht Speer und Schwert, und mit den Zähnen greifen
Einander sterbend Mann und Roß.

Schon sieht der Julian die Römer schwanken
Und wie ein mürbes Wurmgenist
Im Sturm der Weltgeschichte wanken
Der Herrscherlüste Prachtgerüst.

Und wütend greift er in des Schicksals Zügel,
Und wo der Bau zusammenkracht,
Hebt er den Adler über Leichenhügel
Und wendet noch einmal die Schlacht.

So vorgesprengt, des Feindes Lanzengittern
Und seinem eignen Heer gleich fern,
Stand plötzlich er wie zwischen zwei Gewittern,
Einsam, ein halbverlorner Stern.

Da mäht' hervor recht aus des Kampfes Mitte
Ein Ritter sich auf schwarzem Roß,
Nicht achtend Freund noch Feind im tollen Ritte,
Der Tod nur schien sein Kampfgenoß.

Und wie durchs Meer der Luft mit scharfem Sausen
Ein Speer nach seinem Ziele schnellt,
Fliegt dieses kühnen Reiterbildes Grausen
Grad auf den Kaiser übers Feld.

„Allein jetzt", rief der Reiter, „stehn wir beide
Vor des Allmächt'gen Antlitz hier,
Auf! wehre dich, du ungetreuer Heide!
Gott richte zwischen dir und mir!"

Den Kaiser schaudert bei dem Klang der Stimme:
„Stehn denn die Toten wieder auf?"
Der Reiter aber gab in wildem Grimme
Nur mit dem Schwerte Antwort drauf.

So fochten beide nun in furchtbarm Schweigen
Wie zwei Gewitter Strahl auf Strahl,
Und wo ein Schwertblitz niederzuckt, entsteigen
Purpurne Wellen heiß dem blanken Stahl.

Der Schilde Riß hemmt das gewalt'ge Ringen,
Sie schleudern kühn die Trümmer fort
Und bieten unbewehrt die Brust den Klingen,
Als hing' die Welt an diesem Mord.

Es flammt ein wunderbar versengend Feuer
Aus dieses Reiters Aug hervor,
Schon wankte Julian scheu und immer scheuer –
Dann rafft er nochmals sich empor.

Doch wie er ausholt weit, sein Schwert zu
schwingen
Zum letzten unheilvollen Streich,
Fühlt er des Gegners Stahl sein Herz durchdringen
Und sinkt vom Rosse todesbleich.

Da rollten des erneuten Kampfes Wogen
Dumpf über den Gefallnen her,
Und mit Wehruf auf Geisterrossen flogen
Die alten Götter durch das Heer.

Dem noch die Welt zu klein vor wenig Stunden,
Hatt' nun am Streifen Sand genug;
Im Schlachtgewühle aber war verschwunden
Der Schreckliche, der ihn erschlug.

XVII

„O Herr, du hast die Waffe zerbrochen dem Verrat,
Schon' nun des Waffenlosen, er wußt nicht was er tat,
Und rufe alle wieder zu dir, die da verirrt,
Auf daß fortan auf Erden *eine* Herde und *ein* Hirt!"

So beteten die Christen am Morgen nach der Schlacht,
Als kaum noch über ihnen die erste Lerch' erwacht,
Mit ihrem Liede weckend die Welt zu Gottes Lob,
Der vom Gebirg' allmählich die Nebelschleier hob.

Da hörten sie voll Staunen, eh' noch begann der Tag,
So früh schon in der Tiefe des Lebens Wellenschlag,
Weit durch den Riß der Nebel blitzt's manchmal festlich
auf,
Ein unermeßner Jubel steigt aus dem Tal herauf.

Über die Klippen aber schwingt sich ein Bursch hinan:
„Victoria! frohe Botschaft! Sie haben den Jovian

Zum Kaiser ausgerufen, der unserm Glauben treu,
Nun danket all' dem Herren, die Welt ist wieder frei!"

Und wie die frohe Kunde jetzt flog von Mund zu Mund,
Begann ein buntes Wirren über den ganzen Grund,
Sank mancher auf die Kniee, betend vor Freuden stumm,
Die Kinder alle jauchzten, und wußten nicht warum.

Da plötzlich bricht durchs Dickicht ein todmüder Mann –
„Severus!" rufen alle und sehn entsetzt ihn an,
So wundersam beleuchtet schien er von Morgenglut –
Es waren nicht Morgengluten, er war so rot von Blut.

Und ringsher rief's: „Du führtest aus Knechtschaft uns hinaus,
Nun führe auch die Deinen zurück ins freie Haus!
Sieh, friedlich glänzt da unten dein Schloß im Morgenschein,
Die Vögel und Quellen wieder laden zum Garten dich ein."

Er aber sprach gar traurig: „Ich führ' euch nimmermehr,
Laßt die Vögel verfliegen, die Quellen rinnen ins Meer,
Die Mauern sollen zerfallen und der Garten mag verblühn –
Ich hab den Kaiser erschlagen – ich kann nicht mit euch ziehn!

Ich kann nicht mit euch beten: vergib uns unsre Schuld!
Ich übt an meinem Schuldner Erbarmen nicht, noch Huld!
Betet für meine Seele, mein Tagewerk ist vollbracht
Und über mir herein schon dämmert die ew'ge Nacht."

Und als die Sonne aufging, und alle zogen hinab,
Da sank der Todeswunde tot auf des Sohnes Grab,
Und in den Morgenjubel, der durch die Täler schallt,
Rauscht von der stillen Höhe so feierlich der Wald.

Ob ihm verziehn? – die Sage berichtet nicht den Spruch,
Denn keiner hat gelesen in des Gerichtes Buch –
Du aber hüt' den Dämon, der in der Brust dir gleißt,
Daß er nicht plötzlich ausbricht und wild dich selbst
zerreißt.

Robert und Guiscard

Als ich dereinst in Heidelberg studierte,
Stand dort ein kleines Haus, duftig umweht
Vom Lindengange, der zum Schloßberg führte,
Ich weiß nicht, ob es jetzt noch droben steht,
Denn viele, viele Jahre sind vergangen,
Seit wir dort unsre ersten Lieder sangen.

Schien hell die Abendsonne durch die Zimmer,
Sah man darin wohl manch' verblichne Pracht,
Altmodischen Gerätes gold'gen Schimmer,
Von Porzellanchinesen stumm bewacht,
Die vom Kamine, wenn die Uhren pickten,
Mit ihrem Kahlkopf schläfrig dazu nickten.

Ein Gärtchen, wie ein Teppich, lag daneben,
Mit bunten Steinen kunstreich ausgelegt,
Wo Tulp' und Nelken Namenszüge weben,
Von Buchsbaum labyrinthisch eingehegt;
Der Lenz von allen Bergen sah verwundert
Auf dieses Stück vom vorigen Jahrhundert.

Dort pflegte oft ein hoher Greis zu ruhen
In seiner Muschelgrotte Einsamkeit,
Die Silberschnallen blitzten von den Schuhen,
Ein Ordensstern von seinem seidnen Kleid,
Doch mächt'ger noch der Blicke düstres Lodern,
Als wollten zu Gericht die Zeit sie fodern.

In fremden Lauten plaudernd aber jagen
Zwei schöne Knaben durch die stille Rund
Wie Frühlingsblüten, die der Wind vertragen,
Und schmerzlich' Lächeln spielt um seinen Mund,
Wie sie, obgleich noch selber Sansculotten,
Als Royalisten sich zum Kampfe rotten.

Auch eine schöne Frau wohl sah man wehen
Mit ihrem Tuch vom Fenster übern Fluß,

Und drüben einen Jäger einsam stehen,
Der in die Lüfte schoß zum Gegengruß
Und aus des Felsgeklüftes grüner Klause
Allabendlich einkehrte in dem Hause.

Und manche Sommernacht nach schwülen Tagen
Sang dort die Frau, das gab so süßen Schall,
Von Heimweh und der Liebe Lust und Klagen,
Und in dem Tale schlug die Nachtigall,
Es blitzte fern, und Wald und Neckar rauschte,
Daß mancher Wandrer stille stand und lauschte.

Öd' stehn wohl längst nun Garten, Haus und Bäume,
Doch aus der Ferne tönet noch bis heut'
Das Lied verlockend oft durch meine Träume,
Und was vernommen ich seit jener Zeit
Von dieser Bergeinsiedelei Geschichte,
Ward unversehns mir selber zum Gedichte.

Es schien der Wald noch von der Nacht zu träumen,
Kein Lüftchen in der Einsamkeit sich regt,
Nur feuchte Schleier hingen von den Bäumen,
Von unsichtbaren Händen leis' bewegt,
Und Nebel ringelten aus allen Schlünden,
Die einen schwülen Sommertag verkünden.

Doch wo die Höhn die Wälder übergipfeln,
Dorthin spornt Robert durchs Gestrüpp sein Roß,
Dahinter zwischen düstren Tannenwipfeln,
Als ob es grollte, seiner Väter Schloß,
Vor ihm im Land, das sich schon golden sonnte,
Paris aufdunkelnd fern am Horizonte.

Wo über Volk und Kön'ge zum Gerichte,
Gleich schwerer Wetter ungewissem Gang,

Sich mahnend rüstete die Weltgeschichte,
Das Alte sterbend mit der Zukunft rang. –
Es schnob das Roß, es wittert' Morgenlüfte,
Er aber wandt' es wieder ins Geklüfte.

Denn ihn verdroß der Vögel lust'ges Singen,
Und daß mit Blumen spielt' das Frühlingswehn
Und Quellen plaudernd durch die Wildnis gingen,
Als wäre draußen eben nichts geschehn;
Vor den Gedanken floh er, die ohn' Frieden
Durch Berg und Tal nachsetzten dem Todmüden.

Auf einmal hielt der Reiter fast erschrocken
Im Felsengrund, da lag die Welt so weit,
Man hörte nur von fern die Morgenglocken
Und Vogelschall in dieser Einsamkeit.
So hatte, wenn der laute Tag verklungen,
Auch damals hier die Nachtigall gesungen.

Hier war er mit der Mutter oft gegangen,
Ein frommes Kind, bei stillem Abendrot,
Die streichelt', wenn er weinte, ihm die Wangen –
Jetzt war die Mutter lange, lange tot,
Der Vater hatt' zu ihm kein rechtes Herze
Und niemand fragte mehr nach seinem Schmerze.

Da setzt er rasch die Sporen ein, daß Funken
Der Stein von seines Rosses Hufen sprüht,
Die Wälder schauern von der Sonne trunken,
Die blutrot durch die falben Nebel glüht,
Die Köhler grüßten scheu, die Kinder wichen,
Als käm der wilde Jäger hergestrichen.

Nun hört' er schon des Gartens Brunnen rauschen,
Da klang ein Lied so wunderfrisch darein,
Daß rings die Vögel schwiegen, um zu lauschen;
Es war Marie, des Gärtners Töchterlein,

Das Tor mit Blumen schmückend *anderm* Reiter,
Als schwebt' ein Engel auf der Himmelsleiter.

Sie wandt' sich rasch, und blickt' fast trotzig nieder,
Da sich ihr Hoffen trügerisch erwies. –
„Was soll der eitle Blumentand schon wieder?" –
„Der junge gnäd'ge Herr kommt von Paris." –
„Mein Bruder, heut'?" – So schwang er sich vom Rosse,
Sie sang von neuem, und er eilt' zum Schlosse.

Wie rätselhaft mit deinen Lust und Wehen
Liegst du so weit nun, wunderliche Zeit,
Wo um den Springbrunn Marmorbilder stehen,
Die Aloe glänzt, der Pfau vom Kiosk schreit,
Und zwischen labyrinthischen Spalieren
Anmutig Chloe scherzt mit Kavalieren.

So auch zu Clairmont in der Mittagsschwüle
Träumt' einst bei der Fontänen Schlummerlied
Der Garten schweigend von der Morgenkühle,
Nur mancher Schmetterling noch gaukelnd zieht,
Wie bunte Blüten, die der Wind verwehte,
Selbst träumrisch über die verträumten Beete.

Und aus des Schlosses offnem Fenster trillert
Die Spieluhr künstlich durch die stille Luft,
Tief unten aber in der Hitze schillert
Die Landschaft in geheimnisvollem Duft,
Als wär' das ganze Leben schlummertrunken
Da in ein stilles Zaubermeer versunken.

Am Abhang stand ein Baum und in den Zweigen,
Man unterschied's vor dichtem Laube kaum,
Das Gärtnermädchen, sah Gewitter steigen
Wie Bergeszacken überm Waldessaum,
Und blickt' hinaus von ihrem luft'gen Sitze,
Ob nicht ein Reiter fern durchs Kornfeld blitze.

Und sah weitab in einer der Alleen,
Die regelrecht den Tulpenflor durchschnitt,
Den alten Grafen auf und nieder gehen
Im höf'schen Kleid mit abgemeßnem Schritt;
Er sprach mit dem Kaplan von alten Tagen,
Vom Wildpark und dem königlichen Jagen,

Wie da, ein Tressenhütlein auf den Locken,
Hinflog durchs Grün an der Kaskaden Fall
Der junge König hinter Wild und Doggen,
Bis bei des Hifthorns langgezognem Schall
Der Hirsch verlechzte zu der Damen Füßen,
Die vom Balkon den Sieger hold begrüßen;

Wie beim Bankett – hier hielt er plötzlich inne,
Denn Robert trat ins schatt'ge Rebenzelt.
Der Vater maß ihn in mißmüt'gem Sinnen,
Er schaut' so fremd in diese stille Welt,
Als hätt' er, einer andern Zeit entsprossen,
Ein unbekannt' Geschlecht zum Kampfgenossen.

Da hat Marie sich von dem Baum geschwungen,
„Er kommt, er kommt!" rief jubelnd sie heran,
Sie mußte schrein, das Herz wär' ihr zersprungen.
Robert sah streng die Atemlose an,
Und, wie in bösen Blickes Zauberbanne,
Stand sie errötend vor dem finstern Manne.

Im Schlosse aber mit demüt'gem Neigen
Tat schon ein Diener auf des Saales Tür
Und zwischen der Orangen blühnden Reigen
Eilt' von der Marmortrepp' ein Offizier,
Guiscard, in blankem Reiterschmuck herunter;
Da war's, als würde alles plötzlich munter.

Die Rose, Tulp und Malve ließ ihr Träumen
Bei der bekannten Stimme heiterm Klang,

Ein leises Grüßen flüstert' in den Bäumen,
Der Springbrunn' sich vor Freuden höher schwang,
Die Statuen hoben selbst sich auf die Zehen,
Nach ihrem Spielkamraden auszusehen.

Der Vater aber tat den Sohn umschlingen,
Daß von den Locken rings der Puder stob,
Hieß Wein und Obst im Silberaufsatz bringen,
Der funkelnd Strahlen durch das Laubwerk wob,
Dann winkt' er rasch die Diener aus dem Garten,
Er konnt' den Augenblick kaum mehr erwarten.

„Was macht der König", rief er, „den Gott segne!" –
„Er steht allein mit seinem ew'gen Recht",
Erwidert' ernst der Sohn, „und der verwegne
Verrat stellt sich nicht offen zum Gefecht,
Bald da bald dort, wohin kein Schwert mag reichen,
Hört man ihn unsichtbar den Thron umschleichen."

„O daß ich jung nicht mehr, mit dreinzuschlagen!" –
„Ich bin's, und so wie ich sind überall
Noch viele treu bereit, den Strauß zu wagen,
Dicht Stamm an Stamm ein brüderlicher Wall,
An dem vergebens ihren Gischt verrollen
Die Wogen, oder uns begraben sollen."

„Doch tut's nicht not, ein Haufen Krämer, Schreiber
Schwingt seine schmier'gen Mützen in die Luft,
Voran Gelehrte und ästhet'sche Weiber,
Und jeder schreit und weiß nicht was er ruft;
Nur drauf! und dieses Donquijotes Mähre
Sinkt vor der Lanze ritterlicher Ehre."

Hier schenkt' der Schloßherr ein vom besten Weine,
Der glüht' wie Blut, es galt der alten Zeit.
Robert stieß nicht mit an, er stand alleine
In seines Herzens tiefster Einsamkeit,

Dann fuhr er plötzlich auf beim Gläserklange,
Ein flüchtig' Rot durchzuckt' die bleiche Wange:

„Vergebens fabelt ihr von Fraun und Schreibern,
Nein, mit Gedanken heißt's zum Kampfe gehn,
Die immerdar aus der Erschlagnen Leibern,
Ein unsichtbarer Heerbann, neu erstehn,
Von Menschenadel geht durchs Volk ein Ahnen,
Der älter ist als unsre ältsten Ahnen.

Unadlig ist's, den Löwen an der Mähne
Zu zupfen, der schmachvoll in Ketten hängt,
Gereizt wird er zur furchtbaren Hyäne,
Die ihre rostzerfreßnen Ringe sprengt
Und alle Leichen auswühlt aller Grüfte,
Daß nicht ihr Pesthauch, was noch lebt, vergifte.

Wollt ihr die ersten sein, zeigt euch als solche,
So haben eure Ahnen einst getan,
Erwürgt der alten Nacht geschwollne Molche,
Brecht selbst den Morgen an und löst den Bann,
Wie's Rittern zukommt, der gefangnen Dame,
Die Zukunft ist ihr Reich, Freiheit ihr Name."

Da hielt der alte Clairmont sich nicht länger,
Das halbgeleerte Glas noch in der Hand
Herüberhorchend immer finstrer, bänger,
Schleudert' er's plötzlich in den heißen Sand
Daß klingend es zerschellt': „So soll verderben,
Wer ungetreu sich selber mag enterben!

Wo Schwerter klirren und Geschicke kreißen
Brüt' nur, brüt' über deinem Bücherschrein,
Voltaire, Rousseau und wie sie alle heißen,
Weid' Grillen unterdes, Schulmeisterlein,
Und weis' den Blitz an mit dem Gänsekiele:
Wen er verschone und wohin er ziele.

Ja reiß' das Wappen von dem Tor nur immer
Und brich das Schloß zusammen über dir,
Und geht der Pflug einst über seine Trümmer,
Geh' hin und bettle vor des Bauers Tür
Nur um ein Bröcklein von den Menschenrechten –
O Tor, wer auf Erbarmen hofft von Knechten!"

Die Stimme brach. Als schüttelte die Mähne
Ein wunder Leu umgarnt im Jagdrevier,
Schritt er, des Zorns sich schämend wie der Träne,
Zum Schlosse, jeder Zoll ein Kavalier.
Dem Robert zitterte durch alle Glieder
Ein Gegenwort, er rang's gewaltsam nieder.

Der Hauptmann aber fühlt' des Bruders Wunde;
Der Vater, tröstet' er, mein's nicht so hart.
Da fiel Robert, als gält's die letzte Stunde,
Ihm um den Hals, 's war sonst nicht seine Art:
„Wir meinen's alle ehrlich, wer von beiden
Hie recht, wer unrecht hat, mag Gott entscheiden!"

Schon schliefen alle, Garten, Schloß und Lüfte,
Nur Guiscard und die Nachtigallen nicht,
Er stand am offnen Fenster, Fliederdüfte
Atmet' die Nacht herauf im Mondenlicht;
Da war's als hört' er gehn – zu solcher Stunde
Schweift' oft Marie – er sang aus Herzensgrunde:

„Über Wipfel und Saaten
In den Glanz hinein –
Wer mag sie erraten,
Wer holte sie ein? –
Gedanken sich wiegen,
Die Nacht ist verschwiegen,
Gedanken sind frei.

Es rät es nur eine,
Wer an sie gedacht
Beim Rauschen der Haine,
Wenn niemand mehr wacht,
Als die Wolken, die fliegen,
Mein' Lieb' ist verschwiegen
Und schön wie die Nacht." –

Das war Marie nicht! – Durch den Hauptgang schreiten
Sah er nur eine dunkele Gestalt,
Drauf um die blühnden Kaktushecken gleiten
Weithin den Schatten nach dem nahen Wald,
Doch 'eh er sich verwundert noch besonnen,
War in der Nacht Laut und Gestalt zerronnen.

Die Statuen nur da unten wie Gespenster,
Jetzt Rossestritte fern, dann in dem Grund
Rings alles wieder still – er schloß das Fenster,
So seltsam flüsterte die nächt'ge Rund –
Als aber morgens Tal und Höhn entzunden,
War *Robert* spurlos mit der Nacht verschwunden.

Es flog damals die Zeit mit wilden Sätzen,
Ein schnaubend' Roß in ungemeßnem Lauf,
Und hinter seinem Huf schritt das Entsetzen,
Sprüht' Blut empor und schlugen Flammen auf,
Ein bleicher Reiter stand hoch in den Bügeln,
Der Robert war's, er wollt es mächtig zügeln.

Oft packt' es ihn, ob nicht vergeblich sänken
Die Lande rings in Brand und Blut und Mord –
Er schauderte zurück, es auszudenken.
„Unmöglich!" rief er dann, und stürmte fort
Und klammert' um so fester mit den Zähnen
Sich in des Rosses rabenschwarze Mähnen.

So eilt' er in Paris einst durch die Gassen,
Die Sterne leuchteten in stiller Pracht,
Doch keine Laute mocht' sich hören lassen,
Das Volk wogt tosend durch die laue Nacht
Zu Gand dem Jugendfreund, auf den er baute,
Drängt' er sich durch, da vor dem Lärm ihm graute.

Im Haus, nicht mehr ein Palast war's zu nennen,
Strich durch die offnen Fenster frei der Wind,
Da war treppauf treppab ein wüstes Rennen,
Auf des Parketts kunstreichem Labyrinth,
Das trübe von vergoßnem Weine schimmert',
Lag manches Ahnenbild im Staub zertrümmert.

Vom Saal her schallte rohen Toasts Geschmetter,
Gand aber mit zweischneid'ger Rede Wut
Zerwühlte vom Balkon, wie'n feurig Wetter,
Des wirren Aufruhrs wandelbare Flut,
Dann, da er unten sah die Wogen schwellen,
Wandt' er zum Saal sich zu den Zechgesellen.

„Bist rasend du?“ rief Robert ihm entgegen,
„Frech aufzuwirbeln zu noch wildrer Hast
Der Flamme Spiel? wer wäre so verwegen
Vorauszusagen, wen die grimm'ge faßt,
Wenn ihre Lohn, die nach Vernichtung züngeln,
Ins Unermeßliche empor sich ringeln!“

Da unterbrach ihn Gand mit lautem Lachen:
„Hältst du mich wirklich für so kindisch, mich
So unaussprechlich lächerlich zu machen,
Daß ich mit diesem Volk fein brüderlich
Der eignen Ahnen Galantrieen räche
Und hirnlos selber glaube, was ich spreche?

Meinst du, ich opfre meine vollen Flaschen,
Drück' stündlich diesen Kerls die schmier'ge Faust,

Um stündlich meine wieder reinzuwaschen
Von dem plebeischen Schmutz, vor dem mir graust,
Bloß um die Dame Freiheit zu erspähen,
Die jeder nennt und keiner noch gesehen?

Was kümmert uns der Krämer weis' Gegacker!
Das Volk, im Grunde herzlich dumm und faul,
Das sonst uns willig düngt und pflügt den Acker,
Es ist zur Zeit ein toll gewordner Gaul,
Wer keck ihn greift und weiß sich draufzuschwingen,
Den trägt er unbewußt zu hohen Dingen.

Auf frischen Ritt denn!" trank der wüste Sprecher,
Doch Robert, der bis jetzt tief sinnend stand,
Schlug dem Halbtrunknen aus der Hand den Becher
Und stürzte, ehe Gand noch Worte fand
Und eh' die andern wußten was geschehen,
Hinaus, als hätt' er ein Gespenst gesehen.

Und stürzte weiter zwischen mondscheinblassen
Palästen, wo kein heitrer Tanz mehr schwirrt,
Bis in die allerfernsten stillen Gassen,
Ein todesmüder Wanderer, verirrt.
Im Trümmerschutt der eigenen Gedanken,
Die wie Phantome hinter ihm versanken.

Da blitzten zornig nieder alle Sterne,
Ihm war, als säh' er über Stadt und Fluß
Die junge Freiheit fortziehn in die Ferne
Und hört' in Lüften ihren Scheidegruß,
Und zu den Wolken, die vorüberjagen,
Tönt' er hinaus der Göttin Schmerz und Klagen:

„Weh' du Land, das keck mich bannte,
Und da ich zu dir mich wandte,
Mich blödsinnig nicht erkannte;

Wo aus Trümmern nun die blassen
Geister stieren; Stolz und Hassen,
Brüder sich ingrimmig fassen.

Habt ihr euch von dem gewendet,
Der barmherzig mich gesendet,
Wird in Schmach die Ehr geendet.

Wer will meinen Banner schwingen,
Muß erst mit dem Teufel ringen,
Der ihn selber hält in Schlingen.

Wer so kühn, um mich zu werben,
Zage nicht, für mich zu sterben,
Um das Himmelreich zu erben,

Lieble nicht, nach andern lugend,
Denn ich bin des Herzens Jugend
Und der Völker strenge Tugend.

Bin die Lebensluft der Höhen,
Wo der Atem mag vergehen
Allen, die zur Tiefe sehen.

Flamme, schlank emporgelodert,
Die in Zornesmut, was modert,
Sengend zu Gerichte fodert.

's war ein mächt'ger Wald da droben,
Treulich Stamm in Stamm verwoben,
Mir zum grünen Dom erhoben.

Weh', du feste Burg der Eichen!
Bruderzwist schon, den todbleichen,
Seh' ich mit der Mordaxt schleichen.

Und in künft'gen öden Tagen
Werden nur verworrne Sagen
Um den schönen Wald noch klagen."

Hier tost es plötzlich durch die nächt'gen Klagen,
Die Trommeln wirbeln dumpf, von jedem Turm
Gespensterhaft die alten Glocken schlagen
Und immer näher wälzt sich her der Sturm,
Den da und dort ein Schrei des Volks begrüßte
Wie das Geheul der Schakals in der Wüste.

Von bleichen Rachegeistern schien entstiegen
Ein fremd' Geschlecht des Bodens Zauberdampf,
Um das der Fackeln grelle Scheine fliegen –
Der Robert lechzte recht nach offnem Kampf,
Verzweifelt warf er sich an ihre Spitze,
Denn solche Nacht wird nur erhellt durch Blitze.

Und schwellend immer mächt'ger, breiter,
Wuchs hinter ihm das wilde Geisterheer,
Es riß der Strom ihn unaufhaltsam weiter
Und rollt sich auf zu einem wüsten Meer,
Des Wogen an des Königschlosses Hallen
Mit grimmem Zornesmute donnernd prallen.

Das Schloß stand düster, eine Inselfeste,
Darin belagert ward die alte Zeit,
Die Garden dort, geschmückt heut wie zum Feste,
Die treuen, die dem Tode sich geweiht,
Sah man zum Abschied droben sich umarmen,
Denn draußen in der Nacht war kein Erbarmen.

Noch einmal aber jetzt ward's still im Dunkeln,
Vom Schloß her nur der Wachen Tritt und Gruß,
Von unten tausend wilder Augen Funkeln,
Da blitzt von unbekannter Hand ein Schuß,
Und des geballten Wetters schweigend Drohen
Entfaltet plötzlich seine roten Lohen.

Gleich einem Panther wand die schlanken Glieder
Ein kecker Bursch am Gittertor hinauf,

Ein zweiter Schuß vom Fenster streckt' ihn nieder
Und über ihn klimmt rasch ein andrer auf,
Ein Hauptmann aber ordnet seine Scharen,
Das Tor mit seinem Herzblut zu bewahren.

Ein Schrei, ein Stoß – da bricht das Tor mit Krachen,
Und auf des unsichtbaren Dämons Wink,
Wie in des sichern Todes offnen Rachen
Springt Robert in des Hofes dunklen Ring:
Noch war Verheißung ja im mut'gen Siegen,
Verloren alles, wenn sie heut' erliegen!

Jetzt stürzt sich jener Hauptmann ihm entgegen,
Hei, wie der grause Schnitter Tod da mäht!
Man sieht vor Staub nichts als den Blitz der Degen –
„Den Hauptmann greift lebendig!" rief's – Zu spät!
Schon sank vor Roberts Stahl der kühne Ritter
Und rasend braust das Volk herein durchs Gitter.

Ein Windlicht plötzlich streift das wilde Jagen,
Entsetzt starrt Robert da den Toten an,
Den Bruder Guiscard hatte er erschlagen,
Und ehe er sich schauernd noch besann,
Hob siegesjubelnd ihn aus dem Gedränge
Auf ihre Schultern hoch die trunkne Menge.

Wer mag den Sturm in seinem Fluge halten?
Schon hatt' der Leidenschaften Trauerspiel
Entfesselt die dämonischen Gewalten,
Gleichwie Lawinen, die, fernab vom Ziel
Im Sturze wachsend, von den sonn'gen Höhen
Zum dunklen Abgrund donnernd niedergehen.

Wüst lagen längst der Freiheit grüne Bäume,
Verschüttet war das schöne Paradies,
Zertrümmert so viel jugendliche Träume,
Und durch die Grabesstille von Paris,

Wie Geisterspuk aus unterird'scher Mine,
Hallt nur noch dumpf das Beil der Guillotine.

Da trat bei Nacht hervor aus Clairmonts Heide
Ein Wandrer, wüst, zerlumpt, voll Staub,
Ein Säbel schimmerte an seiner Seite,
Man wußt' nicht, ob zur Wehre, ob zum Raub,
Und Zweig und Wind wühlt in den wirren Haaren,
Die, schien es, vor der Zeit ergraut ihm waren.

Die Nacht in ihrem prächt'gen Sterngewande
Sah durch die Wipfel ernst ins Land herein,
Und ferne überm schwarzen Waldesrande
Stieg düster leuchtend auf manch roter Schein;
Von Schloß zu Schlosse, wie ein feur'ger Drache,
Zog sengend durch die Nacht des Landvolks Rache.

Der Wandrer aber brach durch Zweig und Ranken,
Daß krächzend auffuhr rings der Raben Heer –
Der Robert war's, gleich einem Fieberkranken,
Der konnt' nicht hoffen und nicht fürchten mehr
In des zerstörten Lebens Wüsteneien,
Da tot die Braut, um die er wagt' zu freien.

Jetzt stand er vor dem Garten, fast betroffen,
Und sah erstaunt das Tor weit aufgetan,
Im Gärtnerhäuschen Tür und Fenster offen;
Er hielt im Gehn den Atem lauschend an
Und schlich, umschauend, leise durch die Hecken,
Als scheut' er sich, die stumme Nacht zu wecken.

Da lag verwildert rings des Gartens Runde,
Die weißen Statuen nur hielten Wacht,
Das Schloß zu hüten in der bösen Stunde,
Das träumte wohl von der vergangnen Pracht,
Die Spieluhr schluchzte drin mit müden Klängen,
Dann alles wieder still auf Flur und Gängen.

Nur der Fontänen halbverschlafnes Schallen
Sprach wirr, und weitab aus der Einsamkeit,
Wie ehedem, noch schlugen Nachtigallen,
Als wüßten sie nichts von der Menschen Leid,
Von dem die Wälder nächtlich klagend rauschen –
Ihn schaudert', in die Nacht hinauszulauschen.

Denn zwischen den zerrißnen Wolken schweifte
Das Mondenlicht, das durch der Wipfel Wehn
Seltsam die Klüfte, Berg und Täler streifte;
So hatt' er nie die Gegend noch gesehn,
Als wollte ihres Geisterblickes Grauen
Entsetzliches dem kranken Gast vertrauen.

Auf einmal fuhr er auf in wildem Schrecken:
Ein Fenster öffnet' sich im stillen Haus
Und nach dem Wandrer, den die Büsche decken,
Schaut jemand horchend in die Nacht hinaus
O Grauenbild aus längst versunknen Tagen!
Der Bruder Guiscard war's, den er erschlagen.

Der Mond brach eben durch die Wolkenflüge,
Er blickte schärfer hin, er täuscht' sich nicht,
Das waren Guiscards ritterliche Züge,
Nur totenbleich sein schönes Angesicht,
Es starrt' zum Mörder her mit furchtbarm Schweigen,
Und schwand, da's unten raschelt' in den Zweigen.

Da stürzte Robert sich, von den Geschossen
Der geisterhaften Augen wildverstört,
Durchs Laub zum Haus; die Türe war verschlossen,
Er rief, ob ihn vielleicht der Tote hört,
Doch nur die Dohlen auf dem Turm erwachen,
Ein Fußtritt endlich sprengt die Tür mit Krachen.

Der weite Bau erdröhnte von dem Schalle,
Drauf plötzlich alles wieder still – und doch,

Am Marmorboden der verlaßnen Halle
Lag eine Fackel dort und brannte noch,
Und warf rings durch den Ahnensaal so wilde
Glutscheine über Harnisch, Wand und Schilde.

Wie ein Nachtwandler graunvoll über Dächer,
Die Fackel in der Hand, treppauf, treppab,
Schritt Robert nun durch Gänge und Gemächer,
Die Fackel sprüht' und ließ beim hast'gen Lauf
Den Widerschein in jeden Winkel gleiten;
Da stand noch alles wie in alten Zeiten.

Die Wanduhr pickt, es glänzt das Jagdgepränge,
Doch kein Lebend'ger atmet in der Pracht,
Er hörte in dem Labyrinth der Gänge
Nichts als den leisen Widerhall der Nacht,
Als käme hinter ihm auf allen Tritten
Heimlich ein andrer unsichtbar geschritten.

Und draußen regen sich beim Lied der Rüstern
Die Marmorbilder in der Einsamkeit,
Von Brudermorde schien es rings zu flüstern,
Zuweilen nur erschallt vom Walde weit
Ein wilder Ruf herüber aus der Tiefe,
Als ob die wunderbare Nacht ihn riefe.

Da überwältigt ihn das Grauen – schweigend,
Verfolgt vom eignen Schatten an der Wand,
Von Stock zu Stockwerk hastig niedersteigend,
Steckt mit der Fackel er das Haus in Brand,
Den Prunk, die Schlachtenbilder der Tapeten
Die wie im Wahnsinn ihm den Weg vertreten.

Und lustig hat der Zugwind, der durchs ganze
Gemäuer streicht, die schlanken Lohn gefaßt,
Die Feuergeister wirbeln auf zum Tanze
Und wehn und klettern in geschäft'ger Hast,

Bis sie den dunklen Zinnenkranz erringen
Und von dem Dach die rote Fahne schwingen.

Jetzt hört er Stimmen schon und Waffen klingen,
Und immer lauter, näher durch den Wald
Des räuberischen Landvolks Rotte dringen,
Schon lugt durchs Laub manch lauernde Gestalt,
Er hörte, wie sie unten widrig lachten,
Und ihn durchzuckt ein tödliches Verachten.

So eilt er nieder von den Marmorstufen,
Rings von den Lohen schauerlich umlaubt,
Dem ersten, der am Tor ihn angerufen,
Wirft er die Fackel an das freche Haupt
Und stürzt sich rasend mit gezognem Degen
In die Gespensternacht dem Volk entgegen.

Und in der Flammenwogen furchtbarn Helle,
Verhüllend mit dem Mantel sein Gesicht,
Sinkt er getroffen auf des Hauses Schwelle,
Das prasselnd über ihm zusammenbricht,
Und überm Toten, statt der Grabgesänge,
Erschallt ein Jauchzen aus der wüsten Menge.

Wohl lüftet oft die Nacht, wenn alle schweigen,
Den Schleier, hinter dem die Träume stehn
Und fremde Schatten auf und nieder steigen,
Gefährlich ist's, ihr Aug in Aug zu sehn.
So war die Nacht, die Roberts Sinne neckte,
Denn Guiscard *lebt*, des Geisterblick ihn schreckte.

Da um das Königsschloß sie damals rangen,
Sank er und wußte nicht von wessen Hand,
Fort über ihn war wild der Kampf gegangen,
Sein Auge dämmert', die Erinnrung schwand,
Doch nicht bis in das Herzblut schnitt die Wunde,
Verhüllt' nur milde ihm die Schmach der Stunde.

Gleichwie ein Bergmann, der aus dunklem Grunde,
Wohin nur wirr der Laut des Lebens fällt,
Ans heitre Tageslicht emporgewunden,
Schaut Guiscard wieder nun die fremde Welt;
Er wußte nicht, wo er so lang gewesen,
Und fühlt' vom Licht sich wunderbar genesen.

Erstaunt blickt' er umher nach allen Seiten,
Ein ärmlich Stübchen war sein Krankensaal,
Durchs kleine Fenster über Holzrat gleiten
Sah er der Abendsonne letzten Strahl,
Der draußen niedre Dächer müd' beglänzte;
Die Vorstadt war's, wo schon der Wald sie kränzte.

Ein bärt'ger Mann, entblößt die nerv'gen Arme,
Stählt Waffen dort am ruß'gen Herd und schürt
Den Brand, umsprüht vom grellen Funkenschwarme,
Und wendet sich, da Guiscard leis' sich rührt,
Der fährt empor: es sind die wilden Mienen,
Die ihm im Fiebertraume oft erschienen.

„Wo ist der König?" frug er rasch. – „Erschlagen,
Doch was schert's uns! das hat mehr keine Not,
Ja, Bürger Robert, ja in jenen Tagen,
Als man uns armes Wild gehetzt zu Tod,
Zerhiebt den Jägern Ihr des Garnes Maschen,
Habt brav mit Blut den Grafen abgewaschen."

Dem Guiscard war's, als läg' er noch im Traume:
„Wahnsinn'ger Irrtum! Ich?" – Da sah der Mann
Ihn unter dichter Brauen düsterm Saume
Mit Basiliskenblick durchdringend an,
Dann stürmt' er aus der Tür, als sollt' sie brechen,
Er hört' ihn noch im Hausflur heftig sprechen.

So kam die Nacht, tiefdunkle Wolken strichen
Wie Drachenleiber hin in trägem Zug,

Kein Laut, nur Marder, die nach Raube schlichen,
Und wirrer Fledermäuse Geisterflug;
Ein' jener Nächte, wo der Mensch verloren,
Und Haß und Mord im Finstern wird geboren.

Auf einmal klang's von fern wie Männerschritte
Und näher, immer näher kam's heran:
Geheimnisvolles Flüstern, leise Tritte,
Ein Hund beim Nachbar schlug erwachend an
Und wild' Gesichter durch die Scheiben schielten,
Als ob Gespenster draußen Wache hielten.

Da öffnet sich die Hintertüre, und verstohlen,
Unhörbar schlüpft ein junger Bursch herein:
„Wir sind verraten! hier nehmt die Pistolen,
Zwei Kugeln reichen hin, uns zu befrein,
Für jedes Jakobiners Brust die eine,
Die andre, wenn ich treulos, für die meine."

Drauf zog und drängt' er in lautloser Eile,
Zur selben Tür ihn in die Nacht hinaus,
Als ob der Tod in dieser Höhle weile,
Ein Garten wüst umwildert' dort das Haus,
Hier hieß der Bursch ihn hinterm Dickicht warten,
Denn rauhe Stimmen nahten durch den Garten,

Und näher bald sieht er's durchs Unkraut waten,
Jetzt lauernd halten sie den Atem an,
Ein Trupp republikanischer Soldaten,
Sein düstrer Wirt, der Waffenschmied, voran,
Der Bursch aus dem Versteck springt ihm entgegen:
„Nur schnell, nur schnell! daß wir das Wild umhegen."

So falsches Wort brannt tief in Guiscards Herzen,
Er folgt mit scharfem Blick des Burschen Lauf,
Der aber führt die Männer unter Scherzen
Vorbei zum Hause, reißt die Türe auf,

Und wie sie alle durch die Pforte brausen,
Schließt er sie hinter ihnen rasch von außen.

Als er sich wieder wandte, mußt er lachen,
Da Guiscard aus dem Dunkel nach ihm zielt.
„Laßt nur", rief er, „die werden Augen machen!
Jetzt aber fort! Der Grund ist unterwühlt,
Der Tod ist ein gar hurtiger Geselle,
Wir müssen weit sein, eh' es wieder helle."

So führt' er rasch hinaus ihn, wo gewunden
An Busch und Wiesen hin die Seine zieht,
Ein Fischernachen lag dort angebunden,
Sich träumrisch schaukelnd zwischen dunklem Ried.
Der Führer löste ungesäumt die Bande
Und leise stießen sie vom stillen Lande.

Der flinke Bursch am Steuer rudert' munter
Und sprach kein Wort, tief in der Stirn den Hut,
So flogen pfeilschnell sie den Strom hinunter,
Manchmal nur wirbelt rauschend auf die Flut,
Das Schilf am Ufer, wie verschlafen, flüstert,
Der Knabe stutzt, wenn's in den Zweigen knistert.

„Was rötet dort sich fern? kannst du's erkennen?" –
„Ei, Schlösser sind's." – „Was war das für ein Schrei?" –
„Die Bauern sind es, die sie niederbrennen,
Um Gottes willen still, bald ist's vorbei." –
Und wieder weiter geht's in tiefem Schweigen
Und immer höher rings die Feuer steigen.

Da plötzlich, wo die schwarzen Tannen dunkeln,
Lenkt er das Schifflein an des Ufers Sand,
Durchs Dickicht spähend seine Augen funkeln,
Dann reicht dem Guiscard er die treue Hand,
Stößt hinter ihnen mit behendem Tritte
Den Nachen rückwärts in des Stromes Mitte.

Das war ein Waldkranz, Ast in Ast verschlungen,
Den nur das Wild bei stiller Nacht betrat,
Wo selten Menschenstimmen noch erklungen,
Erobern mußten sie den rauhen Pfad
Sich Schritt um Schritt, und wie sie rastlos wandern,
Sieht in dem Schatten einer kaum den andern.

Jetzt standen sie an einem Bergesrande,
Weit unermeßlich Schweigen ringsumher,
Tief unten rätselhaft die stillen Lande.
Der Bursch eratmend sprach: „Ich kann nicht mehr,
Auf diesem Fels kann uns kein Feind ereilen,
Hier laßt uns rastend nur ein Stündchen weilen."

Sie setzten sich am Abhang hin, doch schlummertrunken
War bald, wie er auch rang, im feuchten Moos
Der wandermüde Knabe umgesunken
Halb auf dem Rasen, halb auf Guiscards Schoß,
Unsichtbar rauschten Quellen von der Höhe
Und seitwärts am Gelände grasten Rehe.

Da hörte Guiscard fernher Hähne krähen,
Schon eine Lerche sang hoch in der Luft
Und durch die Wipfel ging ein frisches Wehen.
„Wo sind wir?" rief er staunend, da im Duft
Allmählich nun mit Feldern, Dörfern, Bäumen
Die Gegend dämmernd aufstieg wie aus Träumen.

Der Bursch erwacht bei den bekannten Lauten,
Da streift durchs Laub das erste Morgenlicht
Die Augen ihm, die halbverträumt aufschauten,
Jetzt kennt Guiscard das liebe Angesicht,
Es ist Marie, der Hut war ihr entfallen,
Daß aufgerollt die Locken sie umwallen.

Da sprang empor sie plötzlich ganz erschrocken,
Band schweigend unterm Hute wieder auf

In Eile die verräterischen Locken
Und wies nach eines Stegs verlornem Lauf;
Schloß Clairmont sah er unten schimmernd stehen,
Sie aber war verschwunden mit den Rehen.

Eh' aber alles das sich zugetragen,
Sah man Marie, die Haus und Blumen ließ,
Daheim nach Kunde jeden Wandrer fragen,
Und als nun immer wilder in Paris
Aufwirbelten des blut'gen Aufruhrs Lohen,
War plötzlich sie aus Schloß und Wald entflohen.

Und in Paris drauf war sie eingezogen
In Knabentracht mit einem wüsten Troß,
Die Trommeln rasten und die Fahnen flogen
Im Sturme um das königliche Schloß,
Der Waffenschmied voran, ihr trotz'ger Vetter,
Stürzt' mitten sie ins Graun der dunklen Wetter.

Sie aber sucht' nur eines Sternes Blinken
Im Wogenbranden dieser furchtbarn Nacht.
Zu spät! Getroffen sieht sie Guiscard sinken,
Sie springt hinzu – im Kampfe unbewacht,
Reißt sie vom Leib ihm Rock und Ehrenzeichen,
Bedeckt mit schlichtem Mantel den Todbleichen.

Und wie sie alle nun vorüberrauschen,
Kniet sie und betet still aus Herzensgrund
Und blickt umher und neigt mit bangem Lauschen
Sich über des Gefallnen stummen Mund,
Sie fühlt noch Atem wehn, o freudig Zagen!
An ihrem Herzen noch das seine schlagen.

„Hierher, hierher!“ ruft sie, „hier liegt verwundet
Der tapferste aus unsrer Bürgerschar,
Es siecht die Tyrannei, wenn er gesundet!
Sie wußten's wohl da drüben, wer er war,

Daß sie zuerst den Besten niedermähten,
Helft mir ihn bergen, eh' sie ihn zertreten!"

Da ließen mehre ab vom wüsten Jagen,
Aus dem Getümmel auf Maries Geheiß
Ward zu des Vetters Haus er fortgetragen,
Dort pflegt sie seiner mit getreuem Fleiß,
Im Fieber, da die Wunden heißer brennen,
Spricht von Marie er, ohne sie zu kennen.

Und als der Schmied heimkehrt in später Stunde,
Von Blute rauchend noch, zu kurzer Rast,
Mißt er mit strengem Blick sie und den Wunden:
„Du müßig hier? wer ist der fremde Gast?" –
„Sein Name ist schon oft Euch hell erklungen,
Graf Robert ist's, der für das Volk gerungen." –

Den Robert hatt' auf Clairmonts Schloß die Kunde
Längst totgesagt, doch niemand kannt' sein Grab.
Guiscard macht rastlos um das Schloß die Runde,
Der alte Graf späht weit ins Tal hinab,
Zur Reise wird gerüstet in der Halle,
Gesattelt stampfen schon die Roß im Stalle.

Und als die letzten Abendlichter schwanden,
Da waren überm Land, das still versank,
Die Feuer draußen wieder aufgestanden,
Und enger schon der feur'ge Ring sich schlang,
Das war der Freiheit düstre Leichenfeier,
Die Nacht schwebt' drüber wie ein ries'ger Geier.

„Und keiner hat seitdem Marie gesehen?"
Fragt' da der Graf; die Diener schwiegen all,
Und wieder blieb der Graf am Fenster stehen,
„Das arme Kind!" – Da rötet sich der Wall,

„Oho! so nah schon rückt der tolle Reigen?
Das gilt dem Nachbar, wie die Flammen steigen!"

Indes tritt Guiscard rasch nach langem Suchen
Auf den Balkon heraus, der weithin schaut,
Es flüstern von Verrat die alten Buchen,
Die Uhr vom Turme mahnt mit dumpfem Laut,
Noch einmal schweift sein Blick ins Grau verloren,
Als wollte er die stumme Nacht durchbohren.

Da hört er plötzlich leichte Tritte drinnen,
Die Marmortreppe kommt es schnell herauf,
Er fährt empor aus seinem düstern Sinnen,
Die Glastür hinter ihm fliegt hastig auf –
„Meine Marie! kaum wagt' ich's noch zu hoffen!"
Sie stutzt' und stand verwirrt, betroffen.

„Den alten gnäd'gen Herrn nur wollt' ich sprechen –
Doch drängt die Zeit, traut nicht der falschen Nacht,
Die wilden Bauern, die die Schlösser brechen,
Sie haben sich nach Clairmont aufgemacht,
Seht, wie die Wolken übern Garten eilen,
Der Tod ereilt sonst alle, die da weilen!"

Guiscard lauscht still der Stimme süßem Klange,
Vernimmt kaum, was die Atemlose spricht,
Ihr Herz klopft' hörbar von dem raschen Gange,
Und unten zauberte das Mondenlicht
Und schlugen fern die Nachtigallen wieder
Und haucht', wie ehedem, herauf der Flieder.

„So komm!" rief er, des Mädchens Wangen glühten.
„Ich zieh' nicht mit, mir werden sie nichts tun,
Ich will indes hier Schloß und Garten hüten
Und für Euch beten, wenn die Wälder ruhn
Und Busch und Springbrunn' in den Einsamkeiten
Mir nachts erzählen von den alten Zeiten.

Und morgens früh hab ich den Berg bestiegen,
Wenn alles rings noch schläft im tiefen Tal,
Und grüß' die Wolken, die nach Deutschland fliegen,
Und denk' an Euch viel tausendmal,
Und kehrt Ihr einst zurück nach vielen Jahren,
Fragt Ihr: wer ist das Weib mit grauen Haaren?

Doch ich seh' Eure Kinder an und zähle
Die roten Mündlein all' und küß' sie drauf" –
„Herzlieb!" rief Guiscard da aus Grund der Seele,
Sie horcht erschrocken bei dem Klange auf –
„Nein, nein, belügt mich nicht, um Gottes willen!"
Er schaut' ins Auge ihr, sie weint' im stillen.

Da hob er sie empor in seinen Armen:
„Jetzt laß hinaus uns in die Fremde gehn!"
So selig mocht' sie lange nicht erwarmen,
Sie schwieg und wußte nicht, wie ihr geschehn,
Und ihre Locken sein Gesicht umwallen,
So trägt er rasch sie in des Saales Hallen.

Dort ließ er vor des Vaters Sitz sie nieder;
„Hier bring ich sie, mein' Lieb', nein, meine Braut!"
Umschlossen hielt er noch die zarten Glieder;
Der Vater richtet hoch sich auf und schaut
Ihn strenge an, als wollt' er ihn durchdringen,
Drauf, schweigend, schien er mit sich selbst zu ringen.

Es war ein bang' verhängnisvolles Schweigen,
Wie wenn von ferne auf die stillen Höhn,
Das Land verdunkelnd, Ungewitter steigen
Und unten, ungewiß, wohin sie gehn,
Die Waldeswipfel flüsternd kaum sich regen –
Es barg der Augenblick Fluch oder Segen.

„Ich hoff', du frevelst nicht in solchen Stunden",
Sagt' endlich ernst der Graf, „was sonst uns lieb,
Ruhm, Glanz und Reichtum ist dahingeschwunden,
Verloren alles, nur die Ehre blieb;
Du hast vor Gott dein Herz ihr zugesprochen,
Es hat kein Clairmont noch sein Wort gebrochen.

Es wird die Welt fortan nach uns nicht fragen,
So frag' auch du fortan nicht, was sie spricht,
Schütz' sie, die dich geschützt in blut'gen Tagen!
So tretet her, vor Gottes Angesicht
Füg' ich hier ineinander eure Hände,
Bleib treu, ob alles auch sich treulos wende."

„Unmöglich", rief sie, konnte mehr nicht sagen
Vor Staunen, Lust und Weh', sie atmet' kaum,
Die Augen schienen zagend noch zu fragen,
Ob nicht das alles nur ein falscher Traum,
Da sie als Tochter nun der Graf begrüßte
Und segnend auf die klare Stirn sie küßte.

Dann sank er auf die Knie, es drängt' die Stunde,
Und neben ihm stillsinnend kniet' Marie,
Er aber betete aus Herzensgrunde:
„Vergib dem Robert, wie ich ihm verzieh,
Die Kinder schütz', die heut mir neugeboren,
Und segne Frankreich, Herr, das ich verloren!"

„Fort, fort!" rief Guiscard jetzt vom offnen Fenster,
„Schon dringen Lichter durch den Wald heran,
Als zaubert' aus dem Moor die Nacht Gespenster,
Und durch den Garten schleicht ein fremder Mann" –
Er ahnte nicht, daß der da draußen lauert,
Der Bruder war, den sie als tot betrauert.

Da sprang Marie auf, wie aus Träumen
Ein Waldvöglein, wenn früh der Tag anbricht,
Rief schnell die Diener, ließ die Pferde zäumen,
Half überall, und trieb und merkte nicht,
Wie rings die Wipfel sie so traurig grüßten,
Als ob sie alle von dem Scheiden wüßten.

Den Guiscard aber faßten tiefe Schauer,
Wie so herauf mondbleich der Garten sieht,
Ihn rührt geheimnisvoll die wilde Trauer,
Der Heimatswälder wunderbares Lied,
Die irre von vergangnen Tagen sprechen;
Er wandt' sich rasch, es wollt' das Herz ihm brechen.

Und Tritt' und Stimmen leise nun verhallten
Wie Geisterwehen in dem öden Haus,
Zu Rosse stiegen schweigende Gestalten,
Auf schlankem Zelter hoch die Braut voraus,
So zogen lautlos sie zum letzten Male
Durchs alte Burgtor in die stillen Tale.

Der Wald nur grüßt', wo sie vorüberflohen,
Kein Wort die feierliche Stille brach,
Und übern Wald her leuchteten die Lohen
Des Schlosses weit den Heimatlosen nach,
Wie ein Vulkan, mit dessen letzten Funken,
Was hinter ihnen lag, spurlos versunken.

Am Himmel aber blinkt's wie Hochzeitskerzen,
Die Erde strahlt' im Brautkleid silberrein,
Marie, gedankenvoll, sang still im Herzen
Und weint' und konnte doch nicht traurig sein,
Die Nachtigallen, da kein Mensch mehr wachte,
Verstanden's wohl und sagten, was sie dachte.

Seitdem war mancher Reisetag vergangen,
Schon blitzt' von fern des Rheines Silberband,

Wohin der Heimat Laute nicht mehr langen,
Und abendlich färbt' sich das fremde Land,
Als in geheimnisvoller Berge Mitten
Durch Waldesnacht die Wandermüden ritten.

Doch da sie jetzt um einen Fels sich wandten,
Tat's plötzlich einen wunderbaren Schein,
Kirchtürme, Fluren, Fels und Wipfel brannten,
Und weit ins farbentrunkne Land hinein
Schlang sich ein Feuerstrom mit Funkensprühen,
Als sollt' die Welt in Himmelslohn verglühen.

Geblendet sahen zwischen Rebenhügeln
Sie eine Stadt, von Blüten wie verschneit,
Im klaren Strome träumerisch sich spiegeln,
Aus lichtdurchblitzter Waldeseinsamkeit
Hoch über Fluß und Stadt und Weilern
Die Trümmer eines alten Schlosses pfeilern.

Und wie sie an das Tor der Stadt gelangen,
Die Brunnen rauschend in den Gassen gehn,
Und Hirten ferne von den Bergen sangen,
Und fröhliche Geselln beim duft'gen Wehn
Der Gärten rings in wunderlichen Trachten
Vor ihrer Liebsten Türen Ständchen brachten.

Der Wald indes rauscht von uralten Sagen,
Und von des Schlosses Zinnen überm Fluß,
Die wie aus andrer Zeit herüberragen,
Spricht abendlich der Burggeist seinen Gruß,
Die Stadt gesegnend seit vielhundert Jahren
Und Schiff und Schiffer, die vorüberfahren.

In dieses Märchens Bann verzaubert stehen
Die Wandrer still. – Zieh' weiter, wer da kann!
So hatten sie's in Träumen wohl gesehen,
Und jeden blickt's wie seine Heimat an,

Und keinem hat der Zauber noch gelogen,
Denn Heidelberg war's, wo sie eingezogen.

Da war das kleine Haus am Neckarstrande,
Der Greis in seiner Träume Zauberring,
Der Jägersmann, der in die duft'gen Lande
Allabendlich den Felssteig niederging,
Das war die schöne Frau mit ihrem Liede,
Das war des stillen Gärtchen sel'ger Friede.

Und saßen dort sie so beim Waldesrauschen,
Das nimmer weiß von der Welteitelkeit,
Mit keinem Kön'ge mochten sie da tauschen
In dieser abendstillen Einsamkeit. –
So wolle Gott all' Wirrsal mild entwirren
Und gnädig richten, die da menschlich irren.

Lucius

I

Wo jetzt nur arme Hirten einsam weilen
Und Falken nisten in der Trümmer Graus,
Stand eine Villa sonst mit stolzen Säulen;
Das war der schönen Tänzerin Julia Haus,
Von luft'ger Höh verlockend irre Gäste
Zu immer neuem Rausche üpp'ger Feste.

Auf weichen Pfühlen ruhn sie in die Runde,
Beim Becherklange durch die laue Luft
Schwebt att'scher Witz behend von Mund zu Munde,
Der römischen Giftblume feinster Duft:
Poeten blondgelockt, geistreich und eitel,
Ein Philosoph sogar mit kahlem Scheitel.

Wollüst'ge Weisen aber sind erklungen,
Durch die das Tamburin wehklagend schrillt,
Die blühende Gestalt leicht aufgeschwungen
Im Tanz, jetzt zärtlich-mild, jetzt glühend-wild,
Taucht Julia in Musik die schlanken Glieder
Und die melod'sche Woge hebt sie wieder.

Träumerisch, die Lippen brennend, bleich die Wangen,
Durch schwarzer Locken wunderbare Pracht
Kostbare Spangen, ringelnd sich wie Schlangen,
Und aus der dunklen Augen Zaubernacht
Ein Wetterleuchten, das kein Herz mag schonen,
Der Männer Lust, das Schrecken der Matronen.

Die Dichter süße Pfeile nach ihr schickten
Mit Blick und Spruch; sie achtet nicht den Gruß,
Dem Philosophen drauf, dem ernst-verzückten,
Reicht zierlich sie im Flug den kleinen Fuß,
Die losgegangnen Schleifen festzumachen;
Er bückt mit Würde sich, die andren lachen.

Und als das müde Kind nun in der Halle
An Venus' Marmorbild den weißen Arm
Tief atmend lehnt, da riefen trunken alle:
„Wie alt geworden ist der Götter Schwarm!
Nur den Lebendigen gehört das Leben,
Sei unsre Göttin du im Reich der Reben!"

Und rasch – feinsinnig wollt' sich jeder zeigen –
Den Kranz jetzt, der der Göttin Stirn umlaubt,
Erfassen sie, mit seinen Blütenzweigen
Voll Jubel schmückend Julias lockigt Haupt. –
So stand sie schweigend in den Frühlingsscheinen,
Sie sehnt' nach Liebe sich, und liebte keinen.

Da tönt, als ob's zum Weltgerichte riefe,
Trompetenklang hell aus der Landschaft Glanz;
Ein Reiterfähnlein durch die blühnde Tiefe
Kehrt aus dem Gotenland vom Schwertertanz
An Ruhm und Wunden reich zur Heimat wieder –
Schaulustig blicken Julias Gäste nieder:

„Seht da den Nerva in des Häufleins Mitte,
Der Tor! jung, reich, von adliger Gewalt,
Ein Triumphator hier auf jedem Schritte,
Wo's holden Kampf um Myrtenkronen galt;
Und so aus Rom in wüsten Krieg zu laufen,
Um mit Barbaren um den Preis zu raufen!"

Dem heitern Nerva aber dicht zur Seiten,
Gespenstisch ragend aus dem muntern Troß,
Sahn eine düstere Gestalt sie reiten,
Graubärtig, streng und wild auf schwarzem Roß,
„Der finstre Stephan!" schallt's von Mund zu Munde,
„Der kehret heim zu unglücksel'ger Stunde!"

Da plötzlich sprengt vom fernen Waldesrande
Ein Ritter übers Feld dem Fähnlein nach,

Die Funken sprühten hinter ihm im Lande,
Ein jubelnd Grüßen aus dem Haufen brach,
Weit strahlten Helm und Schild im Sonnenblitze,
Er setzt sich leuchtend an der Reiter Spitze.

Und wie er naht, fährt Julia erschrocken
Aus ihrem Schweigen; unterm Blütenstrauß
Rasch schüttelnd von der weißen Stirn die Locken:
„Wer ist der Führer?“ ruft sie, starrt hinaus,
Als wär' da unten in der Welt nur einer –
Die andern bleiben stumm, es kennt ihn keiner.

Und weit im Feld schon Glanz und Klang verrinnen,
Sie steht noch immer still und atmet kaum,
Sie sann und sann und konnt' sich nicht besinnen,
Dann plötzlich, wie aus einem furchtbarn Traum,
Derweil rings alles wieder fröhlich plaudert,
Sagt: „Lucius!“ sie halblaut in sich und schaudert.

Der aber blickt hinauf aus dem Geklüfte,
Er stutzt – „Nein, nein, wie käm sie auf das Schloß!“
„Wer ist's?“ frug Nerva rasch. – „Der schwülen Lüfte
Verwirrend Spiel.“ – Und Lucius spornt sein Roß,
Doch Nerva, lange noch zurückgewendet,
Schaut' nach dem schönen Bilde wie geblendet.

Auf einmal von des letzten Berges Gipfel,
O Wunderblick! fernab das ew'ge Rom,
Das Meer aufleuchtend durch die Waldeswipfel
Und drüber weit des klaren Himmels Dom,
Durch dessen Öde Adler einsam zogen,
Gleichwie aus alter, größrer Zeit verflogen.

Seltsam beleuchtet aber aus den Gründen,
Wie vor Gewittern, schauten Stadt und Land,
Als wollten Unerhörtes sie verkünden;
Gedankenvoll der Ritter lange stand

Da an des großen Heldengrabes Schwellen,
Dann wandt' er sich zum liebsten Kampfgesellen:

„So, Nerva, sahen wir's bei nächt'ger Stunde
Im Geiste oft auf stiller Lagerwacht,
Und überm Lager machten ernst die Runde
An dem geheimnisvollen Dom der Nacht
Mars, Jupiter und all die alten Götter,
Als frügen sie streng mahnend nach dem Retter.

Sieh, majestätisch auf den sieben Hügeln
Der Löwe ruht, den sie zum Ritt gezäumt,
Und rückt im Schlafe an des Cäsars Zügeln;
Glaub' nur – ich spür's im Herzensgrund – es träumt,
Träumt immerfort der schlummernd hingestreckte
Noch von der alten Zeit – o wer ihn weckte!

Stets waren's einzle, die die Welt gestalten;
Was damals wir beschlossen und gedacht,
Reich mir die Hand, wir wollen's treulich halten!"
Nerva, gleichwie aus Träumen aufgewacht,
Schlug freudig ein, und in der Völkerwogen
Brandung gen Rom die beiden Freunde zogen.

II

Im Circus, lauernd auf den Marmorsteigen,
Saß, wie ein schlechtgezähmtes Wüstentier,
Das röm'sche Volk in grauenvollem Schweigen,
Und tausend Blicke mit blutdürst'ger Gier
Hinunter nach dem weiten Kampfplatz zielten,
Wo Sklaven frevelnd mit dem Tode spielten.

Verstaubt noch, glühend von des Rittes Hitze,
Macht Stephan da und Lucius sich Bahn
Durch das Gedräng' zum ritterlichen Sitze.
Viel' Augen sahn erstaunt den Stephan an,

Ein seltsam Flüstern, wo er naht, schwirrt leise,
Er blickt verwundert, trotzig um im Kreise.

Sie kamen spät, längst rangen schon die Fechter,
Als wären unter der Lebend'gen Reihn
Die Marmorbilder göttlicher Geschlechter
In hehrer Schönheit Glanz von ihrem Stein
Herabgestiegen heut', und prüften wieder
Im Kampf die ewigjugendlichen Glieder.

Wie prächtig, dachte Lucius, sie da ringen
Um nichts! O lügenhafter kranker Schein,
Könnt'st deines Wesens Seele du erschwingen:
Rom wäre frei, die Welt wär wieder dein!
Schmach diesem Kreis und doppelt Schmach dem Mute,
Dem's genügt, daß er um Pöbellob verblute!

Jetzt aber tönt aus tausend rauhen Kehlen
Ein heisrer Schrei nach neuer wilder Lust:
„Die Bestien endlich hetzt aus ihren Höhlen
Auf der Gefangnen längst verfemte Brust!"
Die Ordner in der Bahn geschäftig wirren,
Die Riegel stöhnen und die Ketten klirren.

Da öffnet sich ein Tor; mit wildem Sprunge
Ein Tiger bricht aus seinem dunklen Haus,
Umkreist die Bahn in kühnem Gliederschwunge,
Dann streckt er auf den Sand die Tatzen aus,
Die Augen glühn, er ringelt mit dem Schweife,
Die Menge musternd, wen er draus sich greife.

Und wieder stöhnt es jetzt und klirrt so eigen,
Und wieder tut sich auf ein andres Tor,
Ein schöner Jüngling, wie zum Hochzeitsreigen
Geschmückt, tritt in den Kreis – nach ihm weit vor,
Der abgewandt, beugt Stephan sich erschrocken –
Er sah nur einen Schleier blonder Locken.

Der Jüngling aber fest und furchtlos schaute
Dem lauernden Untier ins Gesicht, das drückt'
Scheu beide Augen zu, als ob ihm graute.
So steht ein Wetter, eh' der Blitz draus zückt;
Es war so still ringsum, man hörte leise
Den Tod nur schreiten in dem furchtbarn Kreise.

Da hob der Jüngling plötzlich, wie ein Sieger,
Die freien Arme freudig himmelan,
Und wie er kaum geregt sich, wirft der Tiger,
Gelöst von des unschuld'gen Blickes Bann,
Sich rasch auf ihn, der in die Knie gesunken,
Und krallt ins Herz die Zähne ihm mordtrunken.

Nun war vom Lockenschleier wohl gelichtet
Die klare Stirn, die Seele war entflohn –
Da hat sich Stephan schrecklich aufgerichtet,
Er hatt' des Tigers Blick – es war sein Sohn!
Er zuckt' am Schwert, starrt zornbleich nieder,
Und stieß es rasselnd in die Scheide wieder.

„Wer", frug er, „wer hat mir mein Kind gestohlen,
Auf wes Geheiß, Spruch oder höll'sche List?" –
„Domitian, der Kaiser, hat's befohlen."
„Und was verbrach der Knab?" – „Er war ein Christ."
Dies Wort, das unerwartetste von allen,
Fühlt' er durch Mark und Bein zerschmetternd hallen.

Nicht eine Träne wollt' sein Auge netzen,
Man sah ihn schweigend von dem Sitze gehn,
Die Menge teilt' vor ihm sich voll Entsetzen,
Ein jeder glaubte ein Gespenst zu sehn,
Und wie er hinsinkt draußen an den Säulen,
Hört er noch jauchzen und die Bestien heulen.

III

Es war ein lauer Abend, Lauten klangen,
Die Wipfel regten sich im Winde kaum,
Und Nachtigallen in den Gärten sangen,
Die Gegend lag leis atmend wie im Traum;
Da in die Augen fern, die schon verblassen,
Eilt Lucius durch abgelegne Gassen.

So feierlich und einsam war es draußen,
Da wo die letzten Häuser stehn, weither
Nur durch die Stille hallte noch das Brausen
Der Stadt herüber, wie ein fernes Meer.
Dem Wandrer klopft das Herz vor Lust und Bangen,
Wie oft sonst war er diesen Pfad gegangen!

Wie oft saß hier sein Lieb im Lindengipfel
Und schaute nach ihm aus vom Bergeshang
Und schüttelt' neckend dann vor Lust die Wipfel,
Wenn er, sie suchend, sich vom Rosse schwang,
Daß ihn die Blütenflocken ganz verschneiten –
O süß Erinnern schöner stiller Zeiten!

Jetzt konnt' er durch das Rebenlaub schon sehen:
Das war der Baum, das war das kleine Haus!
Doch plötzlich blieb er fast betroffen stehen,
Da sah's so fremd und anders heute aus,
Verwildert lag der Garten und die Laube,
Ein Falk umkreist' das Dach anstatt der Taube.

Er trat durch hohes Gras und wüst Gerölle
Und klopfte hastig an die niedre Tür,
Ein Schlänglein schlüpft' erschrocken von der Schwelle,
Ein unbekanntes Weib trat keck herfür.
„Das ist ihr Haus doch", rief er, „das die Linde,
Führ' rasch mich zu dem armen schönen Kinde!"

„Kind? arm? Ihr seid wohl fremd noch in dem Lande?
Die hier gewohnet hat vor langer Zeit
Kärglich, zerlumpt, ja 's war recht eine Schande
Solch Perl' versenkt in Meereseinsamkeit!
Die prangt da oben jetzt auf Purpursitzen,
Die Augen funkeln, die Juwelen blitzen –"

„Sie? wo? Dort in der prächt'gen Säulenhalle?
Beim Zeus, verfluchtes Weib, sag: Nein, nein, nein!" –
„Nun, nun, die faßt noch kaum die Freier alle,
Ihr seht so vornehm aus und reich und fein,
Was gibt's für Not da! braucht nicht weit zu wandern,
Sie wird Euch freundlich lächeln, wie den andern."

Da fuhr empor er plötzlich aus Gedanken,
Schaut Haus und Garten an zum letztenmal,
Dann wandt' er durch die wilden Blütenranken
Aus seiner Liebe Grab sich rasch zum Tal;
Die Alte summt', er hört' nicht, waren's Flüche,
Was sie ihm nachrief, oder Zaubersprüche.

Ihm war, als hätt' ein Basiliskenauge
Ihn aus der Liebe tödlich angeblickt,
Als ob die Sonne Blut im Scheiden sauge,
Als ob die Gegend vor sich selbst erschrickt,
Da hinter ihm die Felder nun verdunkeln
Und alle Sterne zornig niederfunkeln.

Vorbei ging er am Säulenhaus, da wehen
Die Klänge her, wild Lachen schallt darein,
Er glaubte droben Julia zu sehen,
Bleich in der Fackeln rotem Widerschein –
„Wie bist du", rief er, „nun so arm, du Reiche,
Fort, fort! mir grauet vor der schönen Leiche!"

IV

Von Stephans Landhaus ragten nur noch Trümmer,
Bei Wetterleuchten deckt' die ernste Nacht
Des Sohnes Grab mit ungewissem Schimmer,
Da saßen dort, wie eine Geisterwacht,
Zwei Männer; Stephan war's, stumm, leidbenommen,
Und Lucius, der in der Nacht gekommen.

Der sprach: „Ich kenn' dich kaum in solchem Brüten!
Ist das die Zeit, im wüsten Mauerritz,
Der Eule gleich, den eignen Gram zu hüten?
Sieh, über Rom spielt ferne Blitz auf Blitz,
Als rollten zürnend ihre feur'gen Fahnen
Die Götter auf am Himmel, uns zu mahnen.

Gedenk', was in der Fremde wir beschworen:
Nicht herrschen soll das Heer, des Cäsars Knecht,
Es soll der freie Rat der Senatoren
Treu wieder wahren und das ew'ge Recht,
Die Fäulnis wollten mit dem Schwert wir schneiden
Vom Leben oder selbst vom Leben scheiden."

Der Stephan aber starrte vor sich nieder
Noch immerfort und sprach kein einzig' Wort,
Jetzt blitzt' es blendend durch die Wipfel wieder,
Da fuhr er plötzlich auf: „Wer nahet dort?
Stehn denn die Toten auf und können lodern
Aus hohlen Augen, zum Gericht zu fodern!"

Rasch wandt' sich Lucius, nun selbst erschrocken,
Denn seinen Pagen Guido durchs Gestein
Sah atemlos er nahn, die blonden Locken
Durchleuchtet von des Blitzes Widerschein –
„Wie hat der in dem Schatten nächt'ger Stunden
Durchs Labyrinth der Gassen mich gefunden?

Seltsam! – den Knaben, als der Kampf verglommen,
Fand ich einst in des Schlachtfelds Einsamkeit,
Weiß nicht, woher er stammt, woher gekommen,
Ich nahm ihn auf – seitdem gibt er Geleit
Mir durch der Sorg' und Waffen wild Getümmel
Wie 'n milder Stern am wolkenlosen Himmel."

Jetzt rief der Knab: „Ich wittre Morgenlüfte,
Mein hoher Herr, trau' nicht der falschen Nacht,
Da irren finstre Geister, in die Grüfte
Lautlos verschlüpfend, wenn der Tag erwacht."
Sie schauten um, und sahen falbe Streifen
Am Morgenhimmel schon verrätrisch schweifen.

„Es darf der Tag nicht wissen, was wir träumen,
Leb wohl denn, Kampfgesell", sprach Lucius,
„Auf Wiedersehn wo sich die Wogen bäumen!"
Stephan reicht schweigend ihm die Hand zum Gruß,
Doch wie im Grün nun schwanden Freund und Knabe,
Stürzt' auf die Knie er an des Sohnes Grabe:

„Mauern, Felsen fühl ich wanken,
Und mir graut, die mich umranken,
Vor den eigenen Gedanken.

Ward er treulos seinen Göttern,
Warum kamst du nicht in Wettern,
Zeus, den Frevler zu zerschmettern?

Laß' die Welt verblühn, verblassen,
Wie den Sohn mir, nur das Hasses,
Rache nur sollst du mir lassen!

Wilder hätten selbst Hyänen
Nicht berührt ihn mit den Zähnen,
Wüßten sie von Vatertränen.

O zerrissen so in Stücke!
Euer Richtschwert der Geschicke
Gebt mir, Götter, daß ich's zücke!

Wer je um sein Kind getrauert,
Was auf Mord in Klüften lauert,
Pesthauch, der aus Grüften schauert,

Furien mit den Schlangenhaaren,
Geister, die in Wettern fahren,
Kommt, ich führe eure Scharen!

Und wenn meine Tage enden,
Mag sich Charon von mir wenden,
Komm' ich nicht mit blut'gen Händen."

Guido und Lucius aber wie in Träumen
Gehn durch die Flur, da flüstert' es so sacht,
Die Flügel sich im ersten Strahl zu säumen,
War manche Lerche schon im Feld erwacht,
Die Ährenfelder fingen an zu wogen,
Durch die des nahen Lichtes Schauer flogen.

Es war die Welt noch wie ein stiller Hafen,
Wo leise nur das Meer von ferne rauscht,
Die Sorgen ruhen und die Sünden schlafen,
Die Au nur schmückte sich schon unbelauscht,
Und in der taudurchblitzten Stille Prangen
Sahn sie im Felde Hirten knien, die sangen:

„Fromme Vöglein hoch in Lüften
Über blaue Berg und Seen
Ziehn zur Ferne nach den Klüften,
Wo die hohen Zedern stehn,
Wo mit ihren goldnen Schwingen
Auf des Benedeiten Gruft
Engel Hosianna singen
Nächtlich durch die stille Luft.

Morgenschauer, still Erwarten!
Hören wir doch Stimmen gehn,
Wie aus einem fernen Garten
Heimatsgruß herüberwehn;
Warum sollten wir verzagen?
Aus der Fremde wüst und fern,
Wo wir irrend hier verschlagen,
Führe heim uns, Morgenstern!"

Und wie es durch die weite Stille klinget
Herüber aus der schönen Einsamkeit,
Steht Lucius fast betroffen still: „Wer singet
So mild und trostreich in der wilden Zeit?" –
„Es geht der Herr durchs Feld in solcher Stunde,
Da bringen sie der Welt die frohe Kunde."

Drauf Lucius wieder: „Horch, fern grollend ziehet
Das Wetter hin, schon rauscht der Tiber Lauf,
Zuweilen unterm Wolkensaum nur glühet
Des Morgens Aug' mit falschem Blick herauf,
Daß geisterhaft rings die Paläste stehen,
Nie hab' ich Rom so seltsam fremd gesehen."

„Auf, Herr, frischauf! einst über Rom, das hohe,
Steigt eines andern Morgenrotes Brand,
Und unermeßlich zünden wird die Lohe
Des Lebens Gipfel weit von Land zu Land." –
Er sah den Knaben sinnend an, der heiter
In Rätseln sprach – sie schritten schweigend weiter.

V

Es schmückten Julien singend ihre Frauen.
Im Purpurkleid, Rubin im schwarzen Haar,
War sie beim Abendschimmer anzuschauen
Wie eine Kriegesgöttin wunderbar.

Doch eh' der Schmuck vollbracht, den sie beginnen,
Trieb sie unruhig fort die Dienerinnen.

„Wie", rief sie, „da die Nachtigallen klagen
Und durch die Au mit lieblichem Getön
Die Quellen, die sehnsüchtig nach ihm fragen.
Klagt, sucht! was nützt es mir, daß ich so schön,
Was wollen meiner Augen lichte Scheine,
Wenn sie nicht wiederfinden, den ich meine!"

Jetzt sah die Alte sie, die seitwärts kauert',
„Verbraucht sind deine Künste, falsches Weib,
Das, Spinnen gleich, nur auf mein Unheil lauert! – –
Nein, sei nicht böse mir, nein bleib nur, bleib."
Sie setzt' sich zu ihr auf die Marmorstufen
Und lauschte auf den Schall von Rosseshufen.

„Noch einmal nur erzähl mir unterdessen,
Wie er dich in dem kleinen Hause fand,
Haßt er mich oder hat er mich vergessen?
Hatt'st du denn keinen Liebestrank zur Hand?"
Das Weib sprach: „Einen Liebesbann ich sandte,
Den kräftigsten, ihm nach, als er sich wandte.

Doch unerhört! Ein wunderbarer Knabe
Verstörte seltsam mich, der bei ihm war,
In dem wohnt wohl geheimnisvolle Gabe,
Ich mußt' mich fürchten vor dem Auge klar,
Und allen Zauberbann, kaum ausgesprochen,
Hat mir des Knaben lichter Blick gebrochen."

Nur halb hört' Julie von Erinnerungen
Aus alter Zeit; ein längstvergessenes Lied
War in der Seele bebend ihr erklungen.
Sie sang's – das sang sie, als er von ihr schied –
Dann warf sie plötzlich wieder fort die Laute
Und schaut' ins Land, das abendlich schon graute.

„Siehst du noch nichts? Sein Haus ragt aus dem Haine,
Der Tag mit seinen letzten Gluten küßt's." –
Und wieder sang sie nun, und mußte weinen.
Da schallten Tritte fern: „Er ist's, er ist's!"
Und wie ein Reh flog sie hinab die Stiegen,
Ihr klopfend Herz an seine Brust zu schmiegen.

Er war es nicht. – In keckem Jugendmute,
Vom Abendhauch und Klang und Duft verführt,
Der Liebeshoffnung grünes Reis am Hute,
Rasch Nerva durch die tau'gen Zweige spürt,
Ein schöner Jäger nach dem schönen Wilde –
Sie starrt vor ihm gleich einem ehrnen Bilde.

Er sprach von einem tiefen Meer von Sehnen,
Auf dem er, ein verirrter Schiffer, schlief,
Vom wunderbaren Liede der Sirenen,
Das rastlos ihn in seinen Träumen rief
Zum Zauberland, wo glühnde Rosen düften,
Berauscht die Wellen kosen mit den Lüften.

Doch wie den schlanken Leib er wollt' umfassen,
Fuhr sie empor: „Zurück, rühr' mich nicht an!
Nur einen muß ich lieben oder hassen.
Hüt' dich! Sirenenlied zieht Schiff und Mann
Zum Klippenstrande, dem erbarmungslosen,
Die Wellen glühn und blutrot sind die Rosen.

Meinst du mit Glanz der Rede mich zu blenden?
Ich kenn dich wohl, und deines Meisters Geist,
Ein blindes Schwert nur bist du seinen Händen,
Das eitel funkelnd durch die Lüfte gleißt,
Wie und wohin sein Arm es hat geschwungen,
Und das er wegwirft, wenn das Ziel errungen.

Der Übel schrecklichstes ist sein Verachten,
Betrüglich ist die Liebe, falsch das Glück!

Erst wenn die Todesschauer ihn umnachten,
Kehr' über seine Leiche du zurück,
Der Kühnste nur fortan gilt meinem Herzen.
O süßer Wahnsinn, wilde Lust der Schmerzen!"

Der Nerva stand verloren in Gedanken,
Ihm graut' vor dieser Augen Geisterblick,
Es war, als ob sie Blut und Feuer tranken,
Als wollte ein entsetzliches Geschick
Ihm sein Gorgonenhaupt von ferne zeigen. –
„Den also meinst du?" – brach er jetzt sein Schweigen –

„Ihn? dacht ich's doch – um aller Götter willen,
Weib, dränge dich nicht zwischen den und mich!
Du weißt nicht, was du tust, was hier im stillen
Abgrund der Seele lauert fürchterlich!"
Drauf wandt der Zornige sich schnell von hinnen,
Sie sah ihm zweifelnd nach in düstrem Sinnen.

VI

Es schweifte Lucius durch Gassen, Plätze:
Ob noch die alten Heldenmale stehn,
Ob von den Bergen durch des Tags Geschwätze
Die Wälder noch erfrischend niederwehn,
Ob bei dem Rauschen Rom, das todeswunde,
Sich heimlich sehne noch, daß es gesunde.

Er kam von einem alten Spielgesellen,
Der kannt ihn kaum, der hatte, statt der Ehr,
Klug Gold gefischt sich aus den stürm'schen Wellen;
Nun war die Fracht für kühne Fahrt zu schwer,
Er selber übersatt und dick geworden –
So kann die schnöde Zeit auch Geister morden.

Er kam von andern Jugendfreundes Schmause,
Der ward gelehrt seitdem, vornehm und fein,
Es standen fremde Götter in dem Hause,
Der hatte fast vergessen sein Latein,
Er wollt' den alten Sagenwald ausroden,
Und macht' für schöne Frauen griech'sche Oden.

Doch draußen unterdes durch alle Gassen
Ritt da auf dunklem Roß ein finstrer Geist,
Um tödlich mit der Knochenhand zu fassen,
Wohin des Cäsars blut'ger Finger weist,
Und wen sein Roß hat in den Staub getreten,
Wand noch im Staube sich, ihn anzubeten.

Und über ihre Leichen, ohne Schaudern,
Wälzt' sich die Menge fort im dumpfen Trieb,
Ein Lauern, Jagen, Schachern, Plaudern,
Da hatte jeder nur sich selber lieb,
Der Tod ging um, verbuhlte Lauten schwirrten,
Die Sklaven tanzten und die Ketten klirrten.

So kehrte Lucius von dem Gange wieder
Zu der Veranda nun vor seinem Haus,
Dort warf er müd' sich auf die Steinbank nieder
Und brach in seltsam wildes Lachen aus,
Kam er doch selbst in diesen Einsamkeiten
Wie ein Gespenst sich vor aus alten Zeiten!

Die Riesenschlange, dacht' er, kühn geschwungen
Hat sie sich einst von dieser Felsen Rand
Und gierig Völker, Städt und Land verschlungen
Bis an des unbekannten Meeres Strand,
Was Wunder, feiert nach dem grausen Feste
Das Ungetüm nun regungslos Sieste!

Und wie er so versank in herben Kummer,
Erblickt' er seinen Guido neben sich,

Der atmet' sorgenlos in süßem Schlummer,
Ein Windeshauch durch seine Laute strich,
Da richtet sich der Knabe auf erschrocken,
Und schüttelt lächelnd aus der Stirn die Locken.

„Du glücklich' Kind", sprach Lucius, „das im Grausen
Der Welt aus Mondschein sich sein Bettlein macht!
Dich fand ich stets getreu – wie oft da draußen
Erzähltest du mir sonst bei stiller Nacht
Von euerm Christentum so schöne Märe –"
„Und wenn", rief Guido da, „wenn's *Wahrheit* wäre?!"

Der Ritter schwieg – dann sagt' er sinnend wieder:
„Ich hört' davon manch wunderbares Wort,
Doch das ist alles nur ein Hort Todmüder;
Hier nichts, als Tücke und Verrat und Mord,
Dort nur Entsagen, Dulden, Frieden –
So wär uns ew'ge Sklaverei beschieden."

„Nein, nein!" entgegnete der Knabe heiter,
„*Er* brach die Ketten, die der Rost zernagt,
Sein Banner weht, die Brüderschar Befreiter
Führt er zum Kampfe, aus dem Frührot ragt
Hell glänzend eine Stadt mit goldnen Türmen,
Und alle rief er, sie beherzt zu stürmen."

Es lauscht' dem Knaben Lucius verwundert:
„Du sprichst ja wie ein feurig' Römerherz
Aus längst verklungnem, kühnerem Jahrhundert.
Was weißt du, Heimatsloser, von dem Schmerz
Um Romas Untergang, vom Vaterlande,
Von seinem Heldenruhm und seiner Schande!"

„O höher, hoher Herr! mußt Größres wagen,
Wenn hinter dir des Unsichtbaren Hand
Der alten Roma Hoffart hat zerschlagen!
Da droben ist dein neues Vaterland,

Wo schweigend über den versunknen Trümmern
Die jungen Morgenstrahlen freudig schimmern."

Der Ritter schaute lange, halb in Träumen,
Ins Aug ihm, wie ins Himmelblau hinein. –
„Kind, Kind, fürwahr in solcher Wogen Schäumen,
Wär' ich nicht Römer, möcht' ich Christ wohl sein –
Doch horch, von fern die Hirten wieder singen,
Komm nur, und sag mir mehr von diesen Dingen."

VII

Es ruht' Domitian auf weichem Pfühle,
Ihm träumt', er hätt' sich nachts verirrt im Wald,
Da flog schon übers Land die Morgenkühle,
Der Nacht geheimes Flüstern war verhallt,
Und über Wäldern, die sich leise wiegen,
Die Morgenröte purpurn aufgestiegen.

Doch wie er hinschaut: über alle Gipfel
Wuchs da und wuchs die Glut graunvoll heran,
Jetzt eine Hecke hier, dort einen Wipfel
Schon zündete der feur'ge Morgen an,
Von Baum zu Baum die Lohen prasselnd rannten,
Die Funken sprühten und die Wälder brannten.

Er floh entsetzt auf nie betretnen Wegen,
Die Gegend war ihm fremd und unbekannt,
Er mußte Bahn sich hauen mit dem Degen,
Denn auf dem Boden, wo er hintrat, wand
Sich Schlingkraut und Gestrüpp, wie grüne Schlangen
Sich um die Füße ringelnd, ihn zu fangen.

Und wie die Stämme lodernd niederkrachen,
Stürzt da der Finsternis lichtscheue Brut,

Scheußlich Gewürm und giftgeschwollne Drachen,
Vorbei in wilder Flucht vor dieser Glut
Und immer näher schon in kühnen Bogen
Braust hinter ihm das Meer von Flammenwogen.

Jetzt wollt' er rasch um eine Ecke biegen,
Da klüftet sich ein Abgrund vor ihm auf,
In den kein Tag noch je hinabgestiegen,
Da starrten Felsenzacken wild herauf
Und Nebel qualmten aus den Klippenspalten,
Die in dem Graun sich wunderbar gestalten.

Er wandt' sich ab, und mußt' hinab doch sehen,
Wie in des Meeres Grund, so dämmernd tief,
Verlorne Stimmen hört' er unten gehen,
Es war, als ob es seinen Namen rief. –
Hier zwischen Brand und Absturz führt ins Freie
Ein Felsengrat, zu scharf und schmal für zweie.

Vom Sturm gejagt schon feur'ge Zungen lecken
Und treiben ihn zum grausen Felsenring,
Kaum noch erreicht er zwischen beiden Schrecken
Die Klippe jetzt, die überm Abgrund hing,
Und hinter ihm zur Tiefe rollt das lose
Gestein dumpf donnernd von dem glatten Moose.

Da plötzlich schien's, als ob sich was bewegte,
Und ihm entgegen trat ein fremder Mann.
Den *letzten* Gang galt's auf dem furchtbarn Stege,
Sie sahen beid' einander schweigend an,
Dann Hieb um Hieb, daß Kling' und Helm zersprangen,
Sie schleuderten die Schwerter fort und rangen.

Schon wirbelte um Domitian die Runde
In immer wilderm Tanz, am jähen Hang
Faßt Schwindel ihn, er taumelt nach dem Schlunde
Er schwankt und sinkt – ein Schrei den Saal durchdrang.

Er war vor Schreck erwacht vom schweren Traume
Und schaute wild sich um im stillen Raume.

„Verfluchtes Blendwerk! nur in luft'gen Blitzen
Spielt dort die Nacht den Tiberstrom entlang
Und leuchtet trügrisch durch der Seele Ritzen
In meinen Schlaf. – Wer war's, der mit mir rang?"
Gestalt und Züge glaubt' er wohl zu kennen
Des wilden Feinds, doch wußt' ihn nicht zu nennen.

So saß er grübelnd, ob er sich besinne –
Der schien ihm falsch, auch jener konnt' es sein,
Und immer mehrere, gleich einer Spinne,
Flocht er ins Todesnetz geschäftig ein,
Verzeichnend Mann auf Mann in seine Rollen,
Die morgen sie dem Orkus weihen sollen.

„Es schläft", sprach er, „der letzte meiner Sklaven
Und süß' Vergessen zieht sie all' hinab
Ins Meer der Nacht – warum kann ich nicht schlafen?
Das macht, weil Nacht ein unermeßlich Grab,
Wo die Erschlagnen steigen aus den Grüften –
Entsetzlich ist es, ihren Vorhang lüften."

Er trat ans Fenster, in den Hof zu schauen,
Da war es bei des Blitzes flücht'gem Schein,
Als stünde ein Verhüllter dort am grauen
Gemäuer drunten, selber wie von Stein,
Doch eh' sein Blick noch recht hinabgedrungen,
Hatt' alles schon die Finsternis verschlungen.

Jetzt aber flüstern Stimmen tief im Grunde,
Drauf wieder Totenstille weit und breit,
Die Wachen machten schweigend ihre Runde,
Er hörte durch die öde Einsamkeit
Den Wind nur klagen in den dunklen Rüstern,
Im Saal den Todeswurm im Holze knistern.

Auf einmal in dem angestrengten Lauschen
Hält Domitian erschreckt den Atem an;
Das war nicht der bewegten Bäume Rauschen!
Im Gange draußen schleicht es sacht heran,
Schon auf der Treppe schallt's von leisen Tritten
Und immer näher kommt's heraufgeschritten.

Er richtet' rasch sich auf und wollte rufen,
Doch bebt' die Hand ihm, seine Stimme brach,
Denn durch die Pforte von den Marmorstufen
Trat ein Gewaffneter in das Gemach,
Sein Aug' nur aus dem Mantel glutrot brannte,
Und ihm entgegen rief der Unbekannte:

„Herr, auf dein Herzblut in dem Dunkel lauern
Verschwörung und Verrat – *ich* bin ihr Schwert!
Wehr dich! Denn aus dem Zwinger dieser Mauern
Nur einer von uns beiden wiederkehrt,
Und sink ich hier: noch meine blut'ge Leiche
Ringt drüben einst mit dir im Schattenreiche!"

Das war der graue Felsenpaß im Traume,
Die Brücke schmal von Zeit zu Ewigkeit;
Die Blitze leuchteten im düstern Raume,
Scharf, kurz und lautlos war der grimme Streit,
Ein Klang, ein Schrei, es flackern wild die Kerzen,
Des Gegners Stahl fühlt' Domitian im Herzen.

Da plötzlich drang's herein: Dolch, Speer, Windlichte,
Als hätt' der Mord geweckt die stille Nacht
Und seiner Furien schreckliche Gesichte.
Der Mörder sprach: „Mein Tagwerk ist vollbracht,
Hündisch Gesind, sollst nimmermehr verrennen
Den Weg mir, den nur freie Römer kennen."

Und wie die Fackeln blutrot ihn umflammen,
Stürzt' sich ins eigne Schwert das Schreckensbild

Und brach ohn' Reu und Schmerzenslaut zusammen,
Das Angesicht in sein Gewand gehüllt.
Sie lüfteten entsetzt des Mantels Falten,
Der Stephan war's – er hat sein Wort gehalten.

VIII

Dieselbe Nacht fand an dem Fensterbogen
Den Nerva wach, von Ungeduld zerwühlt.
Ein Greis hat magische Kreise dort gezogen,
Gespensterhaft ein Rohr gen Himmel zielt,
Als wollt's erspähn auf ihrer nächt'gen Reise
Der ewigen Gestirne stille Gleise.

Sie wechselten nur flüsternd wen'ge Worte,
Daß nichts der Geister scheuen Flug verstört,
Der Greis mit Ohr und Aug' die Nacht durchbohrte,
Ob er den leisen Tritt der Zeiten hört.
„Was siehst du?" fragte Nerva, „welche Kunde
Gibt uns des Himmels rätselhafte Runde?"

„Herr, wirre Blitze dort die Wolken spalten,
Dazwischen eines Sterns blutroter Blick,
Es ist, als bauten droben die Gewalten
Verhängnisvoll ein unerhörtes Glück."
Der Nerva rief unmutig: „Eitle Scheine,
Was soll mir alles Glück, wenn's nicht das meine!"

„Still, still, jetzt hat sich's aus dem Grau gerungen,
Von großer Herrschaft träumet diese Nacht –"
„Sprich weiter, weiter!" – „Wunderbar verschlungen
Seh' ich *dein* Bild in einer Krone Pracht –
Heil, Cäsar, dir! die glänzendste der Kronen
Beu'n dir im Wetterleuchten die Dämonen!" –

Und Nacht und Sterne und der Greis versanken,
Schon rötete sich leis' des Himmels Saum,
Der Nerva saß noch immer in Gedanken,
Es war ihm alles, wie ein wüster Traum.
Da plötzlich pocht's am Tor mit heft'gem Klange,
Ein Mann stürmt her, er kannt' ihn wohl am Gange.

„Wach auf, wach auf!" rief Lucius in der Pforte,
„Erschlagen ist der Kaiser in der Nacht!"
Empor fuhr Nerva bei dem Schreckensworte.
Der Lucius drauf: „So hatt' ich's nicht gedacht,
Aus Wolken fielen der Entscheidung Stunden,
Weh', wen sie träg und unbereit gefunden!

Der Ahnen Geister durch die stillen Gassen
Und die Geschicke zweifelhaft noch gehn,
Laß uns die flatternden Gewande fassen,
Jetzt gilt's, was wir so oft im Traum gesehn:
Kühn herzustellen Romas strenge Jugend,
Ein unvergänglich Reich von Männertugend!

Ich weiß, die Menschen fabeln viel Verkehrtes,
Man buhlt mit Lug und Schmeichelwort um dich –
Erkennst du noch die Schneide dieses Schwertes?
Es focht mit dir und hat einst brüderlich,
Da dich umschattet schon des Todes Grauen,
Heraus dich aus dem Schlachtgewühl gehauen.

Schwör' auf dies treue Schwert, daß du willst streiten
Für Freiheit und für Recht, wie wir's gelobt,
Daß nimmer deine Blicke abseits gleiten
Nach falscher Ehr', um die die Menge tobt,
Und den Meineid'gen ew'ger Fluch zerstöre –
Du zauderst noch, was zitterst du so? – Schwöre!"

Der Nerva rang, und rang gewaltsam nieder
Den trotz'gen Dämon in der Brust – und schwor –

Dann sank er schaudernd auf die Kissen nieder,
Als höhnte ihn ein unsichtbarer Chor.
Der Lucius aber schied zu freud'gem Wagen,
Den Banner überm wüsten Strom zu tragen.

Da sprang auf einmal Nerva auf vom Pfühle:
„Wein her! schenkt ein vom wildsten Feuerwein!"
Er riß das Fenster auf, die Morgenkühle
Weht' wie ein junger Schöpfungshauch herein
Und in die Glut, die prächtig aufgestiegen,
Sprach er, und trank in langen, durst'gen Zügen:

„Wie die roten Strahlen klingen,
Aus der feierlichen Ruh'
Kreißend die Geschicke ringen,
Morgenrot, dir trink ich zu!
Seine Lohen dich umwehen,
Julia, stehst in Feuer ganz,
Streng die Augen nach mir sehen
Forderst mich zum blut'gen Tanz.
Parze an des Schicksals Rocken!
Bleiche Wangen, Lippen rot,
Schüttle nicht die dunklen Locken
Deine Augen bringen Tod
Und der Krone Spangen flimmern
Aus den Locken glühend-wild –
O ich möchte dich zertrümmern,
Schönes, lügenhaftes Bild!
Alle Klagen, all' mein Denken
Schleudr' ich, Nacht, dir hinterdrein,
All mein Leid will ich versenken
Und Erinnern in dem Wein!
Wie er mir verlockend spiegelt
Sterne und der Erde Lust,
Still-geschäftig dann entriegelt
All' die Teufel in der Brust,
Erst der Knecht und dann der Meister,
Bricht er aus der Nacht herein,

Wildester der Lügengeister,
Ring mit mir, ich lache dein!
Und den Becher voll Entsetzen
Werf' ich in des Stromes Grund,
Daß sich nimmer dran soll letzen,
Wer noch fröhlich und gesund!"

Und wie er also träumrisch noch gesprochen,
Ist unterdessen in den stillen Saal
Von edlen Römern eine Schar gebrochen,
Gesichter überwacht, scheu, schreckensfahl,
Die Blicke schweiften ratlos durch die Halle,
Und wirre durcheinander schrieen alle:

„Entfesselt sind der Wogen Ungeheuer,
Wild treibt das Schiff vom Sturm gepeitscht hinab,
Aufruhr, wahnsinnig grinsend, steht am Steuer
Und unter uns gähnt ein gemeinsam Grab,
Du bist beliebt beim Heer, der Rede Meister,
Ergreif' das Wort, o hilf, beschwör' die Geister!"

Und tausendstimmig wogt's und murmelt's draußen,
Wie wenn Gewässer tosen übers Wehr,
Schon lauter hört man's durch die Straßen brausen
Und näher, immer näher wälzt sich's her –
Der Nerva lauscht', sein Herz ward ihm so munter,
„Mein Roß, mein Roß!" rief er und stürzt' hinunter.

IX

„Ein Stoiker verachtet, was da eitel!
Was wollt ihr denn von mir? Laßt mich doch los!"
Der Philosoph war's mit dem kahlen Scheitel,
Und hinter ihm ein unerhört Getos:
„Sollst Lucius rufen, nicht hier müßig wandern!"
„Nein: Nerva!" schrieen wutentbrannt die andern.

Jetzt kam auch der Poet mit weiten Sprüngen,
Er meint, daß *ihn* das Volk als Herrscher sucht,
Nun soll er Nervan gar ein Carmen singen!
Er schimpft Böotier sie, der Pöbel flucht,
Das war ein schwer Getrampel, Stoßen, Drängen,
Daß schon die Fetzen um den Dichter hängen.

Und immer mehr und mehr Soldaten kamen,
Rings Schwert an Schwert und Schild am Schilde klirrt,
Durch die erschrockne Luft verschiedne Namen
Nun wirbelten, bis endlich sich's entwirrt
Und aus den Stimmen, tausendfach verschlungen,
Der Name Lucius siegreich durchgeklungen.

Da brach er selber durch die wüsten Haufen,
Ein endlos Jauchzen dröhnte übern Grund,
Um seinen Gruß, um seine Hand sie raufen,
Und wie aus einem breiten, bärt'gen Mund
Tönt's da: „Heil Lucius dir, Ruhm, langes Leben,
Sollst Cäsar sein und höhern Sold uns geben!"

Von Aug' zu Aug' umher in dem Getümmel
Schaut Lucius, entsetzlich war sein Blick,
Und wie ein Donnerschlag aus heiterm Himmel
Rollt seiner mächt'gen Stimme Klang: „Zurück!
Zum Kapitol! Dort schirmt mit Schwert und Spießen,
Was Romas Bürger und Senat beschließen!"

Die Menge stutzt, gleich wilden Sturmeswellen,
Die unversehns ein Felsen staut und bricht;
Den Weisen da und seinen Leidgesellen
Ergreift vor Lucius' zorn'gem Angesicht
Urplötzlich Graun – ei, wie der ausgezogen,
Daß hinter ihnen weit die Mäntel flogen!

Der Lucius indes drang durchs Gewühle,
Doch wie er staunend immer weiter schritt,
Vernimmt er Sang und kriegerische Spiele,
Von fern geschloßner Scharen dumpfen Tritt,
Die Helme blitzen, Ritter funkelnd reiten –
Was soll so unerwartet' Fest bedeuten?

Und als er an das Kapitol gekommen,
Geblendet traut er seinen Augen kaum:
Der Nerva hat den Kaisersitz erklommen,
Gehüllet in des Purpurs goldnen Saum
Stand er todbleich im schimmernden Gepränge,
Sein Auge, schien's, sucht' jemand in der Menge.

Die Sonne aber glitzterte so eigen
Im Diadem, das seine Stirne schmückt,
Die Speere und die Adler tief sich neigen,
Vor seinem Herrscher stand ganz Rom gebückt,
Und: „Cäsar Nerva hoch!" erschallt ein Rufen
Ins weite Reich hin von den Thrones Stufen.

Da winkt er – ringsum plötzlich tiefe Stille –
Und nochmals späht sein Blick scharf in die Rund',
Drauf tut er seinen ersten Herrscherwillen
Mit lauter Stimme seinem Volke kund:
Der Lucius soll sofort an seiner Seiten
Als Mitregent den Kaiserthron beschreiten.

Und wieder brachen los des Jubels Wogen
Und bei Trompetenschmettern in die Luft
Zahllos der Bürger schmutz'ge Mützen flogen.
Vergebens man den Lucius sucht und ruft,
Der starrt zu Boden dort in ernstem Schweigen,
Als säh' er schaudernd ein Gespenst draus steigen.

Darauf wandt' er sich zu Guido, dem getreuen,
Der im Gedränge sich zu ihm gesellt:
„Mir träumte einst von einem wunden Leuen,
Vorüber! morsch geworden ist die Welt –
Durch der entfernten Gassen stille Reihe
Führ' mich wohin du willst, ins Frei', ins Freie."

X

Wie liegt so einsam nun und selbstvergessen
Da droben Julias schönes Säulenhaus!
Wo sie auf seidnen Pfühlen sonst gesessen,
Dringt aus dem Boden jetzt das Gras heraus.
Im Garten von den Blüten fremder Zonen
Bedeckt das Unkraut rings die stolzen Kronen.

Der Frühling aber baut sich neu den Garten,
Die Rebe klettert rasch, Efeu umschlingt
Brünstig die Statuen, die marmorharten,
Das Bächlein lustig über Kiesel springt,
Und übern Grund, mag auch dort niemand schreiten,
Die wilden Blumen bunte Tepp'che breiten.

Die Nachtigallen auch nun wieder grüßten,
Die Schwalben zogen schatzend ein und aus,
Als ob sie um der Herrin Trauer wüßten;
Ein Regenbogen wölbt' sich überm Haus,
Und wenn verklungen sind der Vöglein Lieder,
Rauscht von den Bergen ernst der Wald hernieder.

Sie dacht' der Zeit dort, die dahingefahren,
Des kleinen Hauses grüner Einsamkeit,
Da sie in frommer Hut zusammen waren,
Wie lag das alles nun so weit, so weit,
Die Linde, Hütte, Laube, schlummertrunken,
Wie in ein tiefes Abendrot versunken.

Wohl sah sie wieder unten, wie vorzeiten,
Wenn heiter übern Plan die Sonne schien,
Viel schöne Knaben keck vorüberreiten,
Die mußten alle traurig weiterziehn,
Denn Julias Augen spähten durch den Schimmer
Nach einem andern aus – sie sah ihn nimmer.

Da legt' sie schweigend ab die goldnen Spangen,
Den eitlen Putz und falsche Ziererei,
Und aus dem todeswunden Herzen drangen
Die langverhaltnen Tränen wieder frei,
Was sie so lange frevelhaft gelogen:
Die Lieb', ist triumphierend eingezogen.

So stand sie einst in frühster Morgenstunde,
Im Feld war keine Lerche noch erwacht,
Da hat herüber aus dem stillen Grunde
Die Luft so seltsam wirren Laut gebracht,
Wie Widerhall von steigenden Gewittern
Tost' fern aus Rom ein wunderbar Erschüttern.

Und wie sie staunend noch hinunterlauschte,
Hört' sie in ihrer Nähe eilig gehn,
Tausprühend das Gesträuch im Garten rauschte,
Mit wirren Haaren, die im Winde wehn,
Sieht sie das alte Zauberweib herschreiten,
Die rief ihr atemlos schon zu von weiten:

„Goldkind, Goldkind, dein Stündlein hat geschlagen!
Bring frohe Botschaft, o glückselig Haus!
Der Kaiser Domitian der ist erschlagen,
Den Nerva rufen sie zum Kaiser aus,
Dir überm Haupte schwebt der goldne Reifen,
Du Kaiserbraut, brauchst nur darnach zu greifen!"

Da schaudert Julia innerlich zusammen,
Des schwülen Sommerabends sie gedacht,

Wo sie in Nervas Brust so rote Flammen
Mit wildem Wort wahnsinnig angefacht,
Der Stimmen Sturm, von Rom dahergetragen,
Schien um des Lucius Tod sie anzuklagen.

Da griff sie rasch nach einer Fackel Brande,
Das Zauberweib sah sie betroffen an,
Sie aber steckt der Wände Prachtgewande,
Bildwerk und Teppiche rings schweigend an,
Daß Flammen, wo sie durch das Haus geschritten,
Aufschlugen züngelnd hinter ihren Tritten.

Vergebens war der Alten Schrein und Mühen,
Der Morgenwind griff lustig in den Brand,
Ein feur'ger Efeu, kühn mit Funkensprühen,
Sich um die Statuen und Säulen wand,
Und all Vergangnes sollt die Glut verzehren,
Und nimmer wollte Julia wiederkehren.

Wie 'n Salamander hin und wider fahren
Sah sie das Weib, die hascht' nach Gold und Gut,
Die Lohen leuchten in den grauen Haaren –
Ob sie verschlungen hat die wilde Glut?
Vor ihrer Gier faßt' Julia ein Grauen,
Sie eilte fort, mocht nicht zurück mehr schauen.

So ist sie in die Stadt hinabgestiegen,
Die Sonne brach soeben prächtig vor,
Drommeten klingen rings, die Fahnen fliegen,
Es schien ganz Rom ein trunkner Jubelchor;
Doch Freudenklänge, Jauchzen, Glanz und Fahnen
Die Einsame zu größter Hast nur mahnen.

Jetzt wuchs der Jubelruf von Troß zu Trosse,
Festlich von Schmuck umblitzt aus jedem Haus
Grüßt schöner Frauen Flor; auf stolzem Rosse
Naht Nerva sich – er sah nicht fröhlich aus,

Als ob beim Hall, vor dem die Lüfte zittern,
Gedanken wild ihm in der Brust gewittern.

Auf einmal in den buntbewegten Gassen,
Gleichwie aus einem Traume aufgeschreckt,
Hält er sein Roß an, man sah ihn erblassen,
Er hatte Julias flüchtig Bild entdeckt;
Doch kaum den glänz'gen Fluten noch entrungen,
Hat schon die Woge wieder sie verschlungen.

Und wie sie durch das wüste Drängen, Rennen
So weitereilt, hört sie bald da bald dort
Das Volk nach Lucius forschen, Lucius nennen.
Der armen Schuldbewußten klang's wie Mord,
Die Meute schien das edle Wild zu jagen,
Sie zitterte und wagte nicht zu fragen.

Da plötzlich stürmte eine wilde Horde
Aus der entlegnen Gassen Labyrinth,
Die schrieen: „An des alten Kaisers Morde
Der Nazarener Tücken schuldig sind,
Blut, Blut für Blut und nieder mit den Christen,
Fort zu den Katakomben, wo sie nisten!"

Rasch teilte Julia die tollen Wirren,
Das Herz wollt brechen ihr, sie atmet tief,
Das Volk macht scheu ihr Platz, wie einer Irren,
Verzweifelnd sie in Todesängsten rief:
„Wo ist der Lucius? ich *muß* es wissen!" –
Umsonst, sie ward vom Strom mit fortgerissen.

XI

Derweil so Drachen dort mit Drachen stritten
Und Jubel rang mit herbem Herzeleid,
War Lucius und Guido schon geschritten

Weit in der Felder tiefe Einsamkeit
Wie in ein Meer, wo rings die Ufer weichen
Und keine Rufe mehr herüberreichen.

Die Vögel aber draußen fröhlich grüßten,
Im Brautschmuck blitzend bunte Blumen stehn;
Wie wenn sie von der Menschen Krieg nichts wüßten,
Rauscht' Wald und Quell, als wäre nichts geschehn,
Und sangen träumerisch von Gottesfrieden
Ein uralt' Lied, der von der Welt geschieden.

„Wo gehn wir hin?" frug Lucius den Knaben,
„Fremd ist mir dieses Hains unheimlich Tun." –
„Hier, Herr, sind meiner Brüder viel begraben!"
„Nur weiter, weiter, laß' die Toten ruhn!"
Sie schritten fort und fort, und immer wilder
Die Gegend ward, der Himmel immer milder.

Drauf Lucius wieder: „Was für Felsen halten
So stumme Wacht dort überm stillen Grund,
In rauhe Klüfte wunderbar gespalten,
Als tät' sich vor uns auf des Hades Schlund?" –
„O Herr, in solcher Einsamkeit Entsetzen
Schürft treu der Bergmann dort nach ew'gen Schätzen."

Jetzt stutzte Lucius: „Hörst du kein Rufen?
Dort aus der Stadt, wie Waffen blinkt's herauf,
Die Heide dröhnt von fernen Rosseshufen,
Helmbüsche wehn, Staubwirbel steigen auf." –
„O eile, Herr! das ist die rote Fahne,
Die Christen morden sie in ihrem Wahne."

„Die Christen, sagst du? – auf! ich führ' den Reigen,
Ein Römer noch, solang ich atmen kann!"
Erschrocken sah der Knab' in düsterm Schweigen
Bei diesem Wort den Ritter fragend an;
Der aber achtet's nicht, stand lauschend wieder
Und starrt' verwundert jetzt zum Boden nieder:

„Horch, aus der Tiefe unter uns verborgen
Tönt wunderbar ein unsichtbarer Chor,
Das ist der Hirten Lied von jenem Morgen,
Dorthin, dorthin!“ – „Um Gott, was hast du vor?“
Rief Guido da aus Herzensgrund, „was taten
Dir die Schuldlosen, willst du sie verraten?“

Doch seine Stimm’ verklang, der hurt’gen Rotten
blutdürst’ger Schrei schon immer näher schallt’,
Die kannten wohl die unterird’schen Grotten,
Der ersten Christen Schirm und Aufenthalt,
Wo die dem Tod Geweihten treu Gott lobten;
Das war das Ziel, wohin die Würger tobten.

Da in der Waffenrüstung blankem Stahle,
An der zerrißnen Klüfte Felsentor,
Funkelnd im Glanz der jungen Morgenstrahle
Richtet sich plötzlich Lucius hoch empor,
Im Angesicht vor dem erstaunten Schwarme
Zum Himmel aufgeschwungen beide Arme:

„Christus, du hast gesiegt! In qualm’gen Flammen
Brach, wo ich sie gefaßt, mir überm Haupt
Die faule, wurmzerfreßne Welt zusammen;
Ein Stamm, vom gift’gen Hauch der Zeit entlaubt,
Hab’ ich fortan kein Vaterland hienieden,
Nimm du mich auf in deines Reiches Frieden!“

Und so stürzt’ er entgegen sich dem Trosse,
Der wütend nach der Höhle Eingang drang.
Dort, in der Wolken klirrender Geschosse
Er freudig um die neue Heimat rang
Und fühlt es kaum, daß ihm des Lebens Quellen
Purpurn entrieseln auf die steinern Schwellen.

Da sah man atemlos auf einmal dringen
Durch das Gewühl ein wunderschönes Weib,

Die Locken flatterten wie Adlerschwingen
Ums Haupt ihr, sie umklammert seinen Leib,
Um vor der Pfeile wirren Todesblitzen
Mit ihrer Brust die seinige zu schützen.

„Du, Julia!" rief erstaunt der Todeswunde,
„Horch, Glockenklänge gehen durch die Luft,
Versinkend dämmert schon um mich die Runde,
Ist's Abend denn? ich spüre Morgenduft –
Wer ruft mich da? – O göttliches Erbarmen –
Ich heb' dich mit empor in meinen Armen!"

Darauf durchbohrt von zahllosen Geschossen,
Mit einem Arm noch fechtend auf den Knieen
Und mit dem andern fest die Braut umschlossen,
Sank er, und Julia sterbend über ihn,
So beide in dem Ernst der letzten Stunde
Barmherzig noch vereint zu ew'gem Bunde.

Da stockt die Schar, als ob sie Geister scheuchten,
Denn unverwundbar bei den Toten stand
Ein Knabe dort, es strahlt mit hehrem Leuchten
Der Locken Gold und sein schneeweiß Gewand,
Sie konnten seine Blicke nicht ertragen,
Wie Tiger vor des Menschen Auge zagen.

Doch da sie noch so unentschlossen stehen,
Sprengt, wie von unsichtbarem Feind gejagt,
Der Nerva her: „Hier hat man ihn gesehen!"
Nach Lucius er hastig späht und fragt,
Die Kriegerscharen, die ihn weit umkreisen,
Da schweigend nach den beiden Toten weisen.

Sein Roß bäumt schnaubend, sinnend er betrachtet
Den bleichen Freund, der Julia stumme Pracht,
So schön im Schlummer noch, der sie umnachtet,
Er schaut des Knaben lichte Totenwacht,

Verwirrt ganz von den stillen Geisterblicken,
Die aus der Locken Glorie nach ihn zücken.

Dann plötzlich in der feierlichen Stille
Rief er: „Die menschlichen Geschicke lenkt
Ob aller Menschen Rat der Götter Wille.
Vor diesem Heldenpaar die Waffen senkt,
Scheu sollen sie fortan dem Höhern weichen,
Frieden den Christen rings in unsern Reichen!"

So wandt' er sich, das Schwert klirrt in die Scheide
Und murrend Ruf und Waffenklang verwehn,
Ein seltsam Leuchten noch ging durch die Heide,
Der Knabe aber ward nie mehr gesehn;
Im Morgenglanz nur schwirren Lerchenlieder
Und in den Katakomben sang es wieder:

„Und die Vöglein hoch in Lüften
Über blaue Berg und Seen,
Ziehn zur Ferne nach den Klüften,
Wo die hohen Zedern stehn,
Wo mit ihren goldnen Schwingen
Auf des Benedeiten Gruft
Engel Hosianna singen
Nächtlich durch die stille Luft."

Joseph von Eichendorff

Ausgewählte Werke
Band 2

Joseph von Eichendorff

Ausgewählte Werke

Band 2

Herausgegeben
und mit einem Nachwort von
Hans A. Neunzig

nymphenburger

Umschlaggestaltung: Cooperation, München,
unter Verwendung von Gemälden von Caspar David Friedrich
(Archiv für Kunst und Geschichte, Berlin)
Satz: Fotosatz Völkl, Germering
Druck und Bindung: Wiener Verlag, Himberg
Printed in Austria
ISBN 3-485-00554-1

INHALT

Das Marmorbild

Es war ein schöner Sommerabend, als Florio, ein junger Edelmann, langsam auf die Tore von Lucca zuritt, sich erfreuend an dem feinen Dufte, der über der wunderschönen Landschaft und den Türmen und Dächern der Stadt vor ihm zitterte, sowie an den bunten Zügen zierlicher Damen und Herren, welche sich zu beiden Seiten der Straße unter den hohen Kastanienalleen fröhlich schwärmend ergingen.

Da gesellte sich, auf zierlichem Zelter desselben Weges ziehend, ein anderer Reiter in bunter Tracht, eine goldene Kette um den Hals und ein samtnes Barett mit Federn über den dunkelbraunen Locken, freundlich grüßend zu ihm. Beide hatten, so nebeneinander in den dunkelnden Abend hineinreitend, gar bald ein Gespräch angeknüpft, und dem jungen Florio dünkte die schlanke Gestalt des Fremden, sein frisches, keckes Wesen, ja selbst seine fröhliche Stimme so überaus anmutig, daß er gar nicht von demselben wegsehen konnte.

„Welches Geschäft führt Euch nach Lucca?" fragte endlich der Fremde. – „Ich habe eigentlich gar keine Geschäfte", antwortete Florio ein wenig schüchtern. – „Gar keine Geschäfte? Nun, so seid Ihr sicherlich ein Poet!" versetzte jener lustig lachend. – „Das wohl eben nicht", erwiderte Florio und wurde über und über rot. „Ich habe mich wohl zuweilen in der fröhlichen Sangeskunst versucht, aber wenn ich dann wieder die alten großen Meister las, wie da alles wirklich da ist und leibt und lebt, was ich mir manchmal heimlich nur wünschte und ahnte, da komm' ich mir vor wie ein schwaches, vom Winde verwehtes Lerchenstimmlein unter dem unermeßlichen Himmelsdom." – „Jeder lobt Gott auf seine Weise", sagte der Fremde, „und

alle Stimmen zusammen machen den Frühling." Dabei ruhten seine großen, geistreichen Augen mit sichtbarem Wohlgefallen auf dem schönen Jünglinge, der so unschuldig in die dämmernde Welt vor sich hinaussah.
„Ich habe jetzt", fuhr dieser nun kühner und vertraulicher fort, „das Reisen erwählt und befinde mich wie aus einem Gefängnis erlöst, alle alten Wünsche und Freuden sind nun auf einmal in Freiheit gesetzt. Auf dem Lande in der Stille aufgewachsen, wie lange habe ich da die fernen blauen Berge sehnsüchtig betrachtet, wenn der Frühling wie ein zauberischer Spielmann durch unsern Garten ging und von der wunderschönen Ferne verlockend sang und von großer, unermeßlicher Lust." – Der Fremde war über die letzten Worte in tiefe Gedanken versunken. „Habt Ihr wohl jemals", sagte er zerstreut, aber sehr ernsthaft, „von dem wunderbaren Spielmann gehört, der durch seine Töne die Jugend in einen Zauberberg hinein verlockt, aus dem keiner wieder zurückgekehrt ist? Hütet Euch!"
Florio wußte nicht, was er aus diesen Worten des Fremden machen sollte, konnte ihn auch weiter darum nicht befragen; denn sie waren soeben, statt zu dem Tore, unvermerkt dem Zuge der Spaziergänger folgend, an einen weiten, grünen Platz gekommen, auf dem sich ein fröhlich schallendes Reich von Musik, bunten Zelten, Reitern und Spazierengehenden in den letzten Abendgluten schimmernd hin und her bewegte.
„Hier ist gut wohnen", sagte der Fremde lustig, sich vom Zelter schwingend; „auf baldiges Wiedersehn!" und hiermit war er schnell in dem Gewühle verschwunden.
Florio stand in freudigem Erstaunen einen Augenblick still vor der unerwarteten Aussicht. Dann folgte auch er dem Beispiele seines Begleiters, übergab das Pferd seinem Diener und mischte sich in den muntern Schwarm.
Versteckte Musikchöre erschallten da von allen Seiten aus den blühenden Gebüschen, unter den hohen Bäumen wandelten sittige Frauen auf und nieder und ließen die schönen Augen musternd ergehen über die glänzende

Wiese, lachend und plaudernd und mit den bunten Federn nickend im lauen Abendgolde wie ein Blumenbeet, das sich im Winde wiegt. Weiterhin auf einem heitergrünen Plan vergnügten sich mehrere Mädchen mit Ballspielen. Die buntgefiederten Bälle flatterten wie Schmetterlinge, glänzende Bogen hin und her beschreibend, durch die blaue Luft, während die unten im Grünen auf und nieder schwebenden Mädchenbilder den lieblichsten Anblick gewährten. Besonders zog die eine durch ihre zierliche, fast noch kindliche Gestalt und die Anmut aller ihrer Bewegungen Florios Augen auf sich. Sie hatte einen vollen, bunten Blumenkranz in den Haaren und war recht wie ein fröhliches Bild des Frühlings anzuschauen, wie sie so überaus frisch bald über den Rasen dahinflog, bald sich neigte, bald wieder mit ihren anmutigen Gliedern in die heitere Luft hinauflangte. Durch ein Versehen ihrer Gegnerin nahm ihr Federball eine falsche Richtung und flatterte gerade vor Florio nieder. Er hob ihn auf und überreichte ihn der nacheilenden Bekränzten. Sie stand fast wie erschrocken vor ihm und sah ihn schweigend aus den schönen großen Augen an. Dann verneigte sie sich errötend und eilte schnell wieder zu ihren Gespielinnen zurück.
Der größere, funkelnde Strom von Wagen und Reitern, der sich in der Hauptallee langsam und prächtig fortbewegte, wendete indes auch Florio von jenem reizenden Spiele wieder ab, und er schweifte wohl eine Stunde lang allein zwischen den ewig wechselnden Bildern umher.
„Da ist der Sänger Fortunato!" hörte er da auf einmal mehrere Frauen und Ritter neben sich ausrufen. Er sah sich schnell nach dem Platze um, wohin sie wiesen, und erblickte zu seinem großen Erstaunen den anmutigen Fremden, der ihn vorhin hierher begleitet. Abseits auf der Wiese an einen Baum gelehnt, stand er soeben inmitten eines zierlichen Kranzes von Frauen und Rittern, welche seinem Gesange zuhörten, der zuweilen von einigen Stimmen aus dem Kreise holdselig erwidert wurde. Unter ih-

nen bemerkte Florio auch die schöne Ballspielerin wieder, die in stiller Freudigkeit mit weiten, offenen Augen in die Klänge vor sich hinaussah.
Ordentlich erschrocken gedachte da Florio, wie er vorhin mit dem berühmten Sänger, den er lange dem Rufe nach verehrte, so vertraulich geplaudert, und blieb scheu in einiger Entfernung stehen, um den lieblichen Wettstreit mit zu vernehmen. Er hätte gern die ganze Nacht hindurch dort gestanden, so ermutigend flogen diese Töne ihn an, und er ärgerte sich recht, als Fortunato nun so bald endigte und die ganze Gesellschaft sich von dem Rasen erhob.
Da gewahrte der Sänger den Jüngling in der Ferne und kam sogleich auf ihn zu. Freundlich faßte er ihn bei beiden Händen und führte den Blöden, ungeachtet aller Gegenreden, wie einen lieblichen Gefangenen nach dem nahegelegenen offenen Zelte, wo sich die Gesellschaft nun versammelte und ein fröhliches Nachtmahl bereitet hatte. Alle begrüßten ihn wie alte Bekannte, manche schöne Augen ruhten in freudigem Erstaunen auf der jungen, blühenden Gestalt.
Nach mancherlei lustigem Gespräch lagerten sich bald alle um den runden Tisch, der in der Mitte des Zeltes stand. Erquickliche Früchte und Wein in hellgeschliffenen Gläsern funkelten von dem blendendweißen Gedeck, in silbernen Gefäßen dufteten große Blumensträuße, zwischen denen die hübschen Mädchengesichter anmutig hervorsahen; draußen spielten die letzten Abendlichter golden auf dem Rasen und dem Flusse, der spiegelglatt vor dem Zelt dahinglitt. Florio hatte sich fast unwillkürlich zu der niedlichen Ballspielerin gesellt. Sie erkannte ihn sogleich wieder und saß still und schüchtern da, aber die langen furchtsamen Augenwimpern hüteten nur schlecht die dunkelglühenden Blicke.
Es war ausgemacht worden, daß jeder in der Runde seinem Liebchen mit einem kleinen, improvisierten Liedchen zutrinken solle. Der leichte Gesang, der nur gau-

kelnd wie ein Frühlingswind die Oberfläche des Lebens berührte, ohne es in sich selbst zu versenken, bewegte fröhlich den Kranz heiterer Bilder um die Tafel. Florio war recht innerlichst vergnügt, alle blöde Bangigkeit war von seiner Seele genommen, und er sah fast träumerisch still vor fröhlichen Gedanken zwischen den Lichtern und Blumen in die wunderschöne, langsam in die Abendgluten versinkende Landschaft vor sich hinaus. Und als nun auch an ihn die Reihe kam, seinen Trinkspruch zu sagen, hob er sein Glas in die Höh' und sang:

„Jeder nennet froh die Seine,
Ich nur stehe hier alleine,
Denn was früge wohl die Eine,
Wen der Fremdling eben meine?
Und so muß ich wie im Strome dort die Welle
Ungehört verrauschen an des Frühlings Schwelle."

Seine schöne Nachbarin sah bei diesen Worten beinahe schelmisch an ihm herauf und senkte schnell wieder das Köpfchen, da sie seinem Blick begegnete. Aber er hatte so herzlich bewegt gesungen und neigte sich nun mit den schönen bittenden Augen so dringend herüber, daß sie es willig geschehen ließ, als er sie schnell auf die roten, heißen Lippen küßte. – „Bravo, bravo!" riefen mehrere Herren; ein mutwilliges, aber argloses Lachen erschallte um den Tisch. – Florio stürzte hastig und verwirrt sein Glas hinunter, die schöne Geküßte schaute hochrot in den Schoß und sah so unter dem vollen Blumenkranze unbeschreiblich reizend aus.
So hatte ein jeder der Glücklichen sein Liebchen in dem Kreise sich heiter erkoren. Nur Fortunato allein gehörte allen oder keiner an und erschien fast einsam in dieser anmutigen Verwirrung. Er war ausgelassen lustig, und mancher hätte ihn wohl übermütig genannt, wie er so wildwechselnd in Witz, Ernst und Scherz sich ganz und gar losließ, hätte er dabei nicht wieder mit so frommklaren

Augen beinahe wunderbar dreingeschaut. Florio hatte sich fest vorgenommen, ihm über Tische einmal so recht seine Liebe und Ehrfurcht, die er längst für hin hegte, zu sagen. Aber es wollte heute nicht gelingen, alle leisen Versuche glitten an der spröden Lustigkeit des Sängers ab. Er konnte ihn gar nicht begreifen. –
Draußen war indes die Gegend schon stiller geworden und feierlich, einzelne Sterne traten zwischen den Wipfeln der dunkelnden Bäume hervor, der Fluß rauschte stärker durch die erquickende Kühle. Da war auch zuletzt an Fortunato die Reihe zu singen gekommen. Er sprang rasch auf, griff in seine Gitarre und sang:

„Was klingt mir so heiter
Durch Busen und Sinn?
Zu Wolken und weiter –
Wo trägt es mich hin?

Wie auf Bergen hoch bin ich
So einsam gestellt
Und grüße herzinnig,
Was schön auf der Welt.

Ja, Bacchus, dich seh' ich,
Wie göttlich bist du!
Dein Glühen versteh' ich,
Die träumende Ruh'.

O rosenbekränztes
Jünglingsbild,
Dein Auge, wie glänzt es,
Die Flammen so mild!

Ist's Liebe, ist's Andacht,
Was so dich beglückt?
Rings Frühling dich anlacht,
Du sinnest entzückt. –

Frau Venus, du frohe,
So klingend und weich,
In Morgenrots Lohe
Erblick' ich dein Reich.

Auf sonnigen Hügeln
Wie ein Zauberring. –
Zart' Bübchen mit Flügeln
Bedienen dich flink,

Durchsäuseln die Räume
Und laden, was fein,
Als goldene Träume
Zur Königin ein.

Und Ritter und Frauen
Im grünen Revier
Durchschwärmen die Auen,
Wie Blumen zur Zier.

Und jeglicher hegt sich
Sein Liebchen im Arm,
So wirrt und bewegt sich
Der selige Schwarm." –

Hier änderte er plötzlich Weise und Ton und fuhr fort:

„Die Klänge verrinnen,
Es bleichet das Grün,
Die Frauen stehn sinnend,
Die Ritter schaun kühn.

Und himmlisches Sehnen
Geht singend durchs Blau,
Da schimmert von Tränen
Rings Garten und Au. –

Und mitten im Feste
Erblick' ich, wie mild!
Den stillsten der Gäste.
Woher, einsam Bild?

Mit blühendem Mohne,
Der träumerisch glänzt,
Und Lilienkrone
Erscheint er bekränzt.

Sein Mund schwillt zum Küssen
So lieblich und bleich,
Als brächt' er ein Grüßen
Aus himmlischem Reich.

Eine Fackel wohl trägt er,
Die wunderbar prangt.
‚Wo ist einer', frägt er,
‚Den heimwärts verlangt?'

Und manchmal da drehet
Die Fackel er um –
Tiefschauend vergehet
Die Welt und wird stumm.

Und was hier versunken
Als Blumen zum Spiel,
Siehst oben du funkeln
Als Sterne nun kühl.

O Jüngling vom Himmel,
Wie bist du so schön!
Ich lass' das Gewimmel,
Mit dir will ich gehn!

Was will ich noch hoffen?
Hinauf, ach hinauf!

Der Himmel ist offen,
Nimm, Vater, mich auf!"

Fortunato war still und alle die übrigen auch, denn wirklich, draußen waren nun die Klänge verronnen und die Musik, das Gewimmel und alle die gaukelnde Zauberei nach und nach verhallend untergegangen vor dem unermeßlichen Sternenhimmel und dem gewaltigen Nachtgesange der Ströme und Wälder. Da trat ein hoher, schlanker Ritter in reichem Geschmeide, das grünlichgoldene Scheine zwischen die im Walde flackernden Lichter warf, in das Zelt herein. Sein Blick aus tiefen Augenhöhlen war irre flammend, das Gesicht schön, aber blaß und wüst. Alle dachten bei seinem plötzlichen Erscheinen unwillkürlich schaudernd an den stillen Gast in Fortunatos Liede. – Er begab sich nach einer flüchtigen Verbeugung gegen die Gesellschaft zu dem Büfett des Zeltwirtes und schlürfte hastig dunkelroten Wein mit den bleichen Lippen in langen Zügen hinunter.

Florio fuhr ordentlich zusammen, als der Seltsame sich darauf vor allen andern zu ihm wandte und ihn als einen früheren Bekannten in Lucca willkommen hieß. Erstaunt und nachsinnend betrachtete er ihn von oben bis unten, denn er wußte sich durchaus nicht zu erinnern, ihn jemals gesehn zu haben. Doch war der Ritter ausnehmend beredt und sprach viel über mancherlei Begebenheiten aus Florios früheren Tagen. Auch war er so genau bekannt mit der Gegend seiner Heimat, dem Garten und jedem heimischen Platz, der Florio herzlich lieb war aus alten Zeiten, daß sich derselbe bald mit der dunkeln Gestalt auszusöhnen anfing.

In die übrige Gesellschaft indes schien Donati, so nannte sich der Ritter, nirgends hineinzupassen. Eine ängstliche Störung, deren Grund sich niemand anzugeben wußte, wurde überall sichtbar. Und da unterdes auch die Nacht nun völlig hereingekommen war, so brachen bald alle auf.

Es begann nun ein wunderliches Gewimmel von Wagen,

Pferden, Dienern und hohen Windlichtern, die seltsame Scheine auf das nahe Wasser, zwischen die Bäume und die schönen, wirrenden Gestalten umherwarfen. Donati erschien in der wilden Beleuchtung noch viel bleicher und schauerlicher, als vorher. Das schöne Fräulein mit dem Blumenkranze hatte ihn beständig mit heimlicher Furcht von der Seite angesehen. Nun, da er gar auf sie zukam, um ihr mit ritterlicher Artigkeit auf den Zelter zu helfen, drängte sie sich scheu an den zurückstehenden Florio, der die Liebliche mit klopfendem Herzen in den Sattel hob. Alles war unterdes reisefertig, sie nickte ihm noch einmal von ihrem zierlichen Sitze freundlich zu, und bald war die ganze schimmernde Erscheinung in die Nacht verschwunden.

Es war Florio recht sonderbar zumute, als er sich plötzlich so allein mit Donati und dem Sänger auf dem weiten, leeren Platze befand. Seine Gitarre im Arme ging der letztere am Ufer des Flusses vor dem Zelte auf und nieder und schien auf neue Weisen zu sinnen, während er einzelne Töne griff, die beschwichtigend über die stille Wiese dahinzogen. Dann brach er plötzlich ab. Ein seltsamer Mißmut schien über seine sonst immer klaren Züge zu fliegen, er verlangte ungeduldig fort.

Alle drei bestiegen daher nun auch ihre Pferde und zogen miteinander der nahen Stadt zu. Fortunato sprach kein Wort unterwegs, desto freundlicher ergoß sich Donati in wohlgesetzten, zierlichen Reden; Florio, noch im Nachklange der Lust, ritt still wie ein träumendes Mädchen zwischen beiden.

Als sie ans Tor kamen, stellte sich Donatis Roß, das schon vorher vor manchem Vorübergehenden gescheut, plötzlich fast gerade in die Höh' und wollte nicht hinein. Ein funkelnder Zornesblitz fuhr, fast verzerrend, über das Gesicht des Reiters und ein wilder, nur halb ausgesprochener Fluch aus den zuckenden Lippen, worüber Florio nicht wenig erstaunt, da ihm solches Wesen zu der sonstigen feinen und besonnenen Anständigkeit des Ritters ganz und gar nicht zu passen schien. Doch faßte sich dieser bald wieder. „Ich wollte Euch bis in die Herberge begleiten", sagte er lächelnd und mit der gewohnten Zierlichkeit zu Florio gewendet, „aber mein Pferd will es anders, wie Ihr seht. Ich bewohne hier vor der Stadt ein Landhaus, wo ich Euch recht bald bei mir zu sehen hoffe." – Und hiermit verneigte er sich, und das Pferd, in unbegreiflicher Hast und Angst kaum mehr zu halten, flog pfeilschnell mit ihm in die Dunkelheit fort, daß der Wind hinter ihm dreinpfiff.

„Gott sei Dank", rief Fortunato aus, „daß ihn die Nacht wieder verschlungen hat! Kam er mir doch wahrhaftig vor, wie einer von den falben, ungestalten Nachtschmetterlingen, die, wie aus einem phantastischen Traume entflogen, durch die Dämmerung schwirren und mit ihrem langen Katzenbarte und gräßlich großen Augen ordentlich ein Gesicht haben wollen." Florio, der sich mit Donati schon ziemlich befreundet hatte, äußerte seine Verwunderung über dieses harte Urteil. Aber der Sänger, durch solche erstaunliche Sanftmut nur immer mehr gereizt, schimpfte lustig fort und nannte den Ritter, zu Florios heimlichem Ärger, einen Mondscheinjäger, einen Schmachthahn, einen Renommisten in der Melancholie.

Unter solcherlei Gesprächen waren sie endlich bei der Herberge angelangt, und jeder begab sich bald in das ihm angewiesene Gemach.

Florio warf sich angekleidet auf das Ruhebett hin, aber er konnte lange nicht einschlafen. In seiner von den Bildern des Tages aufgeregten Seele wogte und hallte und sang es noch immer fort. Und wie die Türen im Hause nun immer seltener auf und zu gingen, nur manchmal noch eine Stimme erschallte, bis endlich Haus, Stadt und Feld in tiefe Stille versank: da war es ihm, als führe er mit schwanenweißen Segeln einsam auf einem mondbeglänzten Meer. Leise schlugen die Wellen an das Schiff, Sirenen tauchten aus dem Wasser, die alle aussahen wie das schöne Mädchen mit dem Blumenkranze vom vorigen Abend. Sie sang so wunderbar, traurig und ohne Ende, als müsse er vor Wehmut untergehn. Das Schiff neigte sich unmerklich und sank langsam immer tiefer und tiefer. – Da wachte er erschrocken auf.

Er sprang von seinem Bett und öffnete das Fenster. Das Haus lag am Ausgang der Stadt, er übersah einen weiten, stillen Kreis von Hügeln, Gärten und Tälern, vom Monde klar beschienen. Auch da draußen war es überall in den Bäumen und Strömen noch wie ein Verhallen und Nachhallen der vergangenen Lust, als sänge die ganze Gegend leise, gleich den Sirenen, die er im Schlummer gehört. Da konnte er der Versuchung nicht widerstehen. Er ergriff die Gitarre, die Fortunato bei ihm zurückgelassen, verließ das Zimmer und ging leise durch das ruhige Haus hinab. Die Tür unten war nur angelehnt, ein Diener lag eingeschlafen auf der Schwelle. So kam er unbemerkt ins Freie und wandelte fröhlich zwischen Weingärten durch leere Alleen an schlummernden Hütten vorüber immer weiter fort.

Zwischen den Rebengeländen hinaus sah er den Fluß im Tale; viele weißglänzende Schlösser, hin und wieder zerstreut, ruhten wie eingeschlafene Schwäne unten in dem Meer von Stille. Da sang er mit fröhlicher Stimme:

„Wie kühl schweift sich's bei nächt'ger Stunde,
Die Zither treulich in der Hand!
Vom Hügel grüß' ich in die Runde
Den Himmel und das stille Land.

Wie ist das alles so verwandelt,
Wo ich so fröhlich war, im Tal.
Im Wald wie still, der Mond nur wandelt
Nun durch den hohen Buchensaal.

Der Winzer Jauchzen ist verklungen
Und all der bunte Lebenslauf,
Die Ströme nur, im Tal geschlungen,
Sie blicken manchmal silbern auf.

Und Nachtigallen wie aus Träumen
Erwachen oft mit süßem Schall,
Erinnernd rührt sich in den Bäumen
Ein heimlich Flüstern überall.

Die Freude kann nicht gleich verklingen,
Und von des Tages Glanz und Lust
Ist so auch mir ein heimlich Singen
Geblieben in der tiefsten Brust.

Und fröhlich greif' ich in die Saiten;
O Mädchen, jenseits überm Fluß,
Du lauschest wohl und hörst's von weiten
Und kennst den Sänger an dem Gruß!"

Er mußte über sich selber lachen, da er am Ende nicht wußte, wem er das Ständchen brachte. Denn die reizende Kleine mit dem Blumenkranze war es lange nicht mehr, die er eigentlich meinte. Die Musik bei den Zelten, der Traum auf seinem Zimmer und sein die Klänge und den Traum und die zierliche Erscheinung des Mädchens nachträumendes Herz hatten ihr Bild unmerklich und wundersam verwandelt in ein viel schöneres, größeres und herrlicheres, wie er es noch nirgends gesehen.

So in Gedanken schritt er noch lange fort, als er unerwartet bei einem großen, von hohen Bäumen rings umgebenen Weiher anlangte. Der Mond, der eben über die Wipfel trat, beleuchtete scharf ein marmornes Venusbild, das dort dicht am Ufer auf einem Stein stand, als wäre die Göttin soeben erst aus den Wellen aufgetaucht und betrachte nun, selber verzaubert, das Bild der eigenen Schönheit, das der trunkene Wasserspiegel zwischen den leise aus dem Grunde aufblühenden Sternen widerstrahlte. Einige Schwäne beschrieben still ihre einförmigen Kreise um das Bild, ein leises Rauschen ging durch die Bäume ringsumher.

Florio stand wie eingewurzelt im Schauen, denn ihm

kam jenes Bild wie eine langgesuchte, nun plötzlich erkannte Geliebte vor, wie eine Wunderblume, aus der Frühlingsdämmerung und träumerischen Stille seiner frühesten Jugend heraufgewachsen. Je länger er hinsah, je mehr schien es ihm, als schlüge es die seelenvollen Augen langsam auf, als wollten sich die Lippen bewegen zum Gruße, als blühe Leben wie ein lieblicher Gesang erwärmend durch die schönen Glieder herauf. Er hielt die Augen lange geschlossen vor Blendung, Wehmut und Entzücken. –

Als er wieder aufblickte, schien auf einmal alles wie verwandelt. Der Mond sah seltsam zwischen Wolken hervor, ein stärkerer Wind kräuselte den Weiher in trübe Wellen, das Venusbild, so fürchterlich weiß und regungslos, sah ihn fast schreckhaft mit den steinernen Augenhöhlen aus der grenzenlosen Stille an. Ein nie gefühltes Grausen überfiel da den Jüngling. Er verließ schnell den Ort, und immer schneller und ohne auszuruhen eilte er durch die Gärten und Weinberge wieder fort, der ruhigen Stadt zu; denn auch das Rauschen der Bäume kam ihm nun wie ein verständiges, vernehmliches Geflüster vor, und die langen, gespenstischen Pappeln schienen mit ihren weitgestreckten Schatten hinter ihm dreinzulangen.

So kam er sichtbar verstört in der Herberge an. Da lag der Schlafende noch auf der Schwelle und fuhr erschrocken auf, als Florio an ihm vorüberstreifte. Florio aber schlug schnell die Tür hinter sich zu und atmete erst tief auf, als er oben sein Zimmer betrat. Hier ging er noch lange auf und nieder, ehe er sich beruhigte. Dann warf er sich aufs Bett und schlummerte endlich unter den seltsamsten Träumen ein.

Am folgenden Morgen saßen Florio und Fortunato unter den hohen, von der Morgensonne durchfunkelten Bäumen vor der Herberge miteinander beim Frühstück. Florio sah blässer, als gewöhnlich, und angenehm überwacht aus. – „Der Morgen“, sagte Fortunato lustig, „ist ein recht kerngesunder wildschöner Gesell, wie er so von den höchsten Bergen in die schlafende Welt hinunterjauchzt und von den Blumen und Bäumen die Tränen schüttelt und wogt und lärmt und singt. Der macht eben nicht sonderlich viel aus den sanften Empfindungen, sondern greift kühl an alle Glieder und lacht einem ins lange Gesicht, wenn man so preßhaft und noch ganz wie in Mondschein getaucht vor ihn hinaustritt.“ Florio schämte sich nun, dem Sänger, wie er sich anfangs vorgenommen, etwas von dem schönen Venusbilde zu sagen und schwieg betreten still. Sein Spaziergang in der Nacht war aber von dem Diener an der Haustür bemerkt und wahrscheinlich verraten worden, und Fortunato fuhr lachend fort: „Nun, wenn Ihr's nicht glaubt, versucht es nur einmal und stellt Euch jetzt hierher und sagt zum Exempel: O schöne, holde Seele, o Mondschein, du Blütenstaub zärtlicher Herzen und so weiter, ob das nicht recht zum Lachen wäre! Und doch wette ich, habt Ihr diese Nacht dergleichen oft gesagt und gewiß ordentlich ernsthaft dabei ausgesehen.“ –

Florio hatte sich Fortunato ehedem immer so still und sanftmütig vorgestellt, nun verwunderte ihn recht innerlichst die kecke Lustigkeit des geliebten Sängers. Er sagte hastig, und die Tränen traten ihm dabei in die seelenvollen Augen: „Ihr sprecht ja sicherlich anders, als Euch selber zumute ist, und das solltet Ihr nimmermehr tun. Aber ich lasse mich von Euch nicht irremachen, es gibt noch sanfte und hohe Empfindungen, die wohl schamhaft sind, aber sich nicht zu schämen brauchen, und ein stilles Glück, das sich vor dem lauten Tage verschließt und nur dem Sternenhimmel den heiligen Kelch öffnet wie eine Blume, in der ein Engel wohnt.“ – Fortunato sah den Jüngling verwundert an, dann rief er aus: „Nun wahrhaftig, Ihr seid recht ordentlich verliebt!“

Man hatte unterdes Fortunato, der spazierenreiten wollte, sein Pferd vorgeführt. Freundlich streichelte er den gebogenen Hals des zierlich aufgeputzten Rößleins, das mit

fröhlicher Ungeduld den Rasen stampfte. Dann wandte er sich noch einmal zu Florio und reichte ihm gutmütig lächelnd die Hand. „Ihr tut mir doch leid“, sagte er, „es gibt gar zu viele sanfte, gute, besonders verliebte junge Leute, die ordentlich versessen sind auf Unglücklichsein. Laßt das, die Melancholie, den Mondschein und alle den Plunder; und geht's auch manchmal wirklich schlimm, nur frisch heraus in Gottes freien Morgen und da draußen sich recht abgeschüttelt, im Gebet aus Herzensgrund – und es müßte wahrlich mit dem Bösen zugehen, wenn Ihr nicht so recht durch und durch fröhlich und stark werdet!“ – Und hiermit schwang er sich schnell auf sein Pferd und ritt zwischen den Weinbergen und blühenden Gärten in das farbige, schallende Land hinein, selber so bunt und freudig anzuschauen, wie der Morgen vor ihm.
Florio sah ihm lange nach, bis die Glanzeswogen über dem fernen Meer zusammenschlugen. Dann ging er hastig unter den Bäumen auf und nieder. Ein tiefes, unbestimmtes Verlangen war von den Erscheinungen der Nacht in seiner Seele zurückgeblieben. Dagegen hatte ihn Fortunato durch seine Reden seltsam verstört und verwirrt. Er wußte nun selbst nicht mehr, was er wollte, gleich einem Nachtwandler, der plötzlich bei seinem Namen gerufen wird. Sinnend blieb er oftmals vor der wunderreichen Aussicht in das Land hinab stehen, als wollte er das freudigkräftige Walten da draußen um Auskunft fragen. Aber der Morgen spielte nur einzelne Zauberlichter wie durch die Bäume über ihm in sein träumerisch funkelndes Herz hinein, das noch in anderer Macht stand. Denn drinnen zogen die Sterne noch immerfort ihre magischen Kreise, zwischen denen das wunderschöne Marmorbild mit neuer, unwiderstehlicher Gewalt heraufsah. –
So beschloß er denn endlich, den Weiher wieder aufzusuchen, und schlug rasch denselben Pfad ein, den er in der Nacht gewandelt.
Wie sah aber dort nun alles so anders aus! Fröhliche Menschen durchirrten geschäftig die Weinberge, Gärten und

Alleen, Kinder spielten ruhig auf dem sonnigen Rasen vor den Hütten, die ihn in der Nacht unter den traumhaften Bäumen oft gleich eingeschlafenen Sphinxen erschreckt hatten, der Mond stand fern und verblaßt am klaren Himmel, unzählige Vögel sangen lustig im Walde durcheinander. Er konnte gar nicht begreifen, wie ihn damals hier so seltsame Furcht überfallen konnte.
Bald bemerkte er indes, daß er in Gedanken den rechten Weg verfehlt. Er betrachtete aufmerksam alle Plätze und ging zweifelhaft bald zurück, bald wieder vorwärts; aber vergeblich, je emsiger er suchte, je unbekannter und ganz anders kam ihm alles vor.
Lange war er so umhergeirrt. Die Vögel schwiegen schon, der Kreis der Hügel wurde nach und nach immer stiller, die Strahlen der Mittagssonne schillerten sengend über der ganzen Gegend draußen, die wie unter einem Schleier von Schwüle zu schlummern und zu träumen schien. Da kam er unerwartet an ein Tor von Eisengittern, zwischen dessen zierlich vergoldeten Stäben hindurch man in einen weiten, prächtigen Lustgarten hineinsehen konnte. Ein Strom von Kühle und Duft wehte den Ermüdeten erquikkend daraus an. Das Tor war nicht verschlossen, er öffnete es leise und trat hinein.
Hohe Buchenhallen empfingen ihn da mit ihren feierlichen Schatten, zwischen denen goldene Vögel wie abgewehte Blüten hin und wider flatterten, während große, seltsame Blumen, wie sie Florio niemals gesehen, traumhaft mit ihren gelben und roten Glocken in dem leisen Winde hin und her schwankten. Unzählige Springbrunnen plätscherten, mit vergoldeten Kugeln spielend, einförmig in der großen Einsamkeit. Zwischen den Bäumen hindurch sah man in der Ferne einen prächtigen Palast mit hohen, schlanken Säulen hereinschimmern. Kein Mensch war ringsum zu sehen, tiefe Stille herrschte überall. Nur hin und wieder erwachte manchmal eine Nachtigall und sang wie im Schlummer fast schluchzend. Florio betrachtete verwundert Bäume, Brunnen und Blumen, denn es

war ihm, als sei das alles lange versunken, und über ihm ginge der Strom der Tage mit leichten, klaren Wellen, und unten läge nur der Garten gebunden und verzaubert und träumte von dem vergangenen Leben.
Er war noch nicht weit vorgedrungen, als er Lautenklänge vernahm, bald stärker, bald wieder in dem Rauschen der Springbrunnen leise verhallend. Lauschend blieb er stehen, die Töne kamen immer näher und näher, da trat plötzlich in dem stillen Bogengange eine hohe, schlanke Dame von wundersamer Schönheit zwischen den Bäumen hervor, langsam wandelnd und ohne aufzublicken. Sie trug eine prächtige, mit goldnem Bildwerk gezierte Laute im Arme, auf der sie, wie in tiefe Gedanken versunken, einzelne Akkorde griff. Ihr langes, goldenes Haar fiel in reichen Locken über die fast bloßen, blendendweißen Achseln bis auf den Rücken hinab; die langen, weiten Ärmel, wie von Blütenschnee gewoben, wurden von zierlichen goldenen Spangen gehalten; den schönen Leib umschloß ein himmelblaues Gewand, ringsum an den Enden mit buntglühenden, wunderbar ineinander verschlungenen Blumen gestickt. Ein heller Sonnenblick durch eine Öffnung des Bogenganges schweifte soeben scharfbeleuchtend über die blühende Gestalt. Florio fuhr innerlich zusammen – es waren unverkennbar die Züge, die Gestalt des schönen Venusbildes, das er heute nacht am Weiher gesehen. – Sie aber sang, ohne den Fremden zu bemerken:

„Was weckst du, Frühling, mich von neuem wieder?
Daß all' die alten Wünsche auferstehen,
Geht übers Land ein wunderbares Wehen;
Das schauert mir so lieblich durch die Glieder.

Die schöne Mutter grüßen tausend Lieder,
Die, wieder jung, im Brautkranz süß zu sehen;
Der Wald will sprechen, rauschend Ströme gehen,
Najaden tauchen singend auf und nieder.

Die Rose seh' ich gehn aus grüner Klause
Und, wie so buhlerisch die Lüfte fächeln,
Errötend in die blaue Luft sich dehnen.

So mich auch ruft ihr aus dem stillen Hause –
Und schmerzlich nun muß ich im Frühling lächeln,
Versinkend zwischen Duft und Klang vor Sehnen."

So singend wandelte sie fort, bald in dem Grünen verschwindend, bald wieder erscheinend, immer ferner und ferner, bis sie sich endlich in der Gegend des Palastes ganz verlor. Nun war es auf einmal wieder still, nur die Bäume und Wasserkünste rauschten wie vorher. Florio stand in blühende Träume versunken, es war ihm, als hätte er die schöne Lautenspielerin schon lange gekannt und nur in der Zerstreuung des Lebens wieder vergessen und verloren, als ginge sie nun vor Wehmut zwischen dem Quellenrauschen unter und riefe ihn unaufhörlich, ihr zu folgen. – Tiefbewegt eilte er weiter in den Garten hinein auf die Gegend zu, wo sie verschwunden war. Da kam er unter uralten Bäumen an ein verfallenes Mauerwerk, an dem noch hin und wieder schöne Bildereien halb kenntlich waren. Unter der Mauer auf zerschlagenen Marmorsteinen und Säulenknäufen, zwischen denen hohes Gras und Blumen üppig hervorschossen, lag ein schlafender Mann ausgestreckt. Erstaunt erkannte Florio den Ritter Donati. Aber seine Mienen schienen im Schlafe sonderbar verändert, er sah fast wie ein Toter aus. Ein heimlicher Schauer überfiel Florio bei diesem Anblicke. Er rüttelte den Schlafenden heftig. Donati schlug langsam die Augen auf, und sein erster Blick war so fremd, stier und wild, daß sich Florio ordentlich vor ihm entsetzte. Dabei murmelte er noch zwischen Schlaf und Wachen einige dunkle Worte, die Florio nicht verstand. Als er sich endlich völlig ermuntert hatte, sprang er rasch auf und sah Florio, wie es schien, mit großem Erstaunen an. „Wo bin ich", rief dieser hastig, „wer ist die edle Herrin, die in diesem schönen Garten wohnt?"

– „Wie seid Ihr", frug dagegen Donati sehr ernst, „in diesen Garten gekommen?" Florio erzählte kurz den Hergang, worüber der Ritter in ein tiefes Nachdenken versank. Der Jüngling wiederholte darauf dringend seine vorigen Fragen, und Donati sagte zerstreut: „Die Dame ist eine Verwandte von mir, reich und gewaltig, ihr Besitztum ist weit im Lande verbreitet. – Ihr findet sie bald da, bald dort – auch in der Stadt Lucca ist sie zuweilen." Florio fielen die flüchtig hingeworfenen Worte seltsam aufs Herz, denn es wurde ihm nur immer deutlicher, was ihn vorher nur vorübergehend angeflogen, nämlich, daß er die Dame schon einmal in früherer Jugend irgendwo gesehen, doch konnte er sich durchaus nicht klar besinnen.

Sie waren unterdes rasch fortgehend unvermerkt an das vergoldete Gittertor des Gartens gekommen. Es war nicht dasselbe, durch welches Florio vorhin eingetreten. Verwundert sah er sich in der unbekannten Gegend um; weit über die Felder weg lagen die Türme der Stadt im heitren Sonnenglanze. Am Gitter stand Donatis Pferd angebunden und scharrte schnaubend den Boden.

Schüchtern äußerte nun Florio den Wunsch, die schöne Herrin des Gartens künftig einmal wiederzusehen. Donati, der bis dahin noch immer in sich versunken war, schien sich erst hier plötzlich zu besinnen. „Die Dame", sagte er mit der gewohnten umsichtigen Höflichkeit, „wird sich freuen, Euch kennenzulernen. Heute jedoch würden wir sie stören, und auch mich rufen dringende Geschäfte nach Hause. Vielleicht kann ich Euch morgen abholen." Und hierauf nahm er in wohlgesetzten Reden Abschied von dem Jüngling, bestieg sein Roß und war bald zwischen den Hügeln verschwunden.

Florio sah ihm lange nach, dann eilte er wie ein Trunkener der Stadt zu. Dort hielt die Schwüle noch alle lebendigen Wesen in den Häusern, hinter den dunkelkühlen Jalousien. Alle Gassen und Plätze waren leer, Fortunato auch noch nicht zurückgekehrt. Dem Glücklichen wurde es

hier zu enge in trauriger Einsamkeit. Er bestieg schnell sein Pferd und ritt noch einmal ins Freie hinaus.
„Morgen, morgen!" schallte es in einem fort durch seine Seele. Ihm war es unbeschreiblich wohl. Das schöne Marmorbild war ja lebend geworden und von seinem Steine in den Frühling hinuntergestiegen, der stille Weiher plötzlich verwandelt zur unermeßlichen Landschaft, die Sterne darin zu Blumen und der ganze Frühling ein Bild der Schönen. – Und so durchschweifte er lange die schönen Täler um Lucca, an den prächtigen Landhäusern, Kaskaden und Grotten wechselnd vorüber, bis die Wellen des Abendrots über dem Fröhlichen zusammenschlugen.
Die Sterne standen schon klar am Himmel, als er langsam durch die stillen Gassen nach seiner Herberge zog. Auf einem der einsamen Plätze stand ein großes, schönes Haus, vom Monde hell erleuchtet. Ein Fenster war oben geöffnet, an dem er zwischen künstlich gezogenen Blumen hindurch zwei weibliche Gestalten bemerkte, die in ein lebhaftes Gespräch vertieft schienen. Mit Verwunderung hörte er mehreremal deutlich seinen Namen nennen. Auch glaubte er in den einzelnen abgerissenen Worten, welche die Luft herüberwehte, die Stimme der wunderbaren Sängerin wiederzuerkennen. Doch konnte er vor den im Mondesglanze zitternden Blättern und Blüten nichts genau unterscheiden. Er hielt an, um mehr zu vernehmen. Da bemerkten ihn die beiden Damen, und es wurde auf einmal still droben.
Unbefriedigt ritt Florio weiter, aber wie er soeben um die Straßenecke bog, sah er, daß sich die eine von den Damen, noch einmal ihm nachblickend, zwischen den Blumen hinauslehnte und dann schnell das Fenster schloß.

Am folgenden Morgen, als Florio soeben seine Traumblüten abgeschüttelt und vergnügt aus dem Fenster über die in der Morgensonne funkelnden Türme und Kuppeln der Stadt hinaussah, trat unerwartet der Ritter Donati in das

Zimmer. Er war ganz schwarz gekleidet und sah heute ungewöhnlich verstört, hastig und beinah wild aus. Florio erschrak ordentlich vor Freude, als er ihn erblickte, denn er gedachte sogleich der schönen Frau. „Kann ich sie sehen?“ rief er ihm schnell entgegen. Donati schüttelte verneinend mit dem Kopfe und sagte, traurig vor sich auf den Boden hinsehend: „Heute ist Sonntag.“ – Dann fuhr er rasch fort, sich sogleich wieder ermannend: „Aber zur Jagd wollt' ich Euch abholen.“ – „Zur Jagd?“ erwiderte Florio höchst verwundert, „heute am heiligen Tage?“ – „Nun wahrhaftig“, fiel ihm der Ritter mit einem ingrimmigen, abscheulichen Lachen ins Wort. „Ihr wollt doch nicht etwa mit der Buhlerin unterm Arm zur Kirche wandeln und im Winkel auf dem Fußschemel knien und andächtig Gott helf! sagen, wenn die Frau Base niest.“ – „Ich weiß nicht, wie Ihr das meint“, sagte Florio, „und Ihr mögt immer über mich lachen, aber ich könnte heut nicht jagen. Wie da draußen alle Arbeit rastet und Wälder und Felder so geschmückt aussehen zu Gottes Ehre, als zögen Engel durch das Himmelblau über sie hinweg – so still, so feierlich und gnadenreich ist diese Zeit!“ – Donati stand in Gedanken am Fenster, und Florio glaubte zu bemerken, daß er heimlich schauderte, wie er so in die Sonntagsstille der Felder hinaussah.

Unterdes hatte sich der Glockenklang von den Türmen der Stadt erhoben und ging wie ein Beten durch die klare Luft. Da schien Donati erschrocken, er griff nach seinem Hut und drang beinah ängstlich in Florio, ihn zu begleiten, der es aber beharrlich verweigerte. „Fort, hinaus!“ rief endlich der Ritter halblaut und wie aus tiefster geklemmter Brust herauf, drückte dem erstaunten Jüngling die Hand und stürzte aus dem Hause fort.

Florio wurde recht heimatlich zumute, als darauf der frische, klare Sänger Fortunato, wie ein Bote des Friedens, zu ihm ins Zimmer trat. Er brachte eine Einladung auf morgen abend nach einem Landhause vor der Stadt. „Macht Euch nur gefaßt“, setzte er hinzu, „Ihr werdet

dort eine alte Bekannte treffen!" – Florio erschrak ordentlich und fragte hastig: „Wen?" Aber Fortunato lehnte lustig alle Erklärung ab und entfernte sich bald. „Sollte es die schöne Sängerin sein?" dachte Florio still bei sich, und sein Herz schlug heftig.
Er begab sich dann in die Kirche, aber er konnte nicht beten, er war zu fröhlich zerstreut. Müßig schlenderte er durch die Gassen. Da sah alles so rein und festlich aus, schöngeputzte Herren und Damen zogen fröhlich und schimmernd nach den Kirchen. Aber, ach! die Schönste war nicht unter ihnen! – Ihm fiel dabei sein Abenteuer beim gestrigen Heimzuge ein. Er suchte die Gasse auf und fand bald das große, schöne Haus wieder; aber sonderbar! die Tür war geschlossen, alle Fenster fest zu, es schien niemand darin zu wohnen.
Vergeblich schweifte er den ganzen folgenden Tag in der Gegend umher, um nähere Auskunft über seine unbekannte Geliebte zu erhalten, oder sie, womöglich, gar wiederzusehen. Ihr Palast sowie der Garten, den er in jener Mittagsstunde zufällig gefunden, war wie versunken, auch Donati ließ sich nicht erblicken. Ungeduldig schlug daher sein Herz vor Freude und Erwartung, als er endlich am Abend, der Einladung zufolge, mit Fortunato, der fortwährend den Geheimnisvollen spielte, zum Tore hinaus dem Landhause zuritt.
Es war schon völlig dunkel, als sie draußen ankamen. Mitten in einem Garten, wie es schien, lag eine zierliche Villa mit schlanken Säulen, über denen sich von der Zinne ein zweiter Garten von Orangen und vielerlei Blumen duftig erhob. Große Kastanienbäume standen umher und streckten kühn und seltsam beleuchtet ihre Riesenarme zwischen den aus den Fenstern dringenden Scheinen in die Nacht hinaus. Der Herr vom Hause, ein feiner, fröhlicher Mann von mittleren Jahren, den aber Florio früher jemals gesehn zu haben sich nicht erinnerte, empfing den Sänger und seinen Freund herzlich an der Schwelle des Hauses und führte sie die breiten Stufen hinan in den Saal.

Eine fröhliche Tanzmusik scholl ihnen dort entgegen, eine große Gesellschaft bewegte sich bunt und zierlich durcheinander im Glanze unzähliger Lichter, die gleich Sternenkreisen in kristallenen Leuchtern über dem lustigen Schwarme schwebten. Einige tanzten, andere ergötzten sich in lebhaftem Gespräch, viele waren maskiert und gaben unwillkürlich durch ihre wunderliche Erscheinung dem anmutigen Spiele oft plötzlich eine tiefe, fast schauerliche Bedeutung.

Florio stand noch still geblendet, selber wie ein anmutiges Bild, zwischen den schönen schweifenden Bildern. Da trat ein zierliches Mädchen an ihn heran, in griechischem Gewande leicht geschürzt, die schönen Haare in künstliche Kränze geflochten. Eine Larve verbarg ihr halbes Gesicht und ließ die untere Hälfte nur desto rosiger und reizender sehen. Sie verneigte sich flüchtig, überreichte ihm eine Rose und war schnell wieder in dem Schwarme verloren.

In demselben Augenblick bemerkte er auch, daß der Herr vom Hause dicht bei ihm stand, ihn prüfend ansah, aber schnell wegblickte, als Florio sich umwandte. –

Verwundert durchstrich nun der letztere die rauschende Menge. Was er heimlich gehofft, fand er nirgends, und er machte sich beinah Vorwürfe, dem fröhlichen Fortunato so leichtsinnig auf dieses Meer von Lust gefolgt zu sein, das ihn nun immer weiter von jener einsamen, hohen Gestalt zu verschlagen schien. Sorglos umspülten indes die losen Wellen, schmeichlerisch neckend, den Gedankenvollen und tauschten ihm unmerklich die Gedanken aus. Wohl kommt die Tanzmusik, wenn sie auch nicht unser Innerstes erschüttert und umkehrt, recht wie ein Frühling leise und gewaltig über uns, die Töne tasten zauberisch wie die ersten Sommerblicke nach der Tiefe und wecken alle die Lieder, die unten gebunden schliefen, und Quellen und Blumen und uralte Erinnerungen und das ganze eingefrorene, schwere, stockende Leben wird ein leichter, klarer Strom, auf dem das Herz mit rauschenden Wimpeln den lange aufgegebenen Wünschen fröhlich wieder zufährt. So hatte die allgemeine Lust auch Florio gar bald angesteckt, ihm war recht leicht zumute, als müßten sich alle Rätsel, die so schwül auf ihm lasteten, lösen.

Neugierig suchte er nun die niedliche Griechin wieder auf. Er fand sie in einem lebhaften Gespräch mit andern Masken, aber er bemerkte wohl, daß auch ihre Augen mitten im Gespräch suchend abseits schweiften und ihn schon von fern wahrgenommen hatten. Er forderte sie zum Tanze auf. Sie verneigte sich freundlich, aber ihre bewegliche Lebhaftigkeit schien wie gebrochen, als er ihre Hand berührte und festhielt. Sie folgte ihm still und mit gesenktem Köpfchen, man wußte nicht, ob schelmisch oder traurig. Die Musik begann, und er konnte keinen Blick verwenden von der reizenden Gauklerin, die ihn gleich den Zaubergestalten auf den alten fabelhaften Schildereien umschwebte. „Du kennst mich“, flüsterte sie kaum hörbar ihm zu, als sich einmal im Tanze ihre Lippen flüchtig beinah berührten.

Der Tanz war endlich aus, die Musik hielt plötzlich inne; da glaubte Florio seine schöne Tänzerin am anderen Ende des Saales *noch einmal* wiederzusehen. Es war dieselbe Tracht, dieselben Farben des Gewandes, derselbe Haarschmuck. Das schöne Bild schien unverwandt auf ihn herzusehen und stand fortwährend still im Schwarme der nun überall zerstreuten Tänzer, wie ein heiteres Gestirn zwischen dem leichten, fliegenden Gewölk bald untergeht, bald lieblich wieder erscheint. Die zierliche Griechin schien die Erscheinung nicht zu bemerken oder doch nicht zu beachten, sondern verließ, ohne ein Wort zu sagen, mit einem leisen, flüchtigen Händedrucke eilig ihren Tänzer.

Der Saal war unterdes ziemlich leer geworden. Alles schwärmte in den Garten hinab, um sich in der lauen Luft zu ergehen, auch jenes seltsame Doppelbild war verschwunden. Florio folgte dem Zuge und schlenderte ge-

dankenvoll durch die hohen Bogengänge. Die vielen Lichter warfen einen zauberischen Schein zwischen das zitternde Laub. Die hin und her schweifenden Masken mit ihren veränderten, grellen Stimmen und wunderbarem Aufzuge nahmen sich hier in der ungewissen Beleuchtung noch viel seltsamer und fast gespenstisch aus.
Er war eben, unwillkürlich einen einsamen Pfad einschlagend, ein wenig von der Gesellschaft abgekommen, als er eine liebliche Stimme zwischen den Gebüschen singen hörte:

„Über die beglänzten Gipfel,
Fernher kommt es wie ein Grüßen,
Flüsternd neigen sich die Wipfel,
Als ob sie sich wollten küssen.

Ist er doch so schön und milde!
Stimmen gehen durch die Nacht,
Singen heimlich von dem Bilde –
Ach, ich bin so froh erwacht!

Plaudert nicht so laut, ihr Quellen!
Wissen darf es nicht der Morgen,
In der Mondnacht linde Wellen
Senk' ich stille Glück und Sorgen."

Florio folgte dem Gesange und kam auf einen offnen, runden Rasenplatz, in dessen Mitte ein Springbrunnen lustig mit den Funken des Mondlichts spielte. Die Griechin saß wie eine schöne Najade auf dem steinernen Becken. Sie hatte die Larve abgenommen und spielte gedankenvoll mit einer Rose in dem schimmernden Wasserspiegel. Schmeichlerisch schweifte der Mondschein über den blendendweißen Nacken auf und nieder, ihr Gesicht konnte er nicht sehen, denn sie hatte ihm den Rücken zugekehrt. – Als sie die Zweige hinter sich rauschen hörte, sprang das schöne Bildchen rasch auf, steckte die Larve vor und floh,

schnell wie ein aufgescheuchtes Reh, wieder zur Gesellschaft zurück.
Florio mischte sich nun auch wieder in die bunten Reihen der Spazierengehenden. Manch zierliches Liebeswort schallte da leise durch die laue Luft, der Mondschein hatte mit seinen unsichtbaren Fäden alle die Bilder wie in ein goldnes Liebesnetz verstrickt, in das nur die Masken mit ihren ungeselligen Parodien manche komische Lücke gerissen. Besonders hatte Fortunato sich diesen Abend mehreremal verkleidet und trieb fortwährend seltsam wechselnd sinnreichen Spuk, immer neu und unerkannt und oft sich selber überraschend durch die Kühnheit und tiefe Bedeutsamkeit seines Spieles, so daß er manchmal plötzlich still wurde vor Wehmut, wenn die andern sich halb totlachen wollten. –
Die schöne Griechin ließ sich indes nirgends sehen, sie schien es absichtlich zu vermeiden, dem Florio wieder zu begegnen.
Dagegen hatte ihn der Herr vom Hause recht in Beschlag genommen. Künstlich und weit ausholend befragte ihn derselbe weitläufig um sein früheres Leben, seine Reisen und seinen künftigen Lebensplan. Florio konnte dabei gar nicht vertraulich werden, denn Pietro, so hieß jener, sah fortwährend so beobachtend aus, als läge hinter allen den feinen Redensarten irgendein besonderer Anschlag auf der Lauer. Vergebens sann er hin und her, dem Grunde dieser zudringlichen Neugier auf die Spur zu kommen.
Er hatte sich soeben wieder von ihm losgemacht, als er, um den Ausgang einer Allee herumbiegend, mehreren Masken begegnete, unter denen er unerwartet die Griechin wieder erblickte. Die Masken sprachen viel und seltsam durcheinander, die eine Stimme schien ihm bekannt, doch konnte er sich nicht deutlich besinnen. Bald darauf verlor sich eine Gestalt nach der andern, bis er sich am Ende, eh' er sich dessen versah, allein mit dem Mädchen befand. Sie blieb zögernd stehen und sah ihn einige Augenblicke schweigend an. Die Larve war fort, aber ein kurzer,

blütenweißer Schleier, mit allerlei wunderlichen, goldgestickten Figuren verziert, verdeckte das Gesichtchen. Er wunderte sich, daß die Scheue nun so allein bei ihm aushielt.

„Ihr habt mich in meinem Gesange belauscht“, sagte sie endlich freundlich. Es waren die ersten lauten Worte, die er von ihr vernahm. Der melodische Klang ihrer Stimme drang ihm durch die Seele, es war, als rührte sie erinnernd an alles Liebe, Schöne und Fröhliche, was er im Leben erfahren. Er entschuldigte seine Kühnheit und sprach verwirrt von der Einsamkeit, die ihn verlockt, seiner Zerstreuung, dem Rauschen der Wasserkunst. – Einige Stimmen näherten sich unterdes dem Platze. Das Mädchen blickte scheu um sich und ging rasch tiefer in die Nacht hinein. Sie schien es gern zu sehen, daß Florio ihr folgte. Kühn und vertraulicher bat er sie nun, sich nicht länger zu verbergen und doch ihren Namen zu sagen, damit ihre liebliche Erscheinung unter den tausend verwirrenden Bildern des Tages ihm nicht wieder verloren ginge. „Laßt das“, erwiderte sie träumerisch, „nehmt die Blumen des Lebens fröhlich, wie sie der Augenblick gibt, und forscht nicht nach den Wurzeln im Grunde, denn unten ist es freudlos und still.“ Florio sah sie erstaunt an; er begriff nicht, wie solche rästelhafte Worte in den Mund des heitern Mädchens kamen. Das Mondlicht fiel eben wechselnd zwischen den Bäumen auf ihre Gestalt. Da kam es ihm auch vor, als sei sie nun größer, schlanker und edler als vorhin beim Tanze und am Springbrunnen.

Sie waren indes bis an den Ausgang des Gartens gekommen. Keine Lampe brannte mehr hier, nur manchmal hörte man noch eine Stimme, in der Ferne verhallend. Draußen ruhte der weite Kreis der Gegend still und feierlich im prächtigen Mondschein. Auf einer Wiese, die vor ihnen lag, bemerkte Florio mehrere Pferde und Menschen, in dem Dämmerlichte halbkenntlich durcheinander wirrend.

Hier blieb seine Begleiterin plötzlich stehen. „Es wird

mich erfreuen", sagte sie, „Euch einmal in meinem Hause zu sehen. Unser Freund wird Euch hingeleiten. Lebt wohl!" – Bei diesen Worten schlug sie den Schleier zurück, und Florio fuhr erschrocken zusammen. Es war die wunderbare Schöne, deren Gesang er in jenem mittagschwülen Garten belauscht. – Aber ihr Gesicht, das der Mond hell beschien, kam ihm bleich und regungslos vor, fast wie damals das Marmorbild am Weiher.

Er sah nun, wie sie über die Wiese dahinging, von mehreren reichgeschmückten Dienern empfangen wurde und in einem schnell umgeworfenen schimmernden Jagdkleide einen schneeweißen Zelter bestieg. Wie festgebannt von Staunen, Freude und einem heimlichen Grauen, das ihn innerlichst überschlich, blieb er stehen, bis Pferde, Reiter und die ganze seltsame Erscheinung in die Nacht verschwunden war.

Ein Rufen aus dem Garten weckte ihn endlich aus seinen Träumen. Er erkannte Fortunatos Stimme und eilte, den Freund zu erreichen, der ihn schon längst vermißt und vergebens aufgesucht hatte. Dieser wurde seiner kaum gewahr, als er ihm schon entgegensang:

„Still in Luft
Es gebart,
Aus dem Duft,
Hebt sich's zart,
Liebchen ruft,
Liebster schweift
Durch die Luft;
Sternwärts greift,
Seufzt und ruft,
Herz wird bang,
Matt wird Duft,
Zeit wird lang –
Mondscheinduft,
Luft in Luft
Bleibt Liebe und Liebste, wie sie gewesen!"

„Aber wo seid Ihr denn auch so lange herumgeschwebt?" schloß er endlich lachend. – Um keinen Preis hätte Florio sein Geheimnis verraten können. „Lange?" erwiderte er nur, selber erstaunt. Denn in der Tat war der Garten unterdes ganz leer geworden, alle Beleuchtung fast erloschen, nur wenige Lampen flackerten noch ungewiß, wie Irrlichter, im Winde hin und her.

Fortunato drang nicht weiter in den Jüngling, und schweigend stiegen sie in dem stillgewordenen Hause die Stufen hinan. „Ich löse nun mein Wort", sagte Fortunato, indem sie auf der Terrasse über dem Dache der Villa anlangten, wo noch eine kleine Gesellschaft unter dem heiter gestirnten Himmel versammelt war. Florio erkannte sogleich mehrere Gesichter, die er an jenem ersten fröhlichen Abend bei den Zelten gesehen. Mitten unter ihnen erblickte er auch seine schöne Nachbarin wieder. Aber der fröhliche Blumenkranz fehlte heute in den Haaren, ohne Band, ohne Schmuck wallten die schönen Locken um das Köpfchen und den zierlichen Hals. Er stand fast betroffen still bei dem Anblicke. Die Erinnerung an jenen Abend überflog ihn mit einer seltsam wehmütigen Gewalt. Es war ihm, als sei das schon lange her, so ganz anders war alles seitdem geworden.

Das Fräulein wurde Bianka genannt und ihm als Pietros Nichte vorgestellt. Sie schien ganz verschüchtert, als er sich ihr näherte, und wagte es kaum, zu ihm aufzublicken. Er äußerte ihr seine Verwunderung, sie diesen Abend hindurch nicht gesehen zu haben. „Ihr habt mich öfter gesehen", sagte sie leise, und er glaubte dieses Flüstern wiederzuerkennen. – Währenddes wurde sie die Rose an seiner Brust gewahr, welche er von der Griechin erhalten, und schlug errötend die Augen nieder. Florio merkte es wohl, ihm fiel dabei ein, wie er nach dem Tanze die Griechin doppelt gesehen. Mein Gott! dachte er verwirrt bei sich, wer war denn das? –

„Es ist gar seltsam", unterbrach sie ablenkend das Stillschweigen, „so plötzlich aus der lauten Lust in die weite

Nacht hinauszutreten. Seht nur, die Wolken gehn oft so schreckhaft wechselnd über den Himmel, daß man wahnsinnig werden müßte, wenn man lange hineinsähe; bald wie ungeheure Mondgebirge mit schwindligen Abgründen und schrecklichen Zacken, ordentlich wie Gesichter, bald wieder wie Drachen, oft plötzlich lange Hälse ausstreckend, und drunter schießt der Fluß heimlich wie eine goldne Schlange durch das Dunkel, das weiße Haus da drüben sieht aus wie ein stilles Marmorbild!" – „Wo?" fuhr Florio, bei diesem Worte heftig erschreckt, aus seinen Gedanken auf. – Das Mädchen sah ihn verwundert an, und beide schwiegen einige Augenblicke still. – „Ihr werdet Lucca verlassen?" sagte sie endlich zögernd und leise, als fürchtete sie sich vor einer Antwort. – „Nein", erwiderte Florio zerstreut, „doch ja, ja bald, recht sehr bald!" – Sie schien noch etwas sagen zu wollen, wandte aber plötzlich, die Worte zurückdrängend, ihr Gesicht ab in die Dunkelheit.

Er konnte endlich den Zwang nicht länger aushalten. Sein Herz war so voll und gepreßt und doch so überselig. Er nahm schnell Abschied, eilte hinab und ritt ohne Fortunato und alle Begleitung in die Stadt zurück.

Das Fenster in seinem Zimmer stand offen, er blickte flüchtig noch einmal hinaus. Die Gegend draußen lag unkenntlich und still wie eine wunderbar verschränkte Hieroglyphe im zauberischen Mondschein. Er schloß das Fenster fast erschrocken und warf sich auf sein Ruhebett hin, wo er wie ein Fieberkranker in die wunderlichsten Träume versank.

Bianka aber saß noch lange auf der Terrasse oben. Alle andern hatten sich zur Ruhe begeben, hin und wieder erwachte schon manche Lerche, mit ungewissem Liede hoch durch die stille Luft schweifend; die Wipfel der Bäume fingen an sich unten zu rühren, falbe Morgenlichter flogen wechselnd über ihr erwachtes, von den freigelassenen Locken nachlässig umwalltes Gesicht. – Man sagt, daß einem Mädchen, wenn es in einem aus neunerlei Blumen geflochtenen Kranze einschläft, der künftige Bräutigam im Traume erscheine. So eingeschlummert hatte Bianka nach jenem Abende bei den Zelten Florio im Traume gesehen. – Nun war alles Lüge, er war ja so zerstreut, so kalt und fremde! – Sie zerpflückte die trügerischen Blumen, die sie bis jetzt wie einen Brautkranz aufbewahrt. Dann lehnte sie die Stirn an das kalte Geländer und weinte aus Herzensgrunde.

Mehrere Tage waren seitdem vergangen, da befand sich Florio eines Nachmittags bei Donati auf seinem Landhause vor der Stadt. An einem mit Früchten und kühlem Wein besetzten Tische verbrachten sie die schwülen Stunden unter anmutigen Gesprächen, bis die Sonne schon tief hinabgesunken war. Währenddes ließ Donati seinen Diener auf der Gitarre spielen, der ihr gar liebliche Töne zu entlocken wußte. Die großen, weiten Fenster standen dabei offen, durch welche die lauen Abendlüfte den Duft vielfacher Blumen, mit denen das Fenster besetzt war, hineinwehten. Draußen lag die Stadt im farbigen Duft zwischen den Gärten und Weinbergen, von denen ein fröhliches Schallen durch die Fenster heraufkam. Florio war innerlich vergnügt, denn er gedachte im stillen immerfort der schönen Frau.
Währenddes ließen sich draußen Waldhörner aus der Ferne vernehmen. Bald näher, bald weiter gaben sie einander unablässig anmutig Antwort von den grünen Bergen. Donati trat ans Fenster. „Das ist die Dame“, sagte er, „die Ihr in dem schönen Garten gesehen habt, sie kehrt soeben von der Jagd nach ihrem Schlosse zurück.“ Florio blickte hinaus. Da sah er das Fräulein auf einem schönen Zelter unten über den grünen Anger ziehen. Ein Falke, mit einer goldnen Schnur an ihrem Gürtel befestigt, saß auf ihrer Hand, ein Edelstein an ihrer Brust warf in der Abendsonne lange, grünlichgoldne Scheine über die Wiese hin. Sie nickte freundlich zu ihm herauf.

um ihn in das Innere ihres Schlosses zu führen, von dem er bewundernd gesprochen. Viele von den andern folgten ihnen nach. Sie gingen einige Stufen auf und nieder, die Gesellschaft zerstreute sich inzwischen lustig, lachend und scherzend durch die vielfachen Säulengänge, auch Donati war im Schwarme verloren, und bald befand sich Florio mit der Dame allein in einem der prächtigsten Gemächer des Schlosses.

Die schöne Führerin ließ sich hier auf mehrere am Boden liegende seidene Kissen nieder. Sie warf dabei, zierlich wechselnd, ihren weiten, blütenweißen Schleier in die mannigfaltigsten Richtungen, immer schönere Formen bald enthüllend, bald lose verbergend. Florio betrachtete sie mit flammenden Augen. Da begann auf einmal draußen in dem Garten ein wunderschöner Gesang. Es war ein altes, frommes Lied, das er in seiner Kindheit oft gehört und seitdem über den wechselnden Bildern der Reise fast vergessen hatte. Er wurde ganz zerstreut, denn es kam ihm zugleich vor, als wäre es Fortunatos Stimme. – „Kennt Ihr den Sänger?“ fragte er rasch die Dame. Diese schien ordentlich erschrocken und verneinte es verwirrt. Dann saß sie lange im stummen Nachsinnen da.

Florio hatte unterdes Zeit und Freiheit, die wunderlichen Verzierungen des Gemaches genau zu betrachten. Es war nur matt durch einige Kerzen erleuchtet, die von zwei ungeheuren, aus der Wand hervorragenden Armen gehalten wurden. Hohe, ausländische Blumen, die in künstlichen Krügen umherstanden, verbreiteten einen berauschenden Duft. Gegenüber stand eine Reihe marmorner Bildsäulen, über deren reizende Formen die schwankenden Lichter lüstern auf und nieder schweiften. Die übrigen Wände füllten köstliche Tapeten mit in Seide gewirkten lebensgroßen Historien von ausnehmender Frische.

Mit Verwunderung glaubte Florio, in allen den Damen, die er in diesen letzteren Schildereien erblickte, die schöne Herrin des Hauses deutlich wiederzuerkennen. Bald erschien sie, den Falken auf der Hand, wie er sie vorhin gesehen hatte, mit einem jungen Ritter auf die Jagd reitend, bald war sie in einem prächtigen Rosengarten vorgestellt, wie ein anderer schöner Edelknabe auf den Knien zu ihren Füßen lag.

Da flog es ihn plötzlich wie von den Klängen des Liedes draußen an, daß er zu Hause in früher Kindheit oftmals ein solches Bild gesehen, eine wunderschöne Dame in derselben Kleidung, einen Ritter zu ihren Füßen, hinten einen weiten Garten mit vielen Springbrunnen und künstlich geschnittenen Alleen, geradeso wie vorhin der Garten draußen erschienen. Auch Abbildungen von Lucca und anderen berühmten Städten erinnerte er sich dort gesehen zu haben.

Er erzählte es nicht ohne tiefe Bewegung der Dame. „Damals", sagte er, in Erinnerungen verloren, „wenn ich so an schwülen Nachmittagen in dem einsamen Lusthause unseres Gartens vor den alten Bildern stand und die wunderlichen Türme der Städte, die Brücken und Alleen betrachtete, wie da prächtige Karossen fuhren und stattliche Kavaliere einherritten, die Damen in den Wagen begrüßend – da dachte ich nicht, daß das alles einmal lebendig werden würde um mich herum. Mein Vater trat dabei oft zu mir und erzählte mir manch lustiges Abenteuer, das ihm auf seinen jugendlichen Heeresfahrten in der und jener von den abgemalten Städten begegnet. Dann pflegte er gewöhnlich lange Zeit nachdenklich in dem stillen Garten auf und ab zu gehen. – Ich aber warf mich in das tiefste Gras und sah stundenlang zu, wie die Wolken über die schwüle Gegend wegzogen. Die Gräser und Blumen schwankten leise hin und her über mir, als wollten sie seltsame Träume weben, die Bienen summten dazwischen so sommerhaft und in einem fort – ach! das ist alles wie ein Meer von Stille, in dem das Herz vor Wehmut untergehen möchte!" – „Laßt nur das!" sagte hier die Dame wie in Zerstreuung, „ein jeder glaubt mich schon einmal gesehen zu haben, denn mein Bild dämmert und blüht wohl in al-

len Jugendträumen mit herauf." Sie streichelte dabei beschwichtigend dem schönen Jüngling die braunen Locken aus der klaren Stirn. – Florio aber stand auf, sein Herz war zu voll und tief bewegt, er trat ans offene Fenster. Da rauschten die Bäume, hin und wieder schlug eine Nachtigall, in der Ferne blitzte es zuweilen. Über den stillen Garten weg zog immerfort der Gesang wie ein klarer, kühler Strom, aus dem die alten Jugendträume herauftauchten. Die Gewalt dieser Töne hatte seine ganze Seele in tiefe Gedanken versenkt, er kam sich auf einmal hier so fremd und wie aus sich selber verirrt vor. Selbst die letzten Worte der Dame, die er sich nicht recht zu deuten wußte, beängstigten ihn sonderbar – da sagte er leise aus tiefstem Grunde der Seele: „Herr Gott, laß mich nicht verlorengehen in der Welt!" Kaum hatte er die Worte innerlichst ausgesprochen, als sich draußen ein trüber Wind, wie von dem herannahenden Gewitter, erhob und ihn verwirrend anwehte. Zu gleicher Zeit bemerkte er an dem Fenstergesimse Gras und einzelne Büschel von Kräutern wie auf altem Gemäuer. Eine Schlange fuhr zischend daraus hervor und stürzte mit dem grünlichgoldnen Schweife sich ringelnd in den Abgrund hinunter.
Erschrocken verließ Florio das Fenster und kehrte zu der Dame zurück. Diese saß unbeweglich still, als lauschte sie. Dann stand sie rasch auf, ging ans Fenster und sprach mit anmutiger Stimme scheltend in die Nacht hinaus. Florio konnte aber nichts verstehen, denn der Sturm riß die Worte gleich mit sich fort. – Das Gewitter schien indes immer näher zu kommen, der Wind, zwischen dem noch immerfort einzelne Töne des Gesanges herzzerreißend heraufflogen, strich pfeifend durch das ganze Haus und drohte die wild hin und her flackernden Kerzen zu verlöschen. Ein langer Blitz erleuchtete soeben das dämmernde Gemach. Da fuhr Florio plötzlich einige Schritte zurück, denn es war ihm, als stünde die Dame starr mit geschlossenen Augen und ganz weißem Antlitz und Armen vor ihm. – Mit dem flüchtigen Blitzesscheine jedoch verschwand

auch das schreckliche Gesicht wieder, wie es entstanden. Die alte Dämmerung füllte wieder das Gemach, die Dame sah ihn wieder lächelnd an wie vorhin, aber stillschweigend und wehmütig, wie mit schwerverhaltenen Tränen. Florio hatte indes, im Schreck zurücktaumelnd, eines von den steinernen Bildern, die an der Wand herumstanden, angestoßen. In demselben Augenblicke begann dasselbe sich zu rühren, die Regung teilte sich schnell den andern mit, und bald erhoben sich alle die Bilder mit furchtbarem Schweigen von ihrem Gestelle. Florio zog seinen Degen und warf einen ungewissen Blick auf die Dame. Als er aber bemerkte, daß dieselbe, bei den indes immer gewaltiger werdenden Tönen des Gesanges im Garten, immer bleicher und bleicher wurde, gleich einer versinkenden Abendröte, worin endlich auch die lieblich spielenden Augensterne unterzugehen schienen, da erfaßte ihn ein tödliches Grauen. Denn auch die hohen Blumen in den Gefäßen fingen an, sich wie buntgefleckte, bäumende Schlangen gräßlich durcheinander zu winden, alle Ritter auf den Wandtapeten sahen auf einmal aus wie er und lachten ihn hämisch an; die beiden Arme, welche die Kerzen hielten, rangen und reckten sich immer länger, als wolle ein ungeheurer Mann aus der Wand sich hervorarbeiten, der Saal füllte sich mehr und mehr, die Flammen des Blitzes warfen gräßliche Scheine zwischen die Gestalten, durch deren Gewimmel Florio die steinernen Bilder mit solcher Gewalt auf sich losdringen sah, daß ihm die Haare zu Berge standen. Das Grausen überwältigte alle seine Sinne, er stürzte verworren aus dem Zimmer durch die öden, widerhallenden Gemächer und Säulengänge hinab.

Unten im Garten lag seitwärts der stille Weiher, den er in jener ersten Nacht gesehen, mit dem marmornen Venusbilde. – Der Sänger Fortunato, so kam es ihm vor, fuhr abgewendet und hoch aufrecht stehend im Kahne mitten auf dem Weiher, noch einzelne Akkorde in seine Gitarre greifend. – Florio aber hielt auch diese Erscheinung für ein verwirrendes Blendwerk der Nacht und eilte fort und fort, ohne sich umzusehen, bis Weiher, Garten und Palast weit hinter ihm versunken waren. Die Stadt ruhte, hell vom Monde beschienen, vor ihm. Fernab am Horizonte verhallte nur ein leichtes Gewitter, es war eine prächtig klare Sommernacht.

Schon flogen einzelne Lichtstreifen über den Morgenhimmel, als er vor den Toren ankam. Er suchte dort heftig Donatis Wohnung auf, ihn wegen der Begebenheiten dieser Nacht zur Rede zu stellen. Das Landhaus lag auf einem der höchsten Plätze mit der Aussicht über die Stadt und die ganze umliegende Gegend. Er fand daher die anmutige Stelle bald wieder. Aber anstatt der zierlichen Villa, in der er gestern gewesen, stand nur eine niedere Hütte da, ganz von Weinlaub überrankt und von einem kleinen Gärtchen umschlossen. Tauben, in den ersten Morgenstrahlen spielend, gingen girrend auf dem Dache auf und nieder, ein tiefer, heiterer Friede herrschte überall. Ein Mann mit dem Spaten auf der Achsel kam soeben aus dem Hause und sang:

„Vergangen ist die finstre Nacht,
Des Bösen Trug und Zaubermacht,
Zur Arbeit weckt der lichte Tag;
Frisch auf, wer Gott noch loben mag!“

Er brach sein Lied plötzlich ab, als er den Fremden so bleich und mit verworrenem Haar daherfliegen sah. – Ganz verwirrt fragte Florio nach Donati. Der Gärtner aber kannte den Namen nicht und schien den Fragenden für wahnsinnig zu halten. Seine Tochter dehnte sich auf der Schwelle in die kühle Morgenluft hinauf und sah den Fremden frisch und morgenklar mit den großen, verwunderten Augen an. – „Mein Gott! Wo bin ich denn so lange gewesen!“ sagte Florio halb leise in sich und floh eilig zurück durch das Tor und die noch leeren Gassen in die Herberge.

Hier verschloß er sich in sein Zimmer und versank ganz

und gar in ein hinstarrendes Nachsinnen. Die unbeschreibliche Schönheit der Dame, wie sie so langsam vor ihm verblich und die anmutigen Augen untergingen, hatten in seinem tiefsten Herzen eine solche unendliche Wehmut zurückgelassen, daß er sich unwiderstehlich sehnte, hier zu sterben. –

In solchem unseligen Brüten und Träumen blieb er den ganzen Tag und die darauffolgende Nacht hindurch.

Die früheste Morgendämmerung fand ihn schon zu Pferde vor den Toren der Stadt. Das unermüdliche Zureden seines getreuen Dieners hatte ihn endlich zu dem Entschlusse bewogen, diese Gegend gänzlich zu verlassen. Langsam und in sich gekehrt zog er nun die schöne Straße, die von Lucca in das Land hinausführte, zwischen den dunkelnden Bäumen, in denen die Vögel noch schliefen, dahin. Da gesellten sich, nicht gar fern von der Stadt, noch drei andere Reiter zu ihm. Nicht ohne heimlichen Schauer erkannte er in dem einen den Sänger Fortunato. Der andere war Fräulein Biankas Oheim, in dessen Landhause er an jenem verhängnisvollen Abende getanzt. Er wurde von einem Knaben begleitet, der, stillschweigend und ohne viel aufzublicken, neben ihm herritt. Alle drei hatten sich vorgenommen, miteinander das schöne Italien zu durchschweifen, und luden Florio freundlich ein, mit ihnen zu reisen. Er aber verneigte sich schweigend, weder einwilligend noch verneinend, und nahm fortwährend an allen ihren Gesprächen nur geringen Anteil.

Die Morgenröte erhob sich indes immer höher und kühler über der wunderschönen Landschaft vor ihnen. Da sagte der heitere Pietro zu Fortunato: „Seht nur, wie seltsam das Zwielicht über dem Gestein der alten Ruine auf dem Berge dort spielt! Wie oft bin ich, schon als Knabe, mit Erstaunen, Neugier und heimlicher Scheu dort herumgeklettert! Ihr seid so vieler Sagen kundig, könnt Ihr uns nicht Auskunft geben von dem Ursprung und Verfall dieses Schlosses, von dem so wunderliche Gerüchte im Lande gehen?“ – Florio warf einen Blick nach dem Berge. In einer großen Einsamkeit lag da altes, verfallenes Gemäuer umher, schöne, halb in die Erde versunkene Säulen und künstlich gehauene Steine, alles von einer üppig blühenden Wildnis grünverschlungener Ranken, Hecken und hohen Unkrauts überdeckt. Ein Weiher befand sich daneben, über dem sich ein zum Teil zertrümmertes Marmorbild erhob, hell vom Morgen angeglüht. Es war offenbar dieselbe Gegend, dieselbe Stelle, wo er den schönen Garten und die Dame gesehen hatte. – Er schauerte innerlichst zusammen bei dem Anblicke. – Fortunato aber sagte: „Ich weiß ein altes Lied darauf, wenn Ihr damit fürliebnehmen wollt." – Und hiermit sang er, ohne sich lange zu besinnen, mit seiner klaren, fröhlichen Stimme in die heitere Morgenluft hinaus:

„Von kühnen Wunderbildern
Ein großer Trümmerhauf',
In reizendem Verwildern
Ein blühender Garten drauf.

Versunknes Reich zu Füßen,
Vom Himmel fern und nah
Aus andrem Reich ein Grüßen –
Das ist Italia!

Wenn Frühlingslüfte wehen
Hold über'm grünen Plan,
Ein leises Auferstehen
Hebt in den Tälern an.

Da will sich's unten rühren
Im stillen Göttergrab,
Der Mensch kann's schauernd spüren
Tief in die Brust hinab.

Verwirrend in den Bäumen
Gehn Stimmen hin und her,

Ein sehnsuchtsvolles Träumen
Weht übers blaue Meer.

Und unterm duft'gen Schleier,
So oft der Lenz erwacht,
Webt in geheimer Feier
Die alte Zaubermacht.

Frau Venus hört das Locken,
Der Vögel heitern Chor
Und richtet froh erschrocken
Aus Blumen sich empor.

Sie sucht die alten Stellen,
Das lust'ge Säulenhaus,
Schaut lächelnd in die Wellen
Der Frühlingsluft hinaus.

Doch öd' sind nun die Stellen,
Stumm liegt ihr Säulenhaus,
Gras wächst da auf den Schwellen,
Der Wind zieht ein und aus.

Wo sind nun die Gespielen?
Diana schläft im Wald,
Neptunus ruht im kühlen
Meerschloß, das einsam hallt.

Zuweilen nur Sirenen
Noch tauchen aus dem Grund
Und tun in irren Tönen
Die tiefe Wehmut kund. –

Sie selbst muß sinnend stehen
So bleich im Frühlingsschein,
Die Augen untergehen,
Der schöne Leib wird Stein.

Denn über Land und Wogen
Erscheint, so still und mild,
Hoch auf dem Regenbogen
Ein andres Frauenbild.

Ein Kindlein in den Armen
Die Wunderbare hält,
Und himmlisches Erbarmen
Durchdringt die ganze Welt.

Da in den lichten Räumen
Erwacht das Menschenkind
Und schüttelt böses Träumen
Von seinem Haupt geschwind.

Und, wie die Lerche singend,
Aus schwülen Zaubers Kluft
Erhebt die Seele ringend
Sich in die Morgenluft."

Alle waren still geworden über dem Liede. – „Jene Ruine", sagte endlich Pietro, „wäre also ein ehemaliger Tempel der Venus, wenn ich Euch sonst recht verstanden?" – „Allerdings", erwiderte Fortunato, „soviel man an der Anordnung des Ganzen und den noch übriggebliebenen Verzierungen abnehmen kann. Auch sagt man, der Geist der schönen Heidengöttin habe keine Ruhe gefunden. Aus der erschrecklichen Stille des Grabes heißt sie das Andenken an die irdische Lust jeden Frühling immer wieder in die grüne Einsamkeit ihres verfallenen Hauses heraufsteigen und durch teuflisches Blendwerk die alte Verführung üben an jungen, sorglosen Gemütern, die dann vom Leben abgeschieden, und doch auch nicht aufgenommen in den Frieden der Toten, zwischen wilder Lust und schrecklicher Reue, an Leib und Seele verloren, umherirren und in der entsetzlichsten Täuschung sich selber verzehren. Gar häufig will man auf demselben Platze An-

fechtungen von Gespenstern verspürt haben, wo sich bald eine wunderschöne Dame, bald mehrere ansehnliche Kavaliere sehen lassen und die Vorübergehenden in einen dem Auge vorgestellten erdichteten Garten und Palast führen." – „Seid Ihr jemals droben gewesen?" fragte hier Florio rasch, aus seinen Gedanken erwachend. – „Erst vorgestern abends", entgegnete Fortunato. – „Und habt Ihr nichts Erschreckliches gesehen?" „Nichts", sagte der Sänger, „als den stillen Weiher und die weißen, rätselhaften Steine im Mondlicht umher und den weiten, unendlichen Sternenhimmel darüber. Ich sang ein altes frommes Lied, eines von jenen ursprünglichen Liedern, die, wie Erinnerungen und Nachklänge aus einer andern heimatlichen Welt, durch das Paradiesgärtlein unsrer Kindheit ziehen und ein rechtes Wahrzeichen sind, an dem sich alle Poetischen später in dem älter gewordenen Leben immer wieder erkennen. Glaubt mir, ein redlicher Dichter kann viel wagen, denn die Kunst, die ohne Stolz und Frevel, bespricht und bändigt die wilden Erdengeister, die aus der Tiefe nach uns langen."
Alle schwiegen, die Sonne ging soeben auf vor ihnen und warf ihre funkelnden Lichter über die Erde. Da schüttelte Florio sich an allen Gliedern, sprengte rasch eine Strecke den andern voraus und sang mit heller Stimme:

„Hier bin ich, Herr! Gegrüßt das Licht!
Das durch die stille Schwüle
Der müden Brust gewaltig bricht
Mit seiner strengen Kühle.

Nun bin ich frei! Ich taumle noch
Und kann mich noch nicht fassen –
O Vater, du erkennst mich doch
Und wirst nicht von mir lassen!"

Es kommt nach allen heftigen Gemütsbewegungen, die unser ganzes Wesen durchschüttern, eine stillklare Heiterkeit über die Seele, gleichwie die Felder nach einem Gewitter frischer grünen und aufatmen. So fühlte sich auch Florio nun innerlichst erquickt, er blickte wieder recht mutig um sich und erwartete beruhigt die Gefährten, die langsam im Grünen nachgezogen kamen.

Der zierliche Knabe, welcher Pietro begleitete, hatte unterdes auch, wie Blumen vor den ersten Morgenstrahlen, das Köpfchen erhoben. – Da erkannte Florio mit Erstaunen Fräulein Bianka. Er erschrak, wie sie so bleich aussah gegen jenen Abend, da er sie zum erstenmal unter den Zelten in reizendem Mutwillen gesehen. Die Arme war mitten in ihren sorglosen Kinderspielen von der Gewalt der ersten Liebe überrascht worden. Und als dann der heißgeliebte Florio, den dunkeln Mächten folgend, so fremd wurde und sich immer weiter von ihr entfernte, bis sie ihn endlich ganz verloren geben mußte, da versank sie in eine tiefe Schwermut, deren Geheimnis sie niemand anzuvertrauen wagte. Der kluge Pietro wußte es aber wohl und hatte beschlossen, seine Nichte weit fortzuführen und sie in fremden Gegenden und in einem andern Himmelsstrich, wo nicht zu heilen, doch zu zerstreuen und zu erhalten. Um ungehinderter reisen zu können und zugleich alles Vergangene gleichsam von sich abzustreifen, hatte sie Knabentracht anlegen müssen.

Mit Wohlgefallen ruhten Florios Blicke auf der lieblichen Gestalt. Eine seltsame Verblendung hatte bisher seine Augen wie mit einem Zaubernebel umfangen. Nun erstaunte er ordentlich, wie schön sie war! Er sprach vielerlei gerührt und mit tiefer Innigkeit zu ihr. Da ritt sie, ganz überrascht von dem unerhofften Glück und in freudiger Demut, als verdiene sie solche Gnade nicht, mit niedergeschlagenen Augen schweigend neben ihm her. Nur manchmal blickte sie unter den langen schwarzen Augenwimpern nach ihm hinauf, die ganze klare Seele lag in dem Blick, als wollte sie bittend sagen: „Täusche mich nicht wieder!"

Sie waren unterdes auf einer luftigen Höhe angelangt, hinter ihnen versank die Stadt Lucca mit ihren dunkeln Türmen in dem schimmernden Duft. Da sagte Florio, zu Bianka gewendet: „Ich bin wie neugeboren, es ist mir, als würde noch alles gut werden, seit ich Euch wiedergefunden. Ich möchte niemals wieder scheiden, wenn Ihr es vergönnt." –

Bianka blickte ihn, statt aller Antwort selber wie fragend, mit ungewisser, noch halb zurückgehaltener Freude an und sah recht wie ein heiteres Engelsbild auf dem tiefblauen Grunde des Morgenhimmels aus. Der Morgen schien ihnen, in langen, goldenen Strahlen über die Fläche schießend, gerade entgegen. Die Bäume standen hell angeglüht, unzählige Lerchen sangen schwirrend in der klaren Luft. Und so zogen die Glücklichen fröhlich durch die überglänzten Auen in das blühende Mailand hinunter.

Aus dem Leben eines Taugenichts

Erstes Kapitel

Das Rad an meines Vaters Mühle brauste und rauschte schon wieder recht lustig, der Schnee tröpfelte emsig vom Dache, die Sperlinge zwitscherten und tummelten sich dazwischen; ich saß auf der Türschwelle und wischte mir den Schlaf aus den Augen; mir war so recht wohl in dem warmen Sonnenscheine. Da trat der Vater aus dem Hause; er hatte schon seit Tagesanbruch in der Mühle rumort und die Schlafmütze schief auf dem Kopfe, der sagte zu mir: „Du Taugenichts! da sonnst du dich schon wieder und dehnst und reckst dir die Knochen müde und läßt mich alle Arbeit allein tun. Ich kann dich hier nicht länger füttern. Der Frühling ist vor der Tür, geh auch einmal hinaus in die Welt und erwirb dir selber dein Brot." – „Nun", sagte ich, „wenn ich ein Taugenichts bin, so ist's gut, so will ich in die Welt gehn und mein Glück machen." Und eigentlich war mir das recht lieb, denn es war mir kurz vorher selber eingefallen, auf Reisen zu gehn, da ich die Goldammer, welche im Herbst und Winter immer betrübt an unserm Fenster sang: „Bauer, miet' mich, Bauer, miet' mich!" nun in der schönen Frühlingszeit wieder ganz stolz und lustig vom Baume rufen hörte: „Bauer, behalt deinen Dienst!" – Ich ging also in das Haus hinein und holte meine Geige, die ich recht artig spielte, von der Wand, mein Vater gab mir noch einige Groschen Geld mit auf den Weg, und so schlenderte ich durch das lange Dorf hinaus. Ich hatte recht meine heimliche Freude, als ich da alle meine alten Bekannten und Kameraden rechts und links, wie gestern und vorgestern und immerdar, zur Arbeit hinausziehen, graben und pflügen sah, während ich so in die freie Welt hinausstrich. Ich rief den armen Leuten nach allen Seiten recht stolz und zufrieden Adjes zu, aber es kümmerte sich eben keiner sehr darum. Mir war es wie ein ewiger Sonntag im Gemüte. Und als ich endlich ins freie Feld hinauskam, da nahm ich meine liebe Geige vor und spielte und sang, auf der Landstraße fortgehend:

„Wem Gott will rechte Gunst erweisen,
Den schickt er in die weite Welt,
Dem will er seine Wunder weisen
In Berg und Wald und Strom und Feld.

Die Trägen, die zu Hause liegen,
Erquicket nicht das Morgenrot,
Sie wissen nur vom Kinderwiegen,
Von Sorgen, Last und Not um Brot.

Die Bächlein von den Bergen springen,
Die Lerchen schwirren hoch vor Lust,
Was sollt' ich nicht mit ihnen singen
Aus voller Kehl' und frischer Brust?

Den lieben Gott laß ich nur walten;
Der Bächlein, Lerchen, Wald und Feld
Und Erd' und Himmel will erhalten,
Hat auch mein' Sach' aufs best' bestellt!"

Indem, wie ich mich so umsehe, kommt ein köstlicher Reisewagen ganz nahe an mich heran, der mochte wohl schon einige Zeit hinter mir drein gefahren sein, ohne daß ich es merkte, weil mein Herz so voller Klang war, denn es ging ganz langsam, und zwei vornehme Damen steckten die Köpfe aus dem Wagen und hörten mir zu. Die eine war besonders schön und jünger als die andere, aber eigentlich gefielen sie mir alle beide. Als ich nun aufhörte zu singen, ließ die ältere still halten und redete mich holdselig an: „Ei, lustiger Gesell, Er weiß ja recht hübsche Lieder zu singen." Ich nicht zu faul dagegen: „Euer Gnaden aufzuwarten, wüßt' ich noch viel schönere." Darauf fragte sie mich wieder: „Wohin wandert Er denn schon so am frühen Morgen?“ Da schämte ich mich, daß ich das selber nicht wußte, und sagte dreist: „Nach Wien“; nun sprachen beide miteinander in einer fremden Sprache, die ich nicht verstand. Die jüngere schüttelte einigemal mit dem Kopfe, die andere lachte aber in einem fort und rief mir endlich zu: „Spring Er nur hinten mit auf, wir fahren auch nach Wien.“ Wer war froher als ich! Ich machte eine Reverenz und war mit einem Sprunge hinter dem Wagen, der Kutscher knallte, und wir flogen über die glänzende Straße fort, daß mir der Wind am Hute pfiff.

Hinter mir gingen nun Dorf, Gärten und Kirchtürme unter, vor mir neue Dörfer, Schlösser und Berge auf; unter mir Saaten, Büsche und Wiesen bunt vorüberfliegend, über mir unzählige Lerchen in der klaren blauen Luft – ich schämte mich, laut zu schreien, aber innerlichst jauchzte ich und strampelte und tanzte auf dem Wagentritt herum, daß ich bald meine Geige verloren hätte, die ich unterm Arme hielt. Wie aber dann die Sonne immer höher stieg, rings am Horizont schwere weiße Mittagswolken aufstiegen, und alles in der Luft und auf der weiten Fläche so leer und schwül und still wurde über den leise wogenden Kornfeldern, da fiel mir erst wieder mein Dorf ein und unsere Mühle, wie es da so heimlich kühl war an dem schattigen Weiher, und daß nun alles so weit, weit hinter mir lag. Mir war dabei so kurios zumute, als müßt' ich wieder umkehren; ich steckte meine Geige zwischen Rock und Weste, setzte mich voller Gedanken auf den Wagentritt hin und schlief ein.

Als ich die Augen aufschlug, stand der Wagen still unter hohen Lindenbäumen, hinter denen eine breite Treppe zwischen Säulen in ein prächtiges Schloß führte. Seitwärts durch die Bäume sah ich die Türme von Wien. Die Damen waren, wie es schien, längst ausgestiegen, die Pferde abgespannt. Ich erschrak sehr, da ich auf einmal so allein saß, und sprang geschwind in das Schloß hinein, da hörte ich von oben aus dem Fenster lachen.

In diesem Schlosse ging es mir wunderlich. Zuerst, wie ich mich in der weiten, kühlen Vorhalle umschaue, klopft mir jemand mit dem Stocke auf die Schulter. Ich kehre mich schnell um, da steht ein großer Herr in Staatskleidern, ein breites Bandelier von Gold und Seide bis an die Hüften übergehängt, mit einem oben versilberten Stabe in der Hand, und einer außerordentlich langen gebogenen kurfürstlichen Nase im Gesicht, breit und prächtig wie ein aufgeblasener Puter, der mich fragt, was ich hier will. Ich war ganz verblüfft und konnte vor Schreck und Erstaunen nichts hervorbringen. Darauf kamen mehrere Bediente die Treppe herauf und herunter gerannt, die sagten gar nichts, sondern sahen mich nur von oben bis unten an. Sodann kam eine Kammerjungfer (wie ich nachher hörte) gerade auf mich los und sagte: ich wäre ein scharmanter Junge, und die gnädigste Herrschaft ließe mich fragen, ob ich hier als Gärtnerbursche dienen wollte? – Ich griff nach der Weste; meine paar Groschen, weiß Gott, sie müssen beim Herumtanzen auf dem Wagen aus der Tasche gesprungen sein, waren weg, ich hatte nichts als mein Geigenspiel, für das mir überdies auch der Herr mit dem Stabe, wie er mir im Vorbeigehn sagte, nicht einen Heller geben wollte. Ich sagte daher in meiner Herzensangst zu der Kammerjungfer: Ja; noch immer die Augen von der Seite auf die unheimliche Gestalt gerichtet, die immerfort wie der Perpendikel einer Turmuhr in der Halle auf und ab wandelte und eben wieder majestätisch und schauerlich aus dem Hintergrunde heraufgezogen kam. Zuletzt kam endlich der Gärtner, brummte was von Gesindel und Bauernlümmel unterm Bart und führte mich nach dem Garten, während er mir unterwegs noch eine lange Predigt hielt: wie ich nur fein nüchtern und arbeitsam sein, nicht in der Welt herumvagieren, keine brotlosen Künste und unnützes Zeug treiben solle, da könnt' ich es mit der Zeit auch einmal zu was Rechtem bringen. – Es waren noch mehr sehr hübsche, gutgesetzte, nützliche Lehren, ich habe nur seitdem fast alles wieder vergessen. Überhaupt weiß ich ei-

gentlich gar nicht recht, wie doch alles so gekommen war, ich sagte nur immerfort zu allem: Ja, – denn mir war wie einem Vogel, dem die Flügel begossen worden sind. – So war ich denn, Gott sei Dank, im Brote. –
In dem Garten war schön leben, ich hatte täglich mein warmes Essen vollauf und mehr Geld, als ich zum Weine brauchte, nur hatte ich leider ziemlich viel zu tun. Auch die Tempel, Lauben und schönen grünen Gänge, das gefiel mir alles recht gut, wenn ich nur hätte ruhig drin herumspazieren können und vernünftig diskurieren, wie die Herren und Damen, die alle Tage dahin kamen. So oft der Gärtner fort und ich allein war, zog ich sogleich mein kurzes Tabakspfeifchen heraus, setzte mich hin und sann auf schöne höfliche Redensarten, wie ich die eine junge schöne Dame, die mich in das Schloß mitbrachte, unterhalten wollte, wenn ich ein Kavalier wäre und mit ihr hier herumginge. Oder ich legte mich an schwülen Nachmittagen auf den Rücken hin, wenn alles so still war, daß man nur die Bienen summsen hörte, und sah zu, wie über mir die Wolken nach meinem Dorfe zuflogen und die Gräser und Blumen sich hin und her bewegten, und gedachte an die Dame, und da geschah es denn oft, daß die schöne Frau mit der Gitarre oder einem Buche in der Ferne wirklich durch den Garten zog, so still, groß und freundlich wie ein Engelsbild, so daß ich nicht recht wußte, ob ich träumte oder wachte.
So sang ich auch einmal, wie ich eben bei einem Lusthause zur Arbeit vorbeiging, für mich hin:

„Wohin ich geh' und schaue,
In Feld und Wald und Tal,
Vom Berg' ins Himmelsblaue,
Vielschöne gnäd'ge Fraue,
Grüß' ich dich tausendmal."

Da seh' ich aus dem dunkelkühlen Lusthause zwischen den halbgeöffneten Jalousien und Blumen, die dort stan-

den, zwei schöne, junge, frische Augen hervorfunkeln. Ich war ganz erschrocken, ich sang das Lied nicht aus, sondern ging, ohne mich umzusehen, fort an die Arbeit.
Abends, es war gerade an einem Sonnabend, und ich stand eben in der Vorfreude kommenden Sonntags mit der Geige im Gartenhause am Fenster und dachte noch an die funkelnden Augen, da kommt auf einmal die Kammerjungfer durch die Dämmerung dahergestrichen. „Da schickt Euch die vielschöne gnädige Frau was, das sollt Ihr auf ihre Gesundheit trinken. Eine gute Nacht auch!" Damit setzte sie mir fix eine Flasche Wein aufs Fenster und war sogleich wieder zwischen den Blumen und Hecken verschwunden wie eine Eidechse.
Ich aber stand noch lange vor der wundersamen Flasche und wußte nicht, wie mir geschehen war. – Und hatte ich vorher lustig die Geige gestrichen, so spielt' und sang ich jetzt erst recht und sang das Lied von der schönen Frau ganz aus und alle meine Lieder, die ich nur wußte, bis alle Nachtigallen draußen erwachten und Mond und Sterne schon lange über dem Garten standen. Ja, das war einmal eine gute, schöne Nacht!
Es wird keinem an der Wiege gesungen, was künftig aus ihm wird, eine blinde Henne findet manchmal auch ein Korn, wer zuletzt lacht, lacht am besten, unverhofft kommt oft, der Mensch denkt und Gott lenkt, so meditiert' ich, als ich am folgenden Tage wieder mit meiner Pfeife im Garten saß und es mir dabei, da ich so aufmerksam an mir heruntersah, fast vorkommen wollte, als wäre ich doch eigentlich ein rechter Lump. – Ich stand nunmehr, ganz wider meine sonstige Gewohnheit, alle Tage sehr zeitig auf, eh' sich noch der Gärtner und die andern Arbeiter rührten. Da war es so wunderschön draußen im Garten. Die Blumen, die Springbrunnen, die Rosenbüsche und der ganze Garten funkelten von der Morgensonne wie lauter Gold und Edelstein. Und in den hohen Buchenalleen, da war es noch so still, kühl und andächtig wie in einer Kirche, nur die Vögel flatterten und pickten auf

dem Sande. Gleich vor dem Schlosse, gerade unter den Fenstern, wo die schöne Frau wohnte, war ein blühender Strauch. Dorthin ging ich dann immer am frühesten Morgen und duckte mich hinter die Äste, um so nach den Fenstern zu sehen, denn mich im Freien zu produzieren hatt' ich keine Courage. Da sah ich nun allemal die allerschönste Dame noch heiß und halb verschlafen im schneeweißen Kleid an das offne Fenster hervortreten. Bald flocht sie sich die dunkelbraunen Haare und ließ dabei die anmutig spielenden Augen über Busch und Garten ergehen, bald bog und band sie die Blumen, die vor ihrem Fenster standen, oder sie nahm auch die Gitarre in den weißen Arm und sang dazu so wundersam über den Garten hinaus, daß sich mir noch das Herz umwenden will vor Wehmut, wenn mir eins von den Liedern bisweilen einfällt – und ach, das alles ist schon lange her!

So dauerte es wohl über eine Woche. Aber das eine Mal, sie stand gerade wieder am Fenster und alles war stille ringsumher, fliegt mir eine fatale Fliege in die Nase, und ich gebe mich an ein erschreckliches Niesen, das gar nicht enden will. Sie legt sich weit zum Fenster hinaus und sieht mich Ärmsten hinter dem Strauche lauschen. – Nun schämte ich mich und kam viele Tage nicht hin.

Endlich wagte ich es wieder, aber das Fenster blieb diesmal zu, ich saß vier, fünf, sechs Morgen hinter dem Strauche, aber sie kam nicht wieder ans Fenster. Da wurde mir die Zeit lang, ich faßte ein Herz und ging nun alle Morgen frank und frei längs dem Schlosse unter allen Fenstern hin. Aber die liebe, schöne Frau blieb immer und immer aus. Eine Strecke weiter sah ich dann immer die andere Dame am Fenster stehen. Ich hatte sie sonst so genau noch niemals gesehen. Sie war wahrhaftig recht schön rot und dick und gar prächtig und hoffärtig anzusehn, wie eine Tulipane. Ich machte ihr immer ein tiefes Kompliment, und, ich kann nicht anders sagen, sie dankte mir jedesmal und nickte und blinzelte mit den Augen dazu ganz außerordentlich höflich. – Nur ein einziges Mal glaub' ich gesehn

zu haben, daß auch die Schöne an ihrem Fenster hinter der Gardine stand und versteckt hervorguckte. –
Viele Tage gingen jedoch ins Land, ohne daß ich sie sah. Sie kam nicht mehr in den Garten, sie kam nicht mehr ans Fenster. Der Gärtner schalt mich einen faulen Bengel, ich war verdrüßlich, meine eigene Nasenspitze war mir im Wege, wenn ich in Gottes freie Welt hinaussah.
So lag ich eines Sonntags nachmittag im Garten und ärgerte mich, wenn ich so in die blauen Wolken meiner Tabakspfeife hinaussah, daß ich mich nicht auf ein anderes Handwerk gelegt und mich also morgen nicht auch wenigstens auf einen blauen Montag zu freuen hätte. Die andern Burschen waren indes alle wohlausstaffiert nach den Tanzböden in der nahen Vorstadt hinausgezogen. Da wallte und wogte alles im Sonntagsputze in der warmen Luft zwischen den lichten Häusern und wandernden Leierkasten schwärmend hin und zurück. Ich aber saß wie eine Rohrdommel im Schilfe eines einsamen Weihers im Garten und schaukelte mich auf dem Kahne, der dort angebunden war, während die Vesperglocken aus der Stadt über den Garten herüberschallten und die Schwäne auf dem Wasser langsam neben mir hin und her zogen. Mir war zum Sterben bange. –
Währenddes hörte ich von weitem allerlei Stimmen, lustiges Durcheinandersprechen und Lachen, immer näher und näher, dann schimmerten rot' und weiße Tücher, Hüte und Federn durchs Grüne, auf einmal kommt ein heller, lichter Haufen von jungen Herren und Damen vom Schlosse über die Wiese auf mich los, meine beiden Damen mitten unter ihnen. Ich stand auf und wollte weggehen, da erblickte mich die ältere von den schönen Damen. „Ei, das ist ja wie gerufen", rief sie mir mit lachendem Munde zu, „fahr Er uns doch an das jenseitige Ufer über den Teich!" Die Damen stiegen nun eine nach der andern vorsichtig und furchtsam in den Kahn, die Herren halfen ihnen dabei und machten sich ein wenig groß mit ihrer Kühnheit auf dem Wasser. Als sich darauf die Frau-

en auf die Seitenbänke gelagert hatten, stieß ich vom Ufer. Einer von den jungen Herren, der ganz vorn stand, fing unmerklich an zu schaukeln. Da wandten sich die Damen furchtsam hin und her, einige schrien gar. Die schöne Frau, welche eine Lilie in der Hand hielt, saß dicht am Bord des Schiffleins und sah so still lächelnd in die klaren Wellen hinunter, die sie mit der Lilie berührte, so daß ihr ganzes Bild zwischen den widerscheinenden Wolken und Bäumen im Wasser noch einmal zu sehen war, wie ein Engel, der leise durch den tiefen blauen Himmelsgrund zieht.
Wie ich noch so auf sie hinsehe, fällt's auf einmal der andern lustigen Dicken von meinen zwei Damen ein, ich sollte ihr während der Fahrt eins singen. Geschwind dreht sich ein sehr zierlicher, junger Herr mit einer Brille auf der Nase, der neben ihr saß, zu ihr herum, küßt ihr sanft die Hand und sagt: „Ich danke Ihnen für den sinnigen Einfall! ein Volkslied, *gesungen* vom Volk in freiem Feld und Wald, ist ein Alpenröslein auf der Alpe selbst, – die Wunderhörner sind nur Herbarien –, ist die Seele der Nationalseele." Ich aber sagte, ich wisse nichts zu singen, was für solche Herrschaften schön genug wäre. Da sagte die schnippische Kammerjungfer, die mit einem Korbe voll Tassen und Flaschen hart neben mir stand und die ich bis jetzt noch gar nicht bemerkt hatte: „Weiß Er doch ein recht hübsches Liedchen von einer vielschönen Fraue." – „Ja, ja, das sing Er nur recht dreist weg", rief darauf sogleich die Dame wieder. Ich wurde über und über rot. – Indem blickte auch die schöne Frau auf einmal vom Wasser auf und sah mich an, daß es mir durch Leib und Seele ging. Da besann ich mich nicht lange, faßt' ein Herz und sang so recht aus voller Brust und Lust:

„Wohin ich geh' und schaue,
In Feld und Wald und Tal,
Vom Berg' hinab in die Aue:
Vielschöne, hohe Fraue,
Grüß' ich dich tausendmal.

In meinem Garten find' ich
Viel Blumen, schön und fein,
Viel Kränze wohl draus wind' ich,
Und tausend Gedanken bind' ich
Und Grüße mit darein.

Ihr darf ich keinen reichen,
Sie ist zu hoch und schön,
Die müssen alle verbleichen,
Die Liebe nur ohnegleichen
Bleibt ewig im Herzen stehn.

Ich schein' wohl froher Dinge
Und schaffe auf und ab,
Und ob das Herz zerspringe,
Ich grabe fort und singe
Und grab' mir bald mein Grab."

Wir stießen ans Land, die Herrschaften stiegen alle aus, viele von den jungen Herren hatten mich, ich bemerkt' es wohl, während ich sang, mit listigen Mienen und Flüstern verspottet vor den Damen. Der Herr mit der Brille faßte mich im Weggehen bei der Hand und sagte mir, ich weiß selbst nicht mehr was, die ältere von meinen Damen sah mich sehr freundlich an. Die schöne Frau hatte während meines ganzen Liedes die Augen niedergeschlagen und ging nun auch fort und sagte gar nichts. – Mir aber standen die Tränen in den Augen schon, wie ich noch sang, das Herz wollte mir zerspringen von dem Liede vor Scham und vor Schmerz, es fiel mir jetzt auf einmal alles recht ein, wie *sie* so schön ist und ich so arm bin und verspottet und verlassen von der Welt, – und als sie alle hinter den Büschen verschwunden waren, da konnt' ich mich nicht länger halten, ich warf mich in das Gras hin und weinte bitterlich.

Zweites Kapitel

Dicht am herrschaftlichen Garten ging die Landstraße vorüber, nur durch eine hohe Mauer von derselben geschieden. Ein gar sauberes Zollhäuschen mit rotem Ziegeldache war da erbaut, und hinter demselben ein kleines, buntumzäuntes Blumengärtchen, das durch eine Lücke in der Mauer des Schloßgartens hindurch an den schattigsten und verborgensten Teil des letzteren stieß. Dort war eben der Zolleinnehmer gestorben, der das alles sonst bewohnte. Da kam eines Morgens frühzeitig, da ich noch im tiefsten Schlafe lag, der Schreiber vom Schlosse zu mir und rief mich schleunigst zum Herrn Amtmann. Ich zog mich geschwind an und schlenderte hinter dem lustigen Schreiber her, der unterwegs bald da, bald dort eine Blume abbrach und vorn an den Rock steckte, bald mit seinem Spazierstöckchen künstlich in der Luft herumfocht und allerlei zu mir in den Wind hineinparlierte, wovon ich aber nichts verstand, weil mir die Augen und Ohren noch voller Schlaf lagen. Als ich in die Kanzlei trat, wo es noch gar nicht recht Tag war, sah der Amtmann hinter einem ungeheuren Tintenfasse und Stößen von Papier und Büchern und einer ansehnlichen Perücke, wie die Eule aus ihrem Nest, auf mich und hob an: „Wie heißt Er? Woher ist Er? Kann Er schreiben, lesen und rechnen?" Da ich das bejahte, versetzte er: „Na, die gnädige Herrschaft hat Ihm, in Betrachtung Seiner guten Aufführung und besonderen Meriten, die ledige Einnehmerstelle zugedacht." – Ich überdachte in der Geschwindigkeit für mich meine bisherige Aufführung und Manieren, und ich mußte gestehen, ich fand am Ende selber, daß der Amtmann recht hatte. – Und so war ich denn wirklich Zolleinnehmer, ehe ich mich's versah.

Ich bezog nun sogleich meine neue Wohnung und war in kurzer Zeit eingerichtet. Ich hatte noch mehrere Gerätschaften gefunden, die der selige Einnehmer seinem

Nachfolger hinterlassen, unter andern einen prächtigen roten Schlafrock mit gelben Punkten, grüne Pantoffeln, eine Schlafmütze und einige Pfeifen mit langen Röhren. Das alles hatte ich mir schon einmal gewünscht, als ich noch zu Hause war, wo ich immer unsern Pfarrer so bequem herumgehen sah. Den ganzen Tag (zu tun hatte ich weiter nichts) saß ich daher auf dem Bänkchen vor meinem Hause in Schlafrock und Schlafmütze, rauchte Tabak aus dem längsten Rohre, das ich von dem seligen Einnehmer vorgefunden hatte, und sah zu, wie die Leute auf der Landstraße hin und her gingen, fuhren und ritten. Ich wünschte nur immer, daß auch einmal ein paar Leute aus meinem Dorfe, die immer sagten, aus mir würde mein Lebtag nichts, hier vorüberkommen und mich so sehen möchten. – Der Schlafrock stand mir schön zu Gesichte, und überhaupt das alles behagte mir sehr gut. So saß ich denn da und dachte mir mancherlei hin und her, wie aller Anfang schwer ist, wie das vornehmere Leben doch eigentlich recht bequem sei, und faßte heimlich den Entschluß, nunmehr alles Reisen zu lassen, auch Geld zu sparen wie die andern und es mit der Zeit gewiß zu etwas Großem in der Welt zu bringen. Inzwischen vergaß ich über meinen Entschlüssen, Sorgen und Geschäften die allerschönste Frau keineswegs.

Die Kartoffeln und anderes Gemüse, das ich in meinem kleinen Gärtchen fand, warf ich hinaus und bebaute es ganz mit den auserlesensten Blumen, worüber mich der Portier vom Schlosse mit der großen kurfürstlichen Nase, der, seitdem ich hier wohnte, oft zu mir kam und mein intimer Freund geworden war, bedenklich von der Seite ansah und mich für einen hielt, den sein plötzliches Glück verrückt gemacht hätte. Ich aber ließ mich das nicht anfechten. Denn nicht weit von mir im herrschaftlichen Garten hörte ich feine Stimmen sprechen, unter denen ich die meiner schönen Frau zu erkennen meinte, obgleich ich wegen des dichten Gebüsches niemand sehen konnte. Da band ich denn alle Tage einen Strauß von den schönsten

Blumen, die ich hatte, stieg jeden Abend, wenn es dunkel wurde, über die Mauer und legte ihn auf einen steinernen Tisch hin, der dort inmitten einer Laube stand; und jeden Abend, wenn ich den neuen Strauß brachte, war der alte von dem Tische fort.

Eines Abends war die Herrschaft auf die Jagd geritten; die Sonne ging eben unter und bedeckte das ganze Land mit Glanz und Schimmer, die Donau schlängelte sich prächtig wie von lauter Gold und Feuer in die weite Ferne, von allen Bergen bis tief ins Land hinein sangen und jauchzten die Winzer. Ich saß mit dem Portier auf dem Bänkchen vor meinem Hause und freute mich in der lauen Luft, wie der lustige Tag so langsam vor uns verdunkelte und verhallte. Da ließen sich auf einmal die Hörner der zurückkehrenden Jäger von ferne vernehmen, die von den Bergen gegenüber einander von Zeit zu Zeit lieblich Antwort gaben. Ich war recht im innersten Herzen vergnügt und sprang auf und rief wie bezaubert und verzückt vor Lust: „Nein, das ist mir doch ein Metier, die edle Jägerei!" Der Portier aber klopfte sich ruhig die Pfeife aus und sagte: „Das denkt Ihr Euch just so. Ich habe es auch mitgemacht, man verdient sich kaum die Sohlen, die man sich abläuft; und Husten und Schnupfen wird man erst gar nicht los, das kommt von den ewig nassen Füßen." – Ich weiß nicht, mich packte da ein närrischer Zorn, daß ich ordentlich am ganzen Leibe zitterte. Mir war auf einmal der ganze Kerl mit seinem langweiligen Mantel, die ewigen Füße, sein Tabaksschnupfen, die große Nase und alles abscheulich. – Ich faßte ihn, wie außer mir, bei der Brust und sagte: „Portier, jetzt schert Ihr Euch nach Hause, oder ich prügle Euch hier sogleich durch!" Den Portier überfiel bei diesen Worten seine alte Meinung, ich wäre verrückt geworden. Er sah mich bedenklich und mit heimlicher Furcht an, machte sich, ohne ein Wort zu sprechen, von mir los und ging, immer noch unheimlich nach mir zurückblikkend, mit langen Schritten nach dem Schlosse, wo er atemlos aussagte, ich sei nun wirklich rasend geworden.

Ich aber mußte am Ende laut auflachen und war herzlich froh, den superklugen Gesellen los zu sein, denn es war gerade die Zeit, wo ich den Blumenstrauß immer in die Laube zu legen pflegte. Ich sprang auch heute schnell über die Mauer und ging eben auf das steinerne Tischchen los, als ich in einiger Entfernung Pferdetritte vernahm. Entspringen konnt' ich nicht mehr, denn schon kam meine schöne gnädige Frau selber, in einem grünen Jagdhabit und mit nickenden Federn auf dem Hute, langsam und, wie es schien, in tiefen Gedanken die Allee herabgeritten. Es war mir nicht anders zumute, als da ich sonst in den alten Büchern bei meinem Vater von der schönen Magelone gelesen, wie sie so zwischen den immer näher schallenden Waldhornsklängen und wechselnden Abendlichtern unter den hohen Bäumen hervorkam, – ich konnte nicht vom Fleck. Sie aber erschrak heftig, als sie mich auf einmal gewahr wurde, und hielt fast unwillkürlich still. Ich war wie betrunken vor Angst, Herzklopfen und großer Freude, und da ich bemerkte, daß sie wirklich meinen Blumenstrauß von gestern an der Brust hatte, konnte ich mich nicht länger halten, sondern sagte ganz verwirrt: „Schönste gnädige Frau, nehmt auch noch diesen Blumenstrauß von mir und alle Blumen aus meinem Garten und alles, was ich habe. Ach, könnt' ich nur für euch ins Feuer springen!" – Sie hatte mich gleich anfangs so ernsthaft und fast böse angeblickt, daß es mir durch Mark und Bein ging, dann aber hielt sie, solange ich redete, die Augen tief niedergeschlagen. Soeben ließen sich einige Reiter und Stimmen im Gebüsch hören. Da ergriff sie schnell den Strauß aus meiner Hand und war bald, ohne ein Wort zu sagen, am andern Ende des Bogenganges verschwunden.

Seit diesem Abend hatte ich weder Ruh' noch Rast mehr. Es war mir beständig zumute wie sonst immer, wenn der Frühling anfangen sollte, so unruhig und fröhlich, ohne daß ich wußte, warum, als stünde mir ein großes Glück oder sonst etwas Außerordentliches bevor. Besonders das fatale Rechnen wollte mir nun erst gar nicht mehr von der Hand, und ich hatte, wenn der Sonnenschein durch den Kastanienbaum vor dem Fenster grüngolden auf die Ziffern fiel und so fix vom Transport bis zum Latus und wieder hinauf und hinab addierte, gar seltsame Gedanken dabei, so daß ich manchmal ganz verwirrt wurde und wahrhaftig nicht bis drei zählen konnte. Denn die Acht kam mir immer vor wie meine dicke enggeschnürte Dame mit dem breiten Kopfputz, die böse Sieben war gar wie ein ewig rückwärts zeigender Wegweiser oder Galgen. – Am meisten Spaß machte mir noch die Neun, die sich mir so oft, eh' ich mich's versah, lustig als Sechs auf den Kopf stellte, während die Zwei wie ein Fragezeichen so pfiffig drein sah, als wollte sie mich fragen: Wo soll das am Ende noch hinaus mit dir, du arme Null? Ohne *sie*, diese schlanke Eins und alles, bleibst du doch ewig nichts!

Auch das Sitzen draußen vor der Tür wollte mir nicht mehr behagen. Ich nahm mir, um es bequemer zu haben, einen Schemel mit heraus und streckte die Füße darauf, ich flickte ein altes Parasol vom Einnehmer und steckte es gegen die Sonne wie ein chinesisches Lusthaus über mich. Aber es half nichts. Es schien mir, wie ich so saß und rauchte und spekulierte, als würden mir allmählich die Beine immer länger vor Langeweile, und die Nase wüchse mir vom Nichtstun, wenn ich so stundenlang an ihr heruntersah. – Und wenn dann manchmal noch vor Tagesanbruch eine Extrapost vorbeikam, und ich trat halb verschlafen in die kühle Luft hinaus, und ein niedliches Gesichtchen, von dem man in der Dämmerung nur die funkelnden Augen sah, bog sich neugierig zum Wagen hervor und bot mir freundlich einen guten Morgen, in den Dörfern aber ringsumher krähten die Hähne so frisch über die leise wogenden Kornfelder herüber, und zwischen den Morgenstreifen hoch am Himmel schweiften schon einzelne zu früh erwachte Lerchen, und der Postillion nahm dann sein Posthorn und fuhr weiter und blies und blies –

da stand ich lange und sah dem Wagen nach, und es war mir nicht anders, als müßt' ich nur sogleich mit fort, weit, weit in die Welt. –

Meine Blumensträuße legte ich indes immer noch, sobald die Sonne unterging, auf den steinernen Tisch in der dunkeln Laube. Aber das war es eben: damit war es nun aus seit jenem Abend. – Kein Mensch kümmerte sich darum: so oft ich des Morgens frühzeitig nachsah, lagen die Blumen noch immer da wie gestern und sahen mich mit ihren verwelkten, niederhängenden Köpfchen und darauf stehenden Tautropfen ordentlich betrübt an, als ob sie weinten. – Das verdroß mich sehr. Ich band gar keinen Strauß mehr. In meinem Garten mochte nun auch das Unkraut treiben wie es wollte, und die Blumen ließ ich ruhig stehn und wachsen, bis der Wind die Blätter verwehte. War mir's doch ebenso wild und bunt und verstört im Herzen.

In diesen kritischen Zeitläuften geschah es denn, daß einmal, als ich eben zu Hause im Fenster liege und verdrüßlich in die leere Luft hinaussehe, die Kammerjungfer vom Schlosse über die Straße dahergetrippelt kommt. Sie lenkte, da sie mich erblickte, schnell zu mir ein und blieb am Fenster stehen. – „Der gnädige Herr ist gestern von seiner Reise zurückgekommen", sagte sie eilfertig. „So?" entgegnete ich verwundert – denn ich hatte mich schon seit einigen Wochen um nichts bekümmert und wußte nicht einmal, daß der Herr auf Reisen war, – „da wird seine Tochter, die junge gnädige Frau, auch große Freude gehabt haben." – Die Kammerjungfer sah mich kurios von oben bis unten an, so daß ich mich ordentlich selber besinnen mußte, ob ich was Dummes gesagt hätte. – „Er weiß aber auch gar nichts", sagte sie endlich und rümpfte das kleine Näschen. „Nun", fuhr sie fort, „es soll heute abend dem Herrn zu Ehren Tanz im Schlosse sein und Maskerade. Meine gnädige Frau wird auch maskiert sein, als Gärtnerin – versteht Er auch recht – als Gärtnerin. Nun hat die gnädige Frau gesehen, daß Er besonders schöne Blumen hat in Seinem Garten." – Das ist seltsam, dachte ich bei mir selbst, man sieht doch jetzt fast keine Blume mehr vor Unkraut. – Sie aber fuhr fort: „Da nun die gnädige Frau schöne Blumen zu ihrem Anzuge braucht, aber ganz frische, die eben vom Beete kommen, so soll Er ihr welche bringen und damit heute abend, wenn's dunkel geworden ist, unter dem großen Birnbaum im Schloßgarten warten, da wird sie dann kommen und die Blumen abholen."

Ich war ganz verblüfft vor Freude über diese Nachricht und lief in meiner Entzückung vom Fenster zu der Kammerjungfer hinaus. –

„Pfui, der garstige Schlafrock!" rief diese aus, da sie mich auf einmal so in meinem Aufzuge im Freien sah. Das ärgerte mich, ich wollte auch nicht dahinter bleiben in der Galanterie und machte einige artige Kapriolen, um sie zu erhaschen und zu küssen. Aber unglücklicherweise verwickelte sich mir dabei der Schlafrock, der mir viel zu lang war, unter den Füßen, und ich fiel der Länge nach auf die Erde. Als ich mich wieder zusammenraffte, war die Kammerjungfer schon weit fort, und ich hörte sie noch von fern lachen, daß sie sich die Seiten halten mußte.

Nun aber hatt' ich was zu sinnen und mich zu freuen. *Sie* dachte ja noch immer an mich und meine Blumen! Ich ging in mein Gärtchen und riß hastig alles Unkraut von den Beeten und warf es hoch über meinen Kopf weg in die schimmernde Luft, als zög' ich alle Übel und Melancholie mit der Wurzel heraus. Die Rosen waren nun wieder wie *ihr* Mund, die himmelblauen Winden wie *ihre* Augen, die schneeweiße Lilie mit ihrem schwermütig gesenkten Köpfchen sah ganz aus wie *sie.* Ich legte alle sorgfältig in ein Körbchen zusammen. Es war ein stiller, schöner Abend und kein Wölkchen am Himmel. Einzelne Sterne traten schon am Firmamente hervor, von weitem rauschte die Donau über die Felder herüber, in den hohen Bäumen im herrschaftlichen Garten neben mir sangen unzählige Vögel lustig durcheinander. Ach, ich war so glücklich!

Als endlich die Nacht hereinbrach, nahm ich mein Körbchen an den Arm und machte mich auf den Weg nach dem

großen Garten. In dem Körbchen lag alles so bunt und anmutig durcheinander, weiß, rot, blau und duftig, daß mir ordentlich das Herz lachte, wenn ich hineinsah.
Ich ging voller fröhlicher Gedanken bei dem schönen Mondschein durch die stillen, reinlich mit Sand bestreuten Gänge über die kleinen weißen Brücken, unter denen die Schwäne eingeschlafen auf dem Wasser saßen, an den zierlichen Lauben und Lusthäusern vorüber. Den großen Birnbaum hatte ich gar bald aufgefunden, denn es war derselbe, unter dem ich sonst, als ich noch Gärtnerbursche war, an schwülen Nachmittagen gelegen.
Hier war es so einsam dunkel. Nur eine hohe Espe zitterte und flüsterte mit ihren silbernen Blättern in einem fort. Vom Schlosse schallte manchmal die Tanzmusik herüber. Auch Menschenstimmen hörte ich zuweilen im Garten, die kamen oft ganz nahe an mich heran, dann wurde es auf einmal wieder ganz still.
Mir klopfte das Herz. Es war mir schauerlich und seltsam zumute, als wenn ich jemand bestehlen wollte. Ich stand lange Zeit stockstill an den Baum gelehnt und lauschte nach allen Seiten, da aber immer niemand kam, konnt' ich es nicht länger aushalten. Ich hing mein Körbchen an den Arm und kletterte schnell auf den Birnbaum hinauf, um wieder im Freien Luft zu schöpfen.
Da droben schallte mir die Tanzmusik erst recht über die Wipfel entgegen. Ich übersah den ganzen Garten und gerade in die hellerleuchteten Fenster des Schlosses hinein. Dort drehten sich die Kronleuchter langsam wie Kränze von Sternen, unzählige geputzte Herren und Damen, wie in einem Schattenspiele, wogten und walzten und wirrten da bunt und unkenntlich durcheinander, manchmal legten sich welche ins Fenster und sahen hinunter in den Garten. Draußen vor dem Schlosse aber waren der Rasen, die Sträucher und die Bäume von den vielen Lichtern aus dem Saale wie vergoldet, so daß ordentlich die Blumen und die Vögel aufzuwachen schienen. Weiterhin um mich herum und hinter mir lag der Garten so schwarz und still.

Da tanzt *sie* nun, dacht' ich in dem Baume droben bei mir selber, und hat gewiß lange dich und deine Blumen wieder vergessen. Alles ist so fröhlich, um dich kümmert sich kein Mensch. – Und so geht es mir überall und immer. Jeder hat sein Plätzchen auf der Erde ausgesteckt, hat seinen warmen Ofen, seine Tasse Kaffee, seine Frau, sein Glas Wein zu Abend und ist so recht zufrieden; selbst dem Portier ist ganz wohl in seiner langen Haut. – Mir ist's nirgends recht. Es ist, als wäre ich überall eben zu spät gekommen, als hätte die ganze Welt gar nicht auf mich gerechnet. –

Wie ich eben so philosophiere, höre ich auf einmal unten im Grase etwas einherrascheln. Zwei feine Stimmen sprachen ganz nahe und leise miteinander. Bald darauf bogen sich die Zweige in dem Gesträuche auseinander, und die Kammerjungfer steckte ihr kleines Gesichtchen, sich nach allen Seiten umsehend, zwischen der Laube hindurch. Der Mondschein funkelte recht auf ihren pfiffigen Augen, wie sie hervorguckten. Ich hielt den Atem an mich und blickte unverwandt hinunter. Es dauerte auch nicht lange, so trat wirklich die Gärtnerin, ganz so wie mir sie die Kammerjungfer gestern beschrieben hatte, zwischen den Bäumen heraus. Mein Herz klopfte mir zum Zerspringen. Sie aber hatte eine Larve vor und sah sich, wie mir schien, verwundert auf dem Platze um. – Da wollt's mir vorkommen, als wäre sie gar nicht recht schlank und niedlich. – Endlich trat sie ganz nahe an den Baum und nahm die Larve ab. – Es war wahrhaftig die andere ältere gnädige Frau!

Wie froh war ich nun, als ich mich vom ersten Schreck erholt hatte, daß ich mich hier oben in Sicherheit befand. Wie in aller Welt, dachte ich, kommt *die* nur jetzt hierher? Wenn nun die liebe schöne gnädige Frau die Blumen abholt, – das wird eine schöne Geschichte werden! Ich hätte am Ende weinen mögen vor Ärger über den ganzen Spektakel.

Indem hub die verkappte Gärtnerin unten an: „Es ist so

stickend heiß droben im Saale, ich mußte gehen, mich ein wenig abzukühlen in der freien schönen Natur." Dabei fächelte sie sich mit der Larve in einem fort und blies die Luft von sich. Bei dem hellen Mondschein konnt' ich deutlich erkennen, wie ihr die Flechsen am Halse ordentlich aufgeschwollen waren; sie sah ganz erbost aus und ziegelrot im Gesicht. Die Kammerjungfer suchte unterdes hinter allen Hecken herum, als hätte sie eine Stecknadel verloren. –

„Ich brauche so notwendig noch frische Blumen zu meiner Maske", fuhr die Gärtnerin von neuem fort, „wo er auch stecken mag!" – Die Kammerjungfer suchte und kicherte dabei immerfort heimlich in sich selbst hinein. – „Sagtest du was, Rosette?" fragte die Gärtnerin spitzig. – „Ich sage, was ich immer gesagt habe", erwiderte die Kammerjungfer und machte ein ganz ernsthaftes treuherziges Gesicht, „der ganze Einnehmer ist und bleibt ein Lümmel, er liegt gewiß irgendwo hinter einem Strauche und schläft."

Mir zuckte es in allen meinen Gliedern, herunterzuspringen und meine Reputation zu retten – da hörte man auf einmal ein großes Pauken und Musizieren und Lärmen vom Schlosse her.

Nun hielt sich die Gärtnerin nicht länger. „Da bringen die Menschen", fuhr sie verdrüßlich auf, „dem Herrn das Vivat. Komm, man wird uns vermissen!" – Und hiermit steckte sie die Larve schnell vor und ging wütend mit der Kammerjungfer nach dem Schlosse zu fort. Die Bäume und Sträucher wiesen kurios, wie mit langen Nasen und Fingern, hinter ihr drein, der Mondschein tanzte noch fix, wie über eine Klaviatur, über ihre breite Taille auf und nieder, und so nahm sie, so recht wie ich auf dem Theater manchmal die Sängerinnen gesehen, unter Trompeten und Pauken schnell ihren Abzug.

Ich aber wußte in meinem Baume droben eigentlich gar nicht recht, wie mir geschehen, und richtete nunmehr meine Augen unverwandt auf das Schloß hin; denn ein

Kreis hoher Windlichter unten an den Stufen des Einganges warf dort einen seltsamen Schein über die blitzenden Fenster und weit in den Garten hinein. Es war die Dienerschaft, die soeben ihrer jungen Herrschaft ein Ständchen brachte. Mitten unter ihnen stand der prächtig aufgeputzte Portier wie ein Staatsminister vor einem Notenpulte und arbeitete sich emsig an einem Fagotte ab.

Wie ich mich soeben zurechtsetzte, um der schönen Serenade zuzuhören, gingen auf einmal oben auf dem Balkon des Schlosses die Flügeltüren auf. Ein hoher Herr, schön und stattlich in Uniform und mit vielen funkelnden Sternen, trat auf den Balkon heraus, und an seiner Hand – die schöne junge gnädige Frau, in ganz weißem Kleide, wie eine Lilie in der Nacht, oder wie wenn der Mond über das klare Firmament zöge.

Ich konnte keinen Blick von dem Platze verwenden, und Garten, Bäume und Felder gingen unter vor meinen Sinnen, wie sie so wundersam beleuchtet von den Fackeln hoch und schlank dastand und bald anmutig mit dem schönen Offizier sprach, bald wieder freundlich zu den Musikanten herunternickte. Die Leute unten waren außer sich vor Freude, und ich hielt mich am Ende auch nicht mehr und schrie immer aus Leibeskräften Vivat mit. –

Als sie aber bald darauf wieder von dem Balkon verschwand, unten eine Fackel nach der andern verlöschte und die Notenpulte weggeräumt wurden, und nun der Garten ringsumher auch wieder finster wurde und rauschte wie vorher – da merkt' ich erst alles – da fiel es mir auf einmal aufs Herz, daß mich wohl eigentlich nur die Tante mit den Blumen bestellt hatte, daß die Schöne gar nicht an mich dachte und lange verheiratet ist, und daß ich selber ein großer Narr war.

Alles das versenkte mich recht in einen Abgrund von Nachsinnen. Ich wickelte mich, gleich einem Igel, in die Stacheln meiner eignen Gedanken zusammen: vom Schlosse schallte die Tanzmusik nur noch seltner herüber, die Wolken wanderten einsam über den dunkeln Garten weg. Und so saß ich auf dem Baume droben, wie die Nachteule, in den Ruinen meines Glücks die ganze Nacht hindurch.

Die kühle Morgenluft weckte mich endlich aus meinen Träumereien. Ich erstaunte ordentlich, wie ich so auf einmal um mich herblickte. Musik und Tanz war lange vorbei, im Schlosse und rings um das Schloß herum auf dem Rasenplatze und den steinernen Stufen und Säulen sah alles so still, kühl und feierlich aus; nur der Springbrunnen vor dem Eingange plätscherte einsam in einem fort. Hin und her in den Zweigen neben mir erwachten schon die Vögel, schüttelten ihre bunten Federn und sahen, die kleinen Flügel dehnend, neugierig und verwundert ihren seltsamen Schlafkameraden an. Fröhlich schweifende Morgenstrahlen funkelten über den Garten weg auf meine Brust.

Da richtete ich mich in meinem Baume auf und sah seit langer Zeit zum ersten Male wieder einmal so recht weit in das Land hinaus, wie da schon einzelne Schiffe auf der Donau zwischen den Weinbergen herabfuhren, und die noch leeren Landstraßen wie Brücken über das schimmernde Land sich fern über die Berge und Täler hinausschwangen.

Ich weiß nicht, wie es kam – aber mich packte da auf einmal wieder meine ehemalige Reiselust: alle die alte Wehmut und Freude und große Erwartung. Mir fiel dabei zugleich ein, wie nun die schöne Frau droben auf dem Schlosse zwischen Blumen und unter seidnen Decken schlummerte, und ein Engel bei ihr auf dem Bette säße in der Morgenstille. – Nein, rief ich aus, fort muß ich von hier, und immer fort, so weit als der Himmel blau ist!

Und hiermit nahm ich mein Körbchen und warf es hoch in die Luft, so daß es recht lieblich anzusehen war, wie die Blumen zwischen den Zweigen und auf dem grünen Rasen unten bunt umherlagen. Dann stieg ich selber schnell herunter und ging durch den stillen Garten auf meine Wohnung zu. Gar oft blieb ich da noch stehen auf manchem Plätzchen, wo ich sie sonst wohl einmal gesehen oder im Schatten liegend an sie gedacht hatte.

In und um mein Häuschen sah alles noch so aus, wie ich es gestern verlassen hatte. Das Gärtchen war geplündert und wüst, im Zimmer drin lag noch das große Rechnungsbuch aufgeschlagen, meine Geige, die ich schon fast ganz vergessen hatte, hing verstaubt an der Wand. Ein Morgenstrahl aber aus dem gegenüberliegenden Fenster fuhr gerade blitzend über die Saiten. Das gab einen rechten Klang in meinem Herzen. Ja, sagt' ich, komm nur her, du gtreues Instrument! Unser Reich ist nicht von dieser Welt! –

Und so nahm ich die Geige von der Wand, ließ Rechnungsbuch, Schlafrock, Pantoffeln, Pfeifen und Parasol liegen und wanderte, arm wie ich gekommen war, aus meinem Häuschen und auf der glänzenden Landstraße von dannen.

Ich blickte noch oft zurück; mir war gar seltsam zumute, so traurig und doch auch wieder so überaus fröhlich, wie ein Vogel, der aus seinem Käfig ausreißt. Und als ich schon eine weite Strecke gegangen war, nahm ich draußen im Freien meine Geige vor und sang:

„Den lieben Gott laß ich nur walten;
Der Bächlein, Lerchen, Wald und Feld
Und Erd' und Himmel tut erhalten,
Hat auch mein' Sach aufs best' bestellt!"

Das Schloß, der Garten und die Türme von Wien waren schon hinter mir im Morgenduft versunken, über mir jubilierten unzählige Lerchen hoch in der Luft; so zog ich zwischen den grünen Bergen und an lustigen Städten und Dörfern vorbei gen Italien hinunter.

Drittes Kapitel

Aber das war nun schlimm! Ich hatte noch gar nicht daran gedacht, daß ich eigentlich den rechten Weg nicht wußte. Auch war ringsumher kein Mensch zu sehen in der stillen Morgenstunde, den ich hätte fragen können, und nicht weit von mir teilte sich die Landstraße in viele neue Landstraßen, die gingen weit, weit über die höchsten Berge fort, als führten sie aus der Welt hinaus, so daß mir ordentlich schwindelte, wenn ich recht hinsah.

Endlich kam ein Bauer des Weges daher, der, glaub' ich, nach der Kirche ging, da es heut eben Sonntag war, in einem altmodischen Überrock mit großen silbernen Knöpfen und einem langen spanischen Rohr mit einem sehr massiven silbernen Stockknopf darauf, der schon von weitem in der Sonne funkelte. Ich fragte ihn sogleich mit vieler Höflichkeit: „Können Sie mir nicht sagen, wo der Weg nach Italien geht?" – Der Bauer blieb stehen, sah mich an, besann sich dann mit weit vorgeschobener Unterlippe und sah mich wieder an. Ich sagte noch einmal: „nach Italien, wo die Pomeranzen wachsen." – „Ach, was gehn mich Seine Pomeranzen an!" sagte der Bauer da und schritt wacker wieder weiter. Ich hätte dem Manne mehr Konduite zugetraut, denn er sah recht stattlich aus.

Was war nun zu machen? Wieder umkehren und in mein Dorf zurückgehn? Da hätten die Leute mit den Fingern auf mich gewiesen, und die Jungen wären um mich herumgesprungen: „Ei, tausend willkommen aus der Welt! wie sieht es denn aus in der Welt? hat er uns nicht Pfefferkuchen mitgebracht aus der Welt?" – Der Portier mit der kurfürstlichen Nase, welcher überhaupt viele Kenntnisse von der Weltgeschichte hatte, sagte oft zu mir: „Wertgeschätzter Herr Einnehmer! Italien ist ein schönes Land, da sorgt der liebe Gott für alles, da kann man sich im Sonnenschein auf den Rücken legen, so wachsen einem die Rosinen ins Maul, und wenn einen die Tarantel beißt, so tanzt man mit ungemeiner Gelenkigkeit, wenn man auch sonst

nicht tanzen gelernt hat." – Nein, nach Italien, nach Italien! rief ich voller Vergnügen aus und rannte, ohne an die verschiedenen Wege zu denken, auf der Straße fort, die mir eben vor die Füße kam.
Als ich eine Strecke so fort gewandert war, sah ich rechts von der Straße einen sehr schönen Baumgarten, wo die Morgensonne so lustig zwischen den Stämmen und Wipfeln hindurchschimmerte, daß es aussah, als wäre der Rasen mit goldenen Teppichen belegt. Da ich keinen Menschen erblickte, stieg ich über den niedrigen Gartenzaun und legte mich recht behaglich unter einem Apfelbaum ins Gras, denn von dem gestrigen Nachtlager auf dem Baume taten mir noch alle Glieder weh. Da konnte man weit ins Land hinaussehen, und da es Sonntag war, so kamen bis aus der weitesten Ferne Glockenklänge über die stillen Felder herüber, und geputzte Landleute zogen überall zwischen Wiesen und Büschen nach der Kirche. Ich war recht fröhlich im Herzen, die Vögel sangen über mir im Baume, ich dachte an meine Mühle und an den Garten der schönen gnädigen Frau, und wie das alles nun so weit, weit lag – bis ich zuletzt einschlummerte. Da träumte mir, als käme diese schöne Frau aus der prächtigen Gegend unten zu mir gegangen oder eigentlich langsam geflogen zwischen den Glockenklängen, mit langen weißen Schleiern, die im Morgenrote wehten. Dann war es wieder, als wären wir gar nicht in der Fremde, sondern bei meinem Dorfe an der Mühle in den tiefen Schatten. Aber da war alles still und leer, wie wenn die Leute Sonntags in der Kirche sind und nur der Orgelklang durch die Bäume herüberkommt, daß es mir recht im Herzen weh tat. Die schöne Frau aber war sehr gut und freundlich, sie hielt mich an der Hand und ging mit mir und sang in einem fort in dieser Einsamkeit das schöne Lied, das sie damals immer frühmorgens am offenen Fenster zur Gitarre gesungen hat, und ich sah dabei ihr Bild in dem stillen Weiher, noch viel tausendmal schöner, aber mit sonderbaren großen Augen, die mich so starr ansahen, daß ich mich beinah gefürchtet hätte. – Da

fing auf einmal die Mühle, erst in einzelnen langsamen Schlägen, dann immer schneller und heftiger an zu gehen und zu brausen, der Weiher wurde dunkel und kräuselte sich, die schöne Frau wurde ganz bleich, und ihre Schleier wurden immer länger und länger und flatterten entsetzlich in langen Spitzen, wie Nebelstreifen, hoch am Himmel empor; das Sausen nahm immer mehr zu, oft war es, als bliese der Portier auf seinem Fagott dazwischen, bis ich endlich mit heftigem Herzklopfen aufwachte.
Es hatte sich wirklich ein Wind erhoben, der leise über mir durch den Apfelbaum ging; aber was so brauste und rumorte, war weder die Mühle noch der Portier, sondern derselbe Bauer, der mir vorhin den Weg nach Italien nicht zeigen wollte. Er hatte aber seinen Sonntagsstaat ausgezogen und stand in einem weißen Kamisol vor mir. „Na", sagte er, da ich mir noch den Schlaf aus den Augen wischte, „will Er etwa hier Poperenzen klauben, daß Er mir das schöne Gras so zertrampelt, anstatt in die Kirche zu gehen, Er Faulenzer!" – Mich ärgerte es nur, daß mich der Grobian aufgeweckt hatte. Ich sprang ganz erbost auf und versetzte geschwind: „Was, Er will mich hier ausschimpfen? Ich bin Gärtner gewesen, eh' Er daran dachte, und Einnehmer, und wenn er zur Stadt gefahren wäre, hätte Er die schmierige Schlafmütze vor mir abnehmen müssen, und hatte mein Haus und meinen roten Schlafrock mit gelben Punkten." – Aber der Knollfink scherte sich gar nicht darum, sondern stemmte beide Arme in die Seiten und sagte bloß: „Was will Er denn? he! he!" Dabei sah ich, daß es eigentlich ein kurzer, stämmiger, krummbeiniger Kerl war und vorstehende glotzende Augen und eine rote etwas schiefe Nase hatte. Und wie er immerfort nichts weiter sagte als: „he! – he!" – und dabei jedesmal einen Schritt näher auf mich zukam, da überfiel mich auf einmal eine so kuriose grausliche Angst, daß ich mich schnell aufmachte, über den Zaun sprang und, ohne mich umzusehen, immerfort querfeldein lief, daß mir die Geige in der Tasche klang.

Als ich endlich wieder still hielt, um Atem zu schöpfen, war der Garten und das ganze Tal nicht mehr zu sehen, und ich stand in einem schönen Walde. Aber ich gab nicht viel darauf acht, denn jetzt ärgerte mich das Spektakel erst recht, und daß der Kerl mich immer Er nannte, und ich schimpfte noch lange im stillen für mich. In solchen Gedanken ging ich rasch fort und kam immer mehr von der Landstraße ab, mitten in das Gebirge hinein. Der Holzweg, auf dem ich fortgelaufen war, hörte auf, und ich hatte nur noch einen kleinen, wenig betretenen Fußsteig vor mir. Ringsum war niemand zu sehen und kein Laut zu vernehmen. Sonst aber war es recht anmutig zu gehn, die Wipfel der Bäume rauschten, und die Vögel sangen sehr schön. Ich befahl mich daher Gottes Führung, zog meine Violine hervor und spielte alle meine liebsten Stücke durch, daß es recht fröhlich in dem einsamen Walde erklang.

Mit dem Spielen ging es aber auch nicht lange, denn ich stolperte dabei jeden Augenblick über die fatalen Baumwurzeln, auch fing mich zuletzt an zu hungern, und der Wald wollte noch immer gar kein Ende nehmen. So irrte ich den ganzen Tag herum, und die Sonne schien schon schief zwischen den Baumstämmen hindurch, als ich endlich in ein kleines Wiesental hinauskam, das rings von Bergen eingeschlossen und voller roter und gelber Blumen war, über denen unzählige Schmetterlinge im Abendgolde herumflatterten. Hier war es so einsam, als läge die Welt wohl hundert Meilen weit weg. Nur die Heimchen zirpten, und ein Hirt lag drüben im hohen Grase und blies so melancholisch auf seiner Schalmei, daß einem das Herz vor Wehmut hätte zerspringen mögen. Ja, dachte ich bei mir, wer es so gut hätte wie so ein Faulenzer! Unsereiner muß sich in der Fremde herumschlagen und immer attent sein. – Da ein schönes klares Flüßchen zwischen uns lag, über das ich nicht herüber konnte, so rief ich ihm von weitem zu: wo hier das nächste Dorf läge? Er ließ sich aber nicht stören, sondern streckte nur den Kopf ein wenig aus

dem Grase hervor, wies mit seiner Schalmei auf den andern Wald hin und blies ruhig wieder weiter.
Unterdes marschierte ich fleißig fort, denn es fing schon an zu dämmern. Die Vögel, die alle noch ein großes Geschrei gemacht hatten, als die letzten Sonnenstrahlen durch den Wald schimmerten, wurden auf einmal still, und mir fing beinah an angst zu werden in dem ewigen, einsamen Rauschen der Wälder. Endlich hörte ich von ferne Hunde bellen. Ich schritt rascher fort, der Wald wurde immer lichter und lichter, und bald darauf sah ich zwischen den letzten Bäumen hindurch einen schönen grünen Platz, auf dem viele Kinder lärmten und sich um eine große Linde herumtummelten, die recht in der Mitte stand. Weiterhin an dem Platze war ein Wirtshaus, von dem einige Bauern um einen Tisch saßen und Karten spielten und Tabak rauchten. Von der andern Seite saßen junge Burschen und Mädchen vor der Tür, die die Arme in ihre Schürzen gewickelt hatten und in der Kühle miteinander plauderten.
Ich besann mich nicht lange, zog meine Geige aus der Tasche und spielte schnell einen lustigen Ländler auf, während ich aus dem Walde hervortrat. Die Mädchen verwunderten sich, die Alten lachten, daß es weit in den Wald hineinschallte. Als ich aber so bis zu der Linde gekommen war und mich mit dem Rücken dran lehnte und immerfort spielte, da ging ein heimliches Rumoren und Gewisper unter den jungen Leuten rechts und links, die Burschen legten endlich ihre Sonntagspfeifen weg, jeder nahm die seine, und eh' ich's mir versah, schwenkte sich das junge Bauernvolk tüchtig um mich herum, die Hunde bellten, die Kittel flogen, und die Kinder standen um mich im Kreise und sahen mir neugierig ins Gesicht und auf die Finger, wie ich so fix damit hantierte.
Wie der erste Schleifer vorbei war, konnte ich erst recht sehen, wie eine gute Musik in die Gliedmaßen fährt. Die Bauernburschen, die sich vorher, die Pfeifen im Munde, auf den Bänken reckten und die steifen Beine von sich streckten, waren nun auf einmal wie umgetauscht, ließen

ihre bunten Schnupftücher vorn am Knopfloch lang herunterhängen und kapriolten so artig um die Mädchen herum, daß es eine rechte Lust anzuschauen war. Einer von ihnen, der sich schon für was Rechtes hielt, haspelte lange in seiner Westentasche, damit es die andern sehen sollten, und brachte endlich ein kleines Silberstück heraus, das er mir in die Hand drücken wollte. Mich ärgerte das, wenn ich gleich dazumal kein Geld in der Tasche hatte. Ich sagte ihm, er sollte nur seine Pfennige behalten, ich spielte nur so aus Freude, weil ich wieder bei Menschen wäre. Bald darauf aber kam ein schmuckes Mädchen mit einer großen Stampe Wein zu mir: „Musikanten trinken gern", sagte sie und lachte mich freundlich an, und ihre perlweißen Zähne schimmerten recht scharmant zwischen den roten Lippen hindurch, so daß ich sie wohl hätte darauf küssen mögen. Sie tunkte ihr Schnäbelchen in den Wein, wobei ihre Augen über das Glas weg auf mich herüber funkelten, und reichte mir darauf die Stampe hin. Da trank ich das Glas bis auf den Grund aus und spielte dann wieder von frischem, daß sich alles lustig um mich herumdrehete.

Die Alten waren unterdes von ihrem Spiel aufgebrochen, die jungen Leute fingen auch an müde zu werden und zerstreuten sich, und so wurde es nach und nach ganz still und leer vor dem Wirtshause. Auch das Mädchen, das mir den Wein gereicht hatte, ging nun nach dem Dorfe zu, aber sie ging sehr langsam und sah sich zuweilen um, als ob sie was vergessen hätte. Endlich blieb sie stehen und suchte etwas auf der Erde, aber ich sah wohl, daß sie, wenn sie sich bückte, unter dem Arme hindurch nach mir zurückblickte. Ich hatte auf dem Schlosse Lebensart gelernt, ich sprang also geschwind herzu und sagte: „Haben Sie etwas verloren, schönste Mamsell?" – „Ach nein", sagte sie und wurde über und über rot, „es war nur eine Rose – will Er sie haben?" – Ich dankte und steckte die Rose ins Knopfloch. Sie sah mich sehr freundlich an und sagte: „Er spielt recht schön." – „Ja", versetzte ich, „das ist so eine Gabe Gottes." – „Die Musikanten sind hier in der Gegend sehr rar", hub das Mädchen dann wieder an und stockte und hatte die Augen beständig niedergeschlagen. „Er könnte sich hier ein gutes Stück Geld verdienen – auch mein Vater spielt etwas die Geige und hört gern von der Fremde erzählen – und mein Vater ist sehr reich." – Dann lachte sie auf und sagte: „Wenn Er nur nicht immer solche Grimassen machen möchte mit dem Kopfe beim Geigen!" – „Teuerste Jungfer", erwiderte ich, „erstlich: nennen Sie mich nur nicht immer Er; sodann mit den Kopftremulenzen, das ist einmal nicht anders, das haben wir Virtuosen alle so an uns." – „Ach so!" entgegnete das Mädchen. Sie wollte noch etwas mehr sagen, aber da entstand auf einmal ein entsetzliches Gepolter im Wirtshause, die Haustüre ging mit großem Gekrache auf, und ein dünner Kerl kam wie ein ausgeschossener Ladestock herausgeflogen, worauf die Tür sogleich wieder hinter ihm zugeschlagen wurde. Das Mädchen war beim ersten Geräusch wie ein Reh davongesprungen und im Dunkel verschwunden. Die Figur vor der Tür aber raffte sich hurtig wieder vom Boden auf und fing nun an mit solcher Geschwindigkeit gegen das Haus loszuschimpfen, daß es ordentlich zum Erstaunen war. „Was!" schrie er, „ich besoffen? ich die Kreidestriche an der verräucherten Tür nicht bezahlen? Löscht sie aus, löscht sie aus! Hab' ich euch nicht erst gestern übern Kochlöffel barbiert und in die Nase geschnitten, daß ihr mir den Löffel morsch entzweigebissen habt? Barbieren macht einen Strich – Kochlöffel, wieder einen Strich – Pflaster auf die Nase, noch einen Strich – wieviel solche hundsföttische Striche wollt ihr denn noch bezahlt haben? Aber gut, schon gut, ich lasse das ganze Dorf, die ganze Welt ungeschoren. Lauft meinetwegen mit euren Bärten, daß der liebe Gott am Jüngsten Tage nicht weiß, ob ihr Juden seid oder Christen! Ja, hängt euch an euren eignen Bärten auf, ihr zottigen Landbären!" Hier brach er auf einmal in ein jämmerliches Weinen aus und fuhr ganz erbärmlich durch die Fistel fort: „Wasser soll ich saufen, wie ein elender Fisch? ist das Nächstenliebe? Bin ich nicht ein

Mensch und ein ausgelernter Feldscher? Ach, ich bin heute so in der Rage! Mein Herz ist voller Rührung und Menschenliebe!" Bei diesen Worten zog er sich nach und nach zurück, da im Hause alles still blieb. Als er mich erblickte, kam er mit ausgebreiteten Armen auf mich los, ich glaubte, der tolle Kerl wollte mich embrassieren. Ich sprang aber auf die Seite, und so stolperte er weiter, und ich hörte ihn noch lange, bald grob, bald fein, durch die Finsternis mit sich diskurieren.

Mir aber ging mancherlei im Kopfe herum. Die Jungfer, die mir vorhin die Rose geschenkt hatte, war jung, schön und reich – ich konnte da mein Glück machen, eh' man die Hand umkehrte. Und Hammel und Schweine, Puter und fette Gänse mit Äpfeln gestopft – ja, es war mir nicht anders, als säh' ich den Portier auf mich zukommen: „Greif zu, Einnehmer, greif zu! jung gefreit hat niemand gereut, wer's Glück hat, führt die Braut heim, bleibe im Lande und nähre dich tüchtig." In solchen philosophischen Gedanken setzte ich mich auf dem Platze, der nun ganz einsam war, auf einen Stein nieder, denn an das Wirtshaus anzuklopfen traute ich mich nicht, weil ich kein Geld bei mir hatte. Der Mond schien prächtig, von den Bergen rauschten die Wälder durch die stille Nacht herüber, manchmal schlugen im Dorfe die Hunde an, das weiter im Tale unter Bäumen und Mondschein wie begraben lag. Ich betrachtete das Firmament, wie da einzelne Wolken langsam durch den Mondschein zogen und manchmal ein Stern weit in der Ferne herunterfiel. So, dachte ich, scheint der Mond auch über meines Vaters Mühle und auf das weiße gräfliche Schloß. Dort ist nun auch schon alles lange still, die gnädige Frau schläft, und die Wasserkünste und Bäume im Garten rauschen noch immerfort wie damals, und allen ist's gleich, ob ich noch da bin, oder in der Fremde, oder gestorben. – Da kam mir die Welt auf einmal so entsetzlich weit und groß vor, und ich so ganz allein darin, daß ich aus Herzensgrunde hätte weinen mögen.

Wie ich noch immer so dasitze, höre ich auf einmal aus der

Ferne Hufschlag im Walde. Ich hielt den Atem an und lauschte, da kam es immer näher und näher, und ich konnte schon die Pferde schnauben hören. Bald darauf kamen auch wirklich zwei Reiter unter den Bäumen hervor, hielten aber am Saume des Waldes an und sprachen heimlich sehr eifrig miteinander, wie ich an den Schatten sehen konnte, die plötzlich über den mondbeglänzten Platz vorschossen und mit langen, dunklen Armen bald dahin, bald dorthin wiesen. – Wie oft, wenn mir zu Hause meine verstorbene Mutter von wilden Wäldern und martialischen Räubern erzählte, hatte ich mir sonst immer heimlich gewünscht, eine solche Geschichte selbst zu erleben. Da hatt' ich's nun auf einmal für meine dummen, frevelmütigen Gedanken! – Ich streckte mich nun an dem Lindenbaum, unter dem ich gesessen, ganz unmerklich so lang aus, als ich nur konnte, bis ich den ersten Ast erreicht hatte und mich geschwinde hinaufschwang. Aber ich baumelte noch mit halbem Leibe über dem Aste und wollte soeben auch meine Beine nachholen, als der eine von den Reitern rasch hinter mir über den Platz dahertrabte. Ich drückte nun die Augen fest zu in dem dunkeln Laube und rührte und regte mich nicht. – „Wer ist da?" rief es auf einmal dicht hinter mir. „Niemand!" schrie ich aus Leibeskräften vor Schreck, daß er mich doch noch erwischt hatte. Insgeheim mußte ich aber doch bei mir lachen, wie die Kerls sich schneiden würden, wenn sie mir die leeren Taschen umdrehten. – „Ei, ei", sagte der Räuber wieder, „wem gehören denn aber die zwei Beine, die da herunterhängen?" – Da half nichts mehr. „Nichts weiter", versetzte ich, „als ein paar arme verirrte Musikantenbeine", und ich ließ mich rasch wieder auf den Boden herab, denn ich schämte mich auch, länger wie eine gebrochene Gabel da über dem Aste zu hängen.

Das Pferd des Reiters scheute, als ich so plötzlich vom Baume herunterfuhr. Er klopfte ihm den Hals und sagte lachend: „Nun, wir sind auch verirrt, da sind wir rechte Kameraden; ich dächte also, du helfest uns ein wenig den

Weg nach B. aufsuchen. Es soll dein Schade nicht sein."
Ich hatte nun gut beteuern, daß ich gar nicht wüßte, wo B. läge, daß ich lieber hier im Wirtshause fragen oder sie in das Dorf hinunterführen wollte. Der Kerl nahm gar keine Räson an. Er zog ganz ruhig eine Pistole aus dem Gurt, die recht hübsch im Mondschein funkelte. „Mein Liebster", sagte er dabei sehr freundschaftlich zu mir, während er bald den Lauf der Pistole abwischte, bald wieder prüfend an die Augen hielt, „mein Liebster, du wirst wohl so gut sein, selber nach B. vorauszugehen."
Da war ich nun recht übel daran. Traf ich den Weg, so kam ich gewiß zu der Räuberbande und bekam Prügel, da ich kein Geld bei mir hatte; traf ich ihn nicht – so bekam ich auch Prügel. Ich besann mich also nicht lange und schlug den ersten besten Weg ein, der an dem Wirtshause vorüber vom Dorfe abführte. Der Reiter sprengte schnell zu seinem Begleiter zurück, und beide folgten mir dann in einiger Entfernung langsam nach. So zogen wir eigentlich recht närrisch auf gut Glück in die mondhelle Nacht hinein. Der Weg lief immerfort im Walde an einem Bergeshang fort. Zuweilen konnte man über die Tannenwipfel, die von unten heraufla ngten und sich dunkel rührten, weit in die tiefen, stillen Täler hinaussehen, hin und her schlug eine Nachtigall, Hunde bellten in der Ferne in den Dörfern. Ein Fluß rauschte beständig aus der Tiefe und blitzte zuweilen im Mondschein auf. Dabei das einförmige Pferdegetrappel und das Wirren und Schwirren der Reiter hinter mir, die unaufhörlich in einer fremden Sprache miteinander plauderten, und das helle Mondlicht und die langen Schatten der Baumstämme, die wechselnd über die beiden Reiter wegflogen, daß sie mir bald schwarz, bald hell, bald klein, bald wieder riesengroß vorkamen. Mir verwirrten sich ordentlich die Gedanken, als läge ich in einem Traum und könnte gar nicht aufwachen. Ich schritt immer stramm vor mich hin. Wir müssen, dachte ich, doch am Ende aus dem Walde und der Nacht herauskommen.
Endlich flogen hin und wieder schon lange rötliche Schei-

ne über den Himmel, ganz leise, wie wenn man über einen Spiegel haucht, auch eine Lerche sang schon hoch über dem stillen Tale. Da wurde mir auf einmal ganz klar im Herzen bei dem Morgengruße, und alle Furcht war vorüber. Die beiden Reiter aber streckten sich und sahen sich nach allen Seiten um und schienen nun erst gewahr zu werden, daß wir doch wohl nicht auf dem rechten Wege sein mochten. Sie plauderten wieder viel, und ich merkte wohl, daß sie von mir sprachen, ja es kam mir vor, als finge der eine sich vor mir zu fürchten an, als könnt' ich wohl gar so ein heimlicher Schnapphahn sein, der sie im Walde irreführen wollte. Das machte mir Spaß, denn je lichter es ringsum wurde, je mehr Courage kriegt' ich, zumal da wir soeben auf einen schönen, freien Waldplatz herauskamen. Ich sah mich daher nach allen Seiten ganz wild um und pfiff dann ein paarmal auf den Fingern, wie die Spitzbuben tun, wenn sie sich einander Signale geben wollen.
„Halt!" rief auf einmal der eine von den Reitern, daß ich ordentlich zusammenfuhr. Wie ich mich umsehe, sind sie beide abgestiegen und haben ihre Pferde an einen Baum angebunden. Der eine kommt aber rasch auf mich los, sieht mir ganz starr ins Gesicht und fängt auf einmal ganz unmäßig an zu lachen. Ich muß gestehen, mich ärgerte das unvernünftige Gelächter. Er aber sagte: „Wahrhaftig, das ist der Gärtner, wollt' sagen: Einnehmer vom Schloß!"
Ich sah ihn groß an, wußte mich aber seiner nicht zu erinnern, hätt' auch viel zu tun gehabt, wenn ich mir alle die jungen Herren hätte ansehen wollen, die auf dem Schlosse ab und zu ritten. Er aber fuhr mit ewigem Gelächter fort: „Das ist prächtig! Du vazierst, wie ich sehe, wir brauchen eben einen Bedienten, bleib bei uns, da hast du ewige Vakanz." – Ich war ganz verblüfft und sagte endlich, daß ich soeben auf einer Reise nach Italien begriffen wäre. – „Nach Italien?!" entgegnete der Fremde; „eben dahin wollen auch wir!" – „Nun, wenn *das* ist!" rief ich aus und zog voller Freude meine Geige aus der Tasche und strich, daß die Vögel im Walde aufwachten. Der Herr aber er-

wischte geschwind den andern Herrn und walzte mit ihm wie verrückt auf dem Rasen herum.
Dann standen sie plötzlich still. „Bei Gott", rief der eine, „da seh' ich schon den Kirchturm von B.! nun, da wollen wir bald unten sein." Er zog seine Uhr heraus und ließ sie repetieren, schüttelte mit dem Kopfe und ließ noch einmal schlagen. „Nein", sagte er, „das geht nicht, wir kommen so zu früh hin, das könnte schlimm werden!"
Darauf holten sie von ihren Pferden Kuchen, Braten und Weinflaschen, breiteten eine schöne, bunte Decke auf dem grünen Rasen aus, streckten sich darüber hin und schmausten sehr vergnüglich, teilten auch mir von allem sehr reichlich mit, was mir gar wohl bekam, da ich seit einigen Tagen schon nicht mehr vernünftig gespeist hatte. – „Und daß du's weißt", sagte der eine zu mir, – „aber du kennst uns doch nicht?" – ich schüttelte mit dem Kopfe. – „Also, daß du's weißt: Ich bin der Maler Leonhard, und das dort ist – wieder ein Maler – Guido geheißen."
Ich besah mir nun die beiden Maler genauer bei der Morgendämmerung. Der eine, Herr Leonhard, war groß, schlank, braun, mit lustigen, feurigen Augen. Der andere war viel jünger, kleiner und feiner, auf altdeutsche Mode gekleidet, wie es der Portier nannte, mit weißem Kragen und bloßem Halse, um den die dunkelbraunen Locken herabhingen, die er oft aus dem hübschen Gesichte wegschütteln mußte. – Als dieser genug gefrühstückt hatte, griff er nach meiner Geige, die ich neben mir auf den Boden gelegt hatte, setzte sich damit auf einen umgehauenen Baumast und klimperte darauf mit den Fingern. Dann sang er dazu so hell wie ein Waldvöglein, daß es mir recht durchs ganze Herz klang:

„Fliegt der erste Morgenstrahl
Durch das stille Nebeltal,
Rauscht erwachend Wald und Hügel:
Wer da fliegen kann, nimmt Flügel!

Und sein Hütlein in die Luft
Wirft der Mensch vor Lust und ruft:
Hat Gesang doch auch noch Schwingen,
Nun so will ich fröhlich singen!“

Dabei spielten die rötlichen Morgenscheine recht anmutig über sein etwas blasses Gesicht und die schwarzen verliebten Augen. Ich aber war so müde, daß sich mir die Worte und Noten, während er so sang, immer mehr verwirrten, bis ich zuletzt fest einschlief.
Als ich nach und nach wieder zu mir selber kam, hörte ich wie im Traume die beiden Maler noch immer neben mir sprechen und die Vögel über mir singen, und die Morgenstrahlen schimmerten mir durch die geschlossenen Augen, daß mir's innerlich so dunkelhell war, wie wenn die Sonne durch rotseidene Gardinen scheint. „Come è bello!“ hört' ich da dicht neben mir ausrufen. Ich schlug die Augen auf und erblickte den jungen Maler, der im funkelnden Morgenlicht über mich hergebeugt stand, so daß beinah nur die großen schwarzen Augen zwischen den herabhängenden Locken zu sehen waren.
Ich sprang geschwind auf, denn es war schon heller Tag geworden. Der Herr Leonhard schien verdrüßlich zu sein, er hatte zwei zornige Falten auf der Stirn und trieb hastig zum Aufbruch. Der andere Maler aber schüttelte seine Locken aus dem Gesicht und trällerte, während er sein Pferd aufzäumte, ruhig ein Liedchen vor sich hin, bis Leonhard zuletzt plötzlich laut auflachte, schnell eine Flasche ergriff, die noch auf dem Rasen stand, und den Rest in die Gläser einschenkte. „Auf eine glückliche Ankunft!“ rief er aus, sie stießen mit den Gläsern zusammen, es gab einen schönen Klang. Darauf schleuderte Leonhard die leere Flasche hoch ins Morgenrot, daß es lustig in der Luft funkelte.
Endlich setzten sie sich auf ihre Pferde, und ich marschierte frisch wieder nebenher. Gerade vor uns lag ein unübersehliches Tal, in das wir nun hinunterzogen. Da war ein

Blitzen und Rauschen und Schimmern und Jubilieren! Mir war so kühl und fröhlich zumute, als sollt' ich von dem Berge in die prächtige Gegend hinausfliegen.

Viertes Kapitel

Nun ade, Mühle und Schloß und Portier! Nun ging's, daß mir der Wind am Hute pfiff. Rechts und links flogen Dörfer, Städte und Weingärten vorbei, daß es einem vor den Augen flimmerte; hinter mir die beiden Maler im Wagen, vor mir vier Pferde mit einem prächtigen Postillion, ich hoch oben auf dem Kutschbock, daß ich oft ellenhoch in die Höhe flog.

Das war so zugegangen: Als wir vor B. ankommen, kommt schon am Dorfe ein langer, dürrer, grämlicher Herr im grünen Flauschrocke uns entgegen, macht viele Bücklinge vor den Herren Malern und führt uns in das Dorf hinein. Da stand unter den hohen Linden vor dem Posthause schon ein prächtiger Wagen mit vier Postpferden bespannt. Herr Leonhard meinte unterwegs, ich hätte meine Kleider ausgewachsen. Er holte daher geschwind andere aus seinem Mantelsack hervor, und ich mußte einen ganz neuen, schönen Frack und Weste anziehn, die mir sehr vornehm zu Gesicht standen, nur daß mir alles zu lang und weit war und ordentlich um mich herumschlotterte. Auch einen ganz neuen Hut bekam ich, der funkelte in der Sonne, als wär' er mit frischer Butter überschmiert. Dann nahm der fremde, grämliche Herr die beiden Pferde der Maler am Zügel, die Maler sprangen in den Wagen, ich auf den Bock, und so flogen wir schon fort, als eben der Postmeister mit der Schlafmütze aus dem Fenster guckte. Der Postillion blies lustig auf dem Horne, und so ging es frisch nach Italien hinein.

Ich hatte eigentlich da droben ein prächtiges Leben wie der Vogel in der Luft und brauchte doch dabei nicht selbst

zu fliegen. Zu tun hatte ich auch weiter nichts, als Tag und Nacht auf dem Bocke zu sitzen und bei den Wirtshäusern manchmal Essen und Trinken an den Wagen herauszubringen, denn die Maler sprachen nirgends ein, und bei Tage zogen sie die Fenster am Wagen so fest zu, als wenn die Sonne sie erstechen wollte. Nur zuweilen steckte der Herr Guido sein hübsches Köpfchen zum Wagenfenster heraus und diskurierte freundlich mit mir und lachte dann den Herrn Leonhard aus, der das nicht leiden wollte und jedesmal über die langen Diskurse böse wurde. Ein paarmal hätte ich bald Verdruß bekommen mit meinem Herrn. Das eine Mal, wie ich bei schöner, sternklarer Nacht droben auf dem Bock die Geige zu spielen anfing, und sodann späterhin wegen des Schlafes. Das war aber auch ganz zum Erstaunen! Ich wollte mir doch Italien recht genau besehen und riß die Augen alle Viertelstunden weit auf. Aber kaum hatte ich ein Weilchen so vor mich hingesehen, so verschwirrten und verwickelten sich mir die sechzehn Pferdefüße vor mir wie Filet so hin und her und übers Kreuz, daß mir die Augen gleich wieder übergingen, und zuletzt geriet ich in ein solches entsetzliches und unaufhaltsames Schlafen, daß gar kein Rat mehr war. Da mocht' es Tag oder Nacht, Regen oder Sonnenschein, Tirol oder Italien sein, ich hing bald rechts, bald links, bald rücklings über den Bock herunter, ja manchmal tunkte ich mit solcher Vehemenz mit dem Kopfe nach dem Boden zu, daß mir der Hut weit vom Kopfe flog, und der Herr Guido im Wagen laut aufschrie.
So war ich, weiß selbst nicht wie, durch halb Welschland, das sie dort Lombardei nennen, durchgekommen, als wir an einem schönen Abend vor einem Wirtshause auf dem Lande stillhielten. Die Postpferde waren in dem daranstoßenden Stationsdorfe erst nach ein paar Stunden bestellt, die Herren Maler stiegen daher aus und ließen sich in ein besonderes Zimmer führen, um hier ein wenig zu rasten und einige Briefe zu schreiben. Ich aber war sehr vergnügt darüber und verfügte mich sogleich in die Gaststube, um

endlich wieder einmal so recht mit Ruhe und Kommodität zu essen und zu trinken. Da sah es ziemlich liederlich aus. Die Mägde gingen mit zerzottelten Haaren herum und hatten die offenen Halstücher unordentlich um das gelbe Fell hängen. Um einen runden Tisch saßen die Knechte vom Hause in blauen Überziehhemden beim Abendessen und glotzten mich zuweilen von der Seite an. Die hatten alle kurze, dicke Haarzöpfe und sahen so recht vornehm wie die jungen Herrlein aus. – Da bist du nun, dachte ich bei mir und aß fleißig fort, da bist du nun endlich in dem Lande, woher immer die kuriosen Leute zu unserm Herrn Pfarrer kamen, mit Mausefallen und Barometern und Bildern. Was der Mensch doch nicht alles erfährt, wenn er sich einmal hinterm Ofen hervormacht!
Wie ich noch eben so esse und meditiere, huscht ein Männlein, das bis jetzt in einer dunkeln Ecke der Stube bei seinem Glase Wein gesessen hatte, auf einmal aus seinem Winkel wie eine Spinne auf mich los. Er war ganz kurz und bucklicht, hatte aber einen großen grauslichen Kopf mit einer langen römischen Adlernase und sparsamen roten Backenbart, und die gepuderten Haare standen ihm von allen Seiten zu Berge, als wenn der Sturmwind durchgefahren wäre. Dabei trug er einen altmodischen, verschossenen Frack, kurze plüschene Beinkleider und ganz vergelbte seidene Strümpfe. Er war einmal in Deutschland gewesen und dachte wunder wie gut er Deutsch verstünde. Er setzte sich zu mir und fragte bald das, bald jenes, während er immerfort Tabak schnupfte: ob ich der Servitore sei? wenn wir arriware? ob wir nach Roma gehn? Aber das wußte ich alles selber nicht und konnte auch sein Kauderwelsch gar nicht verstehen. „Parlez-vous français?“ sagte ich endlich in meiner Angst zu ihm. Er schüttelte mit dem großen Kopfe, und das war mir sehr lieb, denn ich konnte ja auch nicht Französisch. Aber das half alles nichts. Er hatte mich einmal recht aufs Korn genommen, er fragte und fragte immer wieder; je mehr wir parlierten, je weniger verstand einer den andern, zuletzt wur-

den wir beide schon hitzig, so daß mir's manchmal vorkam, als wollte der Signor mit seiner Adlernase nach mir hacken, bis endlich die Mägde, die den babylonischen Diskurs mit angehört hatten, uns beide tüchtig auslachten. Ich aber legte schnell Messer und Gabel hin und ging vor die Haustür hinaus. Denn mir war in dem fremden Lande nicht anders, als wäre ich mit meiner deutschen Zunge tausend Klafter tief ins Meer versenkt, und allerlei unbekanntes Gewürm ringelte sich und rauschte da in der Einsamkeit um mich her und glotzte und schnappte nach mir.

Draußen war eine warme Sommernacht, so recht um gassatim zu gehn. Weit von den Weinbergen herüber hörte man noch zuweilen einen Winzer singen, dazwischen blitzte es manchmal von ferne, und die ganze Gegend zitterte und säuselte im Mondschein. Ja manchmal kam es mir vor, als schlüpfte eine lange dunkle Gestalt hinter den Haselnußsträuchern vor dem Hause vorüber und guckte durch die Zweige, dann war alles auf einmal wieder still.

Da trat der Herr Guido eben auf den Balkon des Wirtshauses heraus. Er bemerkte mich nicht und spielte sehr geschickt auf einer Zither, die er im Hause gefunden haben mußte, und sang dann dazu wie eine Nachtigall:

„Schweigt der Menschen laute Lust:
Rauscht die Erde wie in Träumen
Wunderbar mit allen Bäumen,
Was dem Herzen kaum bewußt,
Alte Zeiten, linde Trauer,
Und es schweifen leise Schauer
Wetterleuchtend durch die Brust."

Ich weiß nicht, ob er noch mehr gesungen haben mag, denn ich hatte mich auf die Bank vor der Haustür hingestreckt und schlief in der lauen Nacht vor großer Ermüdung fest ein.

Es mochten wohl ein paar Stunden ins Land gegangen

sein, als mich ein Posthorn aufweckte, das lange Zeit lustig in meine Träume hereinblies, ehe ich mich völlig besinnen konnte. Ich sprang endlich auf, der Tag dämmerte schon an den Bergen, und die Morgenkühle rieselte mir durch alle Glieder. Da fiel mir erst ein, daß wir ja um diese Zeit schon wieder weit fort sein wollten. Aha, dachte ich, heut ist einmal das Wecken und Auslachen an mir. Wie wird der Herr Guido mit dem verschlafenen Lockenkopfe herausfahren, wenn er mich draußen hört! So ging ich in den kleinen Garten am Hause dicht unter die Fenster, wo meine Herren wohnten, dehnte mich noch einmal recht ins Morgenrot hinein und sang fröhlichen Mutes:

„Wenn der Hoppevogel schreit,
Ist der Tag nicht mehr weit,
Wenn die Sonne sich auftut,
Schmeckt der Schlaf noch so gut! –"

Das Fenster war offen, aber es blieb alles still oben, nur der Nachtwind ging noch durch die Weinranken, die sich bis in das Fenster hineinstreckten. – „Nun, was soll denn das wieder bedeuten?" rief ich voll Erstaunen aus und lief in das Haus und durch die stillen Gänge nach der Stube zu. Aber da gab es mir einen rechten Stich ins Herz. Denn wie ich die Tür aufreiße, ist alles leer, darin kein Frack, kein Hut, kein Stiefel. – Nur die Zither, auf der Herr Guido gestern gespielt hatte, hing an der Wand, auf dem Tische mitten in der Stube lag ein schöner voller Geldbeutel, worauf ein Zettel geklebt war. Ich hielt ihn näher ans Fenster und traute meinen Augen kaum, es stand wahrhaftig mit großen Buchstaben darauf: Für den Herrn Einnehmer!

Was war mir aber das alles nütze, wenn ich meine lieben lustigen Herren nicht wiederfand? Ich schob den Beutel in meine tiefe Rocktasche, das plumpte wie in einen tiefen Brunnen, daß es mich ordentlich hintenüber zog. Dann rannte ich hinaus, machte einen großen Lärm und weckte alle Knechte und Mägde im Hause. Die wußten gar nicht, was ich wollte, und meinten, ich wäre verrückt geworden. Dann aber verwunderten sie sich nicht wenig, als sie oben das leere Nest sahen. Niemand wußte etwas von meinen Herren. Nur die eine Magd – wie ich aus ihren Zeichen und Gestikulationen zusammenbringen konnte – hatte bemerkt, daß der Herr Guido, als er gestern abends auf dem Balkon sang, auf einmal laut aufschrie und dann geschwind zu dem andern Herrn in das Zimmer zurückstürzte. Als sie hernach in der Nacht einmal aufwachte, hörte sie draußen Pferdegetrappel. Sie guckte durch das kleine Kammerfenster und sah den buckligen Signor, der gestern mit mir so viel gesprochen hatte, auf einem Schimmel im Mondschein quer übers Feld galoppieren, daß er immer ellenhoch überm Sattel in die Höhe flog und die Magd sich bekreuzte, weil es aussah wie ein Gespenst, das auf einem dreibeinigen Pferde reitet. – Da wußt' ich nun gar nicht, was ich machen sollte.

Unterdes aber stand unser Wagen schon lange vor der Tür angespannt, und der Postillion stieß ungeduldig ins Horn, daß er hätte bersten mögen, denn er mußte zur bestimmten Stunde auf der nächsten Station sein, da alles durch Laufzettel bis auf die Minute vorausbestellt war. Ich rannte noch einmal um das ganze Haus herum und rief die Maler, aber niemand gab Antwort, die Leute aus dem Hause liefen zusammen und gafften mich an, der Postillion fluchte, die Pferde schnaubten, ich, ganz verblüfft, springe endlich geschwind in den Wagen hinein, der Hausknecht schlägt die Tür hinter mir zu, der Postillion knallt, und so ging's mit mir fort in die weite Welt hinein.

Fünftes Kapitel

Wir fuhren nun über Berg und Tal Tag und Nacht immerfort. Ich hatte gar nicht Zeit, mich zu besinnen, denn wo wir hinkamen, standen die Pferde angeschirrt, ich konnte mit den Leuten nicht sprechen, mein Demonstrieren half also nichts; oft, wenn ich im Wirtshause eben beim besten Essen war, blies der Postillion, ich mußte Messer und Gabel wegwerfen und wieder in den Wagen springen und wußte doch eigentlich gar nicht, wohin und weswegen ich just mit so ausnehmender Geschwindigkeit fortreisen sollte.

Sonst war die Lebensart gar nicht so übel. Ich legte mich, wie auf einem Kanapee, bald in die eine, bald in die andere Ecke des Wagens und lernte Menschen und Länder kennen, und wenn wir durch Städte fuhren, lehnte ich mich auf beide Arme zum Wagenfenster heraus und dankte den Leuten, die höflich vor mir den Hut abnahmen, oder ich grüßte die Mädchen an den Fenstern wie ein alter Bekannter, die sich dann immer sehr verwunderten und mir noch lange neugierig nachguckten.

Aber zuletzt erschrak ich sehr. Ich hatte das Geld in dem gefundenen Beutel niemals gezählt, den Postmeistern und Gastwirten mußte ich überall viel bezahlen, und ehe ich mich's versah, war der Beutel leer. Anfangs nahm ich mir vor, sobald wir durch einen einsamen Wald führen, schnell aus dem Wagen zu springen und zu entlaufen. Dann aber tat es mir wieder leid, nun den schönen Wagen so allein zu lassen, mit dem ich sonst wohl noch bis ans Ende der Welt fortgefahren wäre.

Nun saß ich eben voller Gedanken und wußte nicht aus noch ein, als es auf einmal seitwärts von der Landstraße abging. Ich schrie zum Wagen heraus auf den Postillion: wohin er denn fahre? Aber ich mochte sprechen, was ich wollte, der Kerl sagte immer bloß: „Si, Si, Signore!" und fuhr immer über Stock und Stein, daß ich aus einer Ecke des Wagens in die andere flog.

Das wollte mir gar nicht in den Sinn, denn die Landstraße lief gerade durch eine prächtige Landschaft auf die untergehende Sonne zu, wohl wie in ein Meer von Glanz und Funken. Von der Seite aber, wohin wir uns gewendet hatten, lag ein wüstes Gebirge vor uns mit grauen Schluchten, zwischen denen es schon lange dunkel geworden war. – Je weiter wir fuhren, je wilder und einsamer wurde die Gegend. Endlich kam der Mond hinter den Wolken hervor und schien auf einmal so hell zwischen die Bäume und Felsen herein, daß es ordentlich grauslich anzusehen war. Wir konnten nur langsam fahren in den engen steinichten Schluchten, und das einförmige, ewige Gerassel des Wagens schallte an den Steinwänden weit in die stille Nacht, als führen wir in ein großes Grabgewölbe hinein. Nur von vielen Wasserfällen, die man aber nicht sehen konnte, war ein unaufhörliches Rauschen tiefer im Walde, und die Käuzchen riefen aus der Ferne immerfort: „Komm mit, komm mit!" – Dabei kam es mir vor, als wenn der Kutscher, der, wie ich jetzt erst sah, gar keine Uniform hatte und kein Postillion war, sich einigemal unruhig umsähe und schneller zu fahren anfing, und wie ich mich recht zum Wagen herauslegte, kam plötzlich ein Reiter aus dem Gebüsche hervor, sprengte dicht vor unsern Pferden quer über den Weg und verlor sich sogleich wieder auf der andern Seite im Walde. Ich war ganz verwirrt, denn soviel ich bei dem hellen Mondschein erkennen konnte, war es dasselbe bucklige Männlein auf seinem Schimmel, das in dem Wirtshause mit der Adlernase nach mir gehackt hatte. Der Kutscher schüttelte den Kopf und lachte laut auf über die närrische Reiterei, wandte sich aber dann rasch zu mir um, sprach sehr viel und sehr eifrig, wovon ich leider nichts verstand, und fuhr dann noch rascher fort.

Ich aber war froh, als ich bald darauf von fern ein Licht schimmern sah. Es fanden sich nach und nach noch mehrere Lichter, sie wurden immer größer und heller, und endlich kamen wir an einigen verräucherten Hütten vorüber, die wie Schwalbennester auf dem Felsen hingen. Da die Nacht warm war, so standen die Türen offen, und ich konnte darin die hellerleuchteten Stuben und allerlei lumpiges Gesindel sehen, das wie dunkle Schatten um das Herdfeuer herumhockte. Wir aber rasselten durch die stille Nacht einen Steinweg hinan, der sich auf einen hohen Berg hinaufzog. Bald überdeckten hohe Bäume und herabhängende Sträucher den ganzen Hohlweg, bald konnte man auf einmal wieder das ganze Firmament und in der Tiefe die weite, stille Runde von Bergen, Wäldern und Tälern übersehen. Auf dem Gipfel des Berges stand ein großes, altes Schloß mit vielen Türmen im hellsten Mondschein. – „Nun Gott befohlen!" rief ich aus und war innerlich ganz munter geworden vor Erwartung, wohin sie mich da am Ende noch bringen würden.

Es dauerte wohl noch eine gute halbe Stunde, ehe wir endlich auf dem Berge am Schloßtore ankamen. Das ging in einen breiten, runden Turm hinein, der oben schon ganz verfallen war. Der Kutscher knallte dreimal, daß es weit in dem alten Schlosse widerhallte, wo ein Schwarm von Dohlen ganz erschrocken plötzlich aus allen Luken und Ritzen herausfuhr und mit großem Geschrei die Luft durchkreuzte. Darauf rollte der Wagen in den langen, dunklen Torweg hinein. Die Pferde gaben mit ihren Hufeisen Feuer auf dem Steinpflaster, ein großer Hund bellte, der Wagen donnerte zwischen den gewölbten Wänden. Die Dohlen schrien noch immer dazwischen – so kamen wir mit einem entsetzlichen Spektakel in den engen, gepflasterten Schloßhof.

Eine kuriose Station! dachte ich bei mir, als nun der Wagen stillstand. Da wurde die Wagentür von draußen aufgemacht, und ein alter, langer Mann mit einer kleinen Laterne sah mich unter seinen dicken Augenbrauen grämlich an. Er faßte mich dann unter den Arm und half mir, wie einem großen Herrn, aus dem Wagen heraus. Draußen vor der Haustür stand eine alte, sehr häßliche Frau in schwarzem Kamisol und Rock, mit einer weißen Schürze und schwarzen Haube, von der ihr ein langer Schnipper bis an die Nase herunterhing. Sie hatte an der einen Hüfte einen großen Bund Schlüssel hängen und hielt in der andern einen altmodischen Armleuchter mit zwei brennenden Wachskerzen. Sobald sie mich erblickte, fing sie an,

tiefe Knickse zu machen und sprach und frug sehr viel durcheinander. Ich verstand aber nichts davon und machte immerfort Kratzfüße vor ihr, und es war mir eigentlich recht unheimlich zumute.
Der alte Mann hatte unterdes mit seiner Laterne den Wagen von allen Seiten beleuchtet und brummte und schüttelte den Kopf, als er nirgends einen Koffer oder Bagage fand. Der Kutscher fuhr darauf, ohne Trinkgeld von mir zu fordern, den Wagen in einen alten Schuppen, der auf der Seite des Hofes schon offen stand. Die alte Frau aber bat mich sehr höflich durch allerlei Zeichen, ihr zu folgen. Sie führte mich mit ihren Wachskerzen durch einen langen, schmalen Gang und dann eine kleine steinerne Treppe herauf. Als wir an der Küche vorbeigingen, streckten ein paar junge Mädchen neugierig die Köpfe durch die halbgeöffnete Tür und guckten mich so starr an und winkten und nickten einander heimlich zu, als wenn sie in ihrem Leben noch kein Mannsbild gesehen hätten. Die Alte machte endlich oben eine Tür auf, da wurde ich anfangs ordentlich ganz verblüfft. Denn es war ein großes, schönes, herrschaftliches Zimmer mit goldenen Verzierungen an der Decke, und an den Wänden hingen prächtige Tapeten mit allerlei Figuren und großen Blumen. In der Mitte stand ein gedeckter Tisch mit Braten, Kuchen, Salat, Obst, Wein und Konfekt, daß einem recht das Herz im Leibe lachte. Zwischen den beiden Fenstern hing ein ungeheurer Spiegel, der vom Boden bis zur Decke reichte. Ich muß sagen, das gefiel mir recht wohl. Ich streckte mich ein paarmal und ging mit langen Schritten vornehm im Zimmer auf und ab. Dann konnt' ich aber doch nicht widerstehen, mich einmal in einem so großen Spiegel zu besehen. Das ist wahr, die neuen Kleider vom Herrn Leonhard standen mir recht schön, auch hatte ich in Italien so ein gewisses, feuriges Auge bekommen, sonst aber war ich gerade noch so ein Milchbart, wie ich zu Hause gewesen war, nur auf der Oberlippe zeigten sich erst ein paar Flaumfedern.

Die alte Frau mahlte indes in einem fort mit ihrem zahnlosen Munde, daß es nicht anders aussah, als wenn sie an der langen herunterhängenden Nasenspitze kaute. Dann nötigte sie mich zum Sitzen, streichelte mir mit ihren dürren Fingern das Kinn, nannte mich poverino! wobei sie mich aus den roten Augen so schelmisch ansah, daß sich ihr der eine Mundwinkel bis an die halbe Wange in die Höhe zog, und ging endlich mit einem tiefen Knicks zur Tür hinaus.
Ich aber setzte mich zu dem gedeckten Tisch, während eine junge hübsche Magd hereintrat, um mich bei der Tafel zu bedienen. Ich knüpfte allerlei galanten Diskurs mit ihr an, sie verstand mich aber nicht, sondern sah mich immer ganz kurios von der Seite an, weil mir's so gut schmeckte, denn das Essen war sehr delikat. Als ich satt war und wieder aufstand, nahm die Magd ein Licht von der Tafel und führte mich in ein anderes Zimmer. Da war ein Sofa, ein kleiner Spiegel und ein prächtiges Bett mit grünseidenen Vorhängen. Ich frug sie mit Zeichen, ob ich mich da hineinlegen sollte? Sie nickte zwar: „Ja", aber das war denn doch nicht möglich, denn sie blieb wie angenagelt bei mir stehen. Endlich holte ich mir noch ein großes Glas Wein aus der Tafelstube herein und rief ihr zu: „felicissima notte!" denn so viel hatt' ich schon Italienisch gelernt. Aber wie ich das Glas so auf einmal ausstürzte, bricht sie plötzlich in ein verhaltenes Kichern aus, wird über und über rot, geht in die Tafelstube und macht die Tür hinter sich zu. Was ist da zu lachen? dachte ich ganz verwundert, ich glaube, die Leute in Italien sind alle verrückt.
Ich hatte nun immer nur Angst vor dem Postillion, daß der gleich wieder zu blasen anfangen würde. Ich horchte am Fenster, aber es war alles still draußen. Laß ihn blasen! dachte ich, zog mich aus und legte mich in das prächtige Bett. Das war nicht anders, als wenn man in Milch und Honig schwämme! Vor den Fenstern rauschte die alte Linde im Hofe, zuweilen fuhr noch eine Dohle plötzlich vom Dache auf, bis ich endlich voller Vergnügen einschlief.

Sechstes Kapitel

Als ich wieder erwachte, spielten schon die ersten Morgenstrahlen an den grünen Vorhängen über mir. Ich konnte mich gar nicht besinnen, wo ich eigentlich wäre. Es kam mir vor, als führe ich noch immer fort im Wagen, und es hätte mir von einem Schlosse im Mondschein geträumt und von einer alten Hexe und ihrem blassen Töchterlein.

Ich sprang endlich rasch aus dem Bette, kleidete mich an und sah mich dabei nach allen Seiten in dem Zimmer um. Da bemerkte ich eine kleine Tapetentür, die ich gestern gar nicht gesehen hatte. Sie war nur angelehnt, ich öffnete sie und erblickte ein kleines nettes Stübchen, das in der Morgendämmerung recht heimlich aussah. Über einem Stuhl waren Frauenkleider unordentlich hingeworfen, auf einem Bettchen daneben lag das Mädchen, das mir gestern abend bei der Tafel aufgewartet hatte. Sie schlief noch ganz ruhig und hatte den Kopf auf den weißen bloßen Arm gelegt, über den ihre schwarzen Locken herabfielen. Wenn die wüßte, daß die Tür offen war! sagte ich zu mir selbst und ging in mein Schlafzimmer zurück, während ich hinter mir wieder schloß und verriegelte, damit das Mädchen nicht erschrecken und sich schämen sollte, wenn sie erwachte.

Draußen ließ sich noch kein Laut vernehmen. Nur ein früherwachtes Waldvöglein saß vor meinem Fenster auf einem Strauch, der aus der Mauer herauswuchs, und sang schon sein Morgenlied. „Nein“, sagte ich, „du sollst mich nicht beschämen und allein so früh und fleißig Gott loben!“ – Ich nahm schnell meine Geige, die ich gestern auf das Tischchen gelegt hatte, und ging hinaus. Im Schlosse war noch alles totenstill, und es dauerte lange, ehe ich mich aus den dunklen Gängen ins Freie herausfand.

Als ich vor das Schloß heraustrat, kam ich in einen großen Garten, der auf breiten Terrassen, wovon die eine immer tiefer war als die andere, bis auf den halben Berg heruntерging. Aber das war eine liederliche Gärtnerei. Die Gänge waren alle mit hohem Grase bewachsen, die künstlichen Figuren von Buchsbaum waren nicht beschnitten und streckten, wie Gespenster, lange Nasen oder ellenhohe spitzige Mützen in die Luft hinaus, daß man sich in der Dämmerung ordentlich davor hätte fürchten mögen. Auf einige zerbrochene Statuen über einer vertrockneten Wasserkunst war gar Wäsche aufgehängt, hin und wieder hatten sie mitten im Garten Kohl gebaut, dann kamen wieder ein paar ordinäre Blumen, alles unordentlich durcheinander und von hohem, wildem Unkraut überwachsen, zwischen dem sich bunte Eidechsen schlängelten. Zwischen die alten, hohen Bäume hindurch aber war überall eine weite, einsame Aussicht, eine Bergkoppe hinter der andern, so weit das Auge reichte.

Nachdem ich so ein Weilchen in der Morgendämmerung durch die Wildnis umherspaziert war, erblickte ich auf der Terrasse unter mir einen langen, schmalen, blassen Jüngling in einem langen braunen Kaputrock, der mit verschränkten Armen und großen Schritten auf und ab ging. Er tat, als sähe er mich nicht, setzte sich bald darauf auf eine steinerne Bank hin, zog ein Buch aus der Tasche, las sehr laut, als wenn er predigte, sah dabei zuweilen zum Himmel und stützte dann den Kopf ganz melancholisch auf die rechte Hand. Ich sah ihm lange zu, endlich wurde ich doch neugierig, warum er denn eigentlich so absonderliche Grimassen machte, und ging schnell auf ihn zu. Er hatte eben einen tiefen Seufzer ausgestoßen und sprang erschrocken auf, als ich ankam. Er war voller Verlegenheit, ich auch, wir wußten beide nicht, was wir sprechen sollten, und machten immerfort Komplimente voreinander, bis er endlich mit langen Schritten in das Gebüsch Reißaus nahm. Unterdes war die Sonne über dem Walde aufgegangen, ich sprang auf die Bank hinauf und strich vor Lust meine Geige, daß es weit in die stillen Täler herunterschallte. Die Alte mit dem Schlüsselbunde, die mich schon ängstlich im ganzen Schlosse zum Frühstück aufgesucht hatte, erschien nun auf der Terrasse über mir und verwunderte sich, daß ich so artig auf der Geige spielen konnte. Der alte grämliche Mann vom Schlosse fand sich dazu und verwunderte sich ebenfalls, endlich kamen auch noch die Mägde, und alles blieb oben voller Verwunderung stehen, und ich fingerte und schwenkte meinen Fiedelbogen immer künstlicher und hurtiger und spielte Kadenzen und Variationen, bis ich endlich ganz müde wurde.

Das war nun doch aber ganz seltsam auf dem Schlosse! Kein Mensch dachte da ans Weiterreisen. Das Schloß war auch gar kein Wirtshaus, sondern gehörte, wie ich von der Magd erfuhr, einem reichen Grafen. Wenn ich mich dann manchmal bei der Alten erkundigte, wie der Graf heiße, wo er wohne? da schmunzelte sie immer bloß, wie den ersten Abend, da ich auf das Schloß kam, und kniff und winkte mir so pfiffig mit den Augen zu, als wenn sie nicht recht bei Sinne wäre. Trank ich einmal an einem heißen Tage eine ganze Flasche Wein aus, so kicherten die Mägde gewiß, wenn sie die andere brachten, und als mich dann gar einmal nach einer Pfeife Tabak verlangte, ich ihnen durch Zeichen beschrieb, was ich wollte, da brachen alle in ein großes unvernünftiges Gelächter aus. – Am verwunderlichsten war mir eine Nachtmusik, die sich oft, und gerade immer in den finstersten Nächten, unter meinem Fenster hören ließ. Es griff auf einer Gitarre immer nur von Zeit zu Zeit einzelne, ganz leise Klänge. Das eine Mal aber kam es mir vor, als wenn es dabei von unten „Pst! pst!“ heraufrief. Ich fuhr daher geschwind aus dem Bett und mit dem Kopfe aus dem Fenster. „Holla! heda! wer ist da draußen?“ rief ich hinunter. Aber es antwortete niemand, ich hörte nur etwas sehr schnell durch die Gesträuche fortlaufen. Der große Hund im Hofe schlug über meinen Lärm ein paarmal an, dann war auf einmal alles wieder still, und die Nachtmusik ließ sich seitdem nicht wieder vernehmen.

Sonst hatte ich hier ein Leben, wie sich's ein Mensch nur immer in der Welt wünschen kann. Der gute Portier! er wußte wohl, was er sprach, wenn er immer zu sagen pflegte, daß in Italien einem die Rosinen von selbst in den Mund wüchsen. Ich lebte auf dem einsamen Schlosse wie ein verwunschener Prinz. Wo ich hintrat, hatten die Leute eine große Ehrerbietung vor mir, obgleich sie schon alle wußten, daß ich keinen Heller in der Tasche hatte. Ich durfte nur sagen: „Tischchen deck' dich!" so standen auch schon herrliche Speisen, Reis, Wein, Melonen und Parmesankäse da. Ich ließ mir's wohlschmekken, schlief in dem prächtigen Himmelbett, ging im Garten spazieren, musizierte und half wohl auch manchmal in der Gärtnerei nach. Oft lag ich auch stundenlang im Garten im hohen Grase, und der schmale Jüngling (es war ein Schüler und Verwandter der Alten, der eben jetzt hier zur Vakanz war) ging mit seinem langen Kaputrocke in weiten Kreisen um mich herum und murmelte dabei, wie ein Zauberer, aus seinem Buche, worüber ich dann auch jedesmal einschlummerte. – So verging ein Tag nach dem andern, bis ich am Ende anfing, von dem guten Essen und Trinken ganz melancholisch zu werden. Die Glieder gingen mir von dem ewigen Nichtstun ordentlich aus allen Gelenken, und es war mir, als würde ich vor Faulheit noch ganz auseinanderfallen.

In dieser Zeit saß ich einmal an einem schwülen Nachmittag im Wipfel eines hohen Baumes, der am Abhange stand, und wiegte mich auf den Ästen langsam über dem stillen, tiefen Tale. Die Bienen summten zwischen den Blättern um mich herum, sonst war alles wie ausgestorben, kein Mensch war zwischen den Bergen zu sehen, tief unter mir auf den stillen Waldwiesen ruhten die Kühe auf dem hohen Grase. Aber ganz von weitem kam der Klang eines Posthorns über die waldigen Gipfel herüber, bald kaum vernehmbar, bald wieder heller und deutlicher. Mir fiel dabei auf einmal ein altes Lied recht aufs Herz, das ich noch zu Hause auf meines Vaters Mühle von einem wandernden Handwerksburschen gelernt hatte, und ich sang:

„Wer in die Fremde will wandern,
Der muß mit der Liebsten gehn,
Es jubeln und lassen die andern
Den Fremden alleine stehn.

Was wisset ihr, dunkele Wipfel,
Von der alten, schönen Zeit?
Ach, die Heimat hinter den Gipfeln,
Wie liegt sie von hier so weit!

Am liebsten betracht' ich die Sterne,
Die schienen, wenn ich ging zu ihr,
Die Nachtigall hör' ich so gerne,
Sie sang vor der Liebsten Tür.

Der Morgen, das ist meine Freude!
Da steig' ich in stiller Stund'
Auf den höchsten Berg in die Weite,
Grüß dich, Deutschland, aus Herzensgrund!"

Es war, als wenn mich das Posthorn bei meinem Liede aus der Ferne begleiten wollte. Es kam, während ich sang, zwischen den Bergen immer näher und näher, bis ich es endlich gar oben auf dem Schloßhofe schallen hörte. Ich sprang rasch vom Baume herunter. Da kam mir auch schon die Alte mit einem geöffneten Pakete aus dem Schlosse entgegen. „Da ist auch etwas für Sie mitgekommen", sagte sie und reichte mir aus dem Paket ein kleines, niedliches Briefchen. Es war ohne Aufschrift, ich brach es schnell auf. Aber da wurde ich auch auf einmal im ganzen Gesicht so rot wie eine Päonie, und das Herz schlug mir so heftig, daß es die Alte merkte, denn das Briefchen war von – meiner schönen Frau, von der ich manches Zettelchen bei dem Herrn Amtmann gesehen hatte. Sie schrieb darin ganz kurz.: „Es ist alles wieder gut, alle Hindernisse sind beseitigt. Ich benutzte heimlich diese Gelegenheit, um die erste zu sein, die Ihnen diese freudige Botschaft schreibt. Kommen, eilen Sie zurück. Es ist so öde hier, und ich kann kaum mehr leben, seit Sie von uns fort sind. Aurelie."

Die Augen gingen mir über, als ich das las, vor Entzücken und Schreck und unsäglicher Freude. Ich schämte mich vor dem alten Weibe, die mich wieder abscheulich anschmunzelte, und flog wie ein Pfeil bis in den allereinsamsten Winkel des Gartens. Dort warf ich mich unter den Haselnußsträuchern ins Gras hin und las das Briefchen noch einmal, sagte die Worte auswendig für mich hin und las dann wieder und immer wieder, und die Sonnenstrahlen tanzten zwischen den Blättern hindurch über den Buchstaben, daß sie sich wie goldene und hellgrüne und rote Blüten vor meinen Augen ineinander schlangen. Ist sie am Ende gar nicht verheiratet gewesen? dachte ich, war der fremde Offizier damals vielleicht ihr Herr Bruder, oder ist er nun tot, oder bin ich toll, oder – „Das ist alles einerlei!" rief ich endlich und sprang auf, „nun ist's ja klar, sie liebt mich ja, sie liebt mich!"

Als ich aus dem Gesträuch wieder hervorkroch, neigte sich die Sonne zum Untergange. Der Himmel war rot, die Vögel sangen lustig in allen Wäldern, die Täler waren voller Schimmer, aber in meinem Herzen war es noch viel tausendmal schöner und fröhlicher!

Ich rief in das Schloß hinein, daß sie mir heut das Abendessen in den Garten herausbringen sollten. Die alte Frau, der alte grämliche Mann, die Mägde, sie mußten alle mit heraus und sich mit mir unter dem Baum an den gedeckten Tisch setzen. Ich zog meine Geige hervor und spielte und aß und trank dazwischen. Da wurden sie alle lustig, der alte Mann strich seine grämlichen Falten aus dem Gesicht und stieß ein Glas nach dem andern aus, die Alte plauderte in einem fort, Gott weiß was; die Mägde fingen an auf dem Rasen miteinander zu tanzen. Zuletzt kam auch noch der blasse Student neugierig hervor, warf einige verächtliche Blicke auf das Spektakel und wollte ganz vornehm wieder weitergehen. Ich aber, nicht zu faul, sprang geschwind auf, erwischte ihn, eh' er sich's versah, bei seinem langen Überrock und walzte tüchtig mit ihm herum. Er strengte sich nun an, recht zierlich und neumodisch zu tanzen, und füßelte so emsig und künstlich, daß ihm der Schweiß vom Gesicht herunterfloß und die langen Rockschöße wie ein Rad um uns herumflogen. Dabei sah er mich aber manchmal so kurios mit verdrehten Augen an, daß ich mich ordentlich vor ihm zu fürchten anfing und ihn plötzlich wieder losließ.

Die Alte hätte nun gar zu gern erfahren, was in dem Briefe stand, und warum ich denn eigentlich heut auf einmal so lustig war. Aber das war ja viel zu weitläufig, um es ihr auseinandersetzen zu können. Ich zeigte bloß auf ein paar Kraniche, die eben hoch über uns durch die Luft zogen, und sagte: ich müßte nun auch so fort und immer fort, weit in die Ferne! – Da riß sie die vertrockneten Augen weit auf und blickte, wie ein Basilisk, bald auf mich, bald auf den alten Mann hinüber. Dann bemerkte ich, wie die beiden heimlich die Köpfe zusammensteckten, so oft ich mich wegwandte, und sehr eifrig miteinander sprachen und mich dabei zuweilen von der Seite ansahen.

Das fiel mir auf. Ich sann hin und her, was sie wohl mit mir vorhaben möchten. Darüber wurde ich stiller, die Sonne war auch schon lange untergegangen, und so wünschte ich allen gute Nacht und ging nachdenklich in meine Schlafstube hinauf.

Ich war innerlich so fröhlich und unruhig, daß ich noch lange im Zimmer auf und nieder ging. Draußen wälzte der Wind schwere, schwarze Wolken über den Schloßturm weg, man konnte kaum die nächsten Bergkoppen in der dicken Finsternis erkennen. Da kam es mir vor, als wenn ich im Garten unten Stimmen hörte. Ich löschte mein Licht aus und stellte mich ans Fenster. Die Stimmen schienen näher zu kommen, sprachen aber sehr leise miteinander. Auf einmal gab eine kleine Laterne, welche die eine Gestalt unterm Mantel trug, einen langen Schein. Ich erkannte nun den grämlichen Schloßverwalter und die alte Haushälterin. Das Licht blitzte über das Gesicht der Alten, das mir noch niemals so gräßlich vorgekommen war, und über ein langes Messer, das sie in der Hand hielt. Dabei konnte ich sehen, daß sie beide eben nach meinem Fenster hinaufsahen. Dann schlug der Verwalter seinen Mantel wieder dichter um, und es war bald alles wieder finster und still.

Was wollen die, dachte ich, zu dieser Stunde noch draußen im Garten? Mich schauderte, denn es fielen mir alle Mordgeschichten ein, die ich in meinem Leben gehört hatte, von Hexen und Räubern, welche Menschen abschlachten, um ihre Herzen zu fressen. Indem ich noch so nachdenke, kommen Menschentritte, erst die Treppe herauf, dann auf dem langen Gange ganz leise, leise auf meine Tür zu, dabei war es, als wenn zuweilen Stimmen heimlich miteinander wisperten. Ich sprang schnell an das andere Ende der Stube hinter einen großen Tisch, den ich, sobald sich etwas rührte, vor mir aufheben und so mit aller Gewalt auf die Tür losrennen wollte. Aber in der Finsternis warf ich einen Stuhl um, daß es ein entsetzliches Gepolter gab. Da wurde es auf einmal ganz still draußen. Ich lauschte hinter dem Tische und sah immerfort nach der Tür, als wenn ich sie mit den Augen durchstechen wollte, daß mir ordentlich die Augen zum Kopfe herausstanden. Als ich mich ein Weilchen wieder so ruhig verhalten hatte, daß man die Fliegen an der Wand hätte können gehen hören, vernahm ich, wie jemand von draußen ganz leise einen Schlüssel ins Schlüsselloch steckte. Ich wollte nun eben mit meinem Tische losfahren, da drehte es den Schlüssel langsam dreimal in der Tür um, zog ihn vorsichtig wieder heraus und schnurrte dann sachte über den Gang und die Treppe hinunter.

Ich schöpfte nun tief Atem. Oho, dachte ich, da haben sie dich eingesperrt, damit sie's kommode haben, wenn ich erst fest eingeschlafen bin. Ich untersuchte geschwind die Tür. Es war richtig, sie war fest verschlossen, ebenso die andere Tür, hinter der die hübsche bleiche Magd schlief. Das war noch niemals geschehen, solange ich auf dem Schlosse wohnte.

Da saß ich nun in der Fremde gefangen! Die schöne Frau stand nun wohl an ihrem Fenster und sah über den stillen Garten nach der Landstraße hinaus, ob ich nicht schon am Zollhäuschen mit meiner Geige dahergestrichen komme, die Wolken flogen rasch über den Himmel, die Zeit verging – und ich konnte nicht fort von hier! Ach, mir war so weh im Herzen, ich wußte gar nicht mehr, was ich tun sollte. Dabei war mir's auch immer, wenn die Blätter draußen rauschten oder eine Ratte am Boden knosperte, als wäre die Alte durch eine verborgene Tapetentür heimlich hereingetreten und lauere und schleiche leise mit dem langen Messer durchs Zimmer.

Als ich so voll Sorgen auf dem Bette saß, hörte ich auf einmal seit langer Zeit wieder die Nachtmusik unter meinen Fenstern. Bei dem ersten Klang der Gitarre war es mir nicht anders, als wenn mir ein Morgenstrahl plötzlich durch die Seele führe. Ich riß das Fenster auf und rief leise herunter, daß ich wach sei. „Pst, pst!" antwortete es von unten. Ich besann mich nun nicht lange, steckte das Briefchen und meine Geige zu mir, schwang mich aus dem Fenster und kletterte an der alten, zersprungenen Mauer hinab, indem ich mich mit den Händen an den Sträuchern, die aus den Ritzen wuchsen, anhielt. Aber einige morsche Ziegel gaben nach, ich kam ins Rutschen, es ging immer rascher und rascher mit mir, bis ich endlich mit beiden Füßen aufplumpte, daß mir's im Gehirnkasten knisterte.

Kaum war ich auf diese Art unten im Garten angekommen, so umarmte mich jemand mit solcher Vehemenz, daß ich laut aufschrie. Der gute Freund aber hielt mir schnell die Finger auf den Mund, faßte mich bei der Hand und führte mich dann aus dem Gesträuch ins Freie hinaus. Da erkannte ich mit Verwunderung den guten, langen

Studenten, der die Gitarre an einem breiten seidenen Bande um den Hals hängen hatte. – Ich beschrieb ihm nun in größter Geschwindigkeit, daß ich aus dem Garten hinauswollte. Er schien aber das alles schon lange zu wissen und führte mich auf allerlei verdeckten Umwegen zu dem untern Tore in der hohen Gartenmauer. Aber da war nun auch das Tor wieder fest verschlossen! Doch der Student hatte auch das schon vorbedacht, er zog einen großen Schlüssel hervor und schloß behutsam auf.

Als wir nun in den Wald hinaustraten und ich ihn eben noch um den besten Weg zur nächsten Stadt fragen wollte, stürzte er plötzlich vor mir auf ein Knie nieder, hob die eine Hand hoch in die Höhe und fing an zu fluchen und zu schwören, daß es entsetzlich anzuhören war. Ich wußte gar nicht, was er wollte, ich hörte nur immerfort: Idio und cuore und amore und furore! Als er aber am Ende gar anfing, auf beiden Knien schnell und immer näher auf mich zuzurutschen, da wurde mir auf einmal ganz grauslich, ich merkte wohl, daß er verrückt war, und rannte, ohne mich umzusehen, in den dicksten Wald hinein.

Ich hörte nun den Studenten wie rasend hinter mir drein schreien. Bald darauf gab noch eine andere grobe Stimme vom Schlosse her Antwort. Ich dachte mir nun wohl, daß sie mich aufsuchen würden. Der Weg war mir unbekannt, die Nacht finster, ich konnte ihnen leicht wieder in die Hände fallen. Ich kletterte daher auf den Wipfel einer hohen Tanne hinauf, um bessere Gelegenheit abzuwarten.

Von dort konnte ich hören, wie auf dem Schlosse eine Stimme nach der andern wach wurde. Einige Windlichter zeigten sich oben und warfen ihre wilden roten Scheine über das alte Gemäuer des Schlosses und weit vom Berge in die schwarze Nacht hinein. Ich befahl meine Seele dem lieben Gott, denn das verworrene Getümmel wurde immer lauter und näherte sich immer mehr und mehr. Endlich stürzte der Student mit einer Fackel unter meinem Baume vorüber, daß ihm die Rockschöße weit im Winde nachflogen. Dann schienen sie sich alle nach und nach auf eine andere Seite des Berges hinzuwenden, die Stimmen schallten immer ferner und ferner, und der Wind rauschte wieder durch den stillen Wald. Da stieg ich schnell von dem Baume herab und lief atemlos weiter in das Tal und die Nacht hinaus.

Siebentes Kapitel

Ich war Tag und Nacht eilig fortgegangen, denn es sauste mir lange in den Ohren, als kämen die von dem Berge mit ihrem Rufen, mit Fackeln und langen Messern noch immer hinter mir drein. Unterwegs erfuhr ich, daß ich nur noch ein paar Meilen von Rom wäre. Da erschrak ich ordentlich vor Freude. Denn von dem prächtigen Rom hatte ich schon zu Hause als Kind viel wunderbare Geschichten gehört, und wenn ich dann an Sonntagsnachmittagen vor der Mühle im Grase lag und alles ringsum so stille war, da dachte ich mir Rom wie die ziehenden Wolken über mir, mit wundersamen Bergen und Abgründen am blauen Meer und goldnen Toren und hohen glänzenden Türmen, von denen Engel in goldnen Gewändern sangen. – Die Nacht war schon wieder lange hereingebrochen, und der Mond schien prächtig, als ich endlich auf einem Hügel aus dem Walde heraustrat und auf einmal die Stadt in der Ferne vor mir sah. – Das Meer leuchtete von weitem, der Himmel blitzte und funkelte unübersehbar mit unzähligen Sternen, darunter lag die heilige Stadt, von der man nur einen langen Nebelstreif erkennen konnte, wie ein eingeschlafener Löwe auf der stillen Erde, und Berge standen daneben wie dunkle Riesen, die ihn bewachten.

Ich kam nun zuerst auf eine große einsame Heide, auf der es so grau und still war wie im Grabe. Nur hin und her stand ein altes verfallenes Gemäuer oder ein trockener wunderbar gewundener Strauch; manchmal schwirrten Nachtvögel durch die Luft, und mein eigener Schatten strich immerfort lang und dunkel in der Einsamkeit neben mir her. Sie sagen, daß hier eine uralte Stadt und die Frau Venus begraben liegt, und die alten Heiden zuweilen noch aus ihren Gräbern heraufsteigen und bei stiller Nacht über die Heide gehn und die Wanderer verwirren. Aber ich ging immer gerade fort und ließ mich nichts anfechten. Denn die Stadt stieg immer deutlicher und prächtiger vor mir herauf, und die hohen Burgen und Tore und goldenen Kuppeln glänzten so herrlich im hellen Mondschein, als ständen wirklich die Engel in goldnen Gewändern auf den Zinnen und sängen durch die stille Nacht herüber.

So zog ich denn endlich erst an kleinen Häusern vorbei, dann durch ein prächtiges Tor in die berühmte Stadt Rom hinein. Der Mond schien zwischen den Palästen, als wäre es heller Tag, aber die Straßen waren schon alle leer, nur hin und wieder lag ein lumpiger Kerl, wie ein Toter, in der lauen Nacht auf den Marmorschwellen und schlief. Dabei rauschten die Brunnen auf den stillen Plätzen, und die Gärten an der Straße säuselten dazwischen und erfüllten die Luft mit erquickenden Düften.

Wie ich nun eben so weiter fortschlendere und vor Vergnügen, Mondschein und Wohlgeruch gar nicht weiß, wohin ich mich wenden soll, läßt sich tief aus dem einen Garten eine Gitarre hören. Mein Gott, denk' ich, da ist mir wohl der tolle Student mit dem langen Überrock heimlich nachgesprungen! Darüber fing eine Dame in dem Garten an überaus lieblich zu singen. Ich stand ganz wie bezaubert, denn es war die Stimme der schönen gnädigen Frau, und dasselbe welsche Liedchen, das sie gar oft zu Hause am offnen Fenster gesungen hatte.

Da fiel mir auf einmal die schöne alte Zeit mit solcher Gewalt aufs Herz, daß ich bitterlich hätte weinen mögen, der stille Garten vor dem Schloß in früher Morgenstunde, und wie ich da hinter dem Strauch so glückselig war, ehe mir die dumme Fliege in die Nase flog. Ich konnte mich nicht länger halten. Ich kletterte auf den vergoldeten Zieraten

über das Gittertor und schwang mich in den Garten hinunter, woher der Gesang kam. Da bemerkte ich, daß eine schlanke, weiße Gestalt von fern hinter einer Pappel stand und mir erst verwundert zusah, als ich über das Gitterwerk kletterte, dann aber auf einmal so schnell durch den dunklen Garten nach dem Hause zuflog, daß man sie im Mondschein kaum füßeln sehen konnte. „Das war sie selbst!" rief ich aus, und das Herz schlug mir vor Freude, denn ich erkannte sie gleich an den kleinen, geschwinden Füßchen wieder. Es war nur schlimm, daß ich mir beim Herunterspringen vom Gartentore den rechten Fuß etwas vertreten hatte, ich mußte daher erst ein paarmal mit dem Beine schlenkern, eh' ich zu dem Hause nachspringen konnte. Aber da hatten sie unterdes Tür und Fenster fest verschlossen. Ich klopfte ganz bescheiden an, horchte und klopfte wieder. Da war es nicht anders, als wenn es drinnen leise flüsterte und kicherte, ja einmal kam es mir vor, als wenn zwei helle Augen zwischen den Jalousien im Mondschein hervorfunkelten. Dann war auf einmal wieder alles still.
Sie weiß nur nicht, daß ich es bin, dachte ich, zog die Geige, die ich allzeit bei mir trage, hervor, spazierte damit auf dem Gange vor dem Hause auf und nieder, und spielte und sang das Lied von der schönen Frau, und spielte voll Vergnügen alle meine Lieder durch, die ich damals in den schönen Sommernächten im Schloßgarten oder auf der Bank vor dem Zollhause gespielt hatte, daß es weit bis in die Fenster des Schlosses hinüberklang. – Aber es half alles nichts, es rührte und regte sich niemand im ganzen Hause. Da steckte ich endlich meine Geige traurig ein und legte mich auf die Schwelle vor der Haustür hin, denn ich war sehr müde von dem langen Marsch. Die Nacht war warm, die Blumenbeete vor dem Hause dufteten lieblich, eine Wasserkunst weiter unten im Garten plätscherte immerfort dazwischen. Mir träumte von himmelblauen Blumen, von schönen, dunkelgrünen, einsamen Gründen, wo Quellen rauschten und Bächlein gin-

gen und bunte Vögel wunderbar sangen, bis ich endlich fest einschlief.
Als ich aufwachte, rieselte mir die Morgenluft durch alle Glieder. Die Vögel waren schon wach und zwitscherten auf den Bäumen um mich herum, als ob sie mich für'n Narren haben wollten. Ich sprang rasch auf und sah mich nach allen Seiten um. Die Wasserkunst im Garten rauschte noch immerfort, aber in dem Hause war kein Laut zu vernehmen. Ich guckte durch die grünen Jalousien in das eine Zimmer hinein. Da war ein Sofa und ein großer runder Tisch mit grauer Leinwand verhangen, die Stühle standen alle in großer Ordnung und unverrückt an den Wänden herum; von außen aber waren die Jalousien an allen Fenstern heruntergelassen, als wäre das ganze Haus schon seit vielen Jahren unbewohnt. – Da überfiel mich ein ordentliches Grausen vor dem einsamen Hause und Garten und vor der gestrigen weißen Gestalt. Ich lief, ohne mich weiter umzusehen, durch die stillen Lauben und Gänge und kletterte geschwind wieder an dem Gartentor hinauf. Aber da blieb ich wie verzaubert sitzen, als ich auf einmal von dem hohen Gitterwerk in die prächtige Stadt hinuntersah. Da blitzte und funkelte die Morgensonne weit über die Dächer und in die langen stillen Straßen hinein, daß ich laut aufjauchzen mußte und voller Freude auf die Straße hinuntersprang.
Aber wohin sollt' ich mich wenden in der großen fremden Stadt? Auch ging mir die konfuse Nacht und das welsche Lied der schönen gnädigen Frau von gestern noch immer im Kopfe hin und her. Ich setzte mich endlich auf den steinernen Springbrunnen, der mitten auf dem einsamen Platze stand, wusch mir in dem klaren Wasser die Augen hell und sang dazu:

„Wenn ich ein Vöglein wär',
Ich wüßt' wohl, wovon ich sänge,
Und auch zwei Flüglein hätt',
Ich wüßt' wohl, wohin ich mich schwänge!"

„Ei, lustiger Gesell, du singst ja wie eine Lerche beim ersten Morgenstrahl!“ sagte da auf einmal ein junger Mann zu mir, der während meines Liedes an den Brunnen herangetreten war. Mir aber, da ich so unverhofft Deutsch sprechen hörte, war es nicht anders im Herzen, als wenn die Glocke aus meinem Dorfe am stillen Sonntagsmorgen plötzlich zu mir herüberklänge. „Gott willkommen, bester Herr Landsmann!“ rief ich aus und sprang voller Vergnügen von dem steinernen Brunnen herab. Der junge Mann lächelte und sah mich von oben bis unten an. „Aber was treibt Ihr denn eigentlich hier in Rom?“ fragte er endlich. Da wußte ich nun nicht gleich, was ich sagen sollte, denn daß ich soeben der schönen gnädigen Frau nachspränge, mocht' ich ihm nicht sagen. „Ich treibe“, erwiderte ich, „mich selbst ein bißchen herum, um die Welt zu sehn.“ – „So so!“ versetzte der junge Mann und lachte laut auf, „da haben wir ja ein Metier. Das tu' ich eben auch, um die Welt zu sehn und hinterdrein abzumalen.“ – „Also ein Maler!“ rief ich fröhlich aus, denn mir fiel dabei Herr Leonhard und Guido ein. Aber der Herr ließ mich nicht zu Worte kommen. „Ich denke“, sagte er, „du gehst mit und frühstückst bei mir, da will ich dich selbst abkonterfeien, daß es eine Freude sein soll!“ – Das ließ ich mir gern gefallen und wanderte nun mit dem Maler durch die leeren Straßen, wo nur hin und wieder erst einige Fensterladen aufgemacht wurden und bald ein Paar weiße Arme, bald ein verschlafenes Gesichtchen in die frische Morgenluft hinausguckte.
Er führte mich lange hin und her durch eine Menge konfuser, enger und dunkler Gassen, bis wir endlich in ein altes verräuchertes Haus hineinwuschten. Dort stiegen wir eine finstre Treppe hinauf, dann wieder eine, als wenn wir in den Himmel hineinsteigen wollten. Wir standen nun unter dem Dache vor einer Tür still, und der Maler fing an in allen Taschen vorn und hinten mit großer Eilfertigkeit zu suchen. Aber er hatte heute früh vergessen zuzuschließen und den Schlüssel in der Stube gelassen. Denn er war, wie er mir unterwegs erzählte, noch vor Tagesanbruch vor

die Stadt hinausgegangen, um die Gegend bei Sonnenaufgang zu betrachten. Er schüttelte nur mit dem Kopfe und stieß die Tür mit dem Fuße auf.

Das ware eine lange, lange, große Stube, daß man darin hätte tanzen können, wenn nur nicht auf dem Fußboden alles voll gelegen hätte. Aber da lagen Stiefel, Papiere, Kleider, umgeworfene Farbentöpfe, alles durcheinander; in der Mitte der Stube standen große Gerüste, wie man zum Birnenabnehmen braucht, ringsum an der Wand waren große Bilder angelehnt. Auf einem langen hölzernen Tische war eine Schüssel, worauf neben einem Farbenkleckse Brot und Butter lag. Eine Flasche Wein stand daneben.

„Nun eßt und trinkt erst, Landsmann!" rief mir der Maler zu. – Ich wollte mir auch sogleich ein paar Butterschnitten schmieren, aber da war wieder kein Messer da. Wir mußten erst lange in den Papieren auf dem Tische herumrascheln, ehe wir es unter einem großen Pakete endlich fanden. Darauf riß der Maler das Fenster auf, daß die frische Morgenluft fröhlich das ganze Zimmer durchdrang. Das war eine herrliche Aussicht weit über die Stadt weg in die Berge hinein, wo die Morgensonne lustig die weißen Landhäuser und Weingärten beschien. – „Vivat unser kühlgrünes Deutschland da hinter den Bergen!" rief der Maler aus und trank dazu aus der Weinflasche, die er mir dann hinreichte. Ich tat ihm höflich Bescheid und grüßte in meinem Herzen die schöne Heimat in der Ferne noch viel tausendmal.

Der Maler aber hatte unterdes das hölzerne Gerüst, worauf ein sehr großes Papier aufgespannt war, näher an das Fenster herangerückt. Auf dem Papier war bloß mit großen schwarzen Strichen eine alte Hütte gar künstlich abgezeichnet. Darin saß die Heilige Jungfrau mit einem überaus schönen, freudigen und doch recht wehmütigen Gesichte. Zu ihren Füßen auf einem Nestlein von Stroh lag das Jesuskind, sehr freundlich, aber mit großen, ernsthaften Augen. Draußen auf der Schwelle der offnen Hütte

aber knieten zwei Hirtenknaben mit Stab und Tasche. – „Siehst du", sagte der Maler, „dem einen Hirtenknaben da will ich deinen Kopf aufsetzen, so kommt dein Gesicht doch auch etwas unter die Leute, und will's Gott, sollen sie sich daran noch erfreuen, wenn wir beide schon lange begraben sind und selbst so still und fröhlich vor der Heiligen Mutter und ihrem Sohne knien wie die glücklichen Jungen hier." – Darauf ergriff er einen alten Stuhl, von dem ihm aber, da er ihn aufheben wollte, die halbe Lehne in der Hand blieb. Er paßte ihn geschwind wieder zusammen, schob ihn vor das Gerüst hin, und ich mußte mich nun darauf setzen und mein Gesicht etwas von der Seite, nach dem Maler zu, wenden. – So saß ich ein paar Minuten ganz still, ohne mich zu rühren. Aber ich weiß nicht, zuletzt konnt' ich's gar nicht recht aushalten, bald juckte mich's da, bald juckte mich's dort. Auch hing mir gerade gegenüber ein zerbrochener halber Spiegel, da mußt' ich immerfort hineinsehen und machte, wenn er eben malte, aus Langeweile allerlei Gesichter und Grimassen. Der Maler, der es bemerkte, lachte endlich laut auf und winkte mir mit der Hand, daß ich wieder aufstehen sollte. Mein Gesicht auf dem Hirten war auch schon fertig und sah so klar aus, daß ich mir ordentlich selber gefiel.
Er zeichnete nun in der frischen Morgenkühle immer fleißig fort, während er ein Liedchen dazu sang und zuweilen durch das offne Fenster in die prächtige Gegend hinausblickte. Ich aber schnitt mir unterdes noch eine Butterstolle und ging damit im Zimmer auf und ab und besah mir die Bilder, die an der Wand aufgestellt waren. Zwei darunter gefielen mir ganz besonders gut. „Habt Ihr die auch gemalt?" frug ich den Maler. „Warum nicht gar!" erwiderte er, „die sind von den berühmten Meistern Leonardo da Vinci und Guido Reni – aber da weißt du ja doch nichts davon!" – Mich ärgerte der Schluß der Rede. „O", versetzte ich ganz gelassen, „die beiden Meister kenne ich wie meine eigne Tasche." – Da machte er große Augen. „Wieso?" fragte er geschwind. „Nun", sagte ich, „bin ich nicht

mit ihnen Tag und Nacht fortgereist, zu Pferde und zu Fuß und zu Wagen, daß mir der Wind am Hute pfiff, und hab' sie alle beide in der Schenke verloren, und bin dann allein in ihrem Wagen mit Extrapost immer weiter gefahren, daß der Bombenwagen immerfort auf zwei Rädern über die entsetzlichen Steine flog, und" – „Oho! Oho!" unterbrach mich der Maler und sah mich starr an, als wenn er mich für verrückt hielte. Dann aber brach er plötzlich in ein lautes Gelächter aus. „Ach", rief er, „nun versteh' ich erst, du bist mit zwei Malern gereist, die Guido und Leonhard hießen?" – Da ich das bejahte, sprang er rasch auf und sah mich nochmals von oben bis unten ganz genau an. „Ich glaube gar", sagte er, „am Ende – spielst du die Violine?" – Ich schlug auf meine Rocktasche, daß die Geige darin einen Klang gab. – „Nun wahrhaftig", versetzte der Maler, „da war eine Gräfin aus Deutschland hier, die hat sich in allen Winkeln von Rom nach den beiden Malern und nach einem jungen Musikanten mit der Geige erkundigen lassen." – „Eine junge Gräfin aus Deutschland?" rief ich voller Entzücken aus, „ist der Portier mit?" – „Ja, das weiß ich alles nicht", erwiderte der Maler, „ich sah sie nur einige Male bei einer Freundin von ihr, die aber auch nicht in der Stadt wohnt. – Kennst du die?" fuhr er fort, indem er in einem Winkel plötzlich eine Leinwanddecke von einem großen Bilde in die Höhe hob. Da war mir's doch nicht anders, als wenn man in einer finstern Stube die Laden aufmacht und einem die Morgensonne auf einmal über die Augen blitzt, es war – die schöne gnädige Frau! – sie stand in einem schwarzen Samtkleide im Garten und hob mit einer Hand den Schleier vom Gesicht und sah still und freundlich in eine weite, prächtige Gegend hinaus. Je länger ich hinsah, je mehr kam es mir vor, als wäre es der Garten am Schlosse, und die Blumen und Zweige wiegten sich leise im Winde, und unten in der Tiefe sähe ich mein Zollhäuschen und die Landstraße weit durchs Grüne und die Donau und die fernen blauen Berge.

„Sie ist's, sie ist's!" rief ich endlich, erwischte meinen Hut und rannte rasch zur Tür hinaus, die vielen Treppen hinunter, und hörte nur noch, daß mir der verwunderte Maler nachschrie, ich sollte gegen Abend wiederkommen, da könnten wir vielleicht mehr erfahren!

Achtes Kapitel

Ich lief mit großer Eilfertigkeit durch die Stadt, um mich sogleich wieder in dem Gartenhaus zu melden, wo die schöne Frau gestern abend gesungen hatte. Auf den Straßen war unterdes alles lebendig geworden, Herren und Damen zogen im Sonnenschein und neigten sich und grüßten bunt durcheinander, prächtige Karossen rasselten dazwischen, und von allen Türmen läutete es zur Messe, daß die Klänge über dem Gewühle wunderbar in der klaren Luft durcheinander hallten. Ich war wie betrunken von Freude und von dem Rumor und rannte in meiner Fröhlichkeit immer gerade fort, bis ich zuletzt gar nicht mehr wußte, wo ich stand. Es war wie verzaubert, als wäre der stille Platz mit dem Brunnen und der Garten und das Haus bloß ein Traum gewesen und beim hellen Tageslichte alles wieder von der Erde verschwunden.
Fragen konnte ich nicht, denn ich wußte den Namen des Platzes nicht. Endlich fing es auch an sehr schwül zu werden, die Sonnenstrahlen schossen recht wie sengende Pfeile auf das Pflaster, die Leute verkrochen sich in die Häuser, die Jalousien wurden überall wieder zugemacht, und es war auf einmal wie ausgestorben auf den Straßen. Ich warf mich zuletzt ganz verzweifelt vor einem schönen großen Hause hin, vor dem ein Balkon mit Säulen breiten Schatten warf, und betrachtete bald die stille Stadt, die in der plötzlichen Einsamkeit bei heller Mittagsstunde ordentlich schauerlich aussah, bald wieder den tiefblauen, ganz wolkenlosen Himmel, bis ich endlich vor großer Ermüdung gar einschlummerte. Da träumte mir, ich läge bei

meinem Dorfe auf einer einsamen, grünen Wiese, ein warmer Sommerregen sprühte und glänzte in der Sonne, die soeben hinter den Bergen unterging, und wie die Regentropfen auf den Rasen fielen, waren es lauter schöne, bunte Blumen, so daß ich davon ganz überschüttet war.
Aber wie erstaunte ich, als ich erwachte und wirklich eine Menge schöner, frischer Blumen auf und neben mir liegen sah! Ich sprang auf, konnte aber nichts Besonderes bemerken, als bloß in dem Hause über mir ein Fenster ganz oben voll von duftenden Sträuchern und Blumen, hinter denen ein Papagei unablässig plauderte und kreischte. Ich las nun die zerstreuten Blumen auf, band sie zusammen und steckte mir den Strauß vorn ins Knopfloch. Dann aber fing ich an, mit dem Papagei ein wenig zu diskurieren, denn es freute mich, wie er in seinem vergoldeten Gebauer mit allerlei Grimassen herauf und herunter stieg und sich dabei immer ungeschickt über die große Zehe trat. Doch ehe ich mich's versah, schimpfte er mich „furfante!" Wenn es gleich eine unvernünftige Bestie war, so ärgerte es mich doch. Ich schimpfte ihn wieder, wir gerieten endlich beide in Hitze, je mehr ich auf Deutsch schimpfte, je mehr gurgelte er auf Italienisch wieder auf mich los.
Auf einmal hörte ich jemand hinter mir lachen. Ich drehte mich rasch um. Es war der Maler von heute früh. „Was stellst du wieder für tolles Zeug an!" sagte er, „ich warte schon eine halbe Stunde auf dich. Die Luft ist wieder kühler, wir wollen in einen Garten vor der Stadt gehen, da wirst du mehrere Landsleute finden und vielleicht etwas Näheres von der deutschen Gräfin erfahren."
Darüber war ich außerordentlich erfreut, und wir traten unsern Spaziergang sogleich an, während ich den Papagei noch lange hinter mir drein schimpfen hörte.
Nachdem wir draußen vor der Stadt auf schmalen, steinichten Fußsteigen lange zwischen Landhäusern und Weingärten hinaufgestiegen waren, kamen wir an einen kleinen hochgelegenen Garten, wo mehrere junge Männer und Mädchen im Grünen um einen runden Tisch saßen.

Sobald wir hineintraten, winkten uns alle zu, uns still zu verhalten, und zeigten auf die andere Seite des Gartens hin. Dort saßen in einer großen, grünverwachsenen Laube zwei schöne Frauen an einem Tisch einander gegenüber. Die eine sang, die andere spielte Gitarre dazu. Zwischen beiden hinter dem Tische stand ein freundlicher Mann, der mit einem kleinen Stäbchen zuweilen den Takt schlug. Dabei funkelte die Abendsonne durch das Weinlaub, bald über die Weinflaschen und Früchte, womit der Tisch in der Laube besetzt war, bald über die vollen, runden blendendweißen Achseln der Frau mit der Gitarre. Die andere war wie verzückt und sang auf Italienisch ganz außerordentlich künstlich, daß ihr die Flechsen am Halse aufschwollen.

Wie sie nun soeben mit zum Himmel gerichteten Augen eine lange Kadenz anhielt und der Mann neben ihr mit aufgehobenem Stäbchen auf den Augenblick paßte, wo sie wieder in den Takt einfallen würde, und keiner im ganzen Garten zu atmen sich unterstand, da flog plötzlich die Gartentür weit auf, und ein ganz erhitztes Mädchen und hinter ihr ein junger Mensch mit einem feinen, bleichen Gesicht stürzten in großem Gezänke herein. Der erschrockene Musikdirektor blieb mit seinem aufgehobenen Stabe wie ein versteinerter Zauberer stehen, obgleich die Sängerin schon längst den langen Triller plötzlich abgeschnappt hatte und zornig aufgestanden war. Alle übrigen zischten den Neuangekommenen wütend an. „Barbar!" rief ihm einer von dem runden Tische zu, „du rennst da mitten in das sinnreiche Tableau von der schönen Beschreibung hinein, welche der selige Hoffmann, Seite 347 des ‚Frauentaschenbuches für 1816', von dem schönsten Hummelschen Bilde gibt, das im Herbst 1814 auf der Berliner Kunstausstellung zu sehen war!" – Aber das half alles nichts. „Ach was!" entgegnete der junge Mann, „mit euren Tableaus von Tableaus! Mein selbst erfundenes Bild für die andern, und mein Mädchen für mich allein! So will ich es halten! O du Ungetreue, du Falsche!" fuhr er dann

von neuem gegen das arme Mädchen fort, „du kritische Seele, die in der Malerkunst nur den Silberblick und in der Dichterkunst nur den goldenen Faden sucht und keinen Liebsten, sondern nur lauter Schätze hat! Ich wünsche dir hinfüro, anstatt eines ehrlichen malerischen Pinsels einen alten Duka mit einer ganzen Münzgrube von Diamanten auf der Nase, und mit hellem Silberblick auf der kahlen Platte, und mit Goldschnitt auf den paar noch übrigen Haaren! Ja nur heraus mit dem verruchten Zettel, den du da vorhin vor mir versteckt hast! Was hast du wieder angezettelt? Von wem ist der Wisch, und an wen ist er?"
Aber das Mädchen sträubte sich standhaft, und je eifriger die andern den erbosten jungen Menschen umgaben und ihn mit großem Lärm zu trösten und zu beruhigen suchten, desto erhitzter und toller wurde er von dem Rumor, zumal da das Mädchen auch ihr Mäulchen nicht halten konnte, bis sie endlich weinend aus dem verworrenen Knäuel hervorflog und sich auf einmal ganz unverhofft an meine Brust stürzte, um bei mir Schutz zu suchen. Ich stellte mich auch sogleich in die gehörige Positur, aber da die andern in dem Getümmel soeben nicht auf uns acht gaben, kehrte sie plötzlich das Köpfchen nach mir herauf und flüsterte mir mit ganz ruhigem Gesicht sehr leise und schnell ins Ohr: „Du abscheulicher Einnehmer! Um dich muß ich das alles leiden. Da steck' den fatalen Zettel geschwind zu dir, du findest darauf bemerkt, wo wir wohnen. Also zur bestimmten Stunde, wenn du ins Tor kommst, immer die einsame Straße rechts fort!"
Ich konnte vor Verwunderung kein Wort hervorbringen, denn wie ich sie nun erst recht ansah, erkannte ich sie auf einmal: es war wahrhaftig die schnippische Kammerjungfer vom Schloß, die mir damals an dem schönen Sonntagsabende die Flasche mit Wein brachte. Sie war mir sonst niemals so schön vorgekommen, als da sie sich jetzt so erhitzt an mich lehnte, daß die schwarzen Locken über meinen Arm herabhingen. – „Aber, verehrte Mamsell", sagte ich voller Erstaunen, „wie kommen Sie" – „Um Gottes

willen, still nur, jetzt still!“ erwiderte sie und sprang geschwind von mir fort auf die andere Seite des Gartens, eh' ich mich noch auf alles recht besinnen konnte.
Unterdes hatten die andern ihr erstes Thema fast ganz vergessen, zankten aber untereinander recht vergnüglich weiter, indem sie dem jungen Menschen beweisen wollten, daß er eigentlich betrunken sei, was sich für einen ehrliebenden Maler gar nicht schicke. Der runde, fixe Mann aus der Laube, der – wie ich nachher erfuhr – ein großer Kenner und Freund von Künsten war und aus Liebe zu den Wissenschaften gern alles mitmachte, hatte auch sein Stäbchen weggeworfen und flankierte mit seinem fetten Gesicht, das von Freundlichkeit ordentlich glänzte, eifrig mitten in dem dicksten Getümmel herum, um alles zu vermitteln und zu beschwichtigen, während er dazwischen immer wieder die lange Kadenz und das schöne Tableau bedauerte, das er mit vieler Mühe zusammengebracht hatte.
Mir aber war es sternklar im Herzen wie damals an dem glückseligen Sonnabend, als ich am offenen Fenster vor der Weinflasche bis tief in die Nacht hinein auf der Geige spielte. Ich holte, da der Rumor gar kein Ende nehmen wollte, frisch meine Violine wieder hervor und spielte, ohne mich lange zu besinnen, einen welschen Tanz auf, den sie dort im Gebirge tanzen, und den ich auf dem alten, einsamen Waldschlosse gelernt hatte.
Da reckten alle die Köpfe in die Höh'. „Bravo, bravissimo, ein deliziöser Einfall!“ rief der lustige Kenner von den Künsten und lief sogleich von einem zu andern, um ein ländliches Divertissement, wie er's nannte, einzurichten. Er selbst machte den Anfang, indem er der Dame die Hand reichte, die vorhin in der Laube gespielt hatte. Er begann darauf außerordentlich künstlich zu tanzen, schrieb mit den Fußspitzen allerlei Buchstaben auf den Rasen, schlug ordentliche Triller mit den Füßen und machte von Zeit zu Zeit ganz passable Luftsprünge. Aber er bekam es bald satt, denn er war etwas korpulent. Er

machte immer kürzere und ungeschicktere Sprünge, bis er endlich ganz aus dem Kreise heraustrat und heftig hustete und sich mit seinem schneeweißen Schnupftuche unaufhörlich den Schweiß abwischte. Unterdes hatte auch der junge Mensch, der nun wieder ganz gescheut geworden war, aus dem Wirtshause Kastagnetten herbeigeholt, und ehe ich mich's versah, tanzten alle unter den Bäumen bunt durcheinander. Die untergegangene Sonne warf noch einige rote Widerscheine zwischen die dunklen Schatten und über das alte Gemäuer und die von Efeu wild überwachsenen, halb versunkenen Säulen hinten im Garten, während man von der andern Seite tief unter den Weinbergen die Stadt Rom in den Abendgluten liegen sah. Da tanzten sie alle lieblich im Grünen in der klaren stillen Luft, und mir lachte das Herz recht im Leibe, wie die schlanken Mädchen, und die Kammerjungfer mitten unter ihnen, sich so mit aufgehobenen Armen wie heidnische Waldnymphen zwischen dem Laubwerk schwangen und dabei jedesmal in der Luft mit den Kastagnetten lustig dazu schnalzten. Ich konnte mich nicht länger halten, ich sprang mitten unter sie hinein und machte, während ich dabei immerfort geigte, recht artige Figuren.

Ich mochte eine ziemliche Weile so im Kreise herumgesprungen sein und merkte gar nicht, daß die andern unterdes anfingen müde zu werden und sich nach und nach von dem Rasenplatze verloren. Da zupfte mich jemand von hinten tüchtig an den Rockschößen. Es war die Kammerjungfer. „Sei kein Narr", sagte sie leise, „du springst ja wie ein Ziegenbock! Studiere deinen Zettel ordentlich und komm bald nach, die schöne junge Gräfin wartet." – Und damit schlüpfte sie in der Dämmerung zur Gartenpforte hinaus und war bald zwischen den Weingärten verschwunden.

Mir klopfte das Herz, ich wäre am liebsten gleich nachgesprungen. Zum Glücke zündete der Kellner, da es schon dunkel geworden war, in einer großen Laterne an der Gartentür Licht an. Ich trat heran und zog geschwind den

Zettel heraus. Da war ziemlich kritzlig mit Bleifeder das Tor und die Straße beschrieben, wie mir die Kammerjungfer vorhin gesagt hatte. Dann stand: „Elf Uhr an der kleinen Tür." – Da waren noch ein paar lange Stunden hin! – Ich wollte mich dessenungeachtet sogleich auf den Weg machen, denn ich hatte keine Rast und Ruhe mehr; aber da kam der Maler, der mich hierher gebracht hatte, auf mich los. „Hast du das Mädchen gesprochen?" fragte er, „ich seh' sie nun nirgends mehr; das war das Kammermädchen von der deutschen Gräfin." „Still, still!" erwiderte ich, „die Gräfin ist noch in Rom." „Nun, desto besser", sagte der Maler, „so komm und trink mit uns auf ihre Gesundheit!" und damit zog er mich, wie sehr ich mich auch sträubte, in den Garten zurück.

Da war es unterdes ganz öde und leer geworden. Die lustigen Gäste wanderten, jeder sein Liebchen am Arm, nach der Stadt zu, und man hörte sie noch durch den stillen Abend zwischen den Weingärten plaudern und lachen, immer ferner und ferner, bis sich endlich die Stimmen tief in dem Tale im Rauschen der Bäume und des Stromes verloren. Ich war noch mit meinem Maler und dem Herrn Eckbrecht – so hieß der andere junge Maler, der sich vorhin so herumgezankt hatte – allein oben zurückgeblieben. Der Mond schien prächtig im Garten zwischen die hohen dunklen Bäume herein, ein Licht flackerte im Winde auf dem Tische vor uns und schimmerte über den vielen vergoßnen Wein auf der Tafel. Ich mußte mich mit hinsetzen, und mein Maler plauderte mit mir über meine Herkunft, meine Reise und meinen Lebensplan. Herr Eckbrecht aber hatte das junge hübsche Mädchen aus dem Wirtshause, nachdem sie uns Flaschen auf den Tisch gestellt, vor sich auf den Schoß genommen, legte ihr die Gitarre in den Arm und lehrte sie ein Liedchen darauf klimpern. Sie fand sich auch bald mit den kleinen Händchen zurecht, und sie sangen dann zusammen ein italienisches Lied, einmal er, dann wieder das Mädchen eine Strophe, was sich in dem schönen stillen Abend prächtig ausnahm. – Als das Mädchen dann weggerufen wurde, lehnte sich Herr Eckbrecht mit der Gitarre auf der Bank zurück, legte seine Füße auf einen Stuhl, der vor ihm stand, und sang nun für sich allein viele herrliche deutsche und italienische Lieder, ohne sich weiter um uns zu kümmern. Dabei schienen die Sterne prächtig am klaren Firmament, die ganze Gegend war wie versilbert vom Mondschein, ich dachte an die schöne Frau, an die ferne Heimat und vergaß darüber ganz meinen Maler neben mir. Zuweilen mußte Herr Eckbrecht stimmen, darüber wurde er immer ganz zornig. Er drehte und riß zuletzt an dem Instrument, daß plötzlich eine Saite sprang. Da warf er die Gitarre hin und sprang auf. Nun wurde er erst gewahr, daß mein Maler sich unterdes über seinen Arm auf den Tisch gelegt hatte und fest eingeschlafen war. Er warf schnell einen weißen Mantel um, der auf einem Aste neben dem Tische hing, besann sich aber plötzlich, sah erst meinen Maler, dann mich ein paarmal scharf an, setzte sich darauf, ohne sich lange zu bedenken, gerade vor mich auf den Tisch hin, räusperte sich, rückte an seiner Halsbinde und fing dann auf einmal an, eine Rede an mich zu halten. „Geliebter Zuhörer und Landsmann!“ sagte er, „da die Flaschen beinahe leer sind, und da die Moral unstreitig die erste Bürgerpflicht ist, wenn die Tugenden auf die Neige gehen, so fühle ich mich aus landsmännlicher Sympathie getrieben, dir einige Moralität zu Gemüte zu führen. – Man könnte zwar meinen“, fuhr er fort, „du seist ein bloßer Jüngling, während doch dein Frack über seine besten Jahre hinaus ist; man könnte vielleicht annehmen, du habest vorhin wunderliche Sprünge gemacht, wie ein Satyr; ja, einige möchten wohl behaupten, du seiest wohl gar ein Landstreicher, weil du hier auf dem Lande bist und die Geige streichst; aber ich kehre mich an solche oberflächlichen Urteile nicht, ich halte mich an deine feingespitzte Nase, ich halte dich für ein vazierendes Genie.“ – Mich ärgerten die verfänglichen Redensarten, ich wollte ihm soeben recht antworten. Aber er ließ mich nicht zu Worte kommen. „Siehst du“, sagte er, „wie du dich schon aufblähst von dem bißchen Lobe. Gehe in dich und bedenke dies gefährliche Metier! Wir Genies – denn ich bin auch eins – machen uns aus der Welt ebensowenig, als sie sich aus uns, wir schreiten vielmehr ohne besondere Umstände in unsern Siebenmeilenstiefeln, die wir bald mit auf die Welt bringen, gerade auf die Ewigkeit los. O, höchst klägliche, unbequeme, breitgespreizte Position, mit dem einen Beine in der Zukunft, wo nichts als Morgenrot und zukünftige Kindergesichter dazwischen, mit dem andern Beine noch mitten in Rom auf der Piazza del Popolo, wo das ganze Säkulum bei der guten Gelegenheit mit will und sich an den Stiefel hängt, daß sie einem das Bein ausreißen möchten! Und alle das Zucken, Weintrinken und Hungerleiden lediglich für die unsterbliche Ewigkeit! Und siehe meinen Herrn Kollegen dort auf der Bank, der gleichfalls ein Genie ist; ihm wird die Zeit schon zu lang, was wird er erst in der Ewigkeit anfangen?! Ja, hochgeschätzter Herr Kollege, du und ich und die Sonne, wir sind heute früh zusammen aufgegangen und haben den ganzen Tag gebrütet und gemalt, und es war alles schön – und nun fährt die schläfrige Nacht mit ihrem Pelzärmel über die Welt und hat alle Farben verwischt." Er sprach noch immerfort und war dabei mit seinen verwirrten Haaren von dem Tanzen und Trinken im Mondschein ganz leichenblaß anzusehen.

Mir aber graute schon lange vor ihm und seinem wilden Gerede, und als er sich nun förmlich zu dem schlafenden Maler herumwandte, benutzte ich die Gelegenheit, schlich, ohne daß er es bemerkte, um den Tisch aus dem Garten heraus und stieg, allein und fröhlich im Herzen, an dem Rebengeländer in das weite, vom Mondschein beglänzte Tal hinunter.

Von der Stadt her schlugen die Uhren zehn. Hinter mir hörte ich durch die stille Nacht noch einzelne Gitarrenklänge und manchmal die Stimmen der beiden Maler, die nun auch nach Hause gingen, von fern herüberschallen.

Ich lief daher so schnell, als ich nur konnte, damit sie mich nicht weiter ausfragen sollten.
Am Tore bog ich sogleich rechts in die Straße ein und ging mit klopfendem Herzen eilig zwischen den stillen Häusern und Gärten fort. Aber wie erstaunte ich, als ich da auf einmal auf dem Platze mit dem Springbrunnen herauskam, den ich heute am Tage gar nicht hatte finden können. Da stand das einsame Gartenhaus wieder, im prächtigsten Mondschein, und auch die schöne Frau sang im Garten wieder dasselbe italienische Lied wie gestern abend. – Ich rannte voller Entzücken erst an die kleine Tür, dann an die Haustür und endlich mit aller Gewalt an das große Gartentor, aber es war alles verschlossen. Nun fiel mir erst ein, daß es noch nicht elf geschlagen hatte. Ich ärgerte mich über die langsame Zeit, aber über das Gartentor klettern, wie gestern, mochte ich wegen der guten Lebensart nicht. Ich ging daher ein Weilchen auf dem einsamen Platz auf und ab und setzte mich endlich wieder auf den steinernen Brunnen voller Gedanken und stiller Erwartung hin.
Die Sterne funkelten am Himmel, auf dem Platz war alles leer und still, ich hörte voll Vergnügen dem Gesange der schönen Frau zu, der zwischen dem Rauschen des Brunnens aus dem Garten herüberklang. Da erblickt' ich auf einmal eine weiße Gestalt, die von der andern Seite des Platzes herkam und gerade auf die kleine Gartentür zuging. Ich blickte durch den Mondflimmer recht scharf hin – es war der wilde Maler in seinem weißen Mantel. Er zog schnell einen Schlüssel hervor, schloß auf, und ehe ich mich's versah, war er im Garten drin.
Nun hatte ich gegen den Maler schon vom Anfang eine absonderliche Pike wegen seiner unvernünftigen Reden. Jetzt aber geriet ich ganz außer mir vor Zorn. Das liederliche Genie ist gewiß wieder betrunken, dachte ich, den Schlüssel hat er von der Kammerjungfer und will nun die gnädige Frau beschleichen, verraten, überfallen. – Und so stürzte ich durch das kleine, offen gebliebene Pförtchen in den Garten hinein.

Als ich eintrat, war es ganz still und einsam darin. Die Flügeltür vom Gartenhause stand offen, ein milchweißer Lichtschein drang daraus hervor und spielte auf dem Grase und den Blumen vor der Tür. Ich blickte von weitem herein. Da lag in einem prächtigen grünen Gemach, das von einer weißen Lampe nur wenig erhellt war, die schöne gnädige Frau, mit der Gitarre im Arm, auf einem seidenen Faulbettchen, ohne in ihrer Unschuld an die Gefahren draußen zu denken.
Ich hatte aber nicht lange Zeit hinzusehen, denn ich bemerkte soeben, daß die weiße Gestalt von der andern Seite ganz behutsam hinter den Sträuchern nach dem Gartenhause zuschlich. Dabei sang die gnädige Frau so kläglich aus dem Hause, daß es mir recht durch Mark und Bein ging. Ich besann mich daher nicht lange, brach einen tüchtigen Ast ab, rannte damit gerade auf den Weißmantel los und schrie aus vollem Halse „Mordio!", daß der ganze Garten erzitterte.
Der Maler, wie er mich so unverhofft daherkommen sah, nahm schnell Reißaus und schrie entsetzlich. Ich schrie noch besser, er lief nach dem Hause zu, ich ihm nach – und ich hatt' ihn beinahe schon erwischt, da verwickelte ich mich mit den Füßen in den fatalen Blumenstücken und stürzte auf einmal der Länge nach vor der Haustür hin.
„Also du bist es, Narr!" hört' ich da über mir ausrufen, „hast du mich doch fast zum Tode erschreckt." – Ich raffte mich geschwind wieder auf, und wie ich mir den Sand und die Erde aus den Augen wischte, steht die Kammerjungfer vor mir, die soeben bei dem letzten Sprunge den weißen Mantel von der Schulter verloren hatte. „Aber", sagte ich ganz verblüfft, „war denn der Maler nicht hier?" – „Ja freilich", entgegnete sie schnippisch, „sein Mantel wenigstens, den er mir, als ich ihm vorhin im Tore begegnete, umgehängt hat, weil mich fror." – Über dem Geplauder war nun auch die gnädige Frau von ihrem Sofa aufgesprungen und kam zu uns an die Tür. Mir klopfte das Herz zum Zerspringen. Aber wie erschrak ich, als ich

recht hinsah und anstatt der schönen gnädigen Frau auf einmal eine ganz fremde Person erblickte!
Es war eine etwas große, korpulente, mächtige Dame mit einer stolzen Adlernase und hochgewölbten schwarzen Augenbrauen, so recht zum Erschrecken schön. Sie sah mich mit ihren großen funkelnden Augen so majestätisch an, daß ich mich vor Ehrfurcht gar nicht zu lassen wußte. Ich war ganz verwirrt, ich machte in einem fort Komplimente und wollte ihr zuletzt gar die Hand küssen. Aber sie riß ihre Hand schnell weg und sprach dann auf Italienisch zu der Kammerjungfer, wovon ich nichts verstand.
Unterdes aber war von dem vorigen Geschrei die ganze Nachbarschaft lebendig geworden. Hunde bellten, Kinder schrien, zwischendurch hörte man einige Männerstimmen, die immer näher und näher auf den Garten zukamen. Da blickte mich die Dame noch einmal an, als wenn sie mich mit feurigen Kugeln durchbohren wollte, wandte sich dann rasch nach dem Zimmer zurück, während sie dabei stolz und gezwungen auflachte, und schmiß mir die Tür vor der Nase zu. Die Kammerjungfer aber erwischte mich ohne weiteres beim Flügel und zerrte mich nach der Gartenpforte.
„Da hast du wieder einmal recht dummes Zeug gemacht", sagte sie unterwegs voller Bosheit zu mir. Ich wurde auch schon giftig. „Nun, zum Teufel!" sagte ich, „habt Ihr mich denn nicht selbst hierher bestellt?" – „Das ist's ja eben", rief die Kammerjungfer, „meine Gräfin meinte es so gut mit dir, wirft dir erst Blumen aus dem Fenster zu, singt Arien – und das ist nun ihr Lohn! Aber mit dir ist nun einmal nichts anzufangen; du trittst dein Glück ordentlich mit Füßen." – „Aber", erwiderte ich, „ich meinte die Gräfin aus Deutschland, die schöne gnädige Frau." – „Ach", unterbrach sie mich, „die ist ja lange schon wieder in Deutschland, mitsamt deiner tollen Amour. Und da lauf du nur auch wieder hin! Sie schmachtet ohnedies nach dir, da könnt ihr zusammen die Geige spielen und in den

Mond gucken, aber daß du mir nicht wieder unter die Augen kommst!“

Nun aber entstand ein entsetzlicher Rumor und Spektakel hinter uns. Aus dem anderen Garten kletterten Leute mit Knüppeln hastig über den Zaun, andere fluchten und durchsuchten schon die Gänge, desperate Gesichter mit Schlafmützen guckten im Mondschein bald da, bald dort über die Hecken, es war, als wenn der Teufel auf einmal aus allen Hecken und Sträuchern Gesindel heckte. – Die Kammerjungfer fackelte nicht lange. „Dort, dort läuft der Dieb!“ schrie sie den Leuten zu, indem sie dabei auf die andere Seite des Gartens zeigte. Dann schob sie mich schnell aus dem Garten und klappte das Pförtchen hinter mir zu.

Da stand ich nun unter Gottes freiem Himmel wieder auf dem stillen Platze mutterseelenallein, wie ich gestern angekommen war. Die Wasserkunst, die mir vorhin im Mondschein so lustig flimmerte, als wenn Engelein darin auf und nieder stiegen, rauschte noch fort wie damals, mir aber war unterdes alle Lust und Freude in den Brunnen gefallen. – Ich nahm mir nun fest vor, dem falschen Italien mit seinen verrückten Malern, Pomeranzen und Kammerjungfern auf ewig den Rücken zu kehren, und wanderte noch zur selbigen Stunde zum Tore hinaus.

Neuntes Kapitel

„Die treuen Berg’ stehn auf der Wacht:
Wer streicht bei stiller Morgenzeit
Da aus der Fremde durch die Heid’? –
Ich aber mir die Berg’ betracht’
Und lach’ in mich vor großer Lust,
Und rufe recht aus frischer Brust
Parol’ und Feldgeschrei sogleich:
Vivat Österreich!

Da kennt mich erst die ganze Rund',
Nun grüßen Bach und Vöglein zart
Und Wälder rings nach Landesart,
Die Donau blitzt aus tiefem Grund,
Der Stephansturm auch ganz von fern
Guckt über'n Berg und säh' mich gern,
Und ist er's nicht, so kommt er doch gleich,
Vivat Österreich!"

Ich stand auf einem hohen Berge, wo man zum erstenmal nach Österreich hineinsehen kann, und schwenkte voller Freude noch mit dem Hute und sang die letzte Strophe, da fiel auf einmal hinter mir im Walde eine prächtige Musik von Blasinstrumenten mit ein. Ich dreh' mich schnell um und erblicke drei junge Gesellen in langen blauen Mänteln, davon bläst der eine Oboe, der andere die Klarinette und der dritte, der einen alten Dreistutzer auf dem Kopfe hatte, das Waldhorn – die akkompagnierten mich plötzlich, daß der ganze Wald erschallte. Ich, nicht zu faul, ziehe meine Geige hervor und spiele und singe sogleich frisch mit. Da sah einer den andern bedenklich an, der Waldhornist ließ dann zuerst seine Bausbacken wieder einfallen und setzte sein Waldhorn ab, bis am Ende alle stille wurden und mich anschauten. – Ich hielt verwundert ein und sah sie auch an. – „Wir meinten", sagte endlich der Waldhornist, „weil der Herr so einen langen Frack hat, der Herr wäre ein reisender Engländer, der hier zu Fuß die schöne Natur bewundert; da wollten wir uns ein Viatikum verdienen. Aber, mir scheint, der Herr ist selber ein Musikant." – „Eigentlich ein Einnehmer", versetzte ich, „und komme direkt von Rom her, da ich aber seit geraumer Zeit nichts mehr eingenommen, so habe ich mich unterwegs mit der Violine durchgeschlagen." – „Bringt nicht viel heutzutage!" sagte der Waldhornist, der unterdes wieder an den Wald zurückgetreten war und mit seinem Dreistutzer ein kleines Feuer anfachte, das sie dort angezündet hatten. „Da gehn die blasenden Instrumente schon besser", fuhr er fort; „wenn so eine Herrschaft ganz ruhig zu Mittag speist, und wir treten unverhofft in das gewölbte Vorhaus und fangen alle drei aus Leibeskräften zu blasen an – gleich kommt ein Bedienter herausgesprungen mit Geld oder Essen, damit sie nur den Lärm wieder loswerden. Aber will der Herr nicht eine Kollation mit uns einnehmen?"

Das Feuer loderte nun recht lustig im Walde, der Morgen war frisch, wir setzten uns alle ringsumher auf den Rasen, und zwei von den Musikanten nahmen ein Töpfchen, worin Kaffee und auch schon Milch war, vom Feuer, holten Brot aus ihren Manteltaschen hervor und tunkten und tranken abwechselnd aus dem Topfe, und es schmeckte ihnen so gut, daß es ordentlich eine Lust war anzusehen. – Der Waldhornist aber sagte: „Ich kann das schwarze Gesöff nicht vertragen", und reichte mir dabei die eine Hälfte von einer großen, übereinandergelegten Butterschnitte, dann brachte er eine Flasche Wein zum Vorschein. „Will der Herr nicht auch einen Schluck?" – Ich tat einen tüchtigen Zug, mußte aber schnell wieder absetzen und das ganze Gesicht verziehn, denn es schmeckte wie Dreimännerwein. „Hiesiges Gewächs", sagte der Waldhornist, „aber der Herr hat sich in Italien den deutschen Geschmack verdorben."

Darauf kramte er eifrig in seinem Schubsack und zog endlich unter allerlei Plunder eine alte zerfetzte Landkarte hervor, worauf noch der Kaiser in vollem Ornate zu sehen war, das Zepter in der rechten, den Reichsapfel in der linken Hand. Er breitete sie auf dem Boden behutsam auseinander, die andern rückten näher heran, und sie beratschlagten nun zusammen, was sie für eine Marschroute nehmen sollten.

„Die Vakanz geht bald zu Ende", sagte der eine, „wir müssen uns gleich von Linz links abwenden, so kommen wir noch bei guter Zeit nach Prag." – „Nun wahrhaftig!" rief der Waldhornist, „wem willst du da was vorpfeifen? nichts als Wälder und Kohlenbauern, kein geläuterter

Kunstgeschmack, keine vernünftige freie Station!" – „O Narrenspossen!" erwiderte der andere, „die Bauern sind mir gerade die liebsten, die wissen am besten, wo einen der Schuh drückt, und nehmen's nicht so genau, wenn man manchmal eine falsche Note bläst," – „Das macht, du hast kein point d'honneur", versetzte der Waldhornist, „odi profanum vulgus et arceo, sagt der Lateiner." – „Nun, Kirchen aber muß es auf der Tour doch geben", meinte der dritte, „so kehren wir bei den Herren Pfarrern ein." – „Gehorsamster Diener!" sagte der Waldhornist, „die geben kleines Geld und große Sermone, daß wir nicht so unnütz in der Welt herumschweifen, sondern uns besser auf die Wissenschaften applizieren sollen, besonders wenn sie in mir den Herrn Konfrater wittern. Nein, nein, Clericus clericum non decimat. Aber was gibt es denn da überhaupt für große Not? Die Herren Professoren sitzen auch noch im Karlsbade und halten selbst den Tag nicht so genau ein." – „Ja, distinguendum est inter et inter", erwiderte der andere, „quod licet Jovi, non licet bovi!"

Ich aber merkte nun, daß es Prager Studenten waren und bekam einen ordentlichen Respekt vor ihnen, besonders da ihnen das Latein nur so wie Wasser von dem Munde floß. – „Ist der Herr auch ein Studierter?" fragte mich darauf der Waldhornist. Ich erwiderte bescheiden, daß ich immer besondere Lust zum Studieren, aber kein Geld gehabt hätte. – „Das tut gar nichts", rief der Waldhornist, „wir haben auch weder Geld noch reiche Freundschaft. Aber ein gescheuter Kopf muß sich zu helfen wissen. Aurora musis amica, das heißt zu deutsch: mit vielem Frühstücken sollst du dir nicht die Zeit verderben. Aber wenn dann die Mittagsglocken von Turm zu Turm und von Berg zu Berg über die Stadt gehen, und nun die Schüler auf einmal mit großem Geschrei aus dem alten finstern Kollegium herausbrechen und im Sonnenscheine durch die Gassen schwärmen – da begeben wir uns bei den Kapuzinern zum Pater Küchenmeister und finden unsern gedeckten Tisch, und ist er auch nicht gedeckt, so steht doch

für jeden ein voller Topf darauf, da fragen wir nicht viel danach und essen und perfektionieren uns dabei noch im Lateinischsprechen. Sieht der Herr, so studieren wir von einem Tage zum andern fort. Und wenn dann endlich die Vakanz kommt, und die andern fahren und reiten zu ihren Eltern fort, da wandern wir mit unsern Instrumenten unterm Mantel durch die Gassen zum Tore hinaus, und die ganze Welt steht uns offen."
Ich weiß nicht – wie er so erzählte – ging es mir recht durchs Herz, daß so gelehrte Leute so ganz verlassen sein sollten auf der Welt. Ich dachte dabei an mich, wie es mir eigentlich selber nicht anders ginge, und die Tränen traten mir in die Augen. – Der Waldhornist sah mich groß an. „Das tut gar nichts", fuhr er wieder weiter fort, „ich möchte gar nicht so reisen: Pferd und Kaffee und frisch überzogene Betten, und Nachtmützen und Stiefelknecht vorausbestellt. Das ist just das Schönste, wenn wir so frühmorgens heraustreten, und die Zugvögel hoch über uns fortziehn, daß wir gar nicht wissen, welcher Schornstein heut für uns raucht, und gar nicht voraussehen, was uns bis zum Abend noch für ein besonderes Glück begegnen kann." – „Ja", sagte der andere, „und wo wir hinkommen und unsere Instrumente herausziehen, wird alles fröhlich, und wenn wir dann zur Mittagsstunde auf dem Lande in ein Herrschaftshaus treten und im Hausflur blasen, da tanzen die Mägde miteinander vor der Haustür, und die Herrschaft läßt die Saaltür etwas aufmachen, damit sie die Musik drin besser hören, und durch die Lücke kommt das Tellergeklapper und der Bratenduft in den freudenreichen Schall herausgezogen, und die Fräuleins an der Tafel verdrehen sich fast die Hälse, um die Musikanten draußen zu sehn." – „Wahrhaftig", rief der Waldhornist mit leuchtenden Augen aus, „laßt die andern nur ihre Kompendien repetieren, wir studieren unterdes in dem großen Bilderbuche, das der liebe Gott uns draußen aufgeschlagen hat! Ja, glaub' nur der Herr, aus uns werden gerade die rechten Kerls, die den Bauern dann was zu er-

zählen wissen und mit der Faust auf die Kanzel schlagen, daß den Knollfinken unten vor Erbauung und Zerknirschung das Herz im Leibe bersten möchte."

Wie sie so sprachen, wurde mir so lustig in meinem Sinn, daß ich gleich auch hätte mit studieren mögen. Ich konnte mich gar nicht satt hören, denn ich unterhalte mich gern mit studierten Leuten, wo man etwas profitieren kann. Aber es konnte gar nicht zu einem recht vernünftigen Diskurse kommen. Denn dem einen Studenten war vorhin angst geworden, weil die Vakanz so bald zu Ende gehen sollte. Er hatte daher hurtig seine Klarinette zusammengesetzt, ein Notenblatt vor sich auf das aufgestemmte Knie hingelegt und exerzierte sich eine schwierige Passage aus einer Messe ein, die er mitblasen sollte, wenn sie nach Prag zurückkamen. Da saß er nun und fingerte und pfiff dazwischen manchmal so falsch, daß es einem durch Mark und Bein ging und man oft sein eigenes Wort nicht verstehen konnte.

Auf einmal schrie der Waldhornist mit seiner Baßstimme: „Topp, da hab' ich es", er schlug dabei fröhlich auf die Landkarte neben ihm. Der andere ließ auf einen Augenblick von seinem fleißigen Blasen ab und sah ihn verwundert an. „Hört", sagte der Waldhornist, „nicht weit von Wien ist ein Schloß, auf dem Schlosse ist ein Portier, und der Portier ist mein Vetter! Teuerste Condiscipels, da müssen wir hin, machen dem Herrn Vetter unser Kompliment, und er wird dann schon dafür sorgen, wie er uns wieder weiter fortbringt!" – Als ich das hörte, fuhr ich geschwind auf. „Bläst er nicht auf dem Fagott?" rief ich, „und ist von langer, gerader Leibesbeschaffenheit, und hat eine große, vornehme Nase?" – Der Waldhornist nickte mit dem Kopfe. Ich aber embrassierte ihn vor Freuden, daß ihm der Dreistutzer vom Kopfe fiel, und wir beschlossen nun sogleich, alle miteinander im Postschiffe auf der Donau nach dem Schlosse der schönen Gräfin hinunterzufahren.

Als wir an das Ufer kamen, war schon alles zur Abfahrt

bereit. Der dicke Gastwirt, bei dem das Schiff über Nacht angelegt hatte, stand breit und behaglich in seiner Haustür, die er ganz ausfüllte, und ließ zum Abschied allerlei Witze und Redensarten erschallen, während in jedem Fenster ein Mädchenkopf herausfuhr und den Schiffern noch freundlich zunickte, die soeben die letzten Pakete nach dem Schiffe schafften. Ein ältlicher Herr mit einem grauen Überrock und schwarzen Halstuch, der auch mitfahren wollte, stand am Ufer und sprach sehr eifrig mit einem jungen, schlanken Bürschchen, das mit langen ledernen Beinkleidern und knapper, scharlachroter Jacke vor ihm auf einem prächtigen Engländer saß. Es schien mir zu meiner großen Verwunderung, als wenn sie beide zuweilen nach mir hinblickten und von mir sprächen. – Zuletzt lachte der alte Herr, das schlanke Bürschchen schnalzte mit der Reitgerte und sprengte, mit den Lerchen über ihm um die Wette, durch die Morgenluft in die blitzende Landschaft hinein.

Unterdes hatten die Studenten und ich unsere Kasse zusammengeschossen. Der Schiffer lachte und schüttelte den Kopf, als ihm der Waldhornist damit unser Fährgeld in lauter Kupferstücken aufzählte, die wir mit großer Not aus allen unsern Taschen zusammengebracht hatten. Ich aber jauchzte laut auf, als ich auf einmal wieder die Donau so recht vor mir sah: wir sprangen geschwind auf das Schiff hinauf, der Schiffer gab das Zeichen, und so flogen wir nun im schönsten Morgenglanze zwischen den Bergen und Wiesen hinunter.

Da schlugen die Vögel im Walde, und von beiden Seiten klangen die Morgenglocken von fern aus den Dörfern, hoch in der Luft hörte man manchmal die Lerchen dazwischen. Von dem Schiffe aber jubilierte und schmetterte ein Kanarienvogel mit darein, daß es eine rechte Lust war.

Der gehörte einem hübschen jungen Mädchen, die auch mit auf dem Schiffe war. Sie hatte den Käfig dicht neben sich stehen, von der andern Seite hielt sie ein feines Bündel Wäsche unterm Arm, so saß sie ganz still für sich und sah

recht zufrieden bald auf ihre neuen Reiseschuhe, die unter dem Röckchen hervorkamen, bald wieder in das Wasser vor sich hinunter, und die Morgensonne glänzte ihr dabei auf der weißen Stirn, über der sie die Hare sehr sauber gescheitelt hatte. Ich merkte wohl, daß die Studenten gern einen höflichen Diskurs mit ihr angesponnen hätten, denn sie gingen immer an ihr vorüber, und der Waldhornist räusperte sich dabei und rückte bald an seiner Halsbinde, bald an dem Dreistutzer. Aber sie hatten keine rechte Courage, und das Mädchen schlug auch jedesmal die Augen nieder, sobald sie ihr näher kamen.
Besonders aber genierten sie sich vor dem ältlichen Herrn mit dem grauen Überrocke, der nun auf der andern Seite des Schiffes saß und den sie gleich für einen Geistlichen hielten. Er hatte ein Brevier vor sich, in welchem er las, dazwischen aber oft in die schöne Gegend von dem Buche aufsah, dessen Goldschnitt und die vielen dareingelegten bunten Heiligenbilder prächtig im Morgenschein blitzten. Dabei bemerkte er auch sehr gut, was auf dem Schiffe vorging, und erkannte bald die Vögel an ihren Federn; denn es dauerte nicht lange, so redete er einen von den Studenten lateinisch an, worauf alle drei herantraten, die Hüte vor ihm abnahmen und ihm wieder lateinisch antworteten.
Ich aber hatte mich unterdes ganz vorn auf die Spitze des Schiffes gesetzt, ließ vergnügt meine Beine über dem Wasser herunterbaumeln und blickte, während das Schiff so fortflog und die Wellen unter mir rauschten und schäumten, immerfort in die blaue Ferne, wie da ein Turm und ein Schloß nach dem anderen aus dem Ufergrün hervorkam, wuchs und wuchs und endlich hinter uns wieder verschwand. Wenn ich nur *heute* Flügel hätte! dachte ich und zog endlich vor Ungeduld meine liebe Violine hervor und spielte alle meine ältesten Stücke durch, die ich noch zu Hause und auf dem Schloß der schönen Frau gelernt hatte. Auf einmal klopfte mir jemand von hinten auf die Achsel. Es war der geistliche Herr, der unterdes sein Buch wegge-

legt und mir schon ein Weilchen zugehört hatte. „Ei", sagte er lachend zu mir, „ei, ei, Herr ludi magister, Essen und Trinken vergißt Er." Er hieß mich darauf meine Geige einstecken, um einen Imbiß mit ihm einzunehmen, und führte mich zu einer kleinen lustigen Laube, die von den Schiffern aus jungen Birken und Tannenbäumchen in der Mitte des Schiffes aufgerichtet worden war. Dort hatte er einen Tisch hinstellen lassen, und ich, die Studenten und selbst das junge Mädchen, wir mußten uns auf die Fässer und Pakete ringsherum setzen.

Der geistliche Herr packte nun einen großen Braten und Butterschnitten aus, die sorgfältig in Papier gewickelt waren, zog auch aus einem Futteral mehrere Weinflaschen und einen silbernen, innerlich vergoldeten Becher hervor, schenkte ein, kostete erst, roch dann und prüfte wieder und reichte dann einem jeden von uns. Die Studenten saßen ganz kerzengerade auf ihren Fässern und aßen und tranken nur sehr wenig vor großer Devotion. Auch das Mädchen tauchte bloß das Schnäbelchen in den Becher und blickte dabei schüchtern bald auf mich, bald auf die Studenten, aber je öfter sie uns ansah, je dreister wurde sie nach und nach.

Sie erzählte endlich dem geistlichen Herrn, daß sie nun zum ersten Male von Hause in Kondition komme und soeben auf das Schloß ihrer neuen Herrschaft reise. Ich wurde über und über rot, denn sie nannte dabei das Schloß der schönen gnädigen Frau. – Also das soll meine zukünftige Kammerjungfer sein! dachte ich und sah sie groß an, und mir schwindelte fast dabei. – „Auf dem Schlosse wird es bald eine große Hochzeit geben", sagte darauf der geistliche Herr. „Ja", erwiderte das Mädchen, die gern von der Geschichte mehr gewußt hätte; „man sagt, es wäre schon eine alte, heimliche Liebschaft gewesen, die Gräfin hätte es aber niemals zugeben wollen." Der Geistliche antwortete nur mit „Hm, hm", während er seinen Jagdbecher vollschenkte und mit bedenklichen Mienen daraus nippte. Ich aber hatte mich mit beiden Armen weit über den Tisch vorgelegt, um die Unterredung recht genau anzuhören. Der geistliche Herr bemerkte es. „Ich kann's Euch wohl sagen", hub er wieder an, „die beiden Gräfinnen haben mich auf Kundschaft ausgeschickt, ob der Bräutigam schon vielleicht hier in der Gegend sei. Eine Dame aus Rom hat geschrieben, daß er schon lange von dort fort sei." – Wie er von der Dame aus Rom anfing, wurd' ich wieder rot. „Kennen denn Ew. Hochwürden den Bräutigam?" fragte ich ganz verwirrt. – „Nein", erwiderte der alte Herr, „aber er soll ein luftiger Vogel sein." – „O ja", sagte ich hastig, „ein Vogel, der aus jedem Käfig ausreißt, sobald er nur kann, und lustig singt, wenn er wieder in der Freiheit ist." – „Und sich in der Fremde herumtreibt", fuhr der Herr gelassen fort, „in der Nacht gassatim geht und am Tage vor den Haustüren schläft." – Mich verdroß das sehr. „Ehrwürdiger Herr", rief ich ganz hitzig aus, „da hat man Euch falsch berichtet. Der Bräutigam ist ein moralischer, schlanker hoffnungsvoller Jüngling, der in Italien in einem alten Schlosse auf großem Fuß gelebt hat, der mit lauter Gräfinnen, berühmten Malern und Kammerjungfern umgegangen ist, der sein Geld sehr wohl zu Rate zu halten weiß, wenn er nur welches hätte, der" – „Nun, nun, ich wußte nicht, daß Ihr ihn so gut kennt", unterbrach mich hier der Geistliche und lachte dabei so herzlich, daß er ganz blau im Gesichte wurde und ihm die Tränen aus den Augen rollten. – „Ich hab' doch aber gehört", ließ sich nun das Mädchen wieder vernehmen, „der Bräutigam wäre ein großer, überaus reicher Herr." – „Ach Gott, ja doch, ja! Konfusion, nichts als Konfusion!" rief der Geistliche und konnte sich noch immer vor Lachen nicht zugute geben, bis er sich endlich ganz verhustete. Als er sich wieder ein wenig erholt hatte, hob er den Becher in die Höh' und rief: „Das Brautpaar soll leben!" – Ich wußte gar nicht, was ich von dem Geistlichen und seinem Gerede denken sollte, ich schämte mich aber, wegen der römischen Geschichten, ihm hier vor allen Leuten zu sagen, daß ich selber der verlorene, glückselige Bräutigam sei.

Der Becher ging wieder fleißig in die Runde, der geistliche Herr sprach dabei freundlich mit allen, so daß ihm bald ein jeder gut wurde und am Ende alles fröhlich durcheinander sprach. Auch die Studenten wurden immer redseliger und erzählten von ihren Fahrten im Gebirge, bis sie endlich gar ihre Instrumente holten und lustig zu blasen anfingen. Die kühle Wasserluft strich dabei durch die Zweige der Laube, die Abendsonne vergoldete schon die Wälder und Täler, die schnell an uns vorüberflogen, während die Ufer von den Waldhornklängen widerhallten. – Und als dann der Geistliche von der Musik immer vergnügter wurde und lustige Geschichten aus seiner Jugend erzählte: wie auch er zur Vakanz über Berge und Täler gezogen und oft hungrig und durstig, aber immer fröhlich gewesen, und wie eigentlich das ganze Studentenleben eine große Vakanz sei zwischen der engen, düsteren Schule und der ernsten Amtsarbeit – da tranken die Studenten noch einmal herum und stimmten dann frisch ein Lied an, daß es weit in die Berge hineinschallte.

„Nach Süden nun sich lenken
Die Vöglein allzumal,
Viel Wandrer lustig schwenken
Die Hüt' im Morgenstrahl.
Das sind die Herrn Studenten,
Zum Tor hinaus es geht,
Auf ihren Instrumenten
Sie blasen zum Valet:
Ade in die Läng' und Breite,
O Prag, wir ziehn in die Weite:
Et habeat bonam pacem,
Qui sedet post fornacem!

Nachts wir durchs Städtlein schweifen,
Die Fenster schimmern weit,
Am Fenster drehn und schleifen
Viel schön geputzte Leut'.

Wir blasen vor den Türen
Und haben Durst genug,
Das kommt vom Musizieren,
Herr Wirt, ein'n frischen Trunk!
Und siehe, über ein kleines
Mit einer Kanne Weines
Venit ex sua domo –
Beatus ille homo!

Nun weht schon durch die Wälder
Der kalte Boreas,
Wir streichen durch die Felder,
Von Schnee und Regen naß,
Der Mantel fliegt im Winde,
Zerrissen sind die Schuh,
Da blasen wir geschwinde
Und singen noch dazu:
Beatus ille homo,
Qui sedet in sua domo,
Et sedet post fornacem
Et habet bonam pacem!"

Ich, die Schiffer und das Mädchen, obgleich wir alle kein Latein verstanden, stimmten jedesmal jauchzend in den letzten Vers mit ein, ich aber jauchzte am allervergnügtesten, denn ich sah soeben von fern mein Zollhäuschen und bald darauf auch das Schloß in der Abendsonne über die Bäume hervorkommen.

Zehntes Kapitel

Das Schiff stieß an das Ufer, wir sprangen schnell ans Land und verteilten uns nun nach allen Seiten im Grünen, wie Vögel, wenn das Gebauer plötzlich aufgemacht wird. Der geistliche Herr nahm eiligen Abschied und ging mit großen Schritten nach dem Schlosse zu. Die Studenten dagegen wanderten eifrig nach einem abgelegenen Gebüsch, wo sie noch geschwind ihre Mäntel ausklopfen, sich in dem vorüberfließenden Bache waschen und einer den andern rasieren wollten. Die neue Kammerjungfer endlich ging mit ihrem Kanarienvogel und ihrem Bündel unterm Arm nach dem Wirtshause unter dem Schloßberge, um bei der Frau Wirtin, die ich ihr als eine gute Person rekommandiert hatte, ein besseres Kleid anzulegen, ehe sie sich oben im Schlosse vorstellte. Mir aber leuchtete der schöne Abend recht durchs Herz, und als sie sich nun alle verlaufen hatten, bedachte ich mich nicht lange und rannte sogleich nach dem herrschaftlichen Garten hin.

Mein Zollhaus, an dem ich vorbei mußte, stand noch auf der alten Stelle, die hohen Bäume aus dem herrschaftlichen Garten rauschten noch immer darüber hin, eine Goldammer, die damals auf dem Kastanienbaume vor dem Fenster jedesmal bei Sonnenuntergang ihr Abendlied gesungen hatte, sang auch wieder, als wäre seitdem gar nichts in der Welt vorgegangen. Das Fenster im Zollhause stand offen, ich lief voller Freuden hin und steckte den Kopf in die Stube hinein. Es war niemand darin, aber die Wanduhr pickte noch immer ruhig fort, der Schreibtisch stand am Fenster und die lange Pfeife in einem Winkel wie damals. Ich konnte nicht widerstehen, ich sprang durch das Fenster hinein und setzte mich an den Schreibtisch vor das große Rechenbuch hin. Da fiel der Sonnenschein durch den Kastanienbaum vor dem Fenster wieder grüngolden auf die Ziffern in dem aufgeschlagenen Buche, die Bienen summten wieder an dem offnen Fenster hin und her, die Goldammer draußen auf dem Baume sang fröhlich immerzu. – Auf einmal aber ging die Tür aus der Stube auf, und ein alter, langer Einnehmer in meinem punktierten Schlafrock trat herein! Er blieb in der Tür stehen, wie er mich so unversehens erblickte, nahm schnell die Brille von der Nase und sah mich grimmig an. Ich aber erschrak nicht wenig darüber, sprang, ohne ein Wort zu sagen, auf und lief aus der Haustür durch den kleinen Garten fort, wo ich mich noch bald mit den Füßen in dem fatalen Kartoffelkraut verwickelt hätte, das der alte Einnehmer nunmehr, wie ich sah, nach des Portiers Rat statt meiner Blumen angepflanzt hatte. Ich hörte noch, wie er vor die Tür herausfuhr und hinter mir drein schimpfte, aber ich saß schon oben auf der hohen Gartenmauer und schaute mit klopfendem Herzen in den Schloßgarten hinein.

Da war ein Duften und Schimmern und Jubilieren von allen Vöglein; die Plätze und Gänge waren leer, aber die vergoldeten Wipfel neigten sich im Abendwinde vor mir, als wollten sie mich bewillkommnen, und seitwärts aus dem tiefen Grunde blitzte zuweilen die Donau zwischen den Bäumen nach mir herauf.

Auf einmal hörte ich in einiger Entfernung im Garten singen:

„Schweigt der Menschen laute Lust:
Rauscht die Erde wie in Träumen
Wunderbar mit allen Bäumen,
Was dem Herzen kaum bewußt,
Alte Zeiten, linde Trauer,
Und es schweifen leise Schauer
Wetterleuchtend durch die Brust."

Die Stimme und das Lied klang mir so wunderlich und doch wieder so altbekannt, als hätte ich's irgend einmal im Traume gehört. Ich dachte lange, lange nach. – „Das ist der Herr Guido!" rief ich endlich voller Freude und schwang mich schnell in den Garten hinunter – es war dasselbe Lied, das er an jenem Sommerabend auf dem Balkon des italienischen Wirtshauses sang, wo ich ihn zum letztenmal gesehen hatte.

Er sang noch immer fort, ich aber sprang über Beete und Hecken dem Liede nach. Als ich nun zwischen den letzten Rosensträuchern hervortrat, blieb ich plötzlich wie verzaubert stehen. Denn auf dem grünen Platze am Schwanenteich, recht vom Abendrote beschienen, saß die schöne gnädige Frau, in einem prächtigen Kleide und einem Kranz von weißen und roten Rosen in dem schwarzen Haar, mit niedergeschlagenen Augen auf einer Steinbank und spielte während des Liedes mit ihrer Reitgerte vor sich auf dem Rasen, gerade so wie damals auf dem Kahne, da ich ihr das Lied von der schönen Frau vorsingen mußte. Ihr gegenüber saß eine andre junge Dame, die hatte den weißen runden Nacken voll brauner Locken gegen mich gewendet und sang zur Gitarre, während die Schwäne auf dem stillen Weiher langsam im Kreise herumschwammen. – Da hob die schöne Frau auf einmal die Augen und schrie laut auf, da sie mich erblickte. Die andere Dame wandte sich rasch nach mir herum, daß ihr die Locken ins Gesicht flogen, und da sie mich recht ansah, brach sie in ein unmäßiges Lachen aus, sprang dann von der Bank und klatschte dreimal mit den Händchen. In demselben Augenblick kam eine große Menge kleiner Mädchen in blütenweißen kurzen Kleidchen mit grünen und roten Schleifen zwischen den Rosensträuchern hervorgeschlüpft, so daß ich gar nicht begreifen konnte, wo sie alle gesteckt hatten. Sie hielten eine lange Blumengirlande in den Händen, schlossen schnell einen Kreis um mich, tanzten um mich herum und sangen dabei:

„Wir bringen dir den Jungfernkranz
Mit veilchenblauer Seide,
Wir führen dich zu Lust und Tanz,
Zu neuer Hochzeitsfreude.
Schöner, grüner Jungfernkranz,
Veilchenblaue Seide."

Das war aus dem Freischützen. Von den kleinen Sängerinnen erkannte ich nun auch einige wieder, es waren Mädchen aus dem Dorfe. Ich kneipte sie in die Wangen und wäre gern aus dem Kreise entwischt, aber die kleinen schnippischen Dinger ließen mich nicht heraus. – Ich

wußte gar nicht, was die Geschichte eigentlich bedeuten sollte, und stand ganz verblüfft da.
Da trat plötzlich ein junger Mann in feiner Jägerkleidung aus dem Gebüsch hervor. Ich traute meinen Augen kaum – es war der fröhliche Herr Leonhard! – Die kleinen Mädchen öffneten nun den Kreis und standen auf einmal wie verzaubert alle unbeweglich auf einem Beinchen, während sie das andere in die Luft streckten und dabei die Blumengirlanden mit beiden Armen hoch über den Köpfen in die Höh' hielten. Der Herr Leonhard aber faßte die schöne gnädige Frau, die noch immer ganz stillstand und nur manchmal auf mich herüberblickte, bei der Hand, führte sie bis zu mir und sagte:
„Die Liebe – darüber sind nun alle Gelehrten einig – ist eine der couragiösesten Eigenschaften des menschlichen Herzens, die Bastionen von Rang und Stand schmettert sie mit einem Feuerblicke danieder, die Welt ist ihr zu eng und die Ewigkeit zu kurz. Ja, sie ist eigentlich ein Poetenmantel, den jeder Phantast einmal in der kalten Welt umnimmt, um nach Arkadien auszuwandern. Und je entfernter zwei getrennte Verliebte voneinander wandern, in desto anständigern Bogen bläst der Reisewind den schillernden Mantel hinter ihnen auf, desto kühner und überraschender entwickelt sich der Faltenwurf, desto länger und länger wächst der Talar den Liebenden hinten nach, so daß ein Neutraler nicht über Land gehen kann, ohne unversehens auf ein paar solche Schleppen zu treten. O teuerster Herr Einnehmer und Bräutigam! obgleich Ihr in diesem Mantel bis an die Gestade der Tiber dahinrauschtet, das kleine Händchen Eurer gegenwärtigen Braut hielt Euch dennoch am äußersten Ende der Schleppe fest, und wie Ihr zucktet und geigtet und rumortet, Ihr mußtet zurück in den stillen Bann ihrer schönen Augen. – Und nun dann, da es so gekommen ist, ihr zwei lieben, lieben närrischen Leute! schlagt den seligen Mantel um euch, daß die ganze andere Welt rings um euch untergeht – liebt euch wie die Kaninchen und seid glücklich!"

Der Herr Leonhard war mit seinem Sermon kaum erst fertig, so kam auch die andere junge Dame, die vorhin das Liedchen gesungen hatte, auf mich los, setzte mir schnell einen frischen Myrtenkranz auf den Kopf und sang dazu sehr neckisch, während sie mir den Kranz in den Haaren festrückte und ihr Gesichtchen dabei dicht vor mir war:

„Darum bin ich dir gewogen,
Darum wird dein Haupt geschmückt,
Weil der Strich von deinem Bogen
Öfters hat mein Herz entzückt."

Dann trat sie wieder ein paar Schritte zurück. – „Kennst du die Räuber noch, die dich damals in der Nacht vom Baume schüttelten?" sagte sie, indem sie einen Knicks mir machte und mich so anmutig und fröhlich ansah, daß mir ordentlich das Herz im Leibe lachte. Darauf ging sie, ohne meine Antwort abzuwarten, rings um mich herum. „Wahrhaftig noch ganz der alte, ohne allen welschen Beischmack! Aber nein, sieh doch nur einmal die dicken Taschen an!" rief sie plötzlich zu der schönen gnädigen Frau, „Violine, Wäsche, Barbiermesser, Reisekoffer, alles durcheinander!" Sie drehte mich nach allen Seiten und konnte sich vor Lachen gar nicht zugute geben. Die schöne gnädige Frau war unterdes noch immer still und mochte gar nicht die Augen aufschlagen vor Scham und Verwirrung. Oft kam es mir vor, als zürnte sie heimlich über das viele Gerede und Spaßen. Endlich stürzten ihr plötzlich Tränen aus den Augen, und sie verbarg ihr Gesicht an der Brust der andern Dame. Diese sah sie erst erstaunt an und drückte sie dann herzlich an sich.

Ich aber stand ganz verdutzt da. Denn je genauer ich die fremde Dame betrachtete, desto deutlicher erkannte ich sie, es war wahrhaftig niemand anders als – der junge Herr Maler Guido!

Ich wußte gar nicht, was ich sagen sollte, und wollte soeben näher nachfragen, als Herr Leonhard zu ihr trat und heimlich mit ihr sprach. „Weiß er denn noch nicht?" hörte ich ihn fragen. Sie schüttelte mit dem Kopfe. Er besann sich darauf einen Augenblick. „Nein, nein", sagte er endlich, „er muß schnell alles erfahren, sonst entsteht nur neues Geplauder und Gewirre."

„Herr Einnehmer", wandte er sich nun zu mir, „wir haben jetzt nicht viel Zeit, aber tue mir den Gefallen und wundere dich hier in aller Geschwindigkeit aus, damit du nicht hinterher durch Fragen, Erstaunen und Kopfschütteln unter den Leuten alte Geschichten aufrührst und neue Erdichtungen und Vermutungen ausschüttelst." – Er zog mich bei diesen Worten tiefer in das Gebüsch hinein, während das Fräulein mit der von der schönen gnädigen Frau weggelegten Reitgerte in der Luft focht und alle ihre Lokken tief in das Gesichtchen schüttelte, durch die ich aber doch sehen konnte, daß sie bis an die Stirn rot wurde. – „Nun denn", sagte Herr Leonhard, „Fräulein Flora, die hier soeben tun will, als hörte und wüßte sie von der ganzen Geschichte nichts, hatte in aller Geschwindigkeit ihr Herzchen mit jemand vertauscht. Darüber kommt ein andrer und bringt ihr mit Prologen, Trompeten und Pauken wiederum *sein* Herz dar und will ihr Herz dagegen. Ihr Herz ist aber schon bei jemand, und jemands Herz bei ihr, und der Jemand will sein Herz nicht wieder haben und ihr Herz nicht wieder zurückgeben. Alle Welt schreit – aber du hast wohl noch keinen Roman gelesen?" – Ich verneinte es. – „Nun, so hast du doch einen mitgespielt. Kurz: das war eine solche Konfusion mit den Herzen, daß der Jemand – das heißt ich – mich zuletzt selbst ins Mittel legen mußte. Ich schwang mich bei lauer Sommernacht auf mein Roß, hob das Fräulein als Maler Guido auf das andere, und so ging es fort nach Süden, um sie in einem meiner einsamen Schlösser in Italien zu verbergen, bis das Geschrei wegen der Herzen vorüber wäre. Unterwegs aber kam man uns auf die Spur, und von dem Balkon des welschen Wirtshauses, vor dem du so vortrefflich Wache schliefst, erblickte Flora plötzlich unsere Verfolger." –

„Also der bucklige Signor?" – „War ein Spion. Wir zogen uns daher heimlich in die Wälder und ließen dich auf dem vorbestellten Postkurse allein fortfahren. Das täuschte unsere Verfolger und zum Überfluß auch noch meine Leute auf dem Bergschlosse, welche die verkleidete Flora stündlich erwarteten und mit mehr Diensteifer als Scharfsinn dich für das Fräulein hielten. Selbst hier auf dem Schlosse glaubte man, daß Flora auf dem Felsen wohne, man erkundigte sich, man schrieb an sie – hast du nicht ein Briefchen erhalten?" – Bei diesen Worten fuhr ich blitzschnell mit dem Zettel aus der Tasche. – „Also dieser Brief?" – „Ist an mich", sagte Fräulein Flora, die bisher auf unsere Rede gar nicht acht zu geben schien, riß mir den Zettel rasch aus der Hand, überlas ihn und steckte ihn dann in den Busen. – „Und nun", sagte Herr Leonhard, „müssen wir schnell in das Schloß, da wartet schon alles auf uns. Also zum Schluß, wie sich's von selbst versteht und einem wohlerzogenen Romane gebührt: Entdekkung, Reue, Versöhnung, wir sind alle wieder lustig beisammen, und übermorgen ist Hochzeit!"

Da er noch so sprach, erhob sich plötzlich in dem Gebüsch ein rasender Spektakel von Pauken und Trompeten, Hörnern und Posaunen; Böller wurden dazwischen gelöst und Vivat gerufen, die kleinen Mädchen tanzten von neuem, und aus allen Sträuchern kam ein Kopf über dem andern hervor, als wenn sie aus der Erde wüchsen. Ich sprang in dem Geschwirre und Geschleife ellenhoch von einer Seite zur andern, da es aber schon dunkel wurde, erkannte ich erst nach und nach alle die alten Gesichter wieder. Der alte Gärtner schlug die Pauken, die Prager Studenten in ihren Mänteln musizierten mitten darunter, neben ihnen fingerte der Portier wie toll auf seinem Fagott. Wie ich den so unverhofft erblickte, lief ich sogleich auf ihn zu und embrassierte ihn heftig. Darüber kam er ganz aus dem Konzept. „Nun wahrhaftig, und wenn der bis ans Ende der Welt reist, er ist und bleibt ein Narr!" rief er den Studenten zu und blies ganz wütend weiter.

Unterdes war die schöne gnädige Frau vor dem Rumor heimlich entsprungen und flog wie ein aufgescheuchtes Reh über den Rasen tiefer in den Garten hinein. Ich sah es noch zur rechten Zeit und lief ihr eiligst nach. Die Musikanten merkten in ihrem Eifer nichts davon, sie meinten nachher: wir wären schon nach dem Schlosse aufgebrochen, und die ganze Bande setzte sich nun mit Musik und großem Getümmel gleichfalls dorthin auf den Marsch.
Wir aber waren fast zu gleicher Zeit in einem Sommerhause angekommen, das am Abhange des Gartens stand, mit dem offenen Fenster nach dem weiten, tiefen Tale zu. Die Sonne war schon lange untergegangen hinter den Bergen, es schimmerte nur noch wie ein rötlicher Duft über dem warmen, verschallenden Abend, aus dem die Donau immer vernehmlicher heraufrauschte, je stiller es ringsum wurde. Ich sah unverwandt die schöne Gräfin an, die ganz erhitzt vom Laufen dicht vor mir stand, so daß ich ordentlich hören konnte, wie ihr das Herz schlug. Ich wußte nun aber gar nicht, was ich sprechen sollte vor Respekt, da ich auf einmal so allein mit ihr war. Endlich faßte ich ein Herz, nahm ihr kleines, weißes Händchen – da zog sie mich schnell an sich, fiel mir um den Hals, und ich umschlang sie fest mit beiden Armen.
Sie machte sich aber geschwind wieder los und legte sich ganz verwirrt in das Fenster, um ihre glühenden Wangen in der Abendluft abzukühlen. – „Ach", rief ich, „mir ist mein Herz recht zum Zerspringen, aber ich kann mir noch alles nicht recht denken, es ist mir alles noch wie ein Traum!" – „Mir auch", sagte die schöne gnädige Frau. „Als ich vergangenen Sommer", setzte sie nach einer Weile hinzu, „mit der Gräfin aus Rom kam, und wir das Fräulein Flora glücklich gefunden hatten und mit zurückbrachten, von dir aber dort und hier nichts hörte – da dacht' ich nicht, daß alles noch so kommen würde! Erst heut zu Mittag sprengte der Jockei, der gute, flinke Bursch, atemlos auf den Hof und brachte die Nachricht, daß du mit dem Postschiffe kämst." – Dann lachte sie still

in sich hinein. „Weißt du noch“, sagte sie, „wie du mich damals auf dem Balkon zum letztenmal sahst? Das war gerade wie heute, auch so ein stiller Abend, und Musik im Garten.“ – „Wer ist denn eigentlich gestorben?“ fragte ich hastig. – „Wer denn?“ sagte die schöne Frau und sah mich erstaunt an. „Der Herr Gemahl von Ew. Gnaden“, erwiderte ich, „der damals mit auf dem Balkon stand.“ – Sie wurde ganz rot. „Was hast du auch für Seltsamkeiten im Kopfe!“ rief sie aus, „das war ja der Sohn von der Gräfin, der eben von Reisen zurückkam, und es traf gerade auch mein Geburtstag, da führte er mich mit auf den Balkon hinaus, damit ich auch ein Vivat bekäme. – Aber deshalb bist du wohl damals von hier fortgelaufen?“ – „Ach Gott, freilich!“ rief ich aus und schlug mich mit der Hand vor die Stirn. Sie aber schüttelte mit dem Köpfchen und lachte recht herzlich.

Mir war so wohl, wie sie so fröhlich und vertraulich neben mir plauderte, ich hätte bis zum Morgen zuhören mögen. Ich war so recht seelenvergnügt und langte eine Hand voll Knackmandeln aus der Tasche, die ich noch aus Italien mitgebracht hatte. Sie nahm auch davon, und wir knackten nun und sahen zufrieden in die stille Gegend hinaus. – „Siehst du“, sagte sie nach einem Weilchen wieder, „das weiße Schlößchen, das da drüben im Mondschein glänzt, das hat uns der Graf geschenkt, samt dem Garten und den Weinbergen, da werden wir wohnen. Er wußt’ es schon lange, daß wir einander gut sind und ist dir sehr gewogen, denn hätt’ er dich nicht mitgehabt, als er das Fräulein aus der Pensionsanstalt entführte, so wären sie beide erwischt worden, ehe sie sich vorher noch mit der Gräfin versöhnten, und alles wäre anders gekommen.“ – „Mein Gott, schönste gnädigste Gräfin“, rief ich aus, „ich weiß gar nicht mehr, wo mir der Kopf steht vor lauter unverhofften Neuigkeiten! also der Herr Leonhard?“ – „Ja, ja“, fiel sie mir in die Rede, „so nannte er sich in Italien; dem gehören die Herrschaften da drüben, und er heiratet nun unserer Gräfin Tochter, die schöne Flora. – Aber was nennst du mich denn Gräfin?" – Ich sah sie groß an. – „Ich bin ja gar keine Gräfin", fuhr sie fort, „unsere gnädige Gräfin hat mich nur zu sich aufs Schloß genommen, da mich mein Onkel, der Portier, als kleines Kind und arme Waise mit hierher brachte."

Nun war's mir doch nicht anders, als wenn mir ein Stein vom Herzen fiele! „Gott segne den Portier", versetzte ich ganz entzückt, „daß er unser Onkel ist! ich habe immer große Stücke auf ihn gehalten." – „Er meint es auch gut mir dir", erwiderte sie, „wenn du dich nur etwas vornehmer hieltest, sagt er immer. Du mußt dich jetzt auch eleganter kleiden." – „O", rief ich voller Freuden, „englischen Frack, Strohhut und Pumphosen und Sporen! und gleich nach der Trauung reisen wir fort nach Italien, nach Rom, da gehen die schönen Wasserkünste, und nehmen die Prager Studenten mit und den Portier!" Sie lächelte still und sah mich recht vergnügt und freundlich an, und von fern schallte immerfort die Musik herüber, und Leuchtkugeln flogen vom Schloß durch die stille Nacht über die Gärten, und die Donau rauschte dazwischen herauf – und es war alles, alles gut!

Viel Lärmen um Nichts

Wenn wir Schatten euch beleidigt,
O so glaubt – und wohl verteidigt
Sind wir dann –, ihr alle schier
Habet nur geschlummert hier
Und geschaut in Nachtgesichten
Eures eignen Hirnes Dichten.

Shakespeares *Sommernachtstraum*

„Wem gehört der prächtige Palast dort unten?" fragte Prinz Romano, auf dem schlanken Engländer nach seinen Begleitern zurückgewandt, indem sie soeben auf einer Höhe aus dem Walde hervorkamen und auf einmal eine weite, reiche Tiefe vor sich erblickten. – „Dem Herrn Publikum!" erwiderte ein schöner Jüngling aus dem Gefolge. – „Wie! Also hier wohnt der wunderliche Kauz? Kennst du ihn denn?" rief der Prinz verwundert aus. – „Nur dem Rufe nach", entgegnete der Jüngling, sichtbar verwirrt und mit flüchtigem Erröten.
Die untergehende Sonne beglänzte unterdes scharf die schönsten Umrisse des Palastes; heiter und wohnlich erhob er sich über die weiten, fruchtbaren Ebenen, mit den Spiegelfenstern noch hell herüberleuchtend, während die Felder ringsum schon zu verdunkeln anfingen. Ein schöner Garten umgab das Schloß und schien im Abendduft mit der Landschaft und dem schimmernden Strome bis weit an die fernen blauen Berge hin zusammenfließen.
„Göttliche Ironie des Reiselebens!" sagte der Prinz zu seinen Begleitern. „Wer von euch hätte nicht schon sattsam von diesem Publikum gehört, über ihn gelacht und sich geärgert? Es juckt mich lange in allen Talenten, ihm einmal ein Schnippchen zu schlagen, und wenn es euch recht ist, so sprechen wir heute über Nacht bei ihm ein. Laßt mich nur machen, es gibt die köstlichste Novelle!" – Der Einfall wurde von der ganzen Gesellschaft mit lautem Beifall aufgenommen, und alle lenkten sogleich der breiten, glänzenden Kunststraße zu, die nach dem Palast zu führen schien.
Es war anmutig anzusehen, wie die bunten Reiter beim

Gesang der Waldvögel langsam die grüne Anhöhe hinabzogen, bald zwischen den Bäumen verschwindend, bald wieder vom Abendrote hell beleuchtet. Am wohlgefälligsten aber spielten die Abendlichter über der zierlichen Gestalt jenes schönen Jünglings, der vorhin dem Prinzen den Besitzer des Palastes genannt hatte. Der muntere Bursch, soeben als ausgelernter Jäger aus der Fremde zurückkehrend, hatte sich im Gebirge verirrt. So traf ihn die Gesellschaft im Walde, welcher er sich nun auf einige Tagereisen angeschlossen. Sein frisches, fröhliches Wesen schien den ganzen bunten Trupp wunderbar zu beleben. Denn während seine Augen mit schalkischem Wohlgefallen auf den vornehmen Anführern des Zuges ruhten, führte er hinten ein unausgesetztes Witzgefecht mit den Jägern oder er sang zu allgemeinem Ergötzen die herrlichsten Jagdlieder. Der Kammerherr des Prinzen schrieb die Lieder sorgfältig auf und ärgerte sich dann, wenn der Bursch sie das nächstemal wieder ganz anders sang, so daß er mit Notieren der Varianten gar nicht zu Ende kommen konnte. – Der Prinz aber hatte seine eigenen Pläne dabei: er gedachte sich des hübschen, gewandten Jungen in den nächsten Tagen als Pagen und Liebesboten sehr vorteilhaft zu bedienen. Die junge Gräfin Aurora nämlich, von deren poetischen Natur und Zauberschönheit bei allen Poeten im Lande groß Geschrei war, wurde aus Italien auf ihren Gütern in dieser Gegend hier erwartet, und Romano war soeben aufgebrochen, die Wunderbare kennen zu lernen und ihr auf seine Weise den Hof zu machen.

Es war schon dunkel geworden, als die Gesellschaft fröhlich schwätzend in dem Park des Herrn Publikum anlangte. Mit Verwunderung gewahrten sie hier, je tiefer sie hineinritten, eine unerklärliche Bewegung und Unruhe; es war, als rührten die Gebüsche sich ringsumher in der Dämmerung, einzelne Figuren schlüpften hastig da und dort hervor, andere schienen erschrocken dem Schlosse zuzueilen. Jetzt sahen sie auch in dem Palaste Lichter durch die ganze Reihe der Fenster auf und nieder irren,

eine halberleuchtete Krone drehte sich oben, bald noch eine und wieder eine. Auf einmal stiegen draußen mehrere Leuchtkugeln empor und ließen plötzlich in wunderbarem, bleichem Licht eine stille Gemeinde fremder Gesichter bemerken, die fast gespensterhaft aus allen Büschen hervorblickten. „Meine Nähe und unser Entschluß, hier einzusprechen, muß auf dem Schlosse verraten sein", sagte der Prinz mit vornehmer Nachlässigkeit; „es ist ein unbequemes Wesen um den Dichterruhm!"
In diesem Augenblick wölbte sich ein Mondscheinregenbogen luftig vor ihnen über die Wipfel, auf dessen Höhe eine goldene Lyra, von einem Lorbeerkranz umwunden, sichtbar wurde. – „Zart – sinnig!" rief der überraschte und geschmeichelte Prinz aus, mußte aber schnell abbrechen, um seinen Engländer zu bändigen, der immer ungebärdiger um sich blickte und schnaubte, als sie unter dem glänzenden Triumphtore einzogen. Unterdes gab der unversehene Knall eines Böllers das Signal zum Abbrennen eines ausgedehnten Feuerwerkes, das plötzlich den ganzen Platz in einen feurigen Zaubergarten verwandelte. Jetzt war das Pferd nicht länger zu halten; pfeilschnell zwischen dem Sprühen und Prasseln, über Blumen und Hecken gerade fort, flog es an den Feuerrädern und Tempeln vorüber, die Begleiter konnten nicht so rasch nach, die Zuschauer aus den Büschen schrien: „Hurra!" Mit Schrecken sah der Prinz im Fluge immer näher und näher den Palast vor sich, Fackeln am Eingange, und die Herren des Hauses mit zahlreicher Gesellschaft zum Empfange feierlich die Treppe herabsteigen. Mitten in dieser Verwirrung begann endlich das geängstigte Roß auf dem freien Rasenteppich zu bocken, und so unter den wunderlichsten Sprüngen langte der Prinz wie auf einem tollgewordenen Schaukelpferde vor dem Palaste an. – „Mein Gott!" rief ihm der Herr Publikum entgegen, „lassen Sie sich herab!" – „Bitte sehr, nichts von Herablassung", erwiderte der Prinz, schon ganz schief vom Sattel hängend, während er den Hut vom Kopf verlor. Hier wurde ein zweiter Böl-

ler gelöst, das Pferd feuerte noch einmal wütend aus, und Romano lag auf dem Sande.
Während sich dies vor dem Palast begab, sah man zwischen den Schlaglichtern des verlöschenden Feuerwerks eine junge Dame zu Pferde die Allee heransprengen. Die wunderbare Beleuchtung gab der hohen, schlanken Gestalt etwas Wildschönes, und ein freudiges: Ach! begrüßte von allen Seiten die Erscheinung. Ein reichgeschmückter Jockei der Dame hatte unterdes Romanos lediges Pferd ergriffen. Sie selbst aber schwang sich schnell vom Sattel und trat mit besorgten, fragenden Blicken zu dem gefallenen Prinzen. Dieser, als er die herabgebeugte Gestalt und die schönen, großen Augen zwischen den herabwallenden Locken so plötzlich über sich erblickte, erhob sich gewandt auf ein Knie vor ihr und sagte, zierlich ihre Hand küssend: „Nun weiß ich, an welchen Sternen sich diese verzauberten Gebüsche entzündet haben!" – Die Dame lächelte schweigend und schien unruhig und vergeblich mit den Augen jemand in dem Kreise der Umstehenden zu suchen. Prinz Romano aber sprang ohne alle Verlegenheit auf, schüttelte sich ab, reichte der Schönen seinen Arm und führte sie die breite Treppe hinan, während der etwas korpulente Herr Publikum, der gar nicht wußte, wie ihm geschah, Mühe hatte, ihnen so rasch zu folgen.
Oben aber enstand nunmehr die größte Konfusion. Durch eine glänzende Reihe hell erleuchteter Gemächer bewegte sich eine zahlreiche Versammlung in festlicher Erwartung, alle Augen waren auf das eintretende Paar gerichtet, der Prinz grüßte vornehm nach allen Seiten. Da kam plötzlich Herr Publikum atemlos nach. „Romano?" hörte ihn der Prinz hinter sich eifrig zu den Nachfolgenden sagen. „Prinz Romano? Verfasser von – ? Ich wüßte nicht – habe nicht die Ehre." – Die Dame sah verwundert bald den Sprechenden, bald den Prinzen an: „Wer von Ihnen beiden ist denn aber nun eigentlich der Herr Publikum?" – „Sind Sie denn nicht seine Tochter?" fragte der Prinz, nicht wenig erstaunt. – Hier wurden sie durch

Herrn Publikum unterbrochen, der in eiliger Geschäftigkeit, mit dem seidnen Schnupftuche sich den Schweiß trocknend, der Dame seinen Arm reichte. „Konfusion, lauter Konfusion!“ sagte er voller Verwirrung. „Mondschein, Regenbogen, Böller, Mißverständnis, ein unerwarteter Gast – alles zu früh abgefeuert; sobald Sie kamen, Gnädigste, sollten sie abgebrannt werden.“ – Hiermit war er mit der Gefeierten in der Menge verschwunden, alles drängte neugierig nach. – „Wer ist die Dame?“ fragte der Prinz einen der Nachzügler. – „Die schöne Gräfin Aurora“, war die Antwort.

Es war noch alles still im Schloß nach dem Feste, das bis tief in die Nacht hinein gedauert hatte. Nur Prinz Romano, die Heimlichkeit der Morgenzeit benutzend, stand schon eifrig vor dem hohen Wandspiegel zwischen Kämmen, Flaschen und Büchschen, die auf allen Stühlen umherlagen. Dem Rausche einer wüst durchlebten Jugend war frühzeitig ein fataler Katzenjammer gefolgt, und sein Haupt insbesondere hatte in den mannigfachen Raufereien mit den Leidenschaften bedeutend Haare lassen müssen. Alle diese Defekte geschickt zu decken, war heut sein erstes Tagewerk, da er leider aus Erfahrung wußte, daß vor den Augen der Damen in Auroras Alter der Lorbeerkranz die Glatze eines Dichters nicht zu verbergen vermag. – Draußen aber ging der herrlichste Sommermorgen funkelnd an allen Fenstern des Palastes vorüber, alle Vögel sangen in der schönen Einsamkeit, während von fern aus den Tälern die Morgenglocken über den Garten heraufklangen. Da vernahm der Prinz zwischen den blitzenden Gebüschen unten abgebrochen einzelne volle Gitarrenakkorde. Das konnte er niemals ohne innerliche Resonanz ertragen, die frühesten Jugenderinnerungen klangen sogleich mit an: ferne blaue Berge, Reisebilder, italienische Sommernächte, erlebte und gelesene. Auch heute vermochte er dem Zuge poetischer Kameradschaft nicht

zu widerstehen, er warf Kämme und Büchsen fort und eilte die breiten, stillen Marmortreppen hinab, in den Park hinaus.
Ein frischer Morgenwind ging durch die Wipfel, aber in dem Rauschen war ringsumher kein Lautenklang mehr zu vernehmen. Der Prinz horchte, schritt dann tiefer in das taufrische Labyrinth hinein und lauschte wieder. Da glaubte er in einiger Entfernung sprechen zu hören, als eine plötzliche Wendung des Ganges ihm einen unerwarteten Anblick eröffnete. Ein junger Mann nämlich, in leichter Reisekleidung und eine Gitarre im Arm, hatte sich soeben über den Zaun in den Garten geschwungen; ein Jäger saß noch auf dem Zaune, beide waren bemüht, einem kurzen, wohlbeleibten Manne gleichfalls herüberzuhelfen. „Sind Euer nicht noch mehr dahinter?" fragte der Jäger mit pfiffiger Miene. – „Dummes Zeug!" erwiderte der Dicke, mühsam kletternd und halb zu dem andern gewendet: „Ihr habt immer solche absonderliche Streiche im Kopf und meint, es sei poetisch, weil's kurios ist. Da brauch' ich keinen solchen nichtswürdigen Zaun dazu, ich trage die rechte Himmelsleiter allezeit bei mir, die leg' ich an, gerade in die Luft, wo mir's beliebt, und auf der klettre ich fixer hinan als ihr alle zusammen!" – Hier wandte sich der Fremde mit der Gitarre rasch herum, Prinz Romano blieb in höchster Überraschung wie eingewurzelt stehen. „Mein Gott!" rief er, „Graf *Leontin* – aus, ‚Ahnung und Gegenwart'!" – „Ist gleich an der Gitarre zu erkennen", fiel ihm der Dicke ins Wort; „er kann nicht ‚wohlgespeist zu haben' sagen ohne einen Griff in die Saiten dazu." – „Der Dichter *Faber*", sagte Leontin, den Dicken präsentierend, „noch immer der alte; er kann, wie ein Bär, nicht ohne Brummen tanzen." – „Aber, liebe Herzensjungen", entgegnete der Prinz, „ich versteh' noch immer nicht – wie kommt ihr hierher, was wollt ihr?" – „Der schönen Aurora im Vorüberziehen ein Ständchen bringen", erwiderte Leontin. – „Ständchen?" rief Prinz Romano begeistert aus; „Morgenständchen im Garten? O da muß ich

mit! wo ist ihr Schlafgemacht?" – „Der Jäger da will uns weisen", sagte Leontin; „von ihm erfuhren wir's, daß die Gräfin hier ist." – „Pst! pst! wir sind schon unter der Schußweite der Fenster!" unterbrach sie Herr Faber, indem er, ungeachtet seiner Korpulenz, gebückt und voller Eifer auf den Zehen fortzog, als wollte er ein Vogelnest beschleichen. Der Jäger führte ihn unablässig in die Kreuz und Quer, der breite Dichter stolperte und schimpfte, der Jäger sprach lustig Mut zu, die andern folgten lachend. So zog das wunderliche Häuflein zankend, schwirrend und sumsend durch die stille Morgenluft bis an eine Rosenhecke, wo ihr Führer sie endlich aufstellte. Die Schloßfenster leuchteten wie glänzende Augen zu ihnen herüber; Leontin griff, ohne sich lange zu besinnen, in die Saiten, Faber übernahm die Baßpartie, und sie sangen munter:

„In den Wipfeln frische Lüfte,
Fern melod'scher Quellen Fall,
Durch die Einsamkeit der Klüfte
Waldeslaut und Vogelschall,
Scheuer Träume Spielgenossen,
Steigen all' beim Morgenschein
Auf des Weinlaubs schwanken Sprossen
Dir ins Fenster aus und ein.
Und wir nahn noch halb in Träumen,
Und wir tun in Klängen kund,
Was da draußen in den Bäumen
Singt der weite Frühlingsgrund.
Regt der Tag erst laut die Schwingen
Sind wir alle wieder weit –
Aber tief im Herzen klingen
Lange nach noch Lust und Leid."

„Ein scharmantes Lied!" unterbrach sie hier der entzückte Prinz. – „Still, still", sagte Faber, „da wackelte eben die Gardine oben im Fenster!" – „Wahrhaftig", rief Romano, „sehet ihr, zwei göttliche Augen blitzen heimlich zwischen den Vorhängen hindurch!" – Sie sangen von neuem:

„Dicke Liederknospen grünen
Hier vom Wipfel bis zum Grund –
Einen Blick aus den Gardinen,
Und der Strauch blüht liebesbunt!"

Jetzt öffnete sich wirklich das verhängnisvolle Fenster. – Herr Publikum, eine schneeweiße Schlafmütze auf dem Kopf, lehnte sich breit und behaglich heraus und gähnte, als wollte er den ganzen Morgen verschlingen. Die Sänger starrten wie versteinert durch ihr Versteck in den unverhofften Rachen. „Danke, danke, meine unsichtbaren Freunde, für diese angenehme Aufmerksamkeit!" sagte der Mäcenas oben, noch immer gähnend und mit der fetten Hand vornehm herabwinkend. „Zu viel Ehre – mein geringes Interesse an den schönen Künsten und Wissenschaften – es freut mich, daß es solch zarte Anerkennung –" Aber Leontin ließ ihn nicht ausreden, er griff wütend in die Saiten und übersang ihn:

„Was hast du für ein großes Maul,
Kannst sprechen ganz besunder;
Lob mich auch 'mal, sei nicht so faul!
Lobst sonst ja manchen Plunder."

Der ganz verdutzte Publikum, als er sich recht besann, wie ihm eigentlich geschehen, geriet über diesen unerwarteten Gruß in einen unmäßigen Zorn. „Wer tat mir das?" schrie er, „und in meinem eigenen Garten! Greift mir die impertinenten Kerls!" – Er rief nun eine Menge von Dienern bei ihren Namen, daß er ganz blau im Gesicht wurde. Über dem Geschrei erhob sich durch den ganzen Palast, treppauf, treppab, ein verworrenes Rumoren, von allen Seiten fuhren Gesichter neugierig aus allen Fenstern, durch den stillen Garten selbst hörte man schon einzelne Stimmen suchend schweifen. Der Morgenspuk in der Rosenhecke aber war bereits nach verschiedenen Richtungen hin zerstiebt. Leontin konnte vor Lachen fast nicht mehr weiter, der Prinz aus Besorgnis, sich in dem fremden Hause lächerlich zu machen, fand es am geratensten, mit den andern gleichfalls Reißaus zu nehmen; Faber dagegen, den gleich anfangs bei dem überraschenden Anblick des ungeheuern, butterglänzenden Gesichts im Fenster eine wunderliche Furcht ergriffen hatte, war schon ein gut Stück voraus und keuchte und schimpfte auf Leontins unaufhörliche Narrenstreiche und auf den Jäger, der sie vor die falschen Fenster geführt. Der letztere hatte sich inzwischen verloren, Romano aber glaubte, bald da, bald dort in den Gebüschen neben sich kichern zu hören und *Florentins,* seines hübschen Jägerbürschchens, Stimme zu erkennen.

Als sie sich draußen im Walde in Sicherheit sahen, warf sich Leontin erschöpft auf den Rasen hin, Faber ging vor ihm mit schnellen Schritten auf und nieder, sich emsig die Hände reibend, wie einer, der mit sich selbst zufrieden ist. – „Ihr seid an allem schuld, Faber", sagte Leontin; „Ihr seid schon zu schwer, Ihr fallt überall durch auf dem Glatteise der Liebe und reißt uns mit fort." – „Was, Reißen, Durchfall!" entgegnete der vergnügte Dichter; „der Publikum hat doch seinen köstlichen Ärger weg!" Dazwischen schwor er wieder, den schuftigen Jäger durchzuprügeln, und sollt' es am jüngsten Tage sein. – „Und Sie, Durchlaucht, haben als Volontär die Retirade mitgemacht", sagte Leontin zum Prinzen. – „Was war zu tun?" erwiderte dieser; „meine Freiersfüße mußten wohl für Eure Verse das Fersengeld mit bezahlen." – „Wie! Freiersfüße? wem setzen Sie darauf nach, wenn man fragen darf?" – „Dem edelsten Wilde, mein' ich, um das jemals ein Jäger Hörner angesetzt, in das jeder Weidmann geschossen ist, mit einem Wort, meine Freunde: ich möchte beinah gesonnen sein, um die Hand der schönen Gräfin Aurora zu werben." – Hier brachen Leontin und Faber, zu des Prinzen Erstaunen, plötzlich in ein unaufhaltsames

Gelächter aus. „Die Gräfin Aurora?!“ riefen sie, immerfort lachend, einer nach dem andern aus – „ebensogut könnte man die Göttin Diana unter die Haube bringen – oder der Thetis den Verlobungsring an den rosigen Finger stecken – oder die Phantasie heiraten – und alle neun Musen dazu!“

Der empfindliche Prinz hatte unterdes mit dem vornehmsten Gesicht, das ihm zu Gebot stand, seine Lorgnette hervorgezogen und nahm die Gegend und dann die Lachenden ruhig in Augenschein. „Ich muß gestehen“, sagte er endlich, das unerträgliche Gelächter unterbrechend, „Sie liebten doch früher eine gewisse geniale Eleganz, lieber Graf; es fiel mir schon vorhin auf, Sie in diesem wunderlichen, altmodischen Aufzuge wiederzusehen. Nehmt mir's nicht übel, ihr Herren, ihr seht aus wie die Trümmer eines reduzierten Freikorps.“ – „Vortrefflich, Prinz!“ rief Leontin; „Sie haben da recht den Nagel auf den Kopf getroffen! Ja, das fliegende Korps der Jugend, dem wir angehören, ist längst aufgelöst, das Handgeld flüchtiger Küsse vergeudet; diese ästhetischen Grafen und Barone, diese langhaarigen reisenden Maler, die genialen Frauen zu Pferde, sie sind nach allen Richtungen hin zerstreut; unsre tapfersten Anführer hat der Himmel quiesziert, ein neues, aus unserer Schule entlaufenes Geschlecht hat neue, langweilige Chausseen gezogen, und wir stehen wie vergessene Wegweiser in der alten, schönen Wildnis.“ – Der Prinz fuhr fast verlegen mit der Hand über die Stirn, er konnte ein abermaliges Gefühl von Kameradschaft mit diesem verunglückten Freikorps nicht unterdrücken. „Teuerster Graf“, sagte er, „Sie pflegten von jeher gern zu übertreiben.“ – „Ja, Pferde, Liebe, Lust und Witz“, erwiderte Leontin; „daher bring' ich sie nun alle ein bißchen lahm aus der Kampagne zurück.“

Hier wurden sie durch Faber unterbrochen. Der ermüdete Poet hatte sich in die warme Morgensonne bequem hingelagert und fing soeben auf die furchtbarste Weise zu schnarchen an.

„Gott behüt' uns!" rief der erschrockene Prinz aus, indem er den Schlafenden durch die Lorgnette aufmerksam betrachtete. „Sehen Sie doch, wie er sich nun abquält, ein gelindes Tabakschmauchen nachzuahmen – jetzt bläst er sich wieder mächtig auf; das ist ja, als wenn der Teufel die Baßgeige striche! – Und nun auf einmal mit einem Schlagtriller alles wieder abgeschnappt – ich glaube, er erstickt an seinem Ärger über Herrn Publikum. Was hat er denn eigentlich mit dem?"
„Der Entschlafene", erwiderte Leontin, „war in der letzteren Zeit als Hofdichter beim Herrn Publikum angestellt. – Das ging auch anfangs vortrefflich, er wurde gehauen, geschnitten, gestochen, ich meine: in Stein und Kupfer, die Damen rissen sich ordentlich um seine Romantik. Als sie nun aber nach und nach ein wenig abgerissen wurde, da war nichts weiter dahinter. Es war ein Skandal! Er konnte nicht so geschwind die neumodische klassische Toga umschlagen, verwickelte sich in der Hast mit Arm und Beinen in die schottischen Plaids und gab immer mehr Blößen – ja zuletzt sagte ihm Herr Publikum gerade auf den Kopf: er sei nun gänzlich aus der Mode geraten, ja es gebe überhaupt gar keine solche humoristische Hagestolzen wie er in der Wirklichkeit, er sei eigentlich ein bloßes in Gedanken stehen gebliebenes Hirngespinst, das für nicht vorhanden zu achten. – So hatte die atemlose Zeit auch ihn übergerannt, und ich fand den abgedankten Dichter, an seiner eigenen Existenz verzweifelnd, hier im Walde unfern von meinem Schlosse wieder." – „Wie", rief der Prinz aus, „so wohnen Sie jetzt hier in der Nähe?"
„Allerdings", entgegnete Leontin. „Die spröde Welt, die wir als unser Lustrevier erobern wollten, hat uns nach und nach bis auf ein einsames Waldschloß zurückgedrängt, und die von der alten Garde tun mir die Ehre an, sich um die zerrissene Standarte der Romantik zu versammeln, die ich auf der Zinne des Kastells aufgesteckt. Dort rumoren wir auf unsere eigene Hand lustig fort, gefallen uns selbst

und ignorieren das andre. Rauschen und singen doch die Wälder noch immerfort wie in der Jugend, und jeden Frühling wirbelt die Lerche die alten Gesellen zusammen, und von Zeit zu Zeit besucht uns dort wohl noch unser schönes Waldlieb."
Hier sprang Leontin plötzlich auf, und auch der Prinz wandte, angenehm überrascht, seine Blicke nach dem Felsen; denn ein wunderschöner Gesang klang auf einmal aus dem Walde zu ihnen herüber. Sie konnten etwa folgende Worte verstehen:

„Lindes Rauschen in den Wipfeln,
Vöglein, die ihr fernab fliegt,
Bronnen von den stillen Gipfeln,
Sagt, wo meine Heimat liegt?

Heut im Traum sah ich sie wieder,
Und von allen Bergen ging
Solches Grüßen zu mir nieder,
Daß ich an zu weinen fing.

Ach, hier auf den fremden Gipfeln:
Menschen, Quellen, Fels und Baum,
Wirres Rauschen in den Wipfeln –
Alles ist mir wie ein Traum."

Jetzt erschien der Sänger im hellsten Glanz der Morgenlichter zwischen den Bäumen – es war Florentin, das Jägerbürschchen aus Romanos Begleitung. Er stutzte und brach schnell sein Lied ab, als er den Prinzen unten bemerkte.
„Dacht' ich's doch!" rief Leontin, die leuchtende Erscheinung freudig anstaunend. – Faber rieb sich verwirrt die Augen. „Es träumte mir eben", sagt' er, „ein Engel zöge singend über mich durch die Morgenluft." – Unterdes aber war Florentin schon bei ihnen, faßte Leontin und Fa-

ber, wie alte Bekannte, rasch bei den Händen und führte sie tiefer in den Wald hinein. – Der Prinz hörte sie untereinander lachen, dann wieder sehr eifrig und heimlich sprechen; Florentins Stimme klang immerfort wie ein Glöckchen zwischen dem Vogelsang herüber.
Als sie zurückkehrten, schienen Leontin und Faber zerstreut und unruhig, wie Leute, die plötzlich einen Anschlag gefaßt haben. „Wir müssen schnell weiter; auf eine lustige Hochzeit dann!" sagte Leontin zum Prinzen und lud ihn noch heiter ein, ihn auf seinem Kastell zu besuchen. Dann eilte er sogleich mit Faber den Berg hinab, wo auf einer Waldwiese ein Jäger mit ihren Pferden im Schatten ruhte.
Florentin aber war ebenso eilig im Walde wieder verschwunden.
Erstaunt und verwirrt stand nun der Prinz in der unerwarteten Einsamkeit. Da sah er unten die beiden Freunde schon fern zwischen Weinbergen und blühenden Gärten in die glänzende Landschaft hinausziehen und Schlösser, Türme und Berge erglühten purpurn, und ein leiser Hauch wehte den Klang der Morgenglocken und Lerchensang und Düfte erquickend herauf, als läge das Land der Jugend dort in der blitzenden Ferne. Hoch oben auf den Felsen aber erschien Florentin noch einmal, schwenkte seinen Hut und sang den Fortziehenden nach:

„Muntre Vögel in den Wipfeln,
Ihr Gesellen dort im Tal,
Grüßt mir von den fremden Gipfeln
Meine Heimat tausendmal!"

Vom Garten des Herrn Publikum bringt der Wind unverhofft ein sonderbares, unerklärliches Gesumse zu uns herüber, es scheint nicht Mühlengebraus, nicht Katzengefecht, noch Murmeln rieselnder Bäche, sondern vielmehr das alles zusammen. Je mehr wir uns indes mit gebührender Vorsicht nähern, je deutlicher unterscheiden wir nach und nach das verworrene Geschnatter verschiedener Menschenstimmen durcheinander, von Zeit zu Zeit von dem durchdringenden Schrei eines Papageis aus den Fenstern des Palastes überkreischt. Durch eine Öffnung des Gebüsches endlich übersehen wir den schönen Gartenplatz vor dem Schlosse, wo beim lieblichen Morgenschein viele wohlgekleidete Personen verschiedenen Alters und Standes zwischen den blühenden Sträuchern und funkelnden Strahlen der Wasserkünste zufrieden auf und nieder wandeln und plaudern, häufig im Eifer des Gesprächs sich den Schweiß von der Stirn wischen und wieder plaudern. – Nur Herz gefaßt! noch einige Schritte vorwärts: und wir können alles bequem vernehmen.

„Nur das prüde Vornehmtun jener literarischen Aristokratie nicht hinein gemengt!“ rief soeben ein langer, schlichter Mann mit grauem Überrock und grauem Gesicht. – „Lassen Sie sich umarmen, Lieber!“ unterbricht ihn begeistert ein blonder junger Mann, dessen volle Wangen von unverderbter Jugend strotzen: „das wär' es eben auch, was ich meine! Jawohl, diese poetische Vornehmheit, die so gern überall das Pfauenrad der großen Welt schlägt, was ist sie anders als jene perfide, über allen Erscheinungen, über Gutem und Bösem mit gleichem Indifferentismus schwebende Ironie; Glatteis, auf dem jede hohe Empfindung, Tugend und Menschenwürde lächerlich ausglitschen; kalt, kalt, kalt, daß mich in innerster Seele schaudert! O, über die vermessene Lüge göttlicher Objektivität! Heraus, Poet, mit deiner rechten Herzensmeinung hinter deinen elenden Objekten! Ehrlich dein Innerstes ausgesprochen!“ – *Viele* (durcheinander) Ja, gesprochen immerzu gesprochen! – *Junger Mann* Meine Herren! Sie verstehen mich nicht, ich wollte – *Viele* Wir wollten nichts verstehen! – Wir wollen Natur! – Edelmut – gerührtes Familienglück! – *Grauer* He, Ruhe da! das ist ja, als wär' auf einmal ein Sack voll Plunder gerissen! – *Dichterin* (sich hindurchdrängend) Was für Ungezogenheit! Pfui doch, Sie treten mir doch das Kleid ab! O, diese starken, wilden Männerherzen! – *Junger Mann* Verehrungswürdigste, in welchem Aufzuge! die Nachthaube ganz schief – und – o wer hätte Ihnen das zugetraut! – noch im fliegenden Nachtgewande. – *Dichterin* (sich betrachtend) O Gott! ich bitte Sie, sehen Sie ein wenig auf die andere Seite, ich verberge mich in mich selbst! – der Schmelz des jungen Tages – meine Ungeduld, meine Zerstreuung, das erste Lied der Nachtigall, ich konnt' es nicht erwarten, ich stürz' hinaus – ach, wir Dichterinnen schwärmen so gern über die engen Zwinger der Alltagswelt hinaus. Erlauben Sie! (Sie nimmt das Schnupftuch des jungen Mannes und schlägt es sich als Halstuch um.) Aber erzählen Sie doch, was ist denn eigentlich los hier? – *Junger Mann* Ein neuer Gedanke von der höchsten Wichtigkeit, dessen Folgen für die ganze Literatur sich schwer berechnen lassen. Denn jede neue Idee ist wie der erste Morgenblick; erst rötet er leise die Berge und die Wipfel, dann zündet er plötzlich da, dort mit flammendem Blick einen Strom, einen Turm in der Ferne; nun qualmen und teilen und schlingen sich die Nebel in der Tiefe, der Kreis erweitert sich fern und ferner, die blühenden Länder tauchen unermeßlich auf – wer sagt da, wo das enden will! – Nun, ich weiß, Verehrteste, Sie teilen schon längst unsre Überzeugung, daß jene überspannten künstlichen Erfindungen in der Poesie uns der Natur entfremden und nach und nach ein wunderliches, konventionelles, nirgends vorhandenes, *geschriebenes* Leben über dem Lebendigen gebildet, ich möchte sagen: eine Bibel über die Tradition gesetzt haben, daß wir also eilig zur Wirklichkeit zurückkehren müssen, daß – *Dichterin* Kürzer! Ich bitte, fassen Sie sich kürzer, mir wird ganz flau. – *Grauer* Kurz, wir machen hier soeben Novelle. Dieser Garten, der Palast, das Vorwerk, die Stallungen und Düngerhaufen dahinter sind unser Schauplatz; was da aufduckt in dem Revier, italienische Gräfin oder deutscher Michel oder anderes Vieh, wird ohne Barmherzigkeit unmittelbar aus dem Leben gegriffen. Und nun ohne weiteres Gefackel frisch zugegriffen! denn wenn ich des Morgens so kühl und nüchtern bin, da komponier' ich den Teufel und seine Großmutter zusammen! – *Viele* (mit großem Lärm) Bravo! Sie sind unser Mann! Diese Laune, dieser Humor! – *Junger Mann* Also es bleibt bei dem entworfenen Plane der Novelle. Alles einfach, natürlich: wir führen die schöne Gräfin Aurora mit dem einzigen Manne, welcher dieser berühmten Musenhand würdig, mit unserem unvergleichlichen Herrn Publikum, langsam, Schritt für Schritt, durch das dunkle Labyrinth des menschlichen Herzens zum Traualtar. Dieses Tappen, dieses Fliehen und Schmachten der wachsenden Leidenschaft ist der goldene Faden, an den sich von selbst, gleich Perlen, die köstlichsten Gespräche über Liebe, Schönheit, Ehe reihen – o, teuerste Freunde, ich bin so voller Abhandlungen! – *Engländer* (mit Weltverachtung hinzutretend) Und der Sturm, der um des Herzens Firnen ras't? und das Grauen, das wie der Schatten eines unsichtbaren Riesen sich über die gebrochenen Lebensträume legt? – Ich bestehe durchaus auf ein wild zerrissenes Gemüt in der Novelle! *Dichterin* Furchtbarer, ungeheurer Mann! *Grauer* Das ist gleich gemacht. Der Prinz Romano hat ganz das liederliche Aussehen eines unglücklichen Liebhabers. Er geht, wie ihr wißt, auf Freiersbeinen, die sind dünn genug, da lassen wir den englischen Sturm schneidend hindurchpfeifen. – *Junger Mann* Still! da kommt die Gräfin mit Herrn Publikum. – Nun frisch daran!

Wirklich sah man die Genannten soeben aus dem Schlosse treten, in galanter Wechselrede begriffen, wie man aus der ungewohnten, besonderen Beweglichkeit des Herrn Publikum annehmen konnte, der immer sehr viel auf guten Ton hielt. Die Novellenmacher verneigten sich ehrerbietig, Publikum nickte vornehm. Gräfin Aurora aber hatte heute in der Tat etwas von Morgenröte, wie sie zwischen den leisen Nebeln ihres Schleiers, den sie mit dem schönen Arm mannigfach zu wenden wußte, so leicht und zierlich nach allen Seiten grüßte, und ihre Blicke zündeten, zwar nicht

die Turmknöpfe, aber die Sturmköpfe ringsumher. Ein Geflüster der Entzückung ging durch die Versammlung. Der Graue bemächtigte sich geschickt des fetten Ohres des Herrn Publikum. O, rief er ihm leise zu, dreimal selig der, dem diese Blicke gelten! Publikum lächelte zufrieden.
Der Vorschlag der rüstigen Herren, an dem herrlichen Morgen eine Promenade in das nächste Tal vorzunehmen, wurde mit Beifall aufgenommen. Sie aber hatten ihre eigenen Gedanken bei diesem Vorschlage. Um ihre projektierte Novelle gehörig zu motivieren, sollte Herr Publikum zuerst der Gräfin mit seiner Weltmacht imponieren und sodann in der Einsamkeit der schönen Natur Gelegenheit finden, diesen Eindruck zu benutzen, um die Überraschte mit den Blumenketten der Liebe zu fesseln. Zu diesem Zweck lenkten sie den Spaziergang ohne weiteres aus dem Garten nach dem sogenannten praktischen Abgrund hin. Und in der Tat, die Schlauen wußten wohl, was sie taten. Denn schon im Hinabsteigen mußten der Gräfin sogleich einzelne Gestalten auffallen, die gebückt wie Eulen, in den Felsenritzen kauerten. – Künstler, Landschafter, sagte Publikum, die armen Teufel quälen sich vom frühesten Morgen für mich ab. Hier verbreitete er sich sofort gelehrt über die verschiedenen Tinten der Landschaftsmalerei, wäre aber dabei mit seiner Kunstkenntnis bald garstig in die Tinte gekommen, wenn die aufmerksamen Novellisten nicht zu rechter Zeit ausgeholfen hätten. Indes waren sie auf einem Felsenvorsprung aus dem Gebüsch getreten – da lag in einem weiten Tale zu ihren Füßen plötzlich ein seltsames Chaos: blanke Häuser, Maschinen, wunderliche Türmchen und rote Dächer zu beiden Seiten einer Kunststraße an den Bergeshängen überragend. Es war aus dieser Vogelperspektive, als überblickte man auf einmal eine Weihnachtsausstellung, alles rein und zierlich, alles bewegte sich, klippte und klappte, zuweilen ertönte ein Glöckchen dazwischen, zahllose Männchen eilten geschäftig hin und her, daß es einem vor

den Augen flimmerte, wenn man lange in das bunte Gewirr hineinsah.
Der Junge Mann trat erklärend zu der erstaunten Gräfin. Der Puls dieses bewunderungswürdigen Umlaufs von Kräften und Gedanken ist unser hochverehrter Herr Publikum, sagte er, während sie rasch herabstiegen; um seinetwillen zu seinem Besten sind alle diese Anlagen entstanden. Er begann nun eine wohlgedachte und herrlich stilisierte Abhandlung über die ernste, praktische Richtung unserer Zeit, die wir aber leider nicht wiederzugeben vermögen, da man inzwischen den Grund erreicht hatte und vor dem wachsenden Lärm, dem Hämmern und Klopfen kein Wort verstehen konnte.
Aurora war ganz verblüfft, und wußte nicht, wohin sie in dem Getöse sich wenden sollte, als eine, wie es schien, mit Dampf getriebene ungeheure Maschine durch die Eleganz ihres Baues ihre besondere Aufmerksamkeit auf sich zog. Sie näherte sich neugierig und bemerkte, wie hier von der einen Seite unablässig ganze Stöße von dicken, in Schweinsleder gebundenen Folianten in den Beutelkasten geworfen wurden, unter denen sie mit Verwunderung den Grafen Khevenhüller nebst andern Chroniken zu erkennen glaubte. Eine große Menge zierlich gekleideter Herren, weiße Küchenschürzen vorgebunden und die feinen Hemdärmel aufgestreift, eilten auf und ab, das Schroten, Mahlen und Ausbeuteln zu besorgen, während armes, ausgehungertes Volk gierig bemüht war, den Abfall aufzuraffen. – „Das will wieder nicht vom Fleck!" rief Herr Publikum den Arbeitern zu; „rasch, nur rasch!" – Darauf führte er die Gräfin an das andere Ende der Maschine, und es dauerte nicht lange, so spuckte ein bronzener Delphin die verarbeiteten Folianten als ein zierliches „Vielliebchen" in Taschenformat und in Maroquin gebunden zu ihren Füßen aus. Publikum überreichte es, als das Neueste vom Jahre, galant der Gräfin. Aurora wollte sich totlachen und steckte das niedliche Dingelchen in ihren Strickbeutel.
Sie hätte sich gern noch anderweit im Fabrikwesen näher

instruiert, aber das Treiben auf der Kunststraße, die sie soeben betreten, nahm alle ihre Sinne in Anspruch. Das war ein Fahren, Schnurren, Reiten und Drängen! Mitten durch das Gewirr sahen sie einen Postillion mit flämischen Stiefeln, mit einem großen Schnurrbart und von martialischem Ansehen, in gestrecktem Galopp auf sich zufliegen. Es war ein literarischer Klatschkurier. Er parierte sein schäumendes Roß kunstgerecht gerade vor Herrn Publikum und überreichte ihm seine Depesche. Die Novellisten standen in höchster Spannung und murmelten geheimnisvoll untereinander. – „Schon gut", sagte Publikum, den Kurier mit einem leichten Kopfnicken entlassend. Darauf überflog er das Schreiben für sich, lachte einmal laut auf, rief dann: „Ha!" und steckte die Papiere in die Tasche. Aurora aber sah ihn unverwandt an. – Sie bekam eine große Idee von dem Manne.

Inzwischen hatten die Novellisten einen Fußpfad eingeschlagen, der seitwärts aus dem praktischen Abgrund ins Gebirge führte. Der verworrene Lärm hinter ihnen vertoste mit jedem Schritte immer mehr und mehr, und Aurora atmete frisch auf, als sie nun wieder das Rauschen des Waldes und einer einsamen Wassermühle vernahm, auf welche sie zugingen. Ermüdet von dem müßigen Umherschlendern, lagerte die bunte Gesellschaft sich fröhlich auf dem Rasen. Es war ein schattenkühles, freundliches Tal, ringsum von Bergen und Wäldern eingeschlossen; der Mühlbach murmelte über das Gestein und blinkende Kiesel durch die schöne Abgeschiedenheit, über ihnen hin flogen schimmernde Tauben säuselnd der Mühle zu, die Novellisten rieben sich freudig die Hände und hofften das Beste.

Aber hier begegnete Herrn Publikum unerwartet etwas ganz Fatales. Mitten in diesem Sukzeß nämlich bekam er plötzlich einen Anfall seines alten Übels, der Langeweile. Er verbarg vergeblich sein wiederholtes Gähnen hinter dem seidenen Taschentuch, er versuchte etwas über die schöne Natur zu sagen, aber es wollte ihm gerade gar nichts einfallen. Endlich setzte er sich durchaus in den Kopf, auf diesem herrlichen Platze eine Kavatine zu singen, da er ein eifriger Dilettant in allen schönen Künsten war und sich besonders auf seine Stimme viel einbildete. Die Novellenmacher erschraken, denn er nahm sich beim Singen eben nicht vorteilhaft aus. Aber da half nun einmal alles nichts. Ein Diener mußte ihm ein großes Notenblatt reichen, der kurze runde Mann stellte sich, das linke Bein ein wenig vorgeschoben, räuspernd zurecht, strich ein paarmal seinen Backenbart und sang eine italienische verliebte Arie, wobei er den fetten Mund nach der einen Seite wunderlich abwärts zog und von Zeit zu Zeit der Gräfin über das Blatt einen zärtlichen Blick zuwarf. – Aurora sah mit einem leisen schlauen Lächeln den Sänger unter ihren langen, schwarzen Augenwimpern halb erstaunt, halb triumphierend an, und die Novelle schien sich in der Tat ihrer idyllischen Katastrophe zu nähern, als auf einmal Waldhornsklänge von den Bergen unwillkommen in die schönsten Koloraturen des Sängers einfielen. – Herr Publikum brach ärgerlich ab und meinte, es seien ohne Zweifel wieder Raubschützen von des Grafen Leontin Schlosse. Unterdes kamen die Klänge immer näher und näher, von Berg zu Berg einander rufend und Antwort gebend, daß der muntere Widerhall in allen Schlüften erwachte. Plötzlich tat die Morgensonne oben im Walde einen Blitz, und Aurora sprang mit einem freudigen „Ach!“ empor. Denn auf einem Felsen über ihnen wurde auf einmal Prinz Romano in prächtiger Jagdkleidung zwischen den Bäumen sichtbar, wie ein König der Wälder, malerisch auf seine funkelnde Büchse gestützt.

Der Prinz nämlich, die sachte, rieselnde Manier der Novellenmacher gründlich verachtend, hatte bei seiner Rückkehr aus dem Walde kaum von dem Morgenspaziergang der Schloßbewohner gehört, als er sich sogleich voll romantischer Wut in seine schönsten Jagdkleider warf, mit Florentin und seinen Jägern von neuem in den Wald lief und dort die letzteren geschickt auf den Bergen verteilte, um die Gräfin, wie wir eben gesehen, in seiner Art würdig zu begrüßen. So war er in dem günstigen Momente der ersten Überraschung oben auf dem Felsen hervorgetreten und betrachtete nun mit innerster Zufriedenheit die bunte Gruppe der Erstaunten unten im Tale. – „Sieh nur", sagte er zu Florentin, der ihm schelmisch über die Achsel guckte; „sieh nur die Gräfin, wie die zwei Sterne da aus der Waldesnacht zu mir herauffunkeln! Es kommt überall nur darauf an, daß man sich in die rechte poetische Beleuchtung zu stellen weiß." – „In der Tat, gnädigster Herr", erwiderte Florentin; „Sie nehmen sich so stellweis vortrefflich aus, es ist ein rechtes Vergnügen, Sie in der Ferne zu sehen – und wenn die Gräfin nicht zu wild ist, so muß sie wohl ein Erbarmen fühlen." – „Ach, was wild da!" meinte der Prinz. „Cupido ist ein wackerer Schütz, die Sprödeste guckt doch zwischen den Fingern nach dem hübschen, nackten Bübchen hin. Laß mich nur machen!" – Und hiermit stieg er rasch und wohlgemut den Berg hinunter. Je tiefer er aber auf den abgelegenen Fußpfaden in den Wald herabkam, je seltsamer wurde ihm zumute. Wunderliche Erinnerungen flogen ihn an, er glaubte die Bäume, die Felsen zu kennen und blieb oft, sich besinnend, stehen. Jetzt wurde ein Kirchturm in der Ferne sichtbar, ein rotes Ziegeldach schimmerte plötzlich zwischen den Wipfeln aus dem Grunde herauf. – „Wie ist mir denn!" rief er endlich ganz verwirrt aus; „hier bin ich vor langer Zeit schon einmal gewesen – gerade an einem solchen Morgen war es – da muß ein Brunnen sein: da traf ich das schöne Müllermädchen zum erstenmal – glückliche Jugendzeit! Wie manche schöne Nacht schlich da der ungekannte Wanderer zur Mühle, bis er mit dem letzten Stern auf immer im Morgenrot wieder verschwand. – Wahrhaftig, das ist der Grund, da ist die Mühle – gerade jetzt! Verdammter Zufall!"

Währenddes ging er auf den altbekannten Pfaden immer weiter und weiter; er war wie im Traum, bunte Schmetterlinge flatterten wieder über dem stillen Grunde, der

Mühlbach rauschte, die Vögel sangen lustig wie damals. Nun kamen auch die hohen Linden, dann der Brunnen – da blieb er auf einmal fast erschrocken stehen. Denn auch sein damaliges Liebchen kniete, Wasser schöpfend, wieder am Brunnen. Als sie so plötzlich den Fremden erblickte, setzte sie langsam den Krug weg und sah ihn unter dem Strohhut lange Zeit groß an. Es waren die alten, schönen Züge, aber gebräunt und von Sorge und Arbeit wunderbar verwandelt.

„Kann ich wieder mit dir gehen?" redete Romano sie endlich an.

„Nein", erwiderte sie ruhig; „ich bin längst verheiratet. – Wie ist es denn dir seitdem gegangen?" fuhr sie fort; „es ist lange her, daß du mich verlassen hast." Darauf sah sie ihn von neuem aufmerksam an und sagte: „Du bist heruntergekommen."

„Und weiß doch selber nicht wie!" entgegnete der Prinz ziemlich verlegen. Da bemerkte er, daß ihr Tränen in den Augen standen, und faßte gerührt ihre Hand, die sich aber so rauh anfühlte, daß es ihm recht in der Seele fatal war.

In demselben Augenblick trat die Gesellschaft vom Schlosse, welche der Waldhornklang weiter in das Tal verlockt hatte, unerwartet aus dem Gebüsch, und ein zweideutiges Lachen sowie das eifrige Hervorholen der Lorgnetten zeigte, daß man die sonderbarliche Vertraulichkeit des verliebten Prinzen gar wohl bemerkt hatte. Die schöne Müllerin warf, indem sie sich wandte, einen stolzen Blick auf das vornehme Gesindel, und alle Augen folgten unwillkürlich der hohen schlanken Gestalt, als sie, den Krug auf dem Kopfe, langsam zwischen den dunkeln Schatten verschwand.

Dieses Ereignis an Amors falscher Mühle, das allerdings nicht in Romanos Rechnung gelegen, hatte bei den verschiedenen Zuschauern einen sehr verschiedenen Eindruck hinterlassen. Die Novellenmacher fühlten eine köstliche Schadenfreude, etwa wie schlechte Autoren, wenn ein Rezensent einem berühmten Manne einen tüchtigen Tintenklecks anhängt. Herr Publikum, der überhaupt immer erst durch andere auf Gedanken gebracht werden mußte, schmunzelte nur und beschloß insgeheim, bei nächster schicklicher Gelegenheit einmal selbst einen einsamen Spaziergang nach der Mühle zu unternehmen. – Gräfin Aurora dagegen begegnete seitdem dem Prinzen überaus schnippisch, zeigte sich launenhaft und begünstigte auf eine auffallende Weise den armen Publikum, der vor lauter Wonne kaum zu Atem kommen konnte.

Romano aber benahm sich ganz und gar unbegreiflich. Ohne die geringste Spur von Gram oder Scham, schien er die Gräfin nicht mehr zu beachten, als der Anstand eben unabweislich erforderte, und trieb sich fortwährend wildlustig unter den Jägern umher, mit denen er bald nach den höchsten Wipfeln schoß, bald neue schöne Jagdlieder einübte.

–Aurora brachte einmal boshaft die Rede auf die schöne Müllerin – der Prinz lobte sogleich enthusiastisch ihre Taille und die antike Grazie, mit der sie den Krug getragen. – Die Gräfin, als er gerade im Garten war, entwickelte, im Ballspiel mit Herrn Publikum über den Rasen schwebend, die zierlichsten Formen – der Prinz ließ eben sein Pferd satteln und ritt spazieren. – Das war ein Pfiffikus! Aurora hätte weinen mögen vor verbissenem Ärger!

So war die Nacht herangekommen und versenkte Lust und Not. Einzelne Mondblicke schossen durch das zerrißne Gewölk, der Wind drehte knarrend die Wetterfahnen auf dem Schlosse, sonst herrschte eine tiefe Stille im Garten, wo Katzen und Iltis leise über die einsamen Gänge schlüpften. Nur der dunkelmütige *Engländer*, den wir unter den Novellenmachern kennengelernt, war noch wach und schritt tiefsinnig auf und nieder. Er liebte es, in solchen Nächten zu wandeln, womöglich ohne Hut, mit vom Winde verworrenem Haar, und nach behaglich durchschwärmten Tagen seine Seele in der Finsternis mit Verzweiflung aufzublasen, gleichsam einen melancholischen Schnaps zu nehmen. Heute aber galt es eigentlich dem Prinzen Romano, der noch immer von seinem Spazierritt nicht wiedergekommen war. Wie eine Kreuzspinne lauerte er am Eingange des Gartens auf den Zurückkehrenden, um ihm bei so gelegener Stunde einen giftigen Stich von Eifersucht beizubringen und ihn sodann der Exposition wegen als unglücklichen Liebhaber in die Novelle einzuspinnen.

Die Turmglocke im Dorfe unten schlug eben Mitternacht, da hörte er eben ein Roß schnauben, die Hufe im Dunkeln sprühten Funken über das Gestein – es war Romano.

Kaum war er abgestiegen und in den Garten getreten, um sich nach dem Schlosse zu begeben, als ihn der Engländer, verstört und geheimnisvoll, bei beiden Händen faßte und rasch in den finstersten Baumgang mit sich fortriß. Mit schneidender Beredsamkeit verbreitete er sich hier über die sichtlich wachsende Neigung der Gräfin Aurora zu Herrn Publikum, tat Seitenblicke auf jeden ihrer verräterischen Blicke und auf ihre Worte, zwischendurch wieder ihre schöne Gestalt, ihr zauberisches Auge geschickt beleuchtend. Zu seinem Befremden aber blieb der Prinz ganz gelassen und replizierte immer nur mit einem fast ironischen: „Hm – ha – was Sie sagen!" – Schon gut, eben die rechte Stimmung, dieses sich selbst zerknirschende Verstummen! dachte der Engländer und fuhr nur um so eifriger fort, mit häufigem, teuflischen Hohnlachen über Liebe, Treue, Glück und Welt. – Inzwischen hatte Romano in einem entfernten Gebüsch ein leises Flüstern vernommen. Er glaubte die Stimme zu kennen und stand wie auf Nadeln, denn der Engländer wurde immer pathetischer.

„Sie sind mir langweilig, Herr!" wandte sich da der Prinz plötzlich zu ihm. Der Überraschte starrte ihn in höchster Entrüstung an. – Währenddes aber waren sie eben an die Schwelle eines Pavillons gekommen, der Engländer trat

hinein. Romano warf schnell die Tür hinter ihm zu und verschloß sie, ohne auf das Toben des melancholischen Kobolds zu achten, das nur die Fledermäuse und Krähen in den nächsten Wipfeln aufscheuchte.
Jetzt folgte der erlöste Prinz rasch den Stimmen in der Ferne. Sie schienen sich zu seinem Erstaunen an dem Flügel des Palastes zu verlieren, wo Aurora schlief. Ein Licht schimmerte noch aus ihrem Fenster und säumte das Laub der nächsten Bäume mit leisem Glanz. Romano stellte sich ins Gebüsch und wartete lange, bald an den Baum gelehnt, bald sich ungeduldig auf den Zehen erhebend. Manchmal war es ihm, als höre er eben lachen, oft glaubte er, die Schatten zweier Gestalten im Zimmer deutlich zu unterscheiden. Dann verlosch auf einmal das Licht, und es wurde oben und unten so still, daß er das Bellen der Hunde aus den fernen Dörfern hören konnte. Da ging plötzlich ein Pförtchen unten, das zu Auroras Gemächern führte, sachte auf, eine männliche Gestalt schlüpfte daraus hervor, flog eilig über die Rasenplätze und Blumenbeete und war in demselben Augenblick in der Nacht wieder verschwunden. – „Was ist das?!" rief der Prinz ganz verwundert aus – er glaubte in der flüchtigen Gestalt seinen Jäger Florentin erkannt zu haben. – Noch lange stand er nachdenklich still. Dann schien ihm auf einmal ein neuer Gedanke durch die Seele zu schießen. „Prächtig! herrlich! Nun wird die Sache erst verwickelt und interessant!" rief er, indem er hastig tiefer in den einsamen Garten hineinschritt und sich eifrig die Hände rieb, wie einer, der plötzlich einen großen Anschlag gefaßt hat.

Auf dem Schlosse war ein bunter, lebhafter Tag vorübergezogen. Gräfin Aurora, von Romanos Waldhornsgruß aufgeregt, war in ihrer Launenhaftigkeit plötzlich auf die Weidlust verfallen, und der galante Publikum hatte nicht versäumt, sogleich auf morgen eine große Jagd in dem nahen Waldgebirge anzuordnen. Erst spät verdoste im Dorf und auf den Gartenplätzen die fröhliche Wirrung der Zurüstungen, und noch bis tief in die Nacht hörte man einzelne Waldhornsklänge und den Gesang der vorausziehenden Jäger über den stillen Garten herüberklingen. Da saß Aurora in einem abgelegenen Gemache am halbgeöffneten Fenster und freute sich der schönen, sternklaren Nacht über den Wäldern und Bergen draußen, die für morgen das herrlichste Jagdwetter zu verkünden schien. Sie hatte sich hinter die Fenstergardine verborgen, sehr leise mit ihrer Kammerjungfer plaudernd. Sie schienen noch jemand zu erwarten und blickten von Zeit zu Zeit in den Garten hinaus. – „Horch", sagte die Gräfin, „ist das der Wald, der so rauscht? Es ist recht verdrießlich, ich hatte mir schon alles so lustig ausgesonnen für morgen, und nun wird mir ordentlich angst; die dummen alten Bäume vor dem Hause, die finstern Berge, die stille Gegend: es sieht alles so ernsthaft und anders aus, als man sich's bei Tage denkt – wo er auch gerade heute bleibt?" – „Wer denn?" fragte die Kammerjungfer schalkhaft, „der spröde Prinz?" – „Hm, wenn ich just wollte" – erwiderte Aurora. Hier wurden sie durch eine Stimme unter dem Fenster unterbrochen. Es war ein Jäger, der so spät noch seine Flinte zu putzen begann und fröhlich dazu sang:

„Wir waren ganz herunter,
Da sprach Diana ein,
Die blickt' so licht und munter,
Nun geht's zum Wald hinein!"

„Da meint er mich!" flüsterte die Gräfin. – Der Jäger aber sang von neuem:

„Im Dunkeln Äuglein funkeln,
Cupido schleichet leis,
Die Bäume heimlich munkeln –
Ich weiß wohl, was ich weiß."

„Was will der davon wissen, der Narr!" sagte Aurora erschrocken; „kommen wir fort, ich fürchte mich beinahe."

– Die Kammerjungfer schüttelte bedenklich ihr Köpfchen, indem sie vorsichtig oben das Fenster wieder schloß.

Währenddes ritt der Prinz Romano – wir wissen nicht weshalb – beim hellsten Mondschein ganz allein mitten durch die phantastische Einsamkeit des Gebirges dem Schlosse des Grafen Leontin zu. Vor Heimlichkeit und Eile hatte er, ohne einen Führer mitzunehmen, nach den Beschreibungen der Landleute den nächsten Waldpfad eingeschlagen. Die Wälder rauschten durch die weite Stille, aus der Ferne hörte man nur den dumpfen Schlag eines Eisenhammers, von Zeit zu Zeit stutzte sein Pferd schnaubend. Bald aber teilten sich die Wege in den verschiedensten Richtungen, die betretenen schienen weit abzuführen, die wilderen verloren sich ganz und gar im Gestein. Manchmal glaubte er Hundegebell aus den Tälern zu vernehmen, aber wenn er hinablenken wollte, stand er plötzlich vor jähen, finstern Abgründen, bis er zuletzt sich selbst eingestehen mußte, sich gänzlich verirrt zu haben.

„Desto schöner!" rief er aus, stieg ab, band sein Pferd an einen Baum und streckte sich auf den Rasen hin, um die Morgendämmerung abzuwarten. Wie manche schöne Sommernacht, dachte er, habe ich auf meinen Jugendfahrten schon so verbracht und in der dichterischen Stille, heimlich bildend, den grauen Vorhang angestarrt, hinter dem die frischen Morgen, blitzenden Ströme und duftigen Täler des reichen, unbekannten Lebens vor mir aufsteigen sollten. – Ein naher Bach plauderte verwirrend in seine Gedanken herein, die Wipfeln über ihm rauschten einförmig immer fort und fort; so schlummerte er endlich ein, und der Mond warf seine bleichen Schimmer über die schöne wüste Gestalt, wie über die Trümmer einer zerfallenen verlornen Jugend.

Da träumte ihm, er stände auf dem schönen Neckargebiete vor Heidelberg. Aber der Sommer war vorbei, die Sonne war lange untergegangen, ihn schauerte in der herbstlichen Kühle. Nur das Jauchzen verspäteter Winzer verhallte noch, fast wehmütig, in den Tälern unten, von Zeit zu Zeit flogen einzelne Leuchtkugeln in die Luft. Manche zerplatzte plötzlich in tausend Funken und beleuchtete im Niederfallen langvergessene, wunderschöne Gegenden. Auch seine ferne Heimat erkannte er darunter, es schien schon alles zu schlafen dort, nur die weißen Statuen im Garten schimmerten seltsam in dem scharfen Licht. Dann verschlang die Nacht auf einmal alles wieder. Über die Berge aber ging ein herrlicher Gesang, mit wunderbaren, bald heitern, bald wehmütigen Tönen. Das ist ja das alte, schöne Lied! dachte er und folgte nun bergauf, bergab den Klängen, die immerfort vor ihm herflohen. Da sah er Dörfer, Seen und Städte seitwärts in den Tälern liegen, aber alles so still und bleich im Mondschein, als wäre die Welt gestorben. So kam er endlich an ein offenes Gartentor, ein Diener lag auf der Schwelle ausgestreckt wie ein Toter. – „Desto besser, so schleich' ich unbemerkt zum Liebchen", sagte er zu sich selbst und trat hinein. Dort regte sich kein Blättchen in allen Bäumen den ganzen weiten Garten entlang, der prächtig im Mondschein glänzte, nur ein Schwan, den Kopf unter dem Flügel versteckt, beschrieb auf einem Weiher, wie im Traume, stille einförmige Kreise; schöne nackte Götterbilder waren auf ihren Gestellen eingeschlafen, daß die steinernen Haare über Gesicht und Arme herabhingen. – Als er sich verwundert umsah, erblickte er plötzlich ihre hohe und anmutige Gestalt verlockend zwischen den dunklen Bäumen hervor. „Geliebteste!" rief er voll Freude, „dich meint' ich doch immer nur im Herzengrunde, dich mein' ich heut!" – Wie er sie aber verfolgte, kam es ihm vor, als wäre es sein eigner Schatten, der vor ihm über den Rasen herfloh und sich zuletzt in einem dunkeln Gebüsch verlor. Endlich hatte er sie erreicht, er faßte ihre Hand, sie wandte sich. – Da blieb er erstarrt stehen – denn er war es selber, den er an der Hand festhielt. – „Laß mich los!" schrie er, „du bist's nicht, es ist ja alles nur ein Traum!" – „Ich bin und war es immer", antwortete sein gräßliches Ebenbild; „du wachst nur jetzt und träumtest sonst." – Nun fing das Gespenst mit einer grinsenden Zärtlichkeit ihn zu liebkosen an. Entsetzt floh er aus dem Garten, an dem toten Diener vorüber, es war, als streckten und dehnten sich hinter ihm die erwachten Marmorbilder, und ein widerliches Lachen schallte durch die Lüfte. – Als er atemlos wieder im Freien anlangte, befand er sich auf einem sehr hohen Berge unter dem unermeßlichen Sternenhimmel. Aber die Sterne über ihm schienen sich sichtbar durcheinander zu bewegen; allmählich wuchs und wuchs oben ein Brausen, Knarren und Rücken, endlich flog der Mond in einem großen Bogen über den Himmel, die Milchstraße drehte sich wie ein ungeheures Feuerrad, erst langsam, dann immer schneller und wilder in entsetzlichem Schwunge, daß er vor Schwindel zu Boden stürzte. Mitten durch das schneidende Sausen hörte er eine Glocke schlagen, es war, als schlüg' es seine Todesstunde. Da fiel ihm ein, daß es eben Mitternacht sei. Das ist's auch, dachte er, da stellt ja der liebe Gott die Uhr der Zeit. – Und als er wieder aufblickte, war alles finster geworden, nur das Rauschen eines weiten Sternenmantels ging noch durch die Einsamkeit des Himmels, und auch den Gesang, als sängen Engel ein Weihnachtslied, hörte er wieder hoch in den Lüften so über alle Beschreibung freudig erklingen, daß er vor tiefer Lust und Wehmut aufwachte.

Er konnte sich zwischen den Bäumen und Bergen gar nicht wieder zurechtfinden und blickte verstört in der fremden Gegend umher. Da lag weit und breit alles so still im schönsten Mondglanz. Zu seinem großen Erstaunen aber glaubte er auf der Waldwiese unter sich den Jäger Florentin zu bemerken. Er schien in einem Bache sich zu waschen, seine dunklen Locken verschatteten sein Gesicht, der Mondschein spielte wie liebestrunken über den schönen entblößten Nacken und die Schultern des Jünglings. Dann horchte Florentin plötzlich auf, denn von den Bergen ließ sich derselbe Gesang wieder vernehmen, den der Prinz schon im Traume gehört hatte.

Romano schloß verwirrt die Augen, um die lieblichen Traumbilder nicht zu verscheuchen. Da war es ihm, als hörte er durch die Stille der Nacht den jungen Jäger zwischen dem Flüstern der Wipfel und Blätter unten mit jemand sprechen. Als er die Augen wieder aufschlug, sah er, wie soeben ein fremder Mann mit langem weißem Bart und weitem faltigem Mantel von dem Jüngling fortschritt. Ihn graute fast, denn der Alte kam ihm bekannt vor, er glaubte den alten wahnsinnigen Harfner aus „Wilhelm Meister" zu erkennen. Betroffen und erschüttert sprang er nun auf. Da flog auch Florentin schon über die tauige Wiese, und alles war, wie ein Elfenspuk auf einmal zerstoben. Nur der Gesang verhallte, noch in der weitesten Ferne, und aus dem Zwielicht des anbrechenden Morgens ragten die Türme eines alten Schlosses traumhaft über den Wald hervor.

„Was für ein Phantast ist doch die Nacht!" sagte der Prinz zu sich selbst, noch immer in das mondbeglänzte Tal hinabstarrend. „Und das ist wohl gar schon Leontins verwünschtes Schloß!" rief er dann freudig aus, schüttelte schnell die schwülen Träume ab, schwang sich wieder auf sein Roß und ritt wohlgemut der neuen Erscheinung zu.

Die Wälder in der Runde rauschten noch verschlafen, in den Tälern aber krähten die Hähne, und hin und her blitzten schon Ströme und einzelne Dächer im Morgenlicht auf. So war er lange, in sich selbst versunken, den alten Türmen entgegengeritten, die sich immer höher aus dem stillen Grau erhoben, als er plötzlich hinter einem dichten unzugänglichen Gebüsch vor sich sehr heftig reden hörte. Er hielt einen Augenblick an und vernahm deutlich die Worte:

„Wo führst du mich hin, aus Grau durch Nacht zur Hölle? Ich geh' nicht weiter – hier endest du, und alles bricht zusammen!" – Eine andere Stimme, wie es schien, rief nun, wie aus tiefstem Weh: „Erbarmen!"

Romano stutzte. Verwirrt noch, wie er war, von der schlaflosen, träumerischen Nacht, schien ihm dies ein unverhofftes, preiswürdiges Abenteuer. Er faßte sich ein Herz und rief in das Gebüsch hinein: „Zurück, Vermessener, wer du auch seist! Die mordbrütende Nacht schlägt über dir ihren dunkeln Mantel auseinander, und das Auge Gottes blickt wieder durch die Welt!"

Hierauf wurde auf einmal alles still, und der Prinz, dadurch ermutigt, wiederholte seinen Donnerruf.

Der Unbekannte hinter dem Busch aber schien inzwischen durch die Zweige die Gestalt des Reiters ins Auge gefaßt zu haben, die in ihrem überwachten Zustande auf dem müden Roß allerdings an Don Quichotte gemahnte. Dies mochte ihm Mut einflößen, und er erwiderte plötzlich mit kecker, gewaltiger Stimme: „Verwegener! greife nicht in das Rad fremder Verhängnisse! Weiche von mir, so dir dein Leben teuer ist!"

Nach dieser Stimme schien es ein großer, massiver Kerl zu sein. Der Prinz geriet in einige Verlegenheit, er war unbewaffnet und auf keine Weise auf solche unerwartet entschlossene Antwort gefaßt gewesen. Während er aber noch so nachsann, was hier zu tun oder zu lassen, erhob der Unsichtbare schon wieder seine Stimme. „Hoho!" rief er. „Morgenstunde hat Blut im Munde. Das Messer ist gewetzt, das Wild umsetzt, ein reicher Fang, hussa zum letzten Gang!"

Jetzt schien er durch das Gebüsch hervorbrechen zu wollen. Romano wandte sein Pferd, aber es verwickelte sich zwischen Wurzeln und Sträuchern, er konnte weder vornoch rückwärts., Zum Glück bemerkte er soeben in der Nähe einige Hirten und schrie aus Leibeskräften: „Zu Hilfe! Räuber, Mörder! faßt den Kerl, bindet ihn!"

Die Hirten, junge, fröhliche Burschen, ließen sich das nicht zweimal sagen; sie sprangen rasch herbei, und es entspann sich hinter dem Gebüsch ein verworrenes Trampeln, Balgen und Schimpfen. Als der Prinz sich nun vorsichtig wieder näherte, hatten sie den Wilden schon beim Kragen: einen kurzen, dicken Mann, der in größter Wut nach allen Seiten um sich stieß.

„Nun, das ist gar das Unglaublichste! Herr Faber!“ rief Romano voller Erstaunen aus. Es war in der Tat niemand anders, als der alte Dichter. – „Das kommt von Euren tollen Streichen!“ schrie er dem Prinzen entgegen; „schon vom nüchternen Morgen seid Ihr im romantischen Tran!“ – In dem Getümmel flogen seine Manuskripte auf dem Rasen umher. Da verstand er keinen Spaß; außer sich vor Zorn, versetzte er mit unglaublicher Behendigkeit dem einen eine tüchtige Ohrfeige. Aber die Hirten ließen sich nicht irremachen. Sie hatten lange genug auf eine Gelegenheit gewartet, an dem Poeten einmal ihr Mütchen zu kühlen, der ihnen in seinem vornehmen, gelehrten Müßiggange von jeher ein Ärgernis war. Und so schleppten sie ihn denn trotz aller Gegenrede in einem Anfalle handgreiflichen Humors als Arrestanten nach dem Schlosse zu.
Es war ein wunderlicher Zug. Faber, da er sich überwältigt sah, erschöpfte sich in wütenden Vergleichungen zwischen jungen Sauschlingeln und alten Hauklingen, die beide ungeschliffen seien, zwischen Bauern und Walnußbäumen, die am besten gediehen, wenn man mit Knütteln nach ihnen schmisse. Dazwischen rief er wieder lachend dem Prinzen zu: „Aber Ihr habt Euch trefflich gefürchtet vor mir!“ – „Jawohl, schon gut, mein Lieber!“ erwiderte Romano und hielt jedesmal sein Pferd an, wenn der Gefangene sich umwandte; denn er hatte insgeheim die Meinung gefaßt, daß Herr Faber an periodischem Wahnsinn leide und eben seinen Anfall habe.
Über dem Lärm und Gezänk in der frühen Morgenstille wurde alles wach, wo sie vorüberzogen. Hunde bellten, Bauernköpfe fuhren verschlafen und verwundert aus den kleinen Fenstern.
So waren sie, um eine Bergsecke tretend, plötzlich an eine hohe Felsenwand gekommen, von der Leontins alte Burg fast senkrecht herabschaute. In dem einen Erker flog rasch ein Fenster auf. Eine wunderschöne Frauengestalt, noch halb entkleidet, wie es schien, den Busen von den herabringelnden Locken verhüllt, bog sich neugierig über den

Abgrund hinaus und bedeckte mit der kleinen, weißen Hand die Augen vor der Morgensonne. Die Hirten schienen sich auf einmal ihres Unterfangens zu schämen und hatten bei der schönen Erscheinung ihren Gefangenen blöde losgelassen. – „Ich appelliere, als ein Dichter, von dem Gericht der Pairs und vom Haus der Gemeinen an den hohen Minnehof!" rief der befreite Faber zu seiner Retterin hinauf. – „Aber was brecht Ihr denn so wütend den Tag an? Ist denn ein ganzer Sommertag nicht lang genug zu Narrenstreichen?" schallte die liebliche Stimme, wie aus Morgenlüften, zu ihnen hernieder. – Faber aber trat vor die gewaltigen Schranken, sich feierlich verteidigend, und es kam nun heraus, daß er, vom Hundegetön und Hörnergeheul aus Schlaf und Schloß getrieben, in der Morgeneinsamkeit des Waldes an seinem neuen Trauerspiele habe weiterdichten wollen und eben daraus eine Stelle rezitierte, als der Prinz ankam, den er sogleich erkannt und, das Mißverständnis bemerkend, ihn mit trefflichem Erfolge ins Bockshorn zu jagen versucht habe.

Darüber wurde die Dame erst den Fremden gewahr. Sie warf erschrocken einen fragenden Blick auf ihn, schloß dann schnell das Fenster, und die freudige Erscheinung, deren Züge Romano aus dem blendenden Sonnenglanze nicht zu erkennen vermochte, war plötzlich, wie ein Morgentraum, wieder verschwunden. – Auch die Hirten hatten sich währenddes im Grünen verlaufen; Herr Faber dagegen war schon weit fort und haschte eifrig die verlornen Blätter seines Trauerspiels, die der Morgenwind, wie Schmetterlinge, mutwillig umhertrieb. Und so sah sich denn Romano in der feierlichen Morgenstille auf einmal wieder einsam vor dem fremden, rätselhaften Schlosse, noch immer in das funkelnde Fenster hinaufstarrend, als plötzlich einer seiner vertrautesten Jäger in gestrecktem Galopp über den Waldgrund dahergeflogen kam. „Was bringst du?" rief ihm Romano gespannt entgegen. – „Sie haben sich nach der andern Seite des Gebirges gewandt, es ist alles verloren!" erwiderte der Jäger atemlos. – „Wissen es die andern? Rücken deine Gesellen nach?" – „Nein, denn der Graf Leontin ist nicht im Schloß." – „Nicht zu Hause?!" rief der Prinz, „so führe mich rasch zu ihm!" Hiermit setzte der Jäger die Sporen wieder ein, Romano sprengte nach, und der Wächter, der eben von der Schloßwarte den Tag anblies, sah verwundert die beiden fremden Reiter unten in die beglänzte Landschaft hinausjagen.

Schöne, fröhliche Jugendzeit, was tauchst du wie ein wunderbares Land im Traume wieder vor mir auf! Die Morgenglocken tönen von neuem durch die weite Stille, es ist, als hört' ich Gottes leisen Tritt in den Fluren, und ferne Schlösser erst und Burgen hängen glühend über dem Zauberduft. Wer ahnt, was das geheimnisvolle Rauschen der verträumten Wälder mir verkünden will? – Ich höre die Ströme unten gehen und weiß nicht, wohin sie ziehen, ich bin so voller Glanz und Klang und Liebe und weiß noch nicht, wo mein künftiges Liebchen wohnt! – Da über die Berge, zwischen den ersten Morgenlichtern sehe ich einen jungen rüstigen Gesellen wandern, einen grünen Eichenzweig auf dem Hut, die braunen Locken vom Tau funkelnd, so frisch und keck, als ging's ins Paradies. Und mir ist, als müßt' ich alles liegen lassen und wieder mitreisen, als nun die Sonne plötzlich die schimmernden Abgründe aufdeckt und der Gesell im Wandern in die Tälern hinabsingt:

„Vom Grund bis zu den Gipfeln,
Soweit man sehen kann,
Jetzt blüht's in allen Wipfeln,
Nun geht das Wandern an:

Die Quellen von den Klüften,
Die Ström' auf grünem Plan,
Die Lerchen hoch in Lüften,
Der Dichter frisch voran.

Und die im Tal verderben
In trüber Sorgen Haft,

Er möcht' sie alle werben
Zu dieser Wanderschaft.

Und von den Bergen nieder
Erschallt sein Lied ins Tal,
Und die zerstreuten Brüder
Faßt Heimweh allzumal.

Da wird die Welt so munter
Und nimmt die Reiseschuh,
Sein Liebchen mitten drunter.
Die nickt ihm heimlich zu.

Und über Felsenwände
Und auf dem grünen Plan,
Das wirrt und jauchzt ohn' Ende –
Nun geht das Wandern an!"

Nun aber war es wirklich, als würde das Lied auf einmal lebendig; denn Stimmen ließen sich plötzlich im Walde vernehmen, einzelne Jäger erschienen bald da, bald dort im Morgenglanz an den Klippen hängend und wieder verschwindend, dazwischen lange, gezogene Waldhornsklänge bis weit in die fernsten Schlüfte hinein, lustiges Hussa, Roßgewieher, Schüsse und Hundegebell, und über den grünen Plan unten sprengte eine Frauengestalt in prächtigem Jagdkleid, mit den hohen Federn ihres grünsamtnen Baretts sich in den heitern Morgenlüften zierlich auf dem Zelter wiegend und fröhlich nach der glänzenden Reiterschar ihrer Begleiter zurückgewandt, von der bei jedem ihrer Worte ein beifälliges, entzücktes Lachen heraufschallte. – Dem Wanderer aber flog bei dem unerwarteten Anblick eine leuchtende Erinnerung durch die Seele, die ganze Erscheinung war ihm wie eine wunderbare Verheißung; er schwenkte jauchzend seinen Hut über den Vorüberziehenden und blickte ihnen nach, bis sie alle im Walde wieder verschwunden waren. „Seht Ihr ihn?" sagte Gräfin Aurora heimlich vergnügt zu Herrn Publikum – denn niemand anders waren die Jagenden unten – „seht

Ihr den Prinzen Romano oben? Ich wußt' es wohl, daß er nicht lange wegbleiben wird. Aber was geht es mich an! Wir tun, als hätten wir ihn nicht bemerkt." – „Vortrefflich, Göttliche! – gewiß romantische Flausen wieder – verdammtes Biest!" – erwiderte Publikum in tausend Nöten, ängstlich den straubigen Hals seines unruhigen Kleppers streichelnd, der soeben zum Schrecken des furchtsamen Reiters mit weit vorgestreckten Nüstern in die frische Morgenluft hinauswieherte.
So waren sie von neuem auf einen freien grünen Platz gekommen, als plötzlich vor ihnen ein verworrenes Geschrei aus dem Walde brach; mehrere Schüsse fielen auf einmal, und ein wütender Eber, von wilden Rüden gehetzt, mit den gefletschten Hauern, Schaum und Blut und Überreste des durchbrochenen Netzes nach allen Seiten um sich schleudernd, stürzte gerade auf die Reiter los. Nun war es nicht anders, als ob ein Wirbelwind durch einen Trödelmarkt führe; Hüte, Tücher und Federn flatterten mit einem Male auf dem Rasen umher, die scheugewordenen Pferde drängten und bäumten, Hallo und Angstgeschrei dazwischen; Aurora war mit ihrem Gewande in einen mutwilligen Strauch geraten, das schönste Knie blitzte blendend durch das Getümmel. Vor allen aber sah man Herrn Publikum wie einen zusammengerollten dicken Knäuel, den Hals seines Pferdes umklammernd, weithin über den Anger fliegen; die kecken Novellisten feuerten tapfer drein, aber jeder Schuß klatschte so wunderlich in der Luft, daß jedesmal die Jäger in der Runde laut auflachten.
Unterdes war das Ungetüm, mit der verbissenen Meute an den Fersen, pfeilschnell vorübergeschossen. Die Zersprengten sammelten sich wieder, man atmete tief auf, lachte und scherzte; jeder wollte zum Schutz der Damen besondern Mut bewiesen haben. Auch den unaufhaltsamen Publikum hatten die Wildtreiber im Gehölz wieder aufgefangen. Er war ganz außer sich vor Zorn, mit nie gesehener Beweglichkeit bald sein Halstuch lüftend, bald

nach allen Seiten schnell ausspuckend, schimpfte er auf seine Leute, die ihm so ein tolles, unbändiges Roß gegeben, auf das liederliche Zaumzeug und das ganze dumme, rohe Jagdvergnügen. „Wer tat das?“ rief er endlich, rot und blau im Gesicht wie ein kalkuttischer Hahn. – „Wer tat das?“ gellerten die nun aus Gefälligkeit gleichfalls entrüsteten Novellisten nach. Und so mit Hall und Widerhall, dem keine Antwort folgte, vertoste endlich der ganze Schwarm im Walde wieder.

Die Jäger wußten recht gut, wer es getan, sie mochten's aber nicht verraten. Florentin hatte die Flinten für die Literatoren blind geladen und soeben den umstellten Eber heimlich aus dem Garne gerade auf die Herrschaften losgelassen.

Weit davon fanden späterhin einige von ihnen das mutwillige Jägerbürschchen mitten im wildesten Gebirge, Pferd und Reiter atemlos und fast taumelnd vor übergroßer Ermüdung. Er hörte kaum auf ihre Erzählung von dem Erfolg seines Schwanks. „Was kümmert's mich!“ unterbrach er sie heftig, wie ein übellaunisches Kind; „es ist mir alles verdreht und verdrießlich, ich mag nicht mehr jagen! ich mag nicht mehr reiten! ich will allein sein! Ich bitt' euch, ihr lieben, närrischen, langweiligen Leute, laßt mich allein!“ – Und kaum hatten die Jäger kopfschüttelnd ihn wieder verlassen, so warf er sich in der Einsamkeit vom Pferde in das hohe Gras und weinte bitterlich – leichte Wolken flogen eilig über das stille, enge Waldtal fort, in weiter Ferne verhallte noch das Lied des fremden Wanderers auf den Höhen.

Es war schon dunkel geworden, da schritt der wandernde Sänger noch immer rüstig durch den Wald. Er blieb soeben ungewiß an einem Kreuzwege stehen, als er plötzlich Stimmen und Pferdetritte in der Ferne hinter sich vernahm. Sie schienen sich in stolpernder Eile zu nähern, und bald konnte er deutlich unterscheiden, was sie sprachen. –

„Das kommt bei den Schnurren heraus", sagte der eine; „Zeit und Mühe verloren, und wenn es lange so dauert, verlier' ich meine Beine dazu, denn sie hängen mir nur noch wie ein Paar ausgestopfte Lederhosen am Leibe." – „Du hast sonst einen feinen Verstand", entgegnete der andere; „aber wenn du einmal hungrig wirst, bist du ganz gemein und unerträglich. Da wirst du ganz Magen mit einigen schlotterigen Darmkanälen von Gedanken, die von keinem Dufte träumen als dem eines Schweinebratens, und von keinem Innerlichen als dem einer dicken Blutwurst."
Jetzt kamen – als ob sie den verlorenen Tag suchten – zwei Männer, jeder sein Pferd hinter sich am Zügel führend, zum Vorschein, in denen wir sogleich den Prinzen Romano und seinen Jäger wiedererkennen. Sie hatten im blinden Eifer immer über das Ziel hinausgeschossen, den Grafen Leontin überall verfehlt und kehrten nun ermüdet und verdrüßlich von der vergeblichen Irrfahrt zurück. – Kaum erblickte Romano den Fremden, als er ihm mit übertriebener Tapferkeit, womit Erschrockene wieder erschrekken wollen, ein furchtbares „Halt!" zurief. Dann, nach und nach näher tretend und ihn vom Kopf bis zu den Füßen betrachtend, fragte er ihn endlich gelassener, ob er den Grafen Leontin kenne und ihm vielleicht in diesem Walde begegnet sei. – „Ich kenne ihn nicht", erwiderte der Wanderer; „aber ich möchte ihm wohl begegnen. Im letzten Dorfe sagte man mir, er sei soeben von einer Jagd heimgekehrt, und ich gedenke noch heut auf seinem Schlosse, von dem ich schon viel Seltsames gehört, einzusprechen."
Das wollte eben Romano auch, und sie beschlossen nun, die Fahrt gemeinschaftlich fortzusetzen. – Die Pferde waren müde, der Weg uneben, so wanderten denn alle zu Fuß nebeneinander hin; der Tritt der Rosse an den Steinen und Wurzeln schallte durch die weite Stille, über ihnen blitzten die Sterne im dunkeln Laub, oft sahen sie einander von der Seite schweigend an, um die Signatur der un-

bekannten Gesichter bei flüchtigem Mondblick zu erraten. – Der heitere fremde Wanderer brach zuerst das Schweigen. Mit der glücklichen Unbefangenheit der Jugend erzählte er, während sie so durch die Nacht fortzogen, mancherlei aus seinem früheren Lebenslauf. Er nannte sich *Willibald.* Der Sturm der Zeit, der so viele Sterne verlöscht und neue entzündet, hatte auch den Stammbaum seines alten, berühmten Geschlechts zerzaust: seine Eltern starben an gebrochnem Stolz, ihre Güter und seine Heimat waren längst an andre Besitzer gekommen, die er nicht einmal dem Namen nach kannte. Aber Unglück gibt einen tiefen Klang in einem tüchtigen Gemüt und hatte auch ihn frühzeitig durch den tragischen Ernst des Lebens der Poesie zugewendet. Mit freudigem Schauer fühlte er sich bald einer andern, wunderbaren Adelskette angehörig, über welche die Zeit keine Gewalt hat, und rasch Konnexionen, Brotperspektiven und allen Plunder, der das Gemeine bändigt, von sich abschüttelnd, zog er nun eben arm, aber frei und vergnügt, in die Welt wie in sein weites, fröhliches Reich hinaus. Nur seine schöne Heimat, die am Ausgang dieses Gebirges lag, und an der seine Seele mit aller Macht jugendlicher Erinnerung hing, wollte er noch einmal wiedersehen und dann sich nach Italien wenden.

Während dieser Mitteilung hatten die Wanderer kaum bemerkt, daß ein furchtbares Gewitter im Anzuge war. Bald aber hallte der Donner immer vernehmlicher zwischen den dunkeln Bergen herauf, ferne Blitze erleuchteten oft wunderbare Abgründe neben ihnen, die sich sogleich wieder schlossen. Willibald schaute freudig in die prächtige Nacht. Romano dagegen, der von frühester Jugend an seine Katzennatur bei Gewittern nicht überwinden konnte, wurde immer unruhiger. Er drückte bei jedem Blitz die Augen fest zu, er versuchte ein paarmal zu singen, aber es half alles nichts; er mußte sich entweder der Länge nach auf die Erde hinstrecken oder unausgesetzt laut reden. Glücklicherweise fiel ihm soeben ein seltsames Abenteuer ein,

das ihm früher einmal in einer solchen Gewitternacht begegnet. Und ohne danach zu fragen, ob Willibald auf ihn hörte, ging er so dicht als möglich neben ihm her und hub, schnell fortschreitend und sich nach und nach immer mutiger sprechend, sogleich folgendermaßen zu erzählen an:
„Als ich nach den unglücklichen Kriegen meinem heimkehrenden Regimente nacheilte, erlebte ich eine ähnliche Nacht, und in dieser Nacht wunderbare Dinge, vor denen uns heute der Himmel bewahren möge! Ich hatte nämlich damals, um sicherer und fröhlicher zu reisen, mich einem desselben Weges ziehenden Reiterhäuflein angeschlossen, mit dem ich an einem heitern Sommerabend auf einem von Bergen eingeschlossenen Wiesental anlangte. Ein Dorf war in dem nächsten Umkreise nicht zu erblicken, dagegen hatte ein altes, schwerfälliges Schloß, das ganz einsam auf einem der Hügel emporragte, schon in der Ferne meine Aufmerksamkeit auf sich gezogen. Da die Nacht bereits hereingebrochen und in dem Schlosse schwerlich für so viele Pferde gehöriges Unterkommen zu finden war, so beschloß der Trupp, die schöne Nacht im Freien zuzubringen. Mir aber war ein unnützer Biwak mit seinen alle Glieder durchrieselnden Morgenschauern eben nicht sehr gelegen, außerdem hätte ich gern die nähere Bekanntschaft des Schlosses gemacht, das recht geheimnisvoll durch die Nacht herschaute. Ich ritt daher mit mehr abenteuerlicher Neugier als Vorsicht, nur von meinem Bedienten begleitet, nach der Burg hin.
Das Tor war geschlossen. Wir klopften lange vergeblich. Endlich, als mein sonst phlegmatischer Bedienter, dem überhaupt dieses Abenteuer nicht willkommen war, sich erboste und mit seinem Säbelgriff so unermüdlich anhämmerte, daß es dumpf durch das alte Gemäuer widerhallte, knarrte eine Tür, und wir sahen den Schein eines sich von innen nahenden Lichtes über die Mauern schweifen. Das Tor wurde nicht ohne große Anstrengung geöffnet, und ein alter Mann, der das Ansehen eines Dieners hatte, trat mit weit vorgestreckter brennender Kerze hastig hervor,

beschaute uns in höchst gespannter, fast trotziger Erwartung von oben bis unten und fragte dann sichtbar beruhigter und mit einem Gemisch von Verlegenheit und Ironie, was diesem Schlosse die Ehre eines so späten Besuches verschaffe. Ich eröffnete ihm meinen Wunsch, hier zu übernachten. – ‚Das wird nicht gut angehen', sagte der Alte. ‚Die Herrschaft', setzte er mit einer seltsamen Miene hinzu, ‚die Herrschaft schläft schon lange.' – ‚Nun, so laß sie schlafen', erwiderte ich; ‚wir sind genügsam, und es gilt auch nur bis zu Tagesanbruch.'
Der Alte schien sich einen Augenblick zu besinnen, maß uns noch einmal mit scharfen Blicken und wies dann endlich meinem Bedienten einen vom Tore weit abgelegenen Stall an, wo der übelgelaunte Knappe, etwas von elendem Hundeloche usw. unter dem Bart murmelnd, die ermüdeten Pferde hineinzog. Darauf führte mich unser Schloßwart, stillschweigend voranleuchtend, über den weiten gepflasterten Hof eine steinerne Treppe hinauf, welche, wie ich bei dem flüchtigen Scheine der Kerze bemerken konnte, nicht im besten Stande zu sein schien. Wir traten in ein altes Gemach, worin zu meinem Erstaunen ein fertiges Bett und alles zum Empfang eines Gastes eingerichtet war. ‚Ihr seid nicht unvorbereitet, wie ich sehe', sagte ich lächelnd zu dem Alten. – ‚Das bringen die häufigen Durchmärsche so mit sich', erwiderte dieser und entfernte sich schnell, kehrte aber bald mit einer Flasche Wein und einem kalten, ziemlich knappen Imbiß wieder zurück. Ich wollte nach dem Namen und sonstigen näheren Verhältnis der Schloßbewohner fragen; aber der Alte entschlüpfte mir gewandt mit einem tiefen Bückling und ließ sich nicht wieder sehen.
Ich hatte nun Muße genug, mich in meiner sonderbaren Behausung genau umzusehen. Das einfache Feldbett, ein altmodischer, mit Leder überzogener und mit gelben Zwacken verzierter, ziemlich wackliger Lehnstuhl und ein ungeheurer Tisch von gleicher Beschaffenheit machten das ganze Stubengerät aus. In dem hohen Bogenfenster

schienen oben mehrere kleine Scheiben zu fehlen. Die Wände waren nur noch zum Teil mit schweren, an manchen Stellen von oben bis unten aufgerissenen Tapeten bedeckt, von denen mich halb verblichene, lebensgroße Bilder bei dem ungewissen Licht der Kerze fast schauerlich anblickten. Alles erregte das wehmütigste Gefühl vergangener Herrlichkeit. – Ich legte mich in das Fenster, das auf das Tal hinausging, aus welchem ich gekommen war. Es blitzte von fern, unten sah ich die Feuer des Biwaks und konnte in der grellen Beleuchtung die Gestalten der darum gelagerten Reiter unterscheiden, von denen von Zeit zu Zeit ein fröhliches Lied und das Wiehern einzelner Rosse durch die mondhelle Nacht herüberschallte.
Da fiel es mir aufs Herz, daß ich heut, wider meine sonstige Gewohnheit, vergessen hatte, vor allem andern nach meinen Pferden zu sehen. Ich ging daher noch einmal in den Hof hinunter. In dem unwirtlichen, halbverfallenen Stalle fand ich meinen Bedienten im tiefsten Schlafe und die Pferde so sicher und gut aufgehoben, als es hier die Umstände erlaubten. Ich lehnte die alte Tür wieder an, konnte aber auf dem Rückwege nicht unterlassen, einen Augenblick in dem geräumigen Hofe zu verweilen und den wunderlichen Bau genauer zu betrachten, dessen Umrisse im Mondschein nur um desto schärfer hervortraten. Das Schloß bildete ein vollständig geschlossenes Viereck, an dessen innerer Seite eine von mancherlei kleinen Treppen und Erkern verworren unterbrochne steinerne Galerie herumlief, auf welche die Türen, zum Teil auch einzelne Fenster der Gemächer hinausgingen. Eine Totenstille herrschte in dem ganzen finstern Bau, nur die verrosteten Wetterhähne drehten sich knarrend im Winde, der sich jetzt heftiger erhoben hatte und schwere, dunkle Wolken über den einsamen Hof hinwegtrieb. Indem ich eben wieder die große Treppe hinaufsteigen wollte, bemerkte ich einen schwachen, flüchtigen Lichtschimmer, der von dem entgegengesetzten Flügel des Schlosses herüberzukommen schien. Ich scheute nicht die Mühe, auf

kleinen, zum Teil schwankenden Stiegen zu jenem Teile der Galerie zu gelangen, und überzeugte mich nun bald, daß das Licht aus einem zwar ängstlich, aber doch nicht sorgsam genug verhangenen Fenster hervorbrach, welches auf die Galerie hinaussah. Ich blickte durch die kleine Öffnung und sah mit Entsetzen mitten im Gemach auf einem köstlichen Teppich einen schönen, mit einem langen grünen Gewande und blitzenden Gürtel geschmückten weiblichen Leichnam ausgestreckt, die Hände über der Brust gefaltet, das Gesicht mit einem weißen Tuch bedeckt. Der alte Schloßwart, den Rücken nach dem Fenster gewendet, war im Hintergrunde beschäftigt, eine mattlodernde Lampe in Ordnung zu bringen, während er, wie es schien, Gebete leise vor sich hermurmelte. Mich schauerte bei diesem unerwarteten Anblick, mir fielen die Worte des Alten wieder ein: die Herrschaft schläft –“

„Wahrhaftig!“ unterbrach hier Willibald lächelnd den Erzähler, „Sie hoffmannisieren recht wacker.“ – Indem aber blitzte es soeben wieder. Romano blieb die Antwort schuldig, drückte die Augen ein und fuhr eilig und überlaut zu erzählen fort:

„Ich eilte nun in der ersten Bestürzung fort nach meinem Schlafgemach, um meine Waffen zu holen und hier vielleicht ein schauderhaftes Verbrechen an das Tageslicht zu bringen. Indes, noch ehe ich über die verschiedenen Treppen und verwickelten Gänge den andern Schloßflügel erreichte, besann ich mich, wie nutzlos mein Unternehmen jetzt im Finstern, in einem mir gänzlich unbekannten Hause sein müßte, dessen vielfache Ausgänge und Erker den kundigen Bewohnern tausend Schlupfwinkel darboten. Ich beschloß daher nach einigem Nachdenken den Tag abzuwarten und bis dahin ein wachsames Auge auf alles zu haben, was in dem Schlosse vorgehen möchte.

Zu diesem Behuf ließ ich die Tür meines Gemaches offen, aus welchem ich einen Teil der Galerie und den ganzen Hof übersehen konnte. – Draußen im Felde waren die Stimmen der Reiter verschollen und die Wachtfeuer aus-

gelöscht. Der Sturm erhob sich immer stärker und ging mit entsetzlichen Jammertönen durch das alte Gemäuer. Auch meine Kerze war unterdes ausgebrannt. – Gespannt und auf jeden Laut aufhorchend, setzte ich mich daher völlig angekleidet auf mein Bett und malte mir auf dem dunkeln Grund der Nacht wilde phantastische Bilder aus. Eine schauerliche Vorstellung reihte sich verworren an die andere, bis ich endlich, der Ermüdung erliegend, in unruhigen Träumen einschlummerte. Plötzlich fuhr ich von meinem Lager auf, von einem heftigen Donnerschlage aufgeschreckt. Ich sprang an die Stubentür, von der mich ein kalter Wind anblies. Es war ein furchtbares Gewitter, so recht ingrimmig, ohne Regen. Eine dicke Finsternis verhüllte Schloß, Hof und Himmel." – Hier zuckte von neuem ein Blitz leuchtend über die ganze Gegend, und Leontins Schloß, wie in Feuer getaucht, stand auf einmal vor ihnen über dem Walde. – „In der Tat", sagte Romano erstaunt, „wüßte ich nicht – gerade so sah damals das Spukschloß aus! – Doch eilen wir, unser Weg und meine Geschichte sind gleich zu Ende." Er fuhr wieder fort:
„Wie ich nun so aus der Tür in das Dunkel hinausstarre, schlängelt sich plötzlich ein Blitz über den Zinnen, und ich erblicke mit Grausen in der Tür, welche aus dem gegenüberstehenden Schloßflügel auf den Hof hinausführte, das tote Fräulein mit demselben grünen Gewande und funkelnden Gürtel, wie ich sie in jenem Gemache gesehen, stumm und regungslos aufgerichtet, das Gesicht leichenweiß und unbeweglich; über den Rücken wallte ein langer dunkler Mantel herab. Neben ihr stand eine hohe Gestalt, in einen gleichfalls dunkeln weiten Mantel tief verhüllt.
Die Finsternis verschlang sogleich wieder die flüchtige Erscheinung. Ich heftete meine Blicke durchdringend und unausgesetzt auf den grauenvollen Punkt, als nach einer geraumen Pause abermals einer von jenen langen oder vielmehr sich unaufhörlich wiederholenden Blitzen erfolgte, wo sich gleichsam der ganze Himmel wie ein rotes

Auge aufzutun scheint und eine gräßliche Beleuchtung über die stille Erde umherwirft.
Da sah ich, wie das Fräulein mit dem entsetzlich starren Gesicht, die andre dunkle Gestalt und noch ein dritter Vermummter, in welchem ich den alten Schloßwart zu erkennen glaubte, sich im Hofe, ohne ein Wort miteinander zu wechseln, feierlich auf drei schwarze Rosse erhoben, deren Mähnen sowie die Enden der weiten, faltigen Mäntel in dem Gewitterwinde wild umherflatterten. Lautlos, wie ein Leichenzug, bewegte sich darauf die seltsame Erscheinung durch das geöffnete Schloßtor, den Hügel hinab, immer tiefer, weiter."
„Was ist das?" schrie hier Romano plötzlich voll Entsetzen auf. Auch Willibald stutzte, betroffen in die Ferne hinausblickend. Das wilde Wetterleuchten hatte das Schloß vor ihnen wieder grauenhaft erhellt, und im Tore erblickten sie deutlich die Leichenbraut mit dem grünen Gewande und funkelnden Gürtel, zwei dunkle Gestalten neben ihr, lautlos auf drei schwarzen Rossen, die faltigen Mäntel im Winde flatternd, als wollten sie eben wieder ihren nächtlichen Auszug beginnen.
„Nun, das ist der wunderlichste Ausgang Ihrer Geschichte!" sagte Willibald, sich schnell fassend, als die zurückkehrende Finsternis auf einmal alles wieder bedeckt hatte. – „Ausgang?" rief Romano ganz verstört, „sahen Sie denn nicht, wie sie entsetzlich immer fortspielt?" – „Aber erfuhren Sie denn damals nicht –?" – „Nein, nein", erwiderte der Prinz hastig: „kehrte ich doch am Morgen das ganze Haus um, alles leer, wüst, verfallen, ohne Fenster und voll Schutt, hohes Gras auf dem gepflasterten Hofe; die Bauern sagten nachher, das Schloß sei seit hundert Jahren nicht mehr bewohnt."
Währenddes hatte Willibald den Prinzen unter den Arm gefaßt und riß ihn über Stock und Stein durch die Finsternis mit sich fort. Der heftige Gewitterwind blies an den Felsennasen um sich her, zwischendurch hörten sie ein verworrenes Gemurmel, wie von vielen Stimmen, und

immer stärker , je näher sie dem Schloß kamen; zuweilen war es ihnen, als schweife der Widerschein einer Fackel flüchtig über das alte Gemäuer der Burg.
So standen sie, ehe sie's dachten, vor dem Tor. Die gespenstischen Reitergestalten waren verschwunden. Der erste aber, der ihnen entgegentrat, war der alte geheimnisvolle Diener, eine brennende Kerze vorhaltend und die Eindringenden trotzig betrachtend. – Da hielt sich Romano nicht länger, seine Einbildung war von dem raschen Gange, dem Sturm und den wilden Erscheinungen bis zum Wahnsinn empört. „Schläft deine Herrschaft noch immer, verfluchter alter Daniel!" rief er außer sich, den Alten an der Brust fassend. Dieser, voll Zorn über den unerwarteten Überfall, faßte ihn sogleich wieder und rang mit ihm. Willibald sprang erschrocken dem bedrängten Prinzen zu Hilfe, große Hunde schlugen an, eine wachsende Bewegung erwachte tief in dem dunkeln Torwege.
„Was macht ihr wieder für höllischen Lärm, ihr Phantasten!" donnerte da eine Stimme aus dem Hintergrunde dazwischen. Ein hoher, schöner Mann im langen faltigen Reitermantel, die von allen Seiten an ihn heraufspringenden Doggen beschwichtigend, trat plötzlich hervor. – „Graf Leontin!" rief Romano aus, seinen Daniel schnell loslassend – beide sahen einander eine Zeitlang erstaunt an. Endlich nahm der ganz verwirrte Prinz wieder das Wort „Wer", fragte er, „ritt vor kurzem hier ins Tor?" – „Ich, von der Jagd, wo uns die Nacht und das greuliche Wetter überraschte!" erwiderte Leontin. – „Aber ich sah doch alles ebenso vor langer Zeit im wüsten Schloß an der Donau, diesen Alten, beim Widerschein der Blitze die vermummten Reiter im Tore." – Hier brach Leontin plötzlich in ein unmäßiges Gelächter aus. – „Wie!" rief er, „Sie waren es? Wer konnte auch in dem verrufenen Schloß so spät noch Gäste erwarten! Die Verlegenheit war groß, Sie nahmen das Zimmer ein, das der Alte heimlich für uns bereitet hatte." – „Und das Fräulein in der Mitte", fuhr Romano fort, „mit dem totenbleichen, schönen starren Gesicht?" –

„Freilich", versetzte Leontin, noch heftiger lachend; „wir trauten dem unbekannten Gaste nicht und hatten Larven vorgesteckt, denn ich entführte eben damals meine Julie."
Das hatte der wundersüchtige Romano am allerwenigsten erwartet, er verachtete im Herzen diese nüchterne Auflösung und folgte schweigend dem heitern Leontin, der nun die unverhofften Gäste, als eine köstliche Ausgeburt dieser kreisenden Nacht, in seine Burg führte. Der alte Diener ging mit seiner Kerze voran, leise etwas von verrückten Prinzen in den Bart murmelnd und manchmal noch einen wütenden Blick auf Romano zurückschleudernd. So schritten sie durch einen ganz wüsten Schloßflügel, die hohen Fensterbogen standen leer, der flackernde Schein der Kerze schweifte flüchtig über die Stukkatur an den Decken der verfallenen Gemächer; zwischen zerrissenen Fahnen, die im Zugwinde flatterten, starrten ganz gewappnete Reiterbilder die Vorübereilenden gespenstisch aus den geschlossenen Visieren an. Über eine enge Wendeltreppe gelangten sie dann auf eine steinerne Galerie, die am Innern des Schlosses fortzulaufen schien, und von der man den Burghof überblicken konnte. Dort sah es wie ein Schlupfwinkel von Räubern oder Schmugglern aus: verworrene Stimmen durcheinander, Windlichter in dem steinernen Springbrunnen sich spiegelnd, Rosse, lechzende Hunde, Jäger und Waffen, alles von Zeit zu Zeit vom bleichen Widerschein der Blitze wie in wilden Träumen wunderbar erleuchtet.
Endlich traten sie in einen ungeheuren Saal, in dessen Mitte Herr Faber ganz allein an einem großen, runden Tische saß und unmäßig speiste, ohne aufzusehen und die Kommenden sonderlich zu beachten. Ein Fenster mußte irgendwo schlecht verwahrt sein, denn das einzige Licht auf dem Tische wehte und warf ungewisse Scheine über die Ahnenbilder an den Wänden und in den hintern, dämmernden Raum des Saales, wo eine unkenntliche Gestalt auf der Erde zu liegen schien; mit Erstaunen glaubte Romano, als er genau hinblickte, den wahnsinnigen Harfner

wiederzuerkennen, der dort über seiner Harfe eingeschlafen war. – In einer Fensternische aber saß eine junge schöne Frau mit einer Gitarre im Arm, in die vom Gewitter beleuchtete Gegend hinausschauend. Sie hörten sie im Eintreten eben noch singen:

Aus der Heimat hinter den Blitzen rot
Da kommen die Wolken her,
Aber Vater und Mutter sind lange tot
Es kennt mich dort keiner mehr.
Wie bald, wie bald kommt die stille Zeit,
Da ruhe ich auch, und über mir
Rauschet die schöne Waldeinsamkeit,
Und keiner mehr kennt mich auch hier.

„Schon wieder das Lied!" rief er Leontin zu, seine Brauen finster zusammenziehend. – Da sprang sie schnell auf. „Es ist schon wieder vorüber", sagte sie und fiel ihm heiter um den Hals. – „Das ist die Leichenbraut mit dem funkelnden Gürtel!" so stellte Leontin seine Gemahlin Julie lächelnd dem Prinzen vor. Sie errötete, und Romano erkannte sogleich die schlanke Gestalt wieder, die er schon heute am frühen Morgen im Erker erblickt hatte. Mit romanesker Galanterie sagte er, fein auf ihr wehmütiges Lied anspielend: sie sei ein zarter Waldhornslaut, berufen, weithin in den Tälern den Frühling zu wecken, nicht aber an den finstern Tannenwipfeln dieser starren Waldeinsamkeit ihren melodischen Zauber zu verhauchen. – Sie sah ihn mit den frischen klaren Augen groß an, lachte ihm, als er fertig war, geradezu ins Gesicht und wandte sich dann ohne weiteres, um in der verworrenen Wirtschaft zur Aufnahme der späten Gäste das Nötige zu besorgen.
Romano sah ihr nicht ohne einige Empfindlichkeit nach, als seine Blicke zufällig an der gegenüberstehenden Wand auf ein Porträt fielen, das seine ganze Aufmerksamkeit in Anspruch nahm. Es war ein überaus schönes Mädchengesicht, mutwillig aus einer seltsamen, phantastischen

Tracht hervorguckend, als fragt' es ihn neckend: Kennst du mich? – Er wußte es, er hatte diese wunderbaren Züge oft gesehen und konnte sich doch durchaus nicht besinnen. Voll Neugierde fragte er endlich den Grafen Leontin. – „Weitläufige Verwandtschaft", erwiderte dieser flüchtig, mit sichtbarer Verlegenheit. Er schien die Fremden von dem Bilde ablenken zu wollen und nötigte sie eilig zum Niedersetzen; aber jeder der altväterischen Stühle, sowie er ihn ergriff, ließ der eine die Lehne, der andere ein Bein fahren. – „Ich sitze auf dem guten", sagte Faber, ruhig weiter essend, und Leontin bat nun lachend seine Gäste, lieber mit ihm auf die Galerie hinauszukommen, wo es an handfesten steinernen Bänken nicht fehle.
So lagerte sich denn die ganze Gesellschaft abenteuerlich genug unter den Spitzbogen des alten Altans; ein schwerfälliger Tisch, Weinflaschen und Gläser wurden mit bedeutendem Lärm herbeigeschafft, auch Julie und Faber – letzterer zu Romanos großem Verdruß mit einer langen qualmenden Tabakspfeife – fanden sich wieder ein, und ein vielfach bewegtes Gespräch belebte bald den wunderlichen Kreis. Unten im Hofe aber war währenddes schon alles still geworden, auch das Gewitter hatte sich verzogen, es blitzte nur noch in weiter Ferne, und über dem verfallenen Schloßflügel sah man von allen Seiten die wunderbare Gegend im Mondschein wieder heraufglänzen.
Leontins unverwüstliche Heiterkeit und sein guter Wein, der nicht geschont wurde, überwanden bald alle Müdigkeit, und man beschloß einmütig, den kurzen, noch übrigen Teil der schönen Nacht hier zusammenzubleiben. Ein jeder mußte nun eine Novelle aus seinem Leben zum besten geben. Die Reihe traf zuletzt Willibald, der von dieser märchenhaften Umgebung tief aufgeregt schien. Mit besonderem Behagen setzten sich die andern den schönen klaren Augen des Wanderdichters gegenüber, als dieser endlich folgendermaßen zu erzählen begann:
„In den Herbstferien wanderte ich als Student mit mehreren fröhlichen Gesellen aus Halle nach dem Harzgebirge.

Ich gedenke noch heute mit eigenem Vergnügen des frischen kühlen Morgens, wie wir vor Tagesanbruch durch die alten stillen Gassen zogen und hinter den noch fest zugezogenen Fenstervorhängen unsern eingebildeten Liebchen, die wir kaum einmal im Leben von fern gesehen hatten, unser Ade! zuriefen. Die Jugend, sagt man, blicke die Welt anders an als andere vernünftige Leute, sehe im funkelnden Walde Diana vorübersprengen und aus den Strömen schöne Nixen wunderbar grüßend auftauchen. Ich aber bilde mir ein, aus jungen Philistern werden alte Philister, und wer dagegen einmal wahrhaftig jung gewesen, der bleibt's zeitlebens. Denn das Leben ist ja doch nur ein wechselndes Morgenrot, die Ahnungen und Geheimnisse werden mit jedem Schritt nur größer und ernster, bis wir endlich von dem letzten Gipfel die Wälder und Täler hinter uns versinken und vor uns im hellen Sonnenschein das andere Land sehen, das die Jugend meinte.
Diesmal war es indes nur der kurze, bunte Reisetag, der dämmernd hinter uns versank, als wir fröhlich in dem heiteren Stufenberge rasteten. Die Abendsonne funkelte noch in den Fenstern des Wirtshauses, vor welchem wir über die Buchenwipfel die glänzende Landschaft und weiterhin das Vorgebirge des Harzes überschauten, das sich schon rätselhaft mit Abendnebel zu bekränzen anfing. Mir fielen alle alten schönen Sagen dieser romantischen Gegend ein, und ich dichtete die wunderlichsten Reiseabenteuer in das wachsende Dunkel hinein. Auf dem grünen Rasenplatze vor dem Wirtshause sang ein Mädchen wie ein Waldvöglein zur Harfe; fremde Wanderer kamen und schieden; wir aber hatten uns dicht am Abhange um einen mit Weinflaschen wohlbesetzten Tisch gelagert, und meine Gefährten ermangelten nicht, ihre Schätzchen, die sie zu Hause hatten oder nicht hatten, hochleben zu lassen. Mir kam das in diesem Augenblick unbegreiflich abgeschmackt vor, in meiner Seele leuchtete auf einmal ein Bild wunderbarer Schönheit wieder auf, das ich oft im Traume gesehen und seitdem auf manchem alten schönen

Bilde wiederzuerkennen geglaubt hatte. Vom Wein und dem Rauschen der Wälder und Täler unter uns wie von unsichtbaren Flügeln gehoben, sprang ich plötzlich auf; die untergehende Sonne warf eben ihr purpurnes Licht über die Gegend: ich trank aus voller Seele auf das Wohl meiner künftigen Geliebten, warf meinen Ring in das leere Glas und schleuderte Glas und Ring in funkelndem Bogen weit in das Abendrot hinaus.

Da aber begab sich's wunderbar. Denn in demselben Augenblick sahen wir unten eine Dame auf einem jener rehfüßigen arabischen Zelter über den grünen Plan sprengen, als flöge eine reizende Huri, im Abendwinde von bunten Schals und reichen schwarzen Locken umflattert, über die Oase der beglänzten Landschaft. Sie wandte sich laut lachend nach zwei jungen Reitern zurück, vor denen sie, wie zum Scherz, nach dem Saum des Waldes entfloh, wo eine andere Dame die Flüchtigen zu erwarten schien.

Da bemerkte sie den Blitz meines Ringes in der Luft. Sie schaute erstaunt zu mir herauf; im selben Moment tat die untergegangene Sonne noch einen feuerroten Blick über die ganze Gegend, und wir sahen die Reitergestalten nur noch wie bunte, sich jagende Schmetterlinge über den stillen, ernsten Grund dahinschweben.

Meine Reisegesellen feuerten der schönen Reiterin munter gute und schlechte Witze nach, verglichen sie mit einer Bacchantin, mit Luna und Fortuna, bis sie zuletzt darüber untereinander in ein gelehrtes mythologisches Gezänk gerieten. Mich ärgerte das Geschwätz, aber ich hütete mich wohl, mit dareinzureden, denn mein Anschlag war gefaßt. Und als sie sich alle endlich zur Ruhe begeben hatten, bezeichnete ich ihnen mit Kreide auf der Tür den Ort, wo ich morgen abend wieder mit ihnen zusammentreffen wollte, und stieg beim prächtigsten Mondschein den Berg hinab.

Ich hatte mir den Platz genau gemerkt, wo die Reiterin mit ihrem Gefolge verschwunden war; es gab nur *einen* Weg, ich schritt bald in tiefem Waldesdunkel, bald über hellbeschienene Wiesen frisch und fröhlich fort und kam endlich

an ein einsames Gasthaus, das im klaren Mondschein am Ausgang des Waldes lag. Es war alles unendlich still ringsumher, doch glaubte ich unten im Hause noch Stimmen zu vernehmen. Ich klopfte an, die Wirtsleute waren noch wach, und ich erfuhr zu meiner unbeschreiblichen Freude, daß wirklich zwei Damen zu Pferde, die eine jung, schön, mit langen wallenden Locken, nebst ihren Begleitern hier eingekehrt und in den oberen Zimmern übernachteten, wo sie sich aber bereits der Ruhe überlassen hatten, um morgen mit Tagesanbruch den Roßtrapp zu besteigen.
Bei dieser Nachricht blitzte mir ein Gedanke durch die Seele. Ich erkundigte mich sogleich nach dem für die Damen bestimmten Führer, einem jungen, schlanken Burschen von meiner Größe, und überredete ihn mit Hilfe eines großen Teils meiner kleinen Barschaft, mir auf einen halben Tag seinen Kittel und Wanderstecken abzutreten. Ich kannte den Weg nach dem Roßtrapp von einer früheren Reise sehr genau und beschloß in dieser Verkleidung morgen die Damen zu führen.
Die Stuben im Hause waren alle besetzt, ich bestieg daher ohne weiteres den Heuboden für die wenigen Stunden der warmen Nacht. Aber ich hatte keine Rast vor fröhlichen Gedanken und setzte mich, wie ein träumender Vogel, auf die obersten Sprossen der Leiter in das Dachfenster. Da lag der weite, stille Kreis von Bergen im hellen Mondschein vor mir, zahllose Sterne flimmerten, und das Zirpen der Heimchen schallte von den fernen Wiesen durch die große Einsamkeit herüber.
Endlich hielt ich's nicht länger aus, ich stieg wieder herab, wandelte eine Zeitlang hinter dem Gebüsch vor den beglänzten Fenstern des Wirtshauses auf und nieder und begann zuletzt mit großer Lust ein Ständchen zu singen, das ich vor mehreren Jahren an meine künftige Geliebte gedichtet hatte. Es dauerte auch nicht lange, so glaubte ich oben einige Bewegung zu bemerken. Aber wer beschreibt meinen Schrecken, als sich nun plötzlich leise das Fenster öffnete und eine gar nicht mehr junge, dickliche Dame,

mit zahllosen Papilloten um den Kopf, breit und behaglich sich herauslehnte!
‚Ei, ei', lispelte sie, ohne mich zu sehen, mit fetter Stimme zu mir herab; ‚ist das wohl fein, müde Reisende in der süßesten Ruhe zu stören?' – Ei, ei, daß ich –! dachte auch ich unten und sang in meiner Herzensangst nur um so lauter fort. – Die Dame hustete oben ein paarmal heimlich genug. ‚Man will sich nicht zeigen, wie's scheint!' sagte sie dann empfindlich. Hinter den Gardinen aber glaubte ich noch eine andere weibliche Gestalt lachend und lauschend zu gewahren. – Voller Ärger sang ich nun mein langes Lied bis zu Ende und verzweifelt wieder vom Anfang an. – ‚Ach, das ist ja ennuyant, das ewige Gesinge!' rief jetzt die Dame, da das Ding kein Ende nehmen wollte, und schmiß mir droben das Fenster vor der Nase zu."
Hier wurde der Erzähler durch ein lautes Auflachen der Gräfin Julie unterbrochen, die schon vorhin einige Male heimlich gekichert hatte. – „Was haben Sie denn?" fragte er die Schöne; „mir war es eben nicht sonderlich zum Lachen." – „Nichts, nichts", entgegnete Julie errötend und beschwichtigend; „nur weiter, weiter!" – Willibald sah sie erstaunt an und fuhr nach einer Pause wieder fort:
„Es war und blieb nun auf einmal alles mäuschenstill im ganzen Hause. – Und ich bekomme dich doch zu sehen, mein sprödes Lieb! sagte ich zu mir selbst, bestieg halb lachend, halb ärgerlich über das verunglückte Ständchen, meinen Heuboden wieder, wickelte mich vergnügt in das Heu und meine verliebten Gedanken und war bald fest eingeschlafen.
Aber wie erschrak ich, als ich erwachte und mir durch alle Luken und Ritzen des Daches die Morgensonne schon hell in die Augen schien. Ich fuhr hastig in meine geborgten Bauernkleider und eilte hinunter. Die Wirtsleute lachten mich über meine städtische Langschläferei tüchtig aus und erzählten, wie sie Mühe gehabt, die wegen der Saumseligkeit des Führers unwilligen Fremden zu begütigen. Während der Wirt mich endlich wecken wollte, seien die

Damen bereits aufgebrochen; wenn ich aber auf den Fußsteigen, wie ich behauptete, genau Bescheid wisse, könne ich sie sehr bald einholen. Hier war keine Zeit zu verlieren, ich ergriff meinen langen Stab und kletterte, ohne mich erst auf die Fußsteige einzulassen, den steilen Berg gerade hinan. Bald hörte ich auch wirklich Stimmen in der Ferne, sie schienen eine andere Richtung genommen zu haben, als die Reisenden gewöhnlich einzuschlagen pflegen. Ich sprang, glitt und schurrte über Stock und Stein, nur eine jähe Kluft trennte mich noch von ihnen, ich setzte meinen Stecken ein und schwang mich mit einem gewaltigen Satze über Kluft und Gebüsch auf den Rasenabhang hinaus, wo die Wanderer eben zu rasten schienen.

Alle fuhren mit einem Schrei auf, als ich so plötzlich, wie vom Himmel, unter sie niederfuhr. Die schöne Reiterin stand zunächst und betrachtete mich lange schweigend von oben bis unten. Fast hätte ich sie nicht wiedererkannt, so gar nicht bacchantisch oder amazonenhaft, so milde, still und über alle Beschreibung schön erschien sie heut. Auch die ältere Dame ruhte sehr erhitzt und pustend auf einem Baumstamme und rief mir zu: wenn ich hier die Wege kennte, sollte ich bei ihnen bleiben und sie auf dem allernächsten hinaufführen. Beide schienen in mir den nächtlichen Sänger nicht zu ahnen, und ich hütete mich, wie ihr wohl denken könnt, mich zu verraten.

Ich werde es niemals vergessen, wie heiter die schlanke Gestalt meiner jungen Dame, die jetzt am grünen Abhange stand, sich auf dem himmelblauen Hintergrunde abzeichnete, und als sie darauf, zweien neben ihr stehenden jungen Männern die fernen Städte und Dörfer nennend, in die unermeßliche Aussicht hinauswies, da war es, als zöge ihr Rosenfinger eben erst die silbernen Ströme, die duftigen Fernen und die blauen Berge dahinter und vergolde Seen, Hügel und Wälder, und alle rauschten und jauchzten, wie frühlingstrunken, zu der Zauberin herauf.

Ich aber jauchzte am fröhlichsten in mich hinein, als sich der bunte Zug nun endlich in Bewegung setzte. Ich schritt

voran und hinter mir in der morgenheitern Einsamkeit die Schöne, zwischen dem Waldesrauschen und Vogelschall mit der lieblichsten Stimme plaudernd und scherzend. Nun waren mir zwar die beiden jungen Begleiter gleich von Anfang gar nicht recht gewesen, aber ich bemerkte bald, wie sie mit ihnen nur wunderlich spielte und häufig auf die zierlichste Weise ihr Pantöffelchen über sie schwang. Ja, als das ältere Frauenzimmer von neuem ausruhen mußte, gab sie ihnen geradezu auf, bei der Dame zurückzubleiben, sie selbst wollte unterdes voraus. Hiermit flog sie wie ein Reh über den grünen Plan, und ehe sie im Gebüsch verschwand, wandte sie sich noch einmal zurück und streifte mich mit einem flüchtigen Blick, daß es mir recht durch die Seele drang.
So rasch ich nachfolgte, konnte ich sie doch erst am Gipfel des Roßtrapps wieder erreichen. Hier fand ich sie zu meinem Entsetzen auf dem letzten überhangenden Felsen sitzen, vergnügt mit den roten Reiseschuhen über dem schwindelerregenden Abgrunde baumelnd. Wie einen Nachtwandler auf dem Rande der Zinne, wagte ich sie nicht anzureden. Sie aber hatte mich kaum erblickt, als sie, die reichen Locken aus der Stirn schüttelnd, mir zurief: ‚Da möcht' ich gern hinunter. Ein rechter Führer muß jeden Steg kennen, führ' mich geschwind hinab, ehe die andern nachkommen.'
Ich kannte in der Tat einen Pfad zu den Schlünden, und, ohne das Wagstück zu bedenken, nickte ich ihr zu und machte mich auf den Weg. Das schien ihr zu gefallen, sie sah mich einen Augenblick überrascht und verwundert an, dann sprang sie schnell auf und folgte. – Nun aber war mir's wie im Traume, als so auf einmal das wunderschöne Mädchen, allein mit mir, an jähen Abgründen vorüber von Fels zu Fels in die lautlose Öde hinabstieg und wie in einem Zauberbrunnen das Himmelsblau über uns immer dunkler wurde, immer finsterer das wilde Grün, immer vernehmlicher von unten das Brausen der Bäche in der endlosen Einsamkeit. – Einmal reichte ich ihr helfend die

Hand, sie wollte mich erst mit der rechten fassen, zog sie aber errötend schnell wieder zurück und gab die andere. ‚Du magst mir auch der rechte Arbeiter sein', sagte sie, ‚hast ja Hände wie ein Mädchen.' – Jetzt sprang ich über einen tiefen Felsen auf die gegenüberstehende Klippe, sie mußte mir nach. Der Platz war eng, ich breitete beide Arme ihr entgegen, und als sie mir so an die Brust flog, daß mich ihr Atem berührte und ihre Locken mich verhüllten, da umschlang ich sie fest und drückte einen brennenden Kuß auf ihren schönen Mund.

‚Pfui!' rief sie, sich hastig losmachend und den Mund wischend; ‚siehst du, mit deinen dummen Flausen hast du den rechten Weg verfehlt! Dort geht's hinaus!' – Hiermit war sie mir lachend auf einmal in dem verworrenen Gebüsch entschwunden. Mit Erstaunen glaubte ich, als sie schnell die Zweige auseinanderbog, an ihrer rechten Hand meinen Ring zu bemerken, den ich vom Stufenberge hinabgeworfen hatte.

Verblüfft, ratlos, recht im innersten Herzen verwirrt, stand ich nun in der Wildnis. Vergebens suchte ich meine Schöne wieder zu erhaschen, oft glaubte ich ihr schon ganz nahe zu sein, da tauchte sie mit unbegreiflicher Kühnheit plötzlich fern über den Wipfeln auf, um sich, wie ein Waldvöglein, gleich wieder in dem Grün zu versenken. Dann hörte ich ihr liebliches Lachen herüberschallen, sie winkte und rief mich, immerfort neckend, bald da bald dort, bald unter mir, bald über mir. Dazwischen rauschten die verborgenen Wasser, verirrte glänzende Schmetterlinge flatterten wie abgewehte Blütenflocken, taumelnd an meinem Hute vorüber zum Abgrund, nur zuweilen noch klang Vogelschall von dem morgenhellen Bord der Felsen herunter – es war mir, als sei ich in dieser Abgeschiedenheit in ein wahnsinniges Märchen wunderbar verstrickt.

Endlich glaubte ich meine Schöne wieder in der Tiefe zu vernehmen, als ich sie plötzlich mit lautem Lachen wie einen Elfen hoch über mir schwebend auf der obersten

Zinne des Berges erblickte, die wir vorhin verlassen. Da erwachte in mir der ganze herbe Jünglingsstolz verschmähter Liebe, ich warf meinen Wanderstecken weit von mir, daß er an dem Felsen zersprang, und wandte mich zürnend völlig in den Abgrund.
Das schien sie nicht erwartet zu haben. Wenigstens kam sie mir, als ich noch einmal hinaufblickte, auf einmal bleich und erschrocken vor, ja, im eiligen Niedersteigen, zwischen dem Rauschen der Wipfel und Bäche, war es mir zu meinem größten Erstaunen, als nannte sie wiederholt meinen eigenen Namen, als rief sie mir, wie aus tiefster Seele nach: ‚Mein lieber, lieber Willibald!' –
So töricht ist ein Verliebter! Dieser vertrauliche Ruf wandte mir ganz das Herz um. Ich erklomm von neuem mühselig den Berg, ich suchte, rief nach allen Weltgegenden hinaus, aber es blieb alles still in der Runde, und nirgends war eine Spur von der wunderlichen Gesellschaft mehr wiederzufinden. – Ermüdet kam ich am Ende auf den abenteuerlichsten Umwegen unerwartet zu demselben Wirtshause, von dem ich am Morgen ausgegangen: über dem Walde war wieder der ferne Kirchturm zu sehen, rechts der Stufenberg in stillem Abendschein; und ganz verwirrt, wußte ich nicht, wie mir geschehen, als nun die Leute im Hause, da ich nach der Schönen fragte, mich groß und verwundert ansahen. Eine Gesellschaft, wie ich sie beschrieb, hatte hier gar nicht übernachtet; eine ältliche, etwas starke Dame, sagten sie, und ein hübsches blondhaariges Mädchen seien zwar, bloß in Begleitung eines Reitknechts, heute früh von hier weiter gewandert, aber mein wunderbares Waldlieb mit den reichen, schwarzen Locken wollte kein Mensch gesehen haben. –
Ich sah sie niemals wieder. Ihr Bild aber blieb seitdem leuchtend in meiner Seele, und als ich nun einsam heimwanderte, hatte der Herbst schon seine Sommerfäden über die Felder gespannt wie goldene Saiten im Morgenglanz, die bei jedem Windeshauch einen wehmütigen Klang über die Erde gaben." –

Hier endigte Willibald seine Erzählung und bemerkte erst jetzt, daß alle seine Zuhörer, von der Anstrengung des vorigen Tages überwältigt, fest eingeschlafen waren. Wie Tote lagen die Männer mit den bleichen, scharfgezeichneten Gesichtern umher. Julie war auf Leontins Schoß gesunken, seine Knie mit ihren herabwallenden Locken verhüllend. Draußen aber glänzte herrlicher Mondschein über der leise rauschenden Gegend, nur einzelne Damhirsche weideten unten am Fuße des alten Schlosses. Willibald blickte wunderbar bewegt in die weite Einsamkeit hinaus, es war ihm alles wie ein Zaubermärchen hier, als müßte sein verlornes Lieb ihm wieder irgendein Zeichen geben in dieser prächtigen Mondnacht.

Als der Turmwächter bei Anbruch des Tages hoch über den Schlummernden sein geistliches Lied durch die stillen Lüfte sang, erhob sich unten allmählich einer nach dem andern, in die falbe Morgenkühle schauend.
Romano aber sprang verstört und erschrocken auf, plötzlich des eigentlichen Zweckes seines Besuches gedenkend, den er über den nächtlichen Erzählungen gänzlich vergessen hatte. Ohne Zeitverlust führte er nun den Grafen Leontin in den entlegensten Teil der Galerie, wo beide lange Zeit sehr lebhaft miteinander sprachen und endlich in größtem Eifer nach dem Hofe eilten. Niemand wußte, was sie vorhatten, aber im ganzen Hause entstand auf einmal ein verworrenes Durcheinanderrennen, Briefe wurden geschrieben, Boten zu Pferde abgeschickt, und bald darauf sah man den Prinzen und Leontin selbst, jeden in verschiedenen Richtungen, in den Wald hinaussprengen. – Auch Willibald, den die Sehnsucht nach seiner Heimat aus diesem unbehaglichen Rumor forttrieb, hatte sich währenddes wieder aufgemacht. Julie sah ihn aus ihrem Fenster schon in der Ferne wandern. Sie hätte ihm so gern noch gesagt, daß sie selbst es war, die mit ihrer Begleiterin in dem einsamen Wirtshause sein Ständchen belauscht,

und daß sie gar wohl wisse, wer und wo seine Schöne vom Roßtrapp sei. – Aber sie winkte ihm vergeblich mit dem Schnupftuche nach, er war schon in dem taufunkelnden Morgenschimmer versunken.
Wir aber lassen den Glücklichen wandern und wenden uns aus dem Morgenrot nach dem dunkeln Gebirge zurück, wo wir Publikums Jagd verlassen haben. Der Abend sinkt schon nieder auf die stillen Schlüfte, da finden wir den Troß in einem abgelegenen Tal, ein altes Jägerhaus, wie Bienen im Abendgold, mit verworrenem Gesumse umschwärmend. Drin wird tüchtig gekocht, denn so oft die Tür sich öffnet, sieht man eine große Flamme lodern und dicken Bratenduft herausqualmen. Vor der Tür sitzen Aurora und Herr Publikum einträchtig beisammen, über dessen Haupte sich das Hirschgeweih am Gesims des Hauses recht stattlich ausnimmt. Er hat Auroras Hand gefaßt, sie läßt sie ruhig in der seinen, da es schon kühl wird, aber ihre Gedanken sind offenbar nicht bei der Hand, sie schaut halb langweilig, halb verdrießlich vor sich hin. Währenddes sind die besorgten Novellenmacher fleißig bemüht, den Honigseim poetischer Reden zu ihrem Hochzeitsfladen zusammenzukneten. Am zierlichsten unter ihnen drückt sich dabei der schwungreiche *junge Mann* aus. Aber da begegnet ihm unerwartet etwas Außerordentliches. Denn indem er zur Gräfin von der Liebe spricht und immer wieder spricht, hat er sich auf einmal selbst in sie verliebt: von unmerkbarem Händedrücken, worüber sie jedesmal mit leisem Lächeln quittiert, durch das allmählich wachsende Feuerwerk loser Schwärmereien und günstiger Blicke gerät er endlich ganz in den holden Wahnsinn. Vergebens treten die Novellisten, denen er wie eine tolle Hummel ihr Novellengespinst zu zerarbeiten droht, ihm heimlich auf die große Zehe, der Schrei des Schmerzes macht seinen sentenziösen Paroxysmus nur noch pikanter; der erschrockne Publikum, der gar nicht weiß, was los ist, fängt an, sich vor ihm zu fürchten, da ergreift endlich der *Graue* den Rasenden ohne weiteres

beim Kragen, und der ganze Haufe wälzt sich mit ihm in das Jägerhaus, wo man durch die heftig hinter ihnen zugeworfene Tür noch einen bedeutenden Lärm vernimmt.
Unterdes aber hatte ein Jäger vor Herrn Publikum und die Gräfin ein wohlbesetztes Tischchen hingestellt. Da war es um Publikum geschehen. Er band sich feierlich eine große Serviette wie zum Rasieren unter das Kinn, stülpte die Ärmel auf, setzte sich, ein paarmal beide Ellbogen erhebend, breit und behaglich zurecht und begann sogleich mit ebenso viel Ernst als Fertigkeit mit den Kinnbacken zu mahlen. Aurora versuchte mehrere Male ein witziges Gespräch anzuknüpfen. Aber beim Essen verstand er keinen Spaß; unaufhörlich nach allen Seiten hin Fleisch, Pfeffer, Salz zulangend, gab er nur halbe oder gar keine Antwort. Er schien ganz eine dicke, fette Zunge voll Wohlgeschmack geworden zu sein und bemerkte nicht einmal, wie die Gräfin, das gerümpfte Näschen vornehm aufwerfend, endlich rasch aufstand und empfindlich sich allein in den nahen Wald begab, um hier auf einem kurzen Spaziergange ihren Verdruß abzukühlen.
Die Dämmerung war schon hereingebrochen, nur einzelne Vögel sangen noch tiefer im Gebirge, die Abendluft spielte leise in allen Blättern. Da hörte sie auf einmal ein Geräusch und bald darauf Gesang in der Ferne. Sie trat neugierig näher und wurde endlich eine dunkle Gestalt gewahr, halb versteckt hinter Felsen und Gebüsch. „Wußt' ich's ja doch!" sagte sie, heimlich in sich hineinlachend. – Und sie irrte sich wirklich nicht in dem Karbonaromantel, an dem sie sogleich den Prinzen Romano wiedererkannte.
Der anschlägige Prinz umkreiste schon lange das Jägerhaus wie der Fuchs den Taubenschlag. Da er aber von den Strapazen der vergangenen Nacht plötzlich heiser geworden, so hatte sich Leontin hinter ihm unter den Mantel verborgen und sang und agierte nun für ihn aus dem faltigen Karbonaro heraus. Bald aber fand Romano die Aktion übertrieben, das Lied nicht zart genug. Leontin verteidigte sich, darüber bekamen sie unter dem Mantel Hän-

del und gerieten miteinander, erst leise, dann immer heftiger, in einen lebhaften Wortwechsel über das schicklichste Metrum für ein Ständchen. – Aurora stutzte; aber als sie auf einmal vier Arme aus dem Mantel sich hervorarbeiten sah, ergriff sie ein Grauen, und sie stürzte unaufhaltsam nach dem Jägerhause zurück. Da brach Romano plötzlich hervor, Leontin hatte kaum Zeit, in größter Eile zu entfliehen. Die atemlose Gräfin schrie laut auf, da der Prinz, der mit seinen langen Beinen ihr den Vorsprung abgewonnen hatte, auf einmal zierlich auf einem Knie vor ihr lag. „Mit wem sprachen Sie soeben?“ fragte die Erschrockene, noch immer ängstlich um sich her blickend. – „Mit mir selbst im Traume von dir!“ – „Es lief doch aber jemand fort von Ihnen?“ – „Mein Schatten wahrscheinlich.“ – „Ach, es scheint ja weder Sonne noch Mond!“ – „Desto besser, so belauscht uns nur Venus vom Himmel.“ – „Und vier Arme leibhaftig!“ – „O, hätt' ich deren viertausendvierhundertvierundvierzig, dich zu umschlingen!“
Das klang der Gräfin denn doch gar zu appetitlich. Sie hob mit einem zärtlichen Blick den Prinzen vom Rasen auf, der nicht versäumte, sogleich seine Kniescheibe sorgfältig abzustäuben. Er bat die Reizende, sich noch ein Weilchen im Walde zu ergehen, sie nickte schlau mit dem schönen Köpfchen, und so wandelten denn die Glücklichen unbelauscht nebeneinander her.
Romano hatte mit malerischer Nachlässigkeit seinen Mantel halb über die Achsel zurückgeschlagen, er sprach von dem Bad in den kosenden Abendlüften, von den Dämmerlauben des Gemüts, von den nackten Bübchen, die in dem luftigen Laube zielen. Aber die nackten Bübchen guckten schon aus Auroras Augen, sie ging so unbedenklich in alle diese Dämmerlauben ein, und wenn es so fortwährte, blieb fast nichts mehr zu erobern an ihr. – Das war dem Prinzen gar nicht recht; er hatte sich's so schön ausgesonnen, allen Aufwand steigender Verführungskünste, die Schnöde allmählich poetisch zu verlocken – er war ganz verstimmt.

Auf einmal stand Aurora still. „Ich höre keine Stimme mehr vom Jägerhause", sagte sie, nach allen Seiten umschauend; „wir haben uns verirrt." – „Hat keine Not", erwiderte Romano; „mir leuchten zwei Sterne auf dem stillen Meer der Nacht." – Hiermit bog er schnell vom Wege auf einen freien Platz hinaus, wo Aurora mit Erstaunen einen Reitknecht mit zwei zierlich aufgezäumten Pferden erblickte. – „Mein Bursch kann zu Fuß wandern", sagte der Prinz; „und wenn Sie sich meines Rößleins bedienen wollen, so besteig' ich das seinige und führe Sie bequem und lustig heim."

Die ermüdete Gräfin, um bei längerem Ausbleiben Aufsehen im Jägerhause zu verhüten, nahm den Vorschlag an, und so ritten sie bald vertraulich plaudernd in die warme Nacht hinein. Aber die Venus ging unter, der Mond ging auf, und sie ritten noch fort und immerfort.

„Wo führen Sie mich hin?" sagte endlich die Gräfin wieder; „da hör' ich einen Eisenhammer in weiter Ferne." – „Wird Amors Mühle sein", meinte der Prinz; „die arbeitet am lustigsten in solcher Stunde." – Mein Gott, ich glaube gar, der will mich entführen, dachte Aurora bei sich, senkte nachdenklich das Köpfchen und wiegte sich mit einem angenehmen, schauerlichen Gefühl in der Erinnerung aller nächtlichen Entführungsgeschichten, die sie in den schmierigen, halbzerlesenen Romanen aus der Leihbibliothek so oft in Gedanken mitgemacht hatte.

Unterdes wechselten neben ihnen unbekannte Gegenden und Abgründe rätselhaft im dämmernden Mondlicht, da stutzten plötzlich die schnaubenden Rosse; vor ihnen schoß auf einmal eine wunderliche Gestalt Purzelbäume quer über den Weg, eine zweite folgte und noch eine, andere standen seitwärts am Wege auf den Köpfen und verschwanden schnell, wie sich die Reiter nahten. – „Das kommt bei dem dummen Zeug heraus!" brach da die heftig erschrockene Gräfin plötzlich los; „ich möcht' auch in aller Welt nur wissen, was es hier zu entführen gibt! Ich habe weder einen tyrannischen Vater noch eine geizige

Tante, ich bin ganz frei, ich kann jeden Augenblick heiraten!" – Romano schwieg ganz still, denn ihm fing selbst an angst zu werden vor den unerklärlichen Erscheinungen. War ihm bei hellem Tage ein gewöhnliches Rendezvous zu gemein gewesen, so verwünschte er nun insgeheim seine unüberwindliche Sucht nach genialen Abenteuern und wäre am liebsten wieder umgekehrt.
In großer Verlegenheit spähte er soeben nach allen Seiten umher, als sich plötzlich eine Rakete prasselnd und sprühend über dem dunkeln Wald emporriß. „Dorthin, dorthin!" rief Romano voll Freude und drückte die Sporen ein, daß die erstaunte Gräfin kaum folgen konnte.
Wie im Fluge erreichten sie nun bald einen einsamen, rings von Felsen eingeschlossenen Platz, von dessen anderem Ende ihnen ein Gemäuer entgegenschimmerte. Es war eine Waldkapelle, das verabredete Ziel Romanos, wo er seine schöne Beute einstweilen verbergen und mit Leontin das Weitere beraten wollte. Mehrere Windlichter bewegten sich an der Klause und beleuchteten wunderbar den Rasen, die Steine und Felsen in der nächtlichen Einsamkeit. Da schoß der Gräfin auf einmal das Blatt – mit klopfendem Herzen sah sie unverwandt in das Spiel der wandelnden Lichter. Romano aber stutzte, er konnte durchaus nicht begreifen, wozu Leontin, allem Geheimnis zum Trotze, so viele Personen hier versammelt hatte. Und als er nun, indem er näher kam, immer mehr fremde Gesichter erblickte, lauter festlich geschmückte Leute, als er dann auch Leontin darunter erkannte, einen Klapphut unter dem Arm und einen dicken Blumenstrauß vor der Brust; ja, als endlich gar ein Geistlicher mit einer Kerze in der Hand majestätisch den Haufen teilte, da wurde Romanos Gesicht immer länger und länger vor wachsendem Grausen.
Unterdes hatte Leontin schon die Gräfin vom Pferde gehoben, die sehr heiter und gemütlich war und sich hier sogleich recht wie zu Hause zu befinden schien. Auch Romano stieg verwirrt und zögernd ab. Da trat der Geistli-

che, von dem er kein Auge verwandte, feierlich hervor und redete die Neuangekommenen folgendermaßen an: „Hochverehrte! Sie stehen hier soeben in dem tugendhaften Begriff, das angenehme Bündnis Ihrer Herzen mit dem süßen Mundlack des Jaworts zu versiegeln. Indem wir daher, Vielverliebte, in diesem feierlichen Augenblick gleichsam mit einem Fuß schon das Bett der Ehe bestiegen, lassen Sie uns dasselbe noch einmal mit gebührendem Ernste betrachten! – Es ist ein Himmelbett – denn die schönsten Engel predigen hinter seiner Gardine. Es ist ein Thronbett – denn gekrönte Häupter ruhen darauf. Es ist ein Paradebett, auf dem verblichene Junggesellen im erhabensten Schmuck stiller Männerwürde, will sagen: in langem, damastenem Schlafrock und blendendweißer Zipfelmütze ausgestellt werden, zum Hohn und heimlichen Neide jener schäbigen Rotte von verwegenen Hagestolzen und Familienglücksverächtern. – Ja du, vergangener Junggesell, gerührter Bräutigam, über dessen ehrwürdigem Scheitel endlich die Aurora deiner letzten Liebe aufgegangen, der –“

Hier stockte er plötzlich – seine Augen suchten rings in dem Kreise umher, Romano war nirgends zu sehen. – Ein verworrenes Gemurmel ging bei dieser unerwarteten Entdeckung durch die ganze Versammlung, Leontin wurde unruhig, man suchte in der Kapelle, man rief laut nach den verschiedensten Richtungen, alles vergeblich. Endlich hörten sie von einem Jäger, daß der Prinz gleich zu Anfang der Rede, während alle Blicke auf den Prediger und die schöne Braut gerichtet waren, unbemerkt fortgeschlichen, im nahen Gebüsch sich in verstörter Hast auf sein Pferd geworfen und wie besessen in den Wald hinausgesprengt sei. – Späterhin erfuhr Leontin, wie er mitten in derselben Nacht ganz verwirrt auf Publikums Schloß angekommen, seine Leute eilig geweckt und im unaufhaltsamen Entsetzen vor dem Ehestande zu allgemeinem Erstaunen noch vor Tagesanbruch abgereist sei, ohne daß jemand erraten konnte, wohin er sich gewendet. –

Das war ein Strich durch die ganze Narrenrechnung. Die Gäste sahen in ihren feierlichen Hochzeitskleidern einer den andern spöttisch an. Leontin lachte unmäßig, mehrere erbosten sich über die Mücken, die sie durch ihre ganz unnützen Eskarpins stachen. Am ungebärdigsten aber war der Geistliche, der in dieser Verwirrung Bart, Kappe und Salbung verloren hatte. Er beteuerte, es sei unter solchem Volk leichter pokulieren als kopulieren, und schwur, seine Rede, die eben erst witzig werden sollte, bis zu Ende zu halten, und wenn er sie an die Bäume richten müßte. Bei diesen Worten blickte ihn Aurora schärfer an – sie traute ihren Augen nicht: es war der ihr wohlbekannte Poet Faber! – Da brach plötzlich ihre bisher nur mit Mühe verhaltene übelste Laune los. Sie schimpfte, ohne weiter mehr nach Grazie zu fragen, auf die Phantasten, die ihr durch ihre Tollheiten die Haube dicht überm Kopfe wegpariert hatten, aber sie frage, meinte sie, wenig danach, sie wolle auch ohne solche Flausenmacher doch unter die Haube kommen, es gebe noch andere, reiche und würdige Leute, die sie besser zu schätzen wüßten.
Sie war noch lange nicht mit allem fertig, was sie auf dem Herzen hatte, als sie zu ihrem Erstaunen sich auf einmal allein auf dem Platz erblickte. Hochrot vor Ärger ließ sie sich mit erzwungenem Stolz auf der Rasenbank vor der Klause nieder, sie konnte nicht begreifen, welche neue Narrheit plötzlich wieder in die wunderliche Gesellschaft gefahren. Sie sah Leontin und seine Spießgesellen in großem Eifer durcheinanderrennen, die Herren gürteten ihre Hirschfänger um, Leontin schien heimlich und leise Befehle zu erteilen, und in wenigen Minuten hatte sich alles in den nahen Wald verlaufen. Jetzt hörte sie nur noch hin und her Gewisper unter den dunkeln Bäumen, manchmal war es ihr, als vernähme sie von fern Pferdegetrappel, dann wieder alles totenstill – fast fing sie sich im Ernste zu fürchten an.
Plötzlich geschieht ein Schrei im Walde, mehrere Pistolen werden abgefeuert, zwischen dem Geknatter Degenge-

klirr und fremde Stimmen, immer näher und näher, und mit großem Lärm stürzt endlich der ganze verworrene Haufe vom Walde gerade auf die Klause her.
Aurora, die sich erschrocken in die Kapelle zurückgezogen hatte, bemerkte durch das Fenstergitter, daß Leontin und die Seinigen mehrere Gefangene einbrachten; aber wie groß war ihr Erstaunen, als sie mitten darunter einen Mann zu gewahren glaubte, der, außer sich vor Zorn, schimpfend und vergeblich mit Arm und Beinen zerrend, von vier handfesten Jägern auf den Schultern wie im Triumphe einhergetragen wurde. – „Er räsoniert noch, bindet ihn, knebelt ihn!" rief der nacheilende Faber, der jetzt ein besonderes martialisches Ansehen hatte. Über dem Spektakel kam auch Leontin mit einer Fackel herbei, beleuchtete den geängstigten Gefangenen und prallte bei seinem Anblick erschrocken zurück. – „Unmöglich!" rief er aus; „Sie sind es, Herr Publikum? mitten in der Nacht ohne Schlafrock! Ich hoffe doch nicht, daß einen soliden Mann etwa gar der Klang zierlicher Pantöffelchen verlockt hat – wir glaubten uns hier in der Geisterstunde plötzlich von Räubern überfallen." – „Pantöffelchen! Räuber! Das ist es gerade!" erwiderte der atemlose Publikum, den die Jäger unterdes respektvoll losgelassen hatten; „der Prinz Romano hat die Gräfin Aurora entführt, wir setzten soeben dem Räuber nach." – Aber Leontin, der, durch einen Jäger von der unerwarteten Ankunft Publikums benachrichtigt, den ganzen Rumor angezettelt hatte, hörte auf nichts, sondern rannte in einem Anfall wütender Courtoisie bald zu den gleichfalls eingefangenen Novellisten, bald zu ihrem dicken Meister, überall das räuberische Mißverständnis entschuldigend, und stülpte zuletzt gegen plötzliche Erkältung dem letztern die weiße Nachtmütze eines Jägers auf den Kopf. Der schlaue Publikum ließ alles geduldig über sich ergehen, denn er hatte insgeheim eine ebenso große Abneigung als unüberwindliche Furcht vor der phantastischen Grobheit des Grafen, er lobte und belachte jeden seiner Einfälle und

schrie ihn in seiner Herzensangst vor den empörten Novellenmachern als ein echtes Kunstgenie aus.
Währenddes aber war auch Aurora aus ihrer Klause gebrochen und erschien plötzlich, wie eine Fee die Menge teilend, in dem Kreise der Fackeln. – „Auf ewig!" sagte sie feierlich zu dem überraschten Publikum, ihm die schöne Hand reichend, die dieser mit inbrünstigen Küssen bedeckte. Ein freudiges „Ach!" ging durch die Runde der erstaunten Novellisten. Aurora aber blickte triumphierend über den breiten Rücken des küssenden Publikums nach Leontin und seinen Gesellen hin, als wollte sie sagen: „Nun, seht ihr wohl?!" –
Jetzt hatte auch Publikum wieder Mut gewonnen und befahl sogleich nach den ersten Verständigungen mit einem vornehmen Ton, nach seinem Schlosse aufzubrechen. Vergebens versprach Leontin, zum Polterabend Herrn Publikum mit einem Pistol den Zipfel seiner Schlafmütze vom Kopfe zu schießen, den Wald anzuzünden, ja, sie alle miteinander betrunken zu machen.
Der glückliche Bräutigam, der in seiner Seligkeit ganz vergaß, seine Nachthaube abzunehmen, bedauerte mit hoffärtiger Herablassung Leontins Einsamkeit, die zu solchem Feste keine passenden Mittel böte; wenn es aber der Gräfin Julie an irgend einem Agrement fehlen sollte, so möge sie sich nur immer nachbarlich und vertrauensvoll an seine künftige Gemahlin, die Gräfin Aurora, wenden. – „Köstlich!" entgegnete Leontin; „meiner Julie kommt manchmal der Einfall, in vollem neumodischen Kopfputz auf die Jagd zu reiten, sie wird sich dann, wenn Sie erlauben, von der Gräfin Aurora frisieren lassen, ich weiß, die versteht das wie keine andere. Nadeln mit doppelten Spitzen will ich schon selbst dazu mitbringen." – Da wandte sich Herr Publikum mit einer kalten Verbeugung, schlug im Weggehen auf seinem Bauche dem Leontin noch heimlich und vorsichtig, damit er's nicht bemerkte, ein Schnippchen und bestieg mit seinem Gefolge die bereits vorgeführten Rosse.

Leontin sah ihnen lange kopfschüttelnd nach. Plötzlich schien ihm ein Gedanke zu kommen, er verfolgte pfeilschnell die Reiter. „Aber hört doch!“ rief er; „seid ihr denn wirklich toll? Ihr seid ja abscheulich angeführt. So hört doch!“
Die Glücklichen hörten jedoch nicht mehr. – Faber hatte unterdes eine Violine ergriffen und geigte dem Zuge lustig nach, Raketen wurden geworfen, die Jäger lösten die für Romanos Kopulation herbeigeschafften Kanonen, die ein entsetzliches Geböller in den nächtlichen Schlüften machten. – Herr Publikum aber mit seiner Schlafmütze, Aurora und die Novellisten zogen alle vergnügt von dannen, um ihre Novelle mit einer weitläufigen Hochzeit zu beschließen.

In derselben angenehmen Jahreszeit hatte Schreiber dieses das Glück, mehrere der denkwürdigen Personen dieser Geschichte selbst kennen zu lernen. Als nämlich die Kunde von der ebenso unglaublichen als für uns Poeten erwünschten Verbindung zwischen Herrn Publikum und der berühmten Gräfin Aurora von Stadt zu Stadt erscholl, war auch ich aufgebrochen, um zum Hochzeitsfest dem Herrn Publikum eine mit besonderm Fleiße von mir ausgearbeitete Novelle persönlich zu verehren. In meinem neuen engen Frack, der meiner sonst ganz hübschen, aber etwas langen und schmalen Figur ein noch knapperes Ansehen gab, mein Manuskript fest unter den Arm geklemmt, strich ich zufrieden über Land und memorierte unterwegs laut die recht schön ausgedachte Anrede, womit ich das Werkchen überreichen wollte.
Aber wie es den Dichtern oft zu gehen pflegt, daß sie überall zu spät kommen, wo es etwas Gutes gibt, so gewahrte ich auch mit nicht geringem Schrecken, als ich bei einbrechender Nacht an Publikums Palast anlangte, daß die Hochzeit eben schon in vollem Gange war. Das ganze Schloß flimmerte von Kronleuchtern, Trompeten rasten,

Tanzende schleiften in wechselndem Glanze an den Fenstern vorüber, während andere Paare, heimlich plaudernd, sich in die stille Nachtluft hinauslehnten. Unten rannten viele Bediente mit prächtig duftenden Gerichten an mir vorbei und mochten mich, mit meinem Paket unterm Arme, wohl für einen vazierenden Musikanten halten. Die Musik aber schlang sich immer wehmütiger durch die schirmenden Wipfel über mir, ich lehnte mich an einen Baum und gedachte der bessern Tage meiner fröhlichen Jugendzeit; neue Gedichte tauchten aus den Klängen in meiner Seele auf, und ich war im besten Zuge, mein Manuskript, Publikum und alles zu vergessen, weshalb ich eigentlich hierher gewandert war.

Da hörte ich plötzlich in einiger Entfernung ein leises Geräusch unten am Schloß, und bald darauf sagte eine liebliche Stimme: „Aber wenn mich die ganze gebildete Welt so findet, so muß es doch auch wirklich so sein! Und ich brauche Sie nun nicht weiter mehr und verbitte mir von nun an alle Hofmeisterei." – „O, du Verblendete!" entgegnete eine andere Stimme; „so fahre denn hin! Ich wende meine Hand von dir und lasse dich in der Gewalt der Philister." – Hier streifte ein Lichtstrahl aus dem Fenster über das Gebüsch, ein wunderschönes Frauenbild mit Diadem und funkelndem Geschmeide blitzte plötzlich aus der Nacht auf und war in demselben Augenblick auch wieder verschwunden.

Geblendet starrte ich noch hin, als sich auf einmal in derselben Gegend ein großer Lärm erhob. „Dort lief er hin!" rief eine zornige Stimme. Es war der junge Mann von den Novellenmachern, wie ich späterhin erfuhr. Er hatte einen verliebten jungen Fant das Haus umschleichen gesehen, den er soeben mit gezogenem Degen zu verfolgen schien. Aber in seiner moralischen Wut rannte der Tugendheld bei der Dunkelheit einen Bedienten mit einer großen Pastete über den Haufen und hatte gleich darauf sich selbst mit dem Degen am eigenen Rockschoß an einem Baume festgespickt.

Indem ich ihm eilig zu Hilfe springen will, bricht plötzlich ein feines Jägerbürschchen wie ein gehetztes Reh durch das Gebüsch und stürzt atemlos gerade in meine Arme. Und eh' ich mich noch besinnen kann, drängt er mich, öfters scheu zurückblickend, in wunderlichem Ungestüm über Beete und Bäume mit sich fort. – „Aber was soll's denn?!" rief ich endlich tiefer im Garten aus. – Da stutzte das Bürschchen, das mich wahrscheinlich verkannt hatte, und sah mich von oben bis unten verwundert an. – „Wer bist du denn eigentlich?" fragte er dann, „und was wolltest du hier?" – Ich berichtete ihm nun mit kurzen Worten meinen Namen, Metier und den Zweck meiner Reise. Darüber wollt' er sich auf einmal tot lachen und lachte immer unvernünftiger, je mehr ich meine gerechte Empfindlichkeit zeigte. „Die Anrede", sagte er, „mußt du an mich halten, ich werde dir zeigen, wie du dazu agieren sollst. – Aber die Hochzeit! – Ich will ja eben auch heiraten."
Unterdes waren wir an den Ausgang des Parks gekommen, zwei gesattelte Pferde standen dort am Zaun. „Nur schnell, schnell!" rief er wieder; „du kannst doch reiten? Ich muß rasch fort und fürcht' mich so allein." Ich wußte in der Eile gar nicht, wie mir geschah, er schob mich geschwind auf das eine Pferd hinauf, schwang sich auf das andere, und eh' ich mich's versah, ging's pfeilschnell in die weite Nacht hinaus.
Draußen klang die Tanzmusik uns noch lange über die stillen Felder nach, das Schloß lag wie eine feurige Insel über dem dunkeln Walde. Ich betrachtete öfters den lustigen Jäger von der Seite und verwunderte mich über seine große Schönheit. Da hört' ich auf einmal aus dem fernen Gebüsch im Vorüberreiten einen überaus lieblichen Gesang erschallen, es war, als ob der Mondschein klänge:

„Bleib bei uns! Wir haben den Tanzplan im Tal
Bedeckt mit Mondesglanze,
Johanniswürmchen erleuchten den Saal,
Die Heimchen spielen zum Tanze."

Ich konnte durchaus niemanden erblicken. Aber *Florentin* – so nannte sich das Jägerbürschchen – antwortete ihnen zu meinem Erstaunen und zankte sich ordentlich mit den wunderlichen Musikanten. „Warum nicht gar!“ rief er fast unwillig nach dem Walde gewendet aus; „jetzt hab' ich keine Zeit, heut laßt mich in Frieden. Was wißt ihr von meiner Not!“ – Wälder, Wiesen und Dörfer flogen unterdes im hellen Mondschein vorüber, aus den Gebüschen sang es von neuem hinter uns drein:

„Stachelbeer' weiß es und stichelt auf dich –
Wil – Willi – wir verraten es nicht –
Sie sagt' es dem Bächlein im Grunde,
Das hörten die Bäume und wundern sich,
Das Bächlein macht' auf sich zur Stunde
Und plaudert' es durch den ganzen Wald:
Wil – Willi – Willibald!“ –

Die Sterne fingen schon an zu verlöschen, als wir nach dem tollen Ritt an einem Schloß im Gebirge endlich Halt machten. Ein Brunnen plätscherte verschlafen vor dem stillen Hause, auf dem steinernen Geländer schlief ein Storch auf einem Beine und fuhr über dem Geräusch, das wir machten, erschrocken mit dem Kopf unter den Flügeldecken hervor, uns mit den kleinen Augen verwundernd ansehend. Florentin aber tat hier sogleich wie zu Hause. „Ach nein, lieber Adebar, es ist noch lange Zeit, uns was zu bringen!“ sagte er, den Vogel streichelnd, der vergnügt seine Federn aufschüttelte und mit den Flügeln schlug. Dann klopfte er eilig an ein Fenster des Schlosses. Es wurde von innen geöffnet, ein hübsches Mädchen steckte erstaunt das Köpfchen hervor. – „War er hier?“ fragte Florentin hastig. – „Niemand!“ war die Antwort. – Da wandte sich Florentin wieder zu mir, er schien sehr bestürzt. Das Mädchen schloß mit einem Seitenblick nach mir herüber ihr Fenster, mein Begleiter aber zog rasch einen Schlüssel aus der Tasche und öffnete die Haupttür des Schlosses. – Wir betraten schweigend eine unabsehbare Reihe prächtiger Gemächer, wo die durch rotseidene Gardinen brechende Dämmerung kaum noch die Schildereien erraten ließ, die in vergoldeten Rahmen an den Wänden umherhingen, der getäfelte Fußboden glänzte in dem ungewissen Schimmer, eine Flötenuhr in einem der letzten Zimmer begann ihr Spiel und schallte fast geisterartig durch diese Einsamkeit.

Da stieß Florentin in einem der Säle eine Mitteltür auf; sie schien nach dem Garten zu gehen, denn eine duftige Kühle quoll uns plötzlich erfrischend entgegen. Jenseits ging soeben der Mond hinter den dunkeln Bergen unter, von der andern Seite flog schon eine leise Röte über den ganzen Himmel, die geheimnisvolle Gegend aber lag unten wunderbar bleich in der Dämmerung, nur im Tale fern blitzte zuweilen schon ein Strom auf. Vor uns schienen verborgene Wasserkünste zu rauschen, eine Nachtigall tönte manchmal dazwischen wie im Traume.

Florentin hatte sich auf die Schwelle des Schlosses gesetzt, schaute, den Kopf in die Hand gestützt, in die Gegend hinaus und sang:

„Es geht wohl anders, als du meinst.
Derweil du rot und fröhlich scheinst,
Ist Lenz und Sonnenschein verflogen,
Die liebe Gegend schwarz umzogen;
Und kaum hast du dich ausgeweint,
Lacht alles wieder, die Sonne scheint –
Es geht wohl anders als man meint."

Hier brach er plötzlich selbst in Weinen aus. Ich wußte mir gar keinen Rat mit ihm, er war ganz untröstlich, und lachte doch wieder dazwischen, so oft ich ihn mit angemessenen Worten zu beruhigen suchte. „Nein, nein", rief er dann von neuem schluchzend; „es ist alles vorbei, ich hätte ihn über den Possen nicht so gehn lassen sollen, nun ist er auf immer verloren!" – „Aber wer denn?" fragte ich schon halb unwillig. – Da hob er auf einmal, gespannt in die Ferne hinaushorchend, das Köpfchen, daß ihm die Tränen wie Tau von den schönen Augen sprühten, sprang dann rasch auf und war, eh' ich's mich versah, in dem Garten verschwunden.

Betroffen folgte ich seiner Spur im tauigen Grase; einzelne Schlaglichter fielen schon durch die Wipfel, von fern hörte ich zwischen dem Schwirren früherwachter Lerchen einen schönen Gesang durch die stille Luft herübertönen. Endlich nach langem Umherirren vernahm ich ganz in der Nähe Florentins munteres Geplauder wieder. Aber wie erstaunte ich, als ich, plötzlich aus dem Gebüsch hervortretend, einen fremden Mann am Abhang des Gartens vor mir ruhen sah. Auf seinem Ränzel ihm zu Füßen saß Florentin, er hatte das Köpfchen vor sich auf den Wanderstab des Fremden gestützt und sah diesem überaus fröhlich ins Gesicht. Bunte Vögel pickten vor ihnen auf dem Rasen und guckten aus allen Zweigen und machten lange Hälse, um den Fremden zu sehen. Hinter den fernen, blauen Bergen aber ging soeben die Sonne auf und blitzte so morgenfrisch über die Landschaft und den Garten, daß die Wasserkünste, wie jauchzend, aus den Gebüschen emporschwangen.

Jetzt erst in der Blendung besann ich mich recht. „Willibald!" rief ich voller Erstaunen. – Er war der Fremde, ich kannte ihn noch von Halle her und hatte einmal mit ihm eine Fahrt nach dem Harz gemacht, von der er nachher viel Wunderbares zu erzählen wußte. – Er wandte sich bei dem Klang meiner Stimme schnell herum. „Auch du! – und hier mein liebes Liebchen vom Roßtrapp!" sagte er, auf Florentin weisend.

„Wie! dieser – diese – dieses, Florentin? wessen Geschlechtes eigentlich –?"

„Gräflichen, mein Guter, namens Aurora."

„Was? Die hält ja eben Hochzeit mit Herrn Publikum?" – „Ach, das ist meine gewesene Jungfer", lachte der nunmehr gewesene Florentin; „ich gab sie für mich aus, um die tollen Freier zu foppen, und nun haben sie sich wahrhaftig geheiratet! Mich merkte keiner, nur der spitzige Romano hätte mich bald an meinem Bilde erkannt, das der unvorsichtige Leontin in seinem alten Rittersaale hängen ließ. – Aber sieh nur, wie schön!" wandte sie sich wieder zu Willibald, bald ihn, bald die Gegend betrachtend, daß man nicht wußte, wen sie eigentlich meine. „Ich kaufte das Gut nur für dich, nun ist alles wieder dein – und ich dazu", fuhr sie errötend und ihr Gesicht an seine Brust verbergend leise fort; „und nun brechen wir bald zusammen nach Italien auf, ich sehne mich schon recht nach meiner Heimat!"

Hier hob plötzlich der Morgenwind ein gut Teil meiner Novelle aus der Rocktasche. Sie hatte sogleich die flatternden Papiere erhascht und blätterte auf ihrem Knie bald lachend, bald kopfschüttelnd darin. „Nein, nein", sagte sie dann zu mir; „das ist nichts, schreibe lieber unsre Geschichte hier auf, die Bäume blühen ja gerade, und alle Vögel singen, soweit man hören kann." –

Und nun ging es lustig her auf dem Schlosse. Gräfin Aurora erzählte mir alles, wie es sich begeben, von Anfang bis zu Ende. Ich aber sitze vergnügt in dem prächtigen Garten, einen Teller mit frischen Pfirsichen neben mir, die sie zum Andenken mit ihren kleinen weißen Zähnchen angebissen; die Morgenluft blättert lustig vor mir in den Papieren, seitwärts weiden Damhirsche im schattigen Grunde, und indem ich dieses schreibe, ziehn unten Aurora und Willibald soeben durch die glänzende Landschaft nach Italien fort, ich höre sie nur noch von fern singen:

„Und über die Felsenwände
Und auf dem grünen Plan
Das wirrt und jauchzt ohn' Ende,
Nun geht das Wandern an!"

Auch ich war in Arkadien!

Eine Phantasie

Da säß' ich denn glücklich wieder hinter meinem Pulte, um dir meinen Reisebericht abzustatten. Es ist mir aber auf dieser Reise so viel Wunderliches begegnet, daß ich in der Tat nicht recht weiß, wo ich anfangen soll. Am besten, ich hebe, wie die Rosine aus dem Kuchen, ohne weiteres sogleich das Hauptabenteuer für dich aus.
Du weißt, ich lebte seit langer Zeit fast wie ein Einsiedler und habe von der Welt und ihrer Julirevolution leider wenig Notiz genommen. Als ich meinen letzten Ausflug machte, war eben die Deutschheit aufgekommen und stand in ihrer dicksten Blüte. Ich kehrte daher auch diesmal nach Möglichkeit das Deutsche heraus, ja ich hatte mein gescheiteltes Haar, wie Albrecht Dürer, schlicht herabwachsen lassen und mir bei meinem Schneider, nicht ohne gründliche historische Vorstudien, einen gewissen germanischen Reiseschnitt besonders bestellt. Aber da kam ich gut an! Schon auf dem Postwagen – dieser fliegenden Universität –, in den nächsten Kaffeehäusern, Konditoreien und Tabagien konnte ich mit ebensoviel Erstaunen als Beschämung gewahr werden, wie weit ich in der Kultur zurück war.
Die Deutschen, fand ich, waren unterdes französisch, die Franzosen deutsch, beide aber wiederum ein wenig polnisch geworden; jeder wenigstens verlangt das liberum veto für sich und möchte in Europa einen großen polnischen Reichstag stiften. Ich gestehe, daß mir weder das Polnische noch das Französische so gar geläufig ist, und ich stand daher ziemlich verblüfft da in meinem altdeutschen Rocke. Doch zur Sache:
Eines Tages kehrte ich in dem, dir wohl noch bekannten, großen Gasthofe „Zum goldenen Zeitgeist" ein. Das war,

wie du dich erinnern wirst, zu unserer Zeit die ästhetische Börse der Schöngeister, wo wir bei einem Schoppen sauern Landweines gemütlich die Valuta und den täglichen Kurs der Poeten notierten. Da ging es damals ziemlich still her, denn wir hatten alle mehr Witz als Geld. Höchstens einige Gitarrenklänge, ein paar Toasts oder ein leidlicher Lärm, wenn wir um Schlegels Luzinde zankten, oder einen zufällig verlaufenen Kotzebuaner herausschmissen. Ich fragte sogleich eifrig nach den alten Gesellen. Aber sie waren wie verschollen, man wollte sich nicht einmal ihrer Namen mehr zu entsinnen wissen. Einen nur wies mir der Kellner mit ironischem Lächeln nach: vom „Goldenen Zeitgeiste" links ab, die erste Quergasse rechts, dann ins nächste Sackgäßchen wieder halb links ab bis ans Ende – ich glaube, der ironische Kellner wollte mich zur Welt hinausweisen. Nun ist es allerdings richtig: einige hat seitdem der Pegasus abgeworfen, andere haben ihn selbst abgeschafft, weil er Futter braucht und keines gibt. Genug, auch hier war alles verwandelt.
Dagegen verspürte ich jetzt im Hause eine wunderliche Unruhe; ein scharfer Zugwind pfiff durch alle Gänge, die Türen klappten heftig auf und zu, fremde Leute mit sehr erhitzten Gesichtern rannten hin und her, besprachen sich heimlich miteinander und rannten wieder, kurz: ein Rumoren, Gehen und Kommen treppauf, treppab, als wollte der ganze Zeitgeist plötzlich mit der Schnellpost aufbrechen.
Noch mehr aber stieg meine Verwunderung, als ich des Abends mich zu der Fremdentafel begab. Schon beim Eintritt in den langen, gewölbten Eßsaal fiel mir eine Reihe hoher Betpulte auf, die an den Wänden aufgestellt waren. Vor den Pulten knieten viele elegant gekleidete Herren jedes Alters und beteten mit großer Devotion aus aufgeschlagenen Folianten, in denen sie von Zeit zu Zeit geräuschvoll blätterten. Andere schritten eifrig im Saale auf und nieder und schienen das eben Gelesene mit vieler Anstrengung zu memorieren. Ich hielt jene Folianten für

Evangelienbücher oder Missalien, mußte aber, da ich an den Pulten einmal näher vorüberzustreifen wagte, zu meinem Erstaunen bemerken, daß es kolossale Zeitungen waren, englische und französische.

Als mich endlich einige dieser Devoten gewahr wurden, kamen sie schnell auf mich zu und begrüßten mich mit einer sonderbaren kurzen Verneigung nach der linken Seite hin, wobei sie mich schroff ansahen und irgend eine Erwiderung zu erwarten schienen. Diese linkische Begrüßung wiederholte sich, so oft ein Neuer ankam, worauf, wie ich bemerkte, jeder Eintretende sogleich ernst und stolz mit einem kurzen: „Preßfreiheit, Garantie" oder „Konstitution" antwortete. – Ich muß gestehen, mir war dabei ein wenig bang zumute, denn, je mehr der Saal sich allmählich füllte, je mehr wuchs ein seltsames, geheimnisvolles Knurren und Murren unter ihnen, allerlei Zeichen und Gewirre. Ja, der Kellner selbst, als er mir den Speiszettel reichte, kniff mich dabei so eigen in die Finger, daß ich in der Angst unwillkürlich mit einem Freimaurerhändedruck replizierte; aber weit gefehlt! Der Kerl wandte schon wieder mit seinem fatalen ironischen Lächeln mir verächtlich den Rücken.

Bei Tische selbst aber präsidierte ein großer, breiter, starker Mann mit dickem Backenbart und Adlernase, den sie den Professor nannten. Nachdem er gleich beim ersten Niedersitzen einen Sessel eingebrochen und mit dem Ellenbogen einige Gläser umgeworfen hatte, streifte er sich beide Ärmel auf, und begann mit einem gewissen martialischen Anstande den Braten zu zerlegen. Nichtsdestoweniger haranguierte er zu gleicher Zeit die Gesellschaft in einer abstrakten Rede über Freiheit, Toleranz usw., und wie das alles endlich zur Wahrheit werden müsse. Dabei langte er über den langen Tisch weg bald nach dem Salzfaß, bald nach der Pfefferbüchse und schnitt und trank und sprach und kaute mit solchem Nachdruck, daß er ganz rotblau im Gesichte wurde. Aller Augen hingen an seinem glänzenden Munde, nicht ohne schmachtende Seitenblicke auf den Braten, denn er aß beim Vorschneiden in der Tat nicht nur das Beste, sondern fast alles allein auf. Einige benutzten die Momente, wo er den Mund voll genommen hatte, um selbst zu Worte zu kommen; sie gaben von dem vorhin Memorierten, wie ich leicht bemerken konnte, da ich selbst vor dem Essen auf meiner Stube im Moniteur geblättert hatte. Nur ein einziger, ein neidgelber schlanker Mensch, der bei dem Vorschneiden des Professors so seine eigenen Gedanken zu haben schien, unternahm es, dem letzteren mit scheuer, dünner Stimme zu widersprechen. Die Toleranz, wagte er zu meinen, könne nur dann eine Wahrheit werden, wenn beim Essen, wie im Staat, jeder Gast und jedes Volk seinen Braten und seine Freiheit appret für sich habe usw. Der Unglückselige! Erschrocken sahen die anderen den Professor an, wie er es aufnähme. Dieser aber geruhete, zwischen den Weinflaschen hindurch einen zornigen, zerschmetternden Blick auf den Sprecher zu schleudern. Da sprang sogleich die ganze Gesellschaft von den Stühlen auf, nahm den Dünnen ohne weiteres in ihre Mitte, und eh' ich mich besinnen konnte, war er zum Saale hinaus, ich sah nur seine Rockschöße noch um den Türpfosten fliegen. – Darauf ergriff jeder sein volles Glas, drängte sich um den Professor und trank ihm, mit einer tiefen Verbeugung, auf die untertänigste Gesundheit der Freiheit zu.

Jetzt wurde, mit nicht geringem Lärm noch eine Menge anderer Toaste ausgebracht, die ich dir nicht zu nennen vermag; es schienen sämtliche Begriffe aus des Professors Kompendium des Naturrechts zu sein. Ich weiß nur, daß nach und nach die Zungen, dann die Köpfe schwer und immer schwerer wurden, bis zuletzt alle, wie nasse Kleidungsstücke, rings über den Stühlen umherhingen. Die Kerzen flackerten verlöschend durch den weiten, stillen Saal und warfen ungewisse Scheine über die bleichen, totenähnlichen Gesichter der Schlafenden. Mir ward ganz unheimlich; ich sah unwillkürlich in meinen Taschenkalender und gewahrte mit Schauern, daß heute Walpurgis war. –

Nur der Professor allein hatte sich aufrecht erhalten, der konnte was vertragen. Er schritt mächtig im Saale auf und nieder, seine Augen rollten, sein Kopf dampfte sichtbar aus den emporgesträubten Haaren. Auf einmal blieb er dicht vor mir stehen und maß mich mit den Blicken vom Scheitel bis zur Zehe. „Sie gefallen mir", sagte er endlich, „solche Leute können wir brauchen. Sehn Sie hier in die Runde: die matten Wichte da sind von dem bißchen Patriotismus schon umgefallen." – Ich wußte nicht, was ich entgegnen sollte. – Er aber schritt noch einmal den Saal entlang, dann sagte er plötzlich: „Kurz und gut, solche Stunde kehrt so leicht nicht wieder. Wollen Sie mit mir auf den Blocksberg?" – Ich sah ihn groß an, da er aber noch immer fragend vor mir stand, wandte ich im höchsten Erstaunen meine Aufklärung ein, schon Nicolai und Biester hätten ja längst bewiesen – „Ach, dummes Zeug!", erwiderte er, „das ist ja eben die Aufklärung!"
Hier wurden wir durch ein schallendes Gewieher von draußen unterbrochen. Ich trat an das Fenster und bemerkte – obgleich wir uns im zweiten Stockwerk befanden – dicht vor den Scheiben ein gewaltiges, störrisches und sträubiges Roß, das mit flatternder Mähne in der Luft zu schweben schien. Der Kellner, in einen roten Karbonarimantel gehüllt, hielt das Pferd mit großer Anstrengung an einer langen Leine fest. Ich hätte es ohne Bedenken für den Pegasus gehalten, wenn es nicht Schlangenfüße und ungeheure Fledermausflügel gehabt hätte. – „Jetzt nur nicht lange gefackelt, es ist die höchste Zeit!" rief der Professor, schlug mit *einem* Ruck die Scheiben ein, schob mich durchs Fenster auf das Roß, schwang sich hinter mich, und, wie aus einer Bombe geschossen flogen wir plötzlich zwischen den Giebeln und Schornsteinen in die stille Nacht hinaus.
Mir vergingen Atem und Gedanken bei diesem unverhofften Ritt; ich war es ganz ungewohnt, mich so ohne weiteres über alles Bestehende hinwegzusetzen und zwischen Himmel und Erde im leeren Nichts zu schweben. Mein

Begleiter dagegen, wie ich wohl bemerken konnte, schien sich hier erst recht zu Hause zu befinden. Zwischen Schlaf und Wachen die Marseillaise sumsend, schmauchte er behaglich einen Zigarren und bollerte nur von Zeit zu Zeit ungeduldig mit seinen Stiefeln an die Rippen unserer geflügelten Bestie. Da hatte ich denn Muße genug, mich nach allen Seiten hin umzusehen. Tief unter uns lag es wie eine Länderkarte: Städte, Dörfer, Hügel und Wälder flogen wechselnd im Mondschein vorüber. Nur an manchen einzelnen Flecken schien die Nacht wunderlich zu gären. Ungeheure Staubwirbel schlangen sich durcheinander, und so oft der Wind den Qualm auf Augenblicke teilte, erschien es darunter wie kochende Schlammvulkane.
Vor uns aber im Grau der Nacht stand, allmählich wechselnd, eine große, dunkle Wolke; ich erkannte bald, daß es der Blocksberg war, auf den wir zuflogen. Je näher wir kamen, je mehr füllte die Luft sich ringsumher mit seltsamem Sausen, fernem Rufen und dem Geheul vaterländischer Gesänge. Zahllose Gestalten huschten überall durch den Wind, an denen wir aber, da sie schlechter beritten waren, pfeifend vorüberrauschten. Mit Verwunderung bemerkte ich unter ihnen bekannte Redakteurs liberaler Zeitschriften, sie ritten auf großen Schreibfedern, welche manchmal schnaubend spritzelten, um den guten Städten unten, die rein und friedlich im Mondglanze lagen, tüchtige Tintenkleckse anzuhängen.
Bald konnten wir nun auch die einzelnen Konturen und Felsengruppen des Berges selbst deutlich unterscheiden. „Sehen Sie nur, wie es da wimmelt!“ rief mir mein Professor zu, indem er endlich den Schlaf aus den Augen wischte und sich auf dem Rücken des Tieres vergnügt zurechtrückte. Und in der Tat, aus allen Steinritzen und Felsenspalten unten sah ich unabsehbare Scharen aufducken, klettern und steigen, oft plötzlich über das lockere Gerölle hinabschurrend und immer wieder unverdrossen emporklimmend. Mein Gott, wo kommt alle der Plunder her! dachte ich bei mir. Da hörte ich auf einmal Gesang er-